Jorge Amado

Tieta aus Agreste

SERIE PIPER
Band 926

Zu diesem Buch

Tieta, einst Ziegenhirtin, die sich, vom Vater verstoßen, in São Paulo eine gewinnbringende Existenz als Bordellbesitzerin aufgebaut hat, kehrt nach zwanzig Jahren in ihren Heimatort Agreste zurück. Das unschuldige Paradies ihrer Kindheit hat sich in ein Spekulationsobjekt für Tourismus und Atomenergie verwandelt, wo schmutzige Geschäfte den Alltag beherrschen.

Zunächst weiß niemand, welcher Vergangenheit Tieta ihren Wohlstand und ihre Fähigkeit verdankt, mit Spekulanten und Politikern zu verhandeln. Heuchelei, doppelte Moral und Selbstgerechtigkeit werden mit Witz und Ironie bloßgelegt; Amado entfaltet sein »dramatisches Feuilleton« mit allen Effekten einer Groteske.

Jorge Amado, 1912 als Sohn eines Kakaoplantagenbesitzers im brasilianischen Staat Bahia geboren. Journalistische Tätigkeit ab 1927, 1931 Studium der Rechtswissenschaften in Rio de Janeiro. War als engagierter Sozialist mehrfach inhaftiert, 1941–1945 im Exil in Argentinien. 1945 Parlamentsabgeordneter in Brasilien, 1948–1952 in Europa und in Asien im Exil. Lebt heute in Salvador, Bahia.

Amados Bücher wurden in 35 Sprachen übersetzt; in Deutschland wurde er bekannt durch die Romane »Gabriela wie Zimt und Nelken«, »Die Abenteuer des Kapitäns Vasco Moscoso«, »Nächte in Bahia«, »Viva Teresa« und andere.

Jorge Amado

Tieta aus Agreste

Roman

Aus dem brasilianischen Portugiesisch von
Ludwig Graf Schönfeldt

Piper
München Zürich

Die Originalausgabe erschien 1977 unter dem Titel »Tieta do Agreste, pastora de cabras ou a volta da filha pródiga, melodramático folhetim em cinco sensacionais episódios e comovente epílogo: emoção e suspense!« bei Distribuidora Record, Rio de Janeiro, São Paulo.

Von Jorge Amado liegen in der Serie Piper außerdem vor:
Nächte in Bahia (411)
Viva Teresa (454)
Dona Flor und ihre zwei Ehemänner (666)

ISBN 3-492-10926-8
Neuausgabe 1988
2. Auflage, 6.–13. Tausend November 1988
(1. Auflage, 1.–8. Tausend dieser Ausgabe)

Umschlag: Federico Luci,
unter Verwendung einer Graphik von Pegge Hopper
Satz: Wiener Verlag
Druck und Bindung: Clausen & Bosse, Leck
Printed in Germany

Für Zélia im Kreise ihrer Enkel
Für Glória und Alfredo Machado, Haydée und Paulo Tavares, Helen und Alfred Knopf, Lúcia und Paulo Peltier de Queiroz, Lygia und Juarez da Gama Batista, Lygia und Zitelmann Oliva, Toninha und Camafeu de Oxossi und für Carlos Bastos

»Ein guter Ort, um den Tod zu erwarten.«
(Ausspruch eines Handlungsreisenden über Sant'Ana do Agreste)

». . . jene, die das Meer in einen Mülleimer verwandeln . . .«
(Richter Viglietta, im Urteil, das über die Direktoren der Firma Montedison, in Italien, die Gefängnisstrafe verhängt)

»Es lebe die schöne Blume!«
(Ausruf Bafo de Bodes bei Tietas Anblick)

Stille und Einsamkeit, der Fluß ergießt sich weit in den grenzenlosen Ozean hinein, unter dem wolkenlosen Himmel, Ende und Anfang. Riesige Dünen, saubere Sandberge, das Mädchen läuft wie ein Zicklein hinauf, im Antlitz die Helligkeit der Sonne und das Pfeifen des Windes, ihre leichten bloßen Füße schaffen einen Abstand zwischen ihr und dem ungeschlachten Mann in der Kraft seiner vierzig Jahre, der sie verfolgt.

Keuchend steigt der Mann hinauf, den Hut in der Hand, damit er nicht fortweht und verlorengeht. Seine Schuhe versinken im Sand, der Widerschein der Sonne blendet ihn, der Wind schneidet wie ein scharfes Messer in die Haut, der Schweiß läuft am ganzen Körper herunter. Verlangen und Wut: Wenn ich dich erwische, verdammt noch mal, dann schlag' ich dich nieder und bring' dich um.

Das Mädchen wendet sich um und mißt mit den Augen die Entfernung, die sie von dem Händler trennt, voll Furcht und Verlangen: Wenn er mich erwischt, nimmt er mich, ihr schaudert vor Angst; wenn ich aber nicht warte, gibt er auf, ah, nur das nicht, das darf nicht sein, denn die Stunde ist gekommen.

Auch der Mann ist stehengeblieben und spricht, stößt ein paar Worte aus, die das Mädchen nicht erreichen, die sich im Sand verlieren, vom Wind verweht werden. Sie hört sie nicht, aber sie errät sie und antwortet:

»Bäh!« So meckern die Ziegen, die sie hütet.

Die Herausforderung schlägt dem Händler ins Gesicht, dringt ihm in die Eier, befeuert seine Kräfte, er geht weiter. Gespannt erwartet ihn das Mädchen.

Dort hinten der Fluß, vorne der Ozean – ihre jungen Augen überfliegen und beherrschen die endlose Landschaft. In diesem Augenblick des Wartens, der Bangigkeit und der Angst gräbt sich dem Mädchen die blendende Weite des Brautbetts, das sie erwartet, ins Gedächtnis. Auf der anderen Seite der Sandbank sieht sie die Schönheit des langen, glatten Strandes von Saco; an einem Meer von stillem Wasser, im Staat Sergipe, liegt das ausgedehnte Fischerdorf, mit Kaufladen, Kirche und Schule, ein richtiger Marktflecken. Den mächtigen Dünen gegenüber, auf denen sie steht und die ins Wasser vordringen, in die Weite des Meeres, und die vor den wütenden Brechern geschützt sind. Hier legt der Wind seine tägliche Ernte von Sand nieder, den weißesten, den feinsten Sand, mit Bedacht ausgewählt, um den einzigartigen Strand von Mangue Seco zu bilden, dem kein anderer gleicht, hier, wo die Bucht aus der Verbindung des Flusses Real mit dem Ozean entsteht.

Ein Dutzend, anderthalb Dutzend provisorischer Hütten, die sich nach Lust und Laune des Windes und des Sandes verändern, die in sie eindringen und sie begraben, die Wohnstätte der wenigen Fischer, die auf dieser Seite der Sandbank leben. Bei Tage fangen die Frauen Krebse im Watt, und die Männer werfen ihre Netze aus. Manchmal fahren sie zu einem wunderbaren Fischzug aus, kreuzen kühn die Brandung, die hoch ist wie die Dünen, in den einzigen Booten, die imstande sind, ihnen zu trotzen, und fahren weiter aufs Meer hinaus, wo sie sich in stockfinsterer Nacht mit Schiffen und Schonern treffen, um Schmuggelgut zu übernehmen.

Der Schwarzhändler kommt in seinem Motorboot, um die Kisten mit Getränken und Parfums, die Ballen von italienischer Seide und englischen Stoffen und Leinen oder Gewürze in Empfang zu nehmen und einen bescheidenen Preis dafür zu zahlen – gerade genug für Maniokmehl, Kaffee, Zucker, Schnaps und Kautabak. Hin und wieder bringt er in seinem Boot eine Schlampe mit, und während die Kisten und Ballen aus den Hütten herbeigeschafft werden, erledigt er sie in den Dünen, auf den Blättern der Kokospalmen, um die Zeit auszunutzen. Ein richtiger Hengst ist dieser Händler; die Fischer schätzen ihn. Hat er sie nicht mehr als einmal auf ihren Booten begleitet, ohne auf die Wellen zu achten, bis in die hohe See, wo es große Schiffe und Haie gibt?

Das Mädchen läßt den Mann ganz nahe herankommen – erst dann beginnt sie, den Sandberg hinaufzulaufen und von oben wieder den fordernden und erschrockenen Ruf der Ziegen auszustoßen. Sie kennt keine andere Äußerung der Liebe, kein anderes Wort, keinen anderen Laut. An eben diesem Tag hatte sie ihn noch von der kleinen Ziege gehört, die zum erstenmal brünstig war, als der Ziegenbock Inacio, der Anführer der Herde, auf sie zukam und dabei mit dem Bart und dem Sack wackelte. Dann erschien der Händler, und das Mädchen nahm die Einladung zu einer Bootsfahrt an, zwanzig Minuten auf dem Fluß und fünf auf dem bewegten Meer und im Glanz von Mangue Seco. Wie konnte man da widerstehen, danke, ich komme nicht mit, sagen? Das war gelogen: Was sie lockte, war nicht die Fahrt auf dem Fluß, über das bißchen Meer, nicht einmal die Dünen, die sie seit ihrer Kindheit liebte. Das Mädchen versuchte nicht, die Unschuldige zu spielen. Sie hatte schon früher solche Einladungen abgelehnt, der Händler hatte schon lange ein Auge auf sie geworfen. Aber dieses Mal sagte sie: gehen wir, und wußte, wohin es ging.

Als sie jedoch seine schwere Hand auf ihrem Arm spürt, erfaßt sie die Angst vom Kopf bis zu den Füßen. Trotzdem beherrscht sie sich, versucht nicht zu fliehen.

Der Mann wirft sie auf die Kokoswedel, schiebt ihren Rock hoch, reißt ihr das Höschen herunter, einen schmutzigen Fetzen. Auf den Knien über ihr, vergräbt er den Hut im Sand, damit er nicht fortfliegt und verlorengeht, dann macht er seinen Hosenschlitz auf. Das Mädchen läßt ihn gewähren und will, daß er es tut. Für sie hat die Stunde geschlagen, wie für die kleinen Ziegen, die gefürchtete und ersehnte Stunde, die unerbittliche Stunde des Bocks Inacio, dessen Sack so groß ist, daß er fast am Boden schleift. Ihre Stunde war gekommen – lief ihr nicht jeden Monat das Blut die Schenkel hinunter?

Auf den Dünen von Mangue Seco lernte Tieta, die Ziegenhirtin, den Geschmack des Mannes kennen, diese Mischung von Meer und Schweiß, von Sand und Wind. Als der Händler sie hinwarf, schrie sie auf, genauso wie vor ein paar Stunden die junge Ziege. Vor Schmerz und Wonne.

ERSTE EPISODE

Tod und Auferstehung von Tieta oder Die verlorene Tochter

Sie enthält eine Einführung und Vorahnungen des Verfassers, unvergeßliche Zwiegespräche, feine psychologische Details, hingepinselte Landschaften, Geheimnisse, Rätsel, ganz abgesehen von der Vorstellung einiger Personen, die eine bedeutende Rolle in den in diesem aufregenden Roman erzählten vergangenen und zukünftigen Ereignissen spielen werden – auf jeder Seite erscheinen der Zweifel, das Geheimnis, der niederträchtige Verrat, die edle Hingabe, der Haß und die Liebe.

Einleitung oder Einführung, in welcher der Verfasser, ein geriebener Bursche, versucht, sich jeglicher Verantwortung zu entziehen, um schließlich den Scharfsinn des Lesers in unvorsichtiger Weise durch eine sibyllinische Frage herauszufordern.

Ich beginne mit einer Warnung: Ich übernehme keinerlei Verantwortung für die Genauigkeit der Tatsachen, ich lege meine Hand nicht ins Feuer, nur ein Narr würde es tun. Nicht nur, weil seither mehr als zehn Jahre vergangen sind, sondern vor allem, weil ein jeder seine eigene Wahrheit besitzt, auch seine Vernunft, und weil ich im vorliegenden Fall eine unklare Perspektive sehe, kein Einverständnis zwischen den handelnden Personen.

Einer unzusammenhängenden Handlung, einer wirren Episode, voller Widersprüche und Widersinn, ist es gelungen, die Entfernung zwischen dem vergessenen Grenzstädtchen und der Hauptstadt zurückzulegen – die zweihundertsiebzig Kilometer voll Löcher im Asphalt zweiter Güte, die achtundvierzig voll Schlamm erster oder voll Staub allererster Güte, ein roter Staub, der sich in der Haut einnistet und den feinsten Seifen widersteht –, einer Handlung, die in der hauptstädtischen Presse Aufsehen erregen sollte.

Am Anfang sind diese Aufzeichnungen teils lustig, teils sensationalistisch, dann patriotisch und diskret, weil sehr gut bezahlt, um sich schnell in Ankündigungen aufzulösen, von denen einige ganzseitig sind.

Ein gewisses Wochenblatt von zweifelhafter Tradition – ein schlecht angewandtes Eigenschaftswort: warum zweifelhaft? – spielte sich in einem Leitartikel auf der ersten Seite mächtig auf, mit einer aggressiven roten Schlagzeile, drohte damit, einen Reporter und einen Fotografen in jene abgelegene Gegend zu entsenden, um die schwerwiegende Anklage zu klären, die monströsen Machenschaften, die lähmende Gefahr, und so weiter und so fort. Die Überheblichkeit und die Empörung dauerten nur eine Nummer lang, der rechtschaffene Herausgeber machte einen Rückzieher und vergaß das glühendheiße Thema. Leonel Vieira, noch jung, aber schon erfahren in allen Kniffen der Presse, der sich ganz leise mit seiner radikalen Ideologie und seinen explosiven Prinzipien brüstete, die immerhin einen guten Zweck verfolgten, ertränkte Proteste und Drohungen in schottischem Whisky, in der angenehmen Gesellschaft von Doktor Mirko Stefano und einigen appetitlichen Mädchen, die alle zu den Public Relations gehörten, sehr vergnügt und wenig bekleidet waren.

Die unwiderstehliche Dialektik des sympathischen Strohmanns bewog den gewitzten Gesellschaftschronisten Dorian Grey junior, ihn in einem Anfall von Schmeichelei zu Mirkus, dem Doctor Magníficus, zu proklamieren. Er war ein einfacher Strohmann unbekannter Auftraggeber, wie das Wochenblatt in jenem exklusiven und frechen Leitartikel behauptete.

Was die großen Auftraggeber angeht, so zeigen sie sich nicht in den Bars, zechen nicht mit Revolverjournalisten und mögen die Schönen lieber ganz nackt, in aller Bequemlichkeit und Zurückgezogenheit, fern jeder öffentlichen Schaustellung. Ach, würde mir doch die Ehre zuteil, die hohe Gunst, daß sich wenigstens einer von ihnen auf den zusammengestoppelten Seiten dieser Erzählung zeigte! Für den bescheidenen Schreiberling wäre es das höchste der Gefühle, mit einer solchen Persönlichkeit rechnen zu können. Als Realist, der mit beiden Füßen auf der Erde steht, hoffe ich nicht auf ein derartiges Wunder. Wo sind die Kräfte, die imstande sind, einen ausländischen Lord durch Schlamm und Staub zu diesem Arsch der Welt zu bringen? Wenn alles feststeht, wenn das Projekt genehmigt und der Industriekomplex errichtet ist, wenn der Fortschritt mit solidem Asphalt, mit Einbahnstraßen, Motels, Schwimmbecken, Bedienerinnen mit durchsichtigen Gewändern und Sicherheitspolizei gekommen ist, ja dann ist es uns vielleicht vergönnt, mit unseren Augen, die einmal den Weg alles Irdischen gehen werden, einen der Großen dieser Welt zu erblicken, ganz in Gold gehüllt.

Jedenfalls mache ich weiter, obwohl ich weiß, daß einige Einzelheiten bei vernünftigen Menschen kaum Glauben finden werden und daß man sie ihnen nur mit einem russischen Hammer und einem Dachdeckernagel beibringen kann, um einen Ausdruck der alten Milú zu verwenden, der jedesmal wiederholt wird, wenn der Barde Barbozinha eine Erzählung über das Jenseitige und das Vergangene beendet oder unbändig in die Zukunft vordringt, mit seiner ausdrucksvollen und belegten Stimme – belegt infolge einer Embolie, die er vor Jahren erlitt und die ihn fast um die Ecke gebracht hätte. Es kam nicht so weit, aber doch weit genug, daß er seine Tätigkeit als Beamter in der Präfektur der Hauptstadt aufgeben mußte, wo er mit einigem Geschick und einer gewissen Nachlässigkeit als Schreiber gearbeitet hatte, und wieder in die wenigen und stillen Straßen von Sant'Ana do Agreste zurückkehrte. Durch seine Rückkehr erweiterte sich der kulturelle Horizont des Orts ungemein, denn Barbozinha – Gregorio Eustaquio de Matos Barbosa – ist der Verfasser von drei Büchern, die in Bahia herausgekommen sind: zwei Gedichtbänden und einem Band mit philosophischen Maximen.

Über all dies wird im Verlauf der Handlung berichtet werden. Hier will ich nur das Gesicht wahren und jede Verantwortung ablehnen. Ich berichte die Tatsachen genauso, wie sie mir von den einen und den anderen erzählt wurden. Wenn ich dann und wann meinen Senf dazugebe, so nur, weil auch ich nicht aus Eisen bin noch den »sozialen Gärungen, den Stürmen des Jahrhunderts, die die Welt erschüttern« gegenüber gleichgültig bleiben kann (zitiert aus *Maximen und Minimen der Philosophie* von Matos Barbosa, Dmeval Chaves Verlag, Bahia 1950). Ich bin nur vorsichtig, was in der heutigen Zeit keine Tugend und kein Verdienst ist, sondern eine Lebensnotwendigkeit.

Über eine Sache möchte ich im Augenblick, da ich den Schlußpunkt unter die Seiten dieses Romans setze, wirklich Gewißheit gewinnen; dabei zähle ich auf Ihre Hilfe, meine Herrschaften, und fordere Sie folgendermaßen heraus: Antworten Sie mir, welche Helden der Geschichte, wer von ihnen für das Wohl des Landes und des Volkes gekämpft hat. Ein jeder spricht im Namen des Landes und des Volkes, ein jeder will ihr glühender und uneigennütziger Verteidiger sein. Sie werden entdecken, daß Geld dahintersteckt, in den Taschen der Schlaumeier; das Volk und das Land können dabei zugrunde gehen.

Wer verdient in diesem Durcheinander, dessen Knoten ich aufzulösen beginne, ein Straßenschild mit seinem Namen, Lobeshymnen in der Zeitung, Ehrungen, Pfründen, Ehrenbürgerschaft, Heldenverehrung? Sagen Sie mir das, meine Herrschaften. Die, welche den Fortschritt um jeden Preis fordern – um welchen Preis auch immer, der widerspruchslos gezahlt werden soll –, wie Ascanio Trindade es tut? Wenn er mit dem Leben bezahlen würde, käme es billiger zu stehen. Und wenn es diese nicht verdienen, welche dann? Solche Auszeichnungen sollten weder Barbozinha noch Dona Carmosina gewährt werden, noch Dario, dem Kommandanten, der keine Truppe kommandiert, und noch weniger Tieta, besser gesagt, Madame. Auch die Wörter sind Geld wert, und Held ist eine edle Vokabel, die hoch angesehen ist.

Ich werde demjenigen Dank wissen, der mich darüber aufklären will, wenn wir gemeinsam ans Ende gelangen, zur Moral der Geschichte. Wenn es eine Moral geben wird, was ich bezweifle.

Ein zeremoniöses Kapitel, in dem man mit den drei Schwestern Bekanntschaft macht, mit der armen, der wohlhabenden und der reichen; die letzte ist abwesend – vielleicht für immer; in dem man vom monatlichen Brief und vom ebensolchen Scheck erfährt, die ängstlich gehütet werden, vor allem der Scheck natürlich, und auch von den kleinen Miseren und der winzigen Hoff-

nung der Verliebtheit. Kurz, ein Kapitel, in dem sich die beunruhigende Frage stellt: Lebt Tieta oder ist sie tot? Ist sie auf einer Kreuzfahrt auf hoher See oder liegt sie in einem Friedhof von São Paulo?

Gerade aufgerichtet sitzt Perpetua auf dem Stuhl, die Hände über der mageren Brust gekreuzt, ganz in Schwarz von den Schuhen bis zum Umhängetuch, immer in tiefer Trauer seit dem Tod ihres Mannes; sie senkt die Stimme, um einer düsteren Ahnung Ausdruck zu geben:

»Und wenn ihr irgendwas passiert ist?« Sie streckt den Kopf in die Richtung ihrer Schwester aus und flüstert: »Und wenn sie ins Gras gebissen hat?« Auch im Flüsterton ist diese pfeifende und rauhe Stimme unangenehm: »Und wenn sie tot ist?«

Elisa zuckt zusammen und läßt das Geschirrtuch fallen, entsetzt über diese böse Vorahnung. Seit zwei Tagen und in zwei langen Nächten hat sie versucht, sich dieses verdammte Vorgefühl, das sie verfolgt, das ihr den Schlaf raubt und an den Nerven zerrt, aus dem Kopf zu schlagen.

»Ach Gott, ach Gott!«

Perpetua nimmt die Hände auseinander, glättet den altmodischen Seidenrock und nickt bestätigend mit dem Kopf. Das ist eine Bekräftigung und keine Frage mehr. Leicht zu beweisen übrigens:

»Heute haben wir den achtundzwanzigsten, praktisch das Ende des Monats. Der Brief kommt immer um den fünften herum, nie später als am zehnten. Meiner Meinung nach hat sie ins Gras gebissen.«

Obwohl es während der morgendlichen Hausarbeit nicht geschminkt ist, ist Elisas Antlitz dennoch hübsch: ein blasser, brauner Teint, melancholische Augen, fleischige Lippen. Unter dem unordentlichen, alten und zerknitterten Kleid und auf den ausgetretenen Pantoffeln reckt sich ein schlanker Körper, mit hohen Hüften und festen Brüsten. Die Neugierde funkelt aus ihren erschrockenen Augen. Elisa versucht, aus dem Gesicht ihrer Schwester noch ein anderes Gefühl herauszulesen als die Sorge um das Geld. Sie findet es nicht: Der mögliche Tod Tietas bekümmert Perpetua nicht, sie sorgt sich nur um das Schicksal des Schecks. Das Ausbleiben der monatlichen Überweisung erschreckt auch Elisa. Sie würden nicht nur die unerläßliche Unterstützung verlieren, sie müßten auch den Vater und die Mutter erhalten, und wo sollten sie das Notwendige hernehmen? Entsetzlich, Gott behüte!

Entsetzlich, zweifellos, aber da war noch mehr und Schlimmeres. Auf den Angstschauder folgten die Trauer, das Herzweh. Wenn sie tot war, alles für immer zu Ende, nicht nur der Scheck, auch die schwache

Hoffnung. Dann blieb nur eine Leere zurück. Diese Schwester Antonieta – übrigens eine Halbschwester, denn Elisa war der unerwarteten zweiten Ehe des alten Zé Esteves entsprossen –, an die sie sich nicht erinnert, über die sie so wenig weiß, ist Elisas Lebenszweck.

In den letzten Jahren, vor allem nach der Heirat, hatte sie begonnen, das Bild der Abwesenden zu idealisieren, sie zu einer Art gutem Genius zu machen, zur Märchengestalt, zu einem flüchtigen, fast unwirklichen Wesen, das nur durch die monatlichen Geschenke Wirklichkeit gewann. Aus aufgeschnappten Sätzen, aus Erzählungen alter Geschichten, aus Bemerkungen des Vaters und der Mutter; aus der großen runden Schrift auf den kurzen Briefen – karg an Worten und Nachrichten, immer nur die gleichen Fragen nach der Gesundheit der Alten, der Schwestern, Neffen und Nichten, die aber nicht trocken und kalt waren und außer dem Scheck Umarmungen und Küsse enthielten –, mit dem Parfum, das nach so vielen Tagen auf der Post noch aus dem Umschlag aufstieg; aus den Paketen mit getragenen Kleidern, wenig getragen, fast neu; aus dem Titel eines Comendador, den ihr Mann führte; aus dem Foto in der Zeitschrift; aus alledem schuf Elisa nach und nach ein imaginäres Bild ihrer Schwester, einer fröhlichen, schönen und gütigen Fee, die eine reiche, glückliche Welt bewohnte. An diese Vision denkt sie, und auf sie stützt sie sich, wenn sie von einem anderen Leben träumt, jenseits von stummer Bewunderung und Erschöpfung. Wenn Antonieta tot ist – was bleibt dann für Elisa? Die Zeitschriften mit ihren Fotoromanen, sonst nichts. Nicht einmal das, mein Gott! Wo soll sie dann noch Münzen von den Einkäufen abzweigen, um sie zu kaufen?

Trauer erfüllt sie, um alles, was sie verlieren wird, das monatliche Geld, die Geschenke, die Phantasien, die Träume, aber auch ganz einfach Trauer um den Tod der Schwester. Mag sie irgend jemanden so sehr wie diese Halbschwester, die sie nicht kennt? Sie gibt sich einen Ruck, um wenigstens die Hoffnung zu bewahren. Perpetua stellt sich immer gleich das Schlimmste vor, ein richtiger Unglücksrabe.

»Wenn sie gestorben wäre, hätten wir es schon erfahren, jemand hätte uns die Nachricht gebracht. Die haben dort unsere Adresse, sie schreibt ja jeden Monat, nicht? Sie hätten uns verständigt ...« Seit zwei Tagen wiederholt sie sich diese Argumente, bei der Hausarbeit, in den schlaflosen Nächten.

»Verständigen? Wen? Da müßten ihr Mann und seine Familie ja verrückt sein.«

»Verrückt? Ich sehe nicht ein, warum.«

Perpetua betrachtet schweigend ihre Schwester und fragt sich, ob sie es sagen soll oder nicht. Aber einmal wird sie es doch erfahren.

»Weil uns bei ihrem Tod ein Teil der Erbschaft zusteht. Uns dreien: dem Alten, mir und dir.«

Elisa geht wieder die Teller abtrocknen, woher hat nur Perpetua diese Idee mit der Erbschaft? So was Dummes!

»Erben wird ihr Mann, der Comendador. Warum sollten wir erben? Es kann sein, daß sie Vater etwas hinterläßt, sie war eine gute Tochter, eine sehr gute sogar. Aber uns beiden, warum denn? Als sie von zu Hause fortging, war ich nicht einmal ein Jahr alt. Und du, war es nicht deine Schuld, daß sie fortging?«

»Sie ist fortgegangen, weil sie wollte. Ich bin nicht schuld daran.«

»Hast du nicht immer Vater umschmeichelt? Du hast sie verpfiffen, und schon prügelte er die Arme und warf sie hinaus, stimmt's? Mutter hat mir erzählt, wie das zuging, und Vater hat es bestätigt. Er sagte, du wärst schuld gewesen.«

»Das sagen sie jetzt, um ihr schön zu tun. Seit sie angefangen hat, Geld zu schicken, ist sie zur Heiligen geworden. Warum ist deine Mutter damals nicht für sie eingetreten? Wer hat sie geprügelt, wer hat sie aus dem Haus hinausgeworfen? Ich oder der Alte?«

Perpetua kneift die grünen Augen zusammen; warum liegt Elisa so viel daran, die Vergangenheit aufzurühren? Hatte denn nicht Antonieta selbst schon längst die Kränkungen und Ungerechtigkeiten vergessen? Schickt sie nicht Geld und Geschenke? Trägt sie nicht zu den Ausgaben bei? Und dann – wendet sich nicht manches Böse zum Guten? Wäre sie nicht auf die Straße gesetzt worden, wäre sie hier, in diesem Loch geblieben, würde in Armut dahinvegetieren, ohne Aussicht auf eine Brautschaft und Heirat, denn die Geschichte mit dem Handlungsreisenden hatte sich überall herumgesprochen. Sie hätte auf nichts ein Recht gehabt, wäre das Dienstmädchen des Vaters und der Stiefmutter geworden. So aber war sie in den Süden gekommen, hatte in São Paulo Erfolg gehabt, war gut verheiratet, hatte eine Menge Geld und ein glückliches Leben.

»Wenn *sie* sich nicht an diese Dinge erinnert, warum tust du es?«

»Es war keine böse Absicht, ich wollte nur sagen, daß sie keinen Grund hat, uns beiden etwas zu hinterlassen.«

»Das hängt nicht davon ab, ob sie will oder nicht will ...« Perpetua macht die Augen auf, glättet ihren Rock und entfernt ein Stäubchen von ihrer Bluse. »Wenn sie stirbt, geht die Hälfte des Vermögens an ihren Mann, und da sie keine Kinder hat, wird die andere Hälfte zwischen den Verwandten aufgeteilt, den nächsten Verwandten, zwischen dem Alten und uns, dem Vater und den Schwestern.«

»Woher weißt du das denn?«

»Doktor Almiro hat es mir gesagt ...«

»Du willst damit sagen, daß, wenn jemand stirbt, die Hälfte von dem, was er hat, den Verwandten gehört?«

»Genau das ...« Perpetua sucht in der Tasche ihres Rockes nach einem Taschentuch, um sich den feinen Schweiß von der Stirn zu wischen; mit dem Taschentuch zieht sie einen Rosenkranz aus schwarzen Perlen heraus.

»Das heißt also, daß, wenn du stirbst, die Hälfte von dem, was du hast, für mich und für Vater ist ...«

»Du paßt auch nie auf, wenn man etwas sagt. Nur, wenn der Verstorbene keine Kinder hat. Das ist bei ihr der Fall, aber nicht bei mir. Was ich hinterlasse, wenn ich sterbe, wird zwischen Ricardo und Peto aufgeteilt. Das war schon so, als der Major starb.« Sie bekreuzigte sich, blickte nach oben und murmelte: »Gott hab ihn selig«. »Das Erbe wurde geteilt, die Hälfte für mich, die Hälfte für die Kinder. Doktor Almiro ...«

»Das hast du ihn auch gefragt?«

»Es ist immer gut, zu wissen.«

»Glaubst du, daß sie gestorben ist und daß ihr Mann nichts sagt, um alles behalten zu können?«

»Und ist das nicht möglich? Warum hat sie uns nie ihre Adresse gegeben? Postlagernd hat sie uns schreiben lassen, wo gibt's denn sowas? Ihr Mann hat es verboten, damit wir nichts wissen sollen. Kennst du seinen Familiennamen? Ich nicht. Comendador hin, Comendador her, das ist alles, kein Nachname. Warum? Du achtest gar nicht darauf, aber ich habe viel darüber nachgedacht und meine Schlüsse daraus gezogen.«

Auch Elisa waren diese Merkwürdigkeiten aufgefallen. Aber ihrer Ansicht nach hatte das Fehlen einer Adresse, eines Nachnamens und weiterer Einzelheiten über die Familie eine andere Bedeutung: Antonieta hatte die Kränkungen verziehen, sie hegte keinen Groll mehr, aber sie hatte die Vergangenheit nicht vergessen, sie wollte keinen engeren Kontakt mit den Verwandten, schäbigen Leuten vom Landesinnern, wollte sie nicht an ihrer wunderbaren Welt teilhaben lassen. Sie half dem Vater und den Schwestern, wie es die Pflicht von Töchtern ist, die in guten Verhältnissen leben. Die Pflicht ist erfüllt, das Gewissen beruhigt, Schluß, aus. Jetzt nur noch Zurückhaltung und Distanz. Sie hat ganz recht. Das war es und sonst nichts. Alles übrige ist Erfindung von Perpetua, die dumme Gans denkt immer nur an Unglück und Mißgeschick. Wenn Antonieta beschlossen hätte, nach ihrem Tod dem Vater und den Schwestern etwas zu hinterlassen, so hätte sie die notwendigen Maßnahmen rechtzeitig getroffen, und alles wäre beschlossen.

»Ich glaube es nicht, nein. Wenn sie gestorben wäre, müßten wir es wissen.«

Sie deckte den Tisch fertig und blieb stehen, den Blick ins Leere gerichtet.

»Sie ist sicher auf Reisen, genießt das Leben. Jedesmal, wenn sie unterwegs ist, verspätet sich der Brief. Er verspätet sich, aber er kommt. Erinnerst du dich, als sie in Buenos Aires war und diese schöne Karte geschickt hat? Das ist ein Leben: Reisen, Spazierfahrten, Feste. Es ist wirklich lieb von Tieta, bei all diesem Rummel an uns zu denken. Wenn mir das passiert wäre, würde ich nie wieder, ja, nie wieder von mir hören lassen.«

Sie sieht Perpetua an, die die Perlen des Rosenkranzes durch die Finger laufen läßt.

»Ich will dir etwas sagen, ob du es glaubst oder nicht. Auch wenn ich das ganze Geld erben sollte, ohne mit jemandem teilen zu müssen, auch dann würde ich ihr nicht den Tod wünschen.«

»Und wer wünscht ihn denn?« Perpetua hält im Beten inne, eine schwarze Perle zwischen den Fingern. »Wenn aber keine Briefe mehr kommen, so ist das ein Zeichen, daß Antonieta gestorben ist. Dann werde ich alles auf den Kopf stellen, um ihren Mann ausfindig zu machen und meinen Teil zu bekommen.«

»Du wirst noch durchdrehen, wenn du dir so viel Blödsinn ausdenkst. Sie ist verreist und amüsiert sich. Spätestens morgen ist der Brief da.«

»Das glaubst du. Ich war beim Alten, er ist schlechter Laune. Weißt du, was er mich gefragt hat? Ob Asterio sich nicht am Geld vergriffen hat, um irgendeine Schuld zu bezahlen, wie damals, als er mit dem Scheck einen verfallenen Wechsel einlöste. Der Alte glaubt, daß wir ihn alle bestehlen.« Und wieder der Rosenkranz, die farblosen Lippen bewegen sich schweigend.

Mit Perpetua geht das immer so, Schlag auf Schlag: Elisa bezog sich auf die Intrige, die aus Antonietas Weggang entstanden war, Perpetua zahlte es ihr gleich heim und verdrehte die falsch ausgelegte Angelegenheit mit dem Wechsel, die schon fünf Jahre zurücklag. Mit müder Stimme erwiderte Elisa ohne jede Heftigkeit:

»Du weißt sehr gut, daß der Laden Pleite gemacht hätte, wenn er den Wechsel nicht eingelöst hätte. Du weißt es, Vater weiß es ...« Die eintönige Stimme wird nicht lauter:

»Aber daß wir uns unrechtmäßig bereichern, davon spricht kein Mensch, da kannst du noch so lange mit dem Rosenkranz in der Hand dasitzen und das Vater-Unser mit dieser heiligen Miene herunterleiern.«

»Ich habe nie einen Groschen vom Alten angerührt ...«

»Das würde er auch nicht zulassen. An *ihr* bereichern wir uns. Wofür schickt sie jeden Monat den Scheck?«

»Für die Auslagen des Alten.«

»Und wofür noch?«

»Um zur Erziehung der Neffen beizutragen.«

»Genau das. Um zur Erziehung unserer Kinder beizutragen. Das meine ist keine zwei Jahre alt geworden, und ich habe nie wieder eines bekommen. Nie wieder, Gott hat es nicht gewollt ...«

Ihr Blick schweift vom Eßzimmer ins Schlafzimmer, durch die offene Tür sieht sie das Ehebett, das noch nicht gemacht ist. Gott hat es nicht gewollt? Nicht einmal dazu ist Asterio zu gebrauchen ... Mit tonloser Stimme fährt sie fort:

»Und du? Hast du vielleicht Tieta wissen lassen, daß Peto in die öffentliche Schule geht und keinen Dreier zahlt? Daß Pater Mariano beim Bischof erreicht hat, daß Cardo das Seminar umsonst besuchen kann? Ich weiß, was du ihr gesagt hast: das Schulgeld, das Dona Carlota verlangt, die monatliche Pension des Seminars. Ja, das hast du ihr gesagt, im übrigen hast du den Mund gehalten. Warum wärmst du diese Geschichte von dem Wechsel auf, den Asterio eingelöst hat, wenn bei jedem von uns etwas faul ist?«

»Der Alte hat das gesagt, ich habe nur wiederholt, was er gesagt hat.«

»Eines Tages werde ich meinen ganzen Mut zusammennehmen und ihr die Wahrheit schreiben: daß ich keinen Sohn mehr habe, daß mir die Krankheit den weggeholt hat, den ich hatte, daß wir das Geld so sehr brauchen, das sie schickt, so sehr, daß mir die Kraft gefehlt hat, ihr den Tod von Toninho mitzuteilen. Sie wäre imstande gewesen, aus Mitleid noch mehr zu schicken, als sie es schon tut. Ich habe nur nicht den Mut, es zu riskieren ... Warum sind wir nur so, Perpetua? Warum taugen wir nichts? Das ist es, warum sie keinen Kontakt will, keine Adresse schickt, nur von weitem hilft.«

Ihre Stimme wird ernst, rauh, fast unangenehm, wie die von Perpetua.

»Und sie handelt ganz richtig, denn wenn ich die Adresse hätte ...«

Ihr Blick geht ins Leere.

»Ach, wenn ich ihre Adresse wüßte, wäre ich längst hingefahren!«

Perpetua kommt ans Ende des Rosenkranzes und küßt das kleine Kreuz.

»Es gibt Stunden, in denen du nicht wie eine erwachsene und

verheiratete Frau wirkst und nur Unsinn sprichst. Du solltest in der Kirche helfen, statt zu Hause zu sitzen, Zeitschriften zu lesen und Radio zu hören. Du vertrödelst die Zeit mit diesem Mist.«

Elisa läßt die Arme sinken, ihre Stimme ist wieder farblos.

»Morgen gehe ich zur Post, sobald der Bus da war. Er kommt morgen, du wirst sehen.«

»Gott möge dich erhören. Lula Pedreiro zahlt seit drei Monaten keine Miete, redet sich auf die Krankheit heraus. Jetzt hat er den Schlüssel geschickt, er ist zu seinem Sohn gezogen. Das Haus hat er ganz dreckig hinterlassen, ein Schweinestall. Um es vermieten zu können, werde ich es mindestens einmal weißen müssen.«

»Du hast keinen Grund, dich zu beklagen. Du wohnst in deinem eigenen Haus und hast noch zwei andere zum Vermieten, ganz abgesehen von der Witwenrente. Wir könnten nicht einmal ins Kino gehen, wenn nicht das Geld wäre, das sie für das tote Engelchen schickt.«

»Morgen sag mir dann, ob er gekommen ist oder nicht. Wenn er nicht kommt, werde ich meine Vorkehrungen treffen.«

»Warum bleibst du nicht zum Essen hier? Was für zwei reicht, reicht auch für drei.«

»Ich? An einem Freitag Fleisch essen? Du weißt sehr gut, daß das Sünde ist. Deshalb kommt ihr auch nicht voran. Ihr befolgt nicht die Gebote Gottes.«

Sie erhebt sich vom Stuhl und steckt den Rosenkranz in die Rocktasche. Sie ist ganz in Schwarz, die Bluse mit den langen Ärmeln, ohne Ausschnitt, am Hals hochgeschlossen, der hohe Dutt mit dem Kopftuch bedeckt, das strenge Antlitz – ganz tugendhafte fromme Witwe. Sie bekreuzigt sich, als sie das Mittagsläuten der Pfarrkirche hört, und geht auf die Tür zu. In der verlassenen Straße hallen Asterios Schritte. Vom Boden steigt feuchte Wärme auf, senkt sich vom Himmel herab. Elisa seufzt und geht in die Küche.

Über Elisa, die bildhübsche, vor dem Spiegel, und über ihren Mann Asterio, die Billardkanone – ein Kapitel, in dem nichts passiert.

Als der »Marineti« von Jairo am nächsten Tag in der Kurve vor der Einfahrt in die Stadt hupte, saß Elisa vor dem alten, möglicherweise wertvollen Tisch, der ihr als Frisiertisch diente, zog die Lippen mit dem Stift nach und lächelte das Bild an, das der billige Wandspiegel zurückwarf. Sie fand sich hübsch. Das schwarze, ungebärdige, jetzt wohlfrisierte Haar, das auf die Schultern herabfiel, rahmte ein blasses Antlitz ein, die schmachtenden Augen, den Mund mit den sinnlichen, durch den Lippenstift hervorgehobenen Lippen. »Bildhübsch«, wie der umschwärmte Sprecher Mozart Cooper sagte, wenn er von den Stars des Rundfunks, des Fernsehens und des Films sprach, er, der selber »die samtene Stimme auf den Hertzschen Wellen, die die einsamen Herzen umschmeichelt«, genannt wurde.

Ein paar Minuten lang vergaß sie allen Kummer und übte Posen und Gesten ein, ahmte Szenen aus den Fotoromanen nach, ein Schürzen der Lippen, einen verliebten Blick, ein verführerisches Lächeln, ein leidenschaftliches Dahinschmelzen – ihr Mund öffnete sich zum Kuß, rot und feucht erschien die Zungenspitze zwischen den Lippen. Küssen? Wen denn? Mit einer müden Bewegung zuckte sie mit den Achseln, ihre Augen bedeckten sich mit einem Schleier. Wieder denkt sie an den Brief, versucht ruhig zu bleiben: Er kommt im Postsack, den der Bus bringt, heute spätestens. Und wenn er nicht kommt?

Gestern hatte Asterio, gefräßig und gierig, mit vollem Mund Bohnen und Worte kauend, beim Mittagessen gejammert und die ewige Frage wiederholt:

»Was soll die Verzögerung? Noch dazu im November, wo wenige Geschäfte gemacht werden, fast gar keine. Was zum Teufel kann nur geschehen sein?«

Elisa hatte die Lippen zusammengepreßt; wenn sie den Verdacht ausgesprochen hätte, der ihr die Brust beengte, wäre ihr Mann außer sich geraten. Mutlos von Natur, außerstande, sich anzustrengen und zu kämpfen, lehnte er sich den ganzen Tag auf den Ladentisch und wartete auf die spärliche Kundschaft. Er lebte nur auf, wenn einer seiner Billardfreunde auftauchte – Seixas, Osnar, Aminthas oder Fidelio –, um über Wetten und Spiele zu reden; wenn Ascanio Trindade richtig trainierte, bekam Asterio einen gefährlichen Gegner. Osnar, der nichts zu tun hatte, hielt sich für gewöhnlich im Laden auf, die Zigarette im Mundwinkel. Jedenfalls aber samstags, wenn wegen des Markts mehr Betrieb war. Nachdem sie ihr Maniokmehl, Trockenfleisch, Bohnen, Obst, die Bodenfrüchte und die in kleinen primitiven Öfen gebrannten Tonfiguren verkauft hatten – Krüge und Seidel, Pferde und Ochsen, Banditen und Soldaten, den Pfarrer vor den Hand in Hand stehenden Brautleuten, Töpfe und Schüsseln –, füllten die Kleinbauern und Pflanzer den Laden, um Stoffe, Schuhe, Strümpfe und Hemden zu kaufen, Kurzwaren und, hin und wieder, ein Transistorradio. Auf einem alten Stuhl schaukelnd späht Osnar verstohlen nach den jungen Ladenmädchen und beginnt ein Gespräch, wenn es ihm der Mühe wert scheint. An den Samstagen hilft der junge Sabino aus und verdient fünf Cruzeiros beim Abfertigen der meisten der ungehobelten Kunden – fünf Cruzeiros und das, was er beim Herausgeben erschwindelt.

Wenn Elisa ihr Gespräch mit Perpetua erzählen würde, wäre Asterio imstande, wieder so einen Anfall zu bekommen wie bei jeder größeren Geldverlegenheit, bei jedem Problem mit den Lieferanten: kalter Schweiß, wacklige Beine, Angst, Erbrechen. Er legt sich dann ins Bett, klappert mit den Zähnen, zittert und überläßt den Laden Sabino. Nur Osnar schafft es, ihn wieder hochzukriegen, ihn zum Billard zu schleppen, in die Bar dos Açores von Manuel Português.

Am Billardtisch wird er plötzlich ein anderer Mensch. Er lacht und macht Witze, spielt den Mutigen, wettet unerschrocken und fordert siegesgewiß Ascanio heraus. Mit dem Queue in der Hand ist er eine Kanone. Aber auch nur mit dem Billardqueue, brummt Elisa vor sich hin. Ein tadelnswertes Brummen, schlimme Gedanken, die da plötzlich hochkamen und sie verfolgten, die verdammten.

Nachdenklich blickt sie in den Spiegel. Bildhübsch, ja, aber verurteilt, in diesen öden Gassen alt zu werden, auf den Brief und den Scheck zu warten. Wenn nicht das Radio und die Illustrierten wären, was würde dann aus Elisa werden?

Wenn sie Asterio vom Gespräch mit Perpetua erzählte, von der Möglichkeit, daß Tieta tot wäre – was für ihre Schwester eine Gewißheit war –, dann würde er die Bohnen, den Reis, das Fleisch, die Mango herauskotzen, mitten auf den Eßtisch. Abgesehen vom Billardspiel war er ein Schlappschwanz, ohne Mumm, ohne Ehrgeiz, mundfaul, unlustig. Die seltenen Gespräche, das kurze Auflachen waren nur Nachwirkungen der Unterhaltungen in der Bar, pikante Geschichten über die Stammgäste, über Seixas und Aminthas, seltener über Fidelio, der von Natur und aus Berechnung zurückhaltend war, fast immer aber über Osnar, einen wohlhabenden, ordinären Weiberhelden. Über die Geschichten von Osnar, zum Beispiel über den bemerkenswerten Fall der Polin, kann man sich totlachen; sie drehen sich meistens um die ungewöhnliche Größe seiner Geschlechtsorgane. Ein Mordsding, behauptet Asterio und hält die Hände auseinander, um sein erschreckendes Ausmaß anzuzeigen: so lang, wenn nicht mehr.

Der erschöpfte Lichtmotor hört um neun Uhr abends zu arbeiten auf und zeigt damit die Schlafenszeit an, begleitet von den Glockenschlägen der Pfarrkirche. Asterio beendet die Partie, stellt das Queue weg, streicht die Wetten ein oder bezahlt sie und macht sich auf den Heimweg. Hin und wieder, wenn Elisa noch nicht schläft, wiederholt Asterio den Satz, mit dem er seine Erzählungen einleitet: »Also Sachen gibt es!«

Ob es sich nun um Osnar oder Aminthas handelt, um Seixas,

Fidelio oder um irgend jemand anderen aus der Stadt, die Geschichte ist immer unanständig, dreht sich um Frauen und ums Bett – ums Bett oder um ein Gebüsch am Flußufer. Elisa hört schweigend zu, wagt nur ab und zu, nach Einzelheiten zu fragen, die doch so wichtig sind, um die Phantasiewelt aufzubauen, in die sie sich eingeschlossen hat, um überleben zu können, und in der jedes Element von Bedeutung ist: das großartige Leben Antonietas, die Postkarte aus Buenos Aires, das Parfum auf dem Briefumschlag, die Machenschaften von Seixas, die Geheimnisse von Fidelio, die Gemeinheiten von Aminthas, die Anatomie von Osnar. Während des Tages, wenn das Radio pausenlos läuft, wäscht und flickt Elisa die Leibwäsche, spült das Geschirr, kocht, liest immer wieder dieselben Zeitschriften, besucht Dona Carmosina auf der Post und erträgt nach dem Abendessen das Geschwätz der Nachbarin, Dona Lupicinia, deren Mann vor fünf Jahren nach dem Süden ausgerückt ist, von wo er wohl kaum zurückkehren wird; sie wird schon sehen, er wird nie wieder heimkommen.

Bildhübsch, wirklich bildhübsch, aber wozu eigentlich? Der Mund öffnet sich vor dem Spiegel wie zu einem Kuß. Zu was für einem Kuß denn? Elisa erhebt sich. Hätte sie doch nur einen Spiegel, in dem sie sich von oben bis unten sehen könnte! Bildhübsch und ganz nach der Mode.

Schließlich zuckt sie wieder mit den Achseln und fragt sich, warum sie so viel Zeit aufwendet, um sich anzumalen, ihr schwarzes Haar zu pflegen, sich so schick zu machen, in dem Kleid, das ihr Tieta geschenkt hat, wie alle, die sie besitzt, aus bestem Stoff und mit dem modernsten Schnitt – getragen, gewiß, aber nur wenig, fast neu. Wozu diese ganze Mühe, diese Sorgfalt beim Schminken, wozu dieser Ausschnitt, der die Schultern zeigt, den Ansatz der Brüste?

Vielleicht, um durch die verlassenen Straßen mit den seltenen Passanten zu gehen, um den schweren Blick des Arabers Chalita auf sich zu fühlen, des Besitzers des Tupy-Kinos und der Eisdiele, alt und ungepflegt, mit seinem Sultansschnauzbart, unrasiert, mit dem ewigen Zahnstocher zwischen den Zähnen; oder um ohne hinzusehen die frechen Augen des jungen Sabino zu bemerken, die an den wiegenden Hüften der unerreichbaren Frau des Prinzipals hängen, oder um das Pfeifen dieser Pest von einem Bafo de Bode zu hören, dieses Bettlers und Säufers, den sie »Bocksgestank« nennen? Widerwärtig, sie können sich alle Frechheiten erlauben, ohne eine Reaktion befürchten zu müssen. Das war alles, diese drei Kerle. Sonst nur ein Guten Tag, Gnädigste, ein stummer Gruß mit gelüftetem Hut, der Segen des Vikars und der hemmungslose Neid der Frauen: »Es sieht ja geradezu aus, als hättest du dich für einen Ball angezogen, Liebste.«

Zurückhaltend und bescheiden, ganz ehrbare und tugendhafte Gattin, spürt Elisa auf ihrem Ausschnitt den gierigen Blick des Levantiners; wenn er sie sieht, erinnert er sich sicher vergangener Zeiten und Frauenleiber. Die Begehrlichkeit des Burschen läßt sie noch stärker mit dem Hinterteil wackeln, so wird Sabino nachts von ihr träumen. Sie verschmäht nicht einmal das Gepfeife des stinkenden Bettlers. Auch der Neid der Weiber hat seinen Wert und Reiz. Bescheiden antwortet Elisa: »Das Kleid hat mir meine Schwester Tieta geschickt, ihr verdanke ich die Eleganz, soll ich es wegwerfen?«

Elisa legt der kleinen Araci ans Herz, auf das Haus aufzupassen, schließt die Haustür und geht zur Post. Sie überquert den Markt, geht am Araber vorbei, am Burschen, am Narren, an den Frauen, die vor der Kirche stehen. Mit ernstem Antlitz, wie es einer verheirateten, einer gut verheirateten Frau geziemt. Das Herz wird ihr schwer, im Innersten weiß sie, daß der Brief nicht gekommen ist.

Eine kurze Erklärung des Verfassers für den Gebrauch derjenigen, die auf einem Elefanten nach Flöhen suchen.

Kaum habe ich meine Erzählung begonnen, bekomme ich schon Kritiken zu hören. Ein guter Freund und ehemaliger Arbeitskollege von mir, der, wie ich früher, der Literatur in bitterer Anonymität dient, Fulvio d'Alambert (im Privatleben José Simplicio da Silva), darf immer als erster meine Manuskripte lesen, die er mir für gewöhnlich mit angenehm anzuhörenden Komplimenten zurückgibt – und mit einigen orthographischen und grammatikalischen Korrekturen, Kommas, Punkten oder Verbformen. Diesmal jedoch war er strenger, und ich will ihm sogleich antworten, während Elisa zur Post geht.

Fulvio hält es für absurd, die Bezeichnung Marineti für ein Kraftfahrzeug zur Personenbeförderung zu verwenden. Er findet sie altmodisch und meint, Omnibus, Autobus oder Pullman wären modernere und korrektere Ausdrücke, die besser der entwicklungsträchtigen Zeit entsprechen, in der zu leben wir den Vorzug haben. Er wirft mir vor, unterentwickelt zu sein, und argumentiert wie folgt: Wie kann – fragt er – ein Autor es wagen, den Bus, der Passagiere von Sant'Ana do Agreste nach Esplanada und zurück bringt, Marineti zu nennen, in einer Zeit, in der wir neue Autobahnen bauen, die den Vergleich mit den besten des Auslands aushalten; in der massenhaft Industrien aufgebaut werden; in der ein neuer Nordosten Brasiliens von den Trompetenklängen des Fortschritts geweckt wird und sich von Dürrezeiten, den Epidemien, dem jahrhundertealten Hunger und – vergessen wir das nicht – dem rasch ausgerotteten Analphabetentum befreit; in der die Presse, der Rundfunk, das Fernsehen die Sitten, die Moral, die Mode und die Sprache vereinheitlichen, die regionalen Bräuche, Ausdrücke und Vergnügungen wie Mist hinwegfegen, in der die Wolkenkratzer, die sich über den Trümmern der Geschichte und der Gebäude von angeblich künstlerischem Wert erheben, die städtische Landschaft gleichmachen; in der sich unsere Volksmusik endlich auf universelle, vor allem nordamerikanische Melodien und Themen stützt und die Rhythmen einer verachtungswürdigen nationalen Folklore aufgibt; in welcher der Hindu-Mystizismus (und ähnliches) die Seele der Jugend im Rauch der Maconha von Alagoa erleuchtet; in der sich fortschrittliche Ideologen bemühen, mit den Prinzipien der Rassenmischung aufzuräumen und bei uns den Rassizismus einzuführen, den weißen, den schwarzen und den gelben, damit wir den wahrhaft zivilisierten Nationen nichts schuldig bleiben und die Gewalt unser Antlitz zeichne, aus dem sie die alte brasilianische Herzlichkeit, dieses Zeichen der Rückständigkeit, tilgt; in der sich die ihrer Rolle bewußte Kunst von der Erde und dem Menschen abwendet, um konkret, abstrakt, dinglich zu werden, ganz genau wie die europäische, die nordamerikanische, die japanische; in der wir für den Stil der Literaten eine neue, esoterische, aber in Form und Inhalt außerordentlich revolutionäre Sprache schaffen, die um so wirksamer wird, je unverständlicher sie ist; in der wir, mit Hilfe von Zensur und Prügeln, die Demokratie schaffen, die wahre, nicht jene alte, die das Land in den Abgrund führen muß; in der wir auf wunderbare Weise im Rhythmus der reichen Nationen, die Erdöl, Weizen, die Atombombe und die Satelliten, Whisky und Comics, diesen Gipfel der Literatur, produzieren, in das Zeitalter der Prosperität eintreten; in der wir unseren Platz zwischen den Großmächten einnehmen und in hier errichteten Fabriken einheimische Fahrzeuge herstellen – Mercedes Benz, Ford, Alfa Romeo, Volkswagen, Dodge, Chevrolet, Toyota und so weiter und so fort. Dieser Autor ist ein Quadratschädel, der noch in alten Zeiten lebt, in uralter Vorzeit.

D'Alambert möge mir verzeihen, auch die wohlerfahrenen akademischen Kritiker, mit Professur und Doktorat, mögen mir verzeihen, denn im bewußten Fall handelt es sich wirklich um einen Marineti. Vielleicht zum letzten Mal, um den Dürren, den Epidemien, dem hartnäckigen Hunger Gesellschaft zu leisten, die in aufrührerischer Weise noch immer im Sertão der patriotischen Offensive der Zeitungsartikel und der Reden Widerstand leisten.

Er verkehrt zweifellos zum letzten Mal auf brasilianischen Straßen, aber er verkehrt unerschrocken. Er überschreitet nie die Geschwindigkeit von dreißig Stundenkilometern – ein Durchschnittswert, der auf der sechs Kilometer langen Strecke ermittelt wurde, die bei der Ausfahrt aus Esplanada durch das Landgut des Oberst Vasconcelos führt. Auf den weiteren zweiundvierzig schleppt er sich über Stock und Stein, denn die Straße ist kaum befahrbar, und moderne Fahrzeuge wagen sich überhaupt nicht hin, dazu sind sie weder kühn noch tüchtig genug. Nur eine lange Übung macht das tägliche Wunder möglich – von Montag bis Samstag, denn Sonntag ist Ruhetag –, das der Marineti von Jairo vollbringt, der mit allen Löchern, allen Wasserlachen, allen Knüppelwegen, allen unmöglichen Steigungen und Kurven vertraut ist. Jairos Marineti stammt aus dem zweiten Weltkrieg, da war er ein moderner Wagen, mit weicher Federung, bequemen Bänken und sogar Scheiben an den Fenstern. So unglaublich es scheint, machte er damals die Hin- und Rückfahrt Agreste–Esplanada–Agreste in einem Tag, fuhr frühmorgens los und kam abends zurück.

Auch nach so langer Zeit ist er noch sehenswert, ein wahres Museumsstück, nur Ersatzteile und Flicken. Der Motor und die Karosserie bestehen aus Teilen der merkwürdigsten Marken und Herkunft, sogar ein russisches Radio ist dabei. Lauter scharfsinnige Kombinationen, mechanische Neuerungen, Drähte, Schnüre. Alte Zeitungen dienen dazu, die Fenster abzudichten, wenn die Staubwolken unerträglich werden. Die regelmäßigen und erfahrenen Kunden bringen Kissen für die Sitze mit, einen kräftigen Imbiß und Erfrischungen in Flaschen.

Alt und müde, unschlagbar und ewig, fährt er Montag, Mittwoch und Freitag von Agreste nach Esplanada und Dienstag, Donnerstag und Samstag von Esplanada wieder nach Hause. Er pufft, tuckert, hält, hält sehr oft, droht mit einer endgültigen Panne, die nie definitiv ist, und bewegt sich weiter dank Jairos Geschicklichkeit, seiner Bitten, Schwüre und Schmeicheleien – denn Jairo behandelt das zerfallende Vehikel mit der Zärtlichkeit eines Liebhabers, der Marineti gibt ihm sein tägliches Brot, ist sein einziges Gut und das einzige Bindeglied zwischen Sant'Ana do Agreste und der Welt.

Wenn alles klappt, dauert die Fahrt drei Stunden, mit der hervorragenden Zeit von sechzehn Stundenkilometern. Im Winter, wenn es regnet, dauert die Reise länger, der Fahrplan ist unvorhersehbar. Jairo fährt pünktlich ab und duldet keine Verspätung; die Ankunft dagegen liegt in Gottes Hand. Es ist schon vorgekommen, daß Jairos Marineti auf der Straße eingeschlafen war, tief im Dreck, in Erwartung eines Ochsengespannes. Für solche Gelegenheiten verfügt Jairo über einen beträchtlichen Vorrat an Geschichten und über die Mitwirkung des russischen Radioapparats. Näselnd, mürrisch, faul, von ungleichmäßigem Humor, mit Gepfeife und Geknatter trägt dieses erstaunliche Gerät dazu bei, die Zeit mit Bruchstücken von Musik und Nachrichten totzuschlagen. Das Übernachten auf offener Landstraße ist ganz selten und läßt sich an den Fingern einer Hand abzählen. Im Winter dauert die Fahrt für gewöhnlich fünf bis sechs Stunden.

Eine gute, bequeme und schnelle Reise, zumindest nach Ansicht des Obersten Artur da Tapitanga, eines achtzigjährigen Maniokpflanzers, Ziegenzüchters und politischen Führers, der seit dreißig Jahren keinen Fußbreit über die Pflanzungen und Pferche oder die Straßen von Agreste hinausgekommen war. Nach einer fast siebenstündigen Fahrt – dem Marineti waren dreimal die Reifen geplatzt – stand der Gutsbesitzer auf und erklärte:

»Ein schnelles Vehikel, dieser Marineti von Jairo. Das nenn' ich reisen!«

»Schnell, Herr Oberst?«

»Zu meiner Zeit brauchte man zwei Tage zu Pferd, mindestens ...«

Dürre, Blattern, Wechselfieber, Lepra und Hunger, Kinder, die sterben wie die Fliegen, das gibt es sicher auch noch anderswo, nicht nur im Sertão. Aber außer dem von Jairo gibt es wohl keinen Marineti mehr. Er nennt ihn Frau Gräfin, meine kleine Negerin, Morgenstern, Schätzchen, Mae West, die Schönste von Agreste, Geliebte. Wenn er einen Defekt hat, verliert er den Kopf und schimpft ihn Hure und noch schlimmeres.

Man macht die Bekanntschaft von Dona Carmosina, einer bedeutenden Bürgerin, der Postbeamtin, und erfährt etwas über die Kinder von Edmundo Ribeiro, dem Steuereinnehmer, als Entschädigung für das Ausbleiben des Briefes und des Schecks von Tieta, über deren Gesundheitszustand immer mehr Pessimismus herrscht.

Schon von weitem, noch bevor sie die Post betritt, liest Elisa an Dona Carmosinas Verhalten die Bestätigung dessen ab, wessen sie schon sicher war: Der Brief ist nicht gekommen. Mit hängenden Armen und ernstem Gesicht, die kleinen Augen halbgeschlossen, nimmt auch die tüchtige Beamtin am Drama der unerklärlichen Verspätung Anteil. Elisas Gesicht wird noch blasser, ihre Füße sind wie aus Blei, ihre Stimme ist undeutlich, fast ein Wimmern.

»Nichts?«

Dona Carmosina, eine hochblonde, korpulente Fünfzigerin mit langem Gesicht und heiserer Stimme, zeigt auf den spärlichen Posteingang, der auf der Theke liegt.

»Nichts! Heute ist kein eingeschriebener Brief gekommen. Damit es keinen Zweifel gibt, habe ich die Post zweimal durchgesehen, Brief um Brief. Das bißchen, das gekommen ist, liegt da. Ich habe noch nicht ausgeliefert, du bist die erste heute. Zeitungen und Zeitschriften sind gekommen, das ja, heute ist Samstag.« Sie bemerkt, wie blaß ihre Freundin ist. »Möchtest du ein Glas Wasser haben?«

»Nein, danke.« Die Worte kommen wie erstickt heraus.

»Was für eine Verspätung, nicht? In all den Jahren hat er sich nie so verspätet ...«

»In mehr als zehn Jahren ...«, stöhnt Elisa.

»Elf Jahren und sieben Monaten«, verbessert sie Dona Carmosina, die gewissenhaft auf Einzelheiten hält. »Ich kann mich noch an den ersten Brief erinnern, als ob es heute wäre. Als ich den Postsack aufmachte, merkte ich gleich den Geruch, damals verwendete sie ein stärkeres Parfum als heute, der ganze Raum war voll davon. Was ist das wohl für ein Brief? fragte ich mich und las schnell die Adresse und den Namen des Absenders. Er war an deinen Vater gerichtet, oder an irgendein anderes Mitglied der Familie Esteves, und der Absender war Antonieta Esteves, Postfach 6211, São Paulo. Ich hole dir Wasser, diese Hitze, und dann kein Brief, du Arme ...«

Während Dona Carmosina ihr den Rücken kehrt und aus dem Krug Wasser ins Glas gießt, beugt sich Elisa über die Post, nicht, weil sie noch Hoffnung hat, sondern um ihr Gewissen zu beruhigen.

»Ich habe zwei Tropfen Agua de Flor hineingegeben. Das ist gut für die Nerven.«

Elisa trinkt in kleinen Schlucken, während Dona Carmosina weitererzählt.

»Der Umschlag war rosa, hübsch, ich sehe ihn noch vor mir. Durch Lima, der schon tot ist, habe ich deinem Mann eine Nachricht in den Laden geschickt, ihr wart damals jungverheiratet. Er kam mit Osnar, ich gab ihm den Brief, gleich hier hat er ihn gelesen. Ein schöner Brief, mit der Bitte um Nachrichten vom Vater, von den Schwestern, wie es mit der Gesundheit und dem ganzen Leben steht, ob sie Hilfe brauchen. Ich habe sogar bei der Antwort mitgewirkt, weißt du noch?«

»Ich erinnere mich ... der Major war noch am Leben, er hat geschrieben ...«

»Er war strohdumm, aber er hatte eine schöne Schrift ... Ich habe diktiert, er hat geschrieben. Seither ist jeden Monat der Brief mit dem Scheck gekommen, das schöne Geld ...«

Dona Carmosina ist so hingerissen, daß sie die erstickende Schwüle gar nicht bemerkt, die durch beide Türen eindringt.

»Noch nie hat er sich derart verzögert ... wirklich sonderbar.«

Elisa hört aus der Stimme ihrer Freundin ein beunruhigendes Alarmsignal heraus. Sie versucht sie und sich selber zu beruhigen:

»Doch, einmal, als sie nach Buenos Aires gefahren war ...«

»Da kam er am siebzehnten ... genau am siebzehnten Februar. Heute haben wir den achtundzwanzigsten November. Worauf führst du das zurück? Krankheit?« Dona Carmosinas kleine Augen betrachten Elisa, die das leere Glas festhält, ohne eine Antwort zu finden, den Tränen nahe.

Glücklicherweise erscheint Edmundo, Edmundo Ribeiro, der Steuereinnehmer, fein angezogen, mit Rock, Krawatte und Hut, und wünscht einen guten Tag.

»Etwas für mich da, Carmosina?«

»Zwei Briefe, einer von Ihrem Sohn, der andere von Ihrem Schwiegersohn ...«, sie lacht mit ihren farblosen Lippen. »Ich wette, daß beide Geld haben wollen ...«

Der Steuereinnehmer nimmt die Briefe, hält sie gegen das Licht, wer kann schon verhindern, daß Dona Carmosina das Leben der anderen kennt und kommentiert, gehen nicht alle Telegramme und Briefe durch ihre Hände (und Blicke)? Carmosina, fast ein Albino, durchtrieben, mit ihrer Männerstimme und ihrer bösen Zunge eine sanfte Mörderin – so beschreibt sie Aminthas, ihr Vetter, der regelmäßig bei ihr ißt. Dona Carmosina ist eine gute Köchin, ihr Tapiokabrei in Milch und ihr Schwarzsauer von Hühnerblut sind berühmt. Und erst ihr Kuskus aus Mais!

»Als wäre ich ein Faß ohne Boden, mit Geld vollgestopft ...« Edmundo seufzt, er hat es nicht eilig, die Briefe zu öffnen, trotz seines Wunsches, von den Kindern zu hören. Er wendet sich an Elisa.

»Zé Esteves, Ihr Vater, ist glücklich, Dona Elisa. Er hat eine reiche Tochter, die Geld schickt, statt es zu verlangen. Bei mir ist es umgekehrt ...«

Dona Carmosina wirft einen raschen Blick auf Elisa und sagt:

»Diesen Monat ist Tietas Brief noch nicht gekommen. Merkwürdig, finden Sie nicht, Edmundo? Eine solche Verspätung ...«

Der Steuereinnehmer verbirgt seine Verwunderung nicht, während er einen der Umschläge öffnet.

»Noch nicht? Was ist da passiert, Dona Elisa?«

»Ich weiß nicht, Edmundo. Ich glaube, sie macht wieder eine Reise, wie jedes Jahr, mit dem Schiff ...«

»Kreuzfahrten«, erklärt Dona Carmosina, aber ihr Blick unter den strohblonden Augenbrauen drückt Zweifel aus. Edmundo schüttelt den Kopf, weiß nicht, was er dazu sagen soll.

Elisa verabschiedet sich, sie fühlt eine Schwäche in den Beinen, wie nicht einmal Asterio sie kennt.

»Danke, Carmosina.«

»Erst wieder Dienstag.« Sie will sie nicht so niedergeschlagen gehen lassen und sagt, um sie aufzumuntern: »Hübsch siehst du heute aus. Dieses Kleid kenne ich noch gar nicht ...«

»Tieta hat es mir geschickt.«

Edmundo unterbricht die Lektüre seines Briefes, er kann den Ärger über die Nachricht nicht unterdrücken:

»Suzanne erwartet schon wieder ein Kind ...«

Elisa reißt sich zusammen:

»Ich gratuliere, Edmundo. Wenn Sie Suzi schreiben, grüßen Sie sie von mir ...«

»Das vierte, nicht? So jung, wie Sie sind, und schon eine Menge Enkel. Schön, ich finde das schön.« Ist Dona Carmosinas heisere Stimme aufrichtig oder schadenfroh?

»Schön? Ich weiß, was mich das kostet ... so eine Unvernunft.«

»Teuer ist es ... und dabei kann man es heute so leicht vermeiden, mit der Pille. In Bahia bekommt man sie in jeder Apotheke, im freien Verkauf ... sogar die Kirche ist damit einverstanden«, betont Dona Carmosina, die sanfte Mörderin.

Elisa sagt bis bald, durchquert den lärmenden Markt und wendet sich zum Haus von Perpetua. Sie spürt nicht den schweren Blick des Arabers noch den des Burschen auf ihr Hinterteil, und das Pfeifen des Bettlers dringt nicht an ihr Ohr. Krankheit, hat Carmosina angedeutet, um nicht vom Schlimmsten zu sprechen. Tod, ja. Elisa zweifelt nicht mehr. Perpetua weiß, was sie sagt.

Nach dreiundzwanzig Jahren auf dem Postamt gibt Dona Carmosina endgültige Urteile über Menschen und Tatsachen ab:

»Das ist ein gutes und anständiges Mädchen, Edmundo. Ich kenne Elisa von klein auf, sie war immer ordentlich und zuverlässig. Und arbeitsam, ihr Haus ist ein Schmuckkästchen, und sie zieht sich gern hübsch an, nicht wie gewisse andere, die verschlampen. Jetzt freilich, die Arme ...«

Um besser zuhören zu können, unterbricht Edmundo die Lektüre des Briefes von seinem Sohn, dem Studenten.

»Was halten Sie von dieser Verspätung?«

»Wenn Tieta nicht tot ist, muß sie sehr krank sein. Ihr Mann könnte wirklich Nachricht geben, aber er wollte ja nie mit den Verwandten hier in Verbindung treten. Ich werde Elisa oder Perpetua raten, zu telegrafieren.«

Der Steuereinnehmer liest wieder in seinem Brief und ruft aus:

»Dieser Idiot! Der ist zu nichts anderem gut...«

»Was hat Lele diesmal wieder angestellt, Edmundo?«

»Er hat einen Tripper erwischt. Entschuldigen Sie, Carmosina, ich wollte Blenorrhoe sagen. Er verlangt dringend Geld für den Arzt und die Medikamente...«

»Nach zwei Spritzen Penicillin ist er wieder in Ordnung. Garantiert. Eine billige Behandlung, er braucht nicht einmal einen Arzt.«

Dona Carmosina liest die Zeitungen, bevor sie sie ausliefert, sie weiß, was in der Welt vorgeht, versteht etwas vom Film, von der Politik, der Wissenschaft. Zu ihrem Amt bei der Post kommt noch die Vertretung der *Tarde* von Bahia und von Zeitschriften aus Rio und São Paulo.

»Die arme Elisa war so durcheinander, daß sie nicht einmal die Zeitschriften mitgenommen hat. Nachher bringe ich sie ihr hin.»

Sie legt den Brief für Ascanio Trindade beiseite, denn sie sieht ihn auf der anderen Straßenseite; ein Brief von Maximo Lima, einem Freund aus der Hauptstadt, ohne Interesse. Früher, ja, da war es romantisch: als Astrud ihm Liebesbriefe schrieb und Ascanio ganze Seiten mit Liebesschwüren und sehnsüchtigen Worten füllte. Ein Dichter, dieser Ascanio, schade, daß er keine Verse schreibt, die müßten hübsch sein. Dona Carmosina kommt wieder auf Tietas Schweigen zurück:

»Möchten Sie meine Meinung wissen, Edmundo? Antonieta ist nicht mehr in dieser Welt. Mausetot.«

Ricardo, der Neffe und Seminarist, zündet zu den Füßen der Heiligen einander widersprechende Kerzen an; ein von Tränen – auch Krokodilstränen – triefendes Kapitel.

»Na? Wo ist er?« fragt Perpetua und antwortet selber, triumphierend, ein schmerzlicher Triumph: »Brief und Scheck sind im Eimer, meine liebe *Miss Bahia!*« Dann verspritzt sie ihre Galle gegen die Schwester: »Wenn ich Asterio wäre, dürftest du nicht in so unanständigen Kleidern auf die Straße, man sieht den ganzen Busen. Aber das hat jetzt ein Ende, diese Kleiderverschwendung. Alles hat ein Ende. Jetzt fängt die Zeit der Armut an.«

Elisa läßt sich auf einen Stuhl fallen, bedeckt ihr Gesicht mit den Händen und antwortet nicht. Sie könnte daran erinnern, daß bei jeder Verteilung der Geschenke Perpetua die Kleider nicht kritisiert, sondern die feinsten und gewagtesten aussucht, um sie den reichen Damen von Aracajú zu einem guten Preis zu verkaufen. Aber sie schweigt. Sie möchte sich die Ohren zuhalten, um nichts zu hören; die mürrische Stimme ihrer Schwester läßt jedes Wort noch grausamer erscheinen.

Vorher war Elisa am Laden vorbeigekommen, der um diese Zeit voll war; auf einem Stuhl machte sich Osnar breit. Sie tauschte einen Blick mit ihrem Mann, und das genügte, damit Asterio das Metermaß und den weißen Baumwollstoff weglegte. Osnar erhob sich: Guten Tag, Dona Elisa. Guten Tag, Chefin, sagte Sabino und verschlang sie mit den Blicken, vom Ausschnitt bis zu den Hüften, herrlich, wer hatte nur diese knappen, enganliegenden Kleider erfunden, unter denen sich sogar die Gesäßfalten abzeichneten. Was für eine wundervolle Mode. Ein Glückspilz, der Chef.

»Drei Meter«, verlangte die Kundin, die ebenfalls Elisas Eleganz bemerkt hatte. Ja, das war ein Stoff!

Asterio maß noch einmal ab, ungeschickt mit Zollstock und Schere hantierend.

»Ich gehe zu Perpetua, dann schicke ich gleich Araci mit dem Eßgeschirr. Auf Wiedersehen, Osnar«, verabschiedete sie sich, »lassen Sie sich nicht stören.«

Auf dem Weg konnte sie die Tränen nicht zurückhalten. Im Laden hatte sie jedes Wort die größte Anstrengung und Beherrschung gekostet. Jetzt sitzt sie auf dem Stuhl und läßt Perpetuas Stimme über sich ergehen, die ihren Ausschnitt kritisiert, als genügten nicht die leeren Hände, ohne Brief und Scheck.

»Ins Gras gebissen hat sie, ich habe es dir gesagt. Zweifelst du noch daran?« Zu der pfeifenden Stimme kommt noch der hocherhobene Zeigefinger.

Elisa läßt die Hände sinken, schüttelt den Kopf, erschöpft, in Tränen gebadet. Was nützen schon die Tränen? Sie lösen kein Problem, sie ersetzen den Scheck nicht, sie erwecken die Tote nicht zum Leben, beschließen nicht die Maßnahmen, die zu ergreifen sind. Perpetua dagegen kennt und respektiert die Bräuche, besteht auf den Formalitäten. Aus der Tasche ihres schwarzen Rocks zieht sie das Taschentuch und berührt damit die Augenwinkel – sind sie auch unsichtbar, so sind es Tränen der Trauer. Sie verleiht der spröden Stimme einen schmerzlichen Ausdruck und ruft ihren ältesten Sohn herbei:

»Cardo! Komm her, schnell! Ach, mein Gott!«

Sie führt das Tuch wieder an die Augen, Elisa soll sehen und bezeugen, welcher Kummer sie befällt, wenn sich ihre Annahme bestätigt. Gott habe sie selig und vergebe ihr ihre Sünden; ihre Unterstützung des Vaters und der Schwestern wird am Tage des letzten Gerichts zu ihren Gunsten sprechen.

Ein verschwitzter, bloßfüßiger, kräftiger Junge kommt herbeigelaufen. Stark, groß, hübsch, mit Pickeln im Gesicht, die seine siebzehn Jahre verraten. Über der lachenden Oberlippe der Schatten eines Bartflaums. Er trägt nur eine Turnhose, er hat im Garten Fußball gespielt.

»Hast du mich gerufen, Mutter?« Als er Elisa bemerkt, fügt er hinzu: »Guten Tag, Tante.«

Er atmet Gesundheit und Zufriedenheit und merkt nicht gleich die Traueratmosphäre, die im Wohnzimmer herrscht. In Gegenwart ihres Sohnes trocknet sich Perpetua zum drittenmal die wenigen, aber nun endlich sichtbaren Tränen. Der Junge bemerkt es und wird ernst.

»Ist etwas mit Großvater? Ganz früh, als ich zum Ministrieren gegangen bin, habe ich ihn auf dem Markt einkaufen sehen ...«

»Hole eine geweihte Kerze«, befiehlt ihm Perpetua, »und zünde sie im Heiligenwinkel an. Deine Tante Antonieta, die Arme ...«

»Tante Tieta? Ist sie gestorben?«

Bedrückt, aber nicht überzeugt, hebt Elisa den Kopf und lehnt sich auf:

»Man weiß noch nichts Bestimmtes ... nichts!«

Perpetua antwortet nicht, sondern wiederholt die Anordnung:

»Tu, was ich dir befehle, ich weiß, was ich sage: eine Kerze zu Füßen Unseres Herrn Jesus Christus, für Antonietas Seelenheil. Dann bade und zieh die Soutane an, für heute ist die Pause vorbei. Wo ist Peto?«

»Er ist zum Fluß angeln gegangen ...«

»Sag ihm, er soll nach Hause kommen. Nach dem Essen gehen wir zu Pater Mariano.« Ein Seufzer, die Hand auf der Brust, wie um das Herz zu beruhigen.

Verblüfft und sprachlos steht Ricardo im Wohnzimmer. Er wendet sich zu Elisa. Die gebeugten Schultern vergrößern den Ausschnitt um den braunen Busen. Trotz der ständigen Kritiken seiner Mutter hat der Junge nie auf die Eleganz seiner Tante geachtet. Zum erstenmal bemerkt er, wie gut sie sich kleidet und schmückt. Wie eine Heilige sieht sie aus, schutzlos auf ihrem Stuhl, leidvoll, den Tod der Schwester leugnend und gegen die Gewißheit ankämpfend, die sich im Antlitz und den Bewegungen seiner Mutter widerspiegelt. Mit tränenerstickter Stimme bittet seine Tante:

»Warten wir doch ab, bis wir sicher sind, bevor wir darüber mit dem Priester sprechen ... wozu diese Hast?«

Ricardo begreift nicht die Gründe der Meinungsverschiedenheit, und noch bevor er um die Tote trauert, empfindet er Mitleid mit Tante

Elisa, die in ihrer Verzweiflung wie die Statue der heiligen Maria Magdalena in einer Nische der Seminarskapelle aussieht.

Perpetua läßt nicht locker.

»Es ist nie zu früh, um einen guten Rat einzuholen. Auf was wartest du noch, Cardo? Hast du nicht gehört, was ich dir gesagt habe?«

»Ich gehe schon, Mutter...«

Er möchte noch etwas Passendes zu dieser Nachricht sagen, seine Gedanken gehen jetzt zu der unbekannten Tante, deren Tod angekündigt und bezweifelt wird und deren Namen er immer in seinen Gebeten erwähnen muß. Hat sie nicht allmonatlich Geld geschickt? Als er, ein Kind noch, ins Seminar kam, schickte ihm Tante Antonieta aus São Paulo ein prächtiges Brevier, mit Goldprägung am Rücken, feinem Papier und farbigen Buchstaben, in einem Etui aus rotem Samt – ein wunderschönes Geschenk für den zukünftigen Priester. Er hatte diese Kostbarkeit kaum gesehen und berührt, denn Perpetua verehrte sie durch Vermittlung von Pater Mariano dem Bischof Dom José. Auch den Fußball Nummer fünf hatte sie ihm geschickt. Hinter dem Rücken seiner Mutter hatte Cardo der Tante ein Briefchen geschrieben und sie um einen Fußball gebeten, aber auch um Geheimhaltung dieser Bitte, denn »wenn Mutter es erfährt, gerbt sie mir das Fell«. Er bekam den Fußball, die Hose und das Hemd des Vereins Palmeiras. Sie hatten jetzt ein Geheimnis miteinander, er und Tante Tieta. Er hebt den Kopf und sieht Perpetua an.

»Hoffentlich ist es nicht wahr.«

Dann geht er die Kerzen holen. Er ist nicht mehr fröhlich, und wenn er auch keine Tränen vergießt, so spürt er doch ein Brennen in den Augen und einen scharfen Schmerz im Herzen. Er will auf eigene Rechnung eine Kerze zu Füßen der Muttergottes anzünden und ihr versprechen, den Rosenkranz auf Maiskörnern kniend zu beten, damit sich die schlechte Nachricht nicht bestätigt.

Im Wohnzimmer breitet sich das Schweigen über die beiden Schwestern, über die beiden und die andere, abwesende, die ihnen in vielfacher Gestalt gegenwärtig ist. Ein schönes, kühnes Mädchen, das dem Zorn des Vaters und der Anschuldigung durch die Schwester die Stirn geboten hatte: Du bist ja nur neidisch, weil dich kein Mann beachtet, du Vogelscheuche. Schon von klein auf war sie dreist gewesen, als Ziegenhirtin auf dem öden Hügelland, das Zé Esteves gehörte. Als Halbwüchsige war sie nachts zum Fenster hinausgesprungen, um sich mit Männern zu treffen, der Handlungsreisende war nicht der erste, das steht für Perpetua fest. In der Erfüllung der Gebote Gottes war sie nachlässig, die Kirche war nur für ein verliebtes Stelldichein gut. Neben dem Fahrer des Lastwagens war sie dann lachend, zynisch und schön nach Bahia gefahren, auf Nimmerwiedersehen. Jetzt war sie die reiche Schwester, die Gemahlin des Comendadors in São Paulo, die dem Vater und den Neffen eine Monatsrente schickte, der größten Verehrung würdig, vergessen war die häßliche Vergangenheit, vorbei die närrische Jugend, jetzt war sie die Tante, die die Kinder in ihr Gebet einschlossen und die von Pater Mariano gepriesen wurde. Die großherzige Fee in Elisas Träumen, die glückliche und aufmerksame Wohltäterin, der Hoffnungsanker. In der Stadt war sie das Muster einer guten Tochter und guten Schwester, ein Himmelslicht, eine Legende, ein unerschöpfliches Gesprächsthema.

Nach beendetem Ritual steckt Perpetua das Taschentuch ein und fragt:

»Und Asterio?«

»Ich bin am Laden vorbeigegangen ... er weiß, daß der Brief nicht gekommen ist, aber heute ist Samstag, er kann nicht einmal über Mittag fortgehen. Da fällt mir ein, ich muß ihm das Eßgeschirr schikken.«

»Abends komme ich bei euch vorbei, ich sage dir dann, was der Vater rät. Wir werden dann beschließen, was zu tun ist.«

Ein Schluchzen erschüttert Elisa.

»Warum warten wir nicht bis Ende des Monats?«

»Wir haben lange genug gewartet. Nachher besprechen wir, was zu tun ist. Ich werde nicht untätig zusehen, habe ich das nicht schon gesagt? Ich will mein Teil haben.« Perpetua tauscht das Taschentuch gegen den Rosenkranz ein, jetzt ist Schluß mit den Tränen, Seufzern und Klagen. Beten ist besser.

Elisa bringt noch einen letzten Einwand vor:

»Wer weiß, vielleicht ist der Brief unterwegs verlorengegangen.«

»Ein eingeschriebener Brief geht nicht verloren. Ist vielleicht in all diesen Jahren einer verlorengegangen? Unsinn. Sag Asterio, er soll auf mich warten, heute gibt's kein Billard. Wenn die Schwägerin tot ist ...«

»Und Vater?«

Perpetua beginnt, den Rosenkranz durch die Finger gleiten zu lassen:

»Morgen sagen wir ihm Bescheid.«

»Er ist imstande und hat eine Idee ...«

»Wer? Der Alte? Wütend wird er sein, wird von uns Geld haben wollen, soviel wie möglich, das ja. Er muß sich einschränken, die Zeiten der Verschwendung sind vorbei.«

Als Elisa am Flur vorbeigeht, erblickt sie ganz hinten die Kerzenflammen, die die Heiligen beleuchten. Eine für das Seelenheil der Toten, zu Füßen des Kruzifixes; die andere, für das Leben der Tante, zu Füßen der Muttergottes. Sie hört die Stimme des Jungen, wie er betet: Gegrüßt seist du, Königin, Mutter der Barmherzigkeit.

Barmherzigkeit, mein Gott!

Gebete um die Gesundheit der alten unbekannten Tante, ein keusches und frommes Kapitel.

... Leben und Wonne, unsre Hoffnung, sei gegrüßt! Die Worte des Gebets kommen in aufrichtigem Gefühl aus der nebelhaften Trauer heraus. Und doch mechanisch, denn Ricardos Gedanken bewegen sich frei auf der Suche nach der Tante, die im Todeskampf oder gar schon im Sarg liegt. Er weiß wenig, praktisch nichts von ihr.

Leben, Wonne und Hoffnung, möge doch die Tante aus São Paulo nicht tot sein, wie die Mutter versichert – sie geht in tiefer Trauer einher –, möge sich doch die Zuversicht von Tante Elisa bestätigen und die Gefahr abgewendet werden, zu dir rufen wir, Evas verstoßene Kinder. Zu dir flehen wir seufzend und weihen dir für die Gesundheit Tante Antonietas einen auf Maiskörnern kniend gebeteten Rosenkranz. Ein kümmerliches Gelübde, ein elendes Angebot für ein so unglaubliches Wunder. Er wird sich dessen bewußt und erweitert es übertrieben auf eine ganze Woche voll kompletter Rosenkränze auf wunden Knien, wehklagend und weinend in diesem Tal der Tränen, errette Tante Antonieta vor dem Tode.

Nichts weiß er über die Krankheit, über die Tante Antonieta. Nichts, ungenaue, flüchtige Nachrichten über die unbekannte Tante, die fast abstrakt ist. Trotzdem ist niemand konkreter, gegenwärtiger, unentbehrlicher im Leben eines jeden von ihnen, der ganzen Familie. Die Tante aus São Paulo, die steinreiche Tante.

Wende uns deine Augen voll Barmherzigkeit zu, in diesem Tal der Tränen, der Armut und der Einschränkungen, das Bild der heiligen Schutzherrin, der Beschützerin, die kleine Zuwendungen möglich macht, dazu das Geld, das die Mutter für das noch so ferne Fest seiner ersten Messe auf die Sparkasse brachte, oder für Petos Studium, falls Peto überhaupt einmal studieren sollte. Wenn er an die nie gesehene Tante denkt, vergleicht er sie nicht mit der Jungfrau Maria, zu der er für sie betet, sondern mit der heiligen Anna, der Schutzpatronin der Stadt und Beschützerin der Familie, der heiligen Familie und aller anderen. In den Kerzenflammen erblickt er das Bild der alten Dame mit den freigebigen Händen, der zärtlichen, sanften Schutzpatronin.

War sie eine schwache Greisin, oder hielt sie sich noch gut, rüstig wie die Mutter? Welche von den beiden war wohl die älteste? Über das Alter der Tante hatte Ricardo nie etwas zu hören bekommen, die Mutter machte sich immer jünger, wenn man sie fragte. Die Abwesende muß ein gutes Stück älter sein, ist sie denn nicht die reiche, die mächtige, die freigebige, das eigentliche Familienoberhaupt, von dem selbst der Großvater mit Verehrung spricht? Er, der sonst nur Flüche und Verwünschungen im Mund führt, der Klagen und Drohungen ausstößt, singt Loblieder, wenn er Tietas Namen erwähnt: Gott schenke ihr Gesundheit und vergrößere ihr Vermögen, sie verdient es, die gute Tochter. Ist sie eine müde alte Frau mit weißem Haar – oder färbt sie sich noch die Haare wie früher? In den Kerzenflammen sind Tante Antonietas Haare weiß.

Er kennt ihre große, unsichere Schulschrift, die mit wenigen Worten ein Blatt des schönen Briefpapiers füllt, das einmal blau, dann orangefarben, dann nilgrün ist, ungeheuer schick. Die Schrift und das Parfum, ein seltener Duft für eine Nase, die den Gestank der abgebrannten Kerzen gewohnt ist, den Geruch der muffigen Betten, der verwelkten Blumen, den armseligen Geruch der Sakristei, der schweißerfüllten Klassenzimmer, des Weihrauchs. Als sie Cardo den Fußball schickte, kritzelte die Tante auf ein Blatt: »Für meinen lieben Neffen, zur Erinnerung an seine Tante Tieta.« Glücklich legte er das zusammengefaltete Stück lila Papier zwischen die Seiten seines Meßbuchs und atmete im geheimen seinen Duft ein. In einem Anfall von Stolz zeigte er die Widmung Cosme, seinem besten Freund, dem Gefährten der Andachten und Exerzitien, seinem Banknachbarn, und ließ ihn am Papier riechen. Aber Cosme, ein Asket, weigerte sich, in allem sah er Sünde, eine Versuchung des Teufels. Parfum? Eine Todsünde. Für die Diener des Herrn genügte der Weihrauch. Der Beichtvater beruhigte Ricardo: Das keusche Parfum einer alten Tante enthielt keine Sünde, weder eine Todsünde noch eine läßliche Sünde.

Wende deine Augen voll Barmherzigkeit zu uns hernieder – wie mögen die Augen, das Gesicht von Tante Antonieta sein? Ernst, wie das der Mutter, streng und fromm? Unruhig, melancholisch, wie das von Tante Elisa? Oder so ähnlich wie Großvaters Gesicht, die harte Caboclo-Fratze? Vor mehreren Jahren, als er noch ein Kind war, hatte man ihm ganz kurz ein Foto der Tante in einer Zeitschrift von Rio gezeigt – in einer Zeitschrift, deren sich Elisa bemächtigt und die niemand mehr zu sehen bekam. Ricardo erinnerte sich nur noch an das blonde, geringelte Haar – wie war das zu erklären, wo doch die ganze Familie dunkelbraunes Haar hatte? Später erfuhr er, daß die Frauen ihr Haar bleichten und sogar färbten, darüber hatten seine Mutter und

Tante Elisa gestritten. Nach Perpetuas Ansicht eine verdammenswerte Mode, denn Gott bestimmt die Haarfarbe eines jeden Menschen, niemand hat das Recht, sie zu ändern. Elisa widersprach und nannte ihre Schwester rückständig, eine Kirchenmaus. An die Augen, den Mund kann sich Ricardo nicht erinnern, nur an die Locken von reinem Gold. Jetzt, im Licht der Kerzen, sieht er sie weiß wie Baumwolle, so viele Jahre sind seither vergangen, damals war er ein Kind, heute ist er ein junger Mann.

Und Jesus, deines Leibes Frucht, die benedeite, woll' uns nach diesem Elende einst zeigen – wie viele Jahre dauert schon das Elend, die Verbannung der Tante? Als Ricardo geboren wurde, war Tieta schon lange fort, und niemals hatte er von der Mutter, von Tante Elisa, vom Großvater und seiner zweiten Frau, Großmutter Tonha, das kleinste Wort über diese andere Verwandte gehört, nicht einmal ihren Namen. Über die Tante aus São Paulo hatte er erst nach ihrem ersten Brief etwas erfahren, und auch heute weiß er sehr wenig, außer daß sie reich, gütig und alt ist.

Wenn die Muttergottes sie rettet, mag es sein, daß sie eines Tages zu Besuch kommt, in Fleisch und Blut, eine zärtliche Greisin, so alt, daß sie schon fast eine Großmutter ist. Ricardo hat keine wirkliche Großmutter gekannt, die Mutter seiner Mutter war vor der späten Heirat Perpetuas mit dem Major gestorben, dessen Eltern schon auf dem Quintas-Friedhof von Bahia ruhten, als der pensionierte Offizier durch Zufall in Agreste auftauchte, unversehens vom Asthma geheilt wurde und wieder zu Kräften kam in diesem Sanatoriumsklima.

Heilige Anna, Patronin, Beschützerin der Familie, mache, daß Tante Antonieta die Lücke füllt, die die Großmütter hinterlassen haben. Wenn sie wieder gesund wird, wenn die Heilige Jungfrau ihr die Gesundheit wieder schenkt, wird ihr Ricardo, nach Erfüllung seines Gelübdes, wieder einen Brief schreiben, sie um eine Angelrute mit Rolle, Nylonschnur und künstlichen Fliegen bitten, wie die in der Anzeige der Zeitschrift *Jagd und Fischerei*, die er auf der Post mit Dona Carmosinas Erlaubnis durchgeblättert hatte. Er würde die Tante bitten, das Geheimnis zu wahren; wenn die Mutter davon erführe, würde es einen Riesenkrach geben. Im Tausch für die kaputten Knie, nach einer ganzen Woche im Gebet, war das nicht zuviel verlangt: Angelrute, Rolle, Nylonschnur und Köder, und dazu noch ein Geheimnis zwischen den beiden. Eine gute Sache, so ein Geheimnis. Ricardo hatte Geheimnisse mit einigen Heiligen, mit der Muttergottes und vor allem mit der heiligen Rita von Cascia, die er sehr verehrte.

An der auf Geheiß der Mutter für das Seelenheil der Schwester entzündeten Kerze flackert die Flamme des Todes und verlischt von selbst. Ricardos Augen weiten sich vor Staunen über dieses Wunder. Nur die Flamme der anderen Kerze brennt weiter, mächtig ist die heilige Muttergottes, Amen.

Dona Carmosina liest einen Artikel, löst Kreuzworträtsel und Probleme bezüglich der Situation Tietas, welche der scharfsinnigsten Detektive aus Kriminalromanen würdig wären; man macht die Bekanntschaft des Kapitäns Dario de Queluz, und am Ende des Kapitels erscheint der Barde Barbozinha (Gregorio Eustaquio de Matos Barbosa) mit gebrochenem Herzen.

»Sehr gut! Ins Zuchthaus mit ihnen!« ruft Dona Carmosina in heller Begeisterung und mit lauter Stimme aus. Endlich ein unabhängiger und würdiger Richter, der imstande ist, ein gerechtes Urteil zu fällen und die Kanaille ins Gefängnis zu schicken. »Eine Bande von Mördern!«

Ihre Begeisterung und Empörung haben kein Publikum, allein sitzt sie am frühen Nachmittag im Postamt. Wenn Kapitän Dario davon erfährt, wird er außer sich sein vor Freude, er, der sich so aufregt, wenn von der Umweltverschmutzung die Rede ist. »Diese Kerle müßten alle eingesperrt werden, meine gute Carmosina, das sind Mörder der Menschheit.« Der Kapitän ist ein bißchen rhetorisch, er liebt effektvolle Phrasen. Barock, wie Barbozinha das poetisch umschreibt.

Sie reißt die Seite heraus, um sie für den Kapitän aufzuheben. Das macht nichts, denn die Zeitung ist für den Oberst, Arturo de Figueiredo, den alten Oberst Artur da Tapitanga, seit unvordenklichen Zeiten Abonnent des *Estado de São Paulo;* Dona Carmosina rechnet nach: seit 1924. Jahrzehntelang hielt der *Estado* den Gutsbesitzer auf dem laufenden über die Neuigkeiten in dieser Welt. Jetzt läßt der Empfänger den Berg von Zeitungen, der das Büro verstopft, nur alle paar Monate abholen. Er liest sie nicht mehr – nur Dona Carmosina liest sie mit Genuß und Gewinn –, aber er erneuert pünktlich das Abonnement, seine Eigenschaft als Abonnent der Paulistaner Zeitung ist ein Attribut seines gesellschaftlichen Ranges; Dona Carmosina, die Hauptinteressierte, erinnert ihn immer rechtzeitig an diese Pflicht und lobt die Zeitung und die Ziegen des Obersten.

Eine Seite mehr oder weniger, eine Nummer mehr oder weniger, das macht dem in den Achtzigern Stehenden nichts aus; sechsundachtzig ist er am 18. Januar geworden, wie Dona Carmosina zu berichten weiß. Es kümmert ihn wenig, was in dieser verrückten Welt vorgeht,

Kriege und Revolutionen, Gewalt und Haß, sensationelle Lügen. Diese Geschichte von dem Mann, der in einer Rakete zum Mond geflogen sein soll, ist doch nur ein Ammenmärchen, um die Idioten zum Narren zu halten. Es steht in der Zeitung, auf der ersten Seite des Estado? Deswegen glaube ich es noch lange nicht. Carmosina, ich bin alt, aber nicht senil. Obwohl das Tor des Gutes Tapitanga kaum einen Kilometer weit entfernt ist, erscheint der Oberst nur selten bei einer Sitzung des Gemeinderats von Sant'Ana do Agreste, dessen Vorsitzender er ist. Zahllose Male wurde er zum Stadtrat gewählt und wiedergewählt, ist Ex-Bürgermeister und Ex-Präfekt. Wenn er kommt, versäumt er nie, der Postmeisterin einen Besuch abzustatten.

»Carmosina, erzählen Sie mir, was Sie in der Zeitung gelesen haben. Aber kommen Sie mir nicht mit Lügengeschichten ...« Er droht ihr mit dem Stock und lacht.

Er läßt die Zeitungen in den Wagen legen. Er verwendet sie für die verschiedensten Zwecke: um Plakate zu machen, das Feuer anzuzünden, sich auf der Latrine zu reinigen. Die Ziegen haben schon ganze Ausgaben aufgefressen, und wenn sie davon auch nicht fett geworden sind – geschadet hat es ihnen nicht.

Dona Carmosina faltet das Blatt sorgfältig, so daß der Artikel sichtbar bleibt, der auf dem Kopf der Seite mit einer fetten Titelleiste steht: *Italien verurteilt die Verschmutzer seines Meeres zu Gefängnisstrafen.* Das wird den Kapitän freuen. Auch Barbozinha interessiert sich für dieses Problem und beklagt »die unvermeidlichen Nachteile, die der Fortschritt mit sich bringt«. Kapitän Dario ist radikaler in seiner Beurteilung und Verurteilung dieses »als Fortschritt bezeichneten Wahnsinns, der die ganze Menschheit vergiftet und das Fortbestehen des Lebens auf dieser Erde bedroht, meine gute Carmosina«. Mit ausgestreckten Armen ruft er dramatisch aus:

»Wenn dem nicht Einhalt geboten wird, werden bald die Kinder mit Krebs auf die Welt kommen. Sehen Sie sich nur Japan an ...«

Um vor diesen Ursachen und Wirkungen zu fliehen, um die wahren Freuden des Lebens zu genießen, solange noch Zeit war, hatte er eine vielversprechende Laufbahn in der Kriegsmarine aufgegeben, hatte die Uniform in den Schrank des Bungalows gehängt und seine Bekleidung auf Shorts und Matrosenleibchen beschränkt; abends, am Strand, leistete er sich den Luxus eines Pyjamas, und in der Stadt trug er Hose und Sporthemd. So ließ es sich leben, in dem gesegneten Klima von Agreste, in der unvergleichlichen Landschaft von Mangue Seco. Im Paradies.

»Eine gute Lektion!« wiederholt Dona Carmosina, bevor sie sich dem Kreuzworträtsel und dem Logogriph zuwendet.

Groß ist der Wissensdurst von Dona Carmosina, zahlreich und vielfältig sind die Themen, die sie interessieren; von der Politik bis zur Wissenschaft, von den ernstesten Problemen unserer Zeit bis zum Ondit über das Sexualleben der Idole der Massen, von der UNO bis zur OAS, von der CIA bis zum KGB, von der NASA bis zu den UFOS, von der MPB bis zum FEBEAPA – ja, sie kennt eine Menge Abkürzungen.

In der Kohorte von Freunden und Bewunderern, die das Post- und Telegrafenamt frequentieren und es in den vielen toten Stunden mit Gesprächen und Diskussionen erfüllen, findet Dona Carmosina Partner für jedes Wissensgebiet. Mit Aminthas und Fidelio, dem auffälligen Fidelio, unterhält sie sich über Musik, Komponisten und Interpreten; mit Ascanio über den Tourismus in der Welt und Bahia, mit Elisa schwätzt sie über Gerüchte, die um die Sterne unseres glitzernden Künstlerhimmels kreisen; mit Barbozinha gibt es ein weites Feld für Dialoge und Polemik; von der zarten oder wilden Blume der Poesie bis zu den Geheimnissen der spiritistischen Philosophie, denn der Barde ist ein theoretischer und hellseherischer Spiritist, und sie ist ungläubig, leugnet die Seelenwanderung und die Wiedergeburt, lacht über Himmel und Hölle und rühmt sich, Atheistin zu sein. Als Atheistin ist sie nichts wert, die Carmosina, und als Frau auch nicht, bemerkt Aminthas, der den Humoristen spielt.

Nicht geringer ist die Spannweite der Debatten mit dem Kapitän Dario: die heutigen Probleme des Menschen und der Welt, alle, von der Atomexplosion bis zur Bevölkerungsexplosion; von der Umweltverschmutzung in Los Angeles und São Paulo, in Tokio und Rio de Janeiro bis zum portugiesischen Kolonialkrieg; die Möglichkeit eines dritten Weltkriegs und die geheimen Absichten der Führer der Mächte und Supermächte – vergessen Sie China nicht, meine liebe Freundin –, der Nahe Osten, das Schicksal Israels, das arabische Erdöl, die Palästinenser, dazu Besprechungen der gelesenen Romane, Krimis und Science-fiction; dabei zieht der Kapitän die letzteren vor, da sie ihn ins All hinaus zu fernen Planeten führen, wogegen sie die Detektivgeschichten bevorzugt, vor allem die klassischen à la Agatha Christie, die den Leser zur Entdeckung des Verbrechens herausfordern. Dona Carmosina rühmt sich, immer richtig zu raten und den Mörder herauszufinden, noch bevor Hercule Poirot es tut.

Von den kulturellen Zentren von Agreste ist das Postamt bei weitem das bedeutendste. Gelegentlich seines unvergeßlichen Besuches der Stadt, auf Einladung des Barden Barbozinha, seines alten Gefährten bei den Streifzügen durch die Straßen, Bars und Freudenhäuser der Provinzhauptstadt, hatte der bekannte Chronist der *Tarde*, Giovanni Guimarães, das Postamt, in dem er sich nachmittags immer zu einem langen Gespräch einfand, den Areopag getauft, und dieser Name ist ihm geblieben. Oft treffen sich dort die drei zur gleichen Zeit, Dona Carmosina, der Dichter und der Kapitän Dario. Dann gerät der Areopag in Glut, die Geistesblitze ziehen die Leute aus der Bar und den Geschäften an, die kommen, nur um zuzuhören. Der Araber Chalita ist Stammgast, kein einziges Wort entgeht ihm. Zwar versteht er nichts, aber wie er staunt! Ein hervorragendes und kostenloses Vergnügen. Einfach toll.

Nur mit Osnar hat Dona Carmosina kein gemeinsames Gesprächsthema, schon als Junge interessierte er sich für nichts anderes auf dieser Welt als für Bier, Billard und Weiber. Weitgesteckt ist der Kreis der Frauen, die Osnars Begierde wecken, denn er ist weder wählerisch noch dogmatisch. Leider befindet sich Dona Carmosina nicht in dieser zahlreichen Versammlung von Begehrten (und teilweise schon Vereinnahmten), Osnar bewundert ihren Intellekt, verachtet jedoch ihre Körperlichkeit, »die bringt ihn mir nicht hoch«, sagt er. Um die Wahrheit zu sagen, so ist es Dona Carmosina bisher noch nicht gelungen, die Lüsternheit irgendeines Mannes zu erregen.

Ein Synonym für Lüsternheit mit vierzehn Buchstaben – Dona Carmosina nagt am Bleistift, wühlt in ihrem Gedächtnis, jetzt hat sie's: Geilheit. Nein, Geilheit hat acht Buchstaben. Mit vierzehn, was kann das sein? Zügellosigkeit, klar. Dona Carmosinas von blonden Wimpern eingefaßte Äuglein verlieren sich auf der Straße, wo der Samstagsmarkt in vollem Betrieb ist, Fuhrleute erledigen in den wenigen Geschäften die unerläßlichen Einkäufe und geben nur bescheidene Münzen aus. Zügellosigkeit, ein starkes Wort.

Als Perpetua heiratete, sah Dona Carmosina einen Hoffnungsschimmer. Aber das ist schon eine andere Geschichte, benutzen wir die Gelegenheit und machen wir eine Pause; wir wollen das Kapitel unterteilen, damit der Leser Atem holen kann.

Während der Leser Atem holt, profitiert der Autor von dieser Pause und mißbraucht sie sogar.

Eine gute Idee, wirklich verdienstvoll. Lange Kapitel ermüden, machen die Erzählung schwerfällig und langweilig, führen zu Interesselosigkeit und schläfern ein. Eine Pause dagegen gewährt Zeit und Raum für notwendige Erklärungen, über Einzelheiten, die die handelnden Personen verdrehen, ändern oder ganz einfach unterdrücken, je nach ihren verschiedenen, offenen oder versteckten Interessen, deren genaue Kenntnis jedoch ein geheiligtes Recht des Lesers ist – um sie zu erfahren, zahlt er die heutigen unglaublichen Preise!

Carmosina ist es gewohnt, Geheimnisse zu wahren, Spuren zu verwischen, den vollständigen oder teilweisen Umlauf bestimmter Nachrichten zu verhindern, womit sie den Klatschbasen vom Kirchplatz und der Bevölkerung von Agreste schweren Schaden zufügt; denn wer schnüffelt nicht gern im Leben des Nächsten, wer fragt nicht, erzählt nicht, kommentiert nicht? Wenn es eine Ausnahme gibt – ich kenne sie nicht. Das Leben der anderen zerpflücken ist das Hauptvergnügen in diesem Ort, aus Grobheit, und weil sie einen schlechten Charakter haben, tun es die einen, Kunst und Spitzfindigkeit ist es bei den anderen.

Unerträglich ungeschliffen ist Bafo de Bode, ein Auswurf der Gesellschaft, verfault innen und außen. Nach der großen wöchentlichen Sauferei, die am Samstagabend beginnt, nachdem er den ganzen Tag in glühender Sonne auf dem Markt gebettelt hat, und die am Sonntag weitergeht, torkelt dieser übelriechende Mistkerl mühsam durch die Straßen, zieht die Ehre der verschiedenen Familien durch den Schmutz und gibt Verdächtigungen, Beleidigungen und Schmähungen von sich, die leider fast immer zutreffen.

»Vorsicht mit den Hörnern, Chico Sobrinho, sie wachsen zu schnell. Deine Frau, Ritinha, liegt am Flußufer ... ich will nicht sagen, mit wem, ich bin kein Denunziant.«

Weder er noch ich, wer dann? Eine feine Kunst beherrscht die alte Stimme von Dona Milú, der Mutter von Carmosina, eine Heilige, wer zweifelt daran?

»Es heißt, daß Ritinha etwas mit Lindolfo hat, aber das ist sicher gelogen, die Leute reden so viel. Das ist nur, weil Ritinha sehr ungezwungen ist, manchmal allzusehr ... das ist eben ihr Temperament, sie kann nichts dafür.«

Die Leute haben es schon satt, immer wieder zu hören, daß sich Ritinha und Lindolfo, der Schatzmeister der Präfektur, irgendwo am Fluß treffen. Am besten macht man es wie Chico Sobrinho, der achtet nicht auf dummes Geschwätz; wer hört schon auf Bafo de Bode?

Gehen wir aber wieder zu Carmosina und dem Kapitän Dario zurück, denn um sie geht es, zwischen den beiden gibt es ein Komplott. Nein, nicht das, was Sie glauben. Wie Osnar sagt – der dabei auf den Kapitän anspielt –, es gibt niemanden, der vollkommen ist. Durch die Spalten der halboffenen Fenster folgen ihm, je nach Alter und Feuer, schmachtende oder glühende Blicke, wenn er mit seinem Seemannsgang durch Agreste geht; er sieht gut aus, besteht nur aus Muskeln, der Körper ist jung, das Antlitz gereift und lebhaft, rebellisch der graumelierte Haarschopf. Er kann sich den Luxus erlauben, auszusuchen, er kann es sich leisten, sie alle zu ignorieren, nicht einmal für Carol, die Freundin von Modesto Pires, macht er eine Ausnahme, für dieses Meisterwerk Gottes und der Rassenmischung. Der Kapitän ist monogam, er liebt seine Frau, Dona Laura, und Carmosina ist seine treue Freundin. Treue Freundin, sonst nichts. Den Lesern zu gefallen benutze ich diese Pause und versuche, das Geheimnis aufzuklären.

Ich gehe gleich aufs Ganze. Wie steht es um das Kapitänspatent unseres Freundes, wie viele Tressen weist die tief im Schrank vergessene Uniform auf? Niemand weiß es, allen genügt der Titel Kapitän, und genau das sagte ihm auch Dona Carmosina, als er, ehrlich und bescheiden, die Wahrheit bekennen wollte. Sie ist dafür verantwortlich. Einmal redet sie, dann verheimlicht sie wieder, je nachdem.

Daß Dario de Queluz, der tapfere Sohn von Agreste, der Kriegsmarine angehörte und damit seinem Heimatort Glanz und Bedeutung verliehen hat, das steht fest, dafür gibt es übergenug Beweise. Einer davon funkelt im Bungalow, auf seinem Schreibtisch, neben den Arbeiten, die der Kapitän aus Kokosnüssen hergestellt hat: Eine Goldmedaille, in Erinnerung an tapferes Verhalten, glänzt unter der Glasglocke. Daß er ganz bescheiden als Matrose angefangen hat, ein junger Bursche, der ausgewandert ist, um Arbeit zu suchen, das wissen alle. Auch daß er in den zwanzig Jahren seiner militärischen Laufbahn dank seiner eigenen Anstrengung und dank seines Eifers Stufe um Stufe aufgestiegen ist, ist allgemein bekannt. Aber bis wohin ist er aufgestiegen? Das ist der springende Punkt. Als er die Uniform ausgezogen hatte und in seine Vaterstadt zurückgekehrt war, erklärte ihn irgend jemand zum Admiral. Er wies den Titel und die Schmeichelei zurück.

»So weit bin ich nicht gekommen, wer bin ich denn schon? Außerdem ist Admiral ein Titel, den es hier nur in Kriegszeiten gibt.«

Dann nannte man ihn einfach Kapitän, und wenn jemanden die Neugier plagte, zu wissen, wie hoch er aufgestiegen war, so zeigte er es nicht. Dario flößte Respekt ein und war ein Athlet. Kapitän war ein Titel, der immer paßte.

Eine heikle Angelegenheit, das Leben der Mitmenschen. Als sich die beiden eines Tages allein im Postamt unterhielten, fragte Carmosina so ganz nebenbei:

»Kapitän, erklären Sie mir, wie das ist. In der Kriegsmarine kann ein einfacher Matrose doch Fregattenkapitän im Hilfskorps der Marine werden, nicht wahr?«

Dario merkte den Hintersinn; die Neugierde nagte am Herzen

seiner Freundin. Er lächelte sein Lächeln eines guten und anständigen Mannes, der keine Bosheit kennt, und antwortete:

»So weit bin ich nicht gekommen, meine gute Carmosina. Ich bin nur . . .«

Sie legte ihm die Hand auf den Mund.

»Leise, das braucht niemand zu hören . . .«

»Warum denn nicht?«

»Weil die anderen glauben, daß Sie es so weit und noch weiter gebracht haben, und stolz sind darauf. Wozu soll man sie enttäuschen? Kapitän, das reicht.«

Sie hatte die Ohren gespitzt, um zu hören, sie hatte gehört und damit Schluß. Jetzt war er ein Kapitän, der auf den Hügeln von Mangue Seco dem Wind und den Wellen befahl, es war unnütz, sich noch um Einzelheiten, Tressen und Dienstanweisungen zu kümmern. Carmosina weiß Bescheid, das genügt, hier haben die Konfidenzen ein Ende, nicht einmal der alten Milú erzählt sie es. Der Mutter? Wahnsinn! Am Tag darauf wüßte es ganz Agreste.

Damit wäre klargestellt, was ich klarstellen wollte. Ich habe die Unterbrechung eines Kapitels benutzt und gleich noch eines geschrieben, verzeihen Sie mir. Welchen Rang der Kapitän tatsächlich bekleidet hatte? Das kann ich nicht sagen, nur Carmosina weiß es, und die hält den Mund, die Egoistin, und verheimlicht die Information. Wenn einer von Ihnen etwas erfährt, so sagen Sie es mir doch bitte.

Fortsetzung des unterbrochenen Kapitels

Als Perpetua heiratete, sah Dona Carmosina einen Hoffnungsschimmer. Wenn Perpetua, die älter und häßlicher war – ja, häßlicher, denn ein sympathisches Wesen macht auch einen Punkt bei der Miß-Wahl aus –, wenn sie mit diesem reizlosen, ewig gekränkten Gesicht, das nach chronischer Verstopfung aussah, noch jemanden gefunden hatte, der sie haben wollte, der um ihre Hand anhielt und sie in Schleier und Brautkranz zum Altar führte – ein lächerliches Bild –, dann hatte Carmosina, die jünger war, dazu intelligent, gebildet, hochgebildet, freundlich und herzlich und zu allem übrigen noch eine vorzügliche Köchin, dann hatte sie doch wohl das Recht, zu träumen und nicht zu verzweifeln.

Ach, einen Major Cupertino Batista gab es nur einmal, Wunder wiederholen sich nicht. Aus Gesundheitsrücksichten pensioniert, gute fünfzig Jahre alt, asthmatisch und herzleidend, beschränkt, starrköpfig, schwer von Begriff, ein Quatschkopf, aber trotz alledem eine Partie, die nicht zu verachten war. Er war Junggeselle, hatte Ersparnisse, finanzielle und physische Reserven. Als er ins Himmelreich einging, hinterließ er Perpetua zwei Söhne und drei Häuser, dazu die Rente und Geld, das Zinsen abwarf. Das Erbe gönnte ihr Carmosina, aber – sie seufzt – während sechs Jahren und einem Monat, einundsiebzig Monaten, zweitausendzweihunderteinundzwanzig Nächten, die des Schaltjahres mitgerechnet, hat diese Hexe, diese Närrin, nein, diese Glückliche, dieser Glückspilz, im Ehebett mit einem Mann geschlafen, unter derselben Decke, einem Mann, der bis zuletzt in Ordnung war, denn Perpetua hatte, kurz bevor der Major das Zeitliche segnete, eine Fehlgeburt.

Buchstabe um Buchstabe schreibt sie Zügellosigkeit in die Felder des Kreuzworträtsels, ihre Gedanken fliegen von Perpetua zu Elisa (die Arme, vor Kummer hatte sie die Zeitschriften vergessen) und von Elisa zu Antonieta.

Antonieta, ja, die verdiente das Eheleben und das Glück: fröhlich, lustig, gütig, ein zauberhaftes Wesen. Sie war immer viel bei Carmosina zu Hause gewesen, sie waren zusammen in die Volksschule gegangen. Dona Milú schätzte sie ganz besonders und verteidigte sie, wenn die bösen Zungen sie schlechtmachen wollten. Die Klatschbasen führten immer ihren Namen im Munde:

»Die hat schon lange ihre Unschuld verloren ...«

»Dafür ist sie aber auch zurechtgestaucht worden ...«

»Junges Mädchen nennst du diese Person? Ein Flittchen ist sie ... geht mit einem jeden ...«

Dona Milú bereitet diesen Gesprächen ein Ende:

»Mit wem sie geht, ist ihre Sache, ich habe nie gehört, daß sie mit einem Mann für Geld ins Bett geht. Ihr Körper verlangt es einfach. Der ihre und der von allen anderen, stimmt's, Roberta? Nur, die anderen Frauen tun es nicht, schließen sich mit sieben Schlüsseln zu, aber auch nur die Pflaume selbst. Alles übrige ist egal, nicht wahr, Gesilda? Von der Achselhöhle bis zum Arschloch wird ja alles rangenommen.«

Dann wechselt sie das Thema.

»Was für hübsche Spitznamen die Jungen deinen Zwillingen gegeben haben, Francisca. Weißt du nicht, welche? Dann will ich es dir sagen: Hände aus Gold und Silber, ich finde das hübsch ...« Dona Milú ist nicht so leicht kleinzukriegen.

Als Antonieta, verprügelt und verstoßen, auf dem Lastwagen davonfuhr, nahm Carmosina als einzige von ihr Abschied. Sag deiner Freundin Lebewohl, hatte die Mutter befohlen. Die blauen Flecke vom Vorabend waren noch zu sehen, der Krückstock hatte ihr Gesicht erwischt, an den Beinen hatte sie rote Blutergüsse. Tieta beklagte sich nicht. Vielleicht ist es zu meinem Vorteil, sagte sie. Sie hatte recht gehabt.

In den letzten elf Jahren und sieben Monaten war kaum ein Tag vergangen, an dem Carmosina nicht an Antonieta gedacht hätte. Vom Eintreffen der ersten Botschaft an hatte sie, Brief um Brief, die Korrespondenz zwischen Sant'Ana do Agreste und dem Postfach 6211 von São Paulo verfolgt. Sie ist über alles im Bilde, sie weiß mehr als Tietas Schwestern selbst, viel mehr. Aus direkter Kenntnisnahme und durch Schlußfolgerungen.

Sie hatte gesehen, wie der Betrag auf dem Scheck im Laufe der Zeit gestiegen war, infolge des Verfalls des Cruzeiros und dank des Gejammers der Schwestern. Die Briefe von Elisa, die in Grammatik schwach war, hatte sie korrigiert – praktisch redigiert. Sie hatte die von Perpetua gelesen und alle anderen auch. Nach dem Tod des Majors hatten sich die Schwestern in die Pflicht und das Vergnügen geteilt, zu antworten, so wie sie untereinander den Inhalt der Postpakete aufteilten, Kleider, Blusen, Röcke und Nachthemden. Wenn Perpetua an der Reihe war, kam sie mit dem zugeklebten Umschlag, so etwas Dummes! Dona Carmosina wäre ihr Gehalt und ihr Amt nicht wert, wenn sie nicht Expertin im Öffnen der Umschläge wäre, im Überfliegen der Seiten und in der Wiederherstellung des ursprünglichen Zustandes. Sie hatte nur mit Mühe den Wunsch unterdrückt, die Fehler im Portugiesischen zu verbessern.

Außer dem unvermeidlichen Segensspruch des alten Zé Esteves, Gott segne und schütze dich, meine Tochter, enthielt jeder Brief Klagen über das schwere Leben, ein Lob für die liebe Schwester und neugierige Fragen der Schwestern und des Schwagers. Antonieta antwortete mit kurzen Billetts – in ihrer vornehmen Schrift auf dem teuren, schicken Papier, mit einem großen gotischen A in Hochrelief –, die Elisa und Dona Carmosina gleich auf dem Postamt gemeinsam verschlangen.

Dona Carmosina hatte auch den Brief von Ricardo gelesen, den von Ricardo und noch andere. Übrigens war es die naive Epistel des Jungen, der seine Tante um ihren Segen, den Fußball und ihre Diskretion gebeten hatte, die ... ach nichts, das interessiert niemanden; Dona Carmosina verscheucht die Erinnerung und kehrt wieder zum Kreuzworträtsel zurück: brasilianische Frucht asiatischen Ursprungs, fünf Buchstaben. Kinderleicht.

Diese lange Korrespondenz, die jetzt so plötzlich ohne greifbare Erklärung eingeschlafen war, es sei denn wegen einer schweren Erkrankung oder des Todes von Tieta, hatte Aspekte, die der größten

Aufmerksamkeit und Untersuchung wert waren, angefangen beim Fehlen einer vollständigen Anschrift der Adressatin in São Paulo, der Straße und Hausnummer, dazu der Wohnungsnummer, wenn sie in einem Hochhaus wohnte. Aber nur ein kaltes, anonymes Postfach ... Obwohl Agreste nur ein Nest war, wo alle einander kannten, bemühten sich Perpetua und Elisa immer, die genaue Adresse anzugeben. Perpetua Esteves Batista, Praça Desembargador Oliva, Nummer 19; Elisa Esteves Simas, Rua do Rosario, 28; sogar die Adresse des Vaters: José Esteves Filho, Beco da Matança, ohne Nummer.

Und ihr Mann? Ohne Alter, ohne Gesicht, ungreifbar. Vorname, Titel, die vage Angabe, er sei in der Industrie tätig, weiße Haare auf dem Foto in der Zeitschrift. Dona Carmosina widmete einen großen Teil ihrer Zeit der Analyse und der Aufklärung dieses aufregenden Rätsels. Sie sammelte Daten und Spuren und zog daraus ihre Schlüsse.

Als der Major noch lebte, übernahm er die erste Antwort, kam aber damit nicht zurecht, ohne Dona Carmosina um Hilfe zu bitten. Sie brachte Ordnung in die Nachrichten und unterstrich die Tatsachen, wenn es notwendig war. Es war ein langer Brief, ein Bericht, der sich über fast fünfzehn Jahre erstreckte.

Nachrichten über die ganze Familie, mit allen Einzelheiten. Über den Vater, Zé Esteves, der schon nahe an achtzig war, aber immer noch rüstig, über Tonha, seine zweite Frau (jünger als Perpetua, in Tietas Alter, aber arm und vernachlässigt, nicht mehr als ein Anhängsel des Alten). Das Paar lebte von der Unterstützung durch die Töchter und Schwiegersöhne, es hatte nichts Eigenes, weder Besitz noch Rente. Zé Esteves, ein Tolpatsch, der sich für besonders schlau hielt, hatte in der Sucht, die anderen hereinzulegen, seinen Grundbesitz, die Ziegenherde, die Maniokfelder, das eigene Haus, alles verloren. Er schickte der Tochter seinen Segen, verzieh ihr und bat sie um ein Almosen. Dona Carmosina änderte den Text, sowohl die Form als auch den Inhalt; statt daß Zé Esteves ihr verzieh, bat er sie um Vergebung, sprach von seinem Alter und seiner Armut und deutete den Wunsch nach einer Hilfe an. Ein Vater kann seine Kinder um Verzeihung bitten, aber nicht um ein Almosen. Ein so ergreifendes, in der schönen Schrift des Majors abgefaßtes Schreiben mußte an Tietas Herz rühren, Dona Carmosina bekam selber feuchte Augen. Sie hatte immer Talent zum Schreiben gehabt, Talent und Lust. Aber woher den Mut nehmen?

Es folgte ein Bericht über die Hochzeit von Perpetua, Name und Titel des Ehemannes, Major Cupertino Batista, Offizier der Militärpolizei a. D., ihr Schwager, stets zu Diensten. Gott hat die Ehe gesegnet, hat ihnen zwei Söhne geschenkt, Ricardo, fünf Jahre, Cupertino, genannt Peto, zwei, und jetzt trägt Perpetuas Leib erneut eine Frucht, das dritte Kind, wenn es einmal geboren ist. Der Major war ein guter Hahn, konnte sein Feuer nicht verleugnen, stellte Dona Carmosina fest, aber diesen Punkt berührte sie nicht, sie wollte keine Geschichten mit Perpetua haben. Dagegen übernahm sie es, Elisas Hochzeit zu beschreiben, die schönste Braut, die man jemals in Agreste gesehen hatte, der Bräutigam ist Asterio Simas, Sohn und Erbe des Ananias, der den Stoffladen in der Rua da Frente (Rua Coronel Artur de Figueiredo) hat, nur daß der Laden nicht mehr derselbe zu sein scheint. In diesen fünfzehn Jahren ist der Handel in dieser abgelegenen und im Niedergang begriffenen Stadt Sant'Ana do Agreste auf die Hälfte zurückgegangen. Auch die Einwohnerschaft hat sich verringert und besteht zum größten Teil aus Alten, denn das Klima ist immer noch so wundervoll, daß es das Leben derer verlängert, die trotz der Armseligkeit, des Mangels an Einnahmequellen und einer Zukunft hier geblieben sind. Das Volk ist nur deshalb nicht Hungers gestorben, weil der Fluß und das Watt im Überfluß Fische, Krabben, Krebse und besonders die unvergleichlichen Pitús liefern und es das ganze Jahr hindurch Früchte im Überfluß gibt: Bananen, Mangos, Brotbaumfrüchte, Mangabas, Ananas, Guajaben und Araças, Sapotis und Wassermelonen, dazu noch der endlose und herrenlose Hain von Kokospalmen.

Neben den Neuigkeiten gibt es auch Fragen: Was macht sie, Antonieta, wie ist ihre vollständige Adresse? Sie möchte doch alles erzählen, Punkt für Punkt.

Die Antwort ließ nicht einmal einen Monat auf sich warten. Antonieta schickte einen Scheck auf den Namen des Majors, mit der Bitte, ihn einzulösen und das Geld Zé Esteves zu geben, es sollte dem Vater und der Stiefmutter helfen, ihre Ausgaben zu bestreiten. Der Vater könne jeden Monat mit der gleichen Unterstützung rechnen. Die Höhe des Schecks erregte Aufmerksamkeit und Begierde. Viel Geld, viel mehr, als das Ehepaar brauchte, um die Hütte zu bezahlen, in der es wohnte, selbst wenn es die rückständigen Mieten zahlte, um das Essen und den Schnaps zu kaufen, der für die Diät von Zé Esteves unentbehrlich war. Perpetua regte eine Teilung der Unterstützung an, aber ein Blick des Alten, der wie eine Kriegswaffe hocherhobene Stock genügten, um der Angelegenheit ein Ende zu bereiten. Damit der Major nicht nach Alagoinhas fahren mußte, wo die nächste Zweigstelle der Bank war, tat ihm Modesto Pires, der Besitzer der Gerberei, den Gefallen, den Scheck einzulösen. Diesen ersten und alle weiteren.

Auf die Fragen kam nicht der Schatten einer Antwort. Antonieta beschränkte sich darauf, zu berichten, daß sie, Gott sei Dank, gesund war, daß sie geheiratet hatte und glücklich war, obwohl sie keine Kinder hatte. Über ihren Mann, seinen Namen, seinen Beruf, sein Alter kein Wort. Adresse? Keine bessere, sicherere als das Postfach 6211, alle dahin gerichtete Korrespondenz würde in ihre Hände gelangen.

Über ein Jahrzehnt lang blieb der Briefwechsel zwischen Tieta und ihren Angehörigen absolut regelmäßig. Von jeder Seite ein Brief im Monat, der von São Paulo nur kurz, wenige Zeilen auf farbigem, parfümiertem Papier. Die Farbe wechselte von einem Jahr zum anderen, das Parfum nur einmal. Das letzte war sanfter und diskreter, ganz bestimmt ausländisch.

Der Betrag auf dem Scheck wurde größer, und nicht nur wegen der Inflation. Als Elisa ein Kind bekam und Dona Carmosina Asterios Schwierigkeiten hervorhob, fügte Tieta der Unterstützung für den Vater eine monatliche Summe für die Milch und die zukünftige Erziehung des Kindes hinzu. Das gleiche tat sie, als ihr Perpetua dramatisch, und zum erstenmal in ihrem Leben ehrlich betrübt, den Tod ihres vollkommenen Ehemannes meldete, der sie als notleidende Witwe mit zwei kleinen Kindern zurückgelassen habe. Kein Wort über die Mietshäuser, über die Ersparnisse auf der Bank, aber Tieta merkte den Unterschied im Los ihrer Schwestern, denn sie schickte einer jeden die gleiche Summe. Wenn auch Perpetua zwei Kinder hatte, so waren Elisas Schwierigkeiten doch größer. Dann kamen die Pakete mit getragenen Kleidern, die Geschenke zu Weihnachten und zu den Namenstagen, aber über sie und ihren Mann erfuhren sie nicht viel mehr.

Sehr wenig, fast nichts, aber genug, damit sich Dona Carmosina ein Bild machen konnte.

Vor neun Jahren – neun Jahren und neun Monaten genau gesagt – erkannte Dona Carmosina in der Karnevalsnummer der Zeitschrift *Manchete* Antonieta, trotz der gebleichten Haare, auf einem Foto von »Tänzern in bester Stimmung auf dem Ball im Teatro Excelsior von São Paulo«. Da war sie, genau in der Mitte des Fotos, glücklich, verliebt in den Arm eines Herrn in einem gewissen Alter geschmiegt, nach den weißen Haaren zu schließen. Leider war von dem Herrn nur der Rücken zu sehen, da sie tanzten. Von ihr sah man das offene und schelmische Gesicht, den lachenden Mund, eine hübsche Frau, nicht mehr das verstörte junge Mädchen, bei dessen Abreise auf dem Beifahrersitz des Lastwagens Carmosina zugegen gewesen war. Sie war schön geworden, die Formen üppiger. Mager war sie nie gewesen, ihre Schönheit kam nicht von ungefähr.

Dona Carmosina rief die ganze Familie zusammen, es war eine Sensation. Perpetua nickte zustimmend mit dem Kopf. Antonieta, kein Zweifel; sie war dicker geworden und hatte ihre Haare gebleicht. Auch der alte Zé Esteves erkannte seine Tochter.

»Elegant ist sie mit dem gefärbten Haar, ganz nach der Mode. Gott schütze dich, meine Tochter!«

Herausfordernd sah er die beiden anderen an. Er wollte doch sehen, wer es wagen würde, sie zu kritisieren. In seiner Gegenwart niemand.

Elisa war ganz durcheinander, sie hatte keine Ahnung gehabt, wie die Schwester aussah, jetzt würde sie sie sich besser vorstellen können, so hübsch, im Kostüm einer Odaliske. Die Nachricht von der Entdeckung der Zeitschrift, in einem Brief Elisas, hatte den ersten Hinweis zur Folge. In ihrer Antwort verriet Tieta den Vornamen ihres Mannes: Wer sie da im Arm hielt, im Rhythmus eines Karnevals-Sambas, das war Felipe, ihr geliebter Gatte. Wie er noch hieß, sagte sie nicht.

In einem Brief, der nicht viel später in Curitiba aufgegeben war, erwähnte sie die Geschäfte Felipes, eines Industriellen mit Interessen in Paraná. Bei einer anderen Gelegenheit entschuldigte sie sich, daß sie den Scheck mit einer Woche Verspätung abgeschickt hatte, und erklärte diese Verzögerung mit der Erkrankung des Comendador, an dessen Bett sie als treusorgende Gattin ihre ganze Zeit verbracht hatte. Felipe, Industrieller, Comendador.

Perpetua begnügte sich damit. Übrigens genügte ihr der Scheck, der Rest war uninteressant. Elisa dagegen wollte mehr wissen, viel mehr. Stundenlang redete sie mit Carmosina über die Zurückhaltung der Schwester: Sie schämt sich unser, fürchtet, daß wir ihre Güte mißbrauchen. Sie weicht aus, im Grunde mit Recht. Mit Recht, Dona Carmosina weiß das am besten. Tieta war hinausgejagt worden – hier ist kein Puff! –, verprügelt, nachdem ihre ältere Schwester sie verpfiffen hatte. Viel zu gut ist sie, hat den Schimpf, die Anzeige, die Prügel, den Stock vergessen und kommt jetzt der Familie zu Hilfe. Viel zu gut, ein Engel, dachte Dona Carmosina. Über den Grund der Zurückhaltung und des Stillschweigens sprach die Postmeisterin nicht. Darüber hatte sie insgeheim eine eigene Theorie aufgestellt.

Sie sammelte Daten, Hinweise, Spuren; ein Geheimnis, würdig eines Hercule Poirot. Dona Carmosina erriet es endgültig, als die Postpakete mit den eleganten Kleidern ankamen, mit Röcken und feinen Blusen, in verschiedenen Größen. Antonieta erklärte mit wenigen Worten den Grund dieser verschiedenen Maße: Ich schicke Euch hier Kleider, die fast neu sind, von mir und von meinen Stieftöchtern. Man beachte: Stieftöchter, Töchter des Comendador Felipe, aber nicht die ihren, sie hatte keine Kinder. Klar wie das Tageslicht, Dona Carmosina Sherlock Holmes. Wer kommt ihr in Agreste an Intelligenz gleich, wer kann sie ausstechen?

Aufhebung der ehelichen Gemeinschaft mit Trennung von Tisch und Bett, acht Buchstaben, Scheidung.

Nein, Trennung, in Brasilien gibt es keine Scheidung, das ist vielleicht ein rückständiges Land! Das ist wohl die richtige Erklärung, es gibt keine andere.

Und hier machen wir eine neue Pause, ein bißchen Spannung, wie sie zu einem Roman gehört. Nach dem kommerziellen Teil kommen wir wieder, wie die Rundfunksprecher sagen, wenn sie mitten in der schönsten Intrige, im spannendsten Augenblick, die Romanserie unterbrechen, um Seifenpulver oder eine Zigarettenmarke anzupreisen, und Elisa zitternd und bebend zurücklassen.

In einer Pause kommt wieder einmal der langweilige Kerl.

Eine kurze Unterbrechung – ich brauche nicht lange –, um verwerfliche Tatsachen aufzudecken, um mit der Fackel der Wahrheit finstere Einzelheiten zu beleuchten und dem Fräulein Carmosina Sluizer da Consolação wieder einmal die Maske herunterzureißen.

Glauben Sie nur nicht, daß ich sie verfolge, daß ich sie nicht schätze. Im Gegenteil, ich erkenne ihre Qualitäten an und lobe mir die Motive, die sie dazu gebracht haben, die Gesetze der Menschen und das Gesetz Gottes zu verletzen; sie waren edel und großherzig. Wer, in Agreste, würde es wagen, sie zu verfolgen? Weder der Oberst Artur da Tapitanga noch Ascanio Trindade, der doch gesetzestreu ist. Gemeinsam mit Ascanio verfaßt sie Zuschriften an die Zeitungen der Provinzhauptstadt, Gesuche an die Regierung des Bundesstaates, um Hilfe für Agreste zu erbitten. Zwecklos, die Briefe und Gesuche.

Seit über fünfzehn Jahren – von den dreiundzwanzig seit ihrer Ernennung zur Leiterin des Post- und Telegrafenamts – funktioniert das ungesetzliche System, das sie und Canuto Tavares, der andere Beamte und Besitzer einer Reparaturwerkstatt in Esplanada, eingeführt haben, der dort ganz schön verdient, geschickt wie er ist. Wäre er in Agreste geblieben, so wäre er nicht vorwärtsgekommen, hätte er sein Leben lang dahinvegetiert, auf sein mageres Gehalt als Telegrafist in einem Postamt letzter Ordnung beschränkt. So beschloß er, den Posten aufzugeben, wegzuziehen, mit seinem Werkzeug und seinem Ehrgeiz. Als Carmosina vom Entschluß ihres Kollegen erfuhr, schlug sie ihm einen Kuhhandel vor, der beide begünstigen könnte: Canuto sollte sich in aller Ruhe um die Werkstatt in Esplanada kümmern und das Funktionieren des Post- und Telegrafenamts von Sant'Ana do Agreste ihr allein überlassen, die Arbeit brachte schließlich niemanden um. Als

Gegenleistung sollte er ihr die Hälfte seines Gehalts abgeben. Für Canuto, der schon bereit war, den Posten niederzulegen, kam dieser Vorschlag wie gerufen. Gar nicht zu reden von Carmosina: Ihr Einkommen, das sie für den Haushalt brauchte, vergrößerte sich – Dona Milú konnte aus Altersgründen nicht mehr viel dazu beitragen, sie war sozusagen eine pensionierte Hebamme, nur hin und wieder brachte sie ein Kind ans Licht der Welt –, und sie wurde zur alleinigen und uneingeschränkten Herrin über die Briefe, Telegramme, Pakete, Zeitschriften und Zeitungen, über das Leben in der Stadt und der Welt. Seit über fünfzehn Jahren funktioniert diese Abmachung – sie könnte ganz genau sagen, wie viele Jahre und Monate –, und niemals ist es jemandem eingefallen, die skandalöse monatliche Entsendung des Kontrollbuches nach Esplanada anzuzeigen, wo Jairo persönlich die Unterschrift Canutos einholt. Wer würde es auch wagen?

Was mir an ihr mißfällt, ist die Parteilichkeit. Ich möchte sehen, wie Carmosina reagieren würde, wenn einer von Perpetuas Söhnen stürbe und die Mutter diese Tatsache vor Antonieta verbergen wollte, um die pünktliche Unterstützung zu behalten. Ob sie sich genauso verhalten würde wie damals, als Elisa voll Verzweiflung über den Tod ihres Toninho auf der Post erschien? Dona Carmosina hatte sie getröstet, das unschuldige Wesen brauchte nicht mehr zu leiden, es war von Geburt an immer kränklich. Als Dona Milú das Kind aus Elisas Leib holte, war sie erschrocken, es sah wie ein Fötus aus, ein wahres Wunder, daß es so lange am Leben geblieben war. Nichts hatte geholfen, weder Arzt noch Medikamente, die mit Tietas Geld bezahlt wurden, noch die Fahrt nach Esplanada, um Doktor Joelson, den Kinderarzt, zu konsultieren; er hatte den Kopf geschüttelt: Da hilft keine Arznei. Der arme Kleine hat jetzt Ruhe, und ihr auch, wie viele Nächte habt ihr nicht geschlafen? Aber Elisa war nicht zu beruhigen.

Abgesehen davon, daß sie Toninho verloren hatte – so krank und rachitisch er auch war, so war er doch ihr Kind, ihr Trost –, verlor sie jetzt die Hilfe ihrer Schwester, die monatliche Überweisung, die für Milch, Arznei, Ärzte und die zukünftige Erziehung des Neffen bestimmt war und nicht für Kosmetika, Illustrierte, allwöchentliche Kinobesuche und Batterien für das Radio. Mit Toninho waren diese mit dem Überschuß von Tietas großzügigen Zuwendungen erkauften Genüsse für alle Ewigkeit dahin. Was soll ich tun, sag es mir, Carmosina.

Mit ihren kleinen, halbgeschlossenen Augen sah Carmosina Elisa an. Sie hatte sie zur Welt kommen sehen. Dona Milú, die emeritierte Geburtshelferin, war mitten in der Nacht eiligst zu Tonha gerufen worden, um ihr in den Wehen beizustehen und Zé Esteves die leere Flasche zu entreißen, in die die Kreißende zur Beschleunigung der

Entbindung kräftig hineinblasen mußte. Die Hebamme hatte ihre Tochter als Gehilfin mitgenommen; Carmosina und Tieta hatten Wasser zum Kochen aufgesetzt und halfen bei der Entbindung. Perpetua hatte sich, keusch wie sie war, in ihr Zimmer eingeschlossen, um zu beten. Ein jeder hilft eben nach seiner Art.

Als Elisa noch klein war, kam sie auf dem Schulweg immer vorbei, um Milú, die Wehmutter, um ihren Segen zu bitten. Dabei tat sie sich an Bonbons aus Guajabe und Kokos gütlich, ein Hochgenuß. Carmosina war die erste, die Elisa an die Existenz von Tieta erinnerte, deren Name in der Familie nie erwähnt wurde. Es war ein Skandal, aber Carmosina fand immer einen Vorwand, um über die Freundin zu reden. So sprach sie zum Beispiel von ihrer Schönheit: Tieta, deine Schwester, war immer mit mir zusammen, wunderhübsch war sie. Auch Elisa wurde wunderhübsch, als sie heranwuchs; dann heiratete sie und bekam ein Kind. Carmosina hatte sie auf die Welt kommen sehen. Elegant in dem Kleid, das Antonieta geschickt hatte, verzweifelt, ohne das kranke Kind, das sie hätte pflegen können, was sollte sie tun? Glücklos, das war das richtige Eigenschaftswort. Carmosina kommt ganz nahe an sie heran und murmelt:

»Schreib ihr nichts davon . . .«

»Wie?«

»Tu so, als ob Toninho nicht gestorben wäre . . .«

»Und wenn Perpetua mich verrät? Du kennst sie ja, eine Moralistin. Sie duldet keine Lügen, sagt sie immer.«

»Wenn sie dir droht, drohe du ihr auch. Wer hat mehr Schmutz zu verbergen? Oder glaubst du, daß sie Tieta von den Mietshäusern, von der Erbschaft, die der Major hinterließ, erzählt hat? Oder davon, daß sie das Geld, das Tieta für den Unterhalt der Jungen schickt, auf die Sparkasse bringt, weil sie es nicht braucht? Überlasse Perpetua nur mir. Ich werde selber mit ihr sprechen.«

Perpetua erhob den Blick zum Himmel, um den Herrn um Vergebung für die Sünde zu bitten. Dann erst öffnete sie den Mund.

»Von mir wird sie nichts erfahren. Wenn Antonieta ihr kein Geld mehr schickt, dann muß am Ende doch ich sie und ihren Mann unterhalten.«

Ein stichhaltiger, konkreter Beweggrund, an Perpetua kann man sich die Zähne ausbeißen, sie läßt sich nicht erpressen. Carmosina lacht ein fröhliches, unschuldiges Kinderlachen.

»Deshalb und wegen allem übrigen ist es wichtig, den Schnabel zu halten.«

Noch eine Kleinigkeit, und dann gehe ich. Erinnern Sie sich an den Brief, in dem Ricardo seine Tante um einen Fußball bat und ihr

Geheimhaltung empfahl? In der Erinnerung daran läßt sich Carmosina um ein Haar ein Bekenntnis entschlüpfen: daß auch sie an Antonieta geschrieben, ihr die fernen Jugendtage und die alte Freundschaft ins Gedächtnis gerufen und ihr Grüße von Dona Milú geschickt hat, die sie nicht vergißt. Und dazu eine Bitte: Könnte Antonieta ihr in São Paulo ein gutes Reimwörterbuch besorgen, das beste, das in den Buchhandlungen zu finden ist, es ihr schicken und sagen, was es gekostet hat? Sie wollte es nicht in Aracajú oder Bahia bestellen, um Klatschereien zu vermeiden. Das Buch ließ nicht auf sich warten, mit einer Widmung: »Für die liebe Freundin Carmô, als kleines Andenken an ihre Freundin Tieta.«

Bis zum frühen Morgen sitzt Carmosina in der Stille der Nacht bei Kerzenlicht, schreibt Verse, zählt Silben und reimt Bar auf Osnar und Triebe auf Liebe.

Jetzt, da Sie alles wissen, lasse ich Sie wieder im Post- und Telegrafenamt, besser gesagt, im Areopag. Bis bald!

Ende des zweimal unterbrochenen Kapitels, uff!

So einfach das Kreuzworträtsel auch war, so brauchte die Lösung aus Mangel an Daten, und weil es lange dauerte, ein Minimum an Informationen zu erlangen, doch viel Zeit.

Trennung – einer der stärksten Beweise für die Rückständigkeit, die Unterentwicklung des Landes. Empört hatte sich Dona Carmosina in homerische Diskussionen mit Pater Mariano, mit der Lehrerin Carlota Alves, mit Doktor Caio Vilasboas eingelassen; unglaublich, ein richtiggehender Arzt, mit Diplom von der Fakultät, und so rückständig! Da soll ein Mensch das ganze Leben lang an einen anderen gefesselt bleiben, auch wenn er gesetzlich von ihm getrennt ist – von Tisch und Bett –, ohne wieder heiraten zu können! Dona Carmosina hatte eine Statistik über die Zahl der in Brasilien im Konkubinat – entsetzliches Wort! – lebenden Paare gelesen. Millionen. Sie leben wie Ehepaare, werden von der Gesellschaft akzeptiert und empfangen, Herr und Frau Soundso, aber ohne die gesetzlichen Rechte. Gattin? Nein, Konkubine. Dona Carmosina findet die Lösung des Rätsels; ganz einfach. Mit einem Mindestmaß an Hinweisen und der Fähigkeit, Schlußfolgerungen zu ziehen, entdeckt sie die Antwort. Antonieta lebt mit diesem reichen Mann, als sei sie verheiratet, aber ohne es wirklich zu sein. Sie wird von der Familie aufgenommen, sogar von seinen Töchtern – mehr als einmal hat sie die Stieftöchter erwähnt und die Nichten des Comendador –, hat aber nicht die Möglichkeit, die Vereinigung zu legitimieren, weil er von seiner Frau getrennt ist. Als Kennerin der in Agreste herrschenden Vorurteile, des Vaters, der sie im Dunkeln, neben dem offenen Fenster, mit dem Stock in der Hand abgepaßt hat, bis die Prügel die ganze Stadt aufweckten, hüllt Tieta den Ehemann und die Heirat in Stillschweigen und Geheimnis. Recht hat sie.

Einmal kam ein Steuerinspektor nach Agreste, in Begleitung seiner Frau, einer distinguierten, angenehmen, sehr gebildeten Dame und Mutter eines Zwillingspärchens. Anfangs wurden sie sehr gut aufgenommen, bis die Dame ganz naiv erzählte, daß sowohl sie wie ihr Mann von ihrem jeweiligen Ehepartner getrennt seien und seit über zehn Jahren glücklich zusammenlebten. Da verschlossen sich ihnen alle Türen und auch alle Gesichter. Sie mußten Agreste verlassen. Hier mußte eine Ehe vor dem Standesbeamten und dem Pfarrer geschlossen werden, sonst war sie ungültig. Antonieta hatte recht getan, als sie ihr Eheleben nicht den bösen Zungen der Stadt aussetzen wollte, angefangen bei Perpetua. Dona Carmosina hätte zu gern Perpetuas Gesicht gesehen, wenn sie eines Tages alles erfahren wollte. Sie würde ihre eigene Zunge verschlucken.

Für Dona Carmosina ist nur wichtig, ob die Eheleute gut miteinander auskommen, Pfarrer und Standesbeamter, Schleier und Brautkranz sind überflüssig. Sie selber hat schon längst auf alle Ansprüche verzichtet. Ihr Zukünftiger kann sein, was er will, Junggeselle, Witwer, getrennt, verheiratet, mit Frau und Kindern; wenn es nur ein Mann ist, der ein Auge auf sie wirft und zu allem bereit ist, dann ist auch Dona Carmosina einverstanden. Auf einer Wollmatratze oder am Flußufer, unter den Büschen. Wenn sie wählen könnte, wäre Osnar der Glückliche. Wenn nicht der, dann irgendein anderer. Leider wurde es weder Osnar noch irgendein anderer.

Aber sie vergißt die Enttäuschungen in der Liebe und die Probleme, die mit der Verzögerung von Antonietas Brief zusammenhängen, als sie den Kapitän erblickt, der vom Markt kommt. Sie erhebt sich, geht zur Tür, winkt mit der Zeitung. Als er näherkommt, ruft sie:

»Das habe ich für Sie aufgehoben. Es wird Sie interessieren.«

Kapitän Dario nimmt das Blatt, Dona Carmosina zeigt ihm den Artikel. Er beginnt, für sich zu lesen, aber die Sache scheint ihn zu fesseln, und er liest laut weiter: »... die politischen Wandlungen, die Europa vor kurzem durchgemacht hat, haben ein für die Umweltschützer in der ganzen Welt wichtiges Ereignis fast vergessen lassen: die Verurteilung des Präsidenten und von vier Direktoren der größten Fabrik der italienischen Chemieindustrie, der Gesellschaft Montedison, zu einer Gefängnisstrafe wegen Verschmutzung des Mittelmeers ...«

Ein breites Lächeln erscheint auf dem Gesicht des Kapitäns.

»Dieser Richter gefällt mir. Ein angriffslustiger Italiener!« Dann fährt er in der Lektüre fort: »... Gegenstand der Debatte: Die Fabrik von Titandioxyd, deren Einweihung in Scarlino von den armen Bewohnern dieser toskanischen Provinz mit Begeisterung aufgenommen worden war, wird ständig von Streiks und Arbeitsunterbrechungen ihrer 500 Mitarbeiter heimgesucht...«

Während der Lektüre erscheint der Barde Barbozinha und hört zu. Der Kapitän besteht darauf, wieder von vorn anzufangen, damit seinem Freund keine Einzelheit entgeht. In Italien gibt es endlich einen Richter, der ein richtiger Kerl ist!

»Hören Sie sich diesen Absatz genau an: Einer der Verteidiger der Angeklagten, Rechtsanwalt Garaventa, brachte folgendes Argument vor: Die Direktion der Fabrik verfügte stets über alle notwendigen administrativen Genehmigungen. Was wird, im Falle einer Verurteilung, die Meinung der Bürger über eine öffentliche Verwaltung sein, die diese Genehmigungen erteilt hat?«

»Gut argumentiert!« unterbricht Barbozinha. »Die Leute haben sich an die Gesetze gehalten und im Einvernehmen mit den Behörden gehandelt...«

»An die Gesetze gehalten? Hervorragend! Die Behörden sind die Gauner, die stecken mit den geldgierigen Ungeheuern unter einer Decke. Hören Sie sich das Ende an: ›Dieses Argument konnte jedoch den Richter Viglietta nicht einschüchtern, der einer neuen Generation von Richtern angehört, die vor den Mächtigen nicht haltmachen.‹ Bravo, Herr Richter!«

»Aber wenn sich die Leute doch nach dem Gesetz gerichtet haben...«

»Was für ein Gesetz? Gesetz war das, was der Richter angewandt hat. Hören Sie zu und unterbrechen Sie mich nicht, nachher können wir diskutieren, wenn Sie wollen: ›Er berief sich auf ein italienisches Gesetz vom 14. Juli 1965 ...‹« Der Kapitän unterbrach sich selber, um hinzuzufügen: »Recht neu, wie? Endlich fängt man an, die Gesetze zu erlassen, die notwendig sind...« Er kehrt wieder zur Lektüre zurück: »... auf das man sich selten beruft und das Strafen für alle jene vorsieht, die in das Meer Stoffe ableiten, welche von denen abweichen, die zur normalen Zusammensetzung des natürlichen Wassers gehören, die eine Gefahr für die Fische darstellen und eine chemische oder physikalische Veränderung des Wassers hervorrufen.«

Er las bis zum Ende. »Mit seinem Urteil wollte Richter Viglietta alle jene warnen, die das Meer für einen Mülleimer halten und das Mittelmeer mit dem Tod bedrohen.«

»Das ist ein Richter! Solche brauchen wir in der ganzen Welt, angefangen bei São Paulo. Barbozinha, wir sind uns gar nicht des Vorzugs bewußt, auf diesem Stück Paradies leben zu dürfen, das Gott geschaffen hat und das die Menschen glücklicherweise vergessen haben!« Er wendet sich an Dona Carmosina: »Darf ich das behalten, Carmosina?«

»Ich habe die Seite herausgerissen, um sie Ihnen zu geben...«

Er verabschiedet sich, Dona Laura erwartet ihn.

»Vielen Dank für den Artikel, Carmosina. Dieser Richter hat mir in der Seele gutgetan.«

Carmosina bereitet sich darauf vor, das Postamt zu schließen, sie muß noch vor dem Abendessen bei Elisa vorbeigehen, die Arme ist ganz gebrochen. Mit gesenktem Haupt, entrückt, konzentriert, sieht Barbozinha am Horizont etwas, das für Dona Carmosina unsichtbar bleibt. Barbozinha ist ein Seher.

Niemand weiß – das ist ein noch nie entschleiertes Geheimnis, nicht einmal der Postmeisterin hat er es anvertraut –, daß Tieta die Muse war, die die schönsten Verse des Dichters De Matos Barbosa in seinen beiden erschienenen und den fünf noch unveröffentlichten Büchern inspiriert hat. Antonieta Esteves, verzehrende, tödliche Leidenschaft. Nun ist sie verschieden, ein glühender Stern in einem Astralkreis. Er wird noch ein letztes Gedicht schreiben, der Tod existiert nicht, o Geliebte, der Körper ist nur eine schlichte Hülle, ich werde dich wiederfinden, und du wirst endlich mein sein, denn seit fünftausend Jahren verlange ich nach dir, als ich, ein Sklave, dich als Maja-Prinzessin erblickte und die Liebe mich das Leben kostete; im Mittelalter wollte ich dich aus einem Kloster befreien und wurde in ein Verlies geworfen, gefesselt und an den Felsen gekettet; an den Flüssen Hindustans folgte ich deinen Spuren, und mein faulender Leib trieb auf den Fluten; eines Tages traf ich dich wieder, eine Ziegenhirtin, die über Steine sprang.

Über Zeitschriften und Fotoromane und über Freundschaftsbeweise: ein tröstliches Kapitel als Vorbereitung auf eine große Familiendiskussion.

»Du hast vergessen, die Zeitschriften mitzunehmen.« Dona Carmosina legt sie auf den Tisch und zieht einen Stuhl heran.

Die Abendbrise und die Farben der Dämmerung hüllen Sant'Ana do Agreste ein. Barbozinha pflegt die Verse des großen portugiesischen Dichters zu parodieren: Wo sind die Maler dieses meines göttlichen Landes, warum kommen sie nicht malen? Er, De Matos Barbosa, erfüllt seine Pflicht; über fünfzig Gedichte und Sonette hat er der Landschaft von Agreste gewidmet, dem Fluß Real, der zum Meer eilt, den Dünen des Strandes von Mangue Seco, wo er an fernen Urlaubstagen glühende Verse an Tieta deklamierte, die der Wind davontrug. Barbozinha trennte sich von Dona Carmosina an der Haustür, er wollte nicht eintreten. Schmerzerfüllt, an einem Poem kauend, begab er sich zur Bar dos Açores.

Elisa fühlt nicht die Abendkühle, sieht nicht die Tönungen von gelb und rot, von purpur und blau, die das Firmament in Brand setzen, wenn sich die Sonne, von den Wassern des Flusses getrieben, im Meer verliert, in der fernen Region der Haie, und der Mond hinter den Dünen aufsteigt. Es ist Vollmond. Dona Carmosina ist ergriffen, Elisa so zu sehen, gebrochen, die Augen vom Weinen geschwollen. Kein Zweifel, ein fürchterlicher Schlag für sie und Asterio, wie sollen sie ohne die Hilfe der Schwester den Haushalt bestreiten? Am Ende habe ich sie auf dem Hals, hatte Perpetua angesichts ihrer Verzweiflung gesagt.

Verstört, blättert sie nicht einmal in den Zeitschriften, sie, die immer so begierig war, etwas von Liebesgeschichten und ihrem Ende zu erfahren, von Hochzeiten und Trennungen, von Streitigkeiten, von Festen und dem glänzenden Leben der Stars von Film, Radio, Theater und Fernsehen. Perpetua wird keine Zeitschriften zahlen, nicht eine einzige. »Schweinereien! Leute ohne Gottesfurcht, Frauen, die schamlos alles herzeigen, unanständig sind diese Zeitschriften. Die kommen mir nicht in mein Haus. Wenn ich Asterio wäre . . .« Glücklicherweise war sie es nicht, so bleibt Elisa auf dem laufenden über jeden Klatsch und genießt die Fotoromane.

Elisas Kenntnisse beschränken sich auf die brasilianischen Künstler; darin könnte man sie eine Spezialistin nennen. Sie besitzt nicht den universellen Überblick von Dona Carmosina, deren Bildung auf diesem begeisternden Gebiet nicht vor den Grenzen des Vaterlandes haltmacht. Es gibt nicht das Geringste, das sie nicht über die Beatles wüßte, vor, während und nach der Gründung und der Auflösung dieser Gruppe. Bildung, Kenntnisse, Wißbegierde, wegen des einfachen intellektuellen Vergnügens, zu wissen und Aminthas Lehren zu erteilen, der ganz verrückt ist nach den Beatles und allen Rockgruppen, verblendet vom modernen Sound. Aminthas besitzt einen Plattenspieler und einen Kassettenrecorder, er gibt alles, was er verdient und nicht verdient, für Platten und Kassetten aus.

Aber Dona Carmosina ist romantisch und bevorzugt in der Musik das *Haus des Caboclo* und *Mondschein über dem Sertão;* das, ja, das ist Musik, mit Melodie und Gefühl, und nicht dieser sinnlose Krach der Pilzköpfe. Aminthas ist beleidigt, wenn sie seine Idole zerpflückt; diese Yoko ist doch schauerlich, und noch dazu läßt sie sich nackt aufnehmen. Sehen Sie nur: Das Gesicht sieht genauso aus wie der Hintern.

»Ich hole das Geld für dich...« Elisas Stimme ist tonlos, ihre Augen sind noch feucht.

Sie hat den ganzen Nachmittag geweint, stellt Dona Carmosina fest.

»Laß, das erledigen wir später.«

»Für diese Hefte habe ich noch genug...«

Ihr Blick sucht die Busenfreundin, die Gefährtin langer Gespräche über Liebhaber und Stars von Radio und Fernsehen. Elisa hat nur drei Tage lang ferngesehen, als Asterio in Bahia war und sich röntgen ließ; erfreulicherweise nichts Ernstes, nur der Schrecken über das viele Geld, das er ausgeben mußte. Im bescheidenen Hotel an der Autobahn hatte der ganze Luxus aus einem Fernseher im Vorderzimmer bestanden, der den Gästen zur Verfügung stand. Elisa trennte sich nicht von der Mattscheibe, dem Wunder aller Wunder. Jetzt nicht einmal mehr die Zeitschriften. Wieder kommen ihr die Tränen, ihre Worte sind Schluchzen.

»Wenn es wahr ist, kann ich nächsten Monat keine mehr kaufen. Streich mich von deiner Liste.«

»Alle fünf?« Dona Carmosina kennt die Antwort, aber sie fragt, um etwas zu sagen. Wie wird Elisa ohne die Illustrierten mit ihren Fotoromanen leben können?

»Alle fünf...«

Dona Carmosina richtet sich auf, sie ist großherzig, in solchen Stunden beweist sich eine Freundschaft.

»Alle fünf – nein! Für zwei stehe ich dir gut, ich bezahle sie von meiner Provision. Du wirst nicht auf alle verzichten.«

Elisa ist gerührt über diese Geste, aber die Wirklichkeit gewinnt die Oberhand.

»Danke, Carmosina, du bist so gut. Aber ich nehme es nicht an, und du bist auch nicht reich genug, um das Geld so hinauszuwerfen...«

»Das sind ja alles nur Vermutungen. Tieta ist imstande und ist lebendiger als wir beide...« Erleichtert ersetzt Dona Carmosina das übereilte Versprechen wegen der Wochenzeitschriften durch Ermunterung und Hoffnung.

»Das ist es ja, was ich allen sage, daß sie mit einem Schiff spazierenfährt, wie sie es schon einmal getan hat...«

»Eine Kreuzfahrt...«, verbessert sie Dona Carmosina.

»... aber ich sage es ohne Überzeugung, ich glaube inzwischen selbst, daß sie tot ist.«

»Das schlimmste ist, daß diese Nachricht überall umläuft, man spricht von nichts anderem. Barbozinha ist verzweifelt, der Arme. Er hat etwas mit Tieta gehabt, kurz bevor sie von hier fort ist. Er glaubt, ich weiß es nicht...«

»Barbozinha? Nein sowas!«

»Es ist fast dreißig Jahre her... er war schon ein großer Bursche, viel älter als sie, und mickrig. Er war immer mickrig... Tieta mochte die jungen Burschen nicht.« Sie seufzt. »Wie die Zeit vergeht! Du darfst die Hoffnung nicht verlieren. Wo ist der Beweis dafür, daß sie gestorben ist? Zeige ihn mir, wenn du kannst. So, jetzt gehe ich.« Sie hat noch einen Zweifel, die Frage brennt ihr auf der Zunge: »Gehst du ins Kino? Wenn du willst, komme ich dich abholen.«

»Heute nicht. Perpetua kommt, um mit Asterio und mir etwas zu besprechen, sie hat da so eine Erbschaftsgeschichte erfunden... aber nicht deshalb gehe icht nicht... Ich gehe nicht, weil ich heute keine Lust habe, weißt du? Ich wollte diesen Film auch gar nicht sehen.«

»Ich verstehe... die Erbschaft, was ist eigentlich damit?«

Elisa greift nach ihrer Hand und bittet:

»Wenn du das Kino auf morgen verschieben und nachher wiederkommen wolltest, das wäre so wichtig für mich! Ich glaube, für uns alle, sogar für Perpetua. Du kennst dich in diesen Dingen aus...«

»Gut, dann komme ich, mach dir keine Sorgen. Ich esse nur schnell etwas, mache zu Hause ein bißchen Ordnung und bin bald wieder hier.«

Natürlich würde sie wiederkommen! Es gibt keinen Film, der sie dieses Fressen versäumen ließe, was ist das für eine Erfindung mit dieser Erbschaft? Perpetua ist nicht dumm. Außerdem ist es ihre Pflicht als Freundin, in dieser Stunde der Prüfung Elisa beizustehen. Beides, die Pflicht und das Vergnügen, es gibt so wenig Abwechslung in Agreste, auch für die Postmeisterin.

Schade, daß es Samstag ist, Kinotag. Der Film ist mit dem Marineti aus Esplanada gekommen, um Samstag abends und zweimal am Sonntag gezeigt zu werden, das erstemal in der Matinee, um drei Uhr nachmittags. Am Samstag ist das beste Publikum, die Honoratioren der Stadt, mehrere von ihnen haben sozusagen Stammplätze, niemand würde sich auf diese Sitze setzen, auf die Plätze von Modesto Pires und seiner Frau, von Dona Aida, und zwei Reihen dahinter, von Carol. Die Matinee ist immer voll von schreienden, unerträglichen Kindern; bei jedem Schuß oder Faustschlag des Cowboys ertönt ein

Freudengeheul, bei jedem Kuß des jugendlichen Helden ist der Teufel los. Der Krach wiederholt sich bei der sonntäglichen Abendvorstellung. Wenn der Film zum letztenmal gegeben wird, verkauft der Araber Chalita die Plätze je nach dem Erfolg bei den anderen Vorstellungen. War er schwach, verkauft er sie um jeden Preis. Wenn der Erfolg groß war, sind nicht einmal die Stehplätze billiger. Die Freundschaft fordert Opfer: Morgen wird Dona Carmosina mit Dona Milú in die Sonntagabendvorstellung gehen und sich dem Geschrei und dem Gequalme aussetzen.

Mit gesenktem Kopf und leidendem Gesichtsausdruck kommt Asterio direkt aus dem Geschäft, am Samstag geht er erst nach dem Bad und dem Abendessen zum Billard. Heute wird er die Gesellschaft von Perpetua statt der von Aminthas, Seixas, Fidelio und Osnar haben, ein schlechter Tausch. Dona Carmosina betrachtet ihn mitleidig: ein Waschlappen.

Das Licht der Straßenlampen, die beim Ave-Läuten angezündet werden, erreicht kaum den Bürgersteig, aber der Mond gießt Gold und Honig über Agreste aus, erleuchtet die Straßen und den Fluß, die Landstraße und die Wege, die letzten Marktbesucher, die zu ihren Pflanzungen unterwegs sind.

Eine sensationelle Begegnung zwischen Perpetua und Carmosina, mit einigem Vorteil für die erste in der Anfangsrunde.

»Das hat Doktor Almiro gesagt? Der kennt sich aus. Ich habe nie daran gedacht...« Asterio wird lebhaft, die Schmerzen werden besser, das Unwohlsein vergeht, aufmerksam lauscht er der Unterhaltung.

Er liegt auf der Couch, und wären nicht seine Schwägerin und Dona Carmosina anwesend, so läge er schon im Bett. Er fühlt sich schlecht seit dem Augenblick, als Elisa ihm im Laden Zeichen machte und ihm klar wurde: weder Brief noch Scheck. Er ist so krank, daß er nicht einmal den Kuskus und die gebackene Banane anrührt, sondern sich mit einer Tasse Milchkaffee, Brot und Quark begnügt. Magenkrämpfe. Unerträglich.

Perpetua war kurz vor sieben gekommen. Sie hatte Ricardo über seinen Aufgaben gelassen, am Montag mußte er zur schriftlichen und mündlichen Prüfung ins Seminar zurück. Nach Schulschluß hatte Padre Mariano, der nach Aracajú unterwegs war, sein Patenkind hergebracht, damit er das Wochenende zu Hause verbringen könne, unter der Bedingung, zu lernen und sich auf die Prüfungen vorzubereiten.

Ein Versagen würde ihn das unentgeltliche Studium kosten, warnt ihn Perpetua wieder einmal, bevor sie ausgeht. Peto dagegen war ins Kino ausgerückt, ein verteufeltes Kind. In jeden Film ging er dreimal, immer umsonst, denn er half Chalita an der Kasse. In Agreste hat die Zensur keine Gültigkeit, alle Filme sind frei für alle Altersstufen, die Mütter geben ihren Säuglingen mitten im Saal die Brust, und Peto, der noch nicht dreizehn ist, lernt dort mehr als Ricardo, der fast siebzehn ist, im Seminar. Im Kino, am Flußufer, wo er einen guten Teil des Tages verbringt, angelnd und beobachtend, in der Bar dos Açores und, nachmittags, bei seinem Onkel Asterio. Wenn Osnar gewinnt, bietet er ihm einen Guaraná an, einen Sorbet, Coca-Cola. Peto kann schon mit dem Billardqueue umgehen.

»Und dieses Queue da unten, Sergeant Peto, hat das schon eine Karambolage gemacht?« fragt Osnar, schamlos wie er ist. »Es wird Zeit, daß du deine Unschuld loswirst . . .«

Kaum hatte Perpetua im Korbsessel Platz genommen, dem besten Stück des Hauses, als Dona Carmosina vor der Tür in die Hände klatschte und um Einlaß bat. Perpetua setzte ein eisernes Gesicht auf: Was hatte die Postmeisterin hier so Kostbares verloren, daß sie die Samstagvorstellung im Kino opferte, diesen geheiligten Brauch? Sie kam doch nur, um ihre Nase in Dinge zu stecken, die sie nichts angingen, ihre Meinung abzugeben, zu sondieren, ihre Intelligenz und ihren Scharfsinn zu zeigen, diese Neunmalkluge. Elisa eilte, die Freundin zu empfangen.

»Du bist fast gleichzeitig mit Perpetua gekommen.«

Ohne eine Aufforderung abzuwarten, ging Dona Carmosina auf das Thema los und riß die Unterhaltung an sich.

»Das Getuschel wird immer ärger.«

Dieser Eindringling ist absichtlich gekommen, sie zieht die Unterhaltung dem Kino vor. Elisa ist imstande und hat sie gebeten herzukommen. Perpetua berührt mit den Fingern das Kruzifix am Rosenkranz in der Tasche ihres schwarzen Rockes und beherrscht sich. Nun gut, vielleicht kann sie sogar helfen, diese unsympathische Person tut den ganzen Tag nichts, liest Zeitschriften und Zeitungen, ellenlange Artikel, beherrscht alle möglichen Gebiete, die Angeberin. Perpetua hat nicht den geringsten Zweifel:

»Sie hat ins Gras gebissen. Das sage ich Elisa seit gestern, aber sie will sich selber belügen und die anderen dazu.«

»Das Offensichtliche verbergen . . .«, verbessert Dona Carmosina.

Perpetua duldet nicht solche Zurschaustellungen von Weisheit. Sie beherrscht sich, weil Asterio gerade von der Couch her einen Schrei ausstößt: »Was sagt ihr? Daß Antonieta tot ist? Stimmt's?«

Elisa tut ihr Mann leid, der arme Kerl hat einen Schock abgekriegt; bisher war er noch nicht auf den Gedanken gekommen, daß seine Schwägerin tot sein könnte. Er dachte an einen Verlust des Briefes, an eine momentane Geldverlegenheit – auch die Reichen haben ihre Probleme –, an eine Reise, die plausible Erklärung Elisas. Aber niemals an Krankheit oder Tod. Diese Behauptung stürzte auf ihn herab wie eine Tonne Blei.

»Au!« jammerte er und hielt sich den Magen, das Gesicht eine Maske des Schmerzes.

»Du bist der einzige in ganz Agreste, der nicht weiß, daß sie gestorben ist, und deine Frau ist die einzige, die daran zweifelt.« Die pfeifende Stimme Perpetuas reißt die Wunde wieder auf.

Dona Carmosina griff erneut in die Debatte ein.

»Genau gesagt, es gibt keine Beweise. Nur Vermutungen.«

Perpetua, eine harte Gegnerin, hielt ihr Dona Milús Argumente entgegen.

»Was willst du noch für Beweise haben, genügt das Ausbleiben der Briefe nicht? Wenn sich Antonieta entschlossen hatte, etwas zu tun, so tat sie es bis ans Ende, keiner weiß das so gut wie ich.«

»Zweifellos«, gab Dona Carmosina höflich zu. »Vermutungen, die sich auf konkrete Tatsachen stützen, aber immerhin nur Vermutungen...«

»Was für ein Unglück!« jammerte Asterio, dem die Ungeheuerlichkeit der ganzen Sache bewußt wurde. »Wovon sollen wir denn leben, wenn sie tot ist?«

Elisa kämpfte gegen die Tränen an und brachte ihm eine Tablette mit einem Glas Wasser.

»Nimm das, Asterio, die Medizin für den Magen...«

»Was soll aus uns werden?« Die Tablette fiel Asterio aus der Hand, Elisa und Dona Carmosina suchten sie auf dem Ziegelboden und fanden sie. Elisa steckte sie ihrem Mann in den Mund und gab ihm Wasser.

»Nicht einmal für Medikamente wird genug da sein«, schloß Asterio, dem der Brechreiz kam.

Dona Carmosina nickte zustimmend mit dem Kopf: Es wird nicht leicht sein. Nicht so sehr für Perpetua, sie hat Mietshäuser und Geld, aber Elisa und Asterio leben von dem schlecht mit Waren versehenen Laden, vom Verkauf an den Samstagen, einem bescheidenen Gewinn. Dona Carmosina versuchte, diese Einzelheiten zu übergehen, die unbedeutend waren angesichts des größeren Ereignisses, dem Tod Tietas, der Freundin ihrer Kindheit und Jugend, deren Konfidenzen sie vor so vielen Jahren angehört hatte. Unbedeutend? Nicht bei den heutigen

Preisen von Rouge und Lippenstift, von Wimperntusche und Nagellack, dazu die Zeitschriften, fünf pro Woche – und Elisa hatte vergessen, die von heute zu bezahlen. Sie hatte davon gesprochen, das Geld zu holen, und hatte es nicht geholt. Sollte sich der Tod bestätigen, würde Dona Carmosina nicht einkassieren können und müßte den Verlust tragen. In solchen Stunden bewährt sich die Freundschaft.

Aber Perpetua richtet sich gerade auf, der Dutt hoch oben auf dem Kopf scheint zu wachsen, die näselnde Stimme gewinnt an Kraft.

»Sie ist tot, und wir sind ihre Erben ...«

Da ist endlich die Geschichte von der Erbschaft, Dona Carmosina spitzt die Ohren. Asterio, dem sterbenselend ist, versteht überhaupt nichts.

»Was sagst du da? Erben? Wie denn?«

Das gibt Dona Carmosina Zeit, ihre juristischen Kenntnisse auszukramen und als Advokatin aufzutreten.

»Hm. Du magst recht haben. Verheiratet, aber ohne Kinder ... Dann erben die Verwandten ... Ich habe etwas darüber gelesen, laß mal sehen ...«

Perpetua stellt, von oben herab, alles klar.

»Neulich habe ich mit Doktor Almiro gesprochen, als er wegen Litos Erbschaft hier war. Die Hälfte geht an den Mann, die andere an die nächsten Anverwandten. Vater, Mutter, Geschwister. Auch wenn der Tote nicht will.«

An diesem Punkt der Unterhaltung wurden Asterios Schmerzen besser, das Unbehagen im Magen wurde geringer. Er wollte es genau wissen.

»Doktor Almiro hat das gesagt? Er kennt sich aus ...«

In der zweiten Runde siegte Dona Carmosina, der Post- und Telegrafen-Champion.

Nicht einmal die überraschte Dona Carmosina kann leugnen, daß Perpetua einen Punkt gewonnen hat. Sie bestätigt die juristische These, zeigt jedoch das harmlose, höchst verdächtige Lächeln eines, der eine gezinkte Karte besitzt, die entscheidende Karte.

»So ist es. So wie ihr hier sitzt, seid ihr reich. Die Hälfte für Zé Esteves, die andere Hälfte für euch beide. Jetzt braucht man nur noch den Mann zu finden, nicht wahr?«

»Genau.« Perpetua hat die Unterhaltung im Griff, und sogar die Postmeisterin lauscht aufmerksam. »Wir haben nie den vollen Namen ihres Mannes erfahren. Felipe, als ob er keinen Vater hätte. Reich, das wissen wir, auch, daß er Comendador ist. Aber Felipe was noch? Was für ein Industrieller? Comendador des Papstes oder der Regierung? Mir ist das immer seltsam vorgekommen, aber dann habe ich die Erklärung gefunden, schon vor längerer Zeit.«

Im Gegensatz zu dem, was Dona Carmosina gedacht hatte, genügte Perpetua der Scheck, das monatliche Geld, nicht. Auch sie hatte sich den Kopf zerbrochen und Schlußfolgerungen gezogen. Genauso wie Dona Carmosina, auf deren Lippen immer noch das unschuldige, kindliche Lächeln zu sehen war.

»Und was für eine Erklärung hast du gefunden?«

Während alle begierig sind, es zu erfahren, verbirgt Perpetua ihre Eitelkeit hinter der unangenehmen, pfeifenden Stimme.

»Ihr Mann hat ihr verboten, uns von ihm zu erzählen, damit er uns nicht eines Tages Rechenschaft ablegen muß ... genau deshalb.«

»Meinst du?« Dona Carmosina bleibt skeptisch.

»Sie hat sich wegen uns geschämt, hat Angst gehabt, daß wir, wenn wir mehr über ihren Mann wissen, sie ausnutzen wollen.« Für Elisa haben nur sie selbst, Asterio, Perpetua und der Vater schmutzige und böse Absichten. Tieta und die Ihren sind reich und gut, unangreifbar.

»Mag sein.« Dona Carmosina scheint abzuwägen, Argumente zu vergleichen.

»Wie auch immer – meinen Teil wird er mir geben müssen, und wenn ich alles auf den Kopf stellen muß.« Perpetua scheint immer größer zu werden auf ihrem Sessel, sie nimmt sich nicht die Mühe, Elisa zu antworten. »Ich werde die Adresse herausbekommen, und wenn er am wenigsten darauf gefaßt ist, platze ich ihm ins Haus. Was mir und meinen Söhnen gehört, nimmt mir niemand weg.«

»Du hast heute mit Padre Mariano gesprochen, was hat er gesagt?«

»Er hat gesagt, wir sollen nichts übereilen, es gibt noch keine Beweise für Antonietas Tod, wir sollen abwarten. Da mag warten, wer will, ich nicht! Am Montag fahre ich nach Esplanada, um mit Doktor Rubim zu reden ...«

»Mit dem Amtsrichter?« Dona Carmosina nickt mit dem Kopf, sie scheint einverstanden zu sein. Ihre kleinen, halbgeschlossenen Augen betrachten Asterio und Elisa, die eindrucksvolle Erscheinung Perpetuas, die sich im Korbsessel breitmacht, sie sieht aus wie eine große Kröte. Verzeih mir, Elisa, daß ich dir deine Erbschaft raube, du und Asterio habt mehr Glück verdient, aber ich kann die Arroganz dieser Betschwester nicht aushalten. »Ja, diese Geschichte mit dem Familiennamen von Tietas Mann habe ich auch immer sehr undurchsichtig gefunden. Ich bin nur zu einem anderen Schluß gekommen als ihr beide.«

Perpetua fürchtet keine Konkurrenz.

»Schieß los.«

»Hast du, Perpetua, nicht auf gewisse Umstände, ich möchte fast sagen, Spuren geachtet? Sie hat doch von Stieftöchtern gesprochen, nicht?«

»Ja, die Hälfte ist für seine Familie.«

»Ich spreche nicht von der Erbschaft, diese Erbschaft gibt es gar nicht...«

»Wie?«

»Sag das nicht...«, bittet Asterio, den die Schmerzen wieder befallen.

»Es tut mir leid, Asterio, dich zu enttäuschen, aber wenn ihr nur eine Minute nachdenkt, wenn ihr eure grauen Zellen anstrengt, werdet ihr verstehen, daß Tieta mit diesem Herrn Comendador wie eine Ehefrau lebt oder gelebt hat, aber ohne gesetzliche Eheschließung. Er ist ganz sicher von seiner Frau getrennt. Ein Paar wie tausend andere in Brasilien. Das ist die einzige Erklärung, die es gibt, und in diesem Fall hat nur seine Familie ein Recht auf die Erbschaft.«

»Ach Gott!« jammert Asterio, der sieht, wie das Vermögen dahinschmilzt, der Reichtum den Fluß hinunterschwimmt; kurz war die Illusion, jetzt ist er wieder arm wie Hiob.

Der Sakristei-Champion reagiert und gewinnt die Runde, wobei die Gegnerin nur durch eine unerwartete Unterbrechung des Kampfes gerettet wird.

Perpetua ist die einzige, die sich nicht aufregt, es sei denn, man wollte das leichte Zusammenpressen der Lippen als Lächeln auffassen.

»Als Theorie ist die Idee fabelhaft. Aber im übrigen ist sie nichts wert.«

»Hast du eine bessere?«

»Meine ist besser, und ich habe Beweise dafür.«

»Beweise? Wieso?«

»Sie ist verheiratet, regelrecht verheiratet, kirchlich und zivil. Das kann ich garantieren und werde es beweisen.«

»Das möchte ich sehen.« Aus Dona Carmosinas Stimme spricht ein leiser Zweifel.

Elisa ist in Tränen gebadet. Asterio ist reich, dann arm, arm und wieder reich, ohne zu wissen, ob die Schmerzen andauern oder nicht.

Aus der Tiefe ihrer Tasche zieht Perpetua einen Briefumschlag und aus dem Briefumschlag einen Zeitungsausschnitt.

»Du, Carmosina, die du so viele Zeitungen auf Kosten anderer liest, lies jetzt das.« Sie rühmt sich der göttlichen Hilfe: »Wer die heilige Anna verehrt, wer seine Zeit den Dingen der Kirche widmet, dem wird Gottes Schutz zuteil.«

»So rede doch endlich!« Sogar Asterio wird ärgerlich, er, der der Schwägerin gegenüber für gewöhnlich so schüchtern ist.

Perpetua hält den Ausschnitt fest, sie hat es nicht eilig.

»Es ist noch nicht zwei Monate her, da bin ich nach Aracajú gefahren, zu Dom José, um mich nach Ricardos Fortschritten zu erkundigen. Ich habe die Gelegenheit benutzt und Dona Nicia, der Frau von Doktor Simoes von der Bank, einen Besuch abgestattet...«

»Sie hat dort Kleider verkauft, die Tieta geschickt hat...«

»Die, die mir gehörten. Besser, sie verkaufen, als sich in ihnen zu zeigen. In der Großstadt sollen sie tragen, was sie wollen, aber hier... Dona Nicia hat mir eine Zeitung von São Paulo gezeigt, die Seite mit den Gesellschaftsnachrichten über bedeutende Leute, in der von einer Freundin von ihr die Rede war, die dort Verwandte besucht hatte. Sie hat mir eine Notiz gezeigt und gesagt: ›Ich glaube, das handelt von Ihrer Schwester!‹ Dann hat sie sie ausgeschnitten und mir gegeben.«

Langsam setzt sie die Brille auf und hält den Ausschnitt ans Licht. Asterio erhebt sich, Elisa wechselt den Platz, um näherzukommen, keiner will auch nur ein Wort verlieren.

In diesem Augenblick hört man Stimmen an der Haustür.

»Sei doch ruhig, Mann!«

»Ruhig soll ich sein? Diebsgesindel!«

Der alte Zé Esteves betritt das Wohnzimmer, in Begleitung von Tonha. Breitbeinig, das Gesicht wutverzerrt, hebt er den Knotenstock und brüllt:

»Ich will mein Geld, ihr Diebe! Wo habt ihr es hingetan, was habt ihr damit gemacht? Das Geld, das Tieta mir schickt und das ihr klaut. Was ist das für eine Erfindung, zu sagen, daß sie tot ist und daß deshalb das Geld nicht gekommen ist? Diebsgesindel! Ich will mein Geld haben, jetzt gleich!«

Perpetua wird zum Familienoberhaupt, nachdem sie Dona Carmosina durch k.o. besiegt hat.

»Guten Abend, Vater«, sagt Perpetua in aller Ruhe. »Bitte, setzen Sie sich. Um Nachrichten über Antonieta und ihren Mann zu erfahren.«

»Lebt sie oder nicht? Was ist das für eine Erfindung, zu sagen, daß sie gestorben ist? Ich höre von nichts anderem reden. Mehr als zehn Personen sind zu mir ins Haus gekommen.«

»Das Wahrscheinlichste ist, daß sie tot ist. Wenn sie tot ist, wie es scheint ...«

»... dann sind wir reich, Zé. Stinkreich ...«, unterbricht sie Asterio, ohne Schmerzen, völlig geheilt.

Perpetua hält den Ausschnitt wieder ans Licht, räuspert sich, um eine klare Stimme zu haben, und erklärt, bevor sie mit der Lektüre beginnt:

»Ich habe das Datum der Zeitung notiert, der 11. September, es ist noch nicht drei Monate her ...«

»Zwei Monate und sechzehn Tage ...« Im Rechnen nimmt es niemand mit Dona Carmosina auf.

»Der Comendador Felipe de Almeida Couto«, liest Perpetua ganz langsam, »und seine Gemahlin Antonieta laden die zahllosen Freunde und Bewunderer des Ehepaares zu einem Dankgottesdienst ein, der anläßlich des fünfzehnten Jahrestages ihrer Hochzeit in der Kathedrale vom hochwürdigen Pater Eugenio Melo abgehalten wird, der seinerzeit die Trauung vollzogen hat. Abends werden Antonieta und Felipe die Tore ihres Wohnsitzes öffnen, um ihre Gäste mit der gewohnten Großzügigkeit zu empfangen. Es wird bis tief in die Nacht gefeiert und getanzt werden, mit einem Souper um Mitternacht.«

Der Zeitungsausschnitt geht von Hand zu Hand, ein jeder liest ihn, die Erleichterung ist allgemein.

Perpetua sieht Dona Carmosina herausfordernd an.

»Und was sagst du jetzt?«

An ihrer Stelle antwortet Elisa mit zitternder Stimme:

»Das heißt, daß du den Namen ihres Mannes gekannt hast und uns nichts davon gesagt hast?« Elisa denkt an die Messe, das herrschaftliche Haus, das Fest, den Champagner.

»Ja, ich kannte ihn seit über zwei Monaten. Wozu sollte ich es dir erzählen? Wozu, willst du mir das sagen?«

Asterio ist begeistert und schlägt vor:

»Ich fahre mit dir nach Esplanada, um mit dem Richter zu reden ...«

»Mit dem Richter reden? Wozu denn?« fragt Zé Esteves.

»Wegen der Erbschaft. Die Hälfte gehört uns.«

»So ist es, Vater«, erklärt Perpetua. »Die Hälfte fällt an seine Familie, die andere an uns, die Angehörigen von Antonieta.«

»Ich gehe auch mit, ich will das genau wissen.«

»Keiner von euch braucht mitzukommen. Ich gehe ganz allein,

das ist besser. Ich werde im Namen von allen mit dem Richter sprechen. Dann beschließen wir, was zu tun ist.« Die geschlagene Dona Carmosina bekommt noch eine Abfuhr: »Wir, die Familie, ohne Fremde.«

Gerade aufgerichtet auf ihrem Sessel, die Brust herausgestreckt, den Dutt hoch oben auf dem Kopf, nimmt Perpetua den Platz des Familienoberhaupts ein.

Tod und Begräbnis von Tieta mit einer Predigt und unerwarteten Enthüllungen durch Padre Mariano. Der Neffe Ricardo schwenkt als Meßdiener das Weihrauchfaß.

An jenem Wochenende in Sant'Ana do Agreste starb Tieta und wurde unter allgemeiner Betrübnis begraben. Es ist keine Entstellung der Wahrheit, wenn man sagt, daß die ganze Einwohnerschaft der kleinen Stadt an dieser verfrühten Trauerfeier teilgenommen hat. Die Nachricht gelangte sogar bis zum Landgut Tapitanga, riß Oberst Artur aus seiner sonntäglichen Ruhe und brachte ihn, tiefbekümmert, nach Agreste. Die Herde von Zé Esteves war nie so gediehen wie damals, als sich die kleine Tieta um sie kümmerte. Die Ziegen waren fett und gebärfreudig.

Tränen und Gebete, Trauer und Drohungen, Mitgefühl und Lobreden, Projekte und Kommentare, Leute, die kamen, ihr Beileid auszusprechen. Einige, gehässige, konnten kaum ihre Befriedigung darüber verbergen, daß das unverdient gute Leben für Zé Esteves nun zu Ende war; zu deutlich erinnerten sie sich, wie boshaft, ordinär und schwierig er gewesen war, und an die Wunden, die er ihnen zugefügt hatte.

»Wenn er von Perpetua abhängt, wird er am Hungertuch nagen...«

»Denkste... jetzt, wo dieser Hurensohn in Geld schwimmen wird! Es gibt keine Gerechtigkeit auf dieser Welt...«

»Die Familie wird ein Heidengeld erben, die Hälfte er allein.«

Alte Gevatterinnen, Klatschbasen von undefinierbarem Alter, die der Tod vergessen hatte, gruben aus der tiefen Vergessenheit, in der sie begraben lagen, die Frechheiten und Sünden der jungen Tieta aus, die schon ihre Unschuld verloren hatte.

»Ich kann mich noch an die Prügel erinnern. Damals wohnte der Alte noch am Platz, in unserer Nähe. Es war ganz früh am Morgen. Mit Wonne hat er den Stock auf ihrem Rücken zerbrochen.«

»Ganz unter uns – sie hat es aber auch verdient gehabt. Schamlos und skandalös wie sie war. Sogar mit einem verheirateten Mann.«

»Man braucht nur das Gesicht von Barbozinha anzuschauen, es ist ein Jammer.«

»Man sagt, er hat nicht geheiratet, weil er nur an sie denkt.«

»Wirklich? Gut möglich. Und diese Geschichte mit der Erbschaft, was wißt ihr darüber?«

»Pst! Da kommt Perpetua.«

Leichenbittermienen, tieftraurige Augen folgten Perpetua auf dem Weg zum Kirchplatz. Mit hochgerecktem Oberkörper, einen schwarzen spanischen Kamm hoch oben auf ihrem Dutt – ein Geschenk des Majors, das sie seit dessen Tod nicht wieder getragen hatte –, im selben Trauerkleid wie beim Begräbnis ihres Mannes, sieht sie jünger aus als das junge Mädchen von damals. Knapp über zwanzig, war sie unter ihrem schwarzen Schleier schon alt erschienen, eine alte Jungfer und Frömmlerin trotz ihrer Jugend, Betschwester wie keine andere, Klatschbase wie keine andere, die die Schwester beim Vater anschwärzte: Jede Nacht springt sie aus dem Fenster, trifft sich mit dem Handlungsreisenden am Flußufer. Alle Welt spricht darüber, sie bedeckt uns mit Schande.

Sogar jene, die sich am hartnäckigsten an Tietas Übeltaten erinnern, erkennen jetzt die Herzensgüte und Freundlichkeit, das fröhliche Lachen und die Hilfsbereitschaft an, gar nicht zu reden von der Grazie und Schönheit, vom engelgleichen Antlitz und der so anmutigen Gestalt. Dona Milú faßt dies alles in einem einzigen Satz zusammen:

»Sie hat nie etwas in böser Absicht gemacht, und das Gute, das sie getan hat, ist unermeßlich.«

Eine gute Tochter war sie, die, ohne nachtragend zu sein, die Eltern und Schwestern unterstützt hat, obwohl die Mutter nur ihre Stiefmutter und die jüngste Schwester nur Halbschwester war, was ihr Verhalten noch verdienstvoller und jede Münze noch kostbarer macht. Dazu kommt das alles noch aus São Paulo, der Großstadt, in der Antonieta triumphiert, mit einem reichen und berühmten Mann, einem Industriellen und Comendador, mit Geld im Überfluß, wie Heu. Wodurch der Name von Sant'Ana do Agreste erhöht wurde.

Aminthas, Osnar, Seixas und Fidelio ließen die Billardqueues ruhen.

»Wie war nur der Name von ihrem Mann? Matarazzo?«

»Nein, nein, ein traditionsreicher Name, vierhundert Jahre alt, Perpetua kennt ihn.«

»Prado vielleicht?«

»Nein, es scheinen zwei Namen zu sein, sehr bekannte.«

»Asterio hat das große Los gezogen . . . einen Haufen Geld.«

Ein Paulistaner ohne Vorurteile hatte das gefallene Mädchen geheiratet. Die Sitten wechseln von einem Ort zum anderen; in Agreste und Umgebung muß ein Mädchen, das geheiratet werden will, auch heute noch Jungfrau sein – und auch so heiraten nur wenige, denn die Männer wandern ab, auf Arbeitssuche, und den Frauen bleiben nur die Kirche, die Küche, die Flickendecken, das Häkeln, die langen Tage und die unruhigen Nächte.

In Rio und São Paulo dagegen wird für die Heirat keine Jungfernschaft verlangt; das ist ein überholtes Vorurteil. Übrigens breitet sich diese Mode im ganzen Land aus, und darüber hinaus, die Pille bemäntelt alles. Aber bis zu den Ufern des Rio Real ist sie noch nicht vorgedrungen; wenn Tieta in Agreste geblieben wäre, hätte sie nie einen Mann gekriegt. In São Paulo freilich kümmert sich keiner um die Unschuld der Mädchen. Was dort zählt, ist die Kategorie, die Klasse, die Schönheit, die Intelligenz. An diesem Wochenende, als die Stadt durch die Nachricht von Tietas Tod in Aufregung versetzt wurde, sprach man ihr keine einzige gute Eigenschaft ab. Sie wurde als tugendhafte, vorbildliche Frau begraben.

Erschüttert offenbarte Padre Mariano den Gläubigen, daß die große, herrliche Gipsfigur der heiligen Anna, die vor drei Jahren unter festlichem Jubel an die Stelle der früheren, uralten, von der Zeit halbzerstörten Statue aus wurmstichigem Holz, ohne künstlerischen Wert, gesetzt worden war, ein Geschenk Antonietas gewesen war und nicht das eines anonymen Pfarrkindes, wie es damals geheißen hatte.

Wie man sieht, teilte auch Padre Mariano mit Tieta ein Geheimnis, das nur Dona Carmosina kannte, das versteht sich. Neben der Postmeisterin und dem Neffen Ricardo hatte auch er sich insgeheim mit einer Bitte an sie gewandt. Dona Carmosina lächelt in der Bank neben Elisa. Am liebsten wäre sie hinten, am Vorplatz der Kirche, und unterhielte sich mit den Burschen. Aber Freundschaft verpflichtet. Vor dem Altar weint der Neffe in seinem Ornat, mit dem weißen Chorhemd und dem roten Gewand, und schwenkt das Weihrauchfaß; für die Diener Gottes genügt der Duft des Weihrauchs, nie wieder würde er das Parfum des Briefumschlags riechen.

»Was für ein hübscher Meßdiener«, murmelt Cinira lüstern, sie ist nicht mehr die Jüngste, fast schon eine alte Jungfer, es juckt sie dort unten.

»Göttlich!« Dona Edna schnalzt mit der Zunge auf der anderen Seite der Kirche, auf den Knien neben Terto, ihrem Mann, der gar nicht danach aussieht.

In Rauchwolken gehüllt lauscht Ricardo den Lobreden des Priesters auf seine alte Tante. Er denkt an die weißen Haare, an die Runzeln, die zitternden Hände, es ist mehr eine Großmutter als eine Tante. In ihrer Bescheidenheit verlangte die großherzige Spenderin, daß man ihren Namen nicht preisgäbe. Erst jetzt, nachdem die traurige Nachricht bekannt ist, setzt sich Padre Mariano über das gegebene Versprechen hinweg und erklärt alles genau, damit alle Verehrer der heiligen Anna mit ihm zusammen für die Gesundheit dieser frommen Tochter von Agreste beten und Gott bitten, daß die tragische Nachricht nur ein falscher Alarm sei und die gute Dona Antonieta sich bester Gesundheit erfreuen möge.

Einige beteten. Für die Seele der Verstorbenen; an die beste Gesundheit glaubte keiner.

Postskriptum über die alte Statue

Noch nie hatte Padre Mariano über das Schicksal der alten Statue gesprochen. Und das war gut so, denn der neue Kardinal hat die Manie, alles über die wertvollen alten Skulpturen von Heiligen auszuforschen, die aus den Kirchen gestohlen oder an Antiquare und Sammler verkauft worden sind.

Wer kann den Priester guten Glaubens beschuldigen? Die Statue war ein altes, von der Zeit zerfressenes Stück Holz, in elendem Zustand, unnütz, und er hatte sie nur deshalb nicht auf den Müll geworfen, weil sie vor ein paar Jahrhunderten geweiht worden war. Als aber der berühmte Künstler aufgetaucht war, angezogen von der Schönheit des Strandes von Mangue Seco, und die in einen Winkel der Sakristei verbannte Statue der Schutzpatronin erblickte, bot er den Betrag, der nötig war, um ein Weihrauchfaß zu kaufen. Der Künstler hatte versichert, daß es sich um einen Akt besonderer Verehrung handle: Im ganzen Himmelreich stand ihm die heilige Anna am nächsten, und alles, was mit ihr zu tun hatte, und sei es auch ohne jeden materiellen Wert, wie diese alte Statue, greife ihm ans Herz; deshalb nahm er sie an sich und spendete der Kirche einen angemessenen Betrag. Nur wer den Maler Carybé kennt, weiß, was seine Überredungskunst vermag. Ich könnte viele Geschichten über ihn erzählen, wenn ich Zeit hätte, eine ärger als die andere.

Heute ist die alte, inzwischen restaurierte Statue Bestandteil der berühmten Sammlung eines anderen gefeierten Künstlers, Mirabeau Sampaio. Wie sie dorthin gelangt ist, wage ich mir gar nicht auszumalen. Die Geschäftchen zwischen diesen Herren sind schmutziger und unmoralischer als das von Dona Carmosina und Canuto Tavares, das ich vor kurzem aufgedeckt habe.

Auferstehung und Trauer

Tietas Auferstehung fand am Dienstag um fünf Uhr zwanzig nachmittags statt, und erst dann begann die Familie Trauer zu tragen. Um sich Sorgen zu machen wegen der Probleme, die aus dem Ausbleiben des Schecks und der Möglichkeit einer Erbschaft entstanden, blieb keine Zeit. Sie war auch nicht nötig. Sie war tot und damit Schluß. Was half es ihr noch, wenn die Verwandten schwarze Kleider trugen? Eine Messe für ihr Seelenheil, das ja. Sieben Tage lang. Einen Monat lang, falls sich die Nachricht von dem vielen Geld bestätigte.

Am Dienstag hatte der Marineti Verspätung: Zwei Reifen waren geplatzt, der Motor streikte alle fünf Kilometer, nichts Außergewöhnliches. So kam es, daß Dona Carmosina den Postbeutel erst gegen Abend öffnete.

Mit dem Bus kam auch Perpetua aus Esplanada zurück, wohin sie am Vorabend in Gesellschaft von Ricardo gefahren war, der dort nach Aracajú umstieg. Der Richter empfing sie nach dem Abendessen und beglückwünschte sie am Ende ihrer Unterhaltung zu der Beharrlichkeit, mit der sie die Interessen ihrer Söhne, ihres Vaters und ihrer Schwester verteidigte. Für mich will ich nichts, Herr Richter, aber um das Recht meiner Kinder, meiner Schwester und meines alten Vaters kämpfe ich bis zu meinem Tode. Die Arme, allein und selbstlos. Der Richter war beeindruckt, und Dona Guta war so hingerissen, daß sie der tapferen Witwe Aipim-Kuchen und Pitanga-Likör anbot.

Perpetua kehrte mit einem umfangreichen Gepäck an Kenntnissen und Ratschlägen heim. In São Paulo, hatte ihr der Richter gesagt, würde sie mit Leichtigkeit einen Anwalt finden, der bereit war, sich ihrer Sache anzunehmen; gegen Erstattung der Spesen und einer Beteiligung am Gewinn, sofern die Angelegenheit, wie es den Anschein hatte, eine echte Aussicht auf Erfolg böte. Natürlich würde er einen hohen Prozentsatz berechnen. Wieviel Prozent? Das könne er nicht genau sagen, vielleicht vierzig, fünfzig Prozent. So viel? Das ist ja irrsinnig! Gnädige Frau, wenn einer das Risiko eingeht, das Geld zum Fenster hinauszuwerfen, verlangt er viel, das ist nur recht und billig. Die Zeitungen bringen immer Anzeigen von Anwaltsbüros, die auf dieser Grundlage arbeiten. Es gibt sogar Spezialisten für hoffnungslose Fälle, aber dann steigt die Beteiligung auf siebzig, achtzig Prozent.

Doktor Rubim überflog die Notiz auf dem Zeitungsausschnitt. Die Almeida Couto sind vornehme Leute, meine Gnädigste, mit viel Geld und einem schönen Wappen. Wenn die betreffenden Angaben stimmen, wie Sie behaupten, dann ist der Prozeß so gut wie gewonnen. Höchstwahrscheinlich wird es überhaupt zu keinem Prozeß kommen, man wird zu einem Übereinkommen gelangen, Leute dieser Kategorie sehen sich nicht gern in ein Gerichtsverfahren verwickelt. Sie und Ihre Familie brauchen nur einen guten Rechtsanwalt. Gott vergelte Ihnen die Zeit, die Sie an eine arme Witwe verschwendet haben, Herr Richter. Nach ihrer Heimkehr wollte sie mit dem Alten und mit Asterio die Aufteilung der Reisespesen besprechen. Peto würde sie bei Elisa lassen, und Ricardo, dessen Ferien in einer Woche anfingen, wollte sie mitnehmen. In Esplanada hatte sie sich nach dem Preis der Fahrt im Omnibus nach São Paulo erkundigt; sie würde in Feira da Sant'Ana zusteigen. Nichts erschreckte sie, weder der Preis noch die sonstigen Ausgaben, die Entfernung oder die Gefahren der Großstadt. Sie war nicht mehr mit dem Major nach Salvador gekommen, wie sie es geplant hatten; Perpetua drückt es das Herz ab, wenn sie an diesen Plan denkt. Aber war sie nicht allein nach Aracajú gefahren, um mit dem Bischof zu sprechen, ihm für das Stipendium für Ricardo zu danken? Und sie war noch öfters hingefahren, was war dabei schon gefährlich? São Paulo ist größer und entwickelter, aber es kann nicht viel größer oder viel furchterregender sein, Aracajú ist schließlich ein Koloß.

Perpetua war noch im Bad, um sich den Reisestaub abzuwaschen, als Dona Carmosina den Beutel mit den eingeschriebenen Briefen öffnete. Es war nur einer darin, von Antonieta. Mit einem Jubelschrei ließ Dona Carmosina die übrige Korrespondenz liegen und lief eiligst zu Elisa, wobei sie den Brief wie eine flatternde Fahne schwang.

»Er ist da, Elisa, er ist da!«

»Gott sei gelobt!«

Sie öffneten den Umschlag und fanden den Scheck und sensationelle Neuigkeiten: Ja, es hatte einen Toten gegeben, wo Rauch ist, ist auch Feuer. Es war jedoch der Comendador, der gestorben war, und der war kein Almeida Couto mit Wappen und vierhundertjähriger Familie. Aber deswegen war er doch ein reicher Paulistaner Industrieller, der Comendador Felipe Cantarelli, mein unvergeßlicher Gatte, fast ein Vater, durch dessen Hingang ich zu einer untröstlichen Witwe geworden bin. Um sich zu trösten, die Familie wiederzusehen und, wer weiß, vielleicht ein Haus in der Stadt zu kaufen und ein Grundstück am Strand, möglichst in der Nähe von Mangue Seco – später einmal würde sie das Alter in Agreste verbringen und in seinem milden Klima den Tod erwarten –, kündigt Antonieta ihre baldige Ankunft an. Ich werde mich rechtzeitig anmelden und Leonora mitbringen, meine Stieftochter, eine Tochter aus Felipes erster Ehe.

»Sie kommt, Carmosina! Sie kommt, wie herrlich!« Auch Elisa erwacht zu neuem Leben.

Schnell zusammengerufen, eilen alle herbei: der Vater und Tonha, Asterio, der mit seinen Kumpanen von der Bar kommt, Perpetua, die Peto am Ohr nachschleift.

Als wäre sie das Familienoberhaupt, verliest Dona Carmosina feierlich im Stehen den Brief; Asterio greift sich den Scheck, um ihn einzulösen.

Sobald sie alles gehört hatte, schluckte Perpetua die Informationen und Ratschläge des Richters, die Reise nach São Paulo und die Erbschaft hinunter. Wenn Antonieta am Leben war, eine Millionärswitwe, dann änderte sich die ganze Lage, und man mußte sich ihr anpassen. Perpetua erhob sich aus der Asche, betrachtete die versammelte Familie und befahl:

»Wer er auch war, er war unser Verwandter, Schwiegersohn, Schwager und Onkel. Wir müssen Messen für sein Seelenheil lesen lassen und Trauer tragen. Wenn unsere liebe Schwester kommt, muß sie uns in schwarzen Kleidern antreffen, wir leiden mit ihr. Ich weiß, was sie durchmacht, ich kenne den Schmerz der Witwenschaft.«

Dona Carmosina kennt ihn nicht, aber sie kann sich ihn vorstellen. Wenn man nachts im Ehebett ein Bein ausstreckt und nicht den stützenden Körper des Gatten vorfindet, des Mannes, mit dem man bisher das Lager geteilt hatte – was für eine entsetzliche Einsamkeit! Schlimmer ist nur die Einsamkeit der alten Jungfer, ein grenzenloser Schmerz, ohne die Erinnerung an ein genossenes Vergnügen.

[illegible] allen die [illegible] und [illegible]
[illegible]
[illegible] und [illegible].

Als [illegible] Formel [illegible] Gesicht [illegible]
[illegible]

Sodaß [illegible] Parteien die [illegible]
[illegible]
[illegible] Wort [illegible] M[illegible]
[illegible]
[illegible]
Familie und [illegible].

[illegible]
[illegible]
[illegible]
[illegible]

[illegible]
[illegible]
[illegible]
[illegible]

ZWEITE EPISODE

Von den glücklichen Paulistanerinnen in Sant'Ana do Agreste oder Die lustige Witwe

Tiefe Trauer, Seelenmesse, die Kinder vom Katechismusunterricht, Miniröcke und durchsichtige Kleider, Bäder im Fluß, Strand und Dünen von Mangue Seco, verschiedene Intrigen, kleinbürgerliche Träume und mütterlicher Ehrgeiz, Schenkel, Brüste und Nabel, Spaziergänge und Abendmahlzeiten, kulinarische Rezepte, das vieldiskutierte Problem des elektrischen Lichts, Gebete und Versuchungen, Gottesfurcht und Künste des Teufels, eine keusche und eine andere, weniger keusche Idylle; man macht Bekanntschaft mit dem frommen Possidonio, einem alten Propheten. Romantische Zwiegespräche und starke Szenen (zum Ausgleich).

Erstes Fragment der Erzählung, in der Tieta während der langen Reise im Liegebus von São Paulo nach Bahia der schönen Leonora Cantarelli Episoden aus ihrem Leben erzählt. Das ist erst ein Musterbeispiel, später folgen substantiellere Geschichten.

»Ich glaube, die Ziegen spürten die Sonne gar nicht, dabei war es nicht eine Wärme wie hier, sondern eine richtige Hitze, die Sonne brannte auf die Steine nieder. Sie spürten sie nicht, und ich auch nicht.«

Auf den Steinen stehen die Ziegen unbeweglich unter der Sonne, auch sie Steine, Statuen. Plötzlich fangen sie an zu springen, zu laufen, erst eine, dann noch eine, schließlich alle. Auf den höchsten Hügeln entdecken sie Grasbüschel.

»Ich ging hinter ihnen her und hütete sie. Die Ziegen kannten mich, ich hatte einer jeden einen Namen gegeben. Wenn ich rief, hörten sie auf mich. Ich kümmerte mich um sie; wenn sich eine an den Dornen verletzte, behandelte ich sie, legte heilende Kräuter auf die Wunden.«

»Wie alt warst du damals, Mamachen?«

»Vielleicht zehn, als ich anfing. Zehn oder elf, ich war gerade mit der Volksschule fertig.«

Sie zog die Sonne vor, die die Steine kochte, die trockene Erde, die Kakteen, die Schlangen, die Eidechsen, das Quaken der Frösche im Flüßchen, die kahlen Kuppen der Hügel, die Grashalme, die Ziegen – während sich die Älteste um das Haus kümmerte.

»Perpetua ist schon alt geboren, ich weiß nicht, wie es ihr gelungen ist, zu heiraten. Als junges Mädchen steckte sie in der Sakristei mit den Betschwestern, sie war die Frömmste von allen. Für sie war ich der Teufel in Person . . .«, sie lachte: »Sie hatte ja auch recht, ich war nicht wie die anderen. Von klein auf sah ich, wie der Bock Inacio die Ziegen besprang.«

Mächtig, ernst und majestätisch erscheint Inacio, der Vater der Herde, mit gemessenem Schritt, langem Bart und kräftigem Gestank. Langsam und unerbittlich nähert er sich der unruhigen jungen Ziege, die zum erstenmal heiß ist, ihr Hinterteil bewegt sich bei Inacios Annäherung, die Hinterläufe schlagen aus, sie hat das Alter erreicht, um gedeckt und geschwängert zu werden. Inacio folgt der Spur des Weibchens, sein Sack schaukelt hin und her. Er läßt ein klares, vibrierendes Blöken hören, eine Ankündigung, eine Drohung, eine Liebeserklärung.

»Als ich es zum erstenmal sah, verstand ich nichts, ich war noch zu jung. Aber später, als ich anfing, meine Regel zu bekommen, ging mir Inacios Geblöke durch und durch. Ich betrachtete alles genau und legte mich auf den Boden, um besser zu sehen.«

Die junge Ziege läuft davon, aber Inacio macht sich nicht die Mühe, ihr nachzulaufen; er bleibt stehen und wartet, bis sie es gelernt hat. Noch zwei oder drei Fluchten, und er besteigt die Unbotmäßige, wann er will, als Herr und Patriarch der Herde.

Auf der Erde liegend sieht das Mädchen alles und verliert keine Einzelheit. Den Rücken auf dem trockenen Boden, spürt sie, wie eine Hitzewelle von den Beinen bis zum Hals in ihr aufsteigt, sie fühlt sich schlapp und willenlos. Inacio war ein toller Bock, die Ziege wehrte sich, als er sie befruchtete. Ein letzter Schrei des Schmerzes und der Bereitschaft, der im Leib des Mädchens sein Echo fand. Hoch oben auf den Steinen vereinigten sich Ziege und Bock, versteinert wie ein einziger Fels, ein Steinbock.

»So lernte ich es. Ich sah damals noch mehr, viel mehr.«

Sie ist nicht nur dabei, wenn Inacio die Ziegen bespringt. Hinter den Hügeln versteckt sieht sie, wie die kleinen Burschen es ihm gleichtun. Osnar und seine Bande. Sogar erwachsene Männer. Und der eigene Vater, wenn er sie abwesend glaubte.

»Zu Hause war er fromm, streng und moralisch bis dort hinaus und schickte alle ins Bett, sobald wir vom Abendbrot aufgestanden waren. Von Liebesgeschichten zu reden war verboten. Der Liebhaber meiner Tochter heißt Handklatsche und Stock zum Antreiben der Esel; Knotenstock aus Quittenholz ist der volle Name, brummte Zé Esteves. Er machte sich an die Ziegen heran, wenn er glaubte, daß die Weide verlassen sei. Es gab Ziegen, die waren ganz wild darauf. Ich war ein Zicklein, genau wie sie. Das erste Mal war es nicht anders.«

»Wie alt warst du, Mamachen, das erste Mal?«

»Ich weiß nicht. Dreizehn, vierzehn Jahre, ich habe die Blutungen früh bekommen.«

»Und dann?«

»Dann war ich eine unersättliche Ziege, es gab keinen Mann, der mir genügen konnte.«

Der Autor verfaßt einen genauen Bericht über die glänzende und ferne Vergangenheit der Gemeinde Sant'Ana do Agreste und ihren gegenwärtigen Tiefstand.

Während die Leute über die aufregende Nachricht von der baldigen Rückkehr der verlorenen Tochter reden, die Betschwestern in der Kirche, die Müßiggänger in der Bar, im festlich geschmückten Postamt, benutze ich die Gelegenheit, um Tietas wohltuenden Einfluß festzustellen. Noch ist sie unterwegs nach Bahia, und schon übt sie einen Einfluß auf ihren Heimatort aus und reißt ihn aus der Lethargie, in die er so lange Jahre versunken war.

Die Nachricht betrifft und bewegt nicht nur die Stadtbevölkerung; sie breitet sich über die ganze Gemeinde aus und weckt Neugier und Interesse »von den sanften Ufern des Flusses bis zu den hochgehenden Wogen des Atlantischen Ozeans«, wie Barbozinha es in poetischer Weise beschreibt. Er verfaßt ein Gedicht in freien Versen und nach attischem Geschmack, in dem Venus nackt den Wellen entsteigt, von Schaum und Muscheln bedeckt, wieder auferstanden. Höchst aktuell und leicht erotisch.

Niemand verhielt sich gleichgültig, in der ganzen Bevölkerung von einigen Tausenden von Personen – nicht einmal Dona Carmosina kann die genaue Anzahl der Einwohner von Agreste angeben; bei der Zählung im Jahr 1960 waren es neuntausendsiebenhundertzweiundvierzig aktive und nicht aktive Bürger, denn mehrere waren über neunzig und viele über achtzig Jahre alt. In den letzten fünf Jahren nach der Zählung hatte die Bevölkerung abgenommen, nicht infolge der Todesfälle, die immer noch seltener waren als die Geburten, sondern wegen der systematischen Abwanderung der jungen Leute, die in anderen Gegenden ihr Glück versuchten.

Der Reisende, der erschöpft und staubbedeckt nach der Fahrt in Jairos Marineti in diesen heute ausgestorbenen Straßen ankommt und ein Zimmer in Dona Amorzinhos Pension nimmt, wird nicht glauben, daß Agreste vor dem Bau der Eisenbahn, die Bahia mit Sergipe verbindet, ein sehr fortschrittlicher und lebhaften Handel treibender Ort war, ein höchst wichtiger Vorposten für den Sertão dieser beiden Bundesstaaten. Damals herrschte dort Prosperität, wo heute eine gottverlassene Gegend ist. Die günstige Lage der Gemeinde, die sich den Flußufern entlang bis zum Meer erstreckte, machte aus Sant'Ana do Agreste ein Versorgungszentrum für die gesamte riesige Region. Schiffe und Schoner gelangten bis zur Hafeneinfahrt von Mangue Seco, blieben auf der Reede liegen und ließen ihre Ladung von Booten abholen. Von Agreste aus wurden die Waren auf Eselsrücken in den Sertão befördert.

Heute existiert nur noch die Pension von Dona Amorzinho, zu Anfang des Jahrhunderts waren es mehr als zehn, die immer voll von Kaufleuten und Handlungsreisenden waren; die Läden und Geschäfte genügten kaum für die viele Kundschaft. Bordelle gab es zahllose, das war ein Betrieb, das Geld floß in Strömen. Die schönsten Stadthäuser stammen aus jener Zeit, auch das Steinpflaster des Kirchplatzes und der Straßen im Zentrum. Die Reichen ließen Klaviere und Grammophone kommen, bestellten bei Firmen im Süden des Landes kolorierte

Porträts, um sie an den Wänden der Wohnzimmer aufzuhängen. Das Rathaus wurde erbaut, die neue Pfarrkirche zur heiligen Anna, nachdem die alte Kapelle Johannes dem Täufer geweiht worden war, dessen Fest im Juni das des heiligen Antonius voranging und das des heiligen Petrus folgte; das zog Fremde nach Agreste, sogar von Sergipe kamen sie, dazu während der Ferien die zahlreichen Zöglinge der Internate der Provinzhauptstadt, die vierzehn Tage lang ihre Freiheit genossen. Im Juni herrschte in Agreste Hochstimmung, jeden Abend gab es nach den Novenen und Dreizehn-Tage-Andachten Tanz und Feuerwerk.

Es war eine der ersten Städte, die elektrische Lichtleitungen anlegten, und eine der letzten, die immer noch das gelbe, schwache und flackernde Licht des erschöpften Motors hatten, das noch nicht von dem blendenden Licht des E-Werks von Paulo Afonso ersetzt worden war. Oberst Francisco Trindade, Ascanios Großvater, hatte als Bürgermeister den Motor erworben und die damals blühende Ortschaft beleuchtet. Seinem Enkel ist jetzt, vor kurzem, der zähe Kampf zu verdanken, um die Hochspannungsdrähte vom Wasserkraftwerk São Francisco hierherzubringen, die ebenso wie die Eisenbahn und die Autobahn weit außerhalb der Gemeindegrenzen vorbeigeführt worden waren.

In den letzten Jahrzehnten hatte der Fortschritt immer nur Schläge gegen Agreste ausgeteilt. Der erste war der schlimmste: der Bau der Eisenbahn, die Bahia mit Sergipe verbinden sollte und in Propria an das Ufer des Rio São Francisco herankam; damit ließ sie unsere kleine Stadt links liegen, ohne Züge noch Bahnhof, wo die jungen Mädchen flirten könnten. Agreste versuchte, die Schiffe und Schoner an sich zu binden, aber die Güterbeförderung auf den Eisenbahnwaggons war leichter und viel billiger. Die Eseltrupps verschwanden, die Boote faulten neben den Mangobäumen dahin, die seltenen Schiffe und Schoner luden nur Schmuggelware aus, aber auch davon hatte Agreste keinen Gewinn, außer dem, den die Fischer von Mangue Seco einstrichen, denn die Waren blieben nicht innerhalb der Gemeinde. Die Motorboote machen keine Zwischenlandung mehr in Agreste, sondern fahren direkt zum Hafen von Crasto, in Sergipe. Nur Elieser, der in der Stadt wohnt, geht hier auf der Rückfahrt vor Anker, um zu Hause zu schlafen. Die Flasche mit schottischem Whisky, englischem Gin oder spanischem Cognac, die Elieser abzweigt, um sie an Aminthas, an Seixas oder an Fidelio zu verkaufen, kann man nicht als Handel bezeichnen, der diesen Namen verdiente; auch nicht das Parfumfläschchen für Carol, die zurückgezogen lebende Freundin von Modesto Pires. Dieses Mädchen muß übrigens noch häufiger auf den Seiten dieses Romans erscheinen, zum Gewinn und Gaudium von uns allen.

Die Autobahn wurde bekanntlich in einer Entfernung von achtundvierzig Kilometern vorbeigeführt. Nach diesem neuen und endgültigen Schlag des Fortschritts resignierte Agreste und beschränkte sich auf den Maniok und die Ziegen. Kein Zug, keine Lastwagen, kein Schatten eines Bahnhofs oder einer Bushaltestelle, wo die Mädchen flirten könnten. Am Ankerplatz liegen ein halbes Dutzend Kanus, das Schiff von Pirica, das Boot von Elieser und die dicken fetten Krebse. Es gibt kein Gericht, das sich mit einer Krebssuppe mit dunkelgrünem Maniokbrei vergleichen läßt, der hier Pirão de lama genannt wird. Haben Sie das nie gegessen? Ein Jammer, dann wissen Sie nicht, was gut ist. Ein Gericht, das Zeit und Geduld erfordert, wenn man, Bein um Bein, das Krebsfleisch auslösen will; das wird sogar in Agreste immer seltener, wo doch Zeit und Geschmack im Überfluß vorhanden sind. Aber es ist die Mühe wert, ich versichere es Ihnen. Danach schleckt man sich die Finger ab, man ißt das mit der Hand, tunkt den Brei in das grüne Fett der Soße, in den unvergleichlichen Schlamm des Krebses.

Das Volk hat schon jede Hoffnung aufgegeben, die jungen Burschen fahren in Jairos Marineti fort, Burschen und Mädchen, denn in den letzten Jahren haben auch die Frauen angefangen, in reicheren Gegenden ein besseres Leben zu suchen. Sie werden Kellnerinnen oder Köchinnen sein, Näherinnen oder Stickerinnen, und viele von ihnen enden im Hurenviertel, in Salvador, in Aracajú, in Feira de Santana. Wo sie übrigens sehr geschätzt sind.

Ascanio Trindade, der unerschrockene Patriot und Kämpfer, und das harte Los, welches das Schicksal ihm bereitet hat.

Nur Ascanio Trindade verliert weder den kämpferischen Schwung noch die Hoffnung auf ein Wunder, das Agreste retten könnte – er liebt das Land, wo er geboren ist und wohin ihn die Krankheit des Vaters wieder zurückgeführt hat, nachdem er das Rechtsstudium aufgegeben hatte. Er hat keine Pflicht mehr zu erfüllen in Agreste, denn schließlich war der alte Leovigildo gestorben, nach fünf endlosen Jahren, die er ans Bett gefesselt gewesen war, unbeweglich, mit einem einzigen Auge ins Leere blickend. Ascanio war Krankenpfleger und Kinderfrau in einem gewesen, Vater und Mutter, hatte diesen reglosen Körper gebadet, hatte ihn gereinigt, ihn gefüttert, eine schwere Aufgabe. Rafa, die dunkelhäutige Amme, konnte ihm kaum helfen, sosehr sie es auch wollte, alt und rheumatisch wie sie war, kraftlos. Ascanio trug den Körper seines Vaters auf den Armen hinaus und legte ihn im Obstgarten unter dem Guajabenbaum in die Sonne, wo er ihm stumm Gesellschaft leistete. Immer ruhig, ohne eine Klage, weder über das unterbrochene Studium noch über die langwährende Heimsuchung. Der dankbare Blick aus dem einzigen Auge des Vaters genügt dem Sohn. Der hat sich schon das Himmelreich verdient, sagten die Betschwestern.

Nach dem Begräbnis des alten Leovigildo, vor zwei Jahren, hätte Ascanio, wenn er nur gewollt hätte, das Amt des Präfektursekretärs niederlegen können, das ihm sein Pate, der Oberst Artur da Tapitanga, verschafft hatte, als er ihn allein mit dem gelähmten Vater und ohne einen Groschen sah. Niederlegen, wozu? Um nach Bahia zurückzukehren, wieder in der Fakultät anzufangen? Ärger als die fehlenden Mittel war der fehlende Wille. In der Provinzhauptstadt lachte Astrud, die jetzt verheiratet war, ihr unvergeßliches, kristallhelles Lachen – hier, in meiner Verbannung, das mir auferlegte Kreuz tragend, höre ich dein kristallklares Lachen und gewinne neue Kraft; in den mühseligsten Tagen verleiht mir die Erinnerung an deine grünen Augen neuen Mut. Dona Carmosina vergoß Tränen, als sie die aufgebrochenen Briefe las, ja, das ist Liebe!

Im ersten Jahr dachte Ascanio an nichts anderes als an den Tag der Rückkehr. Als Astrud ihm aber ganz plötzlich ihre bevorstehende Hochzeit ankündigte, ohne auch nur die Verlobung aufgelöst zu haben, schwor er, nie wieder den Fuß in die Stadt zu setzen, wo der Verrat wohnte. Ganz besonders, nachdem ihm Maximo Lima, sein Studienkollege von der Fakultät und Rechtsanwalt, der am Arbeitsgericht gut vorwärtskam, mitgeteilt hatte, daß die unschuldige, die unberührte Astrud mit einem dicken Bauch geheiratet hatte und daß man diesem die vier Monate angesehen hätte, wenn das Brautkleid nicht so weit gewesen wäre. Sie erwartete schon ein Kind, als sie Ascanio noch Liebesbriefe schrieb und das keusche Idyll fortsetzte, das reine Mädchen, die Hure ohnegleichen! Das schmerzte ihn mehr als alles andere: daß er ein so naiver Tölpel gewesen war, an die Reinheit, das echte Gefühl zu glauben und sich von einem närrischen kleinen Mädchen hereinlegen zu lassen.

Im übrigen gewöhnte er sich an das beste, was das Leben in Agreste zu bieten hatte: das Wasser, die Luft, die Landschaft, das Zusammensein mit den Freunden. Nur die Passivität der Rückständigkeit, der Armut, der Stumpfheit nahm er nicht hin. Sein Kopf steckt voller Pläne, er läßt sich nicht kleinkriegen.

Elend und vernachlässigt, interessiert Agreste nicht einmal die Politiker, eine Rasse, die übrigens im Aussterben begriffen ist. Nachdem die Präfektur dem Doktor Mauritonio Dantas zugefallen war, einem Kieferchirurgen und Zahnarzt, dessen Kräfte durch Kummer und Verkalkung geschwächt waren und der sich zum Vorteil der öffentlichen Moral in sein Haus einschloß, ist es in Wirklichkeit Ascanio, der die Befehlsgewalt hat. Es besteht allgemeines Einverständnis darüber, daß Ascanio den Posten einnehmen soll, sobald er durch den Tod des Doktors frei wird, wenn möglich als Präfekt auf Lebenszeit.

Tatsächlich schafft es Ascanio, die Stadt praktisch ohne andere Einkünfte als die ihr zustehende Quote der Einkommensteuer und die spärliche Unterstützung durch die Bundesregierung sauber zu halten. Er hatte Straßen und Gassen mit Flußkieseln gepflastert, zwei Gemeindeschulen eröffnet, eine in Rocinha, die andere in Coqueiro, und versucht, mit Hilfe von Amtsschreiben, Gesuchen an die Behörden, Briefen an die Zeitungen und die Rundfunksender zu erreichen, daß die Leitungen des Wasserkraftwerks bis nach Agreste gelangen. Bis jetzt hat er bedauerlicherweise keinen Erfolg gehabt. Trotzdem verliert Ascanio nicht den Mut. Er setzt den Kampf fort. Er glaubt daran, daß der Ruf des Klimas, die Qualität des Wassers, die Schönheit der Landschaft eines Tages unweigerlich Touristen auf der Suche nach Frieden und Natur in die Straßen und an die Strände von Agreste bringen werden.

So mancher, der ihn so reden hört, lächelt über seinen glühenden Enthusiasmus. In Agreste ist nichts zu machen. Andere wieder begeistern sich, träumen einen Augenblick lang, daß diese Phantasie Wahrheit wird. Wie immer sind die Meinungen geteilt. Einig sind sie sich, ohne Unterschied, in der Beurteilung von Ascanio. Im ganzen Gemeindebezirk gibt es keinen Bürger, den man mehr schätzt und lieber sieht. Die heiratsfähigen Mädchen wenden kein Auge von ihm. Ascanio ist jetzt achtundzwanzig Jahre alt, worauf wartet er noch, um sich eine Braut auszusuchen? Ist er einmal Präfekt, kann er nicht weiter Kunde von Zuleikas Haus sein.

Mehr als einmal hatte ihn Dona Carmosina im Postamt vor diese Frage gestellt. Es gibt so viele hübsche und gescheite Mädchen in Agreste, und alle möchten gern heiraten. Er lächelt nur, ein trauriges Lächeln. Dona Carmosina dringt nicht weiter in ihn. Sie hat die ganze Korrespondenz gelesen, Zeile um Zeile, aus dem Gedächtnis wiederholt sie Teile seines letzten Schreibens, der Antwort auf die Mitteilung der bevorstehenden Eheschließung – der Dir hier schreibt, Dalila, ist ein Toter, ein erstarrtes Herz, das Dir aus dem Grabe heraus, in dem Du es, erdolcht, begrubst, Glück wünschen kommt; mögen keine Gewissensbisse Dein Leben trüben, und möge mir Gott die Gnade erweisen, Dich zu vergessen, Dein Bild aus meiner Brust zu reißen ... Ein Dichter, dieser Ascanio Trindade, wenn er Verse schriebe, würde er nicht hinter Barbozinha zurückstehen. Er scheint nicht vergessen zu haben, er denkt an kein anderes Mädchen.

Es entringt sich ihm nur ein trauriges Lächeln. Eine andere? Niemals. Und wenn auch eines Tages das schönste, reinste und verführerischste Mädchen Jairos Marineti entstiege. Dieses Herz ist für die Liebe gestorben, meine liebe Dona Carmosina.

Der Rückkehr der verlorenen Tochter nach Agreste, wo sie an der Bushaltestelle die Familie erwartet, die für den verstorbenen Comendador Trauer trägt, die Kinder der Sonntagsschule, Padre Mariano, Ascanio Trindade, Kapitän Dario, der Dichter Matos Barbosa, der Araber Chalita, verschiedene andere Persönlichkeiten, nicht zu vergessen die Billardclique, und schon gar nicht Dona Carmosina, in der Hand einen Blumenstrauß, den Dona Milú in ihrem Garten gepflückt hat, der Klerus, die Bürger und das Volk, vertreten durch den jungen Sabino und Bafo de Bode.

In vier oder fünf Lokalen im Umkreis des Kinos verteilt, vor dem sich die Haltestelle von Jairos Marineti befindet, warten sie darauf, die heisere Hupe in der Kurve zur Einfahrt in die Stadt ertönen zu hören. In der Kirche stehen unter dem Dirigentenstab von Padre Mariano die Kinder aus der Sonntagsschule in ihrer Festtagskleidung, dazu Dona Perpetua und ihr Sohn, der Seminarist, in Soutane und mit dem Meßbuch, ein Jüngling, der lächelnd seine Ferien genießt. In der Vorhalle schwirren die Betschwestern umher, ein Schwarm von krächzenden Aasgeiern. Sie sind des erhabenen Ereignisses gewärtig, der Ankunft der reichen Witwe. Sie wollen sie in ihrer Trauerkleidung sehen, weinend in den Armen ihrer Angehörigen, und als Zugabe die Stieftochter, die Freunde. Ein großer Tag.

In der Bar dos Açores tragen alle Kragen und Krawatte, mit Ausnahme des Besitzers, der in Hemdsärmeln ist: Osnar, Seixas, Fidelio und Aminthas, die Ehrenwache für den Schwager, Asterio, der im schwarzen Anzug, den ihm der magere Seixas geliehen hat, fast erstickt. Perpetua war damit einverstanden gewesen, daß Asterio während der Woche die Trauer auf den schwarzen Flor am Arm, auf dem Hut und am Rockaufschlag beschränkte. Aber bei der Empfangszeremonie bestand sie auf tiefer Trauer, in Anzug, Krawatte und Betrübnis.

»Das sagst du, weil du nichts zu kaufen brauchst, du trägst ja immer Trauer. Aber wo soll ich das Geld hernehmen, um mir einen Anzug machen zu lassen?«

»Ich mußte für Peto auch einen kaufen.«

»Ein Paar kurze Hosen, sonst nichts.«

»Warum borgst du dir nicht einen? Seixas geht nicht mehr in Schwarz.«

Eine gute Idee, wenn sie nicht beide einen so verschiedenen Umfang hätten. Nur mit Mühe und mit Elisas Hilfe gelang es ihm, in die Hosen hineinzukommen. Der Rock ließ sich nicht zuknöpfen und platzte unter den Achseln, aber man sah es nur, wenn Asterio die Arme hob.

Peto flieht vor der Kirche und der Mutter und geht in die Kneipe. Das Gesicht gewaschen, die Haare gekämmt – ein ungewohnter Anblick. Dazu ein weißes Hemd mit langen Ärmeln und eine Fliege aus dem Nachlaß des seligen Majors. Das Schlimmste sind die Schuhe. Die Füße, die an das ungehemmte Herumlaufen am Flußufer gewöhnt sind, können sich nicht auf sie einstellen. Osnar amüsiert sich über die Erscheinung und die Grimassen des Jungen.

»Bald kommt der Tag, Sergeant, dann nehme ich dich auf diese Jagd mit. Du kommst schon ins richtige Alter. Kannst schon den Zünder vorbereiten.«

Perpetua hatte beschlossen, daß in Petos Zimmer die Stieftochter Antonietas wohnen sollte. Es wurde, wie übrigens das ganze Haus, mit Kreolin aufgewaschen, gescheuert und gefegt, bis auch das letzte Staubkörnchen verschwunden war. Auf den Fußboden wurden duftende Pitangablätter gestreut. Schon seit einer Woche hatte sich die kleine Araci, die Elisa für die Zeit des Aufenthalts der Paulistanerinnen ausgeliehen hatte, in ein richtiges Großreinemachen gestürzt.

Es war ein bequemes Wohnhaus an der Ecke des Kirchplatzes und des Beco das Tres Marias. In einer Anwandlung von Großzügigkeit hatte Perpetua beschlossen, Antonieta in das große, kühle Schlafzimmer zu legen und ihr, so unglaublich es auch scheinen mochte, das Ehebett mit seiner Wollmatratze zu überlassen, in dem sie sich in der kurzen und glücklichen Zeit ihrer Ehe mit dem Major gewälzt hatte. War sie von Größenwahn befallen, oder hatte sie einen bestimmten Plan ausgeheckt? Dona Carmosina war noch zu keinem bestimmten Schluß gelangt. Es war nicht zu glauben: ihr Zimmer und das des Majors? Unmöglich! Wie sich die Zeiten ändern, Gott im Himmel! Entsetzt reißt Dona Carmosina ihre winzigen Augen auf.

Vom riesigen Besuchszimmer, dessen acht Fenster auf die Straße gingen, führte ein Korridor zum Speisesaal. Auf jeder Seite lagen zwei Zimmer, von denen eins, dem Schlafzimmer gegenüber, vor unvordenklichen Zeiten in ein Lesekabinett für den verstorbenen Doktor Fulgencio Neto umgewandelt worden war, den Gatten von Dona Eufrosina, einen Arzt, der zur Zeit des Fortschritts berühmt gewesen war. Dann kamen, einander gegenüber, die Zimmer von Ricardo und von Peto, die Perpetua beide beschlagnahmt hatte. In dem von Ricardo, wo der Hausaltar stand, würde sie selber schlafen, in dem von Peto diese Leonora. Ricardo konnte das Kabinett bewohnen, in dem sich ohnehin seine Schulbücher befanden. Die kleine Araci wurde im Obstspeicher im Garten auf einem improvisierten Lager untergebracht. Perpetua leitete den Umzug und den Hausputz. Sie leitete alles, was mit der Ankunft und dem Aufenthalt von Tieta zu tun hatte.

Das Post- und Telegrafenamt war gerammelt voll: Kapitän Dario und Dona Laura, Barbozinha, seiner alten Liebe zu Ehren sauber rasiert, Ascanio Trindade in Vertretung der Präfektur – Doktor Mauritonio ging es immer schlechter, er sah überall nackte Frauen – und Elisa in einem duftigen schwarzen Gazekleid, das Antonieta geschickt hatte. Ihr gewagtes Dekolleté war jetzt bis zum Hals geschlossen, wie es Perpetua verlangt hatte, die die Kleidung und das Verhalten bei der Ankunft kontrollierte.

»Deck dir wenigstens die Brüste zu. Das ist eher ein Ballkleid als ein Trauergewand, aber da es das einzige schwarze ist, das du hast, mag es angehen, wenn du es änderst. Sie wird in tiefer Trauer erscheinen, wir müssen uns danach richten. Stell dir vor, der Alte wollte ein Fest geben und die halbe Stadt einladen. Sie kommt her, den Tod ihres Mannes beweinend, und statt einer Trauergemeinde findet sie eine Festversammlung vor. Hat man schon sowas gesehen?«

»Mein Gott, das dauert!« Sosehr sich Elisa auch bemüht, betrübt auszusehen, gelingt es ihr doch nicht, ihre Erregung zu unterdrücken, ein Gemisch aus Freude und Angst.

Grenzenlose Freude, die Schwester kennenzulernen, die Märchenfee, die reiche, elegante, vornehme Paulistanerin, ihre Beschützerin. Angst wegen der dummen Lüge, dem Verschweigen von Toninhos Tod, um sich die monatliche Zuwendung zu erhalten. Dona Carmosina tut alles nur mögliche, um sie zu beruhigen.

»Wenn sie nach Toninho fragt, was soll ich ihr dann sagen?«

»Sag die Wahrheit. Sag, daß ich dir geraten habe, nichts zu erzählen, und überlasse das übrige mir.«

»Ob sie mir verzeihen wird?«

»Ich kenne Tieta, sie wird sich nicht daran stoßen. Überlaß das mir.«

Aber noch eine andere Wolke verdüsterte ihre Freude: die Ankunft der Stieftochter, fast einer Tochter, die einen Platz in Tietas Herzen einnimmt, das Elisa ganz für sich allein haben möchte.

Am Eingang zum Kino stochert der Araber Chalita in den Zähnen, in Erinnerungen versunken: Tieta war noch hübscher als ihre Schwester, die Frau von Asterio. Hübsch und ungestüm, ein Feuer schien ihren Körper zu verzehren. Am Seiteneingang ist die Eisdiele: eine kleine Theke, eine Schublade und das Gefäß, das der junge Sabino täglich mit Fruchteis füllt, um sich vom Araber ein paar Nickel zu verdienen. Auch Sabino hatte Hosen und ein sauberes Hemd angezogen, Schuhe und Strümpfe. Wäre es nach ihm gegangen, hätte er einen Trauerflor am Ärmel befestigt, er betrachtete sich als zur Familie gehörig. Faktotum bei Asterio, Verkäufer, Botenjunge, Kokosnußknacker. Nur aus Angst vor Dona Perpetua, dieser Pest, trägt er keinen Trauerflor. Bafo de Bode sitzt auf dem Bürgersteig und schlürft schweigend seinen Schnaps. Er ist begierig, die berühmte Tochter von Zé Esteves zu sehen, die er noch nicht kennt. Als er vor fünfundzwanzig Jahren nach Agreste kam, um eine Medizin und Branntwein zu kaufen, war sie schon fort.

Genau an der Stelle, wo der Bus immer hält, neben dem Pfahl vor dem Kino, stehen Zé Esteves und seine Frau Tonha auf dem Bürgersteig. Für Elisas Hochzeit hatte der Alte einen ausgeblichenen blauen Anzug in Esplanada schwarz färben lassen. Seither hat er ihn nicht wieder angehabt. Der Rock hängt wie ein Sack, die Hosen schlottern. Zé Esteves ist nicht mehr der Riese von ehemals, ein Palisanderbaum, ein kraftstrotzender Brocken, aber er hält noch aus, seit fast zwei Stunden steht er aufrecht da, kaut Tabak und stützt sich auf seinen Stock. Wenn Tonha könnte, würde sie den Araber um einen Stuhl bitten; aber woher soll sie den Mut nehmen, vor dem Alten ihre Müdigkeit zu zeigen? Sie trägt Halbtrauer, nur einen schwarzen Rock und eine Kreppschärpe auf der weißen Bluse. Sie ist ja auch nur eine entfernte Verwandte, wie Perpetua bemerkt, die auf Unterschiede und Abstände Wert legt.

Nach zwei Stunden und zehn Minuten Verspätung ertönt in der Kurve die Hupe von Jairos Marineti und löst ein allgemeines Gerenne aus. Perpetua und Padre Mariano ordnen ihre Truppen. Der Bus erscheint am Anfang der Straße. Ein erstes, verfrühtes Schluchzen läßt sich vernehmen.

Eingehende Beschreibung der verwirrenden Ankunft von Tieta, der verlorenen Tochter, oder Antonieta Esteves Cantarelli, der lustigen Witwe.

In der ersten Reihe steht die Familie, Trauer im Blick, in den Kleidern. Einen Schritt vor den anderen der alte Zé Esteves, Tabak kauend. Hinter den Angehörigen in Trauerkleidung stehen der hochwürdige Herr, die Kinder aus der Sonntagsschule, die Honoratioren, Dona Carmosina mit dem Blumenstrauß in der Faust, dessen fröhliche Farben nicht zum schwarzen Krepp und den Tränen passen wollen – um sich hervorzutun, setzt sich diese Person doch über die heiligsten Gefühle hinweg, empört sich Perpetua unter dem am Dutt befestigten Schleier. Dann kommen die Betschwestern und das übrige Volk.

Der Bus nähert sich, mit Jairo am Steuer und nur wenigen Passagieren. Für Jairo ist es ein magerer Tag, für Agreste ein großer Tag, ein Tag, um das Osterlamm zu schlachten, für ein Fest und Feuerwerk zu Ehren der verlorenen Tochter, wenn sie nicht eine trauernde Witwe wäre. Jetzt sind nur Trauer und Tränen am Platz, und Kirchenlieder.

Die Gespräche verstummen, Peto stellt sich auf die Fußspitzen, sobald die Tante ausgestiegen ist, will er abhauen und die Schuhe ausziehen. Mit einem müden Geräusch seiner Achsen und Federn bleibt der Marineti stehen. Peto zählt die aussteigenden Fahrgäste: der Cunha, eins, das Pflanzerehepaar, zwei, drei, Dona Carmelita, vier, ihr Dienstmädchen, fünf, den da hab' ich noch nie gesehen, sechs, den auch nicht, sieben, Agostinho von der Bäckerei, acht, seine Frau, neun, seine Tochter, zehn, Tante Antonieta und das Mädchen werden die letzten sein. Sogar Jairo steigt vorher aus, er schleppt die Koffer und Beutel der Reisenden, die alle erwarten. Mit Jairo sind es elf, jetzt zwölf, und endlich sie.

Ist sie es auch? Peto beginnt zu zweifeln. Das kann nicht sein, die Tante muß Trauer tragen, mit einem Schleier, der das Gesicht verhüllt, wie die Mutter, auf keinen Fall kann sie dieser Filmstar sein, Gina Lollobrigida. In der Tür, auf der obersten Stufe steht majestätisch Antonieta Esteves – Antonieta Esteves Cantarelli, ich muß schon bitten, sagt Perpetua mit Nachdruck. Hinreißend. Groß, üppig, das lange blonde Haar quillt unter dem roten Turban hervor. Rot, ja, rot wie die sportliche Strickbluse, die, einfach und elegant, die Festigkeit der umfangreichen Brüste unterstreicht, von denen am aufgeknöpften Halsausschnitt ein beachtliches Stück zu sehen ist. Die Blue Jeans kleben an Schenkel und Hinterteil und heben Formen und Einbuchtungen hervor. Was für Formen! Was für Einbuchtungen! An den Füßen trägt sie feine hellbraune Mokassins. Das einzig Dunkle an der Kleidung der Witwe ist die getönte Brille mit ihrem viereckigen Gestell, unerhört schick, ein Modell von Christian Dior. Der Schrecken dauert eine winzige Zeitspanne, eine endlose Zeit, eine Ewigkeit.

Triumphierend ruft Peto aus:

»Die Tante ist nicht in Trauer, Mama. Kann ich die Schuhe und die Krawatte ausziehen?«

Starr steht Antonieta in der Tür des Omnibusses. Vor ihr die ganze Familie in Trauer wegen des Todes von Felipe, dem unvergeßlichen Gatten, und sie in Technicolor, in Blau und Rot, ach mein Gott, wieso hatte sie nicht an die Trauerkleidung gedacht? Jede Einzelheit hatte sie überlegt und mit Leonora besprochen, bis ins kleinste. Aber das wichtigste hatte sie vergessen. Jetzt spuckt Zé Esteves den Priem aus und geht der verlorenen Tochter mit ausgebreiteten Armen entgegen.

»Meine Tochter! Ich dachte, ich würde dich nie wiedersehen, aber Gott wollte mir noch vor meinem Tode diesen Trost gewähren.«

Von der obersten Stufe des Marineti aus erkennt Antonieta den Vater. Den Vater und den Stock. Er ist es, derselbe Knotenstock, der in jener entsetzlichen Nacht auf ihrem Rücken tanzte. Ein Lachen steigt in ihr hoch, es gelingt ihr nicht, es zu unterdrücken, sie erzittert, ein unbeherrschter Ton entfährt ihrem Mund, bevor sie aussteigt, hat sie gerade noch Zeit, das Gesicht mit den Händen zu bedecken. Alle eilen herbei, die weinende Witwe zu trösten, die verlorene Tochter, die ihr Schluchzen in den Armen des Vaters erstickt, ein erschütternder Augenblick. Nicht einmal Perpetua hat etwas bemerkt. Elisa weint und lacht, sie fühlt sich plötzlich erlöst, die Schwester ist genauso, wie sie sie sich vorgestellt hat, kein bißchen anders. Dona Carmosina, die einzige, die sich über den ersten Ton gewundert hat, nähert sich mit den Blumen, die so gut zu Tietas Reisekleidung passen.

Während sich Tieta von einer Umarmung in die andere stürzt, den zahllosen Küssen ausgeliefert, den Tränen Elisas, und sich die Schwestern, der Schwager, die Neffen um sie reißen – zieh die Schuhe aus, mein Schatz, mach es dir bequem –, erscheint an der Tür von Jairos Marineti das schönste, süßeste, verführerischste Mädchen, schlank und jung, eine Elfe, wie es später der Barde De Matos Barbosa formulieren sollte. Sie bleibt stehen und betrachtet die rührende Szene, gerührt auch sie. Sie ist entzückend in der weiten, verwaschenen Hose, in der Kappe aus demselben Stoff, die von blonden, vom Staub wie mit Asche bestreuten Haaren eingefaßt ist. Peto erscheint sie wie das Mädchen aus den Wildwestfilmen. Ein Murmeln der Bewunderung durchläuft die ganze Straße, und Tieta, die sich aus Elisas Umarmung befreit, stellt sie vor:

»Leonora Cantarelli, meine Stieftochter, meine Tochter, da gibt es keinen Unterschied.«

Dona Carmosina dreht sich zu Ascanio Trindade um und überrascht ihn in seiner Verzückung. Na, mein Freund? Leonoras sanftes Lächeln vertieft sich, erfaßt alle und bleibt an Ascanio haften, der sie mit albernem Ausdruck betrachtet.

»Machen Sie den Mund zu, Ascanio, und helfen Sie der jungen Dame beim Aussteigen«, befiehlt Dona Carmosina.

Ascanio tritt vor und reicht der Paulistanerin die Hand: Willkommen in Agreste, diesem armen, gesunden und schönen Landstrich, verzeihen Sie die Verspätung und die Unbequemlichkeit. Ricardo beugt das Knie, um den Segen der Tante zu empfangen, aber sie hebt ihn auf, umarmt ihn und küßt ihn auf beide Wangen: mein hübscher kleiner Pater!

Nach einem begreiflichen Zögern hat Padre Mariano seinen Entschluß gefaßt; wegen einer Frage des Protokolls wird er nicht die schwierige Arbeit der Adaptation eines Litaneitextes und vierzehn Tage Proben umsonst sein lassen.

Er gibt ein Zeichen, und die Kinder der Sonntagsschule beginnen zu singen:

»In Schwarz gekleidet
ist sie erschienen,
die Farben der Trauer
in Augen und Mienen.
Ave! Ave!
Ave Antonieta!«

Leonora, die noch wie verzaubert Hand in Hand mit Ascanio verharrt, läßt ein kristallklares Lachen erschallen, viel, o viel kristallklarer als das der verflossenen Astrud. Verstorben und begraben unter den abgefahrenen Reifen von Jairos Marineti ist Astrud in diesem Augenblick.

Antonieta fällt von einer Umarmung in die andere:

»Carmô, mein Engel, welche Freude! Wie geht es Dona Milú? Sie hat die Blumen selbst gepflückt? Cara ... Siehst du, ich bin in São Paulo schon zur Italienerin geworden, statt Querida sage ich Cara ...« Ganz die alte Tieta, herzlich, kokett, sie hat sich nicht verändert.

»Barbozinha! Bist du es? Ich hätte dich fast nicht wiedererkannt!«

»Die Bitternisse des Lebens, Tieta, der Schmerz ...«

»Schreibst du immer noch Verse? Erinnerst du dich noch an die, die du auf mich gemacht hast? Hübsch waren sie.«

»Nur und immer auf dich. Du bist jünger und noch schöner geworden.«

»Und du bist immer noch so ein Lügner, Barbozinha. Schmeichler.«

Da ist sie nun, in Sant'Ana do Agreste, inmitten ihrer trauernden Familie, und lauscht den Kindern der Sonntagsschule. Vielen Dank, Padre, von ganzem Herzen. Vom Meer her kommt die Abendbrise, sie zu begrüßen. Mit Sabinos Hilfe lädt Jairo die Koffer ab, das

Gepäck ist auf dem Dach des Marineti verstaut, mit einer Plane bedeckt, als gäbe es eine Decke, die vor dem Reisestaub schützen könnte.

»Komm, meine Tochter«, sagt Zé Esteves und bietet ihr seinen Arm an, auf den Stock gestützt.

»Zu uns nach Hause«, versucht Perpetua zu kommandieren, aus den Trümmern der zerstörten Trauerstimmung heraus.

Ihre Schuld ist es, nur die ihre. Wie konnte sie sich nur eine Tieta vorstellen, die für ihren Mann Trauer anlegt? Sie hatte die Schwester als ihresgleichen betrachtet, als könnte das Geld, die vornehme Gesellschaft, die Ehe mit einem reichen Paulistaner und Comendador des Papstes jemanden ändern, der leichtsinnig geboren wurde, der weder Konventionen noch Gesetze, noch Respekt vor den Menschen kennt, der keiner Regel und keiner Norm gehorcht.

Antonieta Esteves Cantarelli nimmt den Vater beim Arm, blickt in die Runde und lächelt den Betschwestern zu, dem Araber Chalita, dem Kapitän und Dona Laura, Jairo, dem jungen Sabino, Bafo de Bode, der sie vom Bürgersteig aus betrachtet, prüft und abschätzt. Er ist so elend und verkommen, daß er sich das Recht auf Unverschämtheit erworben hat. Seine versoffene Stimme zittert vor begeisterter Zustimmung:

»Es lebe die schöne Blume!«

»Sie lebe hoch, hoch, hoch!« antworten die Kinder der Sonntagsschule.

Türen und Fenster und das Herz Jesu im Besuchszimmer, oder Die ersten Stunden im Schoß der Familie.

An der Ecke des Platzes und des Beco das Tres Marias bleibt der Zug stehen.

»Hier sind wir«, verkündet Perpetua. »Kommt herein.«

»Das ist dein Haus? Das dem Doktor und Dona Eufrosina gehört hat?« wundert sich Antonieta. In ihren Briefen hatte Perpetua immer von »unserem Häuschen« gesprochen, das der Major vor der Hochzeit an der Praça Desambargador Oliva erworben hatte. »Aber das hier ist doch der Kirchplatz.«

»Der richtige Name ist Praça Desembargador Oliva«, erklärt Dona Carmosina.

»Es war ein Geschenk Gottes, eine Himmelsgabe. Der Major hat für das Haus und alles, was drin war, eine Bagatelle bezahlt.«

Die Freunde verabschieden sich und versprechen, bald wiederzukommen.

»Wir kommen demnächst zu euch«, kündigt der Kapitän an.

»Kommt heute abend, dann können wir uns unterhalten.«

»Heute nicht, der Tag gehört der Familie.«

»Dann also morgen.«

»Ja, morgen ganz bestimmt.«

Wenn es nach Ascanio ginge, würde er gleich heute abend wiederkommen, genügt der Nachmittag nicht für die Familie? Außerdem ist Leonora nur eine angeheiratete Verwandte, sie ist zum erstenmal in Agreste, braucht kein Wiedersehen zu feiern; von der Unterhaltung der Familie wird sie nichts mitbekommen. Schade, daß er nicht so unverschämt sein kann wie Dona Carmosina.

»Aber ich komme heute noch, mit Mutter. Als ich wegging, sagte sie mir noch: Heute abend gehe ich zu Perpetua, um Tieta zu begrüßen.«

»Ich habe ihr ein Souvenir mitgebracht, eine Kleinigkeit. Kommt doch zum Abendessen zu uns. Darf ich sie einladen, Perpetua?«

»Betrachte das Haus als das deine. Gott sei Dank gibt es genug zu essen.«

Noch bevor sie ein Bad nimmt – ich brauche sofort ein Bad, der Staub ist mir bis in die Seele gedrungen, übrigens brauchen wir beide eines –, erklärt Antonieta:

»Solange wir hier sind, übernehme ich die Kosten des Haushalts.«

Perpetua setzt zu einer Geste des Protests an, kann sie aber nicht ausführen, der reiche Besuch schneidet jeden Versuch einer Diskussion ab:

»Wenn nicht, nehmen wir unsere Koffer und ziehen in die Pension von Amorzinho.«

»Also dann sage ich nichts mehr ...«, beeilt sich Perpetua zu versichern, der ein Stein vom Herzen fällt. Da bleibt freilich noch etwas: die Ausgaben, die sie hatte, um sie gebührend zu empfangen, und die zwischen ihr, Asterio und dem Alten aufgeteilt wurden.

Aber nicht einmal diesen Schaden werden sie haben, denn Antonieta fährt fort:

»Angefangen bei allem, was ihr für den Empfang ausgegeben habt.«

»Ah, nein, das nicht!« mischt sich Elisa ein. »Das ist nicht der Rede wert, eine Kleinigkeit. Wir haben das unter uns aufgeteilt, jeder hat ein wenig beigetragen.«

»Du redest, als ob du reich wärst.« Perpetua entlarvt die Schwester, es gibt nichts Ärgeres als einen Armen, der sich aufspielt. »Du vergißt, daß sich Asterio bei Osnar Geld leihen mußte, um euren Teil bezahlen zu können.«

»Halt den Mund!« Elisa wird blaß. Perpetua demütigt sie absichtlich vor der Schwester und der Fremden. Warum muß sie vor der Stieftochter die Armut des Ehepaars aufdecken?

»Perpetua hat recht, Elisa. Wenn ich nicht könnte, wäre es etwas anderes. Aber warum sollt ihr ohne Not Opfer bringen? Nachher werden mir Perpetua und Asterio sagen, was ihr ausgegeben habt, und dann Schluß damit.«

Während sie spricht, kommt Antonieta auf Elisa zu, umarmt sie und küßt sie zärtlich. Sie haben eine gewisse Familienähnlichkeit, im Gesicht und in den Bewegungen, nur daß die jüngere nicht die Halsstarrigkeit und den Eigensinn des alten Zé Esteves geerbt hat, die auch Perpetua und Antonieta auszeichnen, diese steinerne Härte, die Furchtlosigkeit von Ziegen. Sie hat aber auch nicht die Fügsamkeit der Mutter geerbt.

»Du brauchst dich nicht deiner Armut zu schämen. Heute besitze ich einiges, aber als ich arm war – ich habe, wie man sagt, das Brot gegessen, das der Teufel gebacken hat –, habe ich mich nie als reich ausgegeben. Wer hätte mir denn dann geholfen? Sobald ich Felipe kennengelernt hatte, lieh ich mir Geld bei ihm aus.«

Elisas Wangen bekommen wieder Farbe. Schockiert fragt sie: »Du hast deinen Bräutigam angepumpt?«

»Keine Spur von Bräutigam, wir haben uns erst später verlobt. Als ich ihn kennenlernte, war ich pleite. Wenn wir einmal mehr Zeit haben, erzähle ich es euch. Jetzt möchte ich ein Bad haben. Wir beide, nicht wahr, Nora?«

»Nora?«

»Das ist ihr Kosename. Ich habe sie aufgezogen. Als sie zu mir kam, war sie ganz klein, alles, was sie weiß, habe ich ihr beigebracht. Wo ist unser Zimmer?«

»Deines ist hier, Tieta, das Schlafzimmer. Das von Leonora ist das dort«, zeigt Perpetua. »Cardo, Peto, tragt die Koffer hinein. Hilf du auch, Asterio.«

Warum protestiert Tieta nicht, warum verlangt sie nicht, mit ihrer Ziehtochter zusammen zu bleiben, wie es der Anstand gebietet? Das Fenster des Schlafzimmers geht auf den Beco das Tres Marias hinaus, die Tür ist dem Kabinett gegenüber.

»Schläft jemand im Kabinett?«

»Ricardo.«

»Ich, Tante. Wenn du in der Nacht etwas brauchst, brauchst du nur zu rufen.«

Braungebrannt, groß und kräftig, strahlt er Gesundheit und Unschuld aus in seiner Soutane. Wäre er in São Paulo, würde er die Haare bis auf die Schultern tragen, nicht baden, aber dafür rauchen und haschen, wie die Söhne von so vielen ihrer Freunde. Antonieta hat es satt, traurige Geschichten anzuhören. Sie lächelt ihren Neffen an.

»Wenn der Schwarze Mann kommt, rufe ich dich.« Sie ist gerührt von so viel Aufmerksamkeit und Freundlichkeit. »Ihr habt euch so viele Unbequemlichkeiten aufgeladen unseretwegen.«

»Viel zu viele.« Leonoras musikalische Stimme wird nie laut. »Wir können beide im selben Zimmer schlafen.«

»Jetzt ist schon alles geregelt, es ist zu spät«, sagt Tieta. Warum sagt sie das? Im Schlafzimmer wirft Lucas seinen Schatten.

Asterio, Ricardo und der barfüßige Peto bringen Koffer und Pakete.

»Vorsicht mit dieser Schachtel, Peto. Es ist etwas Zerbrechliches. Es ist übrigens besser, wenn ich es gleich übergebe.«

Antonieta nimmt das majestätische Paket und stellt es auf den Eßzimmertisch, während die Verwandtschaft gespannt zusieht.

»Ein Geschenk für dein Haus, Perpetua.«

Geübt entwirrt Asterio den Knoten der gewachsten Schnur, wikkelt sie auf, faltet das Packpapier, beste Qualität, sogar schmutzig wird es noch im Laden zu gebrauchen sein. Die Neugierde wächst angesichts des prächtigen Geschenkpapiers und des langen rosafarbenen Bandes, dessen Schleife eine Blume bildet.

»Das mußt *du* aufknoten, Perpetua.« Asterio macht ihr Platz.

Perpetua meistert ihre Erregung, ergreift ein Ende des Bandes und liest das Etikett: »ZUM HERRN JESUS – Devotionalien gegen Barzahlung und auf Raten. Bezahlen Sie Ihre Frömmigkeit in zwölf Monatsraten.« Sollte es das sein, wovon sie seit so langer Zeit träumt, was sie immer schon kaufen und in Bahia bestellen will? Die Wahl muß von einer göttlichen Eingebung gelenkt worden sein, die Tietas Gedanken erleuchtet hat. Manchmal benutzt Gott hartnäckige Sünder als Werkzeug, um die Gerechten zu belohnen.

Sie zieht am Band, es erscheint eine weiße Schachtel. Sie nimmt den Deckel ab und reicht ihn Asterio. Ein allgemeiner Ausruf der Bewunderung und Zustimmung folgt, aus Perpetuas glühender Brust ertönt ein Oh! tiefer Lust, als sie in der Schachtel aus Isopor den Gegenstand ihrer Träume erblickt, nur bedeutender an Größe und Schönheit, und sicherlich auch an Kraft der Gnade. Je größer, schöner und teurer das Bild ist, desto heiliger und wundertätiger ist es auch. Gott hat Antonieta inspiriert: In der Schachtel liegt ein Hochrelief aus Gips, das Heiligste Herz Jesu. Die Haare, das Antlitz, die Hände, das Gewand, der Umhang erstrahlen in allen Farben des Regenbogens. Blutrot leuchtet die offene Wunde des geliebten Herzens. Der Blutstropfen ähnelt einem übergroßen Rubin. Ein Stück, das des Hauptaltars der Pfarrkirche von Aracajú würdig ist. Mit Asterios und Ricardos Hilfe nimmt Perpetua das schwere Bildnis mit größter Vorsicht heraus – es ist kein Bild und auch keine Skulptur, es hat ein wenig von beidem, etwas ganz Neues, noch nie in Agreste Gesehenes, ein Hochrelief, das man an die Wand hängen kann. An den Seiten ein kräftiges Drahtgestell und, gesondert, eine Art Holzsockel, auf dem man es auch aufstellen kann. Sogar große, spezielle Nägel aus Chromstahl sind dabei, bemerkenswert. Tieta seufzt erleichtert:

»Glücklicherweise ist es ganz geblieben. Es ist für dein Besuchszimmer, Perpetua.«

»Ach, wie herrlich! Ich habe geradezu Herzklopfen. Ich weiß gar nicht, wie ich dir danken soll, Schwesterchen!«

Perpetua küßt ihre Schwester auf die Wangen, sanft und flüchtig. So küßt sie ihre Söhne und die Hand von Dom José und von Padre Mariano. Wie hat sie wohl den Major geküßt? Wenn man sie danach fragte, würde Perpetua antworten, daß ein in einer von Gott gesegneten, heiligen Ehe zusammenlebendes Paar das Recht auf fleischliche Vereinigung hat. Das Recht und die Pflicht. Aber natürlich würde sie nicht sagen, daß sie von der Erinnerung an jene Küsse lebt.

Peto streicht über das Isopor hin:

»Schenkst du mir die Schachtel, Mutter?«

»Bist du wahnsinnig? Laß die Schachtel liegen. Laß auch die Schnur und das Papier, Asterio. Vielleicht brauche ich sie noch.«

»Weder hier noch in Esplanada gibt es etwas, was sich damit vergleichen kann. Daneben verschwinden die von Dona Aida und von Modesto«, schwärmt Perpetua.

»So eine Schwester gibt es auf der ganzen Welt nicht wieder.« Sogar im Schmeicheln ist Zé Esteves unbändig und maßlos.

Für Perpetua ist dies nicht der Augenblick, um über Tietas Vorzüge und Fehler zu sprechen, nicht einmal über die unpassende Art, sich in der Witwenschaft zu verhalten. Das Gold von São Paulo, der päpstliche Titel, das Bild vom Herz Jesu machen sie zu etwas Vollkommenem.

»Du hast recht, Vater. Eine so großzügige Schwester wie Tieta gibt es nicht wieder.«

Es fällt ihr schwer, dies auszusprechen, aber die Zukunft der Söhne fordert das Opfer, der Major hat sie ihrer Obhut anvertraut.

Als er zurückkommt, findet Ricardo die Tante nicht vor; sie und das junge Mädchen bereiten sich für das Bad vor. Die übrigen sind im Besuchszimmer. Asterio hält die Bildstütze, Perpetua hat bereits einen Platz für das göttliche Bildnis ausgesucht: zwischen den kolorierten

Porträts von ihr als Braut und dem Major in Galauniform – eine Arbeit, die nach der Hochzeit bei einer Firma in Paraná bestellt worden war. Ricardo stellt die Leiter an die Wand und greift zum Hammer. Er ist sich noch nicht klar geworden, welcher Heiligen die Tante ähnlich sieht.

Von der Höhe der Leiter sieht Ricardo, wie die Tante aus dem Schlafzimmer kommt, Badetuch und Seifenschale in der Hand, denn das Bad ist im Gartenhaus. Sie hat dunkles Haar, wo ist die blonde Mähne geblieben, die sie bei der Ankunft hatte? Ihr Haar ist schwarz, mit Engellocken, wie die Engel in der Kirche des Seminars. Ihre Hautfarbe ist bräunlich, unter dem vom Wind bewegten Negligé erscheinen Beine und Schenkel. Ricardo wendet den Blick ab. Perpetua sieht die Wand an, vielleicht ein bißchen höher, so ist es gut. Sie sieht nicht die Schwester kommen, im duftigen, nur von einem Gürtel zusammengehaltenen Morgenrock, mit Spitzen über den Brüsten, der in der Abendbrise flattert. Sieht sie sie nicht, oder will sie sie nicht sehen? Tieta schaut und nickt zustimmend, prima wird das aussehen. Elisa ist ganz hingerissen, vom Heiligen und vom Frisiermantel.

»Entzückend, dieser Morgenrock!«

Perpetua zieht es vor, nicht darauf einzugehen.

»Ich werde mit Padre Mariano sprechen, damit er es Sonntag nach der Messe weiht.«

Weder die heilige Rita von Cascia noch die heilige Rosa von Lima – welche sonst aus dem ganzen Heiligenverzeichnis? Welche Heilige mag sie sein, die Tante aus São Paulo, die mit schwingenden Hüften zum Bad geht?

Geschenke, die die Herzen erweichen, und eine unerwartete Träne.

Die Zeremonie der Überreichung der Geschenke findet nach dem Abendessen statt, ein Fest mit Freudenschreien und Gelächter. Nachdem die kleine Araci die Teller und das Tischtuch abgeräumt hat, bittet Antonieta Ricardo und Asterio, aus dem Schlafzimmer den großen blauen Koffer zu holen, den einzigen, der noch abgeschlossen ist. Sie stellen ihn auf den Tisch, Asterio übernimmt es, ihn zu öffnen. Die Familie ist gespannt, nervöses Lachen ist zu hören, Peto streckt unfolgsam den Hals aus, um in den Koffer zu schielen. Auch Leonora hat aus dem Zimmer eine Reisetasche gebracht und hält sie mit geöffnetem Reißverschluß auf dem Schoß, eine Wunderschachtel.

Zé Esteves gebührt das Vorrecht, als erster dranzukommen: in einem Luxusetui eine Armbanduhr aus Gold – vergoldet.

»Achten Sie auf die Marke, Vater, Sie wollten immer eine Omega-Uhr haben, ich kann mich erinnern, wie neidisch Sie auf die Zwiebel von Oberst Artur da Tapitanga waren.«

»Ich bin nicht mehr eitel, meine Tochter. Und ich habe auch keine Uhr mehr, seit meine kaputtgegangen ist und Roque sie nicht hinkriegt. Jetzt werde ich wieder die Stunden sehen können. Ich bin wieder wer, seit du gekommen bist.«

Leonora steckt die Hand in die Tasche.

»Und hier ist ein Transistorradio mit Batterie, damit Sie und Dona Tonha Musik hören können, Herr José.«

»So viel Mühe hast du dir gemacht, Mädchen! Ein Radio? Tonha wird sich ganz besonders freuen, nicht wahr, du? Sie liegt mir immer schon damit in den Ohren, daß ich ihr eins kaufen soll...«

Tonha nickt, sie freut sich sehr, sie hat es sich so sehr gewünscht! Einmal hat sie tatsächlich gewagt, den Ankauf eines ganz billigen vorzuschlagen, zum ersten- und zum letztenmal, so fürchterlich war die Abfuhr, die sie erhielt: Willst du, daß ich das Geld zum Fenster hinauswerfe, das meine Tochter mir schickt? Und wenn wir krank werden? Und wenn wir ins Gras beißen? Glaubst du, daß irgend jemand den Arzt und die Rezepte zahlen wird, den Priester und den Friedhof? Verlange nicht, daß ich das Geld verschleudere. Du bist wohl nicht ganz richtig?

Nora legt selbst die Batterien in den kleinen Apparat ein, es ertönt eine Samba, das Pausenzeichen des Senders von Feira de Santana.

»Größer als unseres...«, flüstert Elisa Asterio zu. Wer weiß, vielleicht ist der Vater bereit zu tauschen, ihres zu nehmen und dazu die Differenz in Geld. Tieta hat ihren Anteil an den Ausgaben bezahlt, und wenn man das Geld für Osnar abzieht, könnte man mit dem Rest...

Es wird nicht nötig sein, zu tauschen, denn Antonieta holt aus dem Koffer einen imposanten, komplizierten Apparat heraus, mit einer Menge Knöpfen, mehreren Wellenbändern, versenkbarer Antenne, und überreicht ihn ihrer Schwester: für dich und Asterio, es ist ein japanisches, es gibt nichts Besseres.

»Heilige Mutter Gottes, steh mir bei! Tieta, das ist zuviel!« Elisa überschüttet sie wieder mit Küssen, voll Dank für das Radio und die Verzeihung. Dona Carmosina hat ihr gesagt, daß sie die Angelegenheit von Toninhos Tod schon aufgeklärt habe, daß sie sich nicht mehr zu sorgen und nicht mehr daran zu denken brauche.

»Diese Brieftasche, Asterio, ist für dich, damit du die Gewinne aus den Billardwetten aufheben kannst. Und hier ist noch ein bißchen Kleinkram für dich, Elisa.«

Ein komplettes Sortiment von Kosmetika. Cremes und Tuschen, alle Produkte für die Schönheitspflege, so viele Sachen, mein Gott, ich werde gleich ohnmächtig! So viele verschiedene Rouges habe ich noch nie gesehen. Probier den Lippenstift mit Leuchtfarbe aus, rät Leonora. Aus dem Radioapparat folgen die Sender von Bahia, Rio und Recife aufeinander, die zur Welt sprechen, der von São Paulo, und auf diesem anderen Band, siehst du, hast du die fünf Kontinente in Reichweite – was ist das nur für eine wüste Sprache? Es scheint russisch zu sein, aber es ist Radio Belgrad, von welchem Land ist Belgrad die Hauptstadt? Von Jugoslawien, belehrt sie Dona Carmosina.

So ging es zu, Musik, Lachen und Küsse, der ganze Abend war ein Fest. Wie konnte sie nur den Geschmack, den Wunsch von jedem einzelnen erraten? Woher wußte sie von Asterios Großtaten beim Billard? Daß Cardo von einer Angelrute mit Rolle, Nylonschnur und künstlichen Fliegen träumte? Wie hatte sie das erraten? Dona Carmosina lächelte, als sie alle diese Fragen ohne Antwort hörte: göttliche Eingebung. Für Peto bring irgend etwas mit, nur keine Schulbücher, er will immer nur im Fluß waten, schwimmen und tauchen, mit den Jungen auf der Straße Fußball spielen, bei den Billardpartien zuschauen; er ist bald dreizehn und immer noch in der Grundschule. Peto bekam eine Taucherausrüstung: Maske, Harpune, Schwimmflossen. Leonora schenkte den beiden Jungen Schlüsselbunde mit dem Bild von König Pelé. Asterio bekam eine Krawatte. Für Perpetua hatte Nora einen bleifarbenen Spitzenschleier. Für Elisa einen modernen Fingerring aus Glasfiber, mit einem riesigen bernsteinfarbenen Stein, die Sensation des Abends. Der letzte Schrei in der Rua Augusta von São Paulo, Antonieta und Leonora haben ganz ähnliche, sie unterscheiden sich nur in der Farbe. Nora geht sie holen. Meiner ist in der Schmuckschatulle, auf dem Frisiertisch, sagt Tieta. Schmuckschatulle, das klingt gut in den Ohren der Verwandten. Leonora zeigt die beiden Ringe, der ihre ist smaragdgrün, der von Tieta rauchigweiß.

Niemand soll denken, man hätte Tonha vergessen, weil sie nur Stiefmutter ist. Außer dem Radio bekommt sie einen Rock und eine Bluse von Tieta und eine blaue und lila Halskette, ein Geschenk von Leonora. Sie kann kaum danken, wischt sich die Augen, es ist so lange her, seitdem sie das letzte Geschenk bekommen hat, eine Haarspange, die ihr der Alte auf dem Jahrmarkt gekauft hat. Sie benutzt sie immer noch, bei ihr halten sich die Sachen lange.

Für Dona Carmosina eine Halskette, ein Armband und einen Phantasiering, eine elegante Schmuckkombination. Gefällt es dir, will Tieta wissen. Entzückend. Entzückend findet sie auch den Kugelschreiber mit verschiedenfarbigen Minen: vielen Dank, Nora, an mir hast du eine Freundin für immer. Für Dona Milú eine Schachtel mit zwei Spielen Patiencekarten, aus abwaschbarem plastischen Material, und ein italienisches Kopftuch. Sogar die kleine Araci, die von der Küchentür herüberlugt, bekommt eine Brosche in Form eines Herzens für das Sonntagskleid. Alle heiligen Zeiten geht sie zu einer Matinee.

»Sieh mal, Perpetua, eine Monstranz für die Kirche. Meinst du, sie wird dem Pfarrer gefallen?«

»Natürlich, was für eine Frage! Eine wunderschöne Monstranz, die muß ein Heidengeld gekostet haben.«

»Billig war sie nicht, aber auch nicht übertrieben teuer. Um meine Sünden abzubüßen ...« Tieta lacht und wirft dabei den Kopf zurück, Ricardo kann sie sich nicht als Sünderin vorstellen. In welcher Heiligen finden sich Fröhlichkeit und Frömmigkeit vereint?

Die Verteilung der Geschenke geht ihrem Ende zu. Aber noch fehlt der silberne Rahmen, in den Perpetua das Foto des Majors in der Galauniform der Militärpolizei stecken soll. Die Witwe ist sprachlos, macht nur eine Bewegung, Ricardo versteht sie und holt das Bild, das sie in ihrem Schreibtisch verschlossen hält. Jetzt steht es in Silber eingerahmt auf dem Tisch, mit seinem ewigen Lächeln (dem bestialischen Lächeln des Majors, wie Aminthas, der Humorist, sagt), dem offenen Gesicht, es fehlt nur die Donnerstimme. Lange betrachtet Perpetua den Verstorbenen; ihr Mann hat ihr alle Wünsche erfüllt und ihr zwei Söhne gemacht. Tieta ist es gelungen, sie zu rühren, eine Träne stiehlt sich aus den grünlichen Augen, die erste echte Träne, die sie seit der Beweinung von des Majors Tod vergießt. Perpetua wird weich, sie erhebt ihre schrille Stimme:

»Er war seelengut. Ich hatte gar nicht mehr ans Heiraten gedacht, schon gar nicht an einen Ehemann wie ihn. Ich bin von Natur ...«, sie sucht das Wort, »spröde. Padre Mariano sagt, ich weiß nicht, was Barmherzigkeit ist. Bevor ich Cupertino heiratete, habe ich nur das Böse getan, obwohl ich das Gute tun wollte. Ich möchte, daß du, Antonieta, mir ...«

Dona Carmosina reißt ihre Äuglein auf. Perpetua wird ihre Schwester um Verzeihung bitten, ein unerhörtes Ereignis. Aber Tieta schneidet ihr das Wort ab.

»Das ist jetzt alles vorbei, Perpetua. Auch ich habe den guten Mann nicht verdient, den ich hatte und der aus mir das machte, was ich heute bin. Ich zeige es nicht, aber er fehlt mir sehr. Schade, daß der Major gestorben ist, bevor ich ihn kennenlernen konnte. Aber da sind ja noch seine Söhne.« Sie breitet die Arme aus. »Kommt her, meine Lieben, gebt eurer alten Tante einen Kuß.«

Zuerst der Ältere, so komisch und zögernd in seiner Soutane.

Dann der Jüngere, ein aufgeweckter Schlingel, ein Quecksilber, Ricardos Kuß streift kaum ihre Wange, der des Kleinen ist heiß, er ist sich seiner schon bewußt.

Ein langes Nachthemd, ein Hemdchen, ein Wasserkrug und ein Gebet

Noch im Seminar, in der Examenswoche, hatte er sein Gelübde erfüllt, nachdem er Perpetuas Brief mit den letzten Neuigkeiten erhalten hatte: Die Tante war bei bester Gesundheit und hatte Reisepläne. Sieben Nächte lang kniete Ricardo auf Maiskörnern, die er sich in der Speisekammer beschafft hatte, und machte es sich zur Gewohnheit, ein Salve Regina für die Gesundheit der greisen Tante, dieses alten Großmütterchens, zu beten.

Das Leben ist ein Sack voller Überraschungen, behauptet Dom José in seinen Sonntagspredigten, er hat nur zu sehr Recht. Ricardo war starr, als er Tante Antonieta in der Tür des Marineti erblickte, von einer Greisin oder Großmutter hatte sie nichts an sich. Nicht einmal wie eine Witwe sah sie aus, sie trug ja nicht Trauer. Eine blonde Haarfülle, die aus dem Turban hervorquoll und in Locken auf die Schultern fiel, ihr Körper in die rote Bluse und die Blue-Jeans gezwängt, gaben Anlaß zu Ausrufen, nicht nur zu dem Gebrüll von Bafo de Bode, eine Schamlosigkeit! Ricardo hatte auch Osnars Bemerkung gehört, die er mit leiser Stimme zu Aminthas machte:

»Ein tolles Weib ist sie geworden! Was für ein Euter! Wie eine Riesenziege.« Und mit lauter Stimme: »Eine reife Frucht, Hauptmann Asterio, ich gratuliere zu dieser Schwägerin.« Osnar pflegte unter seine Freunde Offizierspatente zu verteilen. Manuel war Admiral, Dona Carmosina Oberst der Schweren Artillerie.

Komisch: Ricardo fühlte sich weder enttäuscht noch einer Illusion beraubt, nachdem sich das von der Tante gemachte Bild so jäh verwandelt hatte; während er die Soutane aus- und das lange Nachthemd anzieht, sich niederkniet und seine Gebete spricht, wundert er sich, wieso sie erraten konnte, was er sich gewünscht hatte. Er versteckte die Angelrute, um zu verhindern, daß Peto sie als erster benutzt, sein Bruder hat nicht den geringsten Respekt vor fremdem Eigentum, ein Anarchist. Er betet ein Salve Regina für die Gesundheit der Tante, sie verdient es.

Dann streckt er sich in der Hängematte aus. Das Licht aus dem Schlafzimmer beleuchtet den Flur vor dem Kabinett, denn Tante Antonieta ist ins Badezimmer gegangen. Statt einer Greisin, einer Großmutter, ist eine echte Tante gekommen, fröhlich, jugendlich – und er hatte sich vorgestellt, sie sei älter als seine Mutter. Unsinnig. Ricardo hörte, wie sie Barbozinha ihr Alter verriet: vierundvierzig, mein lieber Dichter. Hier kann ich es nicht verbergen, alle wissen es. Es ist sechsundzwanzig Jahre her, seit ich fortgegangen bin, ich war gerade achtzehn geworden. In São Paulo gebe ich fünfunddreißig zu, sehe ich älter aus?

Er weiß, daß seine Mutter sich jünger macht. Fromm und streng, duldet sie keine Lügen, aber wenn es ums Alter geht... Das wahre steht in der Heiratsurkunde, die dort im Schreibtisch eingeschlossen ist, zusammen mit den Kaufverträgen für die Häuser, dem Offizierspatent des Vaters, seinem Wehrpaß, den Belobigungen in Tagesbefehlen. Die Tante braucht nicht zu lügen, weil sie schön ist. Schön ist nicht der Ausdruck, Ricardo sucht das richtige Wort: wunderschön. An ihr ist alles groß und eindrucksvoll. Welcher Heiligen sieht sie ähnlich? Keiner von den bekannten. Tante Elisa erinnert ihn, wenn sie melancholisch dreinschaut, an die heilige Maria Magdalena. Die Mutter, die immer Trauer trägt, ist die heilige Helena im schwarzen Witwengewand mit dem Schleier. Aber welche von ihnen besitzt diese Kraft, die von der Tante ausstrahlt? Kaum angekommen, begann sie schon zu kommandieren. Weil sie reich und freigebig ist, gewiß, aber nicht nur deshalb. Da ist noch etwas Undefinierbares, das Ricardo beeindruckt, er kann nicht erklären, was es ist. Er sieht sie umgeben von einem lichten Schein, wie bestimmte Heilige. Eine Heilige? Durch ihre Güte, ihre Seelengröße, aber sie hat noch andere Merkmale, fleischliche. Menschliche, nicht fleischliche, verfluchtes Wort, die fleischlichen Sünden werden in alle Ewigkeit mit dem Höllenfeuer bezahlt.

Schritte auf dem Flur, die Tante kommt vom Badezimmer zurück. Ihr Parfum geht ihr voraus, dasselbe wie das der Briefumschläge, bei jedem Schritt macht es sich bemerkbar und kündigt ihr Nahen an. Gut, daß der Beichtvater ihm gesagt hatte, im Parfum einer alten Tante sei keine Sünde. Alt? Reif.

Antonieta trägt den Emailkrug voll Wasser. Im dunklen Korridor tritt sie auf den Saum des Morgenrocks, strauchelt, wankt, ist nahe daran hinzufallen. Ricardo eilt rechtzeitig herbei, um sie zu stützen, den Krug zu ergreifen und ihn ins Schlafzimmer zu tragen.

»Danke, mein Guter.« Mit einem spitzbübischen Lächeln betrachtet sie den Neffen in seinem riesigen Nachthemd. »Du schläfst noch im Nachthemd?«

»Wenn die Schule wieder anfängt, komme ich in die Abteilung der Größeren, die Pyjama tragen«, erklärt er stolz. »Aber Mutter kauft mir erst welche, wenn ich ins Seminar fahre.«

Das kurze rosenfarbene Hemdchen, das unter dem halboffenen Frisiermantel hervorschaut, offenbart die Reize der Tante mehr, als daß es sie verbirgt; Ricardo wendet die Augen ab und stellt den Krug auf die Platte des Waschtischs.

»Stell den Waschtisch hierher und gieß ein wenig Wasser in die Schüssel«, bittet ihn Antonieta, die sich vor den Spiegel der Frisiertoilette setzt, mit ihren verschiedenen Cremes, Fläschchen mit bunten Flüssigkeiten, Watte und einer Unmenge Flakons und Tiegel. Tante Elisa hat nicht einmal halb soviel, die Mutter schminkt sich nicht mehr seit dem Tod des Vaters.

Er gießt das Wasser ein und geht auf die Tür zu. Die Tante beobachtet jede seiner Bewegungen.

»Du gehst fort, ohne mich um meinen Segen zu bitten?«

»Deinen Segen, Tante. Gott schenke dir eine gute Nacht.« Er beugt das Knie. »Und noch vielen Dank für die Angelrute.«

»Nicht so. Hier, ganz nahe und mit einem Kuß.«

Cardo küßt ihr die Hand, sie nimmt seinen Kopf in die Hände und küßt ihn auf beide Wangen. Das Parfum steigt von den Brüsten auf. Ricardo erblickt sie, ohne es zu wollen, oder errät, wie sie sich aus dem Hemdchen drängen. Euter, hat Osnar gesagt.

Er streckt sich in der Hängematte aus, das Licht brennt noch im Zimmer der Tante, die sich abschminkt, durch die Türritze dringt ein Lichtstrahl ins Kabinett. Ricardo, der sonst schnell einschläft – kaum liegt er im Bett, fallen ihm schon die Augen zu –, findet heute keinen Schlaf. Liegt es vielleicht an der ungewohnten Hängematte? Er ist verwirrt wie bei der Ankunft, als er die Tante in der Tür des Marineti sah, das genaue Gegenteil des Bildes, das er sich bei der Todesnachricht gemacht hatte. Das beste ist jetzt beten. Er steigt aus der Hängematte, kniet nieder, faltet die Hände, Vater Unser, der du bist im Himmel. Die Gedanken sind auf Gott gerichtet, er sei gelobt.

Perpetua kümmert sich als aufmerksame Schwägerin um das Seelenheil des Comendadors, während Tieta und Leonora in eleganten, durchsichtigen Modellkleidern den Ort durchstreifen und Ascanio Trindade ihnen das Problem des elektrischen Lichts erklärt.

Morgens, während des üppigen Frühstücks – Yams, Aipim, Brotfrucht, gekochte Bananen und Puba-Kuskus, den Dona Milú geschickt hat; wie soll man da auf die Linie achten und nicht zunehmen? –, verkündet Perpetua, wann die Seelenmesse für den Comendador gelesen und das

Relief geweiht werden wird; die Messe am Samstag um acht, die Weihe Sonntag um elf. Antonieta wird hellwach: Wenn sie die ältere Schwester nicht bremst, kann sie die ganzen Ferien in der Kirche zubringen. Dann ist es aus mit den Plänen für den Strand und die Spaziergänge.

»Messe? Wir haben schon welche lesen lassen, in São Paulo, in der Kathedrale. Am siebenten Tag und am Monatstag. Mehrere.«

»Das macht nichts, je mehr, desto besser für seine Seele. Wie würden wir dastehen, wenn wir nicht einmal eine Messe lesen ließen? Ich, Elisa, der Alte? Was würden die Leute sagen? Ein päpstlicher Comendador, ein Würdenträger der Kirche, erst heute hat Padre Mariano es wiederholt: Wir müssen uns seiner Seele annehmen. Er hat sehr lobende Worte für dich gehabt. Wegen der Monstranz.«

»Hast du den Pfarrer heute schon getroffen? Um wieviel Uhr?«

»Ich versäume nie die Sechs-Uhr-Messe. Weder ich noch Ricardo, wenn er hier ist. Er ministriert dabei.«

Ricardo benutzt die Gelegenheit und fragt, ob er die Soutane aus- und die Badehose anziehen kann, um zum Fluß zu gehen und die Angelrolle auszuprobieren. Antonieta kommt der Antwort zuvor.

»Du kannst, mein Kind. Geh nur. Du brauchst erst zum Mittagessen zurückkommen.«

»Danke, Tante.« Er läuft hinaus, bevor die Mutter protestieren kann.

»Köstlich, dein Sohn, der Priester werden will. Ich kann mich noch nicht daran gewöhnen. Bei Tag in der Soutane, nachts im langen Nachthemd. So ein großer Bursche, Perpetua! Ich werde ihm einen Pyjama kaufen.«

»Er wird welche tragen, wenn er ins Seminar zurückgeht. Ich habe der heiligen Anna ein Gelübde abgelegt: Wenn mir Gott eines Tages einen Sohn schenkt, soll er Priester werden. Ricardo war der erste, wir haben ihm den Namen seines Großvaters gegeben, des Vaters des Majors. Er lernt gerne, ist gottesfürchtig – ich bin mit ihm zufrieden.«

Tieta kommt auf die Sache mit der Messe zurück.

»Wie ärgerlich! Ich wollte das Wochenende in Mangue Seco verbringen, Leonora den Strand zeigen und vielleicht ein Grundstück aussuchen, um es zu kaufen. Ich wollte mich heute mit dem Kapitän verabreden, er hat uns schon bei der Ankunft eingeladen.«

»Ich gehe mit, Tante«, Peto wartet in der Badehose, in der Hand die Schwimmflossen und die Tauchermaske.

»Diesen Samstag wird es nicht gehen. Du darfst nicht bei der Messe fehlen. Und auch nicht bei der Weihe des Heiligsten Herzens, schließlich hast du es mir geschenkt. Hast du daran gedacht? Das sind heilige Dinge, wichtiger als der Strand«, sagt Perpetua mit Nachdruck.

Antonieta beherrscht sich und schluckt die schlechte Laune hinunter. Was war ihr nur eingefallen, mit religiösem Kram hier anzukommen, ihr, die nie zur Messe geht. Schuld daran war Carmosina: Im Speisezimmer hat Perpetua ein Abendmahl hängen, wenn du ihr ein Herz Jesu für das Besuchszimmer mitbringst, wird die Betschwester außer sich vor Freude sein. Und vergiß nicht ein Geschenk für die Pfarrkirche, Padre Mariano hat dich fast heiliggesprochen in seiner Predigt nach der Todesnachricht. Sie befolgte Carmôs Ratschläge, und das ist jetzt das Resultat: vorn und hinten die Kirche. Seit ihrer Ankunft träumt sie vom Strand von Mangue Seco, Scheiße! Sie schluckt auch noch dieses Kraftwort hinunter.

Leonora, in Shorts, die die langen Beine und die wohlgeformten Schenkel sehen lassen, die Bluse unter den Brüsten verknotet, mit sichtbarem Nabel (ach, die Sitten von São Paulo, die Kinder werden die Jungfräulichkeit ihrer Augen verlieren! Perpetua berührt mit den Fingern die Perlen des Rosenkranzes in der Tasche ihres Rocks), lächelt und beruhigt Tieta.

»Wir können ein andermal zum Strand gehen, Mamachen. Dona Perpetua hat recht, die Messe ist wichtiger.« Sie lächelt Perpetua zu. »Auf der ganzen Reise hat Mamachen schon von Mangue Seco gesprochen. Aber die Messe ist heilig.«

Sehr gut, so spricht eine gute Tochter, auch wenn sie Paulistanerin ist, die sich wenig um die Einhaltung der Trauer, die langandauernden Riten des Todes kümmert, die in Agreste streng und obligatorisch sind. Wenn sich Leonora anständig anziehen würde, könnte Perpetua nur Lobendes über sie sagen. Ist es nötig, den Nabel zu zeigen, was ist denn so schön an einem Nabel? Wer weiß, vielleicht könnte Peto darauf antworten, denn seine abschätzenden Blicke gehen hin und her, von den Schenkeln zum Nabel und zum rundlichen Bauch.

»Du hast recht, Nora. Ich bin immer stur wie eine alte Ziege. Wenn ich etwas haben will, gibt es kein Hindernis für mich. Wir fahren an einem anderen Wochenende nach Mangue Seco.«

Von Ricardo geführt – zieh die Soutane an, begleite deine Tante –, gingen sie nachmittags zu Elisa, um ihr Haus kennenzulernen. Eine Hütte von armen Leuten, Schwesterchen, nur die Miete ist teuer. Teuer? Wenn es in São Paulo wäre . . . Dort wohnen, um damit anzufangen, nur die Multimillionäre in Häusern, die übrigen quetschen sich in Wohnungen zusammen oder verfaulen in Mietskasernen, wie Sardinen in der Büchse. Dafür ist aber auch eine Wohnung schöner als die andere, nicht wahr? Und eure? Erzähl . . . Später, wenn wir mehr Zeit haben, jetzt müssen wir gehen. Nicht bevor ihr ein wenig Obst oder Konfitüre gegessen und ein Gläschen Likör getrunken habt, sonst bin ich böse.

Araçá-Konfitüre, die sieht man selten, köstlich! Jenipapo-Likör. Mein Gott, was werde ich hier dick werden! Naschhaft, verloren an die Genüsse ihrer Kindheit, nimmt Tieta ein zweites Mal.

Auf der Straße begegnen sie Ascanio Trinidade. Hat er die Präfektur zufällig oder absichtlich den Fliegen überlassen? Wohin wollen Sie gehen? Es gibt hier einen schönen Spazierweg: Dort vorne wird der Fluß breiter und bildet ein kleines Becken, hier sind die Wäscherinnen am Werk, ein hübscher Platz, er heißt Bacia de Catarina, den Namen hat ihm sicher ein Literat gegeben, ein Vorfahre von Barbozinha. Oder er selbst, in einer früheren Inkarnation. Heute nicht, wir müssen das Postamt besuchen, wir haben es Carmosina versprochen.

Ein kurzer Aufenthalt am Eingang zum Kino, um dem Araber Chalita guten Tag zu sagen – erinnern Sie sich noch an mich? Wer könnte dich vergessen, Tieta? Ein Mangaba-Eis, Leonora kennt das nicht, da wird sie sehen, was gut ist. Heute ist es umsonst, ein Geschenk des Hauses. Der Araber ergötzt sich dafür am Anblick von Tieta und dem jungen Mädchen. Unter dem durchsichtigen Stoff der Modellkleider, erhellt von einem Sonnenstrahl, bietet sich ihm eine Vision von Tausendundeiner Nacht. Kombination, Unterrock? Das trägt man nicht mehr, das sind Museumsstücke. Büstenhalter? Wozu, wenn die Brüste fest sind, brauchen sie kein Steifleinengerüst, um gestützt zu werden. Unterhosen? Ein winziger Slip und basta. Es lebe die Zivilisation, kommt doch bald wieder, bittet der fortschrittliche Araber.

Aus den Fenstern lehnen sich alte Jungfern und junge Mädchen, um besser sehen zu können; sie beobachten jeden Schritt, jede Bewegung und unterhalten sich über die Kleider. Hättest du den Mut, so etwas zu tragen? Ich? Ich glaube nicht. Ich schon, wenn Mama mich ließe. Tieta hat Elisa einen Minirock mitgebracht, aber sie hat noch nicht gewagt, ihn einzuweihen. Aufregung in der Bar, die ganze Meute steht an der Tür und wirft ihnen lüsterne Blicke zu. Sogar Manuel verläßt die Theke, auch er ist ein Mensch. Leonora findet alles lustig, ihr Lachen flattert wie ihre Haare. Ascanio lauscht dem kristallklaren Lachen und erinnert sich an einen Vers, den er irgendwo gehört hat: blond wie ein reifes Weizenfeld. Er erfährt von der Verschiebung der Fahrt nach Mangue Seco und erhält eine Einladung zur Seelenmesse für den Comendador. Tieta überläßt es ihm, ob er kommen will.

»Am nächsten Sonntag? Ich werde selbstverständlich kommen. Dann werde ich wieder zurück sein.«

»Verreisen Sie?« wundert sich Leonora.

»Und wohin?« will Tieta wissen.

»Ich fahre nach Paulo Afonso, wegen des elektrischen Lichts. Ich habe beschlossen, persönlich mit dem Direktor des E-Werks zu sprechen. Vielleicht überzeuge ich ihn in einem direkten Gespräch.«

»Werden Sie lange fortbleiben?« Leonoras Frage ist eine Bitte: Bleiben Sie nicht zu lange, kommen Sie bald wieder, ich warte auf Sie. Nur die Augen sagen es.

»Nein, nur zwei Tage. Ich nehme morgen den Bus und fahre am selben Tag von Esplanada nach Paulo Afonso weiter. Dort bleibe ich übermorgen und bin am Donnerstag wieder zurück. Vielleicht mit einer guten Nachricht für Agreste.«

»Mir gefallen entschlossene Menschen, wie Sie einer sind«, bemerkt Tieta. »Fahren Sie, kämpfen Sie und überzeugen Sie den Mann; bringen Sie das Licht, das Agreste so nötig braucht.«

»Sie werden es sicher erreichen!« begeistert sich Leonora. »Ich werde Ihnen den Daumen halten.«

Ascanio fühlt sich als fahrender Ritter, der sich, von seiner Dulcinea angespornt, in die Schlacht begibt. Wenn er siegreich zurückkehrt, nachdem er die kalten und unzugänglichen Direktoren und Techniker von der historischen Bedeutung und den touristischen Aussichten für Agreste überzeugt hat – eine schwierige Aufgabe, ein harter Kampf –, wird er die errungene Trophäe Leonora zu Füßen legen: das strahlende Licht des Wasserkraftwerks, statt der jetzigen flackernden Beleuchtung durch den Motor, den sein Großvater Francisco Trindade installiert hat, als er Bürgermeister war, Anno Tobak.

An der Ecke der Straße taucht Leoncio auf, ein ehemaliger Soldat der Militärpolizei, ein ehemaliger Bandit, heute ein hinkender Zivilist – vor mehreren Jahren hat ihn zufälligerweise eine Kugel getroffen –, Gemeindeangestellter, Mädchen für alles, Faktotum, Bote, Wächter und Gärtner in einem; er zieht ein Bein nach und meldet, daß Ascanio in der Präfektur gebraucht wird.

»Entschuldigen Sie mich, ich muß gehen, ich weiß, um was es sich handelt. Auf Wiedersehen.«

»Bis zum Donnerstag, nicht wahr? Ich erwarte Sie«, sagt Leonora, sagen ihre sanften Augen.

»Donnerstag, ja. Aber wenn Sie gestatten, komme ich heute abend bei Dona Perpetua vorbei, um mich zu verabschieden.«

»Kommen Sie, wann immer Sie wollen«, lädt ihn Tieta ein.

»Kommen Sie. Unbedingt«, unterstreicht das junge Mädchen.

An der Ecke des Platzes dreht sich Ascanio um, Leonora hebt die Hand und winkt, er erwidert den Gruß. Tieta amüsiert sich:

»Da hast du schon die Präfektur erobert, was? Ein sympathischer Bursche.«

»Reizend ...« meint Nora mit schwärmerischer Stimme.

Umweltverschmutzung und nicht identifizierte Gegenstände, ein sehr schwungvolles Kapitel oder Der Besuch des Areopags.

An der Tür des Post- und Telegrafenamts streckt Dona Carmosina die Hände in einer Willkommensgeste aus.

»Kommt herein, Mädchen, ich habe euch erwartet.«

Kapitän Dario erhebt sich, um die Paulistanerinnen zu begrüßen, dann setzt er die Lektüre der Nachrichten auf der ersten Seite von *A Tarde* fort. Empört bemerkt er:

»Es ist doch nicht möglich, daß die Regierung etwas so Haarsträubendes erlaubt. In Italien sind die Direktoren einer Fabrik wie dieser, genau der gleichen Fabrik, zu Gefängnis verurteilt worden, weil sie Titandioxyd hergestellt haben. Der Richter war ein ganzer Kerl und hat sie alle eingelocht.«

»Was für eine Fabrik? Wollen Sie es mir erklären, Kapitän?«

»Ich lese gerade in der Zeitung, daß in Rio de Janeiro ein Unternehmen gegründet worden ist, um in Brasilien eine Fabrik von Titandioxyd zu bauen. Ungeheuerlich.«

»Warum? Wie ist das im einzelnen?«

»Es ist die am meisten umweltverschmutzende Industrie, die man überhaupt kennt. Es genügt, wenn ich Ihnen sage, daß es auf der ganzen Welt nur sechs derartige Fabriken gibt. In Amerika keine, weder im Norden noch im Süden. Kein Land will diese Katastrophe innerhalb seiner Grenzen haben. Das Schlimmste ist, daß die Zeitung ankündigt, die Behörden würden die Errichtung der Fabrik im Süden von Brasilien nicht zulassen. Sie wollen sie im Nordosten ansiedeln. Es ist immer das gleiche: Was gut ist, bleibt im Süden. Für den Nordosten ist der Abfall gerade gut genug.«

»In São Paulo, Kapitän, ist die Verschmutzung schon derartig, daß es keiner mehr aushält.«

»Wo kommen wir da hin? Glücklicherweise liegt Agreste, unser kleines Privatparadies, weit vom Schuß... Wann fahren Sie nach Mangue Seco? Sie müssen bei uns wohnen, in Toca da Sogra, Laura und ich bestehen darauf«, lädt sie der Kapitän ein.

»Vielen Dank. Ich nehme gern an, solange ich noch kein Grundstück gekauft habe, um eine Hütte hinzubauen. Später einmal«, antwortet Tieta.

Die Gruppe vergrößert sich durch die Ankunft Aminthas und Seixas. Die lüsternen Blicke durchbohren die durchsichtigen Kleider der beiden eleganten Damen. Seixas bringt kaum den Mund zu. Aminthas fragt den Kapitän:

»Meister Dario, was ist das für eine Geschichte, die man sich hier erzählt? Man hat mir gesagt, daß in Mangue Seco eine fliegende Untertasse aufgetaucht ist; alle Welt hat sie gesehen.«

»Ich weiß, die Fischer haben es mir erzählt. Einige versichern, einen merkwürdigen und geräuschvollen Gegenstand gesehen zu haben, der über den Strand und den Kokoshain hinwegflog. Ich dachte, es sei ein Flugzeug gewesen, aber sie schwören, daß es keines war. Sie haben schon viele Flugzeuge gesehen und behaupten, sich nicht zu täuschen.«

»Das müssen die Freunde von Barbozinha sein, die von einer anderen Welt kommen, um unseren Dichter zu besuchen. Er sagt, er steht mit dem ganzen Weltraum durch Telepathie in Verbindung.«

»Für mich«, lacht Aminthas, »war das, was die Fischer gesehen haben, der Reflex eines Schmugglerboots ... Diese Geschichte von der Untertasse ist reine Täuschung.«

Die kleine Araci kommt herbeigelaufen:

»Dona Antonieta, Frau Perpetua bittet Sie und die junge Dame, nach Hause zu kommen. Herr Modesto ist zu Besuch da, mit Dona Aida.«

»Schade, unser Gespräch war gerade so interessant. Komm, Leonora. Auf Wiedersehen, Kapitän, wir erwarten Sie am Abend! Du darfst nicht fehlen, Carmô.«

Sie steigen die Stufen zur Allee hinunter und biegen in die Straße ein. Die untergehende Sonne beleuchtet die beiden Frauen, leckt an ihren Körpern und zeigt sie golden und nackt, als löse das Dämmerlicht das duftige Gewebe ihrer Kleider auf, diese faszinierende Mode, die aus dem Land der Träume und Phantasien importiert ist, aus dem Chalita stammt.

Besuche und Gespräche, bei denen Leonora einen unerwarteten Wunsch äußert.

Abends ist das Besuchszimmer voll Menschen. Auf Tietas Bitte hat Peto in der Bar eine umfangreiche Ladung Bier, Guaraná und Coca-Cola bestellt. Tante Antonieta ist Petos neues Idol, sie hat die Mädchen aus den Filmen und die Helden der Bildgeschichten ausgestochen. Sabino zertrümmert im Gemüsegarten einen Eisblock, den Modesto Pires aus der Gerberei geschickt hat. Am Flußufer war der junge Sabino der einzige, dem es gelang, mit der neuen Angelrute und der Rolle zu fischen. Die Fische brachte er Tieta und bat sie um ihren Segen. Cardo und Peto kamen schwer mit Pitús beladen an.

Die Unterhaltung bewegt sich ungezwungen um die verschiedensten Themen, von der Sensation ausgehend, die die Mode von São Paulo, die Perücken, die durchsichtigen Stoffe, die enganliegenden Hosen und die Sandalen hervorrufen.

Perpetua ist gegen durchsichtige Kleider, enge Hosen, die die Hinterbacken herausmodellieren und die Hüften einzwängen, gegen Shorts, die die Schenkel sehen lassen, Blusen, die unter den Brüsten geknotet werden, und gegen die Zurschaustellung des Nabels. Sie verurteilt die Schamlosigkeit, die die ganze Welt erfaßt.

»Ihr könnt mich altmodisch nennen. Ein unverheiratetes modernes Mädchen, meinetwegen ...«, ein äußerstes Zugeständnis an Leonora. »Aber bei einer verheirateten Frau finde ich das nicht dezent. Und bei einer Witwe noch viel weniger, Antonieta möge mir das verzeihen. Wenn ich Asterio wäre, würde ich Elisa nicht den Minirock tragen lassen, den du ihr mitgebracht hast.«

»Du lebst in der Vergangenheit, Schwesterchen.« Antonieta bricht in Lachen aus.

»Ganz Agreste lebt in der Vergangenheit.« Ascanio Trindade gibt der Unaufgeschlossenheit die Schuld an der Redeweise der Betschwestern. »Sogar ein weitgereister Mann wie der Kapitän ist gegen den Fortschritt. Wenn ich vom Fremdenverkehr spreche, um der Gemeinde wieder zu Wohlstand zu verhelfen, setzt er eine verschlossene Miene auf.«

»Gegen den sogenannten Fortschritt, mein lieber Ascanio. Bringen Sie die Dinge nicht durcheinander. Ich bin für alles, was Agreste nützen kann, aber gegen alles, was uns die Ruhe raubt, diesen Frieden, der unbezahlbar ist. Ich habe nichts gegen den Minirock, wenn die Person, die ihn trägt, sich dafür eignet. Für eine Frau in einem gewissen Alter ist er nicht mehr das richtige.«

»Zum Beispiel?« fordert ihn Dona Carmosina heraus.

»Als Beispiel nenne ich zwei schöne Damen, die hier anwesend sind: Laura und Antonieta. Meiner Ansicht nach sind sie über das Alter hinaus.«

Dona Laura hat nie an Miniröcke gedacht, aber gutgelaunt droht sie ihrem Mann:

»Ich wußte nicht, daß du so viel von Miniröcken verstehst. Du scheinst schon eine Menge gesehen zu haben ... Ich werde mir den von Elisa ausleihen und damit herumlaufen, du wirst schon sehen.«

»Für mich ist es nicht eine Frage des Alters, sondern der Figur. Ein Minirock paßt nicht zu meinen üppigen Formen«, sagt Tieta bedauernd.

Barbozinha, der die fast immer erloschene Pfeife des Literaten raucht, tröstet sie:

»Du bist der klassische Typus. Venus war wie du. Ich kann diese Skelette nicht ausstehen, die ihre Knochen zur Schau stellen. Ich spreche nicht von dir, Leonora, du bist eine Elfe.«

»Danke, Herr Barbozinha.«

»Leider denkt niemand mehr wie du, mein lieber Dichter. Du bist der einzige.« Tieta wendet sich an Ascanio. »Fremdenverkehr in Agreste? Halten Sie das für möglich?«

»Und warum nicht? Das Wasser hat Heilwirkung, die Analysen wurden bereits durchgeführt, Modesto Pires hat die Proben seinem Schwiegersohn geschickt, der Ingenieur bei der Petrobras ist. Die Resultate waren fabelhaft, ich habe eine Kopie in der Präfektur, wenn Sie sie sehen wollen. Modesto Pires studiert gegenwärtig die Möglichkeit der Abfüllung in Flaschen. Das Klima spüren Sie selbst, es heilt jede Krankheit. Und was den Strand angeht, wo gibt es einen schöneren?«

»Das ist richtig, einen Strand wie den von Mangue Seco habe ich nirgends gesehen. Weder Copacabana noch die Strände von Santos reichen da heran. Aber sonst ... Nein, ich sage nichts, ich will Ihre Hoffnungen nicht einer kalten Dusche aussetzen. Aber man braucht viel Geld dazu, sehr viel sogar ...«

»Ich habe Ascanio schon gesagt: Laß Mangue Seco in Frieden, solange wir leben ...«, bemerkt der Kapitän.

»Ich will dort ein Grundstück kaufen und ein Sommerhäuschen bauen. Das war einer der Gründe für meine Reise: ein Grundstück in Mangue Seco kaufen und ein Haus hier in der Stadt; ich will meine Tage in Agreste beschließen. Solange ich nur hin und wieder herkomme, werden mein Vater und Tonha im Haus wohnen und sich darum kümmern. Deshalb bin ich hergekommen und auch um diese Arme«, sie zeigt auf Leonora, »aus den Rauchschwaden von São Paulo herauszuholen. Anämisch, wie sie ist, ist dieser Schmutz nichts für sie.«

»Ist es wahr, Tieta, was die Zeitungen sagen? Daß die Umweltverschmutzung in São Paulo immer unerträglicher wird?«

»Fürchterlich. In den am meisten betroffenen Bezirken gibt es Orte, wo die Kinder sterben und die Erwachsenen erblinden. Es vergehen Tage, ohne daß man die Farbe des Himmels sieht.«

»Trotzdem möchte ich dort leben«, trumpft Elisa auf.

Schüchtern widerspricht Leonora mit sanfter Stimme:

»Ich dagegen wäre glücklich, hier zu leben. Wenn ich könnte, würde ich nie wieder von hier fortgehen. Hier atme ich auf, hier lebe ich, träume ich. Dort nicht, dort arbeitet man Nacht und Tag, Tag und Nacht. Man arbeitet und stirbt.«

Ascanio möchte sie bitten: Wiederhole diese Worte, sie sind Balsam für mich. Ach, wenn sie doch arm wäre ...

Er ist so sehr in ihre Betrachtung versunken, daß er nichts von der hitzigen philosophischen Debatte merkt, die zwischen Dona Carmosina, Barbozinha und dem Kapitän Dario über den nicht identifizierten Flugkörper im Gange ist, den die Fischer gesehen haben, als er die Dünen von Mangue Seco und den endlosen Kokoshain überflog. Barbozinha ergeht sich in esoterischen Erklärungen, während der Kapitän mit profunden Kenntnissen der Science-fiction prunkt und Dona Carmosina von der Massenpsychose, einem alltäglichen Phänomen, spricht. Die Stromabschaltung um neun Uhr und das Glockengeläut der Pfarrkirche, das die braven Leute ins Bett schickt, unterbricht die Diskussion. Alle erheben sich, um sich zu verabschieden. Aber Tieta bricht mit dieser Tradition.

»Keine Spur, es ist doch nicht Zeit, schlafen zu gehen. Wir wollen uns weiter unterhalten. Perpetua, laß die Lampen anzünden. Wo hat man schon gesehen, daß man um diese Zeit schlafen geht? Nur gut, daß unser junger Bürgermeister das Licht aus Paulo Afonso bringen will, damit man nicht mehr mit den Hühnern zu Bett gehen braucht. Wir wollen noch ein Bierchen trinken, oder eine Erfrischung. Die Unterhaltung ist gerade so angeregt ...«

Ascanio freut sich, er ist noch nicht Bürgermeister, nur ein wahrscheinlicher Kandidat. Er setzt sich wieder hin. Aber der Kapitän und Dona Laura ziehen es vor, das Gespräch am nächsten Tag fortzusetzen, und nehmen Dona Carmosina mit, um sie nach Hause zu begleiten. Asterio, Aminthas und Osnar kommen von der Bar.

»Vorsicht, Cousine, daß dich der Werwolf nicht erwischt«, warnt Aminthas Dona Carmosina.

»Gib nur selber acht.«

Elisa und Peto begleiten nur ungern die Gruppe der Schlafbedürftigen. Elisa sieht melancholisch drein, wie ein Opfer. Peto will nachher Osnar suchen gehen. Er hat ihm versprochen, ihn auf die Jagd mitzunehmen, und hat sein Versprechen nicht gehalten.

Tieta wendet sich an die beiden Neuankömmlinge:

»Kommt herein, bleibt nicht an der Tür stehen. Trinkt einen Schluck Bier mit uns.«

Osnar und Aminthas, die Nachtschwärmer, nehmen die Einladung an. Ricardo hat Petroleumlampen angezündet und im Wohnzimmer verteilt.

»Cardo, geh schlafen«, befiehlt Perpetua. »Es ist schon spät.«

»Gute Nacht, alle miteinander, mit Gottes Gnade. Deinen Segen, Mutter.«

Perpetua reicht ihm die Hand zum Kuß, der Junge beugt ganz leicht das Knie.

»Deinen Segen, Tante.«

»Komm her, daß ich dich segne. Nein, keinen Handkuß. Ich will einen Kuß auf die Wange. Zwei, einen auf jede Seite.«

Sie nimmt den Kopf des in seine feierliche Soutane gehüllten Neffen in die Hände und küßt ihn auf beide Wangen. Schallende Küsse, die Spuren von Lippenstift hinterlassen.

»Mein kleines Pfäfflein!«

Auch Perpetua zieht sich zurück.

»Gute Nacht. Bleibt, solange ihr wollt. Es ist dein Haus, Tieta.«

So liebenswürdig ist sie nicht wiederzuerkennen, wie ausgewechselt.

»Tieta zähmt das wilde Tier...«, flüstert Osnar Aminthas zu, während sich die Schwestern umarmen und küssen. »Hast du schon einmal gesehen, daß Dona Perpetua jemanden küßt?«

»Perpetua küßt nicht, sie gewährt die Gnade eines Kusses«, berichtigt ihn Aminthas.

Ein neues Fragment der Erzählung, in der Tieta während der langen Fahrt im Liegebus von São Paulo nach Bahia der schönen Leonora Cantarelli Episoden aus ihrem Leben erzählt.

»Ich war gierig, gierig nach Männern, je mehr, desto besser. Vater hatte viele Ziegen, aber nur einen Bock, Inacio. Ich war eine Ziege mit vielen Böcken, wurde von dem oder von jenem besprungen, auf dem Felsboden, im Gebüsch, am Flußufer, auf dem Sand des Strandes. Für mich besteht das Vergnügen am Mann in nichts anderem, als mich auf den Boden zu legen und mich decken zu lassen. Zu Hause, beim Alten, gab es immer das gleiche, Bohnen, Maniokmehl, Dörrfleisch. Lucas war der erste, der mir im Bett des verstorbenen Doktor Fulgencio beibrachte, was feine Speisen sind, die den Appetit reizen, statt ihn zu befriedigen.«

Doktor Lucas de Lima, ein junger Arzt, der eine Stelle suchte, kam nach Agreste, als er vom Tod des Doktor Fulgencio Neto erfuhr. Die Witwe brachte ihn in dessen Schlafzimmer unter, in dem sie seit dem Hinscheiden ihres Mannes nicht mehr geschlafen hatte. Sie kochte für ihn zarte Hähnchen, Doktor Fulgencios Lieblingsspeise, ein Gericht aus Pitús und Eiern, Trockenfleisch mit Maniokbrei in Milch. An Stelle von Patienten bekam er Leckerbissen, Süßspeisen und Obst.

Nicht einmal Tieta konnte ihn dort festhalten, an diesem gesunden und sterbenden Ort. Er wäre vielleicht geblieben, wenn ihm die Natur, der Fluß, das Meer, der wilde Strand etwas bedeutet hätten. Seine Landschaft war eine andere: die Freudenhäuser und Nachtlokale des Nachtschwärmers und Bohemiens. In Agreste darf ein Arzt nicht Junggeselle sein, er muß eine Frau haben, eine Familie gründen und hat nicht das Recht, ein Bordell zu besuchen und ein ausschweifendes Leben zu führen.

»Lucas hatte Angst vor den Zungen der Klatschbasen, die ihn Tag und Nacht beobachteten. Mich wollte er schon haben. Aber nicht am Flußufer und ohne einen Ausflug nach Mangue Seco zu riskieren. Als ich herausbekam, daß er im Bett von Doktor Fulgencio schlief, lachte ich und sagte: Laß das Fenster offen. Beim Fenster einsteigen, ohne gesehen zu werden, ohne Lärm zu machen, das war gerade das richtige für mich.«

Noch bevor Lucas etwas merkte, lag Tieta schon im Bett, auf der Wollmatratze hingestreckt. Weich war sie, nicht so hart wie der Boden. Sie spreizte die Beine, um besprungen zu werden.

»Um gedeckt zu werden, anders verstand ich es nicht. Aber er kam, um mich mit den Fingern zu berühren, meinen ganzen Körper zu küssen, mit heißer Zunge und heißem Atem; ich wollte ihn daran hindern, begriff nichts. Von ihm lernte ich, im Bett des Doktors und der Dona Eufrosina, die letzte Würze und erfuhr, daß der Mann nicht nur ein Bock ist. Durch ihn wurde ich zur Frau. Aber ich glaube, daß auch heute noch eine wilde Ziege in mir steckt, die niemand zähmen kann.«

Nicht einmal Tieta konnte ihn zurückhalten. Als sie mitten in der Nacht kam, fand sie das Fenster verriegelt. Lucas hatte Dona Eufrosinas mütterliches Antlitz geküßt, ich gehe fort, solange noch Zeit ist. Trotz Tieta hatte er etliche Kilo zugenommen und begann, dem beschaulichen Leben Geschmack abzugewinnen; er floh, bevor es zu spät war.

»Ich war nicht mehr dieselbe, meine Gier hatte sich gewandelt. Es dauerte nicht lange, dann kam der Fall des Handlungsreisenden; als er anfing, um das Haus zu streichen, glaubte Perpetua erst, es sei wegen ihr, die dumme Gans. Dann merkte sie, was los war, und folgte mir auf Schritt und Tritt. Der Alte verprügelte mich, und ich lief fort; ich wollte Lucas irgendwo in Bahia ausfindig machen. Ich sah ihn nie wieder, führte aber das gleiche Leben im Landesinnern weiter, das Leben eines Freudenmädchens in Jequié, in Milagres, in Feira, dort herum. Ich kann dir sagen, die wahre Schule ist ein Puff tief im Sertão. Dort erlernt man das Handwerk. Nach langem Nachdenken beschloß ich, in den Süden zu gehen, ich hatte genug durchgemacht. Ich wollte ein gutes Leben haben, gut und vom Besten essen, Champagner trinken, die Leckerbissen von Männern kosten. Nicht Bohnen und Dörrfleisch.«

»Wenn mir nur einer Bohnen und Dörrfleisch geben wollte, einen

Sohn, ein Pärchen. Das ist alles, was ich haben möchte«, sagte die schöne Leonora Cantarelli.

»Jeder trägt sein Kreuz, nicht einmal die Ziegen haben alle die gleichen Wünsche, erst recht nicht die Menschen. Ich kenne die Ziegen und die Menschen, das kann ich dir sagen.«

Schlaflos im Bett von Dona Eufrosina, voll von Gefühlen und Erinnerungen.

Ermüdet von der Anstrengung der Busfahrt, dieser harten Prüfung, und von den Aufregungen der Ankunft, fiel Tieta ins Bett, nachdem sie sich abgeschminkt hatte, und fand einen erquickenden Schlaf. Wie viele Jahre war es her, seit sie sich um neun Uhr abends zurückgezogen hatte? Sie war noch ganz jung, als sie schon das Morgengrauen in den Schlupfwinkeln von Agreste erlebt hatte.

Aber in der zweiten Nacht, nachdem sich die letzten Besucher gegen elf verabschiedet haben, liegt Tieta wach und findet keinen Schlaf. An der Haustür wünschen sie und Leonora Ascanio noch einmal den besten Erfolg für die Mission, die ihn im Interesse der Bürger nach Paulo Afonso führt.

»Gehen Sie und siegen Sie ...«, sagt Tieta.

»Und kommen Sie bald wieder ...«, fügt Leonora hinzu.

»Verzeihen Sie, meine Damen und Herren, aber ich bin gegen das starke, strahlende Licht von Paulo Afonso, das die Straßen die ganze Nacht beleuchten soll«, erklärt Osnar. »Das wäre ein Unglück für die armen Nachtjäger, es würde das Wild verscheuchen ...«

»Was für ein Wild?« wollte Leonora wissen.

»Eine Schamlosigkeit von Osnar, mein Kind. Mit Wild meint er Frauen; diese liederlichen Burschen wollen in den Straßen Frauen aufstöbern ...«

»Die Jagd ist schon schwierig genug, stellen Sie sich nur vor, bei dieser Beleuchtung ...«

Sie trennen sich lachend, während Barbozinha Strophen von Liebesgedichten deklamiert, die er angeblich alle für eine einzige Muse geschrieben hat, raten Sie, für wen! Tieta schlägt die Augen zum Himmel auf, legt die Hand aufs Herz und seufzt theatralisch. Die Besucher verschwinden in der Dunkelheit.

Auch Leonora verabschiedet sich:

»Ich bin todmüde. Gute Nacht, Mamachen, ich liebe dich.«

»Schon gut. Ich hatte schon Angst, du würdest dich langweilen.«

Im Zimmer angelangt, öffnet Tieta das Fenster, das auf die Gasse hinausgeht, und betrachtet die Nacht, den gestirnten Himmel. Als Mädchen kannte sie alle Sterne beim Namen und liebte es, sie in den Liebesstunden anzusehen, wenn ihr Bett das Gras des Flußufers war. Wie viele Nächte hatte sie dieses Fenster aufgestoßen, um Lucas zu treffen?

Sie löscht die Lampe, legt sich nieder, aber der Schlaf flieht sie. Hier ist sie wieder in Agreste, auf der Suche nach der jungen Tieta, der Ziegenhirtin. Sie hat einen langen Weg zurückgelegt, über Steine und Disteln, hat die Füße und das Herz zerschunden, bevor sie anfing aufzusteigen, zu verdienen, das Geld unter Felipes Anleitung zu sparen und anzulegen, Besitztümer zu erringen und eine unabhängige Frau zu werden. Während all dieser sechsundzwanzig Jahre hat sie sich die Rückkehr nach Agreste vorgestellt, hat sie von diesem Tag geträumt.

Sie denkt an die Bestürzung bei der Ankunft, ein Lächeln tritt auf ihre Lippen. Arme Perpetua! Was hat sie seit gestern nicht schon alles hinunterschlucken müssen! Sie macht sichtlich Anstrengungen, um sich aufmerksam zu zeigen, die Invasion ihres Hauses, die Verletzung so vieler Vorurteile zu ertragen. Antonieta kann sie sich nicht als verheiratete Frau vorstellen; schade, daß sie sie nicht zusammen mit ihrem Mann gesehen hat. Wie hat sie sich wohl benommen? Sie muß Carmosina fragen. Hatten sie sich in aller Öffentlichkeit geküßt? Sicher nicht. Hatte sie den Major nur gnädig geküßt oder ihm einen Schmatz verpaßt? Und im Bett, wie mag es da gewesen sein? Bei ihrem nächtlichen Gerangel waren sie zweifellos nicht vom klassischen Papa-und-Mama-Modell abgewichen. Oder doch? In dieser Hinsicht geschehen oft die unmöglichsten Dinge, Tieta kann das bezeugen. Das mußte geradezu monumental gewesen sein, Perpetua, die sich mit ihrem Mann in diesem Bett auf der Wollmatratze wälzte.

Tieta lacht leise vor sich hin, wenn sie sich Perpetua mit gespreizten Beinen unter dem Major vorstellt, ein unwahrscheinliches Bild. Wobei sie vergißt, daß auch sie nur einen trivialen Genuß vom Mann erfahren hätte, wenn nicht Lucas kurze Zeit in Agreste gewesen wäre. In eben diesem Ehebett von Dona Eufrosina und Doktor Fulgencio war es geschehen, ein verrücktes Zusammentreffen. Es hatte nicht lange gedauert, nur ein paar Nächte, ein wahres Delirium. Durch das offene Fenster sah der Himmel mit tausend Sternen herein. Aus ihrem Schoß war der Morgenstern aufgestiegen.

Als sie zum erstenmal das Fenster aufstieß, ins Zimmer sprang, sich auf das Bett legte und den Rock hochschob, war sie eine brünstige Ziege, hungrig nach Männern, von allem übrigen wußte sie nichts. Lucas begriff es und lachte. Ich werde dir beibringen, wie man liebt, versprach er und zeigte es ihr vom A über das Y bis zum Z.

»Weißt du nicht, wie das geht, das Ypsilon? Das ist das beste von allem, ich zeig es dir.«

Sie hatte einen Intensivkurs absolviert in diesem Bett von Dona Eufrosina, in dem später Perpetua und der Major schliefen und Kinder machten. Dumm wie ein Stück Holz, schrieb Carmosina in dem Brief wegen der Geschenke über den verstorbenen Schwager. Wenn der Major noch am Leben wäre, könntest Du ihm ein Ochsenjoch mitbringen, das würde ihm gut stehen. Von geringer Intelligenz, aber körperlich gut ausgestattet, ein Mordskerl: dunkelhäutig, militärischer Gang und was für ein Appetit! Er war imstande, Perpetua mit Haut und Haaren aufzufressen. Es gab so viele Mädchen in Agreste, die glücklich gewesen wären, wenn einer sie heiratete, er oder sonstwer, wenn er nur Hosen anhatte, und dieser Idiot sucht sich die Betschwester Perpetua aus, zieht sie den anderen vor und führt sie zum Altar, diese häßliche alte Jungfer, die nach ewiger Verstopfung aussieht. Und was noch merkwürdiger war, sie waren glücklich, und die Trauer, die sie zeigt, innen wie außen, hat nichts von Heuchelei an sich, ist ein echtes Gefühl, ein tiefer Schmerz.

Gott hatte ein Einsehen mit den beiden Jungen, erzählte Carmosina in ihrem so nützlichen Brief: Sie gerieten nach dem Vater im Aussehen und im Charakter, fröhlich, herzlich, sympathisch; von der Mutter hatten sie nur die Intelligenz geerbt. Perpetua mag eine Menge Fehler haben, aber dumm ist sie nicht, sie versteht es, zu überlegen und zu handeln, ehrgeizig wie sie ist. Tieta denkt an die Jungen, sie gefallen ihr beide. Als sie sich zur Reise entschloß, dachte sie, sie würde den Kleinen von Elisa vorziehen, sie liebte kleine Kinder. Der aber war gestorben, Carmosina hatte ihr in ihrem Brief den Grund für das Schweigen der Schwester erklärt. Tieta hatte verziehen, aber nicht vergessen. Blieben noch die zwei von Perpetua.

Der kleine ist ein Lausejunge, schlau und gewitzt. Er wendet die Augen nicht von ihr und Leonora ab, betrachtet die nackten Schenkel, späht in den Ausschnitten nach den Kurven der Brüste. Er hat noch nicht das Alter erreicht, aber gibt es dafür wirklich strenge Grenzen?

Ricardo dagegen ist ein Muster an Zurückhaltung und Keuschheit, er schaut immer weg, aus Furcht zu sündigen, der Meßdiener aus Zwang. Nein, nicht Meßdiener – Seminarist, dem Dienst an Gott geweiht. So ein großer Bursche und trägt ein Nachthemd! Bei diesem Gedanken muß sich Tieta auf die Lippen beißen.

Ein junger Hahn, noch nicht ganz ausgewachsen. Wäre er eine Frau, dann wäre er schon scharf; bei einem Mann dauert es länger, vor allem, wenn man ihn in eine Soutane steckt, ihm die Gottesfurcht einbleut, die Eier abschneidet und ihm mit dem Höllenfeuer droht. Der Kleine wird bald so weit sein, ein fixes Kerlchen; Ricardos Schicksal ist es, jungfräulich zu bleiben, was für ein Verbrechen!

Wenn er größer wäre, würde ihm die Tante zeigen, was gut ist. Aber er ist noch sehr grün. Tieta hat nie an jungen Männern Gefallen gefunden, sie zog immer solche vor, die älter waren als sie selber. Ein guter Ziegenbock muß ein gewisses Alter und Erfahrung haben.

Hinauswurf und traurige Heimkehr des fahrenden Ritters, und Tietas Telegramme, die Kommentare, Hypothesen und Wetten im Gefolge haben. Vor der Heimkehr und den Telegrammen ein Dialog zwischen Osnar und Doktor Caio Vilasboas, der so schamlos und unnütz ist, daß er nicht in einem angeblich ernsten literarischen Werk enthalten sein dürfte.

Vor dem Postamt erwarten Tieta und Leonora die Ankunft des Marineti. Auf den Bus warten, dem Aussteigen der Reisenden beiwohnen, gehört zu den aufregendsten Zerstreuungen von Agreste. Wenn die Verspätung groß ist, wird das Warten mitunter lästig, aber dafür zahlt man auch nichts. Vor der Tür des Kinos, wo Jairo sein glorreiches Vehikel zum Stehen bringt, lungert immer eine Gruppe von Müßiggängern herum. Andere liegen an der Bar auf der Lauer, und die Honoratioren halten ein Schwätzchen mit Dona Carmosina.

Elisa kam ganz aufgeregt ins Postamt und wollte wissen, ob Dona Carmosina über den Vorfall zwischen Osnar und Doktor Caio Vilasboas auf dem laufenden sei; Dona Carmosina ist auf dem laufenden, natürlich. Sie läßt sich nicht lange bitten und erzählt mit allen Einzelheiten. Es war vor zwei Tagen geschehen, an jenem Abend, als Osnar und Aminthas noch spät bei Perpetua gewesen und anschließend durch die Straßen gestreift waren. Als sie zu vorgerückter Stunde vom Flußufer zurückkamen, Osnar in Begleitung eines recht minderwertigen Flittchens, begegneten sie dem sittenstrengen Doktor Caio Vilasboas, der gerade einen Krankenbesuch bei der alten Dona Raimunda, einer unheilbaren Asthmatikerin, gemacht hatte. Wenn irgendein armer Teufel im Sterben gelegen hätte, dann hätte der Doktor nicht das warme Bett verlassen, aber die alte Dona Raimunda hatte eine Menge Geld, das sie testamentarisch dazu bestimmte, die Arztrechnung zu zahlen, wenn sie der Herr einmal abberufen sollte.

Als Doktor Caio, Amateurpsychologe und zudringlich von Geburt, sah, wie sich Osnar von dem zerlumpten Wesen verabschiedete, konnte er nicht an sich halten.

»Lieber Osnar, befriedigen Sie doch bitte meine Neugierde und beantworten Sie mir eine Frage, die ich mir gestatten werde, an Sie zu richten.«

»Schießen Sie los, Doktor, ich stehe ganz zu Diensten.«

»Sie sind ein vermögender junger Mann, nicht mehr ganz jung, aber als Junggeselle können Sie immer noch als junger Mann gelten, aus guter Familie, sehr gepflegt und in der Lage, sich ein Liebchen von höherem Niveau zu leisten; warum frequentieren Sie dann nicht das Haus, das von einem Mädchen namens Zuleika Cinderela geleitet wird und wo, wie ich weiß – ich war in Ausübung des heiligen Berufes der Medizin dort und nicht als Kunde –, jenes infame Gewerbe von sauberen Frauen mit guter Figur und angenehmem Aussehen betrieben wird! Warum ziehen Sie diese schmutzigen Hexen vor?«

»Als erstes erlauben Sie mir, lieber Doktor, Sie darüber zu informieren, daß ich einer der fleißigsten Kunden der Mädchen in Zuleikas Haus und auch der Inhaberin selbst bin, die ganz prima ist. Ein beachtlicher Teil meiner Einkünfte verschwindet in dieser Höhle ... Deswegen verachte ich aber nicht eine Dirne, wenn ich hin und wieder auf die Jagd gehe. Einige, das muß ich zugeben, sind ziemlich mitgenommen.«

»Und warum? Lassen Sie mich Ihnen sagen, daß es sich hier um ein fesselndes psychologisches Problem handelt, das eine Denkschrift an die Gesellschaft für psychiatrische Medizin wert ist.«

»Ich werde Ihnen sagen, warum, Doktor, und Sie können den Grund aufschreiben, ich habe nichts dagegen. Wenn ich mir gelegentlich eine Hure anlache, so nur, um den Schwanz, den Herrn und Meister, nicht zu verwöhnen. Stellen Sie sich vor, was geschehen würde, wenn ich ihm nur feine Leckerbissen servieren würde, erstklassiges Material, parfümierte Schönheiten, und er sich daran gewöhnen würde, nur das Allerbeste zu verspeisen. Und plötzlich, eines Tages, unter irgendwelchen Umständen, wie sie sich ergeben, wenn man am wenigsten darauf gefaßt ist, sehe ich mich gezwungen, irgendein mieses Weib aufzugabeln, und der Herr und Meister, verwöhnt wie er ist, weigert sich, wird wütend, impotent. Deswegen verwöhne ich ihn nicht und vernasche Hübsche und Häßliche. Es gibt manche Häßliche, die eine ganze Armee von Hübschen aufwiegt, denn, mein lieber Doktor, das ist zweierlei: eine Frau zum Ansehen und zum Bewundern, und eine andere, die gut fürs Bett ist.«

Doktor Caio verstummt, mit offenem Mund, und Osnar schließt:

»Von Ihren beruflichen Besuchen in Zuleikas Pension habe ich schon sprechen hören; Silvia Sabiá hat mir unter dem Siegel der Verschwiegenheit erzählt, daß es in der ganzen Gegend keinen Schlecker gibt, wie Sie es sind. Meine aufrichtigen Glückwünsche!«

Während die vier in Lachen ausbrechen – dieser Osnar ist doch ein Mordskerl! –, ertönt in der Kurve die Hupe des Marineti, an diesem Donnerstag wie durch ein Wunder fast pünktlich, mit einer lächerlichen Verspätung von zwanzig Minuten; Jairo nimmt die Glückwünsche der Passagiere entgegen. Tieta, Leonora und Elisa schicken sich an, Ascanio entgegenzugehen, aber er springt als erster heraus und entschwindet hastig nach Hause.

»Er wird ein Bad nehmen wollen. Nach einer Fahrt im Bus von Jairo ist man ohne Wasser und Seife zu nichts zu gebrauchen. Schon gar nicht, um der Frau seiner Träume entgegenzutreten ...«, erklärt Dona Carmosina.

»Er wird bald wieder hier sein.«

Sie bleiben noch im Postamt und warten. Aminthas schließt sich der Gruppe an, und das schon historische Zwiegespräch wird weiter kommentiert. Aminthas fügt noch eine letzte Einzelheit hinzu: Doktor Caio, leichenblaß um diese Morgenstunde, wollte sprechen und brachte nichts heraus, nur seine Augen blitzten. Osnar und er, Aminthas, verschwanden leise, aus Angst, den Arzt könnte der Schlag treffen.

Die Zeit vergeht, es erscheint Barbozinha mit einer Rose in der Hand, einer Teerose. Als er Tieta erblickt, reicht er sie ihr.

»Die habe ich für dich in Dona Milús Garten gepflückt; ich wollte sie zu Perpetua bringen, aber meine Antennen haben meine Schritte hierhergelenkt. Ein Jammer, daß ich nicht drei habe, um alle anwesenden Damen zu beschenken.«

»Und Ascanio? Kommt er oder kommt er nicht?« fragt Elisa, die das Warten satt hat.

Leonora, nach Dona Carmosinas Ansicht die Frau der Träume von Ascanio, wartet schweigend, den Blick auf die Straße gerichtet. Der Sekretär der Präfektur, der fahrende Ritter, gibt kein Lebenszeichen, weder gesäubert noch verstaubt. Man wird ihn holen müssen. Der junge Sabino wird damit beauftragt, er verläßt die Eisdiele und läuft mit der Botschaft zu Ascanio: Sie werden voll Ungeduld im Postamt erwartet, kommen Sie schnell. Um die Zeit totzuschlagen, gehen sie ein Cajá-Eis essen, das der Araber persönlich serviert. Morgen gibt es welches mit Pitanga, schwer zu sagen, was besser schmeckt. Kommen Sie wieder, vergleichen Sie und sagen Sie es mir.

Endlich taucht an der Ecke der fahrende Ritter auf, langsamen Schrittes und mit verstörtem Gesichtsausdruck. Der Ritter von der traurigen Gestalt. Noch bevor er die Stufen zur Tür des Postamts hinaufsteigt, sind sich alle über die Niederlage des Helden von Agreste in der Schlacht von Paulo Afonso klar. Der Krieger ist vernichtet, die Mission gescheitert, das Antlitz in Trauer, leichenblaß.

»Negativ, nicht wahr?« fragt Aminthas. »Ich habe es vorhergesagt. Da gab es keine Möglichkeit. Nur gut, daß der Motor noch aushält; wenn er kaputtgeht, kehren wir zur Petroleumlampe zurück.«

»Machen Sie sich nichts draus«, sagt Leonora. »Sie haben Ihr Möglichstes getan. Haben Ihre Pflicht erfüllt.«

»Es war entsetzlich, demütigend. Der Direktor der Gesellschaft, der ständig in Paulo Afonso ist, wollte mich nicht einmal empfangen. Ich mußte bitten und betteln, und schließlich hatte er doch Zeit für mich. Aber kaum hatte ich angefangen, ihm alles zu erklären, schnitt er mir schon das Wort ab. Er könne keine Zeit verlieren, diese Angelegenheit von Agreste sei erledigt, es gäbe keine Möglichkeit, die Gemeinde mit Licht vom Kraftwerk zu versorgen. Hatte die Präfektur denn nicht das Memorandum bekommen, in dem das Ansuchen abgeschlagen worden war? Nun also! Es führe zu nichts, Agreste müsse warten, bis es drankomme, das sei nicht so bald, in ein paar Jahren, wenn Strom und Licht in die letzten Winkel der Bundesstaaten kämen, die vom Wasserkraftwerk versorgt werden. Jetzt unmöglich, mein Lieber. Diskussionen führen zu nichts, lassen Sie mich arbeiten, meine Zeit ist kostbar.

Ascanio unterbricht seine Erzählung; seine Hände zittern. Wo sind die Begeisterung, der Kampfgeist geblieben? Sie sind verpufft, verschwunden, vernichtet vom Direktor der Gesellschaft.

»Am Schluß hat er sich noch über mich lustig gemacht: Es gibt eine einzige Möglichkeit, sagte er. Verschaffen Sie sich eine Anordnung des Präsidenten der Gesellschaft des Vale do São Francisco, des Präsidenten, und nicht eines Direktors wie ich einer bin, der befiehlt, das Licht in Agreste zu installieren, und am nächsten Tag werden wir dort sein. Leben Sie wohl. Dann hat er gelacht und mir den Rücken gekehrt.«

Ein düsteres Schweigen breitet sich im Postamt aus. Die erste, die den Mund aufmacht, ist Dona Carmosina.

»So ein Kerl! Das ist es, warum ich gegen diese Leute bin.«

Leonora geht auf Ascanio zu:

»Machen Sie sich keine Sorgen, für alles auf der Welt gibt es eine Lösung.« Ihre sanften Augen sind voll Zärtlichkeit.

Tieta erhebt sich von dem Stuhl, wo sie alles schweigend angehört hat.

»Wer ist der Präsident, Ascanio, und wie heißt eigentlich diese Gesellschaft? Helfen Sie meinem Gedächtnis nach.«

Noch lustlos und niedergeschlagen, erklärt Ascanio, was die Gesellschaft von Vale do São Francisco ist, die Bedeutung des Wasserkraftwerks von Paulo Afonso, und erwähnt schließlich den Namen des Abgeordneten, der die Präsidentschaft des großen staatlichen Unternehmens innehat, der befiehlt und beschließt, der einzige, der die festgelegten Pläne abändern kann. Aber wie soll man ihn erreichen? Unmöglich. Aminthas hat recht: Mehr noch als wirtschaftliche Bedeutung fehlt Agreste das Prestige eines großen Chefs, jemandes, dessen Wunsch ein Befehl ist.

Tieta wiederholt den Namen des Abgeordneten.

»Ich habe schon von ihm gehört, aber ich kenne ihn nicht persönlich. Aber in São Paulo gibt es keinen Politiker von Bedeutung, zu dem ich keine Beziehungen habe«, erklärt sie. »Sie waren alle mit Felipe befreundet, haben alle in meinem Haus verkehrt. Carmô, Ascanio, helft mir, ein Telegramm abzufassen. Oder besser noch, zwei.«

Sie nennt berühmte Namen, mächtige Leute, die in São Paulo und im ganzen Land etwas zu sagen haben. Dona Carmosina schreibt. Tieta bittet sie, beim Präsidenten der Gesellschaft vom Vale do São Francisco zugunsten von Agreste zu intervenieren, es folgen die von Ascanio im einzelnen belegten Gründe, der wichtigste ist jedoch der Anteil, den Antonieta daran nimmt, der Gefallen, den sie ihr damit tun und für den sie stets dankbar sein wird.

»Ein ellenlanges Telegramm«, bemerkt Dona Carmosina. »Das wird eine Stange Geld kosten.«

»Die Präfektur zahlt«, beeilt sich Ascanio zu versichern.

»Ich zahle es, mein Lieber, denn ich schicke es ab. Carmô, unterschreibe mit Tieta aus Agreste. Die engsten Freunde nennen mich so, und so hat mich Felipe am liebsten gerufen.«

Sie waren noch nicht zurück bei Perpetua, und schon lief die Neuigkeit von den Telegrammen wie ein Lauffeuer durch die Stadt: Dona Antonieta Esteves Cantarelli hat einem Senator von São Paulo und dem Doktor Ademar persönlich telegrafiert, Busenfreunden des verstorbenen Comendador, und hat um die Verlegung der Lichtleitung von Paulo Afonso nach Agreste gebeten. Die Kommentare darüber verdrängen das Echo auf den schlüpfrigen Dialog über Osnars Sexualverhalten. Wenn sich aus den Telegrammen keine feenhafte Beleuchtung ergibt, dann werden sie doch wenigstens die öffentliche Moral gehoben haben. Die Vermutungen überstürzen sich: Besitzt die Witwe wirklich so viel Prestige, kennt sie die Senatoren und Gouverneure, verkehrt sie mit ihnen, ist sie mit ihnen befreundet, oder gibt sie nur an? Was wird das Ergebnis sein: Licht oder Finsternis? Es werden sogar Wetten abgeschlossen. Fidelio setzt auf den Erfolg, Aminthas bleibt pessimistisch, warum sollten sich die großen Herren von São

Paulo um Agreste bemühen, den Arsch der Welt? Ich verdopple den Einsatz, Fidelio.

Warum? Tieta könnte antworten: gerade deshalb, weil sie große Herren sind und weil sie Tieta aus Agreste ist.

Der Gang zum Markt und die Ankündigung des nahen Weltuntergangs, ein Kapitel voll Prophezeiungen.

Der Markttag ist in Agreste ein allwöchentliches Fest. Am ersten Samstag nach der Ankunft der Paulistanerinnen verwandelt er sich in ein Festival, eine Volksbelustigung, und endet fast mit einem Tumult.

Nach der Seelenmesse für den Comendador gehen Tieta und Leonora wieder nach Hause, sich umziehen. Niemand kann in schweren, schwarzen Kleidern auf den Markt gehen, sie wissen gar nicht, durch was für ein Wunder sie sie in die Koffer gepackt haben. Der Zug besteht noch aus Elisa, Barbozinha, Ascanio, Trindade und Osnar. Der alte Zé Esteves, den Mantel über dem Arm, mit Stock und Ehefrau, begleitet sie bis zum Marktplatz (richtiger: Praça Coronel Francisco Trindade), von wo aus sich der Markt bis in die benachbarten Straßen hinein erstreckt. Dort verabschiedet er sich, am Nachmittag will er Tieta abholen, um zwei von den vielen zum Verkauf angebotenen Häusern zu besichtigen, die einzigen passenden.

Perpetua dankt für die Einladung, nimmt sie aber nicht an. Sie geht früh zum Markt, mit Peto, der die Körbe trägt. Markttag ist Bettlertag. Perpetua bleibt Samstag vormittag zu Hause, verteilt Almosen, handelt mit Gott einen Platz im Paradies aus, im Tausch gegen die wöchentliche Mildtätigkeit. In jedem Haus der größeren Straßen heben die Familien während der Woche die Brotreste auf, die alten Kekse, Essensreste vom Vorabend, zerquetschtes Obst und ein paar Münzen, für die Unmenge von Bettlern, die die Stadt überschwemmen, wer weiß, woher sie kommen. Agostinho von der Bäckerei liefert zu ermäßigten Preisen ganze Säcke voll altbackenem Brot, hart wie Stein, von aufgeweichten Süßigkeiten, muffigen Kuchen – Menschenliebe zu Niedrigpreisen. Wer den Armen etwas gibt, leiht es Gott. Mit hohen Zinsen, eine gute Kapitalanlage.

Einige Bettler leben immer in Agreste, kommen täglich morgens oder am späten Nachmittag vorbei und verfügen über eine sichere Kundschaft. Der blinde Cristovão setzt sich zur Zeit der Messe auf die Kirchenstufen, ob es regnet oder die Sonne scheint, streckt die Hand aus und sagt seine Litanei auf, der fromme Possidonio nur an den Samstagen und auf dem Markt. Er kommt von Rocinha, hat einen dünnen Prophetenbart, keine Zähne und ein Lästermaul; er bringt immer eine leere Petroleumkiste und eine Käseschachtel mit. Er bettelt in der Nähe des Ladens der Vogelhändler, klettert auf die Kiste und stellt daneben die Schachtel für die Almosen hin – er nimmt nur Geld an. Er verliert sich in einem nebulösen Geschwätz über die Sünden der Menschen, kündigt Katastrophen an, Prophet eines schrecklichen, rachsüchtigen, grausamen Gottes. Er zitiert die Evangelien, verurteilt Protestanten und Freimaurer, verkündet die Heiligkeit des Paters Cicero Romão. Kaum hat er eine etwas stärker geschminkte Frau bemerkt, reckt er sich schon hoch, beschimpft sie und schickt sie ins ewige Feuer.

Mit kreischender Stimme beklagt sich Perpetua bei Antonieta über die Bettler, spricht von ihnen wie von Feinden: Sie werden jedesmal frecher und anspruchsvoller, die Ausübung der Mildtätigkeit wird zum Opfer.

»Sie nehmen weder Mangos noch Cashew an, sie sagen, daß keiner sie ihnen abkauft, daß sie mehr als genug davon haben, eine Mangofrucht ist kein Almosen, wo hat man schon sowas gesehen? Sogar bei Bananen verziehen sie das Gesicht. Haben Sie nicht ein wenig Kleingeld? Geld wollen sie. Unlängst hat mich einer Geizkragen genannt.«

Auf dem Markt stehen Berge von Früchten nebeneinander. Viele von ihnen sind Leonora unbekannt, entzückt klatscht sie in die Hände. Wie klein die Guajaven sind! Das sind keine Guajaven, das sind Araçás, Araçá-mirim, Araçá-cagão. Aus ihnen macht man die Konfitüre, die wir bei Elisa essen. Das hier sind Guajaven, rote und weiße. Im Vergleich zu den Guajaven der Japaner von São Paulo sind sie klein, aber probier den Geschmack, was für ein Unterschied. Sie wären noch besser, wenn sie madig wären. Und Cashew – es gibt nichts Gesünderes. Es sei denn, Jenipapo, das sogar Brustleiden heilt. Du mußt Jenipapo-Mus essen, um bei Kräften zu bleiben. Und der Geschmack? Für mich gibt es nichts Köstlicheres. Wir wollen gleich welche kaufen. Je runzliger der Jenipapo ist, desto besser ist er. Tieta wählt aus, sie ist Kennerin. Mangabas, Cajás, Cajaranas, Umbús, Pitangas. Die Bettler haben recht, wenn sie Mangos als Almosen zurückweisen, sie sind auf dem Markt im Überfluß vorhanden, zahllose Abarten, in Wasserfarben: Rosa, Schwert, Carlota, Ochsenherz, Verwundetes Herz, Itiuba, eine ganze Menge. Harte und weiche Jacas, riesengroß, von den ausgelegten Scheiben steigt ein Honigduft hoch. Was ist das für eine Frucht, die wie Ananas aussieht? Condessa. Und die große dort? Jacade-pobre, das gibt ein wunderbares Eisgetränk. Leonora will alles aus der Nähe sehen, will es anfassen. Sie bückt sich, zeigt das winzige Höschen unter dem Minirock. Allgemeiner Jubel!

Als Ascanio sie im Minirock erblickte, wollte er ihr abraten, in diesem Aufzug zum Markt zu gehen, fürchtete aber, für rückständig gehalten zu werden, und schwieg. Jetzt heißt es einfach weitergehen und versuchen, weder zu sehen noch zu hören. Das ist schwierig, denn die Aufregung wird immer größer.

Noch nie hatte der Markt von Agreste einen solchen Rummel erlebt. Barbozinha ist damit beschäftigt, Tieta die Probleme der Desinkarnation und der Reinkarnation, des Astrallebens, zu erklären, Dinge, in denen er emeritierter Professor ist; er merkt nicht, was los ist, aber Ascanio Trindade ist entsetzt über so viel Rückständigkeit und weiß nicht, was er tun soll. Nur entsetzt? Oder leidet er darunter, der Öffentlichkeit jene Reize dargeboten zu sehen, die ausschließlich demjenigen vorbehalten sein sollten, der die ahnungslose Leonora Cantarelli zum Traualtar führt? Ahnungslos allem Bösen gegenüber, konnte sie sich nicht vorstellen, was für einen Aufruhr sie hervorrief, als sie im Minirock zum Markt ging, in einem für den Süden und für das Ausland alltäglichen Kleidungsstück. Auf den bunten Seiten der Zeitschriften hatte Ascanio schon viel gewagtere Miniröcke gesehen, der von Leonora bedeckt wenigstens ihre Hinterbacken, wenn sie sich gerade hält.

»Es ist besser, wenn sie sich nicht so weit bückt«, flüstert Osnar Ascanio zu.

Nicht einmal Osnar, ein Zyniker, wagt es, dem unschuldigen Opfer der ländlichen Ignoranz einen Rat zu geben, um wieviel weniger Ascanio. Der Gang durch den Markt geht weiter und entreißt Leonora und der Bande von Gassenjungen, die der Gesellschaft folgen, immer neue Ausrufe. Ab und zu ertönen ein Pfiff, eine Bemerkung, ein paar leise Scherzworte:

»Sieh nur, Manu, da kommt das Gerüst der Prozession ...«

Säcke mit weißem, duftendem Maniokmehl, das in den Röstereien der Umgebung geröstet wurde; Puba, Tapioka, Beijus. Koste, Leonora. Zum Kaffee gibt es nichts Besseres, wir wollen welche kaufen. In diesen weichen Kuchen ist Kokosmilch drin, da kann keiner widerstehen, ich werde fett werden wie eine Sau. Mein Gott, was ist denn das, alle diese Jungen, die uns nachlaufen? Antonieta betrachtet ihr Gefolge.

Es sind nicht nur Kinder, auch erwachsene Männer, ein ordinäres Volk. Es liegt an Leonoras Minirock, eine Erscheinung, die in Agreste ganz unbekannt ist. Antonieta sieht Ascanio an, dann Osnar, sie tun, als merkten sie nichts von dem spöttisch lachenden Pack. Barbozinha ist schon zum sechsten Mal wiedergeboren, in einer fernen Galaxis. Die Hände auf die Hüften gestützt, wie die Marktweiber es tun, sieht

Tieta die fröhliche Bande an. Unter dem Blick der reichen Dame aus São Paulo – oder dem Blick der Ziegenhirtin? –, halb ernst und halb schelmisch, zerstreut sich das Gefolge, es bleiben nur ein paar Bürschchen, die hartnäckigsten Bewunderer. Ascanio atmet auf, Osnar ist befriedigt. Um die Wahrheit zu sagen: was Ascanio am meisten stört, ist die Anwesenheit Osnars, sein durchbohrender Blick, seine scheinheilige Miene.

Zwei Friseursessel unter freiem Himmel, beide besetzt, und der Barde Claudionor das Virgens, der populäre Verse deklamiert:

Dreimal war ich schon verheiratet,
Mit einer Weißen, einer Schwarzen, einer Mulattin,
Vor dem Pfarrer, im Standesamt, im Wald.
Zum vierten Mal werde ich heiraten
Auf Befehl des Kommissars,
Um nicht mehr aufzumucken.

Als die Gesellschaft vorübergeht, schweigt die Stimme des Troubadours. Vom Minirock inspiriert, improvisiert er:

Ach, wär' mir Aurora geneigt,
Die hier ihren Hintern zeigt.

»Das hier ißt du zu Hause, zum Morgenkaffee.« Tieta zeigt auf die Wurzeln von Aipim, Yams und Süßkartoffeln. Auf die grüne Brotfrucht.

Elisa stellt fest, daß die Gruppe der Neugierigen wieder anwächst, und sagt beunruhigt:

»Gehen wir nach Hause? Ich komme um vor Hitze.«

Das stimmt auch. Sie hat sich nicht umgezogen und trägt immer noch das hochgeschlossene schwarze Kleid, das sie für die Messe angezogen hat. Was ärgert Elisa wohl am meisten? Die Gassenjungen, die Pfiffe, die Unverschämtheit des Sängers, die Respektlosigkeit, der Spott – oder der Erfolg der Paulistanerinnen?

»Ascanio hat versprochen, mir die Vögel zu zeigen«, zwitschert Leonora.

Die Prozession erhält Verstärkung, als sie Kurs auf den Vogelmarkt nehmen – Pássaros sofrê, Malervögel, Schwarzvögel, Kardinäle, Blauvögel, Kanarienvögel, Papageien und Sittiche, und ein Seidenschwanz, der mit seinem schrillen Schrei Eisen zu hämmern scheint. Leonora strahlt vor Glück, die Begleitung gewinnt das Aussehen einer Volksversammlung, mit Lachen, Witzen und Ausrufen.

»Ich finde, wir gehen lieber«, beharrt Elisa.

»Nur noch eine Minute. Schau dir den an, wie süß!«

»Das ist ein Pássaro sofrê, er ahmt alle anderen Vögel nach. Hören Sie!« Ascanio pfeift, und der Vogel antwortet.

Aus der belustigten Menge ertönen wieder niederträchtige Pfiffe. Lachend, die Strohzigarette im Mund, scheinbar harmlos, geht Osnar auf die Radaumacher zu, packt einen Burschen am Ohr, die anderen weichen zurück, laufen davon, stimmen ein Geschrei an, das Spotten breitet sich über den ganzen Markt aus.

Nahe dabei verkündet der Prophet Possidonio auf seiner Petroleumkiste das bevorstehende Ende der Welt, angekündigt durch das Erscheinen von leuchtenden Gegenständen in Mangue Seco, feurige Gasschiffe, in denen von Gott gesandte Erzengel reisen, um jene Stellen auszuwählen und zu kennzeichnen, wo die Feuerstellen aus übernatürlichem Schwefel errichtet werden sollen, der in den Kesseln der Hölle hergestellt wird, um die der Verderbtheit, den Orgien und der Unkeuschheit ergebene Welt zu verzehren.

Leonora, die dem frommen Asketen den Rücken kehrt, bückt sich, um einem zahmen und geschwätzigen Papagei einen Finger zu reichen – er sagt Guten Tag, bittet um den Segen, zwinkert mit einem Auge, urkomisch. So erfahren er auch in Sachen der menschlichen Bosheit, der Verworfenheit und der Schamlosigkeit ist, hat der fromme Possidonio doch nie mit seinen von der Sonne des Sertão verbrannten Augen etwas so Unglaubliches, so Unmoralisches gesehen. Das aufregende, praktisch nackte Hinterteil von Leonora, ein Meisterwerk des Satans, dem hier von den Verworfenen Beifall gespendet wird, befindet sich unmittelbar vor dem mystischen Antlitz des Propheten; eine ungeheuerliche Herausforderung!

»Hinweg! Verschwinde von meinem Angesicht, kehre in die Tiefen der Hölle zurück, elendes Weib, Sünderin, Hure!«

Empört geht Ascanio auf den frommen Possidonio zu: »Halt den Mund, du Narr!« Aber Tieta hält ihn am Arm zurück, sie amüsiert sich köstlich.

»Lassen Sie den Alten, Ascanio. Es geht um den Minirock von Leonora.«

»Wie? Den Minirock...?« Leonora weiß nicht, ob sie lachen oder weinen soll. »Daran hätte ich nie gedacht«, wendet sie sich an Ascanio. »Das wäre mir nie eingefallen. Entschuldigen Sie.«

»Wer sich hier entschuldigen muß, bin ich, wegen der Rückständigkeit dieser Leute. Eines Tages wird sich das ändern.« Im Grunde ist nicht einmal er sich dessen sicher. Eine Sinnesänderung, die so ungewiß ist wie das Ende der Welt in Possidonios Predigt.

Einen guten Teil des Marktes behalten sie sich für ein anderes Mal vor: das an der Sonne gedörrte Fleisch, die Guaiamus-Krebse, die Töpfe und Krüge, die Tonfiguren, den Zuckerrohrsaft, der aus primitiven Holzpressen fließt und der so schmutzig und doch so köstlich ist.

Der fromme Mann fährt fort zu schreien, während sie weggehen. Tieta lacht über den Vorfall und bittet dann Osnar, ihr die berühmte Geschichte von der Polin zu erzählen, von der ihr Carmosina gesprochen hat. Ein paar Jungen begleiten sie weiter durch die Straßen.

Die Nachricht von ihrem Kommen ist ihnen vorausgeeilt, bis zur Bar und zur Vorhalle der Kirche, wo sich alles drängt, um sie vorbeigehen zu sehen. Leonora geht so schnell wie nur möglich, sie hatte nicht geahnt, daß sie ein solches Aufsehen erregen würde.

»Das Ende der Welt ist nahe, es ist mir angekündigt und bestätigt worden, ich kann es dir versichern«, erklärt Barbozinha, dem die Geheimnisse der Götter und der Wahnsinn der Menschen bekannt sind. »Es wird eine kolossale Atomexplosion geben. Alle existierenden Atombomben, die amerikanischen, die russischen, die französischen, die englischen, die chinesischen – auch die Chinesen fabrizieren sie insgeheim, ich besitze die neuesten Informationen –, werden gleichzeitig explodieren: um drei Uhr nachmittags, an einem ersten Januar. Das Jahr sage ich nicht, um niemanden zu beunruhigen.«

Bittsteller, Mißbräuche, Ambitionen – ein Kapitel von kleinkarierten Interessen.

Auf dem Markt und im ganzen Ort hat die Anwesenheit von Tieta und ihrer schönen und jungfräulichen Stieftochter einen fröhlichen Aufruhr hervorgerufen. Sie ist so zart, daß sie Ricardo an die Lieblingsbraut des Herrn, an die kleine heilige Therese vom Kinde Jesus, erinnert; trotz des Minirocks, der durchsichtigen Bluse und der gewagten Shorts. Auch wenn sie der unanständigen heutigen Mode folgt, strahlt die sanfte Leonora doch Keuschheit und den Zauber der Unschuld aus.

Nach dem Ausflug zum Markt droht Elisa damit, den ihr von Tieta mitgebrachten Minirock anzuziehen, aus Solidarität und Genugtuung für Leonora – oder als Konkurrenz? Asterio war dagegen und konnte mit Perpetuas Unterstützung rechnen.

»Ihr könnt mich rückständig nennen; ich bin dagegen, zumindest hier. In São Paulo geht es vielleicht. Hier nehmen die Leute das nicht hin, sie finden es unmoralisch. Ich auch, um ehrlich zu sein.«

Ihre kreischende, schrille Stimme facht das Höllenfeuer an.

»Wegen mir machen Sie sich keine Sorgen, Dona Perpetua. Ich ziehe ihn nie wieder an. Ich möchte nicht für den Weltuntergang verantwortlich sein«, verspricht die sanfte Leonora mit einem flüchtigen Lächeln.

»Ich will dich nicht zurechtweisen, meine liebe Nichte, es war nicht deine Schuld.«

Sie möchte die liebe Verwandte, die Adoptivnichte, nicht verletzen, die Stieftochter ihrer Schwester, Tochter des Schwagers, des Industriellen und päpstlichen Comendadors, die reiche Erbin. Schade, daß ihre Söhne noch so jung sind. Ascanio scheint die Gelegenheit beim Schopf ergreifen zu wollen, sie hätte ihn nicht für so vif gehalten.

»Ich weiß, daß du es nicht böse gemeint hast, Dummerchen. In São Paulo, in den Vereinigten Staaten, in den Ländern, wo es nur Protestanten gibt, will ich nichts sagen. Aber hier werden noch die Gebote Gottes befolgt.«

Ein scheinbar belangloses Gespräch, aber hinter der Freude, Tieta zu umsorgen, verbergen sich Hoffnungen, Pläne, sogar recht kühne. Der um die heimgekehrte Tochter versammelte Clan der Esteves übertrifft sich in Lobhudeleien den Paulistanerinnen gegenüber und verbirgt unter dem Schleier des familiären Friedens das Brodeln unaussprechlicher Ambitionen und heimlicher Bestrebungen. Sie belauern sich gegenseitig voll Mißtrauen.

Während der ganzen Woche folgte ein Besuch dem anderen, ein wahres Volksfest: die örtlichen Honoratioren, Kaufleute, Kollegen von Asterio, Carlota, die Lehrerin, Edmundo Ribeiro, der Steuereinnehmer, Chico Sobrinho mit seiner Frau Rita, in deren Begleitung sich zufälligerweise Lindolfo Araujo befindet, Schatzmeister der Präfektur und jugendlicher Liebhaber – eines Tages wird er seinen ganzen Mut zusammennehmen und sein Glück in einem Programm des Fernsehens von São Paulo versuchen, in dem junge Talente entdeckt werden. Dann kam Doktor Caio Vilasboas, bedachtsam, mit seiner hochtrabenden Sprechweise, halb Arzt, halb Gutsbesitzer, wenn er nur von der Klinik in Agreste leben müßte, würde er damit enden, samstags um Almosen zu betteln, und Oberst Artur da Tapitanga, der den ganzen Nachmittag über blieb. Er hatte Tieta schon gekannt, als sie ein kleines Mädchen war und die Ziegen ihres Vaters auf dem Nachbargrundstück hütete, das er dann Zé Esteves abkaufte. Er rühmte Leonoras Schönheit, sie sehe wie eine Porzellanfigur aus, die er in seinem Herrenhaus gehabt habe und die dann zerbrochen wurde. Wenn er noch jung wäre, so um die siebzig herum, würde er ihr die Ehe antragen, aber mit sechsundachtzig wolle er kein Risiko eingehen. So ehrbar das Mädchen auch sein möge, so bestehe doch immer die Gefahr, gehörnt zu werden. Er lachte, schnaubte und stieß Zigarrenrauch aus. Der einzige, der fehlte, war der Präfekt der Stadt, Mauritonio Dantas, dessen Abwesenheit Ascanio Trindade schon bei der Ankunft erklärt hatte. Er verließ nie das Haus; seit ihn seine Frau, Dona Amelia, eine höchst aktive

Verfechterin der sexuellen Revolution, verlassen hatte, war er nicht mehr ganz richtig im Kopf.

Die zahllosen Armen kommen zu jeder Tageszeit, betreten aber nur das Speisezimmer; das Besuchszimmer behält Perpetua den höheren Kreisen vor. Jeder Arme kommt mit einer traurigen Geschichte, einer Bitte, einem Ansinnen. Der Ruf von Tietas Reichtum und Großmut breitet sich wie Unkraut aus, treibt auf dem Wasser des Flusses dahin, reist auf Eselsrücken, gelangt bis zur Grenze von Sergipe. Perpetua schüttelt den Kopf, sie duldet weder Ausnutzung noch Vergeudung.

»Ich kann keinen Bedürftigen sehen, der Hunger leidet«, sagt Tieta, »ich weiß, was Armut ist, habe sie am eigenen Leib erlebt.«

Trotz des Wunsches, ihr zu schmeicheln, kann sich Perpetua nicht beherrschen:

»Ich will nicht sagen, daß ich nicht dem einen oder anderen Unglücklichen helfe. Margarida, der ihr Mann den Bauch aufgeschlitzt hat, das geht noch, sie kann nicht arbeiten. Da sage ich nichts. Aber David, ein Falschspieler, ein bösartiger Mulatte, der nie einen Finger gerührt hat, der verdient kein Almosen. Der kann nur Schnaps trinken und am Flußufer schnarchen. Es ist sogar eine Sünde, der Faulheit, dem Vagabundieren Vorschub zu leisten. Der beste Dienst, den man diesen Leuten erweisen kann, ist, für sie zu beten und Gott zu bitten, daß er ihnen den rechten Weg zeige. Ich bin es, die am meisten Barmherzigkeit übt: Ich bete jeden Abend für sie. Erst gestern hast du Didinha Geld gegeben. Eine Schlampe, mit diesem Rudel von Kindern, ein jedes von einem anderen Vater, und dazu ist sie noch eine Diebin. Dona Aida hatte Mitleid mit ihr, nahm sie als Dienstmädchen, aber sie hat ihr dafür die Speisekammer ausgeraubt ...«

»Bohnen – um sie ihren Kindern zu geben; Perpetua, hab doch Mitleid. Sollte sie die Armen Hungers sterben lassen?«

»Sie hätte sie ja nicht zu haben brauchen. Wenn sie mit dem Erstbesten ins Bett geht, denkt sie nicht an die Zukunft, nur an die Schamlosigkeit. Gott verzeihe es mir.« In ihrer schrillen Stimme liegen Ärger und Tadel.

»In einem solchen Augenblick, Perpetua, denkt niemand weiter, stimmt's?« lacht Antonieta. »Weißt du das nicht? Du warst doch selbst verheiratet.« Mit einem spöttischen Lächeln sieht sie ihre Schwester an.

»Es ist dein Geld, du kannst damit machen, was du willst, ich habe nichts damit zu tun. Aber ich leugne nicht, daß mir diese Verschwendung wehtut.«

»So ist es, meine Tochter. Die nutzen dich nur aus. Sie kennen dein gutes Herz und mißbrauchen es. Ich würde sie alle ins Gefängnis stecken, das ist es, was sie verdienen.« Ausnahmsweise ist sich Zé Esteves mit Perpetua einig.

Jeden Morgen kommt der Alte vorbei, um seiner Tochter den Segen zu erteilen: Gott segne und behüte dich, meine Tochter. Er murmelt ein »Gott segne dich« für Perpetua und auch für Elisa, wenn die Jüngste da ist. Er sieht sich im Wohnzimmer um, wo sie sich unterhalten. In einer Hängematte in der Veranda lauscht Leonora dem Trillern des Sofrê-Vogels, den Ascanio ihr geschenkt hat. Zé Esteves sieht Perpetua an, dann Elisa, und fährt fort:

»Sie wollen dich nur ausnutzen. Alle. Ohne Ausnahme. Gib acht. Wenn du weiter so freigebig bist, werden sie dich ausrauben.« Bezieht er sich auf die Bittsteller? Die Augen auf Perpetua und Elisa gerichtet, kaut er an seinem Pfriem. »Sieh dir nur Dona Zulmira an, fromm wie sie ist, sie lebt nur in der Kirche und schluckt Hostien. Aber sobald es darum geht, zu sagen, was sie für ihr Haus haben will, verlangt sie einen absurden Preis, weil du es bist. Modesto Pires hat ganz recht gehabt: ein Raub. Diese Leute, die immer in der Kirche stecken...«

Perpetua tut, als hörte sie nicht, die Anwesenheit Tietas hält sie zurück. Der Alte nimmt kein Blatt vor den Mund, wenn es nach ihm ginge, würde die reiche Tochter nicht einmal ihre Schwestern und Neffen unterstützen. Die Armut hat den Alten böse gemacht. Er lebt jetzt in der Erwartung des Umzugs in ein bequemes Haus in einer anständigen Straße, das Tieta für ihre alten Tage kaufen wird. Solange sie nicht herkommt, werden Zé Esteves und Tonha ganz allein dort wohnen, das ist abgemacht. Die schöne, lebenssprühende Antonieta wird den Luxus von São Paulo nicht so bald aufgeben, um sich in Agreste zu vergraben. Eine Frau wie sie kann sich noch einmal verheiraten, und dann wird sie überhaupt nicht wiederkommen.

In diesem Fall wird Zé Esteves der Hausherr sein, wird sich gütlich tun und die Nase hoch tragen, mit einem Dienstmädchen für die Hausarbeiten, mit einem schönen Monatswechsel, mit allem Nötigen, wie Gott es schickt. Wenn er etwas spart, kann er sogar daran denken, ein kleines Grundstück und ein paar Ziegen zu kaufen und wieder mit ihrer Aufzucht anzufangen. Auf der ganzen Welt gibt es nichts Besseres und Schöneres als eine Herde Ziegen auf den Hügeln.

Grundstücke und Häuser, die zum Verkauf stehen, oder Tieta in der Welt des Immobiliengeschäfts.

Der Gerbereibesitzer lenkte Tietas Aufmerksamkeit auf das Haus von Dona Zulmira.

Arm in Arm mit seiner Frau, Dona Aida, besuchte Modesto Pires gleich am Tage nach ihrer Ankunft die vielgepriesene Landsmännin. Er hatte es eilig, die Ausstellerin der Schecks, die er monatlich einlöste, genauer kennenzulernen. Er erinnerte sich vage an das kleine Mädchen, das die Ziegen hütete, ein verliebtes Ding, das vom Vater verstoßen wurde und jetzt als reiche Witwe zurückgekehrt war. Er bewunderte ihre Figur und ihr Auftreten, die elegante mahagonifarbene Perücke, den einseitig geschlitzten Rock, Raffinements, die von ihrer gesellschaftlichen Stellung und ihrem Verkehr in São Paulo herrührten. Er verglich sie mit Carol, zwei tolle Weiber, zwar ganz verschieden, aber beide üppig, begehrenswert, Frauen fürs Bett.

In Begleitung von Leonora und Ricardo – in Soutane – erwidert Tieta ein paar Tage später den Besuch. Modesto und Dona Aida empfangen sie herzlich und bewirten sie mit Jenipapo-Likör, Maiskuchen, Konfitüre aus Bananenscheiben, Konfekt und Tapiokakeksen. Dona Aida, verstecken Sie diese Versuchungen, ich nehme stündlich zu, ich werde noch zu einem Walfisch. Keine Spur, Sie sind gerade richtig. Leonora genießt die Konfitüre aus Bananenscheiben.

»Nachher sage ich dir, wie man diese Konfitüre hier nennt...«, verspricht ihr Tieta.

Allgemeines Gelächter. Modesto Pires spielt den liberalen Mann von Welt.

»Wenn Sie es ihr sagen wollen, tun Sie sich keinen Zwang an, Dona Antonieta. Aida und das Priesterchen halten sich die Ohren zu.«

»Das war nur Spaß, ich bin ein wenig leichtsinnig. Entschuldigen Sie, Dona Aida. Herr Modesto, ich möchte Sie um einen Rat bitten.«

Keiner wäre geeigneter als Modesto Pires, um einen Rat über Häuser und Grundstücke zu erteilen. Er ist reich, hat bedeutende Maniokpflanzungen in Rocinha, züchtet Ziegen und Schafe, besitzt eine Gerberei, Ländereien, soweit das Auge reicht, am Flußufer in der Nähe von Mangue Seco, mehrere Mietshäuser, darunter das, in dem Elisa wohnt.

»Was ein Grundstück in Mangue Seco anbelangt, kann ich Ihnen selber dienen, wenn Sie es wünschen. Ein guter Teil dieser Kokoshaine gehört mir. Wir haben dort ein Sommerhaus, um die Enkel zu empfangen – nur kommen sie nicht.«

Dona Aida verbirgt nicht ihren Kummer: Nur die ältere Tochter, die in Bahia mit einem Ingenieur der Petrobras verheiratet ist, erscheint in den Ferien und bringt die beiden Kinder mit. Der Sohn, ein Arzt im Landesinneren des Staates São Paulo und Mitinhaber einer Klinik, der eine Paulistanerin zur Frau hat, verspricht immer zu kommen, entschließt sich aber nie. Die jüngere Tochter auch nicht; sie lebt in Curitiba, ihr Mann ist aus Paraná, ein Bauunternehmer. Um ihre Kinder und Enkel zu sehen, muß Dona Aida auf Reisen gehen, in Salvador das Flugzeug nehmen, sie stirbt fast vor Angst. Antonieta hat Mitgefühl mit der Jammernden.

»Das Leben im Süden beansprucht einen zu sehr, kein Mensch hat Zeit für etwas. Deswegen will ich ja hier ein Haus kaufen und ein Grundstück am Strand.«

Gleich wurden alle Einzelheiten wegen der Parzelle in Mangue Seco festgelegt, die der von Kapitän Dario benachbart ist; auch er hatte es von Modesto Pires erworben. Natürlich sollte sie erst sehen, ob es ihr gefiele.

»Sie werden begeistert sein, der Ort ist schön und gegen den sandführenden Wind geschützt. Von dort zu den Dünen ist es ein Katzensprung, man kann zu Fuß hingehen, das hält einen fit.« »Es ist wirklich schön«, bestätigt Dona Aida. »Hoffentlich kommen Sie immer hin, dann vergrößert sich unsere Sommerkolonie. In ein paar Tagen werden wir dort sein, sobald Marta und Pedro ankommen.« Sie spricht von ihrer Tochter und ihrem Schwiegersohn, dem Ingenieur.

»Wir fahren an diesem Wochenende mit dem Kapitän hinaus. Ich zähle schon die Stunden. Es ist schon über sechsundzwanzig Jahre her, daß ich den Strand von Mangue Seco nicht mehr gesehen habe.«

»Was das Haus in der Stadt anbelangt«, berichtet Modesto Pires, »so weiß ich, daß Dona Zulmira das ihre verkaufen will, sie hat es mir schon angeboten. Ich habe mich nicht dafür interessiert, ein Mietshaus in Agreste kaufen heißt, sich Ärger einhandeln. Die Mieten sind niedrig, die Häuser brauchen ständig Reparaturen, die Zahlungen sind immer unpünktlich. Ich habe ein paar, sie bereiten mir nur Kopfschmerzen. Aber dieses Haus von Dona Zulmira würde sich lohnen. Es ist gut gebaut und steht auf einem bepflanzten Grundstück. Sie will es los werden, um das Geld der Kirche zu schenken. Ich fürchte, daß ihr Neffe, wenn sie stirbt, das gleiche tut wie die Verwandten des verstorbenen Lito; sie sind vor Gericht gegangen und haben das Testament angefochten, durch das sie alles, was sie hatte, für Seelenmessen bestimmt hat. Ich weiß nicht, wer ihr das geraten hat, aber Dona Zulmira hat sich entschlossen, das Haus zu verkaufen und das Geld der heiligen Anna zu geben. Die Alte bewohnt nur einen Teil des Hauses: ein Zimmer, die Küche und das Badezimmer, der Rest ist abgesperrt.«

»Und wieviel verlangt sie, wissen Sie das?«

»Ich werde es Ihnen gleich sagen.« Modesto Pires holt eine Mappe und zieht ein Papier heraus. »Hier ist der Betrag, von ihrer eigenen Hand.«

»Billig, nicht?«

»Für Sie, vielleicht. Für Agreste, angemessen. Ich sage nicht, daß es teuer ist, aber hier haben die Häuser keinen Wert. Gehen Sie durch die Straßen und sehen Sie, wie viele verlassen sind, Ruinen. Wie meine Tochter Teresa sagt, die in Curitiba lebt: Agreste ist ein Friedhof.«

»Ein Friedhof? Wenn Agreste, mit diesem Klima, diesem Reichtum an Früchten und Fischen, diesem heilkräftigen Wasser, ein Friedhof ist, was soll man erst von São Paulo sagen?«

»São Paulo, Dona Antonieta, ist großartig, mit diesem Industriepark, diesem Betrieb, diesen Gebäuden, einfach machtvoll. Was für eine Idee, Agreste mit São Paulo zu vergleichen!«

»Ich vergleiche es nicht. Für den, der Geld verdienen will, ist São Paulo die ideale Stadt. Aber um zu leben, um sich zu erholen, ein wenig Ruhe zu genießen, wenn man es müde ist, zu arbeiten und Geld zu verdienen . . .«

»Gibt es denn jemanden, der es satt hat, Geld zu verdienen? Nennen Sie ihn mir, Dona Antonieta. Ich kenne keinen.«

»Doch, das gibt es.« Tieta denkt an Madame Georgette, die das Geschäft übergab und sich nach Frankreich einschiffte, als es am besten ging.

»Nun, ich glaube es nicht, entschuldigen Sie.« Er wechselt das Thema. »Ich habe gehört, daß Sie nach São Paulo telegraphiert haben, damit das Wasserkraftwerk uns Strom liefert.«

»Ich habe an zwei Freunde meines verstorbenen Mannes telegraphiert, die mich sehr schätzen. Vielleicht hat es Erfolg.«

»Wenn Sie das Licht vom Wasserkraftwerk durchsetzen, wird Sie das Volk auf den Hochaltar der Pfarrkirche setzen, gleich neben die heilige Anna.«

So ein verrückter Gedanke, Antonieta kann sich vor Lachen nicht halten.

Tieta lehnt Dona Zulmiras Vorschlag ab, dafür wird aber ein eigener Vorschlag von ihr vom Vater, dem Schwager und von Elisa, dieser armen Elisa, verworfen.

Jemand, dessen Name nicht wichtig ist, hatte Dona Zulmira geraten, das Haus zu verkaufen und das Geld gleich in unanfechtbarer Weise auf dem Altar der heiligen Anna niederzulegen, die es gut gebrauchen konnte; dadurch wäre ihr ein Platz im Himmel sicher, zur Rechten Gottes, unter den besten der Gerechten. Wer weiß, vielleicht hatte ihr dieselbe göttliche Stimme empfohlen, von der reichen Dame aus São Paulo das Doppelte des Preises zu verlangen, den sie Modesto Pires genannt hatte. Zum ersten Mal funktionierte die Immobilienbörse in Agreste.

Hätte Antonieta nicht den ersten Preis gekannt, hätte sie vielleicht nicht diskutiert, denn auch um das Doppelte erschien ihr die große, kühle Wohnung in der Mitte eines Grundstücks mit Bäumen und Garten nicht teuer. Aber sie hatte Angst, ausgebeutet zu werden, sie kannte den Wert des Geldes. Großzügig war sie, aber nicht verschwenderisch. Perpetua irrt sich in ihrer Beurteilung. Sie hat schlechte Zeiten gekannt, noch spürt sie, wie das Elend schmeckt. Es hat sie Mühe, Geschicklichkeit, Takt und Schlauheit gekostet, zusammenzuscharren, was sie hat, sie denkt nicht daran, ihren Sparstrumpf zum Fenster hinauszuwerfen. Mit Felipes Tod war die Quelle versiegt. Sie lehnte Dona Zulmiras Angebot ab und bot die Summe, die diese von Modesto Pires verlangt hatte. Sie bekam nicht einmal eine Antwort.

Während des Honigmonds mit der Familie merkt sie wohl das versteckte Interesse eines jeden, die größere oder kleinere Gier, die sie bewegt, nur die noch unschuldigen Neffen entrinnen dem kleinlichen Kreis, in dem sich die anderen bewegen. Die Verwandten belästigen sie noch mehr als die Bettler.

Aus Sorge darüber, daß Asterio Miete bezahlen mußte, warf sie die Hypothese auf, die beiden Ehepaare, der Vater und Tonha sowie Asterio und Elisa, könnten zusammenziehen, sobald sie das Haus von Dona Zulmira oder ein ähnlich bequemes gekauft habe. Sie fragte jeden für sich.

»Nein, meine Tochter, zwinge mich nicht zu so etwas!« Der Alte stößt mit dem Stock auf den Fußboden und spuckt schwarzen Kautabak aus. »Elisa denkt nur an Modejournale und hört den ganzen Tag Radio. Asterio, ganz unter uns, ist keinen Furz wert. Ich muß immer aufpassen, daß er sich nicht an dem Geld vergreift, das du schickst. Wenn du darauf bestehst und ich keinen anderen Ausweg finde, werde ich mit ihnen zusammen wohnen. Aber wenn du Mitleid mit deinem Vater hast, ersparst du mir diesen Kummer. Er könnte mein Tod sein.«

Schließlich lacht Tieta, was soll sie sonst tun? Der Alte, kräftig, gesund und herrisch, wie er ist, spielt den Schwachen und Demütigen, um nicht mit der Tochter und dem Schwiegersohn zusammenleben zu müssen.

»Und mit Perpetua, Vater. Würden Sie das akzeptieren?«

»Gott bewahre mich, meine Tochter! Dann lieber sterben. Stoß mir einen Dolch in die Brust, aber verlange nicht das von mir.«

»Könnten Sie sich nicht dazu entschließen?«

»Mit dir zusammen könnte ich wohnen, meine Tochter. Du bist ehrlich, bist mir nachgeraten. Wir passen zusammen.«

Nicht weniger kategorisch ist die Reaktion von Asterio und Elisa:

»Solange ich Miete zahlen kann, ziehe ich es vor, daß wir allein wohnen, Elisa und ich. Nicht wegen Mutter Tonha, aber Zé Esteves ist eine harte Nuß. Er mißtraut mir.« Verwirrt entschuldigt sich Asterio.

»Vater kommt nur mit dir gut aus, uns tritt er mit den Füßen. Kannst du dir das vorstellen, er und wir im selben Haus? Soll ich dir etwas sagen, Schwesterchen? Ich will gar kein eigenes Haus in Agreste haben. Ich verzichte lieber.«

Tieta fragte nicht nach dem Grund. Sie lächelte der Schwester zu, dieser armen Elisa.

»Wenn es so ist, reden wir nicht mehr darüber.«

Ein weiteres Fragment der Erzählung, in der Tieta während der langen Fahrt im Liegebus von São Paulo nach Bahia der schönen Leonora Cantarelli Episoden aus ihrem Leben erzählt.

»Als ich Jarbas' Absicht erkannte, nämlich, daß ich auf den Strich gehen und ihm den Verdienst abgeben sollte, um seine Schlechtigkeit zu unterstützen, spürte ich, wie eine Wut in mir aufstieg und mich fast erstickte. Das schwerste war, die Liebe aus mir herauszureißen, die mir tief im ganzen Körper saß. Ich hatte mich verliebt, mich ganz ausgeliefert. Zum erstenmal war es nicht nur der Spaß im Bett, es war etwas anderes, das so gut tat.«

Jarbas, alias La Cumparsita, konnte aufgrund seines Aussehens bequem leben. Er sah aus wie die lateinamerikanischen Gigolos, die in den Hollywoodfilmen vorkommen, schlank, mit der Figur eines Torero, mit Brillantine glattgekämmten schwarzen Haaren, einem kleinen Bärtchen, manikürten Nägeln, einer langen Zigarettenspitze und Augen – ach, fatalen Augen. Hier und dort arbeiteten die zu einer Art Genossenschaft zusammengeschlossenen Mädchen, um die Ausgaben des Galans zu bestreiten. Er drohte ihnen, wenn es nötig, ohrfeigte sie, wenn es unvermeidlich war, jedes Mal, wenn er kam, um den Tageserlös abzuholen. Um ein gutes Ergebnis zu erzielen, mußte er jede Neue in sich verliebt machen, zum Delirium bringen: Mach mit mir, was du willst, Liebster. Jarbas hatte eine angenehme kleine Stimme, sang Tangomelodien und gab sich mitunter für einen Argentinier aus.

Als er Tieta von Liebe sprach, den Verliebten spielte, bereit, für immer mit ihr zusammenzuleben, ihr die Vorteile des Geldes und der gesellschaftlichen Stellung erklärte, war es nicht die Aussicht, das bisherige Leben aufzugeben, einen Mann und Kinder zu haben, die sie in seine Arme trieb.

»Ich war so verrückt nach ihm, ich dachte nicht an solche Sachen, er brauchte mir nicht zu versprechen, mich dort herauszuholen. Wenn er mich zu sich nehmen wollte, in ein Haus für uns zwei, wo ich die Königin sein würde, sehr gut. Aber wenn er nur spät abends kommen wollte, nach seiner Tätigkeit, mit mir schlafen und plaudern, mich bei der Hand nehmen, zärtliche Worte sprechen, mir ins Ohr singen, daß es mir durch und durch ging – so sollte mir auch das genügen. Ich war blind vor Liebe.«

Wenn die Mädchen rettungslos seinen honigsüßen Worten und seiner unleugbaren Kompetenz im Liebesspiel erlegen waren, dekretierte Jarbas sein Gesetz, diktierte die Bedingungen der finanziellen Beziehungen: für ihn mindestens siebzig Prozent der täglichen Einnahmen, nach Möglichkeit mehr. Ein Zuhälter seiner Kategorie hat Ausgaben. Hingabe an die Arbeit wurde verlangt, kein Herumvagabundieren wie Hündinnen.

»Ich hatte mich ganz und gar aufgegeben, lebte nur der Liebe und Leidenschaft und begann sogar mit dem Gedanken zu spielen, bei ihm zu wohnen, den Beruf aufzugeben, eine anständige Frau zu werden, kannst du dir das vorstellen? Alle die zärtlichen Worte waren nur Betrug. Dann kam, wie in den Tangos, die er sang, *das Elend ohne Ende*, erst dann verstand ich alles. Ich war wütend, auf ihn und auf mich. Er hatte noch nicht ausgeredet, da packte ich Hose und Rock, Hemd und Krawatte zusammen und warf alles auf den Korridor hinaus: Hau ab, du Schuft!«

Jarbas war nicht auf Auflehnung und Wut gefaßt. Hin und wieder eine ablehnende Geste, ein Gejammer. Ein kurzer Widerstand. Dann Gerede, Einschüchterung, Gewalt und am Schluß tröstende Worte und entscheidende Argumente. Er versuchte, bei Tieta alle Register zu ziehen, aber er verlor nur seine Zeit.

»Anfangs war er ganz sanft, dann schrie er mich an und erhob die Hand gegen mich. Gegen mich, stell dir das vor! Ich war es gewohnt, mit Ziegen und Böcken fertig zu werden, ich, Tieta aus Agreste, mit dem Wasser des Meers von Mangue Seco gegerbt. Ich merkte, daß sein Haar nicht duftete, sondern nach Brillantine stank. Er machte sich davon, aber sobald er fort war ...«

»Ja, Mamachen ...«

»Da weinte ich wie ein Zicklein, das entwöhnt worden ist. Nicht seinetwegen, aus Enttäuschung über einen Traum, der zerflossen war. Es gibt nichts Schlimmeres als träumen, meine Tochter.«

»Und ich träume so viel ...«

»Wer träumt, muß es teuer bezahlen. Man muß etwas wollen. Ich fing ganz von vorne an, das hatte ich Jarbas La Cumparsita zu verdanken. Ich sagte mir: Eine Hure kann ich ja sein, aber erste Klasse. Und so bin ich das geworden, was ich jetzt bin.«

»Hast du dich nie wieder verliebt, Mamachen?«

»So richtig verliebt, um den Kopf zu verlieren, nie mehr. Einige mochte ich schon gern. Felipe vor allem.«

Auch als Felipe gestorben war, räumte Tieta seinen Pyjama und seine Pantoffeln nicht aus dem Schlafzimmer fort, als könnte er jeden Augenblick wieder zurückkommen. Zu irgendeiner unbestimmten Zeit, wie immer, mit einem Lächeln und einem Kuß.

»Mit Felipe war das anders, das hat fast zwanzig Jahre angehalten. Als er mich kennenlernte, war ich noch jung und unerfahren.«

»Er war verrückt nach dir, Mamachen.«

»Bei mir hat er Fröhlichkeit, Ruhe, die andere Seite des Lebens gefunden. Ich kann auch mein eigenes Gefühl nicht definieren. Liebe, Freundschaft, Dankbarkeit, alles in einem? Deshalb unternehme ich diese Reise, weil er gestorben ist und ich wieder allein geblieben bin, wie am Anfang. Um die beiden Enden des Knäuels zu finden und zusammenzuknoten, den Anfang mit dem Ende zu verbinden.«

»Mit dem Ende, Mamachen? So jung, so hübsch, mit so vielen Verehrern?«

»Sprich nicht davon, ich habe das Feuer noch nicht gelöscht, vielleicht geht es eines Tages von selbst aus. Aber wohl erst mit dem Tod. Ich will nur in der Vergangenheit untertauchen, wissen, wie es gewesen wäre, wenn ich in Agreste geblieben wäre, statt nach São Paulo zu gehen. Ich will in der Bacia de Catarina baden, im Fluß, die Füße in den Sand der Dünen von Mangue Seco wühlen. Sonst nichts. Und deine Brust mit reiner Luft füllen, deine Anämie heilen.«

»Mamachen, du bist so gut!«

»Gut? Ich bin gut und böse; wenn ich wütend bin, kommt niemand gegen mich auf, dann werde ich wie ein Hund.«

»Das habe ich schon gesehen, Mamachen. Aber die Wut vergeht, und die Güte bleibt.«

»Ich habe aus den Leiden gelernt. Die einen verschließen ihr Herz, die anderen öffnen es, das meine steht weit offen. Weil ich Felipe getroffen habe. Hätte ich ihn nicht kennengelernt, so wäre vielleicht nur die Bosheit in mir gewachsen und hätte sich in Bitterkeit verwandelt. Ehrlich gestanden, ich weiß es nicht. Man sagt ja, ich sei herrschsüchtig.«

»Ich glaube, du bist so geboren, wie du bist, Mamachen. Du bist zur Hirtin geboren, die sich um ihre Herde kümmert.«

Ein Bad im Fluß mit den Neffen, dem kecken und dem keuschen.

Die Neffen machen Tieta Spaß. Peto ist ein Lausejunge, hat nur Flausen im Kopf, ein Schlaumeier. Er schleicht immer um die Tante aus São Paulo und ihre schöne Stieftochter herum, wenn er nicht gerade in der Bar ist und lernt, was er nicht soll. Was er nicht soll?

»Es ist ein Kreuz mit diesem Jungen. Ich bestrafe ihn, ich schlage ihn, umsonst. Statt zu lernen, steckt er in der Bar und lernt Schweinereien ... ich habe nur Ärger!« jammert Perpetua, als sie die Abwesenheit ihres Jüngsten bemerkt.

»Schweinereien?« Antonieta genießt es, ihre Schwester zu ärgern, sie zu schockieren. »Du mußt wissen, daß man diese Dinge schon in der Schule lehrt, ich habe in der Zeitung gelesen, daß das schon in der Volksschule Pflichtfach wird.«

»In der Schule? Was denn?«

»Sexualunterricht für Jungen und Mädchen.«

»Gott behüte mich!« Sie bekreuzigt sich, faßt nach dem Rosenkranz, die Welt ist verderbt.

Peto erscheint in der Veranda, zufrieden, mit scheinheiligem Gesicht, während er nur für die halbverdeckten Brüste, die Beine und die Schenkel Augen hat, die sich seinen Blicken darbieten. Er wird noch zu viel kriegen, lächelt Tieta. Er kommt, um sie an das Bad im Fluß zu erinnern, das für diesen Vormittag geplant ist. Perpetua befiehlt Ricardo, sich fertig zu machen, um die Tante zu begleiten. Sie wollen zur Bacia de Catarina gehen.

Mit den Angelgeräten beladen, unterhält sich Peto unterwegs mit Leonora.

»Mutter sagt, daß du meine Kusine bist. Stimmt das?«

»Natürlich, Peto. Bist du zufrieden, so eine häßliche Kusine zu haben?«

In der Bar hört Peto, wie Osnar Seixas aufzieht, der immer damit beschäftigt ist, Kusinen ins Kino zu begleiten, zum Bad im Fluß, auf einem Spaziergang. Er hat mehrere: meine Kusine Maria das Dores hier, meine Kusine Lurdinha dort, mein Kusinchen Lalita, das vom Lande gekommen ist. In der Bar ist Peto fleißig, da lernt er was.

»Zufrieden, und wie! Häßlich? Na hör mal!« Sein frecher Blick durchbohrt ihren Bademantel. »Schön bist du. Ascanio ist ganz verschossen in dich.«

»Wer?«

»Er ist ganz weg. Sag nur nicht, daß du es nicht weißt.«

Tieta und Ricardo sind zurückgeblieben.

»Die Tante ist prima. Richtig Klasse.«

Die Bacia de Catarina ist eine kleine Bucht in der Krümmung des Flusses, wo die Ufer weiter auseinander liegen. Die Strömung schlängelt sich zwischen Steinen, Kieseln und Felsen hindurch, das Wasser ist klar und durchsichtig. Von hier aus sieht man den Ankerplatz, die Schiffe, die Boote, auch das von Elieser. Abseits, zwischen Felsen verborgen, gibt es versteckte Winkel, Ruheplätze für Verliebte und Dirnen, das Gras ist von ihren Körpern zerdrückt.

Früher einmal gab es getrennte Badezeiten für Männer und Frauen in der Bacia de Catarina, zweimal am Tag, morgens und nachmittags. Mit dem Erscheinen der modernen Badeanzüge und der Lockerung der strengen Sitten – sogar in Agreste lockern sich die Sitten – sind Stundenplan und Trennung verschwunden. Frühmorgens kann man sicher sein, Edmundo Ribeiro, Aminthas und Fidelio anzutreffen. Seixas, der bis zum Morgengrauen mit Osnar gebummelt hat, kommt später, in Begleitung seiner Kusinen. Wäscherinnen waschen ihre Wäsche auf den Steinen. Der Sage nach war Catarina eine Wäscherin:

Da kommt Catarina
Mit ihrer Schüssel,
Dahinter der Herr
Mit glatten Worten.
Das Wasser ist kalt,
Heiß ist die Schüssel
Von Catarina.

Um sechs herum taucht Carol auf, geht schweigend vorüber, ohne jemanden anzusehen, alle gucken sie an. Das Wasser ist kalt, heiß ist die Schüssel, in die von Carol taucht nur Modesto Pires ein – heißt es!

Antonieta und Leonora sind mit winzigen Bikinis bekleidet, besser gesagt, entkleidet, und legen sich auf die Steine. Auf dem Bauch liegend knöpfen sie das Oberteil auf, um den Rücken besser bräunen zu können, eine verbotene Augenweide quillt heraus, wirklich sehenswert. Ricardo taucht und schwimmt weit hinaus. Peto wirft die Angelrute ganz nahe aus, er will nichts versäumen, seine Augen gehen hin und her. Am schönsten ist es, nachts zu baden, im Mondenschein. Wenn der Mond zunimmt, werden sie mit Ascanio kommen, das ist schon abgemacht.

Tieta bewundert Ricardo, wie er mit ausgreifenden Bewegungen schwimmt, taucht, den Fluß überquert, ein junger Athlet mit gebräuntem, muskulösem Körper. Jemand nähert sich ihr, lagert sich in der Nähe auf die Steine: Dona Edna, die einen guten Morgen wünscht. Sie ist in Begleitung von Terto, den niemand für ihren Mann halten würde. Tieta merkt, wie Dona Edna den Jungen ansieht, der Ziege scheint er zu gefallen, sie beißt sich schon auf die Unterlippe. Sieht sie nicht, daß er noch grün ist? Schamlose Person. Ricardo kommt näher, steigt aus dem Wasser, setzt sich neben seinen Bruder auf die Steine und lächelt seiner Tante und Leonora zu. Auch Dona Edna hat die Träger des Badeanzuges heruntergestreift, und Ricardo wendet den Blick ab, während Peto vergleicht und beurteilt. Gar kein Vergleich, die Titten der Tante und der Kusine sind viel besser, daran möchte man naschen. Tieta beobachtet die Szene, sie liegt auf der Seite und stützt den Ellbogen auf. Dona Edna, eine verheiratete Frau, benimmt sich wie eine Hure; und der Mann, wie geduldig der die Hörner trägt. Verärgert, Antonieta? Ist sie Puritanerin geworden, oder verteidigt sie die Reinheit der Familie und der Kirche? Der Neffe ist noch nicht so weit.

Peto, das freche, respektlose Bürschlein, berührt Ricardos Arm und flüstert:

»Die Haare der Tante kommen aus dem Bikini heraus.«

»Haare?«

»Dort unten, schau nur. Die Schamhaare.«

Ricardo schaut nicht. Streng und tadelnd sieht er seinen Bruder an und springt wieder in den Fluß. Peto läßt das kalt: Cardo lebt in einer anderen Welt, ein Blödmann.

Terto cremt den Rücken seiner Frau ein – zu etwas muß der Ehemann gut sein – und wendet sich an Tieta:

»Ist es wahr, Dona Antonieta, daß Sie ...«

»Daß ich telegrafiert habe? Ja. Haben Sie gewettet? Glauben Sie, daß das Licht kommt, oder nicht?«

»Ich habe nicht gewettet, woher soll ich das Geld für eine Wette nehmen. Edna meint ...«

Antonieta interessiert sich nicht für Dona Ednas Meinung. Diese Herumtreiberin! Sie knöpft das Oberteil zu, dabei erscheinen feste, üppige Brüste, nicht so schlapp, wie Dona Edna sie so gern zeigt. Sie erhebt sich und taucht mit einem Sprung in das Wasser der Bacia de Catarina, mit langen Stößen schwimmt sie bis zur Mitte des Flusses, wo sich Ricardo befindet. Peto läßt Angelrute und Köder liegen und fordert Leonora auf:

»Wollen wir?«

Dona Edna schätzt den Kleinen ab, der kann sie noch nicht aufregen.

Massage und Gebete

Ricardo taucht, flüchtet sich in das Wasser des Flusses. Er taucht in seinen Büchern unter, wenn es Zeit zum Lernen ist, nach dem Spaziergang, dem Ballspiel, dem Angeln, dem Bad, vor dem Mittagessen, Tag für Tag. Die Tante kommt triefend aus dem Badezimmer, setzt sich vor den Spiegel, lockert den Frisiermantel, greift zu den Cremetuben, den Tiegeln, den Flakons. Das Parfum schwebt in der Luft, breitet sich aus, dringt dem Jungen in die Nase.

Der ältere Neffe ist aufmerksam und zurückhaltend. Immer der Tante und der Kusine zu Diensten – vergiß nicht, daß Leonora deine Kusine ist, erinnert ihn Perpetua –, aber er verfolgt sie nicht, späht nicht immer nach Höhen und Tiefen, wie der Jüngere mit seinen frechen Blicken. Im Gegenteil, er wendet den Blick ab, sieht nach der anderen Seite, wenn eine Brust sichtbar wird oder unter dem Schlafrock und den Shorts ein Schatten erscheint.

Er taucht in seinen Büchern unter, flüchtet sich in die abstrakten Algebraprobleme. Er muß sich konzentrieren, darf sich nicht zerstreuen lassen, denn sobald er unaufmerksam wird, schweifen seine Augen zum Zimmer ab, in dem sich die Tante bei offener Tür ganz ungeniert schön macht. Er begeht bestimmt eine Todsünde, wenn er die Tante beobachtet. Wie aber, wenn es unfreiwillig geschieht, durch Zufall? Es ist unmöglich, so offen zur Schau gestellte Reize nicht zu sehen.

Und die Träume? Die Träume kann man nicht kontrollieren. Cosme, ein Asket, hatte vor den Träumen gewarnt, in ihnen versucht der Teufel die Menschen, nicht einmal die Einsiedler entgehen ihnen. Man kann im Schlaf sündigen und verdammt werden. Cosme rät, Maiskörner oder Bohnen über das Bettuch zu verstreuen, sich darauf zu legen, um das Fleisch abzutöten. In der Hängematte geht das nicht.

Von der Hängematte aus hört und sieht er in der Dunkelheit die Tante bei ihrer abendlichen Toilette, beim Abschminken. Die Tür schließen wäre keine Lösung, im Gegenteil. Bei offener Tür reduziert sich alles auf leise Geräusche, auf begrenzte Ausschnitte, auf flüchtige Ausblicke auf Fleisch, das aus dem Schlafrock auftaucht. Für die Einbildungskraft jedoch gibt es keine Grenzen; wenn er die Tür schließt, öffnet sich ihm der Schlafrock ganz und gar, und das Hemdchen wird so kurz! Nur die Gebete können den Blick und die Gedanken ablenken.

So oder so ist der Kampf mit dem Teufel hart, bei Nacht und bei Tag, nur Gottes Hilfe verhilft zum Sieg. Vor dem Mittagessen versucht er, sich in das Studium der Mathematik oder der Geschichte zu vertiefen, während sich die Tante im gegenüberliegenden Zimmer bemalt und parfümiert. Algebratheoreme, portugiesische Seefahrer. Unmöglich, sich zu konzentrieren; im Seminar beschwichtigte das Parfum seine Träume, hier macht es ihn schwindlig.

»Cardo!«

»Ja, Tante.«

»Bist du beschäftigt?«

»Ich lerne, es ist Zeit für meine Hausaufgaben. Aber, wenn du etwas wünschst . . .«

»Ja. Komm her.«

Ricardo legt das Buch weg und betritt ihr Zimmer.

»Reib mir die Schultern mit Creme ein, massiere mich ein wenig. Halt die Hand auf.« Sie drückt auf die Tube und gibt ihm die duftende Creme auf die Handfläche. »So, zuerst verreibst du sie und dann massierst du mit den Händen und den Fingern.«

Sie streift den Frisiermantel ab und kehrt ihm den bloßen Rücken zu; mit der Hand hält sie ihn ganz schicklich über der Brust zusammen. Sie beugt sich vor, um dem Neffen die Arbeit zu erleichtern. Ricardo verreibt die Creme und beginnt unbeholfen die Schultern zu reiben.

»Auch den Rücken.«

Der hat keine Hintergedanken, der Kleine würde schon versuchen, unter den Spitzen die Kurve der Brüste zu erhaschen. Der Junge spürt den süßlichen Geruch der Creme, die Glätte der Haut. Er kann weder die Nase zustopfen noch die Hände wegnehmen. Er spürt, ohne spüren zu wollen. Der Teufel nimmt über die Finger, die Nase Besitz von ihm. Was tun, o Herr? Beten, denn das Gebet ist die Waffe, die Gott den Menschen gegeben hat, um den Versuchungen zu widerstehen, den Feind zu besiegen. Vater Unser, der Du bist im Himmel . . .

»Stärker.«

Antonieta bückt sich noch mehr, die Hand hält den Morgenrock nicht mehr zu. Ricardo wendet den Blick ab, denn der Busen zeigt sich ganz, bräunlich, üppig. Wo war er nur stehengeblieben, im Gebet? Und führe uns nicht in Versuchung . . .

»So, das reicht, vielen Dank.«

Lächelnd wendet sie sich dem Neffen zu und überrascht ihn, wie er die Lippen bewegt.

»Was machst du denn? Beten?«

Sie bricht in Lachen aus, Ricardo wird rot und ist völlig verwirrt.

»Hast du Angst vor mir? Ich bin nicht der Teufel.«

»Aber Tante!«

»Und einer Tante den Nacken massieren, ist keine Sünde.«

»Daran habe ich auch nicht gedacht. Ich habe nur die Gewohnheit, zu beten, wenn ich irgendeine Handarbeit verrichte.« Jetzt lügt er auch noch.

»Dann gib mir einen Kuß und geh weiter lernen.«

Ein Kuß des Kleinen wäre keine so flüchtige Berührung ihrer Wangen. Der Kleine ist gefährlich. Mit zwölf Jahren war nicht einmal Tieta so keck, so fordernd gewesen.

Fröhliche und beinahe völlig sorglose Tage

Das Festprogramm geht weiter und wird reicher. Fröhliche, sorglose, glückliche Tage: Spaziergänge, Gespräche in der Hängematte, das Zwitschern der Vögel und ein unendlicher Friede.

In der Hängematte, die in der Veranda aufgehängt ist, fragt sich Leonora Cantarelli, während sie dem Trillern des Sofrê-Vogels lauscht, wie es möglich ist, daß das Leben so wunderbar sein kann. Auf dem Weg zur Präfektur kommt Ascanio auf einen Augenblick vorbei, um ihr Guten Tag zu sagen.

Nachdem er die Damen begrüßt und die Auseinandersetzungen über das elektrische Licht kommentiert hat, begibt er sich an seine Arbeit. Mit glühendem Antlitz winkt ihm Leonora von der Haustür aus ein Lebewohl zu, blond ist ihre Haarmähne, kristallklar ihr Lachen. Lebewohl? Auf Wiedersehen, auf sehr bald, denn er wird wieder vorbeikommen, trotz der Furcht, ungelegen zu sein. Wenn er jedoch länger ausbleibt, beklagt sich Leonora:

»Sie sind so lange fortgeblieben, warum denn?«

»Ich wollte nicht stören.«

»Wenn Sie das noch einmal sagen, bin ich böse.«

In großer und fröhlicher Gesellschaft fuhren sie oft den Fluß hinauf und hinunter, im langsamen und sicheren Motorboot des Kapitäns, im Boot von Elieser, in Piricas Flitzer. Am Samstag werden sie endlich nach Mangue Seco fahren, Tieta und Leonora werden die Gäste von Dona Laura und dem Kapitän Dario sein. Der Sekretär der Präfektur, der sich, zumindest scheinbar, von der in Paulo Afonso erlittenen Enttäuschung erholt hat, verkündet der schönen Leonora Cantarelli:

»Ich habe schon die notwendigen bürokratischen Anordnungen getroffen, um einen herrlichen Mondschein für Sie zu bestellen. Wissen Sie, daß eine Vollmondnacht in Mangue Seco das schönste ist, was es auf der Welt gibt?«

»So ein Mondschein muß es auch sein, sonst nehme ich nicht an.«

»Überlassen Sie das mir. Ich stehe mich gut mit dem heiligen Petrus.«

Ein Mondschein für Verliebte, möchte sie am liebsten sagen, aber sie beherrscht sich, es ist alles noch so neu und unverhofft, ein alter Traum, der plötzlich Wirklichkeit wird. Zu spät. Auch Ascanio möchte sagen: Ich habe einen Mondschein für Verliebte bestellt, aber es fehlt ihm der Mut. Wie soll ein armer, gewöhnlicher Gemeindefunktionär seine Augen zu einer Millionenerbin erheben? Nicht einmal im Traum. Aber auch so, denkt Leonora und denkt auch Ascanio, sind es ausgefüllte, glückliche, gesegnete Tage. Am besten nicht weiterdenken.

In der Mitte der Woche speisten sie bei Dona Milú zu Abend. Dona Carmosina kündigte ein tolles Menü an, eine Reihe vorzüglicher Gerichte, die auch den verwöhntesten Gaumen aus dem Süden des Landes befriedigen mußten. Von den meisten dieser Leckerbissen hatte Leonora niemals reden hören. Sie erinnert sich an ein anderes Gespräch:

»Weil wir gerade vom Essen reden, Mamachen, wie heißt denn diese Bananenkonfitüre, die wir bei Dona Aida gegessen haben, du wolltest es mir sagen ...«

Alles lacht, Ascanio wird verlegen, Perpetua macht ein steinernes Gesicht; Dona Milú erklärt es, ihr Alter gibt ihr das Vorrecht dazu.

»Hurenkonfitüre, mein Kind. Angeblich gibt es sie in allen Freudenhäusern. Stimmt's, Osnar?«

»Mich fragen Sie, Marschallin? Mich, der nichts für Konfitüren übrig hat und der auch diese Häuser nicht frequentiert ... Fragen Sie den Leutnant Seixas, der ist Stammkunde.« Er ist nicht nur liederlich, sondern auch zynisch.

Am Abendessen nehmen viele Gäste teil. Außer den Gefeierten Perpetua, Elisa und Asterio, Barbozinha, Ascanio, die Billardrunde. Der Kapitän und Dona Laura sind in Mangue Seco.

Die Gänge folgen aufeinander, die gebackenen Cashews lösen begeisterte Ausrufe aus, Barbozinha erklärt sie für eines Poems würdig, oder mindestens eines Trinkspruchs, das Bier fließt in Strömen, die Unterhaltung wird mit Späßen, mit Gelächter und einigen geschmacklosen Witzen gewürzt. Osnar und Aminthas machen sie, angesichts der lyrischen Melancholie, in der sich Leonora und Ascanio verzehren: sie träumerisch, er ängstlich. Sie ziehen sich in die Veranda zurück, wollen allein sein.

»Ihr braucht gar nicht so zu tuscheln. Ist das nicht ein schönes Bild? Sie ist so empfindsam!« Dona Carmosina zeigt auf das abseitsstehende Paar und kaut unter Seufzern am Teiú und den gebackenen Cashew. »Ascanio hat in der Lotterie der Liebe das große Los gezogen.«

»Lotterie der Liebe, gemeinhin Geldheirat genannt«, scherzt Osnar. »Und gleichzeitig verlieren wir unseren zukünftigen Präfekten.«

»Ich sehe nicht ein, warum!«

»Frau Oberst, um Gottes willen ... Wo gibt es denn das große Geld? In São Paulo.«

»Leonora hat schon gesagt, daß es ihr hier gut gefällt.«

»Das sagt sie jetzt, unter dem Einfluß der Verliebtheit. Das vergeht.« Aminthas ist skeptisch, wie es einem Humoristen zukommt. »Eine Liebesgeschichte ohne Zukunft, Carmosina. Daraus wird nichts.«

»Gar nicht zu reden davon, daß die Generalin ihre Stieftochter nicht hier lassen wird, auch wenn sie sie darum bittet. Ascanio wird schon nach São Paulo gehen müssen«, meint Osnar. »Und wer wird dann Präfekt, wollen Sie mir das sagen? Es sei denn, Sie, Frau Oberst. Meine Stimme haben Sie.«

Die Generalin stopft sich voll und hört unaufmerksam dem Geschwätz von Barbozinha zu, der behauptet, ein ausgezeichneter Koch zu sein; wie es überhaupt keinen Beruf gibt, den er nicht von Grund auf kennt, er hat sie alle hervorragend ausgeübt. Tieta stimmt mit einem Kopfnicken oder mit einem Wort zu. Sie sucht die Stieftochter mit den Augen. Dort ist sie, in der Veranda, und schmachtet Ascanio an. Sie ist so anständig, keine verdient es mehr, glücklich zu werden. Wird Ascanio seinen Weg machen? Tieta glaubt es nicht. Selbst wenn er wollte, in Agreste wäre es unmöglich.

Dona Milú und Dona Carmosina gesellen sich zu Tieta und dem Dichter.

»Ich habe noch nie jemanden so verliebt gesehen wie Ascanio.« Dona Carmosina kann von nichts anderem sprechen. »Glaubst du, daß Leonora seine Liebe erwidert?«

»Ich weiß nicht . . . sie hat viel durchgemacht, ich habe es dir schon erzählt, Carmô. Sie hatte einen Verlobten, dem es nur um ihr Geld zu tun war, Dona Milú. Das war eine schwere Enttäuschung, an der sie heute noch trägt.«

Barbozinha vertraut auf die Macht der Liebe:

»Niemand stirbt an der Liebe, man lebt von der Liebe.«

»Du schamloser Kerl! Sag' nur noch einmal, daß du ich weiß nicht wie oft an deiner Liebe zu mir gestorben bist. Du wirst ja auch mit der größten Leichtigkeit wiedergeboren.«

»Ich lebe, indem ich für dich sterbe, Tieta. Wenn du meine Verse lesen würdest, wüßtest du es.«

»Barbozinha lügt noch besser, als er reimt. Im ganzen Umkreis gibt es keinen zweiten solchen Aufschneider«, behauptet Dona Milú, bevor sie das Thema wechselt. »Und das Haus, Tieta? Hast du schon eines gefunden, das dir gefällt?«

Alle sind schon im Bilde über das erstaunliche Anziehen der Immobilienpreise seit der Ankunft der reichen Paulistanerinnen.

»Eine Schamlosigkeit! Als ob ich selber aus São Paulo wäre, und nicht hier geboren und aufgewachsen. Die reine Ausbeutung. Aber wenn Dona Zulmira mit dem Preis heruntergeht, werde ich schließlich doch kaufen, denn das Haus gefällt mir. Von den anderen, die ich besichtigt habe, hat mir keines zugesagt.«

Es wird spät nach dem Abendessen. Ascanio begleitet sie bis vor ihre Haustür. Perpetua ist todmüde, für gewöhnlich schläft sie schon um neun Uhr abends und hört regelmäßig um sechs Uhr früh die Messe. Leonora schwebt in den Wolken, mit verzücktem Lächeln, verliebtem Blick, ein törichtes Zicklein. Bevor er sich verabschiedet, setzt Ascanio eine feierliche Miene auf und bittet Dona Antonieta, bei der festlichen Einweihung der Pflasterung, der Gartenanlagen und der Bänke der Praça Modesto Pires, des früheren Platzes der Gerberei, Pate zu stehen; die Gerberei liegt ganz nahe, am Flußufer. Die Anlagen sind ein Werk der Präfektur, die mit der Unterstützung des bedeutenden Bürgers Modesto Pires rechnen konnte, der drei eiserne Bänke stiftete. Zum Dank und aus Schmeichelei beschloß der Gemeinderat, den Platz umzutaufen. Die Zeremonie wird noch vor Weihnachten stattfinden, mit Darbietungen eines Trios und dem Bumba-meuboi von Valdemar Cotó.

»Es müssen zwei Tafeln enthüllt werden. Das Band der einen, mit dem neuen Namen des Platzes, wird Dona Aida ziehen. Aber ich wollte, daß Sie die wichtigere Tafel am Obelisk, die den Arbeiten gewidmet ist, enthüllen. Ich hatte diese Idee und mein Pate, Oberst Artur, der Präsident des Stadtrats, fand sie ausgezeichnet. Er hat mich gebeten, Sie in seinem Namen einzuladen.«

Nach all den süßen Likören, nach so vielen auf sie ausgebrachten Trinksprüchen, zögert Tieta. Eine verzauberte, warme, fröhliche Nacht. Wer ist sie denn, um die Einweihung eines öffentlichen Platzes vorzunehmen? Gerührt sagt sie zu.

»Allein wegen der Telegramme, die Sie wegen des elektrischen Lichts nach São Paulo geschickt haben, wenn nicht aus anderen Gründen. Auch wenn es zu nichts führt, schon die Geste ist mutig, die Absicht verdienstvoll ...«

»Keine Geste ist etwas wert, wenn sie nicht Erfolg hat. Die Absicht? Wozu dient die Absicht, so gut sie auch sein mag? Im Leben zählen nur die Ergebnisse, machen Sie sich nichts vor. Vielen Dank und gute Nacht.«

Sie läßt die beiden an der Tür stehen und lacht vor sich hin.

Ein aufregender Anblick und ein Alptraum mit einem unheimlichen Engel

Bevor sie zu Bett geht, begibt sich Tieta ins Badezimmer. Sie ist vergnügt, ein bißchen beschwipst, sozusagen im Stande der Gnade. Um die Nacht vollkommen zu machen ... nun, lassen wir das.

Langsam geht sie durch den Flur, in der Hand die brennende

Lampe. Sie hatte sich richtig angefressen, seit wieviel Jahren hatte sie keine gebackenen Cashews gekostet? Was für Leckerbissen, einer köstlicher als der andere. Wie viele Glas Obstlikör hatte sie getrunken? Von Pitanga, herrlich; Stachelbeere, göttlich; und der unvermeidliche Jenipapo-Likör – so viele, und alle berauschend. Um die Nacht vollkommen zu machen, fehlt nur noch... Sie schweigt, die lustige Witwe, mehr als lustig, liederlich.

Vor dem Kabinett stehend erblickt Tieta im Licht der Lampe die Hängematte, in der Ricardo schläft. Sie späht durch die Tür, unterscheidet im Halbdunkel den schnarchenden Neffen. Was ist denn das? Sie tut einen Schritt vorwärts, geht hinein. Sie hebt die Lampe, schaut und sieht. Ganz aufgelöst liegt er da, das Nachthemd bis zur Brust hochgerutscht und unten nichts. Sie hatte ihn noch für grün gehalten. Aber sie hatte sich getäuscht. Dona Edna war schlauer, die hatte recht gehabt. Er war gerade richtig, und wie! Riesig, gnade mir Gott.

Von wem träumt wohl der Seminarist, daß das Ding so groß ist? Sicher nicht von den Heiligen. Dieser Schatz in Reichweite und doch verboten, was für eine ungeheure Ungerechtigkeit. Warum eigentlich verboten? Aber es muß einen Grund geben, der sie den Blick abwenden, ihm den Rücken kehren und ins Schlafzimmer zurückgehen läßt. Die Lampe brennt, und sie brennt auch. Was für eine Vergeudung!

Unruhig ist ihr Schlaf mit vollem Magen. Zuerst träumt sie von Leonora und Ascanio, beide fliehen durch die Straßen von Agreste, die Leute verfolgen sie, an der Spitze derer, die sie lynchen wollen, laufen der Prophet Possidonio und Zé Esteves mit hoch erhobenem Stock. Der Alptraum geht weiter mit Lucas, der ihr neue Stellungen zeigt, während Ricardo, in Soutane und mit Engelsflügeln, über dem Bett schwebt. Er hebt die Soutane hoch, zeigt das Riesending, Lucas verschwindet. Der Neffe, ein gefallener Engel, schlägt ihr vor, sich den Nacken mit dem mächtigen Instrument massieren zu lassen. Aber als Tieta es packen will, kann sie die Arme nicht bewegen, sie sind wie gefesselt. Der Engel ist nicht mehr Ricardo, es ist der Bock Inacio. Sie ist nur noch eine brünstige Ziege, die über die Steine springt.

Ein kulinarisches Kapitel, in dem der Verfasser den Lesern, mit der Absicht, sie zu fesseln, ein Geheimrezept für gebackene Maturi oder Cashews bietet, das von einem berühmten Gourmet stammt

Wie Sie wissen oder auch nicht wissen, ist Maturi der Name, der der Cashew-Nuß gegeben wird, wenn sie noch unreif ist. Wir Bahianer, dicke und sinnliche Mulatten, die mit gelbem Dendê-Öl, weißer Kokosmilch und scharfem Pfeffer aufgewachsen sind, nehmen Maturi für ein seltsames Gericht von besonderem Geschmack. Übrigens, für mehr als eines, denn aus der grünen Cashew-Nuß kann man auch Moqueca oder Frigideira machen.

Hier wollen wir uns nur mit der Frigideira befassen, einem Leckerbissen, den Dona Milú der Paulistanerin Leonora anbietet, um ihr die Genüsse von Bahia zu zeigen. Gewürzt und zubereitet hat ihn Nice auf dem Holzfeuerherd, an dem sie seit fünfzig Jahren arbeitet. Aber das Rezept ist Dona Indayá Alves, der Kochkünstlerin von Bahia, zu verdanken, einer Professorin in der kulinarischen Kunst, erfahren in Theorie und Praxis. Von ihr habe ich es bekommen und biete es jetzt meinen Lesern an. Wenn Sie sich die Lippen lecken, nachdem Sie sich an dieser köstlichen Speise gütlich getan haben, werden Sie vielleicht leichter bis zu den letzten, noch weit entfernten Seiten dieses schon so umfangreichen Buches durchhalten. Wir leben im Zeitalter der Propaganda, der hohen Kunst der Werbung, richten uns nach ihren Regeln, und eine der bewährtesten ist die Verteilung von Geschenken an die Kundschaft, ein unwiderstehlicher Köder.

Fulvio D'Alambert, meinen Kollegen und Freund, hat fast der Schlag getroffen:

»Ein Kochrezept? Ganz einfach so? Setze es zumindest in einen lebendigen und originellen Dialog zwischen dem Mädchen und der Köchin, in dem diese das Rezept erklärt und hin und wieder von der Paulistanerin durch Fragen und Ausrufe unterbrochen wird. Was willst du uns denn eigentlich aufdrängen, einen Roman oder ein Kochbuch?«

»Ich weiß selbst nicht.«

Die Literatur hat genaue Regeln; wenn wir sie ausüben wollen, müssen wir diese einhalten, belehrt mich der gelehrte D'Alambert. Ich bezweifle das. Vor kurzem erklärte mir ein junger und genialer Theaterregisseur, ein Liebling der Frauen und der Kritiker, daß der Text das unwichtigste Element eines Stücks ist; je weniger der Zuschauer davon hört, desto besser für das Verständnis und die Qualität des Schauspiels. Infolgedessen wage ich es, das Meisterrezept mit Kokosnuß und Dendê einfach hierhinzuschreiben.

Zutaten:

zwei Tassen Maturi,
vier Spieße mit getrockneten Krabben,
vier Suppenlöffel Öl (Soja, Erdnuß oder Baumwollkern),

drei Suppenlöffel süßes Öl, das heißt, portugiesisches, italienisches oder spanisches Olivenöl,
drei Tomaten,
eine Schote spanischer Pfeffer,
eine große Kokosnuß,
eine große Zwiebel,
ein Löffel Tomatenextrakt,
sechs Eier,
ausreichend Koriander und Salz.

Man koche die Maturi auf und würze sie mit Knoblauch, Salz und Tomatenextrakt. Die getrockneten Krabben werden einige Zeit eingeweicht und dann zusammen mit Koriander, Tomaten und spanischem Pfeffer gemahlen.

Eine Kasserolle mit Öl und geschnittenen Zwiebeln wird zum Anschwitzen aufs Feuer gestellt. Anschließend vermenge man die Maturi und die gemahlenen trockenen Krabben mit den Gewürzen. Einkochen lassen. Dann gebe man in die Kasserolle das Fleisch einer halben Kokosnuß, die mit dem Messerrücken geschabt wurde – mit dem Messerrücken; dieses Detail ist wichtig, wenn man will, daß das geschabte Kokosfleisch wie eine feine Creme wird –, und die Milch der anderen Hälfte, die mit Hilfe einer halben Tasse Wasser aus der Bagasse gezogen wurde. Ein wenig kochen lassen, das Olivenöl und drei geschlagene Eier hinzufügen, zuerst das Eiweiß, dann die Dotter. An die Eier gebe man ein wenig Weizenmehl. Kosten und abschmecken.

Wenn alles genügend gekocht hat, gebe man in die Pfanne mit erhitztem Öl die Maturi zum Backen, bedeckt mit drei geschlagenen Eiern, Eiweiß und Dotter zusammen, und ein wenig Maniokmehl. Im heißen Backofen goldbraun überbacken. Die Speise darf erst aus der Röstpfanne genommen werden, wenn diese erkaltet ist.

Das ist also das begehrte Rezept. Das schwierigste ist, die Maturi zu bekommen, sie werden nirgends verkauft. Wenn der Leser Camafeu de Oxossi oder Luiz Domingos, den Sohn der verstorbenen Maria de São Pedro, darum bittet, die beide ihren Stand im Mercado Modelo von Bahia haben, dann beschafft und liefert vielleicht einer von ihnen eine oder zwei Handvoll grüner und zarter Cashew-Nüsse.

Noch schwieriger wird es sein, die genaue Zubereitung, den empfindlichen Gaumen zu finden. Denn wie korrekt das Rezept auch sein mag, und wie genau die Gesetze der Kochkunst auch beachtet werden mögen, so hängt doch alles vom Talent der Köchin, des Küchenchefs, des Gourmets ab – genau wie in der Literatur.

Am besten und sichersten ist es, das Gericht bei Indayá zu bestellen, es sich fertig liefern und sich schmecken zu lassen. Ich habe den

Lesern ein Geschenk versprochen, ich gebe ihnen zwei, beide umsonst: das Rezept und den guten Rat.

Die sanfte Leonora Cantarelli verkündet einen wichtigen Entschluß

Samstag ganz früh besteigen Tieta, Leonora und Peto das Boot des Kapitäns Dario, der sie abholen gekommen ist, während Dona Laura noch in Toca da Sogra schläft; sobald sie aufwacht, wird sie die Vorbereitungen zum Empfang der Besucher treffen. Zum Mittagessen wird es Moqueca aus frischem Fisch geben, der eben erst gefischt wurde.

Die übrigen werden am Sonntag hinausfahren, am Samstag gibt es viel zu tun in Agreste. Ricardo ist bei der Messe angebunden, Asterio im Laden, Elisa in der Küche und Ascanio in der Präfektur, wo er bis zum Abend die Leute aus dem erweiterten Gemeindegebiet abfertigen muß. Dona Carmosina wartet auf den Bus, um die Zeitungen und Zeitschriften zu verteilen, die Briefe auszugeben und entgegenzunehmen und einige auf Wunsch von Analphabeten zu lesen und zu schreiben. Für die Leute aus den Dörfern und vom Lande ist der Samstag der Tag für die Einkäufe, die Klagen, die Reklamationen und die Gesuche, die im Gemeindeamt vorgebracht werden, sowie für die Korrespondenz mit den Angehörigen, die nach dem Süden des Landes ausgewandert sind.

Dona Carmosina wird von Dona Milú begleitet werden, die Essen mitnimmt, um das von Dona Laura zu ergänzen und ein Picknick im Schatten der Kokospalmen zu veranstalten. Und vom Barden Barbozinha, wenn ihn sein Rheumatismus nicht so plagt, den er der Manie verdankt, bis tief in die Nacht aufzubleiben und den Horizont nach fliegenden Untertassen und nach Raumschiffen abzusuchen, aus denen Wesen aus den entferntesten Galaxien aussteigen sollen, um den Großmeister aller Geheimgesellschaften zu besuchen, Gregorio Eustaquio de Matos Barbosa, den Philosophen und Seher, der in den Weiten des Sonnensystems wohlbekannt ist. Erst kürzlich empfing er mächtige Strahlungen, Ankündigungen außergewöhnlicher Ereignisse in der nächsten Zukunft. Ab und zu landet der Dichter auf einer leuchtenden Scheibe oder in der wenig empfehlenswerten Gesellschaft von Osnar, Seixas, Fidelio und Aminthas im übelbeleumdeten Haus von Zuleika Cinderela, im Beco da Amargura, wo die Musik von alten Platten kreischt und man mit Mädchen tanzen kann. In seiner Zeit als Bohemien und Literat in der Landeshauptstadt, in der Gesellschaft von Giovanni Guimarães, James Amado und Wilson Lins, im Freudenhaus von

Vavá oder in der Ladeira da Montanha Nr. 69 war der Barde Barbozinha ein geschätzter Walzertänzer. Heute ist er gealtert und ein wenig wirr, steht aber immer noch seinen Mann beim Foxtrott oder im Wirbel eines Walzers. Beim Tango erzielt er sogar Beifall.

Tieta und Leonora erleben den Sonnenaufgang über dem Fluß, das Mädchen aus São Paulo ist schweigsam, mit der Andeutung eines Lächelns; der Kapitän beobachtet sie und bemerkt die Bewegung, die sie beherrscht. Als er heimgekehrt war und denselben Weg flußabwärts gefahren war, konnte er die Tränen nicht zurückhalten. Auch Tieta spricht nicht, ihr Antlitz ist starr, fast schmerzlich. Nur Peto spielt mit den Händen im Wasser, wenn er dem Kapitän nicht bei den Segelmanövern hilft.

In Toca da Sogra, wo Dona Laura die Gäste mit Kokoswasser und kleinen, in Dendê-Öl gebackenen Fischen empfängt – es gibt Pitanga- und Maracujá-Cocktail für die, denen der Sinn danach steht –, breitet der Kapitän auf dem Tisch einen rudimentären Plan aus, den Modesto Pires von seinen Grundstücken gezeichnet hat.

»Hier ist die Toca, unser Grundstück. Ich rate Ihnen, Tieta, dieses hier zu kaufen, neben unserem, in diesem Kokoshain. Es ist die schönste Gegend und am besten gegen den Sand geschützt. Wir können hingehen, wenn Sie wollen.«

»Jetzt gleich, dazu bin ich ja gekommen.«

Sie ist nicht deshalb gekommen, sondern um die Dünen wiederzusehen und sich hier selber wiederzufinden. Aber sie bleibt absichtlich, beherrscht ihren Wunsch, zu den Hügeln zu laufen, hinaufzusteigen und in die endlose Weite zu blicken. Sie wird mit dem Kapitän und mit Leonora die Vorteile des Grundstücks abwägen und den Kauf abschließen, sobald sie wieder in Agreste ist.

»Sie können es hier selbst abmachen. Modesto und Dona Aida sind am Strand. Er läßt Sie übrigens bitten, vor dem Mittagessen den Aperitif in seinem Haus zu nehmen. Es ist weiter vorn, in der Nähe des Fischerdorfs.«

Peto läuft voraus, klettert die Dünen hoch, steigt dort auf eine trockene Kokospalme und rutscht schnell wieder herunter. Er bietet der Tante und Leonora Nüsse an. Der Wind pfeift, der Sand wirbelt durch die Luft.

Tieta spürt im Gesicht den Meereswind, riecht den unverwechselbaren Duft. Der feine Sand, den der Wind von der anderen Seite der Hafeneinfahrt herübergetragen hat, dringt ihr ins Haar. Die Sonne brennt auf der Haut. Hier wurde sie zum erstenmal zur Frau gemacht.

In Agreste hatte sie den Araber Chalita nach dem Handlungsreisenden gefragt. Ja, wußten Sie denn nicht? Er ist unter den Schüssen der Polizei gestorben, die ihn vor ungefähr zehn Jahren in Vila de Santa Luzia festnehmen wollte. Ein tapferer Bursche, er hat sich nicht ergeben; die Ware, den Beweis, haben sie nie gefunden. Chalita streicht sich über den Schnurrbart.

»Er ist zu gern mit Weibern nach Mangue Seco gegangen. Auch mit kleinen Mädchen.« Sein Blick eines müden Sultans ruht auf Tieta. Dort, vor der Tür des Kinos, ersteht der Schmuggler für einen Augenblick zwischen ihnen zum Leben.

Die Hügel ragen vor den beiden Frauen auf. Peto rutscht die Kokospalme herunter. Auf welchen dieser Hügel ist Tieta an jenem fernen Nachmittag mit dem Handlungsreisenden hinaufgelaufen? Leonora fragt sie mit den Augen, aber sie schüttelt den Kopf.

»Wer weiß das noch? Hier drinnen spüre ich etwas, Leonora. Weil ich wieder hier bin, diesen Wind im Gesicht und dieses Meer vor mir. Fast die ganze Welt geht schon vor die Hunde, aber Mangue Seco ist geblieben wie es war, verstehst du? Wenn wir dort oben sind, wirst du schon sehen.«

Sie sind fast auf der Anhöhe, Peto kommt nach, Leonora beeilt sich, die Füße versinken im Sand.

»Ah! Wie schön! So etwas gibt es nicht wieder!« ruft das Mädchen aus, als es die ganze grenzenlose Landschaft erblickt.

Sie sucht Tieta mit den von der Sonne geblendeten Augen und entdeckt sie auf dem höchsten Punkt, am Ende der Dünen vor dem Ozean, vom Wind eingehüllt, mit Sand bestäubt, die Ziegenhirtin vor ihrem Brautlager.

Leonora geht zu ihr hin und sagt mit erstickter Stimme:

»Mamachen, ich möchte gar nicht mehr fortgehen von hier, nie wieder. Ich gehe nicht nach São Paulo zurück.«

Peto fordert die beiden auf, auf der umgestürzten Kokospalme zu reiten und herunterzurutschen; ihr werdet sehen, wie schön das ist. Der Wind trägt Leonoras verrückte Worte mit sich fort, Tieta antwortet nicht.

»Nie wieder!« wiederholt das Mädchen.

Am besten wäre es, sich dort zu ertränken, in den mächtigen Wogen, im wütenden Meer.

Tieta kauft ein Grundstück in Mangue Seco, und Leonora, die Wohlerzogene, schwärmt.

In der Mondnacht kehrten sie und Tieta zu den Hügeln zurück. Leonora schien in der Zauberlandschaft zu schweben – plötzlich befreit von der Vergangenheit, neugeboren durch die Magie des Vollmondes, der die Dünen und den Ozean beschien, in der Verzückung des Wellengemurmels. Am liebsten wäre sie dort oben geblieben, auf den Sand gestreckt, von Frieden erfüllt, im Mondschein, den Ascanio bestellt hatte, strahlend, wie er ihn versprochen hatte, um dem nächtlichen Meer zu lauschen, das sich an den Sandbergen brach. Auch wenn sie allein war, dachte sie an ihn, der so pflichtbewußt, so korrekt war. Ein anständiger Mensch, hieß es von Ascanio. Anstand, eine seltene Tugend, dachte Leonora. Sie mußte durch ganz Brasilien fahren, zum Sertão vordringen, um sie zu finden. Sie wird sich bewußt, eine Ungerechtigkeit zu begehen: Auch Tieta ist anständig – auf ihre Art, zweifellos. Anstand bedeutet nicht Unschuld, Keuschheit. Eine rechtschaffene Frau, sagte man von ihr im Refúgio.

Wenn sie auf den Dünen bliebe, könnte sie den Stamm einer Kokospalme herunterrutschen wie Peto, der ausgelassene Junge. Sie war nie ausgelassen gewesen, war kein Kind gewesen. Sie hatte weder eine Kindheit noch eine Jugend gehabt. Sie hatte nicht die Wonne des ersten Kusses gekostet, der in einer zärtlichen Aufwallung empfangen oder gegeben wurde. Sie hatte keine Verehrer gehabt, hatte keinen zärtlichen Worten gelauscht. Schon mit dreizehn Jahren betasteten sie ihre noch so gut wie gar nicht vorhandenen Brüste.

Sie versucht, die Melodie der Ziehharmonika wiederzuerkennen, im Dorf ist ein Fest im Gange. Sie waren dort vorbeigekommen, hatten die Fischer vor einer Hütte um den Spielenden versammelt gesehen. Es war kein anderer als Claudionor das Virgens, der mit seiner Harmonika, seinen Abgeschmacktheiten, seinen Versen, seinen Improvisationen von Dorf zu Dorf, von Taufe zu Taufe, von Hochzeit zu Hochzeit zog, wo gerade etwas gefeiert wurde. Als er sie sah, hatte er sie begrüßt:

»Gegrüßt sei der Herr Kapitän
und seine illustre Gesellschaft.«

In Toca da Sogra bespricht Antonieta, eilig wie immer, wenn sie etwas haben will, die letzten Einzelheiten des Grundstückkaufs. Leonora hängt den Klängen der Harmonika nach, die Unterhaltung läuft an ihr vorbei.

»Zahlen Sie, wie es Ihnen gefällt, in so vielen Raten, wie Sie wollen. Auch wenn ich der Eigentümer bin, werde ich Sie nicht anlügen: Ein Grundstück in Mangue Seco kauft man nicht und verkauft man nicht. Von vielen dieser Parzellen kennt niemand den Besitzer. Vor über vier Jahren habe ich eine verkauft. An einen Gringo, der hier auftauchte. Erinnern Sie sich, Kapitän?«

»Ich erinnere mich sehr gut, es war ein Deutscher, ein Maler. Er sagte, er würde sein Haus in Bayern verkaufen, um sich in Mangue Seco niederzulassen.«

»Er hat drei Raten im voraus bezahlt, weil er drei Monate brauchte, um in seiner Heimat seine Angelegenheiten in Ordnung zu bringen und wiederzukommen. Aber er ist nie wiedergekommen und hat auch nicht weiter bezahlt.«

»Ich möchte bar zahlen, Herr Modesto. Bargeld lacht«, sagt Tieta und lacht selber.

»Man sieht, daß Sie keine Geschäftsfrau sind, Dona Antonieta. In einer Inflation ist eine Ratenzahlung immer besser.«

»Ich mag keine Schulden, daran liegt es, aber glauben Sie nur nicht, daß ich dumm bin. Wenn ich bar zahle, möchte ich einen Nachlaß haben.«

Jetzt ist es an Modesto Pires, zu lachen.

»Nachlaß? Nun gut. Fünf Prozent, was meinen Sie? Nicht wegen der Barzahlung, sondern wegen der guten Nachbarschaft.«

Liegestühle, Taburette, eine rustikale Bank vor der Haustür, unter den Kokospalmen. So unterhalten sie sich, während der Mond verblaßt. Peto ist auf einer Matte eingeschlafen.

Zerstreut lauscht Leonora dem Gespräch, auch sie möchte ein Grundstück in Mangue Seco kaufen, wenn sie es könnte. Nicht für das Alter, sondern um schon jetzt hierzubleiben. Das ganze Leben lang hatte sie sich nach Gefühlen und Wahrheiten gesehnt, deren Existenz sie nur vom Hörensagen kannte, aus Filmen, Romanen, dem Fernsehen. Sonst nichts, normale Gefühle, alltägliche Wahrheiten. Wenn die Großmutter vom Leben im Dorf der Toskana erzählte, bevor sie ausgewandert waren, sprach sie nur von einfachen Dingen, von der Familie, der Ruhe, dem Frieden, der Liebe. Die Liebe, wie mochte die sein? In den schmutzigen Gassen, im schmierigen Hof konnte ihr niemand darauf anworten.

Je tiefer sie sank, geschlagen, zerstört, verwundet, innerlich zerbrochen, desto mehr flüchtete sich Leonora in ihren bescheidenen, nicht zu verwirklichenden Traum: Liebe, Zärtlichkeit, Zuneigung eines Mannes. Ein sauberes Leben, wie es das außerhalb des Milieus gab, in dem sie geboren, aufgewachsen und zur Frau geworden war, jenseits des Kreises von Schmerz und Verzweiflung. In den kalten Morgenstunden ging sie die Avenida auf und ab, trug ihre Bürde, die Strafe dafür, daß sie als Tochter von so armen Leuten in einem so reichen Land zur Welt gekommen war; auch mit offenen Wunden hörte sie nicht auf zu träumen. Hätte sie nicht geträumt, wäre ihr nur der Tod geblieben.

Unverhofft lernte sie im allerletzten Augenblick die Güte kennen und ruhte in ihr aus, erfuhr neue Werte, fühlte sich wieder als menschliches Wesen. Die verrückten Träume von ewiger Liebe waren verflogen; sie lehnte die neuen Verhältnisse nicht ab, nur traurig war sie, aber weniger bedürftig. Nicht ganz befriedigt; es blieben der Wunsch, die Absicht, herauszukommen, die ersehnte Existenz zu führen: ein Haus und einen Gefährten – nicht unbedingt eine Heirat – und zwei Kinder. Andere verlangen nach Geld und Ruhm. Leonora war, wie die Großmutter, dafür geboren, Hausfrau und Mutter zu sein, mehr wünscht sie sich gar nicht.

Agreste ist eine andere, friedliche Welt, das Leben scheint schläfrig zu sein und ist doch so lebendig, Leonora fühlt sich von Erregung und Angst ergriffen. In Agreste geht der Traum über die Einbildungskraft hinaus, wird wahr in scheuer Zurückhaltung, nährt sich von Blicken und Lächeln, von Freundlichkeiten und halben Worten, wächst durch den Gesang des Sofrê-Vogels, ein Geschenk des Märchenprinzen; sie möchte gar nicht, daß es ein Prinz wäre, vornehm oder reich, nur verzaubert, anständig soll er sein. Obwohl Leonora weiß, daß eine so einfache, wundervolle Welt unerreichbar ist, möchte sie ihr wenigstens nahekommen, sie mit den Fingerspitzen berühren.

Sie will diese Erinnerungen bewahren, um etwas zu haben, womit sie die Sehnsucht und Einsamkeit ausfüllen kann. Sie hatte nie Sehnsucht gehabt. Nach nichts und nach niemandem. Alles war häßlich und schmutzig in ihrem Leben. Sie muß wenigstens einen Augenblick, ein Antlitz, eine Liebkosung, ein Wort festhalten, um sich nicht mehr sehnen zu müssen. Die Einsamkeit wird leer und gefährlich. Erbarmen, sie fleht nur um einige Tage, die ausreichen, um das Herz mit Erinnerungen an zärtliche Augenblicke zu erfüllen. Dann wird sie sagen: Gehen wir fort von hier, Mamachen, bevor es zu spät ist.

Claudionor fährt fort, das Fest zu beleben, er kann nächtelang mit seiner Ziehharmonika aushalten. Motorenlärm vermengt sich mit der Musik, er kommt von der Seite des Flusses, wer kann das sein? Leonora wird sich nach dem Bangen dieser kurzen Minute, nach dem Vorgefühl und der Angst zurücksehnen. Sie verfolgt das Geräusch, das anschwillt und sich ändert. Das Boot läuft in die Hafeneinfahrt ein. Wieder ist nur die fröhliche Harmonika zu hören. Dann Schritte auf dem Sand. Leonora springt auf. Ascanio erscheint im Mondschein. Impulsiv geht ihm das Mädchen entgegen.

Im Halbdunkel berühren sich die Hände, lächeln die Lippen, leuchten die Augen.

»Ich bin im Boot von Pirica gekommen. Er hat mich nur hergebracht und ist schon auf dem Rückweg.« Wieder ist der Motorlärm zu hören, der Aufprall der Wellen.

»Sie haben es nicht ausgehalten, bis morgen zu warten, wie, Meister Ascanio? Sie haben recht getan: Wer erwartet wird, darf sich nicht verspäten.« So begrüßt ihn der Kapitän.

Der junge Mann sucht nach einer Ausrede.

»Es ist mir lieber, nachts zu fahren als früh aufzustehen.«

Er weiß nicht, was er tun soll: Muß er sich hinsetzen und am Gespräch teilnehmen, oder kann er mit Leonora fortgehen? Dona Aida kommt ihm zu Hilfe:

»Zeigen Sie doch Leonora den Mondschein von der Höhe der Hügel aus. Das ist so ...« – sie wollte sagen »romantisch«, hält sich aber zurück – »... so schön.«

Peto wacht von dem Hin und Her auf: Ich komme mit. Aber der Kapitän spielt den Helfershelfer und verbietet es ihm.

»Für Kinder ist jetzt Schlafenszeit.«

Die Gestalten verlieren sich zwischen den Kokospalmen. Dona Laura seufzt:

»Es läßt sich doch nichts mit der Jugend vergleichen. Es tut mir nur leid, daß Dario und ich nicht hier in Mangue Seco verliebt waren. Als ich herkam, waren wir schon zehn Jahre verheiratet.«

»Das waren unsere zweiten Flitterwochen ...«, erinnert sich der Kapitän.

»Was für ein wohlerzogenes Mädchen ... man sieht gleich, daß sie aus einer guten Familie stammt«, lobt Dona Aida.

In Gedanken versunken verfolgt Tieta die beiden Schatten mit den Augen. Dann nimmt sie das Gespräch wieder auf.

»Leonora? Ein reizendes Kind. Sie hat gerade eine schwere Enttäuschung durchgemacht, die ihre Gesundheit angegriffen hat. Sie war mit einem Mitgiftjäger verlobt, der es nur auf ihr Geld abgesehen hatte. Glücklicherweise habe ich es rechtzeitig bemerkt. Aber die Arme hat sehr gelitten, es war eine schreckliche Krise, sie hat nicht geschlafen, nicht gegessen, ist anämisch geworden. Deshalb habe ich sie mitgenommen, damit sie sich in der guten Luft von Agreste erholt.«

»Das war ganz richtig, hier wird sie im Handumdrehen gesund werden. Es gibt nichts Besseres als Ziegenmilch, um wieder zu Kräften zu kommen«, bestätigt Modesto Pires.

»Das Merkwürdigste ist, daß auch er eine fürchterliche Enttäuschung erlebt hat. Haben Sie nicht davon reden hören, Dona Antonieta?« fragt Dona Aida.

Antonieta kennt die ganze Geschichte auswendig, aber sie will Dona Aida nicht der Freude an der Erzählung mit allen Einzelheiten und Kommentaren berauben.

»Nein.«

»Nein?« wundert sich Dona Aida hochbefriedigt. »Dann werde ich es Ihnen erzählen.«

Der erste Kuß gegenüber der Küste von Afrika, ein Kapitel voll gräßlicher Romantik, wie sie heute nicht mehr üblich ist.

Sie setzen sich auf den Gipfel der Düne, vor ihnen liegt der Ozean.

»Danke«, sagt Leonora.

»Wofür?«

»Für den Mondschein. Waren Sie es nicht, der ihn bestellt hat?«

»Ah!« Er lockert sich ein wenig. »Hat er Ihnen gefallen? Habe ich Ihnen nicht gesagt, daß der heilige Petrus mein Kumpel ist?«

»Und ich danke auch dafür, daß Sie gekommen sind.«

In der Brust spürt Ascanio eine Wärme aufsteigen, die ihn verstummen läßt. Der Lärm des Dorffestes wird vom Anprall der Wogen gegen die Hügel übertönt. Jedes Thema ist recht, um das Schweigen zu brechen.

»Es ist der Namenstag von Jonas, dem Chef der Fischersiedlung. Er ist einarmig, ein Hai hat ihm den linken Arm abgebissen.«

»Gibt es hier Haie?«

»Im offenen Meer mehr als genug. Manchmal kommen sie bis an den Strand. Sie sind frech und gefräßig. Die geringste Unvorsichtigkeit bedeutet den Tod.«

Es ist nicht der Augenblick, um an den Tod zu denken, vielleicht kehren sie deshalb zur Zurückhaltung, zur Verschlossenheit, zur Schüchternheit zurück. Beide verfallen in Schweigen, werfen sich nur flüchtig Blicke zu, auch so ist es gut. Der Mond steht am Himmel, auf Bestellung, ausschließlich für sie. Ein Mondschein für Verliebte, gemacht, um von der Liebe zu reden. Ascanio möchte das sagen, er setzt zu diesem Satz an, aber er erstirbt ihm auf den Lippen. Schließlich erklärt er:

»Dort drüben liegt Afrika!«

»Afrika?«

Er zeigt mit dem Finger, weist ihr die Richtung.

»Auf der anderen Seite des Meeres.«

»Ah, ja. Afrika, ich weiß.« Sie will das Zwiegespräch nicht einschlafen lassen. »Haben Sie heute viel Arbeit gehabt?«

Sie möchten sich weder um Geographie noch um Verwaltungsprobleme kümmern. Aber woher den Mut nehmen zu glühenden Worten, zu einer Liebeserklärung, wie sie bei den Verliebten von Agreste noch üblich ist?

Das gleiche wie an allen Samstagen: Anträge auf den Bau von Wegen, die Reinigung von Brunnen, die Durchführung kleiner Verbesserungen an einem Steg, einer Brücke. Leonora kann sich keine Vorstellung vom Mangel an finanziellen Mitteln in Agreste machen. Früher einmal war es eine reiche Gemeinde. Als Ascanios Großvater Präfekt war.

»Ich habe gehört, daß Sie der neue Präfekt sein werden.«

»Ich glaube schon. Wissen Sie warum? Weil niemand diesen Posten haben will. Aber ich nehme ihn an. Ich werde Ihnen etwas sagen, und wenn Sie wollen, können Sie mich einen Visionär nennen: Ich habe Vertrauen in die Zukunft, ich glaube, daß sich alles ändern wird und daß Agreste wieder das sein wird, was es einmal war. Ich ertrage es nicht, meine Heimat in einer solchen Erstarrung zu sehen.«

»Es ist schön, Vertrauen zu haben, zu träumen. Sie lieben Ihre Heimat.«

»Ja. Ich will, daß sie aus der Stumpfheit herausfindet, in die sie versunken ist. Ich muß es erreichen.« Er holt tief Atem, er ist in Fahrt, zu allem bereit. »Das Leben ist komisch. Noch vor einem Monat hatte ich keinen Glauben an irgend etwas, keine Hoffnung. Ich schrieb Briefe an die Zeitungen, Reklamationen an die Regierung, aber ich glaubte nicht an den Erfolg. Jetzt kommt mir alles leicht vor. Seit ...«

»Seit wann?«

»Seit Sie beide gekommen sind. Alles ist anders, fröhlicher. Sogar ich selbst.«

»Das liegt an Mamachen; wo sie hinkommt, verjagt sie die Traurigkeit. Sie ist der beste Mensch auf der Welt.«

»Ja, es liegt auch an ihr. Aber für mich ...«

Leonora wartet, ihr Herz schlägt heftig und unregelmäßig. Der Wind weht Lachen herüber, Harmonikaklänge, den Namen Arminda, den jemand laut ruft. Ascanios Stimme versagt, wird zur Klage.

»Ich war ein lebender Leichnam, konnte mich über nichts mehr freuen. Ich werde es Ihnen erzählen, wenn Sie erlauben. Sie heißt Astrud.«

Wozu erzählen? Wer weiß das nicht in Agreste? Dona Carmosina, romantisch wie Leonora, hatte ihr und Tieta die Briefe vorgelesen, bei den traurigen Einzelheiten geseufzt. Leonora war empört über das Verhalten der Heuchlerin. Tieta hatte nur gelacht, sie war nicht für Sentimentalitäten. Von der Liebe lebt man, man stirbt nicht an ihr, nicht wahr, Barbozinha? Ascanio wartete ihre Zustimmung nicht erst ab, denn schon hört Leonora ihm zu und ist wieder einmal gerührt.

Das Studium in Bahia, die Verlobung, die Krankheit des Vaters, der Brief, der den Bruch und die bevorstehende Hochzeit ankündigt.

Warum hatte sie ihm immer weiter Liebe geschworen, wenn sie schon in den Armen eines anderen lag? Dem sie das gab, was sie Ascanio nie gewährt hatte, und was er auch nicht verlangte, denn er hielt sie für unschuldig, engelhaft, heilig. Ein Dummkopf. Dona Carmosina, seiner Vertrauten und guten Freundin, die mit ihm litt, hatte er gesagt:

»Und wenn auch eines Tages die schönste, sanfteste und reinste Frau dem Marineti von Jairo entsteigt . . .«

Aber er hatte ein solches Wunder nicht für möglich gehalten. Und doch war es geschehen. Die schönste, sanfteste und reinste aller Frauen war Jairos Marineti entstiegen.

Leonora erhebt sich. Sie steht vor dem Meer, den Blick in die Ferne gerichtet, wo der Mondschein mit der Nacht verschmilzt. Auch Ascanio erhebt sich, fast hätte er gesagt: die schönste, sanfteste und reinste der Frauen, dazu noch reich, warum nur? Armer Sekretär der Präfektur von Sant'Ana do Agreste, mit seinem schäbigen Gehalt! Warum war sie nur so reich?

Er kam nicht dazu, von Armut und Reichtum zu sprechen. Zitternd, mit feuchten Augen, tritt Leonora auf ihn zu, berührt sein Gesicht mit ihrer Hand, bietet ihm ihre Lippen. Sie läuft hinunter, im Mund den Geschmack des ersten Kusses. Sie flieht zwischen Mond und Sternen, glücklich und unglücklich.

Ascanio versucht nicht, ihr zu folgen, er steht wie angewurzelt; wenn er geht, wird er die Welt erobern. Ach, eines Tages wird er vor sie hintreten und sagen: Ich kann uns keinen Luxus leisten, aber ich verdiene genug für unseren Unterhalt, ich bin gekommen, dich zu holen. Der Mond verschwindet in der Ferne, auf dem Weg übers Meer zu den Ufern Afrikas.

Perpetua handelt die Hilfe Gottes für das Gelingen ihrer teuflischen Pläne aus.

Am Sonntag belebt sich der Strand von Mangue Seco mit der Ankunft einer Menge von Freunden, angeführt von Dona Carmosina, die keine Ahnung hat, wie entsetzlich sie in ihrem lila Badeanzug aussieht. Sogar Perpetua hat sich aufgerafft, in ihrem schwarzen Kleid, in tiefer Trauer, die Gruppe zu begleiten. Dona Milú strahlt Fröhlichkeit aus; sie ist seit sechs Monaten nicht mehr in Mangue Seco gewesen. Nicht aus Mangel an Einladungen, bemerkt Kapitän Dario. Das stimmt: an Aufforderungen fehlt es nicht, und Zeit ist im Überfluß vorhanden; aber mit dem Alter fehlt die Bereitschaft dazu. Alle lachen über die Lüge: Es gibt niemanden, der immer so bereit wäre; die Jahre vergehen, und Mutter wird immer unternehmungslustiger, bestätigt Dona Carmosina.

Im Motorboot hatte Barbozinha Rock und Krawatte abgelegt, sich trotz des Rheumas dem Wind ausgesetzt. An einem gewissen Abend war er mit Tieta die Hügel hinaufgestiegen und hatte Verse deklamiert, die er für sie geschrieben hatte; sie wurden später im Buch *Poemas de Agreste* zusammengefaßt (*Poemas de Agreste*, von Matos Barbosa, Illustrationen von Calasanz Neto, Verlag Macunaíma, Bahia 1953) und bildeten unter dem Titel »Strophen vom Unbändigen Meer« den ersten Teil des Bandes; das unbändige Meer, die Brandung von Mangue Seco und der Körper der wilden Hirtin, der von der Flamme des Verlangens verzehrt wurde. Zwei glorreiche, kurze, flüchtige Nächte voll Liebe und Poesie. Seine Pflichten als Gemeindebeamter zwangen ihn zur Rückkehr in die Landeshauptstadt. Sie hatte ihm versprochen, auf ihn zu warten, sie versprach immer etwas. Nach einigen Monaten erfuhr er durch einen Brief aus Agreste die Nachricht von Tietas Abreise. Erst jetzt, siebenundzwanzig Jahre später, gebeugt und rheumatisch, sah er sie wieder, schöner denn je, üppig, die wilde Hirtin, das unbändige Meer. Sie Witwe, er Junggeselle. Er hatte nicht geheiratet, war es wegen Tieta? Er hofft, ihr auf den Dünen, im Mondschein, das große Poem vortragen zu können, das er als Huldigung für sie geschrieben hat. Er nennt sie darin Morgenstern und sich selber einen verdunkelten Stern mit flackerndem Licht. Wenn sie jedoch ihre Geschicke vereinten, würde der Dichter wiedergeboren werden, die Sonne würde über dem Meer von Mangue Seco aufgehen. Er würde einen hyperbolischen Stil verwenden, der sich gut für die Deklamation eignete.

Asterio kam in Begleitung von Aminthas und Osnar, Fidelio und Seixas. Moderne Klänge erfüllen Mangue Seco und treten an die Stelle der Ziehharmonika von Claudionor das Virgens, während der Troubadour den Rausch vom Vorabend ausschläft. Wo ist Ricardo? Umringt, umarmt, geküßt, merkt Antonieta im ersten Augenblick nicht, daß der Neffe fehlt. Als sich der Trubel gelegt hat, fragt sie:

»Wo ist denn Ricardo?«

»Er konnte nicht kommen«, erklärt Perpetua verärgert. »Padre Mariano mußte in Rocinha Trauungen und Taufen vornehmen, er geht zweimal im Jahr dorthin, im Juni und im Dezember, und nahm Ricardo mit. Als Seminarist mußte er mitgehen. Er läßt dich grüßen, er betet dich an.«

Tieta gibt keine Antwort, aber Perpetua merkt ihre Enttäuschung an den gepreßten Lippen und freut sich. Die reiche Schwester vermißt ihren Neffen, sie hat die Jungen liebgewonnen. Um so besser.

»Alle ins Wasser!« befiehlt der Kapitän, und alle gehorchen.

Vor den wenigen Bewohnern von Mangue Seco defilieren Badehosen, Badeanzüge und Bikinis. Im Gegensatz zu den Leuten von Agreste regt sich hier niemand über die gewagte Ausstellung von Schenkeln und Bäuchen, von Hinterbacken und Nabeln auf. Hier durchschneiden die Jungen von vierzehn und fünfzehn Jahren mit ihren Bronzekörpern nackt die Wellen.

Perpetua ist die einzige, die nicht dem Befehl des Kapitäns gehorcht – sogar Dona Milú schürzt den Rock und badet ihre Füsse im Meer –, sondern sucht am Strand, unter den Kokospalmen Schutz vor Sonne und Wind. Aus der Tasche ihres Rocks holt sie den Rosenkranz und läßt seine Perlen durch die Finger gleiten. Zu Lebzeiten des Majors kam sie jedes Jahr im Sommer an den Strand. In einem dezenten Badeanzug trotzte sie den Gefahren des Meeres. Der Major nahm sie in die Arme, unter dem Vorwand, ihr das Schwimmen beizubringen; zudringlich und dreist waren seine Hände. Vergangene Freuden, die nicht wiederkehren. Jetzt muß sie an die Söhne denken, an die Zukunft der Kinder. Als Witwe, Mutter und Vater in einem, muß sie kämpfen. Die Rosenkranzperlen in den Fingern, ein Gebet auf den Lippen, so überdenkt sie ihre Pläne, die der Verwirklichung nahe sind.

Beispielhaft fromm, außerstande, eine religiöse Pflicht zu vernachlässigen, die Messe, den Segen, die Beichte, die heilige Kommunion, die Prozessionen, hauptverantwortlich für die Pfarrkirche, Schatzmeisterin der Kongregation, hofft Perpetua, auf das Verständnis und die Hilfe des Herrn rechnen zu können, um ihre Ziele zu erreichen. Ihr Plan erfordert den wirksamen Schutz Gottes und die ahnungslose Beteiligung der Kinder. Die von Peto wird ihr nicht fehlen. Von ihrem Platz aus sieht Perpetua ihren Sohn, der um die Tante herumschwimmt. So, mit Ausdauer und Freundlichkeit, erobert man das Herz, die Liebe der reichen Verwandten.

Sie wollte, daß ihre beiden Söhne möglichst viel um die Tante waren. Sie hatte einen komplizierten Plan erdacht, um zu erreichen, daß ihre Schwester die Kinder zu Alleinerben einsetzte und sie notfalls sogar adoptierte. Sie mußte ganz genau wissen, ob das juristisch notwendig war, und nahm sich vor, nach Esplanada zu fahren, um bei Doktor Rubim Rat zu suchen.

Die Zeit ist kurz, die Hilfe Gottes wird dringend notwendig, um Antonietas Herz zu rühren, um sie zu dem richtigen Entschluß zu führen. Die unfreiwillige Mitarbeit von Ricardo und Peto wird unbedingt notwendig. Von Gott und von ihnen hängt es ab, die Wertschätzung der Verwandten in mütterliche Zärtlichkeit zu verwandeln. Macht der Tante Freude, laßt sie nicht allein, empfiehlt sie. Hilf mir, o Herr.

Antonieta hatte die Dauer des Aufenthalts in Agreste nicht genau festgelegt, aber sie wird sicherlich nicht länger als anderthalb, zwei Monate bleiben. Sie muß heimfahren, um ihre Geschäfte zu überwachen, und schon sind zehn Tage verflossen. Nach und nach, mit Schlauheit und Geduld, war es Perpetua gelungen, der Schwester verschiedene Auskünfte über den Stand ihrer Finanzen zu entreißen. Sie wußte Bescheid über die vier Appartements und das ebenerdige Haus im Stadtzentrum, die alle ein Vermögen an monatlicher Miete einbrachten – billige Mietshäuser gab es nur in Agreste.

Noch verfügt sie über keine genaue Information bezüglich des Geschäfts, das Antonieta leitet. Es handelt sich um keine Industrie, die Fabriken werden von den Söhnen des Comendadors geleitet; Antonieta ist beteiligt, verwaltet aber nicht. Es muß sich um einen Laden handeln, einen Modesalon, denn sie hat Angestellte. Perpetua hatte ein Gespräch zwischen Tieta und Leonora belauscht, in dem sie von der Arbeit der Mädchen sprachen. Wie die Immobilien, ist auch dieses Geschäftshaus alleiniges Eigentum der Schwester, ein Geschenk des Comendadors.

Perpetua stellt Fragen, sammelt Informationen. Antonieta und Leonora sind nicht sehr redselig. Vielleicht mit Absicht, um nicht die Gier der Verwandten zu erregen. Eines ist gewiß: Das Vermögen ist bedeutend. Die Geschäfte sind groß, vielfach und gewinnbringend, »im Geld liegt die Katze weich«, wie man hier sagt.

Unlängst holte Antonieta aus einem der Koffer, der immer versperrt ist, eine Mappe oder Aktentasche heraus – eine 007, wie sie Peto bezeichnete, der eine enzyklopädische Bildung aus dem Kino bezieht – und hielt sie, sich selber zugekehrt, auf dem Schoß, als sie sie öffnete. Aber auch so gelang es Perpetua, die sich wie zufällig erhoben hatte, eine Unmenge Geld darin zu erblicken, große Banknoten, Päckchen über Päckchen.

»Du lieber Gott!« rief sie aus.

Tieta erklärte, sie habe Bargeld nicht nur für die laufenden Ausgaben mitgebracht, sondern auch, um das Grundstück in Mangue Seco zu bezahlen und eine Anzahlung auf das Haus zu leisten.

»Hier gibt es keine Bank, und ich mache nicht gerne Schulden.«

»Aber du hast ja ein Vermögen mit. Du bist verrückt, dieses Geld in einem Koffer im Schrank zu lassen.«

»Das weiß nur Leonora, und jetzt auch du. Ihr dürft nur nicht darüber sprechen.«

Ein Vermögen nach dem Maßstab von São Paulo, Geld im Überfluß, nicht dieser lächerliche Reichtum von Agreste, von Modesto Pires, vom Oberst Artur da Tapitanga, ein Reichtum der aus Ziegen und Maniok besteht. Wichtig ist, zu vermeiden, daß eines Tages – schließlich müssen wir alle eines Tages sterben, nicht wahr? – ein Teil des Geldes und des Besitzes von Antonieta in die Hände der Stiefsöhne fällt, der Söhne des verstorbenen Comendadors und dieser schweigsamen Leonora, dieser Transuse, die »weder duftet noch stinkt«. Tieta stellt sich ganz närrisch an, umsorgt sie, füttert sie, zwingt sie, jeden Morgen Ziegenmilch zu trinken. Auch sie muß sehr reich sein, obwohl Perpetua bei einer genauen Durchsuchung ihres Zimmers keinen Geldkoffer entdeckt hat. Nichts ist versperrt, alles liegt offen. In der Handtasche ein paar tausend Cruzeiros, ganz schön für Agreste, aber nicht entfernt mit dem zu vergleichen, was Antonieta in ihrem 007 hat. Perpetua schaudert, wenn sie daran denkt.

Die Schwester mag die Neffen, ist zärtlich zu ihnen, freut sich, wenn sie sie sieht. Aber das ist noch lange nicht genug, sie muß sie wie eigene Söhne behandeln, denn das sollen sie ja werden. Nach Möglichkeit beide, aber wenigstens einer. Gesetzlich anerkannt. Erben.

Wenn Antonieta einen von ihnen nach São Paulo mitnehmen möchte, wird sie sich nicht widersetzen, am besten wählt sie sich Peto aus. Ein ungebärdiges Kind, das die Schule schwänzt, das jedes Jahr schlechte Noten heimbringt, sich in der Bar und im Kino herumtreibt, bald in noch übleren Lokalen. Aber Perpetua wäre auch einverstanden, wenn Ricardo der Erwählte wäre, nach São Paulo ziehen und die rechte Hand der Tante werden würde. Peto würde die Stelle des Ältesten im Seminar einnehmen, ob er nun wollte oder nicht, denn einer von den beiden gehörte Gott, so hatte sie es gelobt, als sie, eine vertrocknete alte Jungfer, schon alle, die allerletzten Hoffnungen auf dieser Welt begraben hatte. Wenn Gott ihr einen Gatten und Kinder schenken wollte, würde einer Priester werden, im Dienste der Heiligen Mutter Kirche. Gott hatte ihren Wunsch erfüllt, ein Wunder getan, nun wird auch sie ihr Gelübde halten.

Am Strand, die Augen halb geschlossen wegen der Sonne, des Windes und des grellen Lichts, schlägt sie Gott ein anderes Geschäft vor. Perpetua verpflichtet sich, der Kirche in ihrem Testament eines der drei vom Major ererbten Häuser zu hinterlassen, das kleinste, das, in dem Lula Pedreiro gewohnt hatte und das jetzt an Laerte Curte Couro, dem Angestellten von Modesto Pires, vermietet ist. Klein, aber gut gelegen, nahe an der Gerberei, an dem kleinen Platz, auf dem die Kapelle des heiligen Johannes des Täufers steht. Aber vielleicht lehnt der Herr dieses Anerbieten ab; Perpetua, die Gott genau kennt, errät die himmlischen Reaktionen. Reumütig zieht sie den Vorschlag zurück, der Herr hat recht, verärgert zu sein: ein Häuschen, das so wenig abwirft, gegen Antonietas Vermögen – ein lächerlicher Vorschlag. Sie versucht noch ein Argument ins Treffen zu führen: Der Platz wird gepflastert und bepflanzt werden, wird eiserne Bänke bekommen, dadurch steigt die Miete. Es hilft nichts: wenn sie so weitermacht, wird der Herr beleidigt sein. Sie verlangt beträchtliche Güter und bietet eine Kleinigkeit. Mehr als Geld und Besitz braucht Gott Frömmigkeit und Glauben. Also gut: wenn Antonieta Ricardo oder Peto, einen von beiden, als Sohn und Erben annimmt, wird Perpetua mit den beiden in die Landeshauptstadt fahren – nach Bahia, jawohl, lieber Gott! – und dort zu Fuß zur Basilika auf dem Heiligen Hügel pilgern, wo sie eine Messe lesen lassen und im Museum der Wunder eine Fotografie der Söhne mit einer Widmung für den allmächtigen Senhor do Bomfim, den Herrn vom Guten Ende, aufhängen wird. Wenn ihre Schwester beide adoptiert, wird es eine gesungene Messe sein. Bei diesem Angebot muß der Herr die Tatsache in Rechnung stellen, daß die Kinder schon verbriefte Rechte besitzen; nur sind sie eben nicht die einzigen Erben.

Während sie in Sonne und Wind Pläne und Versprechen überdenkt, schließt Perpetua die Augen ganz, schläft ein und träumt. Sie sieht sich in einer riesigen Stadt, größer als Aracajú, es muß São Paulo sein, in der Prozession zu Ehren der heiligen Anna schreiten, und vor dem Baldachin einen rot und violett gekleideten Bischof, einen Kardinal, ihren Sohn Cupertino Batista Junior, Dom Peto. Ein Wink des Himmels, die Abmachung ist besiegelt, das Gelübde angenommen, das Wunder ist in Sicht.

Elisas Eifersüchte und Hoffnungen, mit einem merkwürdigen Detail über die richtige Anrede.

Elisa kann nicht schwimmen. In ihrer Kindheit und Jugend war es ihr verboten, in den Fluß und ins Meer zu gehen. Seit er verarmt war, wurde Zé Esteves unnachgiebig und giftig – eine Hure in der Familie reicht, warnte er, mit dem Stock in der Faust. Nach dem, was mit Tieta vorgefallen war, wurden die Zügel bei Elisa kurz gehalten, beim geringsten Anlaß tanzte der Stock auf ihren Beinen und ihrem Rücken. An die Bacia de Catarina, an den Strand von Mangue Seco war nicht zu denken.

Wenn sie sich verliebte, dann nur von weitem, der Alte verjagte alles, was sich in die Nähe seiner Straße wagte. Es mußte schon eine gute Partie auftauchen, bereit zu Verlobung und Heirat; wenn nicht, stecke ich dich ins Kloster, drohte er. Eine leere Drohung, denn wo gab es schon ein Kloster? Asterio, einziger Sohn und Erbe des Ladens, in dem er schon von klein auf gearbeitet hatte, war ein anständiger Bursche. Er schien eine gute Partie zu sein, und Zé Esteves war einverstanden. Elisa heiratete mit sechzehn Jahren, eine wunderhübsche Braut, im Glauben, die Freiheit zu erlangen. Sie wechselte nur den Herrn.

Sie bleibt im Seichten, wagt sich nicht weiter vor, während Tieta und Leonora den Wellen trotzen, inmitten der ganzen Gesellschaft, die den Spuren der Paulistanerinnen folgt. Allein und verlassen ist Elisa. Nicht einmal ihr Mann leistet ihr Gesellschaft, er zieht die seiner Billard-Freunde vor. Er ist ohnehin zu nichts zu gebrauchen ...

Elisa ist eifersüchtig. Nicht, daß sich ihre Schwester oder das junge Mädchen aus São Paulo für Asterio interessieren könnten, was für eine Idee! Leonora ist in Ascanio verliebt, sie stecken immer zusammen. Antonieta ist eben erst verwitwet und nicht nach Agreste gekommen, um irgend jemandem den Mann auszuspannen. Wenn sie es wollte, könnte sie es mit Leichtigkeit tun.

Es ist eine andere Eifersucht, die Elisa plagt. Auf den Reichtum, den sie zur Schau stellen, das großstädtische Auftreten, den Mangel an Vorurteilen und Kleinlichkeiten, Neid, weil sie nicht in derselben Welt leben kann, sie, das Mädchen vom Lande, verurteilt zu einem trostlosen Leben.

Eifersucht auch auf Leonora, auf die Zuneigung, die Tieta ihr schenkt, die sie einfach Nora nennt, die mit mütterlicher Sorge Tochter zu ihr sagt. Sie sehnt sich danach, ebenso umsorgt und geliebt zu werden, sich als Tochter, als Adoptivtochter verwöhnt zu sehen. Manchmal ist Antonieta zärtlich zu ihr, streicht ihr über das Haar, küßt sie, sagt ihr, daß sie schön ist. Sie sagt zu ihr liebevoll »Tochter« und »Lisa«, alles scheint so zu werden, wie sie es sich wünscht. Dann wieder betrachtet die Schwester sie gedankenvoll, als zweifle sie an der Echtheit ihrer Zuneigung. Es gelingt Elisa nicht, den Grund von Tietas Mißtrauen zu erraten. Intrigen von Leonora? Wer weiß. Vielleicht fürchtet sie die Konkurrenz, fürchtet, den privilegierten Platz an der Seite derer zu verlieren, die sie Mamachen nennt.

Eines Tages, als sie mit Tieta allein war, hatte auch Elisa zu ihr Mamachen gesagt. Die Schwester sah sie erstaunt an und sagte kurz angebunden:

»Es ist mir lieber, wenn du mich Tieta nennst.«

Ihre Stimme und ihr Blick ließen Elisa erzittern.

»Verzeih. Ich wollte dir damit nur danken für alles, was du für mich getan hast.«

Blick und Stimme von Antonieta wurden weicher, sie glättete das Haar der Schwester, gab aber wegen der Anrede nicht nach.

»Ich bin nicht böse. Aber ich habe es lieber, wenn du zu mir Tieta sagst. In Agreste nennen mich alle so, ich mag das. Mamachen ist mein Name in São Paulo, so nennen mich Nora und die anderen Mädchen.«

»Die Töchter des Verstorbenen?«

»Die Töchter, die Nichten, die Verwandtschaft ist groß.«

Dieser Verwandtschaft möchte Elisa angehören, der Nachkommenschaft des Comendadors, des reichen Industriellen aus vornehmer Familie. Sie möchte sich aus der Mittelmäßigkeit von Agreste erheben, der Langeweile, der Sinnlosigkeit, dem Verlangen aller Tage entfliehen. Licht, Glanz, Bewegung möchte sie haben, die Möglichkeiten, das Abenteuer von São Paulo. In Agreste, ohne Horizont, ohne Zukunft, vegetiert sie dahin, stirbt jeden Tag ein wenig.

In dem Badeanzug, den ihr Leonora geliehen hat – der ihre ist alt und unmodern – und der ihren herrlichen Körper zur Geltung bringt, mit den nachtschwarzen Haaren, die ihr auf die Schultern fallen, steigt sie aus dem Wasser und setzt sich auf den Strand. Sie sieht, daß Perpetua eingeschlafen ist. Elisa weiß, daß ihre älteste Schwester einen bestimmten Plan verfolgt, das ist auch die Meinung Dona Carmosinas, der nichts entgeht. Perpetua möchte die beiden Kinder Tieta verkaufen – gut verkaufen –, sie nach São Paulo schicken, wo sie als Söhne und Erben adoptiert werden sollen. Ein teuflischer Plan, den Dona Carmosina, von Schlußfolgerung zu Schlußfolgerung, enthüllt.

So viel will Elisa gar nicht, sie will nicht auf dem Papier, sondern im Herzen adoptiert werden, sie bewirbt sich nicht darum, Alleinerbin zu sein. Sie gibt sich mit viel weniger zufrieden: Ihr genügt es, wenn sich die Schwester ihres kümmerlichen Loses und dieses Dummkopfs von Asterio erbarmt und beide nach São Paulo mitnimmt, ihm eine Anstellung in einer der Fabriken der Familie gibt und sie selber, Elisa, immer an ihrer Seite hat, als Lieblingsschwester, fast als Tochter, die ebenso oder mehr geliebt wird wie Leonora. Wenn ihr die Schwester etwas schenken will, dann in São Paulo, wo das Leben lebenswert ist, voll von neuen Dingen und Versuchungen. Dort wird sie jemanden finden, der ihre Schönheit bewundert, nicht nur einen alten Araber, einen schmutzigen Jungen, einen stinkenden Bettler. Dort kann sie sich sehen lassen. In São Paulo ist alles möglich.

Der Schleier, der die Vergangenheit der schönen Leonora Cantarelli verhüllt, wird zerrissen, und man erfährt alles oder fast alles.

Heim, Familienleben, menschliche Wärme, echte Zuneigung, das alles lernte Leonora erst kennen, als sie mit neunzehn Jahren in das Refúgio dos Lordes eintrat und von Madame Antoinette für gut befunden wurde. Vorher hatte sie in einem Intensivkursus den Hunger, die Schlechtigkeit und die Verzweiflung kennengelernt.

In der Kindheit gab es Prügel. Bei jeder Gelegenheit schlugen sie ihr ins Gesicht, die magere Vicenza und der plumpe Vitorio Cantarelli, wenn sie sich nicht gegenseitig verprügelten – wobei Vitorio nicht immer die Oberhand behielt. Fünf Kinder, vier Jungen und sie, die Jüngste. Die Jungen verschwanden, einer nach dem anderen, in die Fabriken oder in das liederliche Leben. Giuseppe starb ganz jung unter den Rädern eines Lastwagens, als er betrunken nach Hause kam. Sie legten den Leichnam auf den Tisch, die zu langen Beine hingen herunter. Giuseppe war der einzige gewesen, der mit der Schwester Mitleid hatte; er hatte ihr das schmutzige Gesicht gestreichelt und ihr ab und zu ein Bonbon zugesteckt. Als sie dreizehn wurde, wollte sie fortgehen, um der Fabrik, dem unvermeidlichen Schicksal, zu entgehen. Alle fanden sie hübsch und sagten es ihr. Nicht, um ihr etwas Freundliches zu sagen, sondern als gute Aussicht für die Zukunft und auch aus Bedauern, als Drohung:

»Sie weiß nicht, was sie erwartet, so schön, wie sie ist.«

»Schön und arm, das nimmt ein schlechtes Ende.«

Sie hatten recht. Burschen und Männer verfolgten sie. Noch bevor sie mannbar war, versuchten sie, sie auf dem grasüberwucherten Fußballplatz zu vergewaltigen. Was hatte es für einen Sinn, zu weinen, wenn es doch früher oder später geschehen mußte? Ahnungslos erzählte sie es zu Hause und bezog Prügel von Vicenza und von Vitorio, damit sie lerne, nicht schamlos zu sein, nicht auf der Straße herumzulungern und sich anzubieten.

Sie ging in die Schule, lernte lesen und rechnen, weil sie dort ein Frühstück bekam, das sie gierig verschlang – zu Hause reichte das Essen nicht. Rafael, der Besitzer der Pizzería Etna, mit einem Bauch wie eine Schwangere, gab ihr ein Stück altbackene Pizza mit angegangenem Fleisch und drückte ihre Brüste, während sie heißhungrig schluckte. Dieses Tauschgeschäft dauerte Monat um Monat, sie wechselten nie ein Wort, schweigend erfüllten beide die Bedingungen dieses Abkommens. Eines Tages hatte Rafael gesehen, wie sie die Platten im Schaufenster betrachtete; da war er auf sie zugegangen, in der Hand ein Stück Schinkenknochen, wie man einen Hund anlockt. Leonora trat ein, er streckte beide Hände aus, eine mit dem verführerischen Fleisch, die andere nach der sprossenden Brust greifend, die noch ungeformt war. Die Kleine wollte den Knochen packen und davonlaufen, aber Rafael ließ nicht los, schüttelte den großen Kopf. Während sie kaute, betastete, drückte und kniff er die kleinen Brüste und griff mit der Hand an die Hinterbacken, als sich die gefräßige Kleine umdrehte, um fortzugehen. So bezahlte Leonora schon früh für Speise mit Schönheit, ohne jedoch den Hunger stillen zu können.

Die Brüste wuchsen, die Schönheit auch, sichtbar sogar unter dem ärmlichen Schulkittel; allein ihre Bewegungen waren schon eine Versuchung. Mit fünfzehn Jahren wurde sie von mehreren vergewaltigt. Das mußte so kommen, sagten die Nachbarn, so hübsch, schutzlos und schon ein großes Mädchen. In einem Auto kamen vier Männer an, ein älterer mit Bart und drei sehr junge, den Revolver in der Hand. Der brutalste von allen schien nicht einmal so alt zu sein wie sie selber, er stach sie mit einem Taschenmesser in Arme und Beine. Der Bärtige blieb am Steuer sitzen, die drei Halbwüchsigen stiegen aus, stießen sie in den Wagen, die Passanten sahen es, bemerkten alles, aber keiner kam ihr zu Hilfe. Wer ist schon so verrückt, sich mit bewaffneten Gesetzlosen einzulassen, mit Rauschgiftsüchtigen? Sie nahmen sie mit, bedienten sich, schlugen sie, zerrissen ihr Kleid, das einzige, das sie hatte, außer dem Schulkittel. Sie ging zur Polizei, mußte sich Witze anhören, ein Polizist wollte sich mit ihr treffen, die Zeitungen brachten den Vorfall in zwei Zeilen, ein alltägliches Ereignis ohne größeres Interesse. Wenn man sie getötet hätte, würde die Nachricht wirkungsvoller gewesen sein. Notzucht, Vergewaltigung – kleine Fische. Wenn sie jemals an Heirat gedacht hatte, so gab sie diesen Gedanken jetzt auf. Sie wollte nur fort, wohin auch immer, mit jedem, der sie mitnehmen wollte.

Sie verliebte sich in Pipo, den ersten, dem sie sich hingab, weil sie ihn mochte. Sie fand ihn toll, mit den langen ungekämmten Haaren, die ihm auf die Schultern fielen; mit seinen neunzehn Jahren wurde er schon im Sportteil der Zeitungen erwähnt, ein fabelhafter Fußballer. Als einmal der Linksaußen ausfiel, wurde er von der Jugendmannschaft in die richtige Elf geholt und zeichnete sich aus. Endlich der offensive Außenstürmer, den unser Fußball so dringend braucht. Das war der Beginn von Pipos Karriere und das Ende von Leonoras Romanze.

»Das führt zu nichts, mein Kätzchen. Verstehst du das nicht?«

Hin und wieder, wenn sie wollte, zwischen dem Training und den Nachtlokalen, wenn er in das Viertel kam, seine Familie besuchen, die in einer ebensolchen Mietskaserne lebte wie die, in der Leonora wohnte. Hin und wieder – das wollte sie nicht. Romantisch wie sie war, verlangte sie Zuneigung, Zärtlichkeit, Liebe, absurde Wünsche in diesem wirren Labyrinth.

Sie weinte noch, als sie Natascha traf, eine ehemalige Nachbarin, die auch ihre Eltern besuchte. Leonora erzählte ihr von ihrer Liebe und ihrer Verlassenheit, das von der Vergewaltigung wußte die andere schon. Natascha, schick angezogen und parfümiert, erzählte ihr vom Beruf der Prostituierten. Sie übertrieb nichts, sagte, daß man davon leben könne, wenn man den Zuhältern und Gigolos aus dem Weg gehe; für Natascha war das immer noch besser als acht Stunden in der Fabrik oder Dienstmädchen bei reichen Leuten. Für Leonora hatte die Stunde der Entscheidung geschlagen – die Fabrik oder das Hurenviertel.

Zwei Jahre lang war sie da und dort, ging von Hand zu Hand, in billigen Hotels, in einem Zimmer ohne Fenster, mit einer Trennwand zum Nachbarn hin, wurde eingesperrt, zu Zwecken der Besserung, erlebte eine wilde Leidenschaft für Cid Raposeira.

Als sie ihn kennenlernte, machte Cid gerade eine ruhige Zeit durch, die Ärzte erklärten ihn für geheilt, zweifellos, weil sie ihn los sein wollten. Mager und fast immer still und abweisend. Dann plötzlich weich und schwach. Für jemanden, der nichts hatte, war das genug. Leonora verliebte sich. Cid Raposeira haßte die Welt und die Menschheit, die einzige Ausnahme war seine Gefährtin, eines Tages werde ich dich heiraten, und wir werden Kinder haben. Ein Gespräch über Heirat und Kinder bedeutete, daß eine Krise im Anzug war – die Anfälle häuften sich, die Perioden von klarem Bewußtsein wurden immer kürzer. Von der Zärtlichkeit ging er jäh zum Haß über: Verschwinde, du Teufel. Tage voller Spott und Ohrfeigen, Todesdrohungen und Selbstmordversuchen endeten im Irrenhaus oder auf dem Polizeikommissariat. War die Krise vorbei, erschien er demütig, zum Skelett abgemagert, ausgehungert, abgerissen, erledigt. Leonora griff es ans Herz, voll Mitleid nahm sie ihn auf. Wäre Raposeira nicht mit einer Bolivianerin abgehauen, die Drogen schmuggelte, wäre Leonora vielleicht bei ihm geblieben, ohne den Mut, ihn zu verlassen.

Wieder war es Natascha, die ihren Lebensweg änderte. Eines Nachmittags begegneten sie einander durch Zufall auf der Straße. Leonora war auf dem Strich, Natascha kam elegant, wohlhabend und selbstgefällig daher.

»Jetzt arbeite ich in einem Puff. Im besten von São Paulo, im teuersten, im Refúgio dos Lordes, hast du schon davon gehört?«

Sie maß Leonora mit den Blicken, sie hatte nicht nur ihre Schönheit bewahrt, sie war noch schöner geworden, eine unwahrscheinliche jungfräuliche Schönheit, durchsichtig, mit riesigen hellen Augen, blondem Haar, einem reinen Antlitz, ein Bild der Zurückhaltung und Unschuld.

»Vielleicht nimmt dich Madame Antoinette. Du bist der Typ des jungen Mädchens aus gutem Hause. Ich werde dich ihr vorstellen.«

Madame Antoinette stemmte die Hände in die Hüften, betrachtete den Neuankömmling.

»Sie wünschen?«

Natascha kam ihr zuvor:

»Leonora ...«

»Ich habe sie gefragt, nicht dich.«

»Ich möchte hier arbeiten, wenn Sie mich nehmen.«

»Warum?«

»Um mich zu verbessern.«

»Sind Sie verheiratet? Oder waren Sie es?«

»Nein. Aber ich habe ein paar Monate mit jemandem zusammengelebt.«

»Warum haben Sie ihn verlassen?«

»Er hat mich sitzenlassen.«

»Warum sind Sie auf den Strich gegangen?«

»Um nicht in die Fabrik zu müssen. Das hätte ich sonst tun müssen.«

»Haben Sie einen Mann? Irgendeinen Kerl? Einen Zuhälter, einen Gigolo?«

»Nur den, von dem ich gesprochen habe. Er war krank.«

»Krank? Was hat er gehabt?«

»Schizophren war er. Wenn er gesund war, war er in Ordnung.«

»Kinder?«

»Nein. Ich habe nie welche gehabt. Darin hatte ich Glück.«

»Glück? Mögen Sie keine Kinder?«

»Sehr sogar. Deshalb sage ich ja, daß ich Glück hatte. Ich habe nicht genug, um Kinder aufzuziehen. Ich mag aber nicht, daß sie Hunger leiden.«

»Waren Sie schon krank? Lügen Sie mich nicht an.«

»Sie meinen, ob ich mich angesteckt habe, eine Geschlechtskrankheit?«

»Genau.«

»Ich gebe sehr acht, ich hatte immer Angst davor. Ich bin sehr sauber.«

»Gut. Ich werde es mit dir versuchen. Du kannst gleich heute anfangen.«

Ein paar Monate später verließ Lourdes Veludo, eine sehr beachtliche Braunhäutige, eine der drei Frauen, die ständig im Refúgio wohnten, das Haus, um sich an einer Show von Mulattinnen zu beteiligen, einem erfolgreichen Unternehmen, das die Möglichkeit bot, eine Tournee durch Europa zu machen. Madame Antoinette forderte sie auf, die Vakanz auszufüllen. Das war nun zwei Jahre her.

Letzter Teil des Berichts, in dem Tieta – auf der langen Fahrt im Liegebus von São Paulo nach Bahia – der schönen Leonora Cantarelli Episoden aus ihrem Leben erzählt.

»Als ich Felipe kennenlernte, war er noch nicht Comendador, und ich war noch Tieta aus Agreste, wie ich im Sertão, in Bahia, in Rio de Janeiro und in meiner ersten Zeit in São Paulo genannt wurde. Felipe war gerade aus Europa zurückgekehrt.«

Felipe Camargo do Amaral betrachtete sich mit seinen fünfzig Jahren als erfolgreichen Geschäftsmann, einen Unternehmer, der auf allen Gebieten, denen er sich widmete, siegreich war. Erfolgreich auch als Paulistaner, Bürger und Mann. Während der Revolution des Jahres 1932 nahm er den der traditionsreichen Familie zustehenden bürokratischen Posten im Kabinett des Gouverneurs nicht an, sondern begab sich freiwillig an die Front, wo er sofort zum Oberleutnant und Adjutanten befördert wurde; ein Camargo do Amaral kann nicht gewöhnlicher Soldat sein. Schließlich wurde er Major im Revolutionären Generalstab, wo er Manifeste und Proklamationen redigierte. Er war als reicher Kaffeepflanzer geboren, mit üppigen Ernten und einer vierhundertjährigen Familiengeschichte, oder mehr noch, wenn man das Eingeborenenblut in Betracht zog, nur ein paar Tropfen, aber genug, um ihn als Ureinwohner, als echten Bandeirante erscheinen zu lassen.

Er wurde durch eigene Anstrengung Industrieller, ein Genie im Geldverdienen, Präsident von Unternehmen, Konsortien und Banken, mit einem Berg von Aktien und Dividenden. In der Politik spielte er nur eine kurze Gastrolle. Als er 1933 aus dem bequemen Lissaboner Exil zurückkam, wurde er Abgeordneter, stellte sich aber nicht der Wiederwahl. Es fehlte ihm an Geduld für die sinnlosen Debatten, die langweiligen Sitzungen, und seine Schlauheit konnte er besser anwenden als in Wahlkampagnen. Das tat er auch und nahm zu an Reichtum und Weisheit.

»Felipe verstand es, zu leben, und lehrte es mich. Ich war eine Herumtreiberin, durch ihn wurde ich zur Madame. Durch Felipe lernte ich den Wert des Geldes kennen, aber auch, daß wir die Herren und nicht die Sklaven des Geldes sein müssen.«

Die Weisheit bestand für ihn im guten Leben. Sich nicht von den Geschäften beherrschen lassen. Musik, Bilder, Bücher, gute Küche, gute Weine, Reisen, Frauen. Er kannte die fünf Kontinente, Europa und die Vereinigten Staaten von oben bis unten, bezahlte eine Unmenge Frauen – Frauen kann man auf jede Art bezahlen, am besten aber mit Geld, das ist immer billiger und führt nicht zur Abhängigkeit. Ein guter Familienvater, der in Frieden mit seiner Frau lebte, die er sich aus dem Kaffee-Export geholt hatte, aus einem Clan guter Herkunft und noch besserer Vermögensverhältnisse, zärtlich zu den Söhnen.

»Er hatte die Idee mit dem Refúgio, lange bevor er mich kannte. Es bekam zuerst einen französischen Namen.«

Die Idee an sich war nicht von ihm. Mit einer kleinen, ausgewählten Gruppe von Herren derselben wirtschaftlichen Klasse und mit denselben hohen Idealen hatte er das verdienstvolle Vorhaben einer fleißigen und bezaubernden Freundin, Madame Georgette, finanziert. Madame Georgette brachte einige pikante französische Spezialitäten nach São Paulo, denen sie die besten einheimischen Erzeugnisse hinzufügte. Sie war sachverständig in der Auswahl hübscher Gespielinnen.

Das Vorhaben bezog sich auf die Einrichtung eines exklusiven Freudenhauses, das nur von den Königen des Großgrundbesitzes und der Industrie frequentiert werden sollte, der Latifundien, Fabriken, Finanzgesellschaften und Banken, von den Spitzen der Politik, Ministern und Senatoren, und, als Ausnahme und um dem Haus Glanz zu verleihen, von den Großen der Wissenschaften und der Künste. Erfahren und tüchtig, wie sie war, übertraf sich Madame Georgette selbst. So entstand das »Nid d'Amour«, wo die ermüdeten, nervösen Herren in den jungen Armen und im parfümierten Schoß gelehriger und begabter *jeunes filles* ausruhten.

»Als Felipe von der Reise heimkehrte, hatte er genug von den Weißen, er hatte eine Schwäche für die bräunliche Farbe wie die meine – meine Urgroßmutter war Negersklavin gewesen. So wurde ich, die naturbraune Bergziege, ihm mit Champagner serviert.«

Madame Georgette kannte den Geschmack von Monseigneur le Prince Philippe – sie nannte ihn immer nur Prinz – und hob einen Leckerbissen für verwöhnte Gaumen für ihn allein auf: Tieta aus Agreste, das braune Mädchen mit den Ringellocken, verbrannt von der Sonne des Sertão, erzogen in den Bordellen armseliger Ortschaften, das Glanzstück des Hauses.

»Ich weiß nicht, warum er sich gerade in mich verliebte. Jedenfalls gab er mich nie wieder auf.«

»Welcher Mann sollte sich nicht in dich verlieben, Mamachen! Ich bin sicher, du warst nicht nur hübsch, sondern auch temperamentvoll und eigenartig.«

»Ja, ich war hübsch und lustig. Ich redete drauflos, lachte immer, und wenn ein wichtiger Kunde kam, war ich im Bett ohne Konkurrenz, das kann ich dir versichern. Ich weiß nicht, ob er mich deshalb mochte, oder weil ich ihn im Schlaf wärmte.«

Was nahm Felipe gefangen und ließ ihn beständig werden? Die

Unterhaltung des Mädchens, das ihm Geschichten aus dem Dorf und dem Sertão erzählte, vom einfachen Leben, von den Ziegen, die über die Steine sprangen, vom Bad im Fluß? Ihre Fertigkeit? Oder die Wärme, die von ihr ausging, die Lebhaftigkeit und Lebensfreude? Wenn er bei Tieta im Zimmer war, fühlte er sich jung. Dann war er nicht mehr der müde Herr, der sich ins Freudenhaus flüchtete, um sich von den Geschäften und den Problemen bei einer erstklassigen Prostituierten auszuruhen, die einmal genommen wurde, und meistens nicht wieder. Madame Georgette verfügte über einen sehr großen und immer wieder erneuerten Bestand, über zahllose Telefonnummern in ihrem blauen Heft, für jeden Geschmack etwas. Sie war verblüfft, als der Prince Philippe wieder nach dem Zicklein aus dem Sertão verlangte und sie nach einigen weiteren Malen für sich reservieren ließ – sie soll nur zu meiner Verfügung stehen, ich komme für sie auf.

Wenn er in São Paulo war, blieb er diesem Körper mit seinem herben Duft treu, seinem Reiz, seinen fast immer keuschen Zärtlichkeiten, seiner Wärme, die ihn in den Schlaf begleitete. Wenn er auf Reisen war, ergriff er die notwendigen Maßnahmen, damit es ihr an nichts fehle und sie genug Geld habe, um ihn nicht zu vergessen und ihm treu zu bleiben.

»Hast du ihm keine Hörner aufgesetzt, Mamachen?«

»Hörner? Die hätte ihm seine Frau aufsetzen können, Dona Olivia, aber ich weiß nichts davon. Ich war sein Schützling. Er verbot mir nie etwas, außer, mich mit anderen für Geld einzulassen. Ich gab mich nur dem hin, den ich mochte, wie damals in Agreste, bevor ich mich diesem Beruf widmete, nur um das Feuer zu löschen, das mir in der Muschel brannte, aber nie für Geld. Ich machte das sehr diskret, nahm immer auf ihn Rücksicht, und wir sprachen auch nie darüber.«

»Und er, hat er keine anderen gehabt?«

»Ich wollte das nie wissen, habe nie nach den Frauen gefragt, die er dort draußen hatte. Von einer hat man mir erzählt, die er aus Schweden mitgebracht hatte.«

Hochgewachsen, eine Skulptur aus Weizen und Schnee, wunderschön, hatten die Intrigantinnen Tieta erzählt. Sie biß die Zähne zusammen und sagte kein Wort. Sobald er sie wieder frequentierte, ihr Lachen und ihre Zärtlichkeiten wiederfand, gab Felipe der Skandinavierin den Laufpaß. Besser gesagt: die Schöne wurde, im Tausch gegen kubanische Zigarren, einem Freund abgetreten, einem Importeur, der eine Manie für ausländisches Material hatte. Auch aus zweiter Hand, aber in gutem Zustand, bemerkte Felipe gutgelaunt und fügte hinzu, daß er selber zur Monogamie neige – bei den Mädchen.

»Ich glaube, er ist sein Leben lang bei mir geblieben, weil ich nie auf Vermögen aus war, für mich machte es keinen Unterschied, ob er reich oder nicht reich war; was mich für ihn einnahm, waren seine Aufmerksamkeiten.«

Die Appartements lagen alle in Gebäuden, an deren Bau er beteiligt war. Eines Tages kam er mit einem Hausplan und entfaltete ihn auf dem Bett.

»Ich baue dieses Hochhaus in der Alameda Santos, zwölf Stockwerke.«

»Donnerwetter! Ein Koloß!«

»Ein Appartement habe ich für dich reserviert. Sie sind alle gleich: ein Salon und zwei Zimmer. Es gibt vier in jedem Stockwerk.«

»Bist du verrückt! Womit soll ich das zahlen?«

»Wer redet von zahlen? Es ist ein Geschenk, weil wir uns jetzt drei Jahre lang kennen.«

»Eines Tages rief mich Madame Georgette zu sich, um etwas zu besprechen. Sie wollte nach Frankreich zurückkehren, das Geschäft verkaufen, und räumte mir das Vorkaufsrecht ein.«

Madame Georgette hatte ihre Ersparnisse und Gewinne in Frankreich angelegt, ein Haus in einem Vorort von Paris gekauft; sie hatte immer an eine Rückkehr und an eine Altersversorgung gedacht.

»Überlaß das nur mir, ich rede mit Georgette, das Nid d'Amour gehört dir«, sagte Felipe, als Tieta Geld von ihm borgen wollte.

»Das ist nun mehr als dreizehn Jahre her. Ich habe alles umgebaut und modernisiert. Ein luxuriöses Appartement trennte ich für mich und Felipe ab. Ich habe den Namen geändert und die Preise erhöht.«

»Warum hast du den Namen geändert, Mamachen?«

»Nid d'Amour klang zu sehr nach Puff. Refúgio dos Lordes ist dezenter. Sie sind alle Lords, meine Kunden. Dafür mußte ich auch meinen Namen ändern. Den Rat gab mir Felipe.«

»Ein großangelegtes Freudenhaus mit tollen Preisen muß von einer Französin geleitet werden, ma belle. Madame Antoinette paßt sehr gut zu deinem Typ«, sagte er.

»Meine Hautfarbe und ein französischer Name? Das geht doch nicht.«

»Du bist eine Französin aus Martinique, wie Joséphine, die Frau von Napoleon.«

Aus den Kunden wurden Freunde, das Prestige des Hauses wuchs, das Refúgio dos Lordes zu frequentieren wurde zu einem begehrteren Privileg als die Mitgliedschaft im Jockey Club, im Rennverein, in den exklusivsten Klubs von São Paulo. Im reservierten Appartement mit höchstem Komfort standen Felipes Pantoffel am Fußende des Bettes, sein Pyjama lag unter dem Kopfkissen. Er wurde älter, wurde Witwer, der Papst verlieh ihm den Titel eines Comendador, er reiste wenig, überwachte oberflächlich seine vielfältigen Unternehmen und fand sich immer öfter in Tietas Bett ein.

»Für Felipe blieb ich Tieta aus Agreste bis ans Ende.«

Für alle anderen: Madame Antoinette, eine auf den Antillen geborene Französin, aus der Ehe eines Generals der Republik mit einer Mulattin. In Paris erzogen, von überschäumendem Charme, Meisterin in der Wahl von Frauen nach dem verwöhnten Geschmack der Kunden, der reichsten von São Paulo, Dieu merci. Für die zwei oder drei Mädchen, die, wie Leonora, ständig im Refúgio dos Lordes leben, ist sie das anspruchsvolle und großzügige, gefürchtete und geliebte Mamachen.

Eine eilige Botschaft

Auf dem Höhepunkt des Festes kommt die eilige Botschaft. Nachdem das Mittagessen verzehrt ist und der Nachtisch zweimal gereicht wurde, servieren Dona Laura, Elisa und Leonora den Kaffee. Ein großartiges Gaudium, mit wechselnder musikalischer Untermalung: der hochmoderne Klang des Tonbandgeräts konkurriert mit der Ziehharmonika von Claudionor das Virgens. Der Troubadour besitzt einen außergewöhnlichen Riecher für kulinarische Düfte, für das Parfum der Batida, das Aroma der Cachaça. Ohne eine Einladung abzuwarten, erscheint er mit der Drehleier in der Hand, seinem offenen Lächeln, ein sympathischer und immer willkommener Frechdachs: Ich bin so frei!

Während sich Elisa, Aminthas, Fidelio, Seixas und Peto dem Rock and Roll hingeben, applaudieren die anderen Claudionor und Elieser. Das Repertoire des Troubadours enthält vor allem Musik aus dem Sertão, während der Besitzer des Motorboots, für gewöhnlich brummig und wortkarg, vom Alkohol animiert, eine angenehme Stimme hören läßt und auf den sentimentalen Wunsch von Tieta und Dona Carmosina hin verschollene Melodien singt. Tieta sitzt auf einer Matte, das Gesicht durch einen riesigen Strohhut geschützt, und bittet:

»Spielen Sie doch das Stück, das Chico Alves immer gesungen hat, Claudionor.«

»Welches?«

»Eines, das so anfängt: ›Adeus, adeus, adeus, fünf Buchstaben, die weinen‹ . . .«

Elieser wölbt die Brust, Claudionor begleitet ihn auf der Drehleier. Tieta läßt sich von der Musik forttragen, sie ist weit weg, nimmt nicht mehr am Gespräch teil. Leonora wird unruhig. Sie kennt Mamachen; wenn sie so ist, dann bewegt sie ein Problem, irgendeine Sorge. Was mag es sein? Sie wagt nicht zu fragen, es lohnt nicht; das beste ist, sie in Frieden zu lassen, bis sie wieder lacht. Wenn ich traurig bin, laßt mich in Ruhe, mischt euch nicht ein, empfahl sie immer im Refúgio. Still setzt sie sich an ihre Seite.

Tieta spürt die Gegenwart Leonoras, wendet sich ihr zu, streichelt ihr die Wange. Das Mädchen ergreift ihre Hand und küßt sie voll Zärtlichkeit. Dieses dumme Zicklein, denkt Tieta, läuft Gefahr, sich zu verlieben, den Kopf zu verlieren. Nur sie, sonst niemand?

Was war das für eine unwiderrufliche Pflicht, die Ricardos Anwesenheit neben dem Priester in Rocinha erforderte? Von Pflicht keine Spur! Der Neffe floh vor ihr, das war es. Er ging mit dem Padre fort, um nicht nach Mangue Seco gehen zu müssen, die Keuschen – keusch? Der Mucker! Die keuschen Augen nicht mit dem Anblick der herrlichen Nacktheit der Tante im winzigen Bikini zu beflecken, der Dummkopf! In den letzten Tagen hatte sie die Abwesenheit des Jungen bemerkt, beim Bad im Fluß, auf den Spaziergängen. Er hatte sogar seinen Stundenplan geändert, zweifellos, um sie nicht massieren zu müssen. Und Tieta, die alte Eselin, träumt vom Neffen, sieht ihn bei Tag und Nacht mit Engelsflügeln und diesem Ding, groß wie ein Tischbein. Sie hatte sich nie für junge Leute interessiert, schon gar nicht für Bürschchen von siebzehn Jahren. Nach Agreste mußte sie zurückkommen, um nach einem Jungen zu verlangen, daß es ihr kalt über den Rücken lief, wenn sie an ihn dachte, um übellaunig, unangenehm, leer zu sein, nur weil er nicht da war. Traurig, gereizt, voll Sehnsucht. Damit hatte sie nicht gerechnet. Dazu noch Neffe und Seminarist. Da sie sie so abwesend, in Gedanken versunken sieht, erhebt sich Leonora und will auf Ascanio zugehen. Tieta berührt wieder ihre Wange, liebkost sie.

»Können Sie ›Es war nur ein Traum‹, Elieser?«

»So ungefähr, Dona Antonieta. Leg los, Claudionor!«

Tieta schwelgt in der Musik, führt Ricardo an der Hand. Osnar hat sich mit Bier vollaufen lassen, legt sich in den Schatten und kaut an seiner Zigarre. Barbozinha schnarcht unter einer Kokospalme; vergessen ist der Plan, auf der Höhe der Hügel Gedichte zu deklamieren. Nach all dem Dendê-Öl, Pfeffer, Kokos und Ingwer, nach Batida, Cachaça und Bier greift am Nachmittag die Müdigkeit um sich. Der Morgen war ermüdend: das Bad in der hohen Brandung, das Erklettern der Dünen unter der Sommersonne. Trotzdem planen Ascanio und Leonora einen Abstecher zum Strand. Wenn die Hitze nachläßt, vor der Rückkehr, die für die Stunde des Sonnenuntergangs angesetzt ist.

Ganz unerwartet ist in der Ferne Motorengeräusch zu hören. Kapitän Dario, dem alle Laute des Meeres und des Flusses vertraut sind, erklärt:

»Das ist Piricas Motorboot.«

Pirica kommt Ascanio abholen und bringt eine eilige Botschaft des Oberst Artur da Tapitanga mit einer sensationellen Neuigkeit: die Ingenieure des Wasserkraftwerkes von Paulo Afonso sind in Agreste eingetroffen und wollen mit jemandem sprechen, der für die Präfektur zuständig ist.

Allgemeine Aufregung, alle wollen mehr wissen, fragen nach Einzelheiten, aber Pirica fügt dem Erzählten nur eine einzige Information hinzu: Der Oberst war sehr zufrieden, als er ihm die Botschaft auftrug.

»Sagen Sie Ascanio, daß die Leute vom Licht da sind, er soll sofort kommen und keine Minute verlieren.«

»Sie werden das Licht installieren«, ruft Fidelio aus, »ich habe die Wette gewonnen. Hoch Dona Antonieta!«

Dem ersten Hochruf folgen noch weitere unter den Kokospalmen. Ein Prolog zu den Feiern der Stadt, Agreste wird unter dieser Nachricht erzittern. Ascanio geht steif aufgerichtet auf Tieta zu:

»Gestatten Sie, Dona Antonieta, daß ich Ihnen im voraus den Dank der Stadt Agreste ausspreche.«

Tieta streckt Ascanio die Hand entgegen, damit er ihr beim Aufstehen hilft.

»Noch nicht, Ascanio. Rülpsen Sie nicht vor dem Essen. Folgen Sie dem Ruf des Obersten, bringen Sie die Angelegenheit in Ordnung, bis jetzt weiß man ja noch nichts Genaues. Ich habe gelernt, eine Rakete nicht vorzeitig abzuschießen, um nicht die Hand zu verbrennen. Wenn es wahr ist, dann muß man vor allem Ihnen gratulieren, der so viel gekämpft hat. Ich habe wenig getan, nur nachgebohrt.«

»Die Absicht zählt nicht, wenn der Erfolg ausbleibt, haben Sie mir selber gesagt«, erwidert Ascanio.

»Sie haben gekämpft, haben sich geschlagen, Sie haben es nicht bei der Absicht belassen. Sehen Sie nach, was los ist, und wenn alles stimmt, wollen wir gemeinsam feiern.«

»Wir und die ganze Bevölkerung, Dona Antonieta. Es wird das größte Fest sein, das Agreste jemals gesehen hat.«

Begeisterung erfüllt die fröhliche Gesellschaft. Ob sie will oder nicht, Tieta wird umarmt, geküßt, beglückwünscht. Barbozinha will eine Rede halten, er wird ein Gedicht auf das Licht aus Paulo Afonso machen, das Licht, das Tietas Augen entsprungen ist. Osnar schlägt vor, sie im Triumph nach Hause zu tragen – lassen Sie mein Bein los,

Sie wollen doch nur von der Gelegenheit profitieren; Aminthas verspricht Fidelio die Bezahlung der Wette, sobald die Nachricht bestätigt ist. Eine herzliche Umarmung des Kapitäns, feierliche Glückwünsche von Modesto Pires, der vom Prestige seiner Landsmännin mächtig beeindruckt ist. Er hatte nie geglaubt, daß ihre Gesuche ein positives Ergebnis zeitigen würen; die werden nicht einmal Kenntnis nehmen von den Telegrammen, sie werden sie in den Papierkorb werfen, hatte er Dona Aida und einigen Freunden erklärt. Perpetua richtet sich hoch auf: Die Beziehungen der Schwester zu den Spitzen der Politik und der Regierung sind der Stolz der Familie, ihre gesellschaftliche Stellung kommt allen Verwandten zugute. Tieta lächelt in den Armen Perpetuas, als sie diese Worte hört. Elisa ist so gerührt, daß sie die Tränen nicht zurückhalten kann, sie bedeckt ihre Schwester mit Küssen. Dona Carmosina und Dona Milú hatten nie gezweifelt, sie hatten die Stunden bis zum Eintreffen der Antwort gezählt. Was werden die Ungläubigen jetzt sagen, wenn sie die Ingenieure in Agreste sehen? Sie werden sich schuldig bekennen müssen.

Tieta möchte an der allgemeinen Freude teilnehmen, aber der, nach dessen Kuß es sie verlangt, ist nicht gekommen, wollte nicht kommen, zog es vor, auf dem Esel hinter dem Padre herzureiten, der Idiot! Was für eine blödsinnige Eifersucht! Ihr Rivale ist der liebe Gott. Aber Gott soll nur achtgeben, auf diesem Gebiet pflegt Tieta aus Agreste nicht zu verlieren.

Auf Dona Carmosinas einstimmig angenommenen Vorschlag hin wird beschlossen, sofort zurückzukehren und Ascanio zu begleiten. Niemand fühlt sich imstande, für den Rest des Nachmittags in Mangue Seco zu bleiben und den Sonnenuntergang abzuwarten, wenn es in Agreste so große Neuigkeiten gibt. Alle wollen die Ingenieure sehen.

Alle, außer Tieta. Sie verkündet ihren Entschluß, die Einladung von Dona Laura und dem Kapitän anzunehmen und bis Mittwoch am Strand zu bleiben; dann will sie in Gesellschaft von Modesto Pires nach Agreste zurückfahren, um den Kaufvertrag für das Grundstück zu unterschreiben.

Während sich die anderen fertigmachen, geht sie mit Perpetua zur Toca da Sogra und händigt ihr einen Schlüsselbund aus.

»Ich möchte, daß du mir einen Gefallen tust. Mach den blauen Koffer auf, achte auf den richtigen Schlüssel, nimm dann das Köfferchen, in dem ich das Geld aufbewahre, du hast es ja gesehen, öffne es mit diesem kleinen Schlüssel und hole heraus ...« – sie rechnet mit lauter Stimme die Summe aus, die nötig sein wird, um Modesto Pires eine Anzahlung auf das Grundstück zu leisten und die ersten Baukosten zu bestreiten.

»Du willst ein Haus bauen? Jetzt gleich?«

»Sofort. Ich werde das Grundstück einzäunen und anfangen, ein kleines Häuschen zu bauen. Der Kapitän hat angeboten, den Bau zu überwachen, in Saco gibt es alles, was man braucht, Material und Handwerker, es fehlt nur das Geld, um alles zu bezahlen. Der Kapitän sagt, daß es mit dem Bau schnell vorwärts gehen wird. Ich möchte, daß das Haus steht, zumindest die Mauern, bevor ich nach São Paulo zurückfahre. Solange ich nicht hier bin, können du und die Kinder es benutzen. Elisa auch.«

Sie sieht die Schwester an, ihre Stimme wird weicher.

»Ich möchte gern etwas für meine Neffen tun, Perpetua, da ich selber keine Kinder habe.«

»Ach, Schwesterchen, du machst mir eine große Freude, wenn du das sagst.« Die grünlichen Augen glänzen, die schrille Stimme zittert. Kaum ist das Abkommen mit dem Herrn geschlossen, und schon tritt es in Kraft.

»In Agreste reden wir noch darüber.«

»Mit wem soll ich das Geld und die Schlüssel schicken?«

»Mit dem Kapitän, er nimmt ein paar Leute im Motorboot mit.«

Aber der Kapitän braucht nicht zu fahren, es haben alle im Boot von Elisier Platz und in dem von Pirica, in dem, außer Ascanio, noch Leonora und Peto fahren. Tieta ist unglücklich:

»Und ich brauche das Geld doch morgen früh. Schicke es mit irgend jemandem, der herkommt.«

»Überlaß das nur mir, ich mache das schon«, beruhigt sie Perpetua.

Tieta vertraut darauf und lächelt wieder fröhlich. Beim Abschied stellt Leonora fest, daß die trübe Stimmung verflogen ist. Als sich die ganze Karawane am Strand einschifft, improvisiert sie unter der Leitung von Dona Carmosina eine lärmende Ovation.

»Alles für Antonieta!« erklingt es im Chor.

Dona Carmosina gesellt sich wieder zu den anderen:

»Hipp, hipp, hurra! Antonieta! Antonieta!«

»Wenn diese Geschichte mit dem Licht wahr ist, wie es den Anschein hat« – wiederholt Modesto Pires – »werden die Bewohner von Agreste Sie auf den Hochaltar der Pfarrkirche inthronisieren, Dona Antonieta, gleich neben der heiligen Anna. Ich sage es hier zum zweitenmal.«

Tieta lacht von ganzem Herzen.

Eine übellaunige Frage

In der Präfektur erklärt der recht schlecht gelaunte Chefingenieur dem gespannten Sekretär, daß in den Plänen des Wasserkraftwerks, bezüglich der Verlegung der Leitungen und der Errichtung von Masten, eine Änderung eingetreten ist. Agreste wurde unerwarteterweise in die Liste jener Gemeinden aufgenommen, die von der Zentrale mit Licht und Strom versorgt werden sollen. Und nicht nur das, was ohnehin schon unglaublich absurd ist, es kommt noch mehr. Von ganz oben, vom Präsidenten der Gesellschaft selbst, ist die dringende Anordnung gekommen, Agreste unbedingte Priorität einzuräumen und sofort die notwendigen Arbeiten in Angriff zu nehmen, die in kürzester Zeit abgeschlossen sein müssen. Ein unbegreiflicher Beschluß, der sie zwingt, an einem Sonntag, einem Ruhetag, in dieses Kaff zu kommen und sich einstauben zu lassen, verdammte Scheiße! Zu alledem haben sie noch Zeit verloren, denn seit Stunden suchen sie schon nach einem zuständigen Beamten, mit dem sie sprechen können.

Bevor er noch Informationen über Fristen und Daten liefert, gibt es noch eine Sache, eine einzige, die der Chefingenieur und seine Leute wissen möchten: Wie erklärt es sich, daß eine so arme und zurückgebliebene Gemeinde, deren Präfekt so verrückt ist, daß er eine Zwangsjacke brauchte, und deren Stadtratsvorsitzender ein Tattergreis ist, es erreicht hat, die endgültigen, genehmigten Pläne und die bereits erlassenen Dienstanweisungen zu ändern, womit sie noch vor den reichen, fortschrittlichen und von bedeutenden Politikern in hohen Stellungen protegierten Gemeinden an die Reihe kommt? Wer hatte für Agreste gebeten? Nicht gebeten – gefordert! Bitte, sagen Sie mir den Namen dieses Leaders, der solche Macht hat, dessen Persönlichkeit so bedeutend ist, dieses Potentaten, der einer solchen Großtat fähig ist. Es muß wirklich jemand sein, der sehr viel Macht hat, das ist ganz sicher.

Osnar, der Offizierspatente verteilt, nennt sie Generalin. Aber Ascanio schweigt, um den Chefingenieur nicht in noch schlechtere Laune zu versetzen. Er lächelt bescheiden, kommen wir zur Sache.

Angst und Willenskraft lösen sich im Mondschein auf

Generalin? Allein liegt sie hoch oben auf den Dünen, das Mädchen aus Agreste, die Ziegenhirtin. Die mächtige Brandung, der Geruch des Meeres sind die Musik und der Duft des Anbeginns der Welt. Am Himmel, der Mond und die ewigen Sterne.

Auf den Höhen, wo sie den Wellen lauschte, auf dem kargen Boden der Hügel, in enger Berührung mit der ungebärdigen Herde, wurde sie kräftig und entschlossen, lernte sie, intensiv zu wünschen und um die Erfüllung zu kämpfen. Das wilde Meer, die öde Erde, zwei Seiten ein und derselben kargen, harten, armen und schrecklich schönen Welt. Sie spürte sich auf den Steinen stehen, wo die Ziegen sprangen, und auf dem Sand, den der Wind bewegte. Sie besaß die Erde und das Meer, Süßwasser und Salzwasser, den strömenden Fluß und die Brandung des Ozeans. Sie lernte, keine Angst zu haben, nicht zu fliehen, geradeaus zu blicken, die Initiative zu ergreifen. So viele Sterne, unzählbar; so viele Liebesabenteuer, das Begehren, das den Hals zuschnürte, in den Fingerspitzen saß, tief im Magen. Flüchtige Augenblicke der Liebe, Liebe eines ganzen Lebens, Felipe. Keiner zählt die Sterne, warum sollte man die Ängste zählen, mit trockenem Mund, drängendem Verlangen? Die Zahl ist nicht wichtig, nur der Kuß, der Tod und das Leben in einem, eine einzige Sache. In Mangue Seco, auf dem Strand, in Agreste, an den Ufern des Flusses war sie eine Bergziege gewesen. Im Ehebett bei Lucas, als sie die öden Hügel verlassen hatte, entdeckte sie die Pfade der Lust. Nun ist sie wieder hier, auf den Hügeln, wie beim erstenmal. Gespannt, bereit, in Erwartung.

Weit draußen im Fluß ein Licht; vielleicht nur der Widerschein eines Sterns. Jeder Lärm geht in den Brechern der Wogen gegen die Sandberge unter. Aber der Vollmond beleuchtet die Dünen, eine sanfte, weiche Helligkeit. Die Gestalt ist unentschlossen, steht am Fuß der Hügel, für welchen wird er sich entschließen? Tieta erhebt sich, schaut, errät, erkennt. Sie ahmt den Ruf der Ziegen nach, eine sanfte Aufforderung zum Liebesspiel, ein leichtes Meckern, fast geflüstert. Das den Kurs und die Landung anzeigt.

Tante und Neffe stehen sich gegenüber. Cardo trägt Trikot und Hose des Clubs Palmeiras, die Tieta ihm geschickt hatte. Er lächelt verlegen.

»Deinen Segen, Tante. Mutter schickt mich mit einem Päckchen. Ich habe es unten beim Kapitän gelassen.«

»War das alles?«

»Sie hat gesagt, ich soll hier bleiben und dir helfen.«

»Aber du wolltest nicht kommen?«

Der Junge wird verlegen, will eine Bewegung machen, schlägt die Augen nieder. Halb stotternd, halb stolz kommt die Ausrede:

»Die feiern dort, wegen des Lichts. Alle Leute sind auf der Straße, lassen dich hochleben. Sie sagen, daß du . . .«

»Du hast Angst, hierzubleiben, nicht wahr?«

Die Antwort spiegelt sich auf dem verwirrten Gesicht wider, das offen und ohne Arg im Mondschein zu sehen ist. Tieta fährt fort:

»Erzähl mir. Du träumst so gewisse Sachen von mir. Lüg nicht.«

Der Jüngling senkt den Blick.

»Jede Nacht. Verzeih mir, Tante, ich tue es gegen meinen Willen.«

»Und du hast Angst, du fliehst vor mir?«

»Das hilft alles nichts. Weder mich verstecken noch beten. Sogar während des Gebets denke und sehe ich ...«

»Findest du mich hübsch?«

»Wunderschön. Schön und gut. Ich bin es, der nichts wert ist, ich bin schlecht von Natur, oder aber es ist eine Strafe Gottes.«

»Strafe? Wofür?«

»Ich weiß nicht, Tante.«

»Wenn du nicht bleiben willst, kannst du gehen. Sofort, jetzt gleich.«

Sie zeigt nach unten, legt sich wieder auf den Sand, den Körper ausgestreckt, den Rock geöffnet, die Bluse aufgeknöpft. Ricardos Stimme kommt von weit her, aus der Tiefe der Zeiten.

»Ich habe Angst, Gott zu beleidigen und dich zu beleidigen, Tante, aber ich möchte bleiben!«

»Hier, nahe bei mir?«

»Wenn du mich läßt, Tante.« Seine Augen glühen.

In der Ferne leuchtet der Schein der Raketen, die zum Himmel aufsteigen, Sterne, die die Bevölkerung von Agreste zu Ehren der berühmten Tochter der Stadt, der reichen und mächtigen Witwe, der Paulistanerin mit der Kommandostimme, angezündet hat.

Tieta lächelt und streckt die Hand aus.

»Hab keine Angst. Weder vor mir, noch vor Gott. Komm, leg dich her.«

Die Körper bewegen sich im Mondschein, zur Musik der Wogen. Mond, Sterne, Meer, dieselben wie in der Vergangenheit. Was soll schon das Alter, die Verwandtschaft, die Soutane des Seminaristen? Eine Frau, ein Mann, ewig. Hier auf den Dünen ist eine Ziege brünstig, wie an dem fernen Tag, als sie es zum erstenmal war. Tieta kehrt zu den Anfängen zurück. Heute ist sie eine Ziege mit üppigem Euter, die nichts vom Bock Inacio wissen will; heute ist sie es, die ein Zicklein defloriert.

INTERMEZZO NACH ART DES DANTE ALIGHIERI, AUTOR EINES ANDEREN BERÜHMTEN ROMANS (IN VERSEN) ODER DAS ZWIEGESPRÄCH IM DUNKELN

Der Mond war schon weit fortgeschritten auf seinem Weg nach Afrika, von Liebesgeflüster begleitet, als endlich eine Pause, ein Atemholen eintrat. Die Schenkel lösten sich voneinander, das Leben trennte sich vom Tode, jeder ging seinen Weg, Sterben und Wiedererstehen waren nicht mehr eins. Eben erst hatten sie einen einzigen Körper gebildet, eine einzige Rakete, die hoch am Himmel platzte und ihr Licht über die Wogen des Meeres verstreute. Die Mondnacht war gleichzeitig Sonnentag gewesen; Sonne und Mond, Tag und Nacht bestanden nebeneinander, ohne Entfernungen noch Zwischenräumen.

Als es endlich zu einer Pause, zu einem Atemholen kam, verschwanden Sonne und Mond, Finsternis bedeckte die Welt, die Nacht entkleidete sich der Wärme und des Glanzes, wurde zu einer kalten Feindin, war in der Brandung des Ozeans gegen die Dünen zu hören, im ungesunden Wind, der den Sand mit sich trug; Klageschrift und Urteil. Aber jenseits des Lebens, jenseits des Todes konnte er den Umfang des Verbrechens ermessen. Für die Strafe gab es kein menschliches Maß, die Ewigkeit läßt sich nicht messen. Mit einer Anstrengung, die ihm fast die Kehle und die Brust zerriß, fand er wieder den Gebrauch der Worte.

»Ach Tante! Was haben wir nur getan? Was habe ich getan?«

Eines Tages hatte er feierliche Keuschheit gelobt, hatte er sich Gott geweiht. Er hatte versprochen, auf die Wonnen des Fleisches zu verzichten, ein keuscher Sohn von Maria und Jesus. Er hatte sein Gelübde gebrochen.

»Ich habe mich ins Unglück gestürzt und auch dich, Tante. Vergib mir . . .«

Er hört ein gedämpftes Lachen, das mitten aus dem Sturm dem Wasser entsteigt. Eine Hand aus Sand und Wind berührt sein schuldiges Antlitz, Finger mit langen Nägeln streichen über seine Lippen, er unterdrückt ein Schluchzen: Ein Mann weint nicht, und nach dem, was geschehen war, was war er denn anderes als ein Mann wie alle anderen, das Mal der Sünde im Herzen? Wie die anderen. Schlimmer, denn die anderen hatten keine Pflicht übernommen, und das Blut, das Christus am Kreuz vergossen, hatte sie alle erlöst, bis ans Ende der Tage. Er aber hatte ein Gelübde abgelegt, hatte geschworen, hatte eine Verpflichtung eingegangen. Er hatte das Vertrauen Gottes getäuscht. Im Dunkeln sieht er die eiternden Geschwüre am sündigen Körper, den Aussatz: Finger, die sich auf seine Lippen pressen, halten den Schrei des Entsetzens zurück.

»Tante bin ich nur vor anderen Leuten, du Dummer. Sonst bin ich Tieta, deine Tieta.« Sie lacht, die Unglückselige, die Ahnungslose, die durch ihn zu den Qualen der Hölle verurteilt ist. Fröhlich lacht sie; sie ist sich des Schrecklichen nicht bewußt, das sie getan haben.

Der Dämon hatte ihn besessen, der gefährlichste, der schlaueste und abgefeimteste, der schlimmste von allen, der Dämon des Fleisches. Er hatte sich nicht damit begnügt, ihn zu verderben, er hatte ihn als Werkzeug benutzt, um seine Tante zu versuchen und zu verführen, die ehrbare Witwe, die dem Gedächtnis ihres Mannes treu gewesen war, und sie in ein irres Weibchen zu verwandeln, in ein brünstiges Tier, das stöhnt und winselt, das schreit, wie die Ziegen auf den Hügeln von Agreste. Ach Tante, welch ein Unglück! Eine Hand streicht über seine Lippen, die Nägel verletzen die Haut, Pause und Abkehr sind in Gefahr.

Auch sie ist vom Höllenhund besessen. Ist durch seine alleinige Schuld ausgestoßen, durch ihn, der ihr so viel schuldet: Dankbarkeit, Achtung und die reine Liebe eines Neffen und Schützlings.

»Verzeih mir, Tante . . .«

Ihre Hand bedeckt seinen ganzen Mund, die Lippen, legt sich auf die Zähne.

»Sag nicht Tante, sag Tieta.«

Nach dem baldigen Tod des Aussätzigen – dem ersten Zeichen des göttlichen Zorns –, die ewige Strafe, das Höllenfeuer, für immerdar, unwiderruflich, ohne Ruhe, ohne Pause, ohne Recht auf Buße, weil es für die Reue schon zu spät ist. Reue? Die Hand streichelt seinen Mund, die Nägel kratzen ganz zart.

In der Hölle, in alle Ewigkeit, brennt das sündige, verfaulte Fleisch und hört nie auf zu brennen – denn, gerettet oder verurteilt, die Seele ist unsterblich. Er hört das leise Lachen, aus der Unwissenheit geboren, das Lachen einer, die nichts von Gottes heftigem Zorn weiß. Hinter dem befriedigten Murmeln hört er das finstere, siegreiche, verletzende Gelächter des Teufels: zwei Seelen auf einmal gewonnen, wieder zwei für die Ausübung der Sünde und für die Flammen der Hölle, eine gute Ernte.

In den unruhigen Nächten hatte er sich abgemüht, Ausschweifungen zu erraten, während er sich gleichzeitig anstrengte, um im Traum keusche Bilder, Leben von Heiligen, reine Freuden zu sehen. Bevor er sich dort, in Mangue Seco, vollständig ins Verderben gestürzt hatte, war er jede Nacht am Rande der Sünde gewesen, im Schlaf oder im Wachen, und wenn er sie nie beging, so nur, weil er nicht wußte, wie er es tun sollte. Kaum war er mit seinen Gebeten zu Ende und hatte die Augen geschlossen, noch mit dem Namen Gottes auf den Lippen und die Gedanken auf die Rettung der Seele gerichtet, so erfüllte ihm schon der Böse die Hängematte mit Brüsten und Schenkeln, mit Hinterbacken und Haaren, mit der ganzen nackten Tante.

Auf dem Esel reitend floh er vor der Versuchung. Was half's? Auf dem ganzen Weg nach Rocinha hielt er sie in den Armen, an die Brust gedrückt, im Rhythmus des Trotts des Tieres. Wenn er mit den Beinen den Sattel berührte, glaubte er, die Hüften der Tante mit den Schenkeln zusammenzupressen.

Schwache Kräfte, ein schwacher Wille, untaugliche Waffen, um der Macht und den Fallstricken des Höllenhundes zu begegnen. Um ihn am Flußufer zu versuchen, hatte sich Beelzebub Petos bedient; um ihn nach Mangue Seco zu schicken, hatte er sich, so unglaublich es erscheinen mochte, die fromme und strenge Mutter zunutze gemacht.

Die Finger streichen über sein Kinn und hinterlassen in seinem Mund den Geschmack einer frischen Frucht. Halb erstickt kommen die Worte aus zerrissenen Lungen:

»Ich bin verdammt und nehme dich, Tante, mit mir ins Höllenfeuer. Ich bin schlecht, ich bin verloren und habe dich mitgerissen.«

Die Hand breitet sich aus, heiß brennt sie und streift vom Kinn zum Nacken. In der Stunde der Sünde sind sogar die Flammen eine Wonne, keiner spürt den Schmerz der Verbrennungen. Aber das Feuer der Hölle ist anders, Tante, anders und ewig.

»Ja, nimm mich mit, mein Böcklein. Du bist so jung wie die, die ich auf dem Arm getragen habe.«

Er hatte diese ehrbare Witwe Zurückhaltung und Tugend vergessen, das Gedächtnis ihres Mannes beflecken, irre werden lassen, bis sie ihm Sachen sagte, die weder Hand noch Fuß hatten, zusammenhanglose Worte, mit einem Lachen der Befriedigung, ohne sich des Bösen bewußt zu werden, das sie begangen, gleichgültig gegen jegliche Strafe.

Er war der einzige Schuldige, aber die Verdammung erreichte sie beide, auch auf das Haupt der Tante würde der Zorn Gottes fallen. Auf beide Seelen, die es nicht verstanden hatten, den verderbten Körpern, dem verfaulten Fleisch zu widerstehen. Er war der einzig Schuldige.

»Könnte ich nur sterben.«

»In meinen Armen.«

Die Hand gleitet von den Schultern zur Brust hinab. Ach, Tante, nein. Siehst du nicht, daß der Dämon los ist, daß er über Dünen und Meer fliegt, eine riesige Fledermaus, die den Mond bedeckt, die die schwarze kalte Nacht erfüllt? Der Versucher ist da, allgegenwärtig wie immer, seit dem Augenblick, als die Tante in der Tür von Jairos Marineti erschienen war.

»Gott ist gut und weise, er wird Erbarmen haben, er weiß, daß die Tante keine Schuld trifft.«

Das fröhliche und unbefangene Lachen wird stärker, die Hand gleitet über die geängstigte Brust hinab.

»Sag nicht Tante, sag Tieta.«

Die Hand liegt auf der Brust, die vor Scham und Gewissensbissen erstickt, die von Angst zerrissen wird; wie soll er in der Stunde des Jüngsten Gerichts vor Gottes Antlitz treten? Die Hand lindert den Alpdruck, verwandelt die Gefühle, löst den Knoten, erhellt die Finsternis, aber sie löscht nicht das Feuer des himmlischen Zorns, denn sie ist mit allem, mit der Handfläche, der Faust, den Fingern brennende Glut, göttliche Hitze. Göttlich? So betrügt und verdammt Satan die Menschen. Die göttliche Hitze wird sich in den Tiefen der Hölle in einen unerträglichen Schmerz verwandeln, wird langsam und für ewig die Sünden verzehren.

»Nur ich bin schuld, Gott wird dir vergeben, Tante.«

»Nicht Tante, Tieta, deine Tieta.«

Wie hatte er die Stimme Gottes nicht in der Stimme der Tante erkannt, als sie ihm den geraden Weg zeigte, den Pfad, der ihn zur Rettung, zum Priestertum, zum Paradies führen sollte?

Zum Paradies? Zu welchem? Die Hand führt ins Paradies: Erst vor kurzem hatte er die Schönheit, die Süße des Himmels in jeder Einzelheit des im Mondschein hingestreckten Körpers erblickt. Die Hand spielte mit den Haaren, die auf der jungen männlichen Brust sprossen. Der Major war stolz auf seinen behaarten Oberkörper gewesen, Brust und Rücken, Beweis seiner Männlichkeit. Ein ganzer Mann war er, der Vater. Der Sohn war verhindert, kastriert durch das Gelübde, das Versprechen der Mutter. Aber der Teufel brachte ihn dazu, sich gegen das Gesetz aufzulehnen, erweckte sein totes Fleisch, verdarb ihn. Aus dem keuschen Jüngling, dem Gelüste und schlechte Gedanken fremd waren, machte er einen unreinen Mann, ohne Kontrolle über Körper und Seele, einen Ziegenbock.

Nicht nur das. Er benutzte ihn, um die Tante zu erobern, zu vernichten, zu verdammen.

»Das Fegefeuer dauert eine Zeit und dann ist es zu Ende, Tante. Die Schuld trifft mich, nur mich. Gott ist gerecht, er wird dich nicht zur Hölle schicken.«

»Du dummes Böcklein, ich bin eine alte Ziege. Nenn mich Ziege, sag zu mir: meine Ziege.«

Niemals, selbst wenn er wollte; nicht einmal in der Stunde der Sünde, wenn der Kopf nicht denkt und der Mund stöhnt und schreit. Ziege hatte Osnar gesagt, die Stimme des Dämons, als er sie so hinreißend in der Tür von Jairos Marineti stehen sah und noch eine unanständige Bemerkung über ihr üppiges Euter hinzugefügt hatte, dieser Schmutzian. Und er? Wo hatte er seinen Kopf hineingewühlt, wohin die Lippen gepreßt und in der Verwirrung gebissen?

»Verzeih mir, Tante. Schwöre, daß du mir verzeihst.«

»Sag Tieta.«

Die Finger wandern über den Leib mit seinen kräftigen Muskeln. Der kleine Finger verirrt sich in den Nabel, kitzelt ihn, die Glut wird zu Flammen angefacht, die die Sünde verzehren, das Verbrechen verdecken, den Mondschein erhellen.

»Ich möchte dir sagen, Tante ...«

»Tieta.«

»Ich möchte dir sagen, daß, selbst wenn ich es mit der Ewigkeit im Höllenfeuer bezahlen müßte ...«

»Sag doch, mein Böcklein ...«

»... daß ich es auch dann nicht bereue. Und auch wenn die Strafe noch ärger wäre, möchte ich ...«

»Sag ...«

»... auch dann möchte ich ...«

Wo ist die Hand jetzt? Die Flamme verbrennt ihn vom Kopf bis zu den Füßen, durchläuft den ganzen Körper, die Stirn wird heiß, der Mund öffnet sich, der Teufel wächst.

»Was möchtest du, mein Böcklein? Sag es mir.«

»Hier bei dir sein, Tante.«

»Tieta.«

Die Hand sucht, findet, berührt, umfaßt. Riesengroß ist der Teufel.

»Tieta, ich bereue es nicht, oh nein, Tieta.«

»Sag Ziege, mein Böcklein.«

Wo ist die Finsternis und die Hölle, die Gottesfurcht? Im Mondschein erschließt sich dem Teufel das Paradies, eine schmale honigsüße Pforte, eine schwarze Rose. Das ist die Hölle wert, und noch viel mehr. Komm, mein Böcklein! Ach, Ziege, meine Ziege, ich bin dein Bock, ich stehe in Flammen.

DRITTE EPISODE

Der Fortschritt gelangt in den letzten Winkel oder Die Jeanne d'Arc des Sertao

Mit Mars- und Venusbewohnern, Superhelden, Raumschiffen und holder Weiblichkeit; es geht um die Herstellung von Titandioxyd und um das Schicksal von Wasser und Fischen. Die Debatten darüber teilen Agreste in zwei Lager und machen Schluß mit der Stumpfheit und dem Frieden. Man wird Augenzeuge, wie Habsucht, Machthunger und Herrschsucht entstehen und wie die Liebe erblüht. Dazu kommen noch Reisado, Bumba-meu-boi und andere folkloristische Details, an denen es in diesem leidenschaftlich bewegten Roman noch fehlte.

Das erste Erscheinen der Superhelden, das die sündhafte und angenehme Beschäftigung während der Stunde der Siesta unterbricht.

Das erste Erscheinen der Wesen von anderen Planeten, der Superhelden, auf dem Boden von Agreste, fand in den frühen Nachmittagsstunden statt, zur Zeit der Siesta, wenn niemand den Frieden der Einwohner stört.

Von den Läden, die gewohnheitsgemäß geöffnet sind, um die vorgeschriebenen Zeiten einzuhalten – von acht bis zwölf und von vierzehn bis achtzehn Uhr –, ist nur im Geschäft von Plinio Xavier eine, allerdings verdächtige, Bewegung zu beobachten. Zwei- oder dreimal in der Woche beschäftigt sich um die Zeit, da keine Kunden im Laden sind, der Lebensmittelhändler, ein achtbarer Bürger, Gatte und Vater, damit, hinter den Bündeln von Dörrfleisch Cinira, der alten Jungfer, unter die Röcke zu greifen und ihre intimsten Körperteile zu befingern. Den Regalen zugewandt tut sie, als sehe und fühle sie nichts, spreizt aber die Beine, um es ihm leichter zu machen. Auch Plinio Xavier geht schweigend vor, der Schweiß tropft ihm vom Gesicht. Plötzlich stößt Cinira einen tiefen Seufzer aus, erzittert und greift dorthin, wo sie die ersehnte Waffe außerhalb der Hose weiß, drückt sie kräftig und läuft hastig und heimlich davon.

An diesem Tage ertönte, kurz bevor sie zum Seufzer und zum Erzittern gelangte, ein schrecklicher Lärm in der Straße, der jäh die köstliche Beschäftigung unterbrach. Während sie die Straße entlanglief, gelang es Cinira nicht, das Entsetzen zu besiegen und einen Schrei zu unterdrücken. Die unbekannte und ungeheure Maschine kam heulend auf sie zu, ihre riesigen Räder wühlten den Boden auf. Durch ihre Rohre und Öffnungen stieß sie einen stinkenden schwarzen Rauch aus und ließ ganz plötzlich grelle, noch nie gehörte Laute ertönen. Plinio Xavier schloß den letzten Knopf seines Hosenschlitzes und kam gerade rechtzeitig zur Tür, um zu sehen, wie das seltsame Fahrzeug an seinem Laden vorbeifuhr; in seinem Innern befanden sich unbeschreibliche Wesen, anscheinend Männlein und Weiblein, obwohl sie sich durch ihre Attribute und die gleichen Raumfahreranzüge kaum voneinander unterschieden.

Schon vor Tagen waren Gerüchte aus Mangue Seco hierher gelangt, wo die Fischer behaupteten, unbekannte, unter der Sonne funkelnde Objekte gesehen zu haben, die vom Meer kamen und auch wieder dort verschwanden, nachdem sie den Strand und den Kokoshain überflogen hatten. Trotzdem war der Ort auf nichts gefaßt, und die Aufregung war ungeheuer.

Zwischen den Superhelden des Raumfahrzeugs auf dem Kirchplatz und den Menschen werden die ersten Kontakte hergestellt, wobei es sich um Hotels und Asphalt dreht, während Miß Venus jeden einzelnen Mann, Manuel Português inbegriffen, einspannt.

Verlassen und still lag der Kirchplatz da, als sich das Raumfahrzeug mit einem fürchterlichen Lärm auspuffender Gase dort niederließ und ein wahrscheinlich männliches Wesen – wegen der unter dem Schutzhelm hervorquellenden langen Haare und der violetten Ringe unter den Augen wurde von einigen sein Geschlecht in Zweifel gezogen – über die Tür des außergewöhnlichen Apparats sprang, sich im Kreis umblickte und niemanden sah. Es trug dicke Handschuhe aus einem exotischen Material und einen grellfarbenen Anzug, eine Art blauen Monteuranzug mit Reißverschlüssen und Taschen an Armen und Beinen, Ösen und glänzenden metallischen Nieten. Bei näherem Hinsehen erwies er sich als Hose und Blouson mit Taschen voll merkwürdiger Gegenstände, möglicherweise tödlichen Waffen. Das ganz genau gleich gekleidete weibliche Wesen, das sich nur durch den Umfang der Büste unterschied, nahm den Helm ab und machte einen ausgezeichneten Eindruck. Es zog die Handschuhe aus und lockerte mit seinen langen Fingern die blonde Mähne – nicht länger als die seines Gefährten –, die in der Mitte eine platinfarbene Strähne hatte, was auf die Herkunft von der Venus oder von Rio de Janeiro hinwies, auf jeden Fall aber hinreißend war.

Aus dem Hintergrund der Bar heraus beobachtete Osnar verblüfft die beiden; außer ihm war nur noch Manuel Português anwesend.

»O lusitanischer Admiral! Komm und sag mir, ob es wahr ist, was ich sehe, oder Delirium tremens. Gestern habe ich bei Zuleika zuviel getrunken.«

Manuel ließ die Gläser stehen, die er gerade spülte – man braucht den Dreck nicht zu übertreiben, Vasco da Gama, hatte ihm Aminthas gesagt und auf die Schmutzspuren auf Tellern, Gläsern und Bestecken gezeigt – und kam zur Tür. Er sperrte den Mund auf und kratzte sich am Kinn.

»Wer sind denn diese Strolche?«

»Ascanio redet so viel von Touristen, daß sie schließlich auftauchen...«, riet Osnar. »Wenn es nicht die Besatzung der fliegenden Untertasse von Mangue Seco ist.«

Nachdem er die Abwesenheit von Erdbewohnern festgestellt hatte, ging der mutmaßliche Mann wieder zu seinem Raumfahrzeug zurück, und die Venusbewohnerin streifte die Handschuhe über. Wieder begann der gräßliche, unheimliche Lärm, der schwarze Qualm drang aus Rohren und Öffnungen, das Vehikel sprang an und verschwand in einer Seitengasse. Noch eine ganze Zeitlang war in der Stadt der Krach zu hören, der jene aufschreckte, die gerade vor sich hin dösten, wie Edmundo Ribeiro, der Steuereinnehmer, und der Araber Chalita; an allen Haustüren standen die erstaunten und überraschten Bewohner. Es gab sogar Geschäftsleute, die ihre Läden schlossen, man konnte nie wissen, vielleicht kam der Räuber Lampião motorisiert aus der Hölle zurück. Lampião war nie bis nach Agreste gekommen, nur einmal war er in der Nähe gewesen, drei Meilen entfernt, noch heute erinnert man sich daran.

Als die Superhelden nach einer Rundfahrt durch Straßen und Gassen zum Kirchplatz zurückkehrten und wieder dort landeten, kam ihnen schon Ascanio Trindade entgegen, der sie von einem Fenster im Oberstock der Präfektur gesehen hatte und die Treppe hinabgelaufen war. Um sich über seinen Freund lustig zu machen, hatte Osnar von Touristen gesprochen, und wenn Ascanio ihn gehört hätte, so hätte er ihm recht gegeben: Touristen, gewiß, warum nicht? Vermutlich die ersten, die der Einladung folgten, die er »mit Dona Carmosinas wertvoller Hilfe« abgefaßt und an die *Tarde* in der Landeshauptstadt geschickt hatte, um den Touristen vorzuschlagen, »von Salvador aus einen Abstecher zur gesündesten Stadt des Bundesstaates, Sant'Ana do Agreste, zu machen, um den schönsten Strand der Welt, den Strand und die Dünen von Mangue Seco, kennenzulernen«. Die Zeitung hatte den Brief in der Spalte für Leserbriefe veröffentlicht und in einer kurzen Notiz den miserablen Zustand der Straße beklagt, der in der Praxis eine Annahme dieser Einladung unmöglich mache. Niemand mit gesundem Menschenverstand würde die Existenz seines Autos in den Schlaglöchern der immer schlechter werdenden Straße aufs Spiel setzen, nur um Agreste kennenzulernen, »einen tatsächlich paradiesischen Erdenwinkel«. Wer unversehrt die Löcher der Hauptstraße überstehe, müßte noch »die unbeschreiblichen fünfzig Kilometer Lehm von Esplanada aus auf sich nehmen«.

Auf Ascanios für gewöhnlich ernstem Antlitz erscheint ein siegesbewußtes Lächeln: Auch so, trotz der Straße voller Schlaglöcher und der fatalen achtundvierzig Kilometer – achtundvierzig und nicht fünfzig – gab es Mutige, die bereit waren, dem Aufruf Folge zu leisten.

Staubig und verschwitzt vollführten die fremdartigen Wesen freundliche Gesten, die auf Durst schließen ließen. Das Weibchen mit seiner riesigen Lederpfote hatte es besonders eilig.

»Guten Tag ... Willkommen in Agreste!« begrüßte sie Ascanio fröhlich.

»Bonjour, frère!« antwortete der Raumfahrer und zog seinen Handschuh aus, um sich mit einem lila Taschentuch die Stirn zu trocknen. »Schön heiß, was?«

»Es wird bald abkühlen. Von vier an sind die Nachmittage sehr kühl, und nachts wird es richtig kalt. Ein trockenes Klima, ideal.« Ascanio Trindade haspelt seine Predigt herunter.

»Ich will dir alles glauben, was du mir sagst, Liebling, wenn du mir nur etwas zu trinken verschaffst...« Die Stimme des weiblichen Wesens ist verheißungsvoll.

»Was Sie nur wünschen, mit Vergnügen. Gehen wir zur Bar.«

Von seinem Tisch aus stellt Osnar fest:

»Sie kommen her, Admiral. Halt mich fest, ich bin imstande und verliere den Verstand, wenn ich mich jetzt an diese Erscheinung heranmache. In Ermangelung einer Polin wollte ich schon immer eine Marsbewohnerin vernaschen; so etwas wie eine Polin gibt es freilich auf keinem Planeten.«

Die Gruppe nähert sich, man begrüßt sich, sie setzen sich an einen Tisch. Manuel bedient eifrig, während Osnar kein Auge vom weiblichen Wesen wendet, das mangels Kokoswasser – in der Bar darf es nicht an weichen Kokosnüssen fehlen, notiert Ascanio – Guaraná akzeptiert.

»Für mich Whisky on the rocks ...«, verlangt das wahrscheinlich männliche Wesen.

»Ich habe nur brasilianischen, aber echten«, versichert Manuel voll Stolz.

»Nein, um Himmels willen, nein! Dann bringen Sie mir Mineralwasser, aber ohne Kohlensäure. Eiskalt.«

»Das hiesige Wasser ist besser als jedes Mineralwasser, es wurde schon in Bahia geprüft und hat viel Lob geerntet«, erklärt Ascanio.

»Wenn es nur eiskalt ist.«

Manuel serviert den Guaraná mit Strohhalm, ganz vornehm, und das Glas mit Wasser und Eis. Der Marsbewohner bestätigt, daß das Wasser wirklich gut ist, geben Sie mir noch ein wenig, bitte, und sagen Sie mir, was ich Ihnen schulde.

Auf ein Zeichen von Ascanio hin verbeugt sich Manuel:

»Nichts ... es war mir ein Vergnügen ...«

»Danke schön ... Diesmal nehme ich gerne an, aber in Zukunft ... Ist das die einzige Bar hier?«

»Nun, im Beco da Amargura gibt es eine Art Kneipe, die vom Neger Caloca. Aber in jedem Laden kann man einen Schluck Cachaça trinken.«

»Das Sortiment muß besser werden, my friend ... Gute Whiskymarken, gute Weine ... Und Hotel, frère?« – Der frère war Ascanio, er war ihm sympathisch –, »gibt es ein gutes Hotel? Mit Privatbad?«

»Ein Hotel eigentlich nicht. Aber es gibt eine sehr gute Pension, die von Dona Amorzinho, erstklassiges Essen, saubere Zimmer. Privatbad nicht. Aber der Hahn im Bad läßt sich als Dusche gebrauchen.«

»Später wird man ein gutes Hotel bauen müssen ...«, sagte das männliche Wesen, als ob der Bau eines erstklassigen Hotels hier, in Agreste, die einfachste Sache von der Welt sei. Genau von diesem Augenblick an – nach dieser Entscheidung des Superhelden – begann Ascanio Trindade zu phantasieren.

»Das schlimmste ist die Straße«, stellte das weibliche Wesen miauend fest.

»Man braucht nur weiter zu asphaltieren, darling. Wieviel Kilometer, frère?«

»Von hier nach Bahia?«

»Nein, nur das letzte Stück.«

»Achtundvierzig Kilometer ...«

»Nicht schwindeln, Liebster!« bat Miß Venus. »Es sind mehr als hundert ... Ich bin ganz gerädert.« Sie führt die Hand zum Raumfahrerhinterteil.

»Ach!« stöhnte Osnar, aber wer es auch gehört haben mochte, ließ es sich nicht anmerken.

»So viel muß es auch sein, darling, ungefähr fünfzig Kilometer. Die asphaltiert man im Handumdrehen.«

Hotel, asphaltierte Straße, der Traum geht weiter, Ascanios Herz weitet sich.

»Sagen Sie mal, frère, ein Boot, um den Fluß hinunterzufahren bis zu diesem Strand ... wie heißt er nur?«

»Mangue Seco.«

»C'est ça ... Kann man eines mieten?«

»Nun ... Da ist das Boot von Elieser. Er vermietet es nicht, aber ich werde mit ihm reden, ihn bitten, Sie mitzunehmen. Er ist ein guter Kerl.«

»Sie können ihm sagen, daß ich gut zahle ...«

Ascanio trabt davon, um Elieser zu suchen. Er wird ihn überzeugen müssen. Elieser ist nicht gerade ein Muster von einem guten Kerl, aber Ascanio verfügt über Prestige. Er wird nichts über Hotels und Asphalt sagen, der andere könnte solche Pläne als schwere Bedrohung seiner legitimen Interessen betrachten. Ascanio hat schon begriffen, daß es sich nicht um einfache Zufallsbesucher handelt, sondern um einen Unternehmer, der die Möglichkeit studiert, viel Geld zu investieren, um aus Agreste das ersehnte Fremdenverkehrszentrum zu machen, ein Projekt, das so oft im Post- und Telegrafenamt diskutiert wurde. Es fehlt an der Infrastruktur, hatte Dona Carmosina gesagt. Es fehlt jemand mit Geld, der sie baut, hatte Ascanio ergänzt, die Gemeinde ist nicht in der Lage dazu. Jetzt wird mehr als genug Geld da sein.

Schweigend, ohne Gesprächsstoff, grinsen Osnar und Manuel die Fremden an. Bald gesellt sich Aminthas zu ihnen, er hat ein Konzert der Rolling Stones unterbrochen. Die Königin des Planeten Venus wirft den drei menschlichen Wesen Blicke zu, jeden einzelnen lächelt sie auf besondere Weise an, deutet an, daß sie mit dem größten Vergnügen mit ihm schlafen würde – nur mit dir, Liebster, sonst mit niemandem auf der Welt. Osnar bleibt fast die Luft weg, Ascanio kommt gerade rechtzeitig zurück. Elieser ist direkt zum kleinen Ankerplatz gegangen, wo sein Boot wartet.

»Thanks! Andiamo, bella, wir haben nicht viel Zeit. Arrivederci.«

Wie viele Sprachen spricht man im Weltraum? Osnar stottert schon beim Portugiesischen. Der Marsbewohner streckt die Hand aus, Aminthas ist noch im Zweifel, ob er ihm den Arm ausreißen wird oder nicht.

Sie gelangen zum Ankerplatz, die prächtigen Wesen schiffen sich ein.

»Noch einmal merci, frère.« Der Astronaut winkt zum Abschied.

»Ascanio Trindade, Sekretär der Präfektur, stets zu Diensten.«

»Sekretär der Präfektur? Und wer ist der Präfekt?«

»Doktor Maritonio Dantas. Er ist leidend, ich führe die Dienstgeschäfte. Wenn Sie etwas brauchen, können Sie mit mir sprechen.«

»Okay. Wir werden bestimmt miteinander sprechen. Bald und lang.«

Das Boot fährt ab, die mit der blonden Mähne und der Platinsträhne wirft ihm einen Kuß zu, gibt sich mit einem Blick hin. Elieser verzieht keine Miene. Ascanio Trindade lächelt, das ganze ist wie ein Traum: Endlich sind sie doch gelandet.

Kommentare und eine erste, noch liebenswürdige Diskussion

Die Ansammlung auf dem Platz wird größer, es ist schon eine kleine Menschenmenge, die sich um das Vehikel drängt.

»Schau dir die Reifen an. Einfach toll!«

»Wunderschön!«

»Hast du die Hupe gehört? Sie spielt die Anfangstakte der *Wunderstadt.*«

»Das ist 'ne Wucht!«

In der Bar herrscht Hochbetrieb. Die Kaufleute haben ihre Läden und Geschäfte verlassen. Plinio Xavier rühmt sich, der erste gewesen zu sein, der die Maschine und ihre Piloten gesehen hat.

»Ich war gerade mit Abrechnungen beschäftigt ...«

Osnar lacht, worüber wohl? Die Blicke schweifen ab: An der Kirchentür unterhält sich Cinira mit den Betschwestern. Sie gehört noch nicht zu ihrem Bataillon, aber bald ist es soweit.

»... als ich diesen schrecklichen Krach hörte. Da habe ich alles liegen lassen ...«

Asterio und Elisa schließen sich der Gruppe an. In der Stunde der Gefahr war er nach Hause geeilt, in Sorge um seine Frau. Sozusagen in den Flitterwochen mit ihrer Schwester, ist Elisa nervös, erregt, unruhig. Gemeinsam gehen sie zum Platz, die Maschine betrachten. Elisa so hergerichtet, daß sie fast die Königin des Weltraums mit ihrer Platinsträhne in der Blondmähne in den Schatten stellt. Diese Platinsträhne macht Osnar verrückt, der Seixas und Fidelio ein Geständnis macht:

»Ich schwöre euch, wenn ich diese Marsbewohnerin in die Hände bekäme, würde ich beim großen Zeh anfangen, sie abzuschlecken. Ich würde gute drei Stunden brauchen, um zum Nabel zu kommen ... Ich würde sie mit der Zunge geißeln ...«

»Schweinekerl!«

Edmundo Ribeiro ist nicht gerade ein Puritaner, aber gewisse sexuelle Angewohnheiten scheinen ihm eines richtigen und anständigen Mannes unwürdig. Eine Frau aufs Bett werfen, sie besteigen, ausgezeichnet. Aber mit der Zunge ... Küsse, nur auf den Mund, und auf einen sauberen Mund.

»Edmundinho, mein Guter, sag nur nicht, daß du nie im Leben Minette gemacht hast ... daß du nie an einer Honigwabe geschleckt hast ...«

»Ich bitte mir Respekt aus, ich bin ein seriöser und reinlicher Mensch.«

Im Post- und Telegrafenamt wird die Diskussion hitzig. Ascanio Trindade erstattet Dona Carmosina einen genauen Bericht, in Gegenwart des Kapitäns Dario de Queluz, dem Übles schwant.

»Sie, mein lieber Ascanio«, sagt er mit jammernder Stimme, »mit dieser Manie des Tourismus in Agreste, Sie werden teuer bezahlen dafür, Sie und wir alle. Eines Tages wird irgendein Narr den Blödsinn lesen, den Sie und Carmosina den Zeitungen einschicken, wird ihn ernst nehmen und aus der Ausbeutung des Strandes von Mangue Seco, des Wassers und des Klimas von Agreste ein Geschäft machen. Und wir werden ein schlechtes Ende nehmen. Im Handumdrehen werden wir die Hölle haben.«

»Die Hölle? Warum denn, Kapitän? Ich habe noch nie gehört, daß ein Kurort eine Hölle ist. Im Gegenteil, er ist ein Ort der Ruhe, der Erholung«, schaltet sich Dona Carmosina ein. »Sie wissen, daß niemand die Natur, die Luft, die Schönheit von Agreste mehr verteidigt als ich. Aber was ist denn Böses an einem Kurort?«

»Heilquellen in der Stadt, das geht noch. Aber das Ärgste ist, daß Ascanio den Strand mit Leuten vollstopfen will, mit allen möglichen Schweinereien . . .«

»Was für Schweinereien?« erregt sich Ascanio. »Sommerhäuser für Touristen, ein Hotel, Restaurants. Sind vielleicht die Strände von Acapulco, von Saint-Tropez oder Arembepe eine Schweinerei, eine Hölle? Die Zukunft von Agreste ist der Fremdenverkehr.«

»Die Hölle, jawohl, und Schweinerei. Erst kürzlich hat die *Tarde* eine Reportage über Arembepe gebracht: Es ist zur Hauptstadt der Hippies geworden, zur südamerikanischen Hauptstadt der Maconha, des Haschisch. Können Sie sich Mangue Seco voll von Langhaarigen und Haschern vorstellen? Lassen Sie unser Paradies in Frieden, Ascanio, wenigstens solange wir leben.«

»Soll das heißen, daß es Ihnen lieber ist, wenn Agreste ein Ort bleibt, der gerade gut genug ist, um den Tod zu erwarten?«

»Ja, das ist mir lieber. Hier läßt der Tod auf sich warten, mehr wünsche ich mir nicht. Reine Luft, ohne Verschmutzung. Einen sauberen Strand.«

Ascanio sieht Dona Carmosina an, seine Verbündete ergreift das Wort:

»Wer redet von Verschmutzung? Hippies, na ja, obwohl ihre Philosophie auch die meine ist, Friede und Liebe, das Schönste, was in diesem Jahrhundert erfunden worden ist! Nur in den Drogen steckt der Teufel. Aber an Touristen mit Geld kann ich nichts Schlimmes finden, Kapitän. Schöne Sommerhäuser, ein Aufschwung der Geschäfte, gute Filme, nun bitte! Dagegen kann niemand sein.«

»Wolkenkratzer, Hotels, Grundstücksspekulation, das Ende des Kokoshains, der Bäume, der Ruhe, des Friedens! Gott behüte und bewahre mich! Glücklicherweise ist das nur ein Wahn von euch . . .«

Peto kommt angelaufen, das Boot ist zurück. Bevor er geht, fordert Ascanio den Kapitän auf, ihn zu begleiten.

»Nun, ich glaube, daß wir bald Fremdenverkehr hier in Agreste haben werden. Der Narr ist schon da. Kommen Sie mit, wir wollen uns mit ihm unterhalten.«

»Gehen wir«, sagt der Kapitän.

Als sie aber zum Platz kommen, ist das von Neugierigen umringte Paar von Superhelden im blinkenden Gefährt schon zur Abfahrt bereit. Ascanio versucht noch, ins Gespräch zu kommen, aber sie haben es eilig, sie kommen sonst spät in der Nacht nach Salvador.

»Ich komme bald wieder, und dann sprechen wir darüber. Ich möchte mir Ihren Namen aufschreiben.« Er zieht ein Notizbuch aus der geheimnisvollen Tasche am Hosenbein; die Feder, die ihm um den Hals hängt, sieht wie ein Mikrophon aus einem Spionageroman aus. Der winzige und scharfe Fotoapparat funktioniert in den zarten langfingrigen, von den Handschuhen befreiten Händen von Miß Venus.

»Mein Name? Ascanio Trindade. Das hier ist Kapitän Dario de Queluz.«

»Kapitän?«

»Ja, von der Kriegsmarine.«

»Außer Dienst«, erklärt der Kapitän.

»Aha!« Nach einer Pause stellt er sich vor: »Doktor Mirko Stéfano. A bientôt. So long.«

»Adieu, Liebster!« jault Miß Venus, Ekstase im Blick.

Die Maschine fährt ab, erzeugt eine Staubwolke, ihr Lärm bringt zartere Ohren zum Platzen. Doktor? Er sieht wie ein Astronaut aus, der Kapitän eines Raumschiffs, ein moderner Unternehmer, von der Sorte derer, die die Welt und das Leben verändern. Eine genaue Information über das Vehikel liefert Peto – es ist ihm noch nicht gelungen, die Grundschule zu beenden, er hat es nicht eilig, aber er weiß schon alles über Autos und Straßen. Es handelt sich um einen Bug, mit Magnesiumrädern, Breitbandreifen, 1600 Kubik, Doppelvergaser, Mehrklanghorn. Übrigens ist alles vergrößert, der Motor ist frisiert. Petos Begeisterung kennt keine Grenzen. Er läuft nach Hause, um diese Neuigkeit Tante Antonieta und Leonora zu erzählen.

Über die höheren Wesen erfuhren sie aus dem Munde des übellaunigen Elisier das Folgende:

»Der Kerl hat sich für die Gegend am Flußufer interessiert, für den Kokoshain und die herrenlosen Grundstücke. Er hat mich gefragt, wem sie gehören, ich habe ihm gesagt, daß man noch nie erfahren hat, ob sie überhaupt jemandem gehören. Sie haben eine Menge Fotos gemacht. In Mangue Seco haben sie sich ausgezogen und nackt gebadet...«

»Nackt?«

»Ja, beide... Als ob ich Luft wäre. Die Frau ist mutig, hat keine Angst vor der Brandung gehabt.«

»Sehen Sie, Ascanio? Nudismus, gleich am Anfang. Gott sei Dank war ich nicht dort, ich hätte das nicht erlaubt.« Wie Edmundo Ribeiro ist auch der Kapitän Dario kein Puritaner, aber Nacktkultur in Mangue Seco, das geht zu weit. Solange er lebt, wird es das nicht geben!

Ascanio will antworten, aber Elisier kommt ihm zuvor.

»Der Kerl hat mich gefragt, was er mir schuldig ist, ich habe ihm gesagt, nichts, wie Sie mir befohlen haben. Wer wird jetzt meine Arbeit und das Benzin bezahlen, Ascanio? Du oder die Präfektur?«

Osnar, der schweigend zugehört hat, zeigt sich empört.

»Du siehst so eine tolle Frau splitternackt und willst auch noch Geld haben, Elieser? Ich würde bezahlen, wenn ich zuschauen könnte... Du solltest dich schämen!«

Das Licht, Tietas Tugenden und lateinische Zitate

Die Maniokpflanzer, Ziegenzüchter, Fischer und Schmuggler in der Stadt Agreste und in den benachbarten Dörfern, von den Ufern des Flusses bis zu den aufgewühlten Wogen der Mole, alle und überall erhielten sie Kenntnis von dem außergewöhnlichen Ereignis, und in Rocinha verkündete der fromme Possidonio die Apokalypse und das Ende der Welt, seine Lieblingsthemen. Er stützte sich dabei auf die Heilige Schrift, das Alte Testament.

Die Habitués des Areopags stellten fest, daß plötzlich allerhand in Agreste vorging, was den Ort seiner gewohnten Stumpfheit entriß und lebhafte Kommentare und Diskussionen auslöste.

Die elektrischen Drähte, die an kolossalen Masten hingen, wanderten auf höheren Befehl mit einer bei öffentlichen Arbeiten abnormen Geschwindigkeit durch den Sertão auf die Gemeinde zu. Ab und zu tauchte ein Jeep mit Ingenieuren und Technikern in den stillen Straßen auf und brachte Leben in die Bar von Manuel. Der Chefingenieur garantierte, daß die Drähte in anderthalb, höchstens zwei Monaten die Stadt erreicht haben würden; dann wären die Arbeiten abgeschlossen, und man könnte das Datum für die Einweihungsfeier festlegen. Da es sich um eine Gemeinde von bundesweitem Prestige handelte, würden vielleicht hochstehende Beamte der Gesellschaft vom Vale de São Francisco erscheinen, wer weiß, sogar der Präsident, direkt aus Brasilia.

Der Chefingenieur zweifelte an nichts mehr, seit er erfahren hatte, daß eine Witwe, die ihre Ferien in ihrem Heimatort verbrachte, durch Vermittlung von Freunden des Verstorbenen, der zu seinen Lebzeiten ein einflußreicher Millionär gewesen war, die Anordnung erwirkt hatte, das ganze Projekt abzuändern, damit die Gemeinde von Sant'-Ana do Agreste mit absolutem Vorrang behandelt werde. Es war schwer zu glauben, aber da es allgemein behauptet wurde, zeigte der Ingenieur schließlich Interesse, die illustre Dame kennenzulernen, die imstande war, genehmigte Vorhaben abzuändern, Maste aufstellen und Stromleitungen verlegen zu lassen.

»Sie heißt Dona Antonieta Esteves Cantarelli. Sie haben sicher schon vom Comendador Cantarelli reden hören, dem Paulistaner Großindustriellen. Er ist erst vor kurzem abgekratzt.«

Der Ingenieur ließ sich überzeugen und verbarg seine Unkenntnis: Der Name komme ihm bekannt vor, sagte er, er habe ihn im Zusammenhang mit den Matarazzo, den Crespi, den Filizola gehört. Er erhob sein Bierglas und trank voll Hochachtung auf das Wohl der Senhora Cantarelli. Nicht nur Aminthas tat ihm Bescheid, alle Anwesenden schlossen sich dieser Huldigung an. Das dankbare Volk, das noch ganz außer sich war über das unerwartete Geschenk, nannte die neue Beleuchtung das »Licht aus Paulo Afonso«, das »Licht des Wasserkraftwerks« oder das »Licht der Gesellschaft vom Vale do São Francisco«, wie es korrekterweise überall genannt wurde. Für die Leute von Agreste war es das »Licht von Tieta«.

Als Tieta am Mittwoch nach den Festlichkeiten des Sonntags von Mangue Seco hereinkam, um beim Notar den Kaufvertrag über die Grundstücke zu unterschreiben, wurde sie durch ein Spruchband überrascht, das am Kirchplatz, nahe an Perpetuas Haus, zwischen zwei wurmstichigen Masten der alten Beleuchtung hing: »DIE DANKBARE EINWOHNERSCHAFT VON AGRESTE GRÜSST DONA ANTONIETA ESTEVES CANTARELLI«. Es gab nur einen kleinen Schönheitsfehler: Das Wort ESTEVES wurde auf Verlangen von Perpetua und Zé Esteves hinzugefügt, nachdem das Spruchband schon fertiggestellt war. Es wurde, etwas erhöht, zwischen die beiden anderen Namen eingesetzt, ein kleiner Schnitzer, der aber die eindrucksvolle Wirkung der roten Buchstaben auf dem weißen Stoff nicht minderte.

Die Idee war von Ascanio, konnte aber mit der allgemeinen Unterstützung rechnen, denn Tieta war als die Heldin der Stadt in aller Munde. Man hatte sie noch nicht auf den Hauptaltar der Pfarrkirche neben die heilige Anna gesetzt, wie Modesto Pires es vorausgesagt hatte, aber es fehlte nicht viel dazu. Als sie am frühen Nachmittag in Begleitung von Leonora und Perpetua zum Notar ging, bei dem sie sich mit dem Eigentümer der Zuckerrohrmühle verabredet hatte, kamen die Leute aus den Häusern, um sie zu begrüßen und ihr zu danken, und einige küßten ihr sogar die Hand. Als Oberst Artur Tapitanga erfuhr, daß sie in Agreste war, verließ er sein Gutshaus und ging den einen Kilometer bis zur Straße zu Fuß, um die verdienstvolle Bürgerin zu umarmen.

»Meine liebe Tochter, der Mensch denkt und Gott lenkt. Als dich Zé Esteves von hier verjagte, so geschah es, weil Gott wollte, daß du als Königin zurückkehrst.« Er betrachtete sie mit den Augen eines alten, geilen Bocks, der keine Kraft mehr in den Eiern, aber Gelüste im Herzen hat. »Wann kommst du mich besuchen und die Ziegen ansehen?«

Auch Bafo de Bode feierte sie auf seine Art, als er sie an der Tür des Kinos sah:

»Es lebe Dona Tieta, die hier die Hosen anhat und einem jeden den Kopf verdreht!«

Beim Vorbeigehen legte Tieta in seine schmutzstarrende Hand so viel, wie er in einer Woche für Cachaça brauchte, und wiegte die Hüften wie das Heck eines Schiffs im Sturm, um ihm eine Augenweide zu bieten.

Nachdem der Kaufvertrag aufgesetzt, der Zeitpunkt der Übergabe des Grundstücks festgelegt und der Restbetrag bar bezahlt war, ging Tieta auf dem Heimweg am Postamt vorbei, um Dona Carmosina zu umarmen und einen Brief aufzugeben. Jetzt begleiteten sie Ascanio und der Barde De Matos Barbosa, geplagt von Sehnsucht und Rheumatismus: Deine Gegenwart, Tieta, ist Sonne und Arznei, ich brauche nur dein Antlitz zu betrachten, um mich wieder gesund zu fühlen.

»Abends komme ich auf einen Schwatz zu euch«, verkündete Dona Carmosina. »Ich habe eine Menge Neuigkeiten ...«, sie blinzelte zu Leonora und Ascanio hin, ihr Lieblingsthema.

»Ich werde nicht da sein. Ich fahre noch heute, jetzt bald, nach Mangue Seco zurück. Ich bin nur gekommen, um dich zu sehen und mich nach Dona Milú zu erkundigen.«

»Heute fährst du zurück? Warum denn so eilig?«

»Ich baue meine Hütte, habe schon angefangen. Du kennst mich ja: Wenn ich etwas will, muß es schnell gehen, ich habe es eilig. Ich möchte die Mauern sehen, bevor ich wegfahre.«

»Du kannst doch nicht so bald wieder wegfahren. Sag das nicht.«

»Warum denn nicht?«

»Vor der Einweihung der Beleuchtung? Das werden die Leute nicht zulassen.«

Tieta lachte:

»Ich fühle mich schon als Anwärterin auf einen Abgeordnetensitz ... Du vertrittst mich beim Fest.« Sie überlegte ein paar Sekunden, den Blick ins Weite gerichtet. »Aber wer weiß, vielleicht bleibe ich auch, verlängere die Ferien; nicht wegen des Festes, sondern um mein Häuschen in Mangue Seco fertig zu sehen.«

»Natürlich bleibst du. Beide bleibt ihr ...« Dona Carmosina betrachtet das melancholische Gesicht Leonoras. »Ich kenne jemanden, der vielleicht für immer bleibt«, kann sie sich nicht verkneifen zu sagen. Die kleinen Äuglein blicken verschmitzt drein.

Zu Hause, allein mit Perpetua, berichtete Tieta von Ricardo: Er sei ein guter Junge, ihr lieber Neffe, eine unschätzbare Hilfe. Unter der Anleitung des Kapitäns ergriffe er Initiativen und treffe Maßnahmen, sei schon zweimal in die Siedlung von Saco gegangen, um die notwendigen Arbeitskräfte anzuheuern, Maurer, Zimmerleute und einen Baumeister, Leute, die es gewohnt waren, Kokospalmstämme in den Flugsand zu rammen. Er habe alle Einzelheiten bedacht, der Bau selbst sei am Vorabend begonnen worden. Sie brauche ihn noch ein paar Tage in Mangue Seco, habe ihn zu ihrem Stellvertreter ernannt.

»So lange du willst, Schwesterlein, er hat ja Ferien.«

Trotz der Ferien hatte Ricardo seine Schulbücher kommen lassen, nicht einmal am Strand vernachlässigte er sein Studium. Er schlief in einer Hängematte im Wohnzimmer von Toca da Sogra. Ein Goldjunge, Tieta wollte ihm weiterhelfen und hatte deshalb beschlossen, in einer Bank von São Paulo ein Sparbuch auf seinen Namen zu eröffnen. In dem Brief, den sie heute am Postamt aufgab, hatte sie ihren Geschäftsführer beauftragt, das Sparbuch mit einer beträchtlichen Anfangseinlage zu eröffnen – Perpetua erzitterte, als sie die Summe hörte –, die sie jeden Monat um einen bestimmten Betrag vergrößern würde, sie wußte noch nicht, um wieviel. So daß Ricardo bei seiner Priesterweihe mit Kapital, Zinsen und Aufwertung über ein nettes Vermögen verfügen würde. Dankbar erhob Perpetua ihre Augen zum Himmel, der Herr begann, seinen Teil des abgeschlossenen Vertrages zu erfüllen. Nachdem sie Gott gedankt hatte, sah sie Tieta an und sagte:

»Ich weiß gar nicht, was ich sagen soll, Schwesterchen. Gott wird es dir lohnen.« Mit einer unerwarteten Bewegung ergriff sie die Hand der Schwester, führte sie an ihre Brust und drückte sie ans Herz. Mit einem schwarzen Taschentuch trocknete sie die tränenden Augen.

Bevor sie abends nach Mangue Seco zurückkehrte, um den Huldigungen ihrer Landsleute und dem Kreis der Familie zu entfliehen, empfing Tieta noch den Besuch von Padre Mariano. Der Geistliche dankte ihr im Namen der Gläubigen für das Geschenk der neuen Beleuchtung, die das Aussehen der Stadt verwandeln und die Gewohnheiten verändern würde, ein ungeheurer Dienst, den sie der Allgemeinheit geleistet hatte. Nun hatte Dona Antonieta zwar alle begünstigt, der Pfarre jedoch ein ernstes Problem beschert, denn die elektrische Installation in der Kirche war in miserablem Zustand und würde den stärkeren Strom von Paulo Afonso nicht aushalten. Ein Ingenieur des Wasserkraftwerks, den er befragt hatte, hielt es für unbedingt notwendig, die ganze Anlage zu erneuern, um einen Kurzschluß zu verhindern und eine schwere Feuergefahr zu vermeiden. Woher sollte er das nötige Geld nehmen? An wen sich wenden, wenn nicht an sie? Die Pfarrkirche verdanke ihr schon viel, angefangen bei der neuen Statue der Schutzpatronin und der Monstranz aus São Paulo, wer wisse das besser als er, aber er kenne auch die Großherzigkeit von Dona Antonieta, einer edlen Seele und außerdem Witwe eines Comendadors des Papstes, das heißt jemand, der in der Hierarchie der Kirche einen hohen Rang einnimmt. In Gegenwart des Vaters, der Stiefmutter, der Schwestern und Leonoras hörte ihn Tieta schweigend und mit einem vielsagenden Lächeln an. In Gedanken an das Sparbuch wiederholte Perpetua die Worte des Pfarrers:

»Eine edle Seele, damit haben Sie alles gesagt, Hochwürden.«

Dem Priester gelang es nicht, an Tietas zweideutigem Lächeln eine positive Antwort abzulesen; er konnte nur feststellen, daß Tieta sich in diesen Tagen in Mangue Seco verjüngt hatte, sie sah befriedigt aus, hübsch wie noch nie, die Sonne hatte ihrer kupferfarbenen Haut einen goldenen Schimmer verliehen.

»Machen Sie sich keine Sorgen, Padre, Sie können die Drähte erneuern.«

Beruhigt schickte der Pfarrer sich an, zu danken, als sie in scherzendem Ton und mit einem Lachen in der Stimme fortfuhr:

»Damit will ich die heilige Anna dafür entschädigen, daß ich ihr ein paar Tage lang den Sakristan geraubt habe, meinen Neffen Ricardo, der mir in Mangue Seco hilft.«

Perpetua bebt in ihrem schwarzen Kleid, ihrem Trauergewand, und kann die Befriedigung nicht verbergen, die sich auf ihrem brummigen Gesicht jäh mit einem siegesgewissen Blick verrät. Als Tieta den Neffen mit den Gaben an die Kirche in Verbindung gebracht und ihn als ihren Mittler bei den Beziehungen zu Gott und den Heiligen bezeichnet hatte, machte sie einen großen Schritt vorwärts auf dem Wege, der zur Adoption und zur Erbschaft führte. Gott war nun zum Schuldner geworden, da er aus Ricardos Hand die Stiftung der neuen elektrischen Installation der Pfarrkirche erhielt.

Auch Padre Mariano strahlte; mit erhobener Stimme hielt er eine gewählte Lobrede.

»Gott vergißt niemanden, der der Heiligen Mutter Kirche hilft, jeden Obolus verwandelt er in ein Vielfaches an ewigen Wohltaten. Der Segen der Heiligen Jungfrau wird Sie, Dona Antonieta, und die Ihren beschützen.« Er hob die Hand, lächelte frömmlerisch und segnete die Esteves und die Cantarelli. »Im Namen der heiligen Anna kann ich Ihnen schon sagen, daß sie Ihnen gerne ihren Schildknappen überläßt. Wenn sich Ricardo in so heiligmäßiger Gesellschaft befindet, kann er nur die Ausübung des Guten erlernen.«

Beim Abschied würdigte der Pfarrer Tietas Aussehen, das er schmuck und anmutig nannte. Die Tage am Strand, sagte er, seien ein wahres Tonikum für sie gewesen, sie strahle Gesundheit und Frohsinn aus, die Schönheit ihres Antlitzes sei der Widerschein einer reinen, schönen Seele, benedicta Domini. Gott möge sie so bewahren.

Zé Esteves war der einzige, der sich unzufrieden zeigte und sowohl die Bitte als auch die Gewährung kritisierte.

»Dieser Aasgeier im Talar ist ein Fuchs. Mit seiner glatten Zunge und seinem Latein verschafft er der Kirche ein Mordsgeld, und die Dummen fallen auf ihn herein. Sei mir nicht böse, meine Tochter, aber du mußt dein Geld besser zusammenhalten. Vergiß nicht, daß du ein Haus kaufen willst, da kannst du nichts verschleudern.«

Erst eine Woche später kam Tieta wieder nach Agreste. Sie folgte einer Aufforderung ihres Vaters, der ihr eine eilige Nachricht von Dona Zulmira übermittelte: Sie war bereit, den Preis des Hauses zu ermäßigen und eine Abmachung zu treffen. Sie übertrug Ricardo die Aufsicht über die Arbeiten, die wachsenden Mauern. Er blieb allein in Toca da Sogra, denn drei Tage zuvor war der Kapitän mit Dona Laura in den Bungalow in der Stadt zurückgekehrt. Drei Tage, oder besser drei Nächte, in denen die Tante und der Neffe die romantischen Dünen mit der Bequemlichkeit der Roßhaarmatratze von des Seemanns Ehebett vertauschten.

Sie setzte die Erziehung des Neffen fort und lehrte ihn alles, was gut ist. Die Matratze war gerade zur rechten Zeit gekommen, als sie zu einem höheren Grad im Studium der Materie gelangten, in der Tieta eine sachverständige Lehrerin war, eine erfahrene Professorin, doctor honoris causa, wie Padre Mariano auf lateinisch sagen würde. In praktischen Intensivkursen lehrte sie ihn alles, was sie wußte, das heißt alles, das ganze Alphabet, das unbeschreibliche Ypsilon inbegriffen.

Tieta kam am Morgen jenes Tages nach Agreste zurück, an dem die schrecklichen Wesen aus dem Weltraum zum erstenmal eingetroffen waren; aber sie sah sie nicht und erfuhr erst abends durch einen aufgeregten, wildbegeisterten Ascanio von ihnen.

»Kapitalisten aus dem Süden, die die Möglichkeit studieren, hier in der Gemeinde Kapital in ein touristisches Unternehmen zu investieren, eine ganz große Sache; sie wollen die Straße asphaltieren und Hotels bauen. Was meinen Sie, Dona Antonieta? Was sagen Sie dazu, Leonora?«

Ein Tourismusunternehmen? In Agreste, aufgrund des Wassers,

des Klimas und des Strandes von Mangue Seco? Wer weiß, möglich ist alles, warum nicht? Sie hatte recht daran getan, das Grundstück am Strand zu kaufen, sie mußte den Vorschlag von Dona Zulmira annehmen und ihre Unnachgiebigkeit aufgeben; die Preise von Bauland und Immobilien können eine plötzliche Aufwertung erleben, in São Paulo hatte Tieta unglaubliche Dinge mitgemacht. Mit seinem einzigartigen Spürsinn hatte Felipe für ein Butterbrot Grundstücke über Grundstücke in einer Gegend erworben, für die sich niemand interessierte. Wenige Jahre später hatte er mit dem Weiterverkauf ein Vermögen erworben. Tieta bat Perpetua um Papier und Feder und schrieb Dona Zulmira ein Billett, um das Geschäft abzuschließen. Peto mußte es hinbringen.

Sie beschloß, so lange in Agreste zu bleiben, bis sie die Verhandlungen beendet, den Kaufvertrag aufgesetzt und das Haus bezogen hatte. Obwohl ihr Körper glühend danach verlangte, schnell zurückzukehren, und sie wußte, daß der junge Mann in den schlaflosen Nächten Höllenqualen litt, wollte sie doch vor allem anderen das Geschäft zum Abschluß bringen. Sie hatte gelernt, nicht den Kopf zu verlieren und nicht zuzulassen, daß die Leidenschaft ihr Nachteile bringe, und mochte sie noch so stark und erregend sein.

Ascanio fuhr fort, die strahlende Zukunft von Agreste auszumalen. Der Wandel hatte mit der Ankunft der beiden Paulistanerinnen in der Stadt eingesetzt, alles war jetzt leichter, dank des Beschlusses der Gesellschaft vom Vale do São Francisco, Agreste in die Liste der mit dem Strom von Paulo Afonso versorgten Gemeinden aufzunehmen – mit dem Licht von Tieta.

Tieta versucht, die Liebe zu definieren, aber es gelingt ihr nicht.

Tieta läßt die Verliebten an der Haustür stehen, allein, so daß sie Abschied nehmen können, wie sie wollen. Aber aus dem Schatten des Korridors heraus späht sie hinaus, um zu sehen, was geschieht, wo die Hände landen, die Küsse, die gierigen Lippen, die Zungen, die sich verflechten, diese ersten Schritte auf dem Weg zum übrigen. Sie wurde völlig und beunruhigend enttäuscht. Sie sah nur, wie Ascanios Lippen ängstlich und eilig Leonoras Wange streiften, das war überhaupt kein Kuß, sie verlor nur ihre Zeit, wenn sie dieses Paar kompletter Idioten belauschte. Von der Tür aus, wo sie stehen bleibt, bis sie ihn aus den Augen verliert, winkt Leonora lange zum Abschied, und sicherlich erwidert Ascanio den Gruß. Ein schlechtes Zeichen; der Fortgang, den diese Idylle nimmt, gefällt Tieta gar nicht.

Leonora wird keine größere Gefahr laufen, wenn sie und Ascanio während einer mondlosen Nacht in der Bacia de Catarina zwischen den Felsen zu einem guten Ende gelangen. Die Gefahr besteht dagegen in diesen ängstlichen, flüchtigen Küssen, in dieser dummen Verliebtheit von Hinterwäldlern, die heute gar nicht mehr üblich ist. Wenn man sich in Agreste auf diese Art verliebt, voll Respekt und alle Regungen unterdrückend, dann nur, wenn man Verlobung und Heirat im Auge hat. Heirat, Leben in Agreste: absurde Illusionen, verrückte Träume. In solchen Fällen genügt es nicht, die Pflaume gut zu spülen. Die Trennung bringt dann schweres Leid mit sich, beschränkt sich nicht auf ein paar Tränen auf der Rückreise im Autobus.

Als Tieta an diesem Tage lebensprühend aus Mangue Seco kam, voll Begeisterung vom Grundstück und vom Haus am Strand erzählte, schlanker, gerade richtig, da fiel ihr Leonora in die Arme und flüsterte ihr besorgt ins Ohr:

»Ich muß viel mit dir besprechen, Mamachen.«

Aber während des Tages hatten sie keine Gelegenheit, allein zu bleiben. Perpetua war immer dabei, schmeichelte der Schwester und kargte nicht mit Lobreden. Sie war wie ausgewechselt, und um ihr schönzutun, verwendete sie sogar die wenigen lateinischen Ausdrücke, die sie in den vielen in der Sakristei verbrachten Jahren gelernt und die sie früher der Lobpreisung des Herrn und der Heiligen vorbehalten hatte, wie turris eburnea, der ausschließlich der Jungfrau Maria zukam. Jetzt war nichts gut genug, um Tietas Tugenden zu preisen.

Der Mittagstisch war voll besetzt: Zé Esteves und Tonha, Elisa und Asterio, Peto, der seine Tante um den Segen bat und seine gierigen Augen an ihrem üppigen braunen Fleisch ergötzte. Wer ihr am Strand Gesellschaft leistete, wer in der glücklichen Lage war, nach Herzenslust zu glupschen, die kleinsten Einzelheiten zu erspähen, wenn sich die Tante unbefangen im winzigen Bikini bewegte, das war Ricardo; aber dieser Idiot von einem Bruder wandte ja den Blick ab, um nichts zu sehen, aus dem würde noch ein Eremit, ein Mystiker, werden. Der Dummkopf lief in Mangue Seco sicher mit verbundenen Augen herum. Gott gibt dem Nüsse, der keine Zähne mehr hat, klagte Osnar. Stimmt!

Nachmittags gingen sie zu Dona Zulmira, um den Abschluß des Geschäfts zu bestätigen, und von da zum Notar, um die Daten für den Kaufvertrag anzugeben und den Tag für seine Unterschrift festzulegen – je eher desto besser, bat Tieta, die es eilig hatte, nach Mangue Seco zurückzukehren. Die Mauern der Hütte, wie sie das kleine Haus am Strand bezeichnete, begannen zu wachsen, sie genoß jeden einzelnen Ziegel, jede Kelle Beton, gemeinsam mit ihrem Neffen, den sie mit ihrer Begeisterung angesteckt hatte. Abends füllte sich das Besuchszimmer: Dona Carmosina, Dona Milú, Barbozinha, die Billardbrüder, die Asterio eskortierten; Ascanio war am späten Nachmittag erschienen und war zum Abendessen geblieben, er trennte sich nicht von Leonora.

Auch Dona Carmosina verkündete, unbedingt und dringend eine lange geheime Unterredung mit Tieta führen zu müssen. Sie setzten sie für den folgenden Tag fest. Morgen ganz bestimmt! – mahnte die Postmeisterin beim Abschied.

Leonora setzt sich im Schlafzimmer aufs Bett, während sich Tieta abschminkt. Sie schüttet ihr Herz aus: Sie ist verliebt, was ist da zu tun? Eine tiefe Leidenschaft, kein banales Abenteuer, keine Liebelei, das war nicht ihre Sache, Mamachen kannte sie; in diesen drei Jahren im Refúgio hatte sie keine einzige Affäre gehabt. Es ist Liebe, zum erstenmal.

»Sag mir, was ich tun soll, Mamachen. Die Wahrheit erzählen kann ich ihm nicht.«

»Nein, daran ist nicht zu denken. Da müßtest du schon verrückt sein oder mich hassen.«

»Daran habe ich nie gedacht, wie könnte ich denn das erzählen? Aber ich bin ratlos, ich weiß nicht, was ich machen soll. Hilf mir doch, Mamachen. Ich habe nur dich auf der Welt.«

Tieta läßt die Reinigungscreme und den Spiegel stehen, nimmt die Hände des Mädchens in die ihren, streichelt ihr blondes Haar, nicht einmal ihre eigenen Schwestern liebt sie so wie dieses unglückselige Wesen, das sie auf der Straße aufgelesen hat, die kleine Nora, die vom Mißgeschick gezeichnet ist und immer Träumen und Hoffnungen nachhängt.

»Ich weiß, daß du es nie erzählen wirst, ich kenne meine Zicklein, es wäre schlimm, wenn ich sie nicht kennen würde. Was du tun sollst? Die Ferien genießen, dich amüsieren. Verliebe dich in den Jungen, er ist sympathisch und sieht gut aus, ein stattlicher Mann. Ein bißchen naiv für meinen Geschmack, aber anständig. Schlaf mit ihm, wenn du willst. Du mußt ja ganz wild danach sein, nicht?«

Leonora nickt zustimmend mit dem Kopf und verbirgt ihr Gesicht in den Händen. Tieta setzt sich neben sie aufs Bett und fährt fort:

»Schlaf mit ihm, geh spazieren, sei verliebt, genieß das Leben, aber binde dich nicht. Sei vorsichtig, damit kein Skandal entsteht. Ich verstehe nur nicht, warum du noch nicht mit ihm geschlafen hast.«

»Er glaubt, daß ich Jungfrau bin, Mamachen. Ich habe noch nie jemanden so leichtgläubigen und rücksichtsvollen gesehen. Ich habe nicht den Mut und hätte auch nicht die Worte, um ihm zu sagen, daß ich nicht unberührt bin. Ich habe Angst, daß er den Glauben an mich verliert, daß er mich nicht mehr mag.«

»Das ist möglich. Agreste ist nicht São Paulo, es ist der Arsch der Welt, lebt noch im vorigen Jahrhundert. Hier ist man entweder ein unschuldiges Mädchen oder eines, das seine Tür allen öffnet. Hast du nicht gesehen, wie es mir ergangen ist? Mein Vater hat mich fortgeschickt, weit fort, damit ich dort zur Hure werden sollte. Das ist lange her, aber heute ist es noch genauso. Vielleicht, wenn du geschickt bist ...«

»Wie denn geschickt, Mamachen? Er glaubt, daß ich jungfräulich und reich bin, die Tochter und Erbin des Comendador Felipe. Er hat sogar Hemmungen, meine Hand zu ergreifen, weil er arm wie eine Kirchenmaus ist und ich eine Millionärin bin. Weißt du, daß er mir noch keine Liebeserklärung gemacht hat? Er macht Andeutungen, seufzt, setzt zum Sprechen an, schluckt, schweigt, nimmt meine Hand, das ist alles. In Mangue Seco war ich es, die ihn geküßt hat. Sonst streift er nur meine Wange mit den Lippen, wenn er sich verabschiedet, und fertig.«

»Ich habe es gesehen, ich habe euch heimlich beobachtet, es ist nicht zu glauben. Der arme Junge muß sein ganzes Gehalt im Haus von Zuleika ausgeben, um sich abzureagieren, oder Handarbeit leisten, wenn er kein Geld hat.« Sie lächelt Leonora zu. »Befolge meinen Rat: Laß den Dingen ihren Lauf, mit der Zeit kommt alles ins Lot, amüsiere dich. So langweilst du dich wenigstens nicht.«

»Mich langweilen? Mamachen, ich will dir etwas sagen: Diese Tage hier waren die einzigen glücklichen in meinem ganzen Leben. Ich liebe. Zum erstenmal, Mamachen. Das mit Pipo und Cid war etwas anderes, gar nicht zu vergleichen. Alles, was ich möchte, ist hierbleiben, bei ihm, und nie mehr fortgehen müssen!«

Tieta ist gerührt, arme Leonora, gejagtes Zicklein. Sie glättet ihr Haar und kneift sie in die Wange.

»Ich bin ja nicht dagegen, mein Kind, ich sehe nur keinen Ausweg.«

Schon beim Abendessen im Haus der Dona Milú hatte Tieta das Idyll von Leonora und Ascanio beobachtet und sich Sorgen gemacht. Wenn es nur ein einfaches Abenteuer gewesen wäre, Küsse, Umarmungen, am Flußufer, zwischen den Felsen, auf dem heißen Sand von Mangue Seco, den richtigen Orten, um der Natur freien Lauf zu lassen, dann wäre es nicht weiter wichtig, es genügte, vorsichtig zu sein, um den bösen und spitzen Zungen von Agreste keinen Vorwand zu liefern. Aber auch wenn Nora ins Gerede käme, fiele es nicht ins Gewicht, sie würde bald abreisen, um nie wieder zurückzukehren, da machte es wenig aus, was für eine Erinnerung diese Holzköpfe an sie bewahrten. Aber das Mädchen strebte ja nach einem gemeinsamen Leben, einem Heim mit Kindern. Als Tieta einmal Felipe die Probleme ihres Schützlings auseinandersetzte, ihre Unzufriedenheit, ihren Wunsch, den Beruf aufzugeben und die Großzügigkeit des Refúgio dos Lordes gegen die mittelmäßige Begrenztheit von Heim und Ehemann einzutauschen – von Liebe, wie sie es in ihrer Begeisterung nannte –, da hatte er sie, erfahren und blasiert wie er war, eine größenwahnsinnige, hoffnungslose Kleinbürgerin genannt.

»Aus dem Milieu dieser verzweifelten Kleinbürger entstammen die Ausgestoßenen, die Drogenabhängigen, die ohne Grund töten und die sich selber töten, die Selbstmörder. Ich kann keine Sympathie für sie aufbringen.«

Tieta hatte seine Erklärung angehört, den Kopf geschüttelt, es war sinnlos, mit Felipe zu diskutieren, einem Mann von Kenntnissen und Verstand, der Vertrauen verdiente – nicht umsonst war er so hoch gestiegen. Deswegen hörte sie aber nicht auf, mit Leonoras romantischem und sentimentalem Traum zu sympathisieren. Sie verstand nicht ganz die Ängste, die das Mädchen verzehrten, diese Begeisterung, diese Unzufriedenheit mit den Verhältnissen, den privilegierten Verhältnissen, in denen sie lebte. Derartige Probleme hatten sich Tieta nie gestellt, zumindest nicht in der gleichen Weise. Aber im Gegensatz zu Felipe empfand sie Zärtlichkeit für das Mädchen, verstand ihr Unbefriedigtsein und schenkte ihr Aufmerksamkeit und Zuneigung. Von allen Mitarbeiterinnen des Hauses – sorgfältig ausgewählten Zicklein, welche die reichen, mächtigen, anspruchsvollen Böcke, von denen viele ihre Manien und Schwächen hatten, in ihren Mußestunden erfreuen sollten – war Leonora ihr Liebling. Vielleicht weil Tieta so viel Liebe zu verschenken hatte, sorgte sie sich um das unglückliche Mädchen wie eine Mutter um ihre Tochter. Für Felipe war sie eine hoffnungslose, verzweifelte Kleinbürgerin, nach Tietas Meinung war sie närrisch, verträumt, sentimental. Gerade weil sie selbst zwar träumerisch, aber nie sentimental und närrisch gewesen war, achtete sie die Haltung des Mädchens, das sich an die Illusion klammerte, eines Tages ihr Leben verändern, es nach ihren bescheidenen Wünschen aufbauen zu können.

Als sie vor kurzem den kümmerlichen Abschied aus dem dunklen Korridor heraus belauschte, hatte Tieta einen Seufzer ausgestoßen: Gott im Himmel, wozu so viel Dummheit, so viel unnütze Angst? Das Leben konnte einfach und leicht sein, angenehm, aufregend, wenn man es mit Kühnheit und Klugheit zu führen wußte: Ein Zuhälter, ein Beschützer, der immer da ist, der ein anständiges Auskommen im Alter garantiert, der im Bett alles gibt, was der Körper verlangt, ein gutes Leben, Fröhlichkeit und Lachen; Traurigkeit zahlt sich nicht aus.

In der Bacia de Catarina oder auf den Hügeln von Mangue Seco, im Dunkel der Grotten oder vor der Unendlichkeit des Meeres könnte Nora in Ascanios Armen ihren Liebeshunger stillen. So machte es Tieta in Ricardos Armen, auf dem Sand, im Bett des Kapitäns. Auf ihre Art war auch sie verliebt, und wie! Aber im Gegensatz zu dem, was Leonora erlebte, geriet sie nicht in Verwirrung durch die Leidenschaft zu dem Neffen, die ihr nur Freude schenkte. Eine tolle Verliebtheit; verhungert und verdurstet verschlang sie den Seminaristen – war das vielleicht nicht Liebe?

Aber sobald das wilde Verlangen vorbei war, genügte es, die Muschel gut zu spülen, um alles zu vergessen, bis die unauslöschliche Glut der Verliebtheit neuerlich Flammen schlug. Verliebtheit, Liebe, was ist da für ein Unterschied? Mit Felipe war das anders. Das hatte Jahre und Jahre gedauert, sie waren immer glücklich, er überlegen und großzügig, sie hingebend und erfahren, zärtliche Freunde, feurige Liebhaber, der Herr und die Sklavin. Sklavin oder Königin? War das die vielbesungene Liebe? Wahrscheinlich. Das schloß freilich andere Verliebtheiten nicht aus, wer weiß wie viele. Eine komplizierte Welt, schwer zu begreifen, konfus.

Sie streichelte Leonora, der Kopf des Mädchens ruhte in ihrem Schoß, das aufgelöste Haar ringelte sich auf dem Bettuch. Tieta muß schnell etwas unternehmen, um das Leben Leonoras in die richtigen Bahnen zu lenken, damit die Ferien so fröhlich enden, wie sie begonnen haben, damit sich dieser alberne Flirt in eine leidenschaftliche Verliebtheit verwandle, aus der Klemme herausfinde, um am Ufer des Flusses, auf den Anhöhen von Mangue Seco, in Flammen hochzuschlagen. Damit die Liebe, wie Barbozinha es predigt, ein Grund zum Leben und nicht zum Sterben sei.

Die mütterliche Hand auf ihrem Haar und die einschläfernde Stimme in ihrem Ohr besänftigen Leonoras Erregung.

»Du kannst ruhig schlafen, mein Zicklein, ich werde mich schon um alles kümmern.«

Die Familie versammelt sich beim Notar zur feierlichen Unterzeichnung des Kaufvertrags.

Um der feierlichen Zeremonie des endgültigen Kaufvertrags des Hauses beizuwohnen, das Eigentum von Dona Zulmira gewesen war und jetzt, nach diesen Formalitäten und der entsprechenden Bezahlung,

Dona Antonieta Esteves Cantarelli gehören wird, hat sich im Büro des Doktors Franklin Lins die Familie Esteves eingefunden, mit Ausnahme des jungen Ricardo, des Seminaristen, der seine Ferien jetzt in Mangue Seco verbringt, um die Aufträge seiner reichen »und verrückten« Paulistaner Tante auszuführen.

Der alte Zé Esteves stützt sich auf den Krückstock, kaut zufrieden an seinem Priem und kann den weiten Feiertagsanzug gar nicht mehr ausfüllen, der in längst vergangenen Zeiten des Überflusses aus gutem blauen, geschmuggelten Stoff maßgeschneidert worden war, um für Elisas Hochzeit schwarz gefärbt und zu Tietas Ankunft wieder aus dem Koffer geholt zu werden. Innerhalb von wenigen Tagen trägt er ihn schon zum zweitenmal, er ist wieder jemand. Sehr bald wird er ein anständiges Haus in einer zentral gelegenen Straße bewohnen, von der verlorenen Tochter aus der Hütte am Ende der Straße herausgeholt, aus einer Wohnung, deren Adresse allein schon demoralisierend wirkt.

Wenn es nach ihm ginge, würde er schon heute umziehen, sobald Dona Zulmira ihre Habe abgeschleppt hätte. Aber Antonieta hatte beschlossen, einige Reparaturen durchzuführen, Badezimmer und Toilette instandzusetzen, die Wände zu streichen, das Dach neu zu decken, lauter Paulistaner Luxus. Er brummte, aber er diskutierte nicht: Wer zahlt, befiehlt. Neben ihm sitzt schweigend und ergeben Tonha, der demütige Schatten ihres Mannes. Ob enge und ärmliche Hütte oder große, reiche Wohnung, ob Hauptstraße oder lehmige Gasse, ihr ist alles recht, wenn nur ihr Herr und Gebieter bei ihr ist. Sie hat längst gelernt, zu gehorchen und sich zu bescheiden.

Perpetua, steif in ihrer unabänderlichen Trauerkleidung, trägt heute ein teures Kleid, das sonst dem Fest der heiligen Anna vorbehalten ist, und auf dem Kopf den Schleier, den ihr Leonora mitgebracht hat. Sie hört genau zu, bereit zu verhindern, daß in den Vertrag eine Klausel aufgenommen wird, die die Interessen ihrer Söhne schädigen könnte, besonders die von Ricardo, dem mutmaßlichen Erben. Bei dem Alten kann man nicht vorsichtig genug sein; er verbringt die Zeit damit, Tieta zu schmeicheln, Anschuldigungen gegen die beiden anderen Töchter vorzubringen und sie anzubetteln. Erst am Vorabend hatte er sie in einen Winkel des Hauses geschleppt und Geheimnisse gemurmelt, sicherlich Intrigen, in der Absicht, sie gegen ihre Schwestern aufzuwiegeln. Perpetua verliert kein Wort von den Klauseln und Zusätzen.

An der Hand hält sie ihren Sohn Peto fest. Der hochaufgeschossene Junge verflucht die Schuhe – wenn er nicht barfuß laufen kann, trägt er Bastschuhe – und begreift nicht, warum die Mutter ihn zwingt, hier dabei zu sein und in Strümpfen und sauberem Hemd Doktor Franklin zuzuhören, der mit der langweiligsten Stimme von der Welt eine Menge Seiten vorliest, die kein Ende nehmen. Wenn die Tante und Kusine Nora wenigstens enganliegende, schlecht geschlossene Kleider anhätten, dann wäre schon für Zeitvertreib gesorgt. Aber beide hatten sich piekfein gemacht, so elegant hatte er sie noch nie gesehen. Pech!

Elisa und Asterio lauschen ehrerbietig; sie blickt Tieta bewundernd an, er schaut mit gesenktem Kopf zu Boden. Nicht einmal Leonora, die halbverborgen im Hintergrund sitzt, kann mit Elisas majestätischer Haltung wetteifern: das üppige schwarze Haar, die hochgereckte Büste, die ausladenden Hüften, elegant, als wollte sie auf einem Laufsteg defilieren, der Ausdruck halb bescheiden, halb hochmütig, einfach blendend. Jeder möchte ein Haus in Agreste haben, sie nicht. Alles, was Elisa wünscht, ist, Agreste den Rücken zu kehren, seinen Staub von den Schuhen zu schütteln und nie mehr zurückzukehren. Sie muß es erreichen. Ist Tieta nicht gekommen, um ihnen allen zu helfen, überströmend von Güte und Verständnis? Elisa hatte zudem die guten Dienste von Dona Carmosina in Anspruch genommen, der bewährten Freundin, die sie von Kind auf beschützt hatte, der Vertrauten von Tieta. Sie hatte sie gebeten, bei der Schwester zu vermitteln, um die Durchführung des Umzugsplans zu ermöglichen. In São Paulo erwartet sie das Leben, das wirkliche Leben, voll von Ereignissen und Sensationen, und nicht diese Stumpfheit von Agreste, diese Gleichförmigkeit. Die juristischen Ausdrücke spricht Doktor Franklin besonders deutlich aus, Elisa hört das aufregende Geräusch, das die Räder der Luxusautos erzeugen, erschauernd lauscht sie den zärtlichen Zurufen der Männer, wenn sie nachmittags durch die Rua Augusta geht, um mit Tieta Einkäufe zu machen.

Asterio hört gedankenvoll und leicht verärgert zu. Der Schwiegervater wird im Haus seiner Tochter anständig und bequem wohnen können; es wird sein, als besäße er ein eigenes Haus. Eine großherzige Tochter, Tieta. Jede andere würde es dem Vater nachtragen, daß er sie auf die Straße gesetzt, und der Schwester, daß sie sie verraten hatte. Sie nicht. Sie war heimgekehrt, die Hände voller Geschenke für jedes einzelne Familienmitglied. Tagelang hatte sich Asterio gefragt, warum sich die Schwägerin bei der Verteilung ihrer Gaben, bei dieser Vergeudung, noch nicht um die jüngere Schwester und den Schwager gekümmert hatte, die nur bei der Ankunft etwas bekommen hatten. Dabei brauchten sie es am nötigsten, denn Zé Esteves, der auch nichts hatte, erhielt immerhin einen schönen Monatswechsel und gab praktisch kein Geld aus; seine Baracke und das Essen kosteten ihn so gut wie nichts, wogegen er und Elisa in ewiger Bedrängnis lebten, da das, was der Laden abwarf, zusammen mit Tietas Unterstützung gerade für das Allernotwendigste reichte. Perpetua braucht keine Unterstützung, sie hat alles, ein großes Haus, in dem sie wohnt, Häuser, die sie vermietet, die Pension ihres Mannes, Geld auf der Sparkasse in Aracajú, und Gottes Schutz. Gottes Schutz, ja, da soll lachen, wer will, der hat ihr nie gefehlt.

Vor einiger Zeit, zu Beginn der langwierigen Verhandlungen über die Erwerbung des Hauses von Dona Zulmira, hatte die Schwägerin vorgeschlagen, daß nach Abschluß des Kaufs die beiden Ehepaare dort gemeinsam wohnen sollten, der Alte und Mutter Tonha, er und Elisa; in dem geräumigen und bequemen Haus war Platz für alle vier und noch mehr. Er fand den Gedanken nicht verlockend, und Elisa gefiel er noch weniger. Tieta hörte sich die Gründe für ihre Ablehnung an und gab ihnen recht. Daraufhin erwartete Asterio, daß sich die mildtätige Verwandte über die Erwerbung eines eigenen Hauses für ihre jüngere Schwester äußern würde, für die sie so viel Zuneigung zeigte. Das Warten war vergeblich, die Schwägerin sprach nie wieder mit ihnen über eine Wohnung. Erst am Abend vorher hatte Asterio den Grund für dieses Schweigen entdeckt. Als er abends vom Billard heimkehrte und sich über die Unterzeichnung des Kaufvertrags am nächsten Tag unterhielt, nachdem der Kauf von Dona Zulmiras Haus endlich eine beschlossene Sache war, bemerkte Asterio hoffnungsvoll: Wer weiß, vielleicht kommen jetzt wir dran. Als Antwort hörte er Elisas unglaubliche Eröffnung, erfuhr er von ihren alarmierenden Plänen. Seine Frau erklärte ihm, Antonietas Zurückhaltung gehe auf das mangelnde Interesse zurück, das sie, Elisa, an einem eigenen Haus in Agreste gezeigt hatte. Aus den Bettüchern heraus erklang ihre laute, entschlossene, gefühllose, fast aggressive Stimme:

»Ich habe Tieta gesagt, daß ich kein eigenes Haus hier in Agreste haben will. Wenn sie etwas für uns beide tun will, soll sie uns doch nach São Paulo mitnehmen, dir eine gute Anstellung in einer der Fabriken verschaffen und uns ein Zimmer in ihrem Appartement geben, es ist eine riesige Wohnung, Duplex. Duplex heißt, daß sie zwei Etagen hat, richtiggehend ein Haus.«

Asterio antwortete mit einem Ächzen: Ganz plötzlich und heftig meldeten sich wieder die Magenschmerzen. Elisas Worte klangen ihm in den Ohren wie die Gesänge bei einem Begräbnis. Sie zerrissen ihm die Eingeweide. Eine Anstellung in São Paulo, im Büro eines Industrieunternehmens? Eine ungeheuerliche Aussicht! Das ruhige Leben von Agreste aufgeben, um sich der Hetze in der riesigen Stadt auszusetzen, sich an einen Schreibtisch zu setzen, Rechnungen zu schreiben oder Berichte abzufassen, von acht Uhr früh bis sechs Uhr abends, ohne die Freiheit, nach Belieben kommen und gehen zu können, ohne Freunde, ohne die Bar von Manuel, ohne Billardtisch – ein größeres Unglück könnte ihm nicht drohen. In Agreste spielte sich das Leben des Ehepaars in Armut ab, das war richtig, der Laden warf nur das Nötigste ab, wenn überhaupt, aber mit Antonietas Unterstützung kamen sie ohne Probleme über die Runden, es reichte für das Haus und das Essen, und es blieb sogar noch etwas fürs Kino und Elisas Illustrierte übrig. Übrigens waren alle in der Stadt, mit Ausnahme von einem halben Dutzend Privilegierter, unbemittelt oder arm, und das Leben verlief ruhig und ohne Zwischenfälle. Er hatte den Burschen, der ihm im Laden, und Elisa das Mädchen, das ihr im Haushalt half. Nur der Magen plagte ihn jedesmal, wenn die Geschäfte schlechter gingen oder er Zinsen für einen verlängerten Wechsel zahlen mußte, aber der Arzt in Bahia hatte ihm versichert, es sei kein Krebs, sondern nur eine Beschwerde nervöser Art, kein Grund zur Sorge. Im übrigen führte er ein zufriedenes Leben, in der guten Gesellschaft seiner Kameraden, bei den Partien auf dem Brunswick-Billard, mit den Wetten, Diskussionen, den Siegen, dem goldenen Queue, angenehmen Gesprächen, wenig zu tun und einer hübschen Frau, der schönsten von Agreste, die ihn im Bett erwartete, immer bereit in den Nächten, in denen er sie sich vornahm, immer in derselben klassischen, sozusagen respektierlichen Stellung, wie solche Akte eben von Ehegatten auszuführen sind, die einander achten.

Als Junggeselle war er ein fleißiger Kunde von Zuleika Cindarelas Pension gewesen, mit einer Vorliebe für Frauen mit ausladendem Hinterteil und ansehnlichen, schön gerundeten Hüften. Im Bett war er immer für Variationen zu haben und war sogar dafür bekannt, daß er eine Schwäche für Frauenhintern hatte; ein Mädchen, das mit ihm schlief und das noch nichts wußte, kam bald auf diese seine Vorliebe. Wenn er im Salon der Pension erschien, wo getanzt wurde, ging es wie ein Lauffeuer durch die Reihen der Kleinen: Kneift eure Backen zu, Asterio ist da. Er beschränkte sich übrigens nicht darauf, Dirnen zu besteigen, er hatte auch schon mehrere alte Jungfern bearbeitet und damit zu seiner Zeit den Spitznamen »Trost der Jungfernhintern« erworben.

Sobald er verheiratet war, wäre es ihm nie eingefallen, Elisa anders zu besitzen als wie es sich gehörte, anständig durch das richtige Loch, er oben, sie unten, Papa und Mama, wie die Huren in der Pension die Stellung zum Kindermachen bezeichnen, passend für Ehemann und Ehefrau. Es wäre ihm auch nie der Gedanke gekommen, sie von hinten zu bespringen, so prächtig ihr Hinterteil auch war,

Hüften wie eine Stute, wie es im ganzen Umkreis keine ähnlichen gab. Nicht, daß es ihm am Verlangen danach gefehlt hätte: Wäre sie ein junges Mädchen gewesen, ein unverheiratetes Mädchen vom Lande, dann hätte er sich einen so appetitlichen Leckerbissen nicht entgehen lassen, einen so herrlichen Hintern, der der Hauptgrund für die Verliebtheit gewesen war, die ihn beherrschte und ihn schließlich zur Verlobung und zur Heirat gebracht hatte. Aber eine Ehefrau ist nicht für Schweinereien da, die eigene Frau muß man respektieren, auf einen Altar stellen, zwischen die Heiligen. Bestenfalls alle heiligen Zeiten, wenn die Lust ihren Höhepunkt erreichte, strichen Asterios Hände mit flüchtigem Genuß über die Hüften seiner Frau.

Als Leserin der Klatschblätter, in denen die Abenteuer der Frauenlieblinge von Rundfunk, Fernsehen und Film besungen werden, bedauert Elisa die scheinbare sexuelle Gleichgültigkeit ihres Mannes, diese abgestufte, bürokratische Unzucht – einen Bürokraten des Sex hatte eine feurige Schauspielerin den berühmten Komödianten, von dem sie sich eben getrennt hatte, in sensationellen Erklärungen gegenüber der Zeitschrift *Amiga* genannt –, auf immer die gleiche Art, ohne die so gepriesenen Variationen. Hin und wieder erwähnt sogar Asterio selbst, wenn er die Großtaten von Osnar oder Aminthas, von Seixas oder Fidelio erzählt, andere merkwürdige Arten und Formen, über die Dona Carmosina alles weiß – ach! leider nur in der Theorie, meine liebe Elisa, wenn mir nur jemand die Praxis beibringen wollte! Und wenn er sie nur auch Elisa beibrächte, vielleicht ist sie nur deshalb so ungerecht zu ihrem Mann. Von einer Gleichgültigkeit seinerseits ist nicht die Rede, nur von der Überzeugung, daß die Liebe zwischen Mann und Frau keusch ausgeübt werden muß, ohne Verzückungen, schlechte Gedanken und Überspanntheiten, nur voll Respekt. Gehemmt, begnügt sich Asterio damit, der Besitzer dieses Hinterteils zu sein, das er fast im geheimen anschaut, wenn sich Elisa auszieht oder er ihm im Bett nahekommt. Ein würdiger, zurückhaltender Gatte.

Agreste genügte ihm, das ruhige Leben in der Stadt, die kleinen Freuden, die gute Gesellschaft, mehr wollte er gar nicht. São Paulo? Eine Anstellung in einem Büro, ein gutes Gehalt, regelmäßige Arbeitszeit? Ein Zimmer im Haus seiner Schwägerin? Gott behüte und bewahre ihn. In einer Nacht voller heftiger und unangenehmer Diskussionen hatte Elisa den Kopf verloren und ihm vorgeworfen, gleichgültig und träge zu sein, ein Egoist, der ausschließlich an seine eigenen Interessen denkt, ohne sich um die ihren zu kümmern. Für ihn, diesen Schlappschwanz, mochte dieses öde Agreste das Ideal seines Lebens sein, aber sie, jung und kraftstrotzend, hatte höhere Ambitionen: die Großstadt mit all ihren Möglichkeiten, ein Leben, das wert ist, gelebt zu werden. Wo sonst könnte Asterio, wenn er nur wollte, vorwärts kommen, jemand werden, Geld verdienen, sich durchsetzen? Aber er verstand sie ja nicht, hörte nicht auf sie, behandelte sie wie ein Stück Holz, ein nutzloses Tier, einen Fetzen.

Asterio hielt sich den schmerzenden Leib und lief aus dem Wohnzimmer. Elisa ging ihm schließlich nach, als sie sein lautes Jammern hörte. Sie fand ihn welk und blaß vor, wachsbleich, mit einem dieser heftigen Magenkrämpfe. Sie gab ihm eine Arznei, entschuldigte sich für die harten Worte, die Aufregung mündete in Tränen. Trotzdem gab sie ihr Vorhaben nicht auf, zu allen Mitteln zu greifen, damit ihre Schwester sie beide nach São Paulo mitnehme. Grün, mit einem galligen Geschmack im Mund, antwortete er nicht, beschloß jedoch, während er mit dem Brechreiz kämpfte, eilige Maßnahmen zu ergreifen, um die Verwirklichung dieses Plans zu hintertreiben, ohne daß Elisa es erfuhr und ihn für das Scheitern des ungeheuerlichen Vorhabens verantwortlich machen könnte. Während er Doktor Franklin zuhört, überlegt und beschließt er.

Die schöne Leonora Cantarelli, die Stieftochter der prominenten Käuferin, steht diskret neben einem Regal, in dem sich Papiere häufen. Ein weiches Lächeln zeigt sich auf ihrem zarten Antlitz, sie ist vielleicht von allen Anwesenden diejenige, die sich am meisten danach sehnt, ein Haus in Agreste zu besitzen, und wäre es noch so bescheiden, in einer Straße ohne Pflaster, aber mit einem kleinen Garten voll Kartäusernelken und Reseda, mit einer Kokospalme und einer Veranda, in der man an heißen Nachmittagen die Hängematte aufhängen kann. Ein Nest für sie und ihren Mann, mit oder ohne Heiratsurkunde, sie stellte keine Ansprüche, wenn es nur Ascanio Trindade war. Mamachen hatte versprochen, ihren Fall in die Hand zu nehmen, sich um ihr Leben zu kümmern, Madame Antonieta ist nicht die Frau, die eitle Versprechungen macht. Leonora fühlt sich beruhigt und wartet; geduldig hört sie dem Verlesen des Vertrags zu, eine Tugend, die sie in einer harten Schule gelernt hat.

Auf der anderen Seite der Schranke lauscht Dona Zulmira der endlosen Litanei des Kaufvertrags. Sie ist uralt, sieht wie ein Raubvogel aus, trägt eine altmodische Brille auf der Hakennase, der Rosenkranz ist um ihr mageres Handgelenk gewickelt, am Hals hängt ein Medaillon mit dem Bild ihres verstorbenen Mannes als junger Bräutigam. Sie lächelt zufrieden, das in Geld umgewandelte Haus wird der Rettung ihrer Seele und der höheren Ehre der heiligen Anna dienen, es wird nicht João Felicio, dem verfluchten Neffen, in die verwünschten Hände fallen. Der Bösewicht wird mit ihrem letzten Willen nicht machen können, was die bösen Verwandten mit dem Testament von Lito getan hatten, als sie seine Gültigkeit vor Gericht anfochten und die Heilige Mutter Kirche zu berauben suchten. Padre Mariano hatte sie beraten: Das Geld aus dem Verkauf des Hauses ist für Messen bestimmt, die am Hauptaltar vor dem Bild der Schutzpatronin und für das Seelenheil der Spenderin gelesen werden sollen, jedoch erst nach ihrem Tode. Vorher wird es von Modesto Pires verwaltet und wird monatliche Zinsen abwerfen, von denen die Ausgaben von Dona Zulmira sowie Arzt- und Arzneikosten bestritten werden sollen, wie aus einem Dokument hervorgeht, das ein Anhang zu dem soeben von Doktor Franklin verlesenen Vertrag ist.

In dem gegenüberliegenden Flur verborgen, späht der Neffe João Felicio herüber. Er ist ein kleiner Lebensmittelhändler, sein Gesicht ähnelt dem der Tante, mit gebogener Nase, scharfkantigem Kinn, ein Sperber, der bereit ist, sich auf seine Beute zu stürzen. Aber jetzt ist ihm die Beute entwischt, in den Himmel entführt von der Heiligen, dem Idol und Gegenstand des Aberglaubens der Katholiken. In dem bequemen Haus, das er bald zu beziehen gedachte – die Alte kann nicht ewig leben –, mit seiner Frau und dem kleinen Sohn, wird Zé Esteves wohnen, mit seinem Dünkel, seiner Arroganz und seiner Frau, dem armen Trottelchen. Was war denn schon daran, daß er, João Felicio, gegen den Willen seiner Tante eine Protestantin geheiratet hatte, die Tochter des Pastors der Baptistenkirche von Esplanada? Für Dona Zulmira, eine Katholikin alten Stils, die nichts von den ökumenischen Thesen wußte, war Protestant ein Synonym für Ketzer, Feind, eine verlorene und verfluchte Rasse mit Bocksfüßen. Diese Leute sind Kinder des Teufels, denen die guten Katholiken Brot und Wasser verweigern müssen, nachdem es leider keine Inquisition mehr gibt.

Nach der Verlesung des Vertrags fordert Doktor Franklin die Parteien zur Unterschriftenleistung auf. Als Zeugen fungieren Asterio und der Pfarrer, und hinterher drücken sich alle die Hand und beglückwünschen sich gegenseitig. Aus den tiefen Taschen ihres schwarzen Seidenrocks holt Perpetua, die provisorische Treuhänderin, Bündel über Bündel von Geld hervor und übergibt sie Doktor Franklin, während aller Augen diese Transaktion begleiten. Der Notar zählt die einzelnen Banknoten, bevor er sie Dona Zulmira aushändigt.

Ein Abend im Areopag

Nachdem sich Tieta von den Verwandten verabschiedet und eine Abmachung mit dem Baumeister Liberato getroffen hat, den Modesto Pires als vortrefflich bezeichnet, gelingt es ihr, allein zum Postamt zu gehen, um das am Vorabend zugesagte vertrauliche Gespräch mit Dona Carmosina zu führen. Endlich werden die beiden Freundinnen die letzten Ereignisse Revue passieren lassen, die beiden, die daran interessiert sind, zu hören und zu erzählen, Ideen und Pläne zu erwägen – mit Hintergedanken, die eine wie die andere. Als Dona Carmosina Tieta die Stufen zur Tür heraufkommen sieht, schiebt sie die Zeitung beiseite und ruft:

»Endlich allein!« Sie lacht und breitet die Arme aus, um den illustren Besuch, die wichtige Persönlichkeit, zu empfangen. »Gegrüßt sei meine Führerin!«

Mehr als illuster und wichtig. Sie bleiben nicht fünf Minuten ohne Gesellschaft. Sie rücken noch die Stühle zurecht, tauschen herzliche Begrüßungsworte, Tieta fragt nach Mutter Milú – sie pflegt zu sagen, daß Dona Milú ihre zweite Mutter ist –, da tauchen schon die ersten Bekannten auf, und an der Tür des Areopags versammeln sich die Neugierigen. Alle möchten ihre spendenfreudige Landsmännin aus São Paulo sehen, diese mächtige Frau. Sie bleiben stehen und lächeln ihr zu. Bettler, die sie zu Hause nicht angetroffen hatten und deren Riecher von der Not geschärft sind, entdecken sie im Postamt und erzählen ihr ihre Geschichte, eine trauriger als die andere. Traurig und wahr.

Vom Bürgersteig her ist die Stimme des Kapitäns Dario zu hören und zerstört Dona Carmosinas letzte Hoffnung. Er setzt sich rittlings auf einen Stuhl und zeigt sich entschlossen, dazubleiben und ein Schwätzchen zu halten. Er möchte gern wissen, wann Tieta wieder nach Mangue Seco fahren will. Er und Dona Laura werden am nächsten Tag gleich nach dem Mittagessen zurückfahren, möchte sie nicht im Boot mitkommen? Ja, gern. Nachdem der Hauskauf abgeschlossen, der Vertrag unterzeichnet und die Zahlung geleistet ist, hält sie nichts Besonderes mehr in Agreste zurück. Der Alte wird sich darum kümmern, die Reinigung und die Malerarbeiten zu beaufsichtigen, dazu noch ein paar notwendige Reparaturen und vor allem den Einbau eines Badezimmers und einer anständigen Toilette. Was davon vorhanden ist, ist unbrauchbar. Dona Zulmira hat sich immer in einer Schüssel gewaschen und in einen Nachttopf gekackt. Der Kapitän hört sich die Aufzählung der Arbeiten, der sogenannten kleinen Reparaturen, an.

»Arbeit für einen Monat, wenn nicht mehr«, bemerkt er. »Liberato ist langsam.«

»Nicht, wenn Vater ihn kontrolliert und hinter ihm her ist«, meint Antonieta. »Der Alte ist wild auf den Umzug, er wird Liberato am kurzen Zügel halten.«

»Wird er im Akkord arbeiten oder bezahlen Sie ihn nach Tagen?«

»Kapitän, um des Himmels willen, vergessen Sie nicht, daß ich hier geboren bin. Im Akkord natürlich.«

»Also dann ein Monat. Und Liberato ist zwar langsam, aber tüchtig. Was das anbelangt, können Sie beruhigt sein.«

»Ich glaube, daß ich mit dem Haus von Dona Zulmira einen guten Kauf gemacht habe ...«

»Für hiesige Begriffe teuer ...«

»Auch so. Es hat einen Haufen Geld gekostet, es ist ein prächtiges Haus, wird noch weiter hergerichtet werden, aber ich denke nur an die Hütte von Mangue Seco. Dort ist mein Kopf. Für die begeistere ich mich. Ich will nicht abreisen, bevor sie nicht steht.«

»Die Leute von Mangue Seco sind noch langsamer als die von hier. Sie wissen, wie das ist am Strand. Bei diesem Wind hat man keine Lust, viel zu arbeiten ...«

»Deswegen will ich ja hinfahren, um denen einen Schubs zu geben. Cardo ist nicht der Alte, der brüllt niemanden an ... Der Arme wird glauben, daß seine Tante ihn sitzenlassen hat und nach São Paulo abgereist ist. Ein Goldjunge, mein Neffe.«

Ihre Augen glänzen, wenn sie vom Neffen spricht. Dona Carmosina und der Seemann stimmen in dieses Lob ein. Gott war sehr großzügig zu Perpetua: Er hat sie nicht nur von der Jungfräulichkeit erlöst, ein beachtliches Wunder, sondern ihr auch noch einen guten Mann und brave Söhne geschenkt. Dona Carmosina und der Kapitän, die in der Kunst bewandert sind, auf subtile Weise über andere Leute zu reden, genießen es einige Minuten lang, die Güte Gottes bei der Belohnung von Perpetuas kirchlichen Tugenden hervorzuheben. Kirchliche Tugenden? Dieses Adjektiv für Perpetuas Tugenden ist Barbozinha zu verdanken, und Dona Carmosina findet es poetisch und zutreffend. So vergeht die Zeit bei Gesprächen und Gelächter. Es hilft nichts, daß Tieta erwähnt, sie wollte nur für eine Nacht herkommen und sei drei Tage geblieben, ohne – stellen Sie sich das vor! – Zeit zu finden, mit Carmô dringende Angelegenheiten zu besprechen.

Der Kapitän scheint diesen Wink nicht zu hören; er erklärt, daß er da, wo er ist, in den Ferien, in einem wahren Paradies auf Erden, allen Grund hat, sich glücklich zu fühlen. Während sie dem Kapitän zuhört, der sich über sein Lieblingsthema, die Schönheit des Strandes von Mangue Seco, verbreitet, denkt Tieta an den kleinen Ricardo, der ganz allein auf der Roßhaarmatratze ist, in der unendlichen Wildnis der Dünen am Meer. Im Paradies, Kapitän, aber Höllenqualen leidend! Er steht sicher auf dem höchsten Hügel und trachtet danach, weit draußen im Fluß eine Spur des Motorbootes zu entdecken, den Motorenlärm zu hören. Auch sie wünscht sich nichts anderes, als mit der Strömung hinunterzufahren, durch die Brandung an der Mole, in Mangue Seco zu landen und sich in die Arme ihres Jungen zu stürzen; seine borstigen Haare auf den muskulösen Beinen und Armen, auf der jungen Brust zu spüren, die Wärme, das Beben des Körpers, die noch nicht ganz besiegte Schüchternheit, das Ungestüm, den aufgereckten Mast, die entrollten Segel. Die letzten Nächte, die sie sich allein im Bett des Schlafzimmers gewälzt hatte, waren schlaflos und quälend gewesen. Um sich zu beruhigen, legte sie sich schließlich im ehemaligen Kabinett des Doktors Fulgencio in die Hängematte, in der Ricardo geschlafen hatte. Während sie an den Neffen dachte, fand sie deutliche Zeichen des Kampfes, den er mit dem Teufel in der Hängematte ausgefochten hatte, wo er sie gegen seinen eigenen Willen begehrt, wo er sie in wollüstigen Träumen nackt bei sich gehabt hatte, ohne daß es ihm gelang, sie zu besitzen, weil er nicht wußte, wie er es anstellen sollte, ein entsetzlicher Alptraum. Hier hatte der junge Seminarist begonnen, seine Keuschheit zu verlieren. Tieta wälzte sich in der Hängematte, berührte die weißen Flecken, stöhnte wie eine läufige Ziege.

Und noch einer erscheint, um an der gemütlichen Unterhaltung teilzunehmen und das vertraute, wichtige Gespräch zu verhindern: Ascanio. Er kommt in Begleitung von Aminthas und Seixas. Der Kapitän läßt sich die Gelegenheit nicht entgehen, um die Initiativen des patriotischen Sekretärs der Präfektur zu kritisieren, die bedrohlichen, glücklicherweise allzu ausgefallenen Tourismusprojekte.

»Ausgefallen, ein Gespräch?« protestiert Ascanio. »Der Mann kann jederzeit wiederkommen ...«

»Mit dem tollen Weib, hoffe ich ...«, unterbricht ihn Aminthas.

» ... um die Pläne im einzelnen festzulegen. Ich bin ganz sicher.«

Der Kapitän Dario erhebt die Arme zum Himmel.

»Um uns allen die Ruhe zu stehlen. Ich werde in Mangue Seco Schützengräben ausheben, Barrikaden errichten. Wenn diese Nudisten dort erscheinen, werde ich sie mit Kugeln empfangen, wie Floriano drohte, die Engländer zu empfangen.«

»Nudisten?« Tieta ist interessiert.

»Genau das, wußten Sie es nicht?«

»Ich wußte von einem Paar, das hier war und nach Mangue Seco gefahren ist ...«

» ... und die sich, dort angekommen, auszogen und, platsch, ins Wasser gingen, splitternackt wie Adam und Eva. So sind sie den Strand entlanggelaufen ...«

Tieta wird von Lachen geschüttelt, sie kann es nicht unterdrücken. Sie denkt an den ohnehin schon so heimgesuchten Ricardo, jetzt soll er auch noch Nacktbadenden begegnen. Er ist imstande und hält sie für Teufel, die aus der Hölle kommen, um in Mangue Seco gotteslästerliche Bacchanale zu feiern, schwarze Messen, um die endgültige Verurteilung seiner Seele herbeizuführen. Damit würden sie die Wirkung der langen Predigt der Tante zunichte machen, die sich bemüht hatte, seine Ängste zu beschwichtigen, ihm wieder Mut und Vertrauen einzuflößen.

»Ob Ricardo diese nackten Leute gesehen hat?« fragt Tieta, als es ihr gelungen ist, das Lachen unter Kontrolle zu bringen.

Bei der Vorstellung, der Seminarist befinde sich in Gesellschaft dieses Pärchens, brechen alle in Lachen aus, sogar Ascanio. Siegesbewußt bemerkt Kapitän Dario:

»Das ist es ja, was ich sage: Perpetua und die Priester, der Bischof Dom José und Sie, Tieta, alle sind um die Unschuld dieses Kindes besorgt, und an einem einzigen Nachmittag machen die Freunde Ascanios alle diese Anstrengungen zunichte. Was hat es für einen Sinn, über die Keuschheit Ihres Neffen zu wachen? Ascanio importiert die Zuchtlosigkeit, liefert Mangue Seco den Kupplern aus, unser Schicksal ist der Sittenverfall.«

Ascanio zeigt sich nicht beeindruckt von dem tragischen Panorama, das der Kapitän ausmalt.

»Wenn die Grundstücke einmal aufgewertet sind, wenn Toca da Sogra ein Vermögen wert ist, dann werden Sie mir dankbar sein, Kapitän, und Sie auch, Dona Tieta. Sie haben zur rechten Zeit Ihr Geschäft abgeschlossen, die Grundstückspreise werden steigen.«

»Es gibt keinen Preis, der meinen Frieden bezahlen könnte«, schließt der Kapitän unbeeindruckt. Er wendet sich Tieta zu: »Also morgen, gleich nach dem Mittagessen, so um eins, einverstanden? Wir wollen von diesen letzten Tagen profitieren, bevor Ascanio Mangue Seco in ein Sodom und Gomorrha verwandelt.«

Das vertrauliche Gespräch wird auf den Abend verschoben. Dona Carmosina seufzt: aber unbedingt, ja? Wenn es zu einer weiteren Vertagung kommt, wird sie noch platzen, sie ist voll von ernsten und aufregenden Neuigkeiten. Aber es kommt ihr nicht in den Sinn, daß Tieta noch mehr an diesem Gespräch interessiert sein könnte, sie zeigt es nur nicht.

Ein Gespräch auf dem Weg zum Fluß

Tieta läßt den Blick über den Himmel wandern, der Vollmond, der den Sandstrand beschienen hatte, ist im Abnehmen begriffen, aber es blinken Tausende, zahllose Sterne, sie wird nicht müde, sie zu betrachten, dieses Firmament zu bewundern, wie man es über den Städten des Südens nicht mehr sieht. In São Paulo, wo sie lebt und arbeitet, ist der Himmel schwarz vom Rauch, der alles verschmutzt.

»Ich bade meine Augen im Himmel von Agreste, Carmô. Dort gibt es so etwas nicht. Vom Himmel ist dort keine Rede.«

Als sich Dona Carmosina zum vertrauten Gespräch einfand, war das Besuchszimmer voll von Freunden und die Veranda von Leonora und Ascanio besetzt; die Flucht war der einzige Ausweg. Auf Dona Carmosinas Stichwort hin – hier werden wir nicht reden können, ich habe dir viel zu sagen, aber nicht vor diesem ganzen Volk, was machen wir jetzt? – schlug Tieta den Rückzug vor. Sie entwischten durch den Hinterausgang, ohne daß es jemand bemerkte. Jetzt gehen sie dem Fluß zu.

»Nur verdient man dort eben Geld, Carmô. Wer arbeiten will und geschickt ist, kann auf einen grünen Zweig kommen. Hier gibt es zuviel Armut, ich hatte es schon vergessen.«

Tieta hakt Dona Carmosina unter, die beiden Freundinnen gehen in Richtung der Reede, im Dunkeln ist das noch ferne Rauschen des Flusses zu hören. Die Abendbrise hüllt sie ein, die vom Meer kommt, vom Ufer von Mangue Seco, wo Ricardo wartet; er steht sicher ganz oben auf den Dünen, späht nach einem Lichtzeichen aus, hin- und hergerissen zwischen Furcht und Lust, zwischen Sünde und Sehnsucht.

»Hier gibt es zuviel Armut, angefangen bei den Meinen. Sie leben so eingeschränkt ...«

»Perpetua nicht so sehr ...«, verbessert Dona Carmosina. »Jeden Monat bringt sie Geld zur Sparkasse von Aracajú, sie ist nicht dumm.«

»Glaub nicht, daß ich das nicht weiß, Carmô, ich bin nicht von gestern, ich kenne die Ziegen meiner Herde, und am besten kenne ich Perpetua. Ich weiß, daß Ricardo gratis studiert, der Pfarrer hat das bei Dom José erreicht, ich weiß, daß Peto in die öffentliche Schule geht und nichts bezahlt, ich weiß mehr als sie und du euch denken könnt. Aber deswegen stelle ich meine Hilfe nicht ein. Schließlich ist es so wenig, was sie hat, es ist nur etwas im Vergleich zur Armut der anderen, aber für die Zukunft der Kinder ist es nichts. Die Kinder sind reizend, Ricardo ist fleißig, zielbewußt und ernst, in der Soutane sieht er so komisch aus, wie ein falscher Engel.« Sie sieht ihre alte Freundin an. »Ich habe in São Paulo ein Sparbuch auf seinen Namen eröffnen lassen, wie du ja weißt ...«

»Wie ich weiß? Was ist das für eine Geschichte? Ich weiß gar nichts, du hast mir nichts gesagt, wie soll ich es dann wissen?« Dona Carmosina reagiert nervös, fast beleidigt über diese Andeutung.

Tieta lacht fröhlich auf und drückt zärtlich den Arm ihrer Begleiterin.

»Du weißt es, weil du den Brief gelesen hast, den ich meiner Geschäftsführerin geschrieben habe, damit sie zur Bank geht, das Sparbuch eröffnet und eine Einlage macht. Sag nicht, daß du ihn nicht gelesen hast, Carmô, ich würde es dir nicht glauben. Wenn ich du wäre, täte ich es auch.«

Dona Carmosina ist zuerst verwirrt und weiß keine Antwort, schließlich wird sie vom Lachen ihrer Freundin angesteckt und erklärt:

»Ich habe aber auch nie diskretere, zurückhaltendere Briefe gesehen als die deinen. Du erzählst nichts, weder in denen, die du an deine Familie geschrieben hast, noch in jenen, die du nach São Paulo schreibst. Ich habe nie so sehr mit Worten geizen sehen: Machen Sie dies, machen Sie jenes, wie steht es, die Kunden, alles in Ordnung? Und die Mädchen, wie benehmen sie sich? Bis jetzt habe ich noch nicht entdeckt, was für ein Geschäft du hast, außer den Fabriken. Von denen wissen ja alle.«

»Es gibt da kein Geheimnis, Carmô, ich bin nur schwach im Schreiben, je weniger ich schreibe, desto weniger Fehler mache ich. Außerdem mag ich nicht, daß meine Angelegenheiten in aller Munde sind, niemand braucht zu wissen, was für Einkünfte ich habe. Ich glaube an den bösen Blick. Aber vor dir brauche ich nichts zu verbergen. Was ich in São Paulo habe, ist eine Luxusboutique, mit sehr hohen Preisen, für Leute der ersten Gesellschaft, die Kundschaft ist erstklassig, es wirft ganz schön was ab. Die Mädchen sind die Verkäuferinnen, sie sind hübsch, elegant und verdienen gut. Deshalb, wegen der schicken Kundschaft, will ich nicht, daß Leute aus Agreste dort auftauchen. Stell dir nur vor, Carmô, das Geschäft voll mit dieser Creme von São Paulo, lauter steinreiche Leute, und da kommt jemand von hier herein ... Deshalb habe ich auch nie eine Adresse geschickt. Es macht mir nichts aus, wenn sie über die Fabriken reden, da sollen sie erfinden, was sie wollen, weißt du, warum? Weil ich von den Fabriken nichts habe, nicht einmal eine Beteiligung. Als Felipe starb, behielt ich die Wohnungen, die Häuser und die Boutique, die übrigens schon mir gehörte, sie war auf meinen Namen eingetragen.« Auf dem schlecht beleuchteten Weg versucht sie im Gesicht der Freundin zu lesen, ob diese Erklärung überzeugend war oder nicht.

Dona Carmosina hatte gierig Wort für Wort aufgenommen. Als eifrige Leserin von Krimis und Bewunderin von Agatha Christie fühlte sie sich wie eine nach Sant'Ana do Agreste verschlagene Miß Marple. Von Deduktion zu Deduktion war sie, die grauen Zellen ausquetschend, von winzigen Spuren ausgehend zur Wahrheit gelangt:

Nichts von allem, was Tieta ihr jetzt erzählte, war eine Überraschung für die Präsidentin des Areopags.

»Genau das, was ich mir vorgestellt habe: eine Luxusboutique, mit tollen Preisen, und die vornehme Welt von São Paulo, die ihr schönes Geld dort läßt. Du hast ganz recht, wenn du reserviert bist, was deine Geschäfte und dein Leben angeht. Ich glaube, wenn Elisa deine Adresse in São Paulo wüßte, hätte sie längst eine Möglichkeit gefunden, dorthin zu fahren. Sie träumt von nichts anderem, die Arme.«

Tieta lachte.

»Hast du dir schon einmal ausgemalt, wie die ganze Verwandtschaft von Agreste, angefangen beim alten Zé Esteves mit seinem Stock und seinem Kautabak, an meine Tür in São Paulo kommt und die Boutique überfällt? Das wäre sogar ganz komisch, aber mein Geschäft würde es für immer ruinieren.«

Elisa erwähnte sie nicht, als hätte sie den Namen der Schwester nicht gehört, aber Dona Carmosina kommt darauf zurück.

»Hast du vor, Elisa nach São Paulo mitzunehmen, sie und Asterio? Das ist alles, was sie sich vom Leben wünscht, und ich meine, daß ...«

Ein Thema, das Tieta mißfällt. Sie unterbricht die Freundin, bevor sie sich die Verteidigung von Elisas Sache zu sehr zu Herzen nimmt.

»Mitnehmen, wozu denn? Hier leben sie anständig, vom Ertrag des Ladens und von meiner Unterstützung. Unlängst hat sie mir gesagt, daß sie kein eigenes Haus in Agreste haben möchte, ohne daß ich sie etwas gefragt hätte. Sie redet ständig von São Paulo, deutet etwas von einer Einladung an, denkt an nichts anderes. Ich kann sogar die Unterstützung erhöhen, die ich ihnen schicke, aber sie nach São Paulo mitnehmen, das nicht.«

»Darf ich fragen warum? Ich habe Elisa gern und möchte sie glücklich sehen.«

»Auch ich möchte, daß sie glücklich ist, auch ich mag sie, sie ist meine Schwester, und ich weiß, daß sie mich gern hat, sie ist keine Heuchlerin wie Perpetua. Aber ich mag sie und mag auch Asterio, Carmô. Hier ist Asterio zufrieden, für ihn wäre São Paulo die Verbannung. Ich sehe gern glückliche Menschen, es ist so selten in dieser Welt. Ich weiß, was es heißt, unglücklich zu sein. Als ich von hier fortging, habe ich am Hungertuch genagt. Ich hatte Glück, fand einen guten Menschen, meinen Mann. Wir haben alle Glück in der Familie, Carmô: Perpetua hat mit diesem Gesicht einen Mann gefunden, ein wahres Wunder, hat das der Kapitän nicht eben erst gesagt? Und ein noch größeres Wunder ist mir widerfahren: Ich war eine kleine Angestellte in Felipes Büro und hatte schließlich den Ehering am Finger.« Sie zeigt den schön gearbeiteten Ring, ein Stück, das eines Antiquitätenhändlers würdig ist. »Auch Elisa hatte Glück, sie hat geheiratet. Asterio ist ein braver Junge, ich habe ihn gern. In São Paulo würde Asterio unglücklicher sein, als Elisa es hier ist.«

»Meinst du?«

»Ich bin ganz sicher. Hier hat er Freunde. Wessen Freund würde er in São Paulo sein? Er ist nicht für diese Hetze geschaffen. Und sie, würde sie in São Paulo glücklich sein, deine Freundin Elisa? Du kennst sie besser als ich, du hast sie auf die Welt kommen sehen, wir beide, weißt du noch? Glaubst du, Elisa würde sich in São Paulo damit abfinden, daß ihr Mann ein kleines Gehalt bezieht, was kann er denn schon machen, und daß sie ein bescheidenes Leben führen müßten, sie, die aussieht wie eine Königin? Sag es mir, Carmô. So schön, wie sie ist? Weißt du, wo sie enden würde? In einem Puff, als Dirne. Wäre das das Glück, das sie sucht?«

Dona Carmosina zuckt zusammen, Tietas Worte hallen in ihrem Schädel nach, wie Hammerschläge auf ihren Kopf. Sie gibt es auf, für ihren Schützling zu kämpfen. Sie hat es Elisa versprochen, als diese sie fast weinend anflehte: Sprich mit Tieta, Carmosina, sag ihr, daß ich mit ihr fortgehen will, bitte sie um einen Posten in der Fabrik für Asterio, einen Winkel im Duplex für uns.

»Du hast recht, es hat keinen Sinn. Es würde ein schlechtes Ende nehmen. Mein Gott, wieso hatte ich nicht daran gedacht? Du bist eine bessere Schwester, als es den Anschein hat.«

»Ich kenne meine Ziegen. Es war gut, daß du mir davon gesprochen hast, ich wollte dich schon selber bitten, Elisa diese Gedanken auszutreiben, sie hört sehr auf dich. Hier können sie und Asterio auf mich zählen. Anderswo nicht.«

»Ich werde mit ihr reden, es wird nicht leicht sein. Aber du hast ganz recht, man kann das nicht riskieren. Stell dir das nur vor!«

»Das Leben ist verrückt, man kann es gar nicht mehr verstehen. Elisa denkt nur daran, nach São Paulo zu gehen, und Leonora spricht jetzt nur noch davon, daß sie in Agreste leben und nie mehr von hier fortgehen will.«

Ein Lächeln erhellt das umwölkte Antlitz von Dona Carmosina: Das ist ja ein aufregendes Thema. Sie nähern sich dem Fluß, der Lärm der Strömung auf den Steinen wird stärker, Sternschnuppen fallen herab, die Schatten verflüchtigen sich.

»Ja richtig, sie hat mir gesagt, daß sie beschlossen hat, nicht wieder von hier fortzugehen. Wir haben uns viel darüber unterhalten,

Nora und ich, in diesen Tagen, als du in Mangue Seco warst. Sie ist schrecklich verliebt. Das ist zu nett, Tieta. Zwei Enttäuschte, zwei ...« sie sucht in ihrem Gedächtnis nach dem modernen Wort, das sie vor ein paar Tagen in einem Illustriertenartikel gelesen hat – »zwei Frustrierte, die sich finden, sich die Hände reichen und sich ergänzen. Sie ist entschlossen, hier zu bleiben.«

»Und du glaubst, sie wird sich an dieses Nest gewöhnen? Im Augenblick ist sie glücklich, denn in ihrer Verliebtheit vergißt sie, was sie gelitten hat, und sie hat gelitten wie ein abgespäntes Zicklein. Aber später? Ich bin hier geboren und will hier meine Tage beschließen, aber ich komme erst wieder, wenn ich alt und gebrechlich bin. Bis dahin, nur zu Besuch. Für jemanden, der aus der Großstadt kommt, ist es nicht leicht, sich in Agreste einzugewöhnen. Sogar die, die nie von hier fortgekommen sind, beklagen sich über die Langeweile, siehe Elisa. Wenn ich geahnt hätte, was geschehen würde, hätte ich Nora nicht mitgebracht. Sie ist ein sentimentales Dummerchen, sie hat den Kopf verloren durch diese Zuneigung zu Ascanio, das wird noch Probleme geben.«

»Ich weiß.« Dona Carmosina seufzt, das Ganze ist dramatischer als die entscheidende Szene in einem Roman oder die letzte Folge einer Hörspielserie. »Sie ist Millionärin, er ist arm! Aber ...«

»Das ist es nicht, Carmô, man erlebt tagtäglich Heiraten zwischen Reichen und Armen. Glaubst du, ich würde mir Sorgen machen, wenn das das Problem wäre? Ich würde mich schon um die Aussteuer kümmern.«

»Was ist es denn dann?«

Tieta bleibt stehen, um ihrer vertraulichen Mitteilung größeren Nachdruck zu verleihen. Das Klima von Melodrama und Spannung hält an. Dona Carmosina wartet gespannt, außerstande, ihre Ungeduld zu verbergen.

»Was denn nur?«

»Du weißt, daß sie mit einem Mitgiftjäger verlobt war, der nur auf ihr Geld aus war. Er gab sich für einen Ingenieur aus, sah ja auch gut aus, aber das war alles. Sie, blind vor Verliebtheit, wollte irgendwelche Projekte dieses Burschen finanzieren und wurde das Geld nur deshalb nicht los, weil ich etwas gewittert und einen Riegel vorgeschoben habe. Dann war die Polizei hinter ihm her, und so hat man alles über diesen Gauner erfahren. Die Arme wurde krank, sie ist fast gestorben. Mich haben die Eröffnungen der Polizei nicht gewundert, ich irre mich nicht in den Menschen, ich werfe nur einen Blick auf jemanden und schon weiß ich, was er wert ist, die Qualität seines Charakters und die Größe seines Schwengels ...«

Gelöst bricht Dona Carmosina in Lachen aus.

»So eine närrische Frau, nicht einmal, wenn du tot bist, wirst du dich ändern. Hat man schon so was gehört: die Qualität des Charakters, die Größe des Schwengels ... Prima!« Noch lachend faßt sie sich bald wieder und kehrt zur Liebe zwischen Nora und Ascanio zurück. »Das wußte ich schon alles, du hast es mir selber erzählt. Deswegen sage ich ja, es sind zwei tief Verwundete, die sich erholen, zwei Frustrierte« – Dona Carmosina genießt es, das kürzlich erlernte Wort zu wiederholen –, »die sich ergänzen. Wenn das Problem der verschiedenen Vermögensverhältnisse nicht alles durcheinanderbringt, dann ...«

»Sie war gute sechs Monate mit diesem Kerl verlobt, Carmô. Ein Brautstand in São Paulo ist nicht dasselbe wie in Agreste. Dort haben die Verliebten und Verlobten viel Freiheiten, sie gehen allein aus, zu Festen, in Nachtlokale, machen Ausflüge, die Tage und Tage dauern ... Nächte und Nächte ... Die jungen Mädchen haben die Pille in der Handtasche, neben dem Lippenstift.«

»Ich verstehe ...«

»So ist es. Daß ein Mädchen als Jungfrau heiratet, das war einmal, wie die Langhaarigen sagen. Das gilt nur noch in Agreste. Die Tatsache, daß er arm ist, spielt überhaupt keine Rolle, Nora mißt dem nicht die geringste Bedeutung zu. Weder sie noch ich. Aber glaubst du, daß unser Freund Ascanio ...« Sie macht eine Pause. »Das macht mir Sorgen, Carmô.«

»Jetzt bin ich es, die besorgt ist. Sehr besorgt sogar. Warum ist das Leben nur so kompliziert, Tieta?«

»Weiß ich's? Und es könnte alles so leicht sein, nicht wahr? Porca miseria! Wie meine Landsleute, die Italiener von São Paulo, sagen.«

Sie gehen weiter, Dona Carmosina verdaut die unbequeme Eröffnung, ach, mein Gott, was soll man nur tun? Bevor sie ans Flußufer kommen, fährt Tieta fort:

»Jetzt, nachdem ich das Haus gekauft habe und es reparieren und malen lasse, installiere ich die Alten, lasse Ricardo Geld da, um die Hütte in Mangue Seco fertig zu bauen, packe Leonora zusammen und haue ab.«

»Du kannst nicht vor der Einweihung des Lichts abreisen, das habe ich dir schon gesagt. Auf keinen Fall.«

»Ich wollte länger bleiben, aber ich kann nicht. Es ist nicht so sehr wegen mir, obwohl ich nicht so lange wegbleiben kann, ich habe in São Paulo alles zurückgelassen, was mir gehört, in fremden Händen ...«

»In den Händen von Vertrauensleuten ...«

»Trotzdem. Das Auge des Herrn mästet das Schwein, wie wir

sagen. Ich würde bis zum Fest bleiben, wenn Nora nicht wäre. Ich muß sie von hier loseisen, solange noch Zeit ist. Noch so einen Schock hält sie nicht aus, sie kann sogar daran sterben ...«

»Übereile nichts. Warte ein paar Tage. Wenn du von Mangue Seco zurückkommst, werde ich dir etwas sagen.«

»Über?«

»Ascanio und Leonora ...«

»Das Leben könnte so leicht sein, nur die Menschen komplizieren alles.«

Sie erreichen das Ufer des Flusses, die Boote liegen am Ankerplatz. Etwas weiter hinten, in der Bacia de Catarina, neigen sich die Trauerweiden über die Felsen und verstärken die Dunkelheit. Von dorther bringt die Brise ein leises Wimmern herüber. Auf leisen Sohlen gehen die beiden Freundinnen ein paar Schritte weiter. Gestalten in einem Winkel, Flüstern, Stöhnen unter den Trauerweiden. Das Leben könnte so leicht sein, wiederholt Tieta. Die beiden lächeln, die Hübsche und die Häßliche, die, welche diese Wonnen kennt, und die andere, der sie unbekannt sind.

»Ich habe mir schon einen Namen für meine Hütte in Mangue Seco ausgedacht«, verkündet Tieta.

»Und wie ist der?«

»Der Stall des Bocks Inacio. Das war der Zuchtbock von der Herde des Alten, ein Ziegenbock, der fast wie ein Esel ausgesehen hat, so groß war er. Sein Sack schleifte am Boden nach. Von ihm habe ich gelernt, wie man liebt und alles erreicht.«

Immer lauteres Liebesgestöhn läßt sich am Ufer vernehmen. Eilig treten die beiden Freundinnen den Heimweg an. Im Besuchszimmer, das voll von Leuten ist, stürmt und erobert der Barde Barbozinha in einer früheren Existenz an der Spitze des Volkes von Paris die Bastille und befreit Tausende von eingekerkerten Patrioten. Eine herrliche Episode, mit Degen und Hakenbüchsen, Edelleuten, Volkstribunen, der Carmagnole – und ohne jede Gefahr.

Der Leser begegnet neuerlich dem Seminaristen Ricardo, dem gefallenen Engel, über den vor längerer Zeit nur vage Andeutungen gemacht wurden (fast immer Lobreden aus dem lasziven Mund seiner Tante) und der hier ins Meer springt.

Von der Höhe der Hügel aus beobachtet Ricardo den Fluß und wartet ungeduldig auf das Erscheinen von Eliesers oder Piricas Boot, oder auch auf das Motorboot des Kapitäns, in dem er Tietas Gestalt zu erspähen hofft. Wie soll er es hier ohne sie aushalten, mit der Sünde als einzige Gesellschaft? Da sah er die Leute aus einem Boot aussteigen, das sie selber steuerten. Es waren nicht alle, die in der Nähe des Strandes von Saco kampiert hatten, nur zwei Paare und ein kleines Kind von höchstens zwei Jahren.

Neugierig verfolgt Ricardo jede ihrer Bewegungen. Der dunkelhäutige Bursche mit den zerzausten Haaren nimmt den improvisierten Anker auf, einen unförmigen, an einen Strick gebundenen Stein, wirft ihn ins Meer und bindet das Boot fest. Dann nimmt er das Kind auf den Arm. Der andere, mager und groß, trägt eine Gitarre. Von den beiden Mädchen hat die eine langes blondes Haar, das ihr auf den Rücken fällt, wahrscheinlich ist sie die Mutter des kleinen Mädchens, denn sie steigt zusammen mit dem Burschen aus, der das Kind trägt; die andere hat Blumen im Haar, ist klein und beweglich und läuft quer durch das Fischerdorf, verfolgt von dem Jungen mit der Gitarre. Das Lachen steigt zu den Hügeln auf und erreicht Ricardo. Alle fünf sind barfuß und begeben sich zum schönsten Teil des Strandes, genau unterhalb der höchsten Düne, von der aus Ricardo hinabspäht. Es ist die schönste und gefährlichste; die heftige Brandung macht das Baden im Meer unmöglich. Nur wer in Mangue Seco geboren und aufgewachsen ist, wagt es, an dieser Stelle im Meer zu schwimmen, das sich wütend gegen die Sandberge aufbäumt.

Als der Major noch lebte, hatte sich Ricardo in den alljährlichen Ferien mit den Söhnen der Fischer in die mächtigen Wogen hinausgewagt, aber sein Vater hatte ihn in flagranti ertappt und ihm unter Androhung schwerer Strafen einen solchen Wahnsinn verboten. Mehr als ein Badender hatte dort aus Unwissenheit oder weil er großtun wollte sein Leben verloren, von der Gewalt der Wellen niedergeworfen und fortgerissen, beim Zusammenprall mit den Hügeln getötet. Es ist ein gefährliches Meer voll von Haien, bleifarbenen Schatten inmitten des unruhigen Wassers. Unerwartet recken sie sich stolz aus den Wogen hoch, streichen hungrig um den Strand und erhöhen die Gefahr. Kurz vorher hatte Ricardo einen drohenden Schwarm erblickt, der im Sturm hochsprang. Sie waren ins Meer hinausgeschwommen, die bleifarbenen Schatten des Todes waren nicht mehr zu erkennen.

Von oben aus sieht Ricardo die beiden Paare und das kleine Mädchen über den Strand laufen und spielen. Dann setzen sie sich auf den Sand, und es ertönt der Klang der Gitarre, den der Wind heranträgt. Fetzen einer Melodie, es scheint eine religiöse Musik zu sein, sie erinnert an den Kirchengesang, den er im Franziskanerkloster São Cristóvão gehört hatte. Als Ricardo am Vortag zum Strand von Saco gegangen war, um über den Ankauf und den Transport von Baumaterial zu verhandeln, hatte er vom Lagerplatz der Hippies gehört, einer Gruppe von über zwanzig Mädchen, jungen Burschen und Kindern, eine aufreizende Neuheit.

Die beiden Söhne des Besitzers der Ziegelei, etwa gleichaltrige Bürschlein, hatten ihn aufgefordert, die Leute zu beobachten, und er war mitgegangen.

Im Seminar und in Agreste hatte er eine Menge über die Hippies gehört, die entgegengesetztesten Meinungen, meistens eine scharfe Kritik. Cosme, ein wilder Asket, kommentierte die Nachrichten in den Zeitungen und verurteilte die unanständigen und gefährlichen Gewohnheiten dieser Feinde der Moral, die sich den Ausschweifungen und den Drogen hingaben, die Gesetze und die heiligsten Prinzipien mißachteten, Ungeheuer schlimmster Art. Tage später, als er im Klosterhof versuchte, die Nachfolge Christi zu verstehen, während er sich auf die geistigen Meditationen des nächsten Tages vorbereitete, belauschte Ricardo durch Zufall ein seltsames Gespräch. Eine heftige Diskussion war zwischen einigen Patres im Gange, darunter der Rektor selbst, der Pater Ökonom, der Pater Alfonso – der hochwürdige Alfonso de Narbona y Rodomón –, und Bruder Thimóteo, ein Franziskanerfrater, der aus São Cristóvão gekommen war, um im Seminar seine wöchentliche Vorlesung über Moraltheologie zu halten, und dessen Weisheit und Heiligmäßigkeit weithin bekannt waren. Mager wie ein Schilfrohr, mit wirrem Haar, dünnem Bart, ganz wasserhellen Augen und einer sanften Stimme, hatte er die Hippies gegen die Angriffe von Dom Alfonso de Narbona y Rodomón verteidigt, der sie in einem groben Gemisch aus Spanisch und Portugiesisch beschimpfte. Dom Alfonso, ein vornehmer Kastilier, Verteidiger Gottes und des reinen Glaubens, Hüter der guten Sitten, Vikar an der Kathedrale von Aracajú und Professor der Theodizee im Seminar, war bei den Gläubigen unter dem Spitznamen Ewiges Feuer bekannt, den er der Heftigkeit seiner Predigten voller Drohungen verdankte, die er gegen die Sünder ausstieß.

Gleichgültig gegen das Ungestüm, mit dem der Edle aus Kastilien seine völlige Verurteilung der Hippies aussprach, betrachtete sie Dom Thimóteo nicht nur als Kinder Gottes, wie wir alle es sind, sondern beförderte sie zu dessen vielgeliebten Kindern, denn sie lehnen die Heuchelei ab, fliehen die Lüge, erheben sich friedlich gegen die Falschheit und den unheimlichen Zynismus der heutigen Gesellschaft und stellen sich der Herzlosigkeit und der Verderbtheit in der Welt entgegen. Ihre Waffen sind Blumen und Lieder, ihre Fahne ist die von Christus: Frieden und Liebe. Ihre Handlungsweise sei zu verurteilen? Was wolle denn Dom Alfonso? Daß sie zu Waffen, Bomben, Maschinengewehren griffen? Sie wandern durch die Welt und geben das gute Beispiel der Lebensfreude. Sie werden verfolgt, wie es immer die Reformatoren werden, die Rebellen, die Kämpfer gegen die verrottete herrschende Ordnung. Die Patres lauschten ihm widerwillig oder ohne den Mut zur Entgegnung zu finden.

Lange Zeit beobachtete Ricardo mit seinen beiden Gefährten von weitem das Lager, in dem Burschen und Mädchen in einer Gruppe beisammensaßen und sich, ohne auf die Zeit zu achten, unterhielten. Einige von ihnen bearbeiteten Metall und Leder, ein magerer Junge spielte auf der Gitarre, ein anderer ließ seinen Kopf im Schoß eines Mädchens ruhen, und alle trugen sie diese unordentlichen, zerrissenen und geflickten Kleider, bunte Halsketten mit mystischen Symbolen. Einige waren barfuß, vor allem die Frauen. Ricardo sah alles undeutlich aus der Ferne. Als einer der Jungen vorschlug, näher heranzugehen, lehnte er ab, er müsse nach Mangue Seco zurückgehen, wo die Arbeiter auf das Material für die Mauern des Sommerhauses der Undankbaren warteten.

Jetzt beobachtet er von der Höhe der Hügel aus die beiden Paare und das kleine Mädchen. Er erkennt den Mageren wieder, der auf der Gitarre klimpert, er hat ihn am Vorabend gesehen. Alle vier legen sich in den Sand, das Kind sammelt Muscheln und bringt sie seiner Mutter.

Ricardo blickt wieder weit auf den Fluß hinaus, der in den ersten Schatten der Abenddämmerung liegt. Was macht die Tante, warum kommt sie nicht zurück? Warum läßt sie ihn hier allein, warum muß er hier ausharren, ohne ihre Gegenwart, ihre Stimme, ihre konfusen und doch tröstlichen Argumente, ohne ihre Hand, ihre Lippen, ihre einladende Brust, ihren fiebernden Leib, in dem sich alle Probleme auflösen, alle Zweifel schwinden, in dem sich Kummer und Qual in Fröhlichkeit und Erregung verwandeln? Sie wollte nur eine Nacht fortbleiben, nur eine einzige, hatte sie versprochen. Jetzt hat er schon zwei schlaflose und verzweifelte Nächte verbracht.

Vielleicht weil die Musik aufgehört hatte, wandte Ricardo den hoffnungslosen Blick wieder dem Strand zu. Die Paare hatten sich inzwischen entkleidet, der Bursche mit der Gitarre und das lächelnde Mädchen halten sich eng umfangen und tauschen einen langen Kuß. Der Dunkelhäutige und das blonde Mädchen gehen mit der Kleinen auf das Wasser zu, wahrscheinlich um zu baden. Die Haare der Frau locken sich über dem Rücken und berühren ihre Hüften. Ricardo springt auf, ruft, warnt vor der Gefahr. Um den Wogen zu trotzen, die sich nach dem Kampf gegen die Dünen zurückziehen und sich auf einen neuen Angriff vorbereiten, muß man in Mangue Seco geboren und großgeworden sein, inmitten der Gewalt des Ozeans und der Stürme.

Der Schrei verliert sich im Wind und erreicht nicht den Strand. Vater, Mutter und Tochter gehen ins Wasser hinein, Ricardo rennt den Hügel hinunter, achtet nicht auf das andere Paar, das sich im Sand liebt, und stürzt sich in dem Augenblick ins Wasser, als ein riesiger Brecher die Badenden zudeckt, den Burschen und das Mädchen umwirft, die Kleine von der Hand der Mutter losreißt und sie weit hinaustreibt. Nur eine Minute, und der kleine Körper wird vom Meer gegen den zu Stein gewordenen Sandberg geschleudert werden.

Ricardo taucht, verschwindet unter den Wellen, und als er weiter vorn wieder auftaucht, hält er das Kind an seine Brust gepreßt. Er schwimmt nur mit dem einen freien Arm. In Erinnerung an die Kenntnisse, die er in der Kindheit erworben hat, taucht er wieder unter, um die Kraft der zurückströmenden Woge auszunutzen. Während eines endlos scheinenden Augenblicks sieht man vom Strand aus nur seinen erhobenen Arm, der das kleine Mädchen aus dem Wasser hält. Und wenn es ihm nicht gelingt, zurückzukommen, wenn ihn die Kräfte verlassen und er den Arm sinken läßt? Sie atmen erst auf, als er, von den Wellen befreit, aus dem Schaum auftaucht.

Die Mutter klammert sich an ihre Tochter, lauscht auf ihre Atemzüge, zittert vom Kopf bis zu den Füßen. Der Vater will etwas sagen, es gelingt ihm nicht, die Stimme versagt ihm. Das andere Paar hat aufgehört, sich zu lieben, alle vier stehen da, vereint in Angst und Erleichterung, Körper und Seele gleichermaßen entblößt.

Ricardo bemerkt sie kaum. Endlich vernimmt er das Weinen des Kindes, lächelt und läuft davon, während die Nacht ohne längere Ankündigung hereinbricht, eine Nacht des abnehmenden Mondes, über den gespenstischen Dünen. Aus dem Dunkel der Nacht eilen die Dämonen herbei.

Die wahre Hölle

Aus dem Dunkel der Nacht eilen die Dämonen herbei. Während des Tages, wenn er sich um die Arbeiter kümmert und ihnen hilft, wenn er selber arbeitet wie einer von ihnen, Kokosstämme zersägt, die Masse von Lehm, Sand und Zement umrührt, Ziegelsteine im Boot des alten Jonas befördert, in dem er die Brandung durchquert, um zum Sandstrand von Saco zu gelangen, vergißt Ricardo die offene Wunde in seiner Brust, die Sünde und die Verdammung. Es gelingt ihm sogar, auf Vergebung zu hoffen, als sei nichts Ernstliches geschehen.

Wenn er während der kurzen Überfahrt im Boot das gelassene Antlitz von Jonas betrachtet, seiner eintönigen Stimme lauscht, fühlt er mitunter ein jähes Interesse am Leben. Jonas pafft an seiner Tonpfeife, lenkt das Boot, behält seinen Kurs bei und erzählt dabei Geschichten, die sich dort begeben haben, Geschichten von Haifischen, Abenteuer von Fischern und Schmugglern, zweifelhafte Liebesgeschichten von Claudionor das Virgens. Jedesmal wenn der Troubadour in dieser Gegend auftaucht, kann man getrost eine Wette abschließen, daß alles mit Ärger und Verwirrung enden wird, denn einen solchen Weiberhelden wie ihn gibt es nicht noch einmal. Jonas stößt eine Rauchwolke aus seiner Pfeife aus und wagt einen Vergleich:

»Nicht einmal ein Pfaffe ist so ein Schürzenjäger.«

Nicht einmal ein Pfaffe? Wieso? Jonas lacht sein gemütliches Lachen, als ihm bewußt wird, daß Ricardo so etwas wie ein Pfaffenlehrling ist. Er gibt Erklärungen und Ratschläge, er ist im Meer alt geworden, hat den linken Arm verloren, als er Haie fischte, hat Schmuggelware gefahren, nichts im Leben ist ihm fremd oder gleichgültig.

»Du willst Priester werden, dann mußt du auch wissen, daß ein Priester, der nichts von Frauen weiß, zu nichts nütze ist. Wie soll er denn die Leute verstehen, wenn er keine Kinder machen kann? So einer ist einmal hier herumgelaufen, Abdias hat er geheißen, der hat mit niemandem verkehrt, die Weiber haben Angst gehabt vor ihm, seine Kirche ist leer geblieben. Aber da war auch der Padre Felisberto, der fünf Jahre in Saco gelebt hat, wegen seinem Rheumatismus, ein richtiger Priester mit einer Lebensgefährtin und sieben Kindern, sehr fromm, sogar zu uns, nach Mangue Seco ist er gekommen, um Messe zu lesen, wir haben ihm gern zugehört, eine Predigt war schöner als die andere, er hat erzählt, wie schön es im Himmel ist, mit Musik und Festen, alle Tage. Er war nicht wie der andere, der, weil er keine Frau gekannt hat, in der Hölle gelebt hat, überall nur Böses gesehen hat. Ein Priester, der nicht nach Fotze riecht, riecht nach Arsch, das ist zu nichts gut.«

Ohne auf die Empörung zu achten, die sich auf Ricardos Gesicht widerspiegelt, manövriert Jonas sein Boot und beendet seine Philosophie.

»Kein Mann kann ohne Frau leben, das ist gegen das Gesetz Gottes. Wozu hat Gott Adam und Eva gemacht, wenn nicht dazu? Sag's mir, wenn du kannst.«

Der Junge antwortet ihm nicht, aber ebenso wie die Arbeit am Hausbau verleiht ihm auch die simple Vorstellung von Jonas Mut und Hoffnung, den Knoten der Verzweiflung aufzulösen.

Aufzulösen oder durchzuhauen, mit der scharfen Schneide des Verlangens, wenn sie, die Tante, fröhlich und närrisch, die Schleusen seiner Angst und seiner Zurückhaltung durchbricht. In Tietas Gegenwart vergißt er die offene Wunde in der Brust, die Sünde, das gebrochene Gelübde, die Verdammung, selbst nachts, wenn die Dämonen umgehen. Ihre Gegenwart, ihr Lachen, ihre warme Stimme, ihre Umarmung, ihr Mund, ihre Hände, ihre Schenkel, ihr glühender Leib sind Aussatz, Stigma und Hölle wert.

Aber in Abwesenheit der Tante fühlt er sich aussätzig, gebrandmarkt mit dem Eisen für die Verdammten, verflucht, ohne Hoffnung auf Heil, denn wenn sie nicht da ist, bemächtigen sich die Dämonen seiner, überhäufen ihn mit Sünde, nennen ihn unwürdig und verloren.

Was macht die Grausame in Agreste, daß sie ihm nicht zu Hilfe kommt, ihn nicht befreit? Es kränkt ihn, sie weit fort von ihm in der Stadt zu wissen. Dort wird sie ständig von allen Männern beäugt; wenn sie über die Straße geht, verfolgen die Blicke und die Bemerkungen das Wiegen ihrer Hüften. Sie bewegt sich in einem Dunstkreis unterdrückten Begehrens, inmitten eines Feuertanzes, an dem alle teilnehmen: Osnar mit seinen schmutzigen Aussprüchen, Barbozinha, in dessen Versen sie nackt und schamlos im Schaum der Wellen beschrieben wird, der Araber Chalita, der sie als kleines Mädchen gekannt hat, Seixas, der sie seinen Kusinen vorzieht, Aminthas, der den Spaßvogel spielt, Bafo de Bode, der ungehörige Bemerkungen macht.

Mit welchem von ihnen hatte sie sich eingelassen? In der qualvollen, von Dämonen bevölkerten Nacht vergißt Ricardo plötzlich die Sünde, die Angst vor der Strafe, die Gottesfurcht, das Schuldgefühl und hat nur einen einzigen, schrecklichen Gedanken, der sich seiner bemächtigt und ihn quält, ihm das Herz abdrückt, die Brust beengt: Er stellt sich vor, wie sie, Tieta, seine Tieta, seine Frau, seine Geliebte, in den Armen eines anderen stöhnt, einen anderen Mund küßt, mit ihrer Hand über eine andere Brust streicht, ihre Schenkel um andere Schenkel preßt. Er sieht sie mit einem anderen, hört sie seufzen und lachen. Mit Ascanio, Onkel Asterio, dem Kapitän? Mit wem?

Ricardo erträgt es nicht, daran zu denken, er schließt die Augen, um nichts sehen zu müssen. Kein Aussatz, kein Stigma und kein Höllenfeuer läßt sich mit diesem Gefühl vergleichen, das ihn vor Wut ersticken läßt, seine Eingeweide zerstört, dem Speichel zwischen seinen Zähnen einen galligen Geschmack verleiht, einen scharfen Schmerz durch seine Eier jagt. Im Bett oder in der Hängematte, auf Erde oder Sand, einem anderen hingegeben, leben und sterben, o nein! Wenn ein solches Unglück geschähe, würde er dem Verbrechen gegen die Keuschheit noch ein tödliches Verbrechen hinzufügen: Mord und Selbstmord. Nur Gott, der das Leben schenkt, kann den Tod geben, das weiß Ricardo. Aber er würde sich gegen Gott erheben, er würde sie lieber tot sehen als in den Armen eines anderen vergehend.

In dieser schrecklichen Nacht erlischt das Licht des abnehmenden Mondes, Ricardo steigt in die Hölle hinab, verzehrt sich vor Eifersucht, wie kann man nur so viel leiden? Er springt aus der Hängematte, läuft zum Meer, verwickelt sich in sein Nachthemd, reißt es sich ab und wirft es weit fort, stürzt sich ins Wasser, schwimmt bis zur Ermattung, bis zur völligen Erschöpfung. Nackt schläft er am Strand ein.

Geistige Meditationen

Noch im Schlaf hörte er fröhliches Lachen, den Klang einer Gitarre und die Melodie eines so hübschen und beruhigenden Schlummerlieds, daß er sich von ihm einwiegen ließ und endlich Tieta in einem weiten, ruhigen Land wiederfand, zwischen Feldern und Strand, Hügeln und Dünen; nackt, mit einem Lilienstengel, den sie vom Altar des heiligen Josef entwendet hatte, lenkt sie die ungebärdigen Ziegen, führt sie zur Weide in die Wellen. Ihre geflügelten Füße berühren den Sand nicht, auch nicht die von Ricardo. Sie reichen einander die Hände und gehen, rein an Leib und Seele, unschuldig, auf die Hand Gottes zu, die geöffnet ist, sie zu empfangen. Gott hält die Welt in seinem Schoß: das Feld, den Strand, das Meer, die Ziegen und die Liebenden. Da erklingen die Posaunen des Letzten Gerichts, ein zartes Wiegenlied, der Prophet Jonas, ein alter Fischer und Schmuggler, erhebt sich aus den Wassern, auf einem Haifisch reitend, und verkündet die unbestreitbare Wahrheit des Herrn: Kein Mann, ob reich oder arm, alt oder jung, stark oder schwach, kann ohne Frau leben, noch eine Frau ohne den Mann, das ist gegen das Gesetz Gottes. Die Mauern des Meeres stürzen ein, als Jonas seinen Armstummel ausstreckt, um zu lehren, daß die Liebe keine Sünde ist, nicht einmal die einer Tante zu ihrem Neffen, einer Witwe zu einem Seminaristen. Ein kleines Mädchen schmückt die Haare von Tieta und Ricardo mit Blumen und sagt mit der Stimme eines Vögelchens: Friede und Liebe.

Die Musik und der Gesang dauern noch über den Schlaf hinaus an, und bei der Berührung der Finger des Kindes öffnet Ricardo die Augen. Er erinnert sich an den nächtlichen Eifersuchtswahn, an das verzweifelte Schwimmen, an das Hinsinken auf den Sand, erschöpft und nackt, wo er eingeschlafen ist und sich jetzt noch befindet. Das Mädchen reicht ihm die letzte Blume, eine Feldlilie; er ist umringt von Mädchen und Burschen und einigen Kindern, auch sie nackt und lächelnd, die ihn alle in den Schlaf singen. Ein Wiegenlied, das sein Herz beruhigt, ein fremdartiges Lied, das Friede und Freude bringt, himmlische Musik. Die Gitarre, die der Magere an seine Brust hält und spielt, ist eine Engelsharfe. Ricardo fühlt, wie er phantasiert, und lächelt.

Es macht ihm nichts aus, daß er völlig nackt ist, er beachtet nicht einmal, verwundert oder neugierig, verschmitzt oder begehrlich, all die Nacktheit um sich herum; er sieht ganz einfach die schönen Mädchen, einige noch halbe Kinder, und die bärtigen oder bartlosen Burschen. Lange Haare, die sich bisweilen über den Schultern locken – waren nicht Jesus' Haare so? Bei anderen lösen sich die krausen Mähnen in große Blumen auf oder bilden wirre Vogelnester. Die Runde fährt fort zu singen und zu tanzen, schlaf ein, Kindlein, schlaf ein. Ricardo erhebt sich.

Er fühlt sich völlig frei von Furcht, von Hörigkeit, von Sünde. Auf der morgendlichen Sandbank geben ihm der Tanz und der Gesang, das Lächeln und die ruhigen Gesichter der Mädchen und Jungen die Freude und den Frieden zurück, die er verloren hatte.

Von keiner Zeit gedrängt, ohne Eile und Stundenplan, singen und tanzen sie für ihn in der blauen Luft des anbrechenden Tages. Eines der Mädchen, die Mutter der Kleinen, die er am Vorabend aus den Wogen errettet hat, verläßt den Kreis, nähert sich ihm und küßt seine Wangen und seinen Mund; da erfährt Ricardo Brüderlichkeit, erfaßt ihren Sinn und findet Geschmack an ihr. Dann laufen alle zum Meer, und die Kinder nehmen ihn an die Hand und führen ihn.

Dann nehmen die Jungen und Mädchen die spärlichen, abgetragenen und ausgeblichenen Kleidungsstücke auf, versammeln die Kinderschar und begeben sich zu den Booten. Sie haben Ricardo nicht nach seinem Namen gefragt, haben ihm nichts gesagt und nichts von ihm verlangt, aber sie haben ihm etwas Großes geschenkt, das ihm bisher unbekannt gewesen war, eine neue Reinheit, nicht die des Seminars, die von Angst und Strafe abhängt; jetzt existiert die Sünde nicht mehr. Auch nicht der Teufel, die Bosheit oder die Verzweiflung; sie sind hinweggefegt vom Antlitz der Erde. Für immer.

Vom Saum des Strandes, wo das Meer beginnt, rufen sie ihm zum Abschied zu, Friede und Liebe, und entfernen sich. Friede und Liebe, Bruder. Ruhig und erlöst bleibt Ricardo stehen.

Eine unerwartete Beichte

Als er zum Strand geht, um das Boot zu nehmen, in dem ihn Jonas erwartet, der ihn nach Mangue Seco zurückbringen will, bemerkt Ricardo, der die Pakete mit der neuen Säge und ein paar Kilo Nägeln in den Händen hält, eine wohlbekannte Silhouette, die im Schatten einer

Tamarinde mit hundertjährigem Stamm in einem Liegestuhl sitzt. Trotz der Segeltuchhose und dem Sporthemd erkennt er Bruder Thimóteo und erinnert sich, daß die Franziskaner von São Cristóvão am Strand von Saco ein Sommerhaus besitzen.

Er nähert sich ihm und bittet ihn um seinen Segen. Der Frater bemüht sich, ihn zu erkennen, wo hat er schon dieses Jünglingsgesicht gesehen? Ricardo erklärt es ihm: im Seminar, mein Vater. Er ist nicht sein Schüler, er ist noch in der Unterstufe des Seminars, aber er hat die Grenze der Entscheidung schon erreicht. Und nicht auf einer ruhigen Wanderung, sondern nach einem verzweifelten Kampf mit dem Dämon.

»Wann kann ich zur Beichte kommen, mein Vater?«

»Wann du willst, mein Sohn, wann du das Bedürfnis dazu fühlst.«

»Kann es jetzt gleich sein, mein Vater?«

»Wenn du es wünschst, mein Sohn . . .«

Ricardo bleibt stehen und wartet. Bruder Thimóteo will sicher die Soutane anziehen und ihn zum Beichtstuhl in der Kapelle mitnehmen. Aber der Priester zeigt auf einen zweiten Liegestuhl.

»Leg die Pakete hin, setz dich her zu mir, zuerst wollen wir uns unterhalten, dann nehme ich dir die Beichte ab. Der Abend ist schön, wir wollen ihn genießen, Gott hat ihn so herrlich gemacht, damit die Menschen glücklich seien. Das Glück der Menschen ist Gottes größte Sorge. Verbringst du die Ferien hier?«

»Ja, mein Vater. Das heißt, hier nicht, in Mangue Seco.«

»Mangue Seco ist der schönste Fleck auf der Welt. Es ist nicht wahr, daß sich Gott am siebenten Tage ausgeruht hat, wie es in der Heiligen Schrift steht.« Der Bruder lachte, als amüsiere er sich über die Absurdität, die er gerade ausgesprochen hatte. »Am siebenten Tag war der Ewige Vater inspiriert, beschloß er, ein Poem zu schreiben und schuf Mangue Seco. Übrigens erschafft er noch heute Mangue Seco täglich aufs neue – mit der Hilfe des Windes, stimmt's? Bist du mit deiner Familie hier?«

»Nur mit meiner Tante, aber seit drei Tagen bin ich ganz allein hier, sie ist nach Agreste gefahren, ich bin von dort. Meine Tante lebt in São Paulo und ist zu Besuch hier, sie ist schon seit langer Zeit von hier fort. Ich hatte sie vorher nie gesehen.«

Da der Priester nichts sagt, fährt er fort:

»Die Tante baut ein Haus in Mangue Seco, sie hat dort ein Grundstück gekauft, sie ist reich. Ich beaufsichtige den Bau. Ich bin gekommen, um Material zu kaufen. Der Maurer, der Zimmermann, die Hilfsarbeiter sind von hier.«

»Die Leute von Mangue Seco üben diese Berufe nicht aus; wer dort geboren ist, versteht es nur, mit dem Meer zu kämpfen, und das ist nicht wenig. Ein kräftiger Menschenschlag, mein Sohn.«

»Hochwürden, ich habe einmal gehört, wie Sie zu den Patres über die Hippies gesprochen haben, Sie haben sie gelobt und gesagt, daß sie nicht böse sind.«

»Ich kann mich an diesen besonderen Tag nicht erinnern, aber ich rede immer gut über die Hippies, sie sind Vögelchen im Garten Gottes, allesamt, die Mystiker wie die Atheisten.«

»Die Mystiker und die Atheisten, wie kann das sein, mein Vater? Das begreife ich nicht.«

»Es ist nicht das Etikett, das dem Getränk Qualität verleiht, mein Sohn. Bei Gott zählt der Mensch und nicht das Etikett. Möchtest du das Seminar aufgeben und zu den Hippies gehen?«

»Nein, Hochwürden. Ich weiß nicht, ob ich zu ihnen gehen möchte oder nicht, ich habe nie darüber nachgedacht. Aber auch wenn ich wollte, würde ich es wohl nicht tun, denn meine Mutter würde sterben, wenn ich es täte. Für sie sind die Hippies Teufel, sie ist welchen in Aracajú begegnet und war entsetzt. Ich habe Angst, daß mein Bruder mir folgen würde, wenn ich mit ihnen ginge. Mein jüngerer Bruder, Peto. Er ist noch nicht dreizehn und lernt nicht gern.«

»Deshalb wolltest du etwas über die Hippies wissen, wegen deines Bruders?«

»Nein, mein Vater. Gestern war mir das Herz schwer, ich war sicher, Gott beleidigt zu haben und meine Berufung zu verfehlen, ich war voll Wut und Eifersucht, wie ein Verdammter; erst nachdem ich viel geschwommen hatte, konnte ich am Strand einschlafen. Als ich aufwachte, umringten mich die Hippies und sangen für mich. Sie beruhigten mein Herz und gaben mir den Frieden, den ich gesucht hatte.«

»Friede und Liebe, das sind Worte Gottes, die sie gebrauchen. Vögelchen im himmlischen Garten, habe ich das nicht gesagt? Fühlst du Berufung zum Priesterstand oder wurdest du ins Seminar gesteckt?«

Ricardo überlegt, befragt sich, bevor er antwortet:

»Meine Mutter hatte ein Gelübde abgelegt, ich glaube wegen des Gesundheitszustandes meines Vaters. Aber als sie es mir erzählte, wollte ich selber gehen, Mutter hat mich gelehrt, Gott zu fürchten.«

»Zu fürchten oder zu lieben?«

»Kann man denn Gott lieben, ohne ihn zu fürchten? Ich kann beides nicht trennen, mein Vater.«

»Du mußt es aber trennen. Nichts, was aus Furcht geschieht, ist Tugend. Nichts, was aus Liebe geschieht, ist Sünde. Gott schätzt weder die Angst noch die Ängstlichen. Möchtest du Priester werden?«

»Ja, das möchte ich, mein Vater, aber ich kann nicht mehr.«

»Und warum kannst du nicht, wenn du es möchtest?«

»Ich bin nicht würdig. Ich habe gesündigt, das Gesetz Gottes verletzt, den Vertrag gelöst, das Gelübde gebrochen.«

»Gott ist kein Geschäftsmann, mein Sohn, er schließt keine beiderseitigen Verträge, und wenn eines seiner Kinder das Gesetz verletzt, hat er ein Heilmittel bei der Hand, die Beichte. Du hast gegen die Keuschheit gesündigt, nicht wahr?«

»Ja, mein Vater.«

»Mit einer Frau?«

»Ja, mein Vater. Mit ...«

»Ich habe dich nicht gefragt mit wem, das ändert nicht den Grad der Schuld.«

»Ich dachte, mein Vater ...«

»Sag mir nur eines: Hast du, trotz der Angst vor Strafe, die Sünde gehaßt, oder findest du, daß sie es wert war, auch wenn du in die Hölle müßtest?«

»Trotz der Angst habe ich nicht bereut, mein Vater. Ich will nicht lügen.«

Der Frater lächelte milde und sagte:

»Jetzt knie nieder, um die Buße und die Absolution zu empfangen.«

»Aber wie soll ich denn die Absolution empfangen, wenn ich noch gar nicht gebeichtet habe?«

»Was hast du denn gerade getan, wenn nicht gebeichtet? Bete drei Vaterunser und fünf Ave Maria, und wenn du wieder sündigst, fliehe nicht ängstlich vor Gott, als ob er ein Unmensch wäre. Beichte, einem Priester oder direkt Gott.«

Ricardo kniete nieder, empfing den Segen und die Absolution, wollte aber noch wissen, ob er im Seminar bleiben und sich für die heilige Mission vorbereiten solle, das Wort Gottes unter die Menschen zu bringen.

»Kann ich denn nach dem, was ich getan habe, noch die Priesterwürde anstreben? Bin ich ihrer noch würdig?«

»Warum nicht? Manche sagen, die Priester sollten heiraten, andere sagen das Gegenteil, das ist eine schwierige Frage, die nicht hierher gehört. Ich kann dir nicht sagen, welcher der bessere Priester ist: der, der sich kasteit, der sich im Verlangen seines Körpers verzehrt, der sein eigenes Fleisch abtötet, um Gott zu dienen, oder jener, der leidet, weil er gesündigt hat, der der Verlockung nicht widersteht, der sich ergibt und erhebt, um wieder zu fallen. Der eine martert sich, ist der Feind des eigenen Körpers, ist stark, vielleicht heilig. Der andere sündigt, ist schwach, aber durch die Sünde wird er menschlich, erweicht sein Herz, liegt nicht im Kampf mit seinem eigenen Körper. Welcher von den beiden kann Gott und den Menschen besser dienen? Ich kann es dir nicht sagen, weißt du warum?«

Ricardo sieht den alten Priester an, eine gebrechliche Hülle, wasserhelle, leuchtende Augen, die knochige Hand, die ihn gesegnet und ihm die Sünden erlassen hat.

»Warum, mein Vater?«

Bruder Thimóteos Stimme ist warm und väterlich:

»Ich war schon alt, als ich die Weihen erhielt. Alt und Witwer. Ich war verheiratet, bin Vater von vier Kindern, mein Körper hat den Frieden gefunden. Trachte danach, Gott zu dienen, indem du den Menschen dienst, fürchte weder Gott noch das Leben; wenn du so handelst, wirst du ein guter Hirte sein.«

»Und der Teufel?«

»Der Teufel existiert und offenbart sich im Haß und in der Unterdrückung. Ehe du die Sünde fürchtest, mein Sohn, fürchte die Tugend, wenn sie trübselig ist und den Menschen begrenzen will. Die Tugend ist das Gegenteil der Trübseligkeit, die Sünde ist das Gegenteil der Freude. Gott hat den Menschen frei erschaffen, der Teufel will ihn durch die Angst unterjochen. Der Teufel ist der Krieg, Gott ist der Friede und die Liebe. Geh in Frieden, mein Sohn, komme wieder, sooft du magst, und vor allem, hab keine Angst.«

Ricardo küßt die Hand Bruder Thimóteos und sammelt seine Pakete ein.

»Danke, mein Vater, ich gehe in Frieden. Jetzt weiß ich es.«

Im Boot wendet er sich um, im leuchtenden Abendschein sieht er noch den so gebrechlichen und doch so starken Priester. Schon zu Lebzeiten ist er ein Heiliger.

Der Verfasser, dieser schamlose Bursche, mischt sich jetzt in Angelegenheiten, die ihn nichts angehen und von denen er nichts versteht.

Schon zu Lebzeiten ein Heiliger – ich will den Lesern gegenüber diesen Gedanken des Seminaristen Ricardo aufnehmen, um ein paar schnelle und unvermeidliche Überlegungen anzustellen, mit denen ich den Tatsachen und den Reaktionen der handelnden Personen eine ideologische Basis und Folgerichtigkeit verleihen möchte. So vermeide ich, daß man mich der Gleichgültigkeit, der mangelnden Anteilnahme und des Ausweichens vor einer engagierten Stellungnahme beschuldigt.

Sie können mich nicht der unpassenden und lästigen Einmischung anklagen; wie viele Seiten haben wir schon in der dritten Episode dieser langgezogenen Erzählung hinter uns gebracht, ohne daß ich ihren Fluß unterbrochen habe? Schließlich habe ich das Recht, es zu tun, ich bin der Autor und kann nicht zulassen, daß sich die Figuren den Luxus erlauben, die Ereignisse ganz allein aufgrund ihrer Emotionen und Standpunkte zu lenken, die der gewünschten Aussage nicht immer am besten entsprechen.

Wer mich diesmal zur Schreibmaschine greifen läßt, ist Bruder Thimóteo, der Franziskanerfrater, der offensichtlich einer jener vielen fortschrittlichen Priester ist, die, von sogenannten ökumenischen Theorien ausgehend, die Kirche reformieren wollen. Sie reklamieren, sie fordern ein militantes Christentum, das sich auf die Seite der Ausgebeuteten und gegen die Ausbeuter stellt, der Gerechtigkeit gegen die Ungerechtigkeit, der Freiheit gegen die Tyrannei. Sie wollen die Kirche von der alten Anschuldigung reinwaschen, daß sie den Interessen der herrschenden Klassen, der Aristokratie und der Bourgeoisie diene, daß sie Opium für das Volk, wenn schon nicht Heilige Inquisition auf Hexenjagd sei.

Gegen solche fortschrittlichen Priester, die mit Vorurteilen brechen und neue Thesen formulieren, vielleicht sogar den christlichen Glauben zu seinen Ursprüngen zurückführen, erhebt sich ein heftiges und aggressives Geschrei, werden herausfordernde Pamphlete geschrieben, gefährliche Anschuldigungen vorgebracht, sie werden umstürzlerisch genannt und werden sogar Opfer von Prozessen und Gefängnissen – Priester, die als Umstürzler eingesperrt werden: Wo hat man so etwas schon gesehen, seit Neros und Caligulas Zeiten?

Jahrhundertelang stellte die Keuschheit ein unerläßliches Element zur Schaffung eines oder einer Heiligen dar. Je mehr das Fleisch gegeißelt wurde, desto größer war die Möglichkeit einer Seligsprechung. So scheint es aus dem Kirchenrecht hervorzugehen.

Ich stimme nicht dem Propheten Jonas zu – einem zweifelhaften heimlichen Propheten, der auf dem Rücken gefräßiger Haie erschienen und nicht aus dem Bauch des biblischen Walfischs aufgetaucht ist –, wenn er in seiner ordinären, mit Kraftausdrücken gespickten Sprache versucht, einen diskutablen Zusammenhang zwischen dem Zölibat und der Päderastie herzustellen. Andererseits hat der rüde Seemann mehr als recht, wenn er Ricardo versichert, daß die Sünde gegen die Keuschheit einen Priester nicht daran hindert, zu ewiger Seligkeit und Wundern zu gelangen.

Ich habe nicht vor, moralische Thesen und religiöse Vorschriften zu analysieren, wer bin ich schon? Ich möchte nur die oben erwähnte

Tatsache feststellen, Beispiele anführen und Beweise vorlegen. Ich kann gleich mit Bruder Thimóteo beginnen, denn er war verheiratet und ist Vater von Kindern, er hat von der Frucht gekostet und das schließt nicht aus, daß Fachleute und Laien ihn für einen Erwählten Gottes halten und als solchen verehren. Daß Heirat und Kinder den Weihen vorangegangen sind? Stimmt, das bestreite ich nicht. Daß das somit kein gültiges Beispiel ist? Dann nehme ich es eben zurück, ich brauche es nicht, es gibt viele davon, ich gehe zu einem anderen über.

Ich gehe zu Pater Inocencio über, der vor etwas mehr als einem Jahrzehnt im fortgeschrittenen Alter von sechsundneunzig Jahren gestorben ist, im Vollbesitz seiner geistigen Kräfte und imstande, seine Ururenkel voneinander zu unterscheiden. Er war über fünfzig Jahre Vikar in der Stadt Laranjeiras und begrub unter frommen Tränen drei Konkubinen, die ihm insgesamt neunzehn Kinder geschenkt hatten. Fünf nahm Gott im zarten Kindesalter zu sich, aber Pater Inocencio zog vierzehn auf, acht anständige Jungen und sechs Mädchen, die heute alle gut verheiratet sind, mit Ausnahme von Mariquinha, die eine solche Schwäche für Männer hatte, daß Rubião die Geduld verlor und die Trennung beantragte. Die ist mir nachgeraten, sagte der gute Pater bei dieser Gelegenheit, indem er die Schuld der Tochter auf sich nahm; wer schon so viele Sünden hatte, dem konnten ein paar mehr die Strafe nicht vergrößern. In seinem geräumigen Haus wuchsen die Enkel und Urenkel heran, führten alle den hochgeehrten Zunamen des Geistlichen, Maltez, und waren von Gott gesegnet. Noch als er bereits Großvater von mehreren Enkeln war, machte er Kinder, und als man ihm den ersten Ururenkel brachte, damit er ihn segne und taufe, dankte er dem Herrn und pries seinen heiligen Namen, nicht umsonst.

Als einmal ein Missionar von der Sorte, die im Innern des Nordens und Nordostens von Brasilien von Stadt zu Stadt ziehen und die Leute in Schrecken versetzen, ihn von seinen Kindern und Enkeln umgeben antraf, zeigte er mit einem drohenden Finger auf ihn und sagte:

»Schämen Sie sich nicht, Pater, ein so liederliches Leben zu führen und sich nicht damit zufrieden zu geben, zu sündigen, sondern die Beweise der Sünde zur Empörung der Gläubigen öffentlich herzuzeigen?«

Dieser Missionar war kein anderer als der uns bereits bekannte Dom Alfonso de Narbona y Rodomón, dessen Aussprache des Portugiesischen allein schon ein Grund zur Verdammnis war. Er traf den Patriarchen in seinem Heim an, in Gesellschaft seiner dritten und letzten Geliebten, der schönsten der drei, nur einige zwanzig Jahre alt, eines Königs würdig, wie Claudionor das Virgens, der Gitarrespieler, sagte.

»Gott hat gesagt: Wachset und mehret euch«, antwortete Pater Inocencio Maltez mit ruhiger Stimme und freundlichem Lächeln. »Ich befolge das Gesetz Gottes. Ich habe nirgends einen Hinweis gefunden, daß Gott gesagt hätte, ein Priester dürfe keine Frau haben und keine Kinder machen. Dieses Ammenmärchen wurde viel später erfunden, sicher von irgend so einem Kastraten, wie Euer Hochwürden es sind.«

Was die Empörung der Gläubigen anbelangt, so mußte der Missionar zu seinem Kummer feststellen, daß sie gar nicht existierte. Im Gegenteil, es herrschte eine gewisse Freude, um nicht zu sagen ein gewisser Stolz auf die Kraft des heiligen Mannes, der sich mit achtzig Jahren rühmte, noch die seiner wilden Ehe entsprechenden Pflichten zu erfüllen. Da Padre Inocencio kein Lügner war, sahen die Gläubigen in der von ihm nachgewiesenen Potenz ein Wunder und deutliches Zeichen göttlicher Gnade.

Im übrigen scheint Padre Inocencio die ersten Wunder noch zu seinen Lebzeiten bewirkt zu haben, bevor Gott ihn ins Paradies abberief: kleine Heilungen durch einfache Verabreichung von Weihwasser, das unbedeutende Beschwerden kurierte. Zweimal ließ er es sogar regnen, als die Trockenheit das Volk von Sergipe bedrohte.

Doch kaum war er verschieden, als schon am Tag des Begräbnisses, an dem sämtliche Bewohner der Stadt und der Umgebung teilnahmen, eine Reihe von Wundern einsetzte, eines eindrucksvoller als das andere. Gleich nachdem der Leib des Priesters neben den sterblichen Überresten seiner drei Frauen in die Erde gesenkt worden war, rief eine Gelähmte seinen Namen an, warf die Krücken fort und entfernte sich mit gemessenem Schritt. Die Nachricht davon verbreitete sich wie ein Lauffeuer.

Nach diesem spektakulären Anfang legte der Padre keine Pause mehr ein; bis auf den heutigen Tag folgten die Heilungen aufeinander und wurden immer zahlreicher und außergewöhnlicher. Laranjeiras, eine sehr reizvolle Stadt, hatte, wie Agreste, jahrelang auf die Touristen gewartet, die die Schönheit seiner Häuser bewundern sollten, bevor diese im Laufe der Zeit verfielen. Dagegen setzte, infolge der Wunder des Padre Inocencio, eine ununterbrochene Wallfahrt von Kranken und Verzagten ein, die in der Kirche und auf dem Friedhof Kerzen anzündeten, neben dem Grabstein, wo ihnen der gütige und so männliche Seelenhirte Hilfe angedeihen läßt. Unfruchtbare Frauen brauchen nur den Rosenkranz zu beten und ihre Bitte auszusprechen, und schon werden sie erhört; wenn sie besonders innig beten, bekommen sie Zwillinge.

Am Jahrestag seines Todes wird die Wallfahrt zu einer Prozession von Tausenden von Bittstellern, und die Stadt gewinnt an Betrieb, Handel und Fröhlichkeit. Abgesehen von Hochwürdens Nachkommen werden die Pilger noch von den dankbaren Geheilten empfangen, die noch heute von der frommen Marcolina angeführt werden, der ersten, die am Tage des Begräbnisses von Padre Inocencio ihre Krücken fortgeworfen hatte.

Das ist nur ein Beispiel; ich könnte noch mehrere anführen, ich tue es nicht, um Ihre Zeit nicht zu sehr in Anspruch zu nehmen. Bevor ich mich verabschiede, bedaure ich nur, daß es in Agreste nicht so einen vollkommenen Priester gibt wie den Pater Inocencio Maltez, den Heiligen von Laranjeiras, der einen religiösen Tourismus ins Leben rufen könnte. Padre Mariano gibt keinen Anlaß zur Nachrede; ich weiß nicht, ob er so untadelig oder einfach sehr diskret ist. Ich habe nicht die Absicht, mich in sein Leben zu drängen, ich begleite ihn nicht, wenn er in die Landeshauptstadt fährt, sicherlich, um Angelegenheiten der Diözese zu ordnen; oder um der Natur freien Lauf zu lassen, wie die bösen Zungen von Osnar und anderen liederlichen Burschen behaupten. Wenigstens gibt er keinen Anlaß zu Skandalen, die den Zorn von Missionaren auf der Suche nach Sünden heraufbeschwören könnten. In Agreste wurde nie über ihn getuschelt. Die Betschwestern, angefangen bei Perpetua, haben ein wachsames Auge auf ihn und lassen nicht nach in ihrer Aufmerksamkeit.

Ich verabschiede mich, um selber einer solchen Wachsamkeit zu entgehen. Ich will in nächster Zeit nach Laranjeiras fahren. Das Alter kündigt sich an, Sie wissen, wie das ist. Angeblich erzielt man mit einem Obolus für die Armen des Padre Inocencio ganz erstaunliche Ergebnisse; je größer der Obolus, desto steifer und dauerhafter sind sie. Hoffentlich stimmt's.

Zweites Erscheinen der Superhelden, diesmal vom Meer her, ein Kapitel voll von Perspektiven und Projekten, in die verschiedene Bürger verwickelt sind: vom Doktor Magnificus bis zu Osnar, von Peto bis zu Ascanio Trindade.

Als die durch die Prophezeiung des frommen Possidonio angekündigten Lichtwesen neuerlich in Agreste erschienen, in einem mächtigen und höchst modernen Motorboot und in größerer Zahl und geschlechtlicher Vielfalt, nämlich Männchen, Weibchen und Zwitter, war das Echo des durch Leonoras Minirock hervorgerufenen Skandals bereits verstummt. Die schöne Paulistanerin hatte mit ihrem späteren maßvollen Verhalten die Kommentare zum Schweigen gebracht und fand Gnade vor den Augen der Betschwestern. Elisa hatte es aufgegeben, gegen ihren Mann aufzumucken, und hob ihren Rock auf, um ihn, so Gott will, möglichst bald, in São Paulo zu tragen. Sie hatte nicht gewagt, die Begierde und die Verurteilung von Agreste herauszufordern. Aber mit dem zweiten Erscheinen der außerirdischen Wesen wurde der Minirock für die ganze Einwohnerschaft der Stadt zu einem vertrauten Anblick.

Peto kommt vom Flußufer gelaufen, die Nachricht versetzt die ganze Bar in Aufregung: Ein ganzes Bataillon Gringas landet soeben. Kaum hat er zu Ende gesprochen, füllt sich schon der Platz mit Marsbewohnern. Ascanio Trindade verläßt die Präfektur. Sämtliche Weibchen tragen Miniröcke mit Schachbrettmuster – ein hochelegantes Schottenmuster, stellt Dona Carmosina fest –, gelbe Strickblusen und hohe Stiefel aus schwarzem Handschuhleder. Wie um Leonora absichtlich gänzlich zu rehabilitieren, wird die ganze Stadt von dieser Fülle von Schenkeln und Hüften überschwemmt, die sich der Brise und den gierigen Blicken der Menge darbieten, die von allen Seiten herbeigelaufen kommt.

In die gleiche Uniform gekleidet, müssen sie einer Armee oder einer religiösen Sekte angehören. Wirklich bedauerlich ist die Abwesenheit des frommen Possidonio, dem hier eine schöne Gelegenheit zu Empörung und Verwünschungen entgeht, das wäre ein Spaß gewesen. Er ist nach Rocinha zurückgekehrt, wo er meditiert und heilt.

Die hochbeinige und biegsame Blonde, Kommandeurin des Bataillons oder Priesterin, Assistentin des Guru, die nun schon zum zweitenmal hier ist, winkt mit der Hand und nimmt die dunkle Brille ab, die getuschten Augen der allgemeinen Bewunderung darbietend. Der Minirock, gerade groß genug für eine Puppe, zeigt alles, wie Osnar feststellt.

»Nicht größer als meine Hand . . .«, meint er und geht auf sie zu, um die Raumfahrerin zu begrüßen und eine alte Bekanntschaft aufzufrischen.

»Wieder im Lande? Eine Ehre für die Grafschaft Sant'Ana do Agreste.«

»Komm, Hübscher, spendier einen Guaraná, oder eine Coca-Cola, mach schon. Ich sterbe vor Durst. Ich und der ganze Staff hier.«

Die übrigen Mitglieder des Staffs kommen fröhlich näher. Die männlichen werden kaum beachtet, man hat nicht genug Augen für die weiblichen. Einige dieser Wesen stürzen die schlichten Bürger in Verwirrung und schreckliche Zweifel. Sie wissen nicht, was sie denken sollen: Ist der dort nun ein Männchen oder ein Weibchen, eine Frau oder ein Mann? Und diese merkwürdige Figur – kann das ein Hermaphrodit sein?

Im Haus des Präfekten wird ein Fenster geöffnet, und es erscheinen das bekümmerte Gesicht und der drei Tage alte Bart des Zahnarztes Mauritonio. Das Auftauchen von Leonoras Minirock auf dem Markt hatte Pfeifen, Lachen, Hohn und Spott ausgelöst; aber so viele auf dem Platz versammelte Miniröcke erregen Staunen und Schweigen. Der Bürgersteig vor der Bar ist verstopft, die Läden und Geschäfte leeren sich.

»In der Bar gibt es schon Kokoswasser«, verkündet Ascanio Trindade, der das Erhabene Wesen und seine Begleiter einlädt. Manuel empfängt sie mit einer tiefen Verbeugung.

»Tüchtig!« Miss Weltraum erhebt die Stimme zu einer Umfrage. »Wer will Kokoswasser haben?«

»Nur mit Whisky, meine Liebe«, antwortet Aphrodite, deren lange Mähne bis zur Gesäßfalte reicht. Sie trägt eine enganliegende Hose, einen indischen Blouson und eine wahre Kaskade von Halsketten.

»Warum trägt sie keinen Minirock?« fragt Osnar, der sich betrogen fühlt, weil er so vielversprechende Schenkel und Hüften nicht bewundern kann.

»Weil es keine Sie ist, Süßer. Es ist ein Er ... Das heißt, mehr oder weniger ... Das ist Rufo, unser Dekorateur. Er hat tollen Erfolg ...«

»Negativ. Der Hübsche hier versteht das nicht zu schätzen, da kann man nichts machen.«

Sie bleiben nur kurz, sind auf der Durchreise. Sie kommen von Mangue Seco, wo andere geblieben sind, Ingenieure und Techniker, wie die neue Barbarella erklärt. Die die Landschaft bewundern, sind Werbefachleute, Assistenten, Sekretärinnen, Kontaktleute, eine höchst sachverständige Equipe. Sie erholen sich in der Bar, bevor sie zum Motorboot zurückkehren und flußaufwärts nach Sergipe fahren.

»Der Schwule ist also Rufo; und Ihr, Prinzessin, wer seid Ihr und woher kommt Ihr? Seid Ihr vielleicht Polin?«

»Elisabeth Valadares, Bety für die Freunde, Bebé für die ganz Intimen. Eine waschechte Carioca, eine Pflanze aus Ipanema.«

Sie lächelt mit zahllosen, schneeweißen, wohlgepflegten Zähnen, ein Mund wie eine Reklame für Zahnpasta.

»Ich soll dir etwas ausrichten, Liebster.« Der Liebste ist zu Osnars Enttäuschung Ascanio Trindade. »Vom Doktor Magníficus.«

»Von wem?« fragt Ascanio verwirrt. »Wiederholen Sie, bitte.«

»Vom Doktor Mirko Stéfano, darling, weißt du das nicht? Man nennt ihn Doktor Magnificus, und das ist er auch. Das wirst du schon selber merken, Liebster. Das ist der Schatz, der das letztemal mit mir hier war, weißt du noch? Ich bin seine Sekretärin, Chefsekretärin, verstehst du? Er läßt dir sagen, daß er heute nicht kommen konnte, er mußte nach São Paulo zu einer wichtigen Besprechung, aber in ein paar Tagen wird er hier erscheinen, um mit dir zu reden und alles abzumachen.«

»Alles?«

»Alles, ja, honey. Einfach alles.«

»Ja, aber was alles?«

»Ah, das weiß ich nicht, das weiß nur der Magnifico, das ist seine und deine Sache, da mische ich mich nicht ein. Diskretion Ehrensache. Jetzt leb wohl, träume von mir, petit amour. Auch du, Hübscher.« Der Hübsche ist Osnar, er genießt es. Wenn ich diese Nudel im Dunkeln erwische, wird es ein Feuerwerk geben, Bebé wird dann merken, was eine Rute aus dem Sertão wert ist.

»Los, Leute!« kommandiert die mythische Sekretärin.

»Gibt es sonst nichts zu sehen hier?« fragt der zapplige Rufo und schüttelt seine Mona-Lisa-Mähne.

»Nichts.«

»Was für eine Pleite!«

Der verärgerte, aber höfliche Dekorateur, der Ästhet Rufo, geht an Osnar vorbei, ohne ihn überhaupt zu bemerken. Dagegen betrachtet er schmachtend den kleinen Peto und beißt sich verlangend auf die Lippen. Osnar beobachtet Blick und Geste: so ein schamloser Schwuler, ein widerlicher Bubi, der macht nicht einmal vor einem Kind halt. Kind? Der Kornett ist gewachsen, hoch aufgeschossen, sicher vom vielen Wichsen, die Stunde ist gekommen, in der Osnar sein Versprechen erfüllen und ihn in die Pension von Zuleika bringen muß.

»Wie alt bist du, Sergeant Peto?«

»Nächsten Monat, am achten, werde ich dreizehn.«

»Am achten Januar! Prima.«

Dreizehn Jahre, das richtige Alter, Osnar wird das Fest mit Zuleika und Aminthas, mit Seixas und Fidelio organisieren. Ganz heimlich, hinter Asterios Rücken, sonst erzählt er es Dona Elisa, und schließlich erfährt es Dona Perpetua, dann geht die Welt unter. Osnar lächelt vor sich hin, das wird ein Heidenspaß werden.

Bei Anbruch der Nacht kommt Kapitän Dario im Motorboot von Mangue Seco zurück und erzählt, daß er einen Schoner gesehen hat, der vor der Hafeneinfahrt vor Anker gegangen war. Zwei Boote wurden auf das Wasser herabgelassen. Eines war flußaufwärts gefahren und hatte in Agreste Station gemacht; das andere hatte Leute und Instrumente am Strand ausgeladen. Sie hatten den Fischern Fragen gestellt und waren dann in den Kokoshain hineingegangen.

Ascanio Trindade, der jetzt überzeugt ist, daß es sich um den Aufbau eines Touristikunternehmens in der Gegend handelt, verspricht dem Kapitän konkrete Nachrichten in den nächsten Tagen. Nach so vielen Jahren fühlt sich Ascanio zum erstenmal von Ehrgeiz beseelt, vom Wunsch, jemand zu sein. Jemand, der die Möglichkeit hat, um die schöne und reiche Leonora Cantarelli zu kämpfen. Denn wenn er ihr auch kein Vermögen anbieten kann, so besitzt sie dagegen doch auch nicht mehr das wertvollste Gut, das eine Braut dem Bräutigam in die Brautnacht mitbringen sollte, das Blut der Jungfräulichkeit. Auf Ascanios Antlitz spiegelt sich der Sieg, aber nicht der Friede, wie Kapitän Dario feststellt.

Der Selbstmord des Präfekten Mauritonio Dantas und die Ratschläge des Obersten Artur da Tapitanga.

Es ist unmöglich, den unmittelbaren Zusammenhang zwischen der Anwesenheit der von Elisabeth Valadares, dem Mädchen aus Ipanema, angeführten Pioniere in Agreste und dem Selbstmord des Kieferchirurgen Mauritio Dantas, des Präfekten von Agreste, zu leugnen, der spät in dieser selben Nacht tot aufgefunden wurde, mit heraushängender Zunge, nackt und häßlich. Er hatte sich mit dem Pyjama im Badezimmer erhängt.

Als die Bahnbrecher zur Bar gelangten und die Vorräte des wakkeren Portugiesen an Coca-Cola, Guaraná und Bier merklich verminderten, wurde der erregte Präfekt am Fenster seines Hauses gesehen, wie er die freigebig dargebotenen Schenkel von Marsbewohnerinnen und Cariocas gierig beäugte und ziemlich aufgeregt Namen murmelte. Mirinha, seiner Schwester und Krankenpflegerin, gelang es nicht, ihn in das Zimmer zurückzubringen, in dem er sich Tag und Nacht fleißig und erfolgreich der Ausübung der Masturbation hingab. Als er an jenem Nachmittag feststellte, daß endlich die Auswahl an Frauen angelangt war, um die er den lieben Gott vor so langer Zeit gebeten hatte, übte er sie am Fenster aus, im Angesicht dieses Meeres von Schenkeln, einem Beweis der göttlichen Großmut.

Nach allgemeiner Ansicht war Doktor Mauritonio Dantas durchgedreht, als seine Frau Amelia, Mel genannt, ihre sieben Sachen packte, um sich in Esplanada mit Aristeu Regis zu treffen; von dort verschwand das Paar mit unbekanntem Ziel. Aristeu Regis hatte Agreste in seiner Eigenschaft als Abgesandter des Landwirtschaftsministeriums besucht, um Probleme zu studieren, die mit dem Anbau von Maniok zusammenhingen; Amelia hielt das Leben dort nicht mehr aus, nicht einmal mit dem Titel einer Ersten Dame der Gemeinde, einem Titel, den sie ganz einfach als Scheiße bezeichnete. Aristeu bot ihr seinen Arm und seinen Trost, und sie zögerte nicht länger. Einige Damen, Freundinnen von Mel, die ihren Kummer kannten, behaupten, das Delirium des Präfekten habe schon viel früher eingesetzt, denn er habe seine Frau zu unerträglichen Ausschweifungen und Exzessen mißbraucht, die der wahre Grund ihrer Flucht gewesen seien. Wie auch immer, nach dem Verschwinden der Ungetreuen nahm der Verkalkungsprozeß sichtlich zu. Aminthas behauptet, unser geschätzer Zivilgouverneur habe dem Präfekten in aller Ehrbarkeit und Diskretion Hörner aufgesetzt, als Amelia ihn im Rathaus umgarnte. Als sie es vorzog, das gleiche fern von den Blicken und Aufmerksamkeiten des Gatten zu tun, konnte dieser eine solche Undankbarkeit nicht verwinden. Hatte er sich denn jemals den Belustigungen seiner Frau widersetzt? Warum hatte sie ihn dann verlassen?

Die ersten Zeichen der Geistesgestörtheit traten wenige Tage nach Mels Desertion auf: Am Samstag beschloß der Präfekt, die von den Plantagen und Dörfern kommenden Bittsteller, die ihre Reklamationen und Forderungen vortrugen, im Zustand völliger Nacktheit zu empfangen, und zog zu diesem Zweck sogar die Schuhe aus. Die Strümpfe behielt er allerdings an, um nicht barfuß auf dem kalten Fußboden des Saales stehen zu müssen. Wenn Mirinha Siesta hielt, ging der Zahnarzt auf die Straße oder auf den Platz, in kurzen Unterhosen oder auch ohne dieselben, und masturbierte in aller Öffentlichkeit, zum Gaudium der Gassenjungen. Diese peinliche Situation, die nur flüsternd kommentiert wurde, dauerte monatelang an.

Als Doktor Mauritonio Dantas die Rückzugsbewegung der himmlischen Miniröcke von seinem Fenster aus beobachtete, zeigte er sich nicht damit einverstanden. Gott hatte sie in Erfüllung wiederholter, inbrünstiger Bitten zum Trost für seinen leidgeprüften Knecht herabgeschickt – wie wagten sie also, wieder abzufahren? Er unterbrach seine einsame und ergötzliche Beschäftigung, lief schreiend zur Tür hinaus und versuchte, sich zumindest eines halben Dutzends von ihnen zu bemächtigen, die er brauchte, um sein durch Mels Abwesenheit eiskalt gewordenes Bett zu wärmen und die stechenden Federn der abgenutzten Matratze, auf der er sich schlaflos wälzte, zu mildern. Die Federn und die Hörner, wie der unerbittliche Aminthas sagte.

Halbnackt und irre, ein heruntergekommener Held, gelangte er zur Bar, als sich das traumhafte Bataillon schon auf dem Weg zum Fluß befand. Manuel, der Portugiese, Asterio und Seixas hielten den Präfekten so sanft wie nur möglich fest und übergaben ihn der in Tränen aufgelösten Schwester.

Am Friedhof hielt Ascanio Trindade, der mehr als vermutliche Erbe des Postens, den Nachruf auf den »verewigten Chef und Freund«. Obwohl er in der Landeshauptstadt geboren war, wurde Mauritonio Dantas, nach achtzehnjährigem Aufenthalt in Agreste, von allen geschätzt und hatte als sachverständiger Fachmann und eifriger Verwaltungsbeamter der Gemeinschaft große Dienste erwiesen. Ganz abgesehen von den Vorteilen, die er der unermüdlichen Tätigkeit von Amelia verdankte, die ihrem Mann so viele Wähler geworben hatte, bevor sie sich aus der Politik zurückzog, wie Aminthas und Dona Carmosina einander zuflüsterten. Padre Mariano besprengte den Sarg mit Weihwasser und setzte damit dem Hauptvergnügen der Gassenjungen von Agreste ein Ende.

Dem Gesetz entsprechend übernahm der Vorsitzende des Gemeinderats, Oberst Artur de Figueiredo, den freigewordenen Posten. Aber der Herr von Tapitanga, der festen Schrittes auf die neunzig zuging, tat es nur der Form halber. Keiner war berufener, die glorreichen und im Niedergang befindlichen Geschicke von Sant'Ana do Agreste zu lenken, als Ascanio Trindade.

»Ascanio, mein Sohn, ich vertraue auf dich. Bei den nächsten Wahlen werden die Leute dich wählen und Schluß. Inzwischen steuere du das Schiff, denn ich bin schon mehr jenseits als diesseits und zu nichts mehr nütze, als mich um meine Ziegen und die Arbeit in meinen Pflanzungen zu kümmern.«

Mit seinem Spazierstock wies er zum Fenster hinaus:

»Agreste war einmal sehr reich und sehr glücklich. Es gab in dieser Gegend sogar eine französische Lebedame. Mehr als eine. Alles ist mit dem Rauch der Eisenbahn verweht, sogar der Schmuggel und die Gringas. Nur das Wasser der Heilquellen ist geblieben, das gesunde Klima, gar nicht zu reden von der Schönheit der Landschaft.«

Liebevoll sah er Ascanio an.

»Du bist mein Patenkind und hättest mein Sohn sein können, wenn du dich nicht in Bahia mit einer Zierpuppe eingelassen, sondern Celia geheiratet hättest.«

Er bezog sich auf seine jüngste Tochter, die zur Welt kam, als der Oberst schon fünfundsechzig war und sechs Enkel hatte. Aus den beiden Ehen hatte er fünfzehn Kinder; wie viele von ihm sonst herumliefen, wußte er nicht.

»Du wolltest nicht, und deshalb muß ich einen Vagabunden aushalten, der den Tag damit verbringt, die Trommel zu schlagen, Celias Mann ...«

»Nicht Trommel, Oberst, Schlagzeug. Xisto Bom de Som wird für einen der besten Schlagzeuger von Salvador gehalten ...«

»Das ist vielleicht ein Beruf für einen Mann ...«

Einen Augenblick lang dachte er an seine Tochter, er hing an ihr und hätte sie gerne bei sich gehabt. So war er allein geblieben mit den Ziegen, und die elf Kinder, die noch lebten, waren über die ganze Welt verstreut.

»Du wirst Präfekt von Agreste sein, dein Großvater war Bürgermeister, ich war Bürgermeister und Präfekt. Nur eines lege ich dir ans Herz: Halte die Stadt sauber. Diese Gegend hat sich immer schon durch ihre Sauberkeit und ihr Klima ausgezeichnet, schon von altersher, als Geld und Betriebsamkeit im Überfluß vorhanden waren. Erhalte Agreste so, wie es ist, wenn es schon nicht möglich ist, die Betriebsamkeit zurückzubringen.«

Hier irrt der Oberst von Tapitanga: Die Betriebsamkeit wird unverhofft zurückkehren und wird Gesundheit, Sauberkeit und Klima bedrohen.

Das Hymen auf der Kruppe des Pferdes

Durch ein Tor kam der Seminarist Ricardo aus den Tiefen der Hölle heraus, und durch das andere trat Ascanio Trindade, der verliebte und enttäuschte Präfekt der Gemeinde Sant'Ana do Agreste, in sie ein und durchschritt völlig verwirrt die ewigen Flammen. Von Verdammung und Strafe befreit, durch den Gesang der Hippies, die heilige Aura des Fraters, das Rudern von Jonas wiedergeboren, überließ der Seminarist die freie Stelle in der Hölle dem verbitterten Dulder und rückfälligen Opfer der berufsmäßigen Entjungferer.

Für wen war dieses Gespräch peinlicher: für ihn, über dessen Haupt die Welt zum zweitenmal einstürzte, oder für Dona Carmosina, die die Reaktionen der Menschen eifrig und aufmerksam studierte, aber keineswegs eine kalte, gefühllose Analytikerin war. Sie teilte den Schmerz des Freundes, sie tat nicht nur ihm, sondern auch sich selber weh, und in ihren Augen standen Tränen, als sie ihm die Wahrheit über die körperlichen Folgen von Leonoras unglückseligem Brautstand eröffnete. Sie wollte sanft und zart vorgehen, die Worte vorsichtig wählen, aber brüsk und gequält brach es aus ihr heraus:

»Seien Sie ein Mann!«

Das war alles, was sie in einer unglücklichen Wallung hervorbrachte. Sogar für Dona Carmosina mit all ihrer Beredsamkeit war es eine schwierige Erklärung. Als Ascanio sie so verwirrt sah, zögernd, stotternd, ohne zu wissen, wie sie es ihm sagen sollte, bat er sie mit der Stimme eines zum Tode Verurteilten:

»Sagen Sie es mir endlich, was immer es auch sein mag.«

Er wollte es schon seit dem Nachmittag wissen, als Dona Carmosina ihm insgeheim im Areopag zugeflüstert hatte:

»Ich muß mit Ihnen über eine bestimmte Angelegenheit sprechen. Kommen Sie heute abend bei uns vorbei. Hier geht es nicht.«

Im Hinblick auf seine täglichen Besuche, auf die Gespräche in der Veranda von Dona Perpetuas Haus, seine Anwesenheit, die er unter irgendeinem Vorwand aufdrängte, die Blumen, den Sofrê-Vogel, das Brautpaar auf dem Esel, eine deutliche Anspielung aus gebranntem Ton, die Braut in Weiß, der Bräutigam in Blau, hatte Dona Antonieta oder die Umworbene selbst sicherlich Dona Carmosina gebeten, ihn auf die lästige Nutzlosigkeit seiner Beharrlichkeit aufmerksam zu machen. Merkte er denn nicht, was für eine Kluft ihn von dem Mädchen aus São Paulo trennte? Ein armer Teufel aus Agreste, der von einem winzigen Gehalt als Beamter einer Präfektur ohne Einkünfte leben muß, hat nicht das Recht, um die Hand einer Millionenerbin zu werben, die von Potentaten und Aristokraten des Südens umschmeichelt wurde. Um ein anderes Thema konnte sich das Gespräch nicht drehen.

Er mußte nur noch wissen, von wem die Initiative ausgegangen war. Von Dona Antonieta? Von Leonora? Die entsetzlichen Folgen wären die gleichen, aber die Größe des Schmerzes, den ihm der Dolchstoß zufügen würde, hing davon ab, wer ihn führte. Ascanio hoffte, daß der Hinweis von Dona Antonieta ausgegangen war, der Stiefmutter, die um die Zukunft der Stieftochter besorgt war, die sie adoptiert hatte und die sie wie eine eigene Tochter liebte. Er bestritt nicht die Beweggründe der Mutterliebe; er verstand sie und würde wie ein Ehrenmann handeln und sich von Leonora fernhalten. Ihr Glück ging allem anderen vor.

Vielleicht litt auch sie unter dieser drastischen Maßnahme. Dieser Schmerz der Vielgeliebten würde ihm helfen, die Prüfung zu ertragen, das Opfer zu bringen. Es könnte aber auch geschehen – und warum auch nicht? –, daß sich Leonora gegen ihre geldgierige Stiefmutter auflehnte und beschloß, an seiner Seite um die Fortführung des Idylls zu kämpfen. Dann war es an ihm, Würde und Uneigennützigkeit zu beweisen, zu verzichten und sich zu opfern, da er ja jemandem, der so viel zu geben hat, nichts bieten kann. Erregende Überlegungen, die ihn während der unruhigen Wartezeit bis zum Abend trösteten.

Trotz des mutigen Entschlusses, alles auf einmal loszuwerden, koste es, was es wolle, bemühte sich Dona Carmosina, Kräfte zu sammeln und ihren ganzen Mut zusammenzunehmen; ein Kloß steckte ihr im Hals. Ascanio, der eine weitere Verzögerung nicht ertrug, beschloß, die Karten auf den Tisch zu legen, und sagte mit düsterer Stimme:

»Dona Antonieta läßt mich bitten, Nora in Frieden zu lassen, nicht wahr?«

Bisher schien die Aufgabe so leicht zu sein: Zusammen mit der Botschaft würde Dona Carmosina ihre Ansicht darlegen, würde raten, den Kampf fortzusetzen, das Schlachtfeld nicht zu räumen. Als er sie so stumm sah, brachte Ascanio die schlimmste Hypothese vor.

»Es war also Leonora selbst, die mir sagen läßt ...« Die Stimme eines zum Tode Verurteilten nach der Ablehnung seines Gnadengesuchs.

Dona Carmosina versucht zu sprechen, bringt aber nur einen kehligen Ton heraus. Ascanio wird von Panik ergriffen.

»Um Gottes willen, sagen Sie etwas, Carmosina. Ist sie krank? Sind es die Lungen? Ich habe schon daran gedacht, das würde nichts machen. Die Tuberkulose kann heute niemanden mehr schrecken ...«

Dona Carmosina gibt sich einen Ruck.

»Sie wissen, daß Nora verlobt war.«

»Mit einem Schuft, ich weiß. Er war auf ihr Geld aus, aber Dona Antonieta hat ihn entlarvt, Sie haben es mir erzählt. Aber ich will von niemandem Geld haben, es tut mir nur leid, daß sie reich ist. Es gibt viele Leute, die in Gütertrennung leben.«

»Es gibt auch Männer, die Witwen heiraten ...«

»Witwen? Was hat denn das damit zu tun? Ich verstehe nicht.«

Da sie einmal angefangen hat, muß Dona Carmosina weitermachen.

»Ein Flirt in São Paulo ist nicht dasselbe wie hier, Ascanio, und eine Brautschaft noch viel weniger.« Sie erinnert sich an Tietas Worte und wiederholt sie. »Dort gehen die Verlobten zusammen aus, zu Partys, in Nachtlokale, kommen erst am frühen Morgen heim, verreisen sogar gemeinsam. Im Süden braucht ein Mädchen nicht Jungfrau zu sein, um heiraten zu können. Das Vorurteil der Jungfräulichkeit, denn das ist ein reines Vorurteil ... Es ist, als ob sie Witwe wäre ...«

»Leonora? Und der sogenannte Verlobte? Sie ist nicht mehr ...?«

Er las die Antwort in Dona Carmosinas kleinen Äuglein. Er bedeckte das Gesicht mit den Händen, fühlte sich plötzlich leer und wehrlos. Ein einziger Wunsch bestürmte ihn: den Schurken umbringen, der Noras Reinheit besudelt und damit den schönsten Traum zerstört hatte. Dona Milú kam aus der Küche mit einem Tablett, frisch aufgegossenem Kaffee, Maiskuchen und Puba. Ascanio erhob sich und ging, ohne ein Wort zu sagen.

Sie entjungfert zu wissen, war ein harter Schlag. Es war die reine Hölle, und es gelang ihm nicht, die Tränen zurückzuhalten, obwohl er meinte, ein Mann zu sein, der nicht weinen könne. Als er Astruds Brief bekommen hatte, in dem sie die Verlobung auflöste und ihm die bevorstehende Heirat ankündigte, und als er dann erfuhr, daß sie von einem anderen schwanger war, hatte er wie ein getretener Hund gelitten, aber geweint hatte er nicht. In der schlaflosen Nacht nach der schmerzlichen Nachricht löste sich das Brennen der starren Augen in Tränen auf. Eine Nacht voll von Alpträumen, von Tränen und Überlegungen, von einem Kampf mit sich selbst. Bevor er aus Dona Carmosinas Mund das Todesurteil empfangen hatte, hatte er sich noch an der Haustür Perpetuas von einer unversehrten, reinen, vollkommenen Leonora verabschiedet. Dieses Bild war für immer dahin, nie mehr würde er sie so makellos sehen. Jetzt war sie befleckt, durchbohrt, zerbrochen, entehrt und deshalb nicht weniger entjungfert, weil sie ein unschuldiges Opfer gewesen war. Eine Nacht, in der die Liebe gemessen, abgewogen, verglichen und allen Prüfungen unterworfen wurde, eine Nacht des ersten Kampfes gegen das Vorurteil. Vorurteil, reines Vorurteil, hatte Dona Carmosina gesagt, und sie hatte recht. In der Fakultät hatte Ascanio oft an Diskussionen über dieses heiße Thema teilgenommen: Jungfräulichkeit und Heirat. Theoretisch war alles einfach und leicht: ein reines feudales Vorurteil.

Die fortschrittlichen Studenten, unter ihnen Ascanio, verteidigten das Recht der Frau auf ein Sexualleben vor der Hochzeit und zitierten das Beispiel der Vereinigten Staaten und der aufgeklärtesten Länder Europas, Frankreich, England, Schweden, Dänemark, Norwegen, gar nicht zu reden von den sozialistischen Ländern, in denen nach Ansicht der Reaktionäre die freie Liebe das Feld beherrschte. Warum soll nur der Mann dieses Recht haben? Ein patriarchalisches Vorurteil, Männlichkeitswahn, Unterdrückung der Frau durch den Mann, soziale Rückständigkeit, ein erdrückendes Argument folgte auf das andere, aber trotzdem hielt die Mehrheit an der jahrhundertealten Forderung fest: Die Frau muß das Ehebett als Jungfrau besteigen, muß auf dem weißen Leintuch Blutflecken hinterlassen, die Mitgift für den Mann. Da halfen auch keine ironischen Fragen der größten Spötter, die den Unterschied zwischen der Kopulierung und den hemmungslosen Ausschweifungen aller Art wissen wollten, denen sich Liebespaare und Brautleute hingaben, Vertraulichkeiten, die bis zum äußersten gingen, mit Finger und Zunge, den Schwanz an den Schenkeln, am Hinterteil, und so weiter und so fort. Was hilft es, das Jungfernhäutchen zu respektieren und alles übrige zu besudeln? Lauter unwiderlegbare Argumente, die aber die Mehrheit der Studenten trotzdem nicht überzeugten. Die erregten und widerspruchsvollen Diskussionen arteten in die Erzählung schlüpfriger Anekdoten aus, ohne daß man zu einem Einverständnis gelangt wäre.

Als er sich, während er sich selbst erforschte, in dieser endlosen Nacht voll Bitterkeit die Debatten mit seinen Studienkollegen ins Gedächtnis zurückrief, erinnerte sich Ascanio an die verblüffende Erklärung von Máximo Lima, die um so unerwarteter war, als er der unbestrittene Anführer der studentischen Linken war, die sich durch den Radikalismus ihrer ideologischen Positionen auszeichnete, Meinungen, denen sie in flammenden Reden gegen die bürgerliche Ökonomie und Moral Ausdruck gaben. Seit dem Gymnasium waren sie brüderliche Freunde, und Ascanio sah in Máximo die höchste und ehrlichste Verkörperung des Revolutionärs, frei von Lüge und Konvention, gescheit und selbstbewußt. Ascanio selbst fühlte sich zwar mit den Forderungen der Studentenbewegung solidarisch, verpflichtete sich aber keiner Organisation oder politischen Gruppe und teilte auch nicht immer Máximos Ansichten, sondern beschränkte sich darauf, ihn zu bewundern und zu verteidigen, wenn die Rechte ihn angriff und ihn beschuldigte, ein Feind Gottes, des Vaterlands und der Familie zu sein.

Einmal hatten sie gemeinsam eine hitzige Debatte über Scheidung, Jungfräulichkeit und die Rechte der Frau verlassen; in Máximos Augen stand noch etwas von der Begeisterung, mit der er die Gleichberechtigung der Geschlechter auf allen Gebieten des menschlichen Lebens verteidigt hatte.

Lachend und neckend hatte Ascanio ihn gefragt:

»Sag mir die Wahrheit, Alter. Wenn du eines Tages erfahren würdest, daß Aparecida« – Aparecida war Máximos Verlobte, seine Kollegin auf der Fakultät und Anhängerin seiner politischen Ideen – »nicht mehr Jungfrau war, daß sie schon vorher etwas gehabt hatte, würdest du sie auch dann heiraten?«

»Ob ich sie heiraten würde, auch wenn ich wüßte, daß sie keine Jungfrau mehr war? Aber selbstverständlich.« Er hatte geantwortet, ohne zu zögern. Doch gleich darauf bekannte er ganz ehrlich: »Um die Wahrheit zu sagen, ich weiß es nicht. Ich habe diese Frage nie persönlich betrachtet. Das eine ist sicher, Ascanio: Das Vorurteil lebt in uns. Du denkst etwas, verteidigst diesen Gedanken, er ist auch richtig, das weißt du genau, aber sobald du ihn in die Tat umsetzen sollst ... Ich würde sie heiraten, aber vorher müßte ich das Vorurteil ausmerzen ...«

»Und würde dir das gelingen?«

»Ich weiß nicht, ich kann es dir nicht sagen. Das könnte ich erst herausfinden, wenn der Fall eintreten würde und ich mich mit dem Problem auseinandersetzen und es lösen müßte.«

Nun war es ihm, Ascanio, geschehen, so viele Jahre später, und er hatte keinen Máximo neben sich, der mit ihm debattieren und reden und der ihm raten könnte. Heute, nach abgeschlossenem Studium sind Aparecida und Máximo nicht mehr die Radikalen von gestern, wenn sie auch die Tage ihrer Jugend nicht verleugnen; er hatte sich in Arbeitsrecht spezialisiert, war Anwalt von Gewerkschaften und Arbeitern, und sie machte keinen Gebrauch von ihrem Diplom, sondern widmete sich ihrem Mann und ihren Kindern. Ascanio muß sein Problem ganz allein bewältigen.

In keinem einzigen Augenblick dieser ruhelosen Nacht gab er Leonora die Schuld; für ihn war sie das arglose Opfer eines Schurken. Da er sie nicht schuldig oder unwürdig fand, litt er nur unter der Vorstellung, sie defloriert, unvollkommen zu wissen. Ein Zweifel quälte ihn: Sollte er sie weiterhin zur Frau haben wollen, von Brautstand und Ehe träumen, oder für immer aus ihrer Gegenwart verschwinden? Wird er die Kraft haben, ihr in die Augen zu sehen, jetzt, da er weiß, daß sie ein anderer besessen und entehrt hat?

In diesem Dilemma blieb er die ganze Nacht verstrickt, das Herz war ihm schwer, die Tränen waren stärker als sein männlicher Stolz, er schwankte zwischen der Kraft des Vorurteils und der Kraft der Liebe. Nur eine einzige Lösung kam ihm keinen Augenblick in den Sinn, nämlich die, die sich Tieta herbeiwünschte: die keusche Idylle in ein flüchtiges, angenehmes Abenteuer zu verwandeln, den Traum von einer Heirat mit der Möglichkeit zu vertauschen, mit Leonora während ihres Aufenthalts in Agreste zu schlafen, von der Kenntnis ihres Zustandes zu profitieren und den Fall an der Tür des Marineti mit einem schnellen oder langen Abschiedskuß abzuschließen.

Als der Morgen über dem Fluß graute, hatte die Liebe die erste Schlacht gewonnen. Es war Ascanio weder gelungen, Leonora aus seinem Herzen zu reißen, noch die Absicht aufzugeben, sie zu seiner Frau und zur Herrin seines Heims zu machen. Trotzdem blutete die offene Wunde, und er fürchtete, Leonora zu begegnen. Es würde ihm vielleicht nicht glücken, seinen Schmerz zu verbergen. Und vor allem wollte er nicht, daß sie von seiner Kenntnis der Wahrheit erführe. Er war kein Mensch, der sich verstellen konnte, er verstand es nicht, eine Maske aufzusetzen, alles, was in ihm vorging, spiegelte sich auf seinem Antlitz wider. Und da er nicht sicher war, ob er seinen Gesichtsausdruck und sein Herz kontrollieren könnte, solange in seinen Augen noch ungeweinte Tränen saßen, beschloß er, einige Bauvorhaben der Präfektur in Rocinhas zu überprüfen, Brücken und Stege. Er weckte den jungen Sabino, der im Kinosaal auf einem Feldbett schlief, und gab ihm einen Auftrag für Leonora: Er sei plötzlich abberufen worden und müsse der Stadt ein oder zwei Tage fernbleiben; da es bei Sonnenaufgang losginge, könne er sich nicht mehr von ihr verabschieden. Nach seiner Rückkehr würde er sie sofort aufsuchen.

Er würde sie aufsuchen oder auch nicht, alles hing von seinen Überlegungen und dem daraus hervorgehenden Entschluß ab. Er sattelte das Pferd – das Oberst Artur da Tapitanga der Präfektur geschenkt hatte – und ritt auf den Busch zu; auf der Kruppe des Pferdes begleitete ihn Leonoras zerrissenes Hymen. Es ging mit ihm, im langsamen Schritt des müden Tiers, und weckte Einzelheiten, Zweifel und Fragen.

Einmal oder viele Male? Viele konnten es nicht gewesen sein, denn der Gauner wurde entlarvt und verjagt; vielleicht nur einige wenige Male, aber jedenfalls mehr als einmal. Was macht es schon aus, wie oft? Das Entsetzliche ist, daß sie sich einem anderen hingegeben, sich nicht rein und unversehrt bewahrt hat.

Aber sie hatte es getan, noch bevor sie Ascanio kennengelernt hatte; sie war nicht mit der treulosen Astrud zu vergleichen, die ihm Liebesbriefe schrieb, während sie sich mit einem anderen im Bett wälzte und von ihm schwanger wurde. Leonora hatte sich nur in einem Augenblick der Verwirrung geschenkt, als die Stimme der Leidenschaft stärker war als die des Anstands.

Hatte sie sich nur einfach besitzen lassen, betört vom Geschwätz des Elenden, oder hatte sie im weiteren Verlauf die Heftigkeit und die Wonnen der Lust kennengelernt und war in ihnen dahingeschmolzen?

Während er auf dem Rücken des Pferdes, inmitten der Maniokpflanzungen oder der grünen Maisfelder, die Klagen und Wünsche der Bauern anhörte, verfolgten und quälten ihn diese Grübeleien; an die Kruppe des Pferdes war Leonoras Hymen gebunden, das auf diesem langsamen Ritt, diesem langen Kampf, tausendmal defloriert wurde.

Aus dem zerstörten Hymen erhob sich siegreich die Liebe. Allmählich beruhigte sich Ascanios Herz, ohne die Hilfe von Hippies, von fortschrittlichen Priestern oder prophetischen Schiffern; er hielt die Tränen zurück und überwand sein Vorurteil. Er stellte sie sich als Witwe vor, eine junge, schöne und unglückliche Witwe. Dona Carmosina ist nicht zu schlagen, sie findet immer die richtigen Worte. Von einer Witwe verlangt man nicht Jungfräulichkeit, nur Zurückhaltung und Liebe. Er beschloß, auch weiterhin den so schwer zu verwirklichenden Traum zu hegen, Leonora eines Tages um ihre Hand zu bitten. Seit er weiß, daß sie betrogen und vergewaltigt worden ist, fühlt er sich ihr noch näher, liebt er sie noch mehr.

Nach seiner Rückkehr nach Agreste ging er sie sofort in Perpetuas Haus besuchen. Leonora fand ihn niedergeschlagen, zweifellos ermüdet von der Reise, so viele Meilen zu Pferd unter der glühenden Sonne, um die Interessen der Gemeinde wahrzunehmen. Sanft, mit unschuldiger Zärtlichkeit, strich sie ihm mit der Hand über die Wange. Vergewaltigt, gewiß, aber doch vollkommen in ihrer Keuschheit und Reinheit, keuscher vielleicht als so manche Jungfrau.

Nachdem er dann die Botschaft des Tourismusmagnaten und die Nachricht vom Selbstmord des Präfekten, und damit die Gewißheit erhalten hatte, daß er bald zu dessen Nachfolger gewählt würde, sah er neue Aussichten für die Gemeinde und für seine eigene Person und schöpfte wieder Hoffnung. Die Tatsache, daß Leonora nicht mehr Jungfrau war, erleichterte sogar die Angelegenheit. Am Heiratsmarkt war der Wert des jungen Mädchens ... Mein Gott, wie konnte er nur in kommerziellen Ausdrücken denken, wenn es um Liebe ging, um eine Liebe, die so stark war, daß sie das älteste und zäheste Vorurteil besiegen konnte?

Siegreich, ja, aber nicht in Frieden, der Kapitän hatte recht. Noch nicht. Denn nur langsam, nach und nach wächst das Häutchen des neuen Hymen auf der offenen Wunde im Herzen Ascanios.

Ein erstes Gespräch, in dem das Schicksal des Wassers, der Erde, der Fische und der Menschen entschieden wird – mit der freundlichen beruflichen Unterstützung durch die sachkundigen Mädchen von Madame Antoinette.

Der junge Parlamentarier vollführt eine Geste und die Mädchen erheben sich, nackt und gehorsam, lassen die ersten erregenden Berührungen sein, lächeln und entfernen sich. Sie werden nebenan im Salon warten, sie wissen, was sich gehört, die Blonde und die Rothaarige. Der junge Parlamentarier, der noch nicht so reich oder mächtig ist, wie er gerne sein möchte, hatte dem Doktor Magnificus die Möglichkeit angedeutet, nach der ersten Etappe die Partnerinnen zu tauschen. Bevor sie hinausging, sah die Blonde noch nach, wieviel Whisky in der Flasche war, würde es reichen? Auch die beiden Herren sind nackt, wie es sich gehört, aber der Doktor Magnificus hat die schwarze 007-Aktentasche neben sich liegen.

Der junge Parlamentarier ist ein gut erhaltener Vierziger, aber er besitzt nicht die Klasse des Doktor Magnificus, der ein richtiger Galan aus einem Roman sein könnte; wenn er wollte, könnte er sich sein Brot beim Fernsehen verdienen. Der junge Parlamentarier hat eine gewisse Tendenz zum Dickwerden, den Anflug eines Bauchs, den die Sauna nicht wegbringt, in seinem Blick liegen Gier und Verschlagenheit; in den Wandelgängen des Bundestages redet man über seinen zweifelhaften Ruf. Unter sich, aber nicht in aller Öffentlichkeit, wer würde es wagen, Anschuldigungen gegen ihn vorzubringen? Er soll in den höheren Sphären gut gelitten sein, vor allem in jenen exklusiven Kreisen, die die wirkliche Macht ausüben. Sein Name wird schon als der eines Anwärters auf hohe Ämter genannt; das in letzter Zeit ziemlich in Mißkredit geratene Parlamentsmandat genügt seinem Ehrgeiz nach Höherem nicht mehr. Er hatte die feste Zusicherung erhalten, in den nächsten Schub derjenigen aufgenommen zu werden, die die Kriegsakademie besuchen sollen.

Der an den Verkehr mit den Großen dieser Erde gewohnte Doktor Magnificus nannte kein einziges Mal seinen Namen, was unnötig und unvorsichtig gewesen wäre. Auch erwähnten sie während des Gesprächs keine Summe, noch sprachen sie von einer Bezahlung. Nur in einem bestimmten Augenblick zeigte sich ein breites Lächeln auf dem berechnenden Antlitz des jungen Parlamentariers: Nicht oft hat man heutzutage mit so ergiebigen Transaktionen zu tun. In Ausdrücken eines legitimen Patriotismus entwickelt der junge Parlamentarier mit anerkannter Geschicklichkeit einen vorsichtigen Plan von Kontakten und Erfolgen. Trinkgeld wäre ein skandalöses und unwürdiges Wort, um die überschäumende Dankbarkeit jener zu bezeichnen, die sich seiner Verdienste und seiner Beziehungen bedienen. Wenn er eine respektable Menge Geldes bekommt, dann handelt es sich um wohlverdiente Werte – endlich das richtige Wort! –, denn eine einzige Entgleisung, ein einziger Irrtum in der Person kann ihn das Mandat und die Karriere kosten. Die von der harten Linie sind empfindlich gegen Korruption, mißtrauisch, und halten immer die Augen offen. Eine delikate Aufgabe, die eine hohe Belohnung verdient.

Es ist erfreulich, sie dort zu sehen, wie sie sich am späten Nachmittag nackt und bequem auf breiten Liegebetten in einem der schalldichten Salons ausstrecken, die Madame Antoinette für lärmende Orgien reserviert hat; jetzt haben sie die Mädchen hinausgeschickt, das Vergnügen für später aufgeschoben, die Mußestunden der Behandlung höherer Interessen geopfert, sie sind sich beide des Ernstes ihrer Aufgaben bewußt.

»Hier sind wir vor Neugierde und Indiskretion geschützt.« Der junge Parlamentarier, ein häufiger und eitler Kunde, lobt die Vorzüge des Refúgio.

Diese vornehmlich der sexuellen Verbrüderung geweihten Salons, wie sie seit der Zeit der römischen Bäder Mode sind, dienen ebenfalls für wichtige Geschäftsverhandlungen zwischen Magnaten, die Ruhe und Zurückgezogenheit suchen. Wie der junge Parlamentarier so richtig sagt: Im Refúgio dos Lordes sind sie vor Neugierde und Indiskretion geschützt.

Der Doktor Magnificus öffnet die Aktentasche, holt ein ledernes Etui heraus und bietet Zigarren an. Er kennt die Gewohnheiten und Vorlieben seiner Partner und hat, halb belustigt, halb verärgert, die Biographie des jungen Parlamentariers studiert.

»Kubanische ...«, erklärt er lächelnd, denn da Kuba in jedem Bereich des nationalen Lebens tabu ist, gewinnt dieses Angebot an Wert.

Der junge Parlamentarier begnügt sich nicht mit einer Zigarre, er nimmt gleich drei.

»Früher hat man nur Kubazigarren geraucht. Jetzt ist das schwierig, schuld ist die kommunistische Kanaille.« Er zieht den Duft der Zigarre ein. »Köstlich! Wir müssen Kuba aus den Klauen von Fidel Castro befreien, diese ständige niederträchtige und subversive Bedrohung vom Kontinent hinwegfegen.« Ein bißchen rhetorisch, er spricht, als stünde er am Rednerpult der Kammer.

»Über kurz oder lang werden ihn die Amerikaner erledigen.« Der Doktor Magnificus nimmt das goldene Feuerzeug und zündet die Zigarre seines Gesprächspartners an. »Aber wenn Sie Kubazigarren brauchen, sagen Sie es ohne Umschweife, ich habe immer welche auf Lager.«

Der junge Parlamentarier kann den Schimmer des Neids in seinen gierigen Blicken nicht verbergen. Diese Leute verstehen es, das Leben zu genießen, es fehlt ihnen an nichts, sie leisten sich jeden Luxus. Und dabei ist das nur ein Strohmann, man stelle sich die anderen vor, die Herren. Er beschließt, die Verhandlungen schwieriger zu gestalten und die Gelegenheit zu nutzen.

»Danke. Aber kommen wir zur Sache, wir dürfen die Mädchen nicht so lange warten lassen. Ich muß Ihnen sagen, daß die Dinge nicht so einfach liegen, es gibt ernste, ja ich möchte sagen, fast unüberwindliche Hindernisse. Unser Freund sagt, daß er sich nicht in diesen Fall verwickelt sehen möchte.«

»Aber vor ein paar Tagen lauteten die Nachrichten noch anders.«

»Die Zeitungen hatten sich noch nicht der Angelegenheit angenommen. Haben Sie gelesen, was sie geschrieben haben?«

»Ach, die Zeitungen ... Immer sensationslüstern.«

»Sie behaupten, daß es auf der ganzen Welt nur fünf derartige Unternehmen gibt und daß kein Land ihnen die Genehmigung erteilt. Umweltverschmutzung, ein häßliches, beängstigendes Wort. Schrecklich.«

»Nur fünf? Das ist eine Übertreibung der Zeitungen«, erwidert der Doktor triumphierend. »Ich kann Ihnen mindestens sechs nennen.«

»Der Unterschied ist nicht groß. Ich fürchte, daß ... Die Argumente müssen gewichtig sein, sonst können wir unseren Freund nicht überreden; und wenn er sich nicht rührt, sehe ich nicht, wie wir die Genehmigung für die Eintragung bekommen sollen.«

Der Doktor Magnificus ist kein Ziegenhirt, aber auch er kennt seine Herde, dafür wird er bezahlt, und gut bezahlt. Um zu feilschen, um den Einsatz, wenn unbedingt nötig, zu erhöhen, und zu wissen, wie weit er gehen darf.

»Ich verstehe. Aber den Argumenten, die wir Ihnen und Ihrem illustren Freund dargelegt haben, fehlt es nicht an Gewicht.«

»Sie reichen nicht aus. Lächerliche Argumente, hat er mir gesagt. Lächerlich, war das Wort, das er gebraucht hat. Gerade weil er, wie Ihnen bekannt ist, die letzte Entscheidung treffen muß, braucht er Argumente, die überzeugen.« Er gießt sich noch einen Whisky ein. »Nur fünf, fünf oder sechs, in der ganzen Welt ... So steht's in den Zeitungen. Das Wasser verfault, die Fische werden getötet, die Luft wird vergiftet. Haben Sie den Artikel im *Estado de São Paulo* gelesen? In Italien ist der Teufel los.« Er bläst den blauen Rauch seiner kubanischen Zigarre in die Luft; umstürzlerisch ist sie, aber unvergleichlich.

Der Doktor Magnificus senkt die Stimme, obwohl sie ganz allein im reservierten Salon des Refúgio dos Lordes sind, in dem keine Gefahr besteht, daß sie von indiskreten Lauschern oder von geheimen Mikrophonen abgehört werden, wie es in den Abenteuerromanen über arabisches Erdöl und Waffenschmuggel mit multinationalen Spionen und fabelhaft sexy Spioninnen der Fall zu sein pflegt.

»Meine Freunde sind bereit, die Argumente zu verstärken.« Die affektierte Stimme wird fast unverständlich. »Wieviel?«

Der junge Parlamentarier denkt nach, stellt mit den Fingern imaginäre Rechnungen an, treibt den Preis hoch. Der Doktor Magnificus schüttelt verneinend den Kopf.

»Die Hälfte.«

»Die Hälfte? Das ist zu wenig.«

»Nicht einen Centavo mehr.« Seine Stimme wird noch affektierter. »Ich habe jemanden, der es um weniger macht.«

»Na schön ... Einverstanden.«

Aus der Aktentasche zieht der Doktor Magnificus ein Scheckheft.

»An den Überbringer«, empfiehlt der junge Parlamentarier und verrät damit seine Unerfahrenheit. Der Doktor Magnificus verbeißt ein spöttisches Lächeln.

Der junge Parlamentarier nimmt den Scheck in Empfang, steht

auf, geht zum Schrank und steckt den Wisch in die Rocktasche. Sie schenken sich wieder ein, erheben die Gläser und trinken sich stumm zu. Sie verabreden ein neues Treffen für die nächsten Tage am selben Ort; es ist unmöglich, ein diskreteres, angenehmeres und für Angelegenheiten von besonderer Bedeutung für die nationale Entwicklung geeigneteres Lokal zu finden. Der junge Parlamentarier klatscht in die Hände, die Tür öffnet sich und die Mädchen kommen wieder herein. Schließlich beschränkt sich das Leben nicht auf die Wahrung der Interessen des Vaterlandes.

Der Doktor Magnificus nimmt das freundliche Angebot des Partnerinnentauschs nicht an. Er hat es eilig, begnügt sich mit einem schnellen Koitus, er muß das Flugzeug nehmen, hat eine Verabredung in Rio. Der junge Parlamentarier bleibt, mit sich und der Welt zufrieden. Fische, Gewässer, Krebse, Austern, Algen ... Das gibt es wohl alles nur im Nordosten des Landes. Existiert dieser Nordosten überhaupt, oder handelt es sich nur um eine aufrührerische Erfindung von Literaten und Cineasten? Das Mädchen neben ihm ist blond wie eine Skandinavierin. Im Nordosten lebt eine dunkle Abart von Menschen. Der junge Parlamentarier fühlt sich erlöst, in Frieden mit seinem Gewissen.

Als er fortgeht, kommt die Geschäftsführerin, um ihn zu verabschieden: Zufrieden, Herr Abgeordneter? Der Abgeordnete, noch kein Habitué, dankt und erkundigt sich nach Madame Antoinette.

»Madame ist in Paris«, erklärt die Geschäftsführerin, »zu Besuch bei ihrer Familie. Wissen Sie, daß Madame Antoinette die Tochter eines französischen Generals ist? La mère est de la Martinique. Très chic!« Sie beginnt, ihr Französisch zu trainieren, um eines Tages ihrer jetzigen Chefin zu folgen und das Haus zu übernehmen. Wenn Tieta einmal genug hat und beschließt, in den Sertão von Agreste zu ziehen.

Wieder in Agreste. Ein an Neuigkeiten reiches Kapitel, in dem Tieta das Beispiel des alten Zé Esteves anführt.

Als Tieta in Begleitung ihres Neffen Ricardo zur Einweihungsfeier der Umgestaltungsarbeiten an der Praça do Curtume nach Agreste zurückkehrte, wollte sie von Leonora Neuigkeiten über ihre Liebesaffäre erfahren. Das Mädchen lächelte verlegen und ergriff die Hand seiner Beschützerin.

»Ich weiß nicht, was geschehen ist, Mamachen. Ascanio war zwei Tage auswärts, bei irgendwelchen Arbeiten der Präfektur, und kam ganz verändert wieder. Er ist ganz aufgeregt, scheint gar nicht derselbe zu sein. Er küßt mich sogar, weißt du? Vor ein paar Tagen hat uns Dona Perpetua dabei erwischt... Ich bin so glücklich, Mamachen!«

»Recht so. Dann wird es wohl nicht lange dauern, bis du das Flußufer einweihst. Das ist etwas Neues, es wird dir gefallen. Nutze die Zeit, über kurz oder lang packen wir die Koffer und verschwinden von hier.«

»Ach, Mamachen, an diesem Tag werde ich sterben.«

»Niemand stirbt an der Liebe, wie hat nur Barbozinha gesagt? Man lebt von der Liebe.«

Die gute, treue Carmô! Trotz ihrer ganzen Schlauheit hatte sie sich von Tieta einwickeln lassen und, um sie zu hindern, das Datum der Abreise zu beschleunigen, Ascanio die Lage offenbart, in der sich Leonora befand, die von ihrem schamlosen Verlobten defloriert worden war. Es geschah genau das, was Antonieta sich wünschte. Als Ascanio über alles im Bilde war, änderte er unverzüglich sein Verhalten, wurde kühn und küßte Leonora ständig ab. Bald würde er die restliche Zurückhaltung aufgeben, seine Pläne von Heirat und Heim aufgeben und sich nur noch fürs Bett interessieren. Im Bett werden alle Probleme gelöst.

Alle. Es genügt, das Beispiel des Neffen Ricardo anzuführen, der fast verrückt vor Angst und Gewissensbissen gewesen war, der das Seminar aufgeben wollte und sich für aussätzig und zu ewigen Qualen verdammt sah, nachdem er auf dem Strand von Mangue Seco mit seiner Tante geschlafen hatte. Jetzt gibt es für ihn keine andere Beschäftigung, wenn er könnte, würde er sie den ganzen Tag ficken; er ist hingerissen, glühend, von einer Potenz ohne Grenzen, von endlosem Verlangen nach dieser köstlichen Sache besessen. Ein Sturm, ein Erdbeben, ein Fest! Zu jeder Zeit, auf den Dünen, beim Baden im Meer, wo immer es nur geht, wirft er sie hin und besteigt sie. Tieta ist ganz zerbrochen, gerädert, zerbissen, ausgesaugt, befriedigt, ein mutwilliges kleines Mädchen in den Ferien, ein springendes Zicklein. Ein Zicklein? Eine alte Ziege, die noch nie vorher einen jungen Bock gehabt hatte, der noch nicht verausgabt war, ein unersättlicher Zuchtbock. Feurig und fordernd, sanft und zärtlich. Auch Ricardo hatte sich verändert. Er hatte die Angst verloren, die Gewissensbisse begraben, hielt aber gleichzeitig an seiner Berufung zum Priesterstand fest. Er hatte die Güte Gottes entdeckt.

Am Samstagabend, als die Arbeiter nach Saco zurückfuhren, begleitete Ricardo sie im Boot von Jonas. Nach seiner Rückkehr strahlte sein jugendliches Antlitz heiteren Ernst aus. Als er Tieta am Strand vorfand, im Badeanzug, der mehr zeigte als er verbarg, wandte er die Augen ab und sagte:

»Heute werde ich in Agreste übernachten, Jonas nimmt mich in seinem Boot mit.«

»Heute? Warum denn? In ein paar Tagen ziehen wir ganz dorthin. Die Hauptsache ist getan, der Kapitän kümmert sich um den Rest, es genügt, wenn wir hin und wieder herkommen und einen Tag und eine Nacht hier verbringen. Warum denn heute? Hast du mich schon satt?«

»Das darfst du nicht einmal im Spaß sagen. Aber ich habe heute gebeichtet und will morgen zur Kommunion gehen. Wenn ich hier schlafe ... Morgen komme ich gleich wieder zurück. Komm, laß mich gehen.«

Eine Bitte, ein Flehen, ein Klagen, die zitternde Stimme des Jungen, der zwischen ihr und Gott hin- und hergerissen wird, ein Zicklein auf Tietas Weide, in der Soutane des Heiligtums. Ein Wort würde genügen, eine Geste, ein Blick, um ihn hierzubehalten, der Kirche und dem Sakrament entgegenzutreten. Ein Kind, ein Levit, erwählt und sündig, keusch und geil, stark und schwach. Ein Kind Gottes. Ihr gehörte dieses Gotteskind.

»Geh und bitte Gott für mich. Ich werde vor Sehnsucht vergehen in deiner Abwesenheit. Morgen mußt du wieder hier sein.«

Er würde ihr fehlen, seine Abwesenheit würde sie innerlich verzehren, wenn sie den Marineti bestieg, um nach São Paulo zu fahren. Dann würde es sicherlich nicht genügen, ein paar Tränen zu vergießen und die Muschel gut zu spülen. Ach, mein Kind, mein Levit Gottes! Sie hatte ihn die Liebe gelehrt, den Geschmack an der Frau, die Wonnen, die köstlichen Genüsse, hatte ihn zum Mann gemacht. Wenn sie abreist, wird Ricardo in anderen Armen, an einem anderen Busen, in einem anderen Schoß die Gefühle, Erregungen und Freuden suchen, die er in Mangue Seco gelernt hat. Tieta fühlt eine jähe Wut in sich aufsteigen und beschließt endgültig, mindestens bis zur Einweihung des Lichts in Agreste zu bleiben. Um noch ein paar Wochen lang diese Verschwendung an die Lust zu genießen, dieses aufgewühlte Meer, diesen wilden Sturmwind. Dann wird sie ihn Gott überlassen, und er wird frei sein von Angst und von den Gefahren der Keuschheit, die zur Traurigkeit und zum Bösen führen, das weiß Tieta nur zu gut, das Opfer der Verschwörung von Betschwestern, von Hexen, die nach ranziger Jungfräulichkeit stinken. Enttäuscht und verbittert, hassen die alten Jungfern den lieben Nächsten. So war Perpetua vor ihrer Heirat, vor dem Major.

Am Sonntagmorgen stieg die Strafexpedition aus dem Boot Eliesers und erfüllte den Strand von Mangue Seco mit ihrem Lachen. Alle versammelten sich vor den hochgemauerten Wänden von Tietas Häuschen, auf dem schon die Latten für die Dachziegel befestigt wurden. In einen Kokospalmenstamm hatte der geschickte Kapitän Dario den Namen eingeschnitten, der ausgewählt worden war: STALL DES BOCKS INACIO.

Später lauschte Antonieta bei einem Spaziergang über die Hügel Dona Carmosinas Bericht.

»Ich habe mit Ascanio über das gesprochen, was du mir von Leonora erzählt hast ... Diese Geschichte, wie im Süden ein Brautstand aussieht, die Reisen, die Pille, du weißt schon ...«

Tieta spielt die Überraschte und Besorgte.

»Du hast ihm gesagt, daß Tieta keine Jungfrau mehr ist? Mein Gott, Carmô!« Aber dann lenkte sie ein. »Wenn ich es mir recht überlege, dann glaube ich, es ist besser, er weiß die Wahrheit. Ich danke dir, Carmô. Das muß unangenehm gewesen sein.«

»Allerdings ... Aber ich bin zufrieden. Ich dachte, er würde mit Leonora brechen, sie aufgeben, sie nicht mehr sehen wollen; aber Ascanio hat sich über das Vorurteil hinweggesetzt, Tieta. Ein anständiger Kerl. Er will nicht, daß sie weiß, daß ich es ihm erzählt habe, er ist ein Kavalier.«

Tieta nickt mit dem Kopf, aber innerlich lacht sie. Sie weiß genau, was der Kavalier jetzt will: Da es kein Jungfernhäutchen mehr gibt, das ihm Zurückhaltung auferlegt, wird Ascanio versuchen, mit Nora zu schlafen, ihr die Rute zu verpassen, genau wie Tieta es vorausgesehen hatte. Wenn er vorher in seiner Verliebtheit von Verlobung und Heirat geträumt hat, so wird er jetzt, da er die Wahrheit weiß, darauf verzichten. In Agreste heiratet kein Mann ein defloriertes Mädchen. Aber deshalb ist er noch nicht so dumm, sie fahren zu lassen, wenn ihn nichts hindert, sie ans Flußufer zu führen, unter die Trauerweiden in einer Mondnacht. Damit wären Leonoras Probleme erledigt. Warum, zum Teufel, braucht Ricardo so lange, um zurückzukommen, fragt sie sich und späht von der Höhe der Düne auf den Fluß, ohne eine Spur von Jonas' Boot zu entdecken. In der Kirche, während der Achtuhrmesse, hatte der Ministrant vielleicht die begehrlichen Augen, den offenen, gierigen Mund mit der heraushängenden Zungenspitze von Dona Edna bemerkt, dieser ordinären Hure. Unverschämt.

»Ärgerst du dich, Tieta? Hätte ich es nicht erzählen sollen? Sag es mir.«

»Du hast ganz richtig gehandelt, Carmô. Ich habe an diesen Lumpen von einem Bräutigam gedacht. Und hast du auch mit Elisa gesprochen?«

Nein, mit Elisa hatte sich Dona Carmosina nicht unterhalten, um ihr die verrückte Idee, mit Tieta nach São Paulo zu fahren und Asterio im Gepäck mitzunehmen, auszureden. Nach dem schwierigen Gespräch mit Ascanio war sie noch nicht zu Atem gekommen, hatte noch nicht den Mut gefunden, einen neuen Schlag zu versetzen. Elisas Enttäuschung wird schrecklich sein. Tieta müsse ein wenig Geduld haben, Dona Carmosina werde sprechen, sobald sich eine Gelegenheit biete, wenn Elisa selber die Angelegenheit zur Sprache bringe. Sie solle der Armen noch ein paar Tage ihre Paulistaner Illusionen lassen.

Wer sie jedoch als erster zur Sprache brachte, war Asterio, aber Tieta gegenüber, als sie aus Agreste zurückkam. Er wartete in der Bar den Augenblick ab, als Perpetua in Begleitung ihres Seminaristen-Sohnes zum Segen in die Kirche ging. Diese Pause nutzte er aus.

»Ich möchte mit dir reden, Schwägerin. Über eine Angelegenheit, die mich angeht, mich und Elisa. Aber zuerst mußt du mir versprechen, daß dieses Gespräch unter uns bleibt.«

»Schieß los, Schwager, ich kann Geheimnisse bewahren, du ahnst nicht, wieviele in meiner Brust eingeschlossen sind, daher habe ich ja dieses große Euter.« Sie lacht fröhlich und zufrieden.

»Es ist wegen einer Idee von Elisa. Wenn sie noch nicht mit dir gesprochen hat, so wird sie es tun, um dich zu bitten, daß du uns nach São Paulo mitnimmst. Daß du mir eine Stelle verschaffst und uns in deiner Wohnung ein Zimmer einräumst.«

»Gesagt hat sie noch nichts, aber angedeutet. Möchtest du denn?«

»Gott bewahre!« Er hält ein. Tieta könnte gekränkt sein. »Ich wollte sagen: Ich würde sehr gerne bei dir wohnen, du bist mehr als eine Schwester, für uns warst du die Vorsehung. Aber ich möchte nicht in São Paulo leben, ich würde mich dort nicht wohlfühlen. Elisa will von hier fortgehen, damit wir weiterkommen im Leben, aber ich weiß, daß das zu nichts führen würde. Dort arm zu sein ist ärger, als es hier zu sein.«

»Da hast du recht, so ist es. Aber du kannst ganz beruhigt sein, ich werde euch nicht mitnehmen. Du würdest dich nicht wohlfühlen, und der Platz der Frau ist an der Seite ihres Mannes. Wenn Elisa mit mir redet, werde ich ihr diesen Gedanken ausreden.«

»Ich weiß nicht, wie ich dir danken soll, Schwägerin.«

»Keine Ursache. Elisa ist meine Schwester, ich habe die Pflicht, mich um sie zu kümmern, euch zu helfen, soweit ich kann. Aber hier – nicht dort.«

In ihrem ganzen Leben hatte Tieta nur selten einen so glücklichen Menschen gesehen wie Asterio nach diesem Gespräch. Sie sah ihren Schwager liebevoll an.

»Hör zu, Asterio, du darfst Elisa nicht alles durchgehen lassen. Wenn sie zu dir von São Paulo spricht, sag ihr, daß du nicht gehen willst, daß ihr nicht von hier fortgehen werdet. Du mußt deine Frau am kurzen Zügel halten.«

»Wenn ich ihr das sage, werde ich sie nur gegen mich aufbringen. Sie wird mit dem Fuß aufstampfen, wird weinen, den ganzen Tag davon reden und mich schließlich zwingen. Wie kann ich sie nur überzeugen?«

»Frag den alten Zé Esteves, und er wird es dir erklären. Frag ihn, wie er Elisas Mutter das Gehorchen gelehrt hat. Vielleicht borgt er dir sogar seinen Knotenstock. Das ist ein gutes Rezept, Schwager, wenn es richtig angewandt wird, genügt ein einziges Mal. Mutter Tonha hat nie mehr die Stimme gegen den Alten erhoben. Was diese Geschichte von São Paulo angeht, so überlasse sie mir.«

Nachts hatte Tieta Ricardo in der Hängematte, wie sie es geplant hatte. Dort, wo der junge Bursche sie in seinen Träumen begehrt hatte, ohne zu wissen, wie er sie besitzen sollte, ritt sie jetzt auf ihm und wurde von ihm geritten, die ganze Nacht hindurch bis zum Morgenrot. Sie hielt den Atem zurück und unterdrückte das Liebesstöhnen, während sie gemeinsam das Ypsilon ausführten. Ah! Das Ypsilon!

Unter dem Druck der Umstände wird der untadelige Ascanio Trindade, nach einem geheimen Treffen mit dem Doktor Magnificus, zum Lügner und verfällt, beim Anbruch der neuen Zeiten, in Hochmut, wodurch er zwei Todsünden gleichzeitig begeht.

Am Ende der Konferenz mit Doktor Mirko Stéfano fühlt sich Ascanio Trindade wie neugeboren. Eine Stunde hatte dem charismatischen Mann der Öffentlichkeitsarbeit genügt, um das Vertrauen und die Bewunderung des rechtschaffenen Gemeindefunktionärs zu gewinnen. Rechtschaffen und träumerisch. Der Magnificus hatte Pläne und Zeichnungen von sachkundigen und einfallsreichen Architekten, Ingenieuren und Städteplanern entfaltet, hatte esoterische Zahlen und Formeln genannt und magische Ausdrücke verwendet: Organogramm, knowhow, Input, Arbeitsmarkt, Marketing, Status – die Präfektur von Sant'Ana do Agreste sollte den Status einer Industriegemeinde erhalten. Ascanio war wie geblendet.

Als sich Ascanio Trindade am Tor des alten Kolonialgebäudes des Gemeindeamts von seinem Besucher verabschiedete, bekleidete er bereits einen neuen Rang, den eines Unternehmers. Der Ausdruck ist falsch, richtiger wäre Staatsmann. Der Verwalter einer Gemeinde, die für eine glorreiche Zukunft bestimmt ist, in der Reichtum und Fortschritt herrschen – Zukunft oder Gegenwart? Heute ist er nur Sekretär der Präfektur mit allen Vollmachten. Bald wird er Präfekt sein, und seine Vollmachten werden, wenn nicht alles täuscht, vom einstimmigen Votum der Bevölkerung bestätigt sein.

An einem bestimmten Punkt des Gesprächs glaubte er, in den diskreten und sibyllinischen Worten des Abgesandten des Direktoriums eine verdächtige Andeutung bezüglich einer Bezahlung der geleisteten Dienste zu entdecken. Er hatte es nicht recht verstanden, erklärte jedoch für den Fall eines Zweifels sofort, daß seine Unterstützung des großartigen Projekts ausschließlich den höheren Interessen der Gemeinde und des Vaterlandes diene. Das war die kristallklare Wahrheit: kein niedriges Gefühl, keine wenig lobenswerte Absicht stand hinter seinem Vorgehen. Nur die Liebe zu seiner Heimat und ihrer Entwicklung ließ ihn während des Vortrags des Doktor Mirko Stéfano, eines sprachgewandten und überzeugenden Technikers, vor Begeisterung erzittern. Es war der Mühe wert, ihm zuzuhören.

Als Kenner der menschlichen Natur und geschickter Unterhändler machte der Magnificus einen Rückzieher. Er verstand sich darauf. Alles zu seiner Zeit und Gelegenheit. Aber ich bitte Sie, mein lieber Herr Präfekt, please, mißverstehen Sie mich nicht.

Abgesehen von den unmittelbaren Vorteilen, die aus dem Unternehmen erwachsen würden – bedeutende Steuereinnahmen, Wachstum des Bruttosozialprodukts, Arbeitsplätze für die lokale Bevölkerung – würde er sich auch um notwendige und dringende Arbeiten kümmern, wie um das Asphaltieren der Straße. Das Unternehmen würde auf die Landesregierung, wenn nötig auch auf das Verkehrsministerium Druck ausüben, an Prestige fehlt es ihren Direktoren nicht, das sage ich Ihnen im Vertrauen, Herr Präfekt. Dazu der Bau eines Hotels, die Einrichtung einer Autobuslinie und einer Motorbootverbindung auf dem Fluß. Gar nicht zu reden vom Areal von Mangue Seco, wo die Fabriken erstehen und die Errichtung einer modernen Arbeiterstadt nachziehen würden, Dutzende von Wohnhäusern für Arbeiter, Techniker und Beamte. Zu dieser ganzen Welt des Fortschritts würde das Unternehmen mit seinen eigenen Mitteln beitragen. Die großmütigen Direktoren möchten, noch bevor sie Gewinne ins Auge fassen, am Aufbau eines mächtigen Brasilien mitwirken, das seiner glorreichen Mission in der Welt gewachsen sein soll.

Ascanio hing an den Lippen des Doktor Stéfano und sah Agreste sich neu aus dem Verfall erheben und an der Spitze der Gemeinden des bahianischen Hinterlandes stehen. Die Rauchwolken, die aus den Schornsteinen zum Himmel aufsteigen und mit Zinsen die Rückständigkeit ausgleichen würden, die durch das Fehlen der Rauchwolken aus den Lokomotiven entstanden war, würden zur gleichen Zeit den

Reichtum nach Agreste bringen. Im Herzen Ascanios machte sich ein Anflug von Hochmut breit: An der Spitze dieses Fortschritts würde ein junger, befehlsgewohnter Präfekt, ein unermüdlicher Kämpfer, stehen.

Am Ende des Gesprächs mit dem Abgesandten des Provisorischen Direktoriums, als er im Namen der Präfektur die Gesellschaft ermächtigte, die Möglichkeit zu prüfen, ihre Industrie auf dem Boden der Gemeinde zu errichten, fühlte Ascanio wieder den alten Ehrgeiz des Jurastudenten, des Verlobten von Astrud, in sich aufleben, Pläne für einen endlichen Triumph. Persönliches Interesse gesellte sich zu hohem Bürgersinn. Persönlich, aber nicht schäbig oder unanständig.

Er sah die Möglichkeit, aufgrund des neuen Fortschritts von Agreste eine Laufbahn als Verwaltungsbeamter und Politiker aufzubauen, die ihn zu Leonora führen, ja hinanführen sollte.

Bisher hatte er sie für unerreichbar gehalten und lebte in der Furcht vor der Ankündigung des Abreisetermins, der der schüchternen Idylle aus Schweigen und Hoffen, aus halben Worten und ungenauen Gesten ein Ende setzen würde. Jetzt weitete sich der Horizont, das Feld für so manchen Kampf, und er empfand sich nicht mehr als kleiner Beamter einer dahinsterbenden Ortschaft; denn, wie der Doktor Magnificus es so poetisch ausgedrückt hatte, über Agreste ging das Morgenrot der großen Ereignisse, der Morgen des Fortschritts auf.

Ein Jammer, daß er dieses Wunder nicht Leonora erzählen konnte, weder ihr noch sonst jemandem. Doktor Mirko Stéfano hatte ihm bis auf weiteres strengste Diskretion, absolute Geheimhaltung auferlegt. Erst nach Abschluß der vorbereitenden, eben erst begonnenen Untersuchung könnte das Unternehmen die erfreuliche Nachricht publik machen. Ein einziges Wort vor dem vorgesehenen Augenblick könnte alles zunichte machen.

Obwohl das Gebiet von Sant'Ana do Agreste, die Umgebung von Mangue Seco auf den ersten Blick der ideale Platz für die Errichtung der Fabriken zu sein schien, so hingen die abschließenden Berichte doch noch von einer vollständigen Aufstellung der Möglichkeiten und Vorteile und von verschiedenen Analysen ab, die von der Tiefe des Meeres an der Mündung des Rio Real bis zur Unterstützung durch die Regierung reichten. Gleich nach Weihnachten würden neue Techniker eintreffen. Für die komplizierte Arbeit, die sie durchzuführen hatten, bat Doktor Stéfano den Herrn Präfekten um Diskretion und guten Willen, ganz abgesehen von der notwendigen Genehmigung. Ist das Land am Flußufer Eigentum der Präfektur? Wem gehört es? Die Diskretion war schon deshalb notwendig, um ein übertriebenes Hochschnellen der Grundstückspreise zu verhindern, damit würde die Benutzung dieses Geländes unwirtschaftlich werden. Erst einmal Schweigen, später dann Raketen.

Jede nur notwendige Mitarbeit. Mit dem Schweigen ist es schon schwieriger. Die Leute hier sind neugierig; was sie nicht wissen, erfinden sie. Wenn Ascanio nichts über dieses Gespräch sagt, wird es nur noch mehr Gerüchte geben, das ist schlimmer. Kann er nicht von einem Fremdenverkehrsprojekt reden? Dahin gehen die Vermutungen, und auch er selber, Ascanio, hatte sich so etwas vorgestellt.

Diese Idee erschien dem Doktor Magnificus ungeheuer komisch, er konnte das Lachen nicht verbeißen. Durch die Fenster des ersten Stocks der Präfektur sah er auf die stillen Straßen von Agreste hinaus und willigte vergnügt ein:

»Fremdenverkehr ... Prima. Das haben Sie gut gemacht, Herr Präfekt. C'est drôle.«

Ascanio fragte nicht nach dem Grund des Gelächters, des spöttischen Ausdrucks im Gesicht des illustren Besuchers, der französischen Phrase. Er half ihm, die Pläne und Projekte zusammenzurollen, sie in eine lange Metallhülse zu stecken, die Papiere einzusammeln und die elegante schwarze Aktentasche eines Direktors zu verschließen. An der Haustür vertraute Doktor Mirko Stéfano die Hülse dem Schwergewicht an, das dort Posten stand; der Revolver am Gürtel bauschte das Jackett auf. Ein zweiter Champion, dem ersten an Gewicht, Masse und Fratze gleich, kam mit offenem Rock und sichtbarem Revolver aus der Bar gelaufen, wo er gemeinsam mit dem Fahrer einen gehoben hatte.

Das unheimliche Paar stieg in den Wagen, setzte sich auf die Rücksitze und bewachte die Dokumente. Der Doktor Magnificus drückte Ascanio mit dem Lächeln eines alten Freundes die Hand.

»Auf bald, lieber Präfekt. Merry Christmas! Übrigens, wenn Sie erlauben, schicke ich ein paar Spielsachen für das Weihnachtsfest der armen Kinder.«

Der Wagen fuhr ab, die kleine Gruppe der Gaffer blieb noch eine Weile stehen und sah Ascanio an, der ebenfalls stehen geblieben war und über alles nachdachte, was gesagt und Agreste versprochen worden war. Spielzeug zu Weihnachten für die armen Kinder, ein vielversprechender Anfang. Osnar kam näher.

»Nun, Herr Hauptmann, was hat der Astronaut haben wollen?«

Ascanio, der jedem Betrug abhold war und von allen für einen untadeligen Bürger gehalten wurde, sah sich plötzlich gezwungen, zu lügen, sein gewohntes Verhalten aufzugeben. Wenn nur alles zu Agrestes Wohl ausschlug! Verlegen und lustlos antwortete er:

»Tourismus, was sonst?« Er gibt eine Einzelheit preis, die ihm nicht geheim erscheint. »Er ist daran interessiert, Grundstücke in Mangue Seco zu kaufen. Den Kokoshain ...«

»Grundstücke im Kokoshain? Verdammte Scheiße, Hauptmann Ascanio. Das wird ein verteufeltes Durcheinander geben. Bis heute steht noch nicht fest, wer die Eigentümer sind ...«

Ascanio ist ratlos. Da sieht er Leonora an Perpetuas Haustür, wie sie zur Präfektur hinübersieht. Er hatte versprochen, sie abzuholen, sie und Tieta, um in die Bacia de Catarina baden zu gehen, es ist gerade Zeit. Hastig verabschiedet er sich.

Osnar wundert sich über das Benehmen des Sekretärs der Präfektur: Ascanio verbirgt etwas. Ein Fremdenverkehrsunternehmen, viel Geld, ein Haufen Neuigkeiten. Und wenn diese Burschen den Kokoshain und den Strand von Mangue Seco kaufen? Wenn sie dort einen exklusiven Klub gründen, der nur den Mitgliedern vorbehalten ist? Nein, das können sie nicht tun, das ist unmöglich, der Strand gehört dem Volk und ist unveräußerlich, nicht wahr? Vielleicht kaufen sie Grundstücke, bauen Hotels, Läden, moderne Geschäfte ... Wer weiß, möglicherweise wird Bebé eine Zeit im Kokoshain verbringen, um in der Praxis den touristischen Wert der Dünen zu studieren und die Werbung zu leiten: Profitieren Sie von unserem Angebot und praktizieren Sie den Koitus auf dem weißen Sand von Mangue Seco, Zahlung im nachhinein in bequemen Monatsraten. Auch wenn sie nicht Polin ist, scheint ihm Bety solcher Unternehmungen fähig zu sein.

Die Einweihung des Platzes mit Reden und Tänzen, ein euphorisches Kapitel.

Mit Ausnahme der Kinder, die noch der Matinee im Cine-Teatro Tupy beiwohnten, versammelte sich praktisch die gesamte übrige Bevölkerung der Stadt am letzten Sonntag vor Weihnachten um fünf Uhr nachmittag auf der alten Praça do Curtume, die von jetzt an Praça Modesto Pires heißen wird. Ein allgemeines Lob ernten der Park, der um ihn herumführende Weg, der Obelisk in der Mitte und das Pflaster, Verbesserungen, die der Aktivität Ascanio Trindades in der Präfektur zu verdanken sind.

»Dieser Ascanio ist wirklich tüchtig.«

»Stell dir vor, wenn der einmal tatsächlich Präfekt wird.«

»Agreste wird in einen Garten verwandelt werden.«

Für die Zeremonie und für die Vorführung der Ternos de Reis und des Bumba-meu-boi wurde eine hölzerne Estrade errichtet; am Obelisk wurde eine mit der brasilianischen Fahne verhüllte Zementtafel eingelassen. An der Ecke, an der Mauer des Hauses von Laerte Curte Couro, das Perpetua gehört, befindet sich eine ebenfalls verhüllte Metallplatte.

Dona Antonieta Esteves Cantarelli, die Patin der Einweihung, schreitet, umringt von Angehörigen und Freunden, majestätisch und lächelnd auf das schlichte Monument zu. Eine wahre Königin oder, um mit dem Barden Barbozinha zu sprechen, eine aus der Renaissance in die Hügel von Agreste verpflanzte Madonna, so geht sie am Arm des Obersten Artur da Tapitanga, gefolgt von Ascanio Trindade, Modesto Pires, Dona Aida, deren Tochter Marta und dem Schwiegersohn, dem Ingenieur der Petrobras. Alles ist still und aufmerksam, die Hälse recken sich. Dona Antonieta streckt die Hand aus, zieht am grün-gelben Band und enthüllt die Zementplatte, auf der das Datum der Einweihung und der Name des verdienten Oberst Artur de Figueiredo, des amtierenden Präfekten, zu lesen sind. Eine einfache, mit Beifall begrüßte Zeremonie, die aber doch bewegend ist, denn Perpetua zieht aus der Tasche ihres schwarzen Rocks das schwarze Taschentuch hervor und trocknet eine Träne – eine schwarze Träne, eine Trauerträne, wie der respektlose Aminthas, der seinen Tag des ebenfalls schwarzen Humors hat, Dona Carmosina ins Ohr flüstert.

Die Kinder der Volksschule stimmen die Hymne an. Hochrufe für den Obersten, der dankend mit der Hand winkt. Hochbefriedigt reicht er Tieta den Arm: Die Bergziege ist zu einer hochwertigen Ziege geworden, mit üppigem, gut sichtbarem Euter. Ach ja, das waren Zeiten!

Zé Esteves ist durch den bevorstehenden Umzug in die neue Wohnung auf dem Höhepunkt der Zufriedenheit angelangt; er erhebt Stock und Stimme:

»Es lebe auch meine Tochter, Dona Antonieta Esteves Cantarelli!«

Allgemeine Begeisterung, noch eine Träne von Perpetua, Elisa lächelt wie ein Star, der Schönheit ausstrahlt, Leonora ist am fröhlichsten und dirigiert das Händeklatschen. Warum lassen sie nicht Ascanio Trindade hochleben?

Beifall für Dona Aida: an ihr ist es, die Tafel an der Ecke mit dem Namen des umgewandelten Platzes zu enthüllen: Praça Modesto Pires (hervorragender Bürger der Stadt).

»Viva Modesto Pires!« ruft Laerte Curte Couro von seiner Haustür aus, wo er neben seiner Frau und den Kindern steht, bemüht, seinem Brotherrn irgendwo reinzukriechen.

Dona Preciosa und Dona Auta Rosa, die Leiterin und die Sekretärin der Volksschule, versuchen die mit Gewalt eingefangene, undisziplinierte und unvollständige Horde zu bändigen. Wegen der Ferien war es schwierig, auch nur diese Handvoll zusammenzubringen, und noch schwieriger, sie ordentlich aufzustellen. Los, Kinder, die Hymne! Die Lehrerin Auta Rosa, blond, nervig und hübsch, hat fanatische Bewunderer unter ihren Schülern. Dona Preciosa setzt sich gewaltsam durch, mit ihrer Warze auf der Nase und ihrer Feldwebelstimme.

»Eins, zwei, drei, los!«

Die Hymne erklingt über dem Platz und den Häusern, gesungen von den Kindern und dem ganzen Volk. Wenn niemand ein Hoch auf Ascanio ausbringt, überwinde ich meine Verlegenheit und tue es selbst, droht Leonora in Gedanken, empört über soviel Undank.

Dann ist die Reihe an Padre Mariano, begleitet von Ricardo in Rot und Weiß, anmutig und fromm. Gelobt sei Gott! seufzt Dona Edna neben Terto, ihrem Mann (der nicht so aussieht, aber es doch ist). Cinira wendet kein Auge vom Meßdiener, es juckt sie wieder dort unten. Auch Tieta betrachtet ihren Neffen und lächelt. Sie fürchtet keine Rivalinnen, ihr einziger Rivale ist Gott, und mit ihm hat sie sich geeinigt; für Gott die Seele, für die fromme Tante der Leib.

Padre Mariano segnet den Park, den Obelisken, den Platz und alle Anwesenden. Einen besonderen Segen spart er für unseren vortrefflichen Chef, den Oberst Artur de Figueiredo, auf, für den verdienstvollen Bürger Modesto Pires, für das großzügige und musterhafte Mitglied unserer Pfarre, Dona Antonieta Esteves Cantarelli, und für ihre liebliche Stieftochter. Möge ihnen niemals die Gnade des Herrn fehlen, amen.

Der Ingenieur der Petrobras, Doktor Pedro Palmeira, ergreift das Wort, um im Namen seines Schwiegervaters zu danken. Er spricht vom Frieden und von der Schönheit Agrestes: Möge sie niemals von den Schrecken einer Welt voll Gewalt, Umweltverschmutzung und Krieg heimgesucht werden. Auch er zieht, mit seinem schwarzen Bart und den langen Haaren, ganz nach der Mode, Blicke, Gelüste und Frustrationen auf sich. Neben ihm steht, wie eine Schildwache, seine Frau, sie ist von hier, sie kennt sich aus.

Abschließend hält Ascanio Trindade eine Rede, in Vertretung des Obersten Artur da Tapitanga, dessen Stimme nicht mehr die für blumige Redewendungen unerläßliche Höhe erreicht. Entflammt, in Leonoras Augen nach Inspiration suchend, sieht er für Sant'Ana do Agreste in nächster Zukunft Tage des größten Ruhms voraus. Die geschätzten Mitbürger mögen sich freuen, das Ende der Stumpfheit und der Armut, der Schwierigkeiten und der Apathie ist nahe. Möglicherweise wird in Agreste der Sitz eines neuen Industriekomplexes errichtet werden, das im Bundesstaat Bahia mit dem in der Nähe der Landeshauptstadt befindlichen Industriezentrum von Aratu konkurrieren soll. Die Zeiten des Überflusses und der Betriebsamkeit werden zurückkehren, wir werden wieder Grund haben, stolz zu sein, unser vielgeliebter Erdenwinkel wird wie ein leuchtender Stern auf der Landkarte Brasiliens erglänzen.

»Was zum Teufel baut der Hauptmann Ascanio da auf?« fragt Osnar. »Der hat etwas im Hinterkopf.«

»Im Hinterkopf? Nun, Ascanio will die Pläne des Tourismusunternehmens noch nicht preisgeben, die scheinen ja kolossal zu sein«, ergänzt Dona Carmosina.

»Er hat von einem Industriekomplex gesprochen.«

»Eine Redensart. Sie werden nicht leugnen wollen, daß der Tourismus heute eine außerordentlich wichtige Industrie ist«, erklärt Dona Carmosina. »Ascanio setzt sich eben leidenschaftlich dafür ein.«

»Ein Spinner ...«, meint Aminthas.

Mit dem mitreißenden Ruf: Salve Sant'Ana do Agreste! beendet Ascanio seine feurige und wirre Rede. Aus dem Hintergrund der Praça Modesto Pires ertönt Bafo de Bodes Schnapsstimme mit einem verspäteten Hochruf:

»Es lebe Ascanio Trindade, und es lebe seine Liebste! Wann ist die Hochzeit, Ascanio?«

Leonora errötet, während Elisa und Dona Carmosina in Lachen ausbrechen. Endlich von den Reden befreit, spazieren die Pärchen Hand in Hand um den Platz herum und weihen ihn praktisch ein. Leonora sieht Ascanio an und reicht ihm die Hand; noch ein Liebespaar, das rund um den Platz geht. Dona Carmosina seufzt gerührt. Aus Laerte Curte Couros Haus kommen improvisierte Kellnerinnen, Arbeiterinnen der Gerberei, mit Tabletts voll Kuchen, Pastetchen und Likörgläsern. Im Namen von Modesto Pires bewirten sie die Ehrengäste. Oberst Artur da Tapitanga setzt sich auf eine der grünen Eisenbänke, streichelt Antonietas Hände und betrachtet ihre Ringe – sind die Brillanten wohl echt oder falsch? Sie sind echt, ein Vermögen wert.

»Mein Patensohn Ascanio wird noch durchdrehen mit dieser Tourismus-Geschichte«, sagt er ihr im Vertrauen. »Stell dir vor, daß er draußen bei mir erschienen ist, um mir zu sagen, daß hier Fabriken errichtet werden, und in Mangue Seco eine ganze Stadt. Er spinnt, ich glaube, da ist deine Stieftochter schuld daran.« Er wechselt das Thema. »Du hast mich noch nicht auf dem Gut besucht, um meine Ziegen anzusehen; es macht richtig Spaß, die Herde anzuschauen. Komm und bring die Kleine mit. Ich habe einen fabelhaften Bock, etwas ganz Außergewöhnliches, ich habe ein Heidengeld für ihn bezahlt. Er heißt Glühendes Eisen.«

Abends werden die Ternos de Reis und der Bumba-meu-boi auf der Estrade vorgeführt. Es sind drei Ternos, zwei aus der Stadt, der dritte ist aus Rocinha gekommen, der schönste, »Sonne aus dem Morgenland«. Ein Dutzend mit Seidenpapier geschmückte Hirtinnen tragen rote und blaue Laternen, singen und tanzen.

Wir sind Hirtinnen
Von den Sternen des Himmels
Wir kommen aus dem Morgenland
Das Gotteskind zu begrüßen
An diesem besonderen Tag.

Von Rührung übermannt, singt Tieta das Dreikönigslied mit. Als kleines barfüßiges Mädchen war sie von zu Hause fortgelaufen, um die Ternos durch die Straßen von Agreste zu begleiten. Sie hatte immer davon geträumt, eine Laterne zu tragen, Hirtin mit dem Stern zu spielen. Aber für sie waren nur die Ziegen und Zicklein da, nichts anderes. Die Rückkehr hatte gelohnt, um das zu sehen und zu hören.

Wir sind die Hirtinnen
Des Mondes und der Sonne
Wir sind die Hirtinnen
Des Morgenrots.

Um dem Bumba-meu-boi von Valdemar Cotó beizuwohnen, mit dem Ochsen und der Caapora, dem Viehhirten auf seinem Pferd, der auf dem Bretterboden tanzt und die Kinderschar über den Platz scheucht. Mit einem einzigen Bein, einem einzigen Arm, flattert die Caapora, ein flinkes, fröhliches Phantom, auf Dona Antonieta zu und bittet sie um ihren Segen: Es ist der junge Sabino. Dann gehen der Bumba-meu-boi und die Ternos de Reis die Hauptstraße hinunter, bleiben bei jeder Tür stehen, begrüßen die Bewohner und bitten, eintreten zu dürfen. Im Wohnzimmer tanzen und singen sie zu Ehren der Hausleute. Likör, Bier und Cachaça werden dem Viehhirten gereicht, dem Ochsen, der Caapora und den Hirtinnen des Morgenrots.

Ein von der Präfektur bezahltes Orchester, das aus der Harmonika von Claudionor das Virgens, der Klampfe von Natalino Preciosidade und der Gitarre von Lirio Santiago besteht, nimmt auf der Estrade Platz, besetzt die von Larte geliehenen Stühle und spielt allerlei Tanzmusik, für jeden Geschmack etwas. Dann treten die Paare zum Tanz an.

»Schau, wer da tanzt!« Asterio zeigt auf Osnar, der mit seinen Affenarmen eine ganz junge, feurige Cabocla an sich preßt, mit dicken Beinen, den Rock nur bis zum Knie.

»So ein schamloser Kerl«, knurrt Dona Carmosina, wütend, weil nicht sie die Glückliche ist, die der liederliche Bursche an seine Brust drückt.

Auch die Schüchternen fassen Mut, mehrere Paare drehen sich auf der Estrade. Die Klampfe lädt mit ihrem weinerlichen Klang zum Tanz. Leonora sieht Ascanio an, er lächelt, und sie murmelt mit ihrer kristallklaren Stimme:

»Wollen wir ...«

Sie steigen aufs Podium, die Harmonika spielt einen Karnevalstanz, und Leonora gleitet mit halbgeschlossenen Augen dahin. Ascanio führt den leichten Körper des Mädchens, der sich an den seinen preßt, die losen Haare berühren sein Gesicht, er spürt ihren heißen Atem, eine glorreiche Nacht. Die Tanzwut ergreift den ganzen Platz, wird allgemein. Der Ingenieur von Petrobras, Doktor Pedro, und seine Frau, Dona Marta, reihen sich in die Tanzenden ein. Dona Edna nimmt Seixas' Aufforderung an, mit Tertos Erlaubnis – es fehlte noch, daß er es nicht erlaubte! Dona Edna verlangt von ihrem Mann Verständnis und Höflichkeit. Seixas umfängt sie, sie schiebt den Schenkel vor, bei jeder Runde wird sie kühner. Man muß die Gelegenheit beim Schopf ergreifen, sagt Osnar, und Seixas tut es.

Zeremoniös und würdevoll reicht der Barde Barbozinha Tieta seine Fingerspitzen und bittet um den Vorzug des Kontertanzes. Woraufhin Elisa Asterio herumkriegt und Dona Carmosina von Aminthas das gleiche Opfer verlangt:

»Fordere mich doch auf, du ungehobelter Bursche.«

»Na komm, Elisabeth Taylor, aber hab Mitleid mit meinen Füßen.«

»Idiot!«

Die Ternos de Reis kommen zum Platz zurück und lösen sich auf der Estrade auf. Fidelio tanzt mit der Fahnenträgerin der Sonne des Morgenlandes auf der Suche nach der Morgenröte. Der Viehhirt auf seinem dunklen Pferd, der Ochse und die Caapora laufen hinter der von Peto angeführten Kinderschar her. Ricardo ist zu Hause geblieben, um seiner Mutter Gesellschaft zu leisten. Nach dem Rosenkranz wird er in der Hängematte die Rückkehr der Tante erwarten.

Als er keinen Schnaps mehr bekommen kann, zieht sich Bafo de Bode vom Platz zurück, wo es immer lebhafter, der Tanz immer feuriger wird.

»Verflucht noch mal! Heute wird was los sein am Flußufer ...« Er bemüht sich um Gleichgewicht, bevor er seinen Rat erteilt: »Geh ran, Ascanio, sei ein Mann!«

Er verschwindet in einer Seitengasse, aber seine versoffene, beschwörende Stimme ist noch zu hören:

»Gib acht, Terto, daß du mit den Hörnern nicht die Lichtleitung herunterreißt ...«

Niemand achtet auf das, was Bafo de Bode sagt, Warnung und

Anregung verlieren sich in der Musik der Harmonika, der Klampfe und der Gitarre, im Trubel des Festes, im Frieden der Nacht von Agreste.

Von den Flammen der Moral zu den wirklichen Flammen, ein aufregendes Kapitel, in dem Tieta zu feurigem Ruhm gelangt.

Von den Höllenqualen befreit, wird der Seminarist Ricardo in der Nacht des Festes von den Flammen der Eifersucht verzehrt. Punkt neun Uhr blieb der Lichtmotor stehen und bereitete dem Tanz auf der Estrade, die an der Praça do Curtume (Verzeihung: Praça Modesto Pires) errichtet worden war, ein Ende. Aber Dona Carmosina regte einen Spaziergang zum Fluß an, eine Art nächtliches Picknick. In der Bar von Manuel versorgten sich alle mit Bier und Guaraná, sowie mit Kabeljauklößchen, einer Spezialität des Lusitaniers.

Von der Hängematte, in der er liegend die Wartezeit verbrachte, hörte der Seminarist die Gruppe auf der Straße, erkannte Stimmen, die von Leonora, die von Aminthas und die von Barbozinha, der herumscharwenzelte, dieser lächerliche Alte konnte es nicht lassen, und das Lachen von Tieta. Er dachte, sie würden sich an der Haustür verabschieden, aber die Schritte gingen in Richtung des Platzes weiter und verloren sich; niemand kam ins Haus herein. Ricardo springt aus der Hängematte, geht ins Schlafzimmer, öffnet das Fenster zur Gasse und sieht im Dunkeln, an der Ecke, die lustige Gesellschaft, die zum Fluß hinuntergeht. Er fühlt sich betrogen, verraten, elend.

Tieta wünscht nichts anderes, als nach Hause zurückkehren zu können, ermüdet von diesem Festtag, der mit der Achtuhrmesse und der langen Predigt von Padre Mariano begonnen hatte. Als der dankbare Priester das großzügige Schäfchen seiner Herde in der Kirche unter den Gläubigen entdeckt hatte, übertraf er sich selber, dehnte die Predigt aus, nahm zum Lateinischen und zu Bibelzitaten Zuflucht. Tieta möchte zur Zärtlichkeit und zum Ungestüm ihres Jungen zurückkehren, den sie nur nachmittags gesehen hatte, wie er, blendend in seinen Gewändern eines Meßdieners, dem Pater den Weihwasserwedel reichte. Perpetua, der die folkloristischen Darbietungen gleichgültig waren und die ihren täglichen Rosenkranz beten mußte, hatte voll Egoismus ihren Sohn im Hause zurückbehalten, damit er ihr Gesellschaft leiste. Während sie sich in den Armen von Barbozinha, Osnar und Fidelio drehte – die sich die Ehre, mit ihr zu tanzen, streitig machten –, war Tieta in Gedanken bei Ricardo, der jetzt vor dem Hausaltar kniete und mit Perpetua den Rosenkranz abhaspelte. Sie stellte sich vor, daß ihr Neffe, in Soutane, sie im Arm hielte, ein verrücktes Bild; sie glitten über die Estrade, ein romantisches und verliebtes Paar. Genau wie Leonora und Ascanio, das Mädchen mit halbgeschlossenen Augen, den Kopf an die Schulter des jungen Mannes gelehnt.

Tieta war mit Dona Carmosinas Idee einverstanden gewesen und begleitete die Gruppe in der Hoffnung, die Gesellschaft schnell in eine andere Richtung führen und Leonora und Ascanio allein lassen zu können, ihren Küssen und Liebesschwüren ausgeliefert.

Sie setzten sich auf die Steine, Osnar nimmt einen Korkenzieher zur Hand, Dona Carmosina wickelt die Kabeljauklößchen aus, sie essen und schwätzen. Hand in Hand scheinen Ascanio und Leonora die ganze Welt um sich herum zu vergessen und lächeln sich dümmlich zu. Tieta wird ungeduldig und erhebt sich.

»Ich falle um vor Müdigkeit. Ich schlage vor ...«

Sie kam nicht dazu, vorzuschlagen, das Liebespaar dort allein zu lassen und die Schlafbedürftigen nach Hause zu führen, wobei sich die nächtlichen Jäger in der Dunkelheit der Seitengassen verkrümeln würden, denn Barbozinha neben ihr zeigte auf die Stadt und fragte:

»Was ist das für ein Licht dort? Es sieht wie Feuer aus.«

Es sieht nicht nur so aus, es ist eine Feuersbrunst. Flammen schlagen hoch, ein heller Schein bildet sich in der Finsternis.

»Es brennt!« verkündet Aminthas.

»Wo mag das sein?«

Auch Ascanio springt auf, er hat den Stadtplan im Kopf.

»Es ist Buraco Fundo.«

Im Buraco Fundo – im »Tiefen Loch« – wohnen die Ärmsten der Armen, die, die gar nichts besitzen, Bettler, arbeitslose Trinker, Greise, die sich herumschleppen, um in den Straßen des Stadtzentrums ein Stück Brot zu erbetteln.

»Gehen wir hin.« Ascanio hilft Leonora beim Aufstehen.

Tieta war schon unterwegs, ohne eine Aufforderung abzuwarten. In Agreste gehört ein Brand zu den Seltenheiten, wenn aber einer ausbricht, fordert er immer Tote, weil es an jeglichem Mittel fehlt, ihn zu löschen.

Tieta ist eine der ersten, die am Buraco Fundo anlangen, die Flammen hüllen eines der Häuser ein, das glücklicherweise abseits von den anderen liegt. Ein paar Leute aus diesem Viertel umringen ein dikkes Mädchen, das sich die Haare rauft und schreit:

»Sie wird sterben, ach mein armes Großmütterchen!«

Auf seinen wackligen Beinen steht Bafo de Bode und erklärt mit seiner teigigen Stimme, daß Marina Grossa Tripa, von Beruf Wäscherin und, wenn sie einen Kunden findet, billige Dirne, vom Feuer in ihrem Haus geweckt wurde, zur Tür hinauslief und die alte Miquelina, ihre Großmutter, im Hinterzimmer vergaß. Bei der Gewalt des Feuers, das im alten Holz, im Dach aus Kokospalmstroh wütete, mußte die Greisin, die sich praktisch nicht bewegen konnte, um diese Zeit schon verkohlt sein.

Etwa zwanzig Nachbarn und Neugierige betrachten das Schauspiel der Enkelin, die schreiend bittet, man möge doch aus Barmherzigkeit, um Gottes willen, die Großmutter, ihre einzige Verwandte retten. Niemand findet sich dazu bereit. Wenn schon Grossa Tripa selbst, die als Enkelin dazu verpflichtet wäre, nicht so verrückt ist, ins Feuer zu gehen, in diese Hölle einzudringen, dann werden Fremde es noch weniger tun. Sie trösten sie mit dem Hinweis auf das lange Leben der Großmutter Miquelina, deren Alter in Vergessenheit geraten ist. Lange genug hat sie Gutes und Böses erlebt, lassen wir sie in Frieden ruhen. Es lohnt nicht die Mühe, sich einer Lebensgefahr auszusetzen, um ihr Leben um ein paar Monate, ein paar Wochen, ein paar Tage zu verlängern.

Ohne Bafo de Bodes Erklärungen zu Ende anzuhören, gleichgültig gegenüber den Argumenten der Nachbarn, läuft Tieta auf die Feuersbrunst zu und achtet weder auf Rufe noch auf Ratschläge. Als Osnar und Aminthas an der Ecke der schmutzigen Straße auftauchen, ist sie schon in den Flammen verschwunden. Von allen Seiten rennen Männer, Frauen und Kinder auf das Läuten der Kirchenglocken herbei, düstere Klänge von Unglück und Tod.

Der Lärm schwillt an, als Leonora unter Ascanios Schutz eintrifft, gefolgt von Dona Carmosina, die selber dem Tode nahe zu sein scheint.

»Dona Antonieta ist dort drinnen ...«

Als sie erfährt, daß Tieta in das brennende Haus gegangen ist, reißt sich Leonora von der Hand ihres Liebsten los und versucht, ihr zu folgen, aber Aminthas hält sie noch rechtzeitig zurück. Blaß schließt Ascanio sie in seine Arme.

Das Dach stürzt ein, die Flammen schlagen hoch, Tausende von knisternden Funken sprühen umher. Barfuß, in der Soutane, läuft Ricardo durch die Menschenmenge und sieht gerade, wie Tieta aus den Flammen auftaucht, in den Armen den winzigen Körper der alten Miquelina, lebend, unversehrt und wütend, die herzlose Enkelin verfluchend, die sie in der Stunde der Gefahr verlassen hat, ich verfluche dich, verwünschtes Weib! Das Feuer hatte das Feldbett verschont, auf dem sie lag, sie wartete, daß man sie heraushole und das Feuer lösche. Flammen schlagen aus Tietas Kleidern, und um das lockige Haar steht eine feurige Aureole, ein Lichtschein, ein strahlender Glanz.

Der Schrecken und die Erschütterung waren so groß, daß alle

Anwesenden verstummten und wie angewurzelt dastanden. Nur Bafo de Bode hatte Vernunft und Tatkraft bewahrt. Er kam mit einem Kanister voll Wasser herbei und schüttete ihn über Tieta aus.

Volkslied und gelehrte Poesie

Als er sie mit den häßlichen Brandwunden auf dem Bettlaken liegen sah, Beine und Arme eine einzige Wunde, die Haare versengt, unterdrückte Ricardo ein Schluchzen, konnte aber die Tränen nicht zurückhalten. Das Salz der Tränen schmeckte nach Stolz. Als sich, auf Anweisung von Doktor Caio Vilasboas, alle zurückckzogen, damit Tieta ausruhen könne, blieb der Neffe als Wache bei ihr.

»Komm und gib mir einen Kuß«, sagte sie.

Wenn schon die Angelegenheit mit dem Licht des Wasserkraftwerks, dessen Drähte und Masten sich eilends der Stadt näherten, Antonieta Esteves Cantarelli zur verdienstvollen Bürgerin, zur einzigartigen Erscheinung unter allen Kindern Agrestes gemacht hatte, so hatte die Rettung der alten Miquelina sie in den Rang einer Heiligen erhoben. Inthronisiert auf dem Hauptaltar der Pfarrkirche, neben der heiligen Anna, wie Modesto Pires es vorhergesehen hatte, einer der ersten, die sie am nächsten Tag besuchten.

Die Dichter treffen immer das Richtige, ihrer ist die Gabe der Weissagung. Gregorio Eustaquio de Matos Barbosa, der Barde De Matos Barbosa, ein in den Spalten der Zeitungen von Bahia hochgelobter und in den Literatencafés der Landeshauptstadt anerkannter Verseschmied, Tietas alter Anbeter, verfaßte eine Ode zu ihrem Ruhm und pries ihre Schönheit und ihren Mut, ihre strahlende Schönheit und ihren unbändigen Mut. In klassischen Versen und in schönen Reimen verglich er sie mit jener Kriegerin und Heiligen, die Frankreich errettete und sich mit einem Lächeln auf den Lippen den Flammen des Scheiterhaufens aussetzte. Jeanne d'Arc des Sertão, schrieb er, unerschrockene Besiegerin von Finsternis und Feuer.

Gleichzeitig hatte sich auch der Troubadour Claudionor das Virgens von dem Brand inspirieren lassen, um Moritatenverse zu schmieden, und hatte sie in schlichten Reimen zur Heiligen gemacht:

Von der Enkelin Bitte geleitet
Die Alte auf ihren Armen sie trug.
Sie kam in Feuer gekleidet:
Durch ihres Herzens Gaben
Durch der Schönheit edelsten Zug
Santa Tieta vom Sertão wir haben.

Während des ganzen Tages defilierten die Leute an ihrer Tür vorbei, erkundigten sich nach ihr, schickten ihr Grüße, Umarmungen, Freundschaftsbeweise. Am Kopfende des Bettes saß, neben Leonora, der Dichter Barbozinha, der einstmals so stattlich ausgesehen hatte, heute aber welk und rheumatisch war, dabei aber der Leidenschaft seiner Jugend treu geblieben war und ihr die Ode vortrug, die er ihr gewidmet hatte. Am Fußende des Bettes Elisa und der kräftige und zärtliche Neffe Ricardo, der am liebsten jede Brandwunde einzeln geküßt, sie wegen seines Mißtrauens um Verzeihung gebeten und sie in den Armen gehalten hätte. Peto brachte ihr eine Blume, die er im Wald gepflückt hatte.

Im Bett des Ehepaars Doktor Fulgencio und Dona Eufrosina, in der unvergänglichen Erinnerung an Lukas, im Ohr das Stimmengewirr der Leute auf dem Platz, die ihren Namen nennen, zwischen dem verbrauchten Dichter und dem feurigen Seminaristen, treibt Tieta, die Heilige durch ihres Herzens Gaben und durch die Schönheit ihrer Züge, die unerschrockene Jeanne d'Arc des Sertão, in einem Meer von Liebe.

[illegible]

[illegible]

VIERTE EPISODE

Die Weihnachts- und Neujahrsfeiern oder Die Matriarchin der Familie Esteves

Wie der Weihnachtsmann im Hubschrauber vom Himmel herabkam, Gedichte der Lobpreisung und der Verdammung, Tedeum und Feuerwerk, ein Warnruf, der die Stadt erschütterte, eine lehrreiche Polemik in der Druckerei über die Gefahren und Vorteile, die Wohltaten und Schädigungen, die die Titandioxydindustrie mit sich bringt, die Einführung von Wandzeitungen und einer Immobilienbörse in der Gemeinde, die Bedeutung des Namens Antunes – Todesriten und Lebensschmerz.

Ascanio Trindade sitzt im Arbeitszimmer des Präfekten am Schreibtisch und studiert das Programm der Feierlichkeiten zur Einweihung des Lichts vom Wasserkraftwerk, das dem Gemeinderat in der nächsten Sitzung zur gebührenden Genehmigung vorgelegt werden muß. Nach den Berechnungen der Ingenieure sollen die Leitungen in ungefähr einem Monat Agreste erreichen. Ascanio plant eine Feier, die der Bedeutung dieses Ereignisses angemessen ist – die Lichtmaste von Paulo Afonso stellen den ersten historischen Schritt der Gemeinde auf dem Weg zu neuem Wohlstand dar.

Wo soll man das Geld für derartige Ausgaben hernehmen? Die Kassen der Präfektur sind leer wie immer, Ascanio muß wieder einmal mit der Liste in der Hand herumgehen und um Spenden bitten. Der Oberst Artur de Figueiredo, Gutsbesitzer, Ziegenzüchter, Maniok- und Maispflanzer, Bürgermeister, seit über fünfzig Jahren unbestrittener Herr des ganzen Gebietes, steht an der Spitze aller Listen, gefolgt von Modesto Pires, dem reichen Bürger, nach dem ein öffentlicher Platz benannt worden ist. Das sind die einzigen Spenden, die ins Gewicht fallen, die übrigen offenbaren nur die Armut der Geschäftswelt, den Verfall der Gemeinde.

Aber Ascanio möchte und wird die Nacht, in der die schwache Elektrizität des erschöpften, von seinem Großvater als Bürgermeister eingeweihten Motors durch das blendende Licht des Wasserkraftwerks von Paulo Afonso ersetzt werden wird, mit unvergeßlichen Feiern begehen. Vielleicht kann er sich dann endlich, inmitten von allgemeiner Freude und Begeisterung, der schönen Leonora Cantarelli erklären, sie um ihre Hand bitten, ihr offizieller Verlobter werden.

Wenn er sich erklärt, hofft Ascanio mit der Unterstützung durch die Stiefmutter rechnen zu können, deren Herz durch die Ehrungen, die ihr bei dem Fest zuteil werden sollen, erweicht sein wird. Einer der Punkte des von Ascanio ausgearbeiteten Projekts sieht vor, mit dem Namen der verlorenen Tochter die Straße zu taufen, die zur Stadt hereinführt, in der Jairos Marineti ankommt und abfährt und durch die auch die Drähte des Fortschritts, das Licht von Tieta, wie das Volk es schon nennt, ihren Einzug halten werden. Die seit unvordenklichen Zeiten Caminho da Lama, Weg des Schlamms, genannte Straße wird Rua Dona Antonieta Esteves Cantarelli (verdienstvolle Bürgerin) heißen. Das Schild war schon in Bahia bestellt worden, noch bevor die Gemeinderäte den Plan überhaupt kannten; könnte es denn einen Undankbaren geben, der sich ihm widersetzte? Diesmal hatte Ascanio nicht den Namen Esteves vergessen, auf den Dona Perpetua und der eingebildete und selbstbewußte Alte solchen Wert legten. Aber das Geld für das Bankett, den Ball, die Musik, die Wimpel in den Straßen, die Spruchbänder, das Feuerwerk? Und für das Steinpflaster? Der einzige, der zu einer Finanzierung des Festes, zu einer Beteiligung an den Auslagen beitragen könnte, wäre, wenn er daran teilnehmen würde, Doktor Mirko Stéfano, der an der Errichtung einer Großindustrie in der Nähe von Mangue Seco interessierte Unternehmer, der legitime Vertreter des Fortschritts. Für Doktor Mirko scheint nichts schwierig zu sein, er erinnert an einen Geist aus den Erzählungen von Tausendundeiner Nacht, wie er aus Aladins Wunderlampe entsprang. Ach, wenn er doch plötzlich hier erschiene ...

Und siehe da, plötzlich erscheint er, ein lächelnder und allmächtiger Geist, der in Begleitung des Weihnachtsmanns vom Himmel herabkommt. Die mächtige Flugmaschine überfliegt die Präfektur, die Pfarrkirche, den Park: ein hinreißender Anblick, ein entsetzlicher Lärm, bis dahin den Augen und Ohren der Einwohner von Agreste unbekannt.

Die Sonne brennt, vom Atlantik kommt eine sanfte Brise, es ist ein angenehmer Tag, wie er für den Sommer im Sertão typisch ist. Die Stadt scheint zu schlafen, als mitten am Vormittag ein nie gehörtes Geräusch entsteht und anwächst und Peto, den Blick nach oben gerichtet, durch die Straßen läuft. Er erkennt den Hubschrauber, eine Maschine, die man noch nie in Agreste erblickt hat, die Peto jedoch oft und oft in den Zeitschriften bewundert hat, die er mit Dona Carmosinas Erlaubnis im Postamt durchblättert. Die Kaufleute erscheinen an den Türen ihrer Geschäfte. In der leeren Bar stellt Manuel die unangenehme Arbeit des Gläserspülens ein, späht hinaus und ruft: Da schlägt's dreizehn! Ascanio, dessen Tätigkeit von dem schrecklichen Lärm unterbrochen wird, läßt Papier, Bleistift und Träumereien sein, geht ans Fenster und wird Zeuge der Landung der Maschine in der Mitte des Platzes, zwischen Präfektur und Pfarrkirche. Padre Mariano zeigt sich umringt von Betschwestern, die sich erschrocken bekreuzigen, auf den obersten Stufen, die zum Vorplatz der Kirche führen.

Die Motoren des Hubschraubers arbeiten noch, die Propeller drehen sich langsam, zur Verwunderung der ersten völlig verblüfften Neugierigen. Es entsteigt ihm der Doktor Magnificus, sportlich in Jeans und buntes Strandhemd gekleidet, auf dem aufregende Frauen und exotische Blumen zu sehen sind, und dazu der Weihnachtsmann selbst, der schönste, den man jemals gesehen hat, denn wer den weißen Bart und das rote Gewand trägt, ist niemand anderer als die uns wohlbekannte und hochgeschätzte, tüchtige und erregende Chefsekretärin, Elisabeth Valadares, Bety für ihre Kollegen, Bebé für die engsten Freunde. Eine wirklich sachverständige Sekretärin kennt sich in allem aus und verwandelt sich, wenn nötig, in der Zeit vor dem Fest in den Weihnachtsmann, unter der Anleitung des erfindungsreichen Geistes aus der Titanlampe, des Doktor Magnificus.

Als Ascanio den Hubschrauber, den Weihnachtsmann und Doktor Mirko erblickt, der dem verblüfften Leoncio die Ladung im Innern der Maschine zeigt, kann er einen Schrei der Begeisterung, einen lauten Hochruf nicht unterdrücken.

Der Doktor Magnificus unterbricht seine Beschäftigung und winkt dem Sekretär der Präfektur zu.

»Ich legte Wert darauf, das Weihnachtsspielzeug für die armen Kinder persönlich zu überbringen«, erklärt der Magier und drückt herzlich die Hände Ascanios, der, immer vier Stufen nehmend, die Treppe hinuntergelaufen war, um die Besucher zu empfangen und zu begrüßen.

Während er dem Weihnachtsmann den Transport der bunten Beutel vom Bauch der Maschine in die Präfektur überläßt, eine erfreuliche Aufgabe, die der hinkende Leoncio mit erstaunlicher Geschwindigkeit erledigt, begleitet der Doktor Magnificus den jungen Beamten, um sich mit ihm zu unterhalten. Nur um ihm zu sagen, daß die Ergebnisse der bisher von den Technikern und Experten in Mangue Seco angestellten Untersuchungen außerordentlich befriedigend und positiv sind.

Obwohl auch reichere, mit besseren Verkehrsverbindungen, Bequemlichkeiten und materiellen Vorteilen ausgestattete Gebiete, wie Valença, der Recôncavo, Ilhéus und Itabuna, im Süden des Bundesstaates, und sogar Arembepe, in nächster Nähe der Landeshauptstadt, in die engere Wahl gekommen waren, weil sie Vorteile aller Art für die Errichtung der bedeutenden Industrie innerhalb ihrer Grenzen boten, so schienen die Unternehmer doch Agreste vorzuziehen. Bezaubert von der Schönheit der Gegend, dem Klima und der Herzlichkeit der Bewohner, hatte der Doktor Magnificus seinen Einfluß in diesem Sinne geltend gemacht.

»Alors, mon cher ami ... Sie können verkünden, daß die Möglichkeit der Errichtung der beiden zur Brastanio – Indústria Brasileira de Titânio S.A. – gehörenden Fabriken in dieser Gemeinde besteht, und zwar in der Nähe des Strandes von Mangue Seco. Dazu die Perspektiven, die konkreten Möglichkeiten.«

Er erklärt, daß die endgültige Entscheidung noch von gewissen Schlußfolgerungen und Berechnungen abhängt.

»Wir befinden uns in der Phase der Untersuchungen, an mehr als nur einem Ort, wie ich bereits gesagt habe. Aber die Chancen von

Agreste sind sehr groß. Personnellement, je suis pour... Immerhin hängt die Entscheidung nicht ausschließlich von votre serviteur ab...«

Er hebt die Arme in einer oratorischen Geste, die seine hochtrabenden Worte unterstreicht.

»Die Anwesenheit der Brastanio in Agreste wird die Gemeinde in ein mächtiges, lebensprühendes Industriezentrum verwandeln, magnifique!«

Ascanio untermauert die Kandidatur von Agreste noch durch die Nachricht, daß in wenigen Tagen, spätestens in einem Monat, der elektrische Strom von Paulo Afonso anlangen und der Brastanio zur Verfügung gestellt werden wird. Die Präfektur hatte die Absicht, ein fabelhaftes Fest zu organisieren, um den Anbruch einer neuen Zeit zu feiern, aber die franziskanische Armut, in der sie sich noch immer...

Der Doktor Magnificus ließ ihn nicht ausreden, wollte Einzelheiten des Festes und konkret die Höhe der Ausgaben erfahren. Am selben Morgen hatte Ascanio noch hin und her gerechnet und hatte kaum gewagt, das Ergebnis in Contos de Reis auszudrücken. Was ihm eine hohe Summe erschien, war für Doktor Mirko Stéfano eine Lappalie; sein Etat der Öffentlichkeitsarbeit für Kontakte und Vorschüsse in harter Währung war praktisch unerschöpflich. Mit einer Geste erledigte er Ascanios Hauptsorge: die Pflasterung der Straße, die größte, aber auch unerläßliche Ausgabe.

»Überlassen Sie das mir, ich lasse die Straße pflastern. Es wird der Brastanio eine Ehre sein, zum größeren Glanz der Festlichkeiten beizutragen. Nach den Weihnachtsfeiertagen komme ich wieder her. Zu einem endgültigen Gespräch, um unsere Uhren abzustimmen und das Startsignal zu geben. So hoffe ich wenigstens.«

Ascanio weiß nicht, ob er von der Errichtung der Fabrik oder von den Vorbereitungen für das Fest von Tietas Licht spricht.

»Was für ein Start?«

»Der Start zum Fortschritt und zum Reichtum von Agreste!« Seine warmen, zuversichtlichen Worte flößen Vertrauen ein.

»Was die Einweihung des Lichts anbelangt, so übernimmt die Brastanio die Verantwortung für die Pflasterung und wird zu den übrigen Ausgaben beitragen, um an der Freude der Bevölkerung teilzunehmen; ich werde mein möglichstes tun, um anwesend zu sein. Dienen ist das höchste Ziel der Brastanio; dem Vaterland dienen. ›Brasilien über alles‹«, sagt der Magnificus auf deutsch, denn wenn es um Geld geht, vertauscht er die französische Sprache der Diplomatie gegen andere, konkretere Sprachen, das Deutsche oder das Englische.

»›Auf Wiedersehen‹. Merry Christmas, my dear.«

Die Menschenmenge auf der Praça Desembargador Oliva wurde

immer größer. Peto, der sich als Botschafter der Kinder der Stadt fühlte, näherte sich der Maschine und begann ein Gespräch mit dem Piloten. Er lächelte dem Weihnachtsmann Bety zu, er sei gekommen, beim Ausladen der Beutel zu helfen. Als er sie neugierig betastete, spürte er Puppen, Automobile aus Blech, winzige Spielsachen für kleine Kinder – das interessierte ihn nicht, bald würde er dreizehn sein, ein großer Junge, und Osnar und die anderen Billardbrüder würden ihn auf die erste Jagd mitnehmen.

Am Tor der Präfektur steht der Magnificus neben Ascanio und betrachtet die alten Häuser des Platzes, die armen Leute, die den Hubschrauber bestaunen.

»Morgen werden sich hier mit Hilfe der Brastanio Wolkenkratzer erheben.«

Ascanio ist ganz weg, das sind heilige Worte, mögen die Engel Amen dazu sagen, das ist alles, was er sich wünscht. Er kann nicht anders, er verwandelt den Händedruck in eine herzliche, dankbare Umarmung.

»Vielen Dank, Doktor. Ich erwarte Sie also.«

»Gleich nach Neujahr.«

Bevor er wieder den Hubschrauber besteigt, drückt der Weihnachtsmann den ungebärdigen Vertreter der armen Kinder ans Herz, der weder Kind noch arm ist, und küßt ihn auf die Wangen. Feste, warme Lippen, ein duftender Atem, herrlich! Peto erwidert die Küsse, kommt näher heran, spürt die Brüste, die sich frei unter dem Gewand aus rotem Satin bewegen.

Der Bauch der Maschine ist voll von ebensolchen Beuteln, wie sie jetzt im Saal des Erdgeschosses der Präfektur liegen, in dem sich der Gemeinderat die seltenen Male versammelt, an denen der Oberst Artur da Tapitanga ihn einberuft, wenn Ascanio, ein Formalist, es verlangt. Überflüssige Versammlungen, in denen die Stadträte alles durch Akklamation genehmigen, was der Oberst beschließt, genauso wie es das Nationale Parlament mit den Projekten der Regierung macht.

Die Propeller drehen sich schneller, der Hubschrauber erhebt sich und nimmt Kurs auf das offene Meer. Der Doktor Magnificus setzt seine Weihnachtsreise fort und bringt im Namen der Brastanio den Weihnachtsmann, Beutel und Versprechen einer großartigen Zukunft nach Valença, Ilhéus und Itabuna. Nach Arembepe wird er jedoch nicht fliegen. Für jeden Ort und jede Gelegenheit gibt es eine eigene Strategie.

Über den Inhalt der Beutel, ein Kapitel, in dem die Brastanio Jesus in ihre Dienste stellt.

Im Sitzungssaal des Gemeinderats liegt abgezählt ein halbes Hundert Papierbeutel in den brasilianischen Farben und mit der Devise »Ordnung und Fortschritt«. Sie bilden zwei Haufen zu fünfundzwanzig Stück; im ersten, der für Mädchen bestimmt ist, herrscht die gelbe Farbe vor, und jeder Beutel enthält eine kleine Puppe aus Plastik, einen kleinen Blechherd, zwei Luftballons, ein Säckchen Bonbons, eine Tute und einen hölzernen Kreisel. Im zweiten überwiegt die grüne Farbe; die Puppe und der Herd wurden durch ein kleines Auto (aus Plastik) und eine kleine Trompete (aus Blech) ersetzt. In allen fünfzig Beuteln befindet sich das gleiche Bildchen mit Jesus auf der einen Seite und auf der anderen eine Inschrift in goldenen Buchstaben: »Lasset die Kindlein zu mir kommen. Ein Geschenk der Brastanio – Indústria Brasileira de Titânio S.A. –, ein Unternehmen im Dienste Brasiliens.«

Peto hat die letzten Illusionen verloren und verläßt die Präfektur.

»So ein Reinfall! Ein rechter Mist...«

Leoncio dagegen zittert vor Begeisterung.

»Sieben Geschenke in einem Beutel, toll! Ich möchte welche für meine Enkel haben, die zwei Mädchen und den Jungen.«

Ascanio gibt die drei Beutel dem ehemaligen Soldaten und Banditen, dem treuen Helfer der Präfektur mit winzigem, nicht immer pünktlich ausgezahlten Gehalt. In dieser frohen und leuchtenden Stunde kann er keine Bitte abschlagen, nachdem er selber so reich beschenkt wurde und so viele unverhoffte Gnaden erfahren hat.

Als glücklichen Abschluß seines Besuchs hatte Doktor Mirko Ascanio der Schweigepflicht entbunden: Er könne der Bevölkerung die gute Nachricht mitteilen. Das wird er während der Verteilung der Weihnachtsgeschenke machen.

Dem Oberst Artur de Figueiredo hatte er aus begreiflichen Gründen – er war immerhin der mächtigste Mann am Ort, der amtierende Präfekt, dazu noch sein Pate und Gönner – über das Gespräch mit dem »großen Unternehmer«, die Pläne und Vorhaben, mit allen Einzelheiten berichtet. Aber der Oberst ist schon leicht angeschlagen und interessiert sich nur noch für sein Gut und seine Ziegen. Er hatte das Projekt als reinen Blödsinn bezeichnet, wenn nicht gar etwas Schlimmeres, den finsteren Plan eines Gauners.

»Großer Unternehmer, mein Sohn? Der Kerl ist nichts anderes als ein Spitzbube. Er weiß nur nicht, daß es in Agreste leichter ist, einen Ziegenbock zu melken, als Geld zu machen. Der ist in den falschen Zug eingestiegen. Ein Dieb und ein Narr.«

Der Barde De Matos Barbosa verfaßt und deklamiert ein Gedicht, das wegen des überragenden Erfolges des Festes, bei dem die Geschenke der Brastanio an die armen Kinder verteilt wurden, nicht gehört wird; ein unruhiges und wirres Kapitel, mit Dona Edna in voller Aktion.

Die Wahrheit muß gesagt und verkündet werden: Die Verteilung der Spielsachen übertraf alle Erwartungen; mehr noch als ein fröhliches Getümmel von Damen, jungen Mädchen und glücklichen Kindern, war sie ein Durcheinander, ein Pandämonium, das alle Grenzen von Ordnung und guter Erziehung sprengte.

In Agreste, wo es an Abwechslung und Zerstreuungen fehlt, strömt das nach Unterhaltung lechzende Volk bei jeder Zeremonie zusammen, von der Messe bis zum Begräbnis. Die Nachricht von der Ankunft der Spielsachen in der vom Weihnachtsmann selber gelenkten Flugmaschine verbreitete sich wie ein Lauffeuer. So gelang es am Morgen des Weihnachtsabends dem grimmigen Gesicht und dem Ruf Leoncios als Eisenfresser nicht, die Masse der Kinder und Jugendlichen zurückzuhalten, die von Erwachsenen, hauptsächlich weiblichen Geschlechts angeführt wurden; sie versammelten sich vor der Präfektur, deren Eingangstor er zugesperrt hatte.

Nicht einmal Ascanio Trindade, der von Amts wegen und aus Interesse die Probleme und Fakten der Gemeinde kennt, hatte sich jemals vorgestellt, daß es in Agreste so viele Kinder geben könne. Und anscheinend alle sehr arm, denn sogar die Kinder von Agostinho Pão Dormido, Besitzer der Bäckerei und wohlhabender Bürger, bewarben sich um die Geschenke der Brastanio: ein Junge und ein Mädchen, gut, wohlgenährt, fein ausstaffiert. Sie gehören zu den ersten, die sich in der auf Ascanios Geheiß organisierten Schlange aufstellen, nachdem ihre Mutter, Dona Dulcineia Broa Azeda, sie hingebracht hat. Eine endlose Schlange, die sich auflöst und wieder erneuert, ständig kommen neue Kinder hinzu. Sie laufen, schreien, wirbeln Staub auf, kugeln sich am Boden, eine allgemeine Keilerei.

»Was für ein fürchterliches Durcheinander!« bemerkt Aminthas, der mit dem Queue in der Hand von der Tür der Bar hinüberschaut. »Gehst du nicht helfen, Osnar? Ascanio hat gebeten ...«

»Dummheiten mache ich nur wegen einer Frau. Geh du, wenn du Lust hast.« Osnar kreidet das Queue ein und wundert sich über die unerwartete Anwesenheit von Peto, der hereinkommt und sich auf einen Stuhl setzt, um der Partie Billard zuzusehen. »Du bist hier, Sergeant Peto? Ich dachte, du würdest der erste in der Schlange sein ...«

»Um so einen Mist zu bekommen? Ich? Nein. Ich denk nicht

dran.« Nach dieser langen Rede schlug er die Beine übereinander, rief Manuel herbei und bestellte eine Coca-Cola auf Osnars Rechnung.

Im Saal der Präfektur stellt sich das zahlreiche und stattliche Ehrenkomitee unter den Befehl von Dona Milú und widmet sich fieberhaft der Tätigkeit, den Inhalt der Beutel aufzuteilen, um möglichst viele Kinder bedenken zu können. Die unersetzliche Dona Carmosina fehlt dabei, sie ist mit einer starken Erkältung – Fieber, Kopfschmerzen, Husten und Katharrh – ans Bett gefesselt.

Einige junge Burschen helfen, die ihre Mädchen begleitet haben, darunter der Sohn des Steuereinnehmers, der junge Leléu, von dem bereits die Rede war. Er ist Student der Wirtschaftswissenschaften im zweiten Jahr, mager, langhaarig, streng nach der Mode, in verwaschenen Jeans, offenem Hemd, das aus der Hose heraushängt, mit aufgekrempelten Ärmeln, unrasiert, der Schwarm der jungen Mädchen. Auch Seixas ist anwesend, er geleitet ein Bataillon von Kusinen.

»Nicht einmal so wird es reichen«, erklärt Elisa, die am Fenster die Lage gepeilt und die Zahl der Kinder geschätzt hat.

Hochelegant gekleidet, sind Elisa und Leonora die beiden Stars des Komitees, zwei Schönheiten, die sich ergänzen und zueinander im Gegensatz stehen, die blonde Paulistanerin, Tochter von italienischen Einwanderern, und die dunkle Bewohnerin des Sertão, Brasilianerin seit vielen Generationen und mit vielen Blutströmen. Die frechen Blicke Leléus gehen von der einen zur anderen und vergleichen sie. Beide reizen ihn, sind aber vergeben: Die eine ist die anständige Frau eines noch jungen Kaufmanns, die andere ist in den Sekretär der Präfektur verliebt, ein Jammer. Als er die Augen abwendet, begegnet er dem Blick von Dona Edna, die ihn schmachtend, hoffnungsvoll und beharrlich ansieht. Leléu erwidert ihr Lächeln, sie nähert sich ihm, gefolgt von Terto, der nicht ihr Mann zu sein scheint, sie aber doch vor dem Standesbeamten und dem Priester geheiratet hat.

Padre Mariano betritt den Saal, er ist gekommen, die Geschenke zu segnen. Vavá Muriçoca, der alte, griesgrämige Sakristan, trägt den Weihwasserkessel und den Sprengwedel, während Ricardo, im weißen, rot eingefaßten Chorhemd, das Weihrauchfaß und den Weihrauchbehälter mit sich führt. Dona Edna zögert. Zuerst die Frömmigkeit, dann das Vergnügen. Sie geht auf den Priester zu, küßt ihm die Hand und verschlingt Ricardo mit den Augen. Ach, zum Verlieben, sie wendet kein Auge von ihm. Zum erstenmal begegnet er diesem gierigen Blick und betrachtet das Antlitz der sich Anbietenden, wobei er leise lächelt und Guten Tag, Dona Edna, sagt. Ein makelloser Engel und doch ein fertiger Mann. Guten Tag, mein lieber Meßdiener. Ach, wer ihm doch die Primiz erteilen könnte!

Nachdem sie ihre fromme Pflicht erfüllt hat, segelt Dona Edna auf Leléu zu, der versucht, sich bei Terto, ihrem Mann, beliebt zu machen. Der dumme Kerl, er braucht ihm doch nicht die Hörner zu glätten.

Auf Grund von Elisas Beobachtung, die Seixas bestätigt, befiehlt Dona Milú, nach einer kurzen Unterredung mit Ascanio, daß alle Spielsachen aus den Beuteln genommen und hinter dem Tisch des Präsidiums des Gemeinderats aufgebaut werden sollen; an seinen Seiten werden die hochlehnigen Stühle der Stadträte wie eine Barrikade aufgestellt, um die Geschenke, die Damen und die jungen Mädchen, die mit ihrer Verteilung beauftragt sind, zu schützen. Jedes Kind soll ein Geschenk bekommen.

»Und keine Protektion!« empfiehlt Ascanio Trindade, halb im Ernst, halb im Scherz.

Dona Milú lacht nicht, sie gibt Befehle.

»Die Puppen, Autos, Trompeten, Herde und Kreisel sind nur für die Bedürftigen da. In der Schlange stehen eine Menge Kinder von Leuten, die nicht darauf angewiesen sind, eine Schande. Die bekommen einen Luftballon oder ein Bonbon, und Schluß. Sie sind nur da, weil ihre Eltern kein Ehrgefühl haben.«

Um jeden Zweifel zu beseitigen, erwähnt sie ein Beispiel:

»Hörst du, Dulcineia? Deine Kinder stehen Schlange, als ob die Bäckerei kein Geld abwerfen würde. Dein Bruder auch, Georgina, so ein großer Bursche. Das ist doch nicht zu glauben.«

Sobald Leoncio die Tür aufschließt und den Eintritt freigibt, löst sich die Schlange auf, die ganze Kinderschar drängt sich gleichzeitig vor, Mütter und Väter stellen sich mit ausgestreckten Händen vor dem Tisch auf und stoßen die Stühle beiseite. Mit Geschrei und Ohrenziehen hält Padre Mariano die Lawine während der wenigen Minuten zurück, die er für den Segen braucht. Am Schluß versucht er, eine kleine Predigt zu halten, verzichtet aber angesichts des Geschreis und des Wirrwarrs, der sofort entsteht. Padre Mariano, Vavá Muriçoca und Ricardo werden vom Strom der Anwärter auf die Geschenke der Brastanio erfaßt. Dona Edna, die den Gaben gegenüber gleichgültig ist, aber das Durcheinander liebt, profitiert davon und schafft es, zwischen Weihwasser und Weihrauch, als Zeichen eines süßen Versprechens Leléus Hand zu drücken und gleichzeitig mit ihrem Hinterteil Ricardos Soutane zu streifen, eine bescheidene, aber unterhaltsame und angenehme Tat.

Von irgendeiner Kontrolle kann nicht mehr die Rede sein, die Versuche, die Puppen und Herde an die Mädchen, die Automobile und Trompeten an die Jungen, und die Luftballons und Bonbons an die

Kinder wohlhabender Leute zu verteilen, schlagen fehl. Es entsteht ein Tumult, ein Aufruhr. Das Komitee wird an die Wand gedrückt, die Stühle werden umgeworfen, Hände von Müttern reißen die Spielsachen an sich. Fräulein Cinira bekommt einen Anfall und wird ohnmächtig, Elisa läuft hinaus, ein Glas Wasser holen. Der fehlt ein Mann, diagnostiziert Dona Milú, die es aufgibt, Geschenke zu verteilen, und dafür den frechsten Jungen Püffe und Kopfnüsse verpaßt.

Der Berg von Spielsachen verschwindet rasch. Die Nachzügler bekommen nur noch das bunte Bildchen mit Jesus und der Widmung der Brastanio.

Auf der Straße kommt es zu Streitereien zwischen Müttern und Vätern, zwei Frauen vom Buraco Fundo geraten sich buchstäblich in die Haare, Kinder prügeln sich heulend und schimpfend. Die Damen und jungen Mädchen des Ehrenkomitees sind völlig erledigt, tränenüberströmt, mit aufgelösten Frisuren und zerknitterten Kleidern, und drohen, eine Nervenkrise zu erleiden. Dona Dulcineia hat sich schnell zurückgezogen, nachdem sie ihren Kindern die Trompete, die Puppe, den Herd und das Auto in die Hand gedrückt und selber den Kreisel und die Tute sowie Bonbons für ihren Mann mitgenommen hat; nur deswegen hat sie sich am Komitee beteiligt, Dona Milú soll doch anderen Leuten ihre Predigten halten. Georgina erstickt ihr Schluchzen im Taschentuch, ihr Bruder hat ihr gedroht: Ich werde Papi erzählen, daß du mir weder das Auto noch die Trompete geben wolltest, du dumme Gans.

Inmitten des Krachs und des Freudengeheuls dieser rüden Feier, des unerträglichen Lärms von zwanzig abscheulichen Blechtrompeten, deklamiert der Barde Barbozinha auf der Tribüne des Gemeinderats ein eigens zu diesem Anlaß verfaßtes, erschütterndes, biblisches und lobhudelndes Poem. Umsonst verlangen Ascanio, Seixas, Leléu und andere junge Leute Ruhe. Auch Leonora und Elisa, zwei seltene Schönheiten, erheben ihre Stimmen und bitten um eine Minute Aufmerksamkeit. Vom Gedicht ist wenig oder nichts zu hören, zum Kummer des bedeutenden Barden, der zwei Tage und zwei Nächte darauf verwandt hat, Reime zu suchen, Silben zu zählen und Informationen über Titandioxyd zu erlangen.

»Was zum Teufel ist denn das, Meister Ascanio?«

Was es genau ist, wußte auch Ascanio nicht zu sagen. Ein wichtiges, höchst wichtiges Produkt, dessen Erzeugung dem Land eine große Devisenersparnis bringen wird, ein grundlegender Schritt zur Entwicklung des Vaterlandes. Worin es jedoch besteht, davon habe er nicht die geringste Ahnung, bekannte er leicht verdattert.

Ascanio beschließt, die Rede, in der er dem Volk die neue Ära ankündigen will, auf einen günstigeren Zeitpunkt zu verschieben. Das Volk zieht sich mit Geschrei und Gerenne, im Besitz der Geschenke zurück, uninteressiert an Poesie und Redekunst. Die Menge löst sich schnell auf: arme Frauen mit den Kindern auf den Hüften, schlecht gekleidete Männer, die Kinder an der Hand führen, einzelne Gassenjungen an den Straßenecken. Die Bildchen mit Jesus, den Worten aus dem Neuen Testament und dem Namen der Brastanio werden weggeworfen und bedecken die Wege, sie besitzen keinen Kauf- oder Tauschwert.

Bafo de Bode hatte Leoncio um ein Geschenk oder einen Schluck Cachaça gebeten, aber dieser konnte ihm nur ein Bildchen anbieten, das einzige Geschenk, das übriggeblieben war.

»Warum schenkst du es nicht deiner Großmutter?« fragte der Bettler beleidigt.

Der Bandit Leoncio betrachtet das Fest als einen beispiellosen Erfolg und die Brastanio als eine Organisation, die das höchste Lob verdient. Als einziger, der einen ganzen Beutel erhielt – nicht einen, drei, und das im voraus, ohne sich drängeln oder streiten zu müssen –, ist es ihm gelungen, noch eine Trompete mehr zu stibitzen, die er schließlich Bafo de Bode gibt, um ihn loszuwerden.

Ein kleine Blechtrompete, gewöhnlich, aber laut. Bafo de Bode geht trompetend die Straße hinunter und erzeugt einen unangenehmen, schrillen, fürchterlichen Ton. Damit gelingt es ihm, die Leute zum Schweigen zu bringen und sie zu fragen, wo Terto wohl die neuen Hörner tragen wird, denn an seinem ganzen Körper ist kein Fleckchen mehr, das nicht schon besetzt ist. Er kann sie sich höchstens noch in den Hintern stecken, es sind zierliche Kinderhörner, sie tun nicht weh. Was Bafo de Bode sagt, dieser arme Saufaus, wiederholt man nicht und schreibt es schon gar nicht nieder.

Zum guten Ende deklamiert Barbozinha sein Gedicht, wie es sich gehört, und Ascanio Trindade erläßt einen Aufruf an die Bevölkerung von Sant'Ana do Agreste.

Die Soldaten des geschlagenen Regiments der Wohltätigkeit traten den Rückzug an, überquerten den Platz und flüchteten in das Haus von Perpetua, wo sich Tieta in der Hängematte auf der Veranda auf dem Wege der Besserung befindet. Die ganze Gesellschaft schwankt zwischen Empörung und Gelächter, steht aber immer noch unter dem Kommando von Dona Milú, die ihren Abschied nimmt.

»Ach Tieta, meine Tochter, ich bin nicht kräftig genug, um solchen Aufgaben gewachsen zu sein. Bei der nächsten kann Ascanio nicht mit mir rechnen.«

Es werden Stühle herbeigetragen und um die Hängematte herum aufgestellt. Tieta verlangt Einzelheiten zu wissen, während sie Padre Mariano die Hand küßt und sich am Anblick Ricardos erfreut, der noch das weiße Chorhemd trägt, ein Levit des Sanktuariums. Der Geistliche ist nur gekommen, um ihr Guten Tag zu sagen, nimmt aber ein Gläschen Cajá-Saft an, bevor er in die Kirche zurückgeht und den Seminaristen mitnimmt. Tieta stößt einen Seufzer aus, sie ist die Partnerin Gottes, jeder von ihnen hat seinen eigenen Stundenplan.

Elisa humpelt in die Küche, um für den beleidigten Barbozinha einen starken Kaffee zu machen. Die kleine Araci balanciert auf ihren mageren Armen ein schweres Tablett mit Gläsern und Fruchtsäften: Manga, Mangaba, Cajá und Umbú. Seixas' Kusinen spähen ins Innere des Hauses, das sie zum erstenmal betreten, und trachten, möglichst viel zu erhaschen. Sie stoßen sich spöttisch an, während sie zur Hängematte schielen, wo Tietas festes Fleisch im Ausschnitt und dort zu sehen ist, wo das gelbe Nylonnegligé mit feinen weißen Spitzen etwas davon sehen läßt.

Perpetua begleitet den Priester bis zur Haustür. Wieder zurück, lobt sie die Geste der Industriellen, die wertvollen Weihnachtsgeschenke für die Kinder der Stadt. Sie wollte Peto überreden, sich auch anzustellen, aber der Lausejunge war schon verschwunden. Vom Fenster aus hatte sie den ganzen Rummel beobachtet und verurteilt jetzt die schlechte Erziehung der Leute.

»Dieses Gesindel verdient keine Wohltaten. Da schicken die ein Flugzeug voller Geschenke, und das Resultat ist dieser Skandal ... Geradezu widerlich.«

Tieta verteidigt das Volk von Agreste, Menschen, die viel durchmachen, die zum Elend verurteilt sind und deren Kinder kein anderes Spielzeug kennen als Puppen aus Stoffresten und Lastwagen aus Holzstückchen, mit Verschlüssen von Bierflaschen als Räder.

»Sie sind nur allzu geduldig.«

Die Meinungen sind geteilt, die Diskussion droht, erregt zu werden, die kriegerische Atmosphäre der Präfektur erfaßt die friedliche Veranda des Hauses, in dem die Paulistanerinnen zu Gast sind. Seixas, der sich ausnahmsweise empört, steht auf seiten Tietas und verteidigt das Recht des Volkes auf Rebellion. Elisa, die ihren geschwollenen Fuß vorzeigt, auf den eine mächtige Wäscherin getreten war, die Puppen und Trompeten für ihre acht Kinder ergattern wollte, findet keine Entschuldigung für die schlechte Erziehung des Pöbels noch für die Abwesenheit der Billard-Bande.

Sie redet nicht von Asterio, der im Laden stehen muß und die Theke nicht verlassen kann, denn am Weihnachtsabend wird immer noch etwas verkauft. Aber Osnar, Aminthas, Fidelio, die und noch andere waren in der Kneipe geblieben, mit Queue und Kreide in der Hand, statt der Aufforderung Ascanios zu folgen und in die Präfektur zu gehen, um mitzuhelfen, die Wilden zurückzuhalten, denn sie sind nichts anderes als Wilde ...

Die Präsidentin des Ehrenkomitees, Dona Milú, müßte am empörtesten sein, die erste, die die allgemeine Rüpelhaftigkeit verurteilt. Aber im Gegenteil, sie verteidigt die Kannibalen.

»Von Wilden kann nicht die Rede sein, nur von Armen, sonst nichts. Sie streiten und rempeln sich an, um ein Plastikpüppchen zu erwischen, das keinen Pfifferling wert ist, eine Blechtrompete, um sie ihren Kindern, diesen armen Dingern, zu geben. Übrigens, was für eine unsinnige Idee, Trompeten zu schenken ... Hätten sie nicht irgendeinen anderen Krimskrams auswählen können?«

Mit dieser Bemerkung sind alle einverstanden. Das laute Konzert, die vielen schrillen Trompeten, die gleichzeitig geblasen wurden, waren das Schlimmste an diesem Fest. Dona Milú wendet sich an den Dichter, der den Mund noch nicht aufgemacht hat.

»Ich muß jetzt gehen, ich habe Carmô mit Fieber im Bett zurückgelassen. Wenn sie erkältet ist, wird sie unausstehlich zimperlich. Aber vorher möchte ich die Verse von Barbozinha hören. Dort war es ja nicht möglich. Wegen der Trompeten.«

Für gewöhnlich läßt sich der Seher nicht lange bitten, seine Gedichte zu deklamieren, aber jetzt ist er verärgert; der Mangel an Respekt, den seine Mitbürger bewiesen haben, hat seine Eitelkeit verletzt. Er entschuldigt sich, aber ... Da greift Tieta ein:

»Natürlich mußt du das Gedicht aufsagen, du darfst nicht beleidigt sein. Auf jeden Fall mußtest du es für mich vortragen, nachdem ich nicht hingehen konnte, nicht wahr?« Schelmisch blickt sie Barbozinha an. »Also, mein Alter? Wir warten, schieß los ...«

Barbozinha gehorcht. Der verliebte Troubadour unterwirft sich dem Befehl seiner Muse, erhebt sich und zieht aus der Rocktasche zwei in kapriziöser Schönschrift beschriebene Blätter, sonore Alexandriner. Er räuspert sich, bittet um einen Schluck Schnaps, um die Kehle zu waschen, Araci läuft ihn holen. Der Dichter kippt die Cachaça, schnalzt mit der Zunge, streckt die Hand aus und läßt seine Stimme ertönen.

Als Herold der frohen Botschaft verkündet er die Geburt Christi, arm und nackt, in der Krippe von Bethlehem. Lasset die Kinder von Agreste kommen, alle, ohne eine einzige Ausnahme, damit sie an der allgemeinen Freude teilhaben, denn den Kindern gehört dieses Weihnachtsfest, durch den Beschluß der verdienstvollen Brastanio, deren Eigentümer, edle und großzügige Erbauer eines großartigen und gerechten Vaterlandes, Mengen von wertvollen Geschenken in den Schoß der Armut schütten und damit die Tränen der bedürftigen Kinder in fröhliches Lachen verwandeln, in das Gezwitscher glücklicher Vögel.

Er hatte sich von der Bibel und von der Schönheit des Landes, des Flusses, des Meeres inspirieren lassen. Er hatte die Feder in die tiefen Gefühle menschlicher Solidarität getaucht. So brachte er das Licht des Morgensterns in düstere Heime, verglich die Direktoren der Brastanio mit neuen Königen aus dem Morgenland, die die steinigen Wege nach Agreste entdeckt und in ihren gütigen Händen Gold, Myrrhe und Weihrauch gebracht hatten. Er reimte die Armut des Volkes auf die Größe der Nation, das unglückliche Kind von den Hügeln Agrestes auf das göttliche Kind, den König von Judäa, und schließlich Titanio auf Ascanio. Ascanio Trindade, der Herr der Morgenröte, der die Mauern der Rückständigkeit niederreißt, der die Schleusen des Fortschritts öffnet.

Leonora ist hingerissen, sie klatscht Beifall, und alle übrigen fallen ein: Händeklatschen und begeisterte Ausrufe. Ein vollständiger Triumph, der die vorhergehende Enttäuschung wettmacht.

»Komm her, ich möchte dir einen Kuß geben!« sagt Tieta und küßt den Dichter auf die schlaffen Wangen, wobei sie in deren Falten den Abdruck ihrer Lippen in weinroter Farbe hinterläßt.

»Bravo, Barbozinha, das hat mir sehr gut gefallen. Das Lob auf Ascanio ist wirklich verdient«, meint Dona Milú. »Ascanio läßt den Mut nicht sinken, und wenn Agreste eines Tages wieder etwas wert sein wird, so wird es ihm zu verdanken sein. Ihm und dir, Tieta. Kaum warst du da, hat sich alles geändert: wie ein heller Schein, der uns alle erleuchtet hat. Ich spreche nicht vom Licht von Paulo Afonso, ich spreche von etwas, das ich selber nicht erklären kann, ich bin nur eine dumme Alte. Etwas, was wir nicht sehen, nicht berühren, das aber doch da ist, ein Licht, das mit dir gekommen ist, meine Tochter. Gott segne dich.«

Sie geht auf die Hängematte zu und küßt Tieta mit mütterlicher Zärtlichkeit. Dann verabschiedet sie sich.

»Ich gehe jetzt, Carmô muß auf Kohlen sitzen, sie wird mich schön ausschimpfen. Mit Recht.«

Ascanio bittet sie, noch eine Minute zu bleiben, nur eine Minute, bitte. Auch er erhebt sich, erläßt seinen Aufruf an das Volk, kündigt eine neue Ära an, die Ära der Brastanio. Er fügt seinen Namen nicht der großen Titandioxydindustrie hinzu, das ist nicht nötig. Das hat unter dem Beifall von Dona Milú schon De Matos Barbosa in seinen

Versen getan, die Leonora auswendig behalten hat und jetzt ganz leise mit ihren karminroten, halbgeöffneten Lippen wiederholt.

»Dein Paradies, o Dichter, ist bedroht!« Ein Kapitel, in dem die Bombe platzt.

Der von Giovanni Guimarães verfaßte Artikel platzte am Tag nach Weihnachten in Agreste wie eine Bombe mit Zeitzünder, denn die Nummer der *Tarde*, in der er veröffentlicht worden war, war schon drei Tage alt, vom Tag vor dem Weihnachtsabend, als der Dichter Barbozinha sein Poem für das Fest der armen Kinder noch nicht verbrochen hatte.

Schuld daran war nur die Grippe, die Dona Carmosina mit Fieber an ihr Bett gefesselt hatte, wo sie schwitzend unter den Decken lag; sie beraubte nicht nur das Ehrenkomitee ihrer Gegenwart, sondern hinderte auch die vorbildliche Beamtin, am Tag der Verteilung der Briefschaften im Postamt zu erscheinen. Sie wurde von Dona Milú vertreten, die von der morgendlichen Hetzerei in der Präfektur ermüdet war und es eilig hatte, zu ihrer kranken Tochter zurückzukehren. Sie lieferte die wenigen Briefe an diejenigen Personen aus, die nach der Ankunft des an diesem Tage außerordentlich verspäteten Marineti herbeigeeilt waren, und ließ den Rest, zusammen mit den Zeitungen, liegen, um ihn nach dem Feiertag zu verteilen.

Die *Tarde* hatte in Agreste fünf Abonnenten, aber das Paket enthielt immer sechs Exemplare; das sechste war für Dona Carmosina Sluizer da Consolação, die Vertreterin der Zeitung in der Gemeinde, bestimmt. Alle sechs blieben in der Agentur liegen, mit einem Bindfaden verschnürt, genauso, wie sie gekommen waren. Dona Carmosina fühlte sich so schlecht, daß sie sich nicht einmal für die Vorfälle bei dem Fest in der Präfektur interessierte, erst recht nicht für die ermüdende Zeitungslektüre.

Am Weihnachtstag ging es ihr schon besser, sie war fieberfrei, aber noch schwach, brauchte unbedingt Bettruhe und schlief fast den ganzen Morgen durch. Nachmittags empfing sie den Besuch von Tieta und Leonora, die von Kapitän Dario, Dona Laura und Ricardo begleitet wurden, der am Finger einen goldenen Ring mit einem ovalen, glatten Jadestein von seltenem Dunkelgrün trug, ein wertvolles Stück.

Tieta ging zum erstenmal nach der Brandnacht wieder aus. Einige rote, unangenehm anzusehende Brandnarben trotzten allen Pomaden und Salben. Jede andere hätte die völlige Vernarbung abgewartet, bevor sie sich öffentlich gezeigt hätte, aber Tieta hielt es nicht mehr im

Hause, in der Hängematte, aus, am allerwenigsten an einem Feiertag.

Am Vorabend hatte sie nach der Christmette für die Familie und die Freunde ein Souper nach Paulistaner Art gegeben. Teilgenommen hatten daran Barbozinha, Ascanio Trindade, Padre Mariano, Osnar, Aminthas und Fidelio. Seixas hatte eine Verabredung mit den Kusinen. Auch der Kapitän und Dona Laura konnten nicht erscheinen. Seit er nach Agreste zurückgekehrt ist, gibt der Kapitän alle Jahre am Weihnachtsabend den Fischern von Mangue Seco ein Fest; hier leben nicht einmal vierzig Personen, alle mitgezählt, Männer, Frauen und Kinder. Sie kommen alle zu einer Art gemeinsamen Festmahl zusammen, an das sich eine fröhliche Tanzerei anschließt.

In kluger Voraussicht hatte Tieta aus São Paulo kleine Weihnachtsgeschenke für die Familie mitgebracht. Außerdem gab sie, zum Dank für die Art, wie man sie empfangen und behandelt hatte, Zé Esteves und Tonha, Asterio und Elisa, Geld, und Ricardo und Peto Sparbücher, die sie in einer Bank von São Paulo auf die Namen der Neffen eröffnet hatte. Und Ricardo schenkte sie für die unschätzbare Hilfe, die er ihr beim Bau des Stalls des Bocks Inacio leistete, jenen Ring, der zu den Schmucksachen des verstorbenen Comendador Felipe gehört hatte. Mit vollen Händen kommen sie und Leonora in das Haus von Dona Milú.

»Noch mehr Geschenke? Bist du nicht zufrieden mit denen, die du uns aus São Paulo mitgebracht hast?« Dona Milú schüttelt den Kopf, als sie den japanischen Fächer entgegennimmt. »Du wirst auch nie vernünftig, Tieta.«

»Sogar meine Grippe ist besser geworden...«, erklärt Dona Carmosina heiter und bewundert die prächtige Brosche.

Sie bleiben nicht lange. Leonora ist mit Ascanio verabredet, sie gehen in die Matinee, und Dona Carmosina ist mit ihrem abgespannten Gesicht und der heiseren Stimme noch nicht in der Verfassung, lange Gespräche zu führen.

»Geh wieder ins Bett«, befiehlt Tieta. »Und denke nicht daran, morgen auszugehen. Wenn du willst, halte ich in der Post die Stellung.«

Der Kapitän schlägt ein Komitee von mindestens fünf Personen vor, das die Verantwortung übernehmen soll, die gute Carmosina zu ersetzen.

»Eine allein schafft das nicht...«

»Niemand braucht hinzugehen. Morgen ist ein Tag, an dem wenig los ist, die Post kommt erst übermorgen. Mutter macht einen Sprung hin, das genügt.«

Am nächsten Tag, nach dem Mittagessen, lieferte Dona Milú

den Rest der Korrespondenz und die Zeitungen aus, blieb noch ein wenig, für den Fall, daß jemand Briefe aufgeben wollte, und schlug die Zeit mit Gesprächen mit Osnar und Aminthas tot. Gegen vier Uhr schloß sie die Tür ab, nahm das Exemplar der *Tarde* mit und ging nach Hause. Wer ein Telegramm abschicken wollte, wußte, wo er die Postmeisterin finden konnte.

Dona Carmosina fühlt sich schon viel besser, hütet aber immer noch das Bett. Sie klopft die Kopfkissen zurecht und legt sich bequem hin, um die Zeitung zu lesen. Sie überfliegt die Überschriften der ersten Seite, eine Reportage über die Teuerung, die schwierige Lage der Bevölkerung, die infolge der hohen Preise praktisch nicht imstande ist, Weihnachten zu feiern. Nicht nur die Kastanien, die Haselnüsse, die Walnüsse, die Mandeln, der Kürbiskäse und der Kabeljau, sondern auch die Bohnen, der Reis und das Dörrfleisch sind unerschwinglich.

Ihre kleinen Äuglein fallen auf den Titel des Artikels, und was sieht sie? BRIEF AN DEN DICHTER DE MATOS BARBOSA, in fetten schwarzen Lettern über den beiden kursiv gesetzten Spalten, die von Giovanni Guimarães gezeichnet sind. Die Züge der Kranken hellen sich auf, sie ruft: Hallo! Aber die Freude darüber, den Namen des Freundes am Kopf der Seite zu sehen, verwandelt sich in Entsetzen, sobald sie die erste Zeile der Chronik liest: »Dein Paradies, o Dichter, ist bedroht!«

Über den Alarmruf, ein Kapitel, das eine Kurzfassung des famosen Artikels enthält.

In einem früheren Kapitel wurde der Name Giovanni Guimarães als der eines Freundes des Dichters Barbozinha erwähnt, eines Gefährten seines Lebens als Bohémien, eines lockeren Lebens zwischen Freudenhäusern und Kaffeehäusern, die von mittelmäßigen Literaten frequentiert wurden, jedoch ohne daß auf die Qualitäten und den Ruf des Schreiberlings hingewiesen worden wäre, der seit der lange zurückliegenden Studienzeit an der Medizinischen Fakultät Redakteur der *Tarde* ist und seit mehreren Jahren in dieser beliebten Zeitung von Bahia eine tägliche, fast immer heitere, viel gelesene und geschätzte Kolumne zeichnet. Mitunter bringt das behandelte Thema den Artikelschreiber dahin, die Leichtigkeit und Grazie des Kommentars gegen eine nicht böswillige, aber wütende und bittere Anprangerung von sozialen Ungerechtigkeiten zu vertauschen und anstatt in spöttisches Lächeln in einen ungestümen Wutanfall auszubrechen. Jedesmal, wenn er über Unterdrückung und Elend sprach.

Zu Beginn seines Artikels bezieht sich Giovanni Guimarães auf eben diesen Besuch in Agreste, vor einigen Jahren, auf Einladung des Dichters, der »sich von dem mit beispielhaftem Eifer in der Präfektur von São Salvador ausgeübten öffentlichen Dienst zurückgezogen und das unruhige Leben in der Landeshauptstadt, das Nachtleben eines Bohémiens und die literarischen Zirkel aufgegeben hatte, um zur gesunden Luft, zum wundervollen Klima seiner engeren Heimat zurückzukehren«. Er gedenkt der wenigen, aber glücklichen Tage seines Aufenthalts in der »bukolischen Kleinstadt, diesem glücklichen Reich des Friedens, diesem idyllischen Erdenwinkel«, der Spaziergänge zum Fluß, des Bades in der Bacia de Catarina, der Ausflüge zum Strand von Mangue Seco, diesem »Meisterwerk der Natur, dieser Landschaft vom Anfang der Welt, einzigartig und unvergleichlich«. In Begleitung von Barbozinha, einem perfekten Cicerone, hatte Giovanni die Wonnen dieses »Paradieses auf Erden, dieses Eden an Schönheit und Harmonie kennenlernen und genießen können, wo der Mensch noch der Bruder des Menschen ist – trotz der bösen Zungen der Betschwestern«.

Während seines kurzen Aufenthalts in Agreste hatte er die Betschwestern gegen sich aufgebracht, indem er zur Stunde des Segens in der Vorhalle der Kirche eine Lobrede auf die Sünde und die Hölle gehalten hatte, die voll von schönen und weitherzigen Frauen sei, wogegen der Himmel nur ein ewiger Stumpfsinn mit bärtigen Heiligen und eintönigen Hymnen sei. Aber nicht einmal die alten Klatschbasen konnten seinem fröhlichen Lachen widerstehen, der menschlichen Wärme, die von diesem Bruder Leichtfuß ausging; sie lachten mit. Der einzige Himmel, in dem es sich zu leben lohnt, ist Agreste, das Paradies auf Erden, schloß er. Wenn er hier die gute und reine Luft atmete, fühlte er sich wie verjüngt, Lungen und Herz gereinigt. Ein lustiger Kerl, flüsterten sich die Gevatterinnen zu.

Also gut: »Dein Paradies ist vom Tode bedroht, o Dichter, das große Sterben will sich in den Wassern des Rio Real, in den Wogen von Mangue Seco niederlassen, brütet über den Feldern und Dünen. Um den durchsichtigen, blauen Himmel in einen schmutzigen, schwarzen Qualm zu verwandeln, um die Gewässer zu vergiften, die Fische und Vögel zu töten, die Fischer dem Elend auszuliefern, die Gesundheit durch neue Krankheiten mit unvorhersehbaren Folgen zu ersetzen.« Dona Carmosina unterbricht die Lektüre, um Atem zu holen: Ach, mein Gott, was soll diese schreckliche Prophezeiung? Während einer Unterhaltung im Areopag hatte Giovanni sie einmal gefragt, wie viele Jahre die Einwohner von Agreste wohl noch in Frieden die Wonne eines vollkommenen Klimas, das schöne Zusammenleben genießen würden, fern von den Übeln der Konsumgesellschaft? Über kurz oder lang, hatte er sich selber geantwortet, würden die Schrecken der Zivilisation nach Bacia de Catarina, zu den Hügeln des Strandes gelangen, und dann ade, Glückseligkeit!

»Weißt du, mein lieber Dichter, daß es auf der ganzen Welt nur sechs Fabriken von Titandioxyd gibt? Daß erst kürzlich ein Richter, in Italien, die Direktoren einer von ihnen zu Gefängnisstrafen verurteilte, wegen des Schadens, den sie dem Mittelmeer zufügte, wegen der Verschmutzung der Gewässer und wegen der Vernichtung der Pflanzen- und Tierwelt des Meeres? Weißt du, daß kein zivilisiertes Land auf seinem Boden diese ungeheuerliche Industrie zuläßt? Daß das Unternehmen, dessen Anwesenheit Brasilien bedroht, nicht die Genehmigung erhalten hat, seine verfluchten Schornsteine in Holland, in Mexiko, in Ägypten aufzurichten? Vade retro! haben die Regierenden ausgerufen und die riesigen Kapitalien abgelehnt, nicht nur weil es ausländische sind, sondern vor allem, weil sie Mörder der Atmosphäre und der Gewässer sind.

Deine wundervollen Verse, o Dichter, über den Strand von Mangue Seco werden morgen die einzigen Zeugen der Schönheit der klaren Wasser, des feinen Sandes, der reichen Fischschwärme, der tapferen Fischerboote sein, dann, wenn die Megäre sich aus den Schornsteinen der dort erbauten Fabriken erheben und ihre Krallen aus Rauch über die Dünen ausstrecken wird. All der Frieden und die Schönheit, die du in so vielen Liebesliedern besungen hast, werden dahinfaulen und in den Ausdünstungen des Eisensulfats und der Schwefelsäure, in den Gasen des Schwefeldioxyds, in einer grenzenlosen Verschmutzung ersticken.« Mein Gott! murmelt Dona Carmosina; ein Gewicht lastet auf ihrer Brust, sie ringt nach Luft.

»Obwohl sie noch nicht die notwendige Genehmigung der Bundesregierung zur Errichtung ihrer Industrie in diesem Lande erhalten haben, wissen die Direktoren der kürzlich gegründeten Brastanio, der Indústria Brasileira de Titânio S. A. – an der herzlich wenig brasilianisch ist, mein lieber Dichter, außer ihren Strohmännern –, schon im voraus, daß es ihnen nicht erlaubt werden wird, ihre Fabriken in den südlichen Bundesstaaten aufzubauen. Deshalb wenden sie sich dem unglücklichen Bundesstaat Bahia zu, wo vier Zonen Gegenstand von Untersuchungen durch das Unternehmen sind, das auf der Suche nach Örtlichkeiten ist, wo sie ihre verhängnisvollen Schornsteine errichten könnten. Techniker und Agenten überschwemmen abgelegene Gegenden, zwischen Itabuna und Ilhéus, im Recôncavo, um Valença herum, und angeblich werden sogar die Vororte der Landeshauptstadt, in der Nähe von Arembepe, von ihnen in Augenschein genommen. Aber alles weist darauf hin, daß die Könige der Umweltverschmutzung das

Gebiet der Nordküste des Bundesstaates, die Mündung des Rio Real, die Kokospalmenhaine von Mangue Seco bevorzugen.« Die ganze Hitze des Nachmittags überfällt Dona Carmosina; der Himmel draußen wird immer düsterer. Armer Barbozinha: Sein Freund Giovanni Guimarães warnt ihn öffentlich, während der Barde selbst Loblieder auf die Herren der Brastanio anstimmt. Das ist die höchste Ironie des Schicksals, ruft Dona Carmosina und verscheucht die Fliegen.

»Brauchst du irgend etwas, Carmô?« fragt Dona Milú von der Haustür her.

»Nichts, Mutter.«

»Das Gebiet von Ilhéus ist reich, mein lieber Dichter, es fällt in die Waagschale der Geschicke der Volkswirtschaft, es besitzt die Kraft, jede Bedrohung seines Meeres, des Rio Cachoeira, ja sogar des Kakaoanbaus, dieser wichtigen Devisenquelle, abzuwehren. Dasselbe läßt sich vom Recôncavo sagen, der weniger reich ist, aber dafür von den Überresten des politischen Prestiges der Zuckerbarone verteidigt wird, die zwar im Niedergang begriffen, aber immerhin Barone sind. Was Arembepe anbelangt, so wäre es zweifellos vom Standpunkt der Unternehmer aus der beste Ort, wegen seiner Nähe zur Landeshauptstadt, seiner Verkehrswege, gleich neben dem Industriezentrum von Aratú, aber keine noch so selbstherrliche Regierung wird es wagen, die Genehmigung dazu zu erteilen, daß der Grüngürtel der Stadt verschmutzt, die Fischerei erledigt, die Strände unbenutzbar, die Touristen verjagt und die Landeshauptstadt selbst verpestet wird. Ach, mein lieber Dichter, es bleibt nur die Gemeinde von Agreste übrig, von Gott und den Menschen vergessen, vom Schicksal verlassen. Der Standort der verfluchten Industrie wird Mangue Seco sein. Achtung, o Dichter! Sie werden dort erscheinen, wenn sie nicht schon erschienen sind, die Abgesandten der Umweltverschmutzung, sie werden goldene Berge versprechen, werden von Fortschritt und Reichtum reden, aber in ihren Aktentaschen voll ausländischem Geld werden sie den Tod mitbringen.«

Schweißgebadet gelangt Dona Carmosina an das Ende des Artikels von Giovanni Guimarães. Wie aus der Ferne hört sie die Stimme von Dona Milú, die sich an der Haustür mit einer Nachbarin unterhält. Sie liest die letzten Zeilen: »Erhebe deine Stimme, o Dichter, ergreife die Leier und lasse einen Schrei des Protestes erschallen, verteidige den Frieden und die Schönheit deines traumhaften Erdenwinkels, wecke den Volkszorn und verhindere, daß sich die Verschmutzung über Hügel und Strände ausbreite, daß sie bis auf den Grund der Gewässer sinke und den klaren Himmel von Agreste schwärze.« Der Artikel schließt mit derselben ernsten und düsteren Warnung, die am

Anfang ausgesprochen wurde: »Dein Paradies ist vom Tode bedroht, o Dichter!«

Dona Carmosinas Hände zittern, ihr Herz schlägt unregelmäßig, sie vergißt die Grippe, erhebt sich, kleidet sich eilends an und läuft mit der Zeitung in der Hand zur Haustür hinaus, auf der Suche nach Barbozinha, ohne Dona Milú eine Erklärung abzugeben, außer den Worten: Ich komme gleich wieder. Zu dieser Nachmittagsstunde pflegt der Dichter in der Bar zu sein und beim Billard oder beim Tricktrack zwischen Chalita und Plinio Xavier zu kiebitzen. Aber am Anfang der Rua da Frente begegnet sie dem Kapitän Dario, der sie fragt:

»Wohin so schnell, meine gute Carmosina?« Als er näherkommt, bemerkt er die Aufregung seiner Freundin, erinnert sich, daß sie im Bett sein müßte, und erschrickt. »Ist etwas passiert?«

Dona Carmosina reicht ihm die Zeitung:

»Lesen Sie.«

Mitten auf der Straße bleibt der Kapitän stehen und verschlingt den Artikel. Er unterbricht seine Lektüre und flucht:

»Da soll doch der Teufel ...!«

Ein neues und diskretes Gespräch im eleganten Rahmen des Refúgio dos Lordes, diskret, trotz der Plumpheit (in jeglichem Sinn) Seiner Exzellenz.

»Meine Lieben, was ihr euch vornehmt, ist ein Vernichtungswerk. Ich sollte euch alle einsperren lassen.«

Das sagte Seine Exzellenz zu Beginn des Gesprächs. Er hatte den Rock abgelegt; das auf seinen Knien sitzende nackte Mädchen spielte mit den schwarzen Hosenträgern, die die den fetten Bauch des bedeutenden Staatsmannes umhüllende Hose hielten. Auf dem frühgealterten Antlitz Seiner Exzellenz erschienen rote Flecken. Er war vulgär und präpotent, mit seinen schlauen Augen, seinen langsamen Bewegungen, seiner schleppenden Stimme.

Der Doktor Magnificus antwortet nicht, er lächelt nur und wartet, bis die Mädchen die Getränke serviert und sich zurückgezogen haben. Eine von ihnen, eine ganz blonde, erinnert ihn an Bety und reizt seinen Appetit. Wer weiß, vielleicht nach dieser Unterredung ...

Auch der alte Parlamentarier fühlt sich nicht wohl in Gegenwart der Mädchen. Er hat nichts gegen sie, auch nichts gegen die Tatsache, daß sie nackt sind, er frequentiert das Haus seit einer Ewigkeit. Er mag die Mädchen und sieht sie gern nackt, es gibt keine bessere Medizin für müde Augen, versichert er. Aber alles zu seiner Zeit und an seinem Ort, und wenn der Ort auch für einen künstlerischen Akt geeignet ist, so ist es die Angelegenheit doch nicht für fremde Ohren, man darf nicht alles durcheinanderbringen.

Eine der Nudistinnen stützt sich auf den eleganten schwarzen Regenschirm des alten Parlamentariers. In Oxford erzogen, hat er die Gewohnheiten und das Aussehen eines englischen Lords angenommen. Er ist groß und mager, glatt rasiert, trägt einen prächtigen weißen Schnurrbart, sein Anzug stammt von einem Londoner Schneider, im Rockaufschlag sitzt eine Rosette, sein ganzes Auftreten ist phlegmatisch. Die gewöhnlichen Manieren Seiner Exzellenz stoßen ihn ab. Seine Exzellenz ist das genaue Gegenteil eines englischen Lords, und wenn nicht seine Stellung wäre – armes São Paulo! –, die er, ein Intimus von Vargas während der früheren Diktatur, errungen und mit Hilfe der verschiedensten Mittel und Beziehungen wiedererlangt und bewahrt hatte, wäre ihm niemals der Zutritt zu einem so vornehmen und exklusiven Zirkel erlaubt gewesen.

Als Seine Exzellenz von einsperren sprach, erlaubte sich der alte Parlamentarier zu husten, um ihr nahezulegen, wie unpassend es sei, bedeutende Angelegenheiten von hohem Interesse und patriotischer Tragweite in Gegenwart von Mädchen zu besprechen, die zweifellos reizvoll und verführerisch, aber entschieden nicht für eine solche Gelegenheit und eine hochfliegende sozioökonomische Debatte geeignet waren. Er hüstelt vorsichtig, fast ängstlich. Seine Exzellenz ist impulsiv und kann mit aggressiver Barschheit reagieren, wenn sie unterbrochen wird. Er pflegt seine direkten Untergebenen, Sekretäre und Beamte, Diebe zu nennen – übrigens ein treffender Ausdruck, denn sie sind es, und wie! – und respektiert weder das fortgeschrittene Alter noch das parlamentarische Mandat seiner Gesinnungsgenossen, vor allem jetzt, da die gesetzgebende Gewalt so heruntergekommen ist.

Als Seine Exzellenz das schüchterne Hüsteln hört, schneidet sie eine Grimasse und ist nahe daran, den Mund aufzumachen und zu sagen, was sie vom alten Parlamentarier und seiner Manie der Vorsicht und Diskretion denkt, hält sich jedoch zurück. Tatsächlich ist die liebliche Geste des auf seinen Knien sitzenden Mädchens, das seinen Hals gekonnt massiert, unvereinbar mit einer Arbeitssitzung; nicht einmal in einem Freudenhaus kann sich ein Staatsmann der notwendigen Entspannung hingeben. Er wird versuchen, das Gespräch konkret und kurz zu halten. Mit einem Klaps auf den hübschen Hintern setzt er das Mädchen ab und verabschiedet es, indem er ihm empfiehlt:

»Wartet im Zimmer.« Er lächelt der anderen zu, der pikanten Blonden, die das Interesse des Doktor Magnificus erregt hatte; dieser hat die Szene verfolgt und bescheidet sich. Nicht alles im Leben sind

Blumen, nicht wahr? Es gibt schließlich viele Blondinen. Alles zum Besten des Vaterlandes!

Die Mädchen gehen kokett hinaus und lassen die Flaschen und eingeschenkten Gläser stehen. Diese Whisky-Marke gibt es nicht im Elysée-Palast, nur im Jockey-Club und im Refúgio dos Lordes. Seine Exzellenz kostet ihn mit Kennermiene.

»Ja, das ist Whisky, alles übrige ist Dreck. Ich bestelle immer vom Besten, die Gauner kaufen verfälschten Whisky und stecken die Differenz ein. Ich sollte sie alle einsperren lassen. Auch Sie. Das ganze Direktorium.«

Der kühne Unternehmer, jung, stolz und feurig, aus der berühmten Verwaltungs- und Wirtschaftsakademie hervorgegangen, in der er jetzt Vorlesungen hält, nachdem er in den Vereinigten Staaten einen brillanten Kurs für Manager besucht hat, ein höchst kompetenter Technokrat, eines der privilegierten Gehirne der jungen Generation, droht, den Mund aufzumachen und zu antworten, aber der Doktor Magnificus hindert ihn daran mit einer fast unmerklichen Gebärde. Wenn er protestiert, wird er alles verderben; der Strohmann erschrickt, der auch dafür bezahlt wird, daß er unüberlegte Schnitzer der Herren Direktoren, der hervorragenden Techniker und der ungeschickten Politiker verhindert. Sie sind nicht vom Fach, wie Seine Exzellenz sagt, wenn sie von den Unternehmern und – ganz besonders – von den Militärs sprechen.

Als er sieht, wie Seine Exzellenz lächelt und mit einer gutmütigen Geste die Hosenträger abstreift, so daß er wie ein Hinterwäldler aussieht, erkennt der kühne Unternehmer die Erfahrung und Geschicklichkeit des Doktor Magnificus an; bei solchen Missionen sind seine Schlauheit und sein Fingerspitzengefühl nicht zu schlagen. Seine Exzellenz beginnt mit der Abrechnung:

»Der Herr Senator kann Ihnen sagen, was für eine Arbeit es uns gekostet hat.«

Der alte Parlamentarier hat sich beruhigt, seit sich die Mädchen zurückgezogen haben, wahrt aber immer seine Haltung, wie es einem Briten geziemt (»seine britische Art, seine Londoner Eleganz«, wie ein Parlamentschronist, der ihm kleine Gefälligkeiten verdankt, es bezeichnete), nickt bestätigend mit dem Kopf und bekräftigt die Behauptung Seiner Exzellenz:

»Eine Riesenarbeit.«

»Der Herr Senator kann Ihnen sagen, wieviel wir ausgeben mußten . . .«

Mit einer kleinen, aber bedeutsamen Geste deutet der alte Parlamentarier die gewaltige Höhe der ausgegebenen Summe an. Seine

Exzellenz, in Hemd und kurzen Unterhosen, den Gürtel über den mächtigen Bauch gespannt, erhebt sein Glas, und die anderen geben ihm Bescheid.

»Heutzutage erweist niemand eine Gefälligkeit umsonst, alles ist sehr riskant. In der gegenwärtigen Situation kann sich niemand sicher fühlen.« Er zählt an den Fingern ab. »Arbeit, Geld und Risiko. Hohes Risiko. Trotzdem habe ich die Genehmigung für die Inbetriebnahme Ihrer Industrie erwirkt. Aber Sie wissen Bescheid: Gehen Sie weit weg mit der Verschmutzung, São Paulo hält nicht noch mehr Rauch aus.« Seine geldgierigen Blicke gehen vom Doktor Magnificus zum kühnen Unternehmer. »Ein anderer würde das nicht erreichen, nur ich allein. Wissen Sie, was das bedeutet?«

»Das Land ist Ihnen zu Dank verpflichtet, Exzellenz«, sagt energisch und naiv der kühne Unternehmer.

»Das Land! Scheiße!« Man weiß, wie impulsiv Seine Exzellenz ist. Er blickt den kühnen Unternehmer an: Will sich dieses lächerliche Subjekt über ihn lustig machen? Der gutmütige Bauer verschwindet, an seine Stelle tritt wieder der Gebieter, der Feudalherr, der denkt und lenkt.

Reglos, britisch, sieht der alte Parlamentarier vertrauensvoll den Doktor Magnificus an, der mit honigsüßer, leiser, aber doch hörbarer Stimme die Dankbarkeit in die richtigen Worte kleidet:

»Das Land und die Brastanio, Exzellenz. Wieviel hatten die Weihnachtsgeschenke für die armen Kinder von São Paulo ausgemacht? Erinnern Sie sich noch, Exzellenz?«

Der kühne Unternehmer erbebt, als er die wahnsinnige Summe hört. Er will sprechen, einen Nachlaß erwirken, aber wieder hält ihn eine unmerkliche Geste des Doktor Magnificus zurück. Es hat keinen Sinn, mit Seiner Exzellenz zu handeln, es ist gefährlich. Die Lizenzgewährung ist noch nicht veröffentlicht und wird auch nicht veröffentlicht werden, bevor nicht alles in Ordnung und das Bestechungsgeld in eine Schweizer Bank eingezahlt ist, wie bei den Abkommen über den Verkauf von Waffen und Erdölfeldern. Der Doktor Magnificus kommt dem anderen mit einer Frage zuvor, deren Antwort er bereits kennt:

»Wie immer?«

»Genau.«

Während er durch die Tür zu dem Zimmer geht, in dem die beiden Mädchen ihn geduldig erwarten, wendet sich Seine Exzellenz an den Doktor Magnificus und zeigt auf den kühnen Unternehmer.

»Stumm ist er besser, als wenn er redet. Wenn er den Mund aufmacht, kommt nur Scheiße heraus. Aber wenn Sie sich einmal von diesen Gaunern trennen, kommen Sie zu mir, ich habe einen Posten für Sie in meinem Kabinett.«

Hastig kommt eines der Mädchen in den Salon zurück, um die Kleider Seiner Exzellenz zu holen. Kaum hat sie die Tür geschlossen, erhebt der alte Parlamentarier den Regenschirm und hüstelt. Der Doktor Magnificus versteht und streckt die Hand nach der Aktentasche aus. Er fragt nicht nach den Kosten des Weihnachtsfests des Senats für die Armen, er hat schon hier selbst, im Refúgio dos Lordes, mit dem jungen Parlamentarier zu Beginn einer langwierigen und kostspieligen Operation die Preise und Bewertungen festgesetzt.

Er öffnet die Aktentasche, füllt einen Scheck aus (auf den Überbringer natürlich). Für jede Situation einen Treffer, für jeden Partner ein Trinkgeld, größer oder kleiner, aber immer respektabel. Der Doktor Magnificus denkt in der Kategorie von Trinkgeldern, Trinkgeld ist, was man einem dienenden Geist gibt, auch wenn er einen Smoking, einen Frack oder einen Cut trägt. Eine aufregende Schachpartie. Manchmal, selten, führt sie zu einem Skandal, einem Prozeß. Zu einem Schachmatt, ein mittelmäßiges Wortspiel. Er zuckt die Schultern: in Brasilien nie, soweit man sich erinnern kann. Man muß schließlich immer ein Risiko auf sich nehmen, wenn man das Leben bis zum äußersten genießen will. Abgesehen von dem anregenden Vergnügen, die Intelligenz, die einem Gott gegeben hat, bei einem Verschieben der Figuren einzusetzen: die Schamlosigkeit Seiner Exzellenz, die Heuchelei des alten Parlamentariers, der Dünkel des kühnen Unternehmers. Das wäre alles vollkommen, wenn er nicht die Blondine verloren hätte, das war ein schmutziger Schachzug Seiner Exzellenz.

Der alte Parlamentarier steckt den Scheck ein, nachdem er sich über die Summe vergewissert hat: nur das Abgemachte, keinen Centavo mehr, korrekt, aber geizig! Sein unbewegliches Gesicht zeigt keine Enttäuschung. Wer dafür eingetreten ist und ein Risiko eingegangen ist, war schließlich Seine Exzellenz, deshalb bekommt er auch dieses riesige Schmiergeld, in Devisen, in die sichere Schweiz. Ein schönes Land, diese Schweiz, aber noch weit von der englischen Perfektion entfernt. Er will sich erheben – da ist noch ein Mädchen, nur eines, das jüngste von allen, das ihn erwartet –, als der Doktor Magnificus eine andere Frage aufwirft und damit unerwartete Perspektiven eröffnet.

»Seine Exzellenz hat sich zurückgezogen, bevor wir noch das Problem des Standorts lösen konnten . . .«

»In São Paulo kann es nicht sein, das wissen Sie ja. Sonst im ganzen Süden.«

»Wir haben uns schon für Bahia entschieden. Das Problem ist nur, wo im Bundesstaat Bahia ...« Der Doktor Magnificus breitet die Unterlagen über das aus, was er eine »kleine, aber wichtige Einzelheit« nennt.

Der alte Parlamentarier erlaubt sich, britannisch zu lächeln; auf seinem phlegmatischen Antlitz eines Lords zeigt sich ein Schimmer der Befriedigung. Ah, die mächtigen und darauf angewiesenen Unternehmer werden teuer bezahlen müssen, diesmal haben sie es nicht mit der hastigen Unerfahrenheit des jungen Parlamentariers zu tun. Der Preis ist hoch, Sirs. Erst einmal für die höchst vertrauliche, noch auf die oberen Ebenen beschränkte Information: Es steht fest, daß der Kopf Seiner Exzellenz gefordert wird. Man spricht von Entlassung, nicht mehr und nicht weniger. Jawohl, wegen Korruption. Dann kommt die Herstellung neuer Kontakte, um die »kleine, aber wichtige Einzelheit« zu regeln, ein wichtiges und großes Problem, weder klein noch Einzelheit, God save the King!

Alles wird mit Diskretion und Takt behandelt werden, unter Ehrenmännern. Seine Exzellenz ist ungeschliffen, dreckig, widerlich, das genaue Gegenteil eines Lords.

Ascanio Trindade befindet sich in einer Zwangslage.

Auf dem Höhepunkt der Diskussion verliert Ascanio Trindade, der ohne Argumente mit dem Rücken zur Wand kämpft, den Kopf, gibt seine gewohnte Liebenswürdigkeit auf, schickt den Respekt, den er der gesellschaftlichen Stellung, dem Offizierspatent und dem Alter seiner Gesprächspartner schuldet, zum Teufel und schreit, so daß es jeder hören kann, im Areopag und sogar auf der Straße:

»Deswegen, weil der Kapitän ein Haus in Mangue Seco hat und ganz allein das Strandleben genießen will, wird Agreste nicht seine Tore dem Fortschritt verschließen. Wegen einem halben Dutzend Bevorzugter werden wir nicht die Industrien abweisen, die sich in unserer Gegend ansiedeln wollen. Agreste wird wieder auferstehen, und wenn es auch einigen wehtun sollte.«

Fast eine Rede, in höchster Erregung. Als ein Mann, der sich leicht begeistert, der jedoch angenehme Umgangsformen hat, mit dem man gut auskommen kann, ein Patriot, der sich mit phantastischen Projekten herumschlägt, um die darniederliegende Stadt wieder hochzubringen, der die Fremdenverkehrsspalten der Zeitungen der Landeshauptstadt mit Briefen bombardiert, hatte Ascanio bisher die Unterstützung und den einmütigen Beifall seiner Landsleute gewonnen.

Die Unterstützung und den Beifall der wichtigen Leute; durch die Freundlichkeit und das Entgegenkommen, mit denen er sie empfängt, wenn sie etwas in der Präfektur zu besprechen haben, und durch seine uneigennützigen Bemühungen um das Wohl von Agreste. Seit sechs Jahren Sekretär der Präfektur, hat Ascanio Wunder vollbracht, darunter die Aktualisierung der Entrichtung der geringen Gemeindesteuer, die zudem noch systematisch hinterzogen wurde. Er stellte sich der Vetternwirtschaft der Präfekten entgegen, der völligen Interesselosigkeit des Schatzmeisters Lindolfo Araújo, dessen angenehmes Wesen eine Zierde des Gemeindeamts, der als Beamter jedoch eine Null ist, dem Widerstand der verwöhnten Kaufleute und Gutsbesitzer, und erreichte damit, daß die mageren Finanzen der Präfektur wieder in Ordnung gebracht wurden, ohne daß er sich mit jemandem anlegte. Barzahlung, bitte, es wird nicht gestundet.

Die Achtung der Armen hatte er gewonnen, der Stadt wie des Hinterlandes, durch die Aufmerksamkeit, die er jedem einzelnen ihrer zahllosen und hoffnungslosen Probleme widmet, die dem Oberhaupt der Gemeinde auf seinen Vorschlag hin vorgetragen werden, in der Hoffnung auf eine Lösung, die oft einfach, oft aber auch schwierig, wenn nicht gar unmöglich ist. Forderungen, Reklamationen, Klagen, Zwiste, Streitigkeiten unter Nachbarn; Zäune, die nachts versetzt werden, um Grenzen von Besitzungen und Wegerechte zu verändern; Vieh, das in ein fremdes Grundstück eindringt; eine ganze Welt von lächerlichen Problemen, wie sie dem Leben einer bettelarmen Gemeinde eigen sind, meistens ganz persönliche Angelegenheiten, die mit der öffentlichen Verwaltung nichts zu tun haben. Aber das hindert Ascanio nicht, sie anzuhören und oft genug, sie zu lösen. Mitunter ist er Präfekt, Gemeinderat und Richter in einer Person, schlichtet Streitigkeiten, versöhnt feindliche Parteien, beseitigt Zweifel, bringt widerspenstige Verführer, die für den geschwollenen Bauch von leichtgläubigen oder leichtsinnigen Bauernmädchen verantwortlich sind, zum Heiraten, und verordnet sogar Arzneien gegen Durchfall, Verstopfung und Wassersucht. Geduldig hört er sich die endlosen Litaneien von Bauern über die Mucken einer verdammten Stute an, oder über das Unglück eines Siebzigjährigen, dem die Frau und die Kinder weggelaufen sind, und der ganz allein ein ödes und unergiebiges Stück Erde bearbeiten muß. Wenn es gerade nötig ist, spielt er den Tierarzt und den Landwirtschaftsexperten.

Wenn es um ganz hoffnungslose Fälle geht, findet er immer ein Wort der Ermunterung, des Trostes. Obwohl der Sekretär einer Präfektur eine genau begrenzte Anzahl von Pflichten zu erfüllen hat, bleibt Ascanio keine freie Zeit, weil er tatsächlich als ständiger Vertreter oder Ersatzmann des Präfekten fungiert. Insbesondere an Samstagen, wenn während und nach dem Markt eine endlose Wanderung zum Sitz der Gemeindevertretung einsetzt. Er kümmert sich um alle, ausnahmslos.

Das tut er ohne jegliches persönliches Interesse, umsonst, ohne etwas dafür zu verlangen. Er verlangt nichts, aber er bekommt doch etwas. Er bekommt Achtung und Lebensmittel. Man nennt ihn Doktor, nicht weil er drei Jahre an der Fakultät studiert hat, sondern weil man ihn für einen solchen hält, für sachverständig, ohne den ihm gewährten Titel zu spezifizieren, Doktor von dem oder von jenem. Ganz einfach Doktor. Man bringt ihm kleine Geschenke, selbst wenn man keinen Rat braucht.

Man muß ihn sehen, wenn er an den Samstagabenden nach Hause kommt, wo ihn, ihre Tonpfeife schmauchend, die alte Rafa erwartet: Dann bringt er Verpflegung für eine ganze Woche heim. Geschenke, die ihm die Bauern gebracht haben, ein üppiges Allerlei: Schinkenknochen vom Schwein und vom Zicklein, dicke Kapaune – ich habe ihn tüchtig gemästet, damit Sie eine kräftige Hühnerbrühe machen lassen können, erklärt die alte Verkäuferin von Puba und Maniok –, duftende Jacas, gelbe Bananenbüschel, Jams- und Aipimwurzeln – Kakao-Aipim, Herr Doktor, zart, daß er im Mund zerfließt, versichert der lächelnde, zahnlose Caboclo –, feines Maniokmehl, Beijús in Kokosmilch, Quiabos, Maxixes, Chuchús und Jilós, alles sorgsam für den geduldigen und gütigen jungen Mann ausgesucht. Eine reichliche Verpflegung für vier Haushalte, denn Ascanio teilt das Fleisch, das Maniokmehl, Mais, Obst, Wurzeln und Gemüse mit dem Banditen Leoncio und dem Träumer Lindolfo – eines Tages wird er Mut fassen und in Jairos Marineti wegfahren, um sich in São Salvador vor das Mikrophon eines Rundfunksenders oder vor eine Fernsehkamera zu stellen –, der seinerseits wieder die ihm zugekommene Quote mit der Familie seines Freundes Chico Sobrinho teilt, in dessen gemütlichem Heim er Samstag abend und Sonntag mittag seine Mahlzeiten einnimmt.

Um Ascanios Unwillen zu verstehen, muß man in Betracht ziehen, daß sein Leben seit dem Vorabend, als die Nachricht von Giovannis Artikel in der Stadt geplatzt ist, nicht leicht war. Man hatte ihn richtig getriezt.

Die Beliebtheit der *Tarde* hatte in der ganzen Gegend noch nie einen so hohen Grad erreicht. Alle wollten den Artikel lesen, wo konnte man Exemplare der Zeitung bekommen? Für gewöhnlich ist die einzige dem Publikum zur Verfügung stehende Ausgabe die von Manuel, die auf der Theke seiner Bar ausliegt, von den Stammkunden durchgeblättert, von Aminthas und Fidelio gelesen wird. An diesem Abend rissen sich alle darum, sie ging von Hand zu Hand, bis sie auf geheimnisvolle Weise verschwand. Auf Aminthas Rat hin versuchte Manuel, dem Gesetz von Angebot und Nachfrage folgend, die Zeitung gegen Geld zu verleihen, was einen allgemeinen Aufruhr zur Folge hatte. Dagegen schlug auch wieder Aminthas die sofortige Sozialisierung des gesamten Vorrats der Bar an Getränken vor, als Strafe für die Gewinnsucht des Portugiesen. An der halb spaßigen, halb unruhigen Atmosphäre hatten auch die Angst und der Spott teil.

Wie oft mußte Ascanio an diesem Abend dieselbe Erklärung wiederholen: Jedes Urteil schien ihm verfrüht zu sein. Verfrüht und ungerecht, denn sie kannten nur – wenn sie sie überhaupt kannten – die Argumente des gegen die Brastanio eingestellten Journalisten; um eine Meinung abzugeben, Partei zu ergreifen, mußten sie auch die Beweggründe der Direktoren und Techniker des Unternehmens kennen.

Als er sich am späten Abend zum geheiligten Treffen mit Leonora, an Perpetuas Haustür, begab – sie pflegten Hand in Hand um den Platz herumzugehen –, überfiel ihn der Dichter De Matos Barbosa, aufgeregt ein Exemplar der *Tarde* schwenkend, das ihm der Araber Chalita überlassen hatte, einer der fünf privilegierten Abonnenten. Stundenlang war ihm Ascanio während des Nachmittags aus dem Weg gegangen, weil er wußte, in was für einem beklagenswerten Gemütszustand er sich befand.

Anfangs fühlte sich der Dichter für immer vernichtet, mit Schmach bedeckt, infolge des Poems, das er zu Ehren der monströsen Industrie verfaßt hatte, die sein lieber und großer Freund Giovanni Guimarães, der hervorragende Chronist, in einem an ihn, De Matos Barbosa, den Dichter und Philosophen, gerichteten offenen Brief in den illustren Spalten der *Tarde* vor der ganzen Nation beschuldigt hatte. Eine riesige Ehre, die nur noch von der noch größeren Schande übertroffen wurde, die seine zurückgewiesenen Alexandriner heraufbeschworen hatten. Glücklicherweise hatte die durch die Trinksprüche außer Rand und Band geratene Kinderschar – jämmerliche Trinksprüche, nebenbei gesagt, unter jeder Kritik, eine Scheiße, wie sie der Barde etwas verspätet abqualifizierte – das Anhören der beschimpften Verse verhindert, die aber immerhin von den in Perpetuas Haus versammelten Freunden gehört und applaudiert worden waren.

Als er sich so mit Schande bedeckt sah, lief er zu Tieta, die nur lachte und witzelte, ihm neuen Mut einflößte, ihn aus der Asche wiedererstehen ließ und ihn dazu brachte, die Niedergeschlagenheit zu überwinden und weiterzumachen. Neugestählt ging er, Ascanio zu benachrichtigen, den er wegen des schrecklichen Mißverständnisses nicht anklagt, der bestimmt ebenso unschuldig an den verbrecherischen Absichten der Brastanio ist wie er selber, der auf den Warnruf von Giovanni Guimarães hin die Leier in eine Angriffswaffe verwandelt hatte und dabei war, sozusagen als Trommelschlag, eine Reihe satirischer und cholerischer Gedichte im Stil von Gregorio de Matos zu verfassen, die *Poeme der Verdammnis*, mit denen er entscheidend dazu beizutragen gedenkt, die Durchführung der verderblichen Pläne, der verfluchten Pläne zu verhindern, indem er der Gesellschaft die Maske abreißt und die Heuchelei und Niedertracht der verbrecherischen Direktoren anprangert. Mit der nächsten Post wird er Giovanni die ersten Gedichte zur Veröffentlichung in der *Tarde* zuschicken. Er hatte das Kriegsbanner entfaltet. Was sein abscheuliches früheres Werk anging, so existierte es nicht mehr. Barbozinha hatte die Originale vernichtet und wollte Leonora um den Gefallen bitten, die nach seiner Vorlesung angefertigte Kopie dem reinigenden Feuer zu übergeben.

Müde, verspätet zur Begegnung mit Leonora gehend, versuchte Ascanio gar nicht erst, ihn von der poetischen Denunzierung abzubringen, das wäre verlorene Zeit und Mühe. Er versprach ihm die Vernichtung der Kopie, ließ ihn aber nicht im unklaren: Er wollte sich über die Angelegenheit erst eine Meinung bilden, wenn er im Besitz umfassenderer Informationen war. Mehr Informationen, wozu? Überflüssig, wie sie auch sein mochten, meinte der Dichter, in Anbetracht der unwiderlegbaren Argumente seines erhabenen Freundes Giovanni Guimarães.

In diesem Gemütszustand, nach einer schlecht verbrachten Nacht mit Alpträumen, in denen er prächtige, aus den Dünen von Mangue Seco aufragende Wolkenkratzer gesehen und Schwärme von toten Fischen erkannt hatte, noch ohne Argumente, um den Behauptungen des Artikelschreibers zu begegnen und sie zurückzuweisen, lauschte Ascanio dem Vortrag des ganzen unseligen Artikels, als hätte er ihn nicht schon am Vorabend gelesen und wiedergelesen. Er erscheint noch unheilvoller durch Dona Carmosinas erkältete Stimme, die von Hustenanfällen und sarkastischen und ätzenden Bemerkungen von ihr und vom Kapitän unterbrochen wird. Am Schluß gibt ihm Dona Carmosina eine maschinengeschriebene Kopie; sie hat drei angefertigt: eine für ihn, eine weitere für den Kapitän, und eine dritte für alle Fälle.

Bedachtsam sagte er, er wolle die Angelegenheit klarstellen, er könne auf einen einfachen Artikel hin, auch wenn er von Giovanni Guimarães unterzeichnet sei, ein für die ganze Gemeinschaft so lebenswichtiges Vorhaben nicht verurteilen: die Errichtung, auf dem Boden der Gemeinde, von Fabriken einer Industrie, deren Bedeutung unleugbar sei. Im entfernten und unbewohnten Kokospalmenhain, in Mangue Seco, der zu nichts zu gebrauchen sei.

Entfernt und unbewohnt? Zu nichts zu gebrauchen? Die Empörung des Kapitäns wuchs zusehends. Für Ascanio existierten die Fischer von Mangue Seco wohl nicht, weder sie noch die Bürger von Agreste, die am Strand Sommerhäuschen besaßen.

Ascanio wurde ungeduldig. Er bezog sich nicht auf den Strand von Mangue Seco, nur auf den Kokoshain. Der Standort des Projekts der Brastanio – er hatte Pläne und Zeichnungen gesehen – befand sich viel tiefer und mehr landeinwärts und nicht neben dem Strand. Auch wenn es zu einer Umweltverschmutzung käme – und es gibt keine Industrie ohne Verschmutzung –, so würde sie weder die Fischer noch die Sommerfrischler beeinträchtigen.

Nach und nach sammelten sich Neugierige an der Tür und auf dem Bürgersteig vor dem Postamt an, um der spannenden Debatte zu lauschen. Von der Anwesenheit des Publikums befeuert, führte Dona Carmosina handfeste Argumente ins Treffen und überwand sogar ihr Unwohlsein: Es handle sich nicht um eine beliebige Industrie mit einem erträglichen Prozentsatz an Verschmutzung. Es ging hier um die Herstellung von Titandioxyd, ob Ascanio wisse, was das bedeute?

Aufgebracht erklärte Ascanio, was das Ausmaß der Umweltverschmutzung angehe, so sei es an den Technikern, eine Meinung abzugeben, und nicht an einem einfachen Journalisten ohne wissenschaftlichen Rang.

Dona Carmosina war so beleidigt, daß sie von der Grippe geheilt wurde: Ascanio möge zur Kenntnis nehmen, daß Giovanni Guimarães nicht ein einfacher Journalist sei, sondern ein bedeutender Journalist, ein rechtschaffener und gebildeter Mensch, der einen Namen zu verteidigen habe. Ascanio frequentierte gerade die Universität, als Guimarães sich hier zu seinem unvergeßlichen Besuch aufhielt, deshalb kennt er ihn nicht. Dona Carmosina duldet nicht, daß jemand versucht, ihn herabzusetzen, die Fähigkeiten und Ehrenhaftigkeit eines echten Freundes von Agreste in Zweifel zu ziehen. Sie bekräftigte energisch sein Bestreben, sowie das ihre und das des Kapitäns, mit allen Mitteln gegen das zu kämpfen, was man schon »Todesqualm« nennt und was übrigens, wie die gelehrte und exakte Dona Carmosina erklärt, gelb und nicht schwarz ist, darin hatte sich Giovanni geirrt.

Sie bereute sofort diese schreckliche Wichtigtuerei, denn Ascanio hakte bei dem Irrtum des Journalisten ein, den wer aufgezeigt hatte? Ein Gegner? Nein. Seine größte Bewunderin und Freundin. Wenn er nicht einmal die Farbe des Rauchs kennt, dann können Sie sich den Rest vorstellen. Gibt es einen besseren Beweis für Giovannis wissenschaftliche Ahnungslosigkeit, der, wie Ascanio meint, ein vortrefflicher Mensch ist, der im guten Glauben handelt, der aber auf wissenschaftlichem Gebiet ein vollständiger Ignorant ist? Es genügt nicht, der Verfasser von unverschämten Artikeln zu sein ...

Die Geschichte mit der Farbe des Rauchs brachte alle zum Lachen; Ascanio konnte einen Punkt für sich verbuchen. Dona Carmosina wurde zur Furie. Wenn sich Ascanio an eine bedeutungslose Einzelheit innerhalb der riesigen Masse konkreter Tatsachen klammert, die Giovanni in seiner Chronik erwähnt, dann handelt er unanständig. Heftig und aggressiv wiederholte sie ihre Anschuldigung:

»Das ist unanständig von Ihnen!« Sie buchstabierte das harte Wort: »Un-an-stän-dig!«

Nach Ansicht des Kapitäns war es noch schlimmer. Er wies auf etwas hin, das er für ein unverzeihliches Vorgehen von Ascanio hielt: Nachdem er in seiner Eigenschaft als Sekretär der Präfektur schon seit langem die Projekte der Brastanio kannte, hatte er sie vor der Bevölkerung verheimlicht, hatte gelogen, von Plänen für den Fremdenverkehr gesprochen und sich damit zum Komplizen des geplanten Verbrechens gemacht. Eine Haltung, die ihm wirklich kaum vereinbar mit der Ausübung eines Vertrauenspostens erschien. Ein Verrat an der Gemeinschaft.

Das war zuviel. Ascanio sprang auf und packte aus, sprach die erwähnten Sätze über das halbe Dutzend Privilegierter und die Wonnen, die der Kapitän ganz allein genießen wollte, um auf egoistische Weise den Fortschritt der Gemeinde, die Ansiedlung der rettenden Industrie zu verhindern. Mit ausgestrecktem Finger erhebt er den Arm:

»Der Fortschritt von Agreste geht über jeden hinweg, wer auch immer er sein möge!« Eine feierliche und aggressive Behauptung.

Er geht durch die Reihen der Neugierigen und begibt sich zur Präfektur. Aminthas, ein stummer und scheinbar respektvoller Zuhörer, definiert diesen Satz und die ganze Situation:

»Eine Kriegserklärung!« Er wendet sich an Osnar. »Der Rauchkrieg hat begonnen, Offizier Osnar. In welches Bataillon wirst du eintreten? In das des gelben Rauchs oder in das des schwarzen Rauchs?«

Osnar lacht nicht, er schüttelt nur den Kopf; diese Sache gefällt ihm nicht.

Kapitän Dario de Queluz wirbt Rekruten an.

Kapitän Dario wartet am Ruder des Motorboots, bis Tieta die Lektüre von Giovanni Guimarães' Artikel beendet hat. Er und Dona Laura hatten Neujahr und den Dreikönigstag in Mangue Seco verbracht. Tieta und Ricardo wollen von der Gelegenheit und der Gesellschaft profitieren, um den Bauarbeiten am Stall des Bocks Inacio den letzten Anstoß zu geben; über Weihnachten sind sie sicher liegengeblieben, den Strandbewohnern ist jeder Vorwand recht, um nicht zu arbeiten. Tieta möchte die Hütte – wie sie das Haus nennt – vor ihrer Rückkehr nach São Paulo einweihen, die für den Tag nach der Installation des Lichts vom Wasserkraftwerk vorgesehen ist. Sie hatte nicht die Absicht gehabt, ihren Aufenthalt so lange auszudehnen. Sie war für einen Monat gekommen und wird schließlich zwei Monate hier gewesen sein; absurd für jemanden, der sich um seine Geschäfte zu kümmern hat. Für den Stall hatte sie in Agreste ein breites Bett mit Wollmatratze bestellt; in ihm will sie sich von Ricardo verabschieden, wenn die Stunde der Trennung gekommen ist. Durch Asterio hatte sie Klappstühle und -tische und Feldbetten kommen lassen; die Hängematten hatte sie auf dem Markt gekauft. Alles für die Gäste, für den Alten und Mutter Tonha, für die Schwestern, die Neffen und die Freunde, die den Stall in ihrer Abwesenheit bewohnen würden.

Tietas erste Reaktion nach der Lektüre versetzte den Kapitän in Aufregung. Sie gab ihm die getippten Seiten zurück und bemerkte:

»An dieser Geschichte läßt sich eine Menge Geld verdienen, Kapitän.«

»Eine Menge Geld verdienen?«

»Haben Sie mir nicht selber gesagt, daß dieses Land am Kokoshain keinen Eigentümer hat, daß es herrenlos ist?«

»Nicht ganz. Eigentümer gibt es schon, nur weiß niemand genau, wer sie sind. Modesto Pires hat einen Teil gekauft, der den Leuten von der Siedlung gehörte. Er hat mir gesagt, daß er nicht mehr gekauft hat wegen dieser Konfusion, der Kokoshain hat wer weiß wie viele Eigentümer, was genausoviel heißt wie gar keinen.«

»Na also. Wir kaufen diese Grundstücke, um sie den Leuten von der Gesellschaft zu verkaufen. Wir kaufen sie für eins, verkaufen sie für zehn; für zehn oder zwanzig. Felipe war Spezialist in solchen Transaktionen.«

»Gott behüte, Tieta. Am Unglück meiner Heimat will ich kein Geld verdienen.«

»Kapitän, wenn wir es nicht verhindern können, wenn nichts dagegen zu machen ist, wollen wir wenigstens etwas daran verdienen. Als Ascanio anfing, von dieser Tourismusgeschichte zu reden, dachte ich gleich daran, hier Land zu kaufen.«

»Erstens habe ich kein Geld, um auch nur eine tote Katze zu kaufen; zweitens wird es sehr schwierig sein, die Eigentümer zu ermitteln; und drittens« – er macht eine Pause, bevor er fortfährt – »werde ich nicht die Hände in den Schoß legen, Tieta, ich werde kämpfen. Ich bin der friedfertigste Mensch von der Welt, aber diese Leute werden Agreste nicht verschmutzen, ohne daß ich protestiere. Das kommt nicht in Frage.«

Das schwere, von seinem schwachen Motor angetriebene Boot fährt langsam den Fluß hinunter. Die leidenschaftliche Stimme des Kapitäns erregt Ricardos Aufmerksamkeit. Anfangs war der Seminarist dem Gespräch nur zerstreut gefolgt, seine Gedanken folgten der Strömung. Diese Tage in Agreste, das Weihnachtsfest, hatten hartnäckige Erinnerungen und Spuren hinterlassen. Sie hatten sich ihm eingeprägt, sie sind gegenwärtig, und er genießt es, an sie zu denken. Zum erstenmal hatte er das Interesse bemerkt, mit dem ihn gewisse Frauen, auf der Straße und in der Kirche, ansahen. Die Mädchen, die sich zum Fenster hinauslehnten, folgten ihm mit den Augen, wenn er in der Soutane vorbeiging, um Padre Mariano bei der Messe zu helfen, oder wenn er in Shorts und Sporthemd auf dem Weg zum Fluß über den Platz ging. Cinira biß sich auf die Lippen, wenn sie ihn sah, und seufzte; von Dona Edna gar nicht zu reden, sogar vor der Nase ihres Mannes verschlang sie ihn mit den Augen. Bei der Verteilung der Weihnachtsgeschenke hatte Ricardo die Berührung von Dona Ednas runden Hüften gespürt, die ihn im Durcheinander anstießen. Aber die nachhaltigste und angenehmste Erinnerung ist doch die an Carol, wie sie, halbversteckt hinter dem Fenster, die Gardine beiseiteschob und ihn mit ihren halbgeöffneten fleischigen Lippen und feuchten Augen anlächelte. Als sie sah, wie er vom Spaziergang zurückkam, trat Carol vom Fenster zurück, um ihn besser beobachten und ihm zulächeln zu können – was ihr in ihrer Eigenschaft als Geliebte des reichen Mannes verboten war. Sie war jünger und dunkler als die Tante, hatte den gleichen üppigen Busen, ebensolche mächtigen und handlichen Hüften, genauso schwellendes Fleisch; wer weiß, vielleicht war sie auch so fröhlich?

In Agreste hatte sich Ricardo nicht damit aufgehalten, an diese Bewegungen, diese Lächeln, diese zerbissenen Lippen, diese schwingenden Hüften zu denken. Sie verschwanden in der Weihrauchwolke. Jetzt fahren sie im Boot zurück, im Spiegel des Flusses erblickt er Gesichter und Gebärden, sie mißfallen ihm keineswegs. Abends wird er Tieta oben auf den Dünen in den Armen halten, wie am ersten Tag. In der Gegenwart des Kapitäns waren sie die Tante und der artige Neffe. Sie schlief im Bett, er in der Hängematte. Aber im Sand, hoch oben auf den Hügeln, war von keiner Verwandtschaft die Rede, der Wind trug das Liebesgestöhn bis zur anderen Seite des Ozeans. Erst vor wenigen

Tagen hatte das Ganze begonnen, aber es schien Ricardo schon lange her zu sein, denn inzwischen war er ein anderer geworden. Wie viele Tage? Wie viele Jahre? Seltsam: Nie noch hatte er sich Gott näher gefühlt, war er von seiner Berufung zum Priesterstand so überzeugt gewesen. Warum? Als er es Bruder Timótheo sagte, fand der Franziskaner keinen Widerspruch darin, im Gegenteil.

»Du hast deine Berufung auf die Probe gestellt. Jetzt bis du in Frieden mit dir selbst.«

Ricardo erwacht aus diesen Gedanken, als er die heftige Erklärung des Kapitäns hört, dessen Stimme immer lauter wird:

»Ich werde kämpfen, und wenn ich kämpfe, dann wird es ernst.«

»Glauben Sie, daß es sich lohnt, Kapitän?« In Tietas Frage schwingt Skepsis mit.

»Das frage ich mich auch«, sagt Dona Laura besorgt.

»Und wenn es auch zu nichts führt, ich werde nicht zulassen, daß sie Mangue Seco zerstören, ohne dagegen zu protestieren.«

Das Boot pflügt das Wasser längs des Ufers des Flusses, der immer breiter wird, je mehr er sich der Mündung nähert. Die Landschaft wird immer schöner, in der Ferne ist der Ozean zu sehen, die Strömung wird stärker, das Boot scheint leichter zu werden.

Der Kapitän zeigt auf die Hügel von Mangue Seco, die vor dem Meer, in der Brandung auftauchen; aus dem Zusammenprall mit den Wogen erhebt sich ein Wasserschleier. Die Stimme des Kapitäns wird heftig.

»Haben Sie sich das schon vorgestellt: das alles völlig verschmutzt? Der Fortschritt ist eine gute Sache, aber man muß wissen, um was für eine Art Fortschritt es sich handelt.« Er heftet seine Augen auf Tieta. »Um auf das zurückzukommen, was ich eben sagte: Wenn nur ich, Barbozinha, Carmosina und noch zwei oder drei andere protestierten, so würde das wenig helfen. Aber wenn Sie, Tieta, sich mit uns zusammentun, die Stimme erheben, sich an die Spitze stellen, dann wäre alles anders ...«

»Ich? Warum?«

»Weil das Volk von Agreste zu Ihnen aufsieht. Mit Recht: da ist das Licht vom Wasserkraftwerk, die Alte, die Sie aus dem Feuer geholt haben, Ihre Erscheinung, Ihre Güte, Ihre Offenheit, Ihre Liebe zum Leben. Für die Leute von Agreste kommen Sie gleich nach der heiligen Anna. Was Sie sagen, ist Gesetz. Haben Sie das nicht bemerkt?«

»Ich weiß, daß sie mich gern haben, das haben sie immer getan. Wer mich aus Agreste verjagt hat, war der Alte, aus Angst vor den bösen Zungen der Betschwestern, nicht die Leute hier. Sie haben mich gern, aber deswegen ... Warum soll ich mich da einmischen, können Sie mir das sagen, Kapitän? Ich liebe meine Heimat, ich möchte einmal meine Tage hier beschließen, wenn ich alt bin. Aber mich deswegen in einen solchen Streit einmischen ...«

»Das ist Ihre Pflicht, erlauben Sie mir, daß ich Sie daran erinnere. Haben Sie schon daran gedacht, daß, wenn Sie jetzt die Hände in den Schoß legen, nichts mehr von alledem existieren wird, wenn Sie wiederkommen wollen, daß alles zu Ende sein wird, daß Mangue Seco ein Abfallhaufen dieser Titanfabrik sein wird? Haben Sie sich schon nach dem Grund gefragt, warum kein Land der Welt diese Industrie auf seinem Boden haben will?«

Tieta antwortet nicht, ihre Augen sind auf die Landschaft gerichtet, die sich vor ihr ausbreitet, auf die Unendlichkeit des Meeres von Mangue Seco. Ihre Heimat, ihr Ursprung, hier hat sie angefangen. Auf den Hügeln von Agreste, wo sie die Ziegen hütete, auf den Dünen von Mangue Seco, wo sie zum erstenmal besprungen wurde. Ihre Heimat? Ihr Ursprung, ja. Aber ihre Heimat ist jetzt São Paulo, die riesige, geschäftige, verschmutzte, einsame Stadt. Dort befinden sich ihre Interessen: das rentable Geschäft, das exklusivste und teuerste Freudenhaus von ganz Brasilien, das Refúgio dos Lordes, die Appartements, der Laden im Erdgeschoß, ein Haufen Geld jeden Monat, jedesmal mehr; warum soll sie sich in Agreste Unannehmlichkeiten zuziehen? Einst war sie Tieta, die Ziegenhirtin, die auf den Hügeln von Mangue Seco den Schrei des Verlangens ausgestoßen hat. Heute ist sie Madame Antoinette, die Herrin der Mädchen, die Kupplerin im Dienst von Millionären. Hier hat sie nichts verloren, an diesem Ende der Welt. Wenn das Wasser und der Himmel von Agreste, die Schönheit von Mangue Seco verschmutzt werden – tant pis.

Eine verzweifelte Bitte liegt in der Stimme des Kapitäns.

»Nur Sie mit Ihrem Prestige können Agreste retten.«

Hart wird das Gesicht von Tieta, von Madame Antoinette. Sie hat nichts mehr zu tun in Agreste, es wird Zeit, nach São Paulo zurückzukehren. Sie hat ihre Angehörigen besucht, den Frieden dieses Erdenwinkels genossen, den Ihren und der Gemeinschaft Gutes getan, den Armen geholfen, basta. Weiter hat sie nichts mehr zu tun, wiederholt sie sich selber.

Einfach den Dingen ihren Lauf lassen. Eines Tages wird sie wiederkommen und, wenn es sich lohnt, als alte und respektable Dame, die sich von den Geschäften zurückgezogen hat, die letzten Jahre ihres Lebens hier verbringen. Ein guter Ort, um den Tod zu erwarten, hatte der Handlungsreisende gesagt. Recht hatte er gehabt: Diese Gegend hier ist nur dazu gut, den Tod zu erwarten, mit ihrem Sanatoriumsklima, der Ruhe, dem Frieden, der unvergleichlichen Landschaft. Sie wollte dem Kapitän schon mit einem glatten Nein antworten, als ihr ein Zweifel kam: Hat man denn auf der Welt nicht das Recht auf einen Ort, einen einzigen nur, der gut ist, um dort den Tod zu erwarten?

»Wenn Sie nein sagen, Tieta, ist es aus mit Agreste, ist es das Ende von Mangue Seco.«

Noch bevor sie den Mund öffnen kann, ertönt, fast befehlend, Ricardos Stimme vom Heck des Boots.

»Die Tante wird ja sagen, Kapitän. Sie wird nicht zulassen, daß man Mangue Seco dem Erdboden gleich macht. Warum hätte sie sonst den Stall des Bocks Inacio gebaut?«

Tieta wendet sich um, ihr kleiner Junge ist herangewachsen, ist plötzlich ein fertiger Mann. Verblüfft lauscht sie dem entschlossenen und unbeugsamen Ton seiner Stimme.

»Ich habe den Zeitungsartikel gelesen, Kapitän, Barbozinha hat ihn mir gezeigt. Die Tante wird nicht erlauben, daß man den Fischen und den Fischern den Garaus macht. Weder sie noch ich. Wenn Sie meinen, daß ich irgend etwas tun kann, so zählen Sie auf mich, Kapitän.«

Einweihung der Immobilienbörse von Mangue Seco, wobei der junge Seminarist Ricardo den gordischen Knoten löst.

In Mangue Seco herrscht an diesem herrlichen Sonnentag, vor der Endlosigkeit des Meeres, den Sanddünen, dem grenzenlosen Kokoshain ein anscheinend vollkommener Friede. Nur anscheinend, wie kurz darauf festgestellt wurde.

In Begleitung des Kapitäns – Dona Laura ist in Toca da Sogra geblieben, zum Großreinemachen mit Gripa – überprüfen Ricardo und Tieta die Fortschritte am Bau des Sommerhäuschens. Jetzt fehlen nur noch der Zementfußboden, der Anstrich der Wände, das Einsetzen von Türen und Fenstern und die Einzäunung des Grundstücks, wo der weitblickende und geschickte Kapitän Dario in einer Ecke einen Baumstamm mit dem seltsamen Namen von Tietas Sommerhaus in den Sand gerammt hatte. Von hier aus sieht man Toca da Sogra und Nosso cantinho, das weitläufige und bequeme Wohnhaus von Modesto Pires. In einiger Entfernung vom Strand, am Flußufer, ist das von Veranden eingefaßte Haus von Doktor Caio Vilasboas zu sehen, das keinen Namen trägt.

Sie besprechen gerade mit den Maurern und Zimmerleuten die

abschließenden Arbeiten, als der Ingenieur Pedro Palmeira erscheint. Er trägt nur eine Badehose, ist sonnverbrannt und läßt seinen Sohn auf seinem Nacken reiten. Er ist ein freundlicher junger Mann, der viel spricht und gern lacht, ein guter Gefährte für die Sommerfrische; am Strand tritt er den Fußball mit den Burschen und den jungen Fischern, spielt nach der Siesta mit seiner Frau, dem Kapitän und Dona Laura eine Partie Biribá – aber an diesem Nachmittag macht er einen besorgten Eindruck. Noch bevor er Guten Tag sagt, stellt er eine Frage, die den Grund enthüllt:

»Haben Sie den Artikel von Giovanni Guimarães gelesen? Was halten Sie davon?« Er setzt das Kind auf den Boden.

»Es scheint uns das Schlimmste zu drohen«, antwortet Kapitän Dario.

»Nicht wahr? Ich habe mich heute mit Modesto darüber unterhalten. Er ist nicht meiner Meinung, er behauptet, es gäbe eine Menge Geld zu verdienen.«

Tieta verbeißt ein Lächeln und sieht den Kapitän an, um ihn an den Anfang ihres Gesprächs im Boot zu erinnern. Der junge Mann, der den Sand mit einem Kokospalmzweig aufwühlt, fährt fort:

»Es war richtig unangenehm. Ich vermeide es, mich mit Modesto über gewisse Angelegenheiten zu unterhalten, wir haben nur selten denselben Standpunkt. Aber heute ging es nicht anders, es war peinlich.«

Er springt auf, um seinen Sohn zu retten, der fast in den Resten des angerührten Zements versinkt. »Marta hat schließlich geweint; wenn sich Modesto aufregt, ist er nicht wählerisch mit seinen Worten. Für ihn kommt das Geld vor allem anderen. Noch vor den fundamentalen Werten, die von der Verschmutzung durch die Brastanio bedroht sind. Das erscheint ihm nicht wichtig.«

Tieta fühlt, wie sie rot wird. Hatte nicht auch sie vor allem anderen ans Geldverdienen gedacht? Hatte sie dem Kapitän nicht den Ankauf der Grundstücke am Flußufer vorgeschlagen, damit sie mit Gewinn weiterverkauft werden können? Mußte der Kapitän nicht vom Frieden, der Schönheit, dem Sanatoriumsklima, dem Glück für das Volk sprechen, damit sie es sich überlegte und an die anderen, höheren Werte dachte – die fundamentalen, wie der bärtige und besorgte Ingenieur sagte –, an das Recht auf Gesundheit, auf Schönheit, auf Frieden, auf einen guten Ort, um den Tod zu erwarten? Erst als Ricardo, dieser Goldjunge, im Namen von ihnen beiden eine militante Solidarität mit der Sache von Agreste verkündet hatte, stand ihr Entschluß fest.

»Modesto hat die Sommerfrische unterbrochen und ist nach Agreste gefahren, um beim Notar die alten Kaufverträge durchzusehen und herauszufinden, wem der Kokoshain gehört.«

»Das wird nicht leicht zu entdecken sein. Er hat es schon einmal wissen wollen, als er den Teil kaufte, der den Fischern gehörte, und ihn in Parzellen aufteilen wollte. Er hat nichts erreicht.«

»Weil er es aufgegeben hat, Kapitän. Als es mit der Parzellierung nicht vorwärtsging, hat er verzichtet. Aber jetzt sagt er, er würde nicht zurückkommen, ohne herausgefunden zu haben, wer wirklich die Eigentümer sind«, berichtet der Schwiegersohn. »Nach allem, was er von einem der Techniker der Brastanio erfahren hat, die vor meiner Ankunft hier aufgetaucht sind, soll der ideale Standort für die Fabrik, oder besser gesagt die Fabriken, denn es sind zwei miteinander zusammenhängende, etwas unterhalb seiner Grundstücke liegen, am Flußufer. Der Betreffende wollte wissen, wem sie gehörten, um die Direktoren über das Geschäft zu informieren. Modesto hat sich natürlich unwissend gestellt.«

»Wenn sie sich in der Stadt erkundigen, werden sie herausbekommen, daß der Kokoshain entweder den Fischern gehört oder überhaupt keine Eigentümer hat; das denkt ja alle Welt in Agreste.«

»Modesto sagte mir, er habe den ganzen Besitz der Fischer aufgekauft.«

»Das stimmt.«

»Jetzt will er noch den Rest haben, um ihn an die Brastanio weiterzuverkaufen. Jetzt muß er beim Notar sein und Doktor Franklin die Hölle heiß machen.«

Sie waren so sehr ins Gespräch vertieft, daß sie das Nahen des gestrengen Doktor Caio Vilasboas nicht bemerkten. In der Sommerfrische legt der Arzt die gewohnte Korrektheit ab, trägt keinen steifen Kragen, verbringt den ganzen Tag im Pyjama, und wenn er gezwungen ist auszugehen, zieht er den blauen Staubmantel über, den er bei den Fahrten in Jairos Marineti trägt. Beim Vorbeigehen grüßt er, vermeidet es aber, stehenzubleiben, er hat es eilig, geht in Richtung zum Strand. Sie verfolgen ihn mit neugierigen Blicken.

»Ob er dort einen Kranken hat?« fragt der Kapitän besorgt. »Doktor Caio kommt nie in diese Gegend.«

»Sollte er nicht auch ein Interessent sein, der den Kokoshain kaufen will?« vermutet der Ingenieur. »Er glaubt vielleicht, er gehört den Anwohnern.«

»So ist es und nicht anders, Sie haben ins Schwarze getroffen. Das Wettrennen beginnt. Wissen Sie, Doktor Pedro, während der Bootsfahrt habe ich Tieta gesagt, wir müßten reagieren, protestieren, diese Ungeheuerlichkeit verhindern.«

»Einverstanden. Aber wie? Wie Giovanni Guimarães sagt: Die Leute vom Kakao haben eine politische Rückendeckung, die von Bahia auch. Aber hier wird jeder meinen, er könnte mit der Errichtung der Fabrik ein Geschäft machen.«

»Wenn Tieta vorangeht, wird die ganze Bevölkerung auf unserer Seite sein.«

Der Ingenieur ist derselben Ansicht und lächelt Tieta zu.

Motorenlärm kommt den Fluß herunter.

»Das ist das Motorboot von Pirica«, stellt der Kapitän fest.

Das Boot legt trotz der Brandung an und setzt einen Passagier ab. Kapitän Dario identifiziert ihn mit dem Auge des Seemanns.

»Edmundo Ribeiro, in dieser Gegend? Das soll doch nicht heißen ...«

Der Steuereinnehmer und sein Sohn Leléu springen auf den Strand, den Hütten gegenüber, auf die sie zugehen. Ihre Füße versinken im Sand. Der Ingenieur ergänzt den angefangenen Satz des Kapitäns:

»... daß er auf der Suche nach den Eigentümern des Kokoshains ist, jawohl. Ganz sicher.«

»Noch einer. Das wird ganz verrückt werden. Wir müssen irgend etwas unternehmen.«

»Was kann man da tun?« fragt der Bärtige. »In Salvador könnten wir die Studenten mobilisieren, zu den Zeitungen gehen, mit einem Protestmarsch drohen. Aber hier ...«

Der Kapitän schüttelt gedankenvoll den Kopf. Ja, protestieren war unvermeidlich. Aber wie? Was, zum Teufel, konnten sie, auch gemeinsam mit Tieta, tun, um die Unterstützung der Bevölkerung zu erlangen?

»Was sollen wir unternehmen?« will auch Tieta wissen.

Nur mit der Badehose bekleidet, barfuß, mit bloßem bronzefarbenem Oberkörper, eher einem jungen Fischer ähnlich als einem Leviten, läßt sich Ricardo vernehmen. Seine Stimme duldet keinen Einwand.

»An dem Tag, an dem diese Subjekte wieder in Agreste oder in Mangue Seco auftauchen, verjagen wir sie.«

»Wie?« fragt der Kapitän, bevor er Begeisterungsrufe ausstößt.

»Cardo!« jubelt Tieta, die sich ihrem Neffen zuwendet, ihrem kleinen Jungen, ihrem Böcklein, ihrem Riesenbock.

»Schlag ein.« Der Ingenieur streckt seine Hand dem Seminaristen entgegen.

Zwischen dem halben Dutzend Strohhütten begegnen sich die Gestalten von Doktor Caio Vilasboas und vom Steuereinnehmer Edmundo Ribeiro, die die Immobilienbörse am Strand von Mangue Seco eröffnen.

Zwischen Ziegen und Walfischen, unter einer blauen Sonne, liegt die schöne Leonora Cantarelli in der Hängematte.

Die schöne Leonora Cantarelli liegt auf der Veranda von Perpetuas Haus in der Hängematte und nimmt den hastigen Abschiedskuß von Peto entgegen, den seine Pflichten als Billard-Fan und mehr noch die Furcht vor Strafe wegen unvorsichtiger Ausdrücke in die Bar rufen, wo sich um fünf Uhr die besten Spieler der Stadt zu einem Turnier treffen.

Wieder allein, nimmt Leonora die Bücher des Dichters De Matos Barbosa zur Hand, die ihr der Verfasser geliehen hat: zwei Bände mit Versen, einer mit philosophischen Gedanken. Er hatte sie nur unter vielen Vorsichtsmaßnahmen ausgeliehen. Sie solle gut achtgeben, denn er habe nur noch diese einzigen Exemplare, die Auflagen seien längst vergriffen. Ein einziges dieser Bücher sei heute ein wahres Vermögen wert, aber trotzdem wolle sich niemand, der sie besitze, ihrer entledigen. Eine begrenzte Auflage, schon aus dem Handel gezogen, mit zehn Holzschnitten von Calasans Neto illustriert, farbig und schwarzweiß.

Als er Leonora die vergilbten Bände übergab und mit ihr die schöne Ausgabe der *Poemas de Agreste* durchblätterte und die Illustrationen ansah, philosophierte Barbozinha über das Leben und die Launen des Schicksals. Das war das letzte Buch gewesen, das zu veröffentlichen ihm gelungen war. Nachdem er wiederhergestellt, aber doch vom Schlaganfall gezeichnet war, mit unsicherer Stimme, langsamem Gang und in Pension geschickt, war er ins freiwillige Exil gegangen, in seine friedliche Heimat, weit fort von den Buchhandlungen, den belebten Cafés und den Stammtischen, von den Spalten der Zeitungen, dem Erfolg und dem Ruhm. Aber diese ersten Ziegen und Wale, die vor elf Jahren in Holz geschnitten wurden, um die Gedichte über die Hügel von Agreste und die Anhöhen von Mangue Seco zu illustrieren – unerwartete Wale, die vom Meer kommend den Rio Real hinaufschwammen, Ziegen mit den Launen und Bewegungen von Frauen –, hatten dem jungen Holzschneider Calasans Neto, dem Caboclo Calá, einem Kerl, wie ihn der Barde Barbozinha nennt, zu einer schnellen und ruhmreichen Laufbahn verholfen; heute ist er eine nationale Größe, stellt sogar im Ausland aus, in New Orleans und in London, jawohl, meine liebe Freundin. So ist das Leben, die einen gehen die

Rampe hinauf, die anderen hinunter, stellt er ohne Bitterkeit fest; nachdem er zahllose Existenzen gelebt hat und sooft wiedergeboren wurde, beeindrucken ihn diese Höhen und Tiefen nicht mehr. Schon gar nicht jetzt, da ihn der brüderliche Freund Giovanni Guimarães, der verdienstvolle und beliebte Chronist der *Tarde*, der Vergessenheit entreißt, um ihm das Banner des Kampfes gegen die Umweltverschmutzung zu überreichen.

In zwei Nächten voll Inspiration und Wut hatte er fünf *Poeme der Verdammnis* verfaßt, um mit dem glühenden Eisen der Poesie das verkommene Antlitz der Schacherer mit dem Tode zu brandmarken. Er war mit der Absicht gekommen, sie Tieta vorzulesen, der ewigen und einzigen Muse aller veröffentlichten Bücher, die ihn mit Hand und Herz gestützt hatte, als ihn der Blitz traf und sich der Barde durch die Verse zum Lob der Brastanio der Demütigung aussetzte, jener Abscheulichkeit, die er infolge des Betrugs beging, dem er bedauerlicherweise gemeinsam mit Ascanio auf den Leim gegangen war, beide unschuldige Opfer der Perfidie.

Da er Tieta nicht antraf – die Undankbare hat ihn nicht von ihrer Fahrt nach Mangue Seco unterrichtet –, deklamierte er für Leonora zwei der fünf erlösungsträchtigen Gedichte. Die anderen drei konnten seiner Meinung nach nicht in Zeitungen oder Zeitschriften veröffentlicht werden, sie eigneten sich nicht für den Vortrag und mußten unschuldige Ohren verletzen. Er würde es wagen, sie Tieta, einer Witwe, einer guten alten Freundin, seiner ewigen Muse, vorzulesen. Leonora nicht. Denn nach dem dichterischen Schwung von Gregorio de Matos schlug er, De Matos Barbosa, mit einer harten und scharfen Sprache auf die verbrecherischen Direktoren der Brastanio ein: In einzelnen Versen glänzten Kraftausdrücke wie schwarze und rohe Diamanten – das Bild ist von Barbozinha selbst.

Die Ankunft Petos und die lärmende Begeisterung des erfolgreichen Anglers beschleunigten den Abmarsch des Barden ins Postamt, wo er die Gedichte und einen langen Brief an Giovanni Guimarães aufgeben wollte. Vorher würde er jedoch die Gedichte und den Brief seiner Freundin Carmosina vorlesen. Obwohl sie noch Jungfrau ist, erträgt sie es, jede Ungeheuerlichkeit anzuhören, sie empört sich nicht.

Dorthin gingen zuerst der Dichter, langsamen Schrittes und mit erloschener Pfeife, und dahinter der Junge, frech und zärtlich, mit dem Übermut der ersten Jugend. Leonora betrachtet die Holzschnitte, Ziegen und Wale, Felsen und Berge, das Mädchen mit dem Stab und die seltsame blaue Sonne, die über dem Wasser aufgeht; eine Narrheit oder Frechheit des Künstlers. Aber sie wundert sich nicht über diese blaue Sonne, sie war ihr vertraut. Seit ihrer Ankunft in Agreste fühlte sich Leonora von einer durchsichtigen Atmosphäre mit blauen Tönen umgeben, von einer magischen, unwirklichen Welt, in der keine Bosheit Platz hat; weder Bosheit noch Unglück. Ihre Lippen flüstern die beiden Strophen des abgelehnten Gedichts von Barbozinha, die, in denen sich der Barde auf Ascanio Trindade, den Herrn der Morgenröte, bezog.

Ein sehr beschäftigter Herr, der seit zwei Tagen und zwei Nächten keine Ruhe kennt, sein Antlitz ist besorgt, seine Augen blutunterlaufen, ein Zeichen der Schlaflosigkeit. Am ersten Abend blieb er fast stumm. Als er mit Leonora um den Platz herumging, hatte er die Hand des Mädchens ergriffen und sie zwischen die seinen genommen, als suche er Halt und Sicherheit. Der Artikel in der Zeitung machte ihn ganz krank. Zögernd, vielleicht weil sie keine Bemerkung gemacht noch Fragen gestellt hatte, sprach er über das Problem. Die Enthüllungen von Giovanni Guimarães mußten irgendeinen konkreten Hintergrund haben – sagte er –, ein Stück Wahrheit; aber wenn er, Ascanio, auch keine voreiligen Feststellungen treffen wolle, so sei er doch fast sicher, daß die exaltierte Schmähschrift des Journalisten maßlos übertrieben sei und auf irgendeinen obskuren Grund zurückgehe. Bevor man Stellung beziehe, müsse man jedenfalls abwarten, ob die Anschuldigung des Journalisten bestätigt oder entkräftet, oder von den zuständigen Fachleuten auf ihr richtiges Maß herabgeschraubt werde. Leonora ergriff seine Hand und küßte sie: Ascanio habe recht, man müsse warten, vielleicht sei das alles nichts anderes als ein Sturm im Wasserglas.

Am nächsten Tag kam er nach dem Abendessen, zur üblichen Zeit, ernst und traurig. Leonora empfing ihn an der Haustür, aber Ascanio wollte weder hereinkommen noch Perpetua Guten Abend sagen. Sie durchquerten die Anlagen des Platzes, wo verliebte Paare spazierengingen. Nach einem kurzen, drückenden Schweigen fragte er:

»Weißt du schon?«

»Von der Diskussion? Ja.«

»Entsetzlich. Ich habe den Kopf verloren, war unhöflich zum Kapitän, der soviel älter ist als ich, eine Respektsperson. Aber er hat mich beschuldigt, unehrlich zu sein.«

»Der Kapitän? Ich dachte, es war Carmosina.«

»Sie hat mich nur im Eifer der Diskussion beschimpft, das spielt keine Rolle. Aber der Kapitän sagte, ich hätte gelogen, ich hätte über die Pläne mit der Fabrik Bescheid gewußt und nichts gesagt, alle Welt betrogen. Für ihn bin ich des Vertrauens nicht würdig, das man in mich setzt. Ich weiß nicht, ob das wahr ist, aber das andere ist es: Ich habe gelogen, ich habe verheimlicht, was ich wußte; ich habe versucht, die anderen zu täuschen. Aber ich schwöre, daß ich es nur zum Wohl von Agreste getan habe. Doktor Mirko, du weißt, wer das ist, hat mich um Geheimhaltung gebeten, denn noch sei nichts entschieden, und wenn die Sache publik würde, könne alles schiefgehen. Für mich geht nichts über die Interessen von Agreste.«

Wie am Vortag, führte Leonora Ascanios Hand an ihre Lippen und küßte sie. Der junge Mann lächelte, sein Lächeln war so traurig, daß sie ermessen konnte, wie verletzt und verängstigt er war. Da blieb sie mitten auf dem Platz unter einem Baum stehen, und ohne sich um die Gegenwart der verliebten Pärchen zu kümmern, nahm sie seinen Kopf in ihre Hände und küßte ihn auf den Mund. Damit er und alle Welt wüßten, daß sie bedingungslos auf seiner Seite stand.

Während sie in der Hängematte die Holzschnitte betrachtet, die stolzen Ziegen, die friedlichen Wale, die große blaue Sonne, Traum und Wirklichkeit, zählt Leonora die Minuten. Morgens hatte ihr Ascanio mit Leoncio eine Nachricht geschickt: Er sei den ganzen Tag sehr beschäftigt mit den Problemen der Straßenpflasterung am Ortseingang – Leonora ist im Bilde über das festliche Komplott, die geplante Huldigung an die Jeanne d'Arc des Sertão –, wenn er jedoch Zeit findet, wird er zu irgendeiner Stunde vorbeikommen, um sie zu sehen. Auf Leonoras Lippen zittern die Verse Barbozinhas über den Herrn der Morgenröte.

Die Glocke der Pfarrkirche schlug fünf Uhr nachmittags. Der Herr der Morgenröte ist von Bedrohungen und Gefahren umgeben. Nur er? Oder er und sie, die Idylle von Ascanio und Leonora, die blaue Sonne von Agreste? Wo sind das Hochgefühl, die Begeisterung, die Siegesgewißheit Ascanio Trindades geblieben, der dem Fortschritt befiehlt, die Mauern der Rückständigkeit niederreißt, in der toten Stadt und im Busen von Leonora neue Hoffnungen entzündet? Niedergeschlagen ist er, unruhig, traurig, fast besiegt. Besiegt oder siegreich, das ist mir gleich, mein Geliebter.

Hier kommt er zur Tür herein, ohne erst um Erlaubnis zu bitten, von neuem hochgemut, begeistert, triumphierend, in den Händen einen Packen Zeitungen mit der Nachricht von der bevorstehenden Asphaltierung des Caminho da Lama, des Schlammwegs, und vom Straßenschild mit dem Namen Rua Dona Antonieta Esteves Cantarelli (eine verdienstvolle Bürgerin).

Die Pflasterung der Straße, das Schild und die Balkenlettern in der Zeitung, als Ascanio Trindade wieder die bedrohte Funktion eines Führers ausübt, ein Kapitel Rückblende.

Ascanio Trindade steht am Eingang zur Stadt, zwischen dem Marktplatz und der Biegung der Straße, und bespricht mit dem Baumeister Esperidão do Amor Divino Einzelheiten der Pflasterung der Straße, durch die die Drähte und Maste des Wasserkraftwerks in Agreste eindringen sollen. Mit riesiger Verspätung hupt der Marineti – ein entsetzliches Geräusch! – und erscheint dann selber inmitten einer Staubwolke, ein gleicherweise vertrauter wie erstaunlicher Anblick. Als er den Sekretär der Präfektur erblickt, bremst Jairo das Vehikel, man hört Knirschen und Explosionen, der Marineti erbebt, springt, tanzt, droht zu rutschen, auseinanderzufallen, entzweizubrechen, bleibt stehen. Das alte, unbezwingliche Herz des Motors schlägt unregelmäßig weiter – Jairo ist nicht so dumm, ihn abzustellen. Wer garantiert ihm, daß er wieder anspringt? An diesem Tage hatte er schon allerhand hinter sich.

Bis zu diesem Augenblick, in dem Jairo die Bremsen betätigt, nicht nur, um ihre Existenz festzustellen, sondern auch die Qualität der Teile, die noch alte Fabrikate sind, die heutigen sind nichts wert, war der Tag für Ascanio außergewöhnlich unangenehm gewesen. Seit er den Artikel von Giovanni Guimarães gelesen hatte, war sein Leben ein Alptraum gewesen. Vom Gespräch mit dem Doktor Mirko Stéfano bis zum explosiven Erscheinen des Artikels hatte Ascanio ein wundervolles, riesiges Luftschloß erbaut, in Voraussicht einer sensationellen Zukunft für Agreste und für sich selbst. Die in Mangue Seco errichteten Fabrikschlote fördern den Fortschritt: eine breite, vielleicht sogar doppelspurige Asphaltsraße, fast eine Autobahn, im Kokoshain eine Mustersiedlung für Arbeiter und Angestellte, ein modernes Hotel in Agreste, ein Gebäude mit mehreren Stockwerken, eine aufstrebende, reiche Gemeinde. Die Brastanio ist die Wegbereiterin für mehrere andere Industrien, die alle in den Genuß der unvergleichlichen Vorteile kommen wollen, die die Gemeinde bietet. An der Spitze von alledem der sachverständige, tüchtige, unermüdliche Verwaltungsbeamte, voll von Ideen und fähig, sie auszuführen; ein Staatsmann, Ascanio Trindade, der Präfekt von Sant'Ana do Agreste, der Gatte oder vielmehr der Verlobte der schönen und jungfräulichen, nein, nicht jungfräulichen, der schönen und keuschen Erbin aus São Paulo, Leonora Cantarelli. Manchmal verlängert er die Brautzeit, eine Zeit voll Zärtlichkeit, wenn das Verlangen nach und nach Rechte und Bereiche erobert; dann wieder beschleunigt er die Hochzeit, im Wunsch, sie schon im gemeinsamen Heim zu erblicken, und stellt sie sich schwanger vor, das engelhafte Antlitz reift, während der Leib zunimmt.

Ein Luftschloß, das durch die Explosion des Artikels in die Luft gesprengt wurde, zusammen mit seiner Gewißheit. Der junge Mann sah sich plötzlich inmitten eines Sturmes, wie jene, die gelegentlich über Mangue Seco hinwegbrausen, Kokospalmen entwurzeln, die Fischerhütten zerstören, den Ozean aufwühlen, unglaubliche Sandhosen erzeugen und die Lage und Höhe der Dünen verändern. Wenn er vorbei ist und der Friede zurückkehrt, ist die Landschaft eine andere, sie erinnert zwar an die frühere, ist aber von ihr verschieden.

Ascanio weigert sich, die Behauptungen von Giovanni Guimarães über die durch die Titandioxydindustrie hervorgerufenen Nachteile zu akzeptieren; Giovanni ist schließlich Journalist, ein Laie auf diesem Gebiet, in wissenschaftlichen Fragen nicht kompetent. Wenn es aber doch wahr sein sollte, was er in seiner Anschuldigung versichert? Vielleicht hat er sich von Physikern und Chemikern beraten lassen. Der Artikel strahlt eine äußerste Sicherheit aus, als sei der Verfasser alles dessen, was er behauptet, absolut gewiß. Nicht aller Einzelheiten, denn sogar Dona Carmosina, eine leidenschaftliche Verfechterin des Artikels, hat einen wichtigen Irrtum entdeckt, was die Farbe der Rauchfahne angeht. Wenn sich Giovanni darin geirrt hat, kann er sich auch in allem übrigen geirrt haben. Wenn er aber, abgesehen von der Rauchfahne, sonst recht hätte? Wenn diese Industrie so gefährlich wäre, tödlich für die Fische, das Ende der Fischerei und der Fischer? Es ist heutzutage eine wahre Manie, überall eine Verschmutzung zu sehen, alles Unglück auf der Welt den Fabrikschornsteinen zuzuschreiben.

Was für eine Stellung soll er nun endgültig beziehen? Wenn sich nachweisen läßt, daß Giovanni Guimarães übertrieben hat, dann ist das Problem leicht zu lösen. Wenn er aber von den Fachleuten unterstützt wird? Wird Ascanio dann mit dem Doktor Magnificus brechen, wird er ihm die Genehmigung und die versprochenen Erleichterungen für die Niederlassung der Brastanio in seiner Gemeinde verweigern, oder wird er der Gefahr der Verschmutzung ins Angesicht sehen, die wirtschaftliche Umwandlung der ganzen Zone, den aus der Industrialisierung entstehenden Reichtum als wichtiger für die Zukunft Agrestes erachten, als die geringfügige Fischerei der kleinen Siedlung von Mangue Seco, die Reinheit des Wassers, die Schönheit des Flusses? Was tun, welche Stellung beziehen, welche Partei ergreifen? Soll er auf alles verzichten, auf die administrativen Vorhaben und auf die Träume von Verlobung und Heirat, um den Fortbestand des sauberen Klimas, der klaren Schönheit, des schläfrigen Friedens zu sichern? Wozu ist der reine Himmel gut, das klare Wasser, die Schönheit, der Friede? Ein guter Ort, um den Tod zu erwarten; mit der Zeit hat sich dieser Satz des Handlungsreisenden in einen oft wiederholten, geradezu patentierten Gemeinplatz verwandelt. Besser, der Gefahr ins Auge zu blikken, einige wenige Fischer opfern – und damit dem Schmuggel an der Mündung des Rio Real ein Ende setzen, der seit fast einem Jahrhundert den gelegentlichen Razzien der Polizei trotzt –, das Wasser verschmutzen, aber im Tausch gegen Reichtum, Betrieb und unaufhaltsamen Fortschritt. In Mangue Seco gibt es wenige Fischer, und die sind Schmuggler; aber zahlreich, anständig und arbeitsam sind die von Saco, dem kleinen Flecken auf der anderen Seite der Mole, und der Tod der Fische, die Vergiftung des Wassers werden die ganze Flußmündung und das Meer davon erfassen. Mein Gott, jeder Christ oder Marxist könnte verrückt werden angesichts der Welt von Widersprüchen in dieser Angelegenheit. Erledigt, erschöpft, mit den Nerven am Ende, versucht Ascanio, das letzte Argument zu entkräften, das ihn beunruhigt: Da der Strand und das Gebiet von Saco zum Nachbarstaat Sergipe gehören, ist das Schicksal der Fischer, die dort leben, nicht seine Sache; schließlich ist er Gemeindevorstand im Staat Bahia. Aber das überzeugt ihn nicht.

Der Beweis dafür, daß es ihn nicht überzeugte, lag in dem Entschluß, den er am Morgen auf der Präfektur betreffend der unvermeidlichen Pflasterung des Caminho da Lama am Eingang der Stadt zu Ehren der Einweihung des Lichts vom Wasserkraftwerk gefaßt hatte. Die Arbeiten müssen dringend begonnen werden, in einem Monat werden die Maste schon in den Straßen von Agreste errichtet und das Licht wird von Tieta angezündet werden. Ascanio beschließt, im Zweifelsfall aus der Not eine Tugend zu machen, die erstaunlichen Versprechen des Doktor Mirko Stéfano beiseite zu lassen und wieder auf den früheren Plan, ein bescheidenes Steinpflaster, zurückzugreifen, das von den vermögenden Leuten der Gegend finanziert würde. Steine gab es übergenug im Fluß und auf den Hügeln, sie waren das einzige wirklich Billige in Agreste, abgesehen von Mangos und Cashews. Und wieder einmal hatte er, der offizielle Bettler, eine Liste herumgehen lassen.

Entschlossen, aber niedergeschlagen, ungewöhnlich zornig und gereizt, führt er ein langes und schwieriges Gespräch mit Meister Esperidião, um die Fristen und Kosten der Akkordarbeit festzulegen. Ascanio will, daß es schnell geht und billig wird, Espiridião betrachtet die mageren Angebote des Sekretärs der Präfektur als unannehmbar, besonders im Hinblick auf die kurze Zeit; er wird eine Menge Arbeiter einstellen und bis in die Nacht hinein arbeiten müssen, und auch so wird es schwierig sein, die Arbeiten rechtzeitig abnehmen zu lassen. Schließlich gehen sie an Ort und Stelle, um alles aus der Nähe zu betrachten.

Es gelingt ihnen endlich, einen Kompromiß zu schließen, als Jairo seinen Bus bremst, und der magere Espiridião do Amor Divino fast am Staub erstickt. Als er wieder atmen kann, schimpft der Baumeister:

»Da reden sie immer von Umweltverschmutzung, als ob dieser gräßliche Marineti nicht schon seit zwanzig Jahren unsere Lungen kaputtmachen würde.«

Jairo steigt aus und ergreift zwei Pakete, langsam, gleichgültig gegenüber den drei Stunden Verspätung, den Aufenthalten, der Unbeständigkeit des Motors, der an diesem Tag besonders launenhaft war.

»Zwei Pakete für Sie, Ascanio. Das hier hat mir Canuto gegeben«. Ein breites Paket, noch in der Originalverpackung, von einer Firma der Landeshauptstadt an Canuto Tavares adressiert.

Ascanio nimmt es entgegen und tastet es ab.

»Ich weiß, was es ist.« Dann wendet er sich an Espiridião. »Es ist das Straßenschild. Es ist früher gekommen, als ich erwartet hatte.«

»Das andere da hat mir Miroel vom Verkehrsbüro gegeben und gesagt, daß es dringend ist. Es muß etwas Wichtiges sein, es ist mit dem Autobus gekommen, der direkt zwischen Salvador und Aracajú verkehrt. Er hat in Esplanada gehalten, nur um dieses Stück abzugeben. So, da haben Sie es. Schnelligkeit und Leistungsfähigkeit.« Er lacht.

Von Neugier geplagt, wartet er auf die Öffnung der Pakete. Das erste enthält, wie Ascanio es vorausgesehen hatte, das Schild für die neue Straße, mit dem Namen von Dona Antonieta in weißen Buchstaben auf blauem Grund. Jairo und Espiridião kommen näher, um es zu betrachten. Ascanio hatte es durch Vermittlung von Canuto Tavares bei einem Fachgeschäft in Bahia bestellt. Der abtrünnige Beamte des Post- und Telegrafenamts ist eine Art Agent von Agreste in Esplanada, Ascanio nimmt häufig seine Dienste in Anspruch.

Dona Preciosa, die Leiterin der Volksschule, ein eiliger und entschlossener Fahrgast, steht auf, drückt auf die außergewöhnliche Hupe des Marineti und verscheucht damit die Vögel. Jairo läßt das kalt; gleichgültig gegen die riesige Verspätung springt er noch einmal herunter, um sich zu unterhalten, schließlich will er sich nichts entgehen lassen. Das Paket, das an Ascanio Trindade, Dynamischer Präfekt von Sant'Ana do Agreste, EILIG, in Großbuchstaben und noch dazu in roten, adressiert ist, enthält Zeitungen und einen Brief. Während das Geräusch der Hupe die Eidechsen in die Flucht schlägt, macht Ascanio eine der Zeitungen auf; sein Gesicht entspannt sich, die Gereiztheit, die Müdigkeit, die Bitterkeit verschwinden, als er auf der ersten Seite in großen Balkenlettern liest: DIE BRASTANIO ENTLARVT EINEN BETRÜGER und mit einem Blick feststellt, daß der entlarvte Betrüger kein anderer ist als der Chronist der *Tarde*, Giovanni Guimarães.

An der Tür des Marineti erscheint Dona Preciosa, erhebt ihre schrille und drohende Stimme, gewohnt, die Kinder auszuschimpfen, sie zu Schweigen und Gehorsam zu zwingen, und fragt mit zitternder Warze:

»Wird dieses Gequatsche noch lange dauern, Jairo?«

»Wir fahren gleich, Dona Preciosa.« Ascanio ist es, der antwortet und, gefolgt von Jairo und Espiridião auf den Bus zugeht. Er hält die Zeitungen fest, als wären sie Gold, Edelsteine, ein Mittel gegen den Tod.

Zwei Argumente pro

Unwiderlegbar sind die Argumente von Giovanni Guimarães, wie der Barde Barbozinha im Gespräch mit Leonora behauptet. Da gibt es nichts mehr zu diskutieren, das hatten schon Dona Carmosina und der Kapitän gesagt: Der Chronist der *Tarde* hatte es schwarz auf weiß nachgewiesen, hatte die i-Tüpfelchen aufgesetzt. Die Herausgeber und Redakteure von anderen Zeitungen dachten nicht so, der Beweis liegt vor Ascanio Trindade auf dem Tisch des Präfekten. Nummern von zwei Zeitungen der Landeshauptstadt, in denen die negativen Ansichten des Verfassers des *Briefes an den Dichter De Matos Barbosa* einer vollständigen Revision und harten Kritik unterworfen und einer peinlichen Gegenüberstellung mit den verantwortungsvollen Erklärungen von bedeutenden Wissenschaftlern und pflichtbewußten Verwaltungsbeamten ausgesetzt werden.

Auf einer dieser Zeitungen erscheint die aggressive Überschrift, die Ascanio schon vor der Abfahrt mit dem Marineti gesehen und die er, begeistert über die Heftigkeit des Angriffs gegen Giovanni, gelesen hatte: Betrüger wurde er da genannt, nicht mehr und nicht weniger. Die Gazette zog weder den Ruf des Artikelschreibers noch die Sympathie und die Achtung, die er genoß, in Betracht.

In einem langen Leitartikel in großen, fetten Lettern wird das Lob der Brastanio gesungen, in Sätzen und Worten, neben denen Barbozinhas Lobgesang in seinem verdammten Poem verblaßt. Im Augenblick, da die Landesregierung die Arbeiten am Industriekomplex von Aratú abschließt und damit die Vorbedingungen für einen neuen Aufschwung im Bundesstaat Bahia schafft, stellt die Niederlassung einer Industrie von der Bedeutung der Brastanio in Boa Terra, die für die Entwicklung des Landes von fundamentaler Bedeutung ist, die günstigste Nachricht in diesem ausgehenden Jahr dar, ein nicht zu übertreffendes Weihnachtsgeschenk für die Bevölkerung des Bundesstaates – so behauptet es der Leitartikel. Bahia hat das große Glück gehabt, von der Leitung des Unternehmens ausgewählt zu werden, das in unserem Bundesstaat Kapitalien von einem bisher unbekannten Ausmaß anlegen will, soweit es sich um Privatfirmen handelt. Natürlich wird auch von der Gefahr der Umweltverschmutzung gesprochen, aber immer und überall hat es Pessimisten gegeben, die sich gegen den Fortschritt stemmen, richtige Unheilspropheten. Es sind vereinzelte Stimmen von zweifelhafter Herkunft und im Dienste zwielichtiger Interessen. Wenn wir uns aus purer Neugierde damit befassen wollen, die politische Biographie dieser Gespensterseher zu untersuchen, die krächzend Gemeinheiten von sich geben, werden wir sofort eine verdächtige ideologische Einfärbung feststellen, die Moskauer Fabrikmarke. In diesem Ton geht der ganze Leitartikel weiter. Der Name von Giovanni Guimarães wird nicht genannt, das ist auch nicht nötig.

Dagegen wird in dem derselben Zeitung gewährten Interview einer der »dynamischen Direktoren der Brastanio – Indústria Brasileira de Titânio S. A. –« genannt, der »junge, erfolgreiche Unternehmer Rosalvo Lucena, ein Wirtschaftswissenschaftler von Rang, der sein Diplom von der Stiftung Getúlio Vargas erhielt, an der er lehren sollte, nachdem er an der Universität Boston in Managerial Sciences promoviert hatte«. Der Inhaber all dieser hervorragenden Qualifikationen begann damit, sich über Giovanni lustig zu machen: »Ein unterhaltender Chronist ohne wissenschaftliche Kenntnisse, der sich innerhalb der Grenzen der nichtigen Tagesereignisse halten sollte, der Polizeiberichte und der Kommentare über Siege und Niederlagen im Fußball, seine Lieblingsthemen, von denen er auch etwas versteht, der sich aber nicht mit etwas befassen dürfte, wovon er keine Ahnung hat; dadurch wird er vom Chronisten zum Betrüger, der versucht, die öffentliche Meinung gegen eine Unternehmung von großer patriotischer Bedeutung aufzuhetzen, die für Brasilien eine Ersparnis an Devisen, eine Erweiterung des Arbeitsmarktes und einen neuen Reichtum darstellen wird. Bezüglich der eingebildeten und nicht existenten tödlichen Gefahr, die die Fabriken der Brastanio nach Meinung des niederträchtigen Journalisten darstellen sollen, wäre es besser, die Ansicht eines Technikers von unbestreitbarer Kompetenz einzuholen, des Doktor Karl Bayer, ein Name, der allen, die sich für die Umweltprobleme interessieren, vertraut ist.« Auf einem dreispaltigen Foto sieht Ascanio in der Mitte der Seite den »dynamischen Doktor Rosalvo Lucena, den berühmten Wissenschaftler Bayer und den sympathischen Doktor Mirko Stéfano, neben unserem Herausgeber, anläßlich des Besuches, den sie der Redaktion unseres Blattes abgestattet haben«.

In einem außerordentlich wissenschaftlichen, unverständlichen und gerade dadurch höchst überzeugenden Text beantwortete der berühmte Techniker drei Fragen – die er selber verfaßt hatte, denn diese Reporter sind Analphabeten, was ökologische Probleme anbelangt – und erledigte damit die ganze Angelegenheit. Mit einem großen Aufwand von Ausdrücken, wie Elmenit, Chlorat, Australien, Katalysator, Vanadiumpentoxyd, Nekton, Plankton und Effluvien bewies er durch a+b, daß dieses ganze Gerede über Verschmutzung, Lebensgefahr für die Fische und Wasserverunreinigung nichts anderes war als Schwindel, eine »verächtliche Demagogie«. Wer könnte angesichts von soviel Wissenschaftlichkeit noch zweifeln?

In der anderen Zeitung, die sich von der Niederlassung der Brastanio, einer »Industrie von vordringlicher nationaler Bedeutung, einem Faktor des Wiederaufstrebens der Wirtschaft von Bahia« nicht weniger begeistert zeigte, schwang der Ingenieur Aristoteles Marinho vom Industrie- und Handelsministerium seine Feder zugunsten des Unternehmens. Es bestehe keine Gefahr, versicherte der Techniker ganz ohne schwierige Fachausdrücke und ohne Effluvien, eine bescheidene Konkurrenz zu dem germanischen Bayer. Aber immerhin wichtig, da sie die Ansicht der staatlichen Verwaltung widerspiegelte, die, wie er sagte, die Angelegenheit eingehend studiert und die lebenswichtigen Interessen der Bevölkerung in Betracht gezogen habe, um zum Schluß zu gelangen, die durch die Brastanio in diesem Bundesstaat zu errichtende Industrie sei »vollkommen ungefährlich und von außerordentlicher Bedeutung«. Abschließend versicherte er, die Bahianer könnten ruhig schlafen – die Regierung sei wachsam und werde innerhalb des Bundesstaates Bahia keine Bedrohung der Erde, des Wassers und der Luft zulassen. Wenn er von Regierung spreche, meine er sowohl die der ganzen Republik wie auch die des Bundesstaates, »die in der Verteidigung der Naturschätze und der Volksgesundheit unauflöslich miteinander verbunden sind.«

Die Zeitungen – einige Exemplare von jeder der beiden – wurden von einem kurzen Brief des Doktor Mirko Stéfano begleitet, der an seinen lieben Freund Doktor Ascanio Trindade gerichtet war; darin unterrichtete er ihn, daß sich die Brastanio der Dienste einer Straßenbaufirma versichert habe, die die Verbreiterung und Pflasterung des fünfzig Kilometer langen Straßenstücks, das Agreste mit Esplanada verbindet, studiere und ein Projekt darüber vorlegen werde. Dasselbe

Unternehmen werde, auf Rechnung der Brastanio, die Einfahrt zur Stadt asphaltieren, wie er es versprochen habe. Die Maschinen und Techniker würden in wenigen Tagen eintreffen. Der Brief erwähnte weder die Zeitungen noch Giovanni Guimarães.

Der Tod und der Knotenstock

Der alte Zé Esteves ist vor Freude gestorben, schloß Tieta, als sie die letzten Einzelheiten erfuhr. Als er den Kauf des Landes und der Herde abgeschlossen hatte und mit Jarde Antunes und dessen Sohn Josafá in den Pferch zurückgegangen war, fiel er lachend um und war tot. Er hatte nichts getan, um einen so leichten Tod zu verdienen, behauptete sein Schwiegersohn, in dessen Haus der Alte aufgebahrt wurde.

»Böse wie die Pest«, flüstert Asterio ängstlich seinem Freund Osnar ins Ohr. »Alles, was er hatte, hat er zum Fenster hinausgeworfen, aber nicht einmal die Armut hat ihn kleingekriegt, er hat überall herumkommandiert. Plötzlich ist er mit allem überschüttet worden, Tieta hat ihm jeden Wunsch erfüllt, und jetzt auch noch die Ziegen, das war zuviel.«

Sie unterhalten sich auf dem Bürgersteig, das Wohnzimmer ist gerammelt voll. Durch das Fenster sehen sie Tonha auf einem Stuhl neben dem Sarg. Dort sitzt sie, gehorsam, still, ihrem Mann zu Diensten, wie während ihres ganzen Lebens. Mit einem Blick auf die Schwiegermutter schließt Asterio Simas:

»Ein Unmensch. In seiner Nähe hat niemand die Stimme erhoben. Nicht einmal Perpetua.« Er verbessert sich: »Nur Antonieta. Angeblich von klein auf.«

Auf der anderen Seite der Bahre führt Perpetua das Taschentuch an die trockenen Augen, ihre Brust hebt sich in nicht existentem Schluchzen, während in der Küche Elisa mit Dona Carmosinas Unterstützung Kaffee und Sandwiches vorbereitet, damit sie die Nacht leichter durchstehen können.

Es war auf dem Weg nach Rocinha geschehen, auf dem Grund und Boden von Jarde Antunes, am Hang eines Hügels, der mit spärlichem Gras, Kaktusfeigen und Felsstücken übersät war, eine öde und rauhe Landschaft, gerade das richtige für die Füße und Augen von Zé Esteves, der auf solchem Boden geboren war. Jarde kümmert sich von Sonnenaufgang an persönlich um die Tiere und den Maniok. Sein Stück Erde grenzt an den Besitz von Osnar an, wo der Maniok, der Mais, die Bohnen, die Ziegen, die Schafe und die Arbeiter unter der Aufsicht seines Gevatters Lauro Branco stehen, der ihn bestimmt bei den Abrechnungen betrügt, ihm aber dafür zu Ruhe und Sorglosigkeit verhilft. Nach Osnars Ansicht ist das eine das andere wert, und auf diese Art ist der Preis nicht einmal hoch.

Josafá, ein kräftiger Caboclo mit hinterhältigem Blick, hört seinem Vater zu, wie er von den Ziegen und dem Bock spricht, und weiß, was ihn dieser endgültige Entschluß gekostet hat. Er fragt sich, aus welchem Grunde wohl Männer wie Jarde und Zé Esteves so sehr an einer wüsten und undankbaren Erde hängen, an den öden, kahlen Hügeln und den widerspenstigen Tieren. Wie die übrigen Burschen von Agreste hatte auch Josafá noch ganz jung die Eltern und das Haus aus Lehmziegeln verlassen und war in den Süden gezogen. Er hatte damit angefangen, in Itabuna den Laden von Adriano zu fegen; in zehn Jahren hatte er es geschafft, sein Teilhaber zu werden und den Traum seines Lebens zu verwirklichen: Er erwarb eine Kakaopflanzung, die noch klein war und etwa fünfhundert Arrobas produzierte, aber es war immerhin ein guter Anfang. Es war der Mühe wert, eine Arbeit für reiche Leute. Kakao anpflanzen war das gleiche wie Goldstaub pflanzen, um zweimal im Jahr Goldbarren zu ernten. Maniok und Ziegen dagegen, das war eine Arbeit für arme Teufel.

Alljährlich besuchte Josafá als guter Sohn seine Eltern zu Weihnachten und Neujahr. Vor zwei Jahren war seine Mutter gestorben, und seither versuchte er, Jarde dazu zu bringen, den Besitz und die Herde zu verkaufen und zu ihm nach Itabuna zu ziehen. Wenn er nicht fern vom Lande leben könne, solle er ihm in der Kakaopflanzung auf dem fruchtbaren Boden von Itabuna helfen. Der Vater weigerte sich, er wollte sein Stück Erde nicht gegen ein anderes eintauschen, mochte es auch fruchtbarer sein, Kakao statt Maniok, Ochsen und Kühe statt Ziegen. Doch als er diesmal kam, erfuhr Josafá von den Veränderungen, die in Agreste vor sich gingen. Er führte so kräftige Argumente ins Feld, daß Jarde ihm nichts entgegnen konnte, unter anderem, weil er ihn darauf aufmerksam machte, daß er, Josafá, der Eigentümer der Hälfte des Besitzes war, der Hinterlassenschaft seiner Mutter. Der Alte tat es widerwillig, aber er konnte nicht diese Gelegenheit versäumen, viel Geld zu bekommen, um es in neue Kakaopflanzungen zu stecken. Unlustig gab er nach.

Als Zé Esteves von der Verkaufsabsicht erfuhr, die Josafá in der Bar dos Açores verkündete und die Asterio seinem Schwiegervater mitteilte, machte er sich sofort auf den Weg und legte die dreieinhalb Kilometer zurück, die zwischen Jardes Besitz und den Straßen der Stadt lagen. Der Preis erschien ihm nicht hoch, nur mußte die Bezahlung in bar erfolgen. Wieder in Agreste, zählte Zé Esteves immer wieder das Geld, das er versteckt hielt, seinen Sparstrumpf, den er in fast zwölf Jahren angelegt hatte, seit dem ersten Scheck, den ihm seine reiche Tochter aus São Paulo geschickt hatte. Es reicht, um mehr als die Hälfte zu zahlen, aber noch fehlt ein schöner Batzen.

Er ging wieder zu Jarde und Josafá zurück und schlug ihnen vor, den größten Teil gleich zu zahlen und den Rest in Monatsraten. Josafá lehnte es ab: Er wollte das ganze Geld auf einmal und war nicht bereit, auch nur einen Heller zu kreditieren. Warum verlangte er es nicht von seiner Tochter? Für sie ist das nichts, eine Kleinigkeit, sagte er, während sich der alte Jarde schweigend zurückzog und die Verhandlungen den beiden überließ. Er ging zu den Ziegen; wenn es nach ihm ginge, würde er hier sterben, auf diesen kahlen Hügeln, in der Nähe dieser ungebärdigen Tiere.

Von der Tochter verlangen – leicht gesagt, schwer getan. Zé Esteves schüttelt den Kopf. In der kurzen Zeit, die sie in Agreste ist, hat Tieta das Haus von Dona Zulmira gekauft, eines der schönsten Wohnhäuser der Stadt, in dem er und Tonha wie Lords leben werden, hat Arbeiten ausführen lassen – überflüssig, nach Ansicht von Zé Esteves, wo hat man in Agreste schon eine Wohnung mit zwei Badezimmern gesehen, eines größer als das andere? –, hat ein Grundstück in Mangue Seco erworben, um ein Sommerhaus zu bauen, riesige Ausgaben, ein Heidengeld, und alles in bar. Tieta sieht nicht aufs Geld, wenn es um die Bequemlichkeit geht; alles muß vom besten sein, Möbel, Hausrat, Badewannen, die in Bahia bestellt werden. Man stelle sich vor: Badewannen! Wozu, zum Teufel? Diese Leute aus dem Süden wissen nicht, was sie noch erfinden sollen.

Wenn Tieta etwas haben will, diskutiert sie nicht, sondern zahlt. Aber Zé Esteves hat nie gehört, daß sie mit Maniok bepflanzte Hügelhänge haben wollte, Hügel mit Feigenkakteen und Steinen, auf denen Ziegen herumspringen. Josafá räumte ihm bis zum nächsten Tag das Vorkaufsrecht ein. Nachdem Zé Esteves keine andere Lösung sah, aß er ganz schnell zu Mittag, mietete das Boot von Pirica und fuhr den Fluß hinunter nach Mangue Seco.

»Sie hier, Vater? Was ist denn in Sie gefahren?« Tieta zeigt ihm das fast fertige Häuschen, wo ihn Ricardo, der mit dem Pinsel hilft, um seinen Segen bittet. Der Alte betrachtet seinen Enkel; der Junge hat sich herausgemacht, er sieht nicht mehr wie eine Kirchenmaus aus, wie zu Beginn der Ferien.

»Gibt es etwas Neues bei den Arbeiten am Haus?« fragt Tieta, während sie den Neubau besichtigen. »Sie müssen Ihren Liberato drängen, nehmen Sie sich ein Beispiel an Cardo, der die Leute hier wie im Takt von Trommelschlägen arbeiten läßt. Bevor ich wegfahre, will ich in unserem Haus in Agreste schlafen.«

»Du willst schon wegfahren?«

»Sobald das neue Licht angeschlossen ist. Ich warte nur noch das Fest ab. Ich bin für einen Monat gekommen und werde fast zwei hiergewesen sein.«

»Zum Fest mußt du hierbleiben, denn schließlich hast du dieses Licht nach Agreste gebracht. Wem ist denn diese Wohltat zu verdanken?«

Tieta spürt, daß sich hinter diesem Lob des Vaters Erregung und Verlegenheit verbergen.

»Wozu sind Sie gekommen, Vater? Sagen Sie es mir.«

»Ich möchte etwas mit dir besprechen.«

»Tun Sie das, ich höre.«

»Hier nicht«, sagt er mit leiser Stimme und zeigt mit den Augen auf Ricardo, die Arbeiter und Toca da Sogra, wo Kapitän Dario, der ihn bei seiner Ankunft begrüßt hat, in der Hängematte liegt und liest.

»Dann kommen Sie mit, wir wollen sehen, ob Ihre Beine noch einen Hügel hochklettern können.«

Der winzige Badeanzug läßt einen frischen blauen Fleck auf der Innenseite von Tietas Schenkel sehen. Da hat sie ein Dachsparren getroffen, dort, am Bau, erklärt sie. Sie und Ricardo arbeiten mit, um ein Beispiel zu geben. Ricardo hört die Erklärung und verbeißt ein Lächeln. Ein Glück, daß der Badeanzug das Hinterteil und den Bauch bedeckt. Er erinnert sich an die Stimme der Tante:

»Verrückter Kerl, du wirst mich noch zwingen, hier am Strand in langen Hosen herumzulaufen.«

Auch Tieta verbirgt ein Lächeln, während sie vom Dachsparren erzählt, der ihr aus den Händen geglitten ist. Angebeteter Dachsparren! Dazu die gefräßigen Lippen und Zähne, Jugend, Sand und Wellen. Ah! Die Liebe am Strand, am Meeresufer, vom Schaum liebkost. Du wilder Engel, werde ich die Kraft haben, mich aus deinen Armen zu reißen und fortzugehen?

In der ärgsten Nachmittagshitze steigen Vater und Tochter schweigend die Dünen hinauf. Sie denkt an Ricardos herrliche Unersättlichkeit, er sucht nach den passenden Worten, um seine dringende Bitte vorzubringen. Schließlich entscheidet er sich.

»Ich habe eine Bitte an dich, meine Tochter.«

»Sagen Sie es, Vater, Sie wissen, daß ich die Bitte erfülle, wenn ich kann.«

»Es ist das, was ich mir am meisten auf dieser Welt wünsche, aber du warst schon so gut zu mir, daß ich fürchte, deine Güte zu mißbrauchen.«

»Lassen Sie das doch, Vater, Sie waren doch nie so zeremoniell.

Wenn Sie etwas haben wollten, haben Sie nie gefragt, ob Sie es nehmen dürfen. Also los.«

Schritt für Schritt öffnet sich vor ihnen die gewaltige, faszinierende und endlose Landschaft. In diesem Ozean reinigten Vater und Tochter die Seele und bräunten die Haut in diesem sandführenden Wind, scharf wie ein Dolch. Der Hirtenstab ist nutzlos auf diesem beweglichen Boden, er hindert den Aufstieg mehr, als daß er ihn erleichtert. Der Alte spürt die Anstrengung, er ist nicht mehr so gelenkig und widerstandsfähig wie früher, als er hinter den Mädchen her war, als er laufend die Hügel erkletterte und über die Steine sprang, um läufige Ziegen zu erwischen und zu bespringen; die junge hübsche Frau, die er aus den Pflanzungen mitgebracht hatte, genügte ihm nicht. Trotzdem geht er weiter, ohne sich über die glühende Sommersonne zu beklagen, und denkt an seine Bitte und die Antwort, die er erhalten wird.

Dort oben setzen sie sich auf den Stamm einer Kokospalme, nachdem sie einen Augenblick lang das einzigartige Panorama betrachtet haben. Tieta gelingt es, einen noch größeren Fleck zu verbergen. Glücklicherweise hat der Wind die Spuren der Körper auf dem Sand verwischt, und am Strand hat das Meer die Erinnerung an die nächtlichen Kämpfe fortgespült. Stellen Sie sich vor, Vater, Ihre Tochter und Ihr Enkel, die es miteinander treiben. Genauso, wie ich Sie gesehen habe, als Sie die Ziegen bestiegen.

»Du weißt ja, meine Tochter, daß ich mein Leben lang Ziegen gezüchtet habe. Nachdem du fort warst, ist alles abwärts gegangen, ich glaube, es war die Strafe Gottes« – er schüttelt den Kopf, der Sand setzt sich ihm in den weißen krausen Haaren fest, einer harten Baumwollkapuze – »für meine Schlechtigkeit, dafür, daß ich dich aus dem Haus gewiesen habe. Es kann nicht anders gewesen sein.«

»Sprechen Sie nicht davon, Vater. Daran erinnert sich niemand mehr. Vergessen auch Sie es.«

»Doch, eine Strafe. Ich habe schließlich alles verloren, und wenn du mir nicht zu Hilfe gekommen wärst, müßte ich betteln gehen, denn wenn ich von Perpetua abhängig wäre, würde ich Hungers sterben, und Elisa hat selber nichts. Du hast mir alles gegeben, was ich brauche, aber bevor Gott mich zu sich beruft, hätte ich gerne noch eine Freude gehabt, außer der, dich zu sehen, die ich nicht verdient habe.«

»Vater, machen Sie Schluß mit diesen Komplimenten, sie passen nicht zu Ihnen, und Sie brauchen mir auch nicht so zu schmeicheln. Sagen Sie schon, was das für eine Freude ist, die Sie sich so sehr wünschen. Wenn ich kann, verhelfe ich Ihnen dazu.«

»Sicher kannst du, aber ich weiß nicht, ob du willst. Wie ich schon gesagt habe, würde ich mein Leben für einen halben Quadratmeter Boden und ein paar Ziegen geben. Ein paar, drei oder vier, das genügt, um mich zu beschäftigen, ein halbes Dutzend wäre schon zuviel.«

»Wenn ich Sie recht verstehe, möchten Sie wieder ein paar Hektar Erde und ein paar Ziegen haben, stimmt's?«

»Und dazu einen Bock, einen tüchtigen Zuchtbock, wie Inacio, erinnerst du dich an ihn? So einen Bock hat es nie mehr in Agreste gegeben.«

»Und ob ich mich erinnere! Ich habe meinem Häuschen seinen Namen gegeben: Stall des Bocks Inacio. Er hat niemandem gehorcht, nicht einmal Ihnen, aber mir hat er aus der Hand gefressen. Sie wollen also wieder Grund und Boden und eine Herde haben. Darüber will ich nachdenken. Oder haben Sie schon irgend etwas im Auge und darüber verhandelt?«

»Vor dir kann man doch nichts verbergen, meine Tochter, du bist schon intelligent geboren, bist genau wie ich. Elisa ist dumm, das hat sie von Tonha. Perpetua ist hinterhältig und verlogen.«

Der Alte lacht sein tiefes Lachen, heiser vom Tabakkauen, zufrieden; ein Spießgeselle. Der Sand weht über sie hinweg, bleibt in Tietas lockigem Haar hängen, im rauhen Kraushaar von Zé Esteves.

»Ich habe jeden Monat einen Teil des Geldes aufgehoben, das du mir geschickt hast. Nur was ich für Miete und Essen brauchte, habe ich genommen, den Rest habe ich gespart, mit dem Hintergedanken, eines Tages ein Stück Erde und zwei Ziegen zu kaufen. Was ich zurückgelegt habe, reicht für mehr als die Hälfte von dem, was Josafá für die Zucht von Jarde verlangt. Aber er will alles auf die Hand haben, er stundet nicht einen Groschen. Wenn er das ganze Geld auf einmal sieht, ist er imstande, etwas nachzulassen«, fügt er hinzu, um sie zu überreden.

»Und wieviel fehlt Ihnen noch, Vater?«

Tieta denkt an ihren Koffer, der voll Banknoten war, als sie ankam, und der jetzt fast leer ist. Sie hat viel ausgegeben in Agreste, hat ein Haus gekauft, ein anderes gebaut, Möbel erworben, Badewannen, Kloschüsseln und Spiegel aus Bahia kommen lassen und noch allen möglichen Leuten geholfen. Ein Stück Erde, Ziegen und ein Bock, um die letzten Lebensjahre des alten Zé Esteves zu verschönern, das ist hinausgeworfenes Geld. Hatte sie ihm nicht schon Sicherheit im Alter gegeben, wird sie ihn nicht aus der Hütte herausholen, in der er lebt, damit er in einem bequemen, für Agreste geradezu luxuriösen Haus wohnen kann? Will er noch mehr haben? Tieta schätzt es nicht, daß man sie ausnutzt, und vergeuden will sie auch nichts.

Die Besorgnis spiegelt sich im flehenden Antlitz des Alten, wie er dasteht, in Erwartung ihrer Antwort, hoch oben auf den Dünen von Mangue Seco, in der Hand den Knotenstock, noch aus der Zeit, als er eine große Herde besaß und seinen Töchtern seinen Willen aufzwang, indem er den Riemen aus ungegerbtem Leder und diesen Hirtenstock auf ihre Beine und ihren Rücken niedersausen ließ. Als sie ihn so bekümmert sieht, muß Tieta an Felipe denken, der ihr erklärt hatte, wieviel tiefer und reiner die Freude des Gebens sei als die des Empfangens, jedesmal wenn er ihr teure, absurde und unnütze Dinge kaufte, um ihre Launen und ihre Eitelkeit zu befriedigen. Felipe hatte sie das einzigartige Vergnügen gelehrt, andere glücklich zu machen. Wenn sie flüssiges Geld brauchte, würde sie Modesto Pires einen Scheck geben, der Besitzer der Gerberei hatte sich erbötig gemacht, ihr einen einzulösen, wann immer sie es nötig hätte.

»Nun, dann gehen Sie und schließen Sie das Geschäft ab, Vater.«

Zé Esteves blieb stumm, und einen Augenblick lang verzog sich sein Gesicht zu einer schmerzlichen Miene, die Freude war so groß, daß sie wie ein scharfer Schmerz war. Er packt seinen Knotenstock, erhebt sich mühsam und steigt neben seiner Tochter die Dünen hinab; sie lächelt zufrieden, als sie sieht, wie ihm die Worte fehlen. Zusammen gehen sie zum Strand, wo Piricas Boot auf sie wartet. Bevor sie einsteigen, versucht der Alte, die Hände seiner Tochter zu küssen, aber Tieta läßt es nicht zu. Der Motorenlärm bei der Abfahrt wird von einem anderen, noch viel stärkeren übertönt. Ein Hubschrauber kommt vom Meer und überfliegt den Kokoshain, so niedrig, daß man in der Kabine drei Personen sehen kann, von denen zwei die Gegend mit einem Fernglas betrachten.

Als Zé Esteves in Agreste angekommen war, ging er weder nach Hause noch ins neue Haus, um zu sehen, wie die Arbeiten vorangingen, und auch nicht in die Bar, um über den Hubschrauber zu berichten. Vom Anlegeplatz begab er sich direkt zur Straße nach Rocinha und schlug zum drittenmal an demselben Tage den Weg zum Besitz von Jarde ein. Er stützte sich schwer auf den Stock, der Aufstieg zu den Dünen hatte seine Beine ermüdet, und das Atmen wurde ihm schwer.

Bevor er auf die Angelegenheit zu sprechen kam, erzählte er Jarde und Josafá vom Erscheinen der Flugmaschine und von den Männern, die mit ihren Ferngläsern das Gelände am Kokoshain von Mangue Seco untersuchten. Josafá hörte aufmerksam zu und machte keine Bemerkung. Nur Jarde sagte:

»Das sind die Leute von dieser Fabrik, die die Fische ausrottet. Haben Sie das nicht gewußt?«

Aber Zé Esteves antwortete nicht, er war damit beschäftigt, Josafás Preis herunterzuhandeln; er erreichte auch einen kleinen Nachlaß. Nachdem alle Einzelheiten festgelegt waren – am selben Nachmittag wollte er Pirica nochmals mit einer Botschaft wegen des restlichen Geldes nach Mangue Seco zu Tieta schicken –, ging er, ohne seine Befriedigung verbergen zu können, mit Jarde und Josafá zum Gehege, um die Ziegen anzuschauen. Während sie sich unterhielten, hatten sie ein paar Schluck Cachaça genehmigt, um die Müdigkeit von Zé Esteves zu überwinden und Jardes trauriges Gesicht aufzuhellen.

Im Pferch bewunderte er wieder einmal den Vater der Herde, einen jungen, schönen Bock von guter Haltung und kräftigem Gemecker, namens Seu Mé. Josafá nahm das Tier bei den Hörnern, damit Zé Esteves es besser begutachten könne. Als er auf seinen beachtlichen Sack hinwies, brach der neue Besitzer in Lachen aus, der glücklichste Mensch auf der Welt. So glücklich, daß ihm die Luft ausging; die Freude hatte keinen Platz in der Brust, und das Herz versagte unter dem riesigen Gewicht.

Lachend fiel er zu Boden, die Hand nach dem Ziegenbock ausgestreckt und auf seine Eier zeigend. So berichtete es Jarde Asterio Simas, als er ihm den Leichnam seines Schwiegervaters übergab.

Das kleine Wohnzimmer von Asterios Haus war voll von Menschen, und einige unterhielten sich sogar auf dem Bürgersteig, als Tieta in Begleitung von Ricardo, Kapitän Dario und Dona Laura aus Mangue Seco ankam, wo man sie vom Vorgefallenen verständigt hatte.

»Es hat ihn mitten im Lachen überrascht, er hat nichts gespürt«, wiederholte Asterio seiner Schwägerin die Einzelheiten, die er von Jarde und Josafá erfahren hatte.

»Er ist vor Freude gestorben«, sagte Tieta.

Um diese Zeit wußte sie noch nichts von dem Anteil – dem indirekten Anteil –, den die Brastanio am Tod des alten Zé Esteves hatte. Von ihrem Schwager geführt, geht sie auf den Sarg zu und umarmt Tonha. Die Schwestern eilen herbei, jemand weckt Peto. Auch Leonora nähert sich den Angehörigen und küßt ihr Mamachen.

Für die Verwandten in Agreste ist der Tod von Zé Esteves eine Befreiung. Aber Tieta hatte ihren Vater erst vor einem Monat wiedergefunden. Sechsundzwanzig Jahre lang hatte sie ihn nicht gesehen, hatte seit den weit zurückliegenden Prügeln und ihrer Verstoßung nicht unter ihm zu leiden gehabt. Jetzt, in Agreste, hatte sie sich über seine plötzlichen Einfälle amüsiert, hatte sich gefreut, wenn er ankam, tabakkauend, brummig und streitlustig, aber immer noch voll Ambitionen, Projekten und Späßen, er konnte lachen, ein rüder Befehlshaber mit dem Stock in der Faust. Sie erkannte sich im Alten wieder.

Asterio hat eine betrübte Miene aufgesetzt, Elisa schluchzt, Perpetua trocknet die Augen mit dem schwarzen Taschentuch, läßt den Schmerz einer untröstlichen Tochter zum Himmel aufsteigen. Tieta weint nicht und erhebt nicht die Stimme. Ganz leicht streicht sie mit der Hand über das Gesicht des Vaters, dieses braungebrannte, dunkle, steinerne Gesicht. Von den drei Schwestern hat nur sie ein kostbares Gut verloren, einen geliebten Menschen, nur sie ist jetzt verwaist. Sie und Tonha, die schutzlose Tonha.

Er starb, als er über den Bock lachte, glücklich mit seinen neuen Ziegen, auf seinem wiedereroberten Stück Erde. Tieta nimmt den Stock an sich, der verlassen in einer Ecke steht, geht auf den Bürgersteig hinaus, wo eine rege Unterhaltung im Gange ist, wie es sich für eine gute Totenwache gehört.

Das Begräbnis des alten Zé Esteves, der die friedlichen Seiten dieses bewegenden Romans von seiner rustikalen und derben Gegenwart befreit.

Das Begräbnis von Zé Esteves diente Tieta zur Bestätigung ihres Prestiges. Wenn der Alte ins Gras gebissen hätte, bevor sie, die Paulistanerin, die reiche Witwe, in die Stadt zurückgekehrt war, dann hätte ihn, außer der Familie, nicht einmal ein Dutzend Menschen begleitet.

Dank Tietas Anwesenheit wurde es zu einem Ereignis. Bevor der Sarg hinausgetragen wurde, las Padre Mariano die Totenmesse im Haus von Elisa und bat Gott, diese Seele in seinem Schoß zu empfangen und sie mit seiner unendlichen Barmherzigkeit zu behüten. Viel Barmherzigkeit braucht die Seele von Zé Esteves, denkt Padre Mariano, während er Worte des Lobes und des Mitgefühls spricht. Er suchte nach guten Eigenschaften des Verstorbenen, die er preisen könnte, und nachdem er keine fand, lobte er die Töchter, die alle drei ungewöhnliche Tugenden besaßen. Er erwähnte die Frömmigkeit Perpetuas, einer der Säulen der Pfarre, Muster einer katholischen Mutter, die Bescheidenheit Elisas und ihre innige Zuneigung zu ihrem Mann, eine vorbildliche Gattin, und schließlich die hervorragenden Eigenschaften Antonietas, »deren Ehemann, auf Grund außergewöhnlicher Verdienste, einen Titel des Vatikans geführt hatte, der ihm vom Vater der Christenheit, Seiner Heiligkeit, dem Papst, verliehen worden war«, was sie selbst zu einer der Kirche nahestehenden Person machte. Durch ihren fruchtbringenden Besuch hatte sie Agreste eine Wohltat von unschätzbarem Wert erwiesen, das Licht von Paulo Afonso, und der Pfarrkirche eine neue elektrische Anlage gestiftet. Überdies hatte sie einen heldenhaften Beweis von Hingabe und Liebe zum Nächsten abgegeben, als sie sich unter Lebensgefahr in die Flammen stürzte, um eine arme Greisin vor einem entsetzlichen Tod zu retten. Es fehlte nicht viel, und die Anwesenden hätten der Beredsamkeit des Geistlichen bei der Lobpreisung der Tugenden der Schwestern Esteves applaudiert, der Frau Batista, der Frau Simas und der Frau Cantarelli, im Fall der letzteren nicht nur der Tugenden, sondern auch der Taten.

Die Einwohnerschaft erschien in Massen. Neben den Tragringen des Sarges standen, außer Asterio, die Notabeln der Stadt: der Barde Barbozinha, Modesto Pires, der Kapitän, Doktor Vilasboas, Osnar, Ascanio Trindade. Ascanio überbrachte die Kondolenz seines Paten, des Obersten Artur de Figueiredo, des amtierenden Präfekten, der in Tapitanga geblieben war. Er geht zu keinem Begräbnis von alten Leuten. Der Tod und die Beerdigung von solchen unter sechzig machen ihm nichts aus, aber das Sterben eines Greises verdrießt ihn. Er läßt sich bei den Schwestern und bei Asterio entschuldigen, er wird später kommen, um ihnen sein Beileid auszusprechen.

Aus Ascanios Tasche ragt die Zeitung, die ihm Doktor Mirko Stéfano geschickt hat. Er möchte sie dem Kapitän unter die Nase reiben, ihn die Beleidigungen, die Beschuldigung der Unanständigkeit hinunterschlucken lassen. Unter die Nase reiben, hinunterschlucken lassen, das sind nur so Ausdrücke. Denn diese Absichten haben nichts mit physischer Gewalttätigkeit zu tun, nur mit moralischer Wiedergutmachung. Während Ascanio Trindade die Tragringe des Sarges ergreift und mithilft, den Leichnam von Zé Esteves ins Grab zu legen, wölbt er die Brust und trägt im Geiste den stolzen Federbusch des Kapitäns der Musketiere von Agreste, des d'Artagnan der Morgenröte.

Ein Kapitel voll Hast und Gewinnsucht, in dem der Kokospalmenhain aufgewertet wird.

Wieder nach Hause zurückgekehrt, noch bevor sie Zeit haben, sich umzukleiden, sagt Perpetua, die im Gejammer innehält:

»Jetzt müssen wir uns über die Erbschaft unterhalten.«

»Erbschaft?« wundert sich Tieta. »Der Alte hat nichts hinterlassen.«

»Nichts hinterlassen? Das denkst du. Jeden Monat hat er das Geld, das du geschickt hast, versteckt, außer dem bißchen für den Markt und die Miete. Der Rest ist verschwunden. Er hat nie einen Groschen ausgegeben, um mir oder Elisa oder den Enkeln ein Geschenk zu machen. Besucht hat er uns nur zur Stunde des Mittagessens oder des Abendessens, hast du das nicht bemerkt? Er muß eine Menge Geld versteckt haben.«

Ersparnisse von mehr als zehn, von zwölf Jahren, einen beachtlichen Batzen. Und wozu, das viele Geld? Perpetua erregt sich, während sie erzählt, ihre unangenehme, schrille Stimme wird bei diesem Gesprächsthema noch rauher.

»Ich habe ihn öfters gefragt, was er mit diesem Geld machen will, er hat mir geantwortet, ich solle mich um meine eigenen Angelegenheiten kümmern. Ich habe ihm geraten, es auf die Sparkasse zu bringen oder es Modesto zu geben, damit es Zinsen bringt. Er wollte nicht, er hatte zu niemandem Vertrauen, am allerwenigsten zu einer Bank. Ich glaube, er hat ohne Not gespart« – sie senkt die Stimme –, »aus purer Bosheit, Gott verzeihe es mir.«

»Sei doch etwas pietätvoller, Perpetua, es ist noch nicht eine Stunde her, daß wir den Alten begraben haben. Statt an seine Fehler zu denken, sollten wir uns daran erinnern, daß er unser Vater war.«

Perpetua macht einen Rückzieher, sie möchte Tieta nicht mißfallen.

»Du hast recht. Auch Padre Mariano sagt, daß mir die Gabe der Barmherzigkeit fehlt. Es ist meine Pflicht zu weinen, ich weiß. Aber was willst du? Wenn ich denke, was wir von ihm aushalten mußten . . . Du weißt es am besten.«

»Ja, ich weiß es. Aber trotzdem bedaure ich seinen Tod, er war mein Vater, er hatte Fehler und Vorzüge, gute Eigenschaften. Er war offen und ehrlich, und wenn er etwas haben wollte, verstand er es, darum zu kämpfen.«

»Vorzüge? Ich bitte dich! Aber jetzt ist er tot, und damit basta. Um auf das zurückzukommen, was uns interessiert, wir müssen entdecken, wo er das Geld versteckt hatte. Vielleicht weiß es Mutter Tonha. Wenn wir es finden, ziehen wir einen Teil ab, für die Ausgaben, die wir durch die Totenwache und das Begräbnis gehabt haben; du warst nicht hier, ich mußte alles zahlen. Dann noch etwas, um die Messen am siebenten und am dreißigsten Tag lesen zu lassen. Den Rest teilen wir zwischen Mutter Tonha und uns dreien auf. Die eine Hälfte für sie, die andere für uns. Wenn jemand noch mehr Messen will, soll er sie aus seiner Tasche zahlen.«

Aus Furcht, die reiche Schwester, die großzügige Tante zu empören, kündigt sie einen großartigen Beweis ihrer Kindesliebe an:

»Ich selbst werde noch drei lesen lassen: eine in meinem Namen und zwei im Namen eines jeden der beiden Jungen. Und jedes Jahr, solange mir Gott das Leben schenkt, werde ich an seinem Todestag eine Messe zelebrieren lassen.« Sie kann nicht anders, sie muß noch etwas hinzufügen. »Ich glaube, das ist besser, als gute Eigenschaften erfinden, die der Vater nicht hatte.«

Tieta setzt sich, müde und überdrüssig. Es hat keinen Sinn, zu diskutieren, verlorene Zeit. Kein Argument wird Perpetuas Meinung ändern können. Sie zieht sich zurück.

»Ich gehe mich umziehen, baden und schlafen, ich bin ganz erledigt.«

Am Abend zuvor war Pirica mit Asterios Botschaft zu ihr auf die Hügel gekommen, wo sie sich mit Ricardo vergnügte. Ein Glück, daß der Kapitän gerufen hatte, um sie zu entdecken. Nachdem er ihr die Nachricht überbracht hatte, sprach Pirica über den Tod des Alten.

»Ich hatte ihn gerade in meinem Boot hierher- und wieder zurückgebracht. Er war so zufrieden, daß er mir sogar ein Trinkgeld gab.«

Den Rest der Nacht hatte sie bei der Totenwache verbracht, Beileidsbezeigungen entgegengenommen, immer wieder die gleichen Worte wiederholt, Geschichten über Zé Esteves angehört, einige waren komisch, andere deftig, aus der Zeit des Wohlstands. Dann, am Morgen des Begräbnisses, kam, in diesem enganliegenden, für das Klima von São Paulo gemachten Kleid, der Weg zum Friedhof, die Grablegung, das Vorbeiziehen der kondolierenden Bevölkerung, der melancholische Heimweg. Tieta will nur schlafen, an nichts denken, nicht einmal an Ricardo, sie fühlte sich plötzlich fremd in Agreste. Eine der Bindungen, die sie an den Heimatort fesselten, war gerissen, und zum ersten Mal seit ihrer Ankunft empfindet sie wirklich den Wunsch, nach São Paulo zurückzukehren.

Sie hatte sich ausgekleidet, um unter die Dusche zu gehen, ins Bett zu fallen und zu schlafen, ohne an die Stunde des Aufwachens zu denken, als ihr Perpetua aus dem Eßzimmer herüber den Besuch von Jarde und Josafá ankündigte; sie müßten sie dringend sprechen, es ginge um eine ernste Sache. Tieta wirft einen Morgenrock über, geht ihnen entgegen und führt sie in die Veranda. Perpetua schleicht in der Nähe umher.

Sie setzen sich. Jarde dreht seinen Hut in den Händen und senkt den Blick, geblendet vom Anblick der Büste der Paulistanerin, die die Spitzen des Déshabillé nur ungenügend verdecken. Josafá ergreift das Wort.

»Entschuldigen Sie, Dona Antonieta, daß wir Sie zu einer so unpassenden Stunde belästigen, aber die Sache ist eilig, und deshalb blieb uns nichts anderes übrig, dem Vater und mir.«

»Geht es um den Kauf Ihres Besitzes?«

»Ja. Und der Herde. Herr Zé Esteves sagte, er habe mit Ihnen gesprochen, und Sie wollten den Rest zahlen.«

»Aber jetzt ist er gestorben.«

»Deswegen sind wir ja hier. Als er von Mangue Seco zurückkam, hat er einen Nachlaß verlangt, den wir ihm auch gegeben haben, weil wir es eilig hatten, das Geschäft abzuschließen. Dann gab er uns als Sicherheit einen Teil des Kaufpreises, mehr als die Hälfte.« Er steckt eine Hand in die Hosentasche und zieht einen mit einem verblichenen rosafarbenen Band verschnürten Packen Banknoten heraus, den er neben Tieta auf einen Stuhl legt. »Hier ist das Geld, das uns Zé Esteves gegeben hat, ganz im Vertrauen. Er wollte keine Bestätigung haben ...«

»So ein Narr!« denkt Perpetua, als sie diesen Unsinn hört. Sie war nähergekommen, sobald sie den Grund des Besuchs erfaßt hatte: Der Alte hatte Land und Ziegen gekauft, ganz heimlich, ohne ihr etwas zu sagen, dafür hatte er also in all den Jahren gespart.

Jarde ist zerstreut, seine Augen werden vom Ausschnitt des Morgenrocks angezogen. Tieta zupft ihn zurecht, sie muß vorsichtig sein, wegen der blauen Flecken auf den Brüsten, den Schenkeln, dem Leib; auf dem ganzen Körper trägt sie die Spuren von Ricardos Lippen. Auch in diesem Augenblick, eben erst vom Begräbnis zurückgekehrt, spürt sie einen kalten Schauer der Lust, während sie über Geschäfte redet und Jarde dabei ertappt, wie er ihr in den Ausschnitt guckt. Zur Müdigkeit kommt jetzt das Verlangen, eine süße Ermattung.

»Wir sind gekommen, um Ihnen das Geld zu bringen«, fährt Josafá fort. »Ein Jammer, daß Herr Zé Esteves gestorben ist, er wollte um jeden Preis das Land und die Ziegen haben, er war ganz verrückt nach Seu Mé.«

Er bemerkt Tietas verständnislosen Blick und erklärt:

»Seu Mé ist der Vater der Herde, ein riesiger Bock, eine wahre Pracht.«

Er erhebt sich, ein großer, stattlicher Caboclo. Jarde, der noch ganz verdattert ist, tut es ihm nach. Bevor er ihr die Hand zum Abschied reicht, sagt Josafá mit Bedauern in der Stimme:

»Auch für uns war der Tod von Herrn Zé Esteves ein harter Schlag, der Verkauf war schon abgeschlossen, jetzt muß er rückgängig gemacht werden. Wir werden jetzt Herrn Osnar ein Angebot machen, sein Besitz grenzt an den unseren, nur daß der seine ein Koloß ist, nur der vom Oberst Artur ist noch größer. Wenn sich Herr Osnar nicht dafür interessiert, werden wir uns anstrengen müssen, einen Käufer zu finden, und Sie wissen ja, wie es ist, wenn man es eilig hat ...«

»Warum haben Sie es denn so eilig, Herr Josafá? Gerade diese Eile, diese Hast hat dem Herzen des Alten den Rest gegeben.«

»Wir brauchen dieses Geld, mein Vater und ich, um einen Rechtsanwalt in Itabuna zu nehmen, den Doktor Marcolino Pitombo; in Streitsachen über Grundbesitz kann sich keiner mit ihm messen.«

»Führen Sie dort einen Prozeß?«

»Dort nicht. Hier. Ich werde den Doktor Marcolino nach Agreste bringen, und dazu brauche ich Geld; deshalb will ich die Pflanzung und die Herde verkaufen. Ich habe auch etwas in Itabuna, aber ich brauche einen größeren Betrag, um den Doktor zu verpflichten und herzubringen.«

»Hierher? Und wozu, wenn ich fragen darf?«

»Sie kennen den Kokospalmenhain von Mangue Seco, Sie haben ein Grundstück in dem Teil gekauft, der Modesto Pires gehört, Herr Zé Esteves hat es mir gesagt. Wissen Sie, wer der Eigentümer des Restes ist, des Geländes zwischen Quebra Pedra und der Grenze von Herrn Modesto? Des Geländes, das jetzt diese Gesellschaft kaufen will, um eine Fabrik zu bauen? Das sind wir, mein Vater und Ihr ergebenster Diener.«

»Der Kokoshain? Man hat mir gesagt, daß niemand genau weiß, wer die Eigentümer sind, erst kürzlich hat der Kapitän davon gesprochen.«

»Ich weiß nicht, ob sonst noch jemand ein Anrecht darauf hat. Es ist schon möglich. Wenn ja, soll er erscheinen, einen Anwalt nehmen, wie ich das tun will, und Beweise vorlegen. Denn ich werde die meinen vorzeigen. Das ist eine alte Erbschaft, Dona Antonieta, das geht aus den Büchern im Notariat hervor. Nur haben sich mein Vater und mein Großvater nie darum gekümmert; wer hat schon den Kokoshain für wertvoll gehalten, wo mehr Watt als Erde ist? Ich selbst habe erst jetzt seine Bedeutung erkannt. Mein Vater hat mir diese Geschichte von der Fabrik erzählt, da ist ihm eingefallen, daß dieses Land uns gehört. Ich bin der Sache nachgegangen und habe erfahren, daß die Ingenieure dort herumlaufen. Erst gestern hat mir Herr Zé Esteves gesagt, daß ein Hubschrauber über die Kokospalmen geflogen ist, Sie haben ihn ja auch gesehen.«

»Das stimmt. Sie müssen sich wirklich beeilen, denn es gibt eine Menge wichtige Leute, die sich für den Kokoshain interessieren.«

»Wie auch nicht, wenn sogar die Deutschen kaufen wollen.«

»Die Deutschen?«

»Das habe ich in Itabuna sagen hören, sie haben auch dort geschnüffelt und einen Platz für die Fabrik am Rio Cachoeira gesucht. Aber da ist ein Mordsgeschrei entstanden, das heute noch anhält, weil es heißt, daß diese Fabrik alle Fische und Krabben kaputtmacht und Gift ins Meer fließen läßt. Ich habe sogar ein Papier unterschrieben, in dem gegen den Bau dieser Fabrik protestiert wird. Aber hier bin ich dafür. Das ist ein guter Platz für eine solche Fabrik, die Landarbeit lohnt nicht, und die Ziege ist ein Tier, das nicht umzubringen ist.«

»Die Ziegen halten das vielleicht aus. Aber die Fische werden vergiftet und sterben, dann ist es aus mit der Fischerei.

»Also, Dona Antonieta, in Mangue Seco gibt es doch nur ein halbes Dutzend Faulpelze, die vom Schmuggel leben. Durch die Errichtung der Fabrik werden sie zu Arbeitern werden, werden lernen, zu arbeiten.«

»Aber in Saco ist die Fischerei die einzige Einnahmequelle der Bevölkerung. Und dort ist die Fischersiedlung groß.«

Josafá lacht verschmitzt und wiederholt mit lauter Stimme das Argument, das Ascanio Trindade wohl denkt, aber nicht auszusprechen wagt:

»Die Leute von Saco? Das ist Sache der Sergipanos, Saco liegt auf der anderen Seite der Flußmündung, sie sollen sehen, wo sie bleiben. Ich will meine Grundstücke den Deutschen verkaufen. Wir haben ein Papier in der Hand.«

Sie unterhalten sich im Stehen, Jarde kann nicht anders, er späht durch die Spitzen des Negligé, was für eine schöne Haut, was für ein rundliches Euter, wie von einer ausgewachsenen Ziege. Josafá greift in die innere Rocktasche, holt seine Brieftasche heraus, entnimmt ihr ein vergilbtes Blatt und reicht es Tieta. Ein uralter Brief mit verblaßter Tinte, in dem sich Hinweise auf das Land am Flußufer in Richtung zum Meer befinden, Eigentum der Familie Antunes.

»Antunes gibt es in Agreste, soviel ich weiß, nur mich und meinen Vater, keine anderen. Ich habe mich beim Notar erkundigt, Doktor Franklin hat mir gesagt, daß der Name meines Ururgroßvaters, Manuel Bezerra Antunes, dort im Vertrag steht. Nach dieser Geschichte mit der Fabrik gibt es jetzt ich weiß nicht wieviele, die behaupten, die Eigentümer zu sein. Deshalb gehe ich ja zum Anwalt, um einen Besitztitel zu bekommen. In solchen Landfragen kennt sich keiner so aus wie der Doktor Marcolino. Er hat seine Laufbahn als Anwalt vom Oberst Basilio begonnen, stellen Sie sich vor!«

»Oberst Basilio? Wer ist denn das?«

»Ein großes Tier aus dem Süden des Bundesstaats, er hat Wälder gerodet, ein tapferer und ordentlicher Mann. Er hat dort ein Problem gehabt, das nicht einmal mit Kugeln zu lösen war. Aber Doktor Marcolino, der damals ganz jung war, hat die Besitzansprüche abgegrenzt und vor Gericht gewonnen. Jetzt ist er alt, aber er hat sich sein Leben lang mit solchen Prozessen befaßt. Um ihn herzubringen, muß ich die Hügel und die Ziegen verkaufen. Dann verhandle ich mit den Deutschen wegen des Kokoshains und kaufe mir eine Kakaopflanzung.«

»Ich verstehe.«

Bevor sie die Hand drückt, die Josafá ihr reicht, und Jardes Fingerspitzen berührt, verharrt Tieta einen Augenblick in Nachdenken und fragt:

»Sagten Sie nicht, Ihr Land grenzt an das von Osnar?«

»Genau. Sein Land und das unsere liegen dicht nebeneinander.«

»Hören Sie, Herr Josafá. Wenn Sie bis morgen früh keinen Käufer gefunden haben, kommen Sie wieder her, und wir sprechen darüber.«

»Wenn Sie kaufen wollen, suche ich niemand anderen.«

»Herr Josafá, ich bin gestern aus Mangue Seco gekommen und habe vom Tod meines Vaters erfahren; ich habe die ganze Nacht keine Minute geschlafen und bin erst vor kurzem vom Friedhof gekommen. Ich fasse nicht gerne einen Entschluß, ohne ihn mir zu überlegen. Ich nagle Sie nicht fest: Wenn Sie keinen Käufer finden, kommen Sie morgen früh vorbei, und ich werde Ihnen sagen, was ich beschlossen habe.«

»Da es sich um Sie handelt, Dona Antonieta, werde ich warten und mit niemandem sprechen, bevor ich Ihre Antwort habe. Für mich kommt hier in Agreste nur eine vor Ihnen: die heilige Anna. In Itabuna hat man mir vom Licht des Wasserkraftwerks erzählt, ich konnte es kaum glauben, das ist wie ein Wunder. Und hier habe ich vom Brand erfahren, Gott segne Sie!«

Der offene und entschlossene Caboclo drückt ihr fest und warm die Hand. Jarde reicht ihr die Fingerspitzen und schlägt die Augen nieder. So reich, so heldenhaft, fast heilig, und dabei eine tolle Frau.

Perpetua geleitet sie bis zur Haustür. Sie kommt zurück, und ihre Stimme ist noch schärfer geworden.

»Also dafür hat der Alte sein Geld versteckt, um Land und Ziegen zu kaufen. In seinem Alter, verrückt!« Sie nimmt den Packen Banknoten und wiegt ihn in der Hand. »Er hat kümmerlich gelebt, bei anderen gegessen, mit diesem Heidengeld, das er versteckt hatte. Und du wolltest den Rest zahlen, ihm dieses Land schenken, warum denn?«

»Weil er, wenn er etwas haben wollte, es unbedingt haben mußte. Genau wie ich, Perpetua. Genau wie du, wir sind gleich. Er fehlt mir sehr.«

»Deshalb willst du Jarde die Herde und das Land abkaufen? Oder willst du dich mit ihm und Josafá zusammentun, wegen der Grundstücke am Kokoshain? Das ist es, nicht wahr?«

Tieta läßt die Frage unbeantwortet und geht in ihr Zimmer. Perpetua beobachtet sie von hinten, wie sie geht, mit festem Schritt, die Hüften schwingend, gleichgültig gegenüber der Meinung der anderen;

sie denkt an ihren alten Vater. Ein verrücktes Zicklein und ein wilder Bock, beide von derselben verteufelten Ziegenrasse, denen es gefällt, auf der Weide der Sünde zu grasen. Sie drei seien gleich, hatte Tieta behauptet. Perpetua schüttelt den Kopf, sie ist nicht der Ansicht. Was den Ehrgeiz anbelangt, vielleicht, hart und zäh wie die Steine der Hügel von Agreste. Im übrigen besteht ein riesiger Unterschied zwischen ihnen. Sie ist eine Dame, eine zurückgezogen lebende Witwe, eine Magd Gottes. In ihrem frommen Busen ist nur für die Erinnerung an den Major Platz, diesen unvergeßlichen Hort aller Tugenden, so stattlich in seiner Galauniform oder in seinem gelbgestreiften Pyjama.

Noch in Gedanken beim Major, zuckt sie plötzlich zusammen: Und die goldene Omegauhr, die Tieta aus São Paulo mitgebracht und dem Vater geschenkt hat? Aus Gold, die Uhr und das Armband, sehr wertvoll. Sie hatte gesehen, wie Asterio sie vom Handgelenk des Alten abstreifte. Sie hatte vergessen, darüber zu reden. Man muß sie verkaufen und das Geld aufteilen. Es sei denn, Tieta wollte sie behalten, als Andenken an den Vater. In diesem Fall muß sie der Witwe und den Waisen ihren Teil auszahlen.

Sie denkt wieder an den Major, den schönen, gut aussehenden Offizier, an seinem kräftigen Handgelenk hätte sich eine solche Qualitätsuhr gut ausgenommen, hätte zur Galauniform oder zum gelbgestreiften Pyjama gepaßt. Im Pyjama war er ein ganzer Mann; so einen gibt es nicht wieder.

Todesriten und Lebenskummer

Am Abend dieses einunddreißigsten Dezember kleidet sich Tieta unauffällig an und geht, nachdem sie zu Hause mit Osnar und in der Gerberei mit Modesto Pires gesprochen hat, Dona Carmosina am Post- und Telegrafenamt abholen, um zusammen mit ihr zu Elisa zu gehen. Von der Theke seines Ladens aus, wo er noch in Erwartung eines späten Kunden geblieben ist, der seinen letzten Einkauf im alten Jahr machen will, sieht Asterio sie vorübergehen und errät ihr Ziel: Sie gehen Elisa Gesellschaft leisten und Mutter Tonha trösten. Er wirft einen Blick in die Richtung der Bar dos Açores, heute hat er nicht das Recht auf das gewohnte Vergnügen. Nur gut, daß die entscheidenden Partien der Billardmeisterschaft, in der das Goldene Queue 1965 zuerkannt wird, wegen des Todes des alten Zé Esteves, des Schwiegervaters des einen der vier im Halbfinale Stehenden: Asterio Simas, José da Mata Seixas, Ascanio Trindade und Fidelio Dórea A. de Arroubas Filho verschoben worden sind. Für den letzten Tag des Jahres hatten sie einen Bummel vorgesehen, um den Meister zu feiern. Seit drei Jahren hat Asterio das Szepter inne, das er Ascanio Trindade entrissen hatte, dessen Pflichten in der Präfektur ihn dem Billard fernhalten; er erscheint nur hin und wieder an einem Abend. In der letzten Zeit ist es geradezu ein Wunder, wenn er zu Queue und Kreide greift. Zu seinem Amt ist jetzt noch die Liebelei hinzugekommen, die ihm keine Zeit für den Sport läßt. Asterio seufzt: Die Austragung ist verschoben, die Feier abgesagt, dieser Teufel von einem Alten verfolgt und ärgert ihn noch über den Tod hinaus.

Elisa wirft sich ihrer Schwester in neuerwachtem Kummer in die Arme. Der Tod muß geehrt werden, die Gefühle der Verwandten des Verstorbenen müssen in Klagen und Schluchzen, in Tränen und Jammern, durch sichtbare und feststellbare Zeichen ausgedrückt werden. Mit solchen öffentlichen Beweisen von Zuneigung und Kummer wird die Hochachtung bewiesen, die man für den Verblichenen empfindet. Vor und über dem Leid und dem Schmerz stehen die obligatorischen Riten des Todes, die schwarze Kleidung, das Geheul der Klageweiber.

In einem Winkel des Wohnzimmers sitzt schweigend, bescheiden, plötzlich alt geworden Mutter Tonha mit geröteten Augen. Trotz all seines Despotismus war Zé Esteves doch alles gewesen, was sie besaß. Er hatte sie aus dem Haus ihrer Eltern, armer Bauern, geholt und er, ein wohlhabender Mann, ein Stadtherr, mit Land und Ziegen, fast ein Oberst, heiratete sie, nachdem er sie im Busch umgelegt hatte. Er hatte sie vor dem Priester und dem Standesbeamten geheiratet und hätte sie nie auf gut Glück mit einem dicken Bauch sitzen lassen, wie dies in Agreste häufig und ungestraft zu geschehen pflegte.

Neben ihrem Mann hatte Tonha still und gehorsam fast dreißig Jahre lang dahingelebt. Sie hatte Beschimpfungen eingesteckt, schlechte Behandlung ausgehalten, Spottreden angehört, aber sie hatte auch einen Gefährten, der sie wärmte, eine rauhe Hand, die sie schützte, hin und wieder einen Kuß, eine Liebkosung, das Feuer des alten Bocks, der bis zum Vorabend seines Todes seine Lüsternheit bewahrte. Zé Esteves rühmte sich seiner Tüchtigkeit im Bett, und wenn jemand eine solche Kraft bei seinem Alter in Zweifel zog, rief er Tonha zum Zeugen auf:

»Lüge ich vielleicht, Frau? Sag's ihm.«

Er zwinkerte mit den Augen, lachte das fette Lachen des Priemkauers und spuckte schwarzen Speichel. Tonha schlug die Augen nieder und lächelte verstohlen, verschämt und bejahend.

Die Ankunft von Tieta und Dona Carmosina setzt den Trauerapparat in Bewegung und taucht das Wohnzimmer in Finsternis. Als sie sie sieht, erhebt sich Tonha und bricht in Schluchzen aus. Elisa tut es ihr gleich, wechselt von den Armen der Schwester in die der Freundin und Beschützerin. Tonha wiederholt in eintönigem Singsang:

»Was soll jetzt aus mir werden?«

Tieta drückt die Stiefmutter schweigend ans Herz, bevor sie sie wieder auf den Stuhl setzt und neben ihr am Tisch Platz nimmt.

»Seien Sie beruhigt, Mutter Tonha, es wird Ihnen an nichts fehlen. Sie werden bei Elisa und Asterio wohnen, und jeden Monat schicke ich ein bißchen Geld für Ihre Ausgaben.«

Tonha versucht, ihr die Hand zu küssen, genau wie Zé Esteves, als er das Boot von Pirica bestieg, auf dem Weg zu seinem Tod. Tieta hätte keine bessere, zärtlichere Tochter sein können, wenn sie aus ihrem Leib geboren wäre. Nur kurze Zeit hatte Tonha ihre Gesellschaft genossen, allerhöchstens zwei Jahre; damals waren sie gleichaltrig, zwei Halbwüchsige.

»Als mich der Alte aus dem Haus warf«, erinnert sich Tieta, »haben Sie mir Geld gegeben, glauben Sie, ich hätte das vergessen? Wären nicht Sie und Mutter Milú gewesen, dann wäre ich ohne einen roten Heller von hier in die Welt hinausgegangen.«

Sie waren beide gleich alt gewesen, an jenem Morgen, als Tieta in der Fahrerkabine des Lastwagens fortgefahren war. Tieta sagte zu ihr Sie und Mutter, weil es der eigensinnige Alte verlangte. Jetzt tut sie es aus eigenem Antrieb, sie sind nun nicht mehr gleichaltrig; die eine jung, frisch und ansehnlich, die lustige Witwe eines Paulistaner Comendadors; die andere alt und welk, mager und verhärmt, die Witwe eines ruinierten Ziegenzüchters, verzweifelt in ihrem billigen, schwarzen Kattunkleid.

»Jetzt paßt mal auf, wir wollen etwas besprechen.«

Sie legt das Bündel Banknoten, das sie von Josafá erhalten hat, auf den Tisch, nachdem sie Perpetuas Anteil und den Betrag für die bisherigen Unkosten und die noch zu lesenden Messen abgezogen hat. Beim Anblick des Geldes hört Elisa auf zu weinen, und Tonha sieht neugierig drein.

»Das sind die Ersparnisse des Alten«, sagt Tieta.

Tonha erkennt das rosafarbene Band, das noch das Paket zusammenhält.

»Das hatte ich schon vergessen. Du hast es in der Matratze gefunden, nicht wahr? Er hat ein Loch in den Stoff gemacht und jeden Monat hat er mehr hineingesteckt; mit diesem Band zusammengebunden und das Ganze in Zeitungspapier gepackt. Er hat mich bei der Seele meiner Mutter schwören lassen, nie jemandem etwas davon zu sagen. Jeden Tag zog er es heraus, um es anzuschauen; wenn er nachts aufwachte, hat er es gleich nachgezählt.«

»Vater hat es vor seinem Tod selbst heraus geholt, ich werde euch gleich sagen, wozu. Aber zuerst möchte ich Ihnen Ihren Anteil geben.«

»Meinen Anteil?«

»Die Hälfte des Geldes, das er hinterlassen hat, gehört Ihnen, seiner Frau. Die andere Hälfte den Töchtern, Perpetua, Elisa und mir. Ich habe Perpetua die Auslagen erstattet, die sie durch das Begräbnis gehabt hat: den Sarg, das Grab, den Priester, die Ausgaben für die Totenwache, Guaraná und Sandwiches. Ich habe ihr auch schon ihren Teil gegeben, das hier ist der Rest.« Mit der Genauigkeit einer, die gewohnt ist, Rechnungen aufzustellen, mit Soll und Haben umzugehen, erklärt sie, wie hoch die Ersparnisse waren, was die Ausgaben ausgemacht hatten, wie die Aufteilung gemacht wurde und wieviel auf Tonha und eine jede der Schwestern entfällt. Sie zählt die schmutzigen, zerknitterten Scheine, die durch viele Hände gegangen sind, und übergibt der Witwe einen Teil davon. »Dieses Geld gehört Ihnen, Mutter Tonha, geben Sie niemandem etwas davon, heben Sie es für einen Notfall auf. Sobald wir die Uhr verkauft haben, werden Sie ein bißchen mehr haben.«

Den Rest teilt sie in zwei Häufchen, ihren Anteil und den von Elisa, läßt sie auf dem Tisch liegen und achtet nicht auf die ausgestreckte Hand ihrer Schwester.

»Einen Augenblick, Elisa, höre zuerst, was ich zu sagen habe. Vater ist gestorben, als er mit Jarde Antunes ein Geschäft abgeschlossen hatte, um sein Land und seine Herde zu kaufen, ein Besitz, der nicht sehr groß ist, aber soviel ich weiß, sehr gut in Schuß ist und einen schönen Ertrag abwirft. Er grenzt an den von Osnar. Der Alte hat mich um Geld gebeten, um die ganze Kaufsumme zusammenzubekommen, er wollte ein Stück Erde und ein paar Ziegen haben. Ich glaube, es war nicht so sehr wegen des Ertrags, sondern wegen der Befriedigung, die es ihm gewährte. Er hatte die Tiere gern und wollte etwas darstellen.«

»Das glaube ich ...«, bestätigt Dona Carmosina, die bis dahin schweigend zugehört hatte. Für sie bedeutete die Existenz des Geldes, das Zé Esteves versteckt hatte, keine Überraschung.

»Wußtest du davon, Elisa? Von diesem Kauf?«

»Asterio hat es mir erzählt, Jarde hatte es ihm gesagt.«

Tieta streckt die Hand aus und glättet das Haar ihrer Schwester, was würde sie darum geben, so eine schwarze Mähne zu haben.

»Also, hör zu. Der Preis, den Jarde und Josafá für den Besitz fordern, ist sehr verlockend, sie brauchen Bargeld. Sogar Modesto Pires fand ihn niedrig, und Osnar hat mir geraten, das Geschäft ohne

Diskussion abzuschließen.« Sie setzt eine entschlossene Miene auf, gewohnt, mit Geld zu tun zu haben und Geschäfte zu machen. »Ich habe folgenden Plan: Wir legen beide Anteile zusammen, den deinen und den meinen, ich gebe noch dazu, was fehlt, und wir kaufen es für dich und Asterio, der Vertrag wird auf euren Namen gemacht. Damit ihr nicht weiter so beengt lebt und jede Münze umdrehen müßt. Mit dem Laden und der Ziegenzucht werdet ihr mehr als genug haben. Der Besitz wirft einen guten Ertrag ab, und außerdem grenzt er an den von Osnar, das ist ideal für Asterio. Ich helfe den Kindern von Perpetua und ich will auch euch helfen. Nach dem Tod des Alten werdet ihr mit Tonha im neuen Haus wohnen, sobald es fertig ist. Das ist es, was ich sagen wollte.« In ihrer Stimme schwingt die Befriedigung darüber, daß sie geben kann, daß sie dazu beitragen kann, das Leben ihrer Schwestern und ihres Schwagers zu erleichtern.

»Glücklich, wer eine Schwester wie dich hat, Tieta. Du bist die Größte. Ein goldenes Herz wie das deine gibt es nicht noch einmal«, sagt Dona Carmosina begeistert und gerührt. Die Freundin steigt mit jedem Tag in ihrer Achtung.

Aber Elisa schweigt und blickt zu Boden. Sie ist wohl zu erschüttert, um ihre Dankbarkeit in Worte zu fassen. Sie gibt sich einen Ruck und beginnt zu sprechen, nervös, stotternd, ohne den Kopf zu heben.

»Carmosina hat recht, du bist viel zu gut, Tieta. Bevor ich dich kennenlernte, habe ich dich mir wie eine gute Fee vorgestellt, und das bist du wirklich.« Sie hebt den Blick und richtet ihn auf Dona Carmosina, wie um sie zu bitten, ihr bei dem, was sie sagen will, zu helfen. »Ich bin dir sehr dankbar für das, was du für mich und Asterio tun willst, für den Kauf des Landes und für die Möglichkeit, umsonst zu wohnen.« Eine Pause, um Atem zu holen und Mut zu fassen. »Aber ich nehme es nicht an. Ich möchte dich um etwas anderes bitten, ich habe sogar schon mit Carmosina darüber gesprochen, damit sie es dir sagt ...«

Ein Schatten erscheint auf Tietas Antlitz, sie weiß im voraus, was Elisa sich wünscht.

»Du brauchst keinen Vermittler, um mit mir zu sprechen. Sag nur, was du möchtest.« Sie wird kalt und ablehnend.

Elisa erhebt ihre ängstlichen Blicke zur mächtigen und reichen Schwester. Dann entschließt sie sich, das Zittern ihrer Stimme erfüllt den Raum:

»Ich will nur eins: mit dir nach São Paulo gehen. Ich möchte, daß du mich mitnimmst, daß du Asterio eine Stelle verschaffst und mir ...«

Es gelingt ihr nicht, den Satz zu Ende zu sprechen, Tieta unterbricht sie brüsk.

»Du willst nach São Paulo gehen? Und was wirst du dort machen, willst du mir das sagen? Zur Hure werden?«

Ein Schluchzen bricht aus Elisas Brust, die Tränen kommen ihr. Sie zittert, als hätte sie eine Ohrfeige bekommen, und bedeckt das Gesicht mit den Händen. Dieses Schluchzen, die Tränen haben nichts mit dem Weinen gemein, in das sie vor kurzem aus Pflicht und Ärger, im Ritual des Todes ausgebrochen ist. Es ist ein ehrliches, echtes Weinen, die Folge eines harten, unerwarteten Schlages, eines wirklichen Kummers, eines zerstörten Traumes. Sie legt den Kopf auf die Arme und klagt leise, wie ein Kind weint, die Haare breiten sich über den Tisch aus.

Tieta erhebt sich und nähert sich der jüngeren, um fünfundzwanzig Jahre jüngeren Schwester. Sie richtet sie auf, nimmt sie in die Arme und tröstet sie. Sie küßt sie auf die Wangen, wischt ihr die Tränen ab, streichelt ihr Haar, nennt sie Lisa, Töchterchen, mit einer sanften, zärtlichen, mütterlichen Stimme.

»Weine nicht, Lisa, mein Töchterchen. Wenn ich mich weigere, so ist es zu deinem Besten. São Paulo wäre nichts für euch. Schlecht für dich, noch schlechter für Asterio. Aber ich verspreche dir, wenn ich einmal eine Reise unternehme, wenn ich Urlaub mache, dann lasse ich euch kommen, damit ihr mich begleitet. Du weißt, wenn ich etwas verspreche, halte ich es auch. Aber jetzt mußt du deinem Mann im Laden helfen, er braucht freie Zeit für die Ziegenzucht.« Sie erhebt die Stimme aufs neue. »Und sprich mir nie mehr davon, daß du nach São Paulo gehen willst. Nie wieder.«

Dona Carmosina kann die Rührung nicht verbergen, sie trocknet ihre Äuglein mit einem kleinen, gestickten Taschentuch. Tonha sitzt stumpfsinnig dabei, ohne dieses Durcheinander begreifen zu können. Tieta wendet sich von Elisa ihr zu, umarmt sie und wiederholt ihr beim Abschied den Ratschlag wegen des Geldes.

»Heben Sie das Geld gut auf. Leihen oder schenken Sie niemandem etwas. Weder Elisa noch Asterio, noch Perpetua, auch wenn sie darum bitten. Sie brauchen es nicht.« Sie nickt Dona Carmosina zu. »Gehen wir, Carmô?«

Noch ganz benommen von der Enttäuschung, umarmt Elisa Tieta ein zweites Mal, vielleicht aus dem Wunsch heraus, trotz des entschiedenen Verbots noch eine letzte Bitte zu wagen. Sie kommt nicht dazu, sie auszusprechen. Im Flur sind Schritte zu hören, Asterio betritt das Wohnzimmer und wundert sich über die Verzweiflung seiner Frau, die bei seinem Anblick wieder in Schluchzen, in krampfhaftes Weinen ausbricht. Was mag nur der Grund für dieses schreckliche Weinen, diese schmerzlichen Klagen sein? Der Tod des Alten wird es nicht sein.

»Ist etwas geschehen?« Der Magen beginnt ihm schon zu brennen.

Dona Carmosina erklärt es ihm:

»Elisa weint vor Glück und Dankbarkeit. Tieta wird euch ein kleines Gut kaufen.«

Wie Tietas Bild in der letzten Nacht des Jahres im Spiegel erscheint.

Das Begräbnis des alten Zé Esteves, das Gespräch mit Perpetua über die Erbschaft, mit der Uhr als kleinliche Ergänzung; die erschütternde Szene mit Elisa, das alles drückt sich in Tietas Antlitz aus, die vor dem Spiegel sitzt und sich abschminkt, ganz allein in der Stille des Hauses und der Straße. Die anderen waren zum Tedeum in die Pfarrkirche gegangen. Die scheinbar so einfache und friedliche Welt von Agreste ist doch komplizierter und verkrampfter als das übelbeleumdete Universum der käuflichen Liebe, in dem sie sich zwischen Dirnen, Zuhältern, Kupplern, Gigolos und Puffmüttern bewegt, seit sie vor sechsundzwanzig Jahren in der Fahrerkabine des Lastautos fortfuhr. Im Refúgio dos Lordes ist es leichter, sich durchzusetzen und zu befehlen. Dort liegen die Gefühle ebenso zutage wie die Körper. Hier stößt sie auf Schritt und Tritt auf Verstellung, Betrug und Falschheit. Keiner sagt alles, was er denkt, noch deckt er seine Absicht ganz auf; alle verheimlichen etwas, sei es aus Eigennutz, Furcht oder Armut. Es ist eine Welt der Verstellung und der Heuchelei, die im hartnäckigen Kampf um schäbige Ambitionen, um kleinliche Interessen liegt.

Um neun Uhr, mit dem Glockenschlag von der Kirche, der für den Großteil der Bevölkerung die Schlafenszeit einläutet, erlosch das Licht des Motors, kehrte aber um elf Uhr wieder, um die Stadt in der Jahreswende zu beleuchten, zu den Festlichkeiten der Kirche und der Präfektur, zum Tedeum und zum Feuerwerk. Als die Töchter von Modesto Pires noch ledig waren und von der Schule der Nonnen in Bahia zu den Ferien heimkamen, wurde im Haus des Gerbereibesitzers immer ein Ball veranstaltet. Heute wird das Fest nur in der Pension von Zuleika Cinderela bis in die Morgenstunden fortgesetzt. Es beginnt nach dem Tedeum und dem Feuerwerk, denn die Mädchen gehen als Kinder Gottes und Bürgerinnen der Gemeinde in die Kirche und auf den Platz, um dem Herrn Dank zu sagen und begeistert dem Banditen Leoncio und seinem Helfer, dem jungen Sabino, zu applaudieren, der ein glänzendes pyrotechnisches Schauspiel bietet, mit Knallkörpern,

Böllern und Raketen; dieses bescheidene Wunderwerk wird mit einem einzigen, aber sensationellen Silberregen abgeschlossen.

Nach dem Abendessen hatten sich die Besucher auf der Veranda zusammengefunden: der Oberst Artur da Tapitanga, Dona Milú, Dona Carmosina, der Dichter Barbozinha, ganz abgesehen von Elisa und Asterio, von Peto, der sich in Strümpfen und Schuhen und sauberer Kleidung nicht wohlfühlte, und von Asterio Trindade, dessen Anwesenheit so häufig war, daß sie nicht mehr den Charakter eines Besuches hatte. Beim Licht der Petroleumlampen unterhielten sie sich über den Alten; der Oberst und Dona Milú erinnerten sich an vergangene Ereignisse, und Dona Carmosina gab kluge Kommentare dazu. Nachdem das Hauptthema erschöpft war, sprachen sie über alles mögliche, das heißt, sie unterhielten sich über die Schwangerschaft von Sátima Farath, der Tochter von Abdula und Dona Soraia, Levantiner mit strengen Sitten, die ihre einzige und attraktive Tochter mit sieben Schlüsseln eingesperrt hielten und plötzlich entdeckten, daß sie einen Bauch von fast vier Monaten hatte, das Ergebnis der letzten Septemberregen, und über ihre bevorstehende Heirat mit Licurgo de Deus, einem bescheidenen und dunkelhäutigen Angestellten, der in der Kurzwarenhandlung alles erledigen mußte und kein anderes Vermögen hatte als seine dunkle Männerschönheit, sein helles Lachen und seine guten Manieren; diese unerwartete Hochzeit war das bejubelte Ereignis dieses Sommers. In Ausübung der subtilen Kunst, das Leben des Nächsten zu bereden, durchstöberten sie im Geist den Kurzwarenladen und versuchten, herauszubekommen, wo die entscheidende Tat geschehen war, ob auf oder unter dem Ladentisch, zwischen Knöpfen, Nadeln, Fingerhüten und Bändern, wogen die Finanzen der Farath ab und freuten sich über das Glück des jungen Licurgo, der jetzt rohen Kürbis von goldenen Tellern essen würde, ein Bild, mit dem Dona Carmosina die Diskussion über den Tatort abschloß. Zweimal kam das Thema der Umweltverschmutzung und der Brastanio auf die Lippen der Postmeisterin und des Sekretärs der Präfektur und drohte eine Polemik auszulösen, wurde aber nicht weiter verfolgt, da es sich weder für einen Kondolenzbesuch noch für eine festliche Nacht eignete. Als das Licht wiederkam, gingen alle in die Kirche. Tieta war müde und zog es vor, daheim zu bleiben; sie wünschte sich nur, allein zu sein, sie hätte nie gedacht, daß der Tod ihres Vaters ihr so nahe gehen könnte.

Ganz allein in der Neujahrsnacht, in einem leeren Haus! Sie hätte es nicht geglaubt, wenn man es ihr vorher gesagt hätte. Als Dona Olivia noch lebte, kam Felipe unweigerlich zu Tieta, brachte ein Geschenk mit, meistens ein wertvolles Schmuckstück, bevor er sich zum

Mitternachtsessen mit Frau und Kindern zusammensetzte. Nachdem seine Frau gestorben war, beging er den Jahresanfang in Gesellschaft des Mädchens, in einem Luxuslokal, in dem den Neujahrswünschen ein fröhlicher Karneval folgte.

Erst vor einem Jahr hatte dieser Abend genauso begonnen, in einem eleganten Nachtlokal. Sie sprachen über die Finanzen und gedachten der ersten Tage dieser unabänderlichen (das Adjektiv war von Felipe) Verbindung. Zum Andenken daran schenkte er ihr den Kaufvertrag eines weitläufigen Geschäftslokals im Erdgeschoß des Edificio Monteiro Lobato – eine Huldigung des Bauherrn an den Paulistaner Schriftsteller, mit dem er oft zusammen gewesen war, ein monumentales Gebäude im Stadtzentrum, in einer belebten Geschäftsstraße. Wie könnte man den größten Ertrag erzielen? Sollte man den Laden vermieten oder eine Luxusboutique für die feine Gesellschaft einrichten? Sie könnte natürlich die Boutique selber führen. Aber woher die Zeit nehmen, wenn das Refúgio den ganzen Tag beanspruchte? Besser vermieten, riet Felipe, da konnte man, ohne Arbeit noch Sorgen, eine beneidenswerte Monatsrente einstreichen.

Gerührt entsann sich Tieta des Tages, als sie ihn, kurz nach seiner Ankunft aus Europa, kennengelernt hatte. Am Vorabend hatte ihr Madame Georgette gesagt: Demain tu connaîtras le vrai patron du Nid, Monseigneur le Prince Felipe. Auch Felipe erinnerte sich daran. Madame Georgette hatte ihn informiert: Une petite mulâtresse, comme vous les aimez; ancienne bergère de chèvres, fraiche, tendre, mais aussi sauvage comme un chevreau. Während sie tanzten, hänselte er sie und drohte, ein ganz junges Mädchen zu heiraten oder zu sich zu nehmen, ein alter Krüppel braucht eine junge Knospe. Ein alter Krüppel? Noch so zäh, so gut im Bett, immer mit dem gleichen Elan, widerstandsfähig wie ein Pferd. Als er sie um Mitternacht küßte, sprach er zu ihr von ihrer Verbindung, diesem unabänderlichen, endgültigen und wunderbaren Abenteuer.

»Und wenn ich dir sage, daß du die einzige Frau warst, die ich in meinem ganzen Leben geliebt habe?«

Von diesem Satz an gewann diese konventionelle Neujahrsnacht einen neuen Sinn, um zu einer unvergeßlichen Liebesnacht zu werden. Sobald das Geschrei und die Glückwünsche vorbei waren, hatte er sie bei der Hand genommen und fortgeführt. Obwohl Dona Olivia seit sechs Jahren tot und begraben war, lud Felipe Tieta erst jetzt ein, das kleine Palais in der Avenida Paulista zu besuchen. Er führte sie von Salon zu Salon, sie schritt unter dem Glanz der geschliffenen Kristallüster, über Perserteppiche, die Augen geblendet von goldenen und silbernen Gerätschaften, von den Kunstgegenständen, die auf den schwarzen Möbeln standen, den Bildern moderner Meister, Picasso, Chagall, Modigliani, deren Namen sie im Refúgio aus dem Mund der steinreichen Kunden gehört hatte, immer gefolgt von astronomischen Zahlen, mit denen sie ihre Schönheit zu einer Kapitalanlage herabwürdigten. Ein anderer, gewichtiger, vornehmer, fast feierlicher Reichtum, wie ihn Tieta nicht kannte. An den Luxus, an das Zusammenleben mit den Großen der Finanz und der Politik gewohnt, fühlte sie sich noch befangen. Als sie die Großartigkeit der anderen Seite von Felipes Leben erblickt, begreift sie nicht, wie er sich in eine einfache Ziegenhirtin verlieben konnte.

Die Dienerschaft war beurlaubt, um die Neujahrsnacht feiern zu können, und das kleine Palais war leer, wie es heute Perpetuas Haus ist, in dem Tieta einst mit Lucas schlief und jetzt mit Ricardo schläft. Felipe zeigte ihr den Weinkeller, die Flaschenregale, die berühmten Etiketten, wählte den Champagner aus – nein, nicht einfach Champagner, le meilleur champagne du monde, ma belle – und stellte die Flasche in einem silbernen Kübel kalt. Dann holte er die feinsten und seltensten böhmischen Gläser. So beladen betraten sie das Schlafzimmer; auf dem Ehebett tranken sie und liebten sich. Felipe, ein guter Wein, ein alter Jahrgang, gleicht mit überlegenem Wissen die verringerte Kraft aus. Anfangs ist Tieta verschüchtert, erholt sich nur langsam und hat ein seltsames Empfinden: Zum ersten und einzigen Mal im Leben fühlt sie sich als Ehefrau.

Erst dann, als sie neben Felipe im Bett lag, im Schlafzimmer des Palais der Familie Camargo do Amaral, erfaßte sie genau die Bedeutung des Gefühls, das sie mit dem Millionär und Comendador des Papstes verbindet. Noch vor kurzem war ihr diese Verbindung absurd erschienen, in der sich materielles Interesse, Freundschaft, Verständnis, Begehren und Lust vermengten. Auf Dona Olivias Bettlaken aus Batist hatte sie endlich die Bedeutung des so abgenutzten und oft wiederholten Wortes Liebe verstanden, das in der Ekstase von Leidenschaft und Verliebtheit so viel mißbraucht wird. Liebe, ja, einzigartig und ausschließlich.

So viele und so verschiedene Liebschaften hatte sie gehabt. Flüchtige oder hartnäckige, aber immer heftig und besitzergreifend. Erst die des halbwüchsigen, nach Männern gierenden Mädchens, das sich am Flußufer oder auf den Hügeln von Mangue Seco öffnete, dann die der Dirne auf dem Weg vom Sertão nach São Paulo. Während der langen Zeit mit Felipe, als ihm zu Diensten stehendes Mädchen, dessen Ausgaben von ihm bestritten wurden, sein persönliches Eigentum, der Pyjama unter dem Kopfkissen, die Pantoffel am Fußende des Bettes, hatte sie sich öfters verliebt, hatte den Kopf verloren, närrisch. Aber niemals hatte sie aufgehört, die zärtliche Geliebte, Gefährtin und Freundin des mächtigen Fünfzigers zu sein – als sie ihn kennenlernte, war Felipe neunundvierzig geworden, sah aber wie vierzig aus –, der in ihren Armen alterte.

Ahnte Felipe etwas von den Abenteuern seines Schützlings, von seinen verrückten Liebschaften? Tieta hatte niemals einen Mann im Nid d'Amour empfangen, noch hätte Madame Georgette einen solchen Leichtsinn geduldet; aber auch nicht im Refúgio dos Lordes, seit dem Tage, als er ihr seinen Entschluß mitteilte, sie ausschließlich zu unterhalten. Sie hatte sich mit den gelegentlichen Liebhabern in Appartements, in Garçonnières oder in ziemlich bescheidenen Absteigen getroffen. Trotz aller Vorsichtsmaßnahmen mußte der erfahrene und gewitzte Felipe das Feuer bemerken, das sie verzehrte und das sich im Glanz ihrer Augen, in der Unrast ihrer Bewegungen und in ihrem Überschwang im Bett zeigte, denn je verliebter sie in einen anderen war, mit desto größerer Glut und Kunstfertigkeit gab sie sich ihm hin, wie um ihn zu entschädigen.

Felipe schöpfte niemals den geringsten Verdacht. Nur in den letzten Monaten, als sich in seinem Antlitz neben der Ruhe und Überlegenheit die ersten Anzeichen des Alters zu zeigen begannen, entdeckte Tieta eine leichte Trauer im Blick des Comendador, oder glaubte sie zu entdecken, wenn er ihr Beben und Drängen spürte. Um ihn nicht zu verletzen, hielt sie sich zurück und zügelte ihr Verlangen und ihren Appetit. Um ihn nicht zu verletzen, oder weil sie so sehr sein eigen war, daß sie meinte, er brauche sie weniger?

Nach Felipes Tod fühlte sie sich so allein und verlassen, daß sie beschloß, den Schwur zu brechen, den sie bei ihrer Abfahrt aus Agreste getan hatte – nie wieder setze ich einen Fuß hierher –, und inmitten ihrer Angehörigen Sicherheit und neue Kraft suchte: Sie entfloh der verschmutzten Luft von São Paulo, dem deprimierenden Geschäft im Refúgio, der Abwesenheit Felipes, dem nutzlosen Pyjama, den verlassenen Pantoffeln.

In dieser Neujahrsnacht, die von der letzten so verschieden war, fragt sich Tieta vor dem Spiegel, ganz allein im Haus der ältesten Schwester: Lohnt es, zu leben?

Ja, es ist der Mühe wert, trotz der Verstellung und der Heuchelei, des Ehrgeizes und der Meinungsverschiedenheiten in der Familie Esteves, die sich unter dem Mantel der Bescheidenheit und des Friedens verbergen. Schon allein die Begegnung mit Ricardo hätte das Opfer dieser Reise gelohnt. Rein, unschuldig, offen, ohne Arg, ohne Bosheit, anständig. Nichts an ihm war fragwürdig, weder seine Worte noch seine Gedanken, noch seine Gebärden. Ihr Junge, ihr Goldjunge! Niemals zuvor hatte sie sich in einen jungen Burschen, fast noch ein Kind, verliebt. Sie hatte immer ältere Männer vorgezogen, jetzt stirbt sie und wird wiedergeboren durch die Liebe eines Jungen.

Ihr zweigeteiltes Kind, das halb ihr, halb Gott gehört, ist in der Kirche. Als Meßdiener gekleidet, in der schwarzen Soutane mit dem weißen Chorhemd, der roten Stola, in Weihrauch gehüllt, ein Engel! Edna, diese Hure, wird auf die Hörner ihres Mannes klettern, wird ihn mit ihren lüsternen Blicken durchbohren und sich vor Verlangen nach dem hübschen Cherubin auf die Lippen beißen. Aber sie wird an Hunger und Pest sterben, denn er wird ihre Besessenheit nicht einmal bemerken, seine Augen, sein lachender Mund, seine Gedanken gelten nur der erfahrenen Tante, die die Blüte seiner Unschuld gepflückt und ihm gezeigt hat, wie schön das Leben ist.

Nach dem Tedeum und dem Feuerwerk wird er in Begleitung von Perpetua und Leonora zurückkehren. Beim Gedanken an die Pseudostieftochter schüttelt Tieta unzufrieden den Kopf.

Sie hatte sie mitgebracht, um ihr eine Erholung von ihrem freudlosen Leben zu gönnen, ihre Lungen mit der gesunden Luft von Agreste zu reinigen, den bitteren Zug um ihren Mund in ein Lachen zu verwandeln. Hatte sie recht gehandelt? Alles deutet darauf hin, denn sie ist glücklich, wie ausgewechselt. Aber später? Es muß erreicht werden, daß Leonora und Ascanio sich entschließen, zu den Böschungen der Bacia de Catarina zu gehen und die Grotten unter den Trauerweiden einzuweihen. Das Datum der Abreise rückt näher, Leonora muß sich einem Mann aus Liebe hingeben, und sie verdient es auch, denn bisher hat sie es nur beruflich getan. Tieta wird sich um dieses Problem kümmern, wird es lösen müssen. Nächste Woche wird der Stall des Bocks Inacio endlich bewohnbar sein, die geeignete Gelegenheit, um das Paar nach Mangue Seco zu bringen, wo sich im Glanz der zauberhaften Meeresnacht Bedenken und Schüchternheit in nichts auflösen, man frage nur Ricardo.

Aber vorher muß sie noch Ascanio von der Notwendigkeit überzeugen, diese unglückliche Idee aufzugeben, die Tore von Agreste der Titandioxydfabrik zu öffnen, die imstande ist, die reine Luft zu vergiften, die Klarheit des Himmels zu verdüstern, den Fluß und das Meer zu verderben und die Fische und Fischer zu erledigen. Schmuggler? Das waren sie immer schon, aber es gibt keine mutigeren und kühneren Seeleute als die von Mangue Seco, bereit, es mit den Haien und den wütenden Wogen aufzunehmen. Jäh erfaßt sie ein tiefes Mitleid, eine unermeßliche Zärtlichkeit, sie vergißt Beleidigungen, Verstellung und Lüge innerhalb der Familie. Arme Leute, arme und liebenswerte Leute von Agreste. Alle mögen sie, ohne Ausnahme, die Guten und die Bösen. Sie hatten sie zur Heldin und Heiligen gemacht, obwohl sie nichts anderes war als eine gewöhnliche Hure, schlimmer noch, die Besitzerin eines Freudenhauses, Kupplerin, Ausbeuterin von Huren.

Vor dem Spiegel macht sich Tieta für die Nacht zurecht. Sie parfümiert sich, macht sich schön für Ricardo. Am Vorabend hatte sie ihn nicht gehabt; zwischen dem Kabinett und dem Zimmer, im Korridor, stand die Erinnerung an den eben verstorbenen und begrabenen Vater und Großvater. Aber heute erwartet sie ihren Jungen. Für die Muschel ist die Trauer kurz, hatte sie ihm im Vorbeigehen zugeflüstert.

Wenn sie nach São Paulo zurückkehrt, wird es keinen Felipe mehr geben. Auch nicht die unvergleichlichen Gespräche, das fröhliche Lachen, die Vorsicht und Kühnheit, das grenzenlose Wissen. Vor dieser endgültigen Abwesenheit flüchtet sie sich in die vorübergehende Abwesenheit Ricardos.

Er wird nach dem Tedeum und dem Feuerwerk kommen; dann wird er in der Hängematte warten müssen, bis Perpetua und Leonora zu Bett gegangen und eingeschlafen sind, um erst dann den Flur in einem Satz zu überqueren und sich in ihren Schoß zu drängen. Tieta tritt ans Fenster, das auf die Gasse hinausgeht; von hier aus kann sie die Pfarrkirche nicht sehen, aber sie vernimmt das ferne Gemurmel der Gebete. Das Volk von Agreste dankt seinem Gott. Auch sie wollte es tun, aber sie hatte nie viel mit Gebet und Messen im Sinn, von Religion weiß sie nur wenig. Padre Mariano erklärt, berechnend und schmeichlerisch wie er ist, daß sie, Tieta, die Witwe eines päpstlichen Comendador, ein integrierender Bestandteil der Kirche von Rom ist. Wegen Felipe, Hochwürden? Er war nicht ihr Mann, nur ihr Liebhaber, ihr Verhältnis war sündhaft. Vielleicht wegen Ricardo, dem Leviten des Heiligtums, dem Kind Gottes, ihrem Kind. Auch diese Verbindung ist sündhaft. Padre, an Tieta ist alles falsch, ist alles eine Farce.

Wieder vor dem Spiegel, prüft sie ihr Antlitz, das für gewöhnlich fröhlich, in diesem Augenblick jedoch melancholisch ist. Wie kann sie die anderen der Heuchelei und der Verstellung bezichtigen? Sie, die Witwe Antonieta Esteves Cantarelli, ist nichts anderes als eine Erfindung, als eine Stück für Stück zusammengesetzte Hochstapelei. In Agreste gab es eine Tieta, die Ziegenhirtin war, eine läufige Ziege sie selber. In São Paulo gibt es die berühmte und reiche Kupplerin, Madame Antoinette, eine Französin aus Martinique. Eine Antonieta Esteves Cantarelli gibt es nicht.

Gibt es sie wirklich nicht, ist sie zu nichts gut? Ricardo ließ sie den Gewinn aus einer guten Kapitalsanlage in den Grundstücken des Kokoshains mißachten, um das Klima, den Himmel, das Wasser von Agreste zu verteidigen und Antonieta Esteves Cantarelli Wirklichkeit und Leben zu verleihen, indem er sie das Banner für eine gute Sache erheben ließ. Ihr Junge. Sie lächelt ihrem Spiegelbild zu, weder traurig noch müde.

Sie streift das Nachthemd ab und streckt sich nackt auf dem Bett aus, um ihn zu erwarten; sie trägt nur die roten Spuren von Ricardos Lippen und Zähnen und schwache Reste der Verbrennungen. Sie wird schlafen; wenn er eintritt, wird sie in seinen Armen erwachen, gemeinsam werden sie Neujahr feiern. Verspätet und ohne Champagner, aber das sind unwichtige Einzelheiten, verglichen mit der Zärtlichkeit und dem Verlangen, die beide maßlos sind. Sie werden ein morgendliches Feuer entzünden, um das Neue Jahr zu begrüßen, und sie werden ihm zu Ehren das doppelte Ypsilon praktizieren. Das doppelte, nicht das einfache, wie es sich gehört, genau nach den absurden, verrückten und doch strengen und unabänderlichen Regeln, braucht es eine höchst kompetente, im Bett erfahrene Matrone und einen Jüngling, der nach Lust giert. Oder umgekehrt, einen Veteranen von tausend Schlachten und eine kaum mannbar gewordene Rekrutin. In jedem dieser Fälle die Tollheit der Leidenschaft.

An diesem Punkt der Erzählung stellt sich eine neue Figur vor, übrigens wieder eine Hure, in einem Buch, wo es schon so viele davon gibt.

Zur selben Stunde, in der sich Tieta nackt auf dem Bett ausstreckt, um ihn zu erwarten, erblickt Ricardo durch die Wolken des Weihrauchs zum erstenmal Maria Imaculada und erschrickt. Sehr jung ist sie, noch ein Kind, sie wird nicht mehr als fünfzehn sein. Im hellblauen Organdykleid, im krausen Haar eine weiße Blume, Jasmin, füllig, Augen wie zwei Kohlen, ein Mund, der lächelt. Der ihn anlächelt.

Während der feierlichen Zeremonie des Tedeums, die mit dem Pomp der Priestergewänder und dem Jubel der Gesänge dem Seminaristen so gut gefällt, fühlte sich Ricardo von der Bewunderung und dem Verlangen von mindestens drei Frauen eingekreist, die ihm alle interessant erschienen. In nächster Nähe des Altars, die eine rechts in der ersten Reihe, die andere links in der ersten Reihe: Cinira und Dona Edna.

In einer Bank der ersten Reihe der rechten Seite sitzt Cinira, die schon fast eine alte Jungfer ist, verdreht die Augen, öffnet flehend den Mund und droht, angesichts der göttlichen Vision ohnmächtig zu werden, als er mit dem Weihrauchfaß vorbeischreitet. In der ersten Reihe der linken Seite kniet Dona Edna auf dem kleinen, niedrigen Betstuhl zu Füßen Tertos, der ihr verbriefter Ehemann ist, obwohl er es nicht zu sein scheint; sie ist mager und nervös, aber keineswegs die verächtliche Hexe, die Tieta sie beschimpft; sie beißt sich auf die Lippen, die Augen durchbohren ihn, und sie wagt es sogar, ihm ein Zeichen zu machen. Ach, könnte sie ihn nur in einem Winkel der Sakristei erwischen und ihn mit Küssen bedecken! Ricardo geht vor dem Altar vorbei, bleibt rechts und links stehen, vor der Demivierge und der Ehebrecherin, und schickt der einen wie der anderen eine Duftwolke entgegen, eine Botschaft aus Weihrauch.

Er möchte durch das ganze Kirchenschiff gehen und zu den letzten Bänken gelangen können, wo Carol, andächtig und bescheiden, den Blick auf den Altar gerichtet, jeden Schritt, jede Bewegung des selbstbewußten Meßdieners verfolgt. Jetzt, da Modesto Pires nach Mangue Seco, in den Schoß der Familie zurückgekehrt ist, muß sie doppelt vorsichtig sein, denn die gesamte Einwohnerschaft der Stadt belauert sie und lebt in der aufregenden Erwartung eines Fehltritts der Geliebten des reichen Mannes. Da er nicht dorthin gehen kann, wo Carol sich befindet, hebt Ricardo den Weihrauchkessel ganz hoch und schwingt ihn in der Luft, wobei er sie lächelnd ansieht und ihr die Duftwolke des weißen Reichs widmet. Erfaßt sie die Bedeutung dieser Geste? Wahrscheinlich, denn sie senkt den Blick, legt die Hand aufs Herz und preßt sie auf die schwer atmende Brust.

Ricardo läßt seine Augen über das vollbesetzte Kirchenschiff schweifen. Eine Menge Frauen, sitzend oder kniend. Im Hintergrund stehen die Männer in ihrer Sonntagskleidung, mit Ausnahme einiger eifersüchtiger oder frommer Ehemänner, die neben ihren Frauen stehen. Terto, zum Beispiel, der damit den Ungläubigen beweist, daß er der glückliche Gefährte der appetitlichen Dona Edna ist. Vor dem Altar knien Perpetua und Peto nebeneinander auf schönen Betstühlen, die Metallschilder mit den Namen der Besitzer aufweisen: Dona Perpetua Esteves Batista und Major Cupertino Batista, damit sich auf ihnen keine fremden und unwürdigen Knie beugen. Nicht einmal die Ehre, an der Stelle des Vaters zu sitzen, berührt Peto und macht ihn andächtig und zufrieden. Er möchte bei den Männern stehen, ganz hinten oder, besser noch, im Vorraum der Kirche, bei den angeregten Gesprächen, wo Aminthas Gift verspritzt und Osnar mit seinen Abenteuern angibt.

Ricardo verbeißt ein Lächeln, als er sieht, wie sich sein Bruder unruhig kratzt und ein unzufriedenes, unendlich gelangweiltes Gesicht macht. Er überfliegt die Bänke, in denen die Frauen beten. An der Wand stehend, fast ganz hinten, erkennt er Zuleika Cinderela, die er schon einige Male beim Einkauf in der Straße gesehen hat. Um sie herum ein halbes Dutzend Mädchen, von denen keine es wagt, sich hinzusetzen; eine isolierte, abseits stehende Gruppe. Ricardos Blick fällt auf Maria Imaculada, die wie eine verjüngte Tante Antonieta aussieht, als hätte die heilige Anna sie durch ein Wunder in die Jugend zurückversetzt, in der sie sich, wie sie ihm selber erzählt hatte, am Flußufer, im Schatten der Trauerweiden, mit ihren Liebhabern traf, ein heißes Zicklein. Das Antlitz ist frisch und offen, die Augen strahlen, die Figur ist schlank, aber nicht mager, die Ringellocken scheinen schwarze Schlangen zu sein, der Mund ist sinnlich.

Sie blickt ihn an und lacht. Ricardo erhebt den Räucherkessel als Begleitung zu Padre Marianos segnender Gebärde, macht einen Schritt nach vorn, als wolle er auf die unerwartete Erscheinung zugehen und sie in Weihrauch hüllen.

Nach Beendigung der Zeremonie schlagen alle den Weg zum Anlegeplatz ein, wo Leoncio und Sabino schon das Feuerwerk und die brennenden Fackeln bereithalten. Ricardo bleibt noch in der Sakristei, um Chorhemd und Stola abzulegen und Vavá Muriçoca und Padre Mariano bei der Säuberung und Verwahrung der Kultgegenstände zu helfen. Der Priester wundert sich: Warum ist denn Dona Antonieta nicht zum Tedeum erschienen? Sie fühle sich nicht wohl, der Tod ihres Vaters mache ihr noch zu schaffen, erklärt Ricardo.

»Eine vornehme und großherzige Dame«, meint der Geistliche, »eine Säule der Kirche. Bringe ihr den Segen des Herrn, den ich ihr schicke.«

Als er dem Seminaristen die Hand zum Kuß reicht, fällt ihm etwas ein.

»Du kommst nie mehr zur Beichte, was ist denn der Grund?«

»Ich war die ganze Zeit in Mangue Seco, ich habe in der Siedlung von Saco bei einem Professor des Seminars gebeichtet, der dort Sommerurlaub macht.«

»Welcher denn?«

»Bruder Thimóteo.«

»Dann bist du in guten Händen, in den Händen eines Heiligen.«

An der Ecke des Platzes, im Schatten des Mangobaumes verborgen, erwartet ihn Maria Imaculada. Ricardo wundert sich nicht, er hat ihre Nähe geahnt. Als er in die Sakristei ging, hatte er sie mit den Blicken gesucht. Jetzt stehen sie einander gegenüber, blicken sich lächelnd an.

»Bist du schon frei?« fragt sie.

»Ich muß mich mit meiner Mutter und meiner Kusine am Anlegeplatz treffen.«

»Da gehe ich auch hin.«

Der Platz lag verlassen da, nur hinter der Kirche war die Gestalt von Padre Mariano zu sehen, der sich ins Pfarrhaus begab. Vavá Muriçoca war noch vor Ricardo fortgeeilt, er wollte keine einzige Rakete verpassen. Sie gehen ein paar Schritte auf das Flußufer zu. Sobald sie die Straße verlassen und ins Dunkel gelangen, breitet sie die Arme aus, Ricardo umfängt sie, sie finden sich in einem Kuß, der kein Ende nimmt. Der gleiche Geschmack wie die Tante, nur der Duft ist ein anderer, der herbe Geruch des Waldes. Ricardo berührt ihre Brust und umfaßt sie mit der Hand. Eines Tages wird sie wie die von Tieta sein, wenn sie erst vollkommen entwickelt ist. Jetzt ist sie eine unreife Frucht, der Euter eines Zickleins. Die Lippen trennen sich mit einem Seufzer, um gleich wieder miteinander zu verschmelzen, erschöpft liegt sie in seinen Armen.

Sie gehen ein paar Schritte weiter. Die ersten Raketen steigen zum Himmel auf, werden zu Sternen, die Mutter und Leonora erwarten ihn.

»Ich muß gehen.«

»Bleib nur noch einen Augenblick, Liebster.«

Das Mädchen bietet ihm wieder seine Lippen dar.

»Küß mich noch einmal, Liebster.«

Münder, die Hunger und Durst leiden, Zungen, die sich berühren. Ricardos Hand gleitet von der Knospe ihrer Brust zu ihren schmalen Hüften hinab, das stolze Heck eines Schiffes, das sich zur Fahrt anschickt; wenn sie den Bestimmungshafen erreichen, werden sie die Größe des Hinterteils der Tante erlangt haben. Rakete folgt auf Rakete, Böller und Schwärmer krachen und knallen.

»Ich muß gehen. Wie können wir uns wiedersehen?«

»Morgen erwarte ich dich, Liebster, wenn das Licht ausgeht.«

»Wo?«

Sie lacht fröhlich:

»Du als Priesterlehrling kannst nicht in das Haus von Dona Zuleika gehen. Ich warte auf dich an derselben Stelle wie heute.«

Ein langer, sehnsüchtiger Abschiedskuß unter dem Feuerwerk. Die Zähne des Mädchens prägen sich in die Lippen des Seminaristen.

»Hat es weh getan, Liebster? Verzeih, Ricardo.«

»Du weißt meinen Namen?«

»Ich schon, aber du kennst nicht den meinen.« Wieder lacht sie, siegesgewiß.

»Und wie heißt du?«

»Maria Imaculada, Liebster.«

»Komm gut ins Neue Jahr, Imaculada.«

Er läuft fort und läßt sie dort mit ihrem glücklichen Anfang des neuen Jahres. An der Straßenbiegung dreht er sich um, gerade rechtzeitig, um sie vom Silberregen beleuchtet und eingehüllt zu sehen. Bis morgen, Liebste.

Die Wichtigkeit des Namens Antunes und Asterios Beförderung zum Major

»Ich werde noch zum besten Klienten Ihrer Kanzlei, Doktor Franklin«, scherzt Tieta, als sie den Notar am Nachmittag des zweiten Januar aufsucht. In ihrer Begleitung befindet sich Asterio, der sich hier mit Jarde und Josafá treffen soll.

»Wollen Sie vielleicht auch wissen, ob Sie zu den Erben des Landes am Kokoshain gehören? In den letzten Tagen ist fast die halbe Stadt hier vorbeidefiliert, um die alten Bücher einzusehen. Ich mußte sie in den Tresor einschließen, aus Furcht, daß sie an den Blättern herumradieren oder sie zerreißen. In meinem ganzen langen Leben als Notar habe ich so etwas noch nicht erlebt.«

»Wissen Sie, daß Ihre Frage gar nicht so abwegig ist, Doktor? Ich bin nicht gekommen, um zu sehen, ob mein Name in den Büchern steht, aber ich kaufe einen Besitz von den Antunes, vom alten Jarde und seinem Sohn Josafá, für meine Schwester und meinen Schwager. Sie verkaufen gerade wegen dieser Geschichte vom Kokoshain.«

Doktor Franklin ist im Bilde über die Angelegenheit und nickt zustimmend mit dem Kopf, während er Asterio zulächelt: ein Glückspilz, profitiert von seiner millionenschweren Schwägerin, die ihm Land und Ziegen schenkt. So ist die Welt: Die einen werden als Glückskinder geboren, mit einer guten Fee an der Wiege, finden einen vollen Teller vor, und die Kartoffeln fliegen ihnen in den Mund. Was für die anderen bleibt, ist ja bekannt.

»Stimmt, der Name Antunes steht in den Büchern, ich habe es Josafá gesagt, aber ich habe ihn auch darauf hingewiesen, daß er nicht der einzige ist, es gibt eine ganze Menge ...«

»Hier in Agreste, Doktor Franklin, habe ich nie von anderen Antunes reden hören, außer von mir, von meinem Vater und von meiner verstorbenen Mutter, Gott hab' sie selig.«

Der Notar wird von der mächtigen Stimme Josafás unterbrochen, die sich an der Tür vernehmen läßt. Er tritt ein, gefolgt von Jarde.

»Wir haben ein Papier, wir haben es Ihnen gezeigt, und Sie haben selber vom Namen in den Büchern gesprochen. Gestern früh, gleich nachdem mir Dona Antonieta ihr Wort gegeben hat, habe ich meinem Anwalt in Itabuna telegrafiert. Ich habe Dona Carmosina am Neujahrstag bei ihr zu Hause aufgestöbert. Ich bin nun einmal so, bei mir muß alles schnell gehen, in Ilhéus ist das Tempo nicht so gemütlich wie hier. Wenn dort einer nicht auf Draht ist, ist er seine Kakaopflanzung los, bevor er es merkt. Es wird Zeit, daß diese Fabrik herkommt, um mit diesen Gewohnheiten hier Schluß zu machen, um die Leute auf Trab zu bringen.«

»Sie haben Glück gehabt, daß Dona Antonieta das Wort eingelöst hat, das Ihnen José Esteves gegeben hatte. Wenn nicht, hätten Sie sich ganz schön abplagen müssen, um einen Käufer zu finden. Und auch dann wäre das Geschäft nur sehr langsam zustande gekommen. Wir haben hier die Ruhe weg.«

Der Notar nimmt die Brille ab, reinigt sie ohne jede Eile mit seinem Taschentuch, er hat eine Menge Zeit vor sich. Dann fährt er fort:

»Ich werde Ihnen etwas sagen, mein Freund. Es kann sein, daß, wenn diese Industrie, von der so viel die Rede ist, herkommt, meine Kanzlei, die eine der unergiebigsten im ganzen Bundesstaat ist, mehr zu tun bekommt und ich etwas mehr Geld verdiene, als ich brauche. Trotzdem wäre es mir lieber, wenn sich diese Brastanio nicht hier niederlassen würde. Ich habe den Artikel in der *Tarde* gelesen, den Brief an unseren Dichter, und es haben sich mir dabei die Haare gesträubt. Ich hatte schon vorher von der Umweltverschmutzung durch die Titanfabriken gehört; der Kapitän hat mir erzählt, was in Italien passiert ist, in Italien oder in Frankreich, ich erinnere mich nicht genau. Ich ziehe unseren Lebensrhythmus vor, langsam, aber sicher, das reine Wasser, den guten Fisch, unsere eigenen Gewohnheiten.« Er setzt die Brille wieder auf, macht eine Handbewegung, wie um jeden Einwand abzuschneiden, und kommt endlich zur Sache. »Also los, Bonaparte, notiere ... Kaufvertrag über das Besitztum, genannt ...«

»Vista Alegre«, murmelt Jarde, der stumm dabeisitzt. In der Notariatskanzlei hat er nicht einmal den Trost, den ihm der Anblick von Dona Antonietas Titten gewährte, die so üppig zwischen den Spitzen des offenstehenden Kimonos hervorlugten.

Josafá zieht aus seiner Tasche ein kleines, blau eingebundenes Notizbuch heraus, diktiert Maße, Grenzen, Angaben, Zahlen und übergibt die beglaubigten Abschriften mit dem Inventar des Besitzes von Dona Gercina da Mata Antunes, der sich übrigens auf ein einziges Objekt beschränkt, auf Vista Alegre, eine Maniok- und Maispflanzung und die Ziegenzucht. Bonaparte, der Sohn von Doktor

Franklin, ein kleiner Dickkopf und beeideter Schreiber, notiert alle Daten und nimmt die Dokumente entgegen. Doktor Franklin setzt das Datum der Unterschrift und der Bezahlung fest: in drei Tagen. Glücklicher- oder unglücklicherweise, mein lieber Josafá, arbeitet Bonaparte einen Kaufvertrag nicht im Rhythmus von Ilhéus aus. Tieta übergibt die Anzahlung, Josafá hat die Quittung schon mitgebracht. Die Tochter weiß, was sie tut, die ist nicht wie der dumme Alte, der Geld in fremde Hände gelegt hat, ohne einen Beleg zu verlangen. Tieta verwahrt das Papier und wendet sich an den Notar.

»Meine Anwesenheit wird nicht mehr notwendig sein, denn der Vertrag lautet auf den Namen von Asterio und Elisa, sie sind es, die unterschreiben müssen. Morgen fahre ich nach Mangue Seco, dann bekommt die Hütte, die ich gebaut habe, den letzten Anstrich.«

»Ich habe davon gehört. Bonaparte, der oft in Mangue Seco ist, hat mir gesagt, daß von allen Wundern, die Sie in diesen wenigen Tagen hier vollbracht haben, und das waren etliche, das größte die Geschwindigkeit war, mit der Sie dieses Sommerhaus gebaut haben. Sie haben diesen Leuten vom Strand, die einmalig faul sind, das Tempo unseres Freundes Josafá aufgezwungen, das von Itabuna.«

»Von Itabuna, Doktor? Das Tempo von Dona Antonieta ist das von São Paulo, bei ihr geht es hopp hopp.« Josafá lacht dröhnend.

»Ich verdanke es meinem Neffen Ricardo, er hat es in die Hand genommen, hat den Leuten eingeheizt, der Junge ist sein Gewicht in Gold wert. Ihm und dem Kapitän Dario, einem wahren Freund.«

Nur gut, daß Bonaparte nicht sein Gewicht in Gold wert ist, das gäbe eine beträchtliche Summe. Aber deswegen ist er noch kein schlechter Kerl, er will und kann nur nicht schnell machen. Wozu auch? fragt sich der Notar.

Mit langen Schritten betritt Osnar lachend die Kanzlei des Notars, gefolgt vom Billardklub, Aminthas, Seixas, Fidelio und, als Zugabe, Manuel.

»Wo ist der Gutsbesitzer? Hauptmann Asterio, jetzt, nachdem du Besitzer von Ländereien und Ziegen bist, befördere ich dich zum Major.«

Sie umringen den Freund und Gefährten, den Champion, Inhaber des Goldenen Queue – wird er den Titel im jetzigen Turnier verteidigen können? Jarde und Josafá verabschieden sich, Josafá drückt Tieta die Hand.

»Glauben Sie mir, Dona Antonieta, daß ich mich sehr gefreut habe, Sie persönlich kennenzulernen. Wenn es in Agreste jemanden gibt, der korrekt ist, dann sind Sie es. Bei Ihnen ist Brot Brot und Käse Käse.«

»Das ist wahr«, bestätigt Doktor Franklin, »Dona Antonieta ist ein Muster an Güte und Korrektheit. Aber bevor Sie weggehen, Josafá, hören Sie sich die Antwort auf eine Frage an, die ich jetzt an unseren Freund Fidelio stellen werde.« Er nimmt die Brille ab und wendet sich an die Männer, die um Asterio herum stehen. »Fidelio, wie ist eigentlich Ihr Name?«

»Fidelio de Arroubas Filho.«

»Den vollen Namen, bitte.«

»Fidelio Dórea A. de Arroubas Filho.«

»Und was bedeutet das A?«

»Fidelio Dórea Antunes de Arroubas Filho.«

»Danke.« Der Notar setzt seine Brille wieder auf und dreht sich zu Josafá um, der an der Tür wartet. »Sehen Sie, Josafá? Noch ein Antunes. Es gibt noch mehr: Dona Carlota Alves ... Wissen Sie, wer das ist? Die Leiterin der Privatschule. Obwohl sie nicht mit diesem Namen unterschreibt, ist sie auch eine Antunes. Mütterlicherseits.«

Josafá ist nicht beeindruckt, er lacht wie einer, der nichts zu fürchten hat.

»Antunes, die nicht einmal den Namen führen ... Das ist nicht dasselbe wie wir, mein Vater und ich, Jarde und Josafá Antunes, für die es eine Ehre ist, ihn zu führen!«

Um seinen größten Trumpf nicht öffentlich aus der Hand zu geben, unterdrückt er den Wunsch, laut und deutlich den Namen und das Talent des Anwalts zu wiederholen, dem er telegrafiert hat und mit dessen Hilfe er zu rechnen hofft: Doktor Marcolino Pitombo, der beste Spezialist in Bodenrecht im ganzen Kakaogebiet, schon seit unvordenklichen Zeiten berühmt in Atabuna und Ilhéus, als Uruçuca noch Agua Preta hieß und Itajuípe die berüchtigte Stadt Pirangi war, wo sich die Leute wegen eines Pappenstiels umbrachten. Doktor Marcolino Pitombo gewinnt den Prozeß rechtens und, wenn nötig, hintenherum.

Als erfahrener Mann aus Ilhéus ist Josafá sicher, sein Einverständnis zu erlangen, denn da er wußte, daß er Sergipaner ist, hatte er, in Anbetracht des hohen Alters und des Geburtsorts des Anwalts, veranlaßt, ihm eine Flugpassage Ilhéus–Aracajú und zurück zur Verfügung zu stellen. Agreste liegt näher an der Hauptstadt von Sergipe als an Salvador, es sind wenige Kilometer mit dem Wagen. Josafá wird den Anwalt in Aracajú empfangen; so wird Doktor Marcolino, abgesehen vom Honorar, einen Beweis der Wertschätzung und als Draufgabe einen Gratisbesuch bei seinen Verwandten in der Heimat erhalten.

Er denkt an alles, der rührige Josafá. Jarde denkt nur an die

Ziegen, an den Bock Seu Mé und an die Euter von Dona Antonieta, ein kostbares Gut, das für immer verloren ist.

Mit dem Fortschritt kommt auch eine Wandzeitung nach Agreste. Eine kurze Notiz über die Zusammenstellung und das Verhalten der Fans bei der Billardmeisterschaft.

Es war Ascanio Trindade nicht gelungen, die gelehrten Argumente des Herrn Professor Karl Bayer dem Kapitän unter die Nase zu reiben und ihn dazu zu bringen, die Beleidigung zurückzunehmen und eine Wiedergutmachung anzubieten. Nach dem Begräbnis von Zé Esteves hatte sich der erregte Seemann in Begleitung von Dona Laura vom Friedhof direkt zu seinem Boot begeben. Er feiert Neujahr mit den Fischern von Mangue Seco und erweist der schmackhaften Moqueca aus Hai und Rochen, mit der sich die Siedler für das Weihnachtsessen revanchieren, alle Ehre. Das sind zarte, aber strenge Riten der Freundschaft, die genaue Einhaltung erfordern.

Während er auf eine Gelegenheit wartet, um dem Kapitän Interviews und Leitartikel zu zeigen, überlegt Ascanio, wie er den Chronisten der *Tarde* am besten vor der Einwohnerschaft entlarven kann, die durch die Lektüre des *Briefes an den Dichter De Matos Barbosa* und die darauffolgenden unkontrollierbaren, von der teuflischen Dona Carmosina und dem auf dem Gipfel des Ruhms angelangten Dichter Barbozinha geschürten Gerüchte unsicher geworden ist. Nicht einmal dem Tod von Zé Esteves und dem Pomp seines Begräbnisses erster Klasse ist es gelungen, die durch den von Giovanni Guimarães ausgestoßenen dramatischen Warnruf ausgelöste Erregung zu mildern.

Diejenigen, die den Journalisten persönlich kannten und sich mit ihm während seines denkwürdigen Besuchs in Agreste unterhalten hatten, ergriffen sofort seine Partei, starteten eine Bekehrungskampagne, beschwatzten die anderen und hetzten die öffentliche Meinung gegen die Brastanio auf. Ascanio zerbricht sich den Kopf: Wie kann er der Bevölkerung nur die Artikel, die erläuternden Seiten der Zeitungen zugänglich machen, die Fragen klarstellen, die Übertreibungen nachweisen, das Nichtbestehen einer größeren Gefahr, nichts, was über eine normale Umweltverschmutzung hinausginge, das Problem der Niederlassung der Titanfabrik auf seine tatsächlichen Proportionen zurückzuführen – was ist denn eigentlich dieses Titandioxyd für eine Scheiße? Er muß die Wahrheit allen zugänglich machen, sie von den Vorteilen der Brastanio überzeugen, von ihrer Bedeutung im Hinblick auf Reichtum und Fortschritt von Brasilien, von Agreste. Aber wie?

Jedem einzelnen die Zeitungen zeigen ist undurchführbar. Sie in der Bar dos Açores zur Verfügung der Gäste auslegen ist auch keine Lösung, denn nur ein Teil der Einwohner würde sie lesen, die äußerst geringe Zahl der intellektuell Hochstehenden, gar nicht zu reden von der Gefahr, daß die Blätter verschwinden könnten oder zerrissen und vernichtet werden könnten. Sollte man die Bevölkerung zusammenrufen, um sie auf einem öffentlichen Platz, in einer Art kollektiver Lesung, vom Inhalt der veröffentlichten Materie in Kenntnis zu setzen? Ein verführerischer Gedanke, aber schwierig und gefährlich durchzuführen. Da es sich um die Brastanio handelt, könnten die Armen – und auch die anderen, wie die Erfahrung gezeigt hat – an eine neuerliche Verteilung von Geschenken denken; wenn sie dann keine bekommen und enttäuscht sind, ginge der Schuß nach hinten los.

Schließlich erinnert er sich an seine Zeit an der Fakultät und entschließt sich für die Anbringung einer Wandzeitung in der Präfektur. Zum erstenmal in vielen Jahren einer (schlecht bezahlten) Sinekure erweist sich Lindolfo, der Schatzmeister, als wirklich nützlich. Als glücklicher Eigentümer einer Kollektion von Buntstiften klebte er die Zeitungsausschnitte auf, unterstrich die wichtigsten, in den Interviews und Leitartikeln enthaltenen Behauptungen und überschrieb das Ganze mit einem Titel, der von einem Ende der Pappe zum anderen reichte: DIE BRASTANIO IST FORTSCHRITT UND REICHTUM FÜR AGRESTE! Als Krönung seines Kunstwerks zeichnete er eine riesige Fabrik inmitten eines Panoramas von glücklichen Bürgern mit festlichen Spruchbändern und von herrlichen Errungenschaften: Wolkenkratzer, eine Arbeitersiedlung, ein prächtiges Hotel, ein einer Großstadt würdiges Kino und einen luxuriösen und hochmodernen Autobus. Dieses Gemälde von Lindolfo – primitiv oder naiv, je nach dem Geschmack und der Bildung des Beschauers – nimmt den unteren Teil der Pappe ein. Zwischen ihm und dem Lob auf die Brastanio kleben die aufschlußgebenden Ausschnitte.

Sie hängen die Wandzeitung im Erdgeschoß an die Wand des Saals, in dem der Gemeinderat zusammentritt, wenn es dem Oberst Artur da Tapitanga gerade einfällt, ihn einzuberufen. Es eilt auch deshalb, weil die Stadträte sicherlich das Ansuchen der Brastanio auf Niederlassung in der Gemeinde genehmigen müssen. Ascanio rechnet bestimmt damit, daß das Unternehmen den Antrag stellen wird, da er vom Ergebnis der durch die Techniker angestellten Untersuchungen überzeugt ist. Wenn sich die Brastanio nicht in Mangue Seco niederlassen wollte, warum hätten dann die Direktoren eine Straßenbaugesellschaft beauftragt, Pläne für die Verbreiterung und Pflasterung der Straße auszuarbeiten, die Agreste mit Esplanada verbindet?

Nicht einmal die unverschämte Erklärung, die Dona Carmosina nach der Lektüre der Zeitungen abgegeben hatte – in Ermangelung des Kapitäns hatte Ascanio der Posthalterin die Interviews und Artikel unter die Nase gerieben –, konnte die Überzeugung, die Begeisterung und die gute Laune des Sekretärs der Präfektur beeinträchtigen, der sich seit der Ankunft des Briefes des Doktor Magnificus und der beiliegenden Materialien in einem Zustand der Euphorie befand. Da sie über keine Argumente verfügte, um die wissenschaftlichen Erkenntnisse des Herrn Professor und den Patriotismus der Herausgeber der Zeitungen zu widerlegen, begnügte sich Dona Carmosina damit, kategorisch und verachtungsvoll die folgende Behauptung aufzustellen:

»Das ist doch alles nichts anderes als bezahltes Material. Das springt ins Auge. Man muß schon sehr dumm oder sehr böswillig sein, um das nicht zu bemerken.«

Der fortschrittsbewußte Ascanio war so euphorisch, daß er Leonora mit Küssen bedeckte, als er ihr in feurigem Leichtsinn die Zeitungen und das Straßenschild der Rua Antonieta Esteves Cantarelli zeigte. Mit Küssen bedecken ist nur so eine Redensart; er pappte ihr vier oder fünf Küsse auf die Wangen, denn weiter ging sein feuriger Leichtsinn nicht; und auch das war erstaunlich bei jemandem, der stets bemüht war, nicht als zynisch und hemmungslos zu erscheinen, nicht derselben schamlosen Kaste von Bösewichtern anzugehören, wie jener, der sie betrogen und verführt hatte. Als sie ihn so zufrieden und wiederbelebt sieht, möchte Leonora am liebsten auf die Straße gehen und Halleluja singen, um die wiedererstandene Sonne der Verliebten zu grüßen.

Der Schwung und die Euphorie Ascanios spiegelten sich in seinen hervorragenden Leistungen bei der Billardmeisterschaft wider. Trotz des geringen Trainings – in der letzten Zeit hatte er den grünen Tisch völlig vernachlässigt – machte er eine gute Figur und kam im Halbfinale unter die letzten vier. Im Viertelfinale war es ihm geglückt, Osnar in einer sensationellen Partie zu schlagen, während Fidelio, ein ruhiger und trickreicher Spieler, den impulsiven Leléu besiegte. So blieben nur noch Asterio, Seixas, Fidelio und Ascanio im Spiel, der Leonora aufforderte, den nächsten Spielen zuzusehen.

»Komm und halte mir den Daumen. Alle anderen haben ihre Fans, nur ich nicht.«

Tatsächlich hat für die entscheidende Phase des Turniers ein zahlreiches und ungewohntes Publikum sein Erscheinen in der Bar dos Açores zugesagt. Die Frauen besuchen nur bei außergewöhnlichen Gelegenheiten die Bar von Manuel, die sonst der männlichen Kundschaft vorbehalten bleibt. Die Anwesenheit von jungen Mädchen und Damen zwingt die Männer zu einer unbequemen Kontrolle ihrer Sprache und Gesten und verwandelt die für gewöhnlich ungezügelte Atmosphäre in eine zahme und lahme Angelegenheit. Aber bei der alljährlichen Billardmeisterschaft, wenn das Goldene Queue des Jahres zuerkannt wird, ist die liebliche Gegenwart von Ehefrauen, Verlobten, Verliebten, Verwandten und Bewunderinnen der Teilnehmer schon zur Tradition geworden.

So fehlt auch Elisa nicht. Sie ist sehr elegant und trägt eine abwesende und gleichgültige Miene zur Schau, als erschiene sie nur, um ihrer Pflicht als Gattin nachzukommen, die Asterio anfeuern muß. In Wirklichkeit profitiert sie von der Gelegenheit, um den sündigen Ruch der Bar einzuatmen, an deren Längswand zwischen Flaschen mit allerlei Getränken die Blätter eines Kalenders aufgeklebt sind, die nackte Frauen zeigen, blonde, nordische, braune, orientalische und Mulattinnen, für jeden Monat eine, ein Geschenk von Aminthas an seinen Freund Manuel, den verwitweten, lüsternen und ästhetischen Lusitanier, wie auf der Widmung zu lesen ist. Osnar behauptet, daß sich der Sergeant Peto im stillen Kämmerlein alle zwölf vorgenommen hat. Er und auch Manuel.

Es erscheinen die Kusinen von Seixas, ein kokettes und fröhliches Völkchen. Dona Edna versäumt nicht eine einzige Partie, obwohl ihre Anwärter auf die Meisterschaft schon ausgeschieden sind: der junge Leléu, den man für ihren Mann halten könnte, und Terto, der, wie man hinreichend weiß, als offizieller Gatte nicht überzeugend wirkt. Nachdem die zwei geschlagen sind, schwankt Dona Edna bei der Wahl eines neuen Günstlings unter den vier Letzten. Vielleicht entscheidet sie sich für Asterio, um Elisa zu ärgern, die sich snobistisch als Königin der Eleganz aufspielt – einer Eleganz aus zweiter Hand, mit getragenen, abgelegten Kleidern.

Auch einige andere Zuschauerinnen zögern. Die meisten gehören jedoch zu der unschlagbaren und überaus lebhaften Anhängerschar von Fidelio, gebildet aus Jungfrauen der verschiedensten Altersstufen, von den jungen Schülerinnen der Schule von Dona Carlota (Antunes) Alves bis zur fast schon alten Jungfer Cinira. Schweigsam, in sich gekehrt wie ein Mönch, hat er doch eine Menge Bewunderinnen; ein erstaunlicher Typ, dieser Fidelio A., das heißt Antunes.

Ascanio dehnt die Einladung auch auf Tieta aus. Sie lehnt ab; nachdem der Kaufvertrag über den Besitz von Jarde und Josafá unter Dach und Fach ist, bleibt ihr wenig zu tun in Agreste. Am Tag darauf will sie unbedingt nach Mangue Seco fahren. Nicht morgens, weil sie Dona Milú versprochen hat, bei ihr mittagzuessen, aber gleich nachher wird sie unter der Nachmittagssonne das Boot von Elieser nehmen, gemeinsam mit Ricardo, um letzte Hand an den Bau des Stalls des Bocks Inacio zu legen: den Anstrich und die Fußböden.

»Billardturnier? Nein, mein Lieber, da ziehe ich das Baden im Meer vor, und das Baden im Mondschein, auf den Hügeln von Mangue Seco.« Sie dehnt sich in Gedanken an diese Wonnen. »Außerdem möchte ich noch etwas von meiner Hütte haben, bevor ich wegfahre.«

»Wegfahren? Das können Sie erst nach der Einweihung des Lichts, vergessen Sie das nicht.« Ascanio ist so euphorisch, daß ihm etwas entschlüpft. »Ich bereite eine Überraschung für Sie vor.«

»Für mich? Sagen Sie doch, was es ist.«

»Entschuldigen Sie, Dona Antonieta, aber das kann ich nicht. Ich glaube, es wird Ihnen gefallen.«

Gefallen würde ihr, wenn er seine Zurückhaltung aufgeben und Leonora packen und ins Bett schleppen wollte. Man muß ihn stoßen, den Lauf der Ereignisse beschleunigen.

»In ein paar Tagen ist die Hütte fertig, dann hole ich Nora, damit sie dort bei mir wohnt.«

»In Mangue Seco?« Ascanio wird blaß, seine Stimme zittert, plötzlich ist sie jeder Euphorie und Begeisterung bar.

Genau das hatte Tieta vorausgesehen. Am Wochenende in Mangue Seco wird sie dem jungen Mann die unheilvolle Idee ausreden, die Niederlassung der Industrie im Kokoshain zuzulassen. Als Gegenleistung wird sie ihn zu Leonora ins Bett legen, in das prächtigste Bett der Welt, die Dünen von Mangue Seco, die keine Umweltverschmutzung kennen.

»Kommen Sie auch, der Stall ist klein, aber mit einigem Geschick haben dort Ziegen und Böcke Platz.«

Wie Gott eine frevelhafte Bitte erhört.

Nur gut, daß Gott ihm zu Hilfe kam, der Gott der Verliebten, den Ricardo jetzt vorzieht, wenn nicht alles täuscht. Und er tat es in einer scheinbar heftigen Weise, so daß man das Vorgehen der göttlichen Vorsehung grausam und ungerecht nennen könnte, wenn man vorschnell urteilen wollte. Aber nur, um nachher die Weisheit der in die Praxis umgesetzten Maßnahme anzuerkennen. In diesem Fall könnte man den Ausspruch zitieren, den Dona Milú seinerzeit bei Tietas Verstoßung getan hatte: Gottes Wege sind unerforschlich.

Der eifrige Lehrling als Priester und Mann überlegte, wie er aus den Nesseln, in die er sich gesetzt hatte, herauskommen und das Problem lösen könnte, um aus dieser schwierigen Situation einen Ausweg zu finden, der ihn zuerst in die jugendlichen Arme von Maria Imaculada und dann in die üppigen von Tieta führen würde. Er sah keinen, es war eine Sackgasse.

Als er in der vergangenen Nacht mit seiner Mutter und Leonora vom Feuerwerk heimgekehrt war, überquerte er, sobald es im Hause still war, den Korridor und berührte den nackten Körper seiner Tante. Tieta erwachte unter den ersten Küssen, nahm ihn in die Arme und faßte ihn um die Mitte.

»Mein Böcklein!«

»Mein Ziegenweibchen!«

Er sagte es in Gedanken an ein Zicklein, das ihm gesagt hatte: Küß mich noch einmal, Liebster. Ihre Stimme war vor Zärtlichkeit vergangen, als sie ihn Liebster genannt hatte, und ihm schwanden fast die Sinne, als er sie das sagen hörte. Wenn es möglich wäre, würde er es Tieta erzählen: Heute bin ich dir begegnet, Tante, so wie du einmal warst, einem jungen Ding, im Dunkeln unter den Mangobäumen verborgen. Verzeih mir, aber ich muß wissen, wie du als Hirtin warst, ohne französisches Parfum, ohne Cremes und Salben, ohne Perücke, Negligé, goldene Halsketten, Brillantringe, als du nach Jasmin duftetest und ein hellblaues Organdykleid trugst.

In dieser Nacht, in der er verspätet Neujahr feierte, lernte Ricardo die eigenartige Wonne kennen, eine Frau in Gedanken an eine andere zu besitzen. Das war noch besser als das doppelte Ypsilon, das Tieta mit seiner Mitwirkung ausführte, als das erste Tageslicht durch das offene Fenster drang. Sie waren drei im Bett von Dona Eufrosina und Doktor Fulgencio: er, Tieta und Maria Imaculada.

Wie sollte er es anstellen, die Kleine zu treffen, wenn das Licht um neun Uhr abends ausging? Selbst wenn die abendlichen Besucher länger blieben, hatte er keinen Vorwand, um auszugehen, die Mutter machte in dieser Hinsicht keine Zugeständnisse. Er dachte sich tausend Ausreden aus, erfand Dutzende von Vorwänden, aber alle waren unhaltbar. Die Zeit verging, und er wußte nicht, was er tun sollte. Er war entschlossen, um jeden Preis eine Lüge zu erfinden. Er hatte ohnehin schon die Tante angelogen, als sie am Morgen die Bißspuren bemerkte und ihn danach fragte. Er habe sich selber gebissen, als er sie auf dem Höhepunkt des doppelten Ypsilon mit Küssen und Bissen bedeckt hatte.

Zu allem Überfluß erschien kein weiterer Besucher, außer dem unvermeidlichen Ascanio, der mit Leonora um den Platz herumgehen wollte, und dem Dichter Barbozinha, der in der Veranda Tieta und Perpetua seine Lügengeschichten erzählte. Wenn es neun Uhr schlägt, wird Ascanio Leonora wieder nach Hause bringen; dann werden sie zusammen die Straße hinuntergehen, er und Barbozinha. Perpetua wird sich zu ihrem Nachtgebet zurückziehen. Nachdem sie an der Haustür zum letztenmal gewinkt hat, wird Leonora Tieta einen Kuß geben und ihr eine Gute Nacht wünschen. Dann wird die Tante lange für ihre Abendtoilette brauchen – es dauert seine Zeit, bis ihre Schwester und ihre Stieftochter den Schlaf finden –, um sich schließlich niederzulegen und die gute Nacht in seiner, Ricardos Gesellschaft zu genießen.

Er späht nach der Uhr, bis neun ist es kaum mehr als eine halbe Stunde, und ihm fällt nichts ein, was ihm das Entwischen ermöglichen würde. Eine schreckliche Beklommenheit ergreift Besitz von ihm, bald wird Maria Imaculada hinter dem Mangobaum stehen und auf ihn warten. Ricardo legt die portugiesische Grammatik fort, in die er sich geflüchtet hatte, um besser nachdenken zu können, und erhebt seine Gedanken in einer verzweifelten und unfrommen Bitte zu Gott: Hilf mir, mein Herr und Gott, in dieser furchtbaren Not!

Die Erhörung folgt auf dem Fuß, denn plötzlich sind Schritte auf dem Bürgersteig zu hören und die Stimme von Padre Mariano, der ihn beim Namen ruft.

»Ricardo! Hallo, Ricardo! Schläfst du schon?«

Perpetua eilt herbei, den Geistlichen zu empfangen und den Grund seines Besuchs zu erfahren. Ein trauriger Grund, meine liebe Tochter: Wir müssen der alten Belarmina, der Witwe von Cazuza Bezerra, die letzte Ölung bringen, ein treues Pfarrkind, das mit festen Schritten auf die Neunzig zugeht. Vor ein paar Tagen hatte sie eine gewöhnliche Erkältung erwischt, aber ihr Zustand hatte sich unerwarteterweise verschlechtert, sie hatte einen Schwindelanfall erlitten. Da Doktor Caio abwesend war, in der Sommerfrische, hatte man Aloísio Melhor geholt, der in seiner Eigenschaft als Besitzer der Sant'Ana-Apotheke manchmal den Arzt vertrat; die Geschäftsverbindung war das einzige, was ihn mit der Medizin verband. Als der Apotheker sie im Bett liegend fand und umsonst nach dem Puls suchte, hatte er dem Pfarrer eine eilige Botschaft zukommen lassen: Die Greisin lag in den letzten Zügen, ohne die Sakramente empfangen zu haben. Vava Muriçoca, der den Feuerwerker spielte, hatte sich am Abend vorher die Hand verbrannt, als er eine Rakete abschoß. Der Priester kam Ricardo holen, damit er ein gutes Werk tue und der Alten dazu verhelfe, in Frieden mit Gott zu sterben. Danke, o Herr! sagt der also Begünstigte in Gedanken und zieht schnell die Soutane über die Shorts. Schließlich hatte Dona Belarmina fast ein Jahrhundert lang gelebt.

Sie wird sicherlich noch ein paar Jahre länger leben, denn der Anblick des Priesters und des Seminaristen, die ihr die letzte Ölung bringen, versetzte ihr einen derartigen Schrecken, daß sie sich im Handumdrehen von der Grippe und dem Schwindelanfall erholte. Sie steht schnell auf, und um ihre Gesundheit unter Beweis zu stellen, macht sie in ihrem Baumwollnachthemd, das am Kragen mit blauen Blümchen bestickt ist, ein paar Tanzschritte und streckt dem Apotheker die Zunge heraus, dieser Teufel von einer Alten. Verkalkt, ja, aber sterbend, keine Spur!

Die Lichter gingen aus, als der Apotheker, der Geistliche und Ricardo das Haus von Dona Belarmina verließen, die sie an die Haustür brachte.

»Herr Aloísio, wenn Sie jemandem den Tod prophezeien wollen, dann fangen Sie bei Ihrer Mutter an!«

Als er den Hochwürdigen zur Kirche begleitete, um das heilige Öl und das Weihwasser zu verwahren, bemerkte Ricardo Maria Imaculada hinter dem Mangobaum und wurde auch von ihr gesehen. Er brachte den Priester noch zum Pfarrhaus und hörte, wie dieser die Tür abschloß. Ascanio und der Dichter verschwanden gerade in der Rua da Frente. Dann ging er auf sie zu.

»Du siehst so hübsch aus in der Soutane, Liebster.«

Ricardo fühlt sich leicht und glücklich, Gott hat ihm einen guten Vorwand geschenkt, ohne jemandem zu schaden, für Padre Mariano gehört so eine nächtliche Wanderung zu den Pflichten eines Seelenhirten.

Maria Imaculada trägt kein hellblaues Organdykleid, sondern einen schwarzen Rock und eine bedruckte Bluse, aber im Haar, so wie gestern, eine Jasminblüte, und sie lacht das gleiche frische und helle Lachen. Sie küssen sich im Gehen; als sie ans Flußufer kommen und sie ihn zögern sieht, nimmt sie ihn an der Hand und führt ihn zum verborgensten Versteck unter den Trauerweiden der Bacia de Catarina. Sie legt sich hin, knöpft die Bluse auf, hebt den Rock hoch, darunter ist nichts, nur ihr Körper, der in der Brise fröstelt.

»Komm schnell, Liebster, mir ist kalt.«

Ricardo streift die Soutane ab, knöpft die Shorts auf. Maria Imaculada lacht:

»Du wirst mich noch ganz heilig machen, Liebster.«

Gemeinsam kehren sie später zum Platz zurück. Ricardo lacht glücklich, streichelt ihr Gesicht, küßt ihre Augen, vergräbt die Hände in ihrem krausen Haar und steckt die Jasminblüte in die Tasche seiner Soutane. Neben dem Mangobaum nehmen sie voneinander Abschied.

»Morgen warte ich hier wieder auf dich. Um dieselbe Zeit.«

»Morgen fahre ich nach Mangue Seco.«

»Bleibst du lange dort, Liebster«, fragt sie mit ängstlicher Stimme.

»Samstag bin ich wieder hier, da kannst du mich erwarten.«

»Komm aber sicher, sonst sterbe ich vor Kummer.«

»Ganz bestimmt komme ich. Bis Samstag, Imaculada.«

»Warte noch ein bißchen, Liebster. Küß mich noch einmal.«

Mitten im Küssen erscheint eine Gestalt auf dem Platz. Ricardo macht sich los, Maria Imaculada löst sich in der Dunkelheit auf. Stockbesoffen kommt Bafo de Bode näher, er kommt vom Flußufer, er rülpst beim Sprechen, ist aber ganz leise und vermeidet sein gewohntes Geschrei. Nicht aus Ehrfurcht vor dem Schlaf seiner Mitmenschen, sondern weil auch er seine Schützlinge hat:

»Setz den Schwengel nur in Bewegung, Pfäfflein, es lebe Gott, unser Vater.«

Der Verfasser zitiert berühmte Namen aus der Welt der Kunst und Wissenschaft, sicherlich im Bestreben, sich im Hinblick auf die Wahl des Präfekten von Agreste unter sie zu mischen.

Im kritischen Augenblick, als er noch über keine positiven Antworten auf die Fragen verfügte, die durch die Ankündigung der bevorstehenden Niederlassung der Brastanio im Kokoshain von Mangue Seco aufgeworfen worden waren, weigerte sich Ascanio Trindade beim Gedanken an die Bevölkerung von Saco, der Siedlung der Fischer, die sich in ihrer Tätigkeit bedroht sahen, von dem Problem Kenntnis zu nehmen; er gedachte der geographischen Lage des Ortes, der sich am linken Ufer der Mündung des Rio Real, im Bundesstaat Sergipe, befand. Dieselbe regionalistische Erwägung hatte Josafá Antunes ganz laut in seinem Gespräch mit Tieta angestellt: Die Sergipaner sollen nur sehen, wo sie bleiben.

Das taten sie auch, denn die *Tarde* lenkte in einem Kästchen auf der ersten Seite die Aufmerksamkeit der Leser auf brennend aktuelle Beiträge über die Gefahr der Verschmutzung, die sich im Innern der Zeitung gedruckt fänden: Die Nachricht über die angekündigten Präfektenwahlen in Sant'Ana do Agreste, ein Telegramm des Herrn Raimundo Souza, Präfekt der Gemeinde Estancia im Bundesstaat Sergipe, und ein Interview mit »Carybé, dem Künstler von internationalem Ruf, der dem Namen Brasiliens zu so großem Ruhm im Ausland verholfen hat«.

Über die Wahlen findet sich in der Spalte mit den politischen Nachrichten eine kurze, kursiv gesetzte Notiz: Es sind Gerüchte im Umlauf, wonach die Priorität, die im Arbeitsprogramm des Wahltribunals der Festlegung des Termins für die Wahl des neuen Präfekten von Agreste eingeräumt wurde, einem Manöver der Brastanio zu verdanken ist, die daran interessiert ist, an der Spitze der Gemeinde, in der sie ihre unerwünschte und verdammenswerte Titandioxydindustrie ansiedeln will, einen Mann ihres uneingeschränkten Vertrauens zu sehen.

Das Telegramm des Präfekten von Estancia quillt von Empörung über: »Das nichtswürdige Vorhaben der Brastanio, ihre Fabriken in Mangue Seco zu errichten, bedeutet eine unbeschreibliche Bedrohung der Südküste von Sergipe, der wackeren und ehrbaren Fischer und der gesamten friedliebenden und arbeitsamen Bevölkerung von Saco, des Fischreichtums im Meer und in den Flüssen der Region, dem Piauí und dem Piauitinga, die sich vereinen, um den Rio Real zu bilden, etwas oberhalb von Estancia, einer Gemeinde, deren Ökologie und Ökonomie ebenso schwer in Mitleidenschaft gezogen werden würden wie die der benachbarten Gemeinden, der Bruderstaaten Sergipe und Bahia, die ihre Stimmen und Kräfte zur Verteidigung der Unverletzlichkeit der Umwelt vereinen müssen.«

Wenn ich aus den Spalten der *Tarde* den energischen Protest des würdigen Präfekten von Estancia übernehme, möchte ich nicht die Gelegenheit versäumen, seinen Verdiensten ein öffentliches Lob zukommen zu lassen. Man hat mir gesagt, daß er der Besitzer einer alteingesessenen Zigarrenfabrik ist, die keinerlei Umweltverschmutzung hervorruft, eines Unternehmens von handwerklichem Typ, in dem die Tabakblätter auf den Schenkeln geübter Arbeiterinnen gerollt werden, wodurch sie ein besonderes Aroma gewinnen. Wenn ich ihn so gut behandle, wie ich es hier tue, bekomme ich vielleicht einige Kistchen dieses geschätzten Produkts. In Zeiten magerer Autorenrechte wäre das ein kostbares Geschenk.

Was das Interview mit derjenigen Person anbelangt, die die Redaktion der Zeitung in einem Überschwang lobender Worte als bedeutenden Maler von internationalem Ruf bezeichnet, womit, wie mir klar ist, seinem umfangreichen und schönen Werk Gerechtigkeit widerfährt, so handelt es sich hier zufälligerweise um dieselbe zweifelhafte Persönlichkeit, die schon einmal in den Seiten dieses Romans aufkreuzte, und zwar in der hinterhältigen, von Erfolg gekrönten Absicht, dem naiven Padre Mariano eine hölzerne Statue der heiligen Anna, das Werk eines Heiligenschnitzers aus dem 17. Jahrhundert von unschätzbarem Wert, um einen lächerlichen Preis abzukaufen.

Damals erschien dem friedfertigen Priester die dafür gezahlte Summe enorm, und er übergab die wurmstichige Heilige mit Handkuß dem Gauner. Armer Landpfarrer! Jahre darauf wurde er von Gewissensbissen geplagt, als ihm Dona Carmosina in einer Zeitschrift aus Rio Fotos der restaurierten Statue aus verschiedenen Blickwinkeln zeigte, »das beste Stück der bemerkenswerten Sammlung des Doktor Mirabeau«. Erst da wurde ihm der Schwindel bewußt, und seit jenem Tage gab es ein Geheimnis zwischen ihm und der Postmeisterin, die schwieg wie das Grab. Obwohl sie mit der Kirche wenig im Sinn hat und behauptet, Agnostikerin, Ungläubige und Atheistin in einem zu sein, versprach Dona Carmosina, das Exemplar der Zeitschrift zu vernichten und den Vorfall zu vergessen, da sie für die Unwissenheit eines schlichten, an das Ende der Welt verschlagenen Priesters in Sachen der Kunst Verständnis hatte.

Ich benutze diese Gelegenheit, um zu berichten, daß Dona Carmosina die im Sitzungssaal des Gemeinderats der Präfektur hängende Wandzeitung Ascanios mit einer anderen, größeren und noch auffallenderen beantwortete, die in Großbuchstaben Sätze aus allen hier erwähnten Unterlagen sowie aus dem Artikel von Giovanni Guimarães enthielt. Vervollständigt wurde sie durch eine makabre Illustration: gelbe Rauchschwaden, die aus den Schloten der Brastanio aufstiegen, ein schrecklicher Fleck von Schwefeldioxyd, der das Himmelsblau für immer verdeckte, ausströmendes Gas; ein Strom von toten Fischen im fauligen Abzugsgraben, in den sich die mörderischen Abwässer voll Eisensulfat und Schwefelsäure ergießen, flüssiger Abfall – Dona Carmosina weiß alles über das Titandioxyd und seine Herstellung. Der Kokoshain von Mangue Seco wird zu einem elenden Ödland, wo ein Volk von Bettlern erstickt und mit dem Tode ringt.

Ein ebenso primitives oder naives Kunstwerk, das dem des Schatzmeisters Lindolfo in nichts nachsteht; im Gegenteil, es übertrifft es noch, denn der Künstler hat zu seiner Anfertigung Wasserfarben und nicht einfache Buntstifte verwendet. Es ist eine Arbeit von Seixas, einem Dilettanten, der in den Mußestunden, die ihm das Billard und die Kusinen lassen – und, fügen wir hinzu, das Büro, in dem er täglich vorbeikommt –, insgeheim seine Bildchen malt, um den Sticheleien seiner Freunde zu entgehen. Ein Geheimnis, das Dona Carmosina natürlich bekannt ist.

Dona Carmosinas Wandzeitung, die zwischen den beiden Türen des Areopags angebracht ist und in deren Mitte der Artikel von Giovanni Guimarães, die beiden *Poeme der Verdammnis* des Dichters Barbozinha, der lokalen Größe, und das Porträt des Malers Carybé, der nationalen Größe, prangen, wird weit mehr gelesen und kommentiert als die von Ascanio Trindade, die im Saal des Gemeinderats hängt – der Publikumsverkehr in den beiden Ämtern läßt sich überhaupt nicht vergleichen. In der Präfektur erscheint nur, wer etwas zu erledigen, einen Antrag zu stellen hat; dorthin geht man ausschließlich notgedrungen oder pflichtgemäß hin. In das Postamt geht man notgedrungen und zum Vergnügen, um ein Schwätzchen zu machen, der gebildeten Unterhaltung der Notablen zu lauschen, sich über alles zu informieren, was in der Welt vorgeht, die wenigen erfreulichen Nachrichten, die vielen Unglücksfälle, die zahllosen Gefahren.

FÜNFTE EPISODE

Von der blauen Sonne und dem schwarzen Mond oder Die Rivalin Gottes

Mit überdimensionalen Maschinen, Asphalt, der sich über die Straße ergießt, Watt, Strand und Krabben, eine strahlende Zukunftsvision; man wohnt dem Erstehen einer Führerpersönlichkeit im Dienste des Fortschritts bei, und es wird ein Trinkspruch auf die Freundschaft und die Dankbarkeit ausgebracht; in Mangue Seco kommt es zu einer gewaltigen Massenbewegung, Agreste importiert Anwälte und juristische Methoden, und zweitrangige Personen werden bedeutend; die Verlobung eines Junggesellen, geheime Träume, familiäre Offenbarungen, Unvorsichtigkeiten, Kühnheiten, Zähneknirschen und ein deutsches Wort – Tieta kommt vor Liebe, Abwesenheit und Tod um.

Schnelle Asphaltierung der Straße, auf der die Maste des Wasserkraftwerks nach Agreste eindringen werden, besser gesagt, der Straße, auf der das Licht von Tieta eindringen wird, oder Die Veränderung des Lebensrhythmus der Stadt.

Alles, was bis dahin nur gedruckte Wörter in den Spalten der Zeitungen gewesen waren, Geschwätz an den Straßenecken, wirre Erscheinungen von Wesen, die sogar für Barbozinha, den Kenner des Übernatürlichen, schwer zu identifizieren waren, wurde zu urplötzlicher und greifbarer Wirklichkeit, als eines Morgens die schweren und mächtigen Maschinen der Bahianischen Baugesellschaft in den Straßen von Agreste auftauchten. Mit würdiger Langsamkeit fuhren sie durch die Rua da Frente. Ein hohles Geräusch, exzentrische und großartige Formen, der Fortschritt auf dem Marsch.

Schnaufend, mit weit aufgerissenen Augen ging ihnen der junge Sabino voraus, der von den Feldern von Tapitanga herbeigelaufen war, wo er seine leiblichen Bedürfnisse an der lasterhaften Zahmheit der Ziege Negra Flor abreagiert hatte, der Zierde der Herde von Oberst Artur de Figueiredo. Im fügsamen, hübschen Tier sieht der Bursche das ganze Weibervolk von Agreste, das seine jugendlichen Nächte bevölkert: Elisa, die Gattin des Chefs, Carol, die Geliebte des reichen Mannes, Edna, die mit Terto verheiratet ist, obwohl man es ihr nicht anmerkt, zwei von Seixas' Kusinen: die eine mit dem Silberblick und die andere mit dem steilen Busen, der Rest ist Kleinkram, die kleine Araci, an deren Hintern er sich im Vorbeigehen reibt. Ein bunter Strauß, noch verschönt durch die Ankunft der exotischen und sensationellen Paulistanerinnen. Sabino bemüht sich, Dona Antonieta zu respektieren, aber was kann er dafür, wenn er, während er niederkniet, um sie um ihren Segen zu bitten, einen ganzen Film ablaufen sieht, in den durchsichtigen Geweben und in den großzügigen Ausschnitten der Kimonos? Atemlos langt der Junge bei Asterios Laden an, wo sich Osnar mit dem neuen Nachbarn über Ackerbau und Viehzucht unterhält. Die Worte stürzen aus Sabinos Mund:

»Da kommen Panzer mit Kanonen und allem, was dazu gehört.«

Zuerst erscheint ein schneller, großer Jeep und rast am Laden vorbei. Dann tauchen die langsamen Maschinen auf und der Lastwagen, der Männer in Monteuranzügen, mit Schutzhelmen und dicken Arbeitshandschuhen transportiert. Sie haben nichts mit den Fahrzeugen des Wasserkraftwerks gemein, die hin und wieder Ingenieure und Techniker in die Stadt bringen, damit sie die Berechnung der Linienführung der Lichtmaste nachprüfen.

Eine mächtige Maschine mit einem Schild vorn, eine dieser motorisierten Planiermaschinen, die den Boden aufwühlen und die Straße einebnen, eine Straßenwalze und ein chemischer Wagen, der Asphalt ausschüttet. Aufgeregt springt Osnar vom Stuhl hoch, auf dem er sich geräkelt hat, winkt Asterio zu und läuft mit großen Schritten zum Gebäude der Präfektur. Eine leise Hoffnung führt ihn dorthin: Wer weiß, vielleicht sitzt in dem Jeep die unvergessene Elisabeth Valadares, Bety für die Kollegen, Bebé für die engsten Freunde? Am Weihnachtsabend hatte Osnar sie nur um wenige Sekunden verpaßt. Als er am Platz ankam, konnte er sie nur noch im Hubschrauber erspähen, von wo aus sie als Weihnachtsmann verkleidet den Volksmassen zuwinkte. Er hatte zurückgewinkt und die blonde Miss, die ihn wiederzuerkennen schien, warf ihm eine Kußhand zu.

Obwohl ihm diese ganze Geschichte mit der Brastanio äußerst zuwider ist, weil sie die Gewohnheiten der Stadt stört, die jedem so lieb sind, der sie nie verlassen und nur in Ruhe leben wollte, macht Osnar eine Ausnahme für Bety, die für ihn nichts mit dieser Umweltverschmutzung zu tun hat. Kompetent und appetitlich, wie sie ist, erscheint sie ihm vor allem als ein Opfer des Systems. Während er ihre Rückkehr erwartete, hatte er einen schwerwiegenden Entschluß gefaßt und bereitete sich darauf vor, ihn jetzt gleich in die Tat umzusetzen, vorausgesetzt, daß die Chefsekretärin zu der Gruppe im Jeep gehört: Er wird ihr die Geschichte mit der Polin erzählen.

Osnars berühmte Geschichte von der Polin ist wie ein Dietrich, der das Vorhängeschloß einer jeden Muschel aufschließt; er hat noch nie versagt. In dieser Gewißheit bricht Osnar zum Platz auf. Vielleicht wird sich diese Mistfabrik eines Tages im Kokoshain von Mangue Seco niederlassen; und vielleicht werden dann, bevor alles vor die Hunde geht, das Herz und die unteren Organe der zur Königin von Agreste ausgerufenen Bebé von den erregenden Einzelheiten dieser einzigartigen Geschichte so beeindruckt sein, daß sie, gierig und naschhaft, die Härte und den gesunden Geschmack des noch nicht verschmutzten Prügels eines Kerls vom Sertão ausprobieren will. Er kommt gerade zurecht, um zu sehen, wie ein Individuum in einem khakifarbenen Leinenanzug mit einer Aktentasche aus dem Jeep springt und auf das Tor der Präfektur zugeht, zwei andere Typen im Wagen lassend. Dahinter keuchen die großen Maschinen, schnaufen über die Steine. Von Bety kein Lebenszeichen. Weder von ihr noch von dem jovialen Gauner, dem polyglotten Schwätzer, dessen Befehlen die Blondine gehorcht. Enttäuscht zieht sich Osnar in die Bar zurück, wo er in Gesellschaft von Manuel bittere Bemerkungen über die Brastanio macht.

»Früher haben die wenigstens sehenswerte Weiber mitgeschickt, jetzt nur Männer.«

»Und wozu dienen diese Ungetüme?« fragt Manuel, auf die Maschinen zeigend. »Wozu sind die gut?«

»Um uns das Leben zu vergrausen, Admiral, du wirst schon sehen.«

In der Präfektur übergibt das dem Jeep entstiegene Individuum Ascanio einen Brief des Doktor Mirko Stéfano, in dem der Magnificus seinen »sympathischen Freund Ascanio Trindade« begrüßt und ihm in liebenswürdigster Weise den Doktor Remo Quarantini, den Chefingenieur der Bahianischen Straßenbaugesellschaft, vorstellt, der mit einer Gruppe von Technikern Agreste besucht. Außerdem lädt er seinen geschätzten Freund ein, sich schnellstens in Bahia zu einer wichtigen Konferenz einzufinden. Noch bevor er den Brief mit herzlichen Umarmungen schließt, macht er darauf aufmerksam, daß die Reisespesen auf Rechnung der Brastanio gehen, die den Etat der Präfektur nicht belasten will. »Auf bald, lieber Freund, ich rechne auf Ihre Anwesenheit. Profitieren Sie von der Gesellschaft des Doktor Remo und kommen Sie mit ihm, der übrigens ein hervorragender Erzähler von Anekdoten ist.«

Wer ihn sieht, würde ihn nicht für einen hervorragenden Erzähler von Anekdoten halten. Ein Glatzkopf mit einem langen, struppigen, blonden Bart und dem typischen Gesicht eines Menschen, der schweigend Scheiße gefressen und dem sie nicht geschmeckt hat. Deswegen versäumt Ascanio aber keineswegs, ihn im Namen der Behörden und der Bevölkerung der Gemeinde warm willkommen zu heißen, sich ihm zur Verfügung zu stellen und ihm gleichzeitig anzukündigen, daß er beabsichtigt, ihn bei der Rückfahrt zu begleiten und sich an seinem erheiternden Repertoire zu ergötzen. Während dieses Zeremoniell im Innern der Präfektur abläuft, bestaunen Neugierige und Müßiggänger draußen auf dem Platz mit offenem Mund die Caterpillars. Peto, den Fahrzeuge und Maschinen fast ebenso interessieren wie die Geheimnisse des Geschlechtslebens, beschreibt ihnen deren Bestimmung und nennt sie beim Namen. Die Planierungsmaschine und die Walze dienen dazu, um Straßen anzulegen und sie zu pflastern. Nicht mit den Kopfsteinen, mit denen Ascanios Großvater in Zeiten der Prosperität den Kirchplatz, die Rua da Frente und den Marktplatz (heute Praça Coronel Francisco Trindade) gepflastert hat, sondern mit schwarzem Asphalt, einem Belag, den nur diejenigen kennen, die wenigstens einmal bis Esplanada gekommen sind, wie er, Peto, selber. Dreimal hat er schon Perpetua in die Nachbarstadt und einmal nach Aracajú begleitet, er ist fast ein Globetrotter. Bedeutende Ereignisse kündigen sich an, das ist kein Zweifel. Es handelt sich nicht mehr nur um vertrauliche Gespräche.

Der Ingenieur stellt Fragen über die Straße. Man möge ihm seine Offenheit verzeihen: Dieser Maultierpfad verdient nicht einmal den Namen eines befahrbaren Weges. Er ist ein unsicherer, schmaler Pfad voller Buckel, Schlammpfützen, Höcker, Gräben, Schlaglöcher, kurz, der letzte Dreck. Man wird ihn vollständig erneuern müssen, vielleicht seine Trasse ändern, eine Riesenarbeit. Ascanio liefert ihm einige Daten, aber nur Jairo, der Eigentümer des Marineti, ist mit der Strecke so vertraut, daß er genaue Auskünfte geben kann, sobald er aus Esplanada eintrifft.

Ein spöttisches Lächeln erscheint auf dem griesgrämigen Gesicht des Doktor Quarantini: Bei der Ausfahrt aus Esplanada hatten sie das außergewöhnliche Fahrzeug hinter sich gelassen, das so veraltet ist, daß es von den langsam fahrenden Maschinen überholt wurde. Wer damit hin und her fährt, muß diese Furche wirklich genau kennen. Ascanio empfiehlt Vorsicht im Verkehr mit Jairo; der Besitzer des Marineti ist schlechter Laune, seit er auf der Wandzeitung der Präfektur die Zeichnung der prächtigen Busse gesehen hat, die für die Personenbeförderung auf der neuen Straße vorgesehen sind, die der Ingenieur bauen wird.

Da gerade davon die Rede ist, bittet er den Ingenieur um eine Minute seiner kostbaren Zeit; er möge sich die Wandzeitung ansehen, bevor er die zu asphaltierende Strecke begutachtet, auf der er übrigens soeben gefahren ist, da sie am Eingang der Stadt liegt. Vor der Zeichnung läßt der Bärtige ein weiteres skeptisches Lächeln sehen. Ascanio weiß nicht, ob wegen der diskutablen künstlerischen Ader von Lindolfo oder wegen der Begeisterung für die Brastanio. Der Besucher kommentiert weder die Zeichnungen noch die in bunten Lettern wiedergegebenen Behauptungen.

»Gehen wir. Je früher wir anfangen, desto besser.«

Er hat es eilig. Mit Ausnahme des ruhigen und bedächtigen Doktor Mirko Stéfano wollen alle mit dem Fortschritt befaßten Personen keine Zeit verlieren, sie sind immer in Bewegung, immer ungeduldig. Als Ascanio den Glatzkopf zum Jeep begleitet, wird ihm klar, daß er seinen eigenen Rhythmus ändern muß. Fern von der Landeshauptstadt hatte er sich in den letzten Jahren an den langsamen Ablauf der Stunden in Agreste gewöhnt.

Von der ständig anwachsenden Menge von Neugierigen begleitet, fahren der Jeep, der Lastwagen und die Maschinen die Straße hinunter. Am Eingang der Stadt halten sie an und laden Techniker, Werkmeister und Arbeiter ab. Ascanio, die beiden Ingenieure und der Kontrolleur der Gesellschaft gehen die zu pflasternde Strecke ab, die zukünftige Rua Antonieta Esteves Cantarelli.

»Nur dieses kleine Stück?« Doktor Quarantini wendet sich an die Vorarbeiter: »Ihr braucht die Zelte nicht aufzustellen, dieses bißchen machen wir heute fertig. Ich dachte, es wäre eine größere Sache.« Und zu Ascanio: »Sehr gut, mein Lieber, wir wollen es angehen. Vielleicht könnten Sie das Essen und ein paar Fässer Bier für die Leute bestellen. Und das Mittagessen für uns. Gibt es hier ein anständiges Restaurant? Wenn nicht...« – eine müde Geste der Resignation – »mir ist alles recht.«

»Machen Sie sich keine Sorgen, ich kümmere mich darum. Um wieviel Uhr wollen Sie zurückkommen?«

»Gegen Abend. Wir werden unser Möglichstes tun, um noch vor Sonnenuntergang fertig zu werden. Wird das gehen, Sante?«

Sante, ein mächtiger Mulatte, der an einem Zigarrenstummel kaut, bestätigt es.

»Aber sicher.« Er befiehlt den Männern: »Los, vorwärts.«

Gelbgestrichene Reiter bezeichnen die Strecke, auf der der Verkehr gesperrt wird, die Neugierigen werden zurückgedrängt, die Maschinen treten in Aktion. Auf die Reiter gestützt, beobachtet die Menge unter der brennenden Sonne den Fortgang der Arbeiten. Der Bulldozer reißt die Erde auf, verstreut und planiert sie, seine riesige Schaufel erregt Bewunderung. Und noch mehr die Straßenwalze, die auf den hundert Metern des Weges hin und her fährt, die lockere Erde zusammenpreßt und sie in eine feste Fahrbahn verwandelt. In die der Rua Antonieta Esteves Cantarelli, kurz, aber asphaltiert, die erste, die von dem von der Brastanio gebrachten Fortschritt profitiert. Und da gibt es noch Leute, die schlecht von der großen Industrie sprechen, denkt Ascanio, empört über die Ungerechtigkeiten dieser Welt. Er läßt seine Blicke über die Neugierigen schweifen und stellt die allgemeine Bewunderung fest. Caloca, der Besitzer der Bar Elite, einer Bude, in der er im Beco da Amargura Cachaça verkauft, faßt die allgemeine Ansicht zusammen:

»Donnerwetter! Die arbeiten ja auf Deubel komm 'raus!«

Siegesbewußt, mit klopfendem Herzen zieht sich der Sekretär der Präfektur zurück, um weitere Anordnungen zu treffen. Er begibt sich in die Pension von Dona Amorzinho und bestellt das Essen für den ganzen Trupp. Er und noch drei Personen werden im Speisesaal der Pension zu Mittag essen, die Arbeiter an der Arbeitsstätte – bereiten Sie ein gutes Bohnengericht und ein gebratenes Zicklein vor. Bezahlen wird die Präfektur, kassieren Sie nur nicht bei den Leuten ein. Anschließend geht er zu Perpetua, um Leonora die Neuigkeiten zu erzählen und ihr die unerwartete Fahrt in die Landeshauptstadt anzukündigen. Wird sie sich über die Bedeutung dieser Reise im klaren sein, die ihre aussichtslose Liebesgeschichte, diesen absurden Traum, in die erregende Wirklichkeit von Brautschaft und Heirat verwandeln kann?

In Ascanios Gesellschaft verzehren die beiden Ingenieure und der Kontrolleur der Arbeiten zu Mittag die beste Mahlzeit ihres Lebens: in Eierteig gebackene Pitús, Fisch-Moqueca, Huhn mit brauner Soße, gebratenes Zicklein, Trockenfleisch mit Tapiokabrei. Danach Konfitüren von fremdartigem Geschmack: Jaca, Carambola, Johannisbeeren, Araçá-Mirim. Getrocknete Cashews und Jenipapo. Erfrischungsgetränke aus Mangaba und Cajá. Der grämliche Chefingenieur ißt so viel, mit solchem Genuß, daß sein farbloses Gesicht einen gierigen Ausdruck annimmt. Er überläßt die Pflasterung seinem Kollegen und streckt sich in einer Hängematte aus, um erst gegen Abend zu erwachen, gerade rechtzeitig, um der Beendigung der Arbeiten beizuwohnen.

Als Jairos Marineti nach dem Essen in der Kurve hupte, hatten die Arbeiter, noch in Gedanken an das Bohnengericht und das Bier – Dona Amorzinhos Bohnengericht ist etwas ganz Besonderes – schon die erste Schicht des dicken, glänzenden Teers auf dem planierten Boden angebracht. Sie rückten die Reiter fort, um dem ächzenden Gefährt den Weg freizugeben, und begrüßten es mit Gepfeife und Gewitzel: Alteisen, verrottetes Vehikel, alter Kriegsschrott, Müllhaufen; eine riesige Spottkanonade begleitet ihn.

Gegen sechs Uhr erscheint Ascanio mit seinem Köfferchen, Arm in Arm mit Leonora. Die Pflasterung geht ihrem Ende entgegen. Der Teer glänzt feucht und schwarz. Ein Schlauch aus einem der Wagen versprüht die letzte Schicht feinen Asphalt. Jetzt ist sie bereit, eingeweiht zu werden, die Rua Antonieta Esteves Cantarelli.

Caloca tritt auf Ascanio zu und bittet ihn unter dem Gelächter der Umstehenden:

»Herr Ascanio, sagen Sie denen doch, sie sollen auch meine Gasse pflastern, die machen das in einer Minute.«

Noch ganz verschlafen befiehlt Ingenieur Remo Quarantini die Abfahrt. Das war ein Mittagessen! Ascanio verabschiedet sich von Leonora und küßt sie vor der versammelten Menge auf die Wange. Sie bleibt in der ersten Reihe der Neugierigen neben Dona Carmosina stehen. Er kann nicht widerstehen und provoziert die Gegnerin und Freundin:

»Na, was sagen Sie jetzt?«

Die Antwort wartet er nicht ab. Der Ingenieur im Jeep hat es eilig und drückt auf die Hupe. Von jetzt an wird man laufen müssen, die gemütlichen Zeiten sind vorbei. Gemütlich oder müßig.

Die Maschinen bleiben auf der Straße liegen, und Jairo jubiliert.

So ist es eben: An einem Tage ist man das Wild, am nächsten der Jäger, oder: Wer zuletzt lacht, lacht am besten. Als mit dem von Vavá mit seiner noch verbundenen Hand in Bewegung gesetzten neunten Glockenschlag der Pfarrkirche das Licht des schwachen Motors erlischt, ertönen hartnäckige Schläge an der Haustür des gedemütigten Jairo.

Es ist ein Mitfahrer, der zum Trupp der Asphaltierer gehört, zu den Spöttern und Lachern. Er erbittet einiges Werkzeug und, wenn möglich, die Anwesenheit Jairos und seine wertvolle Hilfe. Zwei der Maschinen sind auf der Straße zusammengebrochen, nur die Straßenwalze konnte ihre Fahrt nach Esplanada fortsetzen. Der Jeep und der Lastwagen mit den Arbeitern sind von Agreste aus vorausgefahren und müssen jetzt schon bald in Bahia sein. Der Bursche ist zu Fuß gekommen, er ist ganz verdurstet und nimmt dankbar ein Glas Wasser entgegen. Entschuldigen Sie die Störung.

»Wo ist das passiert?«

»Ganz in der Nähe, alle beide. Sieben oder acht Kilometer. Bei dieser Steigung, wissen Sie, wo die halbverfaulte Brücke ist. Durch das Gewicht des Bulldozers ist sie nun völlig zusammengekracht. Die zweite Maschine ist nicht einmal bis dorthin gekommen. Sie hat schon vorher gestreikt.

Siegern steht die Großmut gut an. Großzügig stellt sich Jairo zur Verfügung.

Er geht zur Garage. Er streichelt den Marineti und flüstert ihm zärtliche und vertrauensvolle Worte zu.

»Jetzt gehen wir den Reichen helfen, meine Fliegende Untertasse. Sie haben dich Müllhaufen und Alteisen genannt, jetzt hat unsere große Stunde geschlagen. Reiß dich zusammen, vergiß deine Mucken. Du darfst mich nicht blamieren, zeig, was du wert bist, mein Schatz.«

Der Schatz mit seinen Mucken benimmt sich fabelhaft. Er entwickelt eine beachtliche Geschwindigkeit, der Motor fällt nicht ein einziges Mal aus. Ein braves Tierchen, stellt der Beifahrer fest, als er ihn so drauflosfahren sieht, ohne Rücksicht auf Schlaglöcher, Pfützen, Buckel und Abgründe. Unerschrocken und gleichmäßig, zum Klang der Musik, denn sogar das russische Radio funktioniert, so unglaublich das klingen mag.

Jairo leistet die erbetene Hilfe, an Sachverstand fehlt es ihm nicht. Sobald, weit nach Mitternacht, die Maschinen in Ordnung gebracht sind, reinigt er sich die Hände mit Werg, klettert, ohne eine Danksagung abzuwarten, die Stufe zur Tür hinauf, läßt den Motor an, und der Marineti fährt los und stößt zum Abschied eine Qualmwolke aus. Eine herrliche Qualmwolke!

Danke, du Stern des Sertão; los, mein Schätzchen.

Die Sorgen eines Neureichen

Der Betrieb wird lebhafter, der Rhythmus ändert sich. Im konkreten Fall von Asterio, der vom bescheidenen Kaufmann zum Neureichen, vom Hauptmann zum Major befördert worden ist, liegt die Verantwortung bei der reichen Schwägerin aus São Paulo; ein Eingriff der Brastanio war, wenn überhaupt, nur indirekt und zufällig. Jedenfalls hat sich auch für ihn der Lebensrhythmus beschleunigt.

Früher verbrachte er Vormittag und Nachmittag im Laden, bediente eine unbedeutende Kundschaft, verkaufte ein paar Meter Stoff, ein Herrenhemd, einen Damenrock, ein Dutzend Knöpfe, Nadeln und Zwirnspulen, Kurzwaren, Kleinkram. Es blieb ihm genug Zeit, um sich mit seinen Freunden zu unterhalten, vor allem mit dem unvermeidlichen Osnar, Klatsch anzuhören, Ereignisse zu kommentieren, Geschichten über das »aufregende Nachtleben von Agreste« (wie der sarkastische Aminthas sagt) zu genießen und sich über die Qualitäten der Mädchen zu informieren, die Zuleika Cindarela in letzter Zeit angeworben hatte.

Am frühen Nachmittag, in der toten Zeit, überließ er dem jungen Sabino den Ladentisch und ergab sich einem langen Training an den zwei Billardtischen der Bar. Jetzt muß er sich vervielfachen, sich dem Laden, dem Landbesitz und den Arbeiten an Tietas Haus widmen.

Morgens geht er nach Vista Alegre, um die Herde und die Pflanzung zu überwachen, die unter der direkten Aufsicht von Menininho, einem Sohn von Lauro Branco, stehen. Osnar hatte das arrangiert:

»Bestohlen wirst du so oder so, Major, da ist es besser, wenn es durch den Gevatter Lauro geschieht, von dem man weiß, daß er ohne Übertreibung stiehlt, und der außerdem ein seriöser und arbeitsamer Mensch ist. Menininho versteht es, mit der Hacke umzugehen und die Ziegen zu versorgen, und der Gevatter ist immer in der Nähe, um ihn zurechtzustauchen. Wenn du ihn so kontrollierst, wie ich es tue, dann klappt es schon.«

Vom Laden läuft er zu den Bauarbeiten am früheren Haus von Dona Zulmira, die bald abgeschlossen sind. Der alte Zé Esteves hatte den ganzen Tag dort herumgestanden, war dem Baumeister Liberato im Weg gewesen, hatte die Arbeiter angetrieben und Drohungen gegen Gott und die Welt ausgestoßen. Asterio muß verhindern, daß sich die Arbeit nach dem Tod des Alten verzögert, gerade jetzt, da sie fast zu Ende ist. Asterio plant übrigens, den Umzug möglichst bald durchzuführen, auch wenn die Umbauten noch nicht fertig sind. Das hat zwei Vorteile: Er braucht dann keine Miete mehr zu zahlen, und wenn sie schon im Haus wohnen, werden die Arbeiten schneller vorwärts gehen. Er hat Elisa schon befohlen, den Hausrat zu verpacken.

Der Tod des alten Zé Esteves hat ihnen den Weg zum Wohlstand gebahnt. Maniok und Ziegen, Landbesitz. Wer Land besitzt, ist der Herr eines Stücks dieser Welt, hatte sein Schwiegervater immer wiederholt, wenn er seinem verlorenen Besitz nachweinte. Ein prima Haus, wenn auch kein eigenes, so doch gratis, eines der schönsten Wohnhäuser der Stadt. Ein würdiger Rahmen für Elisas Schönheit und Eleganz.

Elisa macht ihm Sorgen. In weinerlicher Stimmung schleicht sie mit gesenktem Kopf herum. Als ob sie nicht so viele und so große Wohltaten empfangen hätte, Beweise von Geschwisterliebe, wie sie in Agreste selten zu sehen sind. Oder nie. Tieta hat eine offene Hand, sie ist mehr als großzügig: verschwenderisch. Trotzdem benimmt sich Elisa, als sei sie beleidigt oder mißhandelt worden. Asterio hat sie nicht mehr lächeln sehen seit jenem Nachmittag, am Tage nach dem Begräbnis des Alten, als Tieta den Kauf von Vista Alegre im Namen des Ehepaars angekündigt hatte. Mehr als einmal hatte Asterio sie gefragt, was sie habe, was der Grund dieser Traurigkeit sei. Elisa antwortet, daß sie nichts hat, nicht traurig ist, er solle sich um sie keine Sorgen machen. Sie hatte nicht einmal gelacht, als er ihr erzählte, daß Osnar bereit sei, der Chefsekretärin von diesem Mann der Brastanio, der mit der Silbersträhne in der blonden Mähne, weißt du noch?, den gleichen Vorschlag zu machen wie damals der Polin, stell dir diesen Unsinn vor!

Unglaublich: Der Tod des Alten hatte Elisa völlig fertig gemacht. Solange er lebte, hatte Asterio in keinem Augenblick ein Zeichen tiefer Liebe zwischen Tochter und Vater bemerkt. Die Angst, die ja, die hatte Elisa nicht verbergen können. Irgendwie ist es Asterio klar, daß sie vor allem geheiratet hatte, um sich von der väterlichen Tyrannei, vom Eingesperrtsein in der Familie, vom ständig geschwungenen Knotenstock zu befreien. Sogar nachdem die Töchter geheiratet hatten, zwang der Alte ihnen und den Schwiegersöhnen seinen Willen auf. Niemals hatte Asterio gehört, daß er Elisa ein zärtliches Wort gesagt, eine liebevolle Geste vollführt hätte, nicht einmal, um sie über Toninhos Hinscheiden zu trösten. Als Perpetua bei der Totenwache für den Major untröstlich in Tränen ausgebrochen war, hatte der Alte sie verspottet:

»Einen anderen kriegst du nie wieder, gib die Hoffnung auf. Solche Idioten gibt es nur einmal alle hundert Jahre, wenn überhaupt.«

Er beschuldigte Asterio andauernd wegen der Geschichte mit dem Scheck, den er dazu verwendet hatte, um den Wechsel einzulösen. Jahre vergingen, und der Unmensch warf der Tochter, wenn nicht sogar dem Schwiegersohn diesen Betrug vor und drohte, ihn ins Gefängnis zu bringen, wenn sich der Fall wiederholte.

Mein Gott, wie schwer ist es doch, die Menschen zu verstehen! Er dachte, Elisa würde endlich aufatmen, befreit von der Angst, der Angst vor dem Vater und dem Elend. Glücklich über das Geschenk ihrer Schwester, über die Lösung der finanziellen Probleme, die sie bedrückten, ganz abgesehen von der neuen Wohnung, die ihnen den Status von reichen Leuten, eine hervorragende Stellung in der Gesellschaft von Agreste verleiht. Im Gegenteil, Elisa scheint untröstlich zu sein, als hätte sie mit dem Vater auch jegliche Hoffnung auf Glück verloren.

Asterio ist nicht gerade ein Psychologe, trotz der Beweise seines Intellekts bei den Karambolagen im Billard, den auf den Millimeter genauen, perfekten Berechnungen; manche seiner Stöße sind Kunstwerke. Aber die Komplikationen im Verhalten der Menschen, die Launen, das Gejammer, die Depressionen verwirren und ängstigen ihn. Vielleicht kann Dona Carmosina, die so gescheit und belesen ist, sie verstehen und erklären. Oder Tieta, der nichts entgeht.

So gütig sie ist, mit ihrem goldenen Herzen, so ähnelt Tieta doch manchmal dem Alten. Er soll die Stimme gegen Elisa erheben? Sie am kurzen Zügel halten? Warum denn, wo sie doch so anständig und fleißig ist, eine vorzügliche Hausfrau, gar nicht zu reden von ihrer Schönheit und Eleganz?

Bei dem Gedanken an all diese Tugenden seiner Frau wird Asterio ganz gerührt. Was ist denn schon Schlimmes daran, daß eine Tochter weint und traurig ist, wenn sie den Verlust ihres Vaters beklagt? Mit der Zeit wird sich das geben. In einigen Tagen wird sie wieder die alte Elisa sein, mit diesem distanzierten und ein wenig versnobten, ein wenig melancholischen Wesen, das ihr so gut steht. Die schönste und eleganteste Frau der Stadt; die einmal arm war, jetzt aber ein Stück Land besitzt; Besitzerin eines prächtigen Hinterns. Man hatte Asterio von einer gewissen Maria Imaculada erzählt, deren Hinterteil bei guter Behandlung eines Tages … Dummheiten. So eines wie das von Elisa gibt es kein zweites Mal, da kann sich die Natur noch so sehr anstrengen.

Als Aminthas die mächtige Gestalt des Doktor Baltazar Moreira, der sein Anwaltsbüro in Feira de Santana hat, eilig und schwitzend vorbeigehen sieht, mit der schwarzen Aktentasche unter dem Arm, fragt er mit spöttischer Stimme:

»Haben die vielleicht Agreste zum Tagungsort eines Juristenkongresses erwählt? Wohin man kommt, trifft man auf einen Rechtsanwalt.«

Osnar stellt sein Queue weg, hält die Punktzahl, die ihn von Fidelio trennt, fest und sieht keine Möglichkeit, aufzuholen und zu siegen. Er spielt die Rolle des Auguren, die für gewöhnlich dem Dichter Barbozinha zukommt.

»Wenn die Geier erscheinen, liegt irgendwo ein Aas. Das beginnt hier zu stinken.«

Da die entscheidenden Partien der Meisterschaft infolge Ascanios Reise in die Landeshauptstadt verschoben wurden, begnügen sich die Anwärter auf das Goldene Queue mit Freundschaftsspielen und wetten um ein paar Flaschen Bier. Seixas erhebt sich, um das Spiel Fidelios, seines nächsten Gegners im Halbfinale, besser beobachten zu können, und bemerkt:

»Sicher wird es stinken. Wir werden den Gestank des Petroleums, des Schwefels, der Gase der chemischen Industrien haben. Den Gestank des Fortschritts, Osnar. Stimmt's Fidelio?«

Erschreckt über die unerwartete Frage, meint Fidelio:

»Was habe ich denn damit zu tun?«

»Bist du nicht auch ein Antunes, einer der Erben des Kokoshains? Alle haben gehört, wie Doktor Franklin das in seiner Kanzlei gesagt hat. Oder willst du deinen Reichtum vor uns verstecken? Da ist er, der Millionär, der Sozius der Brastanio, bereit, ganz Mangue Seco zu verschmutzen. Ich bin sicher, daß du einen dieser Anwälte hast kommen lassen, nicht wahr? Welchen denn? Sag's schon, erzähl es.«

Fidelio läßt das Queue sinken, wird ernst, er findet die Herausforderung seines Partners gar nicht komisch.

»Ich brauche keinen Anwalt.« Dann nimmt er wieder das Queue zur Hand, zurückhaltend wie immer.

»Wenn du willst, kümmere ich mich um deinen Fall.« Seixas scherzt weiter, ohne die brummige Miene seines Gefährten zu bemerken. »Zuerst einmal rate ich dir, dich mit Dona Carlota zusammenzutun, die auch eine Anwärterin auf den Kokoshain ist, eine Heirat mit Gütergemeinschaft, Antunes mit Antunes. Dazu bekommst du noch eine vertrocknete Jungfrau, antiquarisch, museumsreif.«

Mit einer letzten Karambolage beendet Fidelio die Partie, er versucht auch, die Witzelei zu beenden, die nicht nach seinem Geschmack ist.

»Ich brauche weder einen Anwalt noch einen Ratgeber. Kümmere dich um deinen eigenen Kram . . . Ich weiß, worauf du hinauswillst: mich ärgern, mich nervös machen, damit ich verliere, wenn ich mit dir spiele. Das ist eine Gemeinheit.«

Seixas regt sich auf:

»Ich habe doch nur Spaß gemacht, ohne jeden Hintergedanken. Um gegen dich zu gewinnen, brauche ich so etwas nicht, ich habe schon oft gewonnen. Ich dulde nicht, daß man mich unanständig nennt.«

Osnar, der das Queue weggestellt hat, macht der Diskussion ein Ende.

»Was ist denn das für ein Blödsinn? Schluß damit. Laßt das Aas nur weit weg von hier verfaulen. Ich habe gesagt, daß es stinken wird, und füge hinzu: Es wird stinken und brodeln. Wer aber darüber streiten will, soll es weit fort von hier machen. Unser Verein hat nichts damit zu tun. Seit wie vielen Jahren sind wir schon Freunde?« Er wechselt das Thema. »Wenn ihr versprecht, Asterio nichts davon zu sagen, verrate ich euch eine Überraschung, die ich vorbereitet habe.«

Seixas bockt noch, Fidelio schweigt. Osnar fährt fort:

»Wißt Ihr, daß der Sergeant Peto an einem dieser Tage dreizehn wird? Ich bereite mit Zuleika ein großes Fest für nächsten Samstag vor, um diesen Tag zu feiern.«

»Mit Zuleika? Warum denn mit ihr?« Seixas ist entsetzt, in seiner Stimme schwingt noch der Ärger nach. »Den Geburtstag eines Jungen feiert man im Elternhaus, mit Guaraná, Coca-Cola und Süßigkeiten, mit einem wirklich schönen Fest. Aber wenn Dona Perpetua es organisiert, gehe ich mit Zelita hin, meiner jüngsten Kusine, die elf Jahre alt ist. Sie liebt so etwas.«

Osnar lächelt Seixas dankbar zu. Die Unterhaltung hat eine Wendung genommen, die nach seinem Geschmack ist. Er hat es satt, sich dieses Geschwätz über die Fabrik und die Umweltverschmutzung anzuhören, man redet jetzt von nichts anderem in Agreste. In den ehemals so ruhigen Straßen sind Auseinandersetzungen im Gange und werden Unverschämtheiten ausgetauscht. Es wird für oder gegen die Niederlassung der Fabrik argumentiert. Soll man sie zulassen oder nicht, sie mit Begeisterung begrüßen oder empört ablehnen, bedeutet sie Leben oder Tod? Ein Teil der Bevölkerung ist unentschieden und weiß nicht, welcher Wandzeitung sie glauben soll.

Es gibt einige Eklektiker, die die Behauptungen der beiden Wandzeitungen vermengen, die glauben, daß viel Wahres in den Angaben über den schrecklichen Prozentsatz an Umweltverschmutzung steckt, die von der vieldiskutierten Industrie herrührt, die aber auch finden, daß man deswegen noch nicht ihre Niederlassung im Kokoshain von Mangue Seco oder an irgendeiner anderen Stelle von Sant'Ana do Agreste verhindern sollte. Ihrer Meinung nach gibt es keinen Fortschritt ohne Verschmutzung; sie zitieren das Beispiel der Vereinigten Staaten, Japans, Deutschlands und São Paulos, vier Kolosse.

Eine höchst intellektuelle Debatte, die über die Grenzen des Areopags, der Bar do Açores, der Pension von Zuleika und der Pfarrkirche, der kulturellen Zentren von Sant'Ana do Agreste, auf die Straße hinausgreift; das letzte dieser Zentren spezialisiert sich auf liturgische Fragen, in denen die Betschwestern sachverständig sind und mitunter sogar dem Padre Mariano Lehren erteilen. Jetzt wird schon in den Läden, den Lagerhäusern, auf dem Markt, in den Häusern und an den Straßenecken diskutiert. Mit Feuereifer, manchmal voll Leidenschaft. Hier wie dort entstanden die ersten ernsten Zwistigkeiten. Bacurau und Carioca (der seinen Spitznamen der Tatsache verdankt, daß er einige Jahre in Rio gelebt hat und für gebildet gilt), beides Angestellte der Gerberei, wurden handgemein, als Bacurau den Carioca verpestet nannte und dieser ihn dagegen als mittelalterlich bezeichnete, ein böser Spott, den Bacurau, ein Mann von geringer Bildung, gar nicht verstand. Titandioxyd wurde zu einem volkstümlichen Ausdruck, zu einem Zeichen für das Gute, aber auch für das Böse. Wie es immer bei mystischen Symbolen der Fall ist, so wußte man auch nichts über dieses verehrte und gefürchtete Totem, nicht einmal sein Aussehen war bekannt, ob gasförmig, flüssig oder fest. Als Gottheit hatte es sicher an allen drei Zuständen teil: Gasförmig verpestet es die Luft, flüssig vergiftet es die Gewässer, und in festem Zustand beherrscht es in konkreter Weise die Bevölkerung. Osnar hat recht: Das Titandioxyd stinkt und brodelt in der Stadt. Aber in der täglichen Runde in der Bar, am Biertisch und auf dem grünen Billardtisch darf es dies nicht tun! Seixas lächelt dankbar. Für Osnar ist die Freundschaft etwas sehr Wertvolles, das man vor der Umweltverschmutzung schützen muß. Er streckt seine lange magere Hand aus und berührt das Knie seines Mitspielers mit einer freundschaftlichen Geste.

»Seixas, ich habe dir doch gesagt, daß der Sergeant Peto dreizehn Jahre alt wird. Weißt du denn nicht, daß der brasilianische Bürger mit dreizehn Jahren seine sexuelle Großjährigkeit erreicht? Solltest du ein Spätzünder gewesen sein? Denn neben den Normalen gibt es noch die Spätzünder und die Frühreifen. Ein Beispiel der Frühreife war ich selber: Noch bevor ich zwölf war, habe ich zum erstenmal gestoßen und die siegreiche Laufbahn eines Champions begonnen, deren Zeugen ihr seid.«

Die Atmosphäre entspannt sich in allgemeinem Gelächter, und die Herzlichkeit beherrscht wieder die Unterhaltung. Fidelios Stimme hat sich beruhigt:

»Mit wem war es denn das erstemal? Mit ihr?«

Seixas hat den Streit vergessen.

»Mit wem sonst, Fidelio? Erinnerst du dich noch an uns zwei? Es war am selben Tag, du zuerst, du Gauner. Ganz still und heimlich bist du mir zuvorgekommen.«

Fidelio stellt die historische Wahrheit wieder her:

»Erzähl die Sache, wie sie war. Du hast mich gebeten, als erster ranzugehen, hast gezittert.«

Sie lächeln in der Erinnerung daran. Seixas wird ganz gerührt:

»Das stimmt, ich habe mir vor Angst in die Hosen gemacht. Ich konnte mich nicht einmal zusammenreißen, als du herauskamst und mir sagtest, daß es fabelhaft war. Aber dann, im Zimmer, hat sie mich beruhigt, und alles klappte großartig.«

Aminthas wird nachdenklich:

»Wie viele mag sie schon angelernt haben? Wenn es darum geht, einem Jungen die Jungfernschaft zu nehmen, gibt es keine, die sich mit ihr vergleichen kann. Im Benehmen, in der Zartheit, mit der sie vorgeht. Ich kenne ein paar Burschen, die haben mit liederlichen Weibern angefangen und sind schwer enttäuscht herausgekommen; sie haben Monate gebraucht, um sich davon zu erholen und es endlich zu genießen. Es gibt welche, die nie darüber hinwegkommen. Aber mit ihr ist es fabelhaft.«

»Ich schlage vor, wir trinken auf ihr Wohl«, sagt Seixas fröhlich wie vordem.

»Laß vier Cachaças springen, Admiral, damit wir einen Pakt schließen und einen Trinkspruch auf die ausbringen, die uns zum zweitenmal das Leben geschenkt hat«, befiehlt Osnar. Den Pakt der Freundschaft, den Trinkspruch der Dankbarkeit. Er kommt auf Petos Einweihung zurück. »Wir müssen ein tolles Fest veranstalten, wie es der Sergeant Peto verdient. Wir haben schon lange nicht mehr richtig gefeiert, das fehlt uns geradezu. In Agreste wird jetzt nur noch von bösen und häßlichen Dingen gesprochen: Umweltverschmutzung und Geld.«

Manuel bringt die Cachaça und will wissen, was das für eine Mutter ist, die so vielen Söhnen das Leben geschenkt hat, und wieso zum zweitenmal.

»Sie hat uns das Leben der Erkenntnis geschenkt, Admiral.« Für den braven Lusitanier sind das geheimnisvolle Worte, die ihm aber begreiflich werden, als Osnar das billige, dicke Glas erhebt, den Duft des reinen Cachaça einatmet und weiterspricht: »Auf das Wohl von Zuleika Cinderela und ihrer schmalen Pforte, in die wir als Knaben eintreten und als Männer herauskommen. Und auf unsere Freundschaft, die kein Titanio zerstören kann.«

Auch Osnar versteht sich auf Geistesblitze und kann bei Gelegenheit, durch Zufall oder aus Not, dem dafür prädestinierten Barbozinha die Vorrechte des Hellsehens und der Poesie streitig machen.

Agreste importiert juristische Methoden aus fortschrittlichen Gegenden. Außerdem werden Theorien über Geld und Macht aufgestellt.

Als erster der drei Rechtsanwälte kam Doktor Marcolino Pitombo, und er war auch der einzige, der längere Zeit in der Stadt blieb, sich in der Pension von Dona Amorzinho einmietete und mit den Bewohnern Bekanntschaft schloß, die anderen kamen und gingen zwischen Agreste und Esplanada; ein sympathischer alter Herr, gut aussehend und gut gekleidet, in weißem Leinenanzug, mit echtem Panamahut, Suerdick-Zigarre, Stock mit Goldknauf, ein Mann aus dem legendären, reichen und fortschrittlichen Kakaogebiet.

Josafá Antunes hatte ihn am Flughafen von Aracajú empfangen und einen Wagen gemietet, um ihn von der Hauptstadt des Bundesstaats Sergipe in den Sertão von Agreste zu bringen, eine schätzenswerte Aufmerksamkeit, die teilweise zum Scheitern verurteilt war, denn das moderne und schön anzusehende Auto – Josafá hatte das prächtigste und glänzendste Taxi von allen ausgewählt, die ihren Standplatz vor dem Hotel hatten – blieb auf halbem Wege zwischen Esplanada und Agreste mit einem Motorschaden liegen. Liegen geblieben wäre dort auch der berühmte Anwalt, wenn nicht, wie durch die Vorsehung geschickt, Jairos Marineti vorbeigekommen wäre, das sein stolzer Besitzer daraufhin den Samariter der Straßen nannte, mit dem der Advokat und sein Mandant die Reise langsam aber sicher beendeten.

Josafá fürchtete, der alte Herr könnte einen Wutanfall bekommen, umkehren und den Fall aufgeben. Aber Doktor Marcolino bewies Humor, interessierte sich lebhaft für Jairos Vehikel, erbat eine Reihe von Auskünften darüber, lauschte dem Klang des russischen Radios und lobte die Eigenart des Gefährts. Als sie schließlich an der Stadteinfahrt anlangten, an jenem eben fertiggestellten, kurzen, aber trotzdem prächtigen Stück Asphaltstraße, applaudierte er und bemerkte:

»Bravo, mein lieber Freund! Die heutigen Motoren sind nichts wert.« Jairos Hand drückend fügte er hinzu: »Weder die Motoren der Maschinen noch der Charakter der Menschen.«

Sobald er im besten Zimmer von Dona Amorzinhos Pension untergebracht war, mit dem Anrecht auf den Steingutnachttopf der Besitzerin – ein außergewöhnliches Zugeständnis –, wurde er zu einer gern gesehenen Erscheinung, wegen seines Alters, seiner feinen Manieren und seines vornehmen Wesens. Man schätzte seine Herkunft aus Ilhéus, seinen Ruf, seine Herzlichkeit und seinen Stock, in dessen Goldknauf der Kopf einer Schlange eingraviert war, wahrscheinlich als Symbol des giftigen Scharfsinns des bedeutenden Rechtsgelehrten, der bekanntlich überaus geschickt war, wenn es um Prozesse um Kakaopflanzungen ging. Wenn ihn die Bürger von Agreste auf dem Wege zur Notariatskanzlei durch die Rua da Frente gehen sahen (Rua Coronel Artur de Figueiredo, die Leute können sich einfach nicht von den traditionellen Namen trennen), empfanden sie so etwas wie Stolz: Kein Zweifel, die Stadt wird zivilisiert und fortschrittlich, das bestätigt schon die Anwesenheit des hochberühmten Rechtsanwalts.

Mit Hilfe des Notars studierte er in der Kanzlei die Bücher, analysierte die alten Dokumente und verwendete sogar eine Lupe auf der Suche nach nicht vorhandenen Radierspuren. Er bestand darauf, das Land, um das der Prozeß ging, persönlich zu besichtigen, und benutzte den Ausflug im Boot, um den Strand von Mangue Seco kennenzulernen, von dessen Schönheit er schon als Kind in Aracajú hatte sprechen hören. Er war hingerissen:

»Es ist noch faszinierender, als man mir gesagt hat. Kein Maler könnte eine so schöne Landschaft erschaffen, nur Gott allein.«

Nachdem er die vorbereitenden Studien abgeschlossen hatte, schloß er sich mit Josafá in einem Zimmer der Pension ein und hielt mit ihm eine geheime Konferenz ab.

»Wer sind die anderen Anwärter, die anderen Antunes?«

»Bisher weiß ich nur von zweien. Eine Lehrerin, die Leiterin der Ruy-Barbosa-Schule.«

»Verheiratet? Verwitwet?«

»Eine alte Jungfer. Sie muß fünfzig sein, oder mehr. Der andere ist ein junger Bursche, ein Beamter des Finanzamts.«

»Ein junger Bursche? Und seine Eltern?«

»Beide tot. Der Vater in Rio, die Mutter hier, als er noch klein war. Eine Tante hat ihn aufgezogen, die Schwester des Vaters. Er ist Antunes von der Seite seiner Mutter.«

»Richtig, der Notar hat mir davon gesprochen. Wollen Sie sich mit ihnen vergleichen?«

»Wenn es nicht anders geht. Aber das müssen Sie entscheiden, ich habe Sie gebeten, zu kommen, um mir zu raten.«

»Das weiß ich, aber ich muß Ihre Einstellung kennen, Ihre Ideen, um dementsprechend handeln zu können.«

»Wenn ich alles bekommen könnte, wäre es das beste. Ich meine, wir sollten aufs Ganze gehen. Vergleich, Einigung nur, wenn es keine andere Möglichkeit mehr gibt.«

»Es gibt immer eine andere Möglichkeit. Wenn es in unserer Gegend wäre, könnten wir die Angelegenheit mit Leichtigkeit erledigen; hier ist es schwieriger. Hier gibt es nur ein Notariat, und der Notar hat mir, wie im Scherz, aber mit voller Absicht gesagt, daß man sich mit ihm arrangieren kann. Auch das Argument eines Schusses ins Schwarze, das sicherste von allen, scheint man hier nicht mehr ins Treffen zu führen.« Mit den Fingern macht er die Geste des Abdrükkens. »Damit rottet man das Übel mit der Wurzel aus.«

Josafá bricht in ein vergnügtes Lachen aus.

»Auch dort führt man es nicht mehr ins Treffen, Doktor, das war einmal. Hier hat man es nie getan.«

»Schade! Als letzter Ausweg ist es sehr empfehlenswert.«

Ein boshafter Glanz erscheint in seinen blauen, müden, unschuldig blickenden Augen. »Ein Notar, der sich in dieser Wildnis vergräbt, was zum Teufel kann er von solchen Drehs verstehen? Nichts«, antwortete er sich selber, »dreimal nichts. Ob er wohl unbestechlich ist?«

»Doktor Franklin? Ich glaube schon. Für ihn lege ich meine Hand ins Feuer.«

»Und der Sohn? Dieses Bierfaß? Ich frage nur für den Fall eines Falles. Es ist immer gut zu wissen.«

»Über den Sohn weiß ich nichts. Er war noch ein Kind, als ich fortging.«

»Wir werden ins Schwarze treffen, Gelegenheit wird nicht fehlen. Jetzt werde ich Ihnen meine Ansicht sagen und meinen Plan erklären. Also, hören Sie zu. Wir werden von heute bis morgen die ganze Dokumentation zusammentragen, die Ihre Rechte beweist. Ich habe den Notar schon beauftragt, eine Abschrift des alten Kaufvertrags anzufertigen und die Dokumente von Ihrem Vater und von Ihnen zu beglaubigen. Ich gehe noch einmal in die Kanzlei und verspreche dem Dicken eine Extrabelohnung. So kommt die Abschrift schnell zustande, und wir werden erfahren, ob der junge Schreiber für ein Trinkgeld empfänglich ist. In seinem Alter und dick wie er ist, ist ein Beitrag immer willkommen, um mit den Mädchen ausgegeben zu werden. Sobald wir die Dokumente haben, fahren wir nach Esplanada, Sie gehen zum Feldmesser und kommen mit ihm zurück, um den Kokoshain zu vermessen. Ich bleibe dort, sondiere die Reaktionen des Richters und des Staatsanwalts, bilde mir eine Meinung und sehe, wie der Hase läuft. Wenn Sie mit der Vermessung kommen, erscheine ich mit dem Besitztitel für das ganze Areal, nachdem die Leute schon von mir bearbeitet sind.«

»Für das Ganze? Donnerwetter! Das heißt, wenn diese halben Antunes in Aktion treten, sind wir schon die Eigentümer. Stellen Sie sich vor, Herr Doktor, daß die gar keinen Anwalt zuziehen. Weder die Alte noch der Faulpelz, der nur an die Billardmeisterschaft denkt.«

Mit seinen blauen, kühlen Augen betrachtet Doktor Marcolino seinen begeisterten Klienten und dämpft dessen Begeisterung.

»Wenn sie noch keinen zugezogen haben, werden sie es noch tun, machen Sie sich keine Illusionen. Gehen Sie davon aus, daß die ebensoviel Recht haben wie Sie, falls sie tatsächlich Nachkommen von Manuel Bezerra Antunes sind. Ich werde den Besitztitel für das ganze Areal beantragen, aber ich glaube nicht, daß wir ihn bekommen, wenn die anderen Einspruch erheben. Selbst wenn wir, wie ich hoffe, einen ersten günstigen Beschluß erzielen, müssen wir auf den mehr als wahrscheinlichen Fall gefaßt sein, daß wir das auf den Namen Ihres Urgroßvaters eingetragene Land mit anderen zu teilen haben. Wichtig ist, genau zu wissen, welchen Teil wir behalten sollen.«

»Ich verstehe nicht ganz.«

»Sie werden es schon verstehen, aber vorher beantworten Sie mir noch eine Frage: Weiß hier irgend jemand, in welchem Teil des Kokoshains die Fabrik errichtet werden soll?«

»Es scheint, daß Ascanio es weiß. Er wird zum Präfekten gewählt werden, aber er ist es sozusagen schon jetzt, er ist das Patenkind und der Schützling von Oberst Artur.«

»Ich erinnere mich. Nach dem, was Sie mir gesagt haben, ist er der Mann der Brastanio hier, der sich in der Gemeinde für die Niederlassung der Fabrik einsetzt, nicht wahr?«

»Ascanio möchte, daß Agreste prosperiert. Dafür hat er gekämpft wie ein Held.«

Die scheinbar unschuldigen Augen des Alten leuchten boshaft auf.

»Ein Held? Nun, dieser Held ist unser Mann, mein lieber Josafá. Er muß uns sagen, uns und niemandem sonst, wo die Fabrik hinkommen soll, die genaue Stelle. Diese Einzelheit ist von fundamentaler Bedeutung. Wahrscheinlich ... Wahrscheinlich, nein, ganz sicher werden wir diesem Beamten eine ordentliche Summe in die Hand drücken müssen, um diese exklusive Information zu bekommen.«

»Sie meinen, wir sollten Ascanio die Information abkaufen? Ihn bezahlen, damit er den anderen nichts sagt?«

»Ich glaube, ich habe mich klar ausgedrückt.«

»Nein, Herr Doktor. Ascanio ist nicht so. Ich meine, daß wir die Information bekommen können, ohne einen Centavo auszugeben; wir brauchen ihn nur zu fragen. Aber daß er es für Geld nur uns sagt und nicht auch den anderen, daran ist gar nicht zu denken. Wenn wir ihm das vorschlagen wollten, würde er beleidigt sein, das wäre noch schlimmer.«

Die ruhigen, müden Augen des Anwalts betrachten seinen Klienten fast mitleidig.

»Sie scheinen nicht ein Mann zu sein, der im Süden lebt, mein lieber Josafá.«

»Ascanio ist ein anständiger Mensch, Herr Doktor.«

»Woher wollen Sie das wissen? Worauf gründen Sie Ihre Annahme, wenn Sie das mit solchem Nachdruck behaupten? Untersuchen wir einmal die Tatsachen, sie sind es, die zählen. Wir haben vor uns ein Individuum, das das Spiel der Brastanio spielt, ein schmutziges Spiel, mein guter Freund. Und dazu will er sich noch eine reiche Paulistanerin angeln. Als Musterbeispiel an Ehrenhaftigkeit, seien Sie nicht böse, scheint mir das nicht das beste zu sein.«

»Aber ... er wünscht den Fortschritt ...«

»Nehmen wir einmal an, daß das so gewesen ist, daß er sehr anständig war, wie die Leute sagen und wie Sie es wiederholen. Es ist sogar möglich. Aber, mein Lieber, in dem Augenblick, in dem er sich auf diese Geschichte eingelassen hat, hat er, ohne es zu wollen, die Ehrenhaftigkeit zum Teufel gejagt. Selbst wenn er aus Stahl wäre, würde er rosten; da er aber aus Fleisch und Blut ist, verfault er. Was glauben Sie, wieviel ihm die Brastanio zahlt? Wenn es eine Kleinigkeit wäre, könnte er ablehnen. Aber es handelt sich um einen Haufen Geld, mein Lieber, einen Riesenhaufen. Stellen Sie mich diesem Ascanio vor, ich werde ihm geschickt auf den Zahn fühlen und dann dementsprechend vorgehen.«

»Ascanio ist in Bahia. Er verhandelt dort wegen dieser Geschichte mit der Fabrik.«

»Na also, das ist alles sonnenklar, und Sie wollen mir den Mann als ein Wunder an Ehrenhaftigkeit verkaufen! Er reist auf Einladung der Brastanio, die sicher alles in Bewegung setzt, um ihn zum Präfekten zu machen, und Sie behaupten, er könne kein Wässerchen trüben. Mein lieber Josafá ...«

Von den Argumenten des Anwalts verunsichert, besinnt sich Josafá und gibt schließlich zu:

»Wenn ich es mir recht überlege, haben Sie vielleicht recht. Unter dem Deckmantel der Anständigkeit bereichert sich dieser Bursche. Ich erinnere mich, in der Zeitung gelesen zu haben, daß die Eigentümer der Brastanio die Wahl beschleunigen wollen. Mal sehen ...«

»Abgesehen vom heiligen Franz von Assisi weiß ich von keinem, der imstande ist, der Macht des Geldes zu widerstehen. Und noch weniger der Macht überhaupt. Der Wunsch zu befehlen verkehrt jemanden schnell in sein Gegenteil. Da habe ich schon allerhand Fälle gesehen. Um nur ein bißchen befehlen zu können, sind Heilige und Atheisten bereit, ihre Mutter und ihr Kind, Gott und das Volk zu verkaufen. Vom Vater gar nicht zu reden.«

»Das ist doch ... Und er schien so anständig zu sein.«

»Vielleicht war er es auch. Aber kommen wir auf unseren Aktionsplan zurück. Da das Areal so riesig ist, gehe ich davon aus, daß die Brastanio nur einen Teil erwerben will, den, auf dem sie ihre Fabrik errichten will. Stimmt's? Und dieser Teil ist der einzige, der einen Wert hat, einen hohen Wert für den Wiederverkauf. Die Brastanio wird dafür zahlen, was der Eigentümer verlangt. Aber der Rest, so ausgedehnt und schön er auch sein mag, wird keinen roten Heller wert sein. Ein Land in der Nachbarschaft dieser Titandioxydindustrie hat keinen Wert, nicht den geringsten. Weder für die Niederlassung anderer Industrien noch als Sommerfrische. Nicht einmal geschenkt wird man es haben wollen. Interessant ist nur das Stück, auf dem die Fabrik gebaut werden soll. Nur dieses, sonst keines.«

»Sie wollen damit sagen, daß diese Fabrik ein Malheur ist, wie es hier überall heißt?«

»Alles, was gesagt wird, und mag es noch so schlimm sein, ist noch zu wenig. Ich habe die Angelegenheit studiert, die Brastanio hat nämlich daran gedacht, sich in unserer Gegend niederzulassen.«

»Ich habe davon reden hören, habe sogar ein Papier dagegen unterschrieben.«

»Eine Denkschrift an den Präsidenten der Republik. Ich habe sie selber abgefaßt und kann Ihnen in aller Bescheidenheit sagen: ein unwiderlegbares Dokument. Es wird als Anzeige in den Zeitungen des Südens und von Bahia veröffentlicht.« Ein Schatten verdüstert sein zufriedenes Gesicht. »Die Leute hier tun mir leid, es ist ein so friedlicher Winkel. Man wird Mangue Seco erledigen, dieses Gemälde Gottes ausradieren.« Mit den Händen macht er eine Bewegung der Ohnmacht. »Immerhin, besser hier als dort.«

Eine Wahrheit, die ins Auge springt. Diesmal macht Josafá eine bestätigende Kopfbewegung des Einverständnisses. Der Anwalt bemerkt abschließend:

»Da sind wir uns einig, nicht wahr? Rekapitulieren wir.« Er zählt an den Fingern auf. »Erstens, Dokumente und Vermessung des Kokoshains; zweitens, den Besitztitel beantragen und in Erwartung der Entschließung des Richters ein kurzes Gespräch mit unserem Freund von der Präfektur, diesem Schlauberger. Den überlassen Sie nur mir. Wenn dann die anderen Erben aufwachen und mit einem Anwalt an der Hand erscheinen, stützen wir uns schon auf das Gesetz, mit Besitztitel, in der besten Lage, um zu verhandeln, Vorschläge anzuhören und Bedingungen zu stellen. Eine einzige Bedingung, mein lieber Freund: das Stückchen des Kokoshains, auf dem die Brastanio ihre stinkige Fabrik errichten will. Verstanden?«

Josafá reibt sich die Hände. Er hatte ins Schwarze getroffen, als er Doktor Marcolino Pitombo den Auftrag gab. Eine lukrative Anlage des Kapitals, das er durch den Verkauf der mit Maniok bepflanzten Hänge und der kahlen Ziegenhügel bekommen hat. Um die Vortrefflichkeit dieser Investition nicht zu begreifen, sich nicht zu freuen, muß man schon alt und verkalkt sein, ohne Interesse am Leben, ohne Ideal, schon mehr im Jenseits als im Diesseits, wie Jarde es ist. In seinem Pensionszimmer, weit fort von seinen Ziegen, verfällt der Vater zusehends, als sei er von den Abgasen der Titandioxydindustrie vergiftet. Josafá hat sagen hören, daß die Menschen, die sie einatmen, immer gelber werden und traurig aussehen, immer trauriger und gelber, bis sie nach kurzer Zeit zu mageren und häßlichen Leichen werden. Ein Jammer, aber was kann man da tun?

Eine bisher nebensächliche Persönlichkeit entsteigt Jairos Marineti und erklärt, ein Erbe namens Antunes zu sein. Auch ist die Rede von Fidelios geheimen Bestrebungen und von einem Plan von Aminthas.

Josafá, der Optimist, irrte, als er behauptete, die Gegenparteien hätten noch keinen Anwalt verpflichtet. An jenem Nachmittag, an dem das Gespräch stattfand, genauer gesagt bei Anbruch der Nacht – eine Verspätung, die einer Verstopfung des Vergasers zu verdanken war – stiegen aus dem Marineti zwei weitere Juristen aus und belegten Zimmer in der Pension von Dona Amorzinho, übrigens die letzten freien Zimmer, womit sie sie zu einem Hort der Jurisprudenz machten und den Witz von Aminthas über den Kongreß von Rechtsgelehrten bestätigten.

Das gleichzeitige Auftauchen in den Straßen von Agreste von drei Vertretern der Rechtswissenschaften, seltenen Vögeln, die sich zum erstenmal seit vielen, vielen Jahren in dieser Gemeinde sehen ließen – der einzige Jurist, der in der Stadt lebte, war Doktor Franklin, der jedoch ein öffentliches Amt bekleidete und niemals den Anwaltsberuf ausgeübt hatte –, machte die Unmenge von Problemen deutlich, die aus der schlichten Möglichkeit der Niederlassung einer Industrie, mit oder ohne Umweltverschmutzung, in einer armen und rückständigen Gemeinde hervorgehen können. Gibt es überhaupt eine Industrie, die nicht verschmutzt, Sie Ignorant? Gibt es die? Und schon ist die Diskussion im Gange.

Wie um jenen recht zu geben, die den Fortschritt um jeden Preis verteidigen, schnellte der Wert der Grundstücke sofort in die Höhe. Zwar nicht in der ganzen Gemeinde, aber doch wenigstens am Flußufer in der Nähe des Kokoshains von Mangue Seco, der Stelle, die für die Errichtung des Industriekomplexes der Brastanio vorgesehen war. Eine Spekulation, die aus einer Welle von Gerüchten entstanden war, wonach verschiedene Fabriken ihr Interesse bezeigten und das Industriezentrum Wirklichkeit werden lassen sollten, von dem Ascanio Trindade in seiner historischen Rede anläßlich der Einweihung der verschönten Praça do Curtume gesprochen hatte (Praça Modesto Pires, die Bevölkerung kann sich nicht an die neuen Namen gewöhnen).

Das vieldiskutierte Eigentumsrecht am Kokoshain, das den illustren Doktor Marcolino Pitombo mit seinem Stock mit dem Goldknauf, seiner Geriebenheit und seinem bestrickenden Wesen in die Stadt geführt hatte, brachte auch den hochmütigen Doktor Baltazar Moreira und den adretten Doktor Gustavo Galvão her, nach dem die Mädchen des Ortes schmachteten.

Doktor Baltazar Moreira, dick, mit einem beachtlichen Doppelkinn, einer tiefen Stimme und einem anmaßenden Wesen, war, aus Feira de Sant' Ana kommend, dem Ruf von Dona Carlota Antunes Alves gefolgt – wie sie jetzt immer unterschrieb, mit dem vollen Namen. Wer Dona Carlota sagt, sagt Modesto Pires, mit dem sie sich assoziiert hatte, weil sie nicht über genügend Geld verfügte, um ihre Sache vor Gericht zu verfechten. Die Ruy-Barbosa-Schule, in der die Kinder der wohlhabenden Kreise das Abc erlernen, wirft gerade das zum Leben Notwendige ab, und die vorsichtige Lehrerin ist nicht bereit, ihr eigenes Haus zu verpfänden, um einen Anwalt zu bezahlen. Einige Freunde wiesen sie auf das Beispiel von Jarde und Josafá hin, die Land und Herde veräußert hatten; aber sie blieb fest. Nachdem sie jedoch Modesto Pires aufgesucht hatte, einigte sie sich mit dem Gerbereibesitzer über Ausgaben und Gewinne. Im Falle eines Gewinns würde der Wucherer den Löwenanteil behalten; dagegen würde er alle Auslagen übernehmen. Für Dona Carlota war das auf jeden Fall ein gutes Geschäft. Der sumpfähnliche Boden des Kokoshains hatte ihr noch nie einen roten Heller eingebracht. Sie hatte nicht einmal gewußt, daß sie ein Anrecht auf ihn hatte. Doktor Franklin war es gewesen, der sie darüber informiert und ihr das vergilbte Dokument gezeigt hatte, aus Dankbarkeit dafür, daß die geduldige Lehrerin imstande gewesen war, Bonaparte für das Abc und das Einmaleins zu interessieren und ihm eine außergewöhnliche Schönschrift beizubringen. Hätte er das nicht getan, so wäre Dona Carlota noch immer ahnungslos.

Doktor Gustavo Galvão aus Esplanada, ein junger, hoffnungsvoller Mann im Sporthemd, mit langen Koteletten, erst seit kurzem in seinem Beruf tätig, war in Gesellschaft von Canuto Tavares erschienen, und in seinen Diensten, denn der tüchtige Mechaniker und abtrünnige Telegrafist stammt zur allgemeinen Überraschung ebenfalls von Manuel Bezerra Antunes ab. Nicht einmal Doktor Franklin, der sich mit der Familie jenes berühmten Antunes, dessen Name im Vertrag stand, befaßt hatte, war auf Canuto Tavares aufmerksam geworden. Trotzdem war er ein Nachkomme, in gerader und zweifacher Linie, denn er war ein Sproß aus der Verbindung von Pedro Miranda (Antunes) Tavares mit Deodora Antunes do Prado, Geschwisterkinder, von denen er tot, sie aber noch am Leben war und mit ihrem Sohn zusammenlebte. Es gab noch einen Bruder, den Leiter eines Schuhgeschäftes in der Landeshauptstadt.

Und der verschlossene Fidelio, auch er ein Antunes und, nach Doktor Franklin, mit unbezweifelbaren Rechten ausgestattet – wo hatte der seinen Anwalt? Bei dem Vorfall mit Seixas hatte er die Wahrheit gesprochen, als er sagte, daß er keinen Anwalt habe. Und Ratgeber brauchte er auch keinen, denn er hatte bereits einen ganz ausgezeichneten. Vielleicht wegen ihres gleichen musikalischen Geschmacks und wegen der Bewunderung, die Fidelio der sarkastischen Intelligenz von Aminthas zollte, war ihm dieser der liebste im Kreis der fünf Freunde, die seit vielen Jahren täglich in der Bar zusammenkamen, bei Billard, Bier, Cachaça und grundlosem Gelächter; und nachts in der Pension von Zuleika, bei Grammophonmusik, Tanz und Weibern. Diesen häufig aufgesuchten Ruheplatz hatte Asterio nach seiner Verheiratung aufgegeben; nur hin und wieder, wenn ihn das Verlangen plagte, erschien er dort insgeheim an einem Sonntagnachmittag auf der Suche nach einem ihm zusagenden Hinterteil und betrog seine Frau. War das wirklich Betrug? Selbst gegen seinen eigenen Willen und seine Grundsätze denkt er an Elisas Hinterbacken, wenn er sich im Bordell an der Rückseite eines Mädchens vergnügt.

»Die Musketiere von Agreste« hatte sie Dona Carmosina genannt, die in ihrer weit zurückliegenden Jugend Alexandre Dumas gelesen hatte. Ihr Vetter Aminthas war der zynische und skeptische Aramis. Aber Fidelio weiß, daß sich hinter dem sarkastischen Humor, dem ewigen Zweifel ein treuer Freund und guter Ratgeber verbirgt. Deshalb wandte er sich an ihn, als ihn das durch den Namen Antunes aufgeworfene Problem plagte, ihm den Schlaf raubte und ihn ein Treffen mit Ritinha versäumen ließ. Bei Ritinha ist es ein doppeltes Vergnügen, denn sie ist rundlich und erfahren, und wenn er sie sich vornimmt, setzt Fidelio zwei Viechskerlen gleichzeitig die Hörner auf: Chico Sobrinho und Lindolfo, dem einen, der den vornehmen, dem anderen, der den jugendlichen Liebhaber spielt.

Das Durcheinander begann, als Seixas, Beamter des Finanzamts, mit einem Vorschlag seines Chefs, Edmundo Ribeiro, zu ihm kam. Da dieser wußte, daß er arm war und nur ein bescheidenes Gehalt bezog – hätte er nicht Kost und Quartier umsonst bei seiner Tante gehabt, dann hätte dieses Gehalt nicht für die Wetten beim Billard und die Vergnügungen in der Pension von Zuleika gereicht – und daher nicht imstande war, seine Sache vor Gericht anhängig zu machen, schlug er, der Steuereinnehmer, vor, seine Eigentumsrechte, seinen Anteil am Erbe am Kokoshain zu erwerben. Natürlich nur, wenn das Interesse der Brastanio an diesem Gebiet bestätigt würde. Aus dem Wunsch heraus, dem nachsichtigen Chef und Kollegen, der ihm bequeme Bürostunden ermöglichte, angenehm zu sein, riet Seixas seinem Freund, das Angebot anzunehmen, und begriff nicht den Grund von Fidelios ablehnender Antwort. Als er dann von der Existenz neuer Interessenten erfuhr, Modesto Pires und Doktor Caio Vilasboas, von denen der erste die Gründung einer Gesellschaft, der zweite den sofortigen Kauf zu einem niedrigen Preis und mit dem Geld in der Hand vorschlug, wobei das eine das andere kompensierte, schrieb Seixas die scheinbare Interesselosigkeit Fidelios – ich will nichts von diesen Erbschaftsgeschichten wissen – einem geschickten Manöver zu, durch das die Konkurrenten gezwungen werden sollten, die Angebote zu erhöhen und ihn in die Lage zu versetzen, das günstigste zu wählen.

Fidelio ist von Natur verschlossen und hat nicht die Gewohnheit, jemanden in seine Angelegenheiten einzuweihen; damit ist er immer gut gefahren. Ohne sich dessen zu rühmen, hatte er zwei Partner im Billard geschlagen, mit der Chance, im Turnier zu siegen und Asterio den begehrten Titel des Goldenen Queue zu entreißen. Ohne sich als Don Juan aufzuspielen, vernaschte er die Besten; während die anderen die Aufregendste erst entdeckten, rief er sie schon ganz diskret zu sich. Aber diesmal schaffte er es nicht. Er wandte sich an Aminthas und legte dem Freund sein Drama dar. Er suchte ihn zu Hause auf, hörte sich schweigend einen Teil eines Rock-Bands an, ließ ihn aber nicht ein neues Band ins Gerät einlegen.

»Ich muß dich um einen ganz besonderen Rat bitten.«

»Schieß los.«

»Wie du weißt, gehört mir ein Teil des Kokoshains, das behauptet wenigstens der Doktor Franklin, und er versteht etwas von diesen Dingen. Es scheint, daß die anderen vor Gericht gehen wollen: Josafá, Dona Carlota und sogar Canuto Tavares. Jeder will seine eigene Sardine braten. Ich bin abseits geblieben, aber jeden Tag bekomme ich Angebote, meinen Teil zu verkaufen. Modesto will nicht kaufen, er will sich mit mir zusammentun, er hat das schon mit Dona Carlota getan. Kaufen wollen Edmundo Ribeiro und Doktor Caio, der bar bezahlt.«

»Hm, hm! Du willst also wissen, welches das bessere Geschäft ist. Erkläre mir jedes im einzelnen, damit ich ...«

»Ich will nur wissen, ob diese Scheißfabrik nach Mangue Seco kommen wird oder nicht. Du hast gesagt, du bist sicher, daß sie nicht kommt.«

»Jetzt verstehe ich. Du willst das wissen, weil du, wenn die Fabrik herkommt, die Möglichkeit hast, eine Menge Geld zu verdienen, indem du deine Rechte direkt an die Brastanio verkaufst, stimmt's?« Er verhindert mit einer Handbewegung, daß Fidelio ihn unterbricht. »Wenn sie nicht kommt, verkaufst du jetzt an den Trottel von einem Doktor Caio, steckst das Geld ein und überläßt ihm den Sumpf. Übrigens nicht einmal das. Du überläßt ihm auch das hypothetische Recht auf einen Teil des Sumpfes. Stimmt's?« Aminthas ist von seiner Intelligenz überzeugt und stellt sie gern zur Schau.

»Nein. Gerade das Gegenteil.«

»Gerade das Gegenteil? Jetzt verstehe ich gar nichts mehr.«

»Wenn ich sicher wäre, aber ganz sicher, daß diese Fabrik nie hierher kommt, wie du sagst, dann könnte ich an Doktor Caio verkaufen, und dieses Geld würde mir gerade recht kommen, du ahnst nicht wie. Aber ohne diese Sicherheit verkaufe ich nicht.«

»Und warum nicht? Um abzuwarten, bis du besser verkaufen kannst, wie ich gesagt habe?«

»Nein, ich verkaufe überhaupt nichts. Ich will nicht, daß sich diese Fabrik hier niederläßt und alles versaut.« Er holt Atem, ist nicht gewohnt, viel zu reden. »Du weißt, daß ich nicht hier geboren bin, sondern in Rio; aber ich bin als Kind hergekommen, als meine Mutter als Witwe zurückkam. Der Alte ist dort gestorben, der Arme. Er hat nur daran gedacht, ein wenig Geld zurückzulegen, um zurückzukehren, die Zeit hat nicht gereicht.« Er macht eine Pause, ist in Gedanken beim Vater, der schweigsam war wie er selbst, nach Rio verbannt. »Von hier will ich nicht mehr weg, höchstens auf eine Spazierfahrt. Ich habe Lust, nach Rio zu fahren, nach São Paulo, den Süden kennenzulernen, wenn sich eines Tages die Gelegenheit bietet. Hin und zurück, dazu könnte ich das Geld von Doktor Caio gebrauchen. Aber lieber verliere ich ein Vermögen, bevor ich zulasse, daß irgend so ein Hurensohn hierherkommt und den Strand von Mangue Seco kaputtmacht. Wenn ich dort bin, bin ich kein kleiner Beamter mehr, keine Scheiße und sonst nichts; dort fühle ich mich als Mensch, als Herr der Welt.«

Aminthas legt ein Band ein in das Tonbandgerät, hört den Klang einer bekannten brasilianischen Melodie: *Wenn der Fischer ausfährt, weiß er nie, ob er zurückkehrt.* Er stellt den Apparat leiser, die Melodie ist nur noch eine Tonkulisse. Er ist doch wohl nicht gerührt?

»Ich glaube, diese Fabrik wird sich nie hier niederlassen. Damit das geschieht, dürfte es in ganz Brasilien keinen anderen Ort geben, der bessere Bedingungen bieten würde. In Agreste gibt es nichts, sie wären gezwungen, alles zu machen. Deshalb glaube ich, daß sie nicht herkommen werden. Aber gleichzeitig muß ich zugeben, daß Agreste vielleicht gerade aus diesem Grund der einzige Fleck in Brasilien ist, wo man ihnen erlaubt, sich niederzulassen.«

»Das soll heißen ...«

»Daß du, wenn du so denkst wie ich und Osnar, nicht verkaufen sollst. Statt einen Ausflug nach Rio zu machen, geh ins Haus von Zuleika, denn auch dort gibt es was zu sehen. Da gibt's eine neue, ganz junge, eine gewisse Maria Imaculada ...«

»Die hab' ich schon vernascht. Ein Schatz.«

Aminthas erhöht ein wenig die Lautstärke des Geräts: Fische, Meer und Flösse, die den Stürmen trotzen.

»Sag mal, Fidelio, denkst du wirklich so, bist du entschlossen?«

»Ja.«

»Dann, mein Alter, werden wir allen diesen Advokaten das Arschlecken antragen und diese Scheißfabrik auffliegen lassen. Hör zu.«

Er legt seine Gedanken dar, die Idee ist ihm gekommen, als er die Worte Fidelios über Mangue Seco hörte, die Melodie und die Verse auf das Meer, die Quelle des Lebens, wo sich die Menschen über die Elemente erheben. Fidelio lauscht schweigend, und als sein Freund zu Ende gesprochen hat, sagt er nur:

»Du bist ein Mordskerl. Aber der Kapitän ist in Mangue Seco.«

»Ich habe ihn heute gesehen, im Areopag, wo er sich mit Carmosina unterhalten hat.«

»Dann werde ich jetzt gleich mit ihm reden.«

Er geht befriedigt fort, aber in seine Zufriedenheit mengt sich ein wenig Trauer, das Gefühl, das jemand hat, wenn er sich die einzige Möglichkeit entgehen läßt, ein Vorhaben auszuführen, das er ganz geheim geplant und gehätschelt und nie jemandem offenbart hat – nicht einmal Dona Carmosina weiß etwas davon. Ein vielseitiges und deshalb auch teures Vorhaben, das niemals von jemandem verwirklicht werden kann, der ein winziges Gehalt vom Staat bezieht, wenig mehr als das Mindestgehalt.

Es handelt sich um eine Reise in den Süden, um während des Urlaubs die großen Städte kennenzulernen, Salvador, Rio de Janeiro, São Paulo. Eine Vergnügungsreise, aber mit genau umrissenen Absichten. Die erste und wichtigste ist die Erwerbung eines der vollständigsten Schlagzeuge und eines Handbuchs, um zu lernen, wie man es bedient. Wer weiß, vielleicht wird er eines Tages so gut spielen können wie Xisto Bom de Som, der Schwiegersohn des Obersten Artur da Tapitanga. Wenn der Schlagzeuger am Arm von Celia und mit den beiden Sprößlingen dem Schwiegervater einen Besuch macht (auf der Suche nach Geld), ist Fidelio nicht vom Landgut wegzukriegen. Einmal, als der Musikus länger blieb und die Batterie mitgebracht hatte – die Gruppe Itapuã's Kings war wegen einer Drogengeschichte auseinandergegangen, das Piston und die elektrische Gitarre waren im Gefängnis gelandet –, erlaubte Xisto nach einigen Erklärungen, daß Fidelio das prächtige Instrumentarium ausprobierte. »Du hast Talent, Bürschchen«, sagte er und ermunterte ihn. Mit dem Geld, das Doktor Caio ihm angeboten hatte, könnte er ein Schlagzeug kaufen, es nach Agreste bringen und seinem Leben einen Sinn geben, endlich jemand sein.

Es fällt das Wörtchen »Ja«.

»Die letzte Information, die wir erhalten haben, ist ein bißchen pessimistisch.«

Die Stimme von Angelo Bardi verrät weder Besorgnis noch Furcht. Ans Befehlen gewohnt, aber doch freundlich und herzlich, hat sie den leichten Italo-Paulistaner Akzent eines in Brasilien geborenen Sohns von Einwanderern bewahrt. Mit den grauen Schläfen, gut aussehend, weder dick noch mager, um die Fünfzig, sehr selbstbewußt, flößt Angelo Bardis Erscheinung Vertrauen ein. Jener, der aufmerksam seinen Worten lauscht, Rosalvo Lucena, Managerial Sciences Doctor, den die Zeitungen als einen kühnen und erfolgreichen Unternehmer bezeichnen, sieht wie ein Student aus, der eben erst die Universität verlassen hat. Angelo Bardi sieht dagegen genau wie das aus, was er ist: ein Magnat.

Sie sitzen an dem Ende des großen Konferenztisches, im klimatisierten, schalldichten Saal am Sitz der Indústria Brasileira de Titânio S. A. Außer den beiden noch der Doktor Mirko Stéfano und, am Kopfende den Vorsitz führend, der ältere Herr mit dem Bürstenhaarschnitt und den trüben Augen.

Doktor Mirko macht den Mund auf, kommt aber nicht zum Sprechen, denn soeben betritt Bety den Saal, gefolgt von einem Boy, der ein Tablett mit Kaffee, Zucker, drei Sorten von anderen Süßstoffen, Tassen und Löffeln hereinschiebt. Sie serviert selber, mit unbefangener Grazie und dem Lächeln einer Frau, die restlos glücklich ist, weil sie sich in Gesellschaft dieser Herren befindet. Der mit dem Bürstenschnitt läßt seine Augen auf dem hohen Busen der Chefsekretärin und auf ihren langen Beinen ruhen.

Nach dem Boy zieht sich auch Bety schweigend zurück, spürt auf ihren Hüften den schweren Blick der trüben Augen und schließt die Tür. Dann übersetzt der Doktor Magnificus den Satz. Mitunter ist ein Leiter der Öffentlichkeitsarbeit gezwungen, die Funktion eines Übersetzers auszuüben. Wenn die Sitzung so wichtig ist, daß sie die Anwesenheit eines Außenstehenden nicht zuläßt. Nur die vier sind da.

»Wir dürfen uns nicht zu sehr beeindrucken lassen«, fährt Angelo Bardi fort. »Die Widerstände, die zu überwinden sind, sind zweifellos groß, die Leute zögern. Trotzdem glaube ich, daß wir, wenn wir darauf bestehen, den erwünschten, den idealen Standort bekommen werden. Vielleicht ...«

Der mit den trüben Augen schneidet seine Worte mit einer Handbewegung ab und sieht Doktor Mirko an. Der Magnificus übersetzt, Wort für Wort. So hatte man es ihm befohlen: Wort für Wort. Eine zweite Geste fordert den Magnaten auf, fortzufahren. Leiter der Öffentlichkeitsarbeit, erfolgreicher Unternehmer, Magnat, Chef, das ist die Rangordnung.

»Vielleicht sind alle diese Verzögerungen nichts anderes als ein Versuch, noch mehr Geld aus uns herauszuholen, obwohl ich meine, daß sich dem jemand widersetzen wird.«

Bevor er weiterspricht, wartet er, bis die Übersetzung zu Ende ist; sogar bei Mirkos weicher Stimme erscheint ihm die Sprache hart, rauh für ein romanisches Ohr, das an den plastischen Wohllaut der italienischen Sprache gewöhnt ist.

»Es braucht noch einen Ruck, einen kräftigen. Das heißt, mehr Geld. Ich möchte glauben, daß wir am Ende doch unser Ziel erreichen.«

Nachdem er sich die Übersetzung angehört hat, betrachtet der mit den trüben Augen die drei Direktoren vor ihm, einen nach dem anderen; in seinen Pupillen blitzt ein stählernes Licht auf. Er sagt ein paar Worte, der Magnificus übersetzt:

»Es muß unbedingt dort sein, wo wir beschlossen haben.«

Kann man Faustschläge, Steinwürfe, Geschoßhagel übersetzen? Das Licht in den trüben Augen erlischt. Wieder spricht Angelo Bardi.

»Einverstanden, das finde ich auch. Trotzdem müssen wir auf alles gefaßt sein. Wir haben schon festgestellt, daß die Kakaozone im Grunde uninteressant ist. Was das Gebiet an der Mündung des Rio Real anbelangt, so ist es, trotz der Mängel, die in den Berichten erwähnt sind, des Fehlens jeglicher Infrastruktur ...«

Der mit dem Bürstenhaarschnitt macht wieder eine Bewegung, Bardi und Mirko gehorchen, der eine schweigt, der andere ergreift wieder das Wort, tüchtig und exakt. Rosalvo Lucena hört so aufmerksam zu, daß es scheint, als verstünde er sogar die deutsche Übersetzung. Der Magnat aus São Paulo hat wieder das Wort.

»Ich sagte, daß das Gebiet am Rio Real trotz des Fehlens einer Infrastruktur noch nicht ausgeschaltet werden kann. Man hat uns schon grünes Licht gegeben: Dort können wir die Fabrik errichten, es bestehen keine besonderen Einwände. Meiner Ansicht nach sollten wir etwas mehr in diese Möglichkeit investieren. Aus zwei Gründen. Erstens, weil wir uns im schlimmsten Fall vielleicht doch an der Mündung des Rio Real niederlassen müssen. Wenn es uns nicht gelingt, die andere Schlacht zu gewinnen. Zweitens, weil es sich um ein sehr nützliches Ablenkungsmanöver handelt. Solange man von Agreste spricht, und von Agreste sprechen nur wenige, vergißt man, läßt man uns in Frieden ...«

Er beendet den Satz nicht, wozu auch? Mirko wird ihn bei der Übersetzung vervollständigen. So ein hübsches Wort, Arembepe, würdig eines Verses. Aber in der Aussprache des Mannes am Kopfende des Tisches klingt es hart.

In beiden Sprachen fragt der Doktor Magnificus die drei Direktoren:

»Heißt das, daß ich meinen Vorschlag in die Tat umsetzen kann?«

Angelo Bardi antwortet für sich und für Rosalvo Lucena, der nur stumm lächelt, zustimmend und sachkundig.

»Von uns aus, einverstanden. Aber der endgültige Entschluß ist seine Sache. Der gewisse junge Mann ist schon in der Stadt, nicht wahr?«

»Seit gestern; im selben Hotel wie wir und Er.« Man hört geradezu den Großbuchstaben, als Doktor Mirko Stéfano respektvoll die Vokabel »er« ausspricht. Dann wird die Stimme wieder normal: »Ein gutes Hotel ist eine große Hilfe.«

Nachdem er sich, Wort für Wort, die Frage des Doktor Magnificus und die Meinung der beiden brasilianischen Direktoren angehört hat, gibt Er, der mit dem Bürstenhaarschnitt und den trüben Augen, sein Einverständnis:

»Ja!«

Erste Episode des Aufenthalts von Ascanio Trindade in der Landeshauptstadt oder der Schulung einer führenden Persönlichkeit im Dienste des Fortschritts: Schwimmbecken, Industriezentrum und Patricia, genannt Pat.

Erst gegen Ende seines Aufenthalts in der Landeshauptstadt, am drittletzten Tag, gelegentlich der letzten Unterhaltung mit dem Doktor Magnificus, als sich zwischen den Dünsten des Cognac eine gewisse menschliche Wärme bemerkbar machte, hörte Ascanio Trindade auf, sich unbehaglich zu fühlen, von einem vagen Eindruck der Abhängigkeit besessen zu sein und sich nicht im Vollbesitz seiner Freiheit zu befinden. Ein Gefühl, das in Wirklichkeit undefinierbar war, keinen offensichtlichen Grund hatte und vielleicht nur auf die für ihn völlig fremde Umgebung zurückzuführen war. Ganz plötzlich war er Gast eines Luxushotels geworden, der mit Menschen aus einer unbekannten, verwirrenden und blendenden Welt zusammenlebte, mit der er seither keinerlei Kontakt gehabt hatte.

Am ersten Tag glaubte er schon, Doktor Mirko Stéfano habe ihn nur deshalb so eilig kommen lassen, um ihm Drinks und Mädchen am Rand des Schwimmbeckens anzubieten. Er war nachts im Jeep angekommen, nachdem ihn die Anekdoten des Ingenieurs Quarantini fast mehr ermüdet hatten als das Gerüttel der Fahrt. Der Fahrer hatte ihn, zweifellos auf erhaltene Weisungen hin, zu einem großen Hotel gebracht, wo ihm eine Botschaft des Doktor Magnificus übermittelt wurde: Begeben Sie sich in die auf Ihren Namen reservierten Zimmer, wir sehen uns morgen.

Tatsächlich trafen sie sich erst nach zwölf, als sich Ascanio bereits anschickte, mittagessen zu gehen, nachdem er den ganzen Vormittag gewartet hatte; zuerst in seinem Zimmer, in Erwartung eines Telefonanrufs, dann in der Halle und ihrer Umgebung, wo er sich die Beine vertrat und die Boutiquen betrachtete, die Kunst- und Antiquitätengalerie, die Tapisserien von Genaro, das Keramikgemälde von Carybé, die Skulpturen aus Glasfaser von Mario Cravo und die Touristen in Bermudashorts und geblümten Hemden. Er riskierte auch einen Blick in die Bar und auf das Schwimmbecken, wo hübsche Frauen in provozierenden zweiteiligen Badeanzügen ein Sonnenbad nahmen und ihre Körper zur Schau stellten.

Der Doktor Magnificus stieg aus einem der beiden imposanten schwarzen Wagen, auf die Pagen und Portiers zustürzten, die sich das Gepäck und das Trinkgeld streitig machten. Aus den Autos kamen noch drei weitere Personen, die wie auf ein Zauberwort hin mit Aktentaschen und Handkoffern in einem der Fahrstühle verschwanden. Doktor Mirko blieb in der Halle und wandte sich zum Empfang, als er Ascanio bemerkte. Mit offenen Armen ging er auf ihn zu und bat ihn um Verzeihung, weil er ihn allein gelassen hatte.

Begleitet von drei Individuen, kamen sie zum Rand des Schwimmbeckens. Sämtliche Mädchen – oder zumindest einige von ihnen –, die tauchten oder in der Sonne lagen, gehörten dem Doktor Magnificus (oder der Brastanio, denn niemand kann so mächtig sein, um eine so vielfältige Kollektion von Starlets zu besitzen; höchstens ein großes Unternehmen). Sie stürzten auf seinen Tisch zu. Die drei Begleiter betrachteten Ascanio voll Neugier, vielleicht in Erwartung einer Vorstellung oder einer Nachricht; da Doktor Mirko es jedoch vergaß, oder so tat, gaben sie sich angenehmeren Beschäftigungen hin: Whisky und Mädchen. Sie tranken tapfer und flirteten auf ordinäre, grobe und unhöfliche Weise, wie Ascanio fand. Alle drei waren Journalisten, wie er nachher vom Magnificus erfuhr. Aber den Mädchen schienen die groben Ausdrücke und die realistischen Aufforderungen zu gefallen.

Das Treffen war nur kurz, der Doktor erhob sich, überbeschäftigt, und hinterließ den drei Gierigen die neue, noch fast volle Flasche und das Weibervolk.

»Morgen oder übermorgen werde ich Neuigkeiten für euch haben. Vorher nicht ein Wort. Es ist niemand gekommen, es herrscht Friede in der City und in der Wall Street.«

»Und wenn die *Tarde* vorher draufkommt?« fragte der Einäugige.

»Um so besser, dann habt ihr eine Nachricht, die ihr dementieren könnt.«

Er nahm Ascanio beim Arm und schleppte ihn zu den Fahrstühlen. Einer Geste von ihm gehorchend, begleitete sie eines der Mädchen.

»Heute werde ich den ganzen Nachmittag Sitzungen haben. Ihnen kann ich es ja sagen: eine entscheidende Vorstandssitzung. Aber ich lasse Sie in guten Händen. Patricia wird Ihnen zur Verfügung stehen, wird Ihnen als Sekretärin und als Chauffeur dienen. Fahren Sie spazieren, amüsieren Sie sich. Vor dem Abendessen werden wir uns unterhalten. Pat, kümmere dich gut um ihn«, sagte er dem Mädchen, schon an der Tür zum Fahrstuhl. »Eines Tages wirst du stolz sein, ihm Gesellschaft geleistet zu haben, sein Cicerone gewesen zu sein.«

Patricia lächelte und bemächtigte sich Ascanios.

»Wir werden hier im Hotel essen, oder wollen Sie in ein Restaurant gehen? Ich ziehe mich nur an, in einer Sekunde bin ich zurück.«

Auch Patricia war blond, sah aber Leonora nicht ähnlich. Der Vers vom reifen Weizenfeld konnte nicht auf sie angewendet werden, Barbozinha würde sie nicht mit einer Sylphide vergleichen. Hübsch, ja, aber nicht von jener einmaligen, unvergleichlichen Schönheit, jener Distinktion, die nur eine gute Familie verleiht. Patricias herausfordernde Hübschheit hat etwas Vulgäres an sich, und ihrer unleugbaren Freundlichkeit haftet eine Spur von Dienstbarkeit an, ein professioneller Anstrich.

Nach dem Mittagessen im luxuriösen Restaurant des Hotels ließ ihn Patricia allein; um drei Uhr würde sie wiederkommen, um ihn zu einer Spazierfahrt oder einem Einkaufsbummel abzuholen, was ihm lieber sei.

Im Volkswagen, den Patricia lenkte, fuhr Ascanio durch die Stadt, die er seit mehr als sieben Jahren nicht mehr betreten hatte, die jetzt von neuen Avenuen durchschnitten wurde, sich am Meeresufer ausdehnte und von Menschen wimmelte. Ihre Bevölkerung hatte sich verdoppelt, und sie selber hatte sich in diesen Jahren gewaltig verändert und umgewandelt. Wo war die alte, verschlafene Stadt seiner Universitätszeit geblieben, die vom Ruhm der Vergangenheit lebte, von der Tradition als historische Stadt, Urzelle, Wiege der Nation, und was es sonst noch für Phrasen gab, Hauptstadt eines Bundesstaates mit zurückgebliebener Wirtschaft, von Bauern und Hirten? Um die Erstarrung, den Verfall von Bahia zu kennzeichnen, hatte Máximo Lima in der Fakultät gebrüllt:

»Nicht einmal eine Bierbrauerei hat es, und bald wird es auch keine alten Ruinen mehr herzeigen können.«

Bevor er zurückfuhr, mußte er unbedingt Máximo sehen und mit ihm die Veränderung besprechen, die jetzt in der fernen Gemeinde Sant'Ana do Agreste stattfinden würde. Deshalb war er ja hierhergekommen, wegen des großen Entschlusses.

Aus eigenem Antrieb oder auf höheren Befehl wandte sich Patricia, nachdem sie durch die neuen Avenuen gefahren war, zur Landstraße und brachte ihn zum Industriezentrum von Aratu. Ascanio sah die Schornsteine, die Rauchwolken ausstießen, und die Gebäude, die in beschleunigtem Rhythmus heranwuchsen, inmitten eines Schlachtenlärms. Kilometerweit kündigten riesige Schilder mit den Namen der Unternehmen die Produkte an, die im Industriekomplex von Aratu schon hergestellt wurden oder in Kürze dort fabriziert werden sollten. Zyklopenhafte Maschinen und Hunderte von Menschen schafften Tonnen von Erde aus den Baugruben, errichteten Mauern aus Ziegeln und Beton, schweißten und schmolzen glänzendes Metall.

Der Volkswagen hielt am Straßenrand. Ascanio, der mit offenem Mund dasaß, spürte den Druck von Patricias Schenkel gegen den seinen und wandte den Blick von den Schornsteinen ab. Das Mädchen lächelte.

»Weiter vorn, an der Straße nach Camaçari, ist die Petroquímica. Ein Koloß, nicht wahr?« Keine Frage, eine Behauptung.

Ascanio wandte sich ihr zu, seine Augen glänzten vor Begeisterung. Patricia bot ihm ihren Mund. Als er sie küßte, war es, als küsse er das neue Bahia.

Sie kehrten auf der Uferstraße zurück. Im Angesicht der Schönheit des Meeres und der Strände folgten, auf bisher unbebauten Ländereien, Hotels, Restaurants, Bars, Nachtlokale, Klubs, prächtige und hochmoderne Wohnsitze aufeinander, ein neues, prunkvolles Panorama. Sie hielten vor einer Bar. Fröhlich und durstig bestellte Patricia Bier – in Bahia mit dänischem know-how gebraut, das beste der Welt, erklärte seine sachverständige Führerin – und kaufte amerikanische Zigaretten. Ascanio wollte die Brieftasche herausziehen, um die kleine Ausgabe zu bestreiten, aber sie gab schon einen Zettel an der Kasse ab, ohne auf den Protest des jungen Mannes zu achten, der sich in seiner männlichen Eigenliebe verletzt fühlte.

»Spiel nicht den Kavalier, Kindchen, das ist aus der Mode, und außerdem zahlt die Brastanio alles.«

Sie gingen zum Strand, setzten sich auf den Sand und küßten sich.

»Du bist ein Schatz, Kindchen.«

Vor dem Abendessen kam es zum angekündigten Kontakt mit Doktor Mirko Stéfano. Kurz und nur per Telefon, aber außerordentlich herzlich. Der Magnificus war weiterhin schrecklich beschäftigt, pardon, mon cher ami, und würde sich erst am nächsten Tag mit Ascanio treffen können. Inzwischen würde sich Pat um ihn kümmern. Er wollte wissen, wie er den Nachmittag verbracht hatte, und Ascanio erzählte ihm von der Fahrt zum eindrucksvollen Industriezentrum.

»Grandios! Ich wußte, daß es ein bedeutendes Unternehmen ist, aber es hat meine Erwartungen weit übertroffen. Es ist aufregend!«

»Nicht wahr? Das alles war noch vor kurzem eine verlassene Einöde. Ärger als die Strände von Agreste. Können Sie sich vorstellen, wie der Kokoshain von Mangue Seco schon sehr bald aussehen wird?

Also, unterhalten Sie sich, denn morgen haben wir viel vor. Seien Sie Punkt zehn beim Portier, ich möchte Sie einigen Freunden vorstellen.«

Patricia setzte Ascanio am Eingang des Hotels ab und fuhr nach Hause, um sich umzuziehen, sie wollten auswärts abendessen. Sie kam so chic wieder, daß er sich ein bißchen ungemütlich fühlte in seinem abgetragenen und schlecht geschnittenen blauen Anzug, einem Werk von Miguel Rosinha, der seit über vierzig Jahren Röcke und Hosen für den Oberst Artur da Tapitanga zuschneidet und näht. Bevor sie aufbrachen, sagte ihm Patricia, er solle sich nicht bemühen, etwas zu bezahlen, denn alle Ausgaben gingen auf das Konto der Brastânio. Sie speisten in einem Restaurant am Ufer, und dann schlug sie ein Nachtlokal vor, wo sie Wange an Wange bis weit nach Mitternacht zusammen tanzten. Die Rechnungen erschreckten ihn. Hätte er sie bezahlen müssen, hätte er nicht genug Geld gehabt und sich blamiert.

Nachdem sie den Wagen in der Straße neben dem Hotel abgestellt hatte, fuhr Patricia mit Ascanio im Fahrstuhl hinauf. Im Zimmer bat sie ihn, den Reißverschluß an der Seite ihres Kleides aufzumachen, eines langen, mauvefarbenen Kleides, das mit weißen Spitzen besetzt war. Sie entstieg ihm vollkommen nackt, denn der Slip verdeckte überhaupt nichts. Ganz oben am Schenkel hatte sie ein Schönheitsmal.

Nach der Dusche erwartete Pat ihn im Bett. Auf Rechnung der Brastânio, dachte der angehende Manager.

Die Unterschriftensammlung und der Schaden, den Tietas Abwesenheit verursachte.

Unter der Denkschrift, die Dona Carmosina mit Aminthas kritischer, aber nützlicher Assistenz abgefaßt hatte, standen etliche Unterschriften, aber viel weniger, als die Urheber dieser Initiative vorgesehen und erwartet hatten. Kapitän Dario kam eigens aus Mangue Seco, um zu helfen; mit der Liste in der Hand ging er auf die Straße und warf sein Prestige und die Sympathien, die er genoß, in die Waagschale. Seine Anwesenheit trug dazu bei, daß sich Leute anschlossen, die das Problem bisher kalt gelassen hatte; sie hatten von der Angelegenheit reden hören, ohne ihr eine besondere Wichtigkeit beizumessen. Sie lauschen den Erklärungen ihres illustren Landsmannes mit den Achselklappen und nehmen die Feder entgegen.

»Wenn Sie mich darum bitten, Herr Kapitän, will ich mich nicht drücken.«

Aber viele drücken sich und verschwinden, sobald er sich ihnen nähert. Angesichts der polemischen Bedeutung dieser Blätter machen sie einen Bogen um den Kapitän oder weigern sich ganz einfach, zu unterschreiben, überzeugt von den Vorteilen, die die Niederlassung einer großen Fabrik in der Nachbarschaft der Stadt, auf dem Boden der Gemeinde, mit sich bringt. Die Argumente über die schrecklichen Schädigungen durch die Umweltverschmutzung erschüttern sie nicht und bewegen sie nicht. Von der Ansiedlung der Brastanio erhoffen sie sich Vorteile, irgendeinen Gewinn, ohne noch zu wissen, wie dies geschehen soll. Das Wort Fortschritt bedeutet sicherlich ein besseres Leben.

Aber die große Mehrheit besteht aus Unentschlossenen, die zurückhaltend bleiben. Die harten Worte der Denkschrift, in der erschreckende Ausdrücke vorherrschen – Fäulnis, Verbrechen und Tod –, werden gelesen, wieder gelesen, analysiert. Fragen werden gestellt:

»Ist das wirklich so? In den Zeitungen, die in der Präfektur aufgeklebt sind, haben wir etwas ganz anderes gelesen.«

Gemessen und geduldig bringt der Kapitän seine Argumente vor. Im Postamt geht Dona Carmosina in die Luft, wenn sie auf Widerstand stößt, auf zweifelnde Blicke und Fragen.

»Wollt ihr in der Fäulnis leben, in einem Schweinestall? Na, dann tut es doch!«

»Das ist nicht recht, Dona Carmosina, regen Sie sich nicht auf. Die einen sagen eben so, die anderen leugnen es. Sie sind gebildet, Sie wissen, was Sie sagen. Der Kapitän, der in der Welt herumgekommen ist, sagt dasselbe. Aber Ascanio, von dem niemand sagen kann, daß er nicht an Agreste hängt, und der sicher keine so schlimme Sache hier haben will, sagt das Gegenteil. Auch Herr Modesto Pires. Von Dona Carlota, der Lehrerin der Kinder, wollen wir gar nicht reden. Die gibt nicht klein bei, genau wie Sie.«

Sowohl der Kapitän als auch Dona Carmosina hören aus dem Mund der Unentschlossenen immer wieder die gleiche Erklärung:

»Ich weiß nicht recht ... Wenn ich wenigstens wüßte, was Dona Antonieta von all dem hält ... Sie kennt sich aus, die Seite, auf der sie steht, muß wohl die richtige Seite sein.«

Es hilft nichts, daß Dona Carmosina Tietas Einstellung garantiert und daß Kapitän Dario behauptet, die Gedanken der Paulistaner Witwe zu kennen, nachdem er gerade von Mangue Seco kommt, wo sie sein Gast ist. Man möchte es von ihr selbst hören.

»Sie hat noch nichts dazu gesagt. Ich warte ab, was sie sagen wird.«

Im Postamt ziehen die beiden Anführer der Kampagne die Bilanz ihrer Arbeit und zählen die Unterschriften; ihre Anzahl scheint ihnen ungenügend als Beweis der in der Denkschrift enthaltenen Behauptung, daß die gesamte Bevölkerung die Absichten der abscheulichen Titandioxydindustrie ablehnt. Sie fühlen sich leicht entmutigt.

Die Denkschrift war die Idee von Dona Carmosina, die die Aktion unterstützte. Mundpropaganda oder Wandzeitungen führen zu nichts. Trotz seiner gewohnten Skepsis billigte Aminthas den Plan und beteiligte sich an der Abfassung. Der Kapitän war hell begeistert, stellte Berechnungen an, zog Schlußfolgerungen. Wenn man wenigstens tausend Unterschriften von den neuntausend Einwohnern der Gemeinde bekäme, die Kinder und die riesige Mehrheit der Analphabeten inbegriffen, dann könnte man schon sagen, daß sich fast alle Personen, die einer Überlegung über dieses Problem fähig waren, gegen die Brastanio ausgesprochen hatten. Aber sie hatten mit Müh und Not nur wenig mehr als hundert Stimmen zusammenbekommen. Und nur wenige bedeutende Namen. Die Kaufleute, die von der Niederlassung der Fabrik gute Geschäfte erwarteten, hielten sich zurück. Padre Mariano erklärte sich neutral, seine Stellung als Pfarrer erlaube es ihm nicht, in einer so heiklen Angelegenheit Partei zu ergreifen. Aber auch er fragte:

»Ich sehe nicht die Unterschrift von Dona Antonieta Cantarelli. Ihre Unterschrift muß ganz oben auf der Liste stehen, wenn der Kapitän will, daß die Bevölkerung unterschreibt.«

Barbozinha schreibt ein Gedicht nach dem anderen, er hat schon Material für ein ganzes Buch, das er in der Landeshauptstadt veröffentlichen will, die *Poeme der Verdammnis*, er schreibt Briefe an Giovanni Guimarães, aber als Unterschriftensammler ist er eine Niete. Dona Milú dagegen ist von seltener Effizienz, bis jetzt hält sie den Rekord im Sammeln. Osnar, ein unvorhergesehener Bundesgenosse, der den Leuten in der Kneipe auflauert, macht gewisse Anstrengungen. Das alles zusammen ergibt nur einhundertsechzehn Namen, von denen Dona Milú siebenunddreißig bekommen hat. Im Vergleich zu den vorgesehenen tausend eine Pleite. Der Kapitän schüttelt besorgt den Kopf.

»Meine gute Carmosina, ich weiß nicht... Entweder entschließt sich Tieta, die Führung zu übernehmen, oder wir kommen nicht weiter. Morgen fahre ich nach Mangue Seco zurück, ich werde versuchen, sie zu überzeugen, daß sie uns helfen muß.«

Dona Carmosina stimmt ihm zu: Der Erfolg der Kampagne hängt von Tieta ab.

Am Eingang des Postamts erscheint die linkische Gestalt von Fidelio. Sie haben ihn gar nicht erst gebeten, die Denkschrift zu unterschreiben, denn sie wissen, daß er einer der Erben des Landes ist, auf dem die Companhia Brasileira de Titânio S.A. ihre Fabrik errichten will, einer von denen, die eine echte Chance haben, dabei Geld zu verdienen.

»Guten Tag, Dona Carmosina. Guten Tag, Herr Kapitän. Ich hätte gerne etwas mit Ihnen besprochen.«

»Wenn es privat ist, gehe ich da hinein«, sagt Dona Carmosina, die vor Neugierde platzt.

»Privat ist es, aber Sie können zuhören.« Er hätte Aminthas bitten sollen, ihn zu begleiten. Wie soll er, der von Natur schweigsam ist, es anstellen, eine so delikate Angelegenheit auseinanderzusetzen? Der Kapitän könnte beleidigt sein. »Es geht um diese Geschichte vom Kokoshain, mit der ich zu tun habe, ich bin einer der Erben, ich glaube, Sie wissen es.«

Dona Carmosina beugt sich über die Theke, um besser zu hören.

Zweite Episode des Aufenthalts von Ascanio in der Landeshauptstadt oder der Schulung einer führenden Persönlichkeit im Dienste des Fortschritts. Ehrgeiz, Idealismus, Whisky und Nilsa, die mit den großen Brüsten.

Ascanio, der seit halb zehn wartet, geht auf die Gruppe zu, die den Fahrstuhl verläßt. Einer der Herren läuft eilig an ihm vorbei und verschwindet in einem der beiden schwarzen Wagen. Ascanio hat nie erfahren, um wen es sich dabei handelte, um einen Direktor der Brastanio oder nicht; er bemerkt nur im Vorbeigehen den Bürstenhaarschnitt, wie er vor langer Zeit einmal üblich war. Doktor Mirko Stéfano stellt ihm noch im Stehen den beiden anderen vor. Die Zeremonie währt nur einen Augenblick, denn sie müssen zum Flughafen fahren, es ist höchste Zeit.

»Doktor Angelo Bardi, unser Präsident.«

Der Magnat – er ist offensichtlich ein Magnat – reicht ihm die Hand und deutet ein Lächeln an.

»Ist das unser Mann? Sehr gut.« Das Lächeln wird breiter. »Sehen Sie zu, daß es ihm an nichts fehlt«, empfiehlt er dem Magnificus. »Lösen Sie die schwebenden Probleme, kümmern Sie sich um diese Geschichte mit der Wahl. Ich habe gestern mit São Paulo telefoniert. Der Präsident des Wahltribunals muß das Telegramm schon bekommen haben.« Er drückt Ascanio nochmals die Hand. »Sehr erfreut. Leben Sie wohl.«

Der andere ist noch jung – Doktor Rosalvo Lucena, auch ein Direktor, eine Kapazität, wie Doktor Mirko sagt –, er hatte ihn schon gesehen, als er vom Flughafen kam, wohin sie jetzt alle fahren, auch der Doktor Magnificus. Ascanio begleitet sie bis zum Ausgang und beobachtet die Abfahrt der beiden imposanten schwarzen Wagen. Gerade als er die Hand nach einer Zeitung ausstrecken will, erscheint Patricia am Arm eines der drei Burschen, die gestern am Rand des Schwimmbeckens mit dem Magnificus gebechert hatten. Diesmal wurde er vorgestellt:

Doktor Ascanio Trindade, ein Freund von Doktor Mirko. Ismael Julião, der gefürchtete Kolumnist, der immer die ersten Meldungen bringt, gegen ihn kommt keiner an«, erklärt sie fröhlich. Dann wird sie ernst. »Mein Verlobter.«

Ascanio gab dem jungen Mann die Hand und erschrak. Verlobter? Das war sicher wieder ein Scherz des jungen Mädchens, aber Pat lehnt ihren Kopf höchst romantisch an die Schulter des unrasierten Journalisten, fährt ihm mit den Fingern durch die ungekämmte Mähne und sagt, als erriete sie Ascanios Zweifel:

»Wir heiraten in etwas mehr als einem Monat.«

»Zwei, du Dummerchen. Nach dem Karneval«, bemerkt Ismael. »Flitterwochen und Karneval zur gleichen Zeit, das geht nicht.«

»Ja, im Karneval geht jeder seine eigenen Wege«, stimmt ihm Pat zu. Dann fordert sie Ascanio auf:

»Kommen Sie, ziehen Sie Ihre Badehose an, und kommen Sie mit uns ins Schwimmbecken. Doktor Mirko wird nicht vor Mittag hier erscheinen, wenn er überhaupt vom Flughafen direkt hierher kommt. Bei ihm weiß man nie.«

»Je suis l'imprévisible!« imitiert der Journalist die affektierte Stimme des Direktors für Öffentlichkeitsarbeit.

»Ich habe keine Badehose mit.« Ascanio versucht der Einladung auszuweichen.

»Das macht nichts. Man kann hier welche ausleihen, kommen Sie mit, ich zeige es Ihnen.« Sie zwinkert ihrem Verlobten zu. »Ich treffe dich am Sprungbrett, mein Schatz.«

»Ist das wirklich dein Bräutigam?« Ascanio hält sich immer noch für das Opfer eines Spaßes.

»Warum denn nicht? Ich habe schon das Brautkleid, ein Geschenk des Magnificus. Er hat es aus Rio mitgebracht von Laís Modas, einfach toll. Der Brautkranz ist geradezu luxuriös, den muß man gesehen haben.«

»Schleier und Kranz!« Entsetzt entfährt ihm der Ausruf, ohne es zu wollen.

Pat lacht gutmütig. »Schleier, Brautkranz und Orangenblüten, dazu der Hochzeitsmarsch, herrlich! Du bist rückständig, Kindchen, altmodisch. Altmodisch, aber eine Wucht. Ismael ist auch eine Wucht, findest du nicht? Ein toller Mulatte, an dem ist nichts auszusetzen, was?« Sie beißt sich auf die Lippen, während sie die körperlichen Vorzüge des jungen Mannes preist. »Und er ist ein heller Kopf, kein solcher Provinzonkel wie du. Wir leben im Jahr 1966, Kindchen. Oder hat sich das noch nicht bis zu euch herumgesprochen? Du mußt deinen Kalender aktualisieren.«

Ascanio ist ein guter Schwimmer, er springt vom Sprungbrett, taucht und entspannt sich am Schwimmbecken. Allmählich beginnt er, sich wohl zu fühlen. Er schließt sich einer Gruppe an, die mit einem riesigen Plastikball spielt, unterhält sich mit einem jungen Paar aus Rio, das von Bahia begeistert ist, tauscht Eindrücke mit Fremden aus. Manchmal versteht er gewisse Ausdrücke nicht, ganze Sätze, aber niemand bemerkt es, sie behandeln ihn wie ihresgleichen, er ist ein Teil dieser Ferienwelt, ein reicher und sympathischer junger Mann.

Ismael steigt aus dem Wasser und legt sich auf ein Ruhebett. Patricia schwimmt um Ascanio herum, fordert ihn heraus, versucht ihn unterzutauchen, drückt ihn unter das Wasser, packt ihn an den Schultern und an den Beinen, reitet auf seinem Nacken, umschlingt ihn, taucht unter seinem Bauch weg. Ein angenehmer Morgen.

»Doktor Mirko ist schon gekommen. Mit Doktor Lucena«, verkündet Pat.

Ismael Julião erhebt sich, geht sie begrüßen, schenkt sich einen Whisky ein, einen doppelten, und kehrt mit dem Glas in der Hand zum Schwimmbecken zurück. Patricia geht ihm entgegen, ganz zärtliche Braut. Ascanio ist sich schnell umziehen gegangen und erscheint wieder in Rock und Krawatte. Auf ein Zeichen des Magnificus nimmt er an dessen Tisch Platz.

Rosalvo Lucena, dessen akademische und kommerzielle Titel ihm Pat im Wasser zugeflüstert hatte, denn es war ja ihre Aufgabe, ihn ins Bild zu setzen, erobert Ascanio Trindade im Flug. In Gegenwart dieses Technokraten, dessen Züge Sicherheit und Autorität ausstrahlen, der fast so jung ist wie er und doch ein tatkräftiger und kühner Unternehmer, fühlt sich Ascanio wie ein kleiner Niemand. Die im Schwimmbecken gewonnene Entspannung verschwindet, er ist wieder verkrampft und unsicher. Der, ja, der ist ein Führer, ein Sieger, würdig der Hand einer Leonora Cantarelli, dafür hat er genug Verdienste, Titel und Stellungen. Titel auf Latein und auf Englisch, mit dreißig Jahren Direktor der Companhia Brasileira de Titânio S. A., ein Wunderknabe! Trotz des Statusunterschieds, der sie trennt, behandelt ihn Rosalvo Lucena herzlich und achtungsvoll, liebenswürdig und interessiert.

»Mirko hat mir viel Gutes von Ihnen erzählt, hat mir von Ihrem

Kampf für den Fortschritt der Gemeinde Agreste gesprochen. Ich hoffe, daß wir tatkräftig dazu beitragen können, daß sich Ihre Ideen verwirklichen. Ich bin mit den technischen und wirtschaftlichen Problemen der Errichtung unserer beiden integrierten Fabriken befaßt. Demnächst werde ich Ihre Stadt kennenlernen und den Strand, von dem man so viel spricht und in dessen Nähe unser Industriekomplex stehen wird. In diesem Augenblick muß eines unserer Teams dort ankommen, das einen bestimmten Auftrag hat. Wir kommen von der Phase der Untersuchungen zu der der Ausführung des Projekts.«

»Heute kommen sie dort an?«

»Sie sind heute morgen abgefahren, in zwei großen und schnellen Motorbooten. Sie haben alles Nötige mit, um ein paar Tage am Strand kampieren zu können, so lange es eben notwendig ist. Sie werden alle Probleme des Standorts lösen, nicht nur der Fabrik, sondern auch der Wohnungen für das technische und Verwaltungspersonal und der Arbeitersiedlung. Eine enorme Investition, mein Lieber. Man muß den idealen Platz auswählen. Es scheint der zu sein, wo es eine Art See und eine Mulde gibt, ungefähr in der Mitte des Kokoshains.« Er lächelt selbstzufrieden. »Ich bin nie dort gewesen, aber mir ist, als sei ich dort geboren, ich weiß alles über Agreste und Mangue Seco, sogar über den Schmuggel. Eines der ältesten Schmugglernester im Nordosten. Wir wollen eng mit Ihnen und den übrigen Behörden der Gemeinde zusammenarbeiten.«

»Von meiner Seite ist Ihnen jede Unterstützung sicher. Die Niederlassung der Brastanio in Mangue Seco wird die Erlösung Agrestes bedeuten.«

Der Doktor Magnificus spendet diesem Satz Beifall. »Wonderful! Fine! Une trouvaille! Der Satz könnte von mir sein. Vergessen Sie ihn nicht, mein Lieber, Sie werden ihn bald wiederholen müssen.«

»Ja, wir hoffen, Ihrer Gegend nützlich zu sein. Wir werden Ihre Initiative zur Hebung der Wirtschaft und der Kultur von Agreste in jeder Hinsicht kräftig unterstützen. Bedauerlicherweise gibt es in Brasilien immer noch große regionale Niveauunterschiede, Inseln der Armut und der Rückständigkeit. Wir müssen dieses Panorama schnell verändern, diese Unterschiede liquidieren, die Hindernisse auf dem Weg zur Entwicklung des Landes sind.« Mit einer freundschaftlichen Geste klopft er Ascanio auf den Schenkel. »Männer wie Sie sind wertvoll für die Gemeinschaft. Es ist unsere Pflicht als Idealisten, ihnen alle Unterstützung angedeihen zu lassen, die sie benötigen. Denn auch Sie sind ein Idealist, und wir haben ein gemeinsames Ideal: den Fortschritt!«

Er stellt diese brillanten Überlegungen, fast schon eine Rede, mit äußerster Natürlichkeit an, im Ton eines Gesprächs, aber eines überzeugenden Gesprächs, während er sich gleichzeitig um eine Blondine und eine Brünette kümmert, die, beide im Bikini, auf den breiten Armlehnen des bequemen Sessels von moderner Gestaltung sitzen. Die melodische und sichere Stimme, die deutliche Aussprache, die kein Zögern zeigt, ändern sich nicht einmal, als er beim Kellner die Qualität des Whisky beanstandet, der in einer kunstvollen grünen Flasche enthalten ist, die aus Ein- und Ausbuchtungen besteht. Nachdem er sich eingeschenkt und gekostet hat, läßt Rosalvo Lucena eine wohlerzogene, aber doch lebhafte Empörung hören: ein verfälschter Whisky, gräßlich! Er macht den Magnificus darauf aufmerksam: Es ist immer das gleiche, ein Getränk, das in einer Kristallflasche serviert wird, die wie eine schöne und anonyme Skulptur aussieht, ist nie etwas wert, glatter Betrug – und gibt dem Kellner das volle Glas und die grüne Flasche zurück.

»Schütten Sie diese Schweinerei weg, mein Lieber, und bringen Sie ein anderes Glas. Was die Flasche anbelangt, sagen Sie dem Barmann, er soll sie für irgendeinen Betrunkenen aufheben, der echten Whisky nicht von verfälschtem unterscheiden kann. Ich will Scotch haben und nicht dieses Brechmittel. Bringen Sie mir eine Flasche Chivas, die noch zu ist, so daß ich sie prüfen und hier aufmachen kann. Und sagen Sie ihm, ich werde mich beim Maître über diesen Mangel an Respekt beklagen.«

Die Ruhe und Gelassenheit, mit der Rosalvo über die Entwicklung des Landes spricht und den verfälschten Whisky zurückweist, erfüllen Ascanio mit einer Bewunderung, die ihren Höhepunkt erreicht, als er ihn sagen hört:

»Sieh nur, Mirko, mit welcher Wonne dein Freund Ismael dieses Gesöff genießt. Der hat einen Magen, der alles verträgt. Widerlich!«

Magen und Stirn, denkt Ascanio, die gehörnt wird, noch bevor er verheiratet ist; zweifellos weiß er von den Vergnügungen seiner Braut, vielleicht ist er sogar damit einverstanden. Das ist schon mehr als widerlich: ekelhaft!

Der Barmann kommt ganz bekümmert herbei, in der Hand die bestellte Flasche, und bringt demütige Entschuldigungen vor: Wenn er gewußt hätte, daß er für den Tisch des Herrn Doktor war ... Freundlich und großmütig fertigt ihn Rosalvo Lucena ab, er wird dem Maître nichts sagen.

Ascanio faßt Mut und beglückwünscht den Unternehmer zu dem wundervollen Interview, mit dem er den Chronisten der *Tarde*, Giovanni Guimarães, am Boden zerstört und die Bevölkerung von Agreste aufgeklärt hat, die durch den *Brief an den Dichter De Matos Bar-*

bosa aus der Fassung geraten war. Rosalvo antwortet, während er die Flasche Chivas untersucht, bevor er sie billigt und selber öffnet:

»Giovanni? Ein guter Junge, intelligent, lustig, und schreiben kann er. Aber er wird nie etwas anderes sein als ein Provinzjournalist, mit seinem öffentlichen Pöstchen und seinem Gehalt als Reporter. Für mehr reicht es bei ihm nicht. Ihm fehlt es an Ehrgeiz und Idealismus.« Er kostet das Getränk, nimmt noch einen Schluck. »Ja, das ist Whisky.« Er sieht Ascanio an und berührt wieder seinen Schenkel, als wolle er ihn auf die Bedeutung dessen aufmerksam machen, was er sagen will. »Ohne Idealismus und ohne Ehrgeiz, mein Lieber, kann keiner vorankommen. Ein hohes Ideal: etwas im Leben darstellen, dem Fortschritt dienen. Getrieben vom Ehrgeiz. Der Ehrgeiz ist die Triebfeder der Welt.«

Sprach's und nahm, mit der Befriedigung eines Sachverständigen, einen großen Schluck Whisky. Hinter seiner Theke schüttelt der Barmann seinen Shaker und lächelt beim Gedanken an den Wert der Ausstattung. Für jene, die nur eitel sind, ist die gedrechselte Flasche aus grünem Glas da, Zeichen einer besonderen Wertschätzung. Für die Stolzen und Eingebildeten die einfache Originalflasche aus dem Vereinigten Königreich, verschlossen und versiegelt, ein Zeichen eines noch größeren Respekts. In der einen wie in der anderen, für die einen wie für die anderen, der gleiche verfälschte Whisky aus den Beständen des Hotels, der Unterschied liegt nur im Preis. Was kann denn ein Whisky-Trinker schon für einen Geschmack und für ein verfeinertes Verständnis haben? Nach Ansicht des Barmanns, keines.

Während der wenigen Stunden, die sie trinken und am Rand des Schwimmbeckens Gedanken austauschen, in dessen blauem, durchsichtigen Wasser die Körper der Frauen einen erfreulichen und angenehmen Anblick bieten, wurde Ascanio einer Menge von offensichtlich wichtigen Persönlichkeiten vorgestellt. Dabei sagte der Magnificus nicht, welches Amt Ascanio in der Präfektur von Agreste bekleidete, und verriet nicht einmal, daß er von dort kam. Dafür unterstrich er seine Eigenschaft als »dynamische Führungspersönlichkeit mit einer großen Zukunft, berufen, im Leben des Bundesstaates, vielleicht des ganzen Landes, eine bedeutende Rolle zu spielen. Un vrai conducteur d'hommes.«

Worte, die angenehm zu hören sind, die einen in Sicherheit wiegen, die eine Zukunft vorzeichnen, Kraft und Mut verleihen. Idealismus und Ehrgeiz, hatte der junge und erfolgreiche Unternehmer gesagt. Idealismus hatte Ascanio immer besessen; der Ehrgeiz entstand und wuchs am Rande des Schwimmbeckens.

Ein sonniger Morgen, eine herzliche Atmosphäre, reizvolle

Frauen, intelligente Tischgenossen, ein teures Getränk, ja, das ist der Whisky. Er fühlt sich nicht mehr wie ein kleiner Niemand neben Rosalvo Lucena. Der sich übrigens jetzt verabschiedet, er hat eine Verabredung zum Mittagessen mit einer hochgestellten Persönlichkeit der Landesregierung.

»Wir sehen uns bald in Agreste.«

»Ich stehe dort ganz zu Ihrer Verfügung.«

Er hört die gemurmelte Bemerkung des Doktor Mirko Stéfano, als Lucena sich erhebt:

»Der Mann ist schwierig, seien Sie vorsichtig. Von ihm hängt viel ab. Sagen Sie ihm, daß seine Empfehlung schon unterwegs ist.«

Der Magnificus bleibt noch und schlürft seinen Whisky, während der Kreis um ihn herum größer wird. Schließlich rafft er sich auf, zeichnet die Rechnung ab und verabredet sich mit Ascanio für vier Uhr nachmittags. Pat wird ihn zum Sitz der Gesellschaft bringen.

»Wir haben viel zu besprechen. Bye bye.«

Endlich das langerwartete Gespräch, denkt Ascanio, der Zweck seines Kommens. Pat kommt auf ihn zu, in Begleitung eines anderen Mädchens, einer mageren Dunkelhäutigen mit weit vorspringenden Brüsten.

»Diese Puppe ist Nilsa, Kindchen. Sie ist soeben zu deiner Sekretärin ernannt worden. Ich kann dich heute nicht begleiten, in der Redaktion ist nichts los, Ismael braucht nur seine Kolumne abgeben, der Tag gehört ihm.« Zärtlich blickt sie ihren Verlobten an, der wieder zum Schwimmbecken geht, nachdem er sich den Rest der Flasche eingeschenkt hat. »Du verstehst das doch, nicht? Nilsa wird mich vertreten. Sie wird dir gefallen und du ihr.«

Nilsa lacht viel, redet wenig und benutzt jeden Vorwand, um ihren üppigen Busen zu zeigen. Sie schlägt ein kaltes Mittagessen vor, es geht schneller und liegt nicht so schwer im Magen. Sie hatten keine Siesta gehabt, sie begleitete ihn gleich auf das Zimmer. Während er seine Unterhose auszog und Nilsas große, runde, pralle Brüste und ihren kleinen Bauch mit dem dichten schwarzen Vlies betrachtete, dachte Ascanio, daß der Aufschub des Gesprächs, das ihn in die Landeshauptstadt geführt hatte, auch Entschädigungen bereithielt. Wäre nicht die Sehnsucht nach Leonora gewesen, hätte es ihm nichts ausgemacht, ein paar Tage länger zu bleiben.

Umstrittene Vorfälle in Mangue Seco. Ein Kapitel, in dem man von einer mächtigen »ordnungsgemäßen« Bewegung der Arbeiter- und Volksmassen erfährt, wodurch diesem Roman ein unerläßlicher fordernder und kämpferischer Akzent aufgesetzt wird.

Wir verjagen sie, sobald sie hier auftauchen, hatte der junge Seminarist Ricardo gedroht. Er hielt sein Versprechen. Man konnte ihn in der Soutane an der Spitze der Massen sehen. Ihn und Tieta, die sich köstlich amüsierte. Es war, als sei sie wieder in ihre erste Jugend zurückversetzt, als sie von den Hügeln entwischte, die Ziegen dem Bock Inacio überließ, mit irgendeinem Gefährten die Dünen hinanstieg und sich unter die Fischer mischte.

Ricardo erfüllte sein Versprechen nur zum Teil, denn die ersten Abgesandten der Brastanio, die nach diesem feierlichen Schwur in der Gegend erschienen, überflogen an dem verhängnisvollen Tag von Zé Esteves' Tod den Strand und den Kokoshain im Hubschrauber, bewaffnet mit Feldstechern, Fotoapparaten und Filmkameras. Obwohl er nach der praktisch einstimmigen Ansicht der Frauen von Agreste ein Engel des Herrn war, insbesondere nach der von jenen, die sich in der Ausübung des unvergleichlichen Sports am besten auskannten, an ihrer Spitze Tieta, die die himmlischen Qualitäten ihres Neffen am besten kannte, fehlten ihm doch die Flügel, so sehr er auch zu fliegen wünschte. Wer weiß, vielleicht wird ihm der Herr eines Tages dieses Vorrecht einräumen, das den Engeln und Erzengeln vorbehalten ist, und damit seine Berufung und Ehrlichkeit belohnen.

Der Händedruck, den ihm seine Worte eingetragen hatten, hatte den Beginn einer immer engeren Freundschaft zwischen dem Ingenieur und dem Seminaristen besiegelt; der Altersunterschied – zwölf Jahre – hinderte nicht, daß sich die Beziehungen brüderlich gestalteten. Sie wurden noch durch Unterhaltungen in Gesellschaft der Ortsjugend vertieft, auf Fahrten durch die Brandung, um draußen zu fischen, denn es war Ricardo gelungen, die Angelrolle wiederzubekommen, die sich Peto angeeignet hatte, und durch lange Gespräche in der Siedlung von Saco, einige gemeinsam mit Bruder Timótheo. Pedro hatte sich in Rio de Janeiro als Studentenführer betätigt, bevor er sein Studium beendet hatte und in die Petrobrás eingetreten war, die ihn nach Bahia entsandte, wo er das Glück hatte, Marta kennenzulernen und zu seiner Frau zu machen, und infolgedessen das Unglück, Modesto Pires kennenzulernen und zum Schwiegervater zu bekommen. Weißt du, was das heißt, Cardo? Mein Schwiegervater ist die Rückständigkeit, die Reaktion in Person. Es gibt Leute, die nur den Schwanz im Kopf haben, entschuldige den harten Ausdruck, aber

Modesto hat in dem seinen einen Tausend-Cruzeiros-Schein. Pedro genoß es, Ricardo von den heldenhaften Streichen bei den Studentenunruhen zu erzählen, an denen er auch später das Interesse nicht verloren hatte, als er schon im Beruf, verheiratet und Vater von Kindern war und nicht mehr an ihnen teilnahm. Er verfolgt sie von ferne, hilft mit Geld, unterschreibt Proteste. Er eröffnet Ricardo, daß sogar Seminaristen bei den Demonstrationen mitmachen und in Schlägereien mit der Polizei verwickelt werden.

Sie begannen eine großangelegte Aufklärungskampagne unter den proletarischen Massen – eine Bezeichnung, die vom Ingenieur, einem ehemaligen dogmatischen Verfasser von Manifesten, stammte, das heißt, unter dem anderthalb Dutzend Familien von Fischern, die sich aus harten, windgegerbten Seeleuten und jungen Burschen zusammensetzten, die sich beim Schwimmen, beim Fischen und beim Fußballspiel auf dem Sand auszeichneten. Einer von ihnen, Budião, ein Stürmer mit dem Aussehen eines Spitzensportlers, wurde, als er in Estancia in der Mannschaft von Arraial do Saco spielte, von einem Funktionär des Sergipe Futebol Club bemerkt, der ihm vorschlug, nach Aracajú zu gehen. Aber wer in Mangue Seco geboren ist, wandert nicht aus; fern der riesigen Wogen und des rauhen Dauerwindes kann er nicht leben.

Aber alle ideologischen Predigten des Ingenieurs, der ernste und profunde Probleme aufwarf, Imperialismus, innerer Kolonialismus, Umweltverschmutzung, Todesgefahr für die Meeresfauna, das Verfaulen der Gewässer, das aus der Fischerei eine zum Verschwinden verurteilte Betätigung macht, der auf das Vorhandensein majoritärer ausländischer Kapitalien in der Titandioxydindustrie hinwies, durch die in Wirklichkeit die Entwicklung des Landes nicht gefördert, sondern gehemmt werde, weil enorme Gewinne ins Ausland überwiesen werden und das Volk verarmt – nichts von alledem machte auf die kleine Menge, an die er sich voll Pathos, Heftigkeit und Offenheit wandte, einen besonderen Eindruck. Der Wahrheit die Ehre, so traurig sie ist. Ricardo erzitterte, das waren sensationelle Ferien: Mauern stürzen vor ihm ein, neue Wege eröffnen sich ihm, Gott erleuchtet ihn.

Gott erleuchtet ihn so sehr, daß eines seiner Argumente, nämlich daß die für den Bau der Fabrik und der Arbeiterhäuser notwendigen Erdbewegungen das Watt und die Krabben vernichten würden, das einzige ist, das die allgemeine Gleichgültigkeit ein wenig aufrüttelt. Die Nachricht von der wahrscheinlichen Ausrottung der Krabben, der Ernährungsgrundlage der Bewohner – die Frauen fischten sie im Kokoshain, während die Männer die Segel ihrer Boote flickten und ihre Tonpfeifen pafften –, erregte Interesse und führte zu Debatten. Nur kurz allerdings, denn der alte Jonas, auf dessen Wort alle hörten, bemerkte:

»Wie soll denn das zugehen, daß das Watt und die Krabben vernichtet werden? Auf der ganzen Welt gibt es nicht soviel Geld, um das zu erreichen.«

Mit zustimmenden Kopfbewegungen hörten sie sich aufmerksam die Erklärungen des Kapitäns an, der den Ernst der Bedrohung in einfachen Worten auseinandersetzte: Um schnell Geld zu verdienen, wollen ein paar gewissenlose Typen im Kokoshain eine Giftfabrik bauen, und das Gift, das sie produziert, ist schlimmer als Strychnin, tötet alles, angefangen bei den Krabben.

»Eine Krabbe stirbt nicht so leicht, nein, Herr Kapitän. Ich hab noch nie von einem Gift gehört, das Krabben tötet. Was soll denn das für eins sein?«

Was sie schließlich dazu brachte, Ricardo und den Ingenieur bei ihrem Vorhaben zu unterstützen, die Leute der Brastanio zu verjagen, wenn sie sich wieder zeigten, war das Gespräch, das Jonas, Isaías und Daniel, die drei unbestrittenen Führer des kleinen Gemeinwesens, in einer stürmischen Morgenfrühe auf einem Schoner außerhalb der Hafeneinfahrt mit Jeremias geführt hatten. Der Gevatter – Jeremias war der Gevatter von fast allen Familienoberhäuptern, in jedem Haus hatte er ein Patenkind – teilte ihnen niedergeschlagen mit, daß die Beschäftigung, von der ihre Vorfahren seit Jahrhunderten gelebt hatten und von der sie jetzt alle lebten, die Gevattern, ihre Frauen, ihre Brüder, ihre Schwestern, Tanten und Großmütter, und dazu noch etliche Menschen den Fluß entlang und in den benachbarten Städten, Elieser inbegriffen, vom Untergang bedroht sei; besser gesagt, die Schoner und Schiffe sollten einen anderen Ort suchen, um die Ware auszuladen. Wenn sich die Fabrik in Mangue Seco niederläßt – und es scheint, daß sie es schließlich tun wird, da sich an anderen Orten die Bevölkerung dagegen auflehnt und es nicht erlaubt, wogegen hier niemand etwas tut, um sie zu hindern –, so bedeutet dies das Ende des Schmuggels, weil damit die unerläßlichen Sicherheitsbedingungen entfallen werden. Mangue Seco wird seine ideale abseitige Lage am Ende der Welt verlieren, die für das Ausladen und den Verkauf des Schmuggelguts so günstig ist. Sobald die Fabrik errichtet ist, wird dieser Handel undurchführbar werden.

Diese Drohung überzeugte sie. Bei dieser Gelegenheit fragen sie den Gevatter, ob es wahr ist, daß diese Industrie ein Gift erzeugt, das imstande ist, die Krabben zu töten. Jeremias hat eine tiefe Narbe im Gesicht und spricht, ohne die Pfeife aus dem Mund zu nehmen. Einen besseren Mann kann es gar nicht geben, nur der Kapitän kommt ihm gleich, aber die Bande, die die Leute von Mangue Seco mit dem einen und dem anderen verbinden, sind verschieden. Der Kapitän ist ein guter Freund; der Gevatter ist einer der ihren, gemeinsam setzen sie das Leben und die Freiheit aufs Spiel.

»Ob es Krabben tötet? Nicht eine einzige wird übrigbleiben. Das Titan verpestet alles und tötet sogar die Schlammschildkröte, ein Tier, das nicht so leicht stirbt.«

Jonas, der älteste der drei, versichert:

»Keine Angst, Gevatter, wir werden nicht erlauben, daß die sich hier breitmachen. Wir haben schon die Polizei zum Teufel gejagt, und mit diesen Scheißefressern werden wir erst recht fertig.«

Isaías, der mittlere, stimmt ihm zu:

»Der Ingenieur und der kleine Priester haben schon gesagt, daß wir denen eine Lehre erteilen müssen. Das werden wir auch tun. Seien Sie beruhigt, geben Sie nicht nach, einen Ort wie diesen hier wird der Gevatter nicht wieder finden.«

Daniel, der jüngste, erinnert ihn:

»Vergessen Sie nicht die Kindstaufe, Gevatter, sie ist in einem Monat. Ich hätte nie gedacht, daß das Zeug die Krabben tötet. Auf den Kapitän ist Verlaß, trotzdem hab ich gezweifelt. Keine Angst, Gevatter. Dieser Ort hier hat nach Gott nur einen Herrn, das sind wir. Dieser Sand und dieses Stück Wasser gehören uns, niemandem sonst. Den Rest kann haben, wer will, aber auf Mangue Seco setzt nur der seinen Fuß, der uns nicht belästigt.«

Jonas hat das letzte Wort. Er hebt seinen Armstummel hoch.

»Gehen Sie mit Gott, Gevatter, und kommen Sie wieder, wir warten drauf.«

»Also bis in einem Monat, meine lieben Gevattern, ich bin jetzt beruhigt. Umarmt die Gevatterinnen von mir und gebt den Patenkindern meinen Segen.«

Das Technikerteam der Brastanio kam nach einer langen, unangenehmen Fahrt durch das bewegte und gefährliche Meer nach Mangue Seco. In der Mündung des Rio Real bricht sich die Brandung in hohen Wogen, der Wind wirbelt den Sand auf und verändert das Aussehen des Strandes. Das Wetter war so schlecht, daß die Fischer von Saco an diesem Tag nicht auf Fang gefahren waren. An der Mole entstand eine mächtige Aufregung, vor allem unter den Frauen.

Sie kamen in zwei mächtigen, hochmodernen Motorbooten und brachten alles mögliche mit, angefangen bei fünf großen Zelten bis zu einer Menge Dosen, massenhaft Lebensmittel, Mineralwasser und Erfrischungsgetränke, dazu Halsketten vom Mercado Modelo als Geschenke für die Leute. Trotz der Müdigkeit, der Nervosität und des unangenehmen Wetters fühlten sie sich ganz klein vor der Landschaft von Mangue Seco, im Angesicht der hohen Hügel, die der Wut des Ozeans trotzten, des endlosen Strandes, der sich von einem Ende der Halbinsel zum anderen erstreckte, des Kokoshains, der bis zum Flußufer reichte, und fanden, daß es der Mühe wert gewesen war, herzukommen. Der bedeckte Himmel kündigte Regen an.

Die Boote verharren mit abgestellten Motoren in einiger Entfernung vom Strand. Einer der Passagiere springt ins Wasser, das ihm bis zum Gürtel reicht, watet, erreicht den Sandboden und wendet sich zu den Hütten, die aus den Stämmen und Wedeln der Kokospalmen erbaut sind; dort spricht er Isaías an, der damit beschäftigt ist, ein vom Sturm der letzten Nacht zerrissenes Segel auszubessern.

»He! Sie dort! Sie und die anderen!« Die anderen sind eifrig mit Nichtstun beschäftigt, sitzen im Kreis, schwätzen, kauen Tabak und rauchen ihre Pfeife. »Kommen Sie mal her und helfen Sie, ein paar Sachen auszuladen. Aber schnell.«

Isaías hört es wohl, antwortet aber nicht. Der alte Jonas erhebt sich und fragt:

»Sind Sie von der Fabrik?«

Der junge Mann bestätigt das, gebläht von der Eitelkeit auf seine Stellung, und kommandiert:

»Ja, wir sind von der Brastanio. Was sitzen Sie denn da rum? Los, beeilen Sie sich.«

Jonas betrachtet die beiden Motorboote, die in der Nähe des Strandes ankern, wie Spielzeug bei dem wilden Seegang, berechnet die Anzahl der Passagiere, wie viele Frauen mögen dabei sein? Eine Frau ist immer eine Gefahr. Der alte Fischer kratzt sich den schütteren Bart. Er erinnert sich an andere Gelegenheiten, als die Polizei sich noch vorwagte. Im allgemeinen brüsten sich die Politiker einer jeden neuen Regierung mit ihrer Ehrenhaftigkeit und wedeln mit dem Gesetz: Wir werden ein für allemal mit dem Schmuggel aufräumen! Sie haben es schon lange aufgegeben. Wo sollen sie auch Soldaten oder Geheime finden, die bereit sind, nach Mangue Seco zu kommen?

»Isaías, mach die Boote fertig. Daniel, ruf die Leute vom Dorf zusammen. Budião, lauf und sag Dona Tieta Bescheid, sag, daß sie gekommen sind. Rede auch mit Cardo und dem Ingenieur. Trödle nicht, der Mann hat es eilig.« Er wendet sich an den Sprecher der Reisenden: »Gehen Sie nur, wir kommen gleich.«

Während er den Mann der Brastanio beobachtet, wie er vorgebeugt gegen den Wind angeht, beglückwünscht er sich zur Abwesenheit des Kapitäns, der in Agreste zu tun hat. Ein wahrer Freund, der Kapitän Dario. Er verschließt die Augen vor den geheimen nächtlichen

Unternehmungen, tut, als sähe er die Schoner nicht, die Frachter und Boote, das Umladen des Schmuggelguts. Aber trotz seines heftigen Widerwillens gegen diese Giftfabrik und auf die Freundschaft, die er für die Leute von Mangue Seco hegt, würde er sich vielleicht der geplanten Operation widersetzen und ein verteufeltes Problem schaffen.

Seit dem Vorfall mit dem Sergeanten haben sie so etwas nicht mehr gemacht; die Polizei ist nie wieder gekommen. Jetzt ist es wieder notwendig geworden, aber als sie sich dazu entschlossen haben, hat Jonas allen äußerste Vorsicht angeraten. Tieta, der Priesterlehrling und der Ingenieur werden am Strand bleiben, das ist nichts für sie, nicht einmal für Tieta, die so unternehmend ist. Einmal, als sie an den Strand gekommen war, um sich zu vergnügen, war Tieta in einen bösen Streit geraten: Zwei Soldaten, ein paar Geheime und der Polizeikommissar von Esplanada wollten die Ware beschlagnahmen und den alten Hehler, der aus Estancia gekommen war, festnehmen. Als sich Tietas Begleiter, ein richtiger Stutzer, in dieses Gerangel verwikkelt sah, verlor er den Mut, wurde wachsbleich, nahm die Beine unter die Arme, rannte zum Boot und haute ganz allein ab; das Mädchen ließ er zurück, eine traurige Geschichte! Tieta merkte es nicht einmal, sie guckte und lachte, ergriff den Hirtenstab und kam den Fischern zu Hilfe, um die Polizisten zu vertreiben. Sie ließ den Stock auf den Kommissar niedersausen, ohne sich vor seinem Revolver zu fürchten noch auf die Pfeife zu achten, mit der er seine Befehle erteilte, eine Neuigkeit damals. Tieta war nicht in Mangue Seco geboren, aber sie hätte es verdient. Wer weiß, vielleicht mußte Jonas sie herbringen, damit sie sich um die Frauen kümmerte.

Mit Ausnahme des Burschen, der Träger verlangt hatte, gingen die übrigen Angestellten der Brastanio nicht von Bord. Sie bildeten eine verhältnismäßig zahlreiche Gruppe, ungefähr zwanzig Personen, darunter vier Frauen: eine Kartenzeichnerin, zwei Sekretärinnen und die Frau des Teamchefs, eine robuste und romantische, aber sehr eifersüchtige Dame, die sich der Karawane angeschlossen hatte, um ihren Mann nicht den Sekretärinnen, diesen Flittchen, zu überlassen, und aus dem Wunsch heraus, in Mangue Seco zu baden. Was übrigens alle wollten. Nachdem der Schrecken der Fahrt durch die Brandung überwunden war, fühlten sich alle angeregt und fröhlich.

»Sobald die Sonne herauskommt, wird es hier herrlich sein!« ruft Katia, die Ehefrau, glücklich aus.

Noch nie hatte man so verblüffte Leute gesehen. Anfangs begriffen sie gar nicht, was vorging. Der erste Eindruck war surrealistisch: In der Ferne, zwischen den Kokospalmen, kommt eine Frau in Hosen und einem schwarzen Gummicape gelaufen, wie es die Seeleute tragen, in der Hand einen langen Stock. Wegen des Windes hören sie nicht, was sie ruft, aber den erhobenen Stock interpretieren sie als drohende Geste. Der Frau folgen ein Geistlicher und eine bärtige Gestalt. Und dann die Fischer: Alte, Junge und Kinder. Die Überraschung verwandelte sich schnell in Angst, in einen Riesenschrecken.

Jonas, der am Strand die Boote gezählt und die vier Frauen bemerkt hat, beschließt, Tieta herzubringen:

»Kommen Sie mit, Dona Tieta. Haben Sie keine Angst.«

»Kennen Sie mich denn nicht, Jonas?«

»Entschuldigen Sie, es war nicht bös gemeint.«

Ricardo will seiner Tante folgen, der Ingenieur auch. Jonas hindert sie daran.

»Sie beide nicht. Wenn Herr Modesto davon erfährt«, erklärt er dem Ingenieur, »wird er fuchsteufelswild werden, Doktor Pedro. Sie warten besser hier, wir kümmern uns schon um alles.« Und zu Ricardo: »Was wir machen wollen, ist nicht gottgefällig, mein kleiner Pater.« Er schlägt nicht vor, er befiehlt; er scheint nicht mehr derselbe gutmütige Jonas zu sein, der bei der Fahrt zur Siedlung mit dem Seminaristen Witze macht.

Pedro ist einverstanden und entfernt sich. Marta und den Kindern zuliebe will er mit dem Schwiegervater in Frieden leben. Aber Ricardo widerspricht, seine Stimme ist ebenso fest wie die von Jonas.

»Wer sagt Ihnen denn, daß das nicht gottgefällig ist? Gott schickt den Blitz, wenn er nötig ist. Ich gehe mit.«

Jonas kratzt sich den Bart.

»Na, dann komm, aber beklage dich nachher nicht. Wer weiß, vielleicht wirst du auf diese Art ein guter Priester werden.«

Sie schiffen sich auf den Leichtern ein, einige nehmen Taurollen mit. Sie nähern sich den Booten, springen ins Wasser, fesseln die Passagiere und die Besatzung – zwei Matrosen in jedem Boot – mit einer Geschwindigkeit, die einem jeden, der sie nur faul am Strand liegen gesehen hat und nichts von ihren nächtlichen Fahrten weiß, unglaublich erscheinen muß. Sie nutzen die Überraschung aus, vor lauter Schrecken und Angst kommt es zu keinem Kampf. Jonas übernimmt das Kommando des einen Motorboots, Isaías das des anderen.

»Alle Frauen in dieses Boot hier«, befiehlt Jonas. »Dona Tieta, passen Sie auf sie auf. Ricardo, komm mit.«

Die Stricke dienen dazu, die Männer an den Händen zu fesseln und sie in zwei Reihen, eine in jedem Boot, aneinander zu binden. Bestürzt protestieren die Angestellten der Brastanio, reklamieren, verlangen Erklärungen. Unnütze Fragen, unnütz auch die Argumente, die Vernunftgründe und Drohungen. Niemand scheint hinzuhören. Nur ein junger Elektroniktechniker, der ein Auge auf eine der Sekretärinnen geworfen hat, versucht, von Worten zu Taten überzugehen, Tapferkeit zu zeigen, um Eindruck auf das Mädchen zu machen: Er stürzt sich auf Isaías. Er wird von Budião und vom Linksaußen Samu zurückgehalten (ein schlechter Dribbler, aber als Torschütze nicht zu schlagen, eine Kanone) und mit den anderen zusammengebunden. Sie werden auf die Brücken gebracht, wo sie von den Jüngeren bewacht werden. Sie müssen alles aus nächster Nähe hören und sehen. Jonas gibt das Signal zur Abfahrt, die Motorboote setzen sich langsam in Bewegung, gefolgt von den Leichtern.

Sie nehmen nicht den gewöhnlichen Kurs auf die Hafeneinfahrt, wo die Brandung nicht einmal bei schlechtem Wetter, wenn sie sehr stark ist, eine größere Gefahr darstellt, vom Schrecken abgesehen. Sie fahren auf die hohen Wogen zu, wie bei ihren Schmuggelfahrten. Diesen Weg schlagen sie in den Nächten ein, wenn das Schmuggelgut übergeben wird, und sie taten es auch, als sie die gefesselten Polizisten beförderten. Ein Sergeant hatte vor lauter Angst den Kopf verloren, hatte die Hände, die ihn zurückhalten wollten, abgeschüttelt und war ins Wasser gesprungen; die Haifische rissen ihn in einer Minute in Stücke. Das Blut war nicht mehr lange zu sehen, es wurde von den Wellen fortgefegt. Deshalb hatte Jonas die Männer in zwei Gruppen, eine in jedem Boot, aneinanderbinden lassen und hatte die Frauen unter Tietas drohenden Stock gestellt.

»Keine Bewegung, ihr Ziegen, sonst pfeift der Stock.«

In den Booten sind Schreie und Weinen zu hören, Hilferufe, Bitten um Mitleid, um Gottes willen. Ungerührt dringen die Fischer in den gewaltigen Wellenberg ein, durchqueren ihn in der kurzen Zeitspanne, in der er sich zu riesiger Höhe erhebt und sich wütend an den Dünen bricht. Ganz durchnäßt gelangen die Schiffe dorthin, wo nur sie, die hier geboren und aufgewachsen sind, hinkommen können. Sie und die Haie.

Sie richten die Ruder auf, stellen die Motoren ab und halten am Tor des Todes. Motorboot und Leichter wirbeln herum, steigen und fallen, drohen zu kentern. Mit größter Mühe halten die Fischer die Steuer und sichern mühsam das Gleichgewicht. Die Wogen versuchen, die Schiffe gegen die Sandberge zu schleudern. Die Gefesselten sehen dem Tod ins Auge. Einem vielfachen Tod, denn schon nähern sich die bleifarbenen Gestalten, wie Schatten unter dem aufgewühlten Wasser. Plötzlich springt einer von ihnen hoch, er ist gar nicht so groß, erhebt sich in die Luft, zwei Meter von dem Boot entfernt, das Isaías befehligt. Ein einstimmiger Schrei und das Weinen der Frauen. Noch drei andere springen gemeinsam hoch, dann zwei und noch einer, wie viele mögen es sein? Die ungeheuren Mäuler sind vor Hunger aufgerissen und zeigen die spitzen, gierigen, unheilvollen Zähne. Jonas hat nur einen Arm, er braucht nicht zu erzählen, wie er den anderen verloren hat, alle sehen es. Sie hören und spüren den Aufprall der Haie gegen die Bordwände. Wie lange waren sie dort, im Angesicht des Todes? Vielleicht nur ein paar Minuten, eine Ewigkeit, Raum und Zeit verschwanden im Schrecken der endlosen Tiefsee.

Katia ruft ihrem Mann zu: »Ich will mit dir sterben«, und wird in Tietas Armen ohnmächtig. Mehrere übergeben sich, und mindestens zwei machen sich in die Hosen. Sogar die Tapfersten begriffen, um was es ging.

Die Boote und Leichter sind wieder in Gang, durchbrechen die Wogen, nehmen Kurs auf die offene See, die Haie begleiten sie hoffnungsvoll noch ein Stück; dann schwimmen sie fort. Der Regen fällt und beginnt, den Himmel reinzuwaschen. Bevor er das Kommando über das Motorboot abgibt und auf seinen Leichter zurückkehrt, erhebt Jonas seine ruhige und entschlossene Stimme, die Stimme eines armen Propheten:

»Kommt nie wieder her, und sagt es auch den anderen.«

Der Regen hat den Himmel ganz und gar gewaschen und die Wellen besänftigt, langsam senkt sich eine warme Nacht hernieder. Als die Fischer um die Hütten herum im Sand sitzen, kippen sie ein paar Cachaças. Sie sprechen nicht von dem Vorgefallenen, als sei nichts geschehen. Nur der Ingenieur lacht vor sich hin, zufrieden, bestärkt in seinem Vertrauen in die Massen; einen Augenblick hatte er an ihnen gezweifelt.

Daniel bringt die Harmonika, Budião ist ein guter Fußballspieler und ein guter Tänzer; mit Zilda, seiner Verlobten, führt er die Schritte des Xaxado vor. Der Ingenieur wirbelt Marta herum. Schade, daß ein Seminarist nicht tanzen darf, so ein Blödsinn, nicht? Jonas und Tieta erinnern sich an vergangene Tage. Geschichten von Streitigkeiten mit der Polizei, Einzelheiten, Namen, die Tapferkeit des Hausierers, wissen Sie noch, Dona Tieta? Das war ein Kerl! Im Schatten der Hügel sieht Tieta die Gestalt des Händlers, spürt durch den Duft des Meeres seinen kräftigen Geruch nach Zwiebel und Knoblauch. Eine Kugel hatte ihn gefällt, als er in Vila de Santa Luzia den Soldaten entgegentrat.

Dritte Episode von Ascanio Trindades Aufenthalt in der Landeshauptstadt oder Wie sich ein Führer im Dienste des Fortschritts heranbildet: Wahlen, Wahltribunal, Feinde Brasiliens, ausländische Agenten, Kunst und Bety, Bebé für die engsten Freunde.

Am spektakulären Sitz der Brastanio, einer ganzen Etage in einem der modernen Gebäude der Unterstadt, mit frühlingshafter Temperatur, undurchsichtigen Fenstern, einer Göttin mit Perücke am Vermittlungstisch, erneuert Ascanio Trindade eine alte Bekanntschaft: Elisabeth Valadares, Bety für ihre Freunde. Als ihm die griechische Göttin nach der Anmeldung seines Besuchs einen Stuhl anbot, kam er nicht dazu, sich zu setzen, denn unmittelbar darauf erschien Bety an einer der Türen. Gedächtnis und Effizienz beweisend, empfängt sie ihn mit überströmender Freundlichkeit.

»Hallo, Liebster! Ich bin glücklich, Sie hier in unserer bescheidenen Arbeitsbaracke zu sehen. Kommen Sie mit, der Doktor erwartet Sie.«

Auf einem Glastisch im Büro des Doktor Mirko Stéfano liegt eine große bunte Zeichnung ausgebreitet. Ascanio erkennt die Gegend von Mangue Seco, die Dünen, die Flußmündung und den Kokoshain. Ein Teil des Kokoshains ist verschwunden und durch einen mächtigen Industriekomplex ersetzt, hochragende Bauten, aus dem Schornstein steigt eine kleine weiße Rauchwolke auf. Zwischen der Fabrik und den Dünen etwa zwei Dutzend großer Wohnhäuser mit Veranda und Garten für die Verwaltungsbeamten, die Ingenieure und Techniker. Auf der anderen Seite, in Richtung Agreste, eine kleine Stadt, Hunderte von lustigen Häusern, immer zwei zusammen, alle gleich, die Wohnungen für die Arbeiter. Ein hochmoderner Landeplatz, fast ein Hafen, mit großen Motorbooten, Ascanio ist wie geblendet von dieser Zukunftsvision. Die affektierte Stimme des Magnificus bringt ihn in die Gegenwart zurück.

»Sehen Sie dieses Haus, das abseits von den anderen liegt, dem Strand am nächsten? Das ist meins. Dort werde ich mich ausruhen, wenn ich einmal Zeit dazu habe. Ich liebe Mangue Seco, es ist der schönste Platz auf der Welt. Und er wird auch weiterhin der schönste bleiben und dazu noch ein Zentrum des Reichtums. C'est ça.«

Er setzt sich an den Arbeitstisch und bietet Ascanio einen Stuhl ihm gegenüber an. Befriedigt reibt er sich die Hände.

»Ich habe Sie gebeten, nach Salvador zu kommen, um Ihnen persönlich die große Neuigkeit zu übermitteln, mein lieber Ascanio. Erlauben Sie, daß ich Sie beim Vornamen nenne, ganz ohne Förmlichkeit.«

»Aber gewiß, Doktor Mirko.«

»Weder Doktor, noch Herr. Dein Freund Mirko Stéfano, dein Bewunderer. Aber jetzt kommt die vielversprechende Neuigkeit: Die Brastanio hat endgültig beschlossen, ihre Titandioxydindustrie in Sant'Ana do Agreste zu errichten; wie du weißt, ist sie eine der bedeutendsten, die in den letzten Jahren im Lande geplant und geschaffen wurden. Im Hinblick auf die nationale Entwicklung und die Deviseneinsparung. Eine verdienstvolle Industrie. Verdienstvoll!«

Die manierierte Stimme wird kategorisch, diese Feststellung ist eine Antwort auf alle Zweifel, Angriffe und Verurteilungen, die damit zerschmettert werden.

»Dieser Beschluß wurde in einer Vorstandssitzung gefaßt, die erst gestern abend zu Ende gegangen ist. Da ich aber schon vorher wußte, wie das Ergebnis ausfallen würde, habe ich mich beeilt, dich hierherzubitten, damit wir uns unterhalten, unsere Uhren aufeinander abstellen, c'est bien nécessaire. Ich hoffe, daß dir das Warten nicht zu schwer geworden ist.«

»Im Gegenteil, sehr angenehm. Ich habe dir zu danken.«

»Rien, mon cher. In ein paar Tagen werden wir unseren Entschluß publik machen. Sobald wir die letzten Schritte bei den Landesbehörden unternommen haben, worum sich Doktor Lucena kümmert, werden wir uns an die Präfektur von Agreste wenden, um ihr offiziell unsere Absicht mitzuteilen und die erforderliche Genehmigung zu erhalten. Ich muß hinzufügen, daß ich mich für deine Gegend•geschlagen habe, Agreste hat mir sehr gut gefallen, besonders der Strand. Andere Orte, mit einer besseren Infrastruktur, haben versucht, uns zu gewinnen, haben uns verschiedene Vorteile angeboten, sogar Steuerfreiheit. Aber das interessiert uns nicht. Die Brastanio ist ein bahnbrechendes Unternehmen und hat deshalb eine abgelegenere, bis jetzt vernachlässigte Gegend vorgezogen, der wir den Fortschritt bringen werden. Wie du so richtig sagst: Die Brastanio wird Agreste erlösen. Es wird uns mehr Geld kosten, aber wir werden unser höchstes Ziel erreichen: dem Land zu dienen.«

Er drückt auf den Knopf einer Klingel, die auf dem Tisch liegt, erhebt sich, kommt auf Ascanio zu und reicht ihm die Hand.

»Empfang in deiner Eigenschaft als Stellvertreter des Präfekten der Gemeinde Sant'Ana do Agreste meine wärmsten Glückwünsche.«

Ascanio steht auf, ein Händedruck scheint ihm nicht ausreichend zu sein, er umarmt ihn. Bety erscheint, gefolgt von dem Boy: ein rotes Akryltablett, Sektgläser, eine dunkle Champagnerflasche. Der Pfropfen springt mit dem üblichen festlichen Knall, der Magnificus schenkt ein und reicht Bety ein Glas.

»Du und ich, wir waren die ersten, die den Boden von Agreste betreten haben. Seine Entdecker.«

»Ein paar Leute haben euch für Marsbewohner gehalten, für außerirdische Wesen«, sagt Ascanio.

Sie lachen in Erinnerung an die Verblüffung der Bevölkerung von Agreste. Bety hat ein gutes Gedächtnis.

»Der Hübsche hat mich gefragt, ob ich Marsbewohnerin oder Polin bin, zu komisch.«

»Nette Leute«, bemerkt Doktor Mirko Stéfano und erhebt sein Glas. »Ich trinke auf das Wohl von Agreste und auf das des wackeren Mannes, der seine Geschicke lenkt, meinen Freund Ascanio Trindade. Cin-cin.«

Sie stoßen an, die Gläser erklingen. So glasklar ist auch Leonoras Lachen. Sie wäre stolz, wenn sie in diesem Augenblick hier wäre, und würde den Vers aus Barbozinhas mißbilligtem Gedicht rezitieren: Ascanio Trindade, der Herr der Morgenröte. Bety tritt auf ihn zu und küßt ihn auf beide Wangen: Ich gratuliere, Liebster. Dann zieht sie sich zurück.

Doktor Mirko schenkt wieder ein, setzt sich auf den Rand des Tisches und macht Ascanio ein Zeichen, es sich im Sessel bequem zu machen. Dann legt er seine Ideen und Pläne dar.

»Ich möchte, daß du nach Möglichkeit schon gewählt bist, wenn wir mit unserem Vorschlag ankommen. Wir versuchen, den Wahltermin vorzuverlegen, Doktor Bardi hat sich persönlich dafür eingesetzt, das Wahltribunal hat diese Angelegenheit auf seine Tagesordnung gesetzt, Doktor Bardi hat gestern mit Freunden in São Paulo telefoniert, um sicher zu sein, daß der Beschluß unbedingt in der heutigen Sitzung gefaßt wird – das Tribunal tritt einmal wöchentlich zusammen. Es war alles sicher, alles o. k. Aber da hat doch der Vorsitzende die Idee gehabt, heute morgen einen Herzinfarkt zu kriegen und umzufallen. Resultat: heute ist keine Sitzung, erst wieder nächste Woche. Aber fahr beruhigt wieder zurück: In acht Tagen haben wir das Datum.«

Er schenkt wieder andächtig ein, der Champagner fordert ihm Respekt und Hochachtung ab. Er ist ein Kenner, der ihn zu schätzen weiß.

»Wenn ich mit Freunden zusammen bin, in einer Bar, auf einem Fest, dann trinke ich Whisky. Aber was ich wirklich mag, ist Champagner.« Er sagt niemals Schampus, das käme ihm grob vor. »Wie dir Rosalvo schon gesagt hat, ist eine Gruppe von Technikern nach Mangue Seco gefahren. Gleichzeitig bereiten wir die ganze notwendige Dokumentation vor, um bei der Regierung des Bundesstaates und gleich darauf bei der Präfektur von Agreste die Genehmigung für den Beginn der Arbeiten zu beantragen. Wir wollen Arbeiter aus der ganzen Gegend zusammenholen, sogar aus Sergipe. Demnächst bekommen wir die Pläne für die Begradigung und Pflasterung der Straße zwischen Agreste und Esplanada. Es ist alles im Gang, mon vieux.«

Gedankenvoll blickt er durch das Glas.

»Es gibt Leute, die gegen die Errichtung einer Titandioxydindustrie im Lande protestieren und behaupten, sie sei umweltverschmutzend. Das hat verschiedene Gründe, die fast alle absurd sind, aber den ausländischen Agenten, die diese antinationale Kampagne anführen, ist es gelungen, viele anständige Leute zu überzeugen und mitzureißen, die jetzt beunruhigt sind und sich gegen uns stellen. Ich will nicht sagen, daß die Titandioxydindustrie nicht die Luft und das Wasser verschmutzt. Sie tut es natürlich wie jede andere Industrie, vielleicht ein bißchen mehr. Aber über eine Textil- oder Elektrogerätefabrik regt sich niemand auf. Nur über die Basisindustrien erfinden die, die daran interessiert sind, daß wir unterentwickelt, abhängig bleiben, den größten Unsinn. Sie sagen zum Beispiel, daß wir die Fauna im Fluß und Meer vernichten werden. Das ist alles nicht wahr. Wir werden unterseeische Rohrleitungen anlegen, die die Abfälle kilometerweit hinausbringen werden, wo sie keinen Schaden mehr anrichten. Ich habe eine Studie anfertigen lassen, in der dieses ganze Problem der soi-disant schrecklichen Umweltverschmutzung durch die Titandioxydindustrie deutlich erklärt und auf sein wahres Maß zurückgeführt wird. So wirst du die Gauner entlarven und die, die sich betrügen lassen, aufklären können, alle, die den Fortschritt mit diesem Gespenst der Umweltverschmutzung hindern wollen. Wenn solche Leute ihre Meinung durchsetzen könnten, wäre São Paulo heute nichts anderes als eine schäbige Provinzhauptstadt. Du hast das Industriezentrum von Aratú gesehen. Das hat einen Kampf gegen die Dummköpfe gekostet, mein lieber Freund. Hinter diesen Dummköpfen ziehen die Feinde Brasiliens an den Drähten.« Er erklärte nicht, welche, er hatte Ascanio noch nicht auf den politischen Zahn gefühlt. Stünde er rechts, würde er die Sowjetunion meinen, wäre er links, die USA.

Das Telefon klingelt, Bety ist auf der anderen Seite. Der Doktor Magnificus hört zu und legt auf.

»Ich muß zum Begräbnis des Richters gehen. Ich habe gar keine Lust, siehst du, wozu du mich zwingst?« Er lacht herzlich. »Morgen setzen wir dieses Gespräch fort. Im Hotel, in meiner Suite, wo uns niemand stören kann.«

Ascanio öffnet den Mund, will etwas sagen, zögert; Doktor Mirko ermuntert ihn:

»Noch etwas? Sag es ruhig, tu dir keinen Zwang an.« In seinem Innern regt sich eine Hoffnung: Wer weiß, vielleicht wird er Geld verlangen?

Ascanio zeigt auf die Zeichnung auf dem Tisch, diese wundervolle Zukunftsvision.

»Wenn ich diese Arbeit nach Agreste mitnehmen könnte, wäre es großartig. Auf der Wandzeitung, die ich in der Präfektur ausgehängt habe, ist eine Zeichnung von Lindolfo, aber das hier ist ein Gemälde, ein Kunstwerk, ein Monument!«

Am nächsten Tag, verspricht der Doktor Magnificus, wird er im Hotel, zusammen mit der Dokumentation, das zweckmäßig in einer Hülse untergebrachte Meisterwerk bekommen.

Nach dem Abendessen begleitet ihn Nilsa in eine Ausstellung, dann bis zum Hotel, hängt sich vor dem menschenleeren Eingang an Ascanios Hals und verabschiedet sich mit einem schnalzenden Kuß.

»Ich bleibe nicht, weil ich nicht zu spät nach Hause kommen darf, es ist schon zehn vorbei. Meine Eltern sind sehr streng, ich lebe wie in einem Gefängnis.«

In einem Gefängnis. Ascanio begreift, daß die Worte hier einen anderen Wert haben. Strenge, Brautschaft. Andere Werte, eine andere Welt, an deren Pforte er sich befindet, bereit, sie zu durchschreiten. Woher kommt dieses ungemütliche Gefühl, dieses anhaltende dunkle Gefühl? Als ginge er nicht auf seinen eigenen Füßen, als werde er geführt. Im leeren Zimmer bedauert er, daß Nilsa nicht da ist, an ihren großen Brüsten würde er sich sicher fühlen. Das Telefon läutet.

»Hallo!«

»Liebster?«

»Hier spricht Ascanio Trindade.«

»Warum hast du mich in der Ausstellung nicht angesprochen?«

Er erkennt die schmelzende Stimme von Bety, Bebé für die nächsten Freunde.

»Ich habe Sie nicht gesehen, entschuldigen Sie. Kann ich irgend etwas für Sie tun?«

»Natürlich kannst du, Liebster. Ich spreche vom Empfang aus und komme jetzt hinauf. Laß die Tür offen.«

Ein unvorhergesehener Erbe und die Bestellung eines neuen Poems beim Dichter Barbozinha

Ungefähr um dieselbe Stunde, in der die Fischer von Mangue Seco die Techniker der Brastanio mit Tietas und Ricardos Hilfe vertrieben, gestützt auf das vom Ingenieur Pedro Palmeira gelieferte ideologische Fundament, versammelten sich in der Notariatskanzlei des Doktor Franklin die verschiedenen Anwärter auf das Gelände des Kokoshains. Diese Begegnung war endlich vom Notar auf Wunsch von Doktor Baltazar Moreira veranstaltet worden, nachdem sie wegen der Abwesenheit des Doktor Marcolino Pitombo, der in Esplanada beschäftigt war, mehr als einmal verschoben worden war.

In der Kanzlei des Notars versammelten sich nach dem Mittagessen die drei Anwälte und ihre Mandanten: Doktor Marcolino Pitombo, eingerahmt von Jarde und Josafá Antunes, der Alte niedergeschlagen dasitzend, der Junge stehend und siegesgewiß; Doktor Baltazar Moreira, der Dona Carlota Antunes Alves den besten Stuhl angeboten hatte und mit Modesto Pires tuschelte; und Doktor Gustavo Galvão, diesmal in Jackett und Krawatte, der Canuto Tavares Zurückhaltung empfahl. Da sich Fidelio, der in seiner Eigenschaft als Antunes und angeblicher Erbe ebenfalls eingeladen worden war, verspätete, wurde beschlossen, die Sitzung in seiner Abwesenheit zu eröffnen; bis zu diesem Augenblick hatte dieser seltsame Prozeßführer keinen Anwalt mit seiner Vertretung beauftragt. Marcolino Pitombo begann die Debatte mit einer Bemerkung über dieses Vorgehen:

»Dieser junge Mann wendet einen Trick an, der nicht unklug ist. Er wartet ab, bis wir eine Lösung gefunden haben, um sich uns dann anzuschließen. Sie können niederschreiben, was ich sage.«

Der robuste Bonaparte, der aufgefordert worden war, bei der Versammlung als Sekretär zu fungieren und die entsprechende Akte anzulegen, zückt den Bleistift, um diese Bemerkung auf einem Bogen Kanzleipapier festzuhalten; aber der Anwalt hindert ihn daran.

»Es ist nicht die Mühe wert, das in die Akten aufzunehmen, mein Sohn.«

Bonaparte gehorcht. Trotz seiner Widersprüche – schreiben Sie, was ich sage, nehmen Sie das nicht in die Akten auf – ist der Alte sympathisch und rückt auch Geld heraus. Die anderen sind kleinlich und geizig.

»Ich frage mich, ob es sich in diesem Fall lohnt, etwas in seiner Abwesenheit zu verhandeln«, fährt Doktor Marcolino fort, der die Versammlung bis nach der Rückkehr des Sekretärs der Präfektur vertagen möchte, um vorher mit ihm zu sprechen und eine sichere Information über den genauen Standort zu erhalten, an dem die Brastanio ihre Gebäude errichten will.

»Ich sehe nicht ein, warum wir von ihm abhängig sein sollten. Ich schlage vor, daß wir über die anhängigen Probleme diskutieren, ohne auf diesen jungen Mann zu warten, der mir leichtfertig zu sein scheint«, erklärt Doktor Baltazar Moreira von der Höhe seines Doppelkinns herab, wobei er abwechselnd Dona Carlota und Modesto Pires zulächelt.

»Dieser junge Mann ist Angestellter im öffentlichen Dienst, beim Standesamt. Und da er sehr wenig zu tun hat, verbringt er seine Tage in der Bar oder bleibt zu Hause und hört sich diesen Krach an, den die heutige Jugend Musik nennt. Ich glaube nicht, daß er kommen wird. Vor ein paar Tagen habe ich ihn wegen dieser Grundstücke aushorchen lassen, aber er hat nicht einmal geantwortet. Ich sage nicht, daß er ein schlechter Kerl ist, aber er ist einer von denen, die sich um nichts kümmern«, berichtet der Gerbereibesitzer.

»Also, dann fangen wir an«, meint Doktor Franklin, um Zeit zu gewinnen. »Doktor Baltazar, nachdem Sie diese Versammlung einberufen haben, eröffnen Sie die Diskussion, indem Sie uns sagen, was Sie bewogen hat, diese Initiative zu ergreifen.«

Doktor Baltazar Moreira räuspert sich.

»Nun gut. Nachdem ich diese komplizierte Angelegenheit eingehend studiert hatte, kam ich zu dem Schluß, daß sich ein Einverständnis zwischen den Parteien empfiehlt, das heißt, zwischen allen vorgeblichen Erben, den verschiedenen Nachkommen von Manuel Bezerra Antunes, damit wir gemeinsam, ohne Probleme, ohne Streitigkeiten untereinander, vor Gericht gehen können.«

»Die Idee scheint mir gut zu sein«, unterstützt ihn Doktor Galvão. Mit diesem Vorschlag ist er schon seit dem Vorabend einverstanden, als er mit Doktor Baltazar ein vertrauliches Gespräch führte. Er wiederholt die Argumente, die er schon seinem Kollegen gegenüber angeführt hatte: »Warum setzen sich denn die Erben, die während all dieser Jahre nicht das geringste Interesse für diese Grundstücke gezeigt hatten, gerade jetzt für die Verteidigung ihrer Interessen ein und wollen ihr Eigentum an diesem Erbe bestätigt sehen? Doch nur weil, wie alle Welt weiß, ein kapitalkräftiger Käufer aufgetreten ist, die Brastanio. Stimmt's?«

Doktor Baltazar Moreira benutzt die Gelegenheit, um wieder das Wort zu ergreifen. Schließlich war das seine Idee, und dieses Bürschlein, das gerade erst von der Fakultät kommt, glänzt auf seine Kosten. Er sollte ihn unterstützen, sonst nichts.

»Doktor Gustavo hat recht. Und diesem Käufer gegenüber müssen wir vereint auftreten, in völligem Einverständnis. Wenn wir anfangen, uns gegenseitig zu bekriegen, haben wir Stoff für viele Jahre, und die Brastanio, die nicht warten kann, wird anderswo einen günstigen Platz für ihre Industrie suchen.«

»Eben deshalb«, unterbricht ihn Doktor Marcolino Pitombo,

»führt es zu nichts, in Abwesenheit eines der Erben zu diskutieren. Wie sollen wir seine Meinung kennen? Wie sollen wir wissen, was er denkt?«

An der Tür der Notariatskanzlei steht der Kapitän Dario de Queluz und lauscht, ohne daß es jemand bemerkt. Dann erhebt er seine Stimme:

»Das werden Sie jetzt gleich wissen, meine Herren. Guten Tag, Doktor Franklin, gestatten Sie mir, an dieser Debatte teilzunehmen.«

Alle drehen sich um. Der Kapitän ist weder Jurist noch ein Antunes, was tut er hier und warum möchte er sich an der Diskussion beteiligen? Doktor Marcolino Pitombo kennt die Einstellung des Kapitäns zur Brastanio: Er ist ein militanter Gegner der Niederlassung der Titandioxydindustrie in der Gemeinde, er läuft in den Straßen herum und zeigt überall die in den Zeitungen des Südens veröffentlichte Denkschrift der Präfekturen von Ilheus und Itabuna her. Glücklicherweise weiß er nicht, wer sie verfaßt hat. Der Anwalt stellt ein herzliches, überraschtes und scharfsinniges Lächeln zur Schau.

»Es wird uns ein Vergnügen sein, Herr Kapitän, aber vorher erlauben Sie, daß ich meinerseits frage, in welcher Eigenschaft Sie sich an der Debatte beteiligen möchten.«

Auch auf Doktor Franklins Antlitz zeichnet sich ein Lächeln ab. Er hatte selber die Bedingungen der Verkaufsoption ausgearbeitet, denn er wollte eine so dringende Arbeit nicht Bonaparte überlassen, der nichts davon zu wissen brauchte; Bonaparte steht auf sehr gutem Fuß mit Doktor Pitombo und war spät nach Hause gekommen, ein schlechtes Zeichen. Auch der Kapitän Dario de Queluz lächelt.

»In meiner Eigenschaft als Erbe. Fidelio Dórea Antunes de Arroubas Filho hat mir eine Option auf den Verkauf seines Anteils am Kokoshain eingeräumt, sie ist im Notariat eingetragen ...« Er wendet sich dabei an Doktor Franklin.

»Das ist richtig. Heute morgen«, bestätigt der Notar.

»Und ich kann den Herren schon jetzt mitteilen, daß ich meinerseits meine Rechte nicht verkaufen will, noch zu einer Einigung kommen, noch mich mit jemandem zusammentun will, nein und dreimal nein. Nachdem Sie das wissen, erlauben Sie mir jetzt, nach Mangue Seco zurückzukehren. Leben Sie wohl, meine verehrten Herren.«

Dann geht er in die Bar, wo Dona Laura, Leonora und die ganze Gesellschaft versammelt ist und unter Gelächter und Bravorufen die Einzelheiten über das in der Versammlung Vorgefallene anhört.

»Die werden sich jetzt den Kopf zerbrechen, um herauszufinden, wie sie Fidelio enterben können. Übrigens hat Franklin uns gesagt, daß von allen Erben Fidelio der nächste ist, er und Canuto Tavares.«

Trotz der Enttäuschung, die diese Nachricht dem Steuereinnehmer bereiten wird, der das Grundstück kaufen möchte, macht das Ganze auch Seixas Spaß. Und auch Barbozinha, der mit Neuigkeiten auftaucht.

»In den Zeitungen steht, daß der Termin für die Präfekturwahlen heute festgesetzt werden wird. Was sagt ihr dazu?«

»Du bist mein Kandidat...«, antwortete Osnar.

»Als Präfekt? Gott bewahre und behüte mich...«

»Nein. Als Pate von Peto bei der Zeremonie der Entjungferung. Samstag steigt sie. Wir wollten dich bitten, ein Festgedicht zu schreiben.«

Barbozinha macht ein langes Gesicht. Schon wieder verulken ihn die Freunde wegen seiner Verse auf die Brastanio. Gar keine Spur, mein lieber Barde! Wir wollen nur, daß Peto das Allerbeste bekommt, denn er verdient es. Zuleika Cindarela, ein sensationelles Abendessen, Musik und Blumen, und Verse, die dieses Ereignis unsterblich machen. Barbozinhas Gesicht hellt sich auf: Das ist ein neues Thema, ein wenig schlüpfrig, aber mit Zartheit behandelt kann es ein Sonett werden, in dessen Versen sich Malice mit Unschuld paart, er wird gleich ans Werk gehen. Er fordert schon Autorenrechte:

»Noch einen Schluck, Bruder, auf Rechnung des Sonetts.«

Letzte Episode des Aufenthalts von Ascanio Trindade in der Landeshauptstadt oder der Schulung einer führenden Persönlichkeit im Dienste des Fortschritts: der Verlobungsring.

Die Suite des Doktor Mirko Stéfano, die immer für ihn reserviert bleibt, auch wenn er längere Zeit im Süden verweilt, ist kein kaltes Appartement, kein unpersönliches Hotelzimmer für einen kurzen Aufenthalt. Überall, in jedem Winkel, spürt man die Gegenwart des liebenswürdigen, zivilisierten Mannes – des Bonvivants, wie er sich selber bezeichnet.

Pünktlich um neun stößt Ascanio die halboffene Tür auf und hört das Ende eines Satzes, vorgebracht von der manierierten Stimme des Magnificus:

»... Ihre Schuld, ich habe Sie gewarnt, daß der Mann ein Angeber ist.«

In einem Morgenrock aus schwarzer Seide und von orientalischem Schnitt, der an den Kimono eines Judo-Champions erinnert, unterhält sich der Direktor für Öffentlichkeitsarbeit mit besorgter Miene mit Doktor Rosalvo Lucena; sie sitzen vor einem Tablett mit den Resten eines Frühstücks, bestehend aus Kaffee, Papaya und Grapefruitsaft. Die ernsten Gesichter entspannen sich und lächeln.

»Entschuldigen Sie, daß ich hereingekommen bin ohne anzuklopfen, die Tür war offen.«

»Ich habe die Tür absichtlich offengelassen.« Mirko zeigt auf einen Sessel. Er muß den Kellner darauf aufmerksam machen, daß er jedesmal, wenn er hereinkommt oder hinausgeht, die Tür schließt, die Bedienung in diesen neuen Hotels läßt noch viel zu wünschen übrig.

Bevor sich Rosalvo Lucena zurückzieht, wiederholt er Ascanio gegenüber, der seine Worte trinkt, die Argumente, die er am Vortag – allerdings ohne Ergebnis – beim Essen mit dem bedeutenden Mann der Landesregierung dargelegt hat. Die ganze Zone würde durch die Niederlassung der Fabrik gewinnen: Asphalt, Straßen mit zwei Fahrbahnen, Arbeitsmarkt, Ausbildung von Arbeitskräften und neuen Technikern, Schule für die Kinder der Arbeiter, ärztliche Versorgung, Arbeitersiedlung, Läden, gutbezahlte Posten für Spezialisten.

Und das alles in einer toten Gegend, die jetzt nur der Erholung von einigen wenigen Privilegierten dient, sich dann aber in ein belebtes Zentrum der Wirtschaft des ganzen Gebiets verwandeln würde. Natürlich unterdrückte er jeden Hinweis auf den springenden Punkt, die Nähe zur Landeshauptstadt, es bestand kein Anlaß, dem Vertreter des fernen Agreste von dem neuralgischen Punkt zu sprechen, dem Grund für die unerschütterliche Unnachgiebigkeit des berühmten Tischgastes: Dort, niemals! Dagegen unterstrich er das Problem der fehlenden Infrastruktur in der Zone von Mangue Seco und der daraus entstehenden riesigen Kosten. Die die Brastanio gern übernehmen werde, aus patriotischem Pflichtgefühl.

Patriotisches Pflichtgefühl, einfach lachhaft! denkt Rosalvo, während er seinen gereinigten Text Ascanio vorträgt, der vor Bewunderung erstirbt. Wenn der alte Parlamentarier bei seinen Bemühungen keinen Erfolg haben sollte, was trotz Doktor Bardis Optimismus geschehen könnte, dann würden sie gezwungen sein, die durch die Wahl des Standorts in Agreste aufgeworfenen Probleme zu meistern. Er lächelt Ascanio zu.

»Gestern habe ich über Sie mit einem hohen Regierungsmitglied gesprochen, einem Mann von politischer Durchschlagskraft. Ich habe ihm von Ihren Verdiensten erzählt.«

Er weiß, daß Ascanio am selben Abend abreisen wird, und verabschiedet sich.

Erlöst winkt er noch von der Tür und schlägt sie kräftig zu, um Mirko daran zu erinnern, daß es eine Unvorsichtigkeit ist, sie offen zu lassen. Der eine ist eben leichtsinnig, der andere argwöhnisch.

»Was möchtest du trinken?« fragt der Magnificus, nachdem er das Zuschlagen der Tür verdaut hat.

»Ich habe gerade Kaffee getrunken, ich möchte nichts, bemüh dich nicht.«

»Auch ich habe soeben Kaffee gehabt. Nach dem Kaffee, um den Tag gut zu beginnen, nous allons prendre une goutte de Napoléon, une fine, mon cher, ist's recht so?«

Auf dem Tisch stehen mehrere Flaschen. Er wählt eine aus. Was zum Teufel ist Napoleon, une fine, fragt sich Ascanio, er muß noch viel lernen.

»Siehst du, Ascanio, die Pflichten meines Amtes bringen mich mit einer Unzahl von Menschen zusammen, einer oft schwierig zu behandelnden Bande. Ich vertrage mich mit aller Welt, das liegt an meinem Temperament und meinem Beruf. Aber hin und wieder begegne ich inmitten dieser Mafia jemandem, der mir durch sein Talent, seine Willenskraft, seine Qualitäten, seinen Charakter auffällt. Ich kenne die Menschen, ich täusche mich nicht; schon nach einem kurzen Treffen weiß ich, wer etwas wert ist. Seit wir uns zum erstenmal in der Präfektur von Agreste unterhalten haben, ist mir deine Persönlichkeit aufgefallen. Das ist ein richtiger Mann, un vrai homme, habe ich zu mir gesagt, und habe einen Entschluß gefaßt: Wenn wir uns nicht in Agreste niederlassen, werde ich diesen jungen Mann auffordern, mit uns zu arbeiten, bei der Brastanio. Er ist tüchtig und kompetent.«

Er atmet den Cognac ein, ein doppelter Genuß, für den Gaumen und die Nase. Ascanio dankt bescheiden.

»Sehr gütig.«

»Ich habe mir gesagt: Wenn er hier bleibt, in dieser zurückgebliebenen Gegend, wird seine Flamme erlöschen, verkümmern. Das kann ich nicht zulassen, ich werde ihn einladen, mit uns zusammenzuarbeiten, wo auch immer wir sind. Da wir uns aber glücklicherweise für Mangue Seco entschlossen haben, glaube ich, daß die Präfektur einer industrialisierten, mächtigen, reichen Gemeinde der erste Schritt auf der glänzenden politischen Laufbahn eines jungen Beamten werden kann.«

Unter dem Einfluß des Cognacs gleitet Ascanio auf diesen begeisternden Worten dahin und beginnt seinen Weg. Der Doktor Magnificus greift zur Flasche, es ist nicht gerade die geeignetste Stunde, aber die Umstände erfordern es. Er fährt fort, den Weg zu weisen, den Ehrgeiz zu wecken. Eine politische oder geschäftliche Laufbahn, denn wenn Ascanio die öffentliche Verwaltung, die Präfektur von Agreste, mit einem Privatunternehmen vertauschen will, so bleibt es bei der Aufforderung, die nicht zustande gekommen ist: Es wird in der Brastanio immer eine leitende Stellung für ihn geben. Intelligente und arbeisame Männer gibt es viele, aber Männer, die zu befehlen imstande sind, wenige.

Er meint, daß der Augenblick gekommen ist, und macht sein Angebot.

»Deshalb möchte ich dir sagen, daß ich, daß wir zu deinen Diensten stehen. Wenn du irgend etwas brauchst, sag es nur, behalte es nicht für dich, sei nur nicht schüchtern, wir sind doch Freunde.«

»Mir genügt das Vertrauen, das du in mich setzt. Ich hoffe, es zu rechtfertigen.«

»Und für die Wahl? Für die Wahlkampagne? Die Brastanio möchte gern zu den Auslagen der Wahlkampagne beitragen.«

»Danke, aber es ist nicht notwendig.« Endlich findet er etwas, womit er sich brüsten kann: »Es wird keine Wahlkampagne geben. Ich werde der einzige Kandidat sein, das steht fest. Mein Pate, der Oberst Artur de Figueiredo, hat das beschlossen, und die ganze Bevölkerung ist damit einverstanden. Ohne jede Eitelkeit kann ich dir sagen: Ich werde einstimmig gewählt werden. Ich brauche keine Hilfe, vielen Dank. Und so ist es auch besser, so kann niemand sagen, ich unterstütze die Brastanio aus persönlichem Interesse. Später, wenn alles klappt, wenn sich mein Traum erfüllt, dann werde ich vielleicht deine Hilfe brauchen. Jetzt nicht.«

Dieses Gespräch, das letzte, das längste und intimste, überschreitet die Grenzen der Industrie und der Gemeinde, um in Ascanios Privatleben einzudringen.

»Du hast von einem Traum gesprochen. Ich liebe es, zu träumen. Was ist dein Traum?«

Des Trinkens ungewohnt, durch den Cognac und die Wertschätzung und Bewunderung des Doktor Magnificus in eine gewisse Euphorie versetzt, schüttet Ascanio ihm sein Herz aus, nennt Leonoras Namen, preist ihre Schönheit, beklagt ihren Reichtum, ein bisher unübersteigbares Hindernis. Jetzt, wer weiß, als Präfekt einer industrialisierten und prosperierenden Gemeinde, mit der Zukunft vor sich, wird er vielleicht den Mut finden, mit ihr zu sprechen.

Doktor Mirko Stéfano, genannt Mirkus, der Doktor Magnificus, scheint gerührt zu sein und schenkt noch einen Tropfen der fine Napoléon ein, um anzustoßen.

»Ascanio, liebster Freund, du bist vor allem anderen ein Ehrenmann. Du mußt mir etwas versprechen: Sobald du wieder in Agreste bist, wird es dein erstes sein, dieses junge Mädchen um seine Hand zu bitten. Um die Hand bitten – das tut man heutzutage nicht mehr. Teile ihr einfach mit, daß ihr heiraten werdet. Warum nicht am Tag deiner Amtsübernahme?« Er erhebt das bauchige Glas, in dem der Cognac wie Gold und Feuer glänzt. »Ich trinke auf das Glück der Brautleute.«

Sie trinken noch auf das Glück der Brautleute, als das Telefon klingelt. Ein Journalist will ein Interview mit Ascanio machen.

»Vergiß nicht«, erinnert ihn der Magnificus, »diesen Satz von gestern zu wiederholen, der war fabelhaft: ›Die Brastanio ist die Erlösung Agrestes!‹ Er hat mich geradezu mit Neid erfüllt, mon vieux.«

In der Redaktion fragt ihn der Journalist, dasselbe schielende Individuum, das am ersten Tag unbedingt Informationen von ihm haben wollte, als er den Satz hört:

»Diese Schlagzeile hat Ihnen Mirko eingegeben, nicht?«

Ascanio zeigt sich nicht beleidigt, er ist sogar stolz.

»Dieser Satz ist von mir, aber er hat gesagt, er wäre froh, wenn er ihn sich ausgedacht hätte.«

Ein Fotograf machte Aufnahmen, während sie sich unterhielten. Er antwortete auf zwei oder drei Fragen – dabei brachte er seinen Satz unter – und der Reporter zeigte sich befriedigt.

»Das reicht, alles übrige überlassen Sie mir. Ich werde jetzt vom Auto profitieren, mir die Weiber im Schwimmbecken angucken und mir mit dem Gauner von einem Mirko einen Scotch genehmigen.«

Im Wagen informiert er sich weiter:

»Sagen sie mir etwas: Die Weiber an diesem Strand dort bei Ihnen, ist mit denen etwas los? Gibt es viele Paulistanerinnen dort?« Das einzige gesunde Auge glänzt gierig. »Die Touristinnen von São Paulo, mein Lieber, die wedeln mit allem, was sie haben, kaum sind sie aus dem Flugzeug draußen.«

Ascanio hat Lust, ihm ins Gesicht zu schlagen.

»Soviel ich weiß, gibt es überall Herumtreiberinnen und anständige Frauen. Die Paulistanerinnen, die ich kenne, sind ordentlich und anständig.«

Die ärgerliche Stimme läßt den Journalisten aufhorchen.

»Was soll das, Mann, ich wollte Ihre Verwandten nicht beleidigen. Ich rede von den Nutten, die hierherkommen und sich anbieten. Nehmen Sie es mir nicht übel.«

Nach dem Mittagessen brachten ihn der Doktor Magnificus und Bety in einem der großen schwarzen Autos zum Busbahnhof. Unterwegs hängt sich Bety bei ihm ein und schmiegt sich zärtlich an ihn. Sie scheint die vergangene Nacht in seiner Gesellschaft genossen zu haben, wenn sie auch fast immer die Initiative ergreifen mußte. Im Gegensatz zu dem, was Osnar meint, braucht man mit keiner Polin zu schlafen, um zu wissen, was eine richtige Frau ist.

Bevor er ihn zum Abschied umarmt, zieht Doktor Mirko Stéfano, der Direktor für Öffentlichkeitsarbeit der Companhia Brasileira de Titânio S. A., aus seiner Tasche ein Beutelchen aus schwarzem Samt, auf dem in goldenen Buchstaben der Name der Casa Moreira prangt, der Name von berühmten und teuren Juwelieren und Antiquitätenhändlern.

Im Bus kann Ascanio der Versuchung nicht widerstehen, er löst die Schnur, öffnet das Beutelchen und nimmt ein kleines Etui heraus, das einen antiken Goldring mit einer Diamantenrosette enthält, in dessen Innenseite die Buchstaben L und A eingraviert sind, eine feine Arbeit, ein geschmackvolles und wertvolles Stück. Ein Verlobungsring.

Die Direktoren der Brastanio erinnern sich an ein Sprichwort.

In den Büros der Brastanio, im Zimmer des Doktor Rosalvo Lucena, erstattet der Chef des nach Mangue Seco entsandten Teams Bericht und droht mit seinem Rücktritt. Er ist als Aprigio der Unerschütterliche bekannt, wegen der Ruhe, mit der er stets die schwierigsten beruflichen Probleme und die heftigen Eifersuchtsausbrüche seiner Frau erträgt, und wird wegen seiner angenehmen Umgangsformen geschätzt; aber jetzt ist er nicht mehr derselbe, er hat seine berühmte Beherrschung verloren, seine Hände und seine Stimme zittern, als er den Vorfall beschreibt.

»Angeführt wurde diese Mörderbande von einer rasenden Verrückten mit einem hocherhobenen Stock. Sie hat sich über die Frauen im Motorboot hergemacht. Ich schwöre Ihnen, Doktor Lucena, ich dachte, sie würden uns umbringen, ich war schon bereit, zu sterben.«

»Und wie war diese Megäre?«

»Sie war gar nicht häßlich, aber sie lief auf uns zu und schrie: Verschwindet! Hinweg mit den Vergiftern! Sie, der Priester und der Bärtige. Der Priester ist ein junges Bürschchen, ich glaube, der liest noch gar nicht die Messe. Der Bärtige hat mich an einen Ingenieur erinnert, den ich kenne, aber da er am Strand zurückblieb, konnte ich das nicht genau ausmachen, er ist sicher nicht der, an den ich gedacht hatte. Die übrigen waren abgerissene Gestalten, eine Bande von Verbrechern.«

»Wie viele denn? Viele?«

»Wie viele? Ich weiß nicht. Dreißig oder mehr, wenn ich die Kinder mitzähle. Sie sahen aus wie Steinzeitmenschen. Wir mußten auf dem Laufsteg stehenbleiben; es war entsetzlich. Ich werde ganz krank, wenn ich daran zurückdenke.«

Eine der Sekretärinnen, die als Entschädigung acht Tage Sonderurlaub bekommen hatte und sich am Rand des Schwimmbeckens von ihrem Schrecken erholte, vertraut sich dem Doktor Magnificus an:

»Da war einer ... der, der Mario José festhielt und ihm einen Schlag versetzt hat«, sie bezieht sich auf Budião, »das war eine Nummer. Es hat gar nichts geholfen, ihn anzulachen, er wollte uns einfach umbringen.« Die Erinnerung läßt sie schaudern. »Die Frau zeigte mit ihrem Stock auf die Haifische. Ich schloß die Augen, um nichts zu sehen.«

Trotz seines Traumas – er wird nie wieder der alte sein – mußte der Chef der Gruppe einlenken.

»Sie wollten uns nicht töten, das merkte ich schließlich selber. Nur uns erschrecken. Aber sie machten uns klar, daß es beim nächsten Mal nicht bei Drohungen bleiben würde. Meiner Ansicht nach, Doktor Lucena, kann man nirgends dort bauen. Es sei denn, man schickt die Polizei vor ... Nein, nicht die Polizei ... Soldaten, um mit diesen Banditen aufzuräumen, mit ihnen allen, ohne einen einzigen übrig zu lassen. Sie drohten, uns den Haifischen vorzuwerfen. Katia wurde ohnmächtig, sie hütet noch das Bett und sagt, daß sie nie wieder im Meer baden wird.«

Die andere Sekretärin, die Arme, hübsch und lebhaft, ein Nervenbündel, im Bett ein Sturmwind, lag drei Nächte lang wach; sobald sie einschlief, sah sie wieder die Haie, die um das Motorboot herumschwammen. Unter diesem Eindruck bekehrte sie sich zur Religion der Hare Krischna.

»Wenn ich wieder nach Mangue Seco zurück muß«, schloß der Chef des Teams, »dann kündige ich lieber gleich jetzt, Doktor Lucena.«

Doktor Rosalvo Lucena und Doktor Mirko Stéfano lauschten gefaßt der schrecklichen Erzählung, den Klagen und den Berichten, nicht umsonst haben sie leitende Posten in einer so bedeutenden Gesellschaft wie der Brastanio inne. Solche Reaktionen des Unwillens verwundern sie nicht, es sind zwar die ersten, werden aber sicherlich nicht die letzten sein. Sie bitten die Teilnehmer an dem grausigen Abenteuer, möglichst wenig über diesen Fall zu sprechen, empfehlen ihnen Stillschweigen, verpflichten sie zur Geheimhaltung. Aber auch so sickerte die Geschichte durch und fand Widerhall in der Presse.

In der *Tarde* unter einem wohlwollenden Gesichtswinkel betrachtet: eine cholerische und kräftige Reaktion des Volkes auf die Bedrohung der Verschmutzung des Strandes von Mangue Seco, der, wegen der Schönheit der Landschaft und der Milde des Klimas, ein Schatz sei, der um jeden Preis verteidigt und erhalten werden müsse. Den Artikel hatte Giovanni Guimarães selber abgefaßt. Aber der

Kommentar genügte ihm nicht, er schickte dem Dichter De Matos Barbosa noch ein Glückwunschtelegramm. In einer anderen Zeitung wurden die Ereignisse als Beweis für die Ausdehnung und Gefährlichkeit eines im Lande bestehenden Netzes von Umstürzlern angesehen, das unter ausländischem Kommando in den abgelegensten Gegenden tätig sei, um den Fortschritt des Vaterlandes zu hemmen.

Schlagzeilen und einen Leitartikel widmete ihnen ein Sensationsblatt, eine von dem bekannten und kämpferischen Leonel Vieira geleitete Wochenzeitung. Er bezog sich auf die Bedeutung der Niederlassung der Titandioxydindustrie, unterstrich aber auch die Nachteile, den hohen Grad von Umweltverschmutzung, und versprach, in der nächsten Nummer mit neuen Informationen auf die Angelegenheit zurückzukommen, die direkt aus Agreste stammen würden, wohin ein Reporter der dynamischen Wochenzeitung entsandt worden sei.

Es war nicht notwendig, einen Reporter bis ans Ende des Sertão zu schicken, denn der Doktor Magnificus lieferte dem lieben und sympathischen Leonel Vieira alle erforderlichen Auskünfte über die Titandioxydindustrie, dazu Scheck, Whisky und Mädchen. Er besänftigte auch seine ideologischen Bedenken, denn der furchtlose Vieira täuscht, wie bereits gesagt, in gewissen Kreisen einen recht radikalen Linksdrall vor. Er kam, wie er es versprochen hatte, auf die Angelegenheit zurück und gab seinen (wenigen) Lesern ein herrliches Beispiel von journalistischer Ehrenhaftigkeit. Im Besitz neuer Informationen, hatte er die Zivilcourage, öffentlich den begangenen Irrtum zu bekennen und die gegen die Brastanio vorgebrachte Verleumdung zurückzuweisen, deren Niederlassung im Bundesstaat zum Fortschritt und zur wirtschaftlichen Unabhängigkeit Brasiliens und zur beruflichen Fortbildung des bahianischen Proletariats beitragen würde.

Die Doktoren Mirko Stéfano und Rosalvo Lucena, der Doktor Magnificus und der Managerial Doktor ziehen Bilanz. Es muß die Möglichkeit in Betracht gezogen werden, daß es schließlich außer Mangue Seco keinen anderen Ausweg mehr geben wird. Deshalb empfiehlt der Präsident die Entsendung eines tüchtigen Anwalts nach Agreste, damit er die Lage der Ländereien studiere, auf denen die Fabriken errichtet werden müßten, wenn kein anderer Ausweg bliebe. Anscheinend weiß niemand, wem der Kokoshain gehört, es wird Zeit, diese Angelegenheit im einzelnen klarzustellen. Für alle Fälle.

Doktor Mirko Stéfano, der sich in Bahia auskennt, erinnert Doktor Lucena an den Namen eines Professors der Rechtsfakultät, nicht so sehr wegen dessen Lehrstuhl oder Titel als wegen des Scharfsinns, den er in ebenso wirren und schwierigen Fällen bewiesen hat; es ist Doktor Helio Colombo, Universitätsprofessor und Leiter eines bedeutenden Anwaltsbüros. Wird er bereit sein, nach Agreste zu fahren, eine so langweilige und ermüdende Reise auf sich nehmen? Rosalvo zweifelt; womöglich wird er nur irgendeinen Assistenten hinschicken. Für Geld, erklärt Mirko, ist Doktor Colombo bereit, überallhin zu fahren, sogar nach Agreste. Er wird ihm einen Wagen zur Verfügung stellen und ihm, um der Reise einen gewissen Reiz zu verleihen, eine Sekretärin mitgeben, die ihn begleiten und Notizen machen soll, das heißt, die Beine spreizen. Wenn sie unter sich sind, erlauben sich die beiden Direktoren der Brastanio eine ziemlich freie Sprache. Der Doktor Magnificus kommt sogar dahin, seine Zitate in verschiedenen Sprachen beiseite zu lassen und, bezüglich der Ereignisse von Mangue Seco und ihres Echos in der Presse, an ein einheimisches (oder portugiesisches?) Sprichwort zu erinnern, das, seiner Ansicht nach, genau herpaßt: Während der Stock auf dem Rücken des Nachbarn tanzt, erholt sich unser Rücken. Wenn sich die Leute mit Mangue Seco befassen, vergessen sie die Existenz von Arembepe.

In einem sind sich die Direktoren und der verschreckte Teamchef einig: Falls sie sich gezwungen sehen, die Fabrik in Mangue Seco zu errichten, wird man zuerst das ganze Gebiet von dem widerlichen Gesindel säubern müssen, das dort lebt, und ein für allemal mit diesem Schmugglernest, dieser Räuberhöhle Schluß machen. Man wird es so sorgfältig durchkämmen müssen, daß kein einziger Umstürzler entwischen kann, angefangen bei diesem Priesterchen. Die Kirche wird langsam zu einer Brutstätte von Terroristen, mein lieber Mirko! Rosalvo Lucena schließt die Bilanz ab:

»Nicht zu vergessen die Kinder. Aprigio hat mir erzählt, daß die Jungen die schlimmsten sind, sie haben die Haifische angestachelt. Außerdem waren sie nackt, haben alles hergezeigt, richtige Riesen. Lombroso-Typen, wie Aprigio gesagt hat.«

Der Doktor Magnificus setzt sein liebenswürdiges und entspanntes Lächeln auf.

»Mach dir keine Sorgen, mein lieber Rosalvo. Wenn wir uns in Mangue Seco niederlassen, werden die Kinder und die Haifische kein langes Leben haben, sie werden in den Abwässern verschwinden ...«

Ascanio Trindade tritt die Verse des Dichters Barbozinha mit Füßen und folgt der goldenen Spur eines Kometen, ein Kapitel voll gräßlicher Romantik – still und blaß.

Der Mond segelt auf der anderen Seite der Welt oder ruht am Boden des Meeres. In der Schwärze der Nacht sind die Hügel weiße Brautgewänder, besetzt mit Sternen, die sich im Himmel von Mangue Seco spiegeln. So hatte es Barbozinha in einem der *Poeme von Agreste* in Erinnerung an sein Zusammentreffen mit Tieta beschrieben. Reiner Mantel aus Sand, dein Brautkleid, der Brautkranz aus Sternen, o entblätterte Rose, zügellose Braut, geheimnisvoller schwarzer Mond – altertümliche Verse, gut, um bei Festen früherer Zeiten deklamiert zu werden. Leonora hatte sie in jenen unglückseligen Tagen gelesen, als Ascanio wie von Sinnen war und der Traum zu versinken drohte. Um das Gedicht von De Matos Barbosa zu illustrieren, hatte Calasans Neto einen schwarzen Mond über den Abgrund des Meeres gesetzt und in die Dünen einen Weg aus Sternen zur Heißgeliebten hin gezeichnet. Eine blaue Sonne, ein schwarzer Mond, Leonoras Tage und Nächte.

Vom Fluß kommt der Lärm des Außenbordmotors von Piricas Boot.

»Er ist es, Mamachen, mein Herz sagt es mir.« Leonora erhebt sich, läuft zur Tür des »Stalls des Bocks Inacio«.

Sie war am Vorabend mit dem Kapitän und Dona Laura herausgekommen, nachdem sie Mamachens Botschaft erhalten hatte: Komm mir beim Aufräumen helfen. Trotz ihres Widerwillens vor dem Geruch von frischer Farbe hatte es Tieta eilig gehabt, umzuziehen, während die grünen Türen noch frisch gestrichen waren. Stolz weist sie auf jede Bequemlichkeit hin: Klein wie ein Ei ist meine Hütte, aber hübsch, nicht? Ein Wohnzimmer, zwei Schlafzimmer, ein Badezimmer. Gemütlich ist es und es fehlt an nichts, sogar ein Petroleumkühlschrank ist da. Tieta hatte nicht aufs Geld gesehen, sie ließ das Allerbeste kommen. Am Sonntag werden ein paar Freunde da sein, um zu Mittag zu essen und im Meer zu baden. Während der Trauerzeit, die in Agreste so streng ist, ist kein Einweihungsfest möglich. Es waren erst ein paar Tage seit dem Begräbnis von Zé Esteves vergangen, den Gott selig haben möge. Gott oder der Teufel?

Tieta geht zur Tür und nimmt Nora um die Mitte.

»Profitiere von der Gelegenheit, Zicklein. Ich werde mit dem Kapitän und Dona Laura ein Schwätzchen machen. Wenn du wirklich so verliebt bist, wie du sagst, dann nimm doch deinen Bock bei den Hörnern. Bald kommt der Tag, an dem wir wegfahren. Gib acht, daß du nicht auf denselben Hügel gehst wie Pedro und Marta, um diese Zeit ist das Ehepaar oben und vergnügt sich. Die lassen keine Nacht aus.«

Sie läßt Leonora dort stehen und verschwindet im Dunkeln in Richtung von Toca da Sogra, wo das Azetylenlicht der Schiffslaternen des Kapitäns leuchtet. Sie stützt sich auf den Knotenstock, seit dem Tod des Alten hat sie ihn nicht aus der Hand gegeben. Ricardo war nach Agreste gefahren und ließ sie Entbehrung leiden. Die Nächte vom Samstag auf den Sonntag gehören Gott. Nach der abendlichen Beichte bei Bruder Timótheo, in der Siedlung von Saco, gilt völlige Abstinenz, nicht einmal ein Kuß ist erlaubt. Erst wieder nach seiner Rückkehr, am Sonntag, nach der Messe. An diesem Samstag jedoch war er vor der üblichen Stunde weggefahren und hatte sich frühmorgens in Jonas' Boot eingeschifft. Er muß rechtzeitig in Agreste eintreffen, um an der Messe zu Petos Geburtstag teilzunehmen. Er hat Geschenke von Tieta und Leonora mit und hat außerdem Padre Mariano versprochen, ihm bei irgendeiner Zeremonie zu assistieren, sie weiß nicht genau bei welcher, in Sachen der Religion weiß sie nicht Bescheid.

Das Abkommen, das Tieta mit der Heiligen Mutter Kirche über Cardos Zeiteinteilung getroffen hat, beginnt sie zu stören. Auf dem Höhepunkt ihrer überspannten und besitzergreifenden Leidenschaft verlangt es sie jeden Augenblick nach ihm, da sie weiß, wie kurz die Zeit ist, die ihr noch für ihren Jungen bleibt. Eine solche Besessenheit, eine so starke Verliebtheit hatte sie in ihrem ganzen Leben nicht gekannt, das Verlangen einer alten Ziege nach einem jungen Böckchen, das noch nach Milch riecht. Ach, wenn die heilige Anna nur einverstanden wäre, ihn ihr während dieser wenigen Tage, weniger als einen Monat, ganz und gar abzutreten, im Tausch gegen irgendein Geschenk an die Pfarrkirche! Wie man sieht, wird in der Familie Esteves der Handel mit dem Himmel zu einer Gewohnheit. Ohne Perpetuas Verdienste zu besitzen, wäre Tieta bereit, das Recht auf diese letzten Nächte von Samstag auf Sonntag, auf diese kurzen Stunden, in denen Ricardo seinen Pflichten als Levit des Tempels nachkommt, teuer zu bezahlen.

Tietas Schritte entfernen sich, die von Ascanio kommen näher. Aufgeregt und zitternd erwartet ihn Leonora – still und blaß erwartest du mich, hatte der Dichter Barbozinha in seinen Versen an Tieta geschrieben; ach, die Dichter kennen das Sichtbare und das Verborgene! Wenn Ascanio sie als Dienerin oder Geliebte annehmen wollte, würde sie niemals von Agreste fortgehen. Wenn sie auch eine Hure ist, so kann sie doch einen Haushalt führen, sie ist eine Fanatikerin der Reinlichkeit, kocht ganz anständig, von klein auf wäscht sie ihre eigene Wäsche, sie hat auch die von Cid Raposeira gewaschen und seine Hosen und Hemden geflickt. Rafa muß sich ausruhen, Ascanio selbst sagt, daß die alte Amme hinfällig ist, alles vergißt und den ganzen Tag dahindöst. Zwischen den Kokospalmen taucht eine Gestalt auf, in der Hand eine riesige Rolle.

»Nora!«

»Ascanio, Liebster!«

Bei der innigen Umarmung, dem heißen Kuß, nicht mehr ein schüchternes Lippenstreifen, fällt die Rolle zu Boden. Am Himmel glänzen die Sterne, die Sterne des Dichters Barbozinha beleuchten den Weg zu den Hügeln. Leonora hängt sich bei Ascanio ein, zeigt mit den Augen auf die helle Masse der Dünen.

»Gehen wir?«

»Ich will nur das ablegen. Nachher zeige ich es dir.« Er hebt die Rolle vom Boden auf und gibt sie Leonora, die sie ins Wohnzimmer trägt. Sie küssen sich noch einmal, bevor sie unter den Sternen dahingehen.

Im Marineti hatte Ascanio noch vor ein paar Stunden triumphierend verkündet:

»Es wird nicht mehr lange dauern, und dieser elende Weg wird zu einer der besten Straßen von Bahia und ganz Brasilien werden. Zwei breite Asphaltfahrbahnen, praktisch eine Autobahn.«

Beeindruckt verlangen die Reisenden, mehr Einzelheiten zu erfahren, und er liefert sie ganz genau. Die Gesellschaft aus Bahia, die den Caminho da Lama asphaltiert hat – Sie kennen sie doch, nicht wahr? – ist dabei, die Untersuchungen abzuschließen, damit die Brastanio sie endgültig genehmigt. Ascanio kommt aus der Landeshauptstadt und bringt in der modernen und teuren Aktentasche aus schwarzem Leder und in der langen und dicken Metallhülse den Fortschritt mit. In der Aktentasche, einem Geschenk des Doktor Rosalvo Lucena, das er mit ein paar liebenswürdigen Worten auf seiner Visitenkarte beim Portier des Hotels abgegeben hatte, hat Ascanio das ganze Material des Doktor Magnificus, eine erschöpfende Dokumentation. In der Hülse die Rolle mit der Zeichnung des Innenarchitekten Rufo, ein Monument! Ascanios Stimme wurde kräftig und klar, er betonte jede Silbe, wählte die richtigen Worte. Alle fühlten die Veränderung, die vorgegangen war: Der eifrige junge Sekretär der Präfektur, der bescheidenen Plänen und undurchführbaren Träumen nachhing, hatte sich in eine realistische und dynamische Führungskraft verwandelt. In der Hauptstadt, wo er mit Männern von großen Fähigkeiten und großem Herzen verhandelt hatte, war er herangereift.

Jairos Marineti, der von einigen bösen Zungen Sumpfmaultier genannt wurde, hatte eine seiner Pannen, vielleicht weil ihm die Nachricht von der bevorstehenden Pflasterung der Straße mißfiel. Als sie endlich in Agreste ankamen, dämmerte es bereits, es war die Stunde der Romantik. An der Tür von Perpetuas Haus stand der Seminarist Ricardo in seiner Soutane, mit der Armbanduhr und dem Jadering; lächelnd erklärte er, daß seine Kusine Leonora in Mangue Seco sei.

Ohne sich erst zu verabschieden, lief Ascanio fort, um ein Transportmittel zu suchen.

Schweigend gehen sie zu den Hügeln, Hand in Hand, und lächeln sich zu. Ascanio betrachtet das im Schatten liegende Antlitz und versucht, es mit Pat, Nilsa und Bety zu vergleichen. Unmöglich! Nicht nur, weil Leonora unendlich viel schöner ist, sondern vor allem wegen der unendlichen moralischen Distanz, die sie von diesen Piranhas trennt. Piranhas – so hatte der Journalist Ismael Julião das Weibervolk genannt, das am Rand des Schwimmbeckens versammelt war; als ob er nicht der Verlobte einer von ihnen sei. Ein widerlicher Bursch, Doktor Lucena hat ganz recht.

Leonoras Antlitz strahlt Reinheit, Vornehmheit, edle Gefühle aus. Man merkt sofort, daß sie aus einer Familie von guten Prinzipien stammt, eine hervorragende Erziehung genossen hat. Die anderen, die Armen, was können sie anderes sein als eben ... Piranhas, um nicht ein häßliches und genaueres Wort anzuwenden. In keinem Augenblick hatte Ascanio das Gefühl gehabt, Leonora zu betrügen, als er mit Pat, Nilsa und Bety ins Bett ging. In Agreste erscheint er mindestens zweimal in der Woche in der Pension von Zuleika Cinderela, um sich bei irgendeiner Nutte abzureagieren. Man betrügt die Geliebte, die man zur Gattin erwählt hat, nicht, wenn man mit einer Dirne schläft. Dirne, Piranha oder Hure, das sind Synonyme. Liebe und Bett sind zweierlei, das eine hat mit dem anderen nichts zu tun, so wie Leonora nichts mit diesen liederlichen Mädchen von Bahia gemein hat, den dreien und allen übrigen, darunter Astrud. Ja, Astrud war vom selben Schlag wie Pat, Nilsa und Bety, und dazu noch eine Heuchlerin. Jetzt kann ihn keine Astrud mehr betrügen. Ascanio ist nicht mehr derselbe, er hat gelernt, zu unterscheiden.

Immer noch Hand in Hand und lächelnd beginnen sie den Aufstieg zum höchsten Hügel, die Füße versinken im Sand. Leonora stolpert über den Stamm einer Kokospalme, fällt und versucht aufzustehen; Ascanio hebt sie an den Armen auf, ein leichter, geflügelter Körper, eine Sylphide – die Dichter treffen stets das Richtige, sie irren sich nie. Er läßt sie am Arm herab. Leonora liegt an seiner Brust, ihre Gesichter sind aneinandergepreßt, ihre Atemzüge verschmelzen.

Als er sie oben wieder auf die Füße stellt, küssen sie sich vor dem finsteren und betörenden Abgrund. Hier hatte sie in einer Vollmondnacht sein Antlitz mit den Lippen gestreift, als er ihr von Astruds Verrat erzählt hatte. In dieser Nacht ohne Mondschein ist die Landschaft noch geheimnisvoller, endloser und dunkler. Als sich ihre Lippen voneinander lösen, bemerkt sie mit ihrer kristallklaren Stimme:

»Dort drüben liegt die afrikanische Küste. Ich habe es nicht vergessen. Nur der Mond, den ich für heute bestellt habe, ist nicht gekommen, der heilige Georg ist nicht mein Freund.«

Sie setzen sich vor das wütende Meer, das in das Land vordringen will. Ein kleines, vor Erregung ängstliches Lachen. Ascanio verstummt vor Glück. Während er sich ganze Sätze überlegt, jedes Wort sorgfältig wählt, fragt Leonora:

»Ist alles gut gegangen?«

»Alles. Sehr gut. Nachher erzähle ich es dir, haargenau.« Er rafft sich auf. »Jetzt will ich dir von etwas anderem sprechen, von uns.«

Leonora unterbricht ihn, jäh betrübt, den Blick auf den endlosen Ozean gerichtet, unendlich traurig; das Kristall ihrer Stimme ist zerbrochen.

»Ascanio, ich muß dir etwas sagen, ich muß.«

Er verschließt ihr schnell den Mund mit seiner Hand. Alles, nur nicht das. Er weiß, was Leonora ihm erzählen will, er kann nicht erlauben, daß sie selber das Geschehene beichtet. Er will diese Erzählung nicht aus ihrem Mund hören, das wäre allzu schmerzlich. Wenn die kaum verheilte Wunde aufs neue aufgerissen werden muß, dann ist es an ihm, dieses Opfer zu bringen.

»Sag nichts, ich weiß schon alles.«

»Du weißt, wer hat es dir erzählt?«

»Dona Carmosina. Dona Antonieta hatte es ihr gesagt, damit sie es mir erzählt. Um zu sehen, ob ich auf dich verzichte.«

»Sie hat alles erzählt?« Die Tränen stürzen ihr aus den Augen.

»Alles. Wie dein Verlobter, dieser Schuft, dich betrogen hat, wie er deine Unschuld ausgenutzt hat. Kannst du dich an meine Reise nach Rocinha erinnern? Damals war es. Aber der Plan hat keinen Erfolg gehabt. Was geschehen ist, hat für mich keine Bedeutung. Für mich bist du so rein wie die Jungfrau Maria.«

Leonora weint lautlos, die Tränen laufen ihr über das Gesicht. Ascanio trocknet sie mit seinen Küssen.

»Ich bitte dich nur um eines: Laß uns nie wieder darüber sprechen, kein einziges Wort. Ja?«

Sie nickt mit dem Kopf. Sie wollte ihm etwas anderes sagen, ihm die Wahrheit erzählen, aber jetzt, nach dem, was sie gehört hat, fehlt ihr der Mut. Sie bricht in Schluchzen aus, Ascanio erstickt es mit einem Kuß.

Ein ferner Laut, woher kommt er nur? Vom benachbarten Hügel, der im Schatten liegt. Es ist kaum etwas zu sehen, aber immer deutlicher hört man lustvolles Stöhnen und Wortfetzen, die der Wind verweht: Ach, Pedro, Liebster ... Ascanio späht in die Nacht, Leonora benutzt diesen Vorwand, um den Kreis der Täuschung zu durchbrechen.

»Das ist der Ingenieur mit seiner Frau. Mamachen hat es mir erzählt: Jede Nacht geht das so.«

»Es lohnt sich, verheiratet zu sein ...«, sagt Ascanio neiderfüllt.

»Ascanio, was auch immer geschehen mag, glaube nie, daß ich dich täuschen wollte. Ich habe in meinem ganzen Leben nie einen anderen geliebt. Bevor ich dich kannte, wußte ich nicht, was lieben heißt.«

Als er sich bückt, um sie zu küssen, umfaßt ihn Leonora mit den Armen und, in einer unerwarteten Bewegung, auch mit den Beinen, so daß er auf ihren Körper zu liegen kommt. Pack deinen Bock bei den Hörnern, hatte Mamachen geraten. Ascanio versucht, sich zu befreien, er fürchtete, den Kopf zu verlieren und so viel Unschuld und Vertrauensseligkeit zu mißbrauchen, aus Liebe das zu tun, was der Schurke aus schäbiger Berechnung getan hatte. Aber sie hält ihn fest, Leib an Leib, er spürt ihre Brüste, die Schenkel, den Bauch, er kann sich kaum beherrschen.

»Verzeih mir, daß ich nicht bin, wie du dachtest«, murmelt Leonora. »Komm, ich gehöre dir. Oder magst du mich nicht?« Und wieder fließen die Tränen.

»Ach, du weißt, daß ich dich liebe!«

Auf dem Nachbarhügel wird das Stöhnen lauter. Der Wind, der Helfershelfer, hebt den Saum von Leonoras Kleid, sie öffnet sich. Ascanio nimmt sie vor der Küste von Afrika, statt des verlorenen Hymens berührt er die goldene Spur eines Kometen. Zum erstenmal in ihrem Leben gibt sich Leonora aus reiner Liebe hin, ohne ein anderes Gefühl, sei es gut oder böse. Sie weint und lacht. Sie war ein abgespäntes Zicklein, vom Leben mißhandelt. An diesem Ende der Welt, gegenüber der afrikanischen Küste, wird sie zur Frau, vollkommen glücklich, wie niemand sonst. Sie besitzt eine blaue Sonne und einen schwarzen Mond.

Es vermengen sich die Liebesklagen, die von den Hügeln aufsteigen. Ein Brautkleid aus weißem Sand, der Kranz aus Sternen, eine leidenschaftliche Braut, eine entblätterte Rose. Leonora schwinden die Kräfte. Am Horizont steigt die blaue Sonne auf, im Abgrund des Meeres verschwindet der schwarze Mond, die Tränen trocknen, das Lachen kehrt wieder. Ach, Liebster, jetzt, ja, jetzt kann ich sterben.

Der Verfasser ergeht sich in einer unerwarteten Lobrede – er muß wohl seine Gründe dafür haben.

In diesem Roman ist viel von Patriotismus und von Patrioten die Rede gewesen. In dieser Hinsicht ist es unerläßlich, eine schwere Ungerechtigkeit gutzumachen, und ich muß es eiligst tun, noch bevor ich die Leser in die belebte (und einzige) Pension von leichten Mädchen führe, die es in Agreste gibt und die von Zuleika Cinderela mit Takt und Umsicht geleitet wird.

Nicht gesprochen wurde nämlich von der Aufopferung, von der bedingungslosen Hingabe an Sant'Ana do Agreste, die Zuleika Rosa do Carmo, die Cinderela, bewiesen hat, der die Stadt und die Gemeinde so viel verdanken. Nicht nur, daß ihr Name nicht unter denen der nachweislichen Patrioten aufgeführt wurde, sie erscheint auch nur selten in den zahllosen Seiten dieses Romans und wird fast immer nur durch Zufall erwähnt. Eine große Ungerechtigkeit, die ich wieder gutmachen möchte.

Wenn sie nicht in Agreste geblieben wäre, verschiedene und vorteilhafte Angebote ausschlagend, nicht eines oder zwei, sondern viele – was wäre aus der Freude in diesem verlorenen Nest geworden? Was wäre den Jungen (und den weniger Jungen) geblieben, außer den Ziegen? Ein paar widerliche Schlampen, die im Beco da Amargura, im Buraco Fundo, in finsteren Winkeln betteln.

Ich habe Zuleikas Pension bei der Aufzählung der kulturellen Zentren von Agreste erwähnt. Dadurch habe ich mir die scharfe Kritik von Fulvio D'Alambert zugezogen, der in der Literatur und der Moral strenge Grundsätze hat. Aber ich frage: Wo können die Hinterwäldler, die von ihren Pflanzungen und Landhäusern von Rocinha an den Samstagen zum Wochenmarkt kommen, mit der Zivilisation der großen Städte in Berührung kommen und sich weiterbilden? Wo finden sie ohne Unterlaß Duft und Grazie, Musik und Tanz, Liebesdienste und Getändel, Unterhaltung, Gesang, einen zünftigen Tango, abgesehen von der Theorie und Praxis der Sexualität, einer Wissenschaft, die heutzutage so sehr im Schwange ist?

Um wieviel trauriger und einsamer wären die Tage und Nächte von Agreste, vor allem die Nächte, wenn Zuleika, verführt von Geldgier und Luxus, auf die Suche nach Vermögen und nationalem Ruhm aufgebrochen wäre, wozu es ihr nicht an den notwendigen physischen und moralischen Attributen fehlte. Der Alltag von Agreste wäre nicht vom guten Zusammenleben gekennzeichnet, die Zwietracht hätte nicht auf die Brastanio warten müssen, um sich hier niederzulassen. Zuleika Cinderela verbreitet Friedfertigkeit und Herzlichkeit unter dem Volk und ist sogar für die Harmonie mehrerer Ehen verantwortlich – hätten nicht die Mädchen ihren Beruf in der Pension ausgeübt, würden viele Ehemänner ihr Heim auf der Suche nach raffinierteren Lastern verlassen haben.

Wie der Kapitän, Barbozinha und Ascanio war auch sie eine unbeugsame Patriotin. Sie kam nie auf den Gedanken, Agreste zu verlassen, wo sie sich nicht nur geliebt wußte, sondern auch unentbehrlich war. Hatte sie nicht fast immer die delikate Aufgabe, die Jungen aus guter Familie einzuweihen? Gewissenhafte Väter, die sich um die Erziehung ihrer Söhne kümmerten, legten die Zukunft ihrer Erben in die Hände von Zuleika Cinderela, empfahlen sie ihr durch Vermittlung von Verwandten und Freunden, baten sie, sich ihrer anzunehmen und ganze Männer aus ihnen zu machen. Aus Güte und Begehrlichkeit weihte sie auch manche Jungen umsonst ein. Ihre Statur war klein, aber ihre Seele groß.

Als Osnar im Alter von elf Jahren von einem seiner Vettern zu ihr gebracht wurde, war sie zwanzig und genoß bereits den Ruf, eine Spezialistin auf ihrem Gebiet zu sein. Wenn sie heute, da sie die fünfzig schon mit Anmut überschritten hatte, diese Erstlinge zählte, würde sie einen Rekord aufstellen. Sie hat nicht mehr die jugendliche Wildheit des Mädchenalters, sie war ruhiger, aber immer noch übermütig, und ihre Freundlichkeit war gleich geblieben, wie auch die Schönheit ihres gut gebauten Körpers, ihre unwiderstehliche Sinnlichkeit und die Blatternnarben, die auf ihrem fröhlichen Antlitz gar nicht mehr auffielen.

Wenn es eine Gerechtigkeit in der Welt gäbe, wenn die Bürger von Agreste nicht in der Heuchelei ihrer Vorurteile befangen wären, dann wären Zuleika und ihr vorbildliches Etablissement längst zu Einrichtungen von öffentlichem Nutzen erklärt worden. Aber das Leben ist ein Sammelsurium von Ungerechtigkeiten – diese Wahrheit soll hier wiederholt werden, und damit wird noch ein Gemeinplatz den vielen anderen hinzugefügt, die sich auf den glanzlosen Seiten dieses Romans anhäufen.

Petos erstes Erlebnis

Noch nie hatte man ihn so sauber, ernst und elegant gesehen, aber so seltsam es scheinen mag, niemand machte sich darüber lustig, außer Manuel.

»Sieh mal an, Peto! Gehst du zur ersten Kommunion? Du bist doch schon über das Alter hinaus. Oder willst du Hochzeit machen?«

Osnar unterbrach den Portugiesen.

»Weißt du denn nicht, Admiral, daß heute der Geburtstag des Sergeanten ist? Spendier ihm wenigstens eine Coca-Cola.«

»Geburtstag? Na so was, ich gratuliere. Bestell nur, was du trinken willst.«

Der sonst so schlampige Peto war wirklich nicht wiederzuerkennen. Das Haar war mit Brillantine gebändigt, er hatte einen ganzen Tiegel verbraucht, und der eigenartige Geruch ist stärker als der der Zigarren und Zigaretten. Er hatte die Armbanduhr um, eine blasse Erinnerung an Antonieta, deine dich liebende Tante, und ein neues modernes Hemd angezogen. In roten und blauen Buchstaben waren die Namen der bedeutendsten Städte der Welt aufgedruckt, mit den besten Wünschen und einem Kuß der Kusine Leonora – dazu Geschenke, die ihm sein Bruder zur Stunde des Geburtstagsmahls gebracht hatte: Lackschuhe und lange Hosen, die ersten, endlich hatte sich seine Mutter überzeugen lassen. Selbst als er bei dem Freundschaftsspiel gegen Seixas auf Onkel Asterio setzte, tat Peto es mit der Haltung eines, der nicht mehr ein unvernünftiges Kind ist.

Als die Glocke der Pfarrkirche die fatalen neun Schläge ertönen läßt und die Lichter verlöschen, als Manuel versucht, die Lampen anzuzünden, macht Osnar ein Zeichen, und Peto geht unauffällig hinaus, um auf dem Platz zu warten. Wenn es jemand bemerken sollte, wird er so tun, als hätte er nichts gesehen, das Gespräch wird lebhaft fortgesetzt; wenn Onkel Asterio ihn sucht, wird Aminthas sagen, daß er schon nach Hause gegangen ist.

Als er ihn auf dem Platz einholt, versucht Osnar, ihm Mut zuzusprechen.

»Hab' keine Angst, Sergeant.«

»Wer redet von Angst? Ich fühle mich prima.«

Osnar lächelt in der Dunkelheit. Alle sagen dasselbe, auch er hatte versichert, er sei ganz ruhig, als er seinen Vetter Epaminondas begleitete, Gott hab' ihn selig. Aber in der Brust gerät das Herz aus dem Takt.

Bevor sie in den Weg einbiegen, sehen sie die Leute aus dem Filmtheater Tupy kommen, dem einzigen Ort in der ganzen Stadt, der nach neun Uhr und noch länger beleuchtet ist: Es besitzt einen eigenen Motor.

»Heute war der Pfarrer im Kino», sagt Osnar, der eine Soutane bemerkt.

»Das ist nicht der Pfarrer. Es ist Ricardo. Er ist mit Mama gegangen. Es ist ein religiöser Film. Der muß schön langweilig sein.«

Um sich nicht von Osnars Seite zu rühren, hatte Peto zum erstenmal in drei Jahren eine Vorstellung versäumt. Nach den Lobeshymnen von Padre Mariano während des Mittagessens zu urteilen, muß der Film gräßlich sein. Ein Film ohne Schüsse und Verbrechen ist nach Petos Meinung nichts wert. Trotzdem wird er ihn sich morgen in der Matinee ansehen.

Sie gehen in entgegengesetzter Richtung zum Ortseingang und wenden sich zum Ufer der Jaqueira, wo sich auf einem baumbestandenen Grundstück die Pension von Zuleika Cinderela befindet.

Gewöhnlich ist der Samstag in der Pension ein besonderer Tag, an dem am meisten los ist. Von nachmittags bis abends wird sie von den Marktbesuchern frequentiert. Sie betreten den Salon, setzen sich, um zu warten oder eine Frau auszusuchen, bestellen ein Bier oder einen Cognac, zählen ihr Geld nach, oft nur Nickelmünzen, die sie in ihr Taschentuch gebunden haben. Einige sind Stammgäste von diesem oder jenem Mädchen, andere ziehen die Abwechslung vor. Der Zustrom dieser ländlichen Kundschaft hält bis sieben Uhr an, nie länger als bis halb acht. Von neun, halb zehn an, nach dem Kino, beginnen die Burschen aus der Stadt zu kommen. Samstag ist ein freier Tag, man geht spät schlafen, setzt die Vitrola in Gang, tanzt und konsumiert tüchtig Getränke. Zwischen halb acht und halb neun ist eine fast tote Zeit; die Mädchen essen zu Abend, ruhen sich aus, einige gehen ins Kino.

Der Salon ist praktisch leer, als Osnar und Peto in der Tür auftauchen. An einem der Tische unterhalten sich zwei Frauen; an einem anderen flüstert Leléu mit einer falschen Blondine, auf die er scharf ist. Eine ganz Junge kommt heraus und begegnet ihnen am Eingang.

»Guten Abend, Herr Osnar. Du bist Peto, nicht wahr? Ich habe schon von dir gehört.«

»Wohin gehst du, Maria Imaculada?« Eine Frage, die Erstaunen und Tadel ausdrückt.

»Ich komme gleich wieder, Herr Osnar. Zählen Sie auf mich.«

Im Salon wendet sich Osnar an Neco Suruba, der seit unvordenklichen Zeiten hier Kellner ist; als Junge hat er diese Stellung angetreten, jetzt hat er weiße Haare.

»Wo ist Zu?«

Eine der Frauen kommt der Antwort zuvor.

»Dona Zuleika badet, sie wird bald kommen.«

Sowohl sie als auch ihre Kollegin lächeln Peto zu und betrachten ihn. Sie riechen den vertrauten Duft der Brillantine, die Marktbesucher verwenden dieselbe Marke, die in kleinen Tiegeln verkauft wird. Billig und stark.

Kaum haben sie sich an den Tisch der beiden Frauen gesetzt, als Zuleika Cinderela den Salon betritt und den Duft von Seife und Kölnisch Wasser mitbringt, der den kräftigen Geruch der Brillantine mildert. In den hochhackigen Schuhen sieht sie größer aus, das Haar ist glatt wie das einer Indianerin, der Körper schön gedrechselt, einladend. Ring und Armband, Modeschmuck, ein weites, ausgeschnittenes, hortensienblaues Kleid mit weißen Taschen, alles an ihr ist Sauberkeit und Adrettheit. Sie geht direkt auf Peto zu, ihr Lächeln ist ein Geschenk des Himmels, das sie verteilt.

»Guten Abend, Peto, willkommen. Willst du etwas trinken? Ich gratuliere zum Geburtstag. Ich habe ein Geschenk für dich.« Sie zwinkert ihm zu.

Da Peto das angebotene Getränk ausschlägt, reicht sie ihm die Hand und fordert ihn mit einer leichten Kopfbewegung auf, ihr zu folgen. Osnar und die beiden Frauen verfolgen die Szene. Leléus Blonde dreht sich um. Peto steht auf, er spürt die Neugierde, die ihn umgibt. Osnar bestellt Bier.

Nachdem sie die Tür des Zimmers geschlossen hat, nimmt Zuleika die Lampe, die an der Wand hängt und stellt sie auf den Nachttisch neben das Bett, um besser sehen zu können. Peto ist stehengeblieben, die Augen zu Boden geschlagen. Die beiden sind gleich groß, oder doch fast.

»Du bist ein hübscher Kerl! Ich habe dich schon oft auf der Straße gesehen. Ich habe immer gedacht: Wann wird er mich wohl besuchen kommen?« Sanft und leise: »Ich habe Osnar gesagt: Bring ihn her, um den Geburtstag zu feiern!«

Sie knöpft das neue Hemd des Jungen auf.

»Wie viele Städtenamen! Paris, Rom. Da wohnt der Papst. Hast du es geschenkt bekommen?«

Peto nickt mit dem Kopf, fast hätte er gesagt: von meiner Kusine, beherrscht sich aber rechtzeitig. Zuleika schiebt die Hand in das offene Hemd, streichelt die Brust und die mageren Rippen, kommt näher und küßt Peto hinters Ohr, bevor sie ihm ihren Mund reicht. Als sie ihn losläßt, streift Peto die Schuhe ab, Cinderela zieht ihm das Hemd aus und hilft ihm, sich der langen Hose zu entledigen. Peto hält sie fest, damit sie nicht auf den Ziegelboden fällt und schmutzig wird, seine erste lange Hose. Zuleika zieht ihre Schuhe aus, lehnt sich an Peto, streicht mit der Hand am Körper des Jungen hinunter, knöpft die Unterhose auf, berührt seine Eier und spielt mit ihnen.

»Was für ein hübscher Schwanz.« Sie nimmt ihn in die Hand, streichelt ihn langsam und reicht Peto gleichzeitig den Mund zum Kuß.

Sie tritt zurück und dreht ihm den Rücken zu.

»Mach den Reißverschluß von meinem Kleid auf, mein Schatz.«

Der Reißverschluß geht auf, und vor Petos Augen erscheint der nackte Körper. Mit einer Bewegung der Schultern befreit sich Zuleika von dem Kleid, jetzt kann der Junge sie ganz sehen, wie schön sie ist!

»Findest du mich hübsch?«

»Sehr.«

»Hast du Lust?«

»Fragen Sie nicht erst.«

»Dann komm.«

Sie steigt ins Bett und macht Peto Platz. Sie liegen auf der Seite und sehen sich an. Er streckt die Hand aus, noch schüchtern, und berührt ihre Brust. Kleiner als die der Tante, größer als die von Leonora, verschieden von beiden, rund wie ein Maisbrot, das eben erst aus dem Ofen gekommen ist. Zuleika seufzt bei der Berührung. Jede schüchterne Bewegung, jeder Fortschritt ist ein göttlicher Genuß.

»Sag mal: Ist es wirklich das erstemal?«

»Mit einer Frau, ja.«

»Hast du es mit irgendeinem Jungen gemacht?«

»Nur mit einer Ziege.«

»Mit Negra Flor, nicht wahr?«

»Ja, mit ihr.«

Was für ein widerliches Vieh. Peto ist in der letzten Zeit der dritte, der ihr von dieser Ziege erzählt. Mehr als einmal war Negra Flor schon vor ihr dagewesen.

»Mit einer Frau ist es anders, du wirst sehen.«

Sie verändert ihre Lage, liegt jetzt mit dem Bauch nach oben, spreizt die Beine, Petos Blicke verfolgen die Spur der schwarzen Haare. Die Hand von Zuleika Cinderela sucht ihn.

»Komm, mein Männchen, gib diesen köstlichen Schwanz her, um dein Weibchen zu vernaschen.«

Sie küßt ihn zärtlich, streichelt ihn sanft, macht, daß er sie besteigt, zieht den Bauch ein, um die Umarmung zu erleichtern, fährt mit der Zunge in Petos Ohr und murmelt:

»Herrlich! Ich bin imstande und verliebe mich noch in dich.«

Sie kreuzt die Beine über dem Rücken des Jungen.

»Komm, steck ihn tief hinein.«

Sie hält ihn fest zwischen ihren Schenkeln, küßt sein Gesicht und seinen Mund, bewegt die Hüften, streckt ihm die Brüste entgegen. Die Pflaume ist köstlich, genau das richtige für einen Schwanz, der noch wachsen muß, sie beißt und streichelt. Sie muß erreichen, daß er lernt und genießt, daß er fühlt, was gut ist, daß er ein richtiger, ganzer Mann wird, dafür hat man ihn ihr ja auch anvertraut. Gleichzeitig wird Zuleika, die alte Cinderela, trunken vor Lust, sie ergötzt sich an seiner Unschuld. Es kann im Leben oder in der Ewigkeit keine Wonne geben, die sich mit dieser vergleichen läßt.

»Komm jetzt, ich bin soweit.«

Der Sieg ist errungen, der Debütant kommt gleichzeitig mit ihr, im selben Augenblick, in einem Schrei, er steht zur selben Todesstunde wieder auf.

Als Peto, stolz und glücklich, aus dem Zimmer kommt und den Salon betritt, empfängt ihn frenetischer Applaus. Das Haus ist voll, alle Tische sind besetzt, die Gruppe aus der Bar ist da, Barbozinha, der Araber Chalita mit einer ganz Jungen auf den Knien, der junge Sabino, sein Genosse bei Negra Flor, den Zuleika vor einer Woche entjungfert hat, nur zum Vergnügen, ohne daß sie jemand bezahlt hätte. Für Peto zahlt Osnar, fürstlich. Alle anderen haben für das Fest Geld beigesteuert.

Die Frauen kommen, eine nach der anderen, und küssen ihn auf den Mund. Die falsche Blondine nennt ihn Leckerbissen, eine andere Kokosnaschwerk, die Junge, die hinausgegangen und wiedergekommen ist, nennt ihn Schwager, eine ist verrückter und hübscher als die andere. Peto setzt sich neben Aminthas, er duftet nach Brillantine und nach Frau.

Osnar plagt sich mit dem Korken der Champagnerflasche ab, einheimischer Sekt, natürlich, wir sind ja in der Pension von Zuleika Cinderela, in Agreste, und nicht im Refúgio dos Lordes von Madame Antoinette in São Paulo. Der Dichter De Matos Barbosa räuspert sich, um eine klare Stimme zu bekommen, zieht ein Blatt Papier aus der Tasche und deklamiert, inmitten eines absoluten und respektvollen Schweigens, das für diese Gelegenheit verfaßte »Hochzeitssonett«, einfach wundervoll! Neco Suruba bringt die Geburtstags- und Hochzeitstorte.

Zuleika Cinderela, noch von Lust befangen, bittet um eine Kopie des Sonetts, verlangt, daß man einen Tango auflegt und tanzt in ihrem flatternden blauen Kleid mit Barbozinha, Wange an Wange, die Schenkel in diesen köstlichen und schwierigen Schritten verschlungen. Verliebt verfolgt Peto die Drehungen des Tanzes, halbtot vor Eifersucht.

Der Seminarist Ricardo stellt seine Berufung (intensiv) unter Beweis und begeht eine Unvorsichtigkeit.

Als Padre Mariano am Sonntag nach der Messe Chorhemd und Stola ablegt, beobachtet er Ricardo, der sich in der Sakristei zu schaffen macht, Vavá Muriçoca Aufträge erteilt und seine Meinung über die von der Erzdiözese verlangte Inventur abgibt.

»Du hast heute nicht kommuniziert, Ricardo. Warum nicht?«

»Gestern abend habe ich gesündigt, Hochwürden, und hatte keine Zeit zu beichten. Ich habe mit Herrn Modesto Pires diskutiert, bin wütend geworden, habe ihn beschimpft ...«

»Herrn Modesto Pires beschimpft? Du?« Ungläubig, mit offenem Mund schüttelt der Geistliche den Kopf.

Sein Schützling hatte sich verändert während der Ferien in Mangue Seco. Was war nur in ihn gefahren?

»Ich habe gesagt, was ich über diese Fabrik denke, und über die, die für sie sind. Ich habe die Sünde des Zorns begangen.«

Mit dieser Antwort begeht er die Sünde der Lüge. Er hatte tatsächlich ein Wortgefecht mit Modesto Pires gehabt, aber ohne ihn zu beleidigen. Unpassend hatte er sich sicherlich benommen, aber weniger bei diesem aggressiven Gespräch auf der Straße als bei seiner geheimen Hantierung im Kino. Wenn er sich daran erinnert, spürt er einen Wonneschauer. Ja, es waren Sünden geschehen, die die Kommunion unmöglich machten, aber solche des Fleisches, abends und nachts: im Turm der Kirche, in der Dunkelheit des Kinos, am Ufer des Flusses. Der Priester fühlt die vorgegangene Veränderung, weiß jedoch nicht, wie sehr sich der Lebensrhythmus seines Schülers gewandelt hat. Mitten im Wirbel der Ereignisse stellt Ricardo seine Berufung auf die Probe, beschreitet einen Weg voll Licht und Finsternis. Ach, Hochwürden, verlangen Sie nicht zu wissen, was in mich gefahren ist!

»Hast du bei Bruder Timótheo gebeichtet? Ist er immer noch dein Beichtvater?«

»Ja, Padre. Er verbringt den Sommer in der Siedlung.«

»Gott erhalte ihn. Er ist eine Leuchte der Kirche.«

Padre Mariano wiederholt, was er in Aracajú und in Salvador gehört hat. Alle preisen die Tugenden und das Wissen des Bruders, sogar jene, die mit seinen Thesen nicht einverstanden sind. Ricardo stimmt dem Lob begeistert bei, er hält es für berechtigt. Bruder Timótheo hat ihn Gott näher gebracht.

Im Seminar lernte Ricardo einen schrecklichen und abstrakten Gott kennen, losgelöst vom Leben und von den Menschen, dem zu dienen man verpflichtet ist, um nicht in alle Ewigkeit die Qualen der Hölle zu erleiden. Der Gott von Bruder Timótheo nimmt am Leben teil, versteht die Probleme der Menschen, ist ein vertrautes, konkretes, liebenswertes Wesen. Die Worte der Gebete, die im Seminar heruntergeleiert wurden, klangen leer; jetzt hat er durch den Franziskaner ihre wirkliche Bedeutung erfaßt. Alliebendes Herz, zum Beispiel: Gott ist Liebe und Frieden, hat ihm der alte Mönch gesagt. Als sich Ricardo für unwürdig hielt, weiterhin die Priesterwürde anzustreben, weil er gesündigt hatte, riet ihm der Bruder:

»Du hast noch genügend Zeit, deine Berufung auf die Probe zu stellen, bevor du dich entscheidest. Wenn die Welt stärker ist, wähle einen anderen Beruf, diene Gott als einfacher Christ, deine Verdienste werden nicht geringer sein, nur weil du keine Soutane trägst und nicht Messe liest. Wenn sich aber deine Berufung lebendig erhält und du sie als eine innere Notwendigkeit empfindest, dann behalte die Soutane, erfülle dein Geschick und gehorche dem Gesetz Gottes. Aber hab niemals Furcht, fliehe nicht, verberge dich nicht, gib dich nie auf. Das Herz Gottes ist alliebend.«

Ricardo hatte Bruder Timótheo vom Ingenieur Pedro erzählt, einem Materialisten und Atheisten, der über die sozialen Ungerechtigkeiten spricht, über die Verbrechen der Bourgeoisie und des Kapitalismus, über die Notwendigkeit, die Gesellschaft zu verändern.

»Auch er dient Gott, denn er ersehnt die Gerechtigkeit und das Glück der Menschen.« Der Alte lächelte. »Selbst die, die sagen, daß sie nicht an Gott glauben, können Ihm dienen, wenn sie die Menschen lieben und für sie arbeiten. Warum bringst du deinen Freund nicht her? Ich möchte ihn gern kennenlernen.«

In der Siedlung von Saco verlebt Ricardo erregende Stunden, wenn er den Gesprächen zwischen dem Ingenieur und dem Bruder lauscht. Pedro, der ungestüm, ehrlich und begeistert ist, leugnet in seinen flammenden Reden die Existenz Gottes und der Seele. Der Franziskaner, der sich aus dem Gewühl und der Unruhe der Welt zur Meditation in seine Klosterzelle zurückgezogen hat, diskutiert mit sanfter Stimme und verwendet poetische Bilder. Trotzdem entdeckt Ricardo eine Ähnlichkeit und Verwandtschaft zwischen den beiden, Berührungspunkte, ein gemeinsames Ziel: die Sorge um das menschliche Wesen. Er sucht seinen Weg zwischen Widersprüchen und Übereinstimmungen, er bereitet sich darauf vor, seine Berufung den notwendigen Prüfungen zu unterwerfen und sich nicht den Diskussionen und Handlungen zu verschließen. Im gegebenen Augenblick wird er sich entscheiden. Nicht bevor er alle Zweifel beseitigt hat.

Im Boot, in der Nacht der Haifische und der Angst, neben Jonas, hat er empfunden, wie schwer es ist, zu befehlen, vor allem, wenn die Pflichterfüllung Grausamkeit und Gewalt verlangt. Jonas ist ein guter und freundlicher Mensch; aber in dieser Ausnahmesituation war das Antlitz des Fischers düster und unerbittlich geworden. Wo führen die Wege hindurch, die in der Freude und der Gerechtigkeit enden? Als er die angsterfüllten Männer und Frauen sah, die Haifische dicht unter der Wasseroberfläche, als er seine Tante, Jonas, Daniel, Isaías und Budião sah, gütige Menschen, die jedoch dem Tod ins Auge sahen, um das Leben zu verteidigen, da schüttelte Ricardo den letzten

Zaum ab, nahm die Zügel zwischen die Zähne, entschlossen, auf eigene Rechnung, ohne Steigriemen, darauflos zu galoppieren.

In seiner bedrängten und verwirrten Brust häufen sich Worte, Ideen, Ergebnisse. Alles hat mit der Ankunft der Tante begonnen, vor höchstens anderthalb Monaten. Der Pfad der Prüfungen führt zwischen Frauen hindurch. Die Tante hatte in seiner Brust einen Brand entzündet, das Feuer hatte sich ausgedehnt, wie konnte er es löschen? Tieta genügt nicht, Maria Imaculada genügt nicht, denn die Glut schwelt und flammt auf, sobald Ricardo einen vor Verlangen feuchten Blick, die Andeutung eines Lächelns gewahrt. Er kann sich nicht verweigern, er will sich nicht verweigern. Warum soll er fliehen, nach allem, was er gesehen und getan hat?

Zu Petos Geburtstag war er schon morgens aus Mangue Seco gekommen, aber mit der Absicht, sich die Nacht freizuhalten und sie nur Maria Imaculada zu widmen. Perpetua war ausschließlich mit der Feier und dem Mittagessen beschäftigt, zu dem sie nur Padre Mariano, Elisa, Asterio und Mutter Tonha eingeladen hatte. Dem Pfarrer gegenüber beklagte sie sich über die Abwesenheit von Tieta und Leonora, tat es aber nur der Form halber. Wären die beiden in Agreste, müßte Perpetua eine Menge Leute einladen, angefangen von der ihr so unsympathischen Carmosina; ein Riesenaufwand. So ging alles besser. Tieta und Leonora erschienen nicht, schickten aber durch Ricardo Geschenke. Die reiche Tante stellte wieder einmal ihre Großzügigkeit und ihre Zuneigung zu den jungen Neffen unter Beweis: Die Uhr, die sie Peto geschenkt hatte, wurde vom Pfarrer gelobt und gewürdigt.

»Ein königliches Geschenk, Dona Perpetua. Dona Antonieta hat eine offene Hand und vergöttert ihre Neffen. Ich zweifle nicht, daß sie eines Tages« – er senkt die Stimme, weil gerade Elisa und Asterio eintrafen – »die privilegierten Erben sein werden.«

Perpetuas Augen leuchteten auf, Gott möge Sie hören, Herr Pfarrer, und Ihre Worte segnen. Sie erwartet die Rückkehr ihrer Schwester, um mit ihr ein ernstes Wort über die Zukunft der Kinder zu reden. Tieta hat keine unmittelbaren Erben, und wenn es um Neffen und Stiefkinder geht, hat sie die Pflicht, diejenigen vorzuziehen, in deren Adern das gleiche Blut fließt wie in den ihren, das Blut der Esteves. Die Gefahr liegt in dieser Schmeichelkatze von einer Leonora, Mamachen hin, Mamachen her, das ist schon mehr eine Tochter als eine Stieftochter. Trotzdem vertraut Perpetua auf die Hilfe des Herrn, der ein genauer Zahler ist. Sie haben ein Abkommen getroffen, jetzt ist es am Herrn, seinen Teil zu erfüllen.

Nach dem Mittagessen und einer kurzen Unterhaltung zieht sich der Priester zurück, und Ricardo begleitet ihn. Er hatte nicht gelogen, als er Tieta gegenüber von einer Verabredung mit dem Geistlichen gesprochen hatte. Er hatte ihm versprochen, ihm bei der Inventur der Güter der Pfarre zu helfen, die die Erzdiözese angefordert hatte. Der Kardinal ist besorgt wegen der ständigen Diebstähle in den Kirchen, der Entwendung wertvoller Bildwerke und kostbarer Kultgegenstände; in einzelnen Fällen sogar im Einvernehmen mit Priestern und Sakristanen, wie es in Gerüchten und Anzeigen heißt. Padre Mariano errötet bei dem Gedanken an das wurmstichige Stück Holz, die Statue der heiligen Anna, die er um eine Handvoll Cruzeiros an diesen exkommunizierten Maler verkauft, nein, vertauscht hatte, diesen Pharisäer, der den frommen Gläubigen spielte. Wenn er auch das ganze Geld, auf Heller und Pfennig, für die Pfarrkirche verwendet hatte, so fühlte er sich doch nicht frei von Schuld.

In der Sakristei speist und trinkt (Wein aus Rio Grande do Sul) Padre Mariano, ohne sich um die Hitze zu kümmern. Er zeigt auf die Schubladen der Kommoden und sagt zu Ricardo:

»Die Meßgewänder liegen dort, die alten Sachen sind im Turm. Unsere verehrten und frommen Helferinnen werden sie einzeln herausnehmen, und du notierst sie auf diesem Blatt Papier. Von den anderen Gegenständen habe ich selber eine Liste aufgestellt. Ich werde das Brevier in meinem Haus zu Ende beten, ich bin bald wieder hier.«

Ricardo kennt diese Brevierlesungen im Liegestuhl, sie dauern fünf Minuten. Aber die Siesta kann sich auch bis zur Stunde des Angelus ausdehnen. Was Vavá Muriçoca anbelangt, so rechnet am Sonntagnachmittag niemand vor dem Segen mit ihm, wenn überhaupt. Von den Helferinnen sind drei anwesend und machen sich an den Schubladen zu schaffen: Dona Milita, Dona Eulina und deren Nichte, Cinira, eine alte Jungfer, die aber immer zu einem Entgegenkommen bereit ist. Zu was für einem Entgegenkommen? Man weiß es!

Während die beiden Alten die Stücke herausnehmen und auseinanderlegen, fragt Cinira den wartenden Ricardo mit klagendem Blick, ob er nicht die Aufstellung der alten Sachen, die sich im Turm befinden, in Angriff nehmen will. Sie könnte ihm dabei helfen. Nach dem Rundschreiben der Erzdiözese sind diese alten Sachen gerade die wertvollsten, sie haben Vorrang und müssen vorsichtig behandelt werden. Eine ausgezeichnete Idee, Dona Cinira.

»Einfach Cinira. Ich bin noch nicht so alt, daß du zu mir Dona sagen müßtest.«

»Also dann gehen wir, Cinira.«

Sie gehen. Sie voraus, er hinter ihr her, mit Papier und Bleistift. Zum Turm führen hohe Steinstufen hinauf. Ricardo betrachtet Ciniras kräftige Schenkel, die mit einem aufregenden bläulich-schwarzen Flaum bedeckt sind. Er verhält den Schritt, um besser sehen zu können. Im engen Lagerraum können sie sich kaum rühren. Cinira bückt sich, um die Stücke aufzunehmen – alte Leuchter, zerbrochene Statuen, Opferstöcke, die nicht mehr in Gebrauch sind –, und streift Ricardo. Sie berühren einander, ob sie wollen oder nicht. Bei jeder Bewegung werden sie aneinandergepreßt und plötzlich – wie ist das nur geschehen? – umarmen sie sich und pressen ihre Lippen aufeinander. Cinira seufzt, schwankt, und Ricardo stützt sie. Sie selber führt die Hand des Seminaristen zu ihrer Muschel; sie hebt den Fuß, stellt ihn auf den Opferstock und bildet mit ihrem Bein einen günstigen Winkel. Genau wie sie es in Plinio Xaviers Laden macht, nur daß sie, als es zum Stöhnen und Schreien kommt, mit der Hand unter die Soutane fährt, um den Segen zu erbitten.

Sie trennen sich schweigend und stellen die kurze Liste der ausgemusterten Gegenstände fertig. Auf der Treppe reicht sie ihm noch einmal den Mund zu einem Abschiedskuß.

Da er bis zur Begegnung mit Maria Imaculada noch Zeit hatte, begleitete Ricardo seine Mutter ins Kino. Es war ein Ereignis, wenn Perpetua ins Kino ging. Es geschah nur hin und wieder, wenn der Film von der Kirche empfohlen war, wie dieser, die Geschichte einer erst kürzlich heiliggesprochenen nordamerikanischen Nonne. Während des Mittagessens hatte Padre Mariano in den höchsten Tönen von ihm gesprochen.

Als sie eintreten, ist der Saal schon voll besetzt. Nur zwei Plätze sind noch frei. Einer rechts von Modesto Pires, in den Samstagvorstellungen meistens für Dona Aida reserviert. Der andere, zwei Reihen dahinter, links von Carol – rechts von ihr setzt sich immer ihr Dienstmädchen hin, als Wachhund –, bleibt fast immer frei. Keine Frau, die sich respektiert, wird sich jemals dorthin setzen. Die Männer möchten es gerne tun, aber woher den Mut nehmen, um sich dem Ärger des reichen Mannes und dem Geschwätz der Leute auszusetzen?

Perpetua setzt sich neben den Gerbereibesitzer, der sie höflich begrüßt und aufsteht, um sie vorbeizulassen. Ricardo nimmt neben Carol Platz, die abweisend und gleichgültig dreinsieht. Modesto Pires beobachtet ihn aus dem Augenwinkel; ein Seminarist ist kein Mann, da besteht keine Gefahr. Schlimmer ist es, wenn irgendein Fremder erscheint, den freien Platz neben der herrlichen Mulattin sieht und sich hinsetzt. In böser Absicht.

Die Lichter verlöschen, die Vorstellung beginnt mit einer monatealten Wochenschau. Ricardo spürt, wie eine Schuhspitze seinen Fuß berührt. Die Berührung wiederholt sich, wird stärker, die Schuhe bleiben aneinandergepreßt. Dann die Beine. Ein fester Druck, eine sanfte Wärme; alles ganz ängstlich, mit winzigen Bewegungen, ein Genuß. Den Blick auf die Filmleinwand gerichtet, bewegt sich Carol unmerklich auf ihrem Stuhl, bis sich die Knie berühren. Die Wochenschau geht zu Ende, die Lichter leuchten auf, Modesto Pires durchbohrt die beiden mit seinen Blicken, aber Carol sitzt so weit wie möglich von dem jungen Mann in Soutane entfernt im Stuhl neben ihrer Begleiterin. Der Film läuft an, und alles beginnt ganz langsam von neuem, der Fuß, das Bein, das Knie. In einem bestimmten Augenblick, in der Mitte des Films, läßt Carol ihren Fächer fallen, bückt sich, um ihn aufzuheben, läßt ihre Hand, schüchtern und kühn zugleich, unter die Soutane gleiten und streichelt das Bein Ricardos, der eine Gänsehaut bekommt. Eine namenlose Wonne, ein grenzenloses Verlangen, eine aufregende Neuheit, ein Nichts fast, zart und verhalten, ganz leichte Berührungen, ängstlich, sanft. Mit Cinira war es heftig, beinahe wild.

Sobald der Film zu Ende ist, entfernt sich Carol, gefolgt von ihrem Mädchen, ohne jemanden anzusehen, während Modesto Pires Perpetua und Ricardo einen Häuserblock weit begleitet. Er klagt, daß er ganz allein in Agreste ist, fern von der Familie, mit dieser Geschichte vom Kokoshain beschäftigt, die sich ewig hinzieht. Infolge der Kniffe von Josafás Anwalt, einem richtigen Fuchs, und der Verrücktheit dieses Idioten von einem Fidelio, der seine Rechte abgetreten hat, ist man noch zu keiner Einigung gelangt. Abgetreten – an wen? An den Kapitän.

»Einfach absurd, Dona Perpetua. Es gibt Leute, die gegen die Niederlassung einer großen Industrie in unserer Gemeinde sind, die uns nur Reichtum bringen kann. Der Kapitän gehört zu ihnen, als ob er nicht ein weitgereister Mann wäre.«

Perpetua erhebt die Augen zum Himmel, in stummem Einverständnis mit der Empörung des illustren Bürgers, aber Ricardo mischt sich unvorsichtigerweise ins Gespräch.

»Reichtum? Umweltverschmutzung wird sie bringen. Dreck.«

Vor so viel Kühnheit wird Modesto Pires' Gesicht abweisend, seine Stimme grob.

»Misch dich nicht in etwas ein, wovon du nichts verstehst.«

In Erinnerung an den Ingenieur und an Carol, aus zwei ganz verschiedenen, aber mächtigen Gründen, widersetzt sich Ricardo dem Gerbereibesitzer.

»Wenn die Mangue Seco verschmutzen wollen, dann verjagen wir sie mit Fußtritten.« Er sagt nicht, daß sie es bereits getan haben, noch wie. Er hat versprochen, das Geheimnis zu wahren.

»Oh!« Modesto Pires fällt beinahe lang hin.

Perpetua wundert sich über ihren Sohn.

»Ricardo, was soll das? Mehr Respekt vor Herrn Modesto.«

»Die Tante...«

»Schweig.«

»Die heutige Jugend, Dona Perpetua, ist ganz verdreht. Sogar die Seminaristen, das hätte ich nie gedacht...« Modesto Pires wird sich in Carols Bett von dieser Beleidigung erholen.

Perpetua will Ricardo den Kopf waschen, aber er erklärt ihr alles und muß selber darüber lachen, daß er nichts anderes tut, als Tante Antonietas Worte zu wiederholen, die noch aufgebrachter gegen die Fabrik ist als der Kapitän selbst. Perpetua beschließt, sich zwischen den beiden reichen Männern neutral zu verhalten, empfiehlt aber ihrem Sohn, nicht mit Leuten zu diskutieren, die wegen ihres Alters und ihrer gesellschaftlichen Stellung Respekt und Ehrerbietung verdienen. Um von der Tante zu reden: Hat ihm Tieta nie von der Absicht gesprochen, ihn nach São Paulo mitzunehmen? Die Tante? Ja, sie hat davon gesprochen. Ricardo verrät nicht, wann sie es getan hat. Im Bett, nackt, in seinen Armen vergehend, mit schmelzender Stimme: Ich bin imstande, eine Dummheit zu begehen und dich nach São Paulo mitzunehmen, mein Böcklein.

Sobald Perpetua die Lampe gelöscht hat, öffnet Ricardo das Schlafzimmerfenster und springt auf die Straße. Neben dem Mangobaum wartet Maria Imaculada.

»Du hast lange gebraucht, Liebster. Ich habe gedacht, du würdest gar nicht mehr kommen. Und gerade heute, wo ich es so eilig habe.«

»Eilig?«

»Die Pflicht in der Pension ruft. Dona Zuleika verlangt, daß alle Mädchen bei einem Fest anwesend sind, das sie heute gibt, es muß schon angefangen haben.« Sie lacht fröhlich.

»Ein Familienfest, Liebster. Wer vor allem dabei sein müßte, bist du, wenn du nicht Soutane tragen würdest. Ich kann nicht lange bleiben.«

Ricardo war von Mangue Seco in der Absicht gekommen, die ganze Nacht mit Maria Imaculada zu verbringen. Eine völlig freie Nacht, ohne sofort zu Tieta eilen zu müssen. Er hatte einen kühnen Plan gefaßt: sie durch das Schlafzimmerfenster hereinzuschmuggeln, sie ohne jede Eile auf dem großen Bett zu besitzen, auf der weichen Wollmatratze, auf der er sich mit der Tante vergnügt, wenn sie in Agreste sind. In diesem blutjungen Körper, im verwegenen Verhalten der Kleinen, die so ausgelassen, zärtlich und keck ist, entdeckt er die Tieta von einst, die heranwachsende Hirtin, die auf den Hügeln und in den Schluchten den Ziegen und Männern nachgelaufen ist; wie man sich heute noch ihrer im Ort erinnert, trotz des Respekts, der der reichen Paulistanerin, der Witwe eines Comendadors des Papstes, mit Prestige und Geld wie Heu, gebührt.

Die ganze Woche hatte er vom Körper der Kleinen geträumt, hatte in Tietas heutiger Üppigkeit die knospenden Formen von Maria Imaculada gesehen. Er war von Mangue Seco in der Absicht gekommen, sich bis zum Morgengrauen an ihr zu erfreuen, und jetzt ist sie beschäftigt und muß zur Feier zurückkehren. Verdammte Feier!

Unter den Trauerweiden blieb gerade Zeit, sich auf Imaculada auszustrecken, ihre sprossenden Brüste zu fühlen, die runden Hüften, die Kurve des Leibes. Mit schwerem Herzen, ohne Fröhlichkeit, wütend über die Feier, über die Stammgäste der Pension, und eifersüchtig auf den, der zu ihr ins Bett steigen wird. An diesem festlichen Samstagabend lernten die beiden Söhne Perpetuas, die beiden Neffen Tietas, die Bitterkeit der Eifersucht kennen, hatten Lust, sich in die Knöchel zu beißen, in die Gesichter der Männer zu schlagen, die Frauen zu ohrfeigen, zu weinen.

Voll Gier und Wut, mit Mühe die Tränen zurückhaltend, so besaß er sie.

»Du bist aber wild heute, Liebster. Du wirst mich vor Lust umbringen.«

Sie bringt ihren Rock in Ordnung, lacht und schlägt vor:

»Morgen kann ich die ganze Nacht bleiben, wenn du willst. Nur heute nicht.«

Ricardo verliert den Kopf, verabredet sich mit ihr für den nächsten Tag, um dieselbe Zeit, wenn die Lichter verlöschen, unter dem Mangobaum. Verrückt, denn er hatte der Tante versprochen, gleich nach der Messe am Sonntag nach Mangue Seco zurückzukehren. Die Tante erwartet ihn ungeduldig, sie ist jetzt die Herrin jeder seiner Minuten und seiner Bewegungen. Neben seinen Aufgaben als Seminarist, seinen Verpflichtungen der Kirche gegenüber. Glücklicherweise ist die Bestandsaufnahme noch nicht abgeschlossen. Es fehlt nicht viel, aber es reicht für eine Ausrede.

Er schickt ihr ein Billett durch Dona Carmosina. Er kann Padre Mariano in dieser Lage nicht allein lassen, mit der umfangreichen Arbeit der Inventur, einer Aufgabe höchster Dringlichkeit; der Kardinal hat ihnen eine Frist gesetzt. Aber am Montag wird er ganz bestimmt in aller Frühe zurückfahren. Und unterschreibt: Dein Neffe, der Dich anbetet und sich nach Dir sehnt, Cardo.

Ein pikanter Dialog in Piricas Boot, zwischen einer Darbenden und einer noch mehr Darbenden

An der Landebrücke nehmen nur Dona Carmosina und Elisa ihre Plätze im Motorboot von Pirica ein. Ricardo, der Arme, ein Opfer seiner Pflichten als Seminarist, ist zurückgeblieben. Die übrigen Gäste werden später mit Asterio in Eliezers Boot nachkommen: Barbozinha, Osnar, Aminthas, Seixas und Fidelio, der verdienstvolle Fidelio! Auch Dona Milú wird nach einer erfolgten Geburtshilfe mit von der Partie sein, wenn das Kind rechtzeitig zur Welt kommt. Asterio ist schon frühmorgens nach Vista Alegre gefahren, Sonntag ist Zahltag, er wird den ganzen Morgen auf dem Land verbringen. Die übrigen, ach, die übrigen, meine Liebe, die schlafen, ruhen sich nach einer durchbummelten Nacht aus. Ein Riesenschwof, frag mich nicht nach dem Anlaß.

»Los, erzähl doch, Carmô!«

Carmô ist doch wirklich unbezahlbar! Es ist knapp neun Uhr morgens, und sie weiß schon genau Bescheid, was am Abend vorher geschehen ist, und was die Bohemiens bis zum frühen Morgen angestellt haben. Während das Boot abfährt und Pirica sich um den Motor und das Ruder kümmert, beschreibt Dona Carmosina Elisa malerische Einzelheiten von Petos Einweihungsfeier in der Pension von Zuleika Cinderela.

»Peto? Aber er ist gestern doch erst dreizehn geworden, ein Kind ...« Elisa traut ihren Ohren nicht.

»Genau. Aminthas ist bei uns vorbeigekommen, um zu sagen, daß sie mit dem Boot rechtzeitig zum Mittagessen nachkommen. Er kam gerade von diesem Fest, stell dir vor, so gegen halb sieben. Er hat mir alles haarklein erzählt. Zuleika ist eine Spezialistin, sie hat selber alle Jungen von Agreste vernascht.« Voll Neid und Gier spricht sie das Wort vernascht aus.

Elisa ist traurig und vergrämt, Dona Carmosina bemüht sich, sie zum Lächeln zu bringen, indem sie versucht, sie für die Vorgänge in der Stadt zu interessieren. Die pikante Geschichte erregt endlich die Aufmerksamkeit von Asterios schöner und melancholischer Gattin, die die Gelegenheit benutzt, um eine alte Neugier zu befriedigen.

»Auch Asterio?«

»Alle, scheint es.«

»Asterio ist nicht der Mann für solche Sachen. Manchmal erzählt er Geschichten von anderen, die er beim Billard gehört hat. Das ist auch alles. Ich bin sicher, daß er nie diese Pension frequentiert hat ...«

»Asterio? Dann weißt du also nicht?« Dona Carmosina beantwortet ihre eigene Frage. »Wie sollst du es wissen, wenn ich es dir nie erzählt habe, und keine andere es dir erzählen wird? Dein Mann war ein toller Bursche, meine Liebe, ein berühmter Schürzenjäger.«

»Ein berühmter Schürzenjäger? Asterio? Ich bitte dich, Carmô, das glaube ich nicht.«

»Nein? Dann versuche, es zu glauben. Berühmt in der Pension und außerhalb von ihr. Und zu allem anderen hatte er noch seine Eigenheiten. Weißt du, was für einen Spitznamen er in seiner Junggesellenzeit hatte? Dein braver Ehemann?«

»Was für einen? Sag schon.« Elisas Antlitz und Stimme verraten eine Spur von Lebhaftigkeit, die endlich die Gleichgültigkeit und Verbitterung verdrängt.

»Du darfst dich aber nicht ärgern, ja? Asterio war bekannt unter dem Namen ›Tröster der Jungfernärsche‹. Deutlich, was?«

»Wie war das?« fragt sie, halb entsetzt, halb belustigt. »Tröster? Wieso denn? Los, Carmô, erklär es mir.«

Argwöhnisch forscht Dona Carmosina mit ihren kleinen Augen im Gesicht ihrer Freundin. Sollte Elisa wirklich nicht über die Neigungen und Heldentaten von Asterio Bescheid wissen, oder spielt sie nur die Unschuldige?

»Sag nur nicht, daß du nicht die sexuellen Vorlieben deines Mannes kennst. Schließlich bist du seit mehr als zehn Jahren mit ihm verheiratet.«

»Vorlieben? Ich schwöre, daß ich nicht weiß, wovon du sprichst. Wenn du dich auf Sachen beziehst, die gewisse Männer und Frauen miteinander treiben, dann versichere ich dir, daß er das bei mir nie getan hat. Er macht es immer gleich, wie man ein Kind macht. Es gibt sogar einen Namen dafür ...«

»Papa und Mama, die klassische Stellung. Osnar sagt, nur die Blöden machen es so. Dieser Osnar ...« Sie liebt es, den Namen zu wiederholen, der am häufigsten in ihren Versen vorkommt.

Aus Elisas Stimme ist etwas wie eine Klage, ein Darben, herauszuhören.

»Wenn überhaupt.«

»Also wenn du es nicht gewußt hast, dann sollst du jetzt wissen, daß dein Mann dafür berühmt war ...«, obwohl sie allein sind, und Pirica auf das Ruder achten muß, bringt sie ihren Mund ganz nahe an Elisas Ohr, um ihr Asterios vielbesprochene Neigungen mitzuteilen.

»In den Hintern? Mein Gott! Das habe ich nie gewußt ...« Unter dem Eindruck dieser verblüffenden Eröffnung gewinnt sie ihre Lebhaftigkeit wieder, wie der verirrte Seefahrer, der plötzlich ein fernes, unbekanntes Land entdeckt. »Das wäre mir nie eingefallen. Ich glaube es auch nicht.«

Im Bett, in den der Unzucht geweihten Nächten, streicht die Hand ihres Mannes am Schluß ängstlich über ihre Hüften; erst jetzt erfaßt Elisa die Bedeutung und den Wert dieser zögernden Geste. Dona Carmosina hat Lust, ihr zu sagen, daß anläßlich der Brautschaft und der Hochzeit die ganze Stadt Asterios irre Verliebtheit den prächtigen und üppigen Formen von Elisas Hüften zugeschrieben hatte. Aber sie beherrscht sich, denn ihr Ziel ist es ja, ihre Freundin zu ermuntern, ihr zu helfen, die erlittene Enttäuschung zu überwinden und nicht, ihr neuen Anlaß für ihren Widerwillen gegen Agreste zu liefern. Sie kommt wieder auf die Einzelheiten von Petos Fest zurück.

»Aminthas hat mir erzählt, daß das Fest fabelhaft war. Barbozinha, der alte Liederjan, hat ein Sonett über die Vorzüge von Zuleika, der Kindervernascherin, geschrieben. Barbozinha ist ein echter Dichter, er nimmt jedes Thema an und zieht sich immer gut aus der Affäre.« In ihrem Lob liegt eine Spur von Neid. Das Verseschmieden kostet Dona Carmosina Anstrengung und schlaflose Nächte, wogegen Barbozinha mit der größten Leichtigkeit linkischer Bengel auf geschickter Engel reimt, um nur ein Beispiel zu nennen.

Aber Elisa ist immer noch in der Verwunderung über die Offenbarung von ihres Mannes Abwegen (oder Auswegen) befangen.

»Schürzenjäger und dazu noch unnatürlich. Zu Hause ist er das genaue Gegenteil.«

»Du bist seine Frau. Asterio respektiert dich. So handelt ein guter Ehemann.«

Dona Carmosina entgeht nicht der Ausdruck von Widerwillen auf Elisas Lippen, die Gebärde der Verachtung, die verrät, daß sie die Sitten des Sertão ablehnt. Das überzeugt sie: Asterio hat Elisa nie von hinten genommen, wie er es sicherlich gerne getan hätte. Stärker als das Verlangen ist das ungeschriebene Gesetz, das jeder tief in sich trägt. Die Gattin ist die Hausfrau, die Mutter der Kinder, mit der man die ehelichen Pflichten zurückhaltend und respektvoll erfüllt. Für das Vergnügen, die Finessen, die Ausschweifungen sind die Huren von Zuleikas Pension da. Es ist kein Wunder, daß Elisa sich frustriert fühlt und davon träumt, von hier fortzugehen. In São Paulo, einer zivilisierten Stadt, sind die Bräuche anders, dort gilt nicht mehr der feudale Kodex. Wer weiß, vielleicht würde Asterio dort lernen, daß die Ehefrau eine Frau wie jede andere ist und im Bett einen hemmungslosen Mann und nicht einen respektvollen Gatten haben möchte. Sollte er das nicht lernen, dann ...

Aber Tieta ist klug, sie errät die verborgensten Absichten und verteidigt als gute Schwester und gute Schwägerin das Heim und die Ruhe von Elisa und Asterio. Elisa soll sich zufrieden geben, soll ihre

Befriedigung in der neuen, komfortablen Wohnung suchen, in die sie demnächst einziehen wird, und in der Sicherheit, die der Besitz und die Ziegen von Vista Alegre bieten; sie soll sich nicht in die Unzufriedenheit vergraben, sondern ihr Gleichgewicht wiederfinden. Sie soll sich an ihr, Carmosina, ein Beispiel nehmen.

Sie hat weit mehr Anlaß, sich darbend, frustriert und verbittert zu fühlen und die Männer und das Leben zu hassen. Sie hat nicht einmal das begrenzte Vergnügen, das die respektvollen Ehegatten ihren Frauen gewähren, nicht einmal das. Sie hat keinen Mann, keinen Bräutigam, keinen Liebhaber. Sie ist eine unversehrte Jungfrau, voll und ganz. Sie hat nie Liebesworte gehört, noch auch nur Frechheiten. Niemand wollte sie haben, niemand hat etwas von ihr verlangt oder ihr etwas vorgeschlagen. Trotzdem lebt sie nicht in Verzweiflung, sie setzt sich über ihr Darben hinweg, über die Einsamkeit, sie liebt das Leben, hat Freunde, lacht gern. Elisa bricht das Schweigen.

»Wie war dieser Spitzname? Tröster...«

»... der Jungfernärsche... Es heißt, daß Asterio eine Menge Betschwestern auf diese Art vernascht hat. Hinter der Theke seines Ladens. Er hat zwischen der Theke und dem Haus von Zuleika gelebt und immer getröstet.«

Dona Carmosina hatte er nicht getröstet, hatte sie immer voll Hochachtung behandelt. Er hätte es doch tun können, an Gelegenheiten hatte es nicht gefehlt. Ach, Carmosina, die mageren Hüften, die welken Hinterbacken haben nicht das Laster in ihm geweckt. Weder seines noch das von anderen. Es heißt, daß Osnar gut mit der Zunge ist, sie weiß es nur vom Hörensagen. So ungerecht das Leben sie auch behandelt hat, so hat sie doch nicht den Geschmack daran verloren.

Es ist ihr gelungen, Elisa zum Lachen zu bringen, sie die Enttäuschung vergessen zu lassen, zu den heiteren Gesprächen zurückzufinden, aus dem Abgrund heraus, in den sie versunken war. Aber sie selbst, Dona Carmosina, fühlt in Piricas Boot plötzlich eine unendliche Einsamkeit, das Fehlen jeglicher Hoffnung. Auf den Mann hofft sie überhaupt nicht mehr. Aber auch so wird sie Agreste weiterhin gegen die Umweltverschmutzung verteidigen, auf der Suche nach neuen Reimen auf Verlangen, Raserei, Liebe, Osnar.

Ein verpatztes Fest

Ricardo fehlte ihr gerade in dem Augenblick, in dem sie am meisten Halt und Trost gebraucht hätte, als der Triumph nach Unglück schmeckte und alles verloren schien. Nur in der Gier und der Zärtlichkeit des Jungen hätte Tieta eine Linderung ihrer Enttäuschung über den verdorbenen Tag gefunden, einen Sonntag voll Mißerfolgen und Fehlschlägen – der Schatten der Brastanio fiel bereits auf die Einweihung des »Stalls des Bocks Inacio« und besudelte sie.

Der Tod von Zé Esteves hatte das geplante großartige Fest in eine einfache Feier verwandelt, mit einem Mittagessen für wenige Gäste, nur die vertrautesten, einem Bad im Meer und einem fröhlichen Gespräch. Aber deshalb will Tieta es doch nicht weniger angenehm und aufregend gestalten. Nach den Gewittertagen beleuchtete die Sonne die Pracht von Mangue Seco, noch nie war die Landschaft so schön, die Luft so rein, der Friede so vollständig gewesen. Tieta hatte nicht nur das ersehnte Häuschen erbaut, sondern dabei auch Zärtlichkeit und Lust erfahren, hatte vierhändig Lehm, Sand und Liebkosungen angehäuft. Sie möchte, daß das Einweihungsfest des »Stalls des Bocks Inacio« – Beweis des Erfolgs dieser Reise, der siegreichen Rückkehr der verfluchten und verstoßenen kleinen Hirtin, Zeichen des wiedererrungenen Friedens – ein vollkommenes Fest reiner und schlichter Freude sei, ein Tag in der Wärme der Freundschaft, eine Nacht im Feuer der Leidenschaft.

Die Freude war recht spärlich, die Freundschaft war harten Prüfungen unterworfen, und die Nacht war einsam. Glücklich, wie es sich gehörte, waren allein Leonora und Ascanio.

Als sie beseligt von den Hügeln zurückkam, fiel Leonora lachend und weinend in Tietas Arme.

»Willst du einen glücklichen Menschen sehen, Mamachen? Dann schau mich an ... Ich habe deinen Rat befolgt ... Wenn ich heute sterben müßte, würde es mir nichts ausmachen.«

»Sei nicht so dumm. Wie sagt Barbozinha immer? An der Liebe stirbt man nicht, man lebt von ihr. Geh mit Ascanio nach Agreste zurück, profitiere von den letzten Nächten, am Flußufer gibt es ein paar erstklassige Winkel, aber sei vorsichtig. Vergiß nicht, daß ich eine ehrbare Witwe bin und du ein Mädchen aus gutem Hause. Profitiere soviel du nur kannst, mein Zicklein, schaff dir einen Schatz an Erinnerungen. Du weißt nicht, wie gut es tut, sich sehnen zu können. Und das brauchst du.« Leonoras Beseligung hielt den ganzen Sonntag an, denn als Ascanio Rufos Zeichnung aus der Metallhülse nahm und auf dem Tisch ausbreitete, schlief sie noch und merkte nichts von seiner Diskussion mit Tieta.

Auch Ascanio war überglücklich in die Hängematte gesunken, die in der Veranda für Ricardo aufgehängt worden war. Er konnte lange nicht einschlafen und dachte über das nach, was auf den Hügeln geschehen war. Die Gewißheit, von der schönsten und vollkommensten der Frauen geliebt zu werden, ließ ihn sich unbesiegbar fühlen, fähig, die Welt zu erobern. Um sie Leonora zu Füßen zu legen. Er erwachte bei Sonnenaufgang, lief zum Strand, schwamm und lachte vor sich hin. Im Ort wollte er Nachrichten über das Technikerteam erfahren, das, wie Doktor Lucena gesagt hatte, schon vor ein paar Tagen nach Mangue Seco gekommen sein mußte. Eine große Gruppe, die nicht unbemerkt bleiben konnte. Jonas paffte an seiner Tonpfeife und zeigte mit seinem Armstummel auf das Meer hinaus.

»Es war ein Hundewetter. Hier ist niemand gelandet. Entweder sind sie vom Kurs abgekommen oder umgekehrt.«

»Vielleicht sind sie in der Siedlung.«

»Möglich.«

Als er zurückkommt, sieht er Tieta an der Tür des »Stalls«. Er rechnet damit, durch die baldige Enthüllung des Straßenschildes der Rua Antonieta Esteves Cantarelli Leonoras Stiefmutter für seine Heiratspläne zu gewinnen. Aber das Einverständnis der Millionärin mit den Projekten der Brastanio kann er gleich heute erhalten, an diesem Morgen, zu dieser Stunde, wenn er sie das Kunstwerk des Innenarchitekten Rufo bewundern läßt. Als Witwe eines Industriellen, die selber Aktien von Fabriken besitzt, wird Dona Antonieta, die in São Paulo wohnt, bestimmt Sinn für diese »blendende Zukunftsvision« haben, wie er die grellfarbige Zeichnung nennt. Die Unterstützung durch Leonoras Stiefmutter ist ausschlaggebend. Sie wird die ganze Bevölkerung mitreißen, Dona Carmosina und der Kapitän können sich dann allein miteinander unterhalten. Und was den Barden Barbozinha anbelangt – wer achtet schon auf die Dichter? Tietas unerwartete Reaktion versetzt ihm einen Schock.

»Wie können Sie es wagen, mir diesen Dreck an dem Tag zu zeigen, an dem ich meine Hütte in Mangue Seco einweihe? Projekte und Grundrisse sind nur dazu da, um Dummköpfe hereinzulegen.« Sie wirft einen Blick auf das Panorama von Gebäuden, Schornsteinen, Häusern und Straßen. »Entsetzlich! Wenn Sie wirklich an Agreste hängen, wie ich annehme, dann lassen Sie die Hände davon, Ascanio, und danken Sie Gott für das, was wir haben; es scheint wenig zu sein, aber es ist viel.«

»Ich wundere mich, daß gerade Sie das sagen, Sie haben doch den Anschluß an die Lichtleitung des Wasserkraftwerks erreicht ...«

»Licht ist eine Sache, Umweltverschmutzung eine andere. Sie sind doch intelligent, Sie wissen sehr gut, daß die Industrie nicht an dieses Ende der Welt käme, wenn sie einen anderen Ort gefunden hätte, um sich niederzulassen. Wenn Sie erwarten, daß ich Ihnen bei diesem Vorhaben helfe, dann sollen Sie wissen, daß ich dagegen bin.«

Ascanio versucht zu argumentieren, wiederholt ganze Sätze des Doktor Magnificus und Rosalvo Lucenas, aber Tieta schneidet ihm das Wort ab.

»Vergeuden Sie nicht Ihre Zeit, Sie werden mich nicht überzeugen. Ich habe Sie sehr gern, aber Agreste habe ich noch lieber, und am allermeisten Mangue Seco.«

»Ich habe eine andere Art, Agreste zu lieben, Dona Antonieta« – seine Stimme nimmt den Ton eines Unternehmers wie Rosalvo Lucena an – »ich bin Verwaltungsbeamter, ich habe eine öffentliche Verantwortung.«

»Dann bleiben Sie bei Ihrer Verantwortung, ich bleibe bei meiner Meinung. Und heben Sie Ihre Bilder und Reden für Agreste auf. Heute ist ein besonderer Tag für mich, ich will nichts von Streitigkeiten und Diskussionen wissen, ich möchte viel Fröhlichkeit sehen. Gehen Sie mit Leonora spazieren, sie war noch nie in Saco, sie kennt nur wenig von Mangue Seco. Zeigen Sie ihr alles, bevor es zu spät ist, es bleibt nicht mehr viel Zeit, Ascanio.« Sie denkt an Ricardo und murmelt: »Sehr wenig ...«

Ein neuer Waffenstillstand wird geschlossen, der letzte. Trotzdem heitern sich die Gesichter nicht auf. Zusammen mit der umstrittenen Zukunftsvision packt Ascanio auch die Euphorie und die Selbstsicherheit ein, mit der er die morgendliche Predigt über die Verdienste der Brastanio begonnen hatte. Als Dona Antonieta von der kurzen Zeit sprach, die ausgenutzt werden mußte, bezog sie sich da auf die Errichtung der Fabrik, mit den unvermeidlichen Veränderungen in der Landschaft von Mangue Seco, oder auf ihre und ihrer Stieftochter bevorstehende Rückkehr nach São Paulo? Die Lichtmaste des Wasserkraftwerks haben bereits den Boden der Gemeinde erreicht, Dona Antonieta hat recht, es bleibt wenig Zeit für so vieles, das noch zu tun ist.

Tieta ist mit dem Kaffee beschäftigt, als sie das Motorengeräusch von Piricas Boot hört. Sie läßt den Gast allein, läuft zum Strand, Ricardo entgegen.

»Leonora ist schon wach, sie wird sich um Sie kümmern.«

Aus dem Boot steigen Dona Carmosina und Elisa, Ricardo ist nicht gekommen. Tieta liest die Botschaft des »Neffen, der dich anbetet und sich nach dir sehnt«, zerknüllt das Stück Papier und wirft es in den Sand. Sie bemüht sich, mit der überströmenden Begeisterung von Dona Carmosina Schritt zu halten, die einen genauen Bericht über das sensationelle Ereignis des Vorabends erstattet, die Geburtstagsfeier von Peto in der Pension von Zuleika, seine Einweihung. Zu einer anderen Zeit wäre diese Nachricht Anlaß zu einem langen Gespräch unter Freundinnen gewesen, von Gelächter und boshaften Bemerkungen unterbrochen. Heute erntet sie nur einen fast uninteressierten Kommentar.

»Haben sie es dem Kleinen beigebracht? Es war ja auch Zeit. Er hat einem dauernd auf die Schenkel geschaut.«

Was mit Peto geschehen ist, interessiert sie wenig. Wichtig ist ihr der andere Junge, der, den sie auf den Hügeln eingeweiht hat, der ihre, der um diese Zeit in der Sakristei der Pfarrkirche eine Liste von Soutanen und Bildwerken anlegt. Warum hat er die Inventur nicht dem Pfarrer und den Betschwestern überlassen? Wie kann er nur am Tag der Einweihung des »Stalls« abwesend sein, des Hauses, das sie beide gebaut, für dessen Mauern sie gemeinsam den Lehm angerührt haben? Weiß er denn nicht, daß das neue Bett mit der Wollmatratze auch darauf wartet, eingeweiht zu werden? Tieta hätte nie gedacht, daß sie auf Tempel und Altäre, auf Zeremonien und Gebete eifersüchtig sein könnte, so etwas Lächerliches! Dona Carmosina schleppt sie nach Toca da Sogra, auf der Suche nach dem Kapitän.

In der Küche überwacht Dona Laura die Vorbereitungen zum Mittagsmahl, Elisa kommt ihr zu Hilfe. In der Veranda verlangen Dona Carmosina und der Kapitän die sofortige Rückkehr Tietas nach Agreste, damit sie sich an der Unterschriftensammlung gegen die Vorhaben der Brastanio beteiligt.

»Ich habe Ascanio gebeten und bitte jetzt auch Sie, heute jede Diskussion über diese Geschichte mit der Fabrik zu vermeiden. Um mir mein Fest nicht zu verderben.«

»Schön, wir versprechen, nicht zu diskutieren; aber Sie versprechen, nach Agreste zurückzukehren«, sagt der Kapitän.

»Gewähren Sie mir wenigstens ein paar Tage in meiner Hütte. Sie hat mich viel Arbeit und viel Geld gekostet.«

»Wir dürfen keine Minute verlieren, Tieta. Wenn du dich nicht an die Spitze stellst, werden wir nichts erreichen. Alles hängt von dir ab.«

»Was alles? Ihr werdet noch machen, daß ich mich wie eine Verbrecherin fühle. Wer bin ich denn schon, um zu verhindern, daß sie hier diese verdammte Fabrik errichten?«

»Wer du bist? Du bist die neue Schutzpatronin von Agreste, wie Modesto Pires sagt. Nach Gott vertraut die Bevölkerung nur dir«, erkärt Dona Carmosina.

»Niemand liebt Mangue Seco mehr als ich. Im Sommer gehe ich nur selten nach Agreste.« In der Stimme des Kapitäns liegt ein leichter Tadel. »Aber gerade, weil ich in alles hier so vernarrt bin, bin ich bereit, so lange in der Stadt zu bleiben, wie es notwendig ist. Dort und nicht hier kann man etwas Konkretes machen.«

»Wer hat Ihnen das gesagt, Kapitän?« Tieta blickt ihre Freunde schweigend an und senkt die Stimme. »Wenn etwas geschehen ist, das irgendeine Wirkung hervorrufen kann, so war es hier, in Mangue Seco. Ich sollte nichts erzählen, ich habe versprochen, es geheimzuhalten. Aber eines Tages werdet ihr es doch erfahren.«

»Was denn?« fragt Dona Carmosina voll Ungeduld.

»Dieses Team, das Ascanio sucht...«

Wie gelähmt lauschen sie dem schauerlichen Abenteuer. Dona Carmosina preßt die Hand auf die Brust, um ihr Herz zu beruhigen.

»Ich habe Herzklopfen. Mir sträuben sich die Haare.«

Kapitän Dario, ein Mann des Gesetzes und der Ordnung, empfiehlt:

»Tun Sie, als ob Sie mir nichts gesagt hätten.«

Tieta versucht zu lächeln, es liegt aber keine Fröhlichkeit in ihrem Lächeln. Sie denkt an die Zeichnung, die Ascanio auf den Tisch gelegt hat, und an die Sicherheit in seiner Stimme: Das ist eine endgültig beschlossene Sache, Dona Antonieta. Was hilft es, nach Agreste zu gehen und gegen die Brastanio zu wüten? Tieta weiß, daß sie keine Möglichkeit hat, die Niederlassung der Titandioxydindustrie im Kokoshain von Mangue Seco zu verhindern. Probleme von solcher Tragweite werden auf höchster Ebene, zwischen den Großen, besprochen und beschlossen, alle übrigen zählen nicht. Ach, mein lieber Kapitän, Notizen in den Zeitungen, Denkschriften, Verdammungssonette und Proteste der armen Teufel von Agreste können da nicht weiterhelfen. Nicht einmal die Haifische in der bewegten See, Carmô, nicht einmal die werden das Ende der Krabben und der Fischer, das Ende von Mangue Seco verhindern. Es bleibt nur noch, die letzten Tage, die wenigen, die übrig sind, zu genießen. Sie öffnet schon den Mund, um dies alles auszusprechen, hält sich jedoch zurück. Warum soll sie die Freunde traurig machen, noch dazu an einem Festtag? Sie verspricht, so bald wie nur möglich nach Agreste zu fahren.

Osnar, Aminthas, Seixas und Fidelio entsteigen, gerade rechtzeitig zum Mittagessen, todmüde dem Boot Eliezers. Nachher suchen sie den Schatten der Kokospalmen auf, um Siesta zu halten. Noch müder ist der Dichter Barbozinha. Er ist nicht mehr gesund genug, um nächtelang aufzubleiben, zu trinken und zu tanzen. Er hat die Originale der *Poeme der Verdammnis* mitgebracht, holt sie aber nicht aus der Tasche. Die Stimmung eignet sich nicht für Deklamationen.

»Warum ist Ricardo nicht gekommen?« fragt Tieta Asterio, der in Begleitung von Elisa auf sie zukommt. Von allen Gästen ist er der einzige, der in Form ist, ausgeschlafen, fröhlich, zufrieden mit dem Leben.

»Er war in der Kirche, mit dem Pfarrer und den Helferinnen. Er hatte, ich weiß nicht was, zu tun. Ich war bei Perpetua, um sie zu fragen, ob sie mitkommt, sie sagte nein, ich soll dir aber ausrichten, daß sie demnächst mit Padre Mariano kommen wird, damit er das Haus segnet. Da wir schon vom Haus sprechen, wollte ich dir mitteilen, daß ich und Elisa morgen umziehen. Willst du dann deine Zimmer beziehen, oder bleibst du bei Perpetua?«

»Ich bleibe dort. Ich bin allergisch gegen frische Farbe. Es dreht sich mir schon der Magen um vom Geruch der Türen und Fenster des ›Stalls‹, stell dir jetzt nur so ein großes Haus vor. Und für die wenigen Tage, die ich in Agreste bleiben werde, lohnt sich der Umzug nicht. Wenn ich das nächste Mal komme, wohne ich bei euch.« Wenn sie aus Perpetuas Haus auszog, wie sollte sie es dann anstellen, die letzten, die allerletzten Nächte mit Ricardo zu schlafen?

Mit gesenktem Kopf, schweigend, mit einem Kokospalmzweig im Sand wühlend, lauscht Elisa der Unterhaltung. Das Schweigen ihrer Schwester irritiert Tieta.

»Und du hast nichts zu sagen, Elisa? Bist du nicht zufrieden?«

Elisa erschauert.

»Doch, Schwesterchen, ich bin zufrieden. Wie sollte ich es nicht sein.«

»Warum setzt du dann so eine Leichenbittermiene auf?«

»Seit dem Tod des Alten ist die Arme so. Sie hat sich noch nicht davon erholt, die Arme . . .«, erklärt Asterio.

Tietas Blick wandert von der Schwester zum Schwager; zum zweitenmal an diesem Sonntag will sie den Mund aufmachen, besinnt sich aber eines besseren und schließt ihn, ohne etwas zu sagen. Sie sympathisiert mit dem armen Kerl, und die Wahrheit ist fast immer grausam, sie kann nur verletzen und kränken. Ein Unglückssonntag. Das Fest läßt sich eher wie eine Totenwache an.

Bei der Abfahrt, als sich die Gäste einschiffen, beobachtet Leonora, wie Tieta mit ernstem Gesicht am Strand steht; sie reißt sich von Ascanios Arm los und läuft auf sie zu.

»Ich bleibe bei dir, Mamachen, ich will dich hier nicht ganz allein lassen.«

»Warum nicht?« kommt die brüske Antwort. »Wer soll mich denn beißen?« Dann wird die Stimme weicher, sie streicht über die blonden, von der Salzluft feuchten Haare des Mädchens. »Sei nicht dumm, mein Zicklein. Geh und genieße, genieße soviel du kannst. Mach dir keine Sorgen um mich. Bald wird Ricardo kommen, sobald er mit seiner Arbeit für den Pfarrer fertig ist. Das genügt mir als Gesellschaft.«

Auch der Kapitän und Dona Laura verabschieden sich.

»Ich erwarte Sie in Agreste, Tieta. Kommen Sie bald.«

Die Motorboote durchschneiden die Brandung und verschwinden flußaufwärts. Die Frauen aus dem Dorf gehen am Meeresufer entlang, beladen mit Körben, die von Krabben überquellen. Die Nacht bricht an.

Die Rivalin Gottes

Die Abwesenheit Ricardos schmerzte sie am ganzen Körper, von den Fußspitzen bis zu den Enden der gelockten Haare, in jedem Muskel, innen und außen. Sie fühlte sich leer, hilfsbedürftig, lustlos.

Sie hatte gedacht, daß sie nie wieder eine solche Sehnsucht empfinden würde, ein Verlangen, das sich ins Fleisch einfraß, einen Kummer, der ihr die Brust zusammenpreßte. Einmal war es der Fall gewesen, vor vielen Jahren, als Lucas fortgegangen, aus Agreste geflohen war, als sie sich, gebrochen, in die erste Einsamkeit geschleppt hatte. Von Verlangen zerfressen, vom Wunsch, ihn wiederzuhaben – vergeblich. Das sollte nie wieder geschehen. Von da an war immer sie es, die nicht erschien, die ein Stelldichein nicht einhielt, die fortging, Fenster und Tür verschloß. Die Tore des Körpers und des Herzens.

Das weiße Batistbettuch, die in Estancia bestellte Wollmatratze, ein breites Podium für die höchsten Ekstasen, der Geruch von frischer Farbe, alles brandneu, bereit für die Einweihungsfeier. Tieta lag wach, schlaflos, in der langen Nacht, die kein Ende nehmen wollte, dem Wind auf den Hügeln und dem Rauschen der Wogen lauschend, wieder allein und mutlos, erfüllt vom Wunsch, ihn wiederzuhaben – vergeblich. Vor lauter Gebeten, Zeremonien und Pflichten in der Sakristei hat Ricardo sie vergessen und verlassen. Ein Liebhaber, dessen Zeit geteilt ist, dessen Herz geteilt ist, zwischen ihr und Gott.

Sie stellte sich nicht vor, daß Ricardo mit einer anderen Frau schlief, sie wußte nichts von Maria Imaculada, sie glaubte felsenfest an die Ausrede, die er auf das von Dona Carmosina überbrachte Billett gekritzelt hatte, an die Bestandsaufnahme des Pfarrschatzes. Die Frauen strichen um den Seminaristen herum, gewiß, das hatte sie bemerkt. Dona Edna, die Schamlose, bemüht sich nicht einmal, das Spiel zu verheimlichen, diese mannstolle, ordinäre Hure! Aber was das Bett anbelangt, fühlt sich Tieta sicher.

Kein Mann, und war er noch so flatterhaft oder weibstoll, hatte sie wegen einer anderen verlassen. Lucas war der einzige, der die Initiative zum Bruch ergriffen hatte. Die anderen alle hatte sie ohne Ausnahme selber verlassen, sobald sie die ersten Anzeichen einer Ermüdung bemerkte; so vermied sie den Reigen von Streitigkeiten, Bitten, Anklagen, Lügen und Leid am Ende einer Romanze. Sie ging ganz plötzlich fort, wenn sie ein Gefühl des Überdrusses empfand. Um die Erinnerung an das Abenteuer unversehrt zu erhalten, die Sehnsucht, je stärker desto besser. Verliebtheit, Hingerissenheit, Verzückung, Leidenschaft, ob kurz oder länger andauernd, ob romantisch oder lasziv, sie sind doch alle nur vergängliche Abenteuer, was nicht hindert, daß ein jedes von ihnen zu seinem bestimmten Zeitpunkt die ausschließliche, einzige, endgültige und unsterbliche Liebe ist.

Ricardo ist die einzige und ausschließliche, endgültige und unsterbliche Liebe, nie hatte sie eine andere empfunden, noch wird sie jemals einen anderen so sehr lieben. Sie braucht ihn hier, in diesem Augenblick, sofort und unbedingt. Das Verlangen quält ihr Fleisch, ihr Stolz ist vernichtet. Tieta hält eine andere Bettgeschichte für undenkbar, für unmöglich, aber deswegen fühlt sie sich doch nicht weniger verlassen und beleidigt. Innerlich leer und hilflos hat sie die längste Nacht ihres Lebens verbracht, die Nacht, die die fröhlichste und erfüllteste sein sollte.

Als sie endlich einschlief, hatte sie einen entsetzlichen Alptraum. Unter einem schwarzen Himmel, auf einem faulenden Meer, dem Friedhof von Fischen und Krabben, trieben Trümmer des »Stalls des Bocks Inacio« und der Fischerhütten. Am verschwommenen Horizont erblickte sie Ricardo als glorreichen Erzengel und streckte ihm die Arme entgegen, im Versuch, dem Tod zu entfliehen. Er aber entfernte sich gleichgültig, um Gott zu folgen, und ließ sie in der Verdammnis zurück. Wo einst der Strand von Mangue Seco in paradiesischem Glanz geleuchtet hatte, wuchs eine Paulistaner Landschaft mit Fabriken, mit Wohnsilos aus Beton, Eisen und Stahl, aus Rauch und Tod empor.

EPILOG

Die Verschmutzung des irdischen Paradieses durch das Titandioxyd oder Der Hirtenstab

Eine eingehende, packende und bewegende Beschreibung der letzten Tage des Aufenthalts der Paulistanerinnen in Agreste. Man erfährt etwas über den menschlichen Ehrgeiz, über den Sitz der Macht, und wie die Macht die Menschen verdirbt; wobei die herrschende Korruption erwähnt wird. Es fließen Tränen, es ertönt Gelächter, mitunter recht bitter, es werden reichlich Hörner aufgesetzt und abgenommen, die Freuden und Leiden der Liebe werden verkündet, und schließlich gelangt man mit Ach und Krach ans Ende der Geschichte, mit dem Recht, zum Klang des russischen Radios eine phantastische Fahrt in Jairos Marineti zu unternehmen.

Nachdem Doktor Helio Colombos umfangreiche, imposante und schwitzende Gestalt die Straßen von Agreste durchstreift hatte, überstürzten sich die Ereignisse und nahmen ein so schwindelndes Tempo an, daß der verschlafene Ort in wilde Erregung versetzt wurde.

Der Aufenthalt dieser erhabenen Erscheinung war jedoch sehr kurz. Er blieb nur wenige Stunden, und nur vereinzelte Bürger machten die Bekanntschaft des großen Rechtsgelehrten und erfuhren die Gründe, die ihn in diese kärgliche und abgelegene Gegend geführt hatten. Deswegen darf die Bedeutung dieser historischen Reise jedoch nicht verkleinert noch dürfen ihre Folgen geleugnet werden. Denn in der Begegnung von Doktor Colombo mit Ascanio Trindade im Sitzungssaal der Präfektur liegt der Schlüssel zu allen nachfolgenden Verwirrungen: zur Eile, zur Heftigkeit und zur Verzweiflung. Tage des Tumults und des Schreckens: In weniger als zwei Wochen war das Volk Zeuge von so vielen und so ungeheuerlichen Ereignissen, daß das Ende der Welt gekommen schien und damit die Erfüllung der Prophezeihungen des frommen Possidonio.

Der ungewöhnliche Lärm eines Autos, das vor dem Notariat hielt, bewog Doktor Franklin, zur Tür zu gehen, wo er gerade zurecht kam, um den hervorragenden Anwalt bei der schweren Arbeit zu beobachten, mit Hilfe des Fahrers seinen umfangreichen Körper aus dem Sitz des Autos hochzustemmen. Der Notar riß die Augen auf: Gesegnet sei der Kokoshain! Der sich diesmal auf die elenden Straßen des Sertão wagt, ist kein einfacher Anwalt aus Esplanada oder Feria, kein alter Winkeladvokat aus dem Land des Kakaos. Vor dem Notar erhebt sich ächzend und stöhnend die mächtige Gestalt des Doktor Helio Colombo, über hundert Kilo an Scharfsinn und Wissen. Doktor Franklin geht ihm entgegen und streckt überschwenglich und heuchlerisch die Hand aus:

»Willkommen in Sant'Ana do Agreste, verehrter Meister! Ich bin Doktor Franklin Lins, Notar und Ihr ergebenster Diener. Welchem Umstand verdanken wir die Ehre eines so hohen Besuches?«

Der emeritierte Professor der Rechtsfakultät der Bundesuniversität von Bahia, Senior des größten Anwaltbüros des Bundesstaates, erwidert den Händedruck, enttäuscht jedoch die Neugierde seines liebenswürdigen Mitbürgers, indem er keine sensationelle, seines Rufes würdige Erklärung abgibt, noch eine Geste ausführt, die den Lauf der Ereignisse charakterisieren könnte, die die Stadt und die Gemeinde erschüttern sollen. Er schnaubt und stöhnt:

»Danke, lieber Kollege. Ich fürchte, daß ich nach dieser Reise nie wieder derselbe sein werde. Meine ganze Seele ist eingestaubt. Für immer.«

Er klopft seinen Rock aus, Meter um Meter des besten englischen Stoffes, wischt sich das schweißgebadete Gesicht ab und sieht sich bekümmert um. Die Kanaillen der Brastanio werden das teuer bezahlen müssen. Das ist keine leere Drohung. Derartige Aufträge sind im Abkommen mit der Anwaltspraxis nicht vorgesehen. Verdammter Mirko, der von ihm verlangt hat, daß er persönlich herkommen sollte, um das Problem zu studieren und eine Lösung zu finden. Er hat noch versprochen, ihm eine attraktive Sekretärin mitzugeben, um die Reise zu verschönern, und hat den Zauber des Ortes gepriesen. Die Attraktive war zur Abfahrt nicht erschienen, der Ort ist ein Kaff und die Straße entsetzlich. Ah, dieses letzte Stück ... er wird jeden Meter, jedes Schlagloch, jede Erschütterung, die Abwesenheit der Sekretärin, den Schweiß, den Staub, den Durst, die gräßliche Unbequemlichkeit in Rechnung stellen.

Nach dem Händedruck wagt Doktor Franklin zu fragen:

»Wenn ich nicht irre, haben wir Ihre Anwesenheit dem angenehmen Klima zu verdanken, oder haben Sie berufliche Interessen nach Agreste gebracht? Aber bitte, kommen Sie doch herein.«

»Vorher sagen Sie mir, mein lieber Kollege, gibt es hier irgendwo eisgekühltes Bier?« Er scheint zu zweifeln. »Wenn es dieses Wunder gibt, zeigen Sie mir, wo. Ich komme um vor Durst.«

»In der Bar.«

»Zeigen Sie mir den Weg.«

»Kommen Sie herein und setzen Sie sich. Ich lasse Bier holen.«

Er dreht sich um, ruft Bonaparte und entdeckt seinen Sohn, wie er aufmerksam hinter der Tür lauscht.

»Lauf zur Bar und bring ein paar Flaschen eiskaltes Bier. Aber fix.«

Der rundliche, von Natur aus langsame Bonaparte erweist sich in diesen neuen Zeiten auf der Höhe der Situation. Gefolgt vom Fahrer geht er schnellen Schrittes fort und kehrt keuchend zurück. Das tut er nicht nur aus Gehorsam gegenüber seinem Vater, sondern vor allem, weil er keine Einzelheit des Besuches des berühmten Anwalts versäumen will, der so viele Kratzfüße wert zu sein scheint. Bonaparte ist ein treuer Freund, ein gewissenhafter Helfershelfer. Doktor Marcolino unterstützt die kleinen Laster des jungen Schreibers – Zigaretten, Lokalbesuche, Mädchen, Bonaparte trachtet danach, sich für diese Beweise der Wertschätzung erkenntlich zu zeigen.

Während sich Doktor Franklins Gattin dafür entschuldigt, daß sie kein Mittagessen auftragen kann, das eines so berühmten Gastes würdig ist, wagt ihr Mann einen Vorstoß.

»Für Sie gibt es sicherlich kein schwieriges Problem. Aber das da, der Kokoshain, ist ein verteufeltes Durcheinander, nicht wahr? Wenn nicht die Unnachgiebigkeit Fidelios wäre, oder besser gesagt, des Kapitäns ... Sehen Sie schon einen Ausweg?«

Doktor Helio Colombo macht eine Pause beim Essen.

»Meine liebe Gnädigste, wenn dieses Bankett das übliche hier im Hause ist, wie mag dann erst ein Festessen sein? Es ist ein Genuß, meine Gnädigste.«

Von der ganzen Reise war dies die einzige gute Erinnerung, die der Anwalt bewahrte: eine üppige, raffinierte Tafel. Die Pitús, der Fisch in seiner Sauce, die gebackenen Krebse, das gebratene Zicklein. Als er damit fertig war, hatte sich die schlechte Laune des großen Mannes verflüchtigt. Er wurde liebenswürdig und betrachtete das Ehepaar mit Sympathie (auch den Sohn des Paares, dumm und still, ein Gesicht wie ein Schaf, aber trotzdem ein ganz geriebener Bursche). Sein Lob auf das Mittagmahl und seine Danksagung an die Hausfrau waren ganz ehrlich gewesen; vorsichtig wurde er erst bei der Antwort an den indiskreten Gastgeber.

»Das Problem, hm ... Ich bin dabei, mir eine Meinung zu bilden, aber es ist noch zu früh, um eine Behauptung aufzustellen. Ich möchte noch über einige Einzelheiten nachdenken, bevor ich ein Urteil abgebe.«

Doktor Franklin fällt nicht darauf herein. Der Anwalt hatte ihn um einen eingehenden Bericht gebeten, hatte ihn mit Fragen gelöchert, nichts außer acht gelassen, die alten Bücher studiert und die neueren Dokumente geprüft. Er wiegte seinen großen Schädel, verlangte von Bonaparte einige Bescheinigungen, er wollte sie mitnehmen. Schließlich lächelte er verschmitzt, und Doktor Franklin war überzeugt, daß der Anwalt die Lösung gefunden hatte, denn es gab eine Lösung, die aus der Sackgasse herausführen und die Brastanio begünstigen konnte; und wenn er, ein armer Notar aus dem Landesinneren, daraufgekommen war, wie hätte sie dann dem großen Anwalt mit all seiner Erfahrung entgehen können? Die Zurückhaltung seines Gastes wunderte ihn nicht, warum sollte er auch die Karten auf den Tisch legen und seine Trümpfe zeigen?

Doktor Colombo seufzt genießerisch, als er den ersten Löffel Götterspeise kostet. Unvergleichlich! Noch mitten in diesem Genuß geht er zu den Fragen über, um Informationen über die Honoratioren von Agreste zu erlangen.

»Wie ist denn dieser Anwärter auf den Posten des Präfekten?«

»Ein anständiger junger Mann.«

Der flüchtige Schatten eines Zweifels erscheint in den Augen des Doktor Colombo, verschwindet aber gleich wieder.

»Ich beziehe mich auf den Burschen, der der Kandidat der Brastanio ist, namens ...« er zieht einen Zettel aus der Tasche und liest die Notiz »... Ascanio Trindade. Er war vor kurzem in Salvador.«

»Das ist er. Ich wußte nicht, daß er der Kandidat der Brastanio ist.«

»Das ist nur so eine Redensart. Ich habe das gesagt, weil der junge Mann, der ein Verwaltungsbeamter mit Weitblick ist, sich in aller Öffentlichkeit zur Niederlassung der Brastanio in der Gemeinde bekannt hat. Es ist nur natürlich, daß die Brastanio seine Kandidatur gern sieht. Das ist alles.«

Diese Erklärung befriedigt Doktor Franklin nicht, der immer mißtrauischer wird; in den letzten Tagen hat er erstaunliche Bemerkungen über Ascanio gehört. Seit der Reise in die Landeshauptstadt soll er ganz verändert sein. Er schlägt Krach, ist selbstsicher und diktiert Richtlinien. Doktor Marcolino Pitombo hatte sich auf die Mitgiftjagd bezogen. Doktor Franklin hatte herausbekommen, daß Ascanio der reichen Paulistanerin den Hof machte, der Stieftochter von Dona Antonieta Cantarelli. Was mag an diesem Geschwätz wahr sein? Der Notar, der ein Freund des verstorbenen Leovigildo, Ascanios Vater, gewesen war, hielt den jungen Mann für begeisterungsfähig und arbeitsam. Als ihn der Oberst Artur da Tapitanga zum Präfekten vorschlug, nachdem dieser Posten durch den Tod des Doktor Mauritonio Dantas freigeworden war, hatte er diese Wahl begrüßt. Nicht nur er, die ganze Bevölkerung. Plötzlich zeigt sich, daß Ascanio der Kandidat der Brastanio ist, und Doktor Colombo scheint Gründe zu haben, um seine Ehrlichkeit in Zweifel zu ziehen.

Der bedeutende Universitätsprofessor nimmt noch eine große Portion Götterspeise und forscht weiter.

»Wie ich gehört habe, ist die Wahl dieses jungen Mannes eine friedliche Angelegenheit, er ist der einzige; es gibt keine anderen Kandidaten, nicht wahr?«

»Bis jetzt ist er der einzige. Tatsächlich gibt es keine eigentliche Kandidatur, denn der Zeitpunkt der Wahl ist noch nicht festgesetzt worden.«

»Da irren Sie sich, lieber Freund. Das Datum der Wahlen ist soeben festgesetzt worden. In der gestrigen Sitzung des Wahltribunals.«

Doktor Franklin läuft es kalt über den Rücken. In einer Zeitung der Hauptstadt hatte er einen Hinweis auf das Interesse der Brastanio an der Wahl des Präfekten von Agreste gelesen. Sie hatte das Tribunal gedrängt, das Datum festzusetzen. Früher hatte sich niemand um die Wahlen in dieser abgelegenen Gemeinde gekümmert, die seit eh und je ein Lehen des Obersten Artur da Tapitanga gewesen war. Jetzt steht eine neue politische Kraft auf, die so mächtig ist, daß sie sogar den Professor Helio Colombo in ihren Dienst stellt und nach Agreste schickt, ihn, der vor Gericht unbesiegbar ist und, wie man sieht, auch bei Tisch.

Bonaparte ist besiegt, gibt das Wettrennen auf und kreuzt das Besteck auf dem Teller. Der erhabene Meister ist nicht zu schlagen, unerschrocken nimmt er die Araçá-Konfitüre in Angriff, einen Leckerbissen, der heute so selten, so schwer zu finden ist wie ein anständiger Mensch, mein lieber Notar.

Die Bedeutung von Agreste

Rufos prächtige Zeichnung, die »blendende Zukunftsvision«, hängt an einem Ehrenplatz am Eingang der Präfektur und zieht die Neugierigen an. Sie schütteln den Kopf; in der Bewunderung der künstlerischen Fähigkeiten des Innenarchitekten sind sie sich einig, nicht aber in der Beurteilung des Inhalts. Fabelhaft! meinen einige begeistert. Ascanio ist großartig, er wird Agreste in die Höhe bringen, wird die ganze Gegend umwandeln. Andere, vorsichtigere, wiederholen die Argumente des Kapitäns und der Dona Carmosina: Wenn diese Industrie so vorteilhaft ist, warum läßt sie sich dann in einem so armen und abgelegenen Gebiet nieder, in dem es an allem mangelt? Ascanio hat sich entweder beschwatzen lassen, oder . . .

Oder was? Ascanio ist ein untadeliger Mensch, sein Leben ist ein offenes Buch, er ist ein Bürger, der über jeden Zweifel, jeden Verdacht erhaben ist . . .

Niemand verdächtigt ihn, aber es ist allgemein bekannt, daß er ein Auge auf die reiche Paulistanerin geworfen hat, die Erbin des Comendadors, die Stieftochter von Dona Antonieta. Ein armer, sehr armer Bewerber um die Hand einer Millionärin verliert leicht den Kopf, und in solchen großen Unternehmen gibt es Geld wie Heu. Für Ascanio kommt die Niederlassung der Fabrik gerade recht, wer will das leugnen?

Die Diskussionen werden schärfer. Die Zahl der Leser der hauptstädtischen Zeitungen schwillt an, bisher war sie nur auf die privilegierten Abonnenten der *Tarde* beschränkt. Auf Bestellung von Chalita, der immer bestrebt ist, seine Einnahmenquellen zu erhöhen, kommen in Jairos Marineti Exemplare der verschiedenen Tageszeitungen von Salvador. Wenn sich der Besitzer des Kinos ein Urteil über das Problem der Titanindustrie gebildet hat, so posaunt er es doch nicht aus, er legt das Pro und das Contra zum Verkauf aus und streicht die Nickelmünzen seines bescheidenen Gewinns ein. Die Polemik um die Brastanio nährt sich von Nachrichten, Gerüchten und übler Nachrede und wird auf der Straße weitergeführt.

Das großspurige Interview mit Ascanio wurde gelesen und kommentiert: »Die Brastanio bedeutet die Erlösung Agrestes: Reichtum und Fortschritt für die Nordküste des Bundesstaates.« Die Mädchen bewunderten das Bild, das den jungen Politiker mit großer Zukunft, mit erhobenem Finger, zeigte, den Kandidaten des Volkes für das Amt des Präfekten, wie der Reporter schreibt. Aufsehen erregte auch der boshafte Kommentar, in dem die *Tarde* im redaktionellen Teil diese Erklärungen besprach. Unter dem Titel »Kandidat des Volkes oder der Brastanio?« bezeichnete sie Ascanio als »Provinz-Playboy, Gast der Brastanio in einem Luxushotel«.

Entsetzen und Ungläubigkeit riefen die wirren Nachrichten über die Drohungen gegen das Leben der Mitglieder eines Technikerteams der Brastanio hervor, die daran gehindert worden waren, in Mangue Seco an Land zu gehen. Von der empörten Bevölkerung, die sich zur Verteidigung der Umwelt zusammengetan hatte, wie Giovanni Guimarães lobend schrieb. Es waren internationale Agenten im Dienst des atheistischen Kommunismus gewesen, befehligt von einer Russin, die keine andere war als die Bolschewikin Alexandra Kollontaj, deren Anwesenheit in Brasilien die zuständigen Stellen bereits gemeldet hatten, behauptete dieselbe Zeitung, in der das Interview mit Ascanio erschienen war.

In einem Punkt waren sich alle in befriedigter Eitelkeit einig, trotz aller Unterschiede der Meinungen über das Problem der Titanindustrie: Noch nie war Agreste so vieler Erwähnungen durch die Presse würdig gewesen. Nicht weniger stolz fühlte sich der Doktor Magnificus. Angelo Bardi hatte ihn von São Paulo aus angerufen, um ihn zu beglückwünschen.

Gewissensbisse (bedrückende und grundlose)

Während er Doktor Colombo zuhört, bemächtigt sich Ascanio dasselbe Gefühl, das er in der vergangenen Woche in Bahia gehabt hatte.

Eine unangebrachte Befangenheit, als schreite er nicht auf seinen eigenen Füßen, als werde er geführt, ohne Ausweichmöglichkeit vollendeten Tatsachen gegenübergestellt, gezwungen, gegen seinen Willen die von anderen gefaßten Beschlüsse auszuführen. Aber der Wunsch, sich zu weigern, Erklärungen zu verlangen, sich nicht einwikkeln zu lassen, den Grund jeder Einzelheit klarzustellen, kommt gar nicht erst zum Ausdruck. Er fühlt sich ungemütlich, aber er hört und schweigt.

Er stellt wieder einmal die Macht der Brastanio fest, als er in der Präfektur von Agreste den berühmten Professor Helio Colombo empfängt, dessen Schüler zu sein er nicht erreicht hatte, in dessen Anwaltskanzlei nach beendetem Studium zu arbeiten aber sein Traum gewesen war, wie der seiner übrigen Kommilitonen. Hier war nun der Meister in Person, der ihm, erholt nach dem Mittagessen und der Siesta, das schreckliche Problem des Kokoshains, das Ascanio so viele Sorgen bereitet hatte, auseinandersetzte, und der es löste.

Ascanios Euphorie hielt nicht lange an. In Mangue Seco war Tietas Weigerung, seine Sache zu unterstützen, ein harter Schlag gewesen. Die Anlässe zu Sorgen und Ärger folgten aufeinander: Hindernisse und Ungerechtigkeiten, Ungewißheiten und Kränkungen.

Im Postamt rieb ihm Dona Carmosina die von Fidelio an den Kapitän abgetretene Option unter die Nase und rächte sich damit für das »Na, was sagen Sie jetzt?« mit dem er sich verabschiedet hatte, bevor er den Jeep bestieg. Sie wurde noch beißender.

»Ich möchte doch sehen, wie Ihre Freunde es anstellen werden, um die Fabrik im Kokoshain zu bauen. Glücklicherweise gibt es noch anständige Leute auf dieser Welt.«

Ascanio antwortete nicht, er ließ Dona Carmosina allein reden, er wollte Diskussionen vermeiden, die zu einem Bruch mit der alten Freundin führen könnten, die immer exaltierter wurde. Aber die Information, die später bestätigt wurde, zeigte, daß nicht alles Geschwätz war. Er fand keine Antwort auf die Frage der Posthalterin: Wie wollte die Brastanio denn die Grundstücke im Kokoshain erwerben? Fragen des Eigentums an Grund und Boden pflegten vor den Gerichten endlos erörtert zu werden, dauerten Jahre und Jahre, und diese Debatte hier hatte eben erst begonnen. Der Richter von Esplanada hatte dem von Doktor Marcolino im Namen von Jarde und Josafá Antunes eingebrachten Besitzanspruch nicht einmal stattgegeben.

Doktor Helio Colombo beseitigt das Hindernis und erklärt, daß es für die Findung einer guten Lösung nicht notwendig gewesen wäre, eine so schauerliche Reise zu unternehmen, deren einziger Lichtblick das Mittagsmahl gewesen war, zu dem der Notar ihn eingeladen hatte

– noch jetzt leckte er sich die Lippen. Im Wohnzimmer liegt Bonaparte auf einem Sofa und schnarcht in nachmittäglicher Ermattung. Neben ihm liegen die Bescheinigungen und ein Glas Araçá-Konfitüre als Geschenk für den Anwalt. Doktor Colombo betrachtet den Schlafenden voll Sympathie: ein verdienter Schlummer; der Junge hatte die Siesta geopfert, um die Bescheinigungen fertig zu machen. Ein Dummkopf, aber nett.

»Behalten Sie unser Gespräch für sich«, befiehlt er Ascanio. »Mirko hat mir gesagt, daß ich Ihnen vertrauen kann.«

Eine einfache, vollkommene Lösung. Sobald Ascanio gewählt und in sein Amt eingesetzt ist, wird er das ganze Areal des Kokoshains enteignen, eine Maßnahme, die im öffentlichen Interesse liegt. Woher man das Geld nehmen soll, um die Eigentümer zu bezahlen? Die enteigneten Grundstücke werden an die Brastanio verkauft. So wird die Präfektur Geld haben, um alles zu bezahlen, und noch etwas zurückbehalten, bei dieser Transaktion einen Gewinn erzielen. Ein klares Geschäft.

»Und wenn die Erben nicht einverstanden sind?«

»Wie sollen sie nicht einverstanden sein? Sie existieren ja noch gar nicht als Erben. Die Enteignung zu einem vernünftigen Preis ist ein wahres Geschenk für sie.«

»Aber der Kapitän wird nicht einverstanden sein, um keinen Preis.«

»Er kann die Enteignung im öffentlichen Interesse nicht verhindern. Nachher kann er vor Gericht gehen. Er wird Zeit und Geld verlieren. Machen Sie sich keine Sorgen seinetwegen, machen Sie weiter. Ich werde mich um alles kümmern. Nach Ihrer Amtsübernahme werde ich Ihnen durch einen Kollegen, einen meiner Gehilfen in der Kanzlei, das Enteignungsdekret schicken, mit den Erwägungen und der ganzen Begründung. Sie brauchen nur noch zu unterschreiben.«

Er braucht nur noch zu unterschreiben. Ein unangenehmes, peinliches Gefühl. Er steckt die Hand in die Tasche, berührt das Schächtelchen mit dem Verlobungsring. Wann wird er ihn Leonora auf den Finger streifen? Die Zeit drängt. Was kann er anderes tun als weitermachen? Außerdem: Wenn er zur Niederlassung der Brastanio in Mangue Seco beiträgt, dient er nur den Interessen der Gemeinde und der Bevölkerung. Wenn man es recht bedenkt: Wo ist hier ein Grund für Gewissensbisse?

Heimsuchungen eines Anwärters auf den Posten eines Führers und Ehegatten oder Ein Charakter, der auf eine harte Probe gestellt wird.

Jung, gesund, potent, verliebt. Verliebt ist zu wenig gesagt: verrückt vor Liebe, die er erwidert weiß. Da ist kein Schatten eines Zweifels. Er hatte einen unbestreitbaren (und himmlischen) Beweis erhalten, den höchsten von allem: Die Heißgeliebte hatte die Beine geöffnet, hatte sich ihm hingegeben, ohne etwas dafür zu verlangen. Da er arm und sie reich ist, hatte er nie gewagt, von einer Heirat zu sprechen, er hatte weder Vorschläge noch Versprechungen gemacht. Leonoras Verhalten auf den Hügeln war der Beweis einer unendlichen Liebe.

Wie erklärt es sich, daß dieser stattliche und männliche Jüngling, der erste Liebhaber in der hier erzählten Geschichte, der sich im Besitz einer beneidenswerten Gesundheit und einer erst kürzlich in der Landeshauptstadt kräftig unter Beweis gestellten sexuellen Potenz befindet, sich nicht der begehrtesten und unzugänglichsten aller Frauen, der Frau seines Lebens, bemächtigte, als sie sich ihm, verwirrt und feurig, hingeben wollte? Und daß er sogar die Wiederholung der erregenden Liebesnacht zu vermeiden (oder zumindest zu verschieben) suchte? Wo hat man schon einen so eklatanten Widerspruch, eine solche Absurdität gesehen? Was waren die Gründe dieses Wahnsinns? Ist es möglich, daß es an diesem Ende der Welt, das heißt, in Agreste, einen solchen Viechskerl gibt?

Als Ascanio am Sonntag aus dem Motorboot stieg, begleitete er Leonora bis zu Perpetuas Haustür. Er nahm sie bei den Händen und sagte, voll Zärtlichkeit im Blick und in der Stimme:

»Ich gehe nach Hause, für heute verabschiede ich mich. Du brauchst Ruhe, hast fast gar nicht geschlafen, bist müde. Wenn du erlaubst, komme ich morgen auf dem Weg zur Präfektur vorbei, um dir Guten Morgen zu sagen.«

Sie wird alles erlauben, was Ascanio von ihr verlangt und wünscht – das Ideal wäre, daß er sie noch in dieser Nacht begehrte und am Flußufer besäße. So müde ist sie gar nicht, und wenn sie es wäre, wo könnte sie sich glücklich, ohne eine Spur von Traurigkeit, ausruhen, wenn nicht in seinen Armen? Aber sie schweigt, aufs neue eingeschüchtert, und wartet, daß Ascanio die Initiative ergreift, daß er es wagt und ihr einen Vorschlag macht. Profitiere von der Gelegenheit, Zicklein, die Zeit ist kurz, hatte Mamachen geraten. Vor lauter Vorurteilen und Skrupeln versäumen sie die Sonntagsnacht.

Er beugt sich zum Abschiedskuß herab. Leonora hängt sich an seinen Hals. Ihre Brüste pressen sich an ihn, die Schenkel berühren sich, aus dem langen, verzweifelten Kuß mit Zunge und Zähnen steigt eine Wärme auf, aber Ascanio reißt sich los und läuft die Straße entlang, unter dem trüben Licht der alten Laternen.

Seine Schritte führen ihn nicht nach Hause, sondern in die Pension von Zuleika Cinderela, wo Maria Imaculada ihn lächelnd empfängt.

»Ascanio! Ich warte schon so lange auf dich ... Wie gut, daß du gekommen bist.«

Ascanio wird nicht ruhiger, als er das hübsche, lebhafte Mädchen nimmt, er stellt fest, daß nur Leonoras Körper und kein anderer ihm dieses Gefühl der Selbstsicherheit verleihen kann, das ihn unbesiegbar macht, zum Herrn der Welt.

Um sie noch einmal zu verdienen, muß er warten. Leonoras Geste, dieser Beweis einer unendlichen Liebe, war auch ein Beweis unermeßlichen Vertrauens. Rein und edel, wie sie ist, hat nicht einmal die frühere schmerzliche Erfahrung sie an den Gefühlen und dem Charakter des neuen Verehrers zweifeln lassen. Sie hat sich in seine Hände gegeben, weil sie sie für rein und ehrenhaft erachtet. Das Verlangen verzehrt den verliebten jungen Mann, aber er beherrscht sich, er muß sich Leonoras Vertrauen würdig erweisen.

In seiner Tasche steckt noch der Verlobungsring. Sobald Dona Antonieta nach Agreste zurückkommt, wird er sie aufsuchen, um ein offenes und entscheidendes Gespräch zu führen: Ich liebe Ihre Stieftochter und will sie zur Frau haben. Ich bin arm, aber ich bin ehrgeizig geworden. Vertrauen Sie mir, eines Tages werde ich jemand sein. Als Bräutigam, mit dem Ring an Leonoras Finger, wenn das Datum der Hochzeit festgesetzt ist, ja, dann, wer weiß ... Aber vorher wäre es ein verwerflicher Mißbrauch, ein schimpfliches Verhalten.

Dona Antonieta hatte ihm ihre Unterstützung der Kampagne zugunsten der Brastanio verweigert. Wie wird sie auf seine Werbung reagieren? Sie scheint den Verliebten mit Sympathie zu betrachten, vielleicht, weil sie ihn für eine Ferienzerstreuung hält, die keine Folgen haben wird. Von da bis zu einer Heirat ist ein weiter Weg. Was soll er tun, wenn sich die allmächtige Stiefmutter widersetzt?

Ascanio will sich nicht mit dem Gedanken abfinden, daß er Leonoras hingebenden, bebenden Körper nicht wieder in den Armen halten sollte. Jetzt, nachdem er ihn berührt und erkannt hat, kann er nicht weiterleben, ohne ihn zu besitzen. Aber er muß warten. Es ist nicht leicht, ein vertrauenswürdiger Mann zu sein, es kostet eine große Anstrengung.

Die Tage, die auf den verdorbenen Sonntag der Einweihung des »Stalls des Bocks Inacio«, auf die traurige Nacht voll Eifersucht folgten, waren die glücklichsten von Tietas Ferien, gehörten zu den glücklichsten in ihrem ganzen Leben.

Als sie die Rückkehr nach Mangue Seco geplant hatte, träumte sie davon, die Schönheit und den Frieden wiederzufinden. Aus einer Liebelei war eine verzehrende Leidenschaft geworden, einzig dastehend in ihrer reichen Sammlung von Liebschaften. Zum erstenmal war sie kein störrisches, verfolgtes und erobertes Ziegenweibchen, das sich ergeben dem Anruf, der Gier und Verführungskunst des Männchens unterwarf. Jäh war die Landschaft ihrer Jugend wiedererstanden, sie war die Ziege mit dem üppigen Euter, sie begehrte mit hemmungsloser Gier, sie verführte und eroberte ein kaum erst abgespäntes Böcklein, warf es auf die Dünen, tat ihm Gewalt an; Friede und Schönheit, aber auch die Schüchternheit und Raserei des Jünglings. Als ob das alles nicht genügte, war er auch noch ihr Neffe und Seminarist. Ein verrücktes, absurdes, unvergleichliches Abenteuer; sie rang Gott kostbare Minuten ab.

Solche Tage, erfüllt von Leidenschaft, von der einzigen und unsterblichen Liebe, wenn das Leben ohne die Gegenwart des geliebten Wesens unvorstellbar wird, wären vollkommen, wenn sich ihr Ende nicht näherte. Sie ist versucht, Ricardo nach São Paulo mitzunehmen. Sie weiß, daß sie es nicht kann und nicht tun darf; früher oder später wird der Zauber vergehen, und auf das Begehren wird sich der Schatten des Überdrusses und der Langeweile herabsenken. Gerade deshalb will sie keinen einzigen Augenblick des unvergleichlichen Glücks, der unendlichen und ewigen Liebe versäumen. Verboten sind jetzt die Fahrten nach Agreste, aufgeschoben die Pflichten des Meßdieners, des Leviten des Tempels; der Seminarist hat die Soutane ausgezogen und zeigt sich fast nackt in der Badehose.

Tieta denkt nicht daran, das Versprechen einzulösen, das sie Dona Carmosina und dem Kapitän gemacht hat. Sie ist entschlossen, bis zum Tag des Festes wegen des Lichts in Mangue Seco zu bleiben. Auf dem Fest wird sie sich von allen verabschieden, lebt wohl, liebe Leute, bis zum nächsten Mal, ich werde mich zurücksehnen, es war zu schön. Und am nächsten Tag wird sie abreisen.

Sie sieht keinen Anlaß, sich zu opfern. Sie kann nichts unternehmen, um die Niederlassung der Fabrik zu verhindern, ihre Anwesenheit in Agreste wird nichts anderes sein als verlorene Zeit und Mühe, völlig nutzlos. Fröhlich und frei verlebt sie unvergleichliche Tage, unterhält sich mit Pedro und Marta, mit Jonas und den Fischern. Sie stöhnt und lacht in Ricardos Armen, oben auf den Dünen, am Meeresufer, in der Hängematte, im Bett, auf dem Sand, im Schaum der Wellen, im Boot, nachts, frühmorgens, in der Abenddämmerung, bei Tagesanbruch. Der zunehmende Mond scheint auf die Hügel, blickt in das Fenster des »Stalls« hinein.

Schön wäre es, für immer hier zu bleiben, hier alt zu werden und auf den Tod zu warten, ohne Sorgen und Verpflichtungen. Warum muß sie denn das Paradies verlassen? Sie muß dringend nach São Paulo zurückfahren, wieder die Leitung des Refúgio übernehmen, Geld verdienen und es gut anlegen. Außerdem wird Mangue Seco sehr bald nur noch eine trübselige Landschaft aus Zement, Rauch und Abfall sein. Lieber nicht daran denken und den Frieden, die Schönheit, die Liebe genießen, solange es sie noch gibt.

Das Glück dauert seit jenem Montagmorgen, als Ricardo endlich kam und Tieta ihn in streitbarer Laune empfing.

»Wenn du das absichtlich gemacht hast, um mir das Fest zu verderben, so ist es dir gelungen. Warum bist du dort geblieben?«

»Als die Inventur vorbei war, war es schon Nacht, mir ist nicht eingefallen ...« Was ihm nicht einfällt, ist eine gute Ausrede. »Ich habe zu Abend gegessen, mit Mutter den Rosenkranz gebetet und bin schlafen gegangen. Die ganze Nacht«, er blickt Tieta an, »die ganze Nacht habe ich von dir geträumt. Und was für Träume!«

Gerade weil er keine Ausrede gebraucht hat, glaubt ihm Tieta.

»Wenn du mir das noch einmal antust, wirst du was erleben. Von jetzt an gehst du nicht mehr von hier fort, weder zur Messe noch zu irgendeinem anderen Quatsch. Bis ich abreise, ist es aus mit Gott.« Ihre Stimme wird wieder sanfter. »Hast du wirklich von mir geträumt?«

»Ich habe von dir geträumt, von dir, als du jung warst; jünger als ich, bevor du von hier fortgingst. Wie du es mir erzählt hast, genauso, als ganz junges Ding.« War das vielleicht nicht wahr? Maria Imaculada fehlte nur noch der Hirtenstab.

»Erzähl mir, mein Böcklein, Wort für Wort.«

Die schöne Leonora lernt endlich das Flußufer kennen.

Leonora ist sich der Gefühle von Ascanio nur dunkel bewußt. In ihrem schweren Leben hat sie nie einen Mann wie ihn kennengelernt und fürchtet, ihn zu verletzen, zu enttäuschen, zu verlieren; ihr fehlt der Mut, die kurz bemessene Zeit zu nutzen, die ihr noch bleibt.

Anfangs hatte der junge Mann sie für eine Jungfrau gehalten, für ein keusches Mädchen aus gutem Hause, das eine ausgezeichnete Erziehung genossen hatte, steinreich war und auf eine ihrer gesellschaftlichen Stellung entsprechende Heirat wartete. Dann hatte Mamachen diese Geschichte vom schurkischen Verlobten erfunden, den sie entlarvte, noch bevor er sich das Geld der Millionärin unter den Nagel reißen konnte, aber erst, als er sie entjungfert hatte. Sie tat es, um Ascanios Schüchternheit in Kühnheit zu verwandeln, indem sie ihm eine fortschrittliche Paulistanerin vor die Nase setzte, ohne provinzlerische Vorurteile noch Jungfernhäutchen, und um auf diese Weise die platonische und melancholische Verliebtheit eines Caboclo in eine lyrische und glühende Leidenschaft zu verwandeln, in einen angenehmen Zeitvertreib für die Ferien. Mamachen hatte sie auf diese Reise mitgenommen, um Leonoras Brust und Herz zu heilen. Im Sertão wirst du saubere Luft atmen und das Vergnügen einer romantischen Liebe genießen, die einem immer in Erinnerung bleibt. Weißt du, was es heißt, zu vögeln und dabei Verse anzuhören? Das gibt es nur in Agreste, Zicklein. Reine Luft für die von der Umweltverschmutzung der Großstadt geschwächten Lungen, Gefühl für das von der Gleichgültigkeit und der Gewalttätigkeit gequälte Herz. Ein Schatz von Erinnerungen für einsame Stunden.

Mamachens Plan hatte nur teilweise Erfolg. Ascanio hielt sie weiterhin für ein unschuldiges Mädchen aus gutem Hause, das noch mehr Respekt verdiente und brauchte, weil es betrogen und gekränkt worden war. Betrogen, gewiß, mein Schatz, und oft genug gekränkt. Aber ach, kein unschuldiges Mädchen aus gutem Hause, das Respekt verdient. Es ist nicht allein ihr Geheimnis, sie kann nicht einfach sagen: Nimm mich ohne zu zögern ins Bett, ich verlange nichts von dir, ich bin nichts wert, ich bin ein Straßenmädchen, eine x-beliebige Dirne. Ein Pechvogel. Außer den Kunden, die zählen nicht, habe ich schon andere Männer vor dir gehabt, aber erst jetzt, hier in Agreste, liebe ich, wie man lieben soll. Ich liebe dich, ich will dein sein und will, daß du mein bist. Auf wie lange – das kümmert mich nicht!

Sie kann ihm nicht die Wahrheit erzählen, aber trotzdem hindert sie nichts, ihm die Arme entgegenzustrecken und ihn zu bitten: Gehen wir zum Flußufer, nimm mich im Schatten der Trauerweiden.

Während sie um den Kirchplatz herumgehen, auf dem gewohnten Rundgang der Liebespaare, zärtliche Blicke wechseln, flüchtige Händedrücke, schnelle Küsse tauschen, besiegt Leonora ihre Furcht und überwindet ihre Schüchternheit, nachdem sie sieht, wie die Zeit vergeht, ohne daß Ascanio sich traut, und wie wieder ein Abend ungenutzt vorübergeht. Entschlossen sagt sie:

»Wir bleiben immer hier auf dem Platz. Ich möchte gern zur Bacia de Catarina gehen. Das ist so ein schöner Spazierweg.«

»Sehr schön, ja. Eines Tages werden wir hingehen.«

»Warum gehen wir nicht heute?«

»Es ist niemand hier, um uns zu begleiten.«

»Begleiten? Wozu denn? Ich will mit dir gehen. Nur wir zwei.«

»Ganz allein?« Er streichelt ihre Wange. »Agreste ist nicht São Paulo, Nora. Morgen wäre dein Name in aller Munde.«

Nachdem er das Thema für erledigt hält, doziert Ascanio aufs neue über seine verwaltungstechnischen Vorhaben. Leonora hört ihm zerstreut zu und vernimmt in weiter Ferne das Echo von Mamachens Stimme: Pack deinen Bock bei den Hörnern, Zicklein. Sie unterbricht den Rundgang und den Vortrag.

»Liebst du mich, Ascanio? Wahrhaftig?«

»Zweifelst du daran? Ich ...«

»Warum fliehst du dann vor mir? Oder habe ich dir nicht gefallen?«

»Ich, vor dir fliehen? Ob du mir nicht gefallen hast? Sag so etwas nie wieder. Ich liebe dich und will nicht, daß man schlecht von dir spricht. Verstehst du?«

Leonora lächelt und fährt ruhig und entschlossen fort:

»Ja, ich verstehe, das habe ich mir auch gedacht. Laß sie doch reden, das macht mir nichts aus.« Sie nimmt ihn bei der Hand. »Führ mich zum Flußufer, Liebster. Dorthin oder wohin du sonst willst.«

Ascanio fühlt, wie ihm der Schweiß am ganzen Körper herunterläuft, seine Gedanken und Gefühle verwirren sich, es ist unmöglich, sie zu ordnen.

Der Friede wird durch einen heiligmäßigen Mann gestört.

Ricardo ist mit dem Ingenieur und Budião im Boot fischen gefahren, Tieta ruht in der Hängematte, als sie das Geräusch von Schritten im Sand vernimmt. Sie richtet sich auf, es ist ein Fremder, der sich nähert. Ohne ihm jemals begegnet zu sein, erkennt sie Bruder Timótheo, lächelnd unter seinem Strohhut. Tieta läuft ins Haus, um ein Kleid über den Badeanzug zu streifen. Sie kommt gerade rechtzeitig zurück, um den Franziskaner um seinen Segen zu bitten.

»Dona Antonieta Cantarelli? Alle Welt spricht von Ihnen, ich wollte nicht abreisen, ohne Sie kennenzulernen.«

»Auch ich wollte Sie schon immer kennenlernen. Mein Neffe Ricardo sagt, daß Sie ein Heiliger sind.«

»Ein Heiliger?« lacht er belustigt. »Ich bin ein armer Sünder. Wo ist denn Ricardo? Ich habe ihn in den letzten Tagen nicht gesehen.«

»Er war in Agreste, um Padre Mariano zu helfen, aber er ist schon zurück. Er ist fischen gefahren, muß bald zurück sein.«

»Er ist ein guter Junge, Gott wird ihm den richtigen Weg weisen. Wenn Sie erlauben, warte ich hier, um mich von ihm zu verabschieden. Meine Ferien sind um, morgen bin ich wieder in São Cristóvão.«

»Fühlen Sie sich wie zu Hause. Ich gehe einen Stuhl holen.«

Der Geistliche lehnt den Stuhl ab und setzt sich neben Tieta auf das Geländer der Veranda, er ist noch gelenkig, trotz seiner weißen Haare.

»São Cristóvão ist eine schöne alte Stadt«, sagt er und betrachtet die Hügel. »Die Menschen, die sie erbaut haben, ehrten den Herrn ...«

»Ich kenne sie nicht, aber ich habe davon reden hören.«

»Aber nichts kann sich mit Mangue Seco vergleichen. Diese Gegend ist einmalig, wunderschön, ein Geschenk Gottes an die Menschen. Ich weiß, daß Sie alles Menschenmögliche getan haben, um das Verbrechen zu verhindern, daß hier eine Titandioxydfabrik errichtet wird.«

Tieta spürt, wie sie rot wird. Sie verdient dieses Lob nicht. Der Kapitän verlangt ihre Anwesenheit in Agreste, und sie läßt es sich hier wohl sein, vergnügt sich mit ihrem Neffen.

»Ich habe nichts getan, oder fast nichts. Kapitän Dario will immer, daß ich nach Agreste gehe, um ihn zu unterstützen, aber ich bleibe hier und genieße dieses Wunder, solange ich kann. Am Ende wird sich die Fabrik ja doch hier niederlassen, das hängt weder von mir ab noch von Carmô, noch vom Kapitän. Habe ich nicht recht?«

»Ich finde nicht, Dona Tieta. Sie erlauben mir, daß ich Sie so nenne, nicht wahr? Der Protest der Leute von Agreste allein wird die Errichtung der Fabrik kaum verhindern können, das stimmt, aber er kann mithelfen. Jedenfalls müssen wir alles tun, was in unserer Macht steht, um das Verbrechen zu verhindern, ohne zu fragen, ob wir Erfolge haben werden oder nicht.« Nach einer kurzen Pause fügt er hinzu: »Als Sie mit Jonas und den Fischern ins Boot gestiegen sind, haben Sie auch nicht gefragt, ob es der Mühe wert ist.«

Überrascht versucht Tieta zu erklären.

»Das hat mich an meine Kindheit erinnert, ich war verrückt nach Balgereien ...«

»Ich verurteile nicht und ich beschuldige nicht, auf welche Weise könnten die Leute sonst protestieren? Aber Sie können auf viele Arten helfen, ohne zur Gewalt zu greifen. Die Bevölkerung von Agreste muß aufgeklärt werden, ein Wort von Ihnen könnte die Unentschlossenen überzeugen. Gott hat diese Güter unserem Schutz überantwortet, es ist unsere Pflicht, sie zu verteidigen. Sonst machen wir uns zu Komplizen der Verbrecher. Der Grad der Umweltverschmutzung durch diese Industrie ist entsetzlich. Verzeihen Sie, Dona Tieta, daß ich so spreche, aber Sie haben mich nach meiner Meinung gefragt.«

Die sanfte und eindringliche Stimme des Priesters im unendlichen Frieden des Nachmittags, sein schüchternes und entwaffnendes Lächeln verwirren Tieta. Sie kommt nicht dazu zu antworten – was auch? –, denn Ricardo taucht gerade auf. Als der Seminarist den Bruder sieht, läßt er den Ingenieur zurück und läuft auf ihn zu.

»Sie hier, Bruder Timótheo? Was für eine Überraschung!«

»Ich bin gekommen, um Abschied zu nehmen, mein Sohn, und hatte das Vergnügen, Dona Tieta kennenzulernen und mich mit ihr zu unterhalten. Morgen kehre ich ins Kloster zurück.«

Abends, im Bett, erwähnte Tieta den Besuch.

»Ob er uns beiden mißtraut?«

»Er hat es mir nie zu verstehen gegeben.«

»Er kannte die Geschichte von den Motorbooten, hat davon gesprochen, mir aber keine Vorwürfe gemacht. Aber meine Ruhe hat er mir genommen.«

»Wieso denn?«

»Mit dieser Geschichte, daß es Pflichten gibt, die man erfüllen muß. Aber ich will nicht von hier weggehen. Nur zum Fest und zur Abreise . . .«

Felipe pflegte zu sagen, um glücklich zu leben, müsse man vor allem anderen das Gewissen abschaffen. Du und deine Gewissensnöte, das wird noch ein schlechtes Ende nehmen . . . warnte er sie einmal, als sie sich wegen eines der Mädchen des Refúgio Sorgen machte. Tieta preßt Ricardo an ihre Brust und versucht die Worte des Geistlichen zu vergessen. Den Hoffnungsschimmer in den Augen des Jungen bemerkt sie nicht.

Der mysteriöse Korrespondent

Wie war nur ein derartiger Verrat möglich gewesen? Doktor Helio Colombo hatte zu niemandem über die Enteignung gesprochen, außer zu Ascanio Trindade. Dieser hinwiederum hatte über das Gespräch mit dem Anwalt absolutes Stillschweigen bewahrt. Trotzdem veröffentlichte die *Tarde* wenige Tage später den »Bericht eines Korrespondenten aus Agreste« über den Aufenthalt des illustren Rechtsgelehrten, in seiner Eigenschaft als Rechtsbeistand der Brastanio. Es war von jenem Morgen in der Notariatskanzlei die Rede, als er sich über Bücher und Urkunden gebeugt hatte, und von der abendlichen Begegnung im Gebäude der Präfektur mit Ascanio Trindade, als er dem Anwärter auf das Amt des Präfekten befohlen hatte, das riesige Gelände des Kokoshains zu enteignen, um es zur Gänze oder zum Teil an die Companhia Brasileira de Titânio S.A. weiterzuverkaufen, womit der gehorsame Beamte sofort einverstanden gewesen war. Die Enteignung aus Gründen des öffentlichen Interesses war die Lösung, die der Anwalt gefunden hatte, um seiner Mandantin den Besitz des Areals, trotz der Unnachgiebigkeit einiger Erben, zu sichern, die sich energisch weigerten, mit dem umstrittenen Unternehmen ein Geschäft abzuschließen. Der Korrespondent hatte das Verb »befehlen« und das Adjektiv »gehorsam« gebraucht. Die Exemplare der Zeitung gingen von Hand zu Hand.

Es kam nie heraus, wer der mysteriöse Korrespondent gewesen war. Doktor Helio Colombo erinnerte sich an seinen kurzen Besuch in Agreste, an die entsetzliche Hin- und Rückfahrt, an den Maultierpfad, den Staub und den Durst, an die reichgedeckte Tafel, die Schmackhaftigkeit und die Größe der Pitús, die goldene Farbe und den unvergleichlichen Geschmack der Götterspeise und stellte Betrachtungen über die Schliche und Kniffe der Leute vom Landesinneren an – Hinterwäldler, Spießer. Sie sehen naiv und dumm aus, wie richtige Schwachköpfe. In Wirklichkeit sind sie Spitzbuben, beschummeln in aller Ruhe die gelehrten Herren aus der Großstadt. Der Anwalt erinnert sich an die offensichtliche Neugierde des Notars, an seine Fangfragen während des Essens. Er glaubt, ihn hereingelegt zu haben. Er hört wieder das Schnarchen des sympathischen Fettwanstes, sieht sein ausdrucksloses Vollmondgesicht vor sich, sein verdrehtes Wesen, halbtot im Saal der Präfektur, unter der Last der Bescheinigungen und der Dose Araçá-Konfitüre. Vater und Sohn, was für ein Paar!

Ein Trinkspruch mit Veilchenlikör

Die Tatsache, daß alle an sie denken, wenn sie versuchen, den anonymen und wohlinformierten Korrespondenten zu identifizieren, vergrößert noch Dona Carmosinas Niedergeschlagenheit. Aminthas kommt sie beglückwünschen.

»Kusine, du bist die Größte. Wie hast du diese Intrige entdeckt?«

Sie hatte nichts entdeckt, die Denunziation ist nicht ihr Verdienst, sie wußte nicht einmal, daß der Professor Colombo in der Stadt war, sie ist ganz und gar aus dem Spiel, in einen Winkel gestellt. Früher hatte sich in Agreste kein Strohhalm ohne ihr Wissen bewegt. Jetzt war sie völlig überrascht worden, unglaublich. Dona Carmosinas kleine Äuglein werden trübe.

»Ich habe sie aus der Zeitung erfahren, genau wie du. Und ich habe Ascanio noch ausgelacht! Jetzt habe ich zu nichts mehr Lust.«

Niedergeschlagen und verdrossen kommt der Kapitän und wirft die Blätter mit den Unterschiften des Protestschreibens auf die Theke. Ein Klima der Verzweiflung macht sich im Postamt breit. Nur Aminthas läßt sich nicht unterkriegen und versucht, in seiner fröhlichen Art die Freunde aufzuheitern.

»Das Schiff ist noch nicht gesunken, Kapitän! Wo bleibt deine Courage, Carmô? Ich habe noch nie jemanden so schnell die Segel streichen sehen. Obwohl ich noch immer nicht glaube, daß sich diese Fabrik hier niederlassen wird ...«

»Nein? Da bringen sie einen so berühmten Anwalt wie diesen Helio Colombo her, lassen Ascanio in die Hauptstadt kommen ...«

»Diesen Provinz-Playboy ...«, lacht Aminthas.

»... kochen alles mögliche mit ihm aus, setzen das Datum für die Wahl fest, und du zweifelst noch an seinen Absichten?«

»Ich gebe zu, daß es Anlaß gibt, das alles zu glauben. Jedenfalls müssen wir so handeln, als ob es wahr wäre ...«

Er wechselte schnell das Thema, als er ein paar Schnüffler aus der Bar und den Läden kommen sieht, die sich am Gespräch beteiligen möchten. Agreste spitzt die Ohren, und die Nachricht von der bevorstehenden Enteignung der Grundstücke hat ein außergewöhnliches Interesse erregt. Als erster kommt Chalita, lehnt sich an die Tür und stochert in den Zähnen.

»Guten Morgen, meine edlen Herren.«

»Guten Morgen, Pascha der Armen.« Aminthas wird nicht verlegen. »Also, wie gesagt, meiner Ansicht nach haben die Beatles noch keine Nachfolger gefunden ... Nach dem Mittagessen komme ich bei dir vorbei, Carmô, und bringe die Platte mit. Ihr werdet sehen, daß ich recht habe. Auf Wiedersehen, Kapitän.«

An der Tür trifft er auf Edmundo Ribeiro.

»Was sagt ihr zu der Nachricht?« fragt der Steuereinnehmer. »Ob das wahr ist? Wenn das so weitergeht, wird Agreste in zwei Jahren nicht wiederzuerkennen sein.«

Während Dona Milú bei sich zu Hause Konfitüre aus Orangenschalen aufträgt, nimmt Aminthas die Pose eines Redners ein.

»Antworten Sie mir, meine sehr verehrten Parteifreunde: Um die Enteignung des Bodens dekretieren zu können, muß Ascanio erst gewählt sein, nicht wahr?«

»Das Datum der Wahl ist schon festgesetzt worden.«

»Das weiß ich, ich lese die Zeitungen und höre, was geschwätzt wird. Aber soviel ich weiß, ist unser ländlicher Playboy noch nicht gewählt.«

»Es fehlt nicht mehr viel«, stellt der Kapitän fest.

»Es fehlt wenig oder es fehlt viel, das kommt darauf an.«

»Worauf kommt es an? Zweifeln Sie vielleicht, daß er gewählt wird?«

Die Stimme des Kapitäns verrät Mutlosigkeit und Ohnmacht. Dona Carmosina hört schweigend zu.

»Ich kann doch wohl zweifeln, warum auch nicht? Das hängt von den Umständen ab, ich wette sogar, daß er nicht gewählt wird.«

»Wie soll er denn nicht gewählt werden? Er ist der einzige Kandidat, der Kandidat des Obersten Artur ...«

»Es würde genügen, daß er nicht der Kandidat des Obersten wäre oder zumindest nicht der einzige Kandidat ...«

»Willst du damit sagen ...«, unterbricht ihn interessiert Dona Carmosina.

»Daß es genügt, wenn ein anderer Kandidat auftaucht, der imstande ist, Ascanio auszustechen, entweder beim Obersten oder an den Urnen ...«

»Ich habe schon bemerkt, wo du hinauswillst. Aber ich sehe keine Möglichkeit. Der Oberst ist der Pate von Ascanio, er vertraut ihm; am Tag von Mauritonios Begräbnis hat er gesagt, daß Ascanio Präfekt werden würde, und alle waren einverstanden. Ich sehe nicht, wieso er seine Meinung ändern sollte.«

»Wer weiß ... Der Alte ist klapprig; es hat noch niemand versucht herauszufinden, was er über die Errichtung der Fabrik denkt, ob er dafür oder dagegen ist. Es kostet nichts, mit ihm zu reden, zu versuchen, ihn zu überzeugen. Wenn er aber an Ascanio festhält, gehen wir zu den Urnen.«

»An den Urnen ist Ascanio unschlagbar.«

»Unschlagbar? Das war er vielleicht einmal, Carmô, jetzt ist er es nicht mehr. Früher haben alle in ihm den arbeitsamen und anständigen Menschen gesehen, es gab nur eine einzige Meinung über Ascanio, und alle wollten ihn zum Präfekten haben. Heute hat er sich für viele, zu Recht oder zu Unrecht, in einen Mann verwandelt, der im Sold der Brastanio steht und ein Auge auf das Geld von Leonora geworfen hat. Ganz unter uns, für mich ist Ascanio nichts anderes als ein Dummkopf. Aber in der Stadt ist das Mildeste, was man über ihn sagt, daß er verrückt ist. Hast du nicht gemerkt, Carmô, daß es aus ist mit der Einstimmigkeit? Angefangen bei uns, die wir hier sind. Früher waren wir alle Wähler von Ascanio, hundertprozentig. Heute kriegt er meine Stimme nicht.«

»Meine auch nicht«, stimmt der Kapitän zu.

»Aber auch so sehe ich nicht, wer gegen ihn auftreten könnte.«

»Bist du blind, Kusine?«

»Wer? Sag's mir.«

»Der illustre Bürger, der berühmte Sohn von Agreste, Offizier unserer glorreichen Marine, Kapitän Dario de Queluz!«

»Ich? Sie sind verrückt. Ich bin kein Politiker und will es auch nicht sein.«

»Genau. Die Politiker sind unten durch; wer jetzt im Land etwas zu sagen hat, sind die Militärs, nicht wahr? Kapitän, nehmen Sie Ihren Posten ein!«

»Ich? Niemals!«

Aminthas achtet nicht auf ihn.

»Es wird hart werden, aber ich meine, wir können gewinnen, wenn . . .«

»Wenn?«

»Wenn wir auf die Unterstützung durch Dona Antonieta rechnen können. Wenn wir die heilige Tieta von Agreste auf unserer Seite haben, die um Stimmen für den Kapitän wirbt, ist alles geritzt.«

Dona Milú bringt Gläschen und schenkt Veilchenlikör ein. Jetzt ist ein Trinkspruch fällig. Die alte Dame war seinerzeit ein tüchtiger Wahlhelfer.

»Ihr Wohl, Kapitän! Noch heute fange ich an mit der Propaganda. Ich habe auch schon ein Schlagwort für die Wahlkampagne: Nieder mit der Fäulnis.« Dona Milú kostet den Likör und schnalzt mit der Zunge.

Denkwürdige Ereignisse, in deren Verlauf Ascanio Trindade Beredsamkeit und Karambolage verliert. – Erster Teil: die Geschichte mit der Rede.

Zwischen dem Aufenthalt von Doktor Helio Colombo in Agreste und der Veröffentlichung der Nachricht in der Zeitung der Landeshauptstadt war Ascanio Trindade zweimal nahe daran, den Kopf zu verlieren – das erstemal verlor er den Faden seiner Rede, das zweitemal die Karambolage.

Die Geschichte mit der Rede ereignete sich bei der improvisierten Versammlung, auf der die Ankunft der Maste des Wasserkraftwerks in den Straßen der Stadt begrüßt wurde. Als der Chefingenieur aus dem Jeep stieg und die Treppe zur Präfektur hinaufging, befand sich Ascanio Trindade ganz allein in seinem Büro und versuchte, peinliche Verhaltensweisen zu verdauen, die unlängst, auf den Druck von Dritten hin, hinter seinem Rücken zur Schau gestellt worden waren, ohne daß er darüber eine Meinung hätte abgeben oder diskutieren können. Immerhin waren sie zufriedenstellend.

Seine Skrupel beiseite schiebend, die lokalen Vorurteile, die Rückständigkeit des Sertão mit Füßen tretend, führt ihn Leonora jeden Abend ins Paradies, das heißt, zur Bacia de Catarina. Der berühmte Anwalt hatte ihm, als Lösung des verzwickten Problems, befohlen, die Grundstücke im Kokoshain zu enteignen, sobald er das Amt des Präfekten übernommen habe. Er hatte beide Lösungen akzeptiert, beide gefallen ihm. In seinem Inneren verbleibt noch eine leichte Unzufriedenheit, als begehe er eine tadelnswerte Handlung, wenn er sich mit solchen Initiativen einverstanden erklärte und an ihnen teilnahm. Wenn er sie analysiert, findet er nichts Schmutziges oder Unehrenhaftes daran. Woher kommen dann die Angst und der Zweifel? Ganz einfach, weil ihm das Zeug zum Anführer fehlt. Vor lauter Zartgefühl, Widerwillen und provinzlerischer Empfindlichkeit, wegen seiner beschränkten Mentalität erschrickt und zögert er, wenn die Situation Festigkeit und Kühnheit erfordert. Doktor Colombo und Leonora repräsentieren die aufgeschlossene und fortschrittliche Mentalität der Großstädte. Erstaunlich, diese Leonora: so zart und so entschlossen, so diskret und so keck!

Die Stimme des Ingenieurs unterbricht seine Grübeleien.

»Ich möchte Sie einladen, dem Einrammen des ersten Lichtmastes in der Stadt beizuwohnen. Ich möchte auch diese reiche Dame herholen, die sogar der Regierung Befehle gibt. So hätte ich das Vergnügen, sie kennenzulernen.«

Begeistert von der Nachricht, springt Ascanio vom Stuhl auf und zieht seinen Rock an.

»Sie ist in Mangue Seco, Sie werden sie am Tag des Festes kennenlernen. Können wir schon ein Datum festlegen?«

»Sagen wir, am ersten Sonntag, ungefähr in vierzehn Tagen.«

Ascanio rechnet nach, es sind genau siebzehn Tage. Indem er das Datum des großen Festes bestimmt, legt der Ingenieur den Tag der Rückkehr der Cantarellis, der Witwe und der Erbin, nach São Paulo fest. Ascanio erbebt; die kurze Zeit, von der sie so oft gesprochen haben, ist jetzt keine vage Angabe mehr, sie verwandelt sich in eine tödliche Frist. In achtzehn Tagen wird die schönste und reichste aller Frauen in Jairos Marineti von Agreste abreisen.

Die Nachricht verbreitet sich mit Windeseile und schreckt die

Stadt auf. Von Vavá Muriçocas festlichen Händen bewegt, ertönt von der Pfarrkirche ein Freudengeläut. Padre Mariano erscheint in der Vorhalle. Dank dem frommen Pfarrkind, dem großzügigen Lamm in der Herde des Herrn, der verdienstvollen päpstlichen Comendadorin, wurde die neue Beleuchtung in der Kirche installiert, deren mit bunten Lämpchen besetzte Fassade das Licht von Paulo Afonso erwartet. Padre Mariano beschleunigt seine Schritte, um Ascanio und den Chefingenieur einzuholen.

Spaten und Hacken schwingend, heben die Arbeiter das Loch aus, in das der erste Pfahl eingelassen werden soll, im ehemaligen Caminho da Lama, der zukünftigen Rua Dona Antonieta Esteves Cantarelli. Aus den Gassen und Straßen kommen die Menschen herbei. Die letzten Skeptiker kapitulieren vor dem Augenschein: Noch zwei Wochen, und Agreste wird Strom und Licht des Wasserkraftwerks von São Francisco verbrauchen. Eine Energie, die imstande ist, Industrien in Bewegung zu setzen, vierundzwanzig Stunden am Tag ein starkes, strahlendes Licht zu liefern – nicht wie bisher die trübe und schwache Beleuchtung durch den Motor, die auf drei Stunden beschränkt war, vorausgesetzt, es gab keine Panne; Tietas Licht. Der Name der Wohltäterin geht von Mund zu Mund, voll Lob und Bewunderung. Alle sind stolz auf den Reichtum und die Wichtigkeit, das Ansehen und die Macht der Landsmännin, der Patronin der Stadt und der Gemeinde, ihre verlorene und geliebte Tochter. Ihr, nur ihr, ist dieses Wunder zu verdanken – diese Wahrheit verkündet sogar der Chefingenieur.

Ein unglaubliches Wunder, sagt er von der Höhe der Petroleumkiste herab. Als er sieht, wie sich Dutzende von Bürgern um die Ingenieure und die Arbeiter drängen, Bemerkungen machen und zum Beifall bereit sind, schickt Ascanio den jungen Sabino, eine große Kiste holen; ein so feierlicher Augenblick im Leben von Agreste darf nicht sang- und klanglos vorbeigehen. Er improvisiert eine Tribüne und eine Feier und bittet den Chefingenieur, den »unbesiegten Befehlshaber in jener epischen Schlacht des Fortschritts, dem wir unsere Dankbarkeit bekunden«, sie einzuleiten. In Ermangelung rednerischer Talente beschränkt sich der Ingenieur auf vier kurze Sätze. Er beglückwünscht die Bevölkerung der Region, weist aber alle Dankesbezeichnungen zurück, er und seine Leute haben nur Befehle der Gesellschaft ausgeführt, Befehle, die ihm anfangs absurd erschienen waren, denn die Weiterführung der elektrischen Drähte bis Agreste war ein »echtes, unglaubliches Wunder«. Der Dank sollte ausschließlich jener mächtigen Persönlichkeit gelten, die es vollbracht und die kennenzulernen er noch nicht das Vergnügen gehabt hatte. Als er hinuntersteigt, wird er einigen der Angehörigen der mächtigsten Persönlichkeit vorgestellt: ihrer Schwester Perpetua, dem kleinen Neffen Peto und der Stieftochter Leonora, die er mit gierigen und sachverständigen Augen entkleidet. Einfach erstklassig, von der feinen Sorte.

Leonora findet, daß Ascanio einen Teil des Beifalls und der Dankbarkeit verdient hat, denn er hat sich mit verzweifelter Hartnäckigkeit geschlagen und sogar Demütigungen erlitten, um diesen Sieg erringen zu können. Er hatte nichts erreicht, das stimmt, aber deshalb darf man doch seine Bemühungen nicht vergessen.

Es wird aber auch nicht mit Beifall gekargt, als er nach dem Ingenieur die Kiste besteigt. Vor allem, als er sich auf die Leistung von Dona Antonieta Esteves Cantarelli bezieht, der die Einwohnerschaft von Agreste ewig dankbar sein wird. Ascanios Irrtum bestand darin, daß er die Gelegenheit benutzen wollte, um Propaganda für die Brastanio zu machen. Mit herrischer Geste zeigte er auf den Boden und fragte: Wem verdanken wir den Asphalt, den wir betreten und der für immer den jahrhundertealten Lehm am Eingang der Stadt bedeckt? Wer hat Maschinen, Techniker, Arbeiter geschickt? Die Brastanio, deren Anwesenheit in der Gemeinde die Erlösung Agrestes bedeutet, sagte er und wiederholte damit den Gemeinplatz aus dem Interview. Klatschen und Bravorufe, vermischt mit Buhen und Zwischenrufen; die Meinungen sind geteilt.

»Nieder mit der Umweltverschmutzung!« brüllt Dona Carmosina.

Ascanio achtet nicht darauf, begeistert und beredt fährt er fort, aber dann erhebt sich aus der Menge eine offensichtlich verstellte anonyme Falsettstimme.

»Halt den Mund, du Provinz-Playboy! Du hast dich verkauft!«

Ascanio hält mitten im Satz inne, ohne den Schuft lokalisieren zu können – wenn er ein ganzer Mann ist, soll er sich zeigen und es wiederholen –, verliert die Sicherheit und Beredsamkeit und beendet schnell die Rede. Als er von der Kiste heruntersteigt, ertönen Beifall und Hochrufe; sie gelten dem Mast, den die Arbeiter soeben aufgestellt haben, dem Wunder des Jahrhunderts. Sehr hoch, aus Beton, oben in Arme für die Lampen verzweigt, einfach toll.

Zweiter Teil des Kapitels über denkwürdige Ereignisse, in deren Verlauf Ascanio Trindade Beredsamkeit und Karambolage verliert. Die Geschichte mit dem Billard.

Der Zwischenfall mit dem Billard spielte sich in der Bar dos Açores ab, wo endlich die entscheidenden Partien des alljährlichen Turniers ausgetragen wurden. Mit Verspätung, denn das Goldene Queue sollte schon im Dezember verliehen werden. In der letzten Zeit ist in Agreste alles durcheinander und zerstritten. Die Routine und die Harmonie haben dem Unvorhergesehenen und dem Zwist Platz gemacht. Mißtrauen und Ärger machen sich breit, auf Schritt und Tritt offenbart sich deutlich ein kriegerischer Geist.

Die Anwesenheit der Creme der Gesellschaft, von Damen und Mädchen, verleiht dem Wettbewerb einen festlichen Charakter. Man erblickt raffinierte Toiletten, als sollte gleichzeitig mit dem Goldenen Queue die Königin der Eleganz gewählt werden. Die Damen erscheinen, um zu wetten, um die aufregende Atmosphäre der Kneipe zu schnuppern, vor allem aber, um ihre Kleider zu zeigen, von denen eines prätentiöser ist als das andere. In den vergangenen Jahren hob sich Elisa in den von Tieta geschickten modischen Kleidern aus dem Süden von den anderen ab. Auch Asterio hatte keine großen Schwierigkeiten gehabt, um die Gegner zu schlagen. Das Ehepaar erntete Applaus: er, als dreimaliger Champion, sie, als die Schönste. Die Dinge hatten sich gewandelt. Asterio hat mit der Ziegenzucht und der Maniokpflanzung so viel zu tun, daß er das Training vernachlässigt, während Seixas und Fidelio Stunden und Stunden üben. Und Elisa hat eine Rivalin gefunden, die ihr an Schönheit und Eleganz ebenbürtig ist: die schöne Paulistanerin Leonora Cantarelli.

Die erste Partie wurde von Fidelio gewonnen, von Seixas verloren. Nach Punkten und bei den Wetten. Die Kusinen von Seixas hatten ein Aufgebot von Kolleginnen und Freundinnen mitgebracht, um die Reihen derer zu vergrößern, die ihren Vetter anfeuerten. Der verschlossene Fidelio hatte niemanden aufgeboten, seine weiblichen Fans erschienen zahlreich, aus eigenem Antrieb. Man konnte sogar Überläufer aus der Truppe von Seixas feststellen, ein deutlicher Beweis für den Verfall der lokalen Sitten. Das Fieber des Verrats befiel sogar eine der Kusinen, die mit dem Silberblick, die hübscheste. Die Falsche verlor jegliche Kontrolle und applaudierte stehend einem sensationellen Stoß des Gegners. Eine Schande.

Dona Edna, deren Champions, der treue Terto (der noch kein schlechter Gatte ist, nur weil er zahm und gehörnt ist) und der flatterhafte Leléu, beide schon lange disqualifiziert sind, kann ihren Ärger darüber nicht verbergen, daß sie nicht mit Elisa und Leonora wetteifern kann. Hübsch und keck, fehlt es ihr nicht an Grazie und Haltung, an Geschmack, sich zu kleiden; es fehlt ihr nur an Geld oder an einer freigebigen Schwester. Um das wettzumachen, betrachtet sie, wo sie auch ist, mit ihren frechen Augen die anwesenden Männer, redet unaufhörlich und krittelt und stichelt über die halbe Welt. Ihre Zunge ist in mehr als einer Kunst erfahren und zeichnet sich im Herumwühlen in fremden Angelegenheiten aus, verspritzt Gift, und oft verwandelt sich ihre Nadelspitze in ein Skalpell. Wenn man es ihr vorwirft, erklärt sie: Und wenn ich noch so sehr über die anderen herziehe, so werde ich doch nie so viel sagen können wie die anderen über mich. Während des Turniers entgeht nicht einmal Peto den süßen Blicken und der sauren Bosheit von Dona Edna. Ein Peto, der schon ein junger Mann ist, mit langen Hosen, Schuhen und gekämmtem Haar.

»Was ist in dich gefahren, Peto? Du bist ja ein richtiger Mann geworden ...«

Schmachtende, verführerische Augen, die Zungenspitze, die über die Lippen streicht, genug, um die Pfeife des Kleinen zu entzünden. Zu komisch ist das Bürschlein, stinkt nach Brillantine. Wer aber Dona Ednas Sinne in Wallung versetzt, ist der andere, sein Bruder, das Priesterchen, ein göttlicher Betbruder. Von Peto geht Dona Edna zu Elisa über: Diese eingebildete Person bewohnt jetzt eines der besten Häuser der Stadt, ohne Miete zu zahlen; dadurch wird diese leidende und hochmütige Miene, die sie ständig aufsetzt, noch unerträglicher. Dona Edna ist in der Absicht hergekommen, sie zu ärgern und sich gleichzeitig über diese andere unsympathische Person lustig zu machen, diese freche Heuchlerin, Leonora. Welche von den beiden ist unausstehlicher?

»Elisa, erlaubst du, daß ich auf dein reizendes Männchen setze? Hab keine Angst, ich werde ihm nichts abbeißen ...« lacht sie herausfordernd.

Es ist unwichtig, warum Dona Edna Asterio das Privileg einer Wette auf seinen Sieg gewährte; um der Wahrheit die Ehre zu geben, muß jedoch gesagt werden, daß ihr der Sieg des dreifachen Champions zu verdanken war, als er sich schon geschlagen glaubte.

Im Gegensatz zum aufregenden Wettstreit zwischen Fidelio und Seixas, in dem brillante Stöße aufeinanderfolgten, zog sich die Partie zwischen Ascanio und Asterio endlos und langweilig hin. Ausgeglichen, das stimmt, aber nur in den Fehlern. Die Gegner bekundeten mangelndes Training und außergewöhnliche Nervosität. Sie waren nicht in Form und enttäuschten das Publikum und die Wetter.

Während des Ablaufs des eintönigen Wettbewerbs tut Elisa, als verstünde sie die Provokationen von Dona Edna nicht, die die Eleganz aus zweiter Hand kritisiert und Asterio mit zärtlichen Worten anfeuert, als sei er ihr Mann oder ihr Liebhaber. Um sie nicht zu hören, konzentriert Elisa sich auf die Stöße. Sie versteht nicht viel von Billard, merkt aber doch, wie schlecht Asterio spielt. Wenn es ihm gelingen sollte, den ebenso schlecht spielenden Ascanio zu schlagen, wird er ganz bestimmt gegen Fidelio verlieren, dessen Spiel allgemeine Begeisterung hervorruft. Komisch, was für Überraschungen die Männer bereiten können. Bis jetzt hatte Fidelio zurückgezogen in seinem Winkel gelebt, man hat seinen Namen nie nennen hören. Durch die Geschichte mit dem Kokoshain hat er sich plötzlich in eine der meistdiskutierten Persönlichkeiten der Stadt verwandelt. Es heißt, daß seine Brummigkeit nichts anderes ist als Schlauheit und Verschlagenheit; außerdem soll er ein heimlicher Wüstling sein. Ja, die Männer sind unberechenbar. Wenn Dona Carmosina ihr nicht so viele Geschichten über Fidelio erzählt hätte, würde Elisa nie glauben, daß er ein Don Juan ist. Und was soll man erst zu Asterio und seinen Neigungen und Vorlieben sagen? Diese Herumtreiberin von einer Edna, mit ihrem mageren Hintern, verliert offensichtlich ihre Zeit.

Mit einer brüsken Bewegung wirft Osnar die in Stroh gewickelte Zigarette weit fort, als er sieht, wie Asterio, auf den er hoch gewettet hat, die letzte Chance verpaßt. Die letzte, denn die Partie geht auf ihr Ende zu; Asterio fehlen drei Punkte und Ascanio nur einer. Für einen dreifachen Champion, der den Rekord der Karambolagen hält, bedeutet der Unterschied wenig, denn er kam noch einmal dran. Aber Asterio wurde nervös, verdarb den Stoß und ließ die Kugel wie nach Maß für Ascanio stehen; der brauchte die Kraft des Stoßes nur ganz genau zu kalkulieren, um den entscheidenden Punkt zu erringen. Asterio stellt das Queue hin, er kann nichts mehr machen, ein schwarzer Tag. Er spürt, wie sich sein Magen zusammenkrampft.

Ascanio betrachtet den Billardtisch, lächelt Leonora zu, kreidet das Queue ein, tritt näher, für ihn ist die Partie schon gewonnen. Es wird still im Raum, nur die schrille Stimme Dona Ednas ist zu hören.

»Osnar, Sie sind doch der Präsident des Klubs der Bacia de Catarina, sagen Sie mir, ob es wahr ist, was man sich erzählt . . .«

Ascanio beugt sich über die Bande des Billards, setzt das Queue auf, zieht den Arm zurück, bereit zur Karambolage.

». . . daß das Flußufer noch nie so belebt war, man sieht immer ein neues Gesicht, das Gesicht einer Fremden . . . und diese Fremde soll keine einzige Nacht auslassen . . .«

Das Queue rutscht aus, berührt kaum die Kugel, bringt sie in eine für Asterio günstige Lage. Im Widerhall von Dona Ednas Stimme verliert Ascanio die Karambolage und die Partie.

Der erste Sieg des Kandidaten der ökologischen Partei; dem Leser wird das Vergnügen gewährt, den Kapitän Dario de Queluz in seiner Galauniform zu sehen.

»Mein Gott, was mag nur geschehen sein? Sieh ihn dir an, Cardo ...« Tieta zeigt auf den Kapitän Dario de Queluz, der im Bug des auf den Sand gezogenen Bootes sitzt und weiße Strümpfe und Schuhe anzieht, bevor er den Strand betritt.

»Als ob heute der Siebente September wäre ...«, bemerkt der nicht weniger erstaunte Seminarist.

Einmal im Jahr, am siebenten September, holt Kapitän Dario zu Ehren der Unabhängigkeitsfeier die Uniform aus dem Schrank und dem Naphtalin heraus, zieht sie an und erscheint so festlich angetan zur Gedenkfeier im Schulhof. Während des übrigen Jahres trägt er in der Stadt Hose und Sporthemd, am Strand Shorts und Leibchen. Warum zum Kuckuck glänzt er in Uniform in der Sonne von Mangue Seco? Tieta hatte ihn noch nie so gesehen. Er sieht ganz anders aus, imposant und streng, respekteinflößend. Es muß etwas sehr Ernstes geschehen sein, damit der Kapitän seinen Galawaffenrock anzieht und die Medaille für Verdienste zur See ansteckt. Tieta und Ricardo laufen ihm entgegen.

»Wo ist Laura? Geht es ihr gut?« fragte Tieta besorgt.

»Es geht ihr gut, sie läßt grüßen. Sie ist in Agreste geblieben, ich fahre gleich wieder zurück. Ich bin nur hergekommen, um mit Ihnen zu reden, Tieta.« Seine Stimme wird streng. »Eine ernste und vertrauliche Angelegenheit.«

Die Uniform verleiht Haltung und Distanz, steife Bewegungen, ein fast herausforderndes Auftreten. Sie kommen zum »Stall«, wo Tieta Kokoswasser anbietet, eines der Lieblingsgetränke des Kapitäns: Es gibt kein besseres Diureticum, liebe Freundin! Dann setzt sie den Kessel aufs Feuer, um Kaffee zu machen.

»Das Datum der Wahl steht fest, Tieta.«

»Das war vorauszusehen, nicht? Carmô hat mir gesagt, daß es in den Zeitungen stand ...«

Tieta erfaßte noch nicht den Anlaß für die Galauniform und das Pathos, die heroische und dramatische Haltung des Kapitäns.

»Wissen Sie, meine liebe Freundin, was Ascanios erste Amtshandlung sein wird? Sie wissen es nicht? Ich werde es Ihnen sagen:

das Areal des Kokoshains enteignen und sofort der Brastanio abtreten. Deshalb bin ich hier, Tieta, ich komme Sie holen.«

Verblüfft bricht Tieta in ein gezwungenes Lachen aus.

»Und dafür haben Sie sich so ausstaffiert? Oder wollen Sie mich gefangennehmen...?«

Der Offizier stimmt nicht in ihr Lachen und Scherzen ein.

»Spaßen Sie nicht über ernste Dinge, Tieta. Das einzige Mittel, der Katastrophe vorzugreifen, Agreste zu retten, besteht darin, die Wahl Ascanios zu verhindern.«

»Verhindern? Wie denn?«

»Indem wir einen anderen Kandidaten aufstellen.«

»Und wen?« Ein plötzlicher Verdacht verändert ihre Stimme. »Sagen Sie mir nur nicht, daß Sie und Carmô, diese Närrin, an mich gedacht haben...«

»Das wäre die ideale Lösung, wenn Sie nicht in São Paulo leben würden.« Der Kapitän nimmt die Mütze ab, trocknet sich den Schweiß und kratzt sich den Kopf. »Sie kennen mich, Tieta, Sie wissen, daß ich nicht lüge. Ich habe die Marine aufgegeben und bin nach Agreste zurückgekommen, weil ich den Rest meines Lebens in Frieden verbringen will, ruhig an der Seite meiner Frau, in diesem kleinen Paradies. Sie wissen, daß ich keinen anderen Ehrgeiz habe, nur so bin ich glücklich.« Es war, als habe er wieder die Uniform ausgezogen, als sei er wieder einfach, herzlich und unprätentiös.

»Wer weiß das nicht? Auch für mich gibt es in São Paulo Tage, an denen ich alles hinwerfen und für immer nach Agreste zurückkehren möchte. Deshalb habe ich ja das Haus und das Grundstück gekauft. Eines Tages werde ich das gleiche tun wie Sie.«

»Wenn hier eine Titandioxydfabrik arbeitet, lohnt es sich nicht, daran zu denken. Unser Paradies wird zu einer Mülltonne werden, wie es in Italien geschehen ist. Wir stehen vor einer Ausnahmesituation, Tieta.« Er wird wieder förmlich, seine Stimme wird fest, sein Blick kriegerisch, seine Bewegungen werden sicher. »So sehr, daß ich beschlossen habe, meine Kandidatur anzunehmen, die eine Gruppe von Freunden vorgeschlagen hat. Von Patrioten. Damit diese Kandidatur nicht nur eine Geste bleibt, damit sie zum Sieg führen kann, ist es notwendig, daß Sie sich entscheiden, an die Spitze der Wahlkampagne zu treten. Alle sind der Meinung, daß die Bevölkerung Ihren Kandidaten unterstützen wird. Alles hängt von Ihnen ab. Ich bin gekommen, Sie im Namen der Zukunft von Agreste aufzufordern, für eine heilige Sache zu kämpfen.«

Tieta hört zu, den Blick auf das zerfurchte Antlitz des Freundes gerichtet. Armer Kapitän, der eine verlorene Schlacht befehligt.

»Glauben Sie, daß wir, in Agreste, einen Einfluß darauf nehmen können, daß sich die Fabrik hier nicht niederläßt? Ich glaube es nicht. Ich weiß, wie so etwas zugeht. Die Entscheidungen fallen hinter dem Rücken des Volkes, die Leute werden nicht um ihre Meinung gefragt. Sie werden Ihre Hügel verlassen, werden ...«

»Ich werde meine Pflicht tun. Es ist unsere Pflicht, die meine und die Ihre, die von allen, die wissen, was diese Industrie bedeutet. Auch wenn ich allein kämpfen müßte ... Erinnern Sie sich, ich habe gesagt, daß ich alles tun würde, um die Verschmutzung von Agreste zu verhüten.«

»Ich erinnere mich ...«

»Verzeih, Tante«, wirft Ricardo mit stockender Stimme ein, »aber der Kapitän hat recht. Bruder Timótheo hat gesagt, man müsse handeln, ohne nach dem Erfolg zu fragen. Auch Pedro denkt so.«

Tietas Augen trüben sich, wenn sie an den Asphalt denkt, der sich ausbreitet und das Watt unter sich begräbt, an die Wohnhäuser, die auf den Trümmern des Dorfes errichtet werden sollen. Die Strohhütten, die Krabben, die Fischer, die Träume der Jugend, die Tage der Leidenschaft – alles sollte unter der Fäulnis des Titandioxyds begraben werden. Nie wieder würde eine Ziegenhirtin die Hügel hinaufklettern.

Perpetua, die liebende Mutter, schluckt allerhand hinunter und macht gute Miene zum bösen Spiel.

Die unerwartete Rückkehr Tietas, die durch ihre Bürgerpflichten gezwungen wurde, die paradiesische Zeit am Strand zu unterbrechen – es geschehen Dinge auf dieser Welt, an denen sogar Gott zweifeln würde –, wurde von Perpetua mit lebhafter Begeisterung und ausgiebigen Schmeichelreden begrüßt; sie war schon entschlossen gewesen, nach Mangue Seco zu fahren, um mit ihrer Schwester ein entscheidendes Gespräch über die Zukunft ihrer Söhne zu führen und ihre ausgereiften Pläne in die Tat umzusetzen. Am liebsten hätte sie es in der Notariatskanzlei getan, mit einer beglaubigten Unterschrift.

Sie empfängt Sohn und Schwester mit übertriebener Freundlichkeit, die ihrem Wesen fremd ist.

»Wir müssen noch über vieles reden vor deiner Abreise, Schwesterchen. Ich will gar nicht daran denken. Ihr werdet mir so sehr fehlen ...« – sie macht aus der Not eine Tugend und dehnt ihre Schmeicheleien auch auf die Stieftochter aus. »Du auch, Nora.«

»Denken Sie nicht an so traurige Sachen, Dona Perpetua.«

Als sie diese Klage der Schamlosen hört, wiegt Perpetua in einer neuen Anstrengung, freundlich zu sein, den Kopf, und ihre zischende Stimme nimmt den Ton einer herzlichen Mahnung an.

»Stell dir vor, Tieta, dieses Dummchen hat sich in Ascanio verliebt... Hübsch und reich, wie sie ist, könnte sie in São Paulo ihre Wahl treffen; und da verliert sie ihre Zeit mit einem solchen Niemand. Ich will nicht sagen, daß er ein schlechter Kerl ist, aber er nagt doch am Hungertuch. Das ist keine Partie für sie, ich habe es ihr schon tausendmal gesagt.«

Perpetua zeigt sich ehrlich um Leonoras Glück besorgt, macht aus der Not eine Tugend, unterdrückt das Verlangen, gegen die Schamlosigkeit dieser frechen Person zu eifern, die Abend für Abend spät nach Hause kommt, glühend, mit zerdrücktem Kleid, Gott weiß, woher. Von wo schon: von den Ausschweifungen am Flußufer, eine Nacht nach der anderen, alle Welt spricht schon darüber. Perpetua schluckt ihre Empörung und ihre Wut hinunter, die Zukunft ihrer Söhne erfordert Lobreden, Lächeln, Schweigen, sie bezahlt diesen Preis. In der Stunde der Abrechnung wird ihr der Allmächtige, mit dem sie ein Abkommen getroffen hat, alles, was sie heruntergeschluckt hat, anrechnen, alle die Male, in denen sie aus der Not eine Tugend gemacht hat. Wie eben jetzt, da sie den Sohn und die Schwester empfängt, die sonnverbrannt, nach Meer duftend, von Mangue Seco kommen, strahlend vor Gesundheit und Zufriedenheit.

Tieta geht ins Schlafzimmer, ihre Sachen einräumen, Leonora begleitet sie. Perpetua wendet sich ihrem Sohn zu; bevor sie handelt, muß sie mit ihm sprechen, muß wissen, ob seine Tante wieder davon gesprochen hat, ihn nach São Paulo mitzunehmen, ob sie ihm Versprechungen gemacht hat, welche und wann, ob sie gar angedeutet hat, ihn zu adoptieren. Warum hat sie beschlossen, noch zu bleiben, wenn sie schon das Datum der Abreise festgesetzt hatte? Aber Ricardo hat es eilig, legt sein Bündel mit Wäsche und Büchern hin und läuft auf die Straße, unter dem Vorwand, zum Pfarrer gehen zu müssen und den Kapitän aufzusuchen.

Er entwischt durch die Tür, ohne sie um Erlaubnis zu fragen. Verblüfft erkennt Perpetua den Ton der Stimme wieder, den Blick, das Lachen, die Kühnheit; das alles ist ihr längst vertraut. Stimme, Blick, Lachen, Kühnheit – genau wie Tieta, als sie ganz jung war, in Ricardos Alter, als sie den Befehlen des Vaters trotzte, seiner Heftigkeit, seinem Geschrei und seinen Strafen, den Schlägen mit dem Stock. Rebellisch, eigensinnig.

»Gott steh mir bei!« seufzt Perpetua und berührt in der Tasche ihres schwarzen Rocks die Perlen des Rosenkranzes.

Rechtsanwälte und Erben trotten durch die wenigen und öden Straßen von Agreste, versammeln sich und tuscheln, einigen sich und entzweien sich, ein richtiger Reigen. Von Dona Amorzinhos Pension zur Notariatskanzlei, von da zum Büro von Modesto Pires in der Gerberei, von dort zur Präfektur. Manchmal gemeinsam und solidarisch, Kämpfer für dieselbe ungewisse Sache, Verbündete in der Entschlossenheit, den höchsten Gewinn aus den Grundstücken im Kokoshain herauszuholen, die sie von einem nebelhaften Ururgroßvater geerbt haben. Dann wieder ein jeder für sich, ganz geheim, bemüht, die anderen zu betrügen, schachernd und intrigierend, begierig, den größten Happen zu erwischen. Eine Bande von Aasgeiern, die um das Aas einen Reigen tanzt, wie Modesto Pires das bezeichnet.

Doktor Marcolino Pitombo sieht nicht wie ein Aasgeier aus, ganz im Gegenteil. Untadelig in seinem weißen Anzug, mit seinem Panamahut, dem Spazierstock, dem gutgelaunten Lächeln, zeigt er weder Ärger noch Empörung, als Josafá ihm wütend das Exemplar der *Tarde* bringt, mit der Nachricht über die Anwesenheit des Professor Colombo und die Abmachung mit Ascanio über die Enteignung des Kokoshains. Diese umstrittene Lösung hatte die Erben verblüfft und bekümmert. Aber Doktor Marcolino verliert nicht die Fassung.

In den vergangenen Tagen hatte er das Problem analysiert, einen neuen Aktionsplan ausgearbeitet und ihn seinen Mandanten unterbreitet. In Wirklichkeit nur einem von ihnen, Josafá. Der alte Jarde hat sich in der Pension eingeschlossen und interessiert sich für nichts auf dieser Welt. Josafá hört mit hängenden Ohren zu. Er ist verärgert darüber, daß die Sache so langsam vorwärts geht, die Bestätigung des Besitztitels durch den Richter von Esplanada zieht sich ewig hinaus. Das Geld vom Verkauf der Pflanzung schwindet nur so dahin, Josafá fürchtet, daß die Entschädigung, die die Präfektur zahlen soll, nicht für die bisherigen Ausgaben reicht. Er hatte davon geträumt, dieses Geld durch einen spektakulären Streich zu vervielfachen, aber er muß froh sein, wenn er am Schluß keinen Verlust hat.

»Wir müssen Realisten sein. Das Manöver von Doktor Colombo läßt uns nur einen kleinen Spielraum ...«

Doktor Marcolino erwägt die einzige Möglichkeit, einen besseren Preis für die Grundstücke zu erzielen und gleichzeitig weitere Auslagen zu vermeiden: Er muß zu einem direkten Einvernehmen mit der Brastanio gelangen, um der Gesellschaft sofort die Erbrechte nach dem legendären Manuel Bezerra Antunes zu zedieren. Sobald die Rechte übertragen sind, wird es Sache der Brastanio sein, den Streit um den Besitz weiterzuführen. Zu diesem Zweck müssen die Erben gemeinsam vorgehen. Angesichts der Drohung mit der Enteignung verliert sogar die Unnachgiebigkeit des jungen Fidelio ihren Sinn.

Josafá ist einverstanden, berückt von der Aussicht, die Angelegenheit möglichst schnell zum Abschluß zu bringen und einen Punkt unter das Kapitel Ausgaben zu machen, die Honorare und den Aufenthalt von Doktor Marcolino inbegriffen. Er läßt ihm Gerechtigkeit widerfahren: Er ist sachkundig und ehrlich. Ein anderer würde diesen gut bezahlten Urlaub ins Endlose verlängern und den Prozeß sich so lange hinschleppen lassen, wie Jarde und Josafá noch Geld haben.

Ja, herrliche Tage, eine unvergeßliche Zeit! In Agreste hat Doktor Marcolino richtig Farbe bekommen, ist die Muskelkrämpfe an Händen und Armen, die ihn so erschreckt hatten, losgeworden, hat freundschaftliche Beziehungen zu den Bewohnern der Stadt angeknüpft. In der Bar unterhält er sich mit Osnar und Aminthas, spielt Tricktrack mit Chalita; im Postamt liest er die Zeitungen, tauscht Ansichten mit Dona Carmosina aus, einer sehr gebildeten Person, der er seine Meinung über die Titandioxydindustrie nicht verheimlicht; in der Vorhalle der Pfarrkirche diskutiert er mit Padre Mariano über die Religion, eröffnet ihm, daß er Freimaurer ist; er frequentiert die Pension von Zuleika Cinderela, wo er in den Abendstunden zu erscheinen pflegt – das Klima von Agreste, das ist genugsam bekannt, wirkt Wunder.

Während er alles erklärt, wird Doktor Marcolino von Mitgefühl und Wut ergriffen – verdammte Fabrik, sie wird das wundervolle Klima und das süße Leben zerstören.

»Herr Josafá, ich sage Ihnen, daß wir uns alle zu Komplizen eines Verbrechens machen. Was habe ich nur für einen unglückseligen Beruf ...«

»Von Verbrechen ist keine Rede, Doktor. Das hier ist doch nichts wert, der Ort geht vor die Hunde. Höchstens mit der Fabrik könnte alles besser werden ...«

Gründe, die schwer zu erklären und begreifen sind.

Mit Tieta allein im Schlafzimmer, berichtet Leonora aufgeregt von ihren Freuden und Leiden.

»Mamachen, ich weiß nicht, wie ich dir danken soll, daß du mich hierher gebracht hast. Das war so gut ... Ist es wahr, daß wir noch ein wenig hierbleiben?« Sie ergreift Tietas Hand, küßt sie und schmiegt dankbar und zärtlich ihr Gesicht daran.

»Schon möglich, ein paar Wochen vielleicht, ich weiß noch nicht, wie lange. Aber, mein Zicklein, laß die Gedanken an die Trennung für später, wenn du im Marineti sitzt. Bis dahin genieße, soviel du kannst, vergiß, daß du fort mußt...«

»Weißt du, Mamachen, was ich möchte? Einmal eine ganze Nacht mit ihm schlafen, wenigstens eine, bevor ich wegfahre. In einem wirklichen Bett, auf einer Matratze, beide ganz nackt, ohne Eile, ohne Angst, ohne leise sprechen zu müssen. Ich weiß nur nicht wo.«

»Du weißt nicht? Und in seinem Haus? Soviel ich weiß, wohnt er allein.«

»Nein, nicht allein. Da ist noch Rafa...«

»Das Mädchen? Ist das nicht eine schwachsinnige Alte, taub und fast blind? Na also. Ich weiß nicht, was du tun würdest, wenn ich nicht wäre...«

»Ob er damit einverstanden ist? Er ist so gewissenhaft! Ach Mamachen, ich mag nicht daran denken, daß ich fort muß. Ich werde vor Sehnsucht sterben.«

»Die Sehnsucht ist wie die Liebe, Nora. Sie tötet nicht, sie hilft leben.«

Leonora beschränkt sich nicht auf den Bericht über die Liebesstunden, die nächtlichen Eskapaden zum Flußufer, die geflüsterten Gedichte, die unterdrückten Seufzer. Sie erzählt Tieta auch unangenehme Episoden: Wegen dieser Geschichte mit der Enteignung des Kokoshains hat Ascanio keine ruhige Minute. Das traurigste von allem war der Bruch mit Carmosina. Ascanio hatte alles mögliche und unmögliche versucht, um ihn zu vermeiden, hatte sogar aufgehört, ins Postamt zu gehen, um keine Herausforderungen und bissigen Bemerkungen hören zu müssen. Als er aber vom Besuch der Intrigantin auf dem Gut Tipitanga erfuhr, wohin sie gegangen war, um ihn mit seinem Paten und Beschützer zu entzweien, konnte sich Ascanio nicht mehr zurückhalten. Die perfide Person hatte auf die Brastanio geschimpft, hatte Zeitungsausschnitte vorgelesen, die Unterstützung der Pläne der Gesellschaft durch die Präfektur kritisiert und von einem Mißbrauch des Vertrauens gesprochen. Der verrückte Oberst hatte seinen Patensohn kommen lassen, wollte wissen, was er in Bahia zu tun gehabt habe, was das für eine Geschichte mit der Enteignung sei. Empört und verletzt, ohne auf Leonoras Bitten zu hören, hat Ascanio der Intrigantin einen Brief geschrieben – einen erschütternden Brief, Mamachen, ich habe geweint, als er ihn mir vorlas –, hat die Beziehungen abgebrochen, hat mit einer Freundschaft Schluß gemacht, »von der ich dachte, sie sei über Meinungsverschiedenheiten erhaben«. Dona Carmosina, eine nicht weniger geübte Briefschreiberin, überbot noch ihre heimtückischen und hinterlistigen Anschuldigungen in einem Schreiben, das im Stil und Inhalt nicht weniger dramatisch war: »Sie haben meine in entscheidenden Augenblicken erprobte Freundschaft in die Mülltonne der Brastanio geworfen.«

»Entsetzlich, dieser Streit, Mamachen. Früher waren sie ein Herz und eine Seele. Ich habe Carmosina sehr gern, ich sterbe vor Kummer.«

Tieta streichelt das goldblonde Haar des jungen Mädchens.

»Du weißt noch nicht, warum ich von Mangue Seco zurückgekommen bin.«

»Ich habe mich schon gewundert. Ich dachte, du würdest erst zum Fest kommen.«

»Das war auch meine Absicht. Wenn du hier glücklich bist, so war ich es noch viel mehr in Mangue Seco. Ich habe die Wonnen des Paradieses gekostet, das mein Erzengel bewacht hat. Aber ich habe alles liegenlassen und bin gekommen.«

»Und warum, Mamachen?«

»Weil ich nicht anders konnte. Ich habe alles getan, um nicht zu kommen, und ich bin schließlich doch gekommen. Das Schlimmste ist, daß ich weiß, daß es am Ende doch nichts helfen wird. Nicht Mamachen ist gekommen, Nora, sondern Tieta, die junge Ziegenhirtin, die mit den Fischern zusammen gegen die Polizei gekämpft hat. Ich kann es nicht erklären, aber ich glaube, wenn ich nicht gekommen wäre, hätte ich nie wieder den Mut gehabt, den Fuß hierher zu setzen.«

Leonora ist nicht sicher, ob sie versteht. Tieta erhebt sich, geht ans Fenster, blickt auf die Gasse hinaus, arme Leonora!

»Ich bin gekommen, um mit Ascanios Kandidatur Schluß zu machen. Im Guten oder im Bösen.«

»Ach, Mamachen! Was soll nur aus mir werden?«

»Das hat nichts mit deiner Liebesgeschichte zu tun. Mische dich nicht in unsere Streitereien, du bist nicht von hier, bist nur vorübergehend hier, diese Sache geht nur jemanden an, der aus Agreste ist. Versuche, deinem Mann zu helfen, wenn du ihn wirklich so liebst, wie du sagst. Er wird es brauchen.«

Das Aas beginnt zu stinken.

Einem Schlaganfall nahe, schreit Modesto Pires außer sich:

»Diese Bande von Aasgeiern!«

Canuto Tavares (von zwei Seiten Antunes) stellt sich vor den Gerbereibesitzer hin.

»Und der dreckigste Aasgeier von allen sind Sie! Wucherer, Spekulant!«

Die Herren Baltazar Moreira und Gustavo Galvão, die fast immer einer Meinung sind, überbieten sich in Beschimpfungen.

»Gauner! Heuchler! Schuft!«

»Ignorant! Verbrecher! Analphabet!«

Doktor Franklin, in dessen Kanzlei diese Rauferei vor sich geht, versucht, sie zu besänftigen.

»Aber meine Herren, meine lieben Herren, Ruhe . . .«

Er fürchtet, daß sie von Beleidigungen zu Tätlichkeiten übergehen. Dona Carlota, die als Schulleiterin an Respekt gewöhnt ist, bekommt fast einen Anfall. Doktor Marcolino benutzt die kleine Krise der hysterischen, alten Jungfer, um Ruhe und Schweigen wiederherzustellen.

»Wir wollen jetzt hören, was Doktor Baltazar uns zu sagen hat. Nachdem er die Initiative ergriffen und die Brastanio aufgesucht hat . . .«

»Das habe ich getan und ich brauche niemanden um Erlaubnis zu bitten, wenn ich im Interesse meiner Mandanten handle . . . Wenn Sie zuhören wollen, werde ich Sie informieren, obwohl ich nicht dazu verpflichtet bin . . .«

Der Tumult begann, als alle auf Bitten von Doktor Marcolino im Notariat versammelt waren, und Doktor Baltazar ihn mitten in seinen Erklärungen unterbrach.

»Die Maßnahme, die der Herr Kollege vorschlägt, habe ich bereits auf eigene Rechnung ergriffen. Es hat keinen Sinn, mit einer Wiederholung desselben Verfahrens Zeit zu verlieren.«

Auf eigene Rechnung, das heißt, auf Rechnung von Dona Carlota und Modesto Pires, unter Umgehung der anderen, hinter ihrem Rükken, ein Verrat, ein infamer Dolchstoß. Die Versammlung gerät in Aufruhr. Aber dem ewig lächelnden Doktor Marcolino gelingt es, sie zu beruhigen, womit er den jungen Bonaparte enttäuscht, der Filme mit Schlägereien liebt, und der die berechtigte Hoffnung gehegt hatte, einer Boxrunde zwischen Canuto und Modesto Pires beizuwohnen. Der Alltag von Agreste verspricht, aufregend zu werden. Doktor Marcolino schlägt vor, daß beide Parteien ihre Beleidigungen zurücknehmen. Dona Carlota kommt, vom Notar umhegt, zitternd wieder zu sich.

Beschimpfungen, Drohungen, Ohnmacht, als hätte Doktor Baltazar das ganze Geld der Brastanio Dona Carlota zugeschanzt. Aber die Ergebnisse seines Kontaktes mit der Leitung des Unternehmens waren, wie der Anwalt erklärte, negativ. Als sich zeigte, daß er der

Rechtsvertreter der Erben des Kokoshains war, riet man ihm, sich an das Büro von Doktor Colombo zu wenden, was er auch tat. Er sprach nicht vom langen und demütigenden Warten im Vorzimmer, sondern hob im Gegenteil die Liebenswürdigkeit hervor, mit der der Anwalt ihn behandelt hatte. Herzlich, aber kategorisch. Er sagte, das Interesse der Brastanio an Agreste sei für den Augenblick rein theoretisch, da sich die Landesregierung noch nicht über den Ort der Niederlassung der Industrie ausgesprochen habe. Es bestehe allerdings die Möglichkeit, daß die Fabrik in Agreste errichtet werden würde, aber vor einer Entscheidung der zuständigen Behörden fühle sich die Brastanio außerstande, Abkommen zu treffen, über Preise zu diskutieren und Grundstücke zu erwerben. Dort oder anderswo, wo auch immer. Wie solle man die Regierung übergehen, einer offiziellen Entscheidung vorgreifen, die erst erwogen werde? Andererseits, wie könne man mit Personen verhandeln, die jeder juristischen Legitimation entbehren, Pseudo-Erben, ohne gesicherte Rechte? Bevor sie ein Übereinkommen vorschlügen, sollten sie die Anerkennung ihrer Ansprüche erreichen, denn die Gesellschaft würde gegebenenfalls nur mit gerichtlich bestätigten Erben verhandeln. Was die hinausposaunte Enteignung anbelange, erklärte er, so wisse er von nichts, es handle sich wohl nur um eine Spekulation der Presse.

»Wenn aber der Präfekt an eine Enteignung des Areals denkt und dessen zukünftige Aufwertung im Auge hat, so ist das seine Sache und nicht meine ...«

Mit dieser offensichtlich falschen Behauptung verabschiedete Doktor Colombo seinen geschätzten Kollegen. Doktor Baltazar beendet seinen Bericht, indem er in versöhnlichem Tone sagt, es sei immer seine Absicht gewesen, diese Schritte den übrigen Erben zur Kenntnis zu bringen. Es folgt ein gedankenvolles Schweigen, das endlich von Canuto Tavares unterbrochen wird.

»Es sieht so aus, als wären wir ohne Hund auf die Jagd gegangen ...«

Doktor Marcolino teilt diese Ansicht nicht und verlangt, im Hinblick auf eine kollektive Vorsprache bei dem zukünftigen Präfekten, eine allgemeine Versöhnung. Eine richtig vorgenommene Enteignung könne sich als annehmbare Lösung entpuppen. Da sie eine rechtmäßige Maßnahme darstelle, führe es zu nichts, sie verhindern zu wollen: Man müsse einen Vorteil daraus ziehen. Was meinen die lieben Kollegen dazu?

Da gehen sie hin, trotten in der Nachmittagshitze durch die Straßen von Agreste. In seiner Kanzlei hält Doktor Franklin die Nase zu und murmelt:

»Es riecht schlecht ...«

»Ich dachte, Canuto würde Herrn Modesto angreifen«, sagt Bonaparte bedauernd. »Das wäre sensationell gewesen ... Hast du das nicht auch gedacht, Vater?«

»Ich will gar nicht daran denken.«

Der Leser erhält Kenntnis von der Existenz eines noch inoffiziellen Wahlkomitees.

Ricardo, dieser Hansdampf in allen Gassen, verwandelt sich in ein wichtiges Mitglied der wackeren Gruppe, die insgeheim im Garten der Villa des Kapitäns arbeitet, dem Sitz des Wahlkomitees. Noch inoffiziell, denn die Kandidatur bleibt geheim und ist nur einigen wenigen Verschwörern bekannt. Der Kapitän hatte Tietas Bitte stattgegeben: Lassen Sie nichts verlauten, bevor ich mit Ascanio und dem Oberst Artur gesprochen habe.

Ricardo hilft bei den Tischler- und Malerarbeiten, geht in den Laden von Onkel Asterio, Stoff kaufen, dient den Verschwörern als Verbindungsmann und läuft zwischen dem Postamt, der Bar und dem Haus von Dona Milú hin und her, ohne die heiligen Pflichten der Kirche gegenüber zu vergessen. In der Kirche trifft er wieder Cinira, die die Betschwester spielt, sie klettern die Stufen zum Turm hinauf, sie vorneweg, er hinterher, um zu sehen. Während er, sicherlich im Bestreben, Wege abzukürzen, durch die Stadt läuft, kommt er durch Gassen und Umleitungen und fällt Maria Imaculada in die Arme, die sich zärtlich beklagt: Ich habe schon gedacht, du würdest nie wieder auftauchen, Liebster. Abends nimmt er an den Besprechungen des Generalstabs teil – Dona Carmosina, Aminthas, der Kapitän – und begeistert sich für die Feldzugspläne, bevor er sich zu Tietas Brüsten zurückzieht. Mit der Glut seiner siebzehn Jahre erfüllt er, hingegeben und unermüdlich, mit Glanz seine Pflichten als Bürger und Mann. Hansdampf in allen Gassen.

In dem zur Stunde der Siesta verlassenen Garten hört Ricardo einen leisen Ruf, sieht aber niemanden. Der Anruf wiederholt sich lauter von der anderen Seite des Zaunes.

Der Garten der Villa grenzt an den Garten des Hauses, in dem, unterwürfig, aber nicht in ihr Schicksal ergeben, die gut bewachte und so begehrte Carol wohnt. Eine Garantie für die Ruhe von Modesto Pires, dem ein ungerechtes Geschick und die Macht des Geldes die ausschließlichen Rechte auf diese Schöne in Gefangenschaft gewähren. Eine bessere Nachbarschaft ist unmöglich; die unheilbare Monogamie des Kapitäns ist allgemein bekannt. Sogar Osnar hat die Hoffnung aufgegeben, die Geliebte von Modesto Pires eines Tages zu heiterem Tun in die Pension von Zuleika entführen zu können. Carol empfindet ein tiefes Gefühl der Dankbarkeit für Dona Laura. Die Damen von Agreste vermeiden jedweden Kontakt mit der Geliebten des reichen Mannes. Alle, mit Ausnahme von Dona Laura de Queluz, die im liberalen Süden geboren und aufgewachsen ist. Auch Dona Milú spricht mit ihr und behandelt sie wie ein menschliches Wesen, aber Dona Milú zählt nicht: Als Witwe, ältere Frau und Hebamme steht sie über den lokalen Verhaltensregeln, ist jenseits von Gut und Böse.

Ein Drahtzaun, an dem blaue und gelbe Schlingpflanzen hochklettern, trennt die beiden Gärten. Durch die Lücken des Zaunes gelingt es Carol, in den Nachbargarten zu spähen, der fast immer still und ruhig ist, selbst wenn die Eigentümer des Hauses in der Stadt sind. Mitunter erscheint Gripa, das Hausmädchen, und pflückt Zitronen. Frühmorgens treibt der Kapitän Gymnastik, die, zusammen mit den Seebädern in Mangue Seco, dazu beiträgt, ihn in athletischer Form zu halten. Ihn zu bewundern ist, aus den besagten Gründen, ein platonisches Vergnügen. Die Lauterkeit des Kapitäns und die Dankbarkeit des Mädchens machen das Schauspiel zu einem rein ästhetischen Genuß.

Unter diesen Voraussetzungen kann man sich Carols Überraschung vorstellen, als sie auf der anderen Seite des Zaunes eine ungewohnte Regsamkeit feststellte. Sie legte sich auf die Lauer und bemerkte das Vorhandensein von seltsamem Arbeitsmaterial: Bretter, Latten, Stoff, Farben, zur Verfügung einer sensationellen Truppe. Zu ihr gehören die netten jungen Leute aus der Bar – Aminthas, der mit dem Auge zwinkert und ihr zuwinkt; Seixas, der immer so tief seufzt, wenn er unter ihrem Fenster vorbeigeht; Fidelio, von den vieren der hübscheste, zurückhaltendste und gescheiteste, der auf eine günstige Gelegenheit wartet, und der unverschämte Osnar. In Begleitung von Dona Carmosina fielen sie plötzlich in den Garten ein, packten Stoff und Pappe aus, hämmerten und mischten Farben. Der Kapitän gab Befehle. In einer der letzten Nächte hatte Herr Modesto gesagt, daß die Leute von Agreste nicht mehr richtig im Kopf seien.

Die Erregung der üppigen und verbotenen Carol erreicht ihren Höhepunkt, als sie zwischen den Blättern der Kletterpflanze die unerwartete und engelgleiche Gestalt des Jünglings Ricardo und seine behaarten Beine erblickt. Jede Nacht schläft sie in sehnsüchtigen Gedanken an ihn ein und streichelt das Kopfkissen. Jetzt hat sie ihn vor sich, in Reichweite. Herr Modesto weiß, was er sagt: Agreste wird plötzlich reizvoll.

Sie wiederholt ihren Ruf, Ricardo kommt näher, preßt das Gesicht an die Zaunlücke, auf dem Kopf einen Blumenkranz.

Osnar diagnostiziert Heimweh.

In der Pension von Dona Amorzinho welkt der alte Jarde Antunes dahin, der einstmals ein fleißiger Landmann, ein fröhlicher Ziegenzüchter war. Den größten Teil des Tages verbringt er ausgestreckt auf seinem Bett, teilnahmslos, nichts auf der Welt interessiert ihn. Hin und wieder versucht Josafá, ihn aufzuheitern.

»In ein paar Tagen, Vater, wenn wir das Grundstück verkauft und das Geld einkassiert haben, geht es wieder nach Itabuna. Da werden Sie sehen, was fruchtbarer Boden heißt, fettes Vieh, daß einem die Augen übergehen, und werden eine Kakaopflanzung kennenlernen. Das dort ist der Mühe wert, nicht so ein flaches, trockenes, versengtes Land wie hier. Haben Sie noch ein bißchen Geduld.«

Die Augen des Alten starren auf die Deckenbalken. Josafá ärgert sich.

»Fühlen Sie sich nicht wohl, Vater? Wollen Sie, daß ich den Doktor rufe?«

»Nicht nötig. Mir fehlt nichts.«

Als guter Sohn verliert Josafá Zeit, indem er ihm Einzelheiten über den Gang des Prozesses erzählt, das Hin und Her der Anwälte, die Kniffe von Modesto Pires, die Zweifel an Ascanio, und ihm dazu noch die Pracht des Südens des Bundesstaates beschreibt, die Bedeutung des Kakao. Er ist nicht einmal sicher, ob der Alte ihm zuhört.

»Hören Sie, Vater?«

»Ja, ja, mein Sohn.«

In der Hitze des Nachmittags nimmt seine Erschlaffung zu, Jarde schließt die Augen, ihm ist alles gleich. Oder fast alles, denn hin und wieder geschieht es, daß er seine Schlapfen anzieht, das Zimmer und sogar die Pension verläßt und die Straße überquert, um zu Asterios Laden zu gelangen. Um Neuigkeiten über Vista Alegre zu erfahren, über die Ziegen und den Bock Seu Mé. Die Nachrichten sind gut, Jarde erholt sich, wenn er sie hört, und lächelt sogar. Mit Asterio und Osnar unterhält er sich über die Gewohnheiten der Ziegen; kein Tier, kein Haustier und kein wildes Tier kann sich mit ihnen vergleichen. Und was Seu Mé anbelangt, so hat nicht einmal der Oberst Artur da Tapitanga einen so tüchtigen und stolzen Bock. Ja, ein Mordsbock, bestätigt Osnar.

Als er sich verabschiedet, verfällt der Alte wieder der Mutlosigkeit und Schwermut. Blaß, schwerfällig und gebeugt steht er da, nur Haut und Knochen. Er tut Asterio leid, der sich anträgt, ihn auf einem Morgenspaziergang zur Pflanzung zu begleiten. Jarde lehnt mit einer mutlosen Geste ab.

»Wozu?« fragt er mit dünner Stimme. »Um zu sehen, was mir nicht mehr gehört? Ich möchte Sie nur bitten, gut für die Tierchen zu sorgen.«

Er schleppt sich über die Straße.

»Heimweh hat er«, diagnostiziert Osnar.

»Heimweh?« zweifelt Asterio. »Ich habe noch nie von jemandem reden hören, der hier Heimweh bekommen hätte. Heimweh war eine Krankheit der Sklaven.«

»Doch, doch. Am dreizehnten Mai 1888 war es damit zu Ende. Aber mit der Fabrik ist es wiedergekommen. Das kann noch zu einer Epidemie werden.«

Eine Führerpersönlichkeit erhält den letzten Schliff oder Wie Ascanio die Nase voll hat.

Ein Führer wird im Feuer der Schlacht geschmiedet, wenn er Schwierigkeiten meistert – hatte Ascanio Trindade in dem Buch *Der Werdegang der brasilianischen Führer, von Tiradentes bis Vargas* gelesen. Die Wahrheit dieser Behauptung hatte er an seiner eigenen Person bestätigt gefunden. Im Tosen der Schlacht, inmitten von Beleidigungen und Enttäuschungen, Frechheiten und Drohungen verändert sich Ascanio, reift heran, revidiert seine Wertskala, wird ehrgeiziger (»ein Mann ohne Ehrgeiz wird niemals siegreich sein«, hatte ihn der siegreiche Rosalvo Lucena gelehrt), stärker. Er ist überzeugt von der Richtigkeit seines Verhaltens, bereit, bis ans Ende zu gehen. Der Verfasser jener biographischen Skizzen behauptet, daß fast immer eine geheimnisvolle Kraft den Führer im Kampf unterstützt, daß ein Stern seine Schritte lenkt, eine Sonne seinen Weg erhellt. Richtig. Im Fall des jungen Führers von Agreste kommt diese geheimnisvolle Kraft von Leonora Cantarelli, Stern und Sonne, Inspiration und Wunschtraum.

Bei ihr holt er sich Mut und Kampfbereitschaft. Ein Führer muß viel ertragen, wenn er siegen und befehligen will. Wenn nicht diese allnächtlich erneuerte Stärkung durch die Liebe wäre, wie könnte er dann die Anwälte und Erben ertragen und aus der Fassung bringen? Gemeinsam oder einzeln steigen sie die Treppen der Präfektur hinauf und hinunter, um ihn zur Sau zu machen. Zur Sau machen, ein roher und grober Ausdruck, den der wohlerzogene Ascanio bisher nie gebraucht hatte; für so ordinäre Redensarten hatte er nie etwas übrig gehabt. Aber jetzt, da er die Nase voll hatte, entschlüpften ihm ständig solche Schimpfworte.

Er tut, als merke er nicht die Andeutungen, Anspielungen und Mahnungen, und erreicht es, die Erben zu besänftigen, ohne sich festzulegen. So unnachgiebig er früher war, so geschmeidig ist er jetzt. Er schwimmt zwischen Erben und Anwälten, vermeidet es, die Stützen seiner Kandidatur vor den Kopf zu stoßen. Trotzdem legt er sich mit Doktor Marcolino Pitombo an, kein Wunder!

»Noch ein Wort, Herr Doktor, und ich muß Sie bitten, den Raum zu verlassen.« Ein Führer muß sich durchsetzen können, wenn es nötig und nützlich ist.

In Josafás Gegenwart spricht der Anwalt plötzlich, mitten in einem komplizierten Gespräch, von »Kompensationen, für den Fall, daß ...« Beleidigt, erlaubt Ascanio nicht, daß der andere den Satz beendet, unbestimmte Absichten andeutet. Ein Bestechungsversuch? Vor dieser empörten Reaktion verliert Doktor Marcolino weder seine Ruhe noch sein Lächeln: Der liebe Freund ist wirklich überempfindlich; nur so erklärt es sich, daß er unschuldigen Worten einen bösartigen Sinn unterlegt, bitte, beruhigen Sie sich. Diese Erklärung wurde akzeptiert, das Gesagte vergessen.

Am Ausgang erinnert Josafá seinen impulsiven Vertreter an ihr früheres Gespräch.

»Habe ich Ihnen nicht gesagt, daß Ascanio ein anständiger Mensch ist? Sie sind ins Fettnäpfchen getreten.«

»Ja, ich gebe zu, daß ich mich getäuscht habe; aber nur, als ich behauptet habe, daß der Bursche dumm ist. Er ist weder dumm noch anständig. Vielleicht war er es, bevor sich ihm eine solche Gelegenheit geboten hat. Mein lieber Josafá, ich habe Ihnen schon gesagt, daß jede Ehrenhaftigkeit ihren Preis hat. Der unsere ist niedrig, nicht der Mühe wert, läßt sich nicht mit dem der Brastanio vergleichen. Vergessen Sie nicht, daß Doktor Colombo vor mir hier war.«

Ascanio wußte nichts von diesem Zwiegespräch, aber er erhielt Kenntnis von verschiedenen Ansichten über die Gründe, die seine Haltung bestimmten. Über seinen Charakter und seine Ehre wird leidenschaftlich diskutiert – wie es immer bei Führern der Fall ist. Er hätte nie gedacht, daß die Erlösung Agrestes ihn so viel Verdruß, so viel Aufregung kosten würde. Trotz der Entschuldigungen von Doktor Marcolino meint er noch die hinterhältigen Sätze, das Wort »Kompensationen« zu hören, neben der Beleidigung, die der Anwalt ihm bei der improvisierten Sitzung ins Gesicht geschleudert hatte: Knecht der

Brastanio! Der sich an sie verkauft hat! Da hilft es nichts, daß er die von Doktor Mirko für die Wahlen angebotene Hilfe abgelehnt hat, gerade um über jeden Verdacht erhaben zu sein: Er wird trotzdem beschuldigt.

Im Verlauf dieser bewegten Tage gewöhnt er sich allmählich an zweideutige Situationen, die ihm anfangs unerträglich erschienen waren. Am Ende maß er all diesem Geschwätz keine Bedeutung mehr zu, ein Führer muß über solchen Kleinlichkeiten stehen. Besonders, wenn es um wirklich ernste Dinge geht, neben denen der anonyme Zuruf, der unvollständige Satz des Anwalts, die Ungeschicklichkeit von Dona Edna bedeutungslos sind.

Dona Carmosina, die schwesterliche Freundin, an deren Busen er in der schweren Stunde von Astruds Verrat Linderung gefunden, die seine Liebe zu Leonora bemuttert hatte, benahm sich dann ganz unerhört, um nicht zu sagen unwürdig. Sie versuchte, ihn mit Oberst Artur zu entzweien, dem er seine Stellung und Kandidatur verdankte. Und mit Erfolg, was das Schlimmste war.

In seiner Wut über die Brastanio ließ ihn der Gutsbesitzer kommen. Ich will keinen Dreck in Agreste, sagte er. Ascanio widerlegte die Behauptungen und Argumente der Postmeisterin, deren leidenschaftliche Haltung auf ihre Freundschaft mit Giovanni Guimarães zurückging. Er wiederholte Worte und Begriffe, die er von Mirko Stéfano und Rosalvo Lucena gelernt hatte, und eiferte gegen die Feinde des Fortschritts des brasilianischen Vaterlandes. Mit halbgeschlossenen Augen und müdem Antlitz hörte der Oberst seine Darlegungen an, gab sich jedoch nicht zufrieden und hielt ihm die Artikel im *Estado de São Paulo* und das Urteil des italienischen Richters entgegen; der *Estado de São Paulo* lügt nicht und irrt sich nicht.

»Ich war es, der deine Kandidatur vorschlug«, sagte er, seinen Patensohn anblickend, »als Mauritonio starb. Aber hier heißt es, daß du der Kandidat von dieser Fabrik bist.«

»Was ich bin, verdanke ich Ihnen, meinem Paten. Aber es macht mir nichts aus, daß man mich als Kandidaten der Brastanio hinstellt, das ist keine Schande. Im Gegenteil, denn wir haben dasselbe Ideal: den Fortschritt von Agreste. Die Leute können sagen, was sie wollen, tun, was sie wollen, sie werden mich nicht kleinkriegen. Ich gehe bis ans Ende. Ich bin dankbar für alles, was Sie für mich getan haben, aber verlangen Sie nicht, daß ich meine Meinung ändere.« Ein Führer wird im Feuer der Schlacht geschmiedet.

Kaum hatte er sich von dieser schwierigen Begegnung erholt – die außerdem schmerzlich war, denn der Pate wurde zusehends hinfälliger –, empfing er einen neuen Schlag, den ärgsten von allen. Als

Leonoras Stiefmutter, die verdiente Bürgerin, die Jeanne d'Arc des Sertão, Dona Antonieta Esteves Cantarelli, aus Mangue Seco zurückkam, lud sie ihn zu einem Gespräch ein. Leonoras Name wurde nicht ein einziges Mal erwähnt, das Gespräch bezog sich nicht auf die Liebschaft. Dona Antonieta eröffnet ihm, sie sei wegen der Angelegenheit der Brastanio nach Agreste zurückgekehrt. Wie Ascanio bekannt sei, hätten sie und einige Freunde eine negative Einstellung zur Niederlassung der Brastanio in der Gemeinde und seien bereit zu kämpfen, um sie zu verhindern. Sie wollten jedoch nicht handeln, ohne ihn vorher gehört zu haben, deshalb habe sie ihn um diese Zusammenkunft gebeten. Sie schätze ihn, halte ihn für ehrenhaft. Ehrenhaft, aber naiv, lasse er sich von gewissenlosen Unternehmern einwickeln, sie kenne diese Rasse nur zu gut. Für Tieta und ihre Freunde sei es das Ideal, Ascanios Kandidatur uneingeschränkt zu unterstützen. Dafür sei es jedoch nötig, daß er seine Haltung ändere und sich der Titandioxydindustrie mit ihrer mörderischen Umweltverschmutzung widersetze. Tue er das, sei alles in Ordnung. Ascanio müsse zwischen ihnen und der Brastanio wählen. Sie verlange keine sofortige Antwort, wolle sie aber möglichst bald haben, die Zeit dränge.

»Ich danke Ihnen, daß Sie gekommen sind, um mit mir zu sprechen, bevor Sie etwas unternehmen. Aber den anderen danke ich nicht. In der Stadt weiß alle Welt, daß der Kapitän kandidieren will. Und was Carmosina angeht...«

»Es genügt, daß Sie ja sagen, und ich und alle übrigen werden auf Ihrer Seite stehen. Ich bin gekommen, um im Namen von allen mit Ihnen zu sprechen. Überlegen Sie es sich, und dann antworten Sie mir.«

»Ich brauche nichts zu überlegen, Dona Antonia. Sie kränken ist das letzte, was ich möchte. Bitten Sie mich, um was Sie wollen, ich werde es sofort tun. Aber verlangen Sie nicht, daß ich meine Meinung ändere. Und wenn ich ganz allein für den Fortschritt von Agreste kämpfen müßte; selbst wenn Sie mir nie verzeihen und meine Feindin werden würden...«

»Na, na! Nur Ruhe! Wer spricht von Feindschaft? Ich habe Ihnen nichts zu verzeihen oder nicht zu verzeihen. Sie denken auf Ihre Art, ich auf die meine, das wird sich bei der Wahl zeigen, aber deswegen sind wir keine Feinde. Sie sind noch sehr jung, Sie verzweifeln wegen Kleinigkeiten. Werfen Sie nicht alles durcheinander.«

Sie trennten sich in aller Freundschaft, aber Ascanio behielt ein Gefühl des Grolls und der Bitterkeit zurück. Er hatte gehofft, daß sich Tieta nicht in diese Angelegenheit mischen, sich dem Streit fernhalten und, wie angekündigt, bis zum Tag des Festes in Mangue Seco bleiben würde. Er hatte ihr auch nicht von der Ehrung gesprochen, aus Furcht, sie könnte es übelnehmen und im Straßenschild eine Art Bestechung sehen. Bestechung – dieses schreckliche Wort lag in der Luft.

Wenn ihn das Gespräch mit Dona Antonieta verstimmt hatte, so hatte ihn die Begegnung mit seinem Paten erschreckt. Der Oberst schätzte seinen Patensohn, hatte ihn zum Sekretär der Präfektur gemacht und hatte nach dem Tod von Doktor Dantas seine Kandidatur verkündet. Trotz Carmosinas Intrige hatte er ihm seine Unterstützung nicht entzogen, ließ sich aber auch nicht von den Verdiensten der Brastanio überzeugen. Die Kandidatur des Kapitäns wird den Oberst ärgern, ihn sinnlose Forderungen vergessen und das ganze Gewicht seines Ansehens für Ascanios Wahl einsetzen lassen. Oberst Artur da Tapitanga ist es nicht gewohnt, eine Opposition zu dulden, die es im Gemeinderat seit vielen, vielen Jahren nicht mehr gibt.

Das ist gut so, sonst wäre Ascanio gezwungen, sich an die Brastanio zu wenden, um die geringen, aber unvermeidlichen Kosten der Wahlkampagne aufzubringen; er selber hat keinen roten Heller. Bei dieser Gelegenheit möchte er die Industriellen nicht um Hilfe angehen, sein Stolz steht auf dem Spiel. Ich brauche nichts, ich bin so gut wie gewählt, hatte er Doktor Mirko gesagt. Später vielleicht, wer weiß? Nach dem Prozeß, der Amtseinführung, der Enteignung, wenn der in Mangue Seco errichtete Fabrikkomplex Agreste Reichtum und Ansehen bringen wird, dann werden alle verstehen, werden dem im Kampf und in der Unbill geschmiedeten Führer Gerechtigkeit widerfahren lassen. Sogar Dona Carmosina und Dona Antonieta. Sobald die Korrektheit seiner Einstellung anerkannt ist, wird er bereit sein, jedes Angebot einer Unterstützung durch die Brastanio bei den Parlamentswahlen anzunehmen. Der Gatte von Leonora Cantarelli kann sich nicht mit dem Amt eines Präfekten begnügen, und das Prestige des Oberst Artur de Figueiredo, wenn er dann überhaupt noch lebt, ist nicht ausreichend, um seine Wahl zum Abgeordneten durchzusetzen.

Wie der alte Artur da Tapitanga seinen Kandidaten aufgibt.

Oberst Artur de Figueiredo sitzt ganz allein auf der Holzbank in der Veranda des Herrenhauses und wärmt sich in der Sonne. In der Nähe grasen Ziegen, ihr Stall liegt weiter abseits. An der Pforte bittet eine kräftige Frauenstimme um Einlaß und stört seine Siesta. Schlimm ist das Alter: Die Beine wollen nicht mehr, im gefühllosen Mund verlieren die Speisen ihren Geschmack, an die schwerhörigen Ohren gelangen die Laute nur schwach und wie von fern, dem trüben Blick erscheinen Menschen und Dinge wie in einem Nebel. Er hat Schwierigkeiten, den Besuch zu erkennen, der sich ihm nähert und seinen Weg durch Hühner, Gänse und Enten sucht.

»Wer ist da?«

»Gut Freund, Oberst.«

Die Stimme ist ihm vertraut. Er erhebt sich, stützt sich auf den Stock und sieht schärfer hin.

»Bist du's, Tieta? Gelobt sei Gott! Ich wollte dir schon Nachricht schicken, habe aber erfahren, daß du in Mangue Seco bist.«

»Ich bin schon zurück, Oberst, ich habe mein Versprechen, herzukommen, nicht vergessen.«

Als sie näherkommt, merkt Tieta, wie sehr der Achtzigjährige in wenig mehr als vierzehn Tagen verfallen ist. Als er sie nach dem Tod von Zé Esteves in der Neujahrsnacht besuchte, war er ein rüstiger und fröhlicher alter Herr gewesen, der in seinen Erinnerungen kramte; damals wollte er unbedingt, daß sie zu ihm komme, um den Bock Ferro-em-Brasa, den Vater der Herde, kennenzulernen, der nicht seinesgleichen habe. Jetzt hatte er sich in einen ausgemergelten Greis mit schleppender Stimme und glanzlosen Augen verwandelt, der sich auf seinen Stock stützte und nur noch aus Haut und Knochen zu bestehen schien.

Trotzdem scheint er sein Naturell, seine alten Gewohnheiten und bestimmte Interessen – öffentliche und private – bewahrt zu haben. Als er Tieta umarmt, betastet er mit seinen zitternden Händen ihr üppiges Fleisch, ach, wo sind die Zeiten!

»Komm, setzen wir uns, meine Tochter, ich möchte, daß du mir erklärst, was in Agreste vorgeht.«

Tieta lacht vergnügt und bemerkt zu seinem unsicheren Befingern:

»Die Zeit vergeht, aber Ihre Hände kommen nicht aus dem Takt, Oberst.«

Als kleine Ziegenhirtin war sie davongelaufen, wenn sie ihn auf dem Weg sah. Wenn er sie aber erwischte, fuhr er ihr mit der Hand über Brüste und Beine.

»Ich habe schon an fast allem den Geschmack verloren, nur den an den Frauen nicht. Ich bin wie ein alter Bock, der zu nichts mehr gut ist, der aber immer noch am Schwanz der Ziegen schnuppert.« Er klopft mit dem Stock auf den Boden und ruft:

»Merência!«

Die Dienstmagd, ein unförmiges, buckliges Wesen ohne Alter, mit weißem Kraushaar, sieht von der Tür herüber und erwartet Befehle. Dann erkennt sie Tieta.

»Du bist Tieta, nicht wahr? Du bist jetzt blond, oder trägst du eine Perücke?«

»Ja. Ich bin es, Merência, ich komme später hinein, um mit dir zu plaudern.«

»Bring Kaffee für uns beide. Steh nicht so rum.«

»Wie alt ist Merência jetzt?«

»Wenn sie noch nicht hundert ist, kann sie nicht weit davon entfernt sein. Als ich geboren wurde, war sie schon ein feuriges kleines Mädchen. Jetzt erklär mir, Tieta, sag mir, was los ist. In meinem ganzen Leben habe ich noch nicht so viele Verrücktheiten gehört.«

»Wieso denn?«

»Ascanio, mein Patenkind, meine rechte Hand in der Präfektur, scheint nicht mehr derselbe vernünftige Bursche zu sein, er ist ganz besessen von einer Fabrik, die sich in Agreste niederlassen will, in der Gegend von Mangue Seco, wie er mir gesagt hat. Ascanio meint, daß die Gemeinde dadurch wieder flott wird, daß das Geld nur so fließen wird. Er war in der Hauptstadt, hat sich mit den Kapitalisten unterhalten, schwört auf sie. Als er mir das erstemal davon gesprochen hat, ist mir das alles zu großartig vorgekommen, aber ich habe den Mund gehalten, denn diese modernen Zeiten sind so sonderbar, es geschehen Dinge, die nicht einmal der Teufel erklären könnte...« Er macht eine Pause und wechselt das Thema. »Wie hast du es geschafft, das Licht von Paulo Afonso nach Agreste zu bringen? Bis hierher haben sie schon die Maste aufgepflanzt. Nicht einmal der Teufel kann das erklären...« In den trüben Augen leuchtet ein Rest von Mutwille auf. »Nur weil du so viel bei diesen Politikern von São Paulo zu sagen hast? Na, ich weiß nicht...«

Tieta lacht und gießt noch Öl ins Feuer des Alten.

»Ich habe so meine Hilfsquellen, Oberst, meine Geheimwaffen...«

»Das glaube ich. Du kanntest dich immer aus, von klein auf.« Seine Augen wandern von ihrer Büste bis zu den Hüften hinunter. »Na, die Milchwirtschaft und die Fleischbank sind in Ordnung. Gott möge dir die Schätze erhalten, die er dir gegeben hat. Dein Verstorbener soll ein wohlhabender Mann gewesen sein, und gutmütig dazu... Er war ein Graf, nicht wahr?«

»Comendador.«

»Das ist das gleiche. Diese Monarchisten sind allesamt feine Pinkel. Aber lassen wir das. Da ist Dona Carmosina hergekommen, auch eine anständige Person, beladen mit den Zeitungen, die ich abonniert habe und die sie liest, und fängt an, mir Artikel aus dem *Estado de São Paulo* und der *Tarde* vorzulesen. Ich habe Ascanio kommen lassen, habe von den Artikeln gesprochen, von der Schweinerei, dieser

Geschichte von der Umweltverschmutzung. Als der Posten frei wurde, habe ich Ascanio empfohlen: Halte die Stadt sauber, wenn du schon kein Leben in sie hineinbringen kannst. Also, was ist das jetzt für ein Gerede, wer will hier eine Fabrik hinstellen, die niemand anderswo haben will? Er hat mir geantwortet, daß mit der Fabrik auch das Leben wiederkommen wird, daß Agreste wieder zu Wohlstand gelangen wird. Und daß diese Geschichte mit der Umweltverschmutzung nur die Erfindung von ein paar Leuten ist, die nicht wollen, daß Brasilien vorwärtskommt, die gegen die Regierung sind, von Rußland hergeschickt. Aber ich habe ihm gesagt, daß auch der *Estado de São Paulo* auf dieser Industrie loshackt und daß ich nie gewußt habe, daß der *Estado de São Paulo* etwas mit Rußland zu tun hat, der *Estado* ist keine Zeitung, die irgend etwas erfindet. Da hat er den Mund gehalten, aber noch gebeten, ich soll ihm nicht böse sein, er will nur das Beste für Agreste. Das glaube ich auch, Ascanio ist ein guter Junge. Aber man kann ihn hereingelegt haben. Du weißt die Wahrheit und wirst sie mir sagen.«

Tieta hatte zugehört, ohne ihn zu unterbrechen. Der Alte spricht langsam, bringt die Sätze nicht zu Ende, ist kurzatmig. Von dem Kaffee, den Merência brachte, hat er kaum gekostet. Ab und zu läuft eine Ziege über den Vorplatz, dann blickt der Oberst in die Höhe.

»Um Sie zu sehen und über diese Dinge zu sprechen bin ich ja gekommen, Oberst. Auch ich habe Ascanio gern, ich glaube, er ist ein anständiger Junge. Er träumt von vergangenen Zeiten, von der Zeit seines Großvaters und der Ihren, und glaubt, daß die Brastanio sie zurückbringen wird. Aber da täuscht er sich. Wenn es eine Tuchfabrik oder Schuhfabrik wäre, dann wäre alle Welt einverstanden. Aber die Brastanio wird Titandioxyd herstellen ...«

»Und was zum Teufel ist dieses Titandioxyd? ... Carmosina hat es mir erklärt, aber sie ist zu gebildet für meinen schwachen Verstand ...«

»Was es genau ist, weiß ich selber nicht, ich will Sie nicht anlügen. Aber ich weiß, daß es die Industrie ist, die alles am ärgsten verschmutzt. Sie wird unser Klima zerstören, das so gut ist, das Wasser von Fluß und Meer verpesten, die Fischer zugrunde richten.«

»Ist es wahr, daß sie die Fische vergiften?«

»Sie vergiften alles, Oberst, sogar die Ziegen.«

»Die Ziegen auch?«

»Deswegen bin ich ja hier, um Ihnen zu sagen, daß wir, wenn Ascanio weiterhin die Niederlassung der Brastanio unterstützt, den Kapitän Dario als Kandidaten aufstellen werden.«

Oberst Artur da Tapitanga erschauert vor Empörung, als ob ihm

Tieta eine Ohrfeige versetzt hätte. In seinen Augen blitzt es vor Wut, seine Stimme wird, in einer letzten Anstrengung, heftig und stark.

»Wie? Wen? Wie wagst du es, von einer Kandidatur zu sprechen, ohne mich zu Rate zu ziehen?«

»Niemand, Oberst, regen Sie sich nicht auf. Es gibt noch keine Kandidatur. Der Kapitän, Carmosina, ich und noch einige Freunde wollen Ihr Einverständnis erlangen, deswegen bin ich ja hier. Sie sind Ascanios Pate und unterstützen seine Kandidatur. Wir sind nicht gegen Ascanio, wir sind gegen die Titandioxydfabrik. Es genügt, wenn Ascanio sagt, daß er nichts mit der Fabrik zu tun hat, daß er sie nicht begünstigen will, und der ganze Streit ist vorbei. Wenn er aber nicht einlenkt, bleibt uns keine andere Möglichkeit, weil wir nicht wollen, daß Agreste – wie die Zeitung sagt – zu einem Mülleimer wird...«

Der Alte stützt das Kinn auf den Stock, sein Zorn ist verflogen, die Augen erloschen.

»Ein Mülleimer...«, wiederholt er langsam mit leiser Stimme. »Ja, das war's. Carmosina hat es mir vorgelesen.«

Die fleischlose Hand sucht die Hand Tietas, berührt ihre Finger mit all den Ringen und Edelsteinen.

»Hör zu, meine Tochter: Du sprichst mit einem Bock, der zu nichts mehr taugt, den man freigelassen hat, um ihn sterben zu lassen. Der Unglückselige glaubt, daß er noch der Herr ist, aber er ist nichts mehr, sogar die Zicklein kriegen ihn unter. Mit dem Oberst Artur de Figueiredo, der befohlen und erlaubt hat, ist es zu Ende. Ich stelle keinen Kandidaten mehr auf und kümmere mich um keine Wahl. Siehst du, wie es ist? Auf der einen Seite die Kapitalisten von der Fabrik, die nicht von hier sind. Auf der anderen du, Tieta, die ich noch als kleines, barfüßiges Mädchen gekannt habe, wie sie die Ziegen gehütet hat, und die jetzt mit Brillanten bedeckt ist. Ich zähle nicht mehr.« Müdigkeit und Bitterkeit liegen in seiner Stimme.

Bewegt streichelt Tieta seine Hand.

»Sagen Sie das nicht, Oberst«, sagt sie zärtlich. »Wenn Sie Ascanio fallenlassen, gibt es keine Fabrik, die ihn wählen könnte. Sie sind der Herr des Landes. Sie befehlen den Leuten hier. Das ist so gewiß, daß, wenn Sie mich darum bitten oder es mir befehlen, ich in diesem Augenblick, gleich hier, mit der Kandidatur des Kapitäns Schluß mache. Gegen Sie erhebe ich mich nicht, nicht einmal, um die Ziegen zu retten.«

Auf den welken Lippen des Greises erscheint ein Lächeln.

»Ich glaube nicht, daß dieses Titan die Ziegen tötet, Tieta, das sagst du nur, um mich einzuwickeln. Aber ich bitte um nichts und befehle nichts. Ich mische mich nicht mehr ein, soll doch jeder tun, was er will. Ascanio meint, daß er richtig handelt, das ist seine Sache. Du, Carmosina, der Kapitän und ich weiß nicht wer noch, ihr glaubt das Gegenteil. Wenn ich mich noch für Geld interessieren würde, wäre ich imstande, diese Industrie zu unterstützen, mich mit den Fremden zusammenzutun, für Geld verkauft man sogar seine Seele. Wenn ich noch das Leben liebte, würde ich euch unterstützen, auch der schlechteste Mensch auf der Welt kann einmal Großes tun. Ich habe in dieser Welt nichts mehr zu gewinnen noch zu verlieren, Tieta, ich habe sogar den Geschmack am Befehlen verloren. Aber ich bin dir dankbar für das, was du gesagt hast, für die Rücksicht, die du auf einen alten Mann genommen hast. Deine Worte waren Honig in meinem Mund, zu einer Zeit, da meine Todesstunde so nahe ist.«

»Herr Oberst, bevor ich weggehe, habe ich noch eine Bitte.«

»Du brauchst nur zu befehlen.«

»Ich möchte Ferro-em-Brasa kennenlernen, Ihren berühmten Ziegenbock. Um ihn mit dem Bock Inacio zu vergleichen, der dem alten Zé Esteves gehört hat.«

»Ich lasse ihn in den Stall bringen.«

»Begleiten Sie mich nicht? Kommen Sie, reichen Sie mir den Arm, stehen Sie auf...« Sie nimmt den Arm des Obersten und preßt ihn gegen ihre Brust.

Zusammen gehen sie die Stufen der Veranda hinunter.

»Du bist kein Mensch. Du bist der Teufel in der Gestalt einer Frau.« Ein tiefer Seufzer. »Wenn ich zehn Jahre jünger wäre, so um die fünfundsiebzig herum, ach, dann würde ich nicht zulassen, daß du weiter Witwe bleibst.«

Bürgerlicher Eifer und göttliche Gerechtigkeit

Als die Stadt am Samstag erwachte, lief die Wahlkampagne auf Hochtouren. STIMMT GEGEN DIE UMWELTVERSCHMUTZUNG, GEBT KAPITÄN DARIO DE QUELUZ EURE STIMME, empfehlen vier Spruchbänder, die an strategischen Punkten, an den Plätzen mit dem stärksten Verkehr befestigt sind. Eines ist genau gegenüber der Präfektur. Plakate fordern die Bevölkerung auf, am nächsten Tag, Sonntag, gegen fünf Uhr nachmittags, nach der Matinee und vor dem Segen, in Massen zur großen Wahl des Kapitäns Dario de Queluz zum Kandidaten zu erscheinen. Der Kandidat wird das Wort ergreifen und der Dichter De Matos Barbosa wird die *Poeme der Verdammnis* vortragen.

Die Spruchbänder und Plakate wurden im Garten des Kapitäns

von jener tüchtigen Gruppe hergestellt, deren Bürgerfleiß die schöne Carol mit Freude und Hoffnung begrüßt hatte. Im Haus von Dona Milú hatten Dona Carmosina und Aminthas, zwei Könner, eine Art Manifest an das Volk verfaßt, in dem sie die Gründe für die Kandidatur des Kapitäns darlegten. Das in Esplanada auf gelbem Papier gedruckte Flugblatt soll am Samstag und am Sonntag überall in Agreste verteilt werden. Tage heimlicher Geschäftigkeit, ein Samstag voll sensationeller Geschehnisse.

Gesegnet sei diese Geschäftigkeit! Ricardo, genannt Hansdampf in allen Gassen, wird bei dem Hin und Her immer aktiver. Auf der anderen Seite des Gartens fühlt sich die unterdrückte Geliebte zur Stunde der Siesta immer schwächer werden. Durch die Kletterpflanzen hindurch tauschen sie Schwüre und Versprechen, hecken Pläne aus; der Sklavenhalter wird das Wochenende mit seiner Frau und den Enkeln in Mangue Seco verbringen. Abends betrachtet Cinira vom Kirchturm aus die ruhige Landschaft des Ortes, einen Fuß auf dem Opferstock, den anderen erhoben, »um es zu erleichtern«. Hinter dem Mangobaum wartet Maria Imaculada unweigerlich Punkt neun Uhr abends, wenn das Licht ausgeht und der Weg zu den Schluchten am Fluß den romantischen Wanderungen der Verliebten offensteht. Schnell, schnell, Liebste, die Zeit ist kurz. Zu Hause wartet Tieta ungeduldig. Dona Edna muß noch ein wenig warten, schließlich ist niemand aus Eisen, nicht einmal ein junger Seminarist, der gierig, fast fanatisch, zu Werk geht.

Am Freitag unterbrach das Schweigen des Motors nicht die Tätigkeit der ergebenen Parteigänger des Kapitäns. Ricardo lief nicht zum Stelldichein mit Maria Imaculada. Das Mädchen, das schon im Bilde war, hatte sich bereit erklärt, ein einziges Mal den kurz bemessenen Augenblick der guten Sache zu opfern. Fidelio, Seixas, Ricardo, Peto und Sabino schleichen durch die Nacht und befestigen Spruchbänder und Plakate unter dem Befehl von Aminthas und der Kontrolle durch Osnar. Jeder körperlichen Anstrengung abhold – ich bewahre meine Kräfte für den Liebeskampf – gibt Osnar Anweisungen und Befehle. Mit ernstem Gesicht überwacht der Kapitän die Arbeiten, besorgt um die Ausarbeitung der Wahlrede, eine schreckliche Verantwortung. Bafo de Bode hatte von Anfang an den Kämpfern für die Umwelt die Unterstützung seiner Anwesenheit gewährt. Dann war er jedoch verschwunden, nachdem es ihm gelungen war, sich, dank Osnars Unaufmerksamkeit, einer fast vollen Flasche Schnaps zu bemächtigen.

Am Schluß versammeln sich alle in der Pension von Zuleika, wo sie ein vom wackeren Osnar bestelltes festliches Fischessen erwartet. Alle, außer dem Kapitän, der standhaft, und Ricardo, der Seminarist

ist. Trotzdem beeilt sich der junge Mann nicht, schlafen zu gehen. Da die Nachtwache der Bürger mit der Abreise Modesto Pires' an den Strand, in den Schoß seiner Familie, zusammenfällt, bleibt in der Einsamkeit von Agreste eine Tür halb angelehnt, in Erwartung des tapferen Helden.

In jenen bewegten Tagen herrschte die Zwietracht vor, die Meinungen waren geteilt, vergiftet. Als jedoch gewisse Tatsachen bekannt und die Hörner von Modesto Pires publik gemacht und begrüßt wurden, herrschte Einigkeit, die Täter wurden weder beschuldigt noch kritisiert.

Täter, ja, wodurch Ricardo aber nicht des Ruhms beraubt wird, der erste gewesen zu sein, der die angeblich unüberwindlichen Schranken des Respekts vor den Mächtigen, der Furcht vor der Rache der Gewaltigen besiegt und der Gerechtigkeit zum Sieg verholfen hatte. Göttliche Gerechtigkeit, wie das Volk sagt, das ungeduldig auf dieses vielversprechende Ereignis wartet, seit der Gerbereibesitzer vor ungefähr sechs Jahren vom anderen Ende von Sergipe Carols zahlreiche Reize importiert und damit Agreste bereichert hatte. Den Wert dieser Geste hatte er allerdings durch die von ihm bezeigte kleinliche und egoistische Exklusivität geschmälert.

Als Bafo de Bode in der Hoffnung auf noch mehr Cachaça zurückkehrt, findet er den Platz verlassen vor. Während er durch die öden Gassen geht, entdeckt er in der ersten Morgendämmerung den robusten Schatten des guten Samariters, der durch das Tor der Sklaverei schreitet, um ihre Aufhebung zu proklamieren. Als Feind der Tyrannei und des Privateigentums ruft Bafo de Bode seinem nur aus zwei Kötern und einer Hündin bestehenden Auditorium zu:

»Es herrsche die Gerechtigkeit Gottes! Gib's ihr tüchtig, Priesterchen!«

Wie das Leben zurückkehrt und der Stock tanzt.

Mit der Fabrik wird das Leben in die Stadt zurückkehren, hatte Ascanio Trindade dem Oberst Artur de Figueiredo versprochen. Schon nach wenigen Tagen gaben ihm die Ereignisse recht. Die Niederlassung der Industrie war gar nicht erst nötig, um auf dem Markt von Agreste Lebhaftigkeit und Begeisterung entstehen zu lassen, die der guten alten Zeit würdig waren. Die Erregung nahm solche Ausmaße an, daß der fromme Possidonio, überzeugt, der Tag des Letzten Gerichts sei angebrochen, seine Almosenschale beiseite ließ und sich, den Hirtenstab schwingend, ganz der Rettung der Sünder widmete.

Als die Marktbesucher frühmorgens an der Praça do Mercado anlangten (Praça Coronel Francisco Trindade – Bürgermeister, wie auf dem Straßenschild steht; das widerspenstige Volk lernt es nie), entdeckten sie einige Neuheiten, darunter ein Spruchband, das an zwei in den Boden gerammten Stöcken befestigt war und die Kandidatur des Kapitäns vorschlug, sowie ein Plakat, das zur Wahl einlud. Das letztere befand sich einem anderen, in der Mitte des Platzes, gegenüber, auf dem das Kino einen sensationellen Peng-Peng-Film für das Wochenende mit den Worten »Prügel in rauhen Mengen!« ankündigte.

Anfangs erregten Spruchband und Plakat nur geringes Interesse. Die Neugierde der Hinterwäldler wandte sich größeren und eindrucksvolleren Neuerscheinungen zu: den neuen, riesigen, schönen, imposanten Lichtmasten des Wasserkraftwerks von São Francisco. Zwei davon standen schon, und die Marktbesucher renkten sich den Hals aus, um die Lampen zu sehen; um einen dritten, der noch am Boden lag, versammelten sich die Neugierigen, die in Rufe der Bewunderung ausbrachen.

Einige Gebildetere buchstabierten die Worte auf dem Spruchband, nur wenige interessierten sich für das Plakat, die meisten konnten nicht lesen. So begann der Markt ganz normal und wurde erst lebhafter, als Ricardo und Peto anfingen, die Flugblätter zu verteilen. Dann war der Teufel los.

Gumercindo Saruê, ein kleiner Maniokmehlfabrikant, betrachtete mit offenem Mund die Maste; das Spruchband hatte er kaum bemerkt und schon gar nicht das Plakat. Ein Riesenkerl und Raufbold. An einem Sonntag, als viel Cachaça getrunken worden war, hatte man ihn eingesperrt. Mit einer Sense bewaffnet, hatte er die beiden Söhne von Jesuína, einer Witwe mit Haaren auf den Zähnen, verjagt. Die Witwe gab sich nicht zufrieden, bis sie Saruê im Gefängnis sah – das in Agreste fast immer leer stand und aus einem vergitterten Hinterzimmer der Präfektur bestand. Als Ascanio von dem Zwischenfall erfuhr, ließ er seine Billardpartie stehen, beruhigte die wütende Mutter, öffnete die Tür des Gefängnisses und schickte Gumercindo nach Hause. Voll Dankbarkeit schwor der Riese:

»Zählen Sie auf mich, Herr Doktor, im Leben wie im Tode.«

Das waren keine leeren Worte, wie man gleich sehen wird. Ricardo und Peto waren auf dem Markt erschienen und hatten begonnen, die von der empörten Dona Carmosina in Zusammenarbeit mit dem sardonischen Aminthas abgefaßten Blätter zu verteilen. Während sich die Spruchbänder und die Plakate darauf beschränkten, die Kandidatur des Kapitäns anzukündigen und sich auf die Umweltverschmutzung zu beziehen, gingen die Flugblätter auf die Gründe dieser Kampagne ein, die Agreste, ein von Fäulnis bedrohtes Paradies, retten sollte. Es wurden Absätze aus Giovanni Guimarães' Artikel zitiert und kein gutes Haar an der Brastanio gelassen, dem »multinationalen Unternehmen, das auf Kosten des Elends der Bevölkerung den Wanst von Ausländern füllen will«. Auch Ascanio bekam sein Fett ab, der »sein Amt dazu benutzt, das schmutzige Spiel dieser Verbrecher mitzumachen, die Agreste in einen Mülleimer verwandeln wollen«. Die Wahl dieses »Provinz-Playboys und Agenten im Sold der todbringenden Unternehmer« zu verhindern, sei Pflicht aller Bürger der Gemeinde.

Ricardo erfüllte einen Auftrag, den ihm der reinste Idealismus diktierte. Peto arbeitete für die Bezahlung, die Osnar ihm versprochen hatte, einer der Financiers der Kandidatur des Kapitäns. Aber beide Brüder, der selbstlose und der geschäftstüchtige, erledigten gewissenhaft die übertragene Aufgabe, gingen von einem zum anderen, zu Marktbesuchern und Mitbürgern, und verteilten die Flugblätter von Hand zu Hand. Sabino, der hinter dem Ladentisch bleiben mußte, war am Anfang des Rummels nicht beteiligt.

Vor den Maniokmehlsäcken von Gumercindo Saruê gab Peto ein Blatt dem Verkäufer und eines der Käuferin, Dona Jacinta Freire, einer der ärgsten Klatschbasen. Gumercindo, der das Papier für ein Kinoprogramm hielt, ließ es zu Boden fallen. Aber Dona Jacinta unterbrach ihren Einkauf und las es mit lauter Stimme vor; so mußte der Händler notgedrungen zuhören. Als er den Namen Ascanio hörte, erwachte sein Interesse, und er verlangte nach einer Erklärung. Dona Jacinta befriedigte gern seine Neugierde. Sie wies auf das Plakat in der Mitte des Platzes, zeigte auf das Spruchband, verlas die Beleidigungen voll Bewunderung. Ungläubig fragte Gumercindo:

»Wollen die den Doktor Ascanio aus der Präfektur rausschmeißen?«

»Ja, um den Kapitän Dario hinzusetzen. Es heißt, daß Ascanio ...«

Als Mann der Tat sucht Saruê mit den Blicken den Jungen, der dieses widerliche Papier verteilt, und entdeckt ihn weiter vorn, wie er sich von seiner schweren Arbeit ausruht und ein Eis am Stiel lutscht. Gumercindo läuft auf Peto zu, streckt die Hand aus, um einen Stoß Flugblätter an sich zu nehmen, und zerreißt einige davon voll Wut. Er will auch den Rest haben.

»Gib mir diese Schweinereien.«

Aber Peto ist bekanntlich ein mutiger Bursche. Auf die Tat läßt er das Wort folgen: Er tritt Gumercindo gegen das Schienbein und verflucht zugleich seine Mutter.

»Was ist denn da los, Gevatter?« fragt Nhô Batista, auch ein Bauer aus Rocinha, als er sieht, wie sein Freund, blind vor Wut, versucht, den Jungen festzuhalten.

»Die wollen Doktor Ascanio aus der Präfektur hinausschmeissen!«

Die Nachricht breitet sich aus, läuft wie ein Lauffeuer, das heißt schnell und giftig, durch den Markt und versetzt ihn in Erregung. Die meisten Verkäufer, die fast alle aus dem Bezirk Rocinha sind, schätzen Ascanio sehr. Die Bewohner des Flußufers und der Meeresküste, Lieferanten von Fisch, Krustentieren, Krabben und Krebsen, schworen auf den Kapitän; sie waren in der Minderzahl, aber gefürchtet, einige standen im Ruf, Schmuggler zu sein und kämpften immer gegen die Polizei.

Mit der Jagd auf Peto durch den ganzen Markt, spektakulär und von viel umgeworfener Ware begleitet, fing der Tumult an. Peto entwischte, indem er vor den Füßen von Saruê und seinen Parteigängern eine Herde Mastschweine losband. Er lief in die Bar, um Verstärkung zu holen; das letzte, was er in dem Durcheinander sah, war Ricardo, der von einer Gruppe gepackt wurde, wobei die Flugblätter im Wind davonflatterten. Die Bar war voll, alle kamen sie mit.

Einen so belebten Markt hatte es noch nie gegeben. Er stellte sogar den vom 4. Juni 1938 in den Schatten, als der tapfere Korporal Euclides versucht hatte, den Gitarrespieler Ubaldo Capadocio vor aller Augen zu kastrieren, weil er sein Ehebett entehrt und seine Frau Adelia vernascht hatte. Capadocio rettete sich wie durch ein Wunder. Nicht retteten sich dagegen das Spruchband und die Plakate – beide, denn auch das Programm des Kinos, das prophetisch Prügel in rauhen Mengen ankündigte, waren zerstört. Die Fischer, die am Anfang den Grund des Konflikts nicht kannten, zögerten, sich an dem Fest zu beteiligen. Doch als sie merkten, daß der Kapitän beleidigt worden war, tanzten die Stöcke.

Die Stöcke tanzten auf allen Seiten, viele kannten nicht einmal die Ursache des Streits, aber alle beteiligten sich daran. Der Schaden war allgemein und erheblich: Säcke über Säcke mit Maniokmehl, Bohnen, Reis und Mais ergossen ihren Inhalt, Obst und Gemüse wurde zertreten und zerquetscht, ganze Schichten Dörrfleisch lagen auf dem Boden, Fische dienten als Wurfgeschoße, und die Krabben liefen zwischen den Kämpfern herum. Der Prophet Possidonio, der wieder einmal das Ende der Welt verkündet hatte, ließ seinen Hirtenstab auf die einen wie die anderen heruntersausen, ohne Rücksicht auf ihre politische Einstellung, sie waren alle verfluchte Sünder.

Nicht einmal Ascanio, der von der Präfektur herbeieilte, gelang es, dem Kampf ein Ende zu bereiten. Auch dem Kapitän nicht, der von der Abfassung seiner Rede fortgeholt wurde. Und auch nicht dem Padre Mariano, dessen Intervention lediglich verhinderte, daß sich der Kapitän und Ascanio in die Wolle kriegten.

Erst als die von Sabino alarmierte Tieta mit dem Knotenstock des alten Zé Esteves in der Faust auf dem Platz erschien, der heiligen Anna ähnlich in die Mitte des Volkes trat und schrie: Hört auf damit!, da machten ihr alle Platz und beruhigten sich. Zwar zu spät, um Spruchband und Plakat zu retten, aber rechtzeitig, um Ricardos Trümmer aufzulesen. Genau zur rechten Zeit, denn kaum hatte sie den glorreichen Neffen aufgehoben und fortgebracht (mit Blutergüssen im Gesicht und an den Beinen), als aus verschiedenen Richtungen in kriegerischer Absicht die kleine Maria Imaculada, die fromme Cinira, die hoffnungsfrohe Edna und die befreite Carol auf dem Platz auftauchten. Auch Ricardo hat seine Wählerschaft. Begrenzt, aber ausgesucht.

Tieta im Schmuck der Hörner

Tietas Geschrei weckt Perpetua auf. Sie streift den schwarzen Rock über das Nachthemd, ergreift den Leuchter und öffnet die Tür gerade rechtzeitig, um zu sehen, wie Ricardo splitternackt, ach du mein Gott, unter den Schlägen wortlos durch den Korridor entflieht. Außer sich verfolgt ihn die Tante bis zur Haustür, schickt Würde, Haltung, Rücksichtnahme zum Teufel und läßt jede Vorsicht außer acht; der Knotenstock saust auf den Rücken des Neffen herunter. Der Knotenstock des alten Zé Esteves, derselbe, der Tieta bearbeitet hatte, als der Vater durch Perpetua von dem Handlungsreisenden erfuhr.

Ricardo versucht noch zurückzuschleichen, um eine Hose zu holen, aber die Furie mit ihrem hocherhobenen Stock erwischt ihn, voller Schmerz über das aufgesetzte Gehörn, im Gesicht, diesem engelhaften und perfiden Gesicht, wie Zé Esteves sie an jenem fernen Morgen erwischt hatte – als auch sie ein engelhaftes Gesicht gehabt hatte. Sie schließt den Korridor ab, schwingt den Stock und bedroht das himmlische und treulose Gemächte des Heimtückischen, das göttliche und abtrünnige Werkzeug. Mit einem Satz gewinnt Ricardo die Straße und rettet seine kostbarsten Güter. Er hat sich noch gar nicht von der Überraschung erholt, als er sich entblößt, nur mit Schlägen, Schande und dem Jadering versehen, auf dem Platz wiederfindet, vor der Tür, die heftig mit einem wütenden »Aus meinen Augen!« zugeschlagen worden war.

Tieta ist nun mit Hörnern geschmückt. Sie hat sie sich selber am

Flußufer geholt. Als das Licht des Motors die verabredete Stunde bezeichnete, bezog sie ihre Stellung: Sie wohnte der Begegnung unter dem Mangobaum bei, begleitete den Gauner und das Mädchen bis in die Dunkelheit der Bacia de Catarina. Ihren Stolz auf eine harte Probe stellend, blieb sie auf Horchposten, von Empörung und Eifersucht geschüttelt. Mit offenen Wunden, entwürdigt, mit Schmutz bedeckt, voll Ekel, lächerlich, gehörnt. Sie lauschte dem Lachen, konnte die Seufzer nicht mehr zählen, maß das Schweigen zwischen den Küssen, erfuhr die tausend Nuancen des Wortes Liebster, lernte den sich wiederholenden Kehrreim: Küß mich, Liebster, beiß mich, steck ihn rein, Liebster, geh nicht fort, Liebster, bleib noch ein wenig – ach, Liebster!

Gleich als sie von Mangue Seco zurückgekehrt war, hatte sie begonnen, das Vorhandensein eines Rivalen zu ahnen, der nicht Gott war: eines menschlichen und weiblichen. Sie horchte herum, sammelte Informationen, wollte aber sicher sein, selber alles klarstellen, so unmöglich dies auch schien. Sie sah, sie hörte, sie nahm fast teil. Es stimmte. Sie hatte sich betrügen lassen, sie, Tieta, eitel und selbstsicher wie das dümmste und vertrauensseligste Mädchen.

Wie an allen Abenden entkleidete und parfümierte sie sich in ihrem Zimmer. So erwartete sie ihn, damit die letzten Funken der Leidenschaft erlöschen sollten, wenn er sie mit den Händen berührte, die noch vom Körper der Kleinen warm waren, und damit nur noch Demütigung und Wut übrigblieben.

Das war ihr noch nie geschehen. Lucas war geflohen, aus Angst, nicht mehr loszukommen, nicht wegen einer anderen. Sie mußte nach Agreste zurückkommen, damit ein Mann es wagte. Ein Mann? Ein kaum abgespäntes Böcklein, in Soutane, voll Unschuld und Furcht, ein jungfräulicher Knabe, dessen erste Blüte sie in der Mondnacht auf den Dünen gepflückt hatte.

Ein Zwiegespräch der beiden Schwestern über Familienangelegenheiten, ein ziemlich widerliches Kapitel, in dem die schmutzige Wäsche gewaschen und alles zu Scheiße wird.

Nackt, mit Galläpfeln geschmückt, mit Hörnern geziert – wobei sie nicht einmal die Hälfte der Wahrheit kennt –, so tritt Tieta ihrer Schwester entgegen. Sie hatte sich ausgezogen, um den Lump zu erwarten, um die ganze Würde des Verrats zu kosten, die ganze Skala der Gemeinheit bis ans Ende zu durchlaufen, zu fühlen, wie sich die Verzweiflung in Haß verwandelte, wenn die Hand, die noch von der anderen warm war, ihren Körper berührte. So war es auch geschehen.

In ihrer aggressiven, schönen und üppigen Nacktheit, mit ihren vorspringenden Brüsten, den langen Schenkeln, dem sich stolz wiegenden Hinterteil, dem dichten, schwarzen Vlies – außer mit den Hörnern nur mit dem Knotenstock versehen –, so, schamlos und wütend, sah Perpetua die Schwester und beschloß, die unvermeidlichen Erklärungen, die schwierige Konfrontation hinauszuschieben. Für eine Unterhaltung mit Spitzfindigkeiten, halben Worten und Andeutungen braucht man Ruhe, Gelassenheit. Sie empfiehlt sich nicht, solange der Kopf heiß und der Stolz verletzt ist. Wenn es zu einer Abrechnung kommt, könnte Tieta beschließen, sich für Verleumdungen in der Vergangenheit zu rächen.

Perpetua versucht, die Zimmertür zu schließen, sich zurückzuziehen, das Geschehene auszulöschen. Aber es gelingt ihr nicht, das Rückzugsmanöver zu beenden. Tieta bemerkt das Flackern der Kerze, errät, daß die Schwester sie belauert, und gerät in Wut.

»Was machst du da, versteckt? Spionierst du?«

Perpetua sieht sich entdeckt, zeigt sich und tritt einen Schritt vor.

»Was ist geschehen? Was bedeutet das?«

Die zischende Stimme verrät weder Empörung noch Zorn, nur Entsetzen. Noch ist Zeit, die Moral zu retten, den Anstand zu wahren. Perpetua ist bereit, mitzumachen und irgendeine zufriedenstellende Version aufzustellen: Ricardo hat sich eigensinnig und ungehorsam gezeigt, hält sich nicht an die Hausordnung, verdient Rüge und Strafe. Was die Nacktheit der Beteiligten anbelangt, so erklärt sie sich durch die sommerliche Hitze, es lohnt nicht, darüber zu reden, es ist eine zweitrangige Einzelheit. Wenn erst der Schein gewahrt ist, werden die Verhandlungen leichter sein. Aber Tieta hat jegliche Kontrolle verloren, verschmäht die günstige Gelegenheit, deckt die Scheiße auf.

»Das bedeutet, daß dieser Schlingel von deinem Sohn es gewagt hat, mir mit einer schamlosen kleinen Hure Hörner aufzusetzen, etwas, was noch kein Mann mir angetan hat.«

Perpetua unterdrückt mit der Hand einen Schrei. Sie kommt noch einen Schritt näher, lehnt sich an die Wand des Kabinetts.

»Soll das heißen, daß du und Cardo? ... Mein Gott, wie entsetzlich!« Verblüffung und Abscheu drücken sich auf ihrem strengen Antlitz aus, aber wieder erstickt die Hand die Klage. In Agreste haben die Nachbarn einen leisen Schlaf; wie viele mögen jetzt lauschen, durch Tietas Ausbruch geweckt?

Unter der schweren Last des Verrats, dem Gewicht der ansehnlichen Hörner, schleppt sich Tieta in ihr Zimmer, setzt sich aufs Bett, die Beine gekreuzt, eine schamlose Stellung. Wut und Empörung sind ungebrochen und richten sich jetzt gegen die Schwester.

»Spiel jetzt nicht die Unschuldige, tu nicht so, als ob du nichts gewußt hättest!«

»Was willst du damit sagen? Du bist verrückt! Ich habe dich mit offenen Armen in mein Haus aufgenommen, habe gedacht, daß du dich verändert hast. Du hast dich überhaupt nicht verändert, bist genauso verderbt wie früher. Du hast ein unschuldiges, gottesfürchtiges Kind von seinem Weg abgebracht, hast sein Leben zerstört. Er wollte Priester werden, jetzt wird er exkommuniziert...« Sie unterdrückt ein Schluchzen, eine entsetzte, gelähmte Mutter. »Und da hast du noch den Mut zu sagen, ich hätte etwas gewußt. Vade retro!« Es bleibt nichts anderes übrig, als der Situation ins Auge zu sehen.

»Du hast nichts gewußt! Schamlose Person!« Tieta empfindet den Wunsch, die Heuchlerin zu ohrfeigen, den Stock auf ihren Rücken sausen zu lassen, wie sie es bei dem widerlichen Kerl getan hat. »Wer hat denn seinen Sohn nachts nach Mangue Seco geschickt, als du sahst, daß ich verrückt nach ihm war? In Gedanken an mein Geld, glaubst du, ich habe das nicht gemerkt? Aber du hast vergessen, ihm zu erklären, daß ich nicht dazu geschaffen bin, Hörner zu tragen. Ich weiß nicht, warum ich dir nicht ein paar versetze.«

Mit dem Kerzenleuchter in der Hand, im Korridor vor der Tür zum Zimmer, an die Wand gelehnt, kalten Schweiß auf der Stirn, reagiert Perpetua.

»Du erfindest Verleumdungen, um deiner Verantwortung zu entgehen.« Mit bissiger Stimme und anklagend erhobenem Finger fährt sie fort: »Du kannst ein unschuldiges Kind nicht vom heiligen Weg des Priestertums abbringen, seine Laufbahn zerstören, ohne...«

»Ohne zu zahlen, nicht wahr? Du denkst nur ans Geld. Früher hast du nur daran gedacht, einen Mann zu erwischen, der bereit war, dich zu vernaschen, stimmt's?«

»Solchen Gedanken habe ich nie gehabt, ich bin nicht wie du.«

»Warum hast du dann einen Sohn Gott versprochen? War es nicht, um einen Mann zu kriegen, der dich besteigt? Du bist nicht wie ich, weil du schlimmer bist. Du hast das alles eingefädelt, um Geld von mir zu bekommen. Als du mir das Schlafzimmer abgetreten und ihn gegenüber einquartiert hast, war schon alles geplant. Ich hätte mißtrauischer sein müssen.«

»Das ist gelogen! Ich habe nie daran gedacht...«

»Und dann, wie du gesehen hast, daß ich ein Auge auf ihn geworfen habe, hast du dir alles zurechtgelegt, nicht wahr?«

»Es hat keinen Sinn, daß du weiter Betrügereien erfindest. Ich will wissen, was du tun wirst, um meinen Sohn zu entschädigen. Jetzt gleich will ich es wissen.«

»Entschädigen? Deinen Sohn? Wofür denn? Er war unerfahren, hätte ein Schwuler werden können, ich habe einen Mann aus ihm gemacht. Du glaubst doch selber nicht, daß ein Priester jungfräulich sein muß.«

»Er war ein unberührtes Kind, anständig, respektvoll, hat nur an seine Aufgaben gedacht. Jetzt ist er wie ausgewechselt, hat die Zügel zwischen die Zähne genommen. Du hast ihn zu deinesgleichen gemacht. Er ist genauso wie du warst, verflucht! Du hast ihn mißbraucht. Hast du den Mut, es zu leugnen?«

»Du willst ganz einfach, daß ich für die Jungfernschaft deines Sohnes bezahle, nicht wahr?«

Sie erhebt sich vom Bett, mit ihrem lasziven und herausfordernden Körper. Sich in den Hüften wiegend geht sie zum Schrank, nimmt den Koffer, in dem sie das Geld aufbewahrt, schließt ihn auf und läßt den Deckel offenstehen; dann nimmt sie ein Bündel Banknoten und wirft es in Richtung ihrer Schwester. Sie breiten sich auf dem Boden aus.

»Nimm, ich zahle für die Unschuld, die ich vernascht habe. Es war gut, der Mühe wert, ich habe es genossen. Los, nimm die Bezahlung, du Scheißkupplerin. Du bist mir zuwider.«

Perpetua stellt den Leuchter hin, kommt ins Zimmer, bückt sich und sammelt die Scheine ein. Vom Boden her kommt ihre näselnde Stimme, schon weicher, versöhnlicher.

»Du solltest beide Jungen adoptieren ...«

»Adoptieren? Als meine Söhne?« Tieta sitzt wieder auf dem Bett und beobachtet, wie Perpetua auf allen vieren die Banknoten zusammensucht. »Das willst du also haben ... Damit sie meine einzigen Erben sind, nicht? Dann ist es nicht schlimm, wenn ich die Mutter von meinem Männchen bin? Du bist das letzte.«

Als sie sie so herumkriechen sieht, einen Arm auf der Suche nach einem abhandengekommenen Schein unter das Bett gestreckt, die welken Brüste, die unter dem Nachthemd schaukeln, den aufgelösten Dutt, die Haare, die über das säuerliche Gesicht der Betschwester fallen, häßlich wie eine Hexe, mit glimmendem Blick, wird Tieta von einem Gefühl ergriffen, das, neben der Wut, aus Bewunderung und Mitleid besteht – ein Teufelsweib, das um ihrer Kinder willen zu allem fähig ist.

»Und du hast einen Mann gehabt, der dich gemocht, der dich begehrt hat, der mit dir geschlafen und dir Kinder gemacht hat. Das würde keiner glauben, wenn man es ihm erzählt.«

Sie erinnert sich an eine verrückte Vorstellung, an das groteske Bild, das ihr bei einer bestimmten Gelegenheit durch den Kopf gegangen ist: Sie stellt sich Perpetua in diesem Bett, auf dieser weichen Wollmatratze vor, während der Siesta mit ihrem Mann verknäult, eine schauerliche Vision! Jäh verebbt die Wut, Tieta beginnt zu lachen.

»Wenn du mir etwas sagst, mir die Wahrheit erzählst, dann verspreche ich dir, dich in meinem Testament zu bedenken.«

Perpetua blickt auf, mißtrauisch, interessiert, gierig.

»Wenn es soweit war, sag mir, habt ihr, du und der Major, nur Papa und Mama gemacht oder irgendwelche Schweinereien! War er fürs Schlecken?«

Tieta stellt sich vor, wie ihre Schwester versucht, das Ypsilon mit ihrem Mann zuwege zu bringen, und wird von einem unbezähmbaren Lachanfall geschüttelt. Sie will aufhören, aber es gelingt ihr nicht, das Lachen wird zu einem riesigen Gelächter: Sie sieht Perpetua vor sich, wie sie sich an den Schwengel des Majors klammert – sicher beachtlich, nach dem Sohn zu urteilen. Beim Lachen vergißt sie die Hörner, die ihr Maria Imaculada am Flußufer aufgesetzt hat.

»Respektier wenigstens die Toten, Schamlose!« Außer sich steht Perpetua auf, die Hände um die Scheine gekrallt; den Blick der hervortretenden Augen auf das Bett gerichtet, glaubt sie wieder die Gerüche zu riechen, die Bewegungen zu sehen.

Das Geräusch eines Schlüssels in der Haustür, leichte Schritte im Flur. Perpetua ringt nach Fassung, steckt das Geld in die Tasche ihres Rocks, damit die andere Schamlose, die von der Sünde kommt – jeden Abend kommt sie später nach Hause –, nicht merkt, was vorgefallen ist. Als Leonora im Schlafzimmer Bewegung, Licht und Lachen gewahrt, kommt sie näher.

»Worüber lachst du so, Mamachen?«

Mamachen kann das Lachen nicht verbeißen, so eine komische Vorstellung! Perpetua, der es gelungen ist, sich in Gedanken vor der männlichen und leidenschaftlichen Erscheinung des Majors zu trennen, wie er den gelbgestreiften Pyjama auszieht, erklärt:

»Wir haben uns unterhalten, wir beide. Tieta hat irgendeine Dummheit, die ich gesagt habe, komisch gefunden ...« Sie hält den Leuchter hoch. »Morgen reden wir weiter, Schwesterchen.«

Wenn Tieta glaubt, mit den paar Contos de Réis einen Schlußpunkt unter diese Geschichte gesetzt zu haben, dann irrt sie sich, dann kennt sie ihre ältere Schwester nicht. Perpetua will ein notariell beglaubigtes Dokument haben, und sie wird es auch bekommen, mit vollgültiger Unterschrift, für weniger tut sie es nicht. Sie geht hinaus, kommt aber schnell wieder und hebt neben dem Schrank eine Banknote auf. Es müssen noch mehr da sein. Morgen wird sie wiederkommen, noch bevor Araci das Zimmer ausfegt.

Tieta lacht noch immer, als Leonora mit untröstlicher Stimme anfängt:

»Mamachen, ach, Mamachen! Der arme Ascanio. Der Arme ist ganz verzweifelt...«

Ein böser Teufel, Zunge und Auge der Stadt

Im Morgengrauen öffnet Bafo de Bode die Augen in der Gosse, in die ihn am Abend zuvor der Schnaps geschleudert hat. Gosse, das ist nur so ein romanhafter Ausdruck – er war im Eingang des Kinos Tupy eingeschlafen, geschützt gegen Wind und Regen. Er steht auf und schlägt den Weg zum Buraco Fundo ein. Als er über den Kirchplatz geht, bemerkt er, daß sich an Tertos Haustür etwas bewegt. Er bleibt stehen, um festzustellen, wer so eilig und früh aufbricht, wenn er doch ruhig noch bleiben könnte, denn Terto, der zärtliche Gatte, liebt es, lange in der Hängematte unter dem Vordach den tiefen und sorglosen Schlaf eines guten Hahnreis zu schlafen, der mit seinem Zustand zufrieden ist.

Als sie ihn sich zu vorgerückter Stunde in den Straßen und Gassen der Stadt herumtreiben sah, alles beobachtend und alles kommentierend, hatte ihn Amelia Dantas (heute Regis), Mel, Honig genannt, die ehemalige Erste Dame der Gemeinde, als Bettler in Teufelsgestalt bezeichnet. Laut Barbozinha ist Bafo de Bode das Auge der Stadt. Er hat schon so viel gesehen, daß ihn nichts mehr erschreckt. Trotzdem kann er seine Verblüffung nicht verbergen, als er in dem Bürger, der in einem Paar von Tertos alten Hosen steckt, den Seminaristen Ricardo erkennt. Im Nachthemd hängt Dona Edna am Hals des Jungen und verabschiedet sich mit einem langen Kuß. Tertos Hose ist dem Priesterchen viel zu eng, warum trägt er sie nur? Als Bafo de Bode ihn in Begleitung der Kleinen aus Zuleikas Haus auf dem Weg zu den Schluchten am Fluß überrascht hatte, trug er die Soutane. Vor kaum vier Tagen trug er kurze Hose und Sporthemd, als er durch Carols verbotene Tür eintrat. Und erst am Abend zuvor hatte er ihn in der Soutane die Stufen zum Turm hinaufklettern sehen, um die unbezähmbare alte Jungfer zu trösten. Gar nicht zu reden von... Besser den Mund halten.

Bafo de Bode, ein profunder Kenner der Stadt, marschiert weiter und rät:

»Leute, bringen wir unseren Hintern in Sicherheit, das göttliche Böcklein ist los in Agreste.«

Ricardo geht über die Anlagen des Platzes, die enge Hose erlaubt ihm nicht zu laufen. Er klopft an der Hintertür, Araci öffnet und bricht in Lachen aus: Herr Cardo sieht so komisch aus, ach, was für ein hübscher Bursche! Eines Tages wird er auf sie aufmerksam werden, so Gott will.

Er tritt ein, zieht die Soutane an und ist gerade mit dem Packen seines Koffers fertig, als er spürt, daß ihn jemand beobachtet. Er hebt den Blick und sieht Perpetua, in ihrem schwarzen Kleid, den Rosenkranz in der Hand, bereit, in die Kirche zu gehen. Im Antlitz Empörung und Ekel, sagt sie mit blitzenden Augen, die Anschuldigung und Strafe andeuten, und einer schrecklichen Stimme, die sie unterdrückt, um die zwei Verdammten nicht zu wecken:

»Was machst du da, du Exkommunizierter?«

»Ich nehme gleich den Marineti, um nach Esplanada zu fahren.«

»Den Marineti? Wer hat dir das befohlen?«

»Niemand, Mutter. In Esplanada nehme ich den Bus nach Aracajú bis zur Straße nach São Cristóvão.«

»Was denkst du dir denn? Hast du keine Mutter mehr, der du gehorchen mußt? Bist du großjährig geworden? Pack deine Sachen weg und leg dich hin. Nachher wirst du mir Rechenschaft ablegen, bereite dich vor.«

»Ich werde ein paar Tage bei Bruder Timótheo im Kloster bleiben. Er hat mich eingeladen. Sobald Tieta ... sobald die Tante abgereist ist, komme ich wieder.«

»Du wirst nirgends hin fahren. Tu, was ich dir gesagt habe.«

Sie weiß, daß er ihr nicht gehorchen wird, daß sie ihm nie wieder wird befehlen können. Als ältere Schwester konnte sie Tieta nie etwas befehlen, sie gehorchte ihr nie.

»Mutter, ich habe schon gesagt, daß ich nach São Cristóvão fahre. Großjährig bin ich nicht geworden, aber ein Mann, siehst du das nicht? Versuch nicht, mich daran zu hindern, ich möchte nicht heimlich fliehen. Ich komme zurück, sei ganz ruhig.«

»Du scheinst nicht mehr mein Sohn zu sein. Du bist genau wie sie. Sie war eine Schande für uns: tagsüber bei den Ziegen, nachts in der Sünde. Willst du ihren Platz einnehmen? Fürchtest du nicht die Strafe Gottes?«

Zum erstenmal seit dem Tod des Majors sind ihr die Tränen nahe.

»Auch mein Gott hat sich geändert, Mutter, er ist nicht mehr dem deinen ähnlich. Mein Gott verzeiht, er straft nicht.«

»Aber du kannst nicht so fortgehen, ehe alles in Ordnung ist. Sie hat dich vom guten Weg abgebracht, hat dich verdorben, mein Gelübde zunichte gemacht. Sie muß das Böse, das sie getan hat, wiedergutmachen. Sie hat die Sünde in dieses Haus gebracht, dich unglücklich gemacht, die Verfluchte.«

»Nein, Mutter. Ich war blind, sie hat mir geholfen, sehend zu werden. Ich weiß nicht, ob ich Priester werde oder nicht, es ist noch zu früh, um das zu wissen. Aber sei sicher, daß ich, wenn ich nicht die Weihe nehme, es tue, weil Gott es nicht gewollt hat. Wenn ich es weiß, werde ich es dir sagen. Aber ich werde weiter studieren, hab' keine Angst.«

»Schwörst du, daß du wirklich ins Kloster fährst?«

»Ich hab' es dir schon gesagt. Und jetzt hör zu, Mutter: Die Tante war sehr gut zu mir. Ich werde ihr nie vergelten können, was ich ihr verdanke.«

Er ergreift den Koffer, lächelt die Mutter an und sagt ernst und zärtlich:

»Deinen Segen, Mutter.«

»Ach, mein Gott!« Die Märtyrerin erhebt die Augen zum Himmel.

Als er sich dem Ausgang zuwendet, erblickt Ricardo Tieta an der Schlafzimmertür, der geliebte Körper in einen Strahl des ersten Morgenlichts gehüllt.

»Leb wohl, Tante ... Tieta!«

»Leb wohl, Cardo. Du kannst zu mir Tante sagen. Und sag dem Bruder, daß ich in Agreste bin, daß es einen harten Kampf geben wird.«

Die Haustür schließt sich hinter Ricardo. Ohne ihre Schwester auch nur anzusehen, kehrt Tieta ins Zimmer zurück. Die Ziegenhirtin ist stolz auf den Neffen. Er ist wie sie, da ist nichts zu deuteln, Perpetua hat recht. Ein junger Bock, der ohne Fesseln frei über die Hügel läuft, mit erhobenem Haupt, der Erbe ihrer Widerspenstigkeit. Was geschehen ist, ist geschehen, eine verrückte Laune; es bleibt die sehnsüchtige Erinnerung.

Tatsachen und Gerüchte, ein Kapitel, in dem der Araber Chalita eine vage Hoffnung ausdrückt.

Zehn Tage, die Agreste erschütterten – so definierte Aminthas, Leser verbotener Autoren, in Abwandlung von John Reed, diese kurze und bewegte Zeitspanne. Er hatte selber Anteil an dem Klima eines grotesken Alptraums, hatte an unsichtbaren Drähten gezogen, hatte hinter einigen ernsten Vorfällen gesteckt. Obwohl die größere Verantwortung allgemein Dona Carmosina zugeschoben wurde.

»Jetzt sehen Sie, was Sie angerichtet haben, Carmosina«, sagte der Steuereinnehmer Edmundo Ribeiro und nahm im Postamt auf einem Stuhl Platz. »Jeden Tag etwas Neues, ein Streit, ein Skandal, ein Tumult...«

Dona Carmosina lehnt jede Verantwortung ab.

»Ich? Wer bin ich schon? Am Schluß wird man mich noch beschuldigen, die Titandioxydfabrik erfunden zu haben. Wir waren hier so zufrieden, haben in Frieden gelebt.«

»Wenn Sie nicht dauernd Zeitungsnachrichten lesen und verbreiten würden...«, der Steuereinnehmer zeigt auf die Wandzeitung, die jetzt die ganze Hauptwand bedeckt,

»... dann könntet ihr ungestraft Agreste verschachern...«

Der Ton und die Sprache der Unterhaltung haben sich geändert. Verschwunden sind die Herzlichkeit, die gute Laune, die Höflichkeit in der Konversation – das Hauptvergnügen der Gemeinschaft, kostenlos, allen zugänglich, ein raffiniertes Vergnügen. Der Ton wurde rauh, die Beleidigung trat an die Stelle der Bosheit.

»Moment mal!« ruft Edmundo Ribeiro aus. »Ich verschachere nichts.«

»Weil es Ihnen nicht gelungen ist, beim Kokoshain mitzumischen, an Lust hat es Ihnen nicht gefehlt. Aber Sie unterstützen ja dieses käufliche Pack. Oder glauben Sie, daß wir das nicht wissen?«

»Was wissen?«

»Daß Sie die Liste der Beiträge für die Kandidatur von Brastanio Trindade unterschrieben haben...«

»Brastanio Trindade! Das ist gut...«, lacht der Araber Chalita, der neben dem Türpfosten sitzt. Nichts läßt sich mit einem Gespräch mit intelligenten Leuten vergleichen, wie Dona Carmosina es ist, die hat Einfälle... »Übrigens, wozu ist er nach Esplanada gefahren?«

»Ascanio ist weggefahren?« Dona Carmosina zeigt sich interessiert und besorgt. »Wann denn?«

»Heute. Er hat mir gesagt, daß er morgen zurückkommt.«

Jairos Marineti hält vor dem Kino, neben Chalitas Haus, der unweigerlich der Abfahrt (genauer Fahrplan) und der Ankunft (unvorhersehbarer Fahrplan) des Fahrzeugs beiwohnt und die Reisenden kontrolliert.

»Was für eine Gaunerei kocht der wieder aus? Er hat gesagt, daß er morgen zurück ist? Dann ist er nur nach Esplanada gefahren, für Salvador reicht die Zeit nicht. Er ist ganz verstört. Er hat gedacht, die

Wahl würde ein Kinderspiel sein, aber nach der Versammlung läßt er den Kopf hängen.«

»Und ich glaube immer noch, daß er gewählt wird«, erklärt der Steuereinnehmer. »Ich leugne nicht das Prestige des Kapitäns, aber Sie wissen ja, wie das zugeht ... Ascanio ist schon einmal in der Präfektur und, was am allerwichtigsten ist, er ist der Mann des Oberst Artur ... Denn echtes Prestige, das hat der Oberst.«

»Er war der Mann des Obersten, er ist es nicht mehr. Es ist doch allgemein bekannt, daß der Oberst nichts mehr mit der Kandidatur des Dioxyd-Doktors zu tun haben will.«

»Dioxyd-Doktor! Großartig ...« Chalita wälzt sich vor Lachen.

»Sagen Sie mir etwas, Herr Edmundo: Hat Modesto Pires diese Wahlspendenliste, die Sie unterschrieben haben, aus reiner Freigebigkeit aufgelegt? Oder erst, nachdem Ihr Kandidat mit eingezogenem Schwanz und leeren Händen aus Tapitanga zurückgekommen ist? Wissen Sie, was der Oberst geantwortet hat, als er ihn um Geld für die Wahlkampagne bat? Er solle sich an die Brastanio wenden. Sagen Sie mir nicht, daß Sie das nicht wußten.«

»Doch, ich habe es gewußt, Carmosina. Aber es wird jetzt so viel geredet, daß man so ohne weiteres nichts glauben darf. Es ist gut möglich, daß der Oberst Ascanio seine Hilfe verweigert hat, der Alte ist kindisch und wird immer geiziger. Er hat aber auch niemandem gesagt, er solle nicht für Ascanio stimmen. Stimmt's? Wenn nicht, berichtigen Sie mich.«

»Einem jeden, der ihn aufgesucht hat, hat Oberst Artur gesagt, er soll wählen, wen er will, nach seinem eigenen Gewissen. Er ist durchaus nicht kindisch und hat die Bitte um Geld nicht aus Geiz zurückgewiesen. Und noch etwas: Der Oberst unterstützt nur deshalb nicht die Kandidatur des Kapitäns, weil ihm sein Patensohn leid tut. Wissen Sie, daß Tieta von Haus zu Haus geht? Nächste Woche halten wir eine Versammlung in Rocinha ab, da wird sie sprechen.«

»Ich bezweifle es nicht ...«, gibt der Steuereinnehmer zu. »Dona Antonieta ist ein großer Trumpf, sie kann den Leuten Angst einjagen. Der Kapitän ist gegen seinen Willen Kandidat geworden, gezwungen, und ich weiß auch, von wem ...«

»Sicher von mir, nicht wahr? Lassen Sie sich sagen, daß mich diese Beschuldigung ehrt.«

»Der Arme, er, der nur zur Erholung nach Mangue Seco fährt. Jetzt ist er doch am Strand, nicht?«

»Ja, um sich die Stimmen der Leute dort zu sichern. Dann kommt er zurück.«

»Die Stimmen von Mangue Seco? Das ist nicht einmal ein Dutzend ... Aber Tieta, die kann die Waage aus dem Gleichgewicht bringen, wenn sie bis zuletzt durchhält ... Komisch: Obwohl sie die Kandidatur von Ascanio bekämpft, hat sie nichts gegen seine Liebelei mit ihrer Stieftochter. Übrigens, Hut ab vor dieser Liebesgeschichte, Carmosina ...«

Dona Carmosina weicht aus, Ascanios Privatleben steht nicht zur Diskussion, Leonora ist ein Schatz. Aber nachdem der Steuereinnehmer das Gespräch schon von den politischen Themen abgebracht hat, auf andere, angenehmere, möchte sie doch wissen ...

»Was denn, Carmosina?«

»Ob es wahr ist, was man sich erzählt ... Daß Modesto Pires einen Gesellschafter angenommen hat ...«

»In der Gerberei?«

»Nein, Herr Edmundo. In Carols Bett.«

Die Antwort kommt vom Araber Chalita, der sich vergnügt den Schnauzbart zwirbelt.

»Nur einen? Nein. Ich weiß von mindestens zweien.« Seine lüsternen Augen glänzen. »Ich warte nur darauf, daß eine Aktiengesellschaft gegründet wird ... Um mir eine kleine Aktie zu kaufen.«

Ein letztes Gespräch über das Schicksal der Gewässer, der Fische und der Menschen, als die Brastanio einen neuen Direktor wählt und in der intimen Atmosphäre des Refúgio dos Lordes – o Schreck! – Whisky mit Guaraná serviert wird.

In der sorgfältig ausgewählten Gruppe fällt durch Eleganz und Haltung ein langbeiniges, schlankes Mädchen auf. Schon mehr als schlank, mager, Mannequin der Haute Couture, ganz nach dem Geschmack des Magnaten Angelo Bardi. Sie wurde speziell für ihn zugezogen; die Verwaltung des Refúgio dos Lordes trachtet nicht nur danach, den Geschmack der traditionellen Kunden, der Säulen des Hauses, zu treffen, sondern auch ihre Kaprizen zu befriedigen. Doktor Mirko Stéfano freut sich, die Anwesenheit der kurvenreichen und schelmischen Blonden feststellen zu können, die Bety ähnlich sieht; bei der letzten Begegnung hatte Seine Exzellenz sie mit Beschlag belegt und den Magnificus leicht enttäuscht. Auch der alte Parlamentarier wurde nicht vergessen: Für ihn war eine Göre mit so unreifer Physiognomie und Haltung da, daß sie bei gewissen Gelegenheiten für eine Jungfrau ausgegeben wurde, und das mit Erfolg. Mit Rücksicht auf den Neuen (für den höchstes Entgegenkommen empfohlen worden war) hatte die Geschäftsführerin, in Unkenntnis seiner Neigungen, drei Mädchen von verschiedenem Typ ausgesucht, aber alle hervorragend, il n'aura que l'embarras du choix. Während den mächtigen Herren Whisky serviert wurde, zeigen die sechs Schönen ihre Reize; die noch am meisten Bekleidete ist im Bikini, die Magere schwenkt einen duftigen Schleier, in dem ihre Knochen zur Geltung kommen. Die dickliche, untersetzte Geschäftsführerin sieht in ihrem schlichten, gut geschnittenen Kostüm wie die Leiterin eines Mädcheninternats aus.

Der Herr mit der steifen Haltung und den glatten Haaren, der zum erstenmal in einer solchen Umgebung ist, blickt aus dem Augenwinkel auf die Nacktheit der Mädchen und versucht, seine Befangenheit zu überwinden. In seiner Jugend hatte er Freudenhäuser frequentiert und war bei festlichen Gelegenheiten in Rio de Janeiro in ein Maison de Rendezvous gegangen; dann hatte er geheiratet. Er läuft nicht Gefahr, identifiziert zu werden, er ist inkognito und in Zivil hier, ein anonymer Kunde, der mit einigen Freunden ein fröhliches Programm absolviert. Als ihm die Blonde einschenkt, verkündet er mit abgewandten Augen:

»Ich möchte meinen Whisky mit Guaraná haben.«

Mit Guaraná! Es entstand ein entsetztes Schweigen. Die Magere neben Bardi unterdrückt ein Auflachen. Whisky dieser seltenen und kostbaren Marke, die in São Paulo nur im Jockey-Club und im Refúgio dos Lordes gereicht wird, den man in England pur, ohne Eis, trinkt ... Aber der alte Parlamentarier, ein wahrer Lord, erklärt mit britischem Phlegma und unerschrockener Heuchelei:

»Whisky mit Guaraná ist eine echt brasilianische Formel, sehr in Mode. Ich nehme auch einen.«

Die Geschmäcker sind verschieden, denkt die Geschäftsführerin. Nachdem sie sich von diesem Sakrileg erholt hat, überwindet sie ihren Abscheu und befiehlt:

»Guaraná, schnell!«

Doktor Angelo Bardi lenkt davon ab, indem er sich nach seiner lieben Freundin erkundigt, die er so lange nicht gesehen hat.

»Und unsere liebe Madame Antoinette, kommt die gar nicht wieder?«

»Sie ist noch in Frankreich. Als sie abreisen wollte, ist ihr Vater, der General, gestorben. Herzanfall, der Arme. Wünschen Sie noch etwas?« Nach der verneinenden Antwort kommandiert die Geschäftsführerin: »Los, Kinder!« und marschiert an der Spitze ihrer munteren Truppe hinaus.

Der alte Parlamentarier setzt sein Glas hin.

»Also, hier sind wir, siegreich. Es hat Mühe und viel Geschick gekostet, eine explosive Angelegenheit. Ich sage das nicht, um zu schmeicheln, aber wenn nicht das Gutachten unseres hier anwesenden Freundes gewesen wäre ... Die Leute von der harten Linie haben die Nase gerümpft, und die Behörden von Bahia gaben nicht nach: wo auch immer, nur nicht in Arembepe, und davon gingen sie nicht ab. Aber am Schluß haben sie ihre unnachgiebige Haltung aufgegeben, angesichts der Argumente, die unser hochverehrter Beschützer ins Treffen führte.«

»Die Entwicklung der Nation hat Vorrang, dagegen kommen keine Gefühlsgründe auf und noch viel weniger unbedeutende Einzelheiten der Ortswahl. Ich war persönlich dort und habe das Unsinnige der Behauptungen festgestellt, mein Gutachten gründete sich auf das unmittelbare Studium des Problems. Ich will Ihnen in wenigen Worten meine Erwägungen und Schlußfolgerungen darlegen.« Der hochverehrte Beschützer reinigt die Stimme mit einem tüchtigen Schluck Whisky mit Guaraná.

Er erbittet keine Zustimmung, sondern beginnt mit seiner kurzen Darlegung, die in Wirklichkeit fast ein Vortrag ist. Angelo Bardi lauscht mit halbgeschlossenen Augen, ein jedes Wort ist Gold wert. Der alte Parlamentarier scheint die Worte des Vortragenden zu trinken, stimmt zu und nickt mit dem Kopf. Aufmerksam, in der Haltung leichter Ehrerbietung, denkt der Doktor Magnificus: Was für eine Sünde habe ich nur begangen, um eine solche Strafe zu verdienen? Niemand wagt eine Unterbrechung.

Um diese Stunde empfängt Rosalvo Lucena im Kabinett des Staatssekretärs in Bahía die gute Nachricht: Neue, auf hoher Ebene durchgeführte Studien haben zu einer neuen Einschätzung des Problems geführt. Gewichtige Gründe wirtschaftlicher, sozialer und politischer Art bestimmten die Niederlassung der Titandioxydindustrie in Arembepe, die Landesregierung hat eine Kehrtwendung gemacht, das Gesuch der Brastanio wurde neuerlich vorgelegt und genehmigt. Als die autoritäre, metallische Stimme im Refúgio dos Lordes verstummt, applaudiert der Magnat Bardi.

»Ein Glück, daß wir Staatsmänner mit Weitblick haben, die imstande sind, die nationalen Interessen durchzusetzen, Vorurteile fortzuwischen und die Opposition zu vernichten. Ich gratuliere Ihnen, mein verehrter Freund.«

Der alte Parlamentarier stellt sein Glas mit Whisky und Guaraná weg, eine schauerliche Mischung.

»Lieber Bardi, noch eine letzte Einzelheit, bevor wir uns trennen. An welchem Datum wird die Versammlung zur Erweiterung des Vorstands der Brastanio einberufen?«

»Sofort. Morgen sind wir in Salvador und werden unverzüglich die Bekanntmachung der Einberufung veröffentlichen.« Er wendet sich an den Verfasser des Berichts, der sich an seinem Whisky mit Guaraná labt. »Es wird uns ein großes Vergnügen sein, den Doktor Gildo Veríssimo, über dessen Fähigkeiten wir die besten Referenzen besitzen, in den Vorstand der Brastanio aufzunehmen ...«

»Ich sage es nicht, weil er mein Schwiegersohn ist ...«, stimmt der verehrte Freund zu, »... aber er ist außergewöhnlich kompetent. Die Herren sind gut beraten.«

»Das wär's«, schließt der alte Parlamentarier.

Angelo Bardi läutet mit dem silbernen Glöckchen, es erscheint die Geschäftsführerin mit den Mädchen. Der mit der steifen Haltung und dem glatten Haar, der hochverehrte Beschützer, der verehrte Freund, beugt sich zum Doktor Magnificus hinunter und fragt mit leiser Stimme:

»Werden alle Auslagen bezahlt?«

»Natürlich ...«

»Alle? Auch ...«

»Auch.«

»Also dann sagen Sie der da«, er zeigt befehlend auf die Geschäftsführerin, »daß ich die mit dem rotblonden Haar haben will ...«

Weg ist die Blonde, zum zweitenmal verloren, Berufsrisiko eines Direktors für Öffentlichkeitsarbeit, die viele solche Enttäuschungen bereithält. Aber auch Entschädigungen, überlegt Mirko. Wenn er bedenkt, daß Agreste von seiner Landkarte verschwunden ist, daß er nie wieder auf diesen Maultierwegen fahren noch diese senegalesische Hitze ertragen muß, den Staub, den Lehm, die Unbequemlichkeit, das warme Bier, gar nicht zu reden von den Banditen und Haifischen der öden Küste, wenn er überlegt, was für Mißlichkeiten und Gefahren ihn dort umgeben und bedrohen würden, dann ist er bereit, jeden Preis dafür zu zahlen – ob er rot oder braun, blond oder platinfarben ist.

Während er sich an Agreste und Mangue Seco erinnert, denkt er keinen Augenblick an Ascanio Trindade. Für den Doktor Mirko Stéfano ist für immer Schluß mit Agreste und seinen armen Leuten.

Und wieder erscheint der Verfasser, als wir schon glaubten, diesen Plagegeist los zu sein.

Es war meine Absicht, im Epilog dieses monumentalen Romans (monumental, gewiß, es genügt, seine Seitenzahl zu beachten) den Fluß der Erzählung nicht zu unterbrechen. Da ich in dem in Agreste entbrannten Kampf neutral bin, wollte ich abseits bleiben, ein einfacher Zuschauer. Aber ich sehe mich gezwungen, diese meine Absicht aufzugeben, um mich wieder einmal gegen die Kritiker zu verteidigen, die Fulvio D'Alambert, mein brüderlicher und bissiger Freund, gegen Form und Inhalt meiner Arbeit vorbringt. Ich nehme fast an, daß ein nicht sehr würdiges Gefühl, wie es der Neid ist, seine Ablehnung diktiert, weil er merkt, daß ich mich dem Ende dieses literarischen Unternehmens nähere. Ich hätte nie geglaubt, daß mir das gelingen würde.

Eine Anschuldigung bezieht sich auf die Hast gegen Ende der Erzählung. Früher breitete sich die Handlung über unendlich viele Blätter von Papier aus, ohne Eile, mit einer Unzahl unsinniger Einzelheiten, in ständiger Wiederholung von Kleinigkeiten, ein himmelschreiender Mangel an literarischer Ökonomie im Verlauf von fünf langen Episoden einer langweiligen Lektüre. Plötzlich, im Epilog, ändert sich der Rhythmus, wird das Maß von Zeit und Ort zerstört und die Einheitlichkeit der Erzählung geht verloren.

An der Änderung des Rhythmus der Erzählung, wenn sie wirklich existiert, trifft mich keine Schuld. Die Ereignisse haben sich ohne mein Zutun beschleunigt und überstürzt. So sehr und in so kurzer Zeit, daß ich ihnen zuliebe jene, die mir nicht fundamental erschienen, beiseite gelassen habe, selbst wenn sie aufsehenerregend oder unterhaltend waren.

Das war auch der Fall bei der Versammlung. Da sie am Tage nach dem Zwischenfall auf dem Markt stattfand, hat sie viel Publikum angezogen. Der Dichter Barbozinha war der erste auf der Tribüne, das heißt auf der Estrade des Platzes, und auch der erste, der die Stimme erhob (was wörtlich zu verstehen ist, denn da es weder Mikrophon noch Lautsprecher gab, mußten die Redner ihre Lungenkraft aufwenden). Der Barde hat seine bedingungslosen Anhänger, besonders unter den alten Jungfern – sie lieben es, ihn Liebesgedichte rezitieren zu sehen, mit hocherhobenem Arm, die Augen zum Himmel verdreht, mit zitternder Stimme prächtige Reime sprechend, romantische und sinnliche Gefühle von ewiger Liebe und Schwüren weckend. Die Musen, die Barbozinha inspiriert hatten, waren zum größten Teil Mädchen aus den Bordellen von Salvador, Liebschaften aus seiner Zeit als Bohémien. In den *Poemen der Verdammnis* dagegen vibrierten, wie er selber es ausdrückte, die Saiten des Bürgersinns und der Empörung auf der patriotischen und anklagenden Leier. Er erntete Beifall, aber am Schluß verlangten die fanatischen Damen schreiend, er solle die Dutzende von Malen bei lokalen Festlichkeiten wiederholten berühmten Verse deklamieren: die *Ballade vom traurigen Troubadour*. Wenn sich Dona Carmosina dem nicht energisch widersetzt hätte – das hier ist eine politische Versammlung, Mensch! –, so würde der Dichter noch jetzt auf der Tribüne stehen und die *Dunkle Elegie der Rua São Miguel*, das *Poem für die Lippen von Luciana*, das *Auf Isadoras Busen* geschriebene Sonett und andere zugkräftige Stücke vortragen.

Als Debütantin bei einer solchen Veranstaltung kam Dona Carmosina gut davon. Auf Ascanios Zwischenrufe antwortete sie mit frecher und vermessener Zunge und war in der Debatte im Vorteil. Die einzige Unterbrechung, die sie aus der Fassung brachte – fast hätte sie den Faden verloren –, war schon eher ein Kommentar und stammte nicht von Ascanio. Er kam von Bafo de Bode, der so betrunken war, daß er sich kaum auf den Beinen halten konnte. Als er hörte, wie Dona Carmosina erklärte, sie spreche »im Namen der Familienmütter, die sich um die Zukunft ihrer Kinder und Männer Sorgen machten«, protestierte der Bettler:

»Ah, nein! Das nicht... Eine hartgesottene, alte Jungfer kann nicht im Namen von verheirateten Frauen sprechen, die hat keine Fotze, die sich auskennt!«

Dieser Protest brachte die Anwesenden zum Lachen, in der Mehrzahl Zuhörer, die sich eher für den Austausch von Beschuldigungen und Beleidigungen interessierten als für die ernsten, zur Debatte stehenden Fragen.

Die Versammlung wurde zum Fest, etwas ganz Neues in der Stadt, in der es bei den Wahlen nie Agitation und Propaganda gegeben hatte; zur Aufklärung der Wählerschaft hatte immer eine von Oberst Artur de Figueiredo ausgegebene Parole genügt. Das Fest war so gelungen, daß Ascanio Trindade gleich hier auf dem Platz beschloß, am nächsten Samstag ein zweites zu organisieren, auf dem Marktplatz, einmal weil dieser in Wirklichkeit seinem Großvater zu Ehren Praça Coronel Francisco Trindade hieß und dann, weil ihm dort die Unterstützung der Marktbesucher sicher war. Um der Kampagne des Kapitäns entgegenzutreten, brauchte er für Spruchbänder und Flugblätter Geld, aber als Kandidat des Obersten schien ihm das kein Problem zu sein. Der Pate hatte ihn noch nie im Stich gelassen. Aber diesmal tat er es, wie man weiß, so daß er sich an die Brastanio wenden mußte. Er fuhr nach Esplanada, um von dort mit dem Doktor Magnificus zu telefonieren.

Die Versammlung wurde vom Kapitän geschlossen, der sein Wahlprogramm darlegte. Er ließ keine Zwischenrufe zu, um nicht den Faden seiner Stegreifrede zu verlieren – die er mühsam auswendig gelernt hatte. Er hatte Nächte durchwacht, in denen er unter Dona Lauras Kontrolle und Beifall ganze Absätze deklamierte. Er erklärte, er habe auf die Ruhe und Erholung verzichtet, auf die er nach einem dem Vaterland geweihten Leben ein Recht habe *(Beifall)*, um wieder die glorreiche Uniform der Kriegsmarine anzuziehen *(wiederholter Beifall)* und sich der Bevölkerung von Agreste zur Verfügung zu stellen *(großer Beifall)*. Auch wenn er in Zivil auf der Tribüne stehe, sei er moralisch in Uniform, auf seinem Posten im Schützengraben der Schlacht *(lärmender Beifall, Rufe wie Bravo! und Sehr gut!)*. Man beschuldige ihn, ein Feind des Fortschritts zu sein, eine schändliche Verleumdung. Gegen den falschen Fortschritt sei er, das ja, gegen den, der nicht zum Wohl der Gemeinschaft beitrage, der verschmutze und verpeste und die Taschen der mörderischen Industriellen fülle *(Zwischenrufe: Sehr richtig! und Ganz falsch! – »Die Brastanio ist die Erlösung Agrestes!«)* Er begrüße jedoch begeistert den wahren Fortschritt, jenen, der nicht nur ein halbes Dutzend Gauner begünstige, sondern die ganze Bevölkerung, ein Fortschritt, der durch die Maste des Wasserkraftwerks von São Francisco symbolisiert werde *(lärmender Beifall)*, eine Errungenschaft, die »das Volk ausschließlich unserer verdienstvollen und einflußreichen Landsmännin, Dona Antonieta Esteves Cantarelli, verdankt, unserer geliebten Tieta ...« *(Beifall, Bravorufe, Viva Tieta! Viva! Vivaaa!, eine Ovation, in der die letzten Worte des Redners untergingen.)* Eine Apotheose.

Was die heimlichen Anhänger von Modesto Pires angeht, Anhänger der Industrie, ohne Kapital – der einzige Kapitalist, der ausschließliche stille Teilhaber, ist der reiche Mann –, so habe ich wenig über sie zu sagen. Kann man den Seminaristen Ricardo als einen Teilhaber im weitesten Sinne des Wortes betrachten? Ich glaube es nicht. Er hat den Weg zur Liberalisierung des ehemals individuellen, abgeschlossenen und verbotenen Unternehmens freigemacht, darauf beschränkte sich seine Teilhaberschaft. Wenn er in Agreste bliebe, würde er sicherlich einen wichtigen Posten in der Firma, das heißt, in Carols Bett, einnehmen. Wer weiß, vielleicht, wenn er zurückkommt?

Was die anderen Teilhaber anbelangt, so weiß ich nur von Fidelio, dem jetzigen Inhaber des Goldenen Queue. Ja, ich kann es nicht leugnen: Die Entscheidung im Billardturnier, dieses bedeutende Ereignis, wurde auf den bewegten Seiten dieses Romans nicht zur gegebenen Zeit verkündet. Es gibt aber nicht viel zu erzählen. Fidelio schlug Asterio in der letzten Partie, die Punkt um Punkt, Stoß um Stoß ausgetragen wurde. Asterio konzentrierte sich wieder auf das Spiel, verkaufte teuer seine Niederlage und seinen Titel. Wie gewöhnlich unterstützten zahlreiche Wetterinnnen den rebellischen Erben des Kokoshains, während Asterio nur die Unterstützung einer melancholischen Elisa hatte, die dem Ausgang des Kampfes fast gleichgültig gegenüberstand. Dona Edna war nicht mehr da, wer weiß warum oder wegen wem. Auch nicht Leonora. Nachdem Ascanio ausgeschieden war, hatte sie in der Bar mit ihrem Getuschel und ihren Andeutungen nichts mehr verloren.

Mehrere Bewunderinnen von Fidelio hofften, der neue Champion würde ihnen den Sieg widmen, und hatten Grund zu dieser Annahme. Er aber zog es vor, ihn Carol zu weihen. Er stieß die verbotene, aber nur halb angelehnte Tür auf, denn Modesto Pires war immer noch in Mangue Seco. Aus Mangel an Mitteln – ach! die Armut von Agreste! – ist das Goldene Queue nichts als ein abstrakter Titel, der seinen konkreten Ausdruck nicht in einer Trophäe, ja nicht einmal in einem Diplom findet. Doch Carol konnte die Abstraktion, dank der Schlauheit und Verschlagenheit der Mätressen reicher Männer in kleinen Städten, leicht konkretisieren, und das Goldene Queue gewann Gestalt, Umfang und Geschmack. Während sie sich einer so verdienstvollen Aufgabe unterzog, überraschte sie der reiche Mann, als er sich, durch die alarmierenden Gerüchte über die unerwartete Neutralität des Obersten eiligst zurückgerufen, aus Dona Aidas liebenden (und reizlosen) Armen losriß und erfuhr, was in der Stadt tatsächlich vor sich ging. Er erfuhr mehr, als ihm lieb war.

Da Modesto Pires einer der unbeugsamsten Wächter der öffentlichen Moral von Agreste war, und da sich Fidelio durch sein reserviertes Wesen auszeichnete, ist der Verlauf des Gesprächs, während dessen die Gesellschaft entstand, unbekannt geblieben. Wenn es auch, wie behauptet wurde, heftig und aggressiv begann, so endete es doch in Harmonie und Einverständnis, denn mehrere Zeugen bestätigten, daß Fidelio ruhig, korrekt angezogen und lächelnd aus der Haustür kam. Entgegen allen Erwartungen fuhr Carol nicht in Jairos Marineti in Richtung Sergipe ab. Am Nachmittag desselben Tages machte sie Einkäufe in den Läden und gab eine Menge Geld aus. Teure Hörner bekam Modesto Pires, goldene Hörner, wie es einem reichen und tugendhaften Bürger geziemt. Die Aktien der Gesellschaft steigen, es gibt mehrere Kandidaten, die einsteigen möchten, aber ich glaube nicht, daß sich Chalitas Hoffnungen erfüllen können.

Nachdem er die politische Lage geprüft hatte, eröffnete Modesto Pires in Erfüllung seiner Bürgerpflicht mit einer bescheidenen Summe eine Subskription zur Unterstützung von Ascanio Trindades Wahlkampagne. Er hofft, nach dem Prozeß diese Investition mit Zinsen wiederzubekommen.

Noch eine letzte Einzelheit, und dann gehe ich, entschlossen, nicht wiederzukommen. Fulvio D'Alambert, der so sehr um die Lebensechtheit der Romanfiguren besorgt ist, findet, daß ich mitunter jegliches Maß verliere, wenn ich den Lehm zur Erschaffung dieser schlichten Leute aus dem Sertão knete. Als Beispiel für den Mangel an Realismus führt er die Gestalt des Seminaristen an. Ricardos sexuelle Aktivität, seine körperlichen Fähigkeiten erscheinen ihm übertrieben, wenn sogar Bafo de Bode sich wundert!

Dieser Einwand offenbart eine Unkenntnis des Alltags der toten Städtchen, der Entbehrungen und des Verlangens der Frauen, die, in Ermangelung von Männern, zum Anhören der stumpfsinnigen Fortsetzungsromane im Rundfunk verurteilt sind. Andererseits weiß ich nicht, über welche Fähigkeiten die lieben Leser mit achtzehn Jahren verfügt haben. Mir erscheinen die Unternehmungen des feurigen Jünglings, des kraftstrotzenden, unbesiegbaren Kriegers, nicht anomal zu sein. Im übrigen wird man sicher bemerkt haben, daß die Leviten an der glorreichen Natur der Erzengel teilhaben.

Der besudelte Kreuzweg in der langen Nacht von Agreste. Erste Station: die Verachtung der Telefondrähte.

In der Hitze des Nachmittags liegt der Marineti mit einer Panne auf der Straße. Die Passagicre leiden, während sie darauf warten, daß der Motor wieder anspringt. Padre Mariano zieht Ascanio in den Schatten des Fahrzeugs, der Schweiß tropft ihm auf die Soutane – er macht die neue Mode von Hose und Sporthemd, die bei den Priestern der Hauptstadt so beliebt ist, nicht mit.

»Ich weiß wirklich nicht, mein lieber Ascanio, diese Wahl ist eine Lotterie. Wenn der Oberst Artur darauf besteht, wird sie ein Kampf zwischen Riesen sein, er auf der einen Seite, Dona Antonieta auf der anderen. Aber sogar das hat unsere Comendadorin erreicht: den Oberst herauszuhalten, ein wahres Wunder.«

Er schüttelt den Kopf und sieht Ascanio mitleidig an, es fehlt nur noch, daß er sagt, dessen Kandidatur sei im Eimer. »Als ich mich mit dem Herrn Weihbischof über die neue elektrische Anlage in der Pfarrkirche unterhalten habe, habe ich ihm gesagt: In Agreste ist eine Heilige erschienen, in Fleisch und Blut, sie vollbringt Wunder.«

Ascanio schluckt das hinunter; er kann nicht antworten, es handelt sich um Leonoras Stiefmutter. Eine Heilige? Der Teufel in Menschengestalt, die verschworene Feindin seiner Kandidatur und seiner Verlobungs- und Heiratspläne. Jedesmal, wenn er darauf zu sprechen kommt, lenkt Leonora ab, redet darum herum, weicht aus. An der Liebe des Mädchens zu zweifeln ist unmöglich, sie hat ihm schon größere Beweise dafür gegeben. Was sollte es anderes sein als die kategorische Weigerung der Stiefmutter, die sich die Heirat mit einem der Stieftochter würdigen Millionär wünschte? Für Ascanio ist Tieta zum Alptraum geworden, der schwarze Vogel, der gefallene Engel, der jeden Augenblick seine Pläne durchkreuzt.

Das Gespräch mit Padre Mariano verstärkt noch den Kummer des Kandidaten. Er kommt gerade aus Esplanada zurück, entmutigt und beunruhigt. Schon einmal hat er sich so gefühlt, mißhandelt, verletzt, Gegenstand von Demütigung und Nichtachtung: als er nach Paulo Afonso gefahren war, um für den Strom des Wasserkraftwerks für die Gemeinde zu kämpfen. Die großen Chefs hatten ihn mit Verachtung behandelt, hatten ihn ausgelacht. Nachher hatte Dona Antonieta mit zwei einfachen Telegrammen den Fall erledigt. Immer sie.

Jetzt ist es noch schlimmer. Er ist nicht nur niedergeschlagen zurückgekommen, sondern voll Befürchtungen und Argwohn. Nichts Greifbares, aber der Ton der Funktionäre der Brastanio am Telefon hatte ihm nicht gefallen. Vor allem hatte er sich über Bety gewundert, die noch am Vortag, beim ersten Anruf, so freundlich und lustig gewesen war. Als er wieder anrief, war sie zurückhaltend, trocken, und hatte es eilig. Irgend etwas stimmte da nicht.

Viermal hatte er sich mit Salvador verbinden lassen, hatte versucht, mit dem Magnificus zu sprechen, um ihm die Situation zu erklären, den Wahlkampf, die Notwendigkeit einer Hilfe durch die Brastanio. Der Doktor sei abwesend, hatte man ihm gestern gesagt und ihn mit Bety verbunden. Die Chefsekretärin bestätigte die Auskunft, der Doktor Magnificus sei nach São Paulo gefahren, werde aber am selben Abend wieder in Bahia sein. Sie schlug vor, er solle am nächsten Tag wieder anrufen. Sie war sehr nett, mit ihrer frechen Stimme, nannte ihn Schatz, fragte nach dem Hübschen – der Hübsche war Osnar. Bis dahin ging alles gut.

Am nächsten Tag, das heißt an jenem Morgen, rief Ascanio im Hotel an und erfuhr, daß Doktor Stéfano wirklich am Vorabend von der Reise zurückgekehrt, aber ganz früh in sein Büro gefahren sei. Er ließ sich dann mit der Brastanio verbinden – jede Bitte um Verbindung war eine Riesenarbeit, eine endlose Warterei; glücklicherweise kannte die Telefonistin von Esplanada Canuto Tavares und war voll guten Willens. Als er den Doktor Mirko Stéfano zu sprechen verlangte – ich bin Ascanio Trindade, aus Sant'Ana do Agreste, ich rufe von Esplanada aus an –, sagte man ihm, man werde das Gespräch in das Büro des Doktors durchstellen, einen kleinen Moment. Der kleine Moment dauerte einige Minuten, Ascanio war aufgeregt, fürchtete eine Unterbrechung der Verbindung. Endlich kam die anonyme Stimme wieder. Doktor Stéfano sei abwesend, verreist, das Datum seiner

Rückkehr unbekannt. Ascanio wollte mit Bety sprechen, wieder eine Verzögerung, bis die Stimme verkündete: Die Sekretärin sei beschäftigt, könne ihn in diesem Augenblick nicht sprechen. Eine halbe Stunde später wurde Ascanio dringlich und erreichte nach vielen Bitten Bety, die ungeduldig und kurz angebunden war: Doktor Mirko war in São Paulo geblieben. Aber im Hotel habe man ihm gesagt, er sei am Vorabend angekommen. Im Büro wußte man von nichts, er war dort weder erschienen, noch erwartete man ihn. Ob es Sinn habe, später noch einmal anzurufen? Am selben Tag sicher nicht. Warum schrieb er nicht einen Brief und schickte ihn mit der Post? Die Angelegenheit sei dringend und wichtig? Sie könne nichts tun, müsse Schluß machen, habe keine Zeit, sich zu unterhalten. Er versuchte, sie zurückzuhalten: Hören Sie, Bety, bitte ... Aber sie hatte schon aufgelegt, hörte das Ende des Satzes nicht mehr. Das alles erschien ihm merkwürdig, machte ihm einen unangenehmen Eindruck, er fühlte sich bedrückt. Er schrieb den Brief, bat um dringende Antwort und steckte ihn ein.

An diesem Nachmittag hatte der Marineti drei Pannen. Jairo wandte sein ganzes Repertoire an: die zärtlichsten Namen, die gröbsten Schimpfworte. Als sie bei Anbruch der Nacht in Agreste ankamen, empfing sie Chalita mit der traurigen Nachricht vom Tod des alten Antunes. Er hatte sich nach dem Mittagessen hingelegt, die Augen geschlossen und sie nicht wieder aufgemacht.

»Als man es merkte, war sein Körper schon kalt. Die Totenwache ist dort, in der Pension von Dona Amorzinho.«

Der besudelte Kreuzweg in der langen Nacht von Agreste. Zweite Station: der Verlobungsring und der Becher mit Galle.

Er will ein Bad nehmen, bevor er zur Totenwache geht. Rafa sitzt auf der Türschwelle, pafft an ihrer Pfeife und erklärt:

»Es ist wer da.«

»Hier? Wer denn?«

»So 'ne Person. Ist einfach rein.«

Leonora? Wer kann es sein, wenn nicht sie?

Seit Tagen versucht Leonora ihn zu überzeugen, daß sie sich bei ihm zu Hause treffen sollten, sicherlich überdrüssig der unvorsichtigen und unbequemen nächtlichen Ausflüge zu den Schluchten am Fluß. Aber Ascanio wünscht, daß die Heißgeliebte durch die Tür des alten Hauses seiner Familie als Senhora Ascanio Trindade schreitet, am hellichten Tage als seine Gattin vom Altar kommend. Er besteht darauf, daß sie erst dann in dem Palisanderbett ruht, in dem schon seine Eltern geschlafen haben, wenn die Gesetze Gottes und der Menschen ihre Verbindung geweiht haben.

Und jetzt stellt ihn Leonora vor vollendete Tatsachen. Sie springt vom Bett auf, wo sie sich ausgestreckt hatte, hängt sich an seinen Hals und bietet ihm den Mund zum Kuß.

»Der Bus hat sich so verspätet, Mamachen ist zur Totenwache gegangen, da wollte ich hier auf dich warten. Wenn das nicht recht war, verzeih mir. Ich bin vor Sehnsucht fast gestorben, Liebster.«

»Ich auch. Ich konnte die Rückkehr gar nicht erwarten. Aber du hättest nicht ...«

»Was hast du?« unterbricht sie seine Ermahnung mit einem Kuß.

Die Küsse wiederholen sich, werden länger und glühender, Ascanio fühlt, wie Leonoras Körper zittert, wie er sich an den seinen schmiegt. Er möchte ein Bad nehmen, sich vom Staub und vom Ärger der Reise erholen, aber sie drängt ihn zum Bett hin, streichelt sein müdes Gesicht.

»Du bist traurig. Hast du nicht erreicht, was du wolltest?«

Ascanio lehnt sein Haupt an Leonoras Schulter.

»Es ist mir nicht gelungen, mit Doktor Mirko zu sprechen. Er ist nicht in Bahia, das hat man mir wenigstens gesagt. Eine wirre Geschichte, die mich mißtrauisch gemacht hat.«

Mehr als mißtrauisch – verletzt, traurig, demoralisiert. Leonora bedeckt sein Gesicht mit Küssen, im Bestreben, ihn aufzuheitern. Ascanio nimmt die Hände des Mädchens in die seinen.

»Ich habe nur dich auf der Welt, Nora. Sonst niemanden.«

Als er ihre Finger berührt, erinnert er sich des Verlobungsringes, des Geschenks der Brastanio an jenen fröhlichen Tagen der Verbundenheit und des Vertrauens zwischen ihm und den Direktoren der Gesellschaft. Er geht ihn holen, er ist in der Tasche des anderen Rocks.

»Ich möchte dir etwas geben ...«

Er gedachte, ihn ihr in einer feierlichen Zeremonie zu geben, in Gegenwart der Stiefmutter, der Verwandten und einiger Freunde, wenn er um Leonoras Hand anhielt. Er beschließt, auf Feierlichkeiten und Protokoll zu verzichten. Um das Recht zu haben, sein Haus zu betreten, muß Leonora mindestens seine Braut sein. Andererseits verdient er wirklich eine Freude, die die Geringschätzung der Herren der Brastanio wettmacht. Er steckt den Ring auf den Ringfinger von Leonoras rechter Hand.

»Diesen Ring habe ich aus Bahia für dich mitgebracht, es ist ein Verlobungsring. Um ihn dir an einem bestimmten Tag anzustecken, aber jetzt sehe ich keine Möglichkeit, mit deiner Stiefmutter über diese Angelegenheit zu sprechen. Sag, Nora, willst du mich heiraten?«

Leonoras Augen ruhen auf dem Ring, einem antiken Schmuckstück, das genau auf ihren Finger paßt. Armer Ascanio, der sie für ein junges Mädchen aus gutem Hause hält; was mag ihn der Schmuck gekostet haben? Mit gebrochener Stimme, fast flüsternd, sagt sie:

»Sprich nicht davon ...«

»Wovon?«

»Von Verlobung, von Heirat. Genügt es nicht, daß ich dein bin?«

Ascanio wird blaß, seine zitternde Hand löst sich aus der des Mädchens.

»Du nimmst ihn nicht an? Ich hätte es wissen müssen. Reich wie du bist, warum solltest du mich heiraten?«

»Ich liebe dich, Ascanio. Du bist alles für mich. Ich habe nie einen anderen geliebt. Die anderen, die ich kannte, waren Irrtümer.«

»Das dachte ich auch. Aber warum lehnst du dann ab?«

»Ich kann dich nicht heiraten. Ich habe meine Gründe ...«

»Weil du schwach auf der Brust bist? Im hiesigen Klima wirst du im Handumdrehen gesund werden.«

»Nein, ich bin nicht krank, aber ich kann nicht.«

»Ich weiß. Weil sie nicht einverstanden ist, nicht wahr? Wie sollte auch eine so bedeutende Persönlichkeit erlauben, daß ihre Stieftochter einen kleinen Niemand heiratet, der es außerdem noch wagt, eine eigene Meinung zu haben.«

»Mamachen mischt sich da nicht hinein.«

»Also, warum dann?«

Leonora bedeckt ihr Antlitz mit den Händen, unter denen die Tränen hervorsickern. Ascanio ist erregt, sein Gesicht ist verzerrt, sein Herz verletzt.

»Ein armer Teufel aus dem Sertão, ohne einen roten Heller ... Gut genug für ein Ferienabenteuer, sonst nichts. Zum Heiraten sind die reichen Herren von São Paulo da.«

»Nichts dergleichen, Liebster, sei nicht ungerecht. Ich liebe dich, ich bin verrückt nach dir. Willst du, daß ich deine Geliebte bin oder deine Dienerin? Das kann ich sein. Deine Frau nie.«

»Aber warum, zum Teufel?«

»Ich kann es dir nicht sagen, es ist nicht nur mein Geheimnis ...«

Ascanio ergreift wieder ihre Hand, streichelt ihr Haar, küßt ihre feuchten Augen.

»Hast du kein Vertrauen zu mir? Nein? Habe ich dir nicht schon bewiesen, wie sehr ich dich liebe? Als ich erfuhr, was mit dem anderen vorgefallen war?«

»Das war alles gelogen, Liebster. Die Wahrheit ...«

»Sag es, vertraue mir.«

»Ich bin nicht reich, bin weder die Tochter eines Comendador noch die Stieftochter von Mamachen.«

»Wie? Wer bist du denn dann?«

Von Schluchzen unterbrochen, erzählt sie alles. Das elende Stadtviertel, die Mietskaserne, der Hunger, der Schmutz, der Strich, das Refúgio. Ascanio rückt ab, erhebt sich, wie konnte er so dumm sein! Vernichtet hört er ihr zu, trinkt den Becher mit Galle. Schlimmer als das erste Mal, als er es durch einen Brief erfuhr. Der Schmutz breitet sich im ganzen Zimmer aus, bedeckt das Bett, schwillt zu einer riesigen Woge an, droht ihn zu ersticken. Aus diesem Mund, den er für rein und unschuldig hielt, ergießt sich Eiter.

Endlich schweigt Leonora. Flehend erhebt sie ihre Augen zu Ascanio, bereit, sich wieder als Mätresse, als Dienstmagd anzubieten. Aber aus Ascanios Mund bricht ein irres Gebrüll, wie das eines todwunden Tiers. Leonora begreift, daß alles zu Ende ist; im Antlitz des Geliebten erblickt sie nur noch Haß und Wut.

»Hinaus mit dir, du Hure! Männer angelt man sich auf der Straße.«

Obwohl sie nichts von dem Gespräch dort drinnen gehört hat, spuckt Rafa schwarzen Speichel, als Leonora verzweifelt, in Tränen aufgelöst, an ihr vorbeiläuft und sich in der Nacht verliert.

»Dreckiges Weib.«

Der besudelte Kreuzweg in der langen Nacht von Agreste. Dritte Station: Die Heilige wird ihres Mantels und Heiligenscheins entkleidet.

Viele Menschen sind bei Jardes Totenwache, aber es fehlt die übliche Lebhaftigkeit. Trotz der Qualität des Salzgebäcks und der Konfitüren, die Dona Amorzinho zubereitet hat, und der Mengen von Cachaça und Bier, die Josafá aus der Bar hat kommen lassen, ist die Stimmung gedrückt. Von den Gruppen her, die im Vorzimmer versammelt sind, wo der Leichnam ruht, ertönt kein Lachen. Auch nicht vor dem Haus. Ernste Themen beherrschen die langweiligen Gespräche. Tieta plaudert mit Padre Mariano, der nach Ricardo fragt. In São Cristóvão, im Franziskanerkloster, auf Einladung von Bruder Timótheo? Ihr Neffe, meine liebe Dona Antonieta, wird eine große Leuchte der Kirche werden. Mit Gottes Hilfe, dank des mütterlichen Beispiels, der Lehren des Bruders Timótheo und des Großmuts der Tante. Der Geistliche benutzt die Gelegenheit, um Weihrauch zu streuen und einen Heiligenschein auf den hübschen Kopf der Verdienstvollen zu setzen: Gallionsfigur,

Säule der Kirche, Symbol erhabener Tugenden. In den Mantel der Lobreden gehüllt, zeigt sie ein bescheidenes Lächeln. Ach! Wenn der Pfarrer wüßte, was für ein Beispiel die Mutter gibt, welche Tugenden die Tante einpflanzt! Nur gut, daß noch die Hilfe Gottes und die Lehren des Bruders Timótheo übrig bleiben.

Osnar bemüht sich, die Atmosphäre aufzutauen, indem er das Gedächtnis des Toten ehrt, wie es sich gehört. Er erzählt Doktor Marcolino Pitombo und dem dicken Bonaparte die sattsam bekannte Geschichte von der Polin. Dem Anwalt ist sie neu, Bonaparte hat sie zu wiederholten Malen gehört, kann aber nicht genug bekommen, in jeder Version tauchen neue Einzelheiten auf, der Schreiber ergötzt sich daran.

Im Sarg liegt Jardes magerer Körper, das Gesicht wie aus Wachs. Daneben, auf einem Stuhl, empfängt Josafá die Beileidsbezeigungen.

»Er hat nur für mich und für die Ziegen gelebt«, sagt Josafá. »Hoffentlich findet er im Himmel eine große Herde vor, um die er sich kümmern kann. Das war seine ganze Freude.«

Sie lauschen den neun Glockenschlägen, das Licht verlöscht in den Lampen, der unregelmäßige Takt des Motors verstummt. Der Tag der Familien ist zu Ende, jetzt beginnt die Nacht der Zuchtlosen. Dona Amorzinho zündet die Lampen an. Aus dem Dunkel taucht eine Gestalt auf; ein Betrunkener, ein Kranker oder ein Verrückter?

Selbst in der Dunkelheit bemerken alle sofort den Zustand der Zerfahrenheit und der Verwirrung, in dem Ascanio Trindade sich befindet. Osnar unterbricht seine Erzählung.

»Was ist los, Hauptmann Ascanio?«

Der Kapitän der Morgenröte aus Barbozinhas Gedicht betritt das Wohnzimmer, entstellt, mit irrem Blick. Er entdeckt Tieta neben dem Pfarrer, streckt den Arm aus, um auf sie zu zeigen, und schreit mit heiserer, schrecklicher, grabestiefer Stimme:

»Wißt ihr, was sie ist? Ihr glaubt, sie ist eine Witwe, Besitzerin von Fabriken, Familienmutter? Eine Kupplerin ist sie, weiter nichts, sie hat in São Paulo ein Freudenhaus, davon lebt sie. Das hat mir die andere erzählt. Ich habe um ihre Hand angehalten, da hat sie geantwortet: Ich kann nicht, ich bin ein Straßenmädchen. Sie arbeitet im Puff von diesem widerlichen Weib, das wie eine Heilige tut. Zwei Herumtreiberinnen und ein Narr.«

Der besudelte Kreuzweg in der langen Nacht von Agreste. Vierte Station: zum Leben verurteilt.

Im Motorboot treibt Tieta Eliezer zur Eile an. Der Mond spiegelt sich im Wasser des Flusses, Tieta beugt sich weit vor, als könnte sie damit das Boot schneller vorantreiben.

Auf dem Platz hatte ihr Peto gezeigt, welchen Weg Leonora eingeschlagen hatte. In Tränen aufgelöst, fast ohne sprechen zu können, hatte ihn seine Kusine ausgeschickt, Pirica zu holen. Sie war im Motorboot weggefahren, mußte schon bald in Mangue Seco sein.

Eliezer macht auf ein Licht im Fluß aufmerksam, ein fernes Geräusch, es ist das Boot, das zurückkehrt. Auf ein Zeichen von Tieta stellt Pirica den Motor ab, Seite an Seite wiegen sich die beiden Boote auf dem Wasser.

»Wo ist Leonora?«

»Sie ist dort geblieben. Ich habe sie gefragt, ob ich auf sie warten soll, sie hat nein gesagt, sie will ein paar Tage bleiben. Was ist mit ihr los? Sie hat nicht aufgehört zu weinen, es konnte einem das Herz zerreißen.«

In Mangue Seco zieht Eliezer das Boot auf den Sand und hilft Tieta, die schnell aussteigt. Im Mondlicht erblicken sie die Gruppe am anderen Ende des Strandes, neben den riesigen Hügeln. Die Nacht ist unendlich lind und schön, das Meer ist ruhig. Tieta läuft, gefolgt von Eliezer.

Jonas hebt den Kopf.

»Sie hat sich vom Hügel hinuntergestürzt«, sagt er, »niemand hat sie hinaufgehen sehen. Es war ihr Glück, daß Daniel und Budião zum Fischen gegangen waren. Sie haben den Aufprall des Körpers gehört, Budião hat sie ins Boot getragen.«

Auf dem Sand ausgestreckt, wehrt sich Leonora gegen zwei Frauen, die sie festhalten, und bittet, man solle sie sterben lassen. Tieta beugt sich über sie.

»Dumme Gans!«

Als sie die Stimme erkennt, wendet Leonora den Kopf.

»Verzeih mir, Mamachen. Sag ihnen, daß sie mich loslassen sollen, ich will sterben, niemand soll mich daran hindern.«

Tieta kniet nieder, hebt Leonoras Oberkörper hoch und ohrfeigt sie. Schwer, voll Wut fällt ihre Hand herab, auf die eine und die andere Wange des Mädchens. Die Fischer greifen nicht ein, lassen sie gewähren. Auch Leonora reagiert nicht. Kapitän Dario, den man soeben verständigt hatte, kommt den Strand entlanggelaufen. Tieta hört auf zu schlagen, versucht, ihren Schützling aufzurichten.

»Gehen wir.«

»Was ist los, Tieta? Was ist geschehen?« Der Kapitän hilft, das Mädchen auf die Füße zu stellen.

»Nora hat sich mit Ascanio zerstritten, wollte sich ertränken.« Sie reicht ihm zum Abschied die Hand. »Grüßen Sie Dona Laura von mir, Kapitän.«

»Sie verabschieden sich? Warum?«

»Ich fahre morgen nach São Paulo zurück.«

»Und die Wahlkampagne, Tieta? Wollen Sie uns im Stich lassen?«

»Ich kann Ihnen nicht mehr nützen, Kapitän. Aber richten Sie den Bug Ihres Schiffes nach vorn, retten Sie die Krabben, wenn Sie können.«

Im Motorboot warnt Tieta Leonora.

»Wenn du noch einmal vom Sterben redest, verprügele ich dich nach Strich und Faden.«

Mangue Seco entschwindet in der Ferne, Wasser und Sand sind in Mondlicht gehüllt. Tieta starrt mit trockenen Augen.

Auf dem Platz gibt es Leute, die durch die Fensterritzen die beiden Frauen beobachten, die von der Anlegestelle kommen. Dona Edna, zum Beispiel. Aber an Perpetuas Haus sind Türen und Fenster fest verschlossen. Auf dem Bürgersteig liegen die Koffer, Taschen und Beutel von Tieta und Leonora.

Der besudelte Kreuzweg in der langen Nacht von Agreste. Fünfte Station: zwischen Tür und Angel.

Dona Milú und Dona Carmosina kümmern sich um Leonora, ziehen sie aus, zwingen sie, sich hinzulegen. Im Haus der alten Hebamme werden Kräutertees und Arzneien bereitet, Melissentee zur Beruhigung der Nerven, Eierpunsch, um den Körper zu wärmen und wieder zu Kräften zu bringen. Sabino kommt mit Taschen und Koffern, das große Gepäck ist schon zum Marineti gebracht worden, in die Garage.

»Ich gehe fort, bin bald wieder da«, sagt Tieta.

Dona Milú ist besorgt.

»Fort? Wozu denn?«

»Haben Sie keine Angst, Mutter Milú, ich werde niemandem etwas tun.«

In den scheinbar schlafenden Häusern sind die Bewohner wach und aufmerksam. Lichtstrahlen dringen durch die Türritzen und Gucklöcher. Ein oder das andere, lauter gesprochene Wort dringt auf die

Straße. Sogar bei Jardes Totenwache geht es lebhafter zu. In der vollen Bar wird diskutiert. Osnars Stimme hat einen bitteren Klang:

»Diese verdammte Fabrik hat noch gar nicht angefangen und schon alles versaut.«

Wo Tieta vorbeigeht, werden Fenster leise geöffnet. Sie geht durch die Stadt, durch die Gassen, bis zu den Schluchten des Flusses, sie hat es nicht eilig, vielleicht nimmt sie Abschied. Sie nimmt Abschied und heuert an, sie geht nicht ziellos dahin. Madame Antoinette, voilà!, verfolgt Ziel und Zweck.

Der besudelte Kreuzweg in der langen Nacht von Agreste. Sechste Station: Fasten und Halleluja.

»Ihr ganzes Geschäft soll einfach ein Puff sein.« Asterio kommt vor der Zeit aus der Bar, völlig verwirrt.

Elisa richtet sich im Bett auf, die Brüste springen aus dem kurzen, durchsichtigen Nachthemd, das sie von Tieta geerbt hat, der halbe Hintern ist zu sehen. Asterio wendet den Blick ab. In einer Nacht voll fürchterlicher Neuigkeiten, voll Schmach und Schande ist kein Platz für sittsame eheliche Pflichten und noch viel weniger für schlechte Gedanken.

»Das ist gelogen! Ein Puff?«

»Genau: ein Bordell, ein Freudenhaus.«

»Was weißt du sonst noch?«

»Die beiden sind bei Carmosina. Morgen früh fahren sie nach São Paulo.«

»Wie? Tieta fährt morgen nach São Paulo?«

Sie springt aus dem Bett, zieht einen Morgenrock an, den sie auch geerbt hat, Sandalen, und wendet sich entschlossen zur Tür. Asterio ist zuerst verwirrt, dann gerührt: Elisa will sich über alles hinwegsetzen und sich von ihrer Schwester verabschieden; sie verdanken ihr viel, soll doch die Schwätzer der Teufel holen. Auch er möchte Tieta Lebewohl sagen. Was sie auch sein mag, so ist sie doch eine gute Schwester, eine großzügige Verwandte.

»Gehst du zu ihr? Ich auch.«

Elisa dreht sich an der Tür um.

»Ich fahre mit ihr weg.«

»Mit ihr weg? Nach São Paulo?« Er begreift nichts.

Elisa antwortet nichts und verschwindet, Dona Milús Haus ist in der Nähe. Als sie merkt, daß Asterio ihr folgt, beschleunigt sie ihre Schritte. Als sie Tieta auf der Straße kommen sieht, läuft sie und ruft:

»Tieta! Schwesterchen!«

Tieta wartet an der Tür, unbeweglich, mit verschlossenem Gesicht, kaltem Blick. Elisa streckt bittend die Arme aus.

»Nimm mich mit, Schwesterchen, laß mich nicht allein ...«

»Ich habe dir schon gesagt ...«

»Ich will eine Hure in São Paulo sein. Es ist mir egal.«

Perplex hört Asterio zu, spürt einen Stich im Magen, einen scharfen Schmerz. Tieta wendet die Augen von der Schwester ab und sieht den Schwager an; sie sympathisiert mit ihm, dem dummen Kerl.

»Gib acht auf deine Frau, Asterio, stauch sie zurecht, bring ihr bei, dich zu respektieren. Ich habe dir schon einmal gesagt, was du tun sollst. Warum tust du es nicht?«

»Schwesterchen, um Himmels willen, laß mich nicht hier.« Elisa kniet vor Tieta nieder.

»Nimm sie mit dir und tu, was ich dir gesagt habe, Asterio. Jetzt oder nie.« Einen Augenblick lang blickt sie die Schwester an und fühlt Mitleid mit ihr. »Das Haus gehört euch. Wenn ihr irgend etwas braucht, laßt es mich nur wissen.«

Elisa verliert vollständig jegliche Scham und Haltung.

»Nimm mich mit, Mamachen, nimm mich in dein Freudenhaus mit.«

Tieta sieht den Schwager an: nun, wird's bald? Asterio befreit sich von seiner Verwirrung, den Magenschmerzen, dem Vorurteil, reißt sich die Binde von den Augen und packt seine Frau am Arm.

»Steh auf. Gehen wir!«

»Laß mich los!«

»Steh auf! Hast du nicht gehört?«

Er versetzt ihr einen Schlag ins Gesicht. Tieta nickt zustimmend mit dem Kopf.

»Danke, Schwägerin, für alles. Auf Wiedersehen.«

Er treibt die ganz gebrochene Elisa zu ihrem Haus hin. Stoßend und gestoßen gelangen sie ins Schlafzimmer. Elisa versucht, sich ihm zu entziehen.

»Rühr mich nicht an.«

Eine Ohrfeige wirft sie aufs Bett. Das Nachthemd verschiebt sich bis zum Hals, vor Asterios verstörten Blicken erheben sich die Hüften.

»Eine Hure willst du sein, nicht wahr? Das kannst du gleich haben.« Er streckt die Hand aus, reißt ihr den Nylonfetzen herunter, das ganze Hinterteil wird sichtbar, so lange hatte er fasten müssen! »Als erstes will ich dich von hinten nehmen!«

Ein Zittern läuft durch Elisas Körper. Sie reißt die Augen auf. Widerwille, Angst, Entsetzen, Neugierde, Erwartung? Sie fühlt sich als Heldin einer Rundfunkserie, geschüttelt von widerstreitenden Empfindungen.

Ach, um Gottes willen! Die unterwürfige Gattin steigt den steilen Weg hinan, die Schultern unter dem Gewicht des Kreuzes gebeugt – Eingeweide aus Feuer und Honig, ein Riesenschweif öffnet die Blume, Elisa bricht in der Nacht von Agreste in ein Halleluja aus. Ah, das Goldene Queue!

Der besudelte Kreuzweg in der langen Nacht von Agreste. Siebente Station: Der uneigennützige Barbozinha ist zu einem Opfer bereit.

Tieta hat sich eben hingelegt, als der verschreckte Dichter Barbozinha an Dona Milús Haustür klopft und verkündet:

»Gut Freund!«

Freundschaft und Frieden. Tieta kommt aus dem Gästezimmer, wo Leonora mit Hilfe von Beruhigungsmitteln eingeschlafen ist. Barbozinha ergreift ihre Hand und führt sie an die Lippen. Er ist in feierlicher Stimmung. Seine von der Embolie gezeichnete Stimme ist undeutlicher denn je.

»Ich habe erfahren, daß du wegfahren willst. Stimmt das?«

»Morgen, nach São Paulo.«

»Wegen dem, was hier geschwätzt wird? Wenn du willst, geh. Aber wenn du bleiben und mir die Ehre geben willst ...«

»Was für eine Ehre, Barbozinha?«

»Die Frau von Gregorio Eustaquio de Matos Barbosa zu sein ...«

»Du machst mir einen Heiratsantrag? Um mich aus dem Schmutz zu ziehen?«

»Ich weiß, daß ich nicht mehr der Jüngling von damals bin, ich bin ein halbes Wrack, aber ich habe einen ehrlichen Namen ...«

»... und tanzt den Tango immer noch wie keiner ...«

Tieta lacht, ein gutes, fröhliches, zufriedenes Lachen, ein Lachen, das ihr die Tränen in die Augen treibt.

»Jetzt hat es keinen Sinn, mein lieber Dichter. Ich schätze dich sehr und möchte dich nicht gehörnt sehen, das würde dir nicht gefallen. Wenn ich ganz alt bin, komme ich wieder, und dann heiraten wir. Bis dahin, paß gut auf dein Wrack auf und schreibe noch mehr Gedichte auf mich.«

Sie küßt ihn auf beide Wangen und läßt endlich den Tränen ihren Lauf.

Eine Nachricht, die aufatmen läßt

»Ein toller Apparat!« lobt der Araber Chalita. »Die Jahre vergehen, und er ist immer noch auf Draht.«

Er bezieht sich an diesem frühen Morgen auf das russische Radio. Mit Sabinos Hilfe bringt Jairo vor dem Kino den Motor des Marineti in Ordnung, während er auf die Passagiere wartet. Die Abfahrt ist immer pünktlich. Stolz auf diese Lobreden, brüstet er sich:

»Man hat mir schon zum Tausch einen neuen angeboten, einen japanischen. Aber ich habe abgelehnt.«

Der Sprecher des *Großen Morgenjournals*, eines populären Senders der Landeshauptstadt, bittet seine Hörer um Aufmerksamkeit für eine wichtige Nachricht, die nach dem Werbefunk durchgegeben werden wird. Die Übertragung ist ganz klar und rechtfertigt Chalitas Lob. Mit dem Handtuch über der Schulter schließt sich Doktor Franklin Lins der Gruppe an. Um diese Zeit, vor der Abfahrt des Marineti, nimmt der Notar jeden Tag ein Bad im Fluß.

Die deutlich hörbare Stimme des Rundfunksprechers verstärkt noch die Spannung: *Achten Sie auf diese Nachricht! Am gestrigen Nachmittag erteilte die Landesregierung der Companhia Brasileira de Titânio S.A. offiziell die Genehmigung, in Arembepe zwei miteinander zusammenhängende Fabriken zur Erzeugung von Titandioxyd zu errichten. Um die Inbetriebnahme dieses großen und vieldiskutierten Industrievorhabens in kürzester Frist zu ermöglichen, werden die Arbeiten unverzüglich auf einem ausgedehnten Gelände in Angriff genommen, das die Gesellschaft schon früher erworben hatte.* Eine Reihe heftiger Entladungen begrüßt diese Nachricht. In Anbetracht der Herkunft des ehrwürdigen Apparats könnte es sich um einen Protest handeln.

»Habt ihr gehört, was ich gehört habe?« fragt Doktor Franklin.

»Das ist die Fabrik, die Ascanio nach Mangue Seco bringen wollte, nicht?« Die Augen des Arabers blitzen. Als ob die Ereignisse des Vorabends nicht genügt hätten, jetzt auch noch diese Neuigkeit. Der Tag verspricht aufregend zu werden.

»Soll das heißen, daß diese Fabrik nicht hierher kommt?« Jairo unterbricht die Überprüfung des Motors des Marineti.

»Sie kommt nach Arembepe, in die Nähe der Landeshauptstadt, haben Sie nicht zugehört? Einer der Standorte, von denen immer die Rede war«, erklärt der Notar.

»Donnerwetter!«

Doktor Franklin Lins holt tief Atem und wirft das Handtuch über die Schulter.

»Jetzt können wir wieder aufatmen...« Er zündet die in Stroh gewickelte Zigarette an und geht selig lächelnd dem Fluß zu.

Tieta winkt Lebewohl.

Ein schlechter Tag, wenige Passagiere. Tieta verabschiedet sich von Dona Carmosina.

»Sei mir nicht böse, Carmô.«

Mit gesenktem Kopf, das Taschentuch in der Hand, tränenüberströmt, versteckt sich Leonora im Innern des Marineti. Vom Kirchplatz kommt Peto herbeigelaufen, er bringt den Knotenstock des alten Zé Esteves, den Tieta geerbt hatte.

»Du hast den Stock vergessen, Tante.« Mit leiser Stimme fügt er hinzu: »Ich werde dich vermissen.«

Er wird den köstlichen Anblick der Brüste und Schenkel verlieren. Er steigt ein, um mit Leonora zu sprechen, und ruft unterdrücktes Schluchzen hervor. Leb wohl, Kusine.

Peto rennt wieder nach Hause und läßt die unvergeßliche Erinnerung an seine harmlose Herzlichkeit und den kräftigen Geruch der Brillantine zurück.

Den Knotenstock in der Faust, wie eine Ziegenhirtin, setzt sich Tieta neben Leonora. Sie läßt sie weinen, noch ist es zu früh für eine Unterhaltung. Jairo kassiert das Geld für die Fahrscheine ein, geht von Passagier zu Passagier. Tieta zahlt drei.

»Wir zwei und dieses Zicklein da hinten.«

Sie zeigt auf Maria Imaculada, die weiter hinten auf einer Bank sitzt und einen Blechkoffer festhält. Jairo setzt sich ans Steuer, steckt den Zündschlüssel ein, noch fehlen vier Minuten bis zur genauen Abfahrtszeit. Tieta drängt ihn.

»Mach schon, Jairo, wir wollen sehen, ob dieser Kasten imstande ist, uns bis nach Esplanada zu bringen.«

Jairo schaut auf die Uhr.

»Wenn Sie wollen, können wir direkt nach São Paulo fahren, für die Kaiserin der Straßen gibt es keine Entfernungen. Und dazu noch mit Musikbegleitung...«

Er stellt das russische Radio ein. Tieta winkt Dona Carmosina, die auf dem Bürgersteig steht, ein Lebewohl zu. Der Marineti startet so weich wie ein Flugzeug. Befreit von Steinen, Höckern und Löchern gleitet er auf dem Maultierpfad dahin, kreuzt den Himmel von Agreste.

Und hier ist die Geschichte von der Rückkehr der verlorenen

Tochter ins Land ihrer Geburt und von den Ereignissen während ihres kurzen Aufenthalts zu Ende.

Eine Notiz des Verfassers über die Straßenschilder

Das wär's. Schlecht oder gut – ich bin an den Schluß gelangt schreibe das Wort Ende. In den Bestsellern, meint Fulvio D'Alan pflegt der Verfasser Auskunft darüber zu geben, was aus der schiedenen Romanfiguren geworden ist. Ich denke nicht daran, tun. Ich überlasse das weitere Schicksal der Helden und die Mo der Geschichte der Phantasie und dem Gewissen der Leser.

Aber um der Kritik zuvorzukommen und in der Hoffn günstig stimmen zu können, will ich hinzufügen, daß sich allmählich erholt. Nachdem der Kapitän Dario de Queluz die des Kandidaten ausgezogen hat, profitiert er von jeder Mg Sommers von Mangue Seco, um die durch die Politikversc so verlorenen Tage wettzumachen. Was Ascanio Trindade an hat man ihn an Dona Carmosinas Schulter weinen sehen. war

Die Einweihung des Lichts vom Kraftwerk von Paulo gang ein Riesenfest. Der ehemalige Caminho da Lama am werks erhielt den Namen des damaligen Präsidenten des Was en ein von São Francisco. Die anwesenden Behördenvertreter Landes- blaues Emailschild, das trotz der Eile in einer Werksta ADO … hauptstadt tadellos hergestellt worden war: RUA D Wie hieß nur dieser Abgeordnete?

Das blaue Schild hatte kein langes Leben, übe nt war es verschwunden. An seiner Stelle prangte ein anderes Holz, von kunstfertiger und anonymer Hand angefertigt: RU A LUZ DE TIETA, die Straße von Tietas Licht.

Von kunstfertiger und anonymer Hand gefert on der Hand des Volkes.

ENDE

Bahia, London, Bahia – 1976/77

WORTERKLÄRUNGEN

Aipim: süßer Maniok, den man geschmort ißt
Araçá: Frucht des Araçazeiro, einer Myrtengattung
Arroba: 15 kg
Babalorixâ: Priester des Nagô- bzw. Yoruba-Kults
Bandeirante: Pionier des Landesinnern im Gebiet von Sao Paulo. Die Söhne der ersten Familien von Sao Paulo bildeten »bandeiras« (Fähnlein) von Abenteurern, mit denen sie in der Kolonialzeit das Hinterland erschlossen
atida: Cocktail aus Cachaça und Fruchtsaft
ijú: Pastete aus Maniokmehl
mba-meu-boi: dramatisches Ballett der Neger Nordostbrasiliens in Prozessionsform
pora (Caipora): Figur aus der indianischen Mythologie
oclo: Mischling aus Weißem und Indianerin (oder umgekehrt) mit kupferner Hautfarbe; auch: armer Landbewohner
ıça: Zuckerrohrschnaps
Frucht der Cajazeira, eines Obstbaums
na: Frucht der Cajá-Manga, eines Obstbaums
nblé: jedes größere Jahresfest der afro-brasilianischen Negerkulte, insondere des Nagô-Kults
ola: eßbare Frucht der Caramboleira
Bewohner von Rio de Janeiro
Kürbisart
estes: der von jungen Offizieren angezettelte Aufstand im Fort von cabana, bekannt unter dem Namen »os 18 do Forte« (die 18 vom führte zu weiteren Bewegungen, so 1924 zur Revolution in Sao und zum Marsch der »Coluna Prestes«. Unter der Führung des en Kommunistenführers Carlos Prestes legte diese »Kolonne« Flucht vor den Militärs von 1925 an zwei Jahre lang kampflos Tauvon Kilometern im Innern Brasiliens zurück, bis sie sich in Bolilöste
Conto 1000 Milreis
Frigidei icht aus gebackenen Meerestieren
Guaraná chungsgetränk aus dem Samen der gleichnamigen Pflanze
Iaô: Dien es Negerkults
Jaca: Fruc Jaqueira, eines Obstbaums
Jenipapo: F des Jenipapeiro, eines Obstbaums
Jiló: brasilia Frucht (Nachtschattengewächs)
Lampiao: be er, volkstümlicher Räuber aus der Gegend von Bahia, ein brasilian r Robin Hood
Mangaba: Fru er Mangabeira
Maracujá: Pass rucht
Maxixe: Frucht Maxixeiro, Kürbisart
Moqueca: gekoch Fisch mit Kokos, Pfeffer und Dendê-Öl
Oberst: ursprüng Ehrentitel der Guarda Nacional, einer aus Zivilisten gebildeten M der von 1831 an verliehen und später von den Latifundienbesitze gekauft wurde. Als der Handel mit Titeln verboten wurde, führten e sie trotzdem weiter. »Oberste« waren patriarchalische Grundherr Eigentümer ausgedehnter Ländereien und politische Führer in ihrem ezirk; kleinere Grundbesitzer nannten sich »Hauptmann«. Heute we en diese Titel nicht mehr geführt
Pelourinho: Stadtteil vo Salvador
Piranha: gefährlicher Ra bfisch
Pitanga: brasilianischer Obstbaum

Pitú: Süßwasserkrebs
Puba: Kuchen aus Maniokmehl
Quiabo: eßbare Hülsenfrucht
Recôncavo: großes fruchtbares Gebiet im Bundesstaat Bahia
Reisado: dramatischer Volkstanz am Fest der Heiligen Drei Könige
Sertao: das trockene Landesinnere, der Busch
Teiú: Eidechsenart
Terno de reis: Trio von Musikanten, die vor dem Dreikönigsfest zum Tanz aufspielen oder dramatische Tanzvorführungen begleiten
Umbú: brasilianische Frucht
Yemanjá: Meeresgöttin des Nagô- oder Yoruba-Kults

Jorge Amado

Dona Flor und ihre zwei Ehemänner

Eine Geschichte von Moral und Liebe
Roman. Aus dem Brasilianischen von Curt Meyer-Clason.
478 Seiten. Serie Piper 666

Dieses amüsante, phantastische Schelmenstück sprüht vor vitaler Sinnenfreude und barocker Lebensfülle.

»Ein großer humoristischer Roman, eine köstliche Mischung von Satire und Poesie.« Neue Zürcher Zeitung

Nächte in Bahia

Roman. Aus dem Brasilianischen von Curt Meyer-Clason.
443 Seiten. Serie Piper 411

Jorge Amado, der »brasilianische Boccaccio«, schildert in diesem Buch mit liebevollem Humor und phantastischem Realismus die Halb- und Unterwelt von Bahia, der Stadt mit den 365 Kirchen und den prächtigen Barockpalästen, den Hafenkneipen und Spielspelunken. Amado, der dank seiner Fabulierkunst und seines sozialen Engagements zum populärsten Autor Lateinamerikas wurde, nimmt sich auch in diesem Buch besonders der Ärmsten der Armen an, deren Vitalität und Lebensfreude über Armut und Not triumphiert.

Viva Teresa

Roman. Aus dem Brasilianischen von Ludwig Graf v. Schönfeldt.
452 Seiten. Serie Piper 454

»Jorge Amados epischer Belcanto hat mit dieser heißblütigen und blutigen, zärtlichen, sinnlichen Erzählung mehr als eine romantische Moritat geschaffen.« Westermanns Monatshefte

Rubem Fonseca
Bufo & Spallanzani

Roman

Aus dem brasilianischen Portugiesisch von Karin von Schweder-Schreiner.
283 Seiten. Geb.

Eine junge, reiche Frau wird ermordet. Ihr Geliebter, ein Erfolgsschriftsteller mit dem anspielungsreichen Namen Gustavo Flávio, muß befürchten, daß im Zuge der Ermittlungen auch jener folgenreiche Zeitabschnitt seiner Vergangenheit ans Licht gezerrt würde, in dem er als kleiner Versicherungsbeamter einen Versicherungsbetrug aufzudecken versuchte und dabei einen Friedhofswärter zu Tode erschreckte …
Der Roman, mit dem Rubem Fonseca bei der Kritik in Brasilien und Spanien enthusiastischen Beifall erzielte, bezieht seinen Titel von einem fiktiven Werk jenes Schriftstellers, in dem dieser sich mit dem italienischen Amphibienforscher Spallanzi und dessen Experimenten an Ochsenfröschen (Bufo) beschäftigt. Der Ochsenfrosch erscheint Flávio als Symbol seiner selbst: ein Wesen, bequem, selbstsüchtig, lüstern … Hinter allem Sarkasmus aber erweist sich Flávio, seinem Namenspatron angemessen, als intelligenter, empfindsamer und klarsichtig analysierender Beobachter seiner Zeit und Gesellschaft.
Daß er bis zum Ende des Romans nicht über die ersten Entwürfe des geplanten Großvorhabens hinauskommt, liegt denn auch nicht an den Schwächen seines Charakters, sondern an den Ereignissen, die sich grotesk zu überstürzen beginnen und schließlich einen empfindlich lädierten Helden zurücklassen, der, mühsam Atem schöpfend, das Geschehen, das ihm so übel mitgespielt hat, noch einmal vor seinem inneren Auge an sich vorüberziehen läßt.
Mit hinreißendem Witz, augenzwinkernder und dann wieder beißender Satire bedient sich Fonseca in meisterhafter Unbekümmertheit bei den klassischen Vorgaben des Kriminal- und Gesellschaftsromans. Er porträtiert die mondäne Bourgeoisie des heutigen Brasilien, doch bei aller Genauigkeit und Schärfe der Konturen entsteht dennoch ein Roman von so vergnüglicher Leichtfertigkeit, eine so glückliche Mischung aus inhaltlicher und formaler Virtuosität, daß man ihn nur mit Bedauern aus der Hand legt.

»Fonseca demaskiert den Magierglauben und den vermeintlichen Frohsinn, der inmitten des Elends bestehen soll, als Legende. Indem er das abgenutzte Lokalkolorit schonungslos anprangert, rührt Fonseca an den Nerv einer rachitischen und trägen Gesellschaft, der komplexen und widersprüchlichen Gesellschaft des heutigen Brasilien.«

El Paìs

»Dieser Roman, den man auskosten muß wie einen Leckerbissen, spricht Phantasie und Sinne gleichermaßen an. Rubem Fonseca hat dieses Buch als ganz und gar uneigennütziger Hedonist geschrieben, der den Leser zum Komplizen seiner Vergnügen macht.«

Istoé/Brasilien

Mempo Giardinelli

Heißer Mond

Luna caliente. Roman.
Aus dem argentinischen Spanisch von Curt Meyer-Clason.
130 Seiten. Geb.

Leb wohl, Mariano, leb wohl

Exemplarische Lebensläufe
Aus dem argentinischen Spanisch von Curt Meyer-Clason.
181 Seiten. Geb.

»Randgestalten, Grenzsituationen, Sehnsucht nach Erfüllung, Angst vor dem Verlöschen, ohne gelebt zu haben: Das sind die Themen dieser Erzählungen. Hier ist Literatur Überraschung, erzeugt von einer Phantasie, die Meisterliches bietet und Kurzweil dazu. Immer halten sich äußeres und inneres Drama die Waage.«
Curt Meyer-Clason

Die Revolution auf dem Fahrrad

Roman. Aus dem argentinischen Spanisch von Willi Zurbrüggen.
314 Seiten. Geb.

Die Geschichte eines alternden Revolutionärs, der ein Leben lang gegen die wechselnden Diktaturen seiner Heimat Paraguay gekämpft hat und immer noch von einem Sieg träumt. Für Giardinelli ist »Die Revolution auf dem Fahrrad« eine Parabel auf die völlige Unverhältnismäßigkeit der Mittel bei allen Bewegungen, die den Umsturz von unten versuchen.

Antonio Skármeta

Der Aufstand

Roman. Aus dem Spanischen von Joco Dehmann.
218 Seiten. Serie Piper 555

Der Roman handelt vom Leben in der nicaraguanischen Stadt Léon wenige Wochen vor dem Sieg der Sandinistischen Befreiungsfront, von den Ängsten, Träumen und Heldentaten der Bevölkerung.

»Ein Buch ... über die kleinen Leute in Nicaragua für die kleinen Leute in Europa.«
Rias Berlin

Mit brennender Geduld

Roman. Aus dem Spanischen von Willi Zurbrüggen.
150 Seiten. Serie Piper 768

Antonio Skármetas Roman lebt von der Liebe des Autors zu seinen Figuren, von der Verbundenheit eines Schriftstellers mit den Menschen seines Volkes, einer Gemeinschaft vitaler, skurriler und eigenwilliger Personen. »Mit brennender Geduld« ist ein blendend erzählter, unangestrengter, humorvoller Roman, ein Kleinod in unserer literarischen Landschaft.

»Skármetas Werk ist ein begeisternder Roman über Poesie, Politik und Leidenschaft. Gewisse Dialoge lesen sich wie ein glänzend geschriebener Lehrgang in Ästhetik. Diese Gespräche kreisen um Metaphern – Skármetas Werk ist voller Bilder, der ganze Roman ist metaphorisch zu lesen.«
Neue Zürcher Zeitung

Der Radfahrer vom San Cristóbal

Erzählungen. Aus dem Spanischen von Willi Zurbrüggen.
201 Seiten. Geb.

Skármetas Gestalten »kämpfen, um als Inidividuum, zu zweit oder in kleinen Gruppen, die Werte der Solidarität in einer Gesellschaft zu errichten, in der alle einander fremd sind, in der die Mächte der Unterdrückung die menschliche Würde zu verdrängen und zerstören trachten«.
Ariel Dorfman

Piper 28/4 c

PIPER

Das Lied des Feuers

Lateinamerikanisches Lesebuch
Herausgegeben von Wolfgang Eitel.
403 Seiten. Serie Piper 900

Die Erzählkunst der lateinamerikanischen Literatur schöpft aus den verschiedensten Quellen: der »klassischen« europäischen Novellistik, der amerikanischen Short Story, der überaus vitalen mündlichen Tradition und den indianischen Märchen. In dieser Auswahl kommt die durch Welten getrennte Literatur der Großstadt und des unterentwickelten Hinterlandes ausführlich zu Wort: Márquez, Fuentes, Borges, Andrade, Fonseca, Giardinelli und Skármeta zusammen mit bisher unbekannten Autoren. Denn auch hierzulande haben wir, die »letzten Entdecker Lateinamerikas, begriffen, daß lateinamerikanische Literatur moderne Weltliteratur ist, daß wir es nicht nur mit einem kurzlebigen Boom zu tun haben, der sich an wenige Namen knüpft, sondern mit einem literarisch außergewöhnlich kreativen, hochentwickelten und vielfältigen Kontinent.«

Hans Magnus Enzensberger

Lust am Lesen

Literatur aus acht Jahrzehnten
Herausgegeben von Ernst Reinhard Piper.
502 Seiten. Serie Piper 450

»Lust am Lesen« ist – wie die überaus erfolgreichen Bände »Lust am Denken« und »Lust an der Musik« – ein Lesebuch aus Piper-Büchern der letzten 80 Jahre. Es bietet Literatur in ihrer ganzen Vielfalt, bringt Prosa und Lyrik bedeutender Schriftsteller, gräbt Vergessenes aus und stellt junge Autoren vor. Es macht deutlich, daß Literatur auch in heutiger Zeit ein überaus wichtiger Begleiter des Menschen ist.
Autoren dieses Lesebuchs sind u. a.: Jürg Amann, Stefan Andres, Ingeborg Bachmann, Giorgio Bassani, Tadeusz Borowski, Hilde Domin, F. M. Dostojewski, Ludwig Fels, Frederick Forsyth, Richard Friedenthal, Martin Gregor-Dellin, Albert Paris Gütersloh, Aldous Huxley und Ludwig Thoma.

Piper 32/2e

Die Welt ist ein Versuch

23 Erzählungen
Ausgewählt von Ernst Reinhard Piper.
374 Seiten. Serie Piper 544

»Die Welt ist ein Versuch« – dieser Satz steht in einer Erzählung Ingeborg Bachmanns, bei Ernst Bloch findet sich eine erweiterte Fassung: »Die Welt ist ein Versuch, und der Mensch hat ihr zu leuchten.« Dieses Licht in der Dunkelheit der Welt zu finden und aufzustecken ist das Anliegen aller großen Erzählkunst, als deren Zeugen aus dem 19. Jahrhundert hier Jean Paul und Dostojewski stehen, und daneben eine illustre Reihe von Autoren unseres Jahrhunderts – schon klassische, wie Aldous Huxley, Federigo Tozzi und Albert Paris Gütersloh, und solche, deren Bedeutung gerade erst erkannt wird: Cynthia Ozick, Ludwig Fels oder Antonio Skármeta. Jede dieser in sich abgeschlossenen Erzählungen bietet einen literarischen Baustein für das immer noch im Bau begriffene Haus der Menschheit, ist ein Entwurf im Experiment Welt und ihrem großen Laboratorium, der Literatur.

